U0885300

阅读，认识你自己
Lege, temet nosce

OWL 猫头鹰

# 善心女神

*Les Bienveillantes*

〔美〕
乔纳森·利特尔 著
*Jonathan Littell*

蔡孟贞 译

四川文艺出版社

# 《善心女神》复仇记

阮若缺[1]

自传体小说长久以来都颇受欢迎，因为源自真人真事，文中往往自然流露出诚恳与真切。自传体作品经常是作者心灵疗伤止痛的最佳工具，许多女性作家亦借由写作达到自我觉醒、自我实现之目的。这部80万字的巨作，是美籍犹太裔作家乔纳森·利特尔花了五年时间完成的呕心沥血之作。这并非是他的亲身经历，但他却能做到“角色易位”，站在二战时期德国人的立场，以第一人称撰写回忆录的方式，完成这本大部头的小说，实属不易。

在作品里，主角马克斯两回提到他写作的原因。首先，他自问自答，表示“为了打发时间，为了各位，特别为了自己……写作对我会有帮助”。写到小说后半部时，他又说：“我承认，我翻出伤痛的往事，绝对不是只为了想讨好各位，最终还是为了自己，为了自己的心理健康，就像人有时吃得太撑了，总要排泄才会好过一些，而排出来的东西是香是臭，就由不得我们了。”

他的口气充满愤世嫉俗，似乎就是想一吐为快。其实，作者真正的写作动机来自看到的一张苏联游击队员遭纳粹处决的照片，不过直到他2001年因公在车臣受伤后，更有所感，才动了撰写《善心女神》的念头。

1. 中国台湾政治大学外国文学教授。

利特尔也自承《善心女神》受到希腊悲剧《奥瑞斯提亚》(*The Oresteia*)的影响，其中写到奥瑞斯特为父报仇，手刃母亲与情人，于是复仇女神开始追逐他，逼得他毫无立锥之地，近乎疯狂。而“善心女神”(Les Bienveillantes)是种反讽，指的正是“复仇女神”(Eumenides)。此外，本书内容包罗万象，除涵盖文学、历史、哲学、政治、音乐和符号学，还穿插了侦探悬疑的情节，常以永无止境不连贯的问与答和零星的画面混乱交叠，时而倒叙，时而插叙，完全符合梦境、幻想混杂真实的荒谬逻辑，作品具有极为强烈的影像感。

本书主角马克斯是位法学博士、精英分子，爱好法国文学，尤以冒险故事，还有司汤达与福楼拜的作品为甚，且喜爱古典音乐，而法国 17 世纪的音乐是他的最爱。一开始，我们很难想象他后来会因战争变成了杀人恶魔，不过，在当时德国的社会氛围，确实弥漫着达尔文进化论“物竞天择”的基本论调，它对人类文明发展影响甚巨，已经到了惊人的程度。

首先，作者在战争的各个阶段，替这种论调下了不同的定义：“战争初期，马克斯认为‘我们也许会错杀无辜，这就是战争’。”“战争是为了要达到世界观的理想必然衍生的结果。”“战争是一个腐败堕落的童话国度，魔鬼孩童的欢乐天地。”“战争是一场赌注，一场投入整个国家、整个民族的豪赌。”

到了中期，他已显露出雄性好战的特质：“前列腺和战争是上帝赐予男人的两种天赋，以补偿他们无法成为女人。”

到了大战后期，他的说法又改变了：“……眼前唯一的希望，就是打赢这场战争。的确，只要战争胜利，什么事都没有了。”“我们发动战争的目的在于净化德国。”在马克斯眼里，这是背水一战，死无退路，成者为王、败者为寇是千古不变的法则，何罪之有？

本书中，作者对这个问题发挥了他的辩证能力：战后遭受审讯，曾参与这场人类浩劫者，异口同声地问：我，有罪？——护士没杀人，她只是脱了病人的衣服，安抚病人的情绪，这都是她平常做的工作；医生也没杀人，他只是根据政府机构制定的标准，诊断病人的病情；打开毒气开关的工作人员，他只是遵照上级和医生的指示，执行一项纯粹技术性的工作罢了；清理善后的那些人，只是为了维护环境卫生；警察只是依法执行公务，开立证明，并注明死亡原因，并未违反法律。许多人身不由己，或认为那只是小事。再者，为什么这些人反而受绞刑、被吊死，而下达命令的杀人魔却可逍遥法外，甚至大发横财？

要脱罪有一种讲法，若想杀人又是另一套说辞，而且那些道理逻辑似是而非，经过不断的洗脑，多次的复诵，若干偏见似乎成了真理，譬如“大元帅认为同性恋是天生的骗子，对自己的谎言深信不疑，因而衍生出不负责任的心态，使得他们不知忠贞为何物……潜伏在同性恋者的潜在危机不仅是医学病症和治疗问题，而成了政治议题……”这种威权武断的说法，一般人也无从反驳，或者也不敢反驳。

女人也属弱势群体，因此“将女人们纳入枪决行动，跟丈夫、儿子死在一块儿，以目前非常时期看来，是最人道的解决方法”。一句非常时期云云，似乎所有的罪过都可一笔勾销。再者，为了解决各种社会问题，在德军高层“理性的分析思考后”，默许了许多暴行：“要处决的犹太人都是社会边缘人，没有价值，且为德国当局所不容。此外，疗养院的病患、吉卜赛人及社会的米虫都一概纳入……”

马克斯还引述一名苏联政委的话，以支撑他当时的论点：“……对您来说，犹太人、吉卜赛人、波兰人、精神病患都是这类人；而对我们而言，地主、中产阶级、党内修正路线人士均属此类……我们的意识形态运作方式几近雷同……”

那么，为什么挑犹太人下手呢？书中亦先提出了几个粗浅的假设：是恨他们，杀出了乐趣，还是为了升官？反犹太主义往往是投机分子想接近层峰的一种途径，那么就要拿出某些论述，先说大家为什么讨厌犹太人：“因为他们吝啬小气，行事谨慎，不仅对金钱，对自身身家安全如此，他们的传统、他们得来的历史教训和书上教的，在在让他们不知施舍与花钱为何物……还是要通过浪费他们生命的手段，要他们懂得如何花钱，让他们懂得什么叫作战争。”因此明显看出当时德国人夷夏之防的观念根深蒂固，“他者”就是敌人。

马克斯更是引经据典：“从历史上来看，犹太一族想尽办法让自己与众不同，最早出现的反犹太文字见于亚历山大港的希腊文献，直指犹太人为社会边缘人，藐视敦亲睦邻的善良风俗……再加上宗教信仰不同，日积月累，一碰上危机，大家便自然而然地把一切罪过归咎到犹太人身上……”俨然犹太人是全人类的公敌！

当然，许多人亦十分盲从，奉希特勒思想为圭臬，而大统领希特勒的人种学演讲集，关于犹太人的部分，就是他们的“圣经”：“犹太人在生活的各方面都缺乏才能和创造力，只有一个例外：说谎和诈骗，他们是骗子，不讲信用而且狡猾多端。他们之所以能拥有现在的一切，全都是靠讹诈周遭天真无邪的老百姓换来的。我们没有犹太人仍然可以活得好好的，他们要是少了我们，根本活不成。”

当时犹太人灭绝计划已是心照不宣的默契，希特勒为了巩固政权，变本加厉，挑明了公开演说，当场还登记军官的出缺席情形，并录音存证：“这番话背后的含意，是要所有人日后没有借口辩称自己不知情，万一战争失败，无法推托逃避更严重的罪行，要他们别想能够置身事外，全身而退，这么做是为了将他们全拉下水……”这种白色恐怖令当时的军官惶恐不安，各怀鬼胎，钩心斗角的情况愈演愈烈，甚至会公报私仇。

此外，作者对二战时德军的心理状态做了更进一步的探讨：战争一开始，有些人语带感伤，有人则谈笑自若，但有的则闷不吭声，这种人往往具有自杀倾向。战况激烈时，有人极力掩饰，却难掩杀人时流露出的快感；有的人内心厌恶杀戮，但军令如山，只好强压内心的感受，扣下扳机，不过，也有人认定犹太人如畜生，罪有应得。

人们面对这荒谬的人生所秉持的态度也各有不同，有的人拒绝相信生命是个大笑话，勤奋工作，劳碌而死；有些人认清生命是个笑话，勇敢笑看人生；也有人明知生命是笑话，及时行乐，却深陷痛苦，无以自拔。于是当时流行一句话：“战争要打，杜松子酒照喝。”这是种逃避现实的方法。

以马克斯为例，他的战争后遗症简直令人发指，他经常有腹泻、发烧、恶心、呕吐等生理反应；再者，马克斯的厌女情结也来自母亲对父亲的“背叛”——改嫁，对姐姐的爱欲未获满足，进而生恨，也不信任任何女人，他的幻觉不断，噩梦连连。他想到姐姐，感觉就像柴火烧尽的炉子，空余冰冷灰烬；想到母亲，则如长久荒废的安静墓碑。可见马克斯思想晦暗，心灵受创不浅。

本书最不忍卒读的，是那一幕幕惨死的镜头：少女中弹，痛苦喘气，马克斯冷不防地在她头上开一枪，帮她解脱；马克斯瞧见虫不断涌出，按捺不住，朝那堆虫猛踩，结果脚下一颗头颅断裂；继父莫罗遭斧头剖开胸膛，脖子几乎被砍断，母亲被人勒死，眼球突出，脖子一道勒痕；他的同性恋友人米凯对他嬉皮笑脸，他一气之下用额头撞得对方鼻梁碎裂，并且拿起拖把放在米凯脖子上猛踩，直到他的脸由红变青紫，下巴颤动，双眼突出，指甲乱抓，双脚拼命拍打地砖，口中冒出肿胀的舌头；好友托马斯在千钧一发之际杀了克莱蒙斯，救了他一命，他却拾起铁条，对准其脖子敲下去，结果托马斯脊椎骨断裂当场死亡，他这样做，为的是拿托马斯的假身份证明，好“重新做人”……

这些都是马克斯的亲身经历，而且人多半都是他下手屠杀的，我们不禁要反问，亲情、友情在战时是否还经得起考验？一个本来热爱文学、音乐，有理想的年轻人，怎么会变成疯狂的杀人魔王？死亡的节奏随着故事接近尾声，也越发急促。而马克斯除了烟酒以外，则一直靠着他的“粪便理论”（scatology）和暴力倾向来宣泄个人的苦闷。

利特尔以类似萨德[1]、塞利纳[2]、让·热内[3]直白的写作笔法，赤裸裸地描述这些惨绝人寰的情景，令人不寒而栗，其生冷犀利的独白，更让我们体会到战争的可怕，人性丑陋的场景历历在目，人间炼狱，比惊悚片更叫人咋舌。虽然是虚构的故事，但本书以二次世界大战为背景，多少有几分真实性。这部小说犹如一部战争启示录，而以动物园被轰炸后，动物哀鸿遍野的景象为全书句点，不正是彼时人间炼狱的写照？

---

1. 萨德侯爵（Marquis de Sade，1740—1814）：法国著名情色作家。

2. 路易-费迪南·塞利纳（Louis-Ferdinand Celine，1894—1961）：法国医生、小说家，著有《茫茫黑夜漫游》《死缓》等作品。

3. 让·热内（Jean Genet，1910—1986）：法国作家，幼时被父母遗弃，后沦落为小偷，青少年时期几乎都在流浪、行窃、监狱中度过。著有《小偷日记》《鲜花圣母》等作品。

— 献给亡者 —

目

录

CONTENTS

# 托卡塔曲[1]

*TOCCATA*

1. 原泛指键盘演奏的乐曲，现指一种快速而节奏清晰的乐曲。

四海兄弟们，让我告诉您，这一切是怎么发生的。您可能会反驳，说我们又不是您的兄弟，压根儿没有兴趣听。老实说，这段历史挺悲惨的，但教育意义深远，可以说是不折不扣的寓言故事，这一点我可以向您保证。

故事有点长，毕竟，发生的事情真的很多，如果您不赶时间、正好有空，听听也无妨，更何况，这些事情跟您也有关：您慢慢看下去，就会明白这些事的确与您有关。别以为我意图改变您的想法，毕竟，您有什么看法是您自个儿的事。

过了这么多年之后，我下定决心把这些写出来，真正的目的只有一个，就是厘清一切，这是为了我自己，绝不是为了各位。

世界初始之际，我们人类像毛毛虫似的在这片土地上爬行，等待蜕变，成为晶透斑斓的蝴蝶。时间一年一年过去，蜕变迟迟不来，我们还是在地上蠕蠕爬行的毛毛虫，认知到这一点令人心伤，但又能怎么样呢？自杀当然算是个办法，不过老实说，对于自杀这档事，我缺乏兴趣。

不消说，我的确认真思索过自杀的可能，如果我真的选择自杀，我采取的方式将会是：在心口上放一颗手榴弹，在欢乐的爆炸声中离开人世。拿一颗小巧的圆形手榴弹，小心翼翼地先拔去插销，再拉开保险，金属弹簧“咔”的一声脆响，搭配耳边咚咚的心跳，我面带微笑听着这最后的乐音。接着，心灵获得最终的静谧幸福，就算没有，最起码也入土为安了。

剩下的残破办公室就留给清洁妇去伤脑筋吧，反正这是她们的工作，算她们倒霉。不过，我先前说过，我对自杀这档事没有兴趣。是什么原因，我也说不上来，或许是因为挣脱不了某些我笃信不疑的人生哲理。我总认为人生活在世上不是来享乐的。那么，人来世上一遭为的又是什么呢？我不知道，赖活着，打发时间，免得遭到时间反噬。若真如此，在这茫然不知所以的时刻，写作也算是个打发时间的好方法。

别以为我闲着没事，我可是个大忙人；我跟一般人一样，有家庭，有工作，有应负的责任，这些都很花时间，也没多少空闲可让我回顾往事。更何况，我经历的往事数量惊人。我像一座往事制造工厂。我一辈子都在制造往事，就算现在，虽然老板付我薪水制造的是蕾丝花边，但往事的生产仍未中辍。

的确，我大可搁笔不写，反正也没人逼我。战后我尽量保持低调，上帝保佑，我没有沦落到某些老同僚的潦倒局面，硬要出回忆录为自己辩护，因为我没有什么需要辩护的，更不需要出书糊口，以我现在的工作，生活还过得去。

有一次我到德国出差，和一位大型内衣工厂的厂长会晤，我想卖蕾丝给他们。我是通过一些老朋友的介绍联络上他的，彼此心里都有个底，因此不需猜忌。双方谈得相当融洽，商谈结束后，他站起来从书架上抽出一本书递到我面前，是波兰总督汉斯・弗朗克[1]死后发表的回忆录，书名叫《面对刑台》。

“他的遗孀写了一封信给我。”他对我解释，“她自掏腰包出版了丈夫受审

1. 汉斯・弗朗克（Hans Frank，1900—1946）：20 世纪 20 年代至 30 年代纳粹党专用辩护律师，后来成为纳粹德国领导人之一。在纽伦堡审判时因反人类罪被判吊刑。

后写下的手稿，卖书赚点钱供孩子花费。您能想象吗？堂堂总督的遗孀竟然落魄到这个地步？我订购了 20 本当礼物送人，还建议各部门主管买一本，好让她赚点钱供孩子用。您能想象她竟然落魄到这个地步吗？她写了一封令人鼻酸的感谢函来。您认识他吗？”

我肯定地回答不认识，不过，我很有兴趣读读这本书。事实上，我与他有过一面之缘，也许我后面会谈到这一段，如果我有足够的勇气和耐心写书的话。不过在这里，说这些毫无意义。再说，那本书真的写得很烂，前后交代不清，净吐苦水，而且充斥着诡异的类似信徒忏悔的假道学。

我的叙述可能也有点交代不清，说不定也好不到哪里去，但我会尽全力把事情讲清楚。有一点我可以保证，全文绝对找不到任何悔不当初的字眼。我无怨无悔，我只是做我该做的事，仅此而已；至于我的家庭，我也许会带上一笔，不过这部分纯属个人私事，与他人无关；至于其他，我想写到最后，自己八成会无法控制逾越分际，但到那个时候，我已经不是我了，我的心智会混沌，环绕着我的世界会岌岌可危，那时头脑不清的绝对不止我一个，请认清这一点。

再说，我写作并不是为了供养妻小，我赚的钱足够养家活口。不，如果我真的决定写作，无疑是为了打发时间，可能的话，为您，也为我自己，顺便厘清一两个暧昧不明的地方。此外，我觉得写作对我会有帮助。

老实说，我的心情有些沉闷。便秘无疑是主因，令人遗憾又痛苦。这毛病对我而言还是新体验，以前我根本不是这样。很长一段时间，我每天要跑三四趟厕所，而现在每星期能有一次就谢天谢地了。我只好借助灌肠，令人痛苦，却非常有效。

抱歉竟然说到这些肮脏的琐事，让我吐吐苦水总也可以吧。再说，要是您连这些都无法忍受，劝您还是就此打住，别往下看了。我不是汉斯·弗朗克，不喜欢装模作样，我想尽可能把事情说明白讲清楚。虽然有些怪癖，我仍旧属于实事求是的一群，坚信唯有空气、食物、水、排泄以及追求真理，是人这一生中不可或缺的要素。其他的，则可有可无。

不久前，我的妻子带了一只黑猫回家，想我可能会高兴。当然，没有事先问过我的意见，大概猜到我会断然拒绝，先斩后奏比较保险。因为一旦木已成舟，我也就无计可施，她会说送走孙子们会哭闹什么的。

可是，这只黑猫真的很讨人厌。伸手想摸它表示善意时，它马上溜到窗台上，黄色的眼睛盯着我看；如果想抱它，它会毫不客气地伸爪子抓我。不过一到夜里，却蜷成一团，躺在我的胸膛上睡觉。它压着我的肺，我恍惚梦见我被压在一堆乱石下，快要窒息了。把往事留诸文字，也给我这种感觉。

开始决定要用白纸黑字来保存记忆的时候，我请了几天休假。大概没想清楚。然而，事情进行得很顺利，我买了大量相关议题的书籍阅读，好唤醒记忆，也拟出了情节大纲，还编列了详尽的大事记，做好这些事前准备工作。休假在家，空闲时间一下子多了起来，我开始构思细节。此时，时序已入秋天，一阵脏污的灰黑雨水扯光了树叶，我慢慢陷入焦虑的泥淖，发觉思考不见得是件好事。

我早该料到。同事一致认为我冷静稳重、做事三思而后行。

冷静，这话是没错，不过我的脑袋经常镇日宛如焚化炉般闷烧。发表意见、与人讨论、做出决策时，我跟其他人没两样；但倚着吧台、望着眼前的白兰地时，脑中便开始想象一个男人手拿猎枪闯进来，盲目开火扫射；或在看电影和欣赏戏剧时，总幻想着一颗拉掉保险的手榴弹滚落在排排座椅底下；更有甚者，某个节日，在一个大广场上，我看见汽车炸弹当街爆炸，欢欣鼓舞的午后顿时转为人间炼狱，鲜血汩汩流入石板地面的缝隙，尸块沾黏在墙面上，或者飞弹出去，凌空越过教堂内的十字走廊，落进主日供应的汤里，我听见人们哭喊，断腿断手的伤者呻吟，像是好奇的男孩拔掉脚的昆虫，大难不死的目击者满脸惊愕、静默无声，一如三角门楣上装饰的诡异镶金雕刻，这是一段漫长恐惧岁月的开端。

冷静？没错，我很镇定，不管情势如何演变，我的表情永远让人猜不透我心里的想法，我极力保持平静，不动声色，就像死气沉沉的市街里无声的墙，又像拄着拐杖、别着勋章，坐在公园长凳上的瘦小老翁，更像那些落入大海，再也寻不回来的青春面孔。打破这片恐怖的寂静，我心有余而力不足。我不会为了一点小事吵得人尽皆知，我自有分寸。然而，这些事压在心头，我快喘不过气来了。

最可怕的并不是我刚刚描述的景象：这类幻象纠缠我多年，打从我小时候就开始了，早在还没踏进这片杀戮战场的火线之前，就已经存在了。就这个层面来看，战争只是对我童年印象的一种印证，这种小场面我见怪不怪，视为狂妄世界的最佳脚注。不，我觉得最难受、最沉重的莫过于全副心力地投入思考。想想看，您脑子里整天都想些什么呢？

老实说，想的东西少得可怜。

把一天当中您脑子里想的东西，合理地加以分类，其实很简单：首先是实用和机械的事，好比对行为和时间的规划（例如刷牙前先烧水煮咖啡，刷完牙再烤面包，因为烤面包需要的时间比较短），还有工作方面的困扰、手头拮据、家庭失和、性爱的幻想。我不再赘言其他琐碎事项。晚餐时，您望着妻子逐渐枯萎的容颜，和情妇简直不能相比，但从其他角度来看，她都是称职的妻子，怎么办？这就是人生。

于是，您只好拿最近的内阁危机当话题，其实您根本不在乎内阁发生了什么危机，可不谈这个，又有什么好谈的呢？删除这类的思绪后，您一定会赞同我的话，剩下的确实少得可怜。当然也有出乎意料的时候。

例行的洗衣家务中间，意外的一曲战前探戈舞，就叫《薇奥莱塔》吧，此时黑暗恶水汩汩作响，小酒馆灯笼高挂，笑脸迎人的女人，肌肤散发着淡淡的汗酸味；公园入口，一个小孩稚嫩的笑脸让您不禁想起儿子，那时刚蹒跚学步；街道上，一线阳光穿透云层，照亮了梧桐树宽大的叶片和泛白的树干：突然，您想起童年往事，在学校玩打仗游戏，快乐又惊恐。脑海中忽然出现了对人生的思考。但是，这种情况非常罕见。

然而，如果我们暂停手边的工作，停止例行的活动和每日不停循环的作息，开始认真思考某件事时，情况会截然不同，尘封的往事一一浮现，如同沉重晦暗的波涛滚滚而来。夜里，片片段段的梦境，展开，扩散，醒来时，一层薄薄的辛辣潮湿滋味滞留在脑海里，总要花上好些时候才会消散。

不要误会，这不是罪恶感，也不是悔恨。当然，罪恶悔恨大概也夹杂其中，我不想否认，但我认为事情没那么简单。就算一个人从来没上过战场、从来没杀过人，也可能会有刚刚描述的那些感受。坏心眼、怯懦、虚假、刻薄，人性恶的一面逐一浮现。无怪乎人类要发明工作、酒精和八卦传闻等玩意儿，无怪乎电视会大受欢迎。总之，我提前结束了这不该请的休假，这样也好，还是有足够的闲暇，在午休时间，还有秘书下班之后的傍晚，可以随便写一点。

我在此暂时打住，等我去吐一下，马上回来。

这是我身体的众多小毛病之一，吃下去的餐点偶尔会让我反胃想吐，要么是一吃完立刻想吐，要么会耽搁上一阵子，就这样，毫无道理可言。这是老毛病了，打仗的时候就有了，说得更精确一点，第一次发作是1941年的秋天，当时我人在乌克兰，好像是在基辅，要不然就是在北部的日托米尔[1]。这段故事我以后肯定会提到。总而言之，时间一久也习惯了，刷完牙，喝一小杯酒，继续刚才中断的事。

言归正传，说说我的回忆录吧。我买了好几本学生用的笔记本，大开本，上面印着小格子，放在办公室一个上了锁的抽屉里。最早是写在卡纸上，也印有小格子，现在决定一口气从头来过。为什么要写，我也说不清楚，当然不是为了给后代子孙一个教训。

如果此时此刻我突然暴毙，比如心脏病突发，或是脑中风，秘书取了钥匙，打开上锁的抽屉，一定会吓一大跳。可怜的秘书，我妻子八成也一样，光是那些卡纸就够可观的了。得赶快把这些东西烧掉，免得引起大丑闻。我倒无所谓，反正已经死了。说到底，我写作不是为了各位，虽然是写给您看的。

办公室是写作的好地方，宽敞、朴素又安静。白色的墙，几乎没有装饰；一座玻璃橱窗，用来陈列样品；另一头是一大面落地窗，居高俯瞰机房，一览无遗。虽然有双层玻璃隔绝噪声，列维斯[2]纺织机不停歇的敲打声依旧满室回荡。

---

1. 日托米尔（Zhytomyr）：乌克兰西北部日托米尔州首府。在第聂伯河右岸支流捷捷列夫河畔，东距基辅165公里。

2. 列维斯（Leavers）：即列维斯花边，又称里巴花边，是最经典和高贵的蕾丝花边。

我想静静思索的时候，会离开工作台，走到落地窗前望着脚下排列整齐的纺织机，看着纺织工人熟练精准地重复同样的动作，让自己跟着来回摇晃。有时候，我会下楼，走到机器中间徘徊。机房阴暗脏污的玻璃窗染着一层蓝色，因为蕾丝很纤弱，怕阳光直接照射，透进来的泛蓝光线颇能安定心神。我喜欢随着弥漫厂房的单调敲打声响，让来回规律、纠缠扰人的金属清脆撞击声放松自己，什么也不多想。

纺织机总能让我惊叹连连。机身是铁铸的，外表漆成绿色，每台重达十吨。有些机器非常老旧，很久没有从事生产了，我下单订购替换的零件。战后我们顺利淘汰蒸汽引擎，改用电力驱动引擎，机器倒是没有换过。我不会走得太近，免得弄脏自己。有太多可拆卸零件需要时时上油润滑，不过润滑油容易弄脏蕾丝，因此我们用石墨，一种捣碎的铅矿。纺织工人用袜子，像筛子般把石磨细细撒在运转的机器上。织出来的蕾丝黑黢黢地贴在墙上，就像厂房的地板、机器以及仔细监控的工人一样乌漆抹黑。我虽然不常碰这些机器，却对它们了如指掌。

第一批英国制的网眼纱织布机可是少数人才知道的大机密，那台机器是在拿破仑战争后偷偷走私进法国的，当时多亏了那些躲避关税的工人。一个从里昂来的，名叫雅卡尔的家伙，他加以修改后用来生产蕾丝，装了一系列老板决定采用的穿孔纸箱，底下是一捆捆的线圈，织线从那里送出。

纺织机的正中央有 5000 个纱线卷筒，这是整部机器的*灵魂*，紧紧地塞在滑动架上；接着是一支推动杆支撑卷筒，前后来回推动滑动架，发出让人昏昏欲睡的清脆撞击声。

纱线由垂直拉紧的铜质梳网侧面穿入，按照五六百个雅卡尔卡片编列出的各式复杂织谱，编织线结，在梳网会浮现一节*弯管*，最后织成蕾丝，蛛网似的薄纱在一层细细的石墨粉下颤动，从列维斯纺织机顶端的大卷筒上缓缓滚落。

工厂的工作男女有别，泾渭分明：男人设计花样、替纸箱打孔、装配链条、监控每一台纺织机，以及管理男下属。妻子、女儿，直到今天，还是只能做纺车工、去除石墨、缝补、从碎布抽线出来或者折叠成品等工作。

传统的力量多么强大。这里的纺织工人有点像是无产阶级的贵族阶层。这份工作需要长时间训练，要学手艺，手得非常巧。上个世纪，加来[1]地区的纺织工匠搭乘四轮马车，头戴大礼帽浩浩荡荡地来到工厂，颐指气使地以“你”称呼老板。

时代变了。尽管在德国还残留了几项工艺，战争却几乎摧毁了所有工业，一切必须从头开始，现今，整个北部地区仅剩下300多台纺织机，而在战前则有4000多台从事生产。也因此，在汲汲于重新发展工业的大环境下，纺织工人比中产阶级更早买得起汽车。

我手下的员工不敢以“你”称呼我。我不认为底下的员工爱戴我，老实说，我也不喜欢他们。我们一起工作，如此而已。某位员工如果专注用心，他那台纺织机出产的蕾丝不太需要后制加工的话，到了岁末我会给他一份红利；至于那些上班迟到，或者醉醺醺就跑来上工的员工，我会给予惩戒。在这个原则下，共事倒也相安无妨。

您也许在纳闷，我怎么会走上蕾丝这一行。说真的，我天生不是做生意的料。学生时代我专攻法律和政经，还得了法学博士，在德国时，我的名字前面总会加上法学博士（Dr. jur.）这个头衔。不过，1945年后，当时的局势让我少有机会发挥专才。

如果各位真的要追根究底，老实说，我也不是当律师的料，我年轻的时候，最想钻研的是文学和哲学。可想而知有人反对，这章凄惨的家庭戏剧情节，也许我在后面会提到。我还是得承认，在蕾丝产业界，法律比文学有用得多了。以上是事情发生时大致的背景状况。一切结束后，我成功来到法国，并成了法国人。这其实没有那么难，因为当时社会动荡，我跟着一些集中营里的囚犯回到法国，当局没问太多的问题。我说得一口流利的法语，因为我母亲是法国人，小时候我在法国住了十年，上了初中、高中、预科班，甚至还考上政治自由学院[2]念了两年大学，由于我住在法国南部，我甚至还能装出一口南方腔调。

---

1. 加来（Calais）：法国北部的港口城市。

2. Ecole libre des sciences politiques，缩写ELSP，现在巴黎政治学院（Institut d'etudes politiques de Paris）的前身。

总之，没有人特别注意我，时局真的是太乱了。抵达奥尔赛[1]时，有人送上一碗汤给我，也被人骂了几句。我得声明我并未存心混在集中营的犯人当中，我是假借 STO[2] 的员工身份入境，他们不太喜欢 STO 这些左派分子，所以数落了我几句，其他的可怜虫也没能幸免，骂完后就放我们走了。对我们来说，没有鲁特西亚[3]，但我们获得了自由。

我没在巴黎逗留，我在巴黎有太多旧识，有些还是不该认识的，我于是前往外省，四处打零工讨生活。局势慢慢平静下来，当局很快停止枪毙犯人，接着连关进牢里都懒得做了。此时，我开始明察暗访，终于找到了一个旧识。他混得相当不错，从一个政府到另一个政府，始终好端端的，他颇有先知灼见，小心翼翼地隐藏为德国做事的双重身份。一开始他不肯见我，不过搞清楚我是谁之后，他显然没有选择的余地。

我可不会说那次会面宾主尽欢，彼此的感觉既别扭又局促。不过，他很清楚我们的利益息息相关，我呢，想找个工作，他呢，想保有现在的工作。他有个表兄在北方，卸下传教士身份后，从一位破产的寡妇手上接收了三台列维斯纺织机，想要搞家小工厂。这位仁兄雇用了我，我得常常出差，四处推销蕾丝花边。

刚听到工作内容，着实让我头皮发麻，最终还是说服了他，同意我负责工厂组织这方面的工作，发挥我的专才。我的确在组织安排方面有傲人的丰富经验，虽然不能拿它跟我的博士专业相比。工厂日益壮大，尤其在 20 世纪 50 年代，我和联邦德国恢复联系之后，打开了德国市场，从此我可以光明正大回德国，许多旧同胞在祖国过着安稳平静的日子，有些坐了几年牢赎罪，有些则根本没事。

以我的经历，我大可以改回真实姓名，端出我的博士学位，要求一份退役

1. 奥尔赛（Orsay）：位于法国北部法兰西岛大区埃松省的一个市镇。

2. Servicedu Travail Obligatoire，缩写 STO，法国维希政府制定的法令。自 1940 年法国战败后，维希政府便向纳粹德国提供廉价劳工，以此法驱使人民服从。

3. 鲁特西亚（Lutetia）：巴黎古称。传说罗马人来此聚居时，将此地命名为 Lutetia（Lutetja）或 Lutetia Parisiorum Paris，所指范围仅占现代巴黎的一小部分。

战士抚恤和部分伤残的津贴，没有人会多说什么。我可以很快就找到工作。可是，扪心自问，这样做干吗呢？对我来说，律师跟商人没两样，更何况我已经对蕾丝产生兴趣了，它是人类愉悦又和谐的创造。工厂逐渐收购了相当数量的纺织机，老板决定设立第二家工厂，交由我管理。

从此，我就一直在这个职位上，打算做到退休。这期间我结婚了，老实说，我还挺不情愿的，但是这里，在北方，想要巩固既得的一切，结婚是道必要的手续。我选了一个符合要求的女人，出身良好，长相端正。婚后立刻让她怀孕生子，目的是想让她忙得无暇他顾。很不幸，她生了一对双胞胎，将来肯定会在家里跑上跑下，我指的是我的家，对我而言，一个淘气鬼就绰绰有余了。

老板给我加了薪，我买了一栋舒舒服服的房子，离海边不算远。就这样，我成了中产阶级。这样也好，经历了这么多事，我特别需要平静和规律的生活。

年轻时代的梦，早就让我过去的人生阅历摧毁得无影无踪了。从欧洲的这一端走到德国的另一头，内心的焦虑慢慢平息。战争掏空了我整个人，只剩下酸苦和长期纠缠的耻辱，就像咀嚼沙粒般咔吱咔吱作响。因此在社会规范下规矩生活，我安之如饴，尽管常以嘲弄的冷眼看待一切安逸的表象，有时甚至感到憎恶。以这种生活步调，我寄望有一天能够达到杰洛米诺·纳达尔[1]所言的上帝恩宠的境界，无所畏惧。我怎么开始掉书袋了？这是我的另一项缺点。我还成不了圣人，依然受到人类需求的拘束。

我偶尔还是会跟妻子做爱，有计划的，虽然说不上欢愉，倒也没有非常厌恶，只是为了家庭和谐。到外地出差的时候，旧时的癖好似乎也离我越来越远，主要是怕感染疾病。一切都难以再引起我的兴趣：俊俏少年的胴体、米开朗琪罗的艺术雕像，通通都一样，再也无法令我屏息。

就像大病一场后，每种食物都食不知味。这样的话，牛肉和鸡肉又有什么分别呢？吞下去，反正有营养就行了。说真的，能引发我兴趣的东西不多了。文学算是一件，我确信我对文学的喜爱绝不是出于长久的习惯使然。也许这正

1. 纳达尔（Jerónimo Nadal，1507—1580）：耶稣会教士，在1554年时曾写道："天主愿意帮助他的教会时，会赐予某个人特殊的恩宠，让那个人能以特殊的方式侍奉天主。"

是想写回忆录的真正原因，让我再度热血沸腾，看对某些东西是否还有感觉，是否还会心痛。这想法真是奇怪。

然而，我还是感觉得到心痛。这一代的欧洲人，谁不曾痛过，但我可以大言不惭地说，我经历过的痛苦比大多数人要多得多。

人是健忘的动物，这一点每天都能得到印证。就算那些活在记忆里的人也从来不说，只把记忆锁在脑海里，就算说了，也总是那一套陈腔滥调。只要去看看德国作家针对东方战役所作的悲情散文就能明白，滥情得令人恶心、文字僵化老套。就拿保罗·卡雷尔先生的抒情散文来说好了，他可是这几年相当畅销的名家。

我刚好认识这位卡雷尔先生，当时我们都在匈牙利，那时他名叫保罗·卡尔·施密特，在上司冯·里宾特洛甫[1]部长的庇护下，写出了他心中真正的想法，那真是一篇犀利激昂的佳作：**犹太人问题不是人道问题，不是宗教问题，纯粹是种族优生的问题。**

现在人人景仰的卡雷尔·施密特先生耗费毕生精力出版的大部头巨著，四大巨册不痛不痒地描述苏联战事，犹太人这个词竟然一次都没出现。这一点我很清楚，这套书我从头到尾细细读过，这的确是件苦差事，但我执意拼了。法国这边的作品，例如马比赫一家，还有这类的其他作家，也好不到哪里去。至于共产党，他们也一样，只是秉持的观点与西方全然相反。

那些高唱“孩子，在人行道边磨尖利刃”的人都到哪儿去了？他们是闭上了嘴，还是已经死了？相互奉承、茫茫不知所云地高谈**荣耀、光荣、英勇事迹**等空泛辞藻，真是令人厌烦，已经没人愿意提了。我这样说或许失之偏颇，但是我敢说各位一定能了解我的意思。

电视报道了一些数字，骇人听闻的数字，后面有一大串的零，不过有谁曾静下心思考这些数字的真正含意？有谁曾经计算过这辈子认识了多少人，然

1. 冯·里宾特洛甫（von Ribbentrop，1893—1946）：希特勒政府时曾任驻英国大使和外交部长等职务，对促成德日意三国同盟起过重要的作用，此外，直接参与了闪击波兰、入侵捷克斯洛伐克和苏联的战争。1946 年 10 月被纽伦堡国际军事法庭判处绞刑。

后和电视上听到的数字做个比较，好一个 **600 万，或 2000 万**。来玩玩数学吧。数学是很有用的一门学问，它能预测未来，也让我们的脑袋更清楚，有时候非常有教育意义。

请有一点耐心，给我一点您宝贵的时间，我只针对曾经参与过的两大舞台来举例说明，且不管我在其中扮演的角色是多么微不足道，德俄战争，以及我们在所有文件上美之名曰“犹太问题的最终解决方案”的官方正式种族灭绝计划，这么委婉的措辞，不能不在此记上一笔。相对来说，西部战线的损失一直比较轻微。

我用的基本数据有待商榷，这我也没办法，大伙的意见都不同。苏联方面的死伤，我采用了旧有的数字，也就是 1956 年赫鲁晓夫引用的数据：2000 万。值得注意的是，英国著名的作家瑞特林格认为只有 1200 万，而另一位大名鼎鼎，甚至比瑞特林格更有名的苏格兰文学家埃里克森却算出死伤人数至少超过 2600 万，因此，苏联官方发表的数字等于是将之两两相加再除以二，误差值为 100 万。

至于德国方面的死伤数据——单就苏联战场而言，意见颇为一致——我们可以采用一些更官方、更日耳曼式的精准数字，1941 年 6 月 22 日到 1945 年 3 月 31 日止，东部战线共计损失 6172373 名官兵，这是在一份陆军总指挥部内部报告上总结的数字，这份报告在战后被发现，其中包含阵亡者（超过 100 万）、伤者（大约 400 万）以及下落不明者（亦即可能死亡、被俘，以及死亡的战俘，大约 1288000 人）。简单地说，就是 200 万名战士阵亡，而这数字不包含伤者，约略计算一下，伤者有五十几万。

1945 年 4 月 1 日到 5 月 8 日又新增不少伤亡名单，多半在柏林地区，除此之外，东部占领区陷落所引发的后续流亡潮，估计还得再纳入将近 100 万的平民老百姓受害，换句话说，加起来共计 300 万人。

至于犹太人方面，各方说法分歧，最广为人知的说法是 600 万，尽管没有多少人知道这个数字源自何处（霍特尔[1]在纽伦堡接受审判时说艾希曼[2]告诉

1. 霍特尔（Wilhelm Höttl，1915—1999）：奥地利纳粹党员，党卫队二级突击队大队长。

2. 艾希曼（Adolf Eichmann，1906—1962）：纳粹德国前高官，也是在清洗犹太人中执行“最终解决方案”的主要负责者，被犹太人称为“纳粹刽子手”，二次大战后定居至阿根廷，遭以色列情报特务局干员绑架，公开审判后绞死。

他的，但是维斯利策尼[1]却一口咬定艾希曼曾对他的同僚说是500万；当犹太人终于有机会当面质问艾希曼时，艾希曼却说介乎500万到600万之间，应该是500万）。

曾经为德意志帝国党卫队大元帅海因里希·希姆莱[2]，汇总最后统计数字的克尔海尔博士[3]得出到1942年12月31日止，累计将近200万人，值得注意的是，我在1943年曾有机会和他当面交换意见，他承认原始的数据源并不可靠。

最后，深入研究这项议题且深受世人崇敬的希尔伯格[4]教授，他的论点少有人认为偏颇，更不会偏袒德国，在长达19页密密麻麻的报告最后，他得出一个数字：510万，这与艾希曼一级突击队大队长的说法大致相符。就采用希尔伯格教授的数据吧，由此，我们归纳得出：

苏联方面死亡人数……………………………2000万

德国方面死亡人数……………………………300万

小计（东部战线）……………………………2300万

*犹太人终结总数*……………………………510万

总计……………………………………………2660万

请了解，其中有150万的犹太人被纳入苏联方面的死亡清单。（基辅那座奇特的纪念碑上暧昧婉转地刻着这样的话："遭德意志——法西斯侵略者杀害的苏联公民。"）

---

1. 维斯利策尼（Dieter Wisliceny，1911—1948）：纳粹党员，党卫队一级突击队中队长，在犹太种族灭绝行为中负有重要责任。

2. 希姆莱（Heinrich Luitpold Himmler，1900—1945）：纳粹德国的一名重要政治头目，曾为内政部长、党卫队首领，被认为对欧洲600万犹太人、同性恋者、共产党人和20万至50万罗姆人的大屠杀以及许多武装党卫队的战争罪行负有主要责任。二次大战末期企图与盟军单独谈和失败，被拘留期间服毒自杀。

3. 克尔海尔博士（Dr. Richard Korherr，1903—1989）：纳粹统计学家，二战中纳粹德国统计局的总署（chief inspector）。

4. 希尔伯格（Raul Hilberg，1926—2007）：奥地利裔美国政治科学家和历史学家，重要的对犹太大屠杀事件的研究者。

现在是数学时间。

我们与苏联的冲突从 1941 年 6 月 22 日凌晨 3 点开始，一直延续到，根据官方的说法，1945 年 5 月 8 日夜里 11 点 1 分，总计长达三年十个月十六天二十小时又一分钟，去掉尾数，可换算成 46.5 个月，或是 202.42 个星期，也就是 1417 天，34004 个小时，2040241 分钟（最后那一分钟也计算在内）。

关于美其名曰最终解决方案的计划，执行的时间与这个时间区段完全吻合。此前，计划尚未明确也未见规模，犹太人的死亡人数不定。

现在，让我们回头看看另一个数字游戏：德国人方面，平均每个月死亡人数达 64516 人，换言之，每星期死亡 14821 人，每天就是 2117 人，每小时 88 人，等于每分钟就有 1.47 人死亡，以上就是这三年十个月十六天二十小时又一分钟的战争期间，每年、每月、每周、每时、每分钟的死亡人数。

犹太人这边的数字，包含苏联籍国民在内，大约每个月死亡 109677 人，平均下来，每星期有 25195 人死亡，每天就是 3599 人，每小时 150 人，每分钟 2.5 人，计算时间区段同上。

最后，来看看苏联方面的数字，平均每个月大约有 430108 人死亡，等于每星期有 98804 人，每天就有 14114 人，每小时 588 人，每分钟就是 9.8 人，计算时间区段同上。

各方的死亡总数加总之后，平均每个月死亡 572043 人，每星期死 131410 人，每天则是 18772 人，每小时就是 782 人，等于每分钟死 13.04 个人，以上是上述时间区段每年、每月、每周、每天、每分钟的死亡人数，再次提醒各位，整个时间区段有三年十个月十六天二十小时又一分钟。

有人会觉得把最后没用的一分钟纳入计算是在卖弄，是小题大做，我希望他们好好想想，在这一分钟里，平均有 13.04 人丧生。如果可以的话，请想象一下，在这一分钟里，他们周遭的人当中有 13 位亲友遭到了杀害。

同样地，也可以计算出亡者之间死亡的间隔时间：平均大约每隔 40.8 秒，有一个德国人死亡，每隔 24 秒一个犹太人死亡，而每 6.12 秒就有一个布尔什维克党人死亡（俄籍犹太人包括在内），总体来说，每隔 4.6 秒钟就有一个人丧生，计算时间区段同前。

从这些数据，您可以运用想象力把数字具体化。例如拿一只表，看着秒针每走 4.2 秒（或者每走 6.12 秒、24 秒或 40.8 秒，这要看您更愿意怎么计数），开始默念一人死亡、两人死亡、三人死亡，如此这般继续下去，试着想象您口中一人死亡、两人死亡、三人死亡的那些人，尸体就躺在您眼前，逐渐堆积成形。您将发现这是很棒的默想训练。要不，想想另外一件比较近代、让您久久不能自已的悲惨事件也行，再来加以比较。

举例来说，如果您是法国人，想想贵国在阿尔及利亚的小小冒险，那曾经是贵国人民心中不能碰触的痛。贵国在七年间，包括意外死亡的人数，痛失了 25000 人：这个数字相当于东部战线一天又十三个小时的死亡人数，也可以比拟为犹太人遭屠杀七天的累计人数。当然，我在这里没有把阿尔及利亚人的伤亡人数计算在内：因为您几乎绝口不提。无论是在您出版的书籍，还是制作的电视节目里，从来都没有人提过，这对您来说无足轻重吧。

事实上，每失去一个法国人，背后代表着十位阿尔及利亚人的死亡，就算跟我们相比，贵国效率之高仍令人竖起大拇指。

数字游戏到此暂停，如果要继续玩，真的可以玩很久，我请您自个儿玩，玩到您脚下的土地塌陷为止。至于我，没那个必要；很久很久以前，套一句出自《古兰经》的优美经文，死亡的阴影已经比我脖子上的青筋还要逼近我了。

假设您真能让我流泪，我的泪水将腐蚀您的脸。

该下总结了，请容许我再度引经据典，我保证这是最后一次。古希腊悲剧诗人索福克勒斯[1]说得好：生平最冀望的，莫过于免来人世走这一遭。

叔本华也曾有感而发，写下类似的喟叹：什么都没有最好。世上痛苦大过欢乐，所有的满足欢喜都是过渡的，连带产生新的欲望和苦恼，遭人鱼肉的椎心剧痛远大于我为刀俎的痛快。没错，我知道我引用了两段话，不过意思是相同的：实际上，我们活在最悲惨的人间炼狱中。

战争当然结束了，而且世人也都得到了教训，这种事不会再发生了。然

---

1. 索福克勒斯（Sophocles，公元前 496—公元前 406）：代表作为《安提戈涅》和《俄狄浦斯王》。

而，您敢确定世人真的得到了教训？您真的确定这种事绝对不会再发生了？再说，您真的百分之百确定战争已经结束了吗？

就某种程度而言，战争永远不会结束，又或者该这么说，除非在战争结束前最后一刻出生的最后一个婴儿能寿终正寝，安然走完一生，战争才算结束。

甚至就算是这样，战争都还可能持续下去，降临在他们的子侄辈以及他们子侄辈的下一代身上，直到他们背负的先人事迹稍微稀释、记忆淡忘、痛苦趋缓为止，到了那个时候，世人早已遗忘一切，而这一切也早已被归入历史，无关痛痒，甚至连被当成恐怖故事来吓小孩都不够格了。

然而，那些在死亡阴影下长大的小孩呢？我的意思是，那些多希望自己干脆死了、一了百了的小孩呢？

我猜得到您心里会怎么想——这人真是铁石心肠。您在心里念着——没良心，一个不折不扣的人渣应该被抓去蹲苦窑，而不是在这里大放厥词，散播似是而非的言论、半吊子的法西斯陈腐思想。不要把法西斯主义搬进来搅在一块儿，至于我的罪，先别立下判语，我还没开始说到正题呢。至于道义上的责任，请容许我发表几点看法。

政治学家经常提出这种说法，在战争的非常时期，全国人民，最起码男性公民，必须放弃一项最基本的人权——生存的权利，这项论点始于法国大革命，开启了征兵制度。而这项原则至今仍广为世界各国接受，差不多全世界都这样。

但是几乎没有人指出，与此同时，公民也被剥夺了另一项权利，同属基本人权，对他来说甚至更重要，攸关身为文明社会一分子的自我认知：不杀戮的权利。没有人事先征询过他的意见。挺立在大壕沟之上的那个男人，绝大多数的情况下，跟那些被扔进壕沟底，已经断了气的或是尚存一口气息的人一样，都不是自愿来这里的。

您可能会反驳，打仗时杀死对方将士，跟杀死手无寸铁的平民百姓不能混为一谈；战争法规定，前者合法，后者违法，这颇符合普罗大众的道德观。

然而，这纯粹是不切实际的高调，完全没有考虑到冲突的现实状况。于是战后两派说辞壁垒分明，一边是“军事行动”，亦即一切冲突的同义词，另一边则是“令人发指的暴行”，由一小群淫虐无道的狂人领军执行。正如我希望突显的，这全是征服者们聊以自慰的古怪幻想……

我不是在替执行命令说的那派人说话，这派说法广受我们优秀的德国律师好评，强调军人军令在身不得不为的无奈。我的所作所为，都是透析前因后果之下的行动，我认为那是职责所在，而且非完成不可，不管这样的行动有多可悲、让人多不舒服。

全面的战争正是如此，没有所谓的平民百姓，被送进毒气室或被枪杀的犹太裔小孩，跟遭到空袭轰炸、被烈焰烧死的德国小孩，两者唯一的不同点在于死亡的方式。这两种小孩同样无辜，他们的牺牲无助于缩短战争，但是在这两种情形下，军人认为这是对的，是必要的。如果他们是被欺骗的，那该怪谁呢？

就算我们特意把这些暴行与战争行为切割，采用犹太律师莱姆金[1]的说法，认为这是种族灭绝大屠杀好了，我的论点还是站得住脚，因为起码在我们这个世纪里，大屠杀都是伴随着战争而来的，大屠杀从来没有独立发生过。

大屠杀跟战争一样，都是整体全面的现象——现代的大屠杀是指一大群人集体杀戮另一大群人的过程。就我们目前讨论的案例来说，这也可以算是一种工业大量生产要求下的分工过程。就跟某些学者的主张一样，工人是他自己制造的产品的奴隶，搬到种族屠杀或全面战争的现代面貌底下，我们同样可以说，行刑者是背负他执刑后果的奴隶。

这样的道理同样适用于拿枪对准另一个人的脑袋，然后扣下扳机的人，因为被他杀死的那个人是其他人送来的，杀人并不是他一个人的决定。行刑者知道他只是长长的决策——执刑链里的最后一环，他的行为跟平常时期行刑小队的成员处决三审定谳的罪犯没有两样，完全合理合法。

行刑者知道他被指派开枪的任务，纯粹只是凑巧，就像一位同胞负责捆绑，另一位负责开卡车送囚犯一样。他顶多只能试着改去当卫兵或是司机。还有一个很好的例证，虽不是我的亲身经历，但常见于各类历史巨著中，德国

1. 莱姆金（Raphael Lemkin，1900—1959）：波兰犹太人，是一名律师，以对抗种族屠杀著称。

重度残障及精神病患的灭绝计划，也就是所谓的“安乐死”，又称“T-4”计划，早在“终极方案”实施前两年就开始了。

首先，借由合法的安排选择病患，由专业护士将被选中的所有病患集中在一栋建筑物里，逐一登记并脱去他们身上的衣服，再交由医生检查后，带进一个密闭的房间；一名工作人员打开毒气，另一批人清理现场善后，最后警察开具死亡证明。

这些人在战后遭受审讯时，满脸无法置信，异口同声地问：“我，有罪？”护士没杀人，她只是脱了病人的衣服、安抚病人的情绪，这都是她平常做的工作。医生也没杀人，他只是根据政府机构制定的标准，诊断病人的病情。那名打开毒气开关的工作人员，无论从时间或地点来说，应该是最接近杀人现场的了，但他只是遵照上级和医生的指示，执行一项纯粹技术性的工作罢了。至于清理善后的那批人，为了维持环境卫生，他们功不可没，更何况这个工作，说实在的，非常恶心。警察依法执行公务、开立证明，并注明死亡原因，也未违反现行法律。

谁才是杀人凶手？所有牵涉其中的人，是，还是不是？为什么负责操作毒气开关的工人，他们的罪就比负责操作锅炉、整理庭园、修理汽车的工人要重呢？同样的道理适用于执行这个巨大阴谋计划的各个层面。

例如，铁轨扳道工，难道因为运载犹太人的火车行经他导向的铁轨而被送进集中营，他就得为犹太人的死负责吗？这名工人只是个基层公务员，做这工作已经 20 年了，每日拿着行车时刻表，改变铁轨行进方向，而他不知道其中隐藏着什么重大阴谋。

假设犹太人坐上火车从 A 地出发，行经他操纵转向的铁轨到达 B 地，然后在 B 地惨遭杀害，这并不是他的错。然而，铁道扳道员在犹太人灭绝计划中却扮演着非常关键的角色，要不是他，载满犹太人的火车到不了 B 地。同样还有负责征收公寓住家安置遭空袭后无家可归难民的公务员、印制集中营羁押文告的印刷工人、卖水泥和铁丝网给党卫队的供货商、送汽油给国安警察署各分区行动支队的后勤补给处士官，老天爷竟放任这一切发生。

当然，我们可以定出相对而言颇为明确的各级刑责，起诉某些人，其他人就让他们受自己良心的谴责，他们只是做分内的事，却要遭受良心谴责。不如干脆在事发后制定惩戒条例，一如纽伦堡大审判。

就算是这样，事情还是处理得荒腔走板。为什么判那个没用的乡巴佬施特莱彻[1]绞刑，却放过冯·登·巴赫-齐列夫斯基[2]？又是基于什么理由吊死我的长官鲁道夫·伯朗特[3]，却放过了伯朗特的上司沃尔夫[4]？为什么吊死弗里克[5]部长，却放过他的直属手下斯图卡特[6]，部长的命令不都是出自他手吗？斯图卡特是个幸运的男人，双手沾染的只有墨水，没沾过血。

我再强调一次，免得产生误解，我并不是想开脱，说自己不需要为哪桩或哪件事负责。我有罪，您没有，很好。只是您应该这么想，我做的那些事，换作是您，您也会这么做。或许少一点热情，又或许少一点绝望，不管怎样，您都会去做。

根据近代历史的演变，我想可以得出一个不变的铁律，所有人，起码绝大多数的人，在某些整体的既定情况之下，往往会照着别人的话做。请原谅我的直率，很少有人能成为例外，我也不能。假设您诞生在某个国家，或是在某个时代，那里不仅没有人意图杀害您的妻小，更没有人叫您去杀别人的妻儿的话，感谢上苍，您可以安详地走完人生。

但请您千万记住，您的运气或许比我好一些，但这并不表示您高我一等。

如果您真傲慢地自以为比我优秀，危机就始起于此。人类爱与政府作对，不管它是不是独裁政府、对普通人是强硬或软弱。但我们忘了政府是人组成的，多多少少也都是普通人，但每个人拥有自己的生活、自己的经历，在命运的机缘巧合下，某一天，某些人发现自己运气好，与枪杆子和笔杆子站在同一

---

1. 施特莱彻（Julius Streicher，1885—1946）：纳粹政客，反犹太人的《先锋报》的创始人、所有者和编辑。施特莱彻是纽伦堡国际军事法庭审判的主要战犯之一，于1946年被判反人类罪，处以绞刑。
2. 齐列夫斯基（Erich von dem Bach-Zelewski，1899—1972）：纳粹高官，主持镇压了华沙起义。
3. 伯朗特（Rudolf Hermann Brandt，1909—1948）：1933—1945年为纳粹军官和公务员。因收集犹太人骨骼被判死刑。
4. 沃尔夫（Karl Friedrich Otto Wolff，1900—1984）：纳粹高官，官至纳粹军队副总指挥官。
5. 弗里克（Wilhelm Frick，1876—1946）：著名纳粹官员，曾任第三帝国的内政部长。在二次大战结束后，因战争罪而被处以绞刑。
6. 斯图卡特（Wilhelm Stuckart，1902—1953）：纳粹党律师，任职内政部秘书。因其事迹被判为战犯。

阵营，另一些人则倒霉地被放在敌对的阵营。

这样的结果很少是个人抉择，也不可能是前世注定。在绝大多数的情况下，被害者受尽折磨虐待，并不是因为他们人善所以被人欺，而刽子手折磨虐待囚犯，也不是因为他们秉性凶残。这么说似乎有些天真，然而，只消到任何官僚机构，甚至红十字会走访一下，您就会明白个中真理。

斯大林曾经发表一篇精彩绝伦的演说，更进一步阐释了我的论点：将这一代的刽子手变成下一代的受害者，如此一来，世间永远不缺刽子手。然而，国家机器是由被它一颗一颗捣碎的松散沙子结合而成的。国家的存在，是在所有人民的同意下组成存在的，尽管到了最后，人民经常成为它的受害者。

就算少了霍斯[1]，少了艾希曼、戈格利泽[2]、维辛斯基[3]这些人，甚至没有铁道扳道工、水泥制造商和各部会的会计人员，希特勒这样的人物充其量只是一只被愤恨胀得鼓鼓的羊皮袋，无计可施的恐怖分子。

说真的，监督落实灭绝计划的大多数管理者并非暴力分子，或者如现代人所言的，为崇高理念奋战的变态偏执狂。其中当然也有暴力分子和疯子，一如历史上所有的战争，这些人犯下无以名状的暴虐罪行的确不容否认。党卫队未能强化手下人员素质的管理也难辞其咎，尽管他们在这方面做的努力比我们一般想象的多很多，而且真的不容易，问问法国军方的将领就知道，在阿尔及利亚，他们是不是为士兵酗酒、强暴民女、滥杀无辜之类的问题伤透了脑筋。然而，问题的症结并不在此。

疯子，到处都是，任何时代都有。平静的郊区，充斥着恋童癖和心理变态的偏执狂；夜间收容所里满是愤怒狂妄的自大狂；某些人也真的造成了一些社会问题，杀死两三个、十个，甚至五十个人——而同样一个国家，在战争时期，竟泰然自若地利用他们杀戮，然后再把他们当成吸饱血的蚊子，一巴掌打

1. 霍斯（Rudolf Franz Ferdinand Höss,1901—1947）：纳粹二级突击队中队长，奥斯维辛集中营担任最长时间的指挥官，1947 年在华沙受审被判吊刑。
2. 戈格利泽（Sergo Goglidze，1901—1953）：苏联内务部内卫部队军官。
3. 维辛斯基（Andrey Yanuarevich Vyshinsky，1883—1954）：苏联政治家、法学家、外交家。

死了事。

这些有病的人，什么都不是。那构成国家的一般老百姓呢？——尤其在动荡不安的时代里——他们才是真正的危险源。真正的危险因子是我，是您。如果您还不相信，就没有必要继续看下去了，看了也不会懂，反而会感到气愤，这样对您对我都没好处。

跟大多数的人一样，我并不是自己选择要当刽子手的。如果可以的话，就像我先前说过的，我想走文学这条路。

若有才华，就当个作家，没有才华，当个教书匠也可以，总之，我想生活在美好安详的环境中，徜徉在人类意志的伟大创作中。是啊，除了心理变态之外，谁会想要去杀人？此外，我很想学钢琴。有一天我去听演奏会，有位中年女士俯身问我："我想您是钢琴家吧？"我颇为懊恼地回答她："可惜我不是，女士。"时至今日，我还是不会弹钢琴，以后也不可能有机会学。

有时候，载着我载浮载沉多年的往事宛如黑暗河流，比那些恐怖事件更压得我喘不过气来，让我几乎无法挣脱。

我还很小的时候，母亲买了一架钢琴给我，那是生日礼物，我当时九岁，要不就是八岁。总之，是在我们搬到法国和莫罗住在一起之前的事。我求了她好几个月。

我梦想着当钢琴家，伟大的钢琴家，开演奏会，在我灵巧的指尖下，教堂圣乐轻盈如气泡。但是我们没钱。父亲离家已经有一段时日，他的账户（这是我后来才知道的）被冻结，母亲必须自己想办法挣钱。她还是找到了钱，我不知道她是怎么办到的，大概是省吃俭用攒下来的，或者是向人借贷；或许她下海卖身，我不知道，也不重要。

她大概为我规划了远大的前程，想栽培我，因此我生日那天，一架漂亮的直立式钢琴送来了。虽然是中古钢琴，价格应该也不菲。

刚开始我兴奋极了，开始上钢琴课，由于进步缓慢，我很快就失去了当初的兴趣，没多久就放弃了。音阶练习完全不是我想象的那回事，我的例子跟众多小孩一样。母亲从来没有责怪我行事草率又懒惰，但我可以想象，就这样浪费一大笔钱肯定让她心如刀割。

钢琴摆在那里长灰尘，我姐姐对钢琴的热度跟我一样，不超过三分钟。后来我压根儿忘了钢琴这档事，最后母亲下定决心卖掉钢琴，肯定是贱价赔售，而我几乎没察觉钢琴已经不在了。

我从来没有真正爱过我的母亲，我甚至讨厌她，不过钢琴这件事让我觉得她很可怜。这件事她也得负一点责任。如果她坚持，如果她当时能够严厉一点，我可能已经学会弹钢琴了，音乐可能因此成为我最大的喜好、最安全的避风港。能弹琴自娱、为家人演奏，这样就够了。

我常听音乐，我也很喜欢听，不过这跟自己会弹完全不能相提并论，听音乐是退而求其次的选择。这跟我对男性的爱慕是一样的，我可以脸不红、气不喘地大声说，事情的真相是，我无疑更愿意当女人。不一定要像那些社会上的活跃女性，为人妻、为人母。不，我只想全身赤裸，仰卧在床，双腿张开，让一个男人沉沉压住，我紧紧地抓住他，让他插入，顿时我们吞没在无边无际的汪洋大海中，沉浸在没有开端也没有尽头的欢愉中。但事与愿违，我成了法学家，国安署公务员，党卫队军官，最后当上蕾丝花边厂的厂长。听来有点可悲，但事情就是这样。

我上面写的都是真的，不过我曾经爱过一个女人。唯一的一个，我对她的爱远超过世上的一切。但是，这个女人我却碰不得。

梦想成为女人，梦想拥有女性的躯体，这一切极有可能是因为我依旧追寻着她，想要靠近她，想要变得像她，想变成她。这个解析十分合情入理，但终究改变不了什么。跟我睡过的那些家伙，我一个都没爱过，我只是在利用他们，利用他们的身体，如此而已。

有了她，有她的爱，对我来说，这一生就已足够。您不要笑，拥抱这份爱，大概是我这辈子唯一做过的一件好事。您八成在想，这些感受兜拢在一个党卫队的军官身上，好像有点不伦不类。

为什么一个党卫队一级突击队大队长不能跟其他的男人一样，有属于自己的内心世界、欲望和爱恋呢？我们这群被认为十恶不赦的罪犯，人数高达数十万，这些人当中，也有跟平常人一样平淡无趣的凡夫俗子，也有一些非凡之辈，比如艺术家、有教养的文人，当然也有神经兮兮的汉子、同性恋、恋母癖，各种人多着呢，有何不可？他们跟各行各业的典型人物没两样，也不会更特别：有爱好品酒、爱抽雪茄的生意人；有满脑子都是钱的生意人；也有在屁眼里塞了一根人造阴茎才到办公室，在笔挺的三件式西装底下，隐藏着淫秽刺青的生意人。

一般人觉得这没什么好大惊小怪的，那么换个背景，在党卫队或在国防军里有这些人物，又有什么值得大惊小怪的呢？我们的军医在剪开伤兵的制服时，经常发现里面是一身女性内衣，而且发现的频率远比想象的高。确认我属于某个类型的典型人物没什么意义。

我有过一段人生，一段过去，沉重且代价颇高的过去，这种事司空见惯，而且我自有应付的方法。后来战争爆发，我发觉自己被卷入恐怖又残酷的暴行核心。

然而，我并没有变，我还是同一个人，我的老问题仍旧悬在那儿，尽管战争衍生了新的问题，尽管战争的恐怖让我从头到脚变了个样。对某些人来说，战争，甚至杀戮，是他们问题的答案，可是我不是这种人，我跟大部分的人一样，战争和杀戮对我而言是个大问号，找不到答案的疑问，因为深夜里我们的嘶吼得不到任何人的回应。

事情如连锁效应，一件接着一件，起先只是服国民役，冲突事件接踵而至，压力骤增，最后不得不跨越兵役的界限。但是，这一切层层紧密相连，有着非常密切、私密的关联，如果战争没有发生，我仍然会走到这样的极端，那是不可能的。或许这种可能性仍然存在，或许没有，又或许我可以找到另一条出路，没有人知道。

埃克哈特[1]曾写道：炼狱天使乘着一朵小小的天国白云飞翔。我一直认为反过来说也应该说得通，天国的恶魔绕着一朵小小炼狱乌云盘旋。但是我不认为自己是恶魔。就我之前的所作所为来说，我这么做一定有理由，至于理由是好是坏，我不知道，总之肯定是合情合理的理由。

杀人的是人，被杀的也是人，可怕的地方就在这里。您永远无法肯定，说自己绝对不会杀人，这是不可能的，您顶多能这么说：我希望永远不用杀人。

1. 埃克哈特（Eckhart von Hochheim，1260—1328）：德国神学家。

我也一样，我也这么希望，我也一样，希望拥有充实又美好的生活，当个再平凡不过的人，能和其他人平等地站在一起，我也一样想要为全人类的建设尽一份心力。但是，我的希望落空了，我的热忱遭人利用，用来落实一个后来才惊觉既丑恶又疯狂的蓝图，我跨越了黑暗边界，所有的黑暗罪恶一股脑儿钻进我的人生，再回头一切已经无法补救，永远无法挽回。再也无法这四个字，说再多也没有用了，它们就像落入沙中的水瞬间消逝无踪，而湿润的沙子塞满了我的嘴。

我继续过日子，跟所有人一样，尽可能奉献一己之力，我跟其他人一样，是个平凡至极的人，我是个跟您一样的人。

行了，我都说了，我跟您一样！

# 阿勒曼德舞曲第一和第二乐章[1]

## *ALLEMANDES I ET II*

1. 17、18世纪一种二拍的慢板舞曲，在古典舞组曲中，多在序曲之后。

我们在边界处扔下一座浮桥。离边界不远的地方，被苏联军队炸毁的铁桥，扭曲的拱形桥墩仍矗立于布格河[1]灰黑的河水之上。据说，我军工兵团在短短的一夜之间，就另架了一座新桥，面无表情的战地警察身上的半月形徽章反射着耀眼金光，沉着地指挥交通，就像在家乡值勤一样。国防军有优先通行权，他们要我们等一下。

我望着水流缓慢的宽广河面、对岸静谧的小树林、嘈杂的桥面。终于，轮到我们过河了，我们上桥没多久，首先映入眼帘的是河岸边的俄军设备残骸，破铜烂铁似的排成长长一列：有烧毁变形的卡车；车顶掀开的战车，活像打开的罐头；烧毁的弹药补给列车，则像母亲腹中的胚胎，扭曲蜷缩，焦黑，七横

1. 布格河（Bug）：又名“西布格河”。源出乌克兰，为乌克兰、白俄罗斯与波兰的界河，在华沙西北38公里处注入维斯瓦河。

八竖，或翻覆，或被炸得掀了车顶，沿着河岸一望无际。

夏日阳光闪耀，树林后头一片红橙光辉。红土路面的障碍物已经清空，爆炸的痕迹依旧清晰可见，大片油污，四散的碎片。

进入索卡尔[1]后的第一批民宅接着映入眼帘，市区几处火焰燃起几声无力的噼啪，脏污的尸体大多穿着寻常百姓的衣物，夹杂在散落路面的碎石瓦砾堆之间；对面有片公园浓荫，树底下，奇形怪状的小巧屋顶上，一排白色的十字架整齐划一。

两名德国士兵在十字架上写名字。我们计划在这里扎营，等布洛贝尔[2]和我们的后勤处军官施特雷尔克，他们回总部报告后立刻回来与我们会合。空气中飘着淡淡的甜腻，混杂着呛人的烟味，隐隐令人作呕。布洛贝尔很快就回来了："很好，本区交由施特雷尔克负责，您跟我走。"

参谋部[3]安排我们暂时驻扎在一所学校里。

"很抱歉，"一名勤务兵裹在皱巴巴、灰溜溜的陆军制服里，语带歉意地说，"我们还没有完全安顿下来，不过，等会儿我们会把配给物品给您送过去。"我们的二级突击队大队长冯·拉德茨基[4]是来自波罗的海国家的文人，他挥挥戴手套的手，面带笑容地说："没关系，我们不会待很久。"

里面没有床，我们自己带有铺盖，大伙坐在小学生上课的小椅子上。我们这一团大约 70 人。到了晚上，我们的确领到了粮食，是快要冷掉的地瓜菜汤、生洋葱、几块黏乎乎的黑面包，面包一切开立刻变得硬邦邦的。我饿了，撕了面包浸了汤吃，生洋葱也比照办理。冯·拉德茨基吩咐大伙轮班站岗，平静地度过这一晚。

---

1. 索卡尔（Sokal）：乌克兰境内的一个小镇。

2. 布洛贝尔（Paul Blobel，1894—1951）：党卫队旗队长，保安局成员。因证实杀死 1 万多人，在纽伦堡审判被判吊刑。

3. 书中出现了众多德国官方和军方的特殊名词，一般读者并不熟悉，作者也未多加着墨解释，我们在书末附上名词解释附录，以及军阶对照表，欢迎读者对照翻阅，相信对本书能有更深入的了解。——原书编注

4. 拉德茨基（Waldemar von Radetzky，1910—1990）：党卫队一级突击队大队长，在纽伦堡大审判因参与乌克兰犹太人的屠杀被判刑 20 年。

第二天早上，我们的指挥官布洛贝尔旗队长，召集底下的小队长在总部开会。第三小队的队长，也就是我的顶头上司，需要打一篇报告，于是派我代理他出席会议。

我们隶属的第六军团参谋部占据了一栋巍峨的奥匈帝国式宅邸，外墙漆成雀跃的亮橙色，列柱气派，仿大理石雕像上弹痕累累。一名上校走过来接我们，看起来他跟布洛贝尔很熟。“上将人在外面，请跟我来。”他带着我们走进一座宽阔的公园，广大的腹地从宅邸的这边一直往下延伸到布格河蜿蜒的河岸。

一棵孤零零的大树旁有一个穿泳衣的男人大步向前，身旁围着一群全副武装、汗流浃背的军官。那个人转身朝我们这边说道：“啊，布洛贝尔先生！您好。”

我们向他敬礼，他就是冯·赖谢瑙[1]上将，陆军总司令。他鼓起毛茸茸的胸膛，英气勃发——每日大鱼大肉，让原来的运动员体格与普鲁士民族的精致轮廓，终究敌不过肥油，脸上著名的单眼镜片反射阳光，显得非常突兀，甚至有些滑稽。他一边下达精准周全的指示，一边继续大步来回踱步，大伙只好跟在他后头来来回回，这场面颇令人困惑。

我撞到了一位少校，结果上将说了什么，我一个字都没听到。

最后，他终于停下脚步，向我们告辞。“啊！对了，还有一件事，要是犹太人，用五把枪太多了，你们人手不足，行刑时用两把枪就够了。至于布尔什维克党员，先看看有多少再说。如果是妇女，可以派整个小队上去。”

布洛贝尔举手敬礼：“遵命，上将。”冯·赖谢瑙的光脚丫脚跟并拢，高举手臂：“希特勒万岁！”“希特勒万岁！”我们齐声回答，然后告退。

我的上司凯里希二级突击队大队长博士，不悦地接过我手中的报告：“只有这些？”“我漏掉了一些，我没听到，二级突击队大队长。”

他噘起嘴，漫不经心地翻弄文件：“我不懂，我们到底该听谁的命令？

---

1. 赖谢瑙（Walter karl Ernst August von Reichenau，1884—1942）：德国陆军将领，最高军衔为元帅，在第二次世界大战前期几乎参加了所有重大战役，担任指挥要职。

赖谢瑙还是耶克尔恩[1]？还有拉斯彻[2]旅队长，他在哪儿？”“我不知道，旗队长。”“您不知道的可多了，二级突击队中队长，去吧，解散。”

第二天，布洛贝尔召集所有的属下。一大早，约莫有20名军官跟着卡尔森[3]走了。

“我派他带一小队的先遣部队去卢茨克[4]，接下来的一两天内，整团人马会陆续抵达，现阶段预计将司令本部设在那里。参谋部也将跟着转移到卢茨克。我们的人马行进速度很快，要加紧干活才行。我在等耶克尔恩副总指挥长，他会给我们指示。”

耶克尔恩是身经百战的党员，46岁，担任俄国南区党卫队的最高统帅兼警察总长。这头衔说明了该区所有的党卫队编制，包含我们这一团，或多或少都得听他命令。但是，指挥层级的混淆不清依旧困扰着凯里希。

“这么说，我们归副总指挥长管了？”“照国家行政阶级来说，我们是划在第六军团底下，但是为了让战术能灵活运用，我们通过行动参谋部和党卫队兼警察署最高总长，接收执行来自国家中央安全局的命令，清楚了吗？”凯里希微微摇头，叹了口气，“不是很清楚。不过，我想细部的权限划分会逐渐明朗。”

布洛贝尔气得满脸通红：“在普雷奇[5]不是已经从头到尾跟您解释过了吗，妈的！”凯里希面不改色地说：“旗队长，在普雷奇的时候，他们根本什么都没说。他们让我们听演讲、做运动，如此而已。容我提醒您，上星期海德里希[6]地区总队长召开会议时，党在国家安全局的代表并没有与会，我相信这其中必然有充分的理由，但是，事实的情况是，除了针对国防军的士气和行动呈

---

1. 耶克尔恩（Friedrich August Jeckeln，1895—1946）：党卫队副总指挥长，指挥屠杀超过10万人，被判为战犯，于1946年处决。
2. 拉斯彻（Emil Otto Rasch，1891—1948）：党卫队旅队长，被判为战犯，于1948年在监禁中死亡。
3. 卡尔森（Kuno Callsen，1911—1944）：党卫队一级突击队大队长，娘子谷大屠杀的重要角色。
4. 卢茨克（Lutsk）：位于乌克兰西北部斯特里河畔的一座城市。
5. 普雷奇（Pretzsch）：德国东部的一个小城。
6. 海德里希（Reinhard Tristan Eugen Heydrich，1904—1942）：德国纳粹党党卫队的重要成员之一，地位仅次于希姆莱。

递报告之外，我根本不知道我该做哪些事。”

他转身面对第四小队队长福格特：“您当时在场，您有去开会，他们说明完我们的任务内容之后，我们只要照做就行了，对吧？”福格特拿着一支笔轻敲桌面，一脸尴尬。布洛贝尔嘴里含糊地咕哝几句，乌黑的双眼定定盯着墙上的某个点，最后大声吆喝：“好了！总之，副总指挥长今天晚上会到，这事明天再说。”

开会的日期大概是 6 月 27 日，因为第二天我们就被叫去听耶克尔恩副总指挥长训话，可是我的登记簿上明白标示，这场训话是 28 日的事。耶克尔恩和布洛贝尔私底下大概认为临时行动小组的弟兄需要一点明确的指示和鼓舞。接近中午的时候，指挥部全员在学校操场集合，听党卫队兼警察署最高总长训示，而耶克尔恩也说得很坦白。

他对我们说，我们的任务在于找出每个躲在我方战线后面，有可能危害我方弟兄安全的可疑分子，并加以歼灭。每一个布尔什维克党党羽，每一个犹太人或茨冈人[1]，无论在何时何地都有可能炸毁我军的指挥中心，杀害我们的弟兄，破坏我们的运输干道，或者将机密情报传递给敌军。我们的任务不是在等对方有所行动后，抓住凶手严刑惩罚，而是先一步破获他们的巢穴，不让他们有机会得逞。鉴于我军行进速度快速，不可能设立集中营集中囚禁管理犯人，因此可疑分子一律杀无赦。你们当中或许有人学过法律，我在此特别指出，苏联拒绝签署海牙公约，我军西线将士必须遵守的国际法在这里并不适用。

人非圣贤，孰能无过，我们也许会错杀无辜，可是，唉，这就是战争。我们轰炸一座城市时，平民老百姓还不是跟着受害。虽然这对我们来说是很难受的情况，身为人，身为德国人，天性中感性和细腻的一面总是深受煎熬，这一切他都知道，我们必须战胜自己，他只能援引元首的一句话，以元首亲口说的一句话与大家共勉之：身为主将，为了德意志，绝对不容有一丝怀疑。谢谢大家，希特勒万岁。

---

1. 茨冈人（Tsigane）：吉卜赛人的别称。

最起码这话说得够坦白。无论是穆勒[1]还是施特雷肯巴赫[2]在普雷奇发表的训示，都说得冠冕堂皇，重点还不是要求我们一定要残忍冷酷，满口高调避重就轻，唯独不肯明讲的一点就是，我们即将被派往苏联。海德里希在杜本[3]誓师的校阅大典上，原本可以讲得更明白，可惜他才刚起头，天公却不作美，竟然下起倾盆大雨，他取消演说奔往柏林。

我们觉得茫然无所从，其来有自，更何况，我们这些人毫无实地作战经验。拿我来说，打从我进入国家安全局以来，我的工作几乎全局限在法律的相关文件归档，我敢肯定我绝对不是特例。凯里希负责有关组织方面的事务，连福格特，我们的第四小队队长也是来自文书部门。

至于布洛贝尔旗队长，他是从杜塞尔多夫[4]的国家秘密警察单位抽调过来的，被他逮过的人肯定都是些社会边缘人、同性恋者，顶多偶尔抓个共产党羽。在普雷奇的时候，曾有人谣传他是建筑师——显然他没闯出什么名堂。

他这人不太好相处，处处咄咄逼人，对待同僚态度粗鲁，圆脸，下巴凹陷，招风耳，活像是盘踞在军服硬衣领上的秃鹰，而面孔中央的鹰钩鼻简直是活生生的鸟喙。每回从他身边经过，总会闻到一股酒臭，哈夫讷[5]宣称他正在接受痢疾的治疗。我很庆幸自己不必直接跟他打交道，凯里希博士则不然，因此似乎吃了不少苦头，似乎连他在这里都感到不自在。

在普雷奇的时候，托马斯曾跟我说，坐办公桌的文书官，绝大部分都是可有可无的闲差，上面派给他们党卫队的军职（因此我成为党卫队二级突击队中队长，相当于您的中尉军阶）。原本任职政府资深顾问，也就是类似内阁幕僚的凯里希，挟其高阶公务人员的身份，大约比我早一个月晋升为二级突击队大队长。看得出来，肩头新增的几条杠，一如他的新职务，让他浑身不自在。至

1. 穆勒（Heinrich Müller，1900—1945？）：德国警察军官，盖世太保首领，参与犹太人灭绝计划。
2. 施特雷肯巴赫（Bruno Heinrich Streckenbach，1902—1977）：党卫队地区总队长，与数千起纳粹杀人事件有关。
3. 杜本（Düben）：德国东部一座小镇。
4. 杜塞尔多夫（Düsseldorf）：德国北莱茵 - 威斯特法伦州首府，位于德国西部的莱茵河畔。
5. 哈夫讷（August Häfner，1912—1999）：瑞士酒商，纳粹二级突击队队长。

于低阶军官和士兵，大多来自社会中下阶层，像是店东、会计师、一般文书职员，以及经济萧条时期投身突击队，希望找份差事养活自己，从此便回不了头的人。

还有相当多来自波罗的海国家或是罗塞尼亚[1]的德裔侨民，郁闷、阴沉、穿上军服如坐针毡，他们唯一的可取之处，就是他们懂俄语，但其中好些人甚至无法用德语表达。

的确也有像冯·拉德茨基这样的人脱颖而出，他精通家乡莫斯科的地方俚语和黑道行话，柏林地区的方言也同样朗朗上口，他为此深感骄傲，就算他闲着没事干，也能装出一副尽忠职守的样子。他还能说几句乌克兰语，他过去做的好像是进出口生意。他跟我一样，出身于国家安全系统，也就是党卫队的保安系统。他被调派到南部集团军时，着实令他沮丧了一阵子，他一直梦想留在中央集团军，以征服者之姿踏进莫斯科，用脚底的军靴踩皱克里姆林宫的地毯。

福格特安慰他说，基辅肯定也找得到乐子，冯·拉德茨基还是很不高兴："洞窟修道院[2]的确很壮观，但是说穿了，也不过是个大洞。"耶克尔恩发表训示的那天晚上，我们获令整理行装，预定明日启程——卡尔森已经在前方准备妥当了。

我军抵达时，卢茨克仍是一片火海。国防军的勤务兵负责带领我们前往指挥总部，我军被迫绕过老城区和堡垒，路线曲折复杂。

古诺·卡尔森征用了坐落在大广场边上，城堡脚下的音乐学院大楼，那是一座气派的17世纪建筑，设计朴实，最早是修道院，上个世纪曾被拿来当作监狱使用。卡尔森和几名手下昂然站在门口阶梯上迎接我们。

"这地方很方便，"我们边卸下装备和行李，边听他解释，"地下室的牢房

---

1. 罗塞尼亚（Ruthenia）：东欧历史地名，包括现在的白俄罗斯、乌克兰北部、俄罗斯西部、小部分的斯洛伐克东北部和极少部分的波兰东部。

2. 洞窟修道院（Kiev Pechersk Lavra）：位于乌克兰首都基辅。建于1051年，对乌克兰的宗教、教育和学术有巨大的影响。在1990年，洞窟修道院和圣索菲亚大教堂一并列入世界文化遗产。

还可以用，只要换几把锁就行了，我已经差人去办了。”整座监狱里，我比较喜欢图书馆，可惜里面的书不是俄文，就是乌克兰文。

冯·拉德茨基也在图书馆流连，张着圆圆的狮头鼻，茫然的双眼，专注地欣赏墙面上的线脚装饰。他经过我身边时，我特意对他说这里没有波兰文的书。“真奇怪，二级突击队大队长，没多久以前，这里还是波兰的领土。”冯·拉德茨基耸耸肩，“您可以想象斯大林狂热分子肯定肃清了一切。”“在两年的时间里？”“两年就够了，特别这里又是音乐学院。”

先遣部队忙进忙出，忙得不可开交。国防军逮捕了数百名犹太人和趁火打劫的滋事分子，希望能交由我们处理。大火熊熊燃烧，火势丝毫不减，看来破坏分子蓄意不让火熄灭。再说，古堡那边也有问题。

凯里希博士正在整理档案，他找到了他那本旅游指南，手臂横过被炮火打得开膛破肚的文件箱，递给我，特别指出一段要我看：“鲁巴特城堡是一位立陶宛王子建造的，您看。”中央庭园尸体堆积如山，据说是人民公安局在撤退前枪毙的囚犯，凯里希命我去看看。城堡由厚重的砖墙砌成，四周是土砖堆砌的城垛，三座高塔倚天而立，国防军卫兵镇守城堡大门，我需要一位国防军的军官协助才能进入。“很抱歉，奉陆军上将之令，我们得确保本地的安全。”“当然，我了解。”

大门敞开时，一股恶臭迎面呛来，我没带手帕，只好拿一只手套掩住鼻孔，勉强呼吸。

“用这个，”军事情报局的一名上尉拿出湿纸巾递到我跟前，“多少有点用。”的确是有用，但还不够；我虽然改用嘴巴呼吸，效用依旧有限，臭味钻进我的鼻孔，温温的，闷闷的，令人作呕。我痉挛似的大口吞咽，努力不让自己吐出来。

“第一次吗？”上尉低声问。我垂下头。“很快就会习惯的，”他继续说，“说不定永远也习惯不了，谁知道。”他自己也好不到哪里去，脸色发白，嘴巴没有遮任何东西。说着说着，我们已经穿过长长的拱形走廊，踏进一座小中庭。“往这边。”

铺石板的中央大庭园里，尸体堆积成山，横七竖八，这里，那里，到处都是。扰人的嗡嗡虫鸣在空气中弥漫，成千上万的绿头大苍蝇，在死尸上，在凝结的血塘上，在排泄秽物上盘旋不散。我脚底的靴子黏住了石板地面。

尸体开始浮肿，我凝视着那些惨绿泛黄的皮肤、不成人形的脸孔，显然生前曾惨遭痛殴。令人窒息的尸臭，我很清楚，这股味道是一切的开始，也是一切的结束，甚至可说是人存在的意义。想到这里，我内心一阵揪紧。国防军的兵士分成小组，一律戴上防毒面具，试图清理杂陈的尸体，将其堆放整齐。一名士兵拉扯一条手臂，手臂忽地断落，垂挂在他手上，他无精打采地随手将手臂扔到另一堆尸块上头。

“少说也有上千人，”军事情报局的军官低声对我说，像在喃喃自语，“他们入侵乌克兰和波兰后，掳获的俘虏无一幸免，里面有女人，甚至还有小孩。”我真想闭上眼睛，或者用手遮住双眼，却又想看，想用尽全副心力，睁大眼睛看，我试图用视觉参透这幅无法理解的景象，在这里，就在我眼前，这是人类理性思考的盲点。

我心慌意乱地转头，问军事情报局的军官：“您读过柏拉图吗？”他愕然地望着我：“什么？”“没事，没什么。”我转身步出现场。刚经过的小中庭深处，左手边有一道门，我推开门，门后头是楼梯。

我爬上楼，在空荡荡的走道间随意晃荡，在其中一座高塔里，发现了一道螺旋阶梯，便拾级而上，阶梯通往一条钉在城墙上的木头便桥。站在便桥上，空气中飘浮着大火延烧的气味，起码比起刚才的尸臭好多了，我大口吸气。

接着，我掏出烟匣，拿出一根烟，点燃。我觉得死尸的腐臭味好像还黏在鼻腔里，张大鼻翼吸取烟雾，想借此驱赶尸臭，结果只搞得自己一阵猛咳，脸涨得通红。我俯瞰脚下的景物。古堡的后头有几座庭园、小菜圃和几棵果树，我的视线翻过城墙，外头是城镇以及斯特里河[1]蜿蜒的河道；这一边看不见战火烽烟，只有阳光洒落绿色乡间。

我平静地吸烟，然后下楼回到中央大庭院。军事情报局的军官还在那儿，他好奇地盯着我，眼里只有好奇，没有嘲讽。“好多了吗？”“嗯，谢谢。”我尽量保持公式化的口吻，“您有确切的数字了吗？我写报告要用。”“还没有，

---

1. 斯特里河（Styr）：乌克兰境内河流。

我想明天会有吧。”

“国籍呢？”“我先前说过多半是乌克兰人和波兰人，不过很难说，大部分的人身上都没带证件。这些人分批被枪毙，显然行事很匆忙。”“有犹太人吗？”他惊讶地望着我说：“当然没有，这是犹太人干的。”我苦笑：“哦，对，当然。”他转身望着堆积如山的尸体，静静地不发一语，好一会儿才嘟囔着说：“他妈的！”我向他告辞。门口，一群小孩挤成一团，其中一个开口问了我一个问题，可惜我听不懂他的语言。我默默离开，回到音乐学院向凯里希报告。

第二天，临时行动小组终于采取行动了。奉卡尔森和库尔特·汉斯的命令，一小分队在城堡庭院里，枪毙了300名犹太人以及20个趁火打劫的匪徒。我陪同凯里希博士和二级突击队大队长福格特开了一整天的谋略会议，与会的还有第六军团的军事情报专员尼迈耶，跟他的几位同事，其中一位就是我昨天在古堡见过的吕莱上尉，他负责情报业务。

布洛贝尔认为我们人手不足，希望国防军能借调一些人给我们，尼迈耶照例打着官腔，认定这类的问题应当交由陆军上将和他的上司，参谋长海姆上校来决定。

下午的另一场会议中，吕莱以僵硬的口吻宣布古堡发现的尸体当中，经证实有十名德国军人，均惨遭凌虐分尸。

“他们被捆绑，然后被割下鼻子、耳朵、舌头以及生殖器。”福格特随他前往古堡察看，回来时满脸寒霜。“是的，一点都没错，惨绝人寰，那些人是禽兽。”这个消息引起一阵哗然，布洛贝尔在走廊上破口大骂，回去见汉姆。

当天晚上，他对我们宣布：“陆军上将要我们展行惩戒行动，杀鸡儆猴，要让那些浑蛋不敢再胡作非为。”卡尔森为我们做了一份当天处决人犯的简报。

这部分没有引发任何争议，顺利完成，不过冯·赖谢瑙下令强制采取的行刑方法，也就是每位囚犯只用两把枪解决，有一些缺点。“这样的话，枪管必须瞄准脑袋，才能确定囚犯必死无疑，因为光射胸膛无法百分百确定，而脑门炸开时血和脑浆大量喷出，喷得我们脸上到处都是，大伙都在抱怨。”此话一出，立刻引发了热烈的讨论。

哈夫讷冷不防说出："你们等着瞧，最后大家肯定会在脖子上放枪，就跟布尔什维克党一样。"布洛贝尔的脸唰地通红，拳头重重捶击桌面："阁下！您说这话太过分了！我们不是布尔什维克党！……我们是德国将士。我们是为了人民和领袖而战！妈的！"

他转头对卡尔森说："如果你的手下这么嫩，就叫他们当伙夫去。"紧接着又对哈夫讷说，总之，枪口绝对不能瞄准脖子，我不要有人因此觉得自己必须负责。要依照军队制定的方式处决囚犯，就这样，没什么好说的。"

第二天整个早上我都待在参谋部，军队攻陷本市时，查扣了多箱文件，我必须跟一位通译把这些文件浏览一遍，特别是从人民公安局[1]查扣来的数据，然后决定哪些该呈送临时行动小组，分析资料的紧急性。我们尤其希望能找到苏共党员名册，或者人民公安局等其他机构的成员名单，这些成员多半还待在城里，混在平民百姓之中，暗中从事间谍和破坏行动，把他们揪出来是当务之急。

接近中午的时候，我回到学院征询凯里希博士的意见。楼下的空气充斥着某种骚动，人群三三两两在角落里暴跳顿足，义愤填膺地耳语交谈。

我抓住一名二级小队长的衣袖问："发生什么事了？""我不清楚，二级突击队中队长，我想大概是跟旗队长有关。""长官们现在在哪儿？"他指指通往总部的楼梯。

上楼梯时，我碰见凯里希念念有词地下楼："乱七八糟，真是乱七八糟。"我问他："发生了什么事？"他抛来阴郁的眼神，破口而出："在这种情况下，我们还能怎样？"他继续往下走。

我往上走了几级阶梯，突然听见一声枪响，然后是玻璃碎裂和吼叫声。面对着布洛贝尔房间的楼梯间，有两名国防军人员在库尔特·汉斯的陪同下，气得跳脚。

1. NKVD：内政部人民公安局，Narodnyi Komissariat Vnutrennikh Del 的简称。二次大战期间取代契卡和 OGPU 的单位，是苏联境内主要的国安机关，也是 KGB 的前身。

房间门户大开。我问汉斯:“怎么了?”他抬抬下巴，指着房间的方向，双手十指交叠放在背后。我走进房间，布洛贝尔坐在床上，军靴还在脚上，外套已经脱下，挥舞着手枪，卡尔森站在他身旁，不去抓他的手，只是拼命将他手上的枪往墙壁方向推。一格玻璃窗已经散裂，我注意到地上摆着一瓶杜松子酒。

布洛贝尔脸色惨白，含混不清地鬼叫着，口沫横飞。哈夫讷跟在我后头进来:“怎么回事?”“我不知道，旗队长好像精神崩溃了。”“是啊，疯到见人就开枪。”

卡尔森转头看见我:“啊，二级突击队中队长，麻烦您向国防军的人打声招呼，请他们待会儿再来，可以吗?”我退回走廊，后面的汉斯刚好下定决心走进来，两人撞在一起。“奥古斯特，找个医生过来。”卡尔森吩咐哈夫讷。布洛贝尔不断怒吼:“这像什么话，不可能，他们脑袋坏啦，我要杀了他们。”国防军的两名军官远远躲在走廊那头，脸色苍白，全身僵硬。“长官……”我刚开口，哈夫讷撞了我一下，三步并作两步冲下楼。

上尉嗫嚅道:“贵单位的指挥官疯了!他想杀死我们。”我不知该说些什么才好。汉斯跟在我背后走出来:“长官，我们非常抱歉，旗队长病得很严重，我们已经叫人请医生了。我们待会儿再继续谈。”

布洛贝尔在房里尖声怒吼:“我要杀光他们，那些垃圾，让我去!”上尉耸耸肩:“如果党卫队的高阶将领是这个样子的话……我们宁可不与贵单位合作。”

他转身面对同僚，两手一摊。“真是不可思议，他们不是已经摧毁所有的疯人院了吗……”库尔特·汉斯脸色霎时变白，“长官!党卫队的荣誉……”现在，变成他支支吾吾说不出话来。

我终于有机会介入，打断他的话。“各位，我还不了解这到底是怎么一回事，但是显然牵涉到医疗方面的问题。汉斯，生气也没用。长官，正如我的同僚所说的，我想最好还是请您先离开一下。”上尉双眼炯炯发光，紧盯着我，“您是奥厄博士，对吧?好，我们走。”他对自己的同僚说。

他们在楼梯碰上了临时行动小组的医生施佩拉特，他正跟着哈夫讷往上走。

“您是医生吗？”“是的。”“小心，子弹可没长眼。”我闪开让施佩拉特跟哈夫讷过去，然后跟在他们后头走进房间。布洛贝尔的手枪已经放在床头柜上，嘶哑着喉咙对卡尔森吼道：“您知道，要枪毙那么多犹太人是不可能的。真要这么干的话，我们需要一台耕耘机，耕耘机才有办法把他们全埋进土里！”

卡尔森转身对着我们：“奥古斯特，麻烦你照顾一下旗队长，好吗？”说完，他抓住施佩拉特的手臂，将医生拉到一旁，两人热烈地低声交谈。“妈的！”哈夫讷高声咒骂。

我回头一看，布洛贝尔想拿回手枪，哈夫讷费力阻止。“旗队长，长官，安静下来，求求您。”我高声叫道。卡尔森立刻回到他身旁，心平气和地对他说话，施佩拉特也靠过来为他量脉搏。布洛贝尔朝放手枪的地方作势想拿回手枪，卡尔森转移了他的企图。施佩拉特接着对他说：“听着，保罗，您太疲惫了，我得给您打一针。”“不要！不要打针！”

布洛贝尔的手在空中乱舞，正好打中卡尔森的脸，狠狠地给了他一记耳光。哈夫讷捡起酒瓶给我看，随即耸耸肩——瓶子几乎空了。

库尔特·汉斯一直站在门口，不发一语地看着这一幕。布洛贝尔吼着含混的字眼：“该枪毙的是那些国防军的垃圾！全部枪毙！”怒吼接着转成喃喃自语。“奥古斯特，二级突击队中队长，过来帮忙。”卡尔森吩咐道。

我们三人合力抓起布洛贝尔的手脚，让他平躺在床上。他没有挣扎。卡尔森将他的外套卷成一团，塞到他的脖子底下，施佩拉特卷起他的袖子，给他打了一针。他已经安静许多。

施佩拉特拉着卡尔森和哈夫讷往门口走，三人私下交谈，我留在布洛贝尔身边。他睁大突出的眼睛盯着天花板，嘴边一抹唾液泡泡，还是不停喃喃自语：“掩埋，掩埋犹太人。”我悄悄把枪塞进抽屉，竟然没人想到要把枪收起来。

布洛贝尔看起来好像睡着了。卡尔森回到床边，“我们要把他送去卢布林[1]。”“为什么要送去卢布林？”“那里有家医院可以治疗这方面的疾病。”施

---

1. 卢布林（Lublin）：波兰东部的一个大城市，卢布林省的首府。

佩拉特说明。“说得好听，不就是精神病院？”哈夫讷不假修饰地说。卡尔森怒斥：“闭嘴，奥古斯特。”

冯·拉德茨基出现在门框里：“这是在搞什么？”库尔特·汉斯回答：“陆军上将下了一道命令，旗队长就崩溃了，他承受不了。他想毙了那几位国防军的军官。”卡尔森补上一句，“今天早上他就不太舒服，在发烧。”短短几句话，便把刚刚的情况和施佩拉特的嘱咐交代得清清楚楚。

“好，”冯·拉德茨基做了最后决定，“就照医生的话做，我亲自送他过去。”他看起来脸色有点苍白，“至于陆军上将的命令，您开始准备了吗？”库尔特·汉斯说：“没有，什么都还没做。”“好。卡尔森，您负责安排调度一切。哈夫讷，您跟我一道走？”

哈夫讷气愤地涨红了脸：“为什么是我？”冯·拉德茨基生气厉声道：“因为，您得去吩咐底下的人，备妥旗队长的欧宝[1]车，必要时，搬几桶汽油过来。”哈夫讷还想争辩：“杨森呢，不能叫他去吗？”“不行，杨森要留在这里帮卡尔森和汉斯的忙。一级突击队中队长，”他转而面对卡尔森说：“您同意吗？”卡尔森表情凝重地点点头。

“二级突击队大队长，不如让我护送他去，您留在这里比较好，现在这里由您指挥了。”冯·拉德茨基摇摇头，“正因如此，我想还是我送他去比较好。”卡尔森满脸疑惑，“您确定您不留下来比较好？”“没错。总之，这个您不用操心，耶克尔恩副总指挥长跟他的幕僚马上就到。再说，行动小组大部分人马已经来了。他立刻就能进入状态，发号施令。”“因为我，您知道的，这种大规模的行动……”冯·拉德茨基脸上出现淡淡的微笑，扭曲了唇线，“不用担心，去见副总指挥长，然后确保所有的准备工作都完成无误。我向您保证，不会有事的。”

一小时后，军官在大厅集合。冯·拉德茨基带着哈夫讷护送布洛贝尔离开，大伙扶着他坐进车时，他双脚不住地乱踢，施佩拉特只好再给他打一针，哈夫讷拦腰抱住他，不让他乱动。卡尔森说话了：“好了，我想您多少都了解

---

1. 欧宝（Opel）：一家德国汽车制造公司，成立于1862年，于1899年开始生产汽车。

现在的情况。”福格特打断他：“可以约略说明一下重点吗？”

“悉听尊便。今天早上，陆军上将下令，为了要替惨死在堡垒中的十名德国弟兄报仇，我军将采取报复的行动。布尔什维克党党羽每杀死一个人，我们将处决一名犹太人，这样估算下来，我们势必要处决上千名犹太人。旗队长收到命令后，好像加速导致他精神崩溃……”

库尔特·汉斯突然打岔：“说起来，军方也该负一些责任，他们应该派个手腕高明一点的人来，而不是派那个上尉，这样做简直是侮辱。”福格特说出他的想法：“我们得承认这件事对党卫队来说不太光彩。”

“各位，”施佩拉特尖刻地说，“问题不在这里，我可以告诉各位，旗队长原本身体就不舒服。今天早上，他还发着高烧，我想这是伤寒的初期症状，一定因为这样，才加速导致他精神崩溃。”凯里希指出：“话是没错，但他喝得也太凶了。”

“是真的，”我大胆插嘴，“房间里有个空酒瓶。”施佩拉特反驳：“他有肠胃的毛病。他以为喝酒有助肠胃消化。”福格特打圆场：“无论如何，我们现在没有指挥官，甚至连副指挥官也不在，这样不行。冯·拉德茨基二级突击队大队长回来之前，我建议由卡尔森一级突击队中队长执掌临时行动小组。”

“可是我的军阶不是最高的。”卡尔森不同意，“应该是您或是凯里希二级突击队大队长来发号施令才对。”“话虽如此，但我们不是实战军官，分区行动支队里面，您的资格最老。”凯里希附议：“我赞成。”卡尔森脸部线条完全僵硬，锐利的目光从这个人身上扫到另一个人身上，最后望着杨森。

杨森先转过身，接着点点头：“我也赞成。”库尔特·汉斯加入声援：“中士，由您执掌这里。”卡尔森默然，随即耸耸肩：“好吧，既然您都这么说了。”

“我有一个问题。”第二小队队长，施特雷尔克从容不迫地提问。他转头面向施佩拉特：“医生，据您判断，旗队长的情况怎么样？可以确定他很快就能重回岗位吗？”

施佩拉特努努嘴：“我不知道，这很难说，他会变成这样，神经紧张当然是部分原因，不过应该也有器官方面的毛病，得等他烧退后再仔细观察。”“如果我没听错，”福格特轻咳一声，“您的意思是他不可能马上回营了。”“可能性很低，总之这几天不太可能。”“万一，他永远不能回来的话。”凯里希脱口而出。

大厅里一片静寂。

大伙的脑子里很明显全转着同一个念头，只是没有人愿意说出来：布洛贝尔不回来了，这或许不是件坏事。一个月前，我们这些人才认识他，归他指挥的时间更不到一个礼拜，尽管如此，我们已经明白和他共事绝对不轻松，甚至会是苦差事。

卡尔森打破沉默：“各位，事情还没完呢，我们得开始规划这次的报复行动。”凯里希忍不住发飙：“是啊，说到这里，这种事真是前所未闻，完全没有道理。”“什么事前所未闻？”福格特问。“报复啊，真是的！我还以为时光倒流，回到三十年战争[1]的时代了呢！首先我们要怎样揪出一千名犹太人？在一夜之间？”他轻敲鼻梁。“通过看吗？还是检查鼻孔？还是量身高？”“说得也对。”杨森附和，他之前一直保持沉默，“这可不容易。”

“哈夫讷有个想法，”库尔特·汉斯说得直接，“叫他们脱掉裤子检查。”凯里希忍不住暴跳如雷，“简直胡说八道！您都疯了不成！……卡尔森，您来告诉他们。”卡尔森一脸阴霾，但丝毫不动摇，“听我说，二级突击队大队长，请您镇静下来。这事一定有解决的办法，我待会儿要晋见副总指挥长，再跟他讨论看看。至于这件事，我跟您一样都不喜欢，但这是命令。”凯里希咬紧牙关瞪着他，看得出来，凯里希正努力控制自己的火气。

“拉斯彻旅队长呢？”他终于按捺不住，“他怎么说？再怎么说，他也是我们的直属上司。”“说到这里，又是另一回事了。我试着联系他，但是行动参谋部好像仍在行军。我打算派个信差到林姆堡，向他报告这边的情况，请他给我们指示。”

“您打算派谁去？”“我心目中的人选是奥厄二级突击队中队长，我能借用

---

1. 三十年战争（Thirty Years' War,1618—1648）：由神圣罗马帝国的内战演变而成的全欧参与的一次大规模国际战争，也是历史上第一次全欧大战。这场战争是欧洲各国争夺利益、树立霸权的矛盾以及宗教纠纷激化的产物。战争以波希米亚人民反抗奥地利哈布斯堡王朝统治为肇始，以哈布斯堡王朝战败并签订《威斯特伐利亚和约》而告结束。

他一两天吗？”凯里希转头问我：“二级突击队中队长，您那些档案整理得怎么样了？”“大部分都筛选过了，我想我还需要几个小时收尾。”

卡尔森看看手腕上的表：“想在今晚以前赶去，时间上已经太晚了。”“好，”凯里希决定了，“这样吧，今晚把档案弄完，明天一早出发。”我问卡尔森：“好的……一级突击队中队长，您要我做什么呢？”“把总部的问题和现况向旅队长报告，说明我们的决定，还有麻烦转告他，我们等候他的指示。”凯里希加上一句：“您到那里之后，搜集一下当地的情报，那里的情况似乎相当混乱，我想知道发生了什么事。”“遵命。”

傍晚，我叫了四个人来帮忙，总算把筛选出来的文件抬上国家安全局的办公室。凯里希的心情恶劣极了。“喂，二级突击队中队长，”看见我搬箱子进来时，他叫道，“我好像记得是我吩咐您筛选这些文件的！”“您真该看看我留在那边的那堆，二级突击队大队长。”“说不定我们还得向外借调几位通译。好吧，您的车子已经准备好了，去找霍夫勒，早点出发。现在，先去找卡尔森。”

我在走廊遇见了另一个下级军官，三级突击队中队长佐恩，他常在哈夫讷左右转来转去。“啊，奥厄博士您运气真好。”“为什么这么说？”“就是运气好才能离开这里啊，明天有烂差事。”我点点头：“是啊，一切都准备好了？”“我不知道，我只负责准备绳索。”“佐恩只会发牢骚。”杨森走过来加入我们，他埋怨道。

我问：“您想到解决的方法了？”“什么解决方法？”“犹太人啊，要怎样才能揪出犹太人啊？”他苦笑着说：“哦，这个啊！其实简单得很，参谋部已经开始印制海报，要求所有的犹太人明天到中央大庭院来报到，以尽公民的义务。来多少，我们就抓多少。”“您认为凑得出这么多的人数吗？”“副总指挥长说可以，这一招据说屡试不爽。要不然，我们先逮捕那些犹太领导人，威胁他们如果不凑出足够的人数，就叫他们脑袋开花。”

“我懂了。”佐恩呻吟似的说，“啊，这真不是人干的差事。幸好我只要把绳索搞定就行了。”杨森愤愤地说：“最起码您人还在这里，不像哈夫讷那只猪猡。”“那不是他的意思。”我反驳，“他本来想留下的，是二级突击队大队长坚持要他陪同前往的。”“对，说得对。为什么他就可以离开？”他满脸寒霜地瞪着我看，“我也很想乘机到卢布林或者到林姆堡[1]去玩玩。”

我耸耸肩，径自离开去找卡尔森。

卡尔森正弯腰望着桌上的本市地图，一旁还有福格特和库尔特·汉斯。

“有什么事吗，二级突击队中队长？”“听说您找我。”卡尔森现在看起来比下午自在多了，也更有把握。“您见着拉斯彻旅队长时，跟他说耶克尔恩副总指挥长已经再度确认命令，并决定亲自指挥这次行动。”他神情肃穆地望着我，看得出来，耶克尔恩做出了决定，他肩上的重担终于得以卸下。“他也认可由我接任临时指挥官，直到冯·拉德茨基二级突击队大队长回来为止。”他接着说，“除非旅队长有别的人选。总之，为了这次行动，他借调了乌克兰后备军以及警备处第九营的警力给我们。就这样了。”我一语不发，敬完礼后退出办公室。

那天夜里，我辗转难眠，老想着明天前来报到的犹太人。我觉得这个方法很不公平，受到惩罚的都是善良守法的犹太人，他们信任德意志帝国；至于其他人，那些懦夫、叛徒、布尔什维克党人，他们还是会躲着不出面，我们也找不着他们。

就像佐恩说的，这真不是人干的差事。我很高兴能够离开这里，前往林姆堡，这回出差可能会很有意思。不过，我对于自己借着这种方式逃避这次任务感到不满，这是个很严重的问题，我必须勇敢面对，至少为了自己，找出最佳解决方案，而不是转身逃避。

其他人，好比卡尔森、佐恩都不想蹚这浑水，免得日后被追究责任。就我的认知，这是不对的。如果我们下的命令违反了公平正义，就该好好思索，决定这道命令是有绝对的必要呢，还是只是贪图一时方便、偷懒、不想花脑筋？这才是该正视的问题。我知道这些命令来自比我们高的层级，但我们不是机器，该做的不仅是奉令行事，更要全心投入。然而，内心出现了疑惑，让我很

[1] 林姆堡：即利沃夫（Lviv），乌克兰西部的主要城市，为利沃夫州首府。德语称为 Lemberg。

困扰。最后只好看书，勉强睡了几小时。

凌晨 4 点，我已经整装待发。司机霍夫勒早已在军官食堂等我，手上捧着难喝的咖啡："二级突击队中队长，如果您想吃点东西，我这里还有面包和起司。""不用了，我不饿。"我默默喝着咖啡。霍夫勒睡眼惺忪，外头万籁俱寂。此行的勤务官波普也走过来，唏里呼噜地大嚼早餐。

我离开餐桌，走到外面中庭抽烟。天空清澈，繁星如斗，在古老修道院高耸的屋檐上闪烁，在清晨微亮的曙光中，修道院更显得与世无争，神秘厚重。我没看见月亮。

霍夫勒走出来，向我敬礼："都准备好了，二级突击队中队长。""汽油搬了吗？""有，搬了三桶。"波普站在上将车[1]的前门旁，一脸笨拙地看着自己的配枪，扬扬得意。我挥手叫他钻进后座。"报告二级突击队中队长，按照惯例，勤务兵坐在前面。""对，可是我更愿意你坐在后面。"

穿过斯特里河，霍夫勒方向盘一转，车子朝南方奔驰，从我们刚拿到手不过几小时的地图来看的话，沿途都有标示牌。

一个晴朗的星期一早晨，平静祥和，沉睡的村落似乎没有受到战争的影响，沿途的管制站迅速放行，没有刁难。左边的天空逐渐泛白，没多久，树林后头隐约可见红色的太阳。团团雾气黏附地面，一个个村落之间，大片田野平原绵延天际，其中偶尔点缀几丛小灌木，间或草木茂密的低矮丘陵。天空渐渐转蓝。

"这里的土壤一定很肥沃。"波普开口，见我没搭腔，他也就乖乖地闭上嘴。我们在拉杰霍夫[2]暂停，吃点东西再上路。再一次，马路两边随处可见装甲车残骸散落在人行道和排水沟，木屋烧毁，市容残破。交通流量逐渐增多，我们遇上载送士兵和粮食的卡车，队伍排得好长。

快到林姆堡的地方，我们碰到管制，被迫停车让装甲车队先行通过。路面震动，尘土飞扬，灰尘不仅完全遮蔽了车窗的视线，甚至还钻过缝隙溜进

1. 上将车（Admiral）：欧宝的一个豪华车系。

2. 拉杰霍夫（Radziechow）：位于乌克兰西部，距离首府利维夫 68 公里。

车厢。

霍夫勒给我和波普一人一根烟。他为自己点烟的时候，一副不以为然的样子："这些'体育生'牌子的烟真他妈的够呛。"我说："还行，不要太苛求了。"

坦克车队过去了，一名国防军战地警察走过来朝我们挥手，示意不要发动引擎，他大声说："另一个装甲车队马上要过来。"我吸完手中的烟，打开车门把烟屁股扔到车外。"波普说得对，这是个好地方。"霍夫勒突然开口说，"战争结束后，我们可以到这里来养老。"

"你会来这里定居吗？"我笑着问他。他耸耸肩："看情况。""看什么情况？""官僚。如果这里跟我们那边一样官僚，那就不必了。"

"你打算做什么？""报告二级突击队中队长，如果可以的话，我想做个小生意，跟我在家乡的时候一样。舒适的烟酒专卖店，还要有吧台，也可以兼卖一点水果蔬菜什么的，再说吧。"他突然用力一拳打在方向盘上，"可惜，我在家乡开的店被迫关门，1938 年就撑不下去了。"

"怎么了？""这还用得着说吗？还不是那些吃人不吐骨头的大财团雷姆茨马[1]，他们决定不供货给每年营收少于 5000 马克的店家。我的家乡全村加起来有六十来户，要卖 5000 马克的香烟……没办法，供货商只有他们一家。我是全村唯一的一家烟酒专卖店，村里的纳粹党员代表出面声援我，还写了许多信四处为我说项，能做的我们全都做了，还是没办法，最后只好告上商业法庭，我败诉了，只好关门大吉。光卖蔬菜，收入不够养家糊口，没多久征召令就来了。"

"所以，你们村里没有烟酒专卖店了？"波普以低沉的声音追问。"就像你说的，没啦。""我们那里从来没有过这样的事。"

第二批装甲车队轰轰逼近，大地又开始震动。上将车有一面车窗玻璃没有装好，在窗框上疯狂地哐啷作响。我指给霍夫勒看，他点点头。坦克车一辆接着一辆开过去，绵延无尽——前线部队八成还在全速前进。终于，国防军战地

1. 雷姆茨马（Reemtsma）：德国一家大型烟草公司。

警察朝我们挥手，示意道路开放通行了。

林姆堡一片混乱。管制站的士兵没有一个能告诉我们，国安警察署或国家安全局的指挥所在哪里。这座城虽然被我军拿下两天，好像还没有人想到要竖立一些战时标示牌。我们随便沿着一条大街走，马路的尽头是一条被公园一切为二的大道，公园的外墙是淡淡的粉彩色，还有华丽繁复的白色线角装饰。街道上万头攒动。

除了德国军用车，还有敞篷货车和汽车，车身挂着蓝黄相间的旗帜或布条，每辆车上都挤满了穿便服的男人，偶尔也可看得见身着制服、佩带长枪或手枪的军人，他们大声叫嚷、唱歌，或朝空中鸣枪。两边的人行道和公园里，则有另一群人，混杂在神情冷漠的德国士兵当中，不管有没有带武器，一律大声欢呼。

在一名空军少尉的指点下，我们终于找到了一个分区指挥部，到了那里，我们被带到十七军参谋部。军官在楼梯间冲上冲下，进出办公室，甩门声不绝于耳，走廊上到处是被翻倒践踏的苏联文件。大厅里有一群人，便服外套和长枪上都挂着蓝黄色臂章，他们神情激动，我不确定是以乌克兰语还是波兰语，跟一群佩戴夜莺浮雕徽章的德国士兵交谈。

最后，我终于找到一位隶属军事情报局的年轻少校。“B 特遣部队？他们昨天才到，驻扎在人民公安局办公室。”“那是哪里？又有谁在那里？”他疲惫地望着我，“我完全不知道。”他找来找去，终于找到一位去过那里的部下，请他带我们过去。

大道上，车流以龟速行进，后来又出现一大群人堵住了所有的交通。我走下欧宝，想看看到底是怎么一回事。人们声嘶力竭地叫嚣，用力鼓掌，甚至有些人索性把咖啡厅的椅子或箱子搬到外面，站到上面好看个清楚，还有人将小孩举上肩头。

我挤在人群中奋力前进。围观群众的中心，一个净空的大圆圈里，一群人穿着不知是从戏院还是从博物馆抢来的服装，在大街上搔首弄姿，极尽夸张之能事。他们头戴法国摄政时期的假发，身穿 1812 年的仆役外套，或是有白鼬皮饰带的法官长袍、蒙古人的盔甲、苏格兰格子呢服饰、半罗马半文艺复兴时代的笑闹歌剧的戏服，外加脖子上一圈大绉领。一个男人穿着布琼尼[1]的红色骑兵队制服，头上却戴了一顶大礼帽，脖子还包了一圈毛皮领，不停地挥舞着一管毛瑟长枪。每个人手上不是步枪就是木棍，他们脚下有好几个人跪倒在地，穿戏服的人偶尔会给他们踹上一脚，或拿枪托砸他们，倒地的人大多血流如注，围观的群众更是大声叫好。

在我背后，有人开始用手风琴演奏小曲，很快就有十几个人加入大合唱，穿苏格兰格子呢裙的那个男人不知从哪儿拿出一把小提琴，因为没有琴弓，便当成吉他弹奏。

围观的一名观众扯着我的衣袖，着魔似的对着我喊："Yid, yid, Kaputt！[2]"这一点，我早就明白了。我用力挣脱，再度穿过人群回到车上，这段时间，霍夫勒已经将车掉头。"我想我们可以走这边。"军事情报局的弟兄指着直角交叉的另一条路说。我们迷路了。霍夫勒急中生智，停下向一位路人问路："人民公安局？人民公安局？""人民公安局 Kaputt（去死）！"那名路人雀跃地欢呼。他比手画脚为我们指点路线，这里距离参谋部不到两百米，只是我们走错了方向。

我打发为我们带路的士兵回去，上楼说明来意，他们告诉我，拉斯彻正和他底下的小队长及军官开会，没有人能确定他何时可以接见我。终于，有一名一级突击队中队长上前来帮我脱离窘境。

"您是从卢茨克来的？我们已经接获通知，旅队长跟耶克尔恩副总指挥长通过电话，不过我敢确定他一定很想听听您的报告。"

"好的，那我在这里等他。"

"哦，不用了，这个会议起码要开两个小时，您大可到城里四处逛逛，尤其是老城区，非常值得一看。"

"城里的人似乎非常兴奋。"我说。

---

1. 布琼尼（Semyon Mikhailovich Budyonny，1883—1973）：苏联大元帅，贫农出身，组织红色骑兵反抗沙皇。

2. 德语：犹太鬼，犹太鬼，去死！

“这个嘛，是啊，人民公安局在撤离监狱前，屠杀了3000多人。后来乌克兰国家主义分子和加利西亚[1]人通通从森林里跑出来了，大概是吧，天知道他们躲在哪里，所以他们有点兴奋过头了。这15分钟，犹太人可难过了。”“国防军就这样袖手旁观？”他眨眨眼睛，“上面的命令，二级突击队中队长。当地人民清除叛徒和叛徒的党羽，这不关我们的事，这属于内政事务。好了，待会儿见。”他走进一间办公室，我转身离开。

市中心传来的枪响像是露天园游会施放的排炮。我把欧宝留给霍夫勒和波普，自己走路去中央大道。条列式廊柱下，处处薄海欢腾，门户大开的咖啡馆，门和窗早已被拆下丢了，人们大口灌酒，高声喧闹，不时有人趋前与我握手。

有个狂欢过头的人递了杯香槟给我，我一饮而尽，酒杯还来不及还，他已经消失不见。人群中混杂着一些穿着戏服的人，仿佛欢庆嘉年华会的游行队伍，其中有些人还戴着面具，有的滑稽，有的恐怖，还有的古怪。我穿过公园，公园的另一边就是老城区，老城市容与奥匈帝国风格的大道截然不同，这里处处是文艺复兴时代的狭窄高楼，盖着尖尖的屋顶，外墙颜色各异其趣，但人多斑驳褪色，有的还有巴洛克式的石雕装饰烘托。这边的巷弄人潮明显少很多。

一家没开业的商店橱窗上贴着一张毛骨悚然的海报，看得出来这是一张死尸照片的放大照，下方有一行用西里尔字母[2]书写的文字，我勉强拼出“乌克兰”、“犹太人”这两个词。

我顺着一座雄伟壮丽的教堂绕了一圈，看样子是天主教的教堂，大门紧闭，敲门也没人应声。沿着马路往下走，一扇门敞开着，里面传来玻璃碎裂、敲打和叫嚷的声音，再走远一点，地上倒着一具犹太人的尸体，脸孔埋在排水

1. 加利西亚（Galicia）：中欧历史上的一个地区名，现在分别属于乌克兰和波兰（并非西班牙西北部的自治区）。

2. 西里尔字母（Cyrillic）：通行于斯拉夫语族大多数民族中的字母，包括俄语、乌克兰语等。

沟里。一小队一小队身怀武器、挂着蓝黄色臂章的人盘查一般老百姓，他们有时走进一户人家，随即传出叫嚷声，甚至几声枪响。就在我的面前，二楼，一个男人突然冲破一扇十字窗棂，伴随一阵如雨下的玻璃碎屑，砰然摔在我脚下，幸好我及时往后跳开，才免去一场撞击。他的头撞上石板地面时，我清清楚楚地听见他脖子“咔”的一声被扭断。一个只穿衬衫没穿外套，头戴军帽的男人从打破的窗户中探头出来，一看见我，立刻高兴得用一口破德语跟我说：“很抱歉，德国军官大人！我没看到您。”

我内心的忧虑加剧，我绕过脚下的尸体，默默继续我的路程。再往前一点有座古老的钟塔，一位身穿神职人员长袍的大胡子从底下的大门走出来，一看见我，立刻转身朝我走过来。“军官大人！军官大人！请过来，过来，拜托，拜托。”他的德语说得比刚刚那个把人扔出窗外的老兄要高明许多，但是夹着奇怪的口音。他几乎是使劲把我拉到大门边。我听见里面传来野兽般的惨叫与哀号，教堂的中庭里有一群人，人手一条木棍或铁条，朝趴在地上的犹太人死命地打。有些人禁不起这般折磨，一动也不动地奄奄一息，有些人还惊恐得不住地发抖。

“军官大人！”神父高声叫着，“求求您，想想办法！这里是教堂啊！”我停在大门边上，犹豫着该不该介入，神父一直拉我的手臂，我脑筋一片空白。其中一名乌克兰人看到了我，一边朝我点头致意，一边向旁边的同伙说话，他们下手的动作明显迟疑了许多，最后终于停止殴打。神父连珠炮似的跟他们说了一大串，我一句也没听懂。

他转身对我说：“我跟他们说，您命令他们停止。我跟他们说教堂是神圣的地方，他们简直猪狗不如，我还说教堂归国防军保护，如果他们还不走，就要被逮捕。”“我只有一个人。”我说。“没关系。”神父答道。接着他以乌克兰语大声地又说了几句，那些人慢慢放下手中的木棍。其中一人还热情地对我说了一大段话，我只听得懂“斯大林”、“加利西亚”和“犹太人”几个词而已。另一个人朝地下的人吐口水。

有一段长长的时间，空气中飘浮着不确定的因子，神父又大吼了几句，那批人终于丢下犹太人，不发一语鱼贯往回走，最后消失在街道上。“谢谢。”神父感激地说，“谢谢。”他慌忙跑过去看看那些犹太人的情况。教堂中庭的地面微微倾斜，低处有一排漂亮的列柱支撑整座教堂，柱顶点缀青铜飞檐。

“帮帮我。”神父对我说，“这个人还有气。”他撑起那个人的腋下，我则抬起他的脚，我看到一张年轻的脸，胡子长得还不是很茂密。他的头软软地仰天垂挂，血沿着发卷滴落，在石板地面上留下斑斑的一条血迹，闪着亮光。我的心跳得飞快，从来没有像这样搬过一个垂死的人。我们得绕过教堂，神父一边倒退着走，一边用德语发牢骚：“先是布尔什维克党，现在是发狂的乌克兰人。您的军队为什么不管一管？”

最里面有一道拱门，通往另一个中庭，穿过中庭，随即来到教堂门口。我帮神父把这名犹太人搬到前厅，安置在一张长椅上。他高声呼唤，两个男人听见了，从正厅里走出来，他们跟神父一样都是大胡子，脸色同样难看，不同的是，他们穿着西装。他跟那两个人说话，用的是一种奇特的语言，既不像乌克兰语，更不是俄语或波兰语。

三人一同走进门口的中庭，其中一人往后面的小巷子走，另外两人则回到先前那些犹太人被殴打的地方。

“我叫他去找医生。”神父说。

“这里是什么地方？”我问他。

他停下动作，定定地望着我：“这里是亚美尼亚教堂。”

“林姆堡也有亚美尼亚人吗？”我惊讶地问。

他耸耸肩：“比德国人和奥地利人来得更早。”

他和同伴忙着抬另一个气若游丝、低声呻吟的犹太人进来。犹太人的鲜血沿着倾斜的中庭石板地面，慢慢流进一整排的柱子。交错的拱梁之下，我瞥见一些墓碑，用水泥砌在墙上或者镶嵌入地面，墓碑上面覆盖着神秘的镌刻铭文，无疑是亚美尼亚文字。

我凑上前，砌在地板上的石碑，上头的文字一笔一画都流溢着鲜血。我迅速别过头。觉得全身上下每一条神经都受到压迫，六神无主，我点燃一根烟。那排柱子下方清凉宜人，阳光照耀着中庭地面上形成的血泊，以及血迹斑斑的石板块，照耀着犹太人沉甸甸的尸体，照着他们身上的粗布衣裳，或黑或棕，全都被血浸得湿透。大群苍蝇在他们的头上嗡嗡盘旋，停在他们的伤口上。神父走过来，站在这些人旁边。“这些死者怎么办？”他对我说，“我们不能把他们丢在这里。”但是，我一点都不想帮他，一想到要去摸这些僵硬的死尸，全身一阵鸡皮疙瘩。

我绕过这堆尸体，踏过门槛，走出教堂。外面街上空荡荡的，我信步往左，走了一阵子，没路了，右边竟出现了一座巍峨的巴洛克式教堂，门前还有广场。洛可可风格的雕琢装饰，高耸的列柱大门，覆盖铜铸的圆顶。我踏上门前阶梯走进教堂，正厅的巨大拱形天花板由细细的螺旋状石柱支撑，日光穿透彩绘玻璃流泻，轻抚金箔包覆的木头雕像；黑得透亮的长椅整齐排列绵延到尽头，只是不见任何人影。

一处刷上石灰的小厅堂侧边，我注意到一扇低矮的门，古老的木头门扉滚着皮边，我推开门，脚下是几级石阶，然后是一条低矮宽敞的通道，开着小小的十字窗借光。另一边的墙面是满满的玻璃柜，里面摆满了做礼拜用的圣具，有些看起来相当古老，做工细腻，令人叹为观止。出乎我意料的是，柜子里也摆着一些犹太教的用具：希伯来文经卷、祈告巾，还有一些以犹太人聚集在会堂主题的古老浮雕。一些希伯来文的典籍还用德文加注了印刷者的名讳：利沃夫，1884；卢布林，1853，贝・施谬尔・贝伯斯坦。

我听见脚步声，抬头张望，一名剃发僧人朝我走过来，他身上穿着多明我会的白色教服。他来到我跟前，用德文跟我说："您好，有什么需要帮忙的地方吗？"

"这里是什么地方？"

"您现在所在的地方是一座修道院。"

我指着玻璃柜问："不，我说的是这些东西。"

"那个？是我们的宗教博物馆，展示的物品都是本地的文物。如果您想参观的话，非常欢迎，通常我们会请参观者奉献一点心意，不过今天免费。"

他继续往前走，悄然消失在一扇铁门后面。接着，他的身影重新出现在更前面的地方，通道往右拐。

我发现自己置身在清修院里，四周有矮墙包围，石柱间的窗户都已封死。一片低矮的长方形玻璃窗吸引了我的目光。一具小型探照灯挂在墙上，照亮玻璃窗里面的东西，我弯下腰，底下是两具交缠的枯骨，有一半的身躯还埋在干硬的泥土中。比较大的那一具应该是男性，虽然他的头盖骨上摆了一副硕大的黄铜耳环，他脸朝上仰躺着；另一具看得出来是女性，蜷曲着身子侧躺，双手抱胸，双腿交叠。太神奇了，我从来没看过这样的东西。我努力想读懂说明卷标上的文字，却一无所获。

他们两人互拥睡着，到底睡了多少世纪？这两具骸骨的年代应该非常久远，也许可以追溯到原始时代。女子应该是殉葬牺牲，跟着死去的主人被送进坟墓，我知道这种习俗在远古时代确实存在。不过，这种推理也不一定对，不管怎么说，他们躺着的姿势，显然是经过一番激情缱绻和甜蜜的性爱后彼此相拥小憩的模样。

我想到我姐姐，喉头不禁一阵酸涩，她要是看见这一幕，一定会忍不住当场掉下泪来。

我走出修道院，一路上没碰见任何人，一走到室外，直直朝着广场的另一边走。走出这边的广场，映入眼帘的是另一座宽阔的广场，广场中央矗立着一栋大型建筑，与一座尖塔并列，周围还种了几棵树。广场四周挤着一栋栋狭窄的屋舍，外墙的装饰华丽繁复，每一栋都有不同的风格。

正中央的建筑后面聚集了喧闹的人群，我避开人群，弯进左边的小路，接着绕过一座大教堂，从一位手持十字架的温柔天使底下穿过去，路经无精打采的摩西跟他的十诫石板，然后是一位衣衫褴褛的沉思圣人，他站在一颗头颅和交叉摆放的两节胫骨上，这跟绣在军帽上的军徽几乎如出一辙。背后的一条小巷子里，有人搬出桌子和椅子。

我觉得又热又累，那家小酒馆似乎没有半个客人，我坐下来。一个女孩跑出来，用乌克兰语招呼我。“有啤酒吗？啤酒？”我用德语问。

她摇摇头：“Pivo nye tu[1]。”

这句，我懂。“咖啡呢？Kava？”

“Da（有）。”

“Voda（水）？”

“Da（有）。”

她走回店内，拿了一杯水回来，我一饮而尽。然后她端来咖啡，咖啡已经

1. 乌克兰语：没有啤酒。

加了糖，我没喝。我点燃一根烟。女孩再度出现，看着咖啡。

“咖啡？不好喝？”她以简单的德文问。

“糖。Niet（不要）。”

“啊。”她笑了，把桌上的咖啡端走，另外端了一杯给我。浓浓的黑咖啡，不加糖，我边喝边抽烟。

右手边大教堂的下方，是一座小礼拜堂，屋顶上满满的浮雕，黑黑的层层排列，挡住了底下的大广场。

一名穿着德国军服的男子刚好绕着礼拜堂转，细细品味着繁复的雕工。他注意到我，随即朝我走过来，我瞥见他的肩章，立即站起来向他敬礼。他还礼后说：“您好！您是德国人？”“是的，上尉。”他掏出手帕擦拭额头，“啊，太好了，您不介意我坐这里吧？”“一点也不，上尉。”女孩再度走出来。“您的咖啡要加糖还是不加糖？他们只有这个。”“要加糖，麻烦您了。”我比手画脚说明，希望女孩能给我们两杯咖啡，外加糖罐，我和上尉一起坐下。

他伸出手，“汉斯·科赫，军事情报局。”我也自我介绍。“啊，您在国家安全局啊？是啊，我竟然没注意到您的军徽。太好了，太好了。”这名上尉看起来相当平易近人，应该已经超过50岁，鼻梁上架着圆框眼镜，小腹略显突出，说话时带着淡淡的南方口音，却也不完全像维也纳那边的口音。“我想您是奥地利人，上尉？”“对，我来自施泰尔马克[1]。您呢？”“我父亲世代居住在波美拉尼亚[2]，不过我是在阿尔萨斯[3]出生的，之后便四处漂泊。”

“是啊，是啊。您四处随便走走？”“可以这么说。”他点点头，“我到这儿来开会，那里，就在旁边，刚刚开完。”“开会，上尉？”“您看，他们邀请我们来，说是要开个文化会议，照我看啊，根本是政治会议。”他弯身凑到我面前，好像有悄悄话要说，“他们之所以派我来，是因为大家认定我是乌克兰问题的专家。”

1. 施泰尔马克（Steiermark）：奥地利南部一联邦州。

2. 波美拉尼亚（Pommern）：原普鲁士东部的省份，现分属德国和波兰。

3. 阿尔萨斯（Alsace）：法国东部一个地区，曾为德国领土。

“那，您是吗？”他靠回椅背，“根本连边都摸不上！我是神学教授，对东仪天主教会[1]有一点涉猎，仅此而已。他派我来，肯定是因为我曾经在皇家军队服役，第一次大战时官拜少尉。您看，他们认定我懂得乌克兰的国政，可是当时我人在意大利前线打仗，而且还是后勤部队。我的确是认得几个克罗地亚籍的同胞……”

“您会说乌克兰语吗？”“半个字都不懂，不过我有一名翻译官。他现在跟几个乌克兰国家主义组织的家伙在广场那边喝酒。”“乌克兰国家主义组织？”“您不知道他们在今天早上取得政权了吗？总之，他们占据了广播电台，自行颁布了公告，宣称新的乌克兰已经诞生，如果我没听错的话。正因如此，我才被叫来参加刚刚的会议。听说东正教的总主教已经为新国家祈福了，谣传都是因为我军施压，总主教才不得不这么做，实际的情况我也不清楚。”“什么总主教？”“东仪天主教会的啊。东正教信徒讨厌我们，也讨厌斯大林，相较之下，他们更讨厌我们。”

我正想提出另一个疑问时，冷不防被人无礼地打断——一个略显丰腴的女子，丝袜破了，衣不蔽体，伴随着大教堂后面传来的一声惨叫突然冲过来，在桌子之间横冲直撞，翻倒了一张桌子，叫嚷着跌在我们跟前，白皙的肌肤有几片淤血，不过流的血不多。

两名别着臂章的彪形大汉大摇大摆地跟过来，其中一名操着一口破烂的德文对我们说：“很抱歉，军官大人，没事儿。”另一个家伙拉扯女人的头发，把她拖起来，顺势朝她的肚子就是一拳，她闷哼一声，不再叫嚷，唾液流出嘴角。头先那个家伙则朝她的屁股狠踹一脚，女人又开始跑，两个家伙笑着小跑步跟上去，消失在礼拜堂后面。

科赫脱下军帽，再次擦拭额头，我则把翻倒的桌子扶正。我随口说道：“这里真是野蛮。”“我完全赞同，但是，我认为是您在纵容他们。”“上尉，您说这话真让我吃惊，我才刚到这里，什么都不知道。”科赫滔滔不绝地说下去，“我在参谋部听到了一点风声，据说国家安全局叫人印了许多海报，鼓吹

1. 东仪天主教会（uniate）：改信天主教，但仍旧保持东正教仪式的教会。

人民暴动，他们称之为彼得留拉[1]行动。您知道，就是那个乌克兰领袖，我记得他好像是被一名犹太人刺杀身亡，好像是 1926 或 1927 年的事。”

“您瞧，您知道得还是挺多的。”“哦，我只是看了几篇报告。”少女从酒馆出来，微笑着对我说咖啡算店里请客，反正，我身上也没有当地的货币。我看看手表：“很抱歉，上尉，我得告辞了。”“哦，哪里，哪里。”他握住我的手说，“加油。”

我循最短的路走出老城区，费劲地穿越一群狂欢的民众。行动参谋部里人声鼎沸，原来的那名军官出来接待我：“啊，又是您。”最后，我终于见着了拉斯彻旅队长。他诚恳地与我握手，一张大脸上却满是严厉。“请坐，布洛贝尔旗队长在搞什么？”他没戴军帽，高耸饱满的额头在灯泡的照耀下显得特别油亮。我把布洛贝尔崩溃的情况择要说明：“根据医生的判断，肇因是高烧和过度操劳。”他厚厚的两片嘴唇不悦地噘起。

他翻找办公桌上的文件，拉出一张纸。“六军团参谋部的情报专员已经写过信跟我抱怨了，他真的拿枪威胁国防军的军官吗？”“报告旅队长，这样说太夸张了。他的确有点发狂，嘴里嘟囔着语意不清的话，但是，他没有针对任何人开枪的意图，都是生病的缘故。”“好吧。”他又盘问我一些问题，最后示意会面结束，我可以走了。“冯・拉德茨基二级突击队大队长已经从卢茨克出发，在回营的路上了，他将代理旗队长的职务，直到他身体复原为止，我们会发布正式命令和相关文件。至于今天晚上，去找行政处的哈特勒，他会安排您的住宿。”

我退出旅队长办公室，寻找第一小队的队长办公室，他的手下发了一些粮票给我。之后我下楼找霍夫勒和波普，在楼下大厅碰见了托马斯。“马克斯！”他轻拍我的肩膀，我内心涌起一股欢喜。“真高兴在这里遇见你，你在做什么？”我向他说明了事情的经过。“你会待到明天吗？太好了。我要跟军事情报

1. 彼得留拉（Symon Vasylyovych Petliura，1879—1926）：乌克兰政治、军事人物，乌克兰民族主义分子。十月革命之后，组织乌克兰人民共和国军队与苏联红军、白军作战，企图维持乌克兰独立自主，失败后流亡欧洲。1926 年在巴黎被暗杀身亡。

局的人一起吃晚餐，在一家小餐馆，据说菜非常棒，你也一起来。有人替你安排床位了吗？这里当然不会有什么豪华饭店，但起码床单是干净的。幸好你不是昨天来，真是乱得一塌糊涂。红军撤退时，把全城洗劫一空，乌克兰人又抢在我们抵达前先搜刮了一阵。我们捉了一些犹太人，清理残局又花了好几个钟头，一直到今天凌晨才合眼。"我跟他约好待会儿在大楼后面的花园碰面，然后才分手。波普躺在欧宝里打鼾，霍夫勒跑去跟战地警察玩纸牌，我跟他们说明了接下来的行程安排，就一个人躲到花园抽烟，一边等托马斯。

托马斯是个好弟兄，我真的很高兴能遇见他。我们的友情可以追溯到好几年前，在柏林的时候，我们经常一起吃饭，他偶尔还会带我上夜总会，跑知名的演奏厅。他是一个好人，一个凡事都难不倒的大男孩。何况，我会到俄国来，他也是一大原因，最起码这个建议是他提的。不过，我们之间的故事可以往前追到更远。

1939 年的春天，我刚刚获得法律博士学位，加入国家安全局的行列，那时候大伙开口闭口都是战争。先是波希米亚[1]，然后是捷克东部的摩拉维亚，接着，元首开始将注意力转到但泽[2]，法国和英国两方会有什么反应是重点。绝大多数的人都认为，英法两国不会为了区区一个但泽而卷入战争，就像他们对布拉格的态度一样，没想到他们却铆尽全力加派驻兵，确保波兰西部边境安全无虞。

我和我的上司贝斯特[3]博士针对此事商讨了很久，他算是我在国家安全局的良师。他认为，理论上我们不应该害怕战争，战争是为了要达到世界观的理想必然衍生的结果。他引用黑格尔和荣格的论述，进一步申论，除了通过战争，和处在战争的状态下，没有国家能够达到它所谓的乌托邦式的统一。

"如果个人是国家的反义，那么战争就是对这种反义的否定。战争时期是人民、是大众的集体存在的绝对社会化时刻。"不过，让我们忧心的反而是琐碎的小问题。冯·里宾特洛甫主导的政府、军事情报局，以及我们本身的外事

1. 波希米亚（Bohemia）：古中欧地名，占据了古捷克地区西部三分之二的区域。
2. 但泽（Danzig）：波兰西部大城，二次大战时德国觊觎波兰，率先攻占此地，1945 年被苏联红军拿回，还给波兰政府。
3. 贝斯特（Karl Rudolf Werner Best，1903—1989）：德国纳粹法学家、警长、党卫队副总指挥长。二战中在德占法国和丹麦任行政官（civilian administrator）。

部门，各有一套观点。

有一天，我们的总长莱因哈德·海德里希召见我。被大头头点名召见，我可是头一遭，踏进他办公室的那一刻，内心交杂着兴奋与忐忑。他直挺挺的，一脸专注，正在审阅桌上成堆的报告，我立正站好，等了几分钟，直到他发现我，然后叫我坐下，才得以从容地近距离观察他。

当然，我已经见过他好几次了，像是在军官汇报时，也曾在阿尔布雷希特王子城堡的回廊里碰过他，隔着一段距离看，他简直是尼采笔下超人的化身，近看他给人一种奇特的印象，有点捉摸不定。我告诉自己，他叫我来肯定是有大事。在他超乎寻常高耸饱满的前额下，嘴显得太大，两片嘴唇摆在狭长的脸上则显得太厚，手指太长，像是萎缩的海草搭在手臂上。

他抬头看我时，细小的双眼靠得太近，好像不肯乖乖待在原本的位置上，而他开口说话时，嗓子尖细，不像是位高权重的男人应有的声音。他带给我一种困惑的女性化意象，反而让他显得更可怕。他说话速度快，简洁有力，每句话都只讲一半，要表达的意思却清楚明白。

“我有个任务发派给您，奥厄博士。党卫队大元帅对于关于西方强国的动向报告非常不满意，希望另做一次评估，完全不要外事部门的参与。我们都知道那些国家主张和平的舆论声浪非常强大，尤其是国家主义分子和亲法西斯主义分子，但是很难判断这些人对政府到底有多大的影响力。您对巴黎的了解似乎很深。您的档案数据显示，您曾和参与法兰西行动的中心分子走得很近，那些人这几年来也逐渐开始得势。”

我开口想说话，但海德里希不让我说：“不必多说。”他要我赶往巴黎，跟老朋友叙旧攀关系，以便评量主和派有多大的政治影响力。我要拿完成学业、出国度假散心为借口。想当然耳，我也必须同时进行统战工作，对那些听得下去的法国人民再三保证，德国纳粹党力主和平的决心。“豪泽博士会跟您一起去，不过您必须分别交报告。陶贝特旗队长会给您一些外币和必要的文件，都清楚了吗？”老实说，我觉得自己如坠五里雾中，浑然不知所以然。而我毫无招架之力，只能说：“遵命，地区总队长。”“很好，尽可能在 7 月底前返国。下去吧。”

我跑去找托马斯。我很高兴能跟他一块儿去，学生时代他曾在法国住了好几年，说得一口流利的法语。“嘿！你怎么一副苦瓜脸。”他一见到我就说，“你应该觉得高兴才对，一项任务啊，上面交付你一项任务，这可不得了。”我突然发觉这是天上掉下来的大好机会。“等着瞧，如果我们成功完成任务，将来肯定能飞黄腾达。局势很快就会改变，懂得捉住机会的人，好处绝对少不了。”

他跑去找施伦堡[1]，据说他是海德里希的首席外交顾问。施伦堡不厌其烦地说明我们此行的任务，巨细靡遗。

“看报纸就可以知道哪些人是主和派，哪些人主战，比较棘手的是精确评估两派真正的影响力，特别是犹太人真正的影响力。元首似乎很确定他们想把德国卷进另一场战争，法国人究竟支不支持他们？这才是关键所在。”他笑得真诚，“再说，巴黎的食物很不错！女人也漂亮。”

任务进行得很顺利。我联络上了所有的老朋友，罗贝尔·布拉齐亚克[2]，他正准备跟姐姐苏珊娜，以及姐夫巴尔代什[3]一起开露营车绕西班牙一周，以及布隆[4]、勒巴泰[5]，以及几个名气没那么响亮的人。总之，我找到了我上预备科，以及在政治自由学院求学时那几年的同窗好友。

一天晚上，勒巴泰喝得有些微醺，他拖着我穿过拉丁区，来到索邦大学，指着墙上新喷的涂鸦 MANE，THECEL，PHARES[6] 向我发表高论。

---

1. 施伦堡（Walter Friedrich Schellenberg，1910—1952）：党卫队旅队长，后成为国家安全局和国家情报局最高负责人。
2. 布拉齐亚克（Robert Brasillach，1909—1945）：法国作家、记者，支持法西斯运动的民族主义报纸《无处不在》编辑。
3. 巴尔代什（Maurice Bardèche，1907—1998）：法国散文家、评论家、记者，新法西斯主义倡导者。
4. 布隆（Georges Blond，1906—1989）：法国作家，参与极右政治活动。
5. 勒巴泰（Lucien Rebatet，1903—1972）：法国记者兼作家。他鼓吹反犹太，反马克思，支持与纳粹合作，并自称是法西斯主义者，纳粹垮台后，被判处死刑，后蒙特赦，晚年创作不辍，尽管生平事迹诸多值得商榷，许多人仍认为不能以此抹杀他在文学上的成就。
6. 典出《圣经》。伯沙撒王设宴饮酒，并摆出金银、木头制作的偶像，宴会上看见有只手掌凭空写字，大惊失色，请智者丹尼尔解答。上帝为了教训伯沙撒王崇拜偶像，因此写出“MANE，THECEL，PHARES”，意思是“天主算了你的国祚，即将终结；你在天平上被称量了，不够分量；你的国被瓜分了，分给米堤亚人和波斯人”。

他白天偶尔会带我去塞利纳[1]那里，人家现在可是全球知名的名人，刚发表第二篇抨击文章，言辞尖锐激昂。布拉齐亚克的朋友普兰[2]，在地铁上朗诵了其中的几句给我听：

> 法国和德国之间，没有所谓的无法化解的深仇大恨。当今存在的问题，其实是英籍犹太人长久以来，不间断、不留情的恶意操弄，目的在于尽一切力量阻止欧洲团结，联合组成类似公元843年之前的德法联盟。英籍犹太团体绞尽脑汁，不惜以任何手段让我们连年征战，生灵涂炭，每一回，好不容易脱离战乱的法国人民和德国人民只落得家园破败，一无所有，白白地流血，完完全全被掌权的犹太人玩弄于股掌之中。

至于加克索特[3]和罗贝尔本人，据《人道报》的报道，已经沦为政府的阶下囚，但仍然持续向赞同他们想法的人发出呼喊，说法国政治被特拉里厄·德·爱格蒙[4]的星座占卜彻底牵着鼻子走。爱格蒙曾经预言慕尼黑协定[5]签署日，恰巧被他说中。法国政府厄运当头，却拣在这个时候驱逐阿贝茨[6]跟其他的德国使节。

我的说法也引起广泛的注意。“凡尔赛合约已经是历史了，对我们来说，法国问题根本不存在。德国人民对阿尔萨斯和洛林两省也不存有任何幻想

1. 塞利纳（Louis-Ferdinand Céline，1894—1961）：法国作家，被认为是20世纪最有影响的作家之一，通过运用新的写作手法，使得法国及整个世界文学走向现代。然而他也是一个有争议的人物，因为他在1937年及二战中发表过一些激进的反犹宣言。

2. 普兰（Henri Poulain，1912—1987）：法国记者、作家，曾为《无处不在》供稿。

3. 加克索特（Pierre Gaxotte，1895—1982）：法国历史学家、右翼记者。1953年当选法兰西学院院士。

4. 爱格蒙（Camille-Ludovic-Gabriel Trarieux d' Egmont，1870—1940）：文学家，作品包括诗歌、戏剧、小说，晚年研究密学。

5. 慕尼黑协定（Munich Agreement）：在意大利居中斡旋之下，德国、法国和英国于1938年9月30日在慕尼黑签署合约，解决捷克境内种族对立的危机，当时德国挥军攻下苏台德区，强迫捷克政府归还该区。英法两国为了自身的安全，完全不理会捷克的抗议，径自与希特勒领导的德国妥协，埋下二次大战爆发的种子。

6. 阿贝茨（Otto Abetz，1903—1958）：二次大战期间德国派驻巴黎的大使，1939年法国向德国宣战时被驱逐出境，1940年签订停战协议，再度担任德国驻法大使，直到1944年。

了。但是波兰，那边的问题根本没有解决，我们不懂法国为什么一定要来蹚这浑水。”我说的是事实，法国政府的确想要干预。不相信是犹太人在背后操作的人，则把一切归咎给英国，“他们只想到保卫他们自己的帝国，从拿破仑那时候开始，这一直是英国不变的政策——不容许欧洲大陆出现单一强权。”

有些人则持相反的看法，认为英国并不那么想干涉，反倒是法国政府成天梦想着跟苏联结盟，及早击溃德国。我的朋友们虽然满腔热血，对前景却相当悲观。“为了保住颜面，法国右派分子四处造谣生事。”

一天晚上，勒巴泰告诉我，人人心知肚明战争迟早会来，却也无可奈何。右派指责左派和犹太人，而左派和犹太人，想当然耳，怪罪到德国头上。我和托马斯很少见面。有一次，我带他一起去《无处不在》[1]那伙人常去的餐馆，推说他是我的大学同学。

“是你的皮拉得斯[2]吧。”布拉齐亚克用希腊文尖酸地说。“一点都没错。”托马斯也用希腊文顶了回去，淡淡的维也纳口音袅袅，“他是我的俄瑞斯忒斯。不要小看了袍泽之间的力量。”他倒是与商业界建立了不少关系，当我窝在挤爆了激昂的年轻人的顶楼公寓，喝红酒、吃通心面时，他则上市区最棒的馆子，大啖鹅肝酱。“有陶贝特埋单。”他笑着说，“干吗不趁机享受一下？”

回到柏林后，我开始写报告。

我的结论偏于消极，但条理清晰——法国右派分子基本上反对参战，然而，他们对政治的影响力非常薄弱。政府在犹太人和英国财阀的把持之下，认定德国势力就算扩张的范围局限在所谓的自然大空间内，对法国的国家重要利益依旧构成了严重的威胁；他们将不惜参战，参战的名义不是为了捍卫波兰，

1.《无处不在》（*Je suis partout*）：法国时事周刊，1930 年 11 月 29 日创刊，1944 年 8 月停刊。以报道国际事务为主，刚开始持中间立场，后来逐渐偏向法西斯主义，一度被勒令停刊，德国占领法国之后复刊，鼓吹与纳粹德国合作。

2. 皮拉得斯（Pylades），托马斯的回话为俄瑞斯忒斯（Orestes），均为希腊神话人物。皮拉得斯自小与表兄俄瑞斯忒斯一起长大，情谊深厚，虽然俄瑞斯忒斯为了替父亲报仇，杀死了自己的母亲及其奸夫，被人追杀，皮拉得斯仍一路相挺，最后俄瑞斯忒斯当上 Argos 国王，便将妹妹许配给皮拉得斯。俄瑞斯忒斯后来遭到复仇女神的惩罚，变成疯子。

而是因为他们对波兰政府许下了保证。

我将报告呈给海德里希，应他的要求，也送了一份副本给沃纳·贝斯特。“我认为您说得很有道理。”他跟我说，“但是，上面想要听的不是这些。”

我没有和托马斯讨论过报告的内容，后来我把报告的内容说给他听，他听完轻蔑地噘起嘴。“你真的没搞清楚状况，人家还以为你是从德国南方弗兰肯那个穷乡僻壤的地方冒出来的呢。”他的报告内容与我的大相径庭——为了不破坏出口工业，法国企业界反对参战，法国军队也持同样的立场，法国政府再度被迫接受既成的事实。

“可是，你明明知道事情不是这样的！”我大声反驳。“谁在乎真实的情况如何？对你和我来说，又有什么差别？党卫队大元帅要的只有一个：向元首保证，他可以放心入侵波兰。至于会引发什么样的后果，到时候再说。”他点着头说，“大元帅以后不会再理你的报告了。”

他果然一语成谶。海德里希对于我之后呈递的东西再也没有响应。国防军入侵波兰一个月后，法国和英国对我国宣战，托马斯被分派到海德里希麾下，新设立的精英特遣部队，我则被丢在柏林发霉。我很快便领悟到，纳粹党那班跳梁小丑正无止境地玩弄政治游戏，而我落入了陷阱，完全迷失了方向，我错估了上层模棱两可的指示，没能正确忖度上意。

我的分析是正确的，托马斯是错的，但他却获得了人人称羡的派任，往后升官晋爵机会大增，而我被打入冷宫，这一切的确值得深思。接下来的几个月，我察觉到一些确切的线索，认为贝斯特虽然名义上是国安警察署和国家安全局两个部门的负责人，不过他在这两个部门私下合并重组而创立的国家中央安全局中，影响力逐渐消减；相反地，施伦堡的幸运星却光芒万丈。

就是这么刚好，今年开春左右，托马斯开始与施伦堡走得很勤：我的好友的确具备特殊天赋，不必等到时候到了的那一刻，就提前能正确感应到风向的转变。因此每一回，他似乎都能搭上顺风船，官场动荡也始终影响不到他。

如果我能稍加注意一点，我应该早就有所觉醒。现在，我怀疑我的名字已经跟贝斯特连在一起了，跟官僚、眼光狭隘的法学人士、不够积极、不够强硬等字眼画上等号。我大可继续撰写法律论文，这些事总得有人做，不过，我的事业生涯大概就到此为止了。事情的发展果然如我所料，来年 6 月，沃纳·贝斯特辞去职务，离开了几乎是他一手建立的国家中央安全局。我申请自愿调派法国，上面的回答是，我继续留在法务部门，更能发挥所长。

贝斯特也不是省油的灯，他也有朋友在别的地方，有人罩他。这几年来他潜心写作，论文涵盖刑法、宪法、国际法，甚至论及“大空间”理论，联合以前的教授莱因哈德·霍恩[1]和几名学者反对卡尔·施密特[2]的看法，仗着高明的手腕，后来在法国军事政府坐拥高位。我呢，没有一篇论文获准发表。

托马斯休假的时候，再次对我痛下针砭。

“我已经跟你说过，你做了件蠢事，所有的重量级人士都跑到波兰去了。”他接着说，现下他无法为我做些什么。施伦堡是当今政坛的明星，也是海德里希的爱将，可是施伦堡不喜欢我，他也无能为力。至于奥伦多夫[3]，他连保住自己的位置都忙得自顾不暇了，哪有余力想到我。或许我该去找我父亲以前的老长官。不过，每个人都很忙。

说到最后，还是托马斯帮我开启了再出发的大门。他去了波兰之后，又去了南斯拉夫和希腊，回来时已经是数度荣获奖章的一级突击队中队长了。他身上总是一身笔挺的军官制服，跟以前总不离身的整套西装一样，剪裁合宜。1941 年 5 月，他请我到侯切尔餐厅[4]吃饭，那是很有名的餐厅，位于路德街。“我要大吃一顿。”他咧开嘴笑得开怀。

他点了香槟，我们举杯为胜利而干杯。“祝胜利，干杯！”为过去的胜利，还有将来的胜利。他加上一句，问我是否知道苏联那边的事。“我听说了一些

---

1. 霍恩（Reinhard Höhn，1904—2000）：德国法学家、历史学家，党卫队区队长。
2. 施密特（Carl Schmitt，1888—1985）：德国著名法学家和政治学家，1933 年加入纳粹党，成为该党法律顾问。
3. 奥伦多夫（Otto Ohlendorf，1907—1951）：党卫队地区总队长，情报局直属部门 Inland-SD 的负责人。因造成多起屠杀，二战后被判死刑。
4. 侯切尔餐厅（Horcher Restaurant）：柏林著名饭店，1944 年迁至马德里。

传言。”我承认，“只是传言而已。”他笑了，“我们下个月就要进攻了。”他故意卖点关子，好让这个消息的效力发酵。

“天啊！”我不禁脱口而出。“不关老天爷的事，只有阿道夫·希特勒，我们的领袖，以及所向无敌的德意志帝国。我们正在集结人类有史以来最强大的兵力，不出几个礼拜，就能一举击垮他们。”我们又干了一杯。“听着，”最后他说，“你们的大头头奉命成立几团特遣部队，随国防军的突击队出征，跟在波兰一样，都属于特别单位，我敢说他们非常欢迎有才干的年轻党卫队军官自愿加入。”

“我试过加入自愿军，法国那次我被打了回票。”“这次，他们不会拒绝你的。”“你呢，你也去吗？”他轻摇手中的香槟杯。“当然了，我已经被派到那里的一个行动参谋部，每一个行动小队下面有数个特派小组。我敢打包票，他们会把你安插到特派小组司令部。”“这些部队的任务到底是什么？”他笑了笑，“我不是说了吗？特殊的行动啊。国安警察署和国家安全局的工作，战线后方军队的安全、情资之类的事，还有监视军队的行动。军方在波兰的时候有点不太听话，这些也不是新鲜事了，上面不希望再有这种事发生。你愿意考虑看看吗？”您也许会觉得惊讶，我竟然没有丝毫犹豫。我觉得托马斯的提议非常有道理，我甚至非常感兴趣。请您站在我的立场想想，有哪个神志清楚的人会想到去挑选学法律的人执行不经审判的枪决？

我的思绪很清楚，没多思索就回答：“不用考虑了，我在柏林快闷死了。如果你能够让我加入，我立刻出发。”他再度展开笑靥，“我就知道你是个好人，值得信赖。你等着瞧，肯定会很好玩。”我打心眼里笑了，我们又干掉一杯香槟。魔鬼就是这样扩张了它的版图，就是这样。

这些，不是我来到林姆堡之前能想象得到的。

夜幕降临大地，托马斯将我拉回现实，偶尔还听得见几声不连贯的枪响，从大道那边传过来，不过情况已经趋于稳定。“你来不来？还是你想留在这里继续发呆？”“什么是彼得留拉行动？”我问他。“就是你在街上看到的啊。你从哪儿听到的？”我假装没听见他的话。“这计划真的是你们策划推动的？”“这么说吧，我们没有出面阻止，我们做了几张布告。不过，我想乌克兰人不需要我们帮他们开第一枪。你没看见乌克兰国家组织的海报吗？你们手捧鲜花迎接斯大林，我们则拿你们的头颅献给希特勒，恭迎他大驾光临。这可是他们自个儿想出来的。”“我懂了。我们走路去吗？”“就在附近。”

餐馆在一条小巷子里，隐身大马路后面，大门紧闭。托马斯伸手敲门，门先是打开一条缝，接着大开，幽暗的室内全靠烛光照明。

“他们只做德国人的生意。”托马斯微笑着说，“啊，教授，晚安。”里面坐着几位军事情报局的军官，除了他们没有其他客人。我立刻认出体型比较壮硕的那名男子，托马斯跟他敬了礼，他看起来很有教养而且还算年轻，一双细细的褐色眼睛在如朗朗明月的椭圆形大脸中央闪耀，淡色头发似乎长了些，侧分梳往后面，蓬蓬地突起，看起来不像军人。我接着上前与他握手，“奥伯伦德尔[1]教授，很高兴能再次见到您。”

他睁大眼睛瞪着我看，“我们认识吗？”“几年前您在柏林大学演讲时，承蒙我的指导教授莱因哈德·霍恩博士的引见，我们曾经见过面。”“啊，您是霍恩的学生！太好了。”“我的朋友奥厄博士可是国家安全局耀眼的明日之星。”托马斯狡猾地插上一句。“如果是霍恩的学生，那当然没话讲，有人说整个国家安全局都是霍恩调教出来的。”他转身面对同伴，“还没给您介绍我的助理，韦伯上尉。”我注意到眼前的这两个人都佩戴着铸有夜鹰的徽章，下午我也在某些士兵的袖子上见过同样的徽章。

“请原谅我的无知。”大伙依序就座的时候，我开口问，“这个徽章代表什么？”“这是‘夜鹰部队[2]’的标志。”韦伯回答，“军事情报局中的一个特殊战斗小队，成员多从加利西亚西部地区的乌克兰国家主义分子当中招募而来。”“奥伯伦德尔教授是‘夜鹰部队’的指挥官，所以我们算是竞争对手。”托马斯抢着回答。“您太夸张了，一级突击队中队长。”“这话可不夸张，您把

1. 奥伯伦德尔（Theodor Oberländer，1905—1998）：德国东方问题专家，纳粹军官，政界人士。二战前策划了清除德占区犹太人和波兰人的计划，支持种族清洗。

2. 夜鹰部队（NachtigallBattalion）：德国国防军设立的第一个海外部队，成员都是乌克兰人，大约 350 名。1942 年由于成员不满德国对乌克兰的政策，纷纷求去而解散。

班德拉[1]当成行李似的带上带下，我们支持的是梅尔尼克[2]和柏林委员会。”气氛随即变得非常热络。侍者送上酒。“班德拉对我们很有用。”

“请问在什么地方有用？”托马斯立刻接口问。“他的拥护者发狂般四处发布公告，也不问问别人的意见。”他高举手臂，“国家独立！漂亮！”“您认为梅尔尼克可以做得更好？”“梅尔尼克是个讲理的人，他想要的是欧洲的支持，不是煽动暴乱。他是个政治家，愿意长期与我们合作，这样一来，我们可以拥有更多的筹码。”“也许吧，可是街上那些人可不听他的。”“暴民！如果他们还不快点安分下来，我们会给他们好看！”我们一起品尝葡萄酒。这酒味道很棒，有点涩但浓郁香醇。

“这是哪里的酒？”韦伯伸出手指，轻敲手上的玻璃杯问。“这个啊？乌克兰西部的喀尔巴阡吧，我想。”托马斯回答。“您知道的，”奥伯伦德尔教授紧咬住话题不放，“乌克兰国家组织成功对抗苏联长达两年之久，要一举歼灭他们不是那么简单的事。最好的办法是让他们发泄一下，然后接收他们的力量。最起码，那些人听班德拉的。他今天见到了斯特茨柯[3]，会谈进行得非常顺利。”

“谁是斯特茨柯？”我问。托马斯语带讽刺地回答：“雅罗斯拉夫·斯特茨柯是未经我们同意，径自宣布独立的乌克兰政府总理。”“如果我们正确运用手上的牌，”奥伯伦德尔继续说，“他们很快就能粉碎那些狂妄分子。”托马斯反应激烈，“谁？班德拉吗？他现在是恐怖分子，将来也会是，本性难移。他骨子里就是恐怖分子，那些街头暴民才那么爱戴他。”

他转头对我说：“你知道军事情报局是从哪里请出班德拉这位仁兄的吗？

---

1. 班德拉（Stephen Bandera，1909—1959）：乌克兰国家主义激进分子，乌克兰国家组织（OUN）领导人。因为谋杀当时的波兰内政部长等 11 人被判终身监禁，后来被德国人释放出狱，OUN 分裂后，他领导的一派与德军的夜鹰部队合作，后来甚至加入纳粹盟军，1941 年 6 月 30 日他出任乌克兰新政府领导人，此举并未事先知会德国，因此被德国逮捕囚禁在德国集中营。战后，他继续留在德国，据传暗中接济乌克兰游击队反对苏联政府，1959 年在慕尼黑一处房子里，被人发现躺在血泊中，送医不治。两年后，西德逮捕凶嫌，经过深入调查，班德拉之死，苏联政府涉入极深。

2. 梅尔尼克（Andrii Melnyk，1890—1964）：乌克兰将领及政治家，一次大战时曾被苏联俘虏，奉行墨索里尼的法西斯主义。

3. 斯特茨柯（Yaroslav Stetsko，1912—1986）：1968 年后乌克兰的国家组织领导人。1941 年，在德国进攻苏联时短暂地自居乌克兰独立政府首脑。

牢里！”“在华沙。”奥伯伦德尔特别补充说明。“1934 年他因为杀死一位波兰部长被判入狱。不过，我不觉得这有什么值得大惊小怪！”托马斯转头望着他，“我想说的很简单，这个人无法驾驭，您等着瞧。他是个不顾一切的狂人，梦想有一天建立东起喀尔巴阡山脉[1]，西至顿河的大乌克兰独立国，自称是德米特里·顿斯科伊[2]再世。梅尔尼克，最起码他很务实，而且他获得相当广泛的支持，一些资深的老将都公开拥戴他。”

“说得对极了，年轻人都不挺他。再说，您必须承认，他在犹太人的问题上表现得非常不积极。”托马斯耸耸肩，“这个嘛，我们用不着他费心。反正，乌克兰国家组织一路走下来，向来不反犹太。若不是斯大林，他们根本没有想过这个。”“您说得也许有道理，”韦伯悠悠地开口，“不过，还是可以找到一些历史背景，譬如犹太人和波兰地主之间的关系就相当亲密。”

菜送来了，是苹果馅脆皮烤鸭跟火烤甜菜泥。

托马斯替大伙布菜。“人间美味。”韦伯赞叹。“是啊，味道棒极了。”奥伯伦德尔表示赞同。“这是本地的招牌菜吗？”“对。”托马斯趁着嘴空的空当说明，“鸭子先用大蒜和小叶薄荷腌过。一般多搭配鸭血汤当前菜，不过今天他们没有。”

“对不起，”我打岔道，“您的‘夜鹰部队’在这当中又如何定位呢？”

奥伯伦德尔停止咀嚼，擦擦嘴然后回答：“他们又是另一回事了，算是罗塞尼亚精神。就意识形态而言——某些老一辈的人，甚至亲身经历过——他们的祖先是一支接受国家训练的旧时皇家军旅，叫作‘乌克兰自卫队’。他们是来自希蚩的乌克兰步枪兵，可以大致归类为哥萨克[3]的一支。战后他们在此定居，1918 年的时候，他们绝大多数曾跟着彼得留拉出生入死，对抗红军，同

---

1. 喀尔巴阡山脉（Carpathian Mountains）：欧洲中部山系的东段部分，绵延约 1500 公里，穿过捷克共和国、斯洛伐克、波兰、乌克兰和罗马尼亚。

2. 德米特里·顿斯科伊（Dmitry Donskoy，1350—1389）：莫斯科大公，是当时唯一敢挑战鞑靼人的俄国大公。

3. 哥萨克（Cossack）：一群生活在东欧大草原（乌克兰及俄罗斯南部）的游牧民系，在历史上以骁勇善战和精湛的骑术著称，为支撑俄罗斯帝国于 17 世纪往东扩张的主要力量。

时也抵抗德国。乌克兰国家组织的人不太喜欢他们。就某种程度来说，他们比较偏向于寻求自治，并非想搞独立。”

“跟布尔巴维奇人一样。”韦伯补充说，他看着我，“在卢茨克没发现他们的踪迹吗？”“就我所知没有，目前为止都是乌克兰人。”“是沃里尼亚[1]人才对。”奥伯伦德尔特别指出，“他们是为了自保，团结对抗波兰的一群人。1939年开始，他们抵抗苏联入侵，跟他们搞好关系说不定对我们大有帮助。不过，我认为他们主要盘踞在罗夫诺[2]地区，尤其是平斯克沼泽区[3]。”

大家又低头大啖美食。

“我不懂的是，”奥伯伦德尔拿着叉子对我们继续说，“为什么布尔什维克党镇压波兰人，却放过犹太人？就像韦伯说的，他们之间的关系一直非常密切。”“我认为答案其实很简单。”托马斯说，“斯大林政权背后有犹太人操纵。布尔什维克党征服本地之后，取代了波兰人的领主，但是基本的架构却维持不变，换句话说，就是继续让犹太人剥削乌克兰农民。才会引起全民公愤，演变到今日我们看到的局面。”韦伯打了个酒嗝，奥伯伦德尔干干地冷笑两声。

“全民公愤，既然您说到这个，一级突击队中队长。”他挺起胸膛坐直，拿着餐刀敲击桌缘，“对那些走上街头的人来说是很中听，而我们的盟军跟美国人也或许可以接受，但是您跟我一样清楚，这股正义的怒火是如何组织起来的。”托马斯报以亲切的微笑，“教授，至少这样的说法打动了人民的心。否则，他们怎么会鼓掌欢迎我们接下来要导入的措施呢？”“这一点，我倒是不否认。”

服务生上前收拾餐桌。“咖啡吗？”托马斯问。“好啊，不过要快一点才行，我们今晚还有得忙呢。”上咖啡的时候，托马斯给大伙敬烟。“不管怎么说，”奥伯伦德尔一边屈身靠近托马斯递过来的打火机点烟，一边说，“我非常好奇，想横越兹布鲁奇河，到另一边看看。”

---

1. 沃里尼亚（Volhynia）：乌克兰西北部地区，历史悠久，是欧洲最早出现斯拉夫民族的地区。
2. 罗夫诺（Rivne）：位于乌克兰西北，一度划归波兰，今属乌克兰。
3. 平斯克沼泽区（The Pinsk Marshes）：流域西至白俄罗斯的布列斯特，东北到莫吉廖夫，东南到乌克兰的基辅。

“为什么？”托马斯一边替韦伯点火，一边问。“您读过我的书吗？关于波兰乡村人口过剩的那本。”“很可惜没有，很抱歉。”奥伯伦德尔转头望着我说：“您，既然您是霍恩的学生，想必您读过吧。”“那当然。”

“好。如果我的立论正确，我相信当我们抵达真正的乌克兰境内时，那里的农民应该是富足的。”“怎么说？”托马斯问。“这都要感谢斯大林推行的政策，在十几年之间，把 2500 万户农民整合成 255000 个大规模的农产经济体。去富农化政策，尤其是 1932 年有计划施行的大饥荒，据我猜测，是为了找出能够生产粮食的有限土地和消费人口之间的平衡点。我有足够的证据推测他们办到了。”

“如果失败了呢？”“那么，就轮到我们来让它成功。”韦伯做了个手势，饮下最后一口咖啡。“先生们，”他鞋跟用力踩地起立，然后说，“非常感谢您给了我们这么美好的夜晚，我们该分摊多少钱？”“不用了，”托马斯接着起身，连忙说，“这是我们的荣幸。”“那么，下次算我们的。”“好的，看是在基辅还是在莫斯科？”大伙放声大笑，握手告辞。“请代我向拉斯彻博士致意。”奥伯伦德尔说，“在柯尼斯堡[1]的时候我们常见面，希望能够找一天晚上一起聚一聚。”

托马斯目送两位客人离开，坐回位子上。

“要来杯干邑[2]吗？反正是队上埋单。”“乐意之至。”托马斯点了酒。“说真的，你乌克兰语说得不错嘛。”我对他说。“哦，在波兰的时候我学了一点波兰语，跟乌克兰语几乎一样。”干邑送上来了，我们互碰酒杯。

“关于计划那档事，他到底在暗示什么？”托马斯默默不回答，过了好一会儿，终于下定决心开口。“你一定要保守秘密。”他特别强调，“你知道我们在波兰的时候，跟国防军的将领起了不少冲突，问题的关键出在我们采用的特殊方法。那些大人们拿士气低落为借口拒绝采用，他们认为我们在无事生事。所以这一次，我们事先采取了防止误会产生的措施，大头头和施伦堡和国防军

1. 柯尼斯堡（Königsberg）：原为德国东普鲁士省首府，后归苏联。
2. 干邑（Cognac）：法国干邑或周边地区生产的一种用葡萄酿造的白兰地。

协商，定下了明确的约定，在普雷奇的时候，他们应该跟你们解释过了。”

我点头表示确有其事，他继续往下说：“然而，我们还是必须防着点，怕万一他们临时后悔，改变心意。因此，这些计划有一个非常大的优点：让国防军了解党卫队和国安警察心手相连，可以在后方制造混乱，扯他们后腿。军队里流行这么一句话，对军人来说，若有什么比不荣誉更令人厌恶的事，非混乱莫属。混乱的局面再持续个三天，他们就会跑来求我们做好我们的工作了，干净、低调、利落。”“奥伯伦德尔怀疑这个计划的功效。”“哦，他呀，他才不担心这个呢。他只想确定一下，我们对他耍的政治小把戏会睁一只眼闭一只眼。不过，”他嘴角漾开一朵微笑，“该管的时候到了，我们也不会放任他为所欲为。”

我躺在床上，心里想着，真是个奇怪的男孩。虽然他常常让人感到如沐春风，今晚他那讥讽的玩世口吻却让我觉得难受。我知道我不能单就他的话来评断他的行为，我百分百信赖他，在国家安全局，他永远在我身旁，坚定地对我伸出援手，不等我开口要求，甚至明知我对他日后的仕途发展没什么利用价值。

有一次我干脆开门见山，老实提出这个问题，他听了放声大笑：“你要我说什么呢？我笼络你是为了某个长远的计划吗？我很喜欢你，就这么简单。”这番话深深打动了我，他迅速补上一句，“反正，像你这么迟钝的人，我可以肯定，将来绝对不会对我造成任何威胁，这样已经很不错了。”

我会加入国家安全局，他也是一大因素，实际上，我们就是这样认识的。事情发生的情况相当特殊，不过，很多事情往往不是我们能够决定的。我参与隶属国家安全局的机密互信网体系已经好几年了，组织的秘密干员从德国的各个生活阶层中招募，有产业界、农业界、公务员体系、大学。

1934 年，我初到基尔[1]，手头拮据，于是听从我父亲旧时长官曼德尔布罗德教授的建议，报名加入党卫队，可以免缴大学学费。有老长官撑腰，我很快获准加入。两年后，我出席奥托·奥伦多夫一场针对纳粹主义的偏差为主题的

1. 基尔（Kiel）：德国北部城市，石勒苏益格 - 荷尔斯泰因州首府。

特别演说，演说结束后，我的经济学教授耶森教授介绍我们认识，耶森教授早年也教过他。

奥伦多夫原来早就从曼德尔布罗德教授那里听说过我了，他们两位一直保持着良好的关系，他几近公开地大力吹嘘党卫队的国家安全局，并当场招募我加入。

我的工作很单纯——记录所有针对纳粹主义激进分子的看法、传言、反应，甚至玩笑话，做成报告。在柏林的时候，奥伦多夫对我解释数千位互信网成员呈送上来的报告在经过汇总归纳后，国家安全局会分送给党的各个不同机关，以利于他们评断人民的感受，继而依此制定政策。就某种意义而言，这种做法取代了选举，奥伦多夫是这个制度的创办人之一，因此他备感骄傲。

一开始我觉得很兴奋，奥伦多夫的演说令我印象非常深刻，我很高兴能够以具体的方式加入纳粹主义建设的行列。回到柏林，我的指导教授霍恩却当头给我浇了一盆冷水。他在国家安全局的时候，就像许多人一样，如教父般呵护奥伦多夫，然而，他和党卫队大元帅意见不合，最后索性离开。他很快就让我明白，投身军事情报局或者间谍工作，纯粹只是浪漫主义的天真行为，再说，我可以为国家做出更有用的贡献。我和奥伦多夫虽然保持联系，但他已经不像以前那样常和我说国家安全局的事了。后来我才知道，他也一样，跟党卫队大元帅闹得不太愉快。

我继续缴纳党卫队的会费，也参与活动，但是已经不交报告了，报告这档事很快就被我抛诸脑后。我把全副心力都放在我的论文上，心情有些烦躁，此外我迷上了康德，大量吸收黑格尔和理想主义学说。受到霍恩的鼓励，我打算在政府部会谋职。不过我得老实说，我想留在柏林，还有其他的因素，纯属私人的因素。

一天晚上，我在手边的古希腊哲人普鲁塔克[1]的资料里，圈下了关于阿尔

1. 普鲁塔克（Plutarchus，约46年—125年）：生活于罗马时代的希腊作家，以《希腊罗马名人传》一书留名后世。他的作品在文艺复兴时期大受欢迎，蒙田对他推崇备至，莎士比亚不少剧作都取材于他的记载。

西比亚德斯[1]的一段文字：如果从他的外表来评判，我们可以说“不，你不是我的儿子，你根本就是阿喀琉斯[2]”，他是那种受到来古格士[3]般的教育熏陶的男子。不过，如果我们细心观察他的内心世界和行为，我们可以大声说：“这简直就是现在和过去的女性典型。”

这段话您也许会觉得好笑，或者不屑地撇撇嘴，然而时至今日，我已经不在乎了。在柏林的时候，虽然有盖世太保四处巡察，但在柏林想要这种东西的话，多半都可以找得到。著名的廉价酒吧都还营业，比如“克莱斯特俱乐部”和“身影”，警察就很少上门盘查，他们大概买收了某些人。要不然，蒂尔加滕公园附近还有几个地方，动物园正前方，靠近新湖那一带，入夜后警察很少进来。林子后面等着一群年幼的娼妓，或者一群孔武有力的年轻工人。大学时期，我曾经有过一两段被迫躲在暗处的关系，反正时间也不长。不过，我偏好无产阶级的情人，可以不用多说话。

虽然我很小心地不让关系曝光，终究还是惹上了麻烦。我应该要更小心点才对，不时有人会警告我。

霍恩叫我——装作不知情似的——针对鲁道夫·克拉尔律师写的一本书《同性恋与刑法》，做一份意见调查报告。这位先生搜集了详细的资料，精准描述了同性恋者的行为类型，令人拍案叫绝，并据此进一步划分各类犯罪行为的等级，首先是意淫或神交（第一级），然后是用裸露的阳具贴着伴侣的身体（第五级），再来是大腿、膝盖或腋下规律性的摩擦与抚摩（第六级），最后是舌舔阳具、将阳具塞进嘴里或肛门里（分别是第七、八和第九级）。罪行每往上跳一级，刑期也跟着加重。显然克拉尔应该上过寄宿学校，不过霍恩说内政部和国安警察署非常看重他对此书的意见。

我呢，我只觉得好笑。某个春天的夜晚——1937 年——我又跑到新湖后头溜达。我搜索着树林间的暗色人影，直到目光与一名年轻男子的眼神交会，

1. 阿尔西比亚德斯（Alcibiades）：柏拉图针对阿尔西比亚德斯想要踏入政坛一事，谈及政治家必须具有什么样的能力和特质的一番对话。

2. 阿喀琉斯（Achilles）：荷马史诗《伊利亚特》的主要人物，特洛伊战争的希腊英雄。

3. 来古格士（Lycurgus）：斯巴达最早的立法者。

我抽出一根烟，趋前向他借火，他举起打火机，我弯身凑上他的手，然后隔开那只手，扔掉香烟，环抱他的脖子，印上他的唇，细细品味他呼出的气息。

我跟在他后头，一前一后躲进林间，刻意保持一段距离，我的心，每次都一样，在我的喉头，在我的太阳穴，疯狂弹跳，呼出的气息笼上一层干涩的白雾。我松开他的长裤，整张脸埋入他身上散发出的微呛体味，那味道混合着汗水、男性肌肤、尿液和古龙水的气味，我的脸在他身上、性器及阴毛浓密的私处磨蹭，我开始舔它，将它含进嘴里，最后我再也按捺不住了，用力推他靠紧树干，那话儿还一直含在嘴里。我转过身，将它插进我的体内，就这样一直到时间和痛苦仿佛都停止了为止。

结束后他立即走人，没有留下只言片语。我气喘如牛，软绵绵地靠在树干上，调整呼吸，点燃一根烟，努力不让双腿发抖。等我能如常行走时，我朝着后备军运河的方向走，盘算着过河后再转搭市郊铁路动物园线。

我踩着无比轻快的步伐，步上列支敦士登桥，看见一个男人倚着栏杆。我认得他，他是一个朋友的朋友，名叫汉斯·P。他脸色苍白，一脸憔悴，衬衫没系领带，幽暗的路灯照耀下，惨绿的脸上渗着水亮的细细汗珠。我原先无比的喜悦之情顿时一扫而空。

“您怎么会在这里？”我出声叫他，口吻严厉，不太友善。“哦，是您。”他咧嘴苦笑，夹带着一丝歇斯底里的狂态，“您想知道吗？”这次的相遇似乎变得越来越不寻常，我愣在那里，一动也不动。我点点头。“我想往下跳。”他咬着上嘴唇说，“可是我没胆，我甚至，”他拉开外套，露出一截手枪枪柄，“连这个都带了。”

“老天，您从哪里弄来的？”我压低着嗓门问。“我爸是军人，我从他那里偷来的，里面装了子弹。”他忧心地盯着我，“您不想帮我吗？”我四下张望，就我目力所及，运河两岸杳无人踪。我缓缓伸出手，从他的皮带里抽出那把枪。他两眼闪着精光，定定瞪着我，仿佛石像般动也不动。我检查弹匣，好像装满了子弹，我把弹匣压回枪托内，发出“咔”的一声清脆声响。

接着，我左手用力顶住他的喉头，把他整个人架上栏杆，把枪管压住他紧闭的双唇。“张开！”我怒吼着，“张开嘴巴！”

我的心跳得飞快，我觉得自己好像在大叫，其实我正尽全力想压低声音。

“张开！”枪管贴上他的牙齿，“你要的不正是这个吗？吸！”汉斯·P怕得简直快要崩溃，突然飘来一股酸臭的尿味，我往下看——他尿湿裤子了。我的怒气顿时消失，跟来时一样突然。我把手枪插回他的皮带里，拍拍他的脸颊。“没事了，回家吧。”

他留在那里，我穿过桥，右转沿着河岸继续走。几米开外的地方，不知打哪儿来了三名警察。

“喂，那个，你！你在这里干吗？证件。”“我是学生，我在散步。”“是吗，你以为我们不知道你在散哪门子的步啊。还有他，桥上那个？是你的女朋友吧？”我耸耸肩：“我不认识他，他看起来有点古怪，他还想威胁我。”

他们彼此互看一眼，其中两名快步走上桥。我想乘机走开，但是第三名警察抓住我的手。桥上传来吵闹与叫嚷，然后是几声枪响。两名警察走回来，一个脸色苍白，单手按住肩膀，鲜血从指缝里流出来。“啊，那个浑蛋开枪打我，不过他已经被我们制伏了。”他的同僚恶狠狠看了我一眼。“你，跟我们回局里。”

他们把我带回位于德弗林格街和选帝侯街转角的警察分局。到了那里，一名警察睡眼惺忪地接过我的证件，问了我几个问题，把我的回答逐一填进表格，然后叫我坐在长椅上等。

两小时后，我被带到位于对街的蒂尔加滕区指挥局，本区的警察总局。我被带到一个房间，一个胡子没刮干净、西装却烫得笔挺的稳重男人坐在桌子后头。他隶属于联邦刑事警察署[1]。“年轻人，您麻烦大了。有人枪击警察，结果被击毙，那个人是谁？您认识他吗？有人看到您和他在桥上。您在那里干什么？”

我坐在长椅上等待的时候，从头到尾仔细想过了，我决定采用简单的说辞——我是博士候选人，喜欢在夜里到外面走走，思考论文的内容。我离开普伦茨劳厄堡区的住处，沿着菩提树大街[2]走，经过蒂尔加滕公园，然后想搭市

1. 德意志联邦的刑事警察署：专门办理重大刑案，二次大战时期划归党卫队。

2. 菩提树大街（Unter den Linden）：柏林市区的主要干道，东起勃兰登堡门，一直到柏林电视塔，全长约 1.5 公里，沿线有众多景观和历史名胜，是欧洲著名的景观大道。

郊铁路回家。我过桥的时候，那个男人走过来跟我搭讪，嘴里嘟囔着一些话，我也听不太清楚，他的表情很怪，我有点害怕，我以为他出言威胁，决定继续走我的路，没多久就遇见了警察，就是这样。

他问了一些刚刚警察问过的问题："那个地方是有名的花街，您确定他不是您的朋友吗？不是恋人之间发生口角？警察很肯定地表示您在桥上交谈。"我否认，再次重复博士候选人之类的说辞。这样一来一往过了好久，他问话的口吻粗鲁又严厉，甚至好几回试图挑衅，但我不为所动，我知道我最好保持冷静。

我开始觉得尿急，最后忍不住了，只好请求上厕所。他冷笑着说："不行，问完了再说。"接着又继续盘问。终于，他大手朝空中一挥。"好吧，律师大人，请先到走廊外面稍坐一下，稍后再继续。"我走出办公室，坐在大门口。除了两名警员和一个躺在长椅上呼呼大睡的醉汉，就只有我一人。灯泡不停闪烁。四周干净、整齐、悄然。我静静等候。

又过了几个钟头，我大概迷迷糊糊睡着了，凌晨的曙光照亮入口的地砖，一名男子走进来。他的穿着很有品位，条纹西装，剪裁高雅，浆得硬挺的领子，珍珠灰的羊毛领带，领带背面别着党徽，腋下夹着黑色真皮公文包，乌黑浓密的头发整齐地往后梳，闪耀发油光泽，虽然脸上表情严肃，他看着我的时候，眼底似乎藏不住笑意。他低声跟值班警员说了几句话，一名警员带着他消失在走廊里。几分钟后，那名警员走回来，伸出一根粗粗的手指示意我过去。"那边那个，你，过来。"我从椅子上站起来，伸展一下四肢，然后跟着他走，竭力克制想上厕所的欲望。

他带我回到之前我接受审讯的那个房间。没看到原先那名刑事警察署的调查员，取而代之的是穿着讲究的那个年轻人，他一只手从浆得笔挺的西装袖子里伸出来，摆在桌子上，另一只则随意放在椅背上。黑色公文包就放在他的手肘旁。

"请进。"口气礼貌但不容违抗。他指指桌子前面的椅子，"请坐。"警员关上门，我走上前坐下。走廊传来铆钉靴清脆的踏步声，逐渐远离。温文儒雅的年轻人有温柔的嗓音，却掩盖不住他话中的尖锐，"刑事警察队的同僚哈尔贝，认为您违反了第 175 条规定。您有吗？"我觉得他问得很直接，所以我回答得也很坦白。“没有。”“我也这么认为。”他说。

他看着我，隔着桌子伸出手。

“我叫托马斯·豪泽，很高兴认识您。”我弯身上前握住他的手。他的手腕结实，肌肤干燥光滑，指甲也修剪得一丝不苟。“我姓奥厄。马克西米连·奥厄。”“我知道。您运气很好，奥厄先生。刑事警察队哈尔贝小队长已经把这件不幸的袭警事件的初步报告呈交上去了，报告推定您涉案的可能性很大。这份报告的副本刚好呈给了迈辛格[1]参议。您知道谁是迈辛格参议吗？”“不知道。”

“迈辛格参议是反同性恋及反堕胎中央公署的首长。换言之，他专门对付第175条规定。他可不好惹，来自巴伐利亚。”他停了一下，“算您好运，哈尔贝小队长的报告先送到我的办公室。今晚我刚好值班，及时挡下这份要呈递给迈辛格参议的副本。”“您真是太好了。”“是啊，的确。您知道的，哈尔贝小队长对您有所怀疑，但是迈辛格参议要的是确凿的事实，不是怀疑。他有一套方法可以获知实情，他的做法跟警察的做法不尽相同，不过基本上同样有效。”我摇摇头：“请听我说……我不懂您在说些什么，这其中一定有什么误会。”

托马斯嘴巴“啵”地迸出一声响：“目前看来，您说得对，这其中似乎是有误会。或许您会比较喜欢哈尔贝小队长快速骤下的另一种说法，只是不幸的巧合。”我张开手臂往前靠：“这一切实在太蠢了。我是学生，也是党员，加入党卫队……”他打断我的话：“我很清楚您是党员，也是党卫队的一员。我和霍恩教授也很熟，很清楚您的底细。”我恍然大悟：“啊，您是国家安全局的人。”托马斯给我一个友善的笑容。“算是吧。平常我跟西克斯[2]博士共事，也就是接替您的指导教授霍恩博士职务的人。不过这个时候，我隶属国家警察体系，担任贝斯特博士的助理一职，贝斯特博士则匡助大头头处理国安警

1. 迈辛格（Josef Albert Meisinger，1899—1947）：人称“华沙屠夫”，是党卫队旗队长，盖世太保成员。

2. 西克斯（Franz Alfred Six，1909—1975）：纳粹军官，官至旅队长。

察署内的司法事务。”当时我已经注意到他提到大头头时，特意强调的语气。“党卫队国家安全局的人都是博士吗？”我问。他再度笑开，笑得灿烂、真诚。“几乎都是。”“那么您也是了？”他点一下头，“法律博士。”“我懂了。”“不过，这位大头头却不是。他比我们这些人更聪明，懂得利用我们的聪明才智，来达到他的目的。”“他的目的是什么？”托马斯蹙起眉头，“您跟着霍恩研究什么？想必是防卫国家安全吧。”他话说到这里停住。我静静不发一语，两人四目相望。他好像听见了什么声音，弯下腰，下巴贴上掌心，指甲修剪完美的另一只手轻敲桌面。他不耐烦地问：“您对国家的安全防卫不感兴趣吗，奥厄先生？”我迟疑着，不知如何回答。“我不是博士……”“您很快就会是了。”

几秒钟的沉默。

“我不知道您到底有什么意图？”最后我忍不住问。

“我没有任何意图，只是想帮您避掉一些无谓的困扰。您知道，早先您为国家安全局撰写的那些报告得到激赏，写得非常好，简单扼要，非常具有国际观，而且思虑周密无误。很可惜您没再继续下去，不过，这是您个人的问题。当我看到哈尔贝小队长的报告时，我不禁要想，这将会是纳粹主义的一大损失。于是我打电话给贝斯特教授，老实说，他是被我从睡梦中吵醒的，他很同意我的看法，授命我过来这里，建议哈尔贝小队长大事化小。您懂了吗，这起事件很快会展开刑事调查，因为涉及一条人命，这是必要程序。更何况，一名警员还受了伤，您起码会被列为目击证人。

“由于案发现场是著名的同性恋聚集场所，就算我能够说服哈尔贝小队长把您涉案的程度一笔带过，但是您的事依法迟早必须知会迈辛格参议统属的部门，咨询他们的意见。到时候，迈辛格参议可能会盯上您。像他那样粗鲁的野兽肯定会翻清楚您的底细，不论最终结论为何，这些一定会在您的个人档案里留下无可磨灭的痕迹。据闻同性恋是党卫队大元帅挥之不去的梦魇。他怕同性恋。他讨厌同性恋。他认为同性恋者会把身上的病传染给数十名年轻人，这些年轻人将是民族的一大损失。他还认为同性恋是天生的骗子，对自己的谎言深信不疑，因而衍生出不负责任的心态，使得他们不知忠贞为何物，胡言乱语，谎话连篇，最后走上背叛之途。在党卫队大元帅的眼里，潜伏在同性恋者的潜在危机不仅仅是医学上的病症和治疗方面的问题而已，而是个政治议题，需要以国安警察署的方法来处理。

“最近，他甚至非常欣赏一位我国最优秀的法律史学家，也是党卫队的三级突击队中队长埃克哈特教授的建议，回归日耳曼的古老做法，把这些娘娘腔全丢进泥淖里淹死。我打从心底认为这是极端的看法，虽然其中的逻辑无懈可击，不过，每个人看事情的角度未必是这么非黑即白。据说元首本人对这个议题并不那么关心，但也因为他对这个议题没有太多的意见，所以留给党卫队大元帅相当大的挥洒空间，用扭曲的看法制定出目前的政策。如果迈辛格参议对您这个案子做出不利的结论，就算他没办法依据刑法的第 175 条或第 175a 条规定来定您的罪，各式各样的困扰还是免不了。情况演变到最后，万一迈辛格参议坚持己见，他可能对您声请羁押，果真如此，我会感到非常遗憾，相信贝斯特教授也是。”

他的话我只听进去了一半，因为想上厕所的欲望又来了，而且这次来得比任何时候还猛还急，我勉强克制，反问道：“我不知道您到底想怎么样？您这是在提交换条件吗？”“交换条件？”托马斯眉毛上扬，“您以为您是谁？您真以为国家安全局需要威胁利诱才能招募到人才吗？想都别想。”

“不，”他咧开嘴，露出友善的微笑，然后继续说，“我只是基于同志的情谊过来看看能不能帮上忙，本着纳粹党党员要互相扶持的精神。当然了，”他语带嘲讽地补上一句，“我们的确怀疑霍恩教授常警告他的学生要小心防范国家安全局，他应该劝过您打消往这边发展的念头吧，真是可惜。您知道我是他招考进国家安全局的吗？他变了，变得忘恩负义。如果哪一天您对我们的观感改变了，那很好。如果我们的工作在您眼里不再这么负面，我想贝斯特博士会很高兴与您见个面交换意见的。我想请您好好考虑一下。不过，这些跟我今晚的举动一点关系都没有。”

我必须说，他直接而坦诚的态度很得我心。托马斯灵活的手腕、四射的活力以及从容的自信在在令我折服。这些跟我脑袋里对国家安全局的既定印象完全不符。这时，他已经站起来：“您跟我一起离开，没有人会为难。我会知会哈尔贝小队长，告诉他您之所以出现在那儿附近，是因为任务在身，事情就此告一段落。有需要的话，您可以朝这个方向录制口供，这样一来，事情将获得文明的解决。”此时我全心只想上厕所，会谈结束，托马斯很有耐性在走廊等我解放完毕。我终于可以从容考虑一下了。走出厕所的时候，我已经拿定主意。外头，天光大亮。托马斯陪我走到选帝侯街才告辞，他紧紧握住我的手。“我相信我们很快就会再见面的，拜拜[1]！”就这样，屁股上还沾满黏答答的精液，我决定了，决定加入国家安全局。

与奥伯伦德尔教授晚餐后的第二天，一大早起床后，我第一件事就是去见汉尼克，部队的参谋长。“啊，奥厄二级突击队中队长，要送往卢茨克的特急件准备好了，请您去找旅队长，他人在布里日第监狱。贝克三级突击队中队长会为您带路。”这位贝克还非常年轻，相貌堂堂，但显得阴沉，内心仿佛有一股莫名的怒火在闷烧。他向我敬礼打过招呼后，几乎没再跟我说半句话。街上的群众似乎比昨天更激动，到处都能看到国家主义分子组成的巡逻队，要四处走动变得非常困难。同时，街上的德国士兵人数也明显增多。“我得先绕到火车站领取一件包裹。”贝克说，“希望您不介意。”司机已经探听好路线，他九十度急转，弯进一条垂直岔路，好避开街上的人群。

没多久，车子开始绕着一座小山丘蜿蜒而行，山边一栋栋中产阶级住宅，豪华而宁静。“真是座美丽的城市。”我赞叹着。“这不足为奇，基本上，这座城本来就是德国城市。”贝克答道。我闭上嘴，不再多说。到了火车站，他独自下车，我坐在车上看他消失在人群中。

一辆辆电车吐出车厢内的乘客，吞入另一批乘客，启动出发。左手边的小公园里有几户吉卜赛人家，皮肤黝黑污秽，衣衫褴褛，懒洋洋地坐在树荫下，对周遭的喧哗视若无睹。另外，有几个人在车站附近徘徊，没有乞丐，连小孩也安静不玩闹。贝克拿着一小包东西回到车上，他顺着我的视线望过去，发现了那批吉卜赛人。

“与其浪费时间对付什么鬼犹太人，我们更应该优先处理这些人。”他恨恨地啐了一口，“他们更危险。您不知道他们为红军做事吗？反正，我们迟早会找他们算这笔账。”

从火车站回来的漫长路程中，他再度开口：“犹太教会所就在这里，这附

1. 原文为 Tchüss，德文俚语，朋友之间道再见。

近，我想去看看，看完后我们再去监狱。”犹太教会所的位置很隐蔽，躲在一条巷子里，从通往市中心的大道往左拐进巷子里才看得到。门口有两名德国士兵站岗。外观很不起眼，不说完全看不出来，唯有门楣上的六芒星标示此地的特殊性质，没看见犹太人出入。

我跟着贝克走小门。中央正厅有两层楼，上层回廊沿墙环绕，大约是供妇女使用，墙上是色彩鲜艳的壁画，笔触童稚却栩栩如生，画着犹大的大狮子，身上中了好几枪，奄奄一息地躺着，四周点缀犹太教的五芒星标志，还有鹦鹉和燕子。里面没有长凳，反倒是摆满了一张张小学生用的带桌小椅子。

贝克盯着那幅壁画看了好久，然后才走出来。监狱前的道路人潮汹涌，比菜市场还吵。男人拉开嗓门咆哮，女人歇斯底里地撕扯身上的衣服，在地上翻滚胡闹；犹太人一律跪着擦洗人行道，旁边有战地警察看守；路旁的行人偶尔会朝犹太人踹上一脚，一名满脸通红的中士大声咆哮：“Juden，Kaputt！（犹太人，去死！）”围观的乌克兰民众赞赏地报以热烈的掌声。

一到监狱大门口，我必须侧身闪开，让长排的犹太人走出来，他们或赤裸上身，或只穿着衬衫，搬运腐臭的尸体，放在推车上运走。此时，一些全身黑衣的妇女冲过来，对着死尸号啕大哭，接着团团围住这些犹太人，疯狂地抓扯他们，一直到一名士兵作势制止她们才停。贝克完全失去踪影，我独自走进监狱的中庭，那里的情形跟外面没两样，惊魂不定的犹太人正在清理死尸，有些则在士兵的吆喝下擦洗石板地面。

士兵们一个箭步上前，赤手空拳或举起枪托痛殴犹太人，犹太人痛苦地哭号、倒地，再挣扎着爬起来继续工作；有一些士兵用相机拍下这些景象；更有一些兴高采烈的士兵高声叫骂或鼓噪。偶尔，会有些犹太人倒下去，再也没爬起来，几个人一窝蜂上前对他一顿踩踏，一两个犹太人再过来拉着尸体的双脚，将尸体拖到旁边，其他犹太人只好再次擦洗弄脏的地板。

我终于找到一名党卫队的人员。

“您知道拉斯彻旅队长在哪里吗？”“我想他应该在监狱的办公处，在那边，我刚刚看见他走上去。”长长的走廊，士兵人来人往，里面比外面安静许多，墙面是绿的，油腻发亮，血迹斑斑，而且像是最近喷上去的，上面还黏着沾了脑浆的头发和骨头碎屑，地板上因为拖拉尸体的关系，一摊摊血迹清晰可见，大伙踩踏其上，司空见惯。拉斯彻在一位身材高大、娃娃脸的区队长陪同下，正和几位支队的军官一起走下最里面的楼梯。我向他们敬礼。

“啊，是您。很好，我收到了冯·拉德茨基的报告，我要他一有空就过来一趟。您负责亲自向耶克尔恩副总指挥长当面报告这里行动进行的情况。请特别强调，这里的国家主义分子和人民非常响应此次的行动。林姆堡的人民公安局和犹太人残害了 3000 名无辜百姓，人民愤而群起报复，这是可以理解的。我们已经要求参谋部给他们几天时间发泄。”“遵命，旅队长。”我跟在他后头一起离开，拉斯彻和区队长一路上热烈地交谈。

到了中庭，死尸的腐臭和鲜血的恶心黏腻形成鲜明的对照。出来的路上我遇见两个犹太人，他们在士兵的戒护下回到街上，其中一个非常年轻，他静静地走着，鲜血一股股地从他身上涌出。我在车子旁边看见贝克，两人一起返回行动参谋部。

我命令霍夫勒备车，准备上路，并命他叫波普回来，我则去找第三小队队长拿特急件和其他邮件。我顺便问他托马斯人在哪里，我想跟他打声招呼再走。“在大道那边，”他告诉我，“有一间大都会咖啡，就在西克斯图斯卡街上，您一定可以找得到。”

回到下面，霍夫勒和波普已经准备好在等我了。“我们现在出发吗，二级突击队中队长？”“是的，不过我们要先去一个地方，你车子沿着大道走。”大都会咖啡很容易找，一走进去，就听见一群人高声谈笑，有些人喝醉了，猛打哈欠。靠近吧台的地方，一群军用物资运输处的军官一边喝啤酒一边讨论时事，我看到托马斯坐在最里面，旁边还有一位金发的年轻人，那人穿着便服，脸颊浮肿，脸色非常难看。他们喝着咖啡。

“嗨，马克斯！来，我给你介绍，这位是奥列格，学富五车，聪明绝顶的人。”奥列格起身匆匆握了一下我的手，他看起来简直像个大笨蛋。“嗯，我要走了。”托马斯用法语回答我：“很好，反正我们很快就能再见面，根据计划，你的特派小组将跟我们一起驻扎在日托米尔。”“太好了。”我接着用德文说：“加油！保持激昂的士气。”我向奥列格致意，走出咖啡馆。我军离日托米尔还有一段距离，听托马斯的口气，好像胜券在握了，他大概听到了什么好消息。回程路上，我愉快地欣赏加利西亚美丽的乡村风景，我们的车行速度很慢，经常被运送物资上前线的补给车队卷起的烟尘笼罩。游走天空的层层白云绵延天际，穿透云层的阳光越来越罕见，大片的凉荫天幕，愉悦而安详。

我回到卢茨克已经是下午了，据冯·拉德茨基看，布洛贝尔一时半刻是回不来了，哈夫讷私底下跟我们透露，布洛贝尔被送到国防军所属的一所精神疗养院。报复行动进行得很顺利，但是没有人愿意多谈。“您可以说您运气很好，躲过了这一次。”佐恩悄悄跟我这样说。

7 月 6 日，始终紧盯着第六军团行进速度的临时行动小组，迁移至罗夫诺，没多久又要移往兹维亚赫尔，亦称斯娃哈格尔，也就是苏联后来改称为沃伦斯基新城[1]的地方。我军每往前推进一步，就会设立一处分区行动支队，负责找出潜在的反对分子，将之逮捕处决。坦白说，其中大部分都是犹太人，不过被我们枪决的还有布尔什维克党的党工或代表，只要我们发现盗匪、趁火打劫的暴民、私自暗藏粮食的农民和吉卜赛人，都必须立刻知会贝克。冯·拉德茨基详细解说过，我们必须客观地评估威胁，以作为行动基准，想找出每一个罪犯，事实上是不可能的，因此必须转而区隔出最可能破坏我军行动的社会和政治阶层，然后伺机行动。

在新派的地方指挥官伦兹将军的领导下，林姆堡逐渐恢复秩序，民愤慢慢平息。尽管如此，后来这里分别由第六和第五特派小组接手管理，又有数百人在城外被处决。我们和乌克兰人民的关系开始产生嫌隙。7 月 9 日，独立分子搞的实验政府如昙花一现般忽然垮台，国安警察署逮捕了班德拉及其得力助手斯特茨科，重兵押解到克罗地亚，同时削去他们的武装兵力。

然而，在其他地方，乌克兰国家组织的班德拉派开始反抗，乌克兰西部的德罗霍贝奇[2]民众甚至朝军队开火，导致数名德国士兵伤亡。从那时候起，我们开始把班德拉的拥护者视为客观的威胁，梅尔尼克派[3]乐得为我军提供可疑名单，积极取得了当地政府的权力。7 月 11 日，我们隶属的行动参谋部与隶属中央集团军的小队互换称号，从今以后，我们这一团特遣部队便冠上了

---

1. 沃伦斯基新城（Novohrad-Volynskyi）：乌克兰北部城市。
2. 德罗霍贝奇（Drohobycz）：位于乌克兰西部利沃夫州的城市。
3. 梅尔尼克派：支持迈耶尼克的人。迈耶尼克（Andriy Melnyk，1890—1964）是乌克兰军人，政治领袖。

“C”。同一天，我们的三辆欧宝上将跟着第六军团的坦克车驶入日托米尔。几天后，我获令前往支持该先遣部队，等候部队的主力前来会合。

从兹维亚赫尔再往前走，景色丕变。这里是乌克兰大草原，农耕密集，波浪般的草地绵延千里一望无际。小麦田里番红花刚枯萎，黑麦和大麦开始成熟，还有绵延几公里无穷无尽的向日葵花田，高耸着朝向天空，随着太阳的轨迹转动金黄花冠。

田野间偶尔可见排排恍若空屋的木屋，躺在洋槐树或是一小片榉木、槭木、白蜡树林子底下，令这幅美得令人屏息的自然图画减色不少。乡村小路旁长满了椴树，河畔垂着杨柳，走进市区，马路两旁栽的是栗子树。我们手上的地图显然早已不符现况，地图上标示的道路不是不存在，就是早已消失，取而代之的是空荡荡的草原。我军巡逻队发现了一些苏联设立的集体农庄，有大片棉花田、瓜田、甜菜田，小小的城镇已经成为发达的工业中心。

相较于加利西亚落入我军时几乎没有受到任何破坏的景象，红军在这里采取了坚壁清野的撤退政策。乡镇、田野熊熊大火延烧，水井不是放置了炸弹，就是塞满了杂物，道路四处埋了地雷，建筑物内设置陷阱，集体农庄里还有牲畜、鸡鸭和妇女，男人和马匹则早已撤走。

他们几乎放火烧光了日托米尔城，幸好在浓烟四起的废墟中，仍有不少建筑屹立不倒。城里的一切仍然掌握在匈牙利盟军的手中，卡尔森非常火大，“他们的军官对犹太人非常友善，甚至还受邀到犹太人家里吃饭！”另一个军官波尔在一旁加油添醋，“听说甚至有些军官本身就是犹太裔。您能想象吗？德意志的盟军！我不敢再跟他们握手了。”

当地居民很欢迎我们，但对占领乌克兰领土的匈牙利军却辄有怨言，他们说：“在历史上，德国一直是我们的友邦，反之，马扎尔[1]民族总是想要吞并我们。”

紧张的对峙局面导致每天小规模的意外冲突不断。一个工兵连杀了两名匈牙利人，搞得我方将领还得出面道歉。此外，匈牙利军常常阻挠我军的地方警

1. 马扎尔（Magyars）：构成匈牙利人民的主要民族。

察队执行公务，先遣部队最后只好通过行动参谋部向南区集团军的参谋总部向联军总部抗议。

到了7月15日，匈牙利军队终于获令他调，由第六军团参谋部驻防日托米尔，没多久我军指挥部和C行动参谋部也跟着进驻。此时，我奉命回到兹维亚赫尔，负责联系沟通事宜。各分区行动支队分别归卡尔森、汉斯和杨森指挥，各自负责一个区域，我军武力长驱直入，几乎直达最前线，一直到基辅附近才停止。

在南边，我们和第五特派小组的管辖区重叠，我们必须互相协调、统合行动，因为每个分区行动支队可以说是一个自治单位。在这种情况下，我和杨森在兹维亚赫尔和罗夫诺之间、加利西亚省界附近相遇。夏日的短暂雷阵雨，雨势又急又大，将细如面粉的黄土尘灰揉成黏乎乎的烂泥巴，又浓又黑，士兵们戏称之为橡胶泥浆布纳[1]。这样的泥淖到处都是，战死沙场的人和马掩埋其中慢慢腐化。

大伙不断拉肚子，虱子肆虐，甚至连卡车都陷入泥淖，寸步难行。为了支持陷入困境的部队，招募了许多乌克兰籍的临时佣兵，我们将那些出入非洲战场的老佣兵称为阿斯卡里[2]。他们的军饷来自当地政府的资金援助和我军没收的犹太人财产。

佣兵部队中有很多人是布尔巴分子（Boulbovitsi），也就是奥伯伦德尔提过的沃里尼亚民族的极端分子（他们这个名字的起源来自《塔拉斯·布尔巴》[3]）。乌克兰国家组织班德拉派被肃清之后，残余势力有两条路可以走——加入德军或者蹲集中营，其中大多数人仍混迹寻常百姓之中，不过跑来加入我军的人也不在少数。

更往北走，情况截然不同，在立陶宛大公国的平斯克、莫济里[4]和奥列夫

1. 布纳（buna）：德国I.G.公司出产的丁二烯橡胶。
2. 阿斯卡里（Askari）：阿拉伯语、波斯语的“士兵”之意，早在欧洲在非洲建立移民时期，就招募当地土著组成军团维持秩序，两次大战期间，德国成功运用土著佣兵部队稳定东非战场。
3. 《塔拉斯·布尔巴》（*Taras Bulba*）：果戈理的小说，叙述了一名乌克兰的哥萨克军官率两名儿子共同抵抗波兰入侵的故事。
4. 莫济里（Mazyr）：位于白俄罗斯南部戈梅利州普里皮亚季河畔的一座城市。

斯克[1]三个城市之间的地区，有个名叫塔拉斯·博罗韦茨[2]的家伙成立了“波利西亚乌克兰共和国”，国防军对此却睁一只眼闭一只眼。

这人原先在科斯托皮尔[3]开驯马场，马场被布尔什维克党收归国有，他四处突击落单的红军以及波兰的拥护者，我军乐得省下不少军力，因此对他也比较纵容。然而特遣部队担心他包庇乌克兰国家组织班德拉派的余孽，我们戏称 OUN-B 为“OUN（布尔什维克派）”，故意与梅尔尼克的“孟什维克派”做对比。

我们还招募了一些在当地找到的德裔侨民，充当市长或是警察。犹太人，我们所到之处多多少少都有一些，全都被抓过来强制劳动，无法工作的一律枪决。不过，在兹布鲁奇河对岸，属于乌克兰领土的那一边，我军的行动经常因为当地人同情犹太人而受到阻碍，他们不愿出面举报犹太人的藏匿地点，犹太人得以非法迁移，躲进北边的森林里。拉斯彻旅队长于是下令，犹太人上刑场前，必须当街游行示众，以便彻底摧毁乌克兰农民对我军是否坚定施行犹太政策抱持的怀疑。不过，这项措施成效似乎相当有限。

一天早上，杨森邀我加入一次行动。这事迟早会来。我早已了然于胸，也彻底想通了。老实说，我对我军采取的方法的确有所怀疑，曾敞开心胸诚实地探讨过，却还是无法完全理解。我曾和牢里的犹太人谈过，那些人对我说，在他们心里，亘古以来，所有的恶皆来自东方，所有的善皆来自西方。1918 年，他们欢欣鼓舞迎接德军到来，把德军当作解放他们的救世主，那些人也以极为人道的方式对待他们；德军拔营后，彼得留拉领导的乌克兰军又回到这里大肆屠杀。至于布尔什维克党，只带来饥荒。现在，我们又要杀他们。

无可否认我们杀了很多人，尽管无法避免，也非这么做不可，我仍然觉得这整件事非常不幸。不幸归不幸，来了还是要面对，对于无法避免的必要行动，我们只能做好心理准备，随时随地准备面对它，接受它衍生的后果。闭上

1. 奥列夫斯克（Olevsk）：乌克兰城市，位于该国西北部乌博尔季河畔，距离首府日托米尔 130 公里。

2. 博罗韦茨（Taras Dmytrovych Borovets，1908—1981）：二战中乌克兰民族领袖。

3. 科斯托皮尔（Kostopil）：乌克兰城市，位于该国西北部。

眼睛回避，绝对不是办法。

我接受了杨森的邀约。这次行动的负责人是他的副官纳格尔，三级突击队中队长，我跟他一同从兹维亚赫尔出发。昨天夜里下了一场雨，不过路还算好走，我们在两片高耸的绿树墙篱间缓缓行进，阳光点点，树林阻隔了我们的视线，田野躲在林子后头。

我已经记不清那座小城叫什么名字了，它坐落在一条大河畔，距离以前的苏联边境只有几公里远。两大民族共居于此，一边是加利西亚农民，另一边则是犹太人。我们抵达的时候，现场已经围起封锁线。纳格尔指着小城后方的树林："刑场就在那里。"他显得有些紧张迟疑，肯定也还没有杀过人。

那些阿斯卡里已经把犹太人集中在城中广场上，有成年人，也有青少年，他们都是从犹太人居住的巷弄里一小群一小群抓过来的，被迫跪在地上，一旁有绿衣警察[1]看守，偶尔会吃上几记拳脚。有几名德国人也跟在一旁，格努克也在其中，挥舞着马鞭，鞭打他们、催促他们往前走。除了几声哀号，一切显得颇为平静有序。没有看热闹的民众，广场的角落偶尔有小孩探头探脑，盯着跪在地上的犹太人，然后一溜烟跑掉。

"我想，大概还要半小时。"纳格尔说。"我可以四处看看吗？"我问。"当然可以，不过还是要请您带一名勤务兵在身边。"他派波普跟着我，打从林姆堡之行后，波普就没离开过我身边。他还命人为我准备办公的地方，煮咖啡、擦鞋，甚至叫人帮我清洗制服，这些事没有一件是我开口要求的。我往加利西亚人的小型农场那边走，直直朝河边的方向，波普在我身后，距离大约几步之遥，肩上扛着步枪，亦步亦趋地跟着。

屋舍狭长而低矮，大门锁得紧密，十字窗棂后见不着半个人影。一扇木门漆着俗气的淡蓝色，门前挤着三十几只鹅，呱呱呱地聒噪不休，等着回家。我走过这一排的最后一户人家，往河岸走，但是河边全是摊摊烂泥，我只好又往回走上来一点，再远一点的地方有一片树林。空气中回荡着响亮的蛙鸣，受不了暑热的青蛙呱呱鼓噪，声声入耳挥之不去。更往上走是淹水的田野，水洼反

1. 绿衣警察：纳粹德国时期的警察，因为身穿绿色制服，亦称绿衣警察。

射阳光，十几只白鹅排成一列摇摇摆摆走着，骄傲地摆动肥胖的身躯，一头看似快要哭出来的小牛跟在它们后头。

我有幸参观过几个乌克兰小城，每个看上去都比这个小城贫穷、悲惨，奥伯伦德尔的理论恐怕是站不住脚了。

我顺着原路走回去。那扇蓝色的门前，那群白鹅还在那里耐心等着，一边留意那头眼睛闪着泪光的母牛。母牛泪水盈眶的眼睛前，苍蝇成群飞舞。回到广场，阿斯卡里大声叫嚣，高举木棍粗暴地将犹太人推进卡车，虽然如此，犹太人也默默地逆来顺受。我的前面，两名乌克兰人强行拖着一名装木头义肢的老人，义肢脱落，两人若无其事地把老人草草扔进车内。纳格尔已经走远了，我抓住一名阿斯卡里，指着那根义肢："把那个放进他的卡车。"乌克兰人耸耸肩，弯腰捡起义肢扔给老人。每辆卡车挤了大约 30 名犹太人，总人数是 150 多，但是我们只有三辆卡车，得来回走两趟。等卡车装满人之后，纳格尔挥手叫我上车，欧宝驶进林间小路，卡车在后面跟着。

我们来到一片林中空地，封锁线已经围起。卡车卸下乘客，纳格尔下令挑几个犹太人先去挖坑，其他的则在一旁等候。一名一级小队长选了几名犹太人，一人发一把铲子，纳格尔组织了一组押送队，小队立即深入树林。卡车发动引擎开回去。我望着那些犹太人，离我最近的那几个脸色苍白，但看起来还颇镇静。

纳格尔走过来，大声地斥责我："这是必要的，您懂吗？要从大处着眼，人类的痛苦根本算不了什么。""说得是没错，但生命总还是有那么一点意义。"我搞不懂的就是这一点，我目瞪口呆地看着眼前的景象，杀人之易，受死之难，两者之间绝对不兼容。对我们来说，这只是另一个惨淡的工作日，对他们来说，却是一切的终结。

树林里传来尖叫。

"怎么了？"纳格尔问。"报告三级突击队中队长，我不知道。"下面一个小军官回答，"我去看看。"他走进林子。犹太人来来回回、无精打采地踱步，两眼直视地面，笼罩在等死的郁闷寂静中。一名少年蹲着，好奇地望着我，口中哼着儿歌。他伸出两根指头贴上嘴唇，我递了一根香烟和火柴给他，他用微笑表示感激。

小军官走出林子，大声叫道："报告三级突击队中队长，他们挖出一个掩埋死尸的坑了。""什么意思，埋死尸的坑？"纳格尔大步走进树林，我跟着他进去。树底下，那个一级小队长正左右开弓打犹太人耳光，怒吼着：“你早就知道了，对不对！浑蛋。为什么不早说？”“发生什么事了？”纳格尔问。

一级小队长停止掌掴，回答：“您看，我们挖到了布尔什维克党之前挖的壕沟。”我走近一点，想仔细瞧瞧犹太人挖出的壕沟，沟底能清楚地看见发霉的尸体，萎缩得跟木乃伊差不多。“这些人大概是在冬天枪决的，”我开口说，“所以才没有腐烂。”一名士兵从壕沟底下钻出来：“报告三级突击队中队长，他们好像都是在脖子的地方中弹，一枪毙命，应该是人民公安局干的好事。”

纳格尔叫人找通译。

“问问他这到底是怎么一回事。”通译翻译了问题，犹太人接着说话。“他说布尔什维克党在城里抓了很多人，但他不知道他们把人埋在这里。”“这些该死的人渣会不知道？”一级小队长破口大骂，“这些人都是他们杀的，一定是这样！”“一级小队长，冷静一点。把这个坑重新埋好，找别的地方挖洞。记得要在这里做个记号，方便日后回来展开调查。”

我们回到封锁线旁，卡车又载来了剩下的犹太人。20分钟后，一级小队长满脸通红地跑过来。“报告三级突击队中队长，我们又挖到死人坑了，这样不行的，整座树林底下都是死人。”纳格尔随即召开小组会议，秘密商讨。一名低阶军官说：“树林里没有几处空地，才会选到同样的地方挖洞。”

他们展开热烈讨论，我注意到好多细细长长的小刺刺进了我的手指，就在指甲下面。我用手轻轻触摸，发现刺遍及第一和第二节指节，幸好只伤及皮肤。不可思议。这些刺是怎么上来的？我怎么都没有感觉？我开始专心拔刺，一根接着一根，小心翼翼避免流血，还好这些小刺很容易拔。

纳格尔似乎做出了结论。“树林里还有一个地方，那边地势比较低，我们去那边试试看。”“我在这里等你们。”我说。“好的，二级突击队中队长，我待会儿派人过来找您。”我全神贯注在我的手指头上，刺拔完了，指头往内缩放几回，好像没事了。我离开封锁线，沿着缓缓的斜坡往下走，脚下踩着荒芜的杂草和几乎干枯的花朵。下面是小麦田，一只展翅的乌鸦标本权充稻草人竖立在那里。我躺在野草上仰望天空，闭上了眼睛。

波普过来找我：“报告二级突击队中队长，他们那边快要准备好了。”封锁线以及犹太人都转移到树林低矮的那一边。受刑者耐心在树下等候，三五成群，有些人干脆背靠着树干休息。纳格尔和乌克兰籍的手下站在稍远处，在林子里，等着。几米长的壕沟底下有几名犹太人，正一铲一铲把烂泥往周围堆。

我探头往下看，沟底开始积水，泥黄的污水深及膝盖。“这哪是壕沟，根本是在挖游泳池。”我怏怏不快地对纳格尔说。纳格尔显然对我的话很不满：“我能怎么办？二级突击队中队长。这里碰巧是含水层，我们一边挖，水就一边渗出来，这里离河岸太近了，总不能一整天在林子里四处乱挖洞吧？”

他转身对一级小队长下令：“好，可以了，叫那些人出来。”他脸色铁青，问道：“枪击手都准备好了吗？”我明白他们要让乌克兰人开枪。“报告三级突击队中队长，都好了。”一级小队长回答，他随即转身面对通译，详细说明行刑步骤，通译接着把命令翻译成乌克兰语。大约 20 名乌克兰人走上前，在壕沟前面站定，另外五名则把沟底的犹太人拉出来，他们全身沾满了烂泥。乌克兰人将他们推倒，跪在沟边堆高的土方上，背对着枪击手。

一级小队长下达口令，阿斯卡里步枪上肩，瞄准犹太人的颈部。但是，人数没算好，每名犹太人需要两名枪击手，挖洞的犹太人却有 15 个。一级小队长再次清点人数，然后吩咐乌克兰人把枪放下，叫人拉走五名犹太人，在一旁等着。他们之中有几个人口里低声念念有词，应该是在念祈祷文，除此之外，他们什么都没说。

一名小军官建议：“我们最好增加阿斯卡里的人数，这样比较快。”大伙又是一阵七嘴八舌讨论，乌克兰人总共只有 25 人，小军官建议加派五名绿衣警察担任行刑手，一级小队长则坚持封锁线附近的警力不能少。纳格尔变得不耐烦，当下决定：“就维持这样，继续。”一级小队长咆哮着喊口令，阿斯卡里再次举起步枪，架上肩头。

纳格尔向前一步。“听我号令……”他的声音不带任何感情，看得出来他在很努力地控制自己的情绪。“开火！”一阵枪响如狂风扫地，眼前随即笼上一层枪弹烟雾，雾中一片殷红。被击倒的犹太人大多往前飞出去，迎面倒进水里，其中两个只是软软地躺在地上，四肢蜷成一团，稳稳停在壕沟边。“清理一下，带下一批上来。”纳格尔命令着。

乌克兰人抓起那两名死者的手脚，合力抛进沟里，尸体落底，水花砰然四溅，鲜血从面目全非的头上汩汩直流，在乌克兰人的军靴与绿色制服上凝结成块。两名壮汉走上前，拿起铲子开始清理沟沿的土方堆，把染血的泥土、脑浆喷溅形成的白色块状物一股脑儿地全铲回尸体上。

我走过去察看，尸体漂浮在泥泞的水面上，有的脸朝下，有的脸朝上，只有鼻子和胡子露出水面，鲜血不断从头涌出，染红了整个水面，形成一层薄薄的油膜似的东西，红得耀眼，他们身上的白衬衫也都染成了红色，细细的血流爬满肌肤，沾上胡须。第二批接着被带上来，包括刚刚挖洞的五名犹太人在内，另外从林边拖来了五个，他们一个个双膝跪地，面向壕沟，看着自己邻居的尸体在泥水中载浮载沉，其中一人转头望着他的刽子手，头高高仰起，默默看着他们。

我不禁要想，这些乌克兰人怎么会走到这一步？他们绝大多数曾经勇敢地抵抗波兰，然后是苏联，他们梦想的未来，无论是为了自己，或者是为了孩子，应该都是更美好的未来才对，结果竟落得现在这种境地，穿着外国军服，跑到树林里，枪杀这些跟他们从来没有过节的人，也完全搞不懂为什么要这么做。他们对这一切会做何感想？尽管如此，听到我们一声令下，他们还是扣下扳机，然后把死者抛进壕沟，转身带下一批受刑人，他们没有一丝反抗。日后，回想起这一切，他们会怎么想？他们再一次扣下扳机。

此时，壕沟开始传出呻吟。“妈的，有人还没死。”一级小队长没好气地说。“能怎么办，把他们收拾掉啊。”纳格尔大声咆哮。一级小队长命令两名阿斯卡里上前朝壕沟里面开火。哀号并未因此终止，他们发射了第三发子弹，几个人就在他们旁边清理沟沿。然后，又从更远一点的地方拉来十个犹太人。

我留意到波普，他伸手从沟沿隆起的土方中抓起一大把泥土仔细打量，还用手指揉搓、打湿，甚至放了一点进嘴里尝。“怎么了，波普？”我问他。他挨近我身旁：“您看这泥土，二级突击队中队长，肥沃得很，在这里定居准错不了。”犹太人双脚屈膝跪地。“波普，扔掉。”我说。“他们说以后我们可以到这里开垦，开农场。我只是想说，这是个好地方。”“闭嘴，波普。”阿斯卡里的子弹再度齐发，尖锐的哀号再度从壕沟里飘出来，呻吟不断。“求求您，德国大人！求求您！！”

一级小队长下令补上慈悲的一枪，哀号声依旧不绝于耳，甚至可以听到壕沟底下的人在水中挣扎，纳格尔忍不住怒吼。“您手下的枪法比白痴还烂！叫他们下到洞里。”“可是，三级突击队中队长……”“叫他们下去！”一级小队长只好叫通译翻译命令。乌克兰人一听，开始激动地比手画脚抗议。“他们在说什么？”纳格尔问。“他们不愿意下去，三级突击队中队长。”通译委婉地说明，“他们说没这个必要，他们可以从壕沟边上开枪。”

纳格尔气得涨红了脸。“叫他们下去！”一级小队长抓住其中一个人的手臂，用力往沟里推，乌克兰人极力反抗。现在，大伙各自用乌克兰语和德语高声叫嚣。下一批受刑人站在稍远的地方，等着。阿斯卡里怒气冲冲地把枪扔到地上，跳进沟里，一个踉跄滑倒，摔进死尸和仅剩一口气的人当中。他的同伴跟着跳进去，攀住沟缘，伸手拉他一把。那名乌克兰人全身沾满污泥和鲜血，嘴里不停咒骂，还吐了一大口口水。一级小队长把他的枪传给他。

左边忽然响起好几声枪响和尖叫，树林那边驻守封锁线的人开枪了，有一名犹太人想乘乱逃跑。“打中了吗？”纳格尔大喊。“我不知道，三级突击队中队长。”一名警察远远回答。“去看看啊！”两名犹太人突然想从另一边溜走，绿衣警察立即开枪，其中一人中枪倒地，另一个则消失在树林中。纳格尔掏出手枪，四面八方挥舞，高喊着前后矛盾的命令。

沟里面的那个阿斯卡里努力想把枪口对准受伤的犹太人的额头，可是那个犹太人在水里一直翻滚，整张脸都埋在水里。乌克兰人只好随便瞄准发射，子弹打烂了犹太人的下巴，却没能要了他的命，犹太人死命挣扎，混乱中抓住乌克兰人的脚。

“纳格尔。”我说。“干吗？”他的脸色比死人还难看，手枪挂在手上。“我到车上等。”树林里又传来几声枪响，是绿衣警察在朝意图逃跑的人开枪。我匆匆瞥了一眼自己的手指，确认上头的刺都拔干净了。壕沟旁，一名犹太人开始啜泣。

类似的生涩很快便成为绝响。几个礼拜下来，行动指挥官累积了相当的经验，士兵们也熟悉了行刑的程序，在此同时，每个人似乎都在思索自己在其中的定位，以自己的方式自问这是怎么一回事。晚上吃饭的时候，大伙的话题总绕着这些行动转，互相比较自身的经历，有些人语带伤感，有些则谈笑风生。还有些人闷着不说话，这是特别需要留心的一群，至今已经发生了两起自杀案例。还有一天夜里，一个人突然惊醒，拿着枪狂扫天花板，我们只好用强力，从后面将他拦腰抱住，一名下级军官差点因此送命。

有些人表现得特别粗暴，有时是出于虐待的病态心理，会殴打人犯，行刑前百般凌虐。上面想尽办法控制此类脱序行为，但是困难重重，失控的情况时有所闻。我军的士兵经常将行刑的过程拍摄下来，拿这些照片到总部交换烟草，他们把照片挂在墙上，只要出钱，要加洗多少就有多少。

我们很清楚很多人怕受到军法惩罚，所以把照片寄回德国老家，有些人甚至做成摄影小集锦，图文并茂。这个现象着实令军事高层担忧不已，他们似乎也苦无对策，在地的军官则多半睁只眼闭只眼。有一次，犹太人正在挖洞，我惊讶地发现波尔嘴里哼着："泥土冷呀，泥土松呀，挖呀，小犹太，挖！"通译逐句翻译，我听完久久无法自已。

我跟波尔相识有一段时间了，他是明白事理的人，对犹太人没有所谓的不共戴天之仇，只是单纯奉命行事，很显然如今这已超出他所能负荷，导致异常的行为出现。部队里真正的反犹太分子当然有，像是卢贝三级突击队中队长，只要抓到机会，绝对不忘诅咒以色列，言辞极尽恶毒之能事，弄得每个人都好烦。然而，他看待这些行动的态度却相当耐人寻味。

有时他表现得异常粗暴，有时，早上若是拉肚子泻个不停，他会立刻挂病号，找人代班。"老天爷啊，我真是恨透了这些寄生虫。"他看着犹太人倒下时这么说，"但这真不是人干的工作。"有一次我问他，他反犹太的坚定信念是否有助于他挺过这些难挨的时刻，他立刻反击，"听好了，我喜欢吃肉，但不一定非得去屠宰场工作。"

几个月后，托马斯博士取代了拉斯彻旅队长，接掌各特遣部队，部队内部开始自清，卢贝被调走了。然而，越来越多的军官、越来越多的人变得难以驾驭，他们认为某些逾矩的行为，跟一些稀奇古怪的举止是被允许的。会有这种想法是必然的，因为他们的工作模糊了他们良心的界限。还有人偷犹太人的东西，把金表、戒指、金钱据为己有，依法这些东西都该呈交司令部，集中运回德国。行动的时候，特派小组必须同时分身监督绿衣警察、党卫队武装军、阿斯卡里，以确保这些人没有暗中盗用公物。老实说，司令部的军官也会偷偷暗藏东西，然后拿去买酒喝，纪律的观念于是渐趋淡薄。

一天晚上，我们在一个小村庄扎营，波尔带了两个女孩，都是乌克兰农家女，和一些伏特加回营。他和佐恩、穆勒跟那些女孩一起喝酒，乘机调戏，还把手伸进她们的裙子底下。我坐在床上，努力集中精神看书，波尔叫我：“过来一起玩啊。”“谢了，不用了。”一个女孩的衣服扣子已经解开，露出半片酥胸，两个奶子虽然有点下垂，看起来还是相当有弹性。露骨的肉欲、肉体的饥渴让我觉得恶心，但是我无处可去。“您真是不解风情啊，博士。”波尔对我说。

我呢，我望着他们，两只眼睛仿佛变成了一部X光机，在那层表皮肉相底下，我清楚看见了骷髅骨架，当佐恩抱着一个女孩时，就好像两副骷髅隔了一层薄薄的纱互相撞击，他们咧嘴大笑时，尖锐的声音就像是从骷髅头下方的大黑洞里迸出来似的。明天，他们即将老去，女孩会变得臃肿肥胖，或者恰恰相反，一身皱巴巴的皮包骨，乳房干瘪，像是水喝光的小羊皮水袋，空荡荡地挂在那里，佐恩、波尔跟这些女孩将步上黄泉路，躺在冷冷的、松软的泥土下，就像那些早逝的犹太人，口中塞满了泥土，再也笑不出来，这样悲哀的纵情声色究竟有什么意义呢？

如果我这样问佐恩，他肯定会给我这样的答复：“正因如此，我们才要把握时光，在死前小小地痛快一下啊！”但是，在这里，我看到的不是享乐，当我想要的时候，我也会乘机享受一下，不，他们无疑彻底失去了对自我的认知和肯定，想用放荡不羁的方式来忘却一切，无论好坏，把所有事通通抛诸脑后，放任自己随波逐流，不再思考杀人的理由，也不要再拿这个来折磨自己，好好跟女人厮混，反正女人也想要，好好喝它一杯，不必再费心为自己寻找宽恕的借口。这就是我不懂的地方，不过，也没有人非要我搞懂不可。

8月初，临时行动小组下令在日托米尔展开第一波的肃清行动。根据我们的统计，战争爆发之前，住在这里的犹太人约有3万，不过大部分的犹太人跟着红军逃难走了，留下来的不超过5000人，约占目前人口的9%。拉斯彻认为这个比例太高。九九军团的指挥官，莱因哈特将军借调一批人力来协助我们进行 Durchkämmung[1]，多优美的德文字眼，我不知道该怎样翻译才恰当，意思是用筛子筛拣。

大伙都有点神经紧绷，8 月 1 日，加利西亚重新划归波兰总督府[2]，“夜鹰部队”派调到文尼察和蒂拉斯波尔。我们首先得在我们的盟军中找出乌克兰国家组织班德拉派的将领和军官，逮捕他们，然后跟着“夜鹰部队”的军官一起押送他们到萨克森豪森集中营，将他们跟班德拉监禁在一起。从此以后，我们必须时时留意那些没被送走的人，因为每个人都有嫌疑。拥护班德拉的激进分子已经在日托米尔暗杀了两名我军指派的拥梅尔尼克派官员，原先我们还以为是共产党干的，接着我们枪毙了动员全力搜捕出来的每一个乌克兰国家组织班德拉派的成员。

幸好，我们和国防军互动良好，连波兰的老兵都啧啧称奇，他们原本以为我们双方顶多只能维持互带敌意的表面关系，结果非但不然，我们和参谋本部的关系甚至可说是坦诚交心。最常发生的情况是，军队在某个城镇遭人破坏，不论是用肃清破坏分子的同党，或者单纯拿报复行动作借口，军方都会主动要求我们肃清该城的犹太人，他们会把逮捕的犹太人和吉卜赛人送过来，交由我们制裁。

南方战区的后防指挥官冯·罗克斯[3]下令，万一没有证据证明破坏行为的主谋是谁时，我军需针对犹太人或俄国人进行报复，不可任意归咎于乌克兰人：我们必须给大众一个公正公平的印象。当然，国防军的将领并不是都赞成这些措施，特别是较资深的军官，据拉斯彻的说法，他们始终不能理解。军团和杜拉格集中营[4]的某些指挥官之间依旧存有间隙，他们非常不乐于把犹太裔囚犯和敌营军官交给我们。不过我们知道，冯·罗克斯非常强势地捍卫着国安

1. 德语，意为地毯式的搜索。
2. 波兰总督府：波兰被德国占领后，西部区域划归德国，中部和南部区域则在德国授意下成立了所谓的总督府。
3. 冯·罗克斯（Karl von Roques，1880—1949）：德国将军，二战战犯。
4. 杜拉格集中营（Dulag 183）：二次大战位于塞尔维亚的战俘集中营，1941 年 9 月设立，1944 年关闭。

警察署。国防军偶尔还会主客易位，快我们一步先行动，例如某军团想要在城里设立指挥所，可是该地已经人满为患了。“还有犹太人啊。”他们的分队参谋长话中有话地说，参谋部于是接受要求，枪毙了城里所有的犹太男人，把女人和小孩集中囚禁在几间屋里，总算腾出了地方给他们。

我们在报告中把这次行动归类为报复行动。有一个军团甚至大胆到要求我们处决某所精神病疗养院的病患，因为他们想要驻扎在那里，行动参谋部愤怒地答称，国安警察署的人不是国防军的刽子手，“这项行动对国安警察署一点利益都没有，请您自行解决。”（不过有一次，拉斯彻枪毙了疯人院里的所有病人，因为该院的警卫和护士全跑光了，他认为要是精神病患乘机逃跑，对治安是一大隐忧。）此外，紧张局势似乎急遽升高。

我们听到一些关于新方法的谣言从加利西亚传出，耶克尔恩显然得到了支持，展开了至今以来最密集强势的扫荡行动。卡尔森到捷尔诺波尔执行任务，结束归队，语意不清地提及一项新的沙丁鱼式法，但是他拒绝加入，没有人明白他到底在说些什么。

没多久，布洛贝尔回营了，他已经痊愈，酒的确也喝得少了，只是那张脸还是一样凶得吓人。我大多数的时候都待在日托米尔。托马斯也在这儿，我们几乎天天见面。天气很热，果园里的果树被结实累累的杏桃和红紫色的李子压得弯了枝丫。

城外的私有小块土地上，可以看见密密麻麻的笋瓜、几株干枯的玉米和几排孤单的向日葵垂头丧气。空闲的时候，托马斯和我会出城，在捷捷列夫河上划小船或跳入水中游泳，然后躺在苹果树下，一边喝比萨拉比亚[1]出产的难喝白酒，一边啃掉在草地上唾手可得的熟透果子。那时，这个地区还没有游击队出没，非常平静。偶尔我们会大声朗诵奇特有趣的文章片段，就像大学时一样。

托马斯在犹太问题研究学院翻出一本法文的小册子。“你听听这段文字，令人拍案叫绝，文章题目是‘生物学和合作’，是某个叫查尔斯·拉维尔的家伙写的。你听，政策的拟定应该是基于生物学呢，还是不该？听着，听好，

1. 比萨拉比亚（Basarabia）：德涅斯特河、普鲁特河－多瑙河和黑海形成的三角地带。

我们想一直当野生珊瑚吗？还是想朝更高的等级进化呢？”他的法文带着歌吟似的腔调，“答案：基础细胞的结合有朝着完成更高等的生物进化，甚至朝人类发展的趋势。否决自然给予我们的机会，就某种程度来说，是忤逆人类的大罪，跟抹杀生物本能一样严重。”至于我，我手上是司汤达的书信集。

有一天，一些前导工兵邀请我们上他们的马达小艇，托马斯已经喝得醺醺然，两腿夹着一箱手榴弹，舒舒服服躺在船头，他把手榴弹一个一个从箱子里拿出来，拉开保险，懒洋洋地反手扔进河里，炸弹在水底爆炸溅起滚滚水花，冲击小艇，被炸死的鱼浮上水面，十几条鱼在小艇滑过的激流中垂死挣扎，工兵拿着渔网急忙捕捞，他们高兴得笑逐颜开，我在一旁对他们一身的古铜肌肤和无忧无虑的年少轻狂投以羡慕的眼光。

晚上，托马斯偶尔会到我们这边听音乐。波尔发现了一名犹太孤儿，把他当作吉祥宠物般收养。这个男孩会帮忙洗车、擦军靴、替军官清洁手枪，特别是他还会弹钢琴，他弹琴的时候简直像个小天神，轻盈、流畅、行云流水。

“这样的琴音足以宽恕所有罪孽，就算他身上流着犹太人的血液也可以宽宥。”波尔说。他叫男孩演奏贝多芬、海顿，但是这个叫雅科夫的男孩本身偏爱巴赫。他好像记得每一首组曲的谱，真是太美妙了。连布洛贝尔都同意饶他一命。雅科夫不弹琴的时候，我偶尔会和同胞打趣说笑，念一些司汤达描述法国从俄国撤兵的章节给大家听。有些人还会愤愤不平地说：“是啊，法国人也许会这样，没用的民族，我们可是德国人。”“说得没错，不过，俄国人还是俄国人。”

“这一点您错了！”布洛贝尔纠正我的话，“百分之七十到八十的苏联人民，祖先来自蒙古，这是经过证实的。布尔什维克党推行有计划的种族混血政策，第一次大战时，我们面对的是纯正的俄国农民，说真的，那些家伙个个身强体壮，不过布尔什维克党已经自行将他们铲除了！现在几乎没有纯种的俄国人或百分之百的斯拉夫人。”他继续发表毫无逻辑的高论，“总之，从字面上的意义就可以看出斯拉夫民族是外来种族，是奴隶。混血民族。他们的大公没有一个是真正的纯种俄国人，身上不是混着诺曼民族，就是蒙古族的血液，后来甚至混有德意志民族的血液。连他们全国景仰的诗人都是混血黑人，而他们竟然毫不在乎，这正好说明了……”“总之，”福格特打岔，权威地做出结论，“上帝与德国和德国人民同在。这场战争，我们不会输。”“上帝？”布洛贝尔不屑答道，“上帝是共产党员。如果我碰见他，肯定用对付共产党人的手段伺候他。”

他这些话并非无的放矢。国安警察署在切尔尼亚科夫逮捕了人民公安局在该区三头共治政府的领导人以及一名同伙，一起押解到日托米尔，交由福格特和他的同胞共同审理。这名领导人是法官，名叫沃尔夫·基佩尔，他经手处决了超过 1350 人，因而声名大噪。他是犹太人，约 60 岁，1905 年加入共产党，1918 年当上人民法官。另一个被逮捕的领导人是摩西·科甘，年纪较轻，同样是犹太人，也是秘密警察。布洛贝尔特别和拉斯彻及汉姆上校开会讨论如何处置该案，三人同意要公开审判。基佩尔和科甘经军事法庭审理终结判处死刑。

8 月 7 日一大清早，临时行动小组的军官在绿衣警察和阿斯卡里的武装陪同下，大举搜索逮捕犹太人，将他们全押到市场空地。第六军团找来了一部宣传公司的公务车，来回穿梭于大街小巷，用车上的扩音器以德文和乌克兰文宣布处决犹太人的消息。我跟托马斯迟至近午时分才赶到现场。超过 400 名犹太人被强押到这里，双手交握放在脖子后面，围着昨天夜里临时行动小组的司机们临时竖起来的大绞架席地而坐。党卫队武装军围起封锁线，线外聚集了成千上百的围观民众，有的单纯来看热闹，有的是军人，尤其是托德组织[1]以及纳粹主义运输军团的人，当然还有很多乌克兰的平民百姓。围观群众层层包围住市场空地，想要挤出一条路穿过去简直难于登天，邻近建筑的铁皮屋顶上还蹲了将近 30 名士兵。民众高声谈笑，互相打趣，很多人拿着相机猛拍。布洛贝尔和哈夫讷两人站在绞架底下，哈夫讷才刚从比耶拉亚 - 采尔科夫回来。

冯·拉德茨基站在一排排的犹太人旁边，用乌克兰语对围观群众大声侃侃而谈，“有人想找这里的犹太人算账吗？”一个人走出人群，二话不说抬起脚

1. 托德组织（Todt）：以纳粹德国时期该组织的创办人 Fritz Todt 命名，主要任务是建立通信和防御工程。

朝坐在地上的人重重一踢，然后走回人群，其他人纷纷朝犹太人扔烂果子、烂西红柿。我望着地上的犹太人，他们脸色灰青，惊恐地瞪大双眼，内心一定在想这次不知有谁能够幸免。这当中有很多老人，蓄着浓密的白胡须，穿着沾满油垢的卡夫坦长袍，当然也有颇为年轻的少年。我发现封锁线边上站着几个国防军的二等兵。

“他们来这里干什么？”我问哈夫讷。“他们是志工，自愿来帮忙的。”我不悦地嘟起嘴。这里有不少军官，却看不到半个参谋部的人。我往封锁线那边走过去，召来一名二等兵。“你在这里干吗？谁叫你在这里站岗的？”他开始发窘。“你的上司在哪儿？”“我不知道，军官大人。”他手搔着钢盔底下露出的半截额头，愣愣地挤出这句话。

“你来这里干吗？”我再问一次。“今天早上我和同伴一起去了贫民窟，军官大人，我们自愿义务帮忙，您的同事同意了。我之前向一个犹太人订购了一双皮靴，所以我想趁他……趁他还没……的时候找到他。”他连那个字都不敢说。“趁他还没被我们枪毙的时候，是吗？”我酸溜溜地说。“是的，军官大人。”

“你找到他了吗？”“他在那里，可是我没办法过去和他说话。”我转身走到布洛贝尔身旁，“旗队长，我们得把国防军的人遣开，没有上面的命令，让他们参与行动有违规定。”“没关系，二级突击队中队长让他们来，他们有这样的热忱也是好事。他们都是忠贞的纳粹党党员，也想要奉献一己之力。”我耸耸肩，回到托马斯身边。他朝群众抬抬下巴，“我们应该卖门票，乘机大赚一笔。”他冷笑，“参谋部内部称这个为极刑观光。”

卡车来了，直直开进绞架下方。两名党卫队武装兵将基佩尔和科甘押下车，他们身上穿着农民衫，双手反绑在背后。

基佩尔的胡子自从遭到逮捕后便急速变白。司机在卡车车厢门上斜架上一块木板，他们踏上木板，开始执行固定绳索的任务。我发现霍夫勒站在一旁，阴沉地抽着烟，布洛贝尔的专属司机波尔，则在测试套结是否牢固。佐恩走上去，党卫队武装兵抬起两名人犯，大伙手忙脚乱地将两人安稳站放在绞架下方。佐恩开始发表谈话，他用乌克兰语演说，他的任务是向大家宣读犯人的罪行。围观民众大声鼓噪、狂吹口哨，佐恩的话几乎被掩盖过去，他做了好几次手势，要大家安静，但是没有人理会。一些士兵拿出相机拍摄，笑着对犯人指指点点。佐恩和一名党卫队武装兵把绳结套上人犯的脖子，两名人犯全程保持沉默、面无表情。

佐恩和其他士兵跳下木板，波尔发动卡车引擎。

“慢一点，慢一点。”忙着拍照的国防军二等兵高喊。卡车往前，两名人犯先是极力想保持身体平衡，接着互相推挤，前后来回摆荡。基佩尔的长裤松脱，落至足踝处，上身着农民衫，下身赤裸，我惊惧地看见他肿胀的阴茎不停射出东西。“Nix Kultura！（真没教养）”一名二等兵大声呼叫，众人立即随之唱和。佐恩在绞架的立柱上钉了几份公告，详述判决书的内容，我们看到上面写着基佩尔杀害的1350名受难者全都是德裔侨人和乌克兰人。

接着，镇守封锁线的士兵喝令犹太人站起来往前走。布洛贝尔在哈夫讷和佐恩的陪同下坐上车，冯·拉德茨基请我跟他一起走，顺道也载托马斯一程。群众跟着犹太人行进，鼓噪喧天。大伙往城外走，目的地是一个叫作马坟的地方，那里已经挖好一道大壕沟，后方还筑起一堵横墙，阻挡流弹。党卫队武装军的指挥官，二级突击队中队长格拉夫霍斯特跟20多名手下已在那里等候。布洛贝尔和哈夫讷巡视壕沟，其他人则在一旁等候。我静静思索。

我想到自己的人生，我走过的人生历程——一段极其平凡的人生，无论是谁都可能有的人生，但从某些角度来看，却又是那么不寻常，超乎想象。而尽管超乎想象，我的人生在本质上还是极其平凡——这样的人生和这里发生的一切有何关联？一定有某种关联存在，这一点毋庸置疑。的确，我没有亲身参与枪决，也不是我下令开枪的，但这不是重点，因为我经常参与这种行动，也协助事前的准备工作，还有事后的报告撰写。再说，我会被调到行动参谋部，而不是到各分区行动支队，完全是上天偶然的安排。如果上面交付我领导分区行动支队，我很可能也会跟纳格尔和哈夫讷一样，筹划肃清行动、挖壕沟、叫犯人排成一列，然后高喊“开火！”吗？答案是肯定的，毫无疑问。

从很小的时候开始，我就极度迷恋绝对热情和超越极限的行为。现在，这种狂热的迷恋带领着我走上乌克兰大土坑的边缘。一直以来，我总希望我的观念是激进的，然而国家、民族竟然也选择了激进和绝对的路线，我怎么能在此时此刻转过身，否定这一切，转而倾向中产阶级的安逸平凡，拥抱社会契约主张的平庸保障呢？很明显这是不可能的。就算所谓激进，意味着跌入深渊，所谓绝对，等于偏入旁门歪道，我还是得，最起码私底下这么深信不疑，还是得睁大眼睛，坚持走到最后。

围观民众陆续来到，挤满了坟场，我注意到有些士兵穿着泳衣，还有女人跟小孩。大伙喝着啤酒，互敬香烟。我看见一群来自参谋本部的军官，有Ⅱa的冯·舒勒上校跟几个军官。格拉夫霍斯特营长下令属下就位。现在，一个犹太人只能用一把枪，枪口必须瞄准左胸膛心脏位置。一枪经常无法让人毙命，所以会派另一个人在沟底搜寻，补上一枪，在群众热烈聊天喧哗的背景音效下，尖锐的哀号四处回荡。哈夫讷多少算是这项行动的正式负责人，他大声咆哮。阵阵枪响的空当中，有几个人从人群里钻出来，请求党卫队武装兵让他们代劳。格拉夫霍斯特没有异议，他的手下把步枪交到这些二等兵手上，他们射了一两枪才回到同伴身边。

格拉夫霍斯特的党卫队武装兵年纪都相当轻，行刑才没多久就出现心神不宁的症状。哈夫讷严厉训斥其中一名，他每回听到枪响，就把步枪交给自愿上前的士兵，苍白着脸站在一旁。后来，射歪的情况实在太多了，逐渐演变成大问题。哈夫讷下令暂时停止，与布洛贝尔和两名国防军的军官私下商讨。我不认得那两个人，不过，从他们的领章颜色判断，他们分别是军法官和军医。哈夫讷又跟格拉夫霍斯特交换意见，看得出来格拉夫霍斯特对哈夫讷的建议不表赞同，我听不见他们在说什么。最后，格拉夫霍斯特下令带另一批犹太人上前。那些人面朝壕沟，这次党卫队武装兵的枪击手瞄准的是头，而不是胸膛，结果惨不忍睹，上半边的头颅爆裂，头骨碎片四处横飞，枪击手被喷得一脸脑浆。一名国防军的志愿士兵忍不住大声作呕，他的同伴出言嘲笑。格拉夫霍斯特涨红了脸，怒斥哈夫讷，转身对布洛贝尔说话，争执再度上演。行刑方法再次变更——布洛贝尔加派了人手，在人犯的脖子上开两枪，跟 7 月时一模一样。若情况需要，哈夫讷会亲自上场补上致命的一枪。

行刑结束后的那个晚上，我和托马斯一起上赌场。参谋部的军官兴致盎然地谈论今天的事，他们礼貌地对我们打声招呼，不过神情略显局促与窘迫。托马斯四处跟人攀谈，我则躲到一个僻静的地方静静抽烟。饭后，大伙又开始议论纷纷，我注意到跟布洛贝尔讲话的那位军法官显得特别激动。我走过去加入那群人。听起来，军法官对这次行动没什么意见，倒是对现场放任那么多国防军士兵参与行刑感到不以为然。“假如他们有令在身，那又是另一回事。”法官愤愤地说，“但是像这样乱来，根本不能接受。这是国防军的耻辱。”

“什么啊，”托马斯在一旁敲边鼓，“党卫队武装兵射得好好的，国防军连安静地在一旁看都办不到吗？”“不能这样，这样绝对不行，这是纪律的问题。这样的任务没人喜欢做，只有奉命参与的人才能加入，否则军纪何在？”“我同意纽曼博士的看法。”军事情报局的军官尼迈耶也发表意见，“这又不是体育赛事，这些人的行为就像在看赛马。”我提醒他：“然而，中校，参谋部却同意我们四处宣传，贵单位还借调了装甲师给我们。”

“我丝毫没有批评党卫队的意思，党卫队执行的任务的确非常艰巨。”尼迈耶带着为自己辩护的意味反驳，“我们事前曾经开会讨论过这个议题，而我们一致同意这会对老百姓产生很好的示范作用，让他们亲眼看看我们如何摧毁犹太人和布尔什维克党的势力，这是非常有利的。但是，这次的情况似乎有点失控了。贵单位的人不应该把枪交到我们的人手上。”“贵单位的人，”托马斯尖酸地回敬一句，“不应该做这样的要求。”纽曼法官尖声叫道：“无论如何，这个问题一定要呈报给陆军上将。”

于是冯·赖谢瑙下达一纸命令，非常典型的冯·赖谢瑙风格：凡我军判定为必要的处决行动，包含枪决罪犯、布尔什维克党人以及犹太人的相关党羽，一律禁止第六军团的士兵，在没有上级长官的命令下出席、摄影或擅自加入行动。这纸命令本身没起多大作用，但是拉斯彻嘱咐我们以后枪决行动一律到城外去执行，并在周围架起封锁线，禁止不相干的民众进入围观。

看来，不张扬的规定将会严格执行。然而，一睹为快是人性的弱点。我翻阅柏拉图《理想国》的一段文字，想起卢茨克古堡堆积如山的尸体和当时的反应：阿格莱翁之子勒翁提俄斯攻上比雷埃夫斯[1]北边的城墙时，瞥见了躺在刽

1. 比雷埃夫斯（Piraeus）：雅典外港。

子手旁边的死尸，内心突然兴起一股欲望，想要过去一探究竟，同时，也对自己有这样的念头深感不齿，又想要掉头离去。他内心不断挣扎，甚至举起手遮住双眼，最后他还是屈服在欲望之下，他睁大双眼从指缝间浏览一具具的死尸，他对自己说：“满意了吧，该死，好好享受眼前的美景吧！”

老实说，士兵好像很少遇过类似里昂特的内心挣扎，多半只有同样的欲望，高层担心的大概就是这个，人竟能从这种行动中获得乐趣。然而，参与的人似乎都尝到了个中滋味，在我看来这是免不了的事。有些人很明显乐在其中，不过，我们大可把这些人视作病人，找出这些人，改派其他任务给他们，甚至当他们的举止太过火时，给他们惩戒，都是正确的处置方式。

至于另一些人，且不管他们是真心厌恶这种事，还是完全无所谓，总之，他们基于义务和职责所在，认真完成任务，然后从对国家忠心耿耿、抑制个人好恶的坚强自制力及任务艰难等理由，找到成就感，敦促自己益发努力完成交托的使命。

“可是，杀人能得到什么成就感？”他们常常这么扪心自问，事实上，他们在自律的美德和负责任的态度当中找到了成就感。高层必须从大方向来思考这个问题，最终得到的答案，想当然耳，必然是笼统且模棱两可的。一些个人行为、私自的行动，当然是要依法办理，将之视为谋杀，接受审判。基于国防军最高指挥部下达的军纪命令，伯鲁克·冯·罗克斯颁布了一则自行引申的公告：凡违抗军令，擅自射杀犹太人的士兵，一律拘禁 60 天，以为惩戒。据说林姆堡有位下级军官因为谋杀一名犹太老妇而入狱六个月。然而，随着行动规模越来越大，这些后遗症的管理益发困难。

8 月 11 日和 12 日两天，拉斯彻旅队长召集所属的所有临时行动小组及特派小组的负责人齐聚日托米尔，除了布洛贝尔，还有 4b 特派小组的赫尔曼、第五特派小组的舒尔兹和第六特派小组的克罗格。耶克尔恩也来了。13 日恰巧是布洛贝尔的生日，大伙决定为他庆祝一番。

当天他的情绪比平常还要暴躁，而且常常一个人关在办公室里，一待就是好几个钟头。我这阵子刚好特别忙，我们刚刚收到穆勒地区总队长的命令，他是国家秘密警察的首领，要求我们搜集有关行动的各种影音资料——照片、录像带、海报、布告等等——转呈元首。我跑去行动参谋部找行政处主任哈特勒商量，请他拨一点款，向手上有照片的人购买加洗照片。他起先不答应，辩称党卫队大元帅下令禁止行动参谋部的任何人员，不能以任何方式，利用处决人犯的行动来牟利，在他看来，兜售照片就是一种牟利行为。

我再三强调，我们不能要那些人为公家的事自掏腰包，不能叫他们加洗照片给我们做档案，又要他们负担照片加洗的费用，最后他总算被我说动了。他同意了，不过有个条件，我们只支付下级军官和士兵提供的照片费用，假如军官手上也有照片，他们必须自行负担加洗费。

得到他的首肯后，那天其余的时间，我都在临时的克难营房间穿梭，检视大伙手上的照片，请他们加洗。有些人的摄影技术的确十分高明，尽管如此，他们的作品总是让我觉得很不舒服，我又不能别开脸不看，只能目瞪口呆地望着。

到了傍晚，军官们齐聚食堂，施特雷尔克和他的手下为此盛会，已经把食堂装点得焕然一新。布洛贝尔进来时显然喝了不少，双眼布满血丝，不过他极力控制，话说得很少。福格特是我们当中年纪最长的，他代表大家为布洛贝尔祝寿，并带头举杯，祝他身体健康。大伙起哄要布洛贝尔说话，他先是有些迟疑，然后放下酒杯，双手反握背后，对大家说话。

“亲爱的先生们！非常感谢您的祝福。您对我的信赖让我铭感五内。在此我必须宣布一项令人难过的消息，昨天南俄罗斯的党卫队兼警察署最高总长，耶克尔恩副总指挥长带来了一道新命令。命令由党卫队大元帅直接下达，我在此向各位特别强调，一如耶克尔恩副总指挥长向我强调的一样，这道命令是元首本人的意旨。”

他说话的时候微微颤抖，句子和句子中间的停顿处，双颊蠕动好像在咀嚼东西似的。“我们对抗犹太人的行动，从今天起，必须包含所有的犹太人口，没有例外。”在场的军官个个表情错愕，几个人七嘴八舌议论纷纷。卡尔森提高音量，满脸不能置信，“每个人？”“每一个。”布洛贝尔肯定地答复。“可是，这是不可能的。”卡尔森说。他这句话听起来好像是在哀求。

我呢，我紧闭双唇，全身好像冷到骨子里去了。哦，老天爷，我内心在呐喊，现在连这个也得干了，命中注定逃不过的。一种恐怖的感觉铺天盖地而来，将我团团包围。我力持镇静，让脸色如常、呼吸平稳。

卡尔森继续发表反对意见：“旗队长，我们多半是有家室的人，有儿有女，怎么可以叫我们做这种事？”

“先生，”布洛贝尔以决断的口吻打断卡尔森的话，但掩饰不了声音里的恐惧，“这是直接来自我们的元首，阿道夫·希特勒的命令。我们都是纳粹党的党员，也是党卫队的精英，我们必须服从命令。请务必了解，大体而言，在德国的时候，犹太人的问题能够以不过火，而且合乎人道要求的方式来解决。但是，当我们征服波兰，等于接收了额外的300万名犹太人，没有人知道该怎么处理他们，也不知道该把他们摆在哪里。在这里，在这个幅员辽阔的国家，我们和斯大林党羽进行着残酷的毁灭性战争，我们一开始就应该采取激进的做法，以确保后方的安全。

“我想各位都明白这个做法的必要性和效率。我们没有足够的人力一边逐个村庄搜索，一边打仗，我们不能容许同样狡猾、同等奸诈的潜在敌人在我们后方搞破坏。国家中央安全局已经在内部研拟战争胜利后犹太人的处理办法，可能会把犹太人集中送往西伯利亚，或者北方的某处保留区。到时候，他们就没事了，我们也一样。但是，先决条件是我们要赢得战争。我们已经枪毙了数千名犹太人，还有数万名活口，我军越往前推进，接收的犹太人将会更多。假设我们只枪毙男人，女人和小孩要靠谁来养活？国防军没有那么多资源来养活数万名没有用的犹太妇女和小孩。我们也不能眼睁睁看他们饿死，饿死是布尔什维克党常用的伎俩。将女人纳入枪决行动，跟自己的丈夫、儿子死在一块儿，以目前的非常时期来看，是最人道的解决方法。

“更何况，我们从经验中得知，东部占领区的犹太人生育力较强，所以东部占领区是持续养成犹太—布尔什维克势力的大本营，跟资本主义的财阀一样。如果我们饶过其中一些人的性命，这些物竞天择下的产物将成为下一次反扑的力量泉源，日后会对我们造成比现在更大的危害。今日的犹太小孩，将是明日的破坏分子、游击队、恐怖分子。”

大伙个个面面相觑，说不出话来，我看到凯里希酒一杯接着一杯。布洛贝尔布满血丝的双眼在蒙眬的酒意下闪闪发光。

“我们都是纳粹党党员，党卫队的精英，”他继续说，“誓死效忠我国人民和元首。容我提醒各位元首的话形同法律，各位必须斩断人性的软弱面。”布洛贝尔不是绝顶聪明的人，这番铿锵有力的措辞肯定不是出自他之手。他是这么相信着，更重要的是，他想要相信，然后再从他嘴里传递给需要相信的人，再往下传递给其他的人。

对我来说，这番话作用不大，我的思考逻辑得由我自己去推演。但是，此刻我无法思考，我的头嗡嗡作响，强烈的压迫感令我窒息，我想回去睡觉。卡尔森把玩着手上的婚戒，我敢说他根本没有意识到自己手在动，他好像想说些什么，张开口又强忍下去。

“乱七八糟，简直无耻至极。”哈夫讷喃喃自语，没有人出声顶他。布洛贝尔仿佛脑袋被掏空了，一时想不出什么可说，在场的每个人，无不被他话中明确的意思紧紧掐住，没有一刻放松，就像他也被其他人的意思紧紧掐住一样。

在一个像我们这样的国家里，每个人都必须扮演分配的角色：你，是受害者，你，是刽子手，半点不由人，从来没有人征询过你的意愿，因为所有的角色都是可以互换的，受害者跟刽子手也一样，可以互换。昨天，我们杀的是犹太男人，明天，轮到女人和孩子，后天，又换成其他人。而我们，等我们扮演完我们的角色后，我们也将被另一批人取代。

最起码，德国不会批斗他的刽子手，相反还会予以照顾，跟斯大林疯狂清算同志的手段迥然不同；不过他会有此做法，也是基于合乎逻辑的推理。俄国跟我们一样，个人根本什么都不是，民族、国家摆第一，从这个层面来看，我们可以在他们身上看见自己的影子。犹太人也是，他们也有很强的族群意识，民族的意识。他们为死者哭泣，如果可以，也会埋葬死者，让他们入土为安，并诵念犹太教哀祷文。因此，只要世上还有一个犹太人，以色列就不会灭亡。想必正是因为这样的民族性，我们才会把他们列为头号仇敌，他们跟我们实在太像了。

这一切非关人道问题。

当然，有些人会拿宗教教义来批判我们的行动，但是我不属于这一类，而且党卫队里虔诚的信徒应该也不多。又或者有人会引用民主精神来指摘我们，不过所谓的民主制度在德国已经过时了，而且过时好一阵子了。

布洛贝尔的理论其实也不完全是瞎掰，假设民族，也就是我们所属的族群，是至高无上的精神指标，假设民族的旨意交由一个领导人来具体实现，那么的确，元首的话形同法律。只是，扪心自问，元首的命令是否确有其必要性，这一点还是非常重要的，如果只是单纯地用普鲁士民族的服从精神，奴隶似的逆来顺受，来说服自己，不去了解，不去真心地接受，换言之，只是盲目顺从的话，我们充其量只能算是一头牛、一个奴隶，算不上是人。

犹太人他们依循律法时，是打从心里服膺，感应到这条律法，律法越是严苛、强硬、要求越高，他们越是欣赏。纳粹主义大概也一样，是一部活生生的律法。杀人是可怕的事，从军官们的反应可见一斑，尽管不是每个人都能感受到杀人在他们身上留下的后遗症。

至于对认为杀人没什么大不了的人来说，杀一个手持枪械的人，跟杀一个手无寸铁的人，完全没有两样。而杀手无寸铁的人，跟杀女人小孩又有什么区别呢？这种人连禽兽都不如，根本没有资格当人。话虽如此，可怕的事有时也是必要的事，遇到这种情况，我们必须选择听从必要性。我们的宣传文宣一而再、再而三地强调俄国人是劣等人种、下等人，这一点我无法认同。

我盘问过遭我军俘虏的俄国军官跟人民委员，我觉得他们跟我们一样，希望日子过得好，爱家，爱国。然而，数以百万的本国人民却是死在这些人民委员和军官的手下，他们下放地主，饿死乌克兰的农民、镇压枪毙中产阶级分子和异议人士。无可否认，他们当中有人天性残暴，有人丧心病狂，但也有善良的人，他们诚实刚正，一心只想为自己的人民、为劳工阶级谋福利，就算做错了，他们也是本着一颗良善的心。他们同样认定自己的所作所为有绝对的必要性，他们并非个个是疯子、投机分子，或是像基佩尔这类的罪犯。在我们的仇敌中，同样也有说服自己去做这些可怕的事的善良人。上面交代我们去做的事，等于是把敌人过去遭遇的难题带给现在的我们。

第二天醒来的时候，我觉得心慌意乱，悲哀憎恨在脑中挥之不去。我跑去找凯里希。我踏进他的办公室，带上身后的门。

“二级突击队大队长，我想跟您谈一谈。”“要谈什么，二级突击队中队长？”“关于元首下达的歼灭旨意。”他抬起尖尖的鸟头，双眼透过鼻梁上的细框眼镜定定望着我。“这没什么好谈的，二级突击队中队长，反正我要走了。”他招手示意我坐下。

“您要离开？怎么会呢？”“通过一位友人的帮忙，我已经和施特雷肯巴赫旅队长讲好了，我要回柏林。”“什么时候？”“很快，几天就走。”“接替您的人呢？”他耸耸肩：“该来的时候就会来，这期间由您担任管理。”他再度盯着我看，“如果您也想离开，您知道，是有办法的。等我回柏林，我可以找施特雷肯巴赫旅队长，如果您有这个意愿的话。”

“谢谢您，二级突击队大队长，但是我想留下来。”他激动地说：“留下来做什么呢？变得像哈夫讷，还是汉斯那样？在这片污泥里继续沉沦吗？”“您不也好好地待到现在？”我平静地回答。他干笑两声：“7 月我就开始积极运作，申请调职了，也就是在卢茨克的时候。您知道这种事总要拖上一段时间。”“二级突击队大队长，您要离开，我真的很遗憾。”“我可是一点都不觉得遗憾。他们简直在瞎搞，有这种想法的人可不止我一个。第五特派小组的舒尔兹在获悉元首的旨意时，整个人瞬间崩溃。他马上要求调职，副总指挥长也同意了。”

“您说得或许有道理，然而，如果您离开了，舒尔兹区队长也走了，有良知的人都走光了，留下来的将只剩屠夫和人渣。这怎么行呢？”他脸上出现鄙夷的苦笑：“所以，您以为只要留下来就能有所改变吗？就凭您？”他摇摇头，“不会的，博士，听我的劝离开吧，把屠宰场留给屠夫去搞。”“谢谢您，二级突击队大队长。”

我握了他的手，然后走出办公室。我转往行动参谋部去找托马斯。当我简述完我和凯里希的谈话时，托马斯毫不留情地说：“凯里希没种，舒尔兹也好不到哪里去。我们观察他们一段时日了，在林姆堡的时候，他曾经未经批准，擅自放走人犯。如果他要走，那最好不过，我们不需要这种家伙。”他若有所思地看着我。

“当然，上面对我们的要求是很残忍没错，不过你等着瞧，我们一定能够全身而退的。”他脸上的神情变得极其严肃，“我个人认为这不是很好的解决方案，是战事吃紧，情急之下临时想出来的对策。这场战争必须速战速决，胜利后我们才能平心静气地规划解决方案，不同的意见才能够被听进去。以目前战争如火如荼的情况，这是不可能的。”

“你想战争还会拖很久吗？我们原本预期在五周内打下莫斯科，现在过了两个多月，我们连基辅或列宁格勒都还没拿下。”“现在还很难说。我们明显低估了他们的工业潜力，每次我们认为他们已经弹尽粮绝，又有新的兵团增援，不过他们应该是强弩之末了。再说，元首已经决定派古德里安[1]来支持我们，我想很快就能打破僵持的局面。至于中央集团军，本月他们已经俘虏了40万人，而且在乌曼[2]，我军包围了两个军团。”

我回到队上。食堂里只见波尔的小犹太人雅科夫独自在弹钢琴。我坐在长凳上聆听。他弹的是莫扎特某个奏鸣曲当中的行板乐章，听得我心揪得好紧，更添了几分愁绪。

他弹完时，我问他：“雅科夫，你知道拉莫[3]或是库普兰[4]吗？”“不知道，二级突击队中队长，那是什么？”“是法国的音乐家，你应该学学，我来看能不能找到乐谱。”“美吗？”“可以称得上是最美的音乐了。”“比巴赫还美？”我考虑了一下才回答，“几乎可以媲美巴赫。”我笃定地说。

雅科夫大概12岁，他本来可以站上欧洲任何演奏厅的舞台。他出生于切尔诺夫策[5]，在一个德语家庭长大，1940年布科维纳[6]被占领后，他们逃亡到苏联。他父亲遭到苏联政府驱逐，母亲在我军的某次轰炸中不幸身亡。他真是个清秀的男孩，窄长的脸蛋，丰满的嘴唇，稻草般凌乱的黑发，修长的手指青筋浮现。这里的每个人都喜欢他，就连卢贝也没找过他麻烦。

“长官？”雅科夫怯生生地问，双眼仍停留在键盘上，“我可以问您一个问

---

1. 古德里安（Heinz Wilhelm Guderian，1888—1954）：第二次世界大战一位著名的德国陆军将领，最高军衔为大将。
2. 乌曼（Uman）：乌克兰中部城市。
3. 拉莫（Jean-Phillippe Rameau，1683—1764）：法国作曲家，一般认为他是在柏辽兹之前最伟大的法国音乐家。
4. 库普兰（Francois Couperin，1668—1733）：巴洛克时期的主要法国音乐家。
5. 切尔诺夫策（Chernovtsy）：乌克兰西南部切尔诺夫策州的首府，历史上曾是一个犹太人聚集地。
6. 布科维纳（Bukovina）：东欧的一个地区，位于喀尔巴阡山脉和德涅斯特河之间。现在这一地区由乌克兰和罗马尼亚两国统治。在第二次世界大战中，北布科维纳被苏联占领，成为今乌克兰的一部分。

题吗？”“当然可以。”“听说您要杀光所有的犹太人，这是真的吗？”我坐直身子：“谁说的？”“昨天夜里我听到波尔长官跟其他军官讲话，他们讲话的声音很大。”“他们喝醉了，别听他们的。”

他不放弃，两眼仍然低垂：“这样的话，您也要杀我了？”“当然不会。”我的双手仿佛有针在扎，我勉强保持平和的口吻，几乎算是强颜欢笑了。“我们干吗要杀你呢？”“因为我也是犹太人。”“没关系，你替我们工作，你现在可以算是志愿兵。”

他把手轻轻放在键盘上，按下一个琴键，尖锐的高音响起。“俄国人老是告诉我们德国人很坏，但是我不相信，我很喜欢您。”我不再作声。“要我弹琴给您听吗？”“弹吧。”“您想听什么？”“随便什么都行。”

队上的气氛变得越来越糟糕，军官个个神经紧绷，常常为了小事抓狂。卡尔森和其他人各自回到所属的分区行动支队。大伙把想法埋在心里不愿多说，看得出来，新的任务重重压在他们肩头。凯里希很快就走了，几乎没有和大家道别。卢贝常常身体不舒服。

分区行动支队队长纷纷呈递战地士气低落的负面报告——大伙心情沮丧，常有人哭。根据施佩拉特的说法，很多人罹患了性功能障碍症。我们和国防军之间爆发了一连串纷争，靠近科罗斯坚的地方，某个一级小队长强逼犹太妇女脱衣，然后命令她们在机关枪前奔跑，他还拍了照片，这批照片被参谋部拦截。

在比耶拉亚 - 采尔科夫，哈夫讷跟某军团参谋部的一位军官发生争执，因为该军官阻碍他枪决犹太孤儿的行动。布洛贝尔赶过去，事情闹到冯・赖谢瑙那里，冯・赖谢瑙当场下令继续执行枪决行动，还当面训斥了该名军官。但是，这件事引起了不少骚动，哈夫讷拒绝惩罚自己的属下，把责任都推给阿斯卡里，别的军官也开始有样学样。此外，我军和乌克兰国家组织班德拉派依旧存有嫌隙，这样的行动也衍生了新的问题，心有不甘的乌克兰人不是叛逃，就是投靠敌营。还有一些人对于处决人犯反而乐在其中，肆无忌惮地强取豪夺犹太人的钱财，对犹太妇女先奸再杀，有时我们还得枪毙自己的士兵，以儆效尤。

接替凯里希的人选一直没来，我忙得晕头转向。月底的时候，布洛贝尔派我到科罗斯坚，该城的东北地区正是“波利西亚共和国”，国防军下令不让我们进入，不过我们该做的事并没有因此而减少。该区的负责人是库尔特·汉斯。我不太喜欢汉斯，他是个刻薄疯狂的人，他当然也不怎么欣赏我。尽管如此，我们还是得合作。方法改变了，随着上级的新要求，我们不断予以更新，让行刑步骤更合理、更有系统。然而，步骤更新并没有减轻人力的负担。

此后，犯人在受刑前必须脱光衣服，因为我们要回收他们的衣服，供冬季救援队和被遣返的伤兵用。在日托米尔的时候，布洛贝尔为我们介绍了耶克尔恩研究出来的新做法，所谓的沙丁鱼式行刑法，卡尔森早就知道了。由于囚犯的数量增加太快，从 7 月开始，在加利西亚地区，挖掘的壕沟很快就被填满，尸体横七竖八摔落，参差交叠，浪费了不少空间，因此我们光挖洞就浪费了太多时间。

新的做法实施后，赤裸的囚犯将平躺壕沟底部，几名枪击手近距离朝犯人的脖子开枪。

“我向来反对瞄准脖子。”布洛贝尔不忘旧事重提，“可是，现在我们也没办法了。”每次枪毙完一层犯人，由一位军官巡视确定人犯全都咽了气，在尸体上方铺上一层薄薄的泥土，再叫下一批犯人头对着死尸的脚，躺在尸体上面，等累积了五六层尸体后，再将壕沟填平。分区行动支队队长认为手下一定会觉得这做法很麻烦，而布洛贝尔不想听，“在我的特派小组里，副总指挥长怎么说，我们就怎么做。”

库尔特·汉斯反倒觉得没有区别，他对每件事都是一副无所谓的样子。我跟着他一起执行了好几起枪决。现在，我可以大胆地把同胞的个性归纳成三种类型。

首先，是就算极力掩饰，也难以掩盖杀人时流露出快感的人。这类型我在前面提过，他们是杀人犯，战争掩饰了他们的罪行。接下来，是虽然内心厌恶，但由于职责所在，军令如山，于是强压内心的反感、硬是扣下扳机的人。最后，是认定犹太人跟畜生没两样的人，他们杀人的样子就像是屠夫宰牛，这差事是苦是乐，完全视他们当下的心情和体能状况而定。

库尔特·汉斯是典型的第三类型，在他眼里，最重要的莫过于下手要精准，效率要高，要看得到成效。他每天晚上细细核对当天的刑囚总数。那我呢？我在这三类人里找不到自己，我再也无法确定任何事了，若有人在旁边催促，要我给个答案，说真的，我绞尽脑汁也找不出一个真心诚意的答案。这个答案，我还在摸索。

有一天我惊慌失措，却又按捺不住好奇地领悟到，原来我对于绝对价值的追求，竟然对我造成如此巨大的影响，而这个答案，跟我对人生其他的众多事物一样，让我感到好奇，我努力想去看清这个答案对我有何影响。我时时刻刻留意观察自己，仿佛有一部摄影机固定在我头上，我既是摄影机，也是摄影机拍摄的主角，更是研究影片主角的影评。这种感觉偶尔会让我心神不宁，夜里辗转难眠，双眼愣愣地盯着天花板，觉得摄影机的镜头一直就在那里，让我不得安宁。然而，我要的答案却依然从指缝间溜走。

遇到妇女，尤其是小孩时，我们的行动会变得出奇艰难，变成十足恶心的差事。大伙的抱怨没有断过，特别是年纪较长有家室的人。面对这些毫无反抗能力的一群人，母亲眼睁睁看着孩子被杀，却无能为力，只能跟着他们同赴黄泉，我们的人有一种深深的无力感，觉得自己跟那些人同样无力。“我只想保有完整的自我。”有一天，一名党卫军一等兵这么跟我说，他的心情我很了解，但我帮不上忙。

犹太人的态度让事情更麻烦。布洛贝尔被迫将一名代理三级小队副调回德国，因为他和囚犯交谈。那个犹太人跟代理三级小队副年纪相当，他抱着一个大约两岁半的小孩，他妻子在旁边，怀里搂着一个新生儿，有着一双湛蓝的眼眸，那个人坚定地望着代理三级小队副的眼睛，用毫无腔调的标准德语平静地对他说：“先生，拜托您，请让小孩干干净净地走。”“他来自汉堡。”事后，代理三级小队副对施佩拉特吐露心声，而施佩拉特向我们转述了事情的经过。“他等于是我的邻居，而且他的孩子跟我的孩子年纪差不多。”

我自己也曾慌过手脚。

一次行刑时，我看见一个小男孩躺在壕沟里奄奄一息，枪击手大概迟疑了一下，子弹瞄准得太低，射进了背部。男孩大口喘气，眼睛睁得老大，眼神蒙眬，这幅悲惨的景象突然与我童年的一个场景重叠——我和一个朋友一起玩牛仔和印第安人的打仗游戏，手上挥舞着白铁做的手枪。当时大战刚结束，我父亲回家了，我那时五六岁，跟壕沟里的男孩差不多大。我躲在一棵树后面，等朋友走近，我从树干后面跳出来，拿枪朝他的肚子发射，嘴里大喊：“砰！砰！”他放下手中的武器，双手捂住肚子倒地，身体不断滚动。我捡起他的枪还他：“喂，拿去，我们继续玩。”“不行，我死了。”我闭上眼睛，男孩的影像还在我脑里不停地喘气。

行动结束后，我到那个犹太村[1]参观，那里渺无人烟，一片荒凉。我踏进村内简陋低矮的木屋，墙上还挂着苏联的日历，以及从杂志上剪下来的画片，寒酸的家具，几件宗教礼拜用品。这里显然跟国际犹太财阀集团扯不上关系。一间屋子里，炉子上还烧着一桶水，冒着泡泡不断沸腾，地板上有几壶冷水和一个水盆。我关上门，脱光衣服，用这些水和一块硬邦邦的肥皂洗澡。我没加多少热水，水很烫，皮肤都烫红了。接着，我穿好衣服，离开了。

村子的入口处，几家屋子开始着火，我内心的疑惑仍然纠缠着我，因此我一再回到这里。有一次我从壕沟边经过，一个大约四岁的小女孩慢慢走过来拉住我的手，我试着挣脱，她反而抓得更紧。士兵正在前面枪决犹太人。“Gdje mama（妈妈在哪儿）？”我用乌克兰语问小女孩。她伸出手指，指着壕沟那里。我摸摸她的头发。我们就这样待在原地数分钟之久，我觉得头晕目眩，好想大哭一场。

“跟我来。”我用德语跟她说，“不要怕，来。”我迈开步伐朝壕沟走去，她杵在原地，仍然拉着我的手，最后乖乖跟着我走。我把她抱起来，交给一名党卫队武装兵。“对她好一点。”我像个白痴似的交代了这句话。我感到一股愤怒排山倒海而来，然而我并不气那个小女孩，也不气那名士兵。士兵抱着小女孩走下壕沟，我仓皇地别开脸，钻进树林里。那是一片宽阔又清朗的松树林，枝叶并不繁密，柔柔的阳光洒遍地面。我身后传来一阵噼啪声。

---

1. 犹太村（Shtetl）：在二次大战前，东欧国家犹太人聚居的村庄或城区，通行的语言是意第绪语，生活自给自足，纳粹入侵后，这类犹太村一律遭到摧毁或弃置，犹太人全数转到集中营。

记得小时候，我常到基尔附近类似的树林玩，大战后我住在基尔，老实说，玩的游戏挺奇怪的。我生日时父亲送我一个盒子，还有几册美国作家巴勒斯[1]写的《泰山》，我爱不释手，读了又读，无论是吃饭、上厕所，半夜躺在床上也拿着手电筒读。

一到树林里，我开始扮演书中的主角，脱光衣服在树丛和茂密的蕨类植物当中穿梭，还躺在有干枯松针铺成的床上，享受松针扎人的滋味。我总是蹲伏在小路边的灌木丛，或是倒下的粗大树干后面，监视往来经过的另类生物——人类。这不能算是色情游戏，我当时还太小，对这方面完全不懂，该遮的地方肯定没遮。但是对我来说，整片树林就像性感地带，宽广的肌肤跟我身上因畏寒而毛发竖立的幼嫩肌肤一样敏感。

我必须在此加以说明，这些游戏后来出现了非常奇特的转折，地点还是在基尔，时间无疑是在我父亲离开之后，我应该是九岁，顶多十岁。我全身赤裸，将皮带的一头挂在树枝上，另一头绕住脖子上吊，让自己随着重力往下坠，鲜血涨红了脸，我惊慌失措，太阳穴如千军万马奔腾，呼吸透着阵阵哨音，紧要关头我伸直脚站了起来，调整呼吸，然后再来一次。这样的游戏代表强烈的欢愉，全然的释放，是啊，树林以前在我心里有着这么一层意义，现在，树林却让我感到畏惧。

我回到日托米尔。队上人人骚动不安，波尔遭到收押，卢贝被送进医院。波尔在食堂众目睽睽下攻击卢贝，先是拿椅子，然后动刀，总共动用了六名壮汉才将他制伏，行政管理处的处长施特雷尔克手上被划开了一道口子，伤口不深，但是痛得厉害。“他疯了。”他说，伸手给我看手上的缝合伤口。“到底是怎么回事？”“还不是为了他的小犹太，会弹钢琴的那个。”

雅科夫跟着波尔修车的时候发生了意外，千斤顶没放稳松开了，结果压碎了手，施佩拉特检查断定必须截肢。

“这样一来，他对我们就一点用处都没了。”布洛贝尔这么说，于是下令

1. 巴勒斯（Edgar Rice Burroughs，1875—1950）：美国科幻小说作家，代表作有《返璞归真》《火星公主》《泰山出世》《泰山之子》《猿朋豹友》《人猿泰山》等。

枪毙雅科夫。

“由福格特负责行刑。”施特雷尔克为我说明经过，“波尔什么也没说，吃晚饭的时候，是卢贝先找他麻烦，你知道卢贝这个人的。‘没人弹琴了啦’，他鬼叫着，就在这时，波尔发飙动手攻击他。如果你想知道我的看法，”他补上一句，“卢贝他活该，这是他自找的。我替波尔感到不值，他是个很好的军官，为了一个小犹太坏了大好前程。再说，这里犹太人多得是。”“波尔会怎么样？”“这要看旗队长的报告是怎么写的。最糟的情况是坐牢，少说也会被降级，或调到党卫队武装军戴罪立功。”

我向他告辞，一个人关在房间里，义愤填膺。我对波尔的心情感同身受，他确实犯了错，这不容置疑，但我能了解他的感受。卢贝不该嘲笑人家，这是卑鄙之举。

我对雅科夫多少也有点感情，我私下写信给柏林的朋友，请他寄拉莫和库普兰的琴谱来，让雅科夫练习，好让他探索《鸟之呼唤》《三只手》《神秘战争》和其他的美妙乐章。现在，这些乐谱都没用了，我不会弹琴。

那天夜里，我做了一个怪梦。我下床走到门口，一位女士挡在门口不让我出去，她有一头白发，鼻梁上架着眼镜。“不行。”她对我说，“你不能出去，坐下，开始写。”我转身回到办公室，我的椅子上坐着另一个男人，他正在我的打字机上敲敲打打。“对不起。”我战战兢兢地问。打字机键盘敲打的声音很大，他没听见。我怯生生地拍拍他的肩膀，他转身，摇着头说：“不行。”同时伸手指着门口，我只好去书房，那里也有人。那人从容不迫地撕着我的书，一页接着一页，然后把封面扔到墙角。好吧，我心里想，既然这样，干脆回去睡觉。我的床上躺着一个年轻女子，全身赤裸地裹着被单。她一看见我，就把我拉过去，在我脸上盖满唇印，将我的腿压上她的腿，摸索着解开我的皮带。我费了好大的劲才挣脱她的怀抱，惊慌的我只能目瞪口呆站在原地。我暗自盘算着跳窗逃出去，结果窗户打不开，被油漆黏住了。幸好厕所没人，我快速闪入，把自己关在里面。

国防军终于突破僵局，再次挥军前进，也给我们带来了更多的工作。古德里安成功突围，他转从后方进攻，一举歼灭基辅的苏联军队，苏联军宛如瘫痪似的没有反抗。第六军团士气大振，一口气横渡第聂伯河[1]，十七军团也在更南边一点的地方横渡第聂伯河。天气燠热干燥，军队行经之地总卷起阵阵比房子还高的烟尘，下雨是官兵最高兴的时候，但是要不了多久，大伙又开始抱怨地上的烂泥巴了。我们没有时间洗澡，人人身上沾满了泥巴和尘土，全身灰扑扑的。

军团行进，恍如在金黄玉米和成熟的麦穗汪洋中漂泊的孤独舰队，连着好几天见不着半个人影，只能向从前线运送物资回来的军用物资运输处的司机打听消息。军队的四周平坦空荡，宽广的土地绵延无尽，这片平原难道没有人家？俄国童话里的勇士这么唱着。我们到外地执行任务时，偶尔会碰到某个单位的同胞，该单位的军官总是热情邀请我们一起用餐，见到我们，他们喜出望外。

9 月 16 日，古德里安和冯·克莱斯特[2]的装甲兵团在洛赫维察，也就是基辅南方约 150 公里处会师。根据国防军的情报估计，苏联大约有四个军团驻守基辅周围，我军空中部队和地面部队连手，由南到北逐个击破，基辅于是门户大开。我们从 8 月底开始停止枪决日托米尔的犹太人，幸存者全集中在一处贫民窟。

9 月 17 日，布洛贝尔跟他底下的军官带两团的南区警力和我们招募的阿斯卡里出城，只留了勤务兵、伙房和车辆维修零件在这里，特派小组必须尽快在基辅安顿好。不过，到了第二天，布洛贝尔改变了心意，也可能是收到了上面的命令，他返回日托米尔，下令扫荡贫民窟。“虽然我们多次警告，厉行各种特别措施，但是他们桀骜的态度依旧没有改变，我们不能留下后患。”他组成了一支先遣部队，交由哈夫讷和杨森带领，与第六军团先行进驻基辅。我自愿随行，布洛贝尔答应了。

当天晚上，先遣部队在城区附近的一座废弃小村庄扎营。外头乌鸦扰人的呱叫，令人联想起新生儿的哭声。我躺在木屋的稻草堆上，屋里还有其他军

---

1. 第聂伯河（Dnieper）：全长 2290 米，从俄罗斯流经白俄罗斯、乌克兰后注入黑海。
2. 冯·克莱斯特（Paul Ludwig Ewald von Kleist，1881—1954）：德国将军，二战战犯。

官。一只小鸟，大概是麻雀吧，飞进屋里盲目地冲撞墙壁和关闭的窗户。小鸟撞得七荤八素，躺在地上好几秒，使劲喘气，羽翼凌乱，接着再次演出同样的疯狂戏码，短暂而且无用。它大概快死了。屋内的其他人已经睡着了，或者根本无动于衷。最后，我终于成功用头盔逮住它，带到外面还它自由，它快速飞进夜空，好像刚从噩梦中惊醒。

天刚破晓，我们就上路了，烽火在我们前方不远，我们缓慢前进。路旁随处可见无法安息的尸体，张着空洞的大眼。

一名德国士兵的小指戴着订婚戒指，在晨曦曙光的照耀下熠熠发光，他的脸肿胀发红，眼睛和嘴巴爬满苍蝇，万头攒动。马的骸骨和人的尸体交错相叠，有些马没有被击中要害，或只是遭到炸弹碎片波及，才刚要咽下最后一口气，它们大声嘶鸣、四肢挣扎，愤怒地在其他人的尸骸，甚至在自己的骑士身上翻滚。眼前出现一条临时便桥，有三名士兵过河时被湍急的河水卷走。我们伫立河岸良久，眼睁睁看着制服湿透的溺水者铁青的脸孔逐渐漂走。居民仓皇逃难，村镇空无一人，母牛肿胀的乳房沉甸甸垂着，痛苦地哞叫，几近疯狂的鹅呱呱扯着嗓门，跟一起关在木屋院子的兔子、鸡和狗绝望地等着死神轮番降临。房屋门户洞开，居民仓皇逃难，他们的书、印刷刊物、收音机、鸭绒被一样都没带走。基辅周围的卫星城市遭到战火肆虐，受创严重，基辅市中心却几乎完好如初。

在美丽的秋日阳光下，谢甫琴科大道旁椴树枝叶茂密，栗子树刚刚染上一抹黄橙，而在市区的主要干道赫雷夏蒂克大道上，我们得深入处处林立的拒马[1]和阻碍装甲车行进的齿轮状十字铰链，费尽九牛二虎之力，才能把精疲力竭的德国士兵抬出来。

哈夫讷与第十九师的总部联系上，他们引导我们前往人民公安局的办公处，地处赫雷夏蒂克大道上方的小丘陵，是控制市中心区的枢纽。那是一座建于 19 世纪初的美丽皇宫，黄色的外墙绵长，墙面有线脚雕刻装饰，大门两旁高耸的白色列柱一字排开，顶着三角门楣，可惜战火轰炸时遭到毁损，之后人

1. 拒马：一种木质的可以移动的障碍物。

民公安局又毫不客气地放了把火。

有消息来源指出，此处曾是孤苦的年轻处女的栖身之地，1918 年一些苏联机构进驻，从此恐怖的恶名让人不敢靠近，他们在附属建筑后面的庭院枪毙百姓。哈夫讷迅速派遣一排兵士挨家搜捕犹太人，予以肃清，又进一步追查哪些可能是犹太裔的居民。

我们找到可以运作的地方安顿下来，设立办公室和安装设备，有些人早已投入工作。我到总部请求派工兵支持，得先检查整栋建筑，看里面是否埋有地雷，他们答应我明天派人过来。第一批犹太人被送到这处女的宫殿，扫除行动于焉开始，哈夫讷还没收了犹太人的床垫和鸭绒被，让大伙能够睡个温暖的觉。

第二天早上，是个星期六，我还来不及下山带工兵队来，市中心传来轰然巨响，卷走我们头上残余的屋瓦。谣言迅速蔓延，诺沃 - 佩切尔西基堡垒爆炸了，多人伤亡，其中包括炮兵连的指挥官及该连的参谋长。大伙议论纷纷，直指这是破坏行动，是定时炸弹，国防军采取较为审慎的看法，不排除是军火库弹药储藏不慎引发爆炸。哈夫讷和杨森开始逮捕犹太人，我则开始招募乌克兰籍线人。这是艰巨的任务，因为我们对他们一无所知，上门应征的人很可能也是俄国派来的间谍。抓来的犹太人先囚禁在赫雷夏蒂克大道上的一家电影院，我匆忙浏览各方涌入的信息，处处显示苏联在城里精心埋设了地雷，工兵队却迟迟不来。在我方的强烈抗议下，终于来了三名工兵，他们两小时后离开，什么也没找着。

当天晚上，忧虑焦躁使我寤寐难安，噩梦连连，梦中我突然急着想上厕所，才冲进洗手间，浓稠的水便稀里哗啦涌出，源源不绝，很快就溢出马桶，而且一直往外溢流，粪便不断从肛门喷出，黏上我的大腿，盖住我的屁股和阴囊，完全没有停止的迹象。我忧心如焚，不知该如何收拾满池秽物，可是我无法停止，酸臭强烈的气味令人恶心欲吐，充斥我的嘴巴，我两眼翻白，脸色大变。醒来时，我觉得就要窒息，口干舌燥，苦涩黏腻。

朝阳的第一道曙光洒落，我爬上山崖欣赏河面日出的美景，放眼望去，先是支离破碎的桥、城市，然后是广大的平原。第聂伯河绵延脚下，河面宽阔、流水潺潺，水面上到处可见冒着绿色泡沫的漩涡。在被炸毁的铁轨路桥下，河中央有几方小沙洲，芦苇莲叶簇拥，几艘遭弃置的小渔舟搁浅其中，一艘国防军的平底接驳船来回两岸，再远一点的地方，对岸有一艘船停在岸边，船身长满铁锈，几乎快要搁浅。树林遮掩洞窟修道院，我只能看到镀金钟塔的圆顶，无声地反射旭日曙光，化为万千古铜光芒。

我回到皇宫，虽是星期天，事情还是多得做不完，再说，行动参谋部的先遣部队已经到了。他们上午抵达，指挥官是第四小队队长克里格二级突击队中队长，跟他一起来的还有布伦恩二级突击队中队长，以及一位叫布朗恩的军官，另外就是我们队上的绿衣警察指挥官、维安警察的库鲁姆上尉。托马斯留在日托米尔，几天后随拉斯彻博士一起过来，克里格和同僚驻扎在皇宫另一侧的厢房，我们已经稍加打点过。被我们逮捕的犹太人夜以继日地工作，我们将他们囚禁在地窖里，跟人民公安局以前的牢房相当靠近。午饭后，布洛贝尔过来看我们，对我们的工作进度赞许有加，便即刻返回日托米尔，他不打算在此过夜，因为城区的犹太人净化行动已经展开。

特派小组在我们抵达基辅的那一天，清空了日托米尔贫民窟，枪毙了拘留其中的3155名犹太人，在我们的报告上再添一笔，其他统计数字很快也将汇集而至。我不禁自问，如果我们把他们的姐妹跟母亲都杀光了，谁还会为这些惨遭杀害的犹太人哭泣，为这些睁大眼睛没入乌克兰肥沃黑土中的犹太小孩哭泣呢？如果我们杀得一个都不留，就不会有人为他们哭泣，或许，这就是我们不留活口的理由。

我的工作持续进行，上面派了一些值得信赖的梅尔尼克派分子给我，他们在我招募的线人中揪出三个布尔什维克党员，其中一名是女性，一律当场枪毙。在他们的协助下，我招募了一些农场管理员，这些苏维埃制度下的门房原先是帮人民公安局提供情报的桩脚，我们只用了一点特权或金钱利诱，他们就毫不迟疑争相为我们提供相同的服务。他们立即提供了一本伪装成老百姓、警官、班德拉拥护者、犹太知识分子等等的前红军军官名册，这些人经过简短的诘问后，分别押送给哈夫讷或杨森处置。他俩继续不断逮捕犹太人，关在国家电影院。堡垒爆炸案之后，城里相当平静，国防军重整队伍，补给效率提高，不过搜捕行动在时间上稍嫌匆促。

星期三早上，也就是24日，爆炸再度震撼大地，炸毁了坐落在赫雷夏蒂克大道和普罗瑞兹那亚大道转角的洲际饭店，战地司令部就驻扎在那里。街上挤满了看热闹的民众及手足无措的士兵，眼睁睁看着饭店燃烧。国防军战地警察将老百姓组织起来，分成小组清理灾难现场，饭店没有遭到波及的部分开始紧急撤离，军官匆匆拖着行李、扛着棉被、抱着留声机离开。脚底的碎玻璃吱嘎作响，方圆几条街的屋舍也受到爆炸波及，玻璃纷纷碎裂。

死伤的军官人数应该不少，不过没有人知道确切的数字。突然又传来一声轰然巨响，在往下面稍远、往托尔斯泰广场的方向，饭店对面的大楼也跟着炸开，爆炸强大的威力掀起一阵高耸的云尘，瓦砾噼啪如雨般落下。围观的民众惊慌失措，四处乱撞，母亲高喊小孩的名字，德国的摩托车队骑兵冲上赫雷夏蒂克大道上阻碍装甲车行进的拒马当中，用机关枪四处扫射。乌黑的浓烟随即弥漫整条大道，有好几个地方接连失火，浓烟呛得我难受极了。国防军的军官大声叫嚷着互相矛盾的命令，似乎陷入了群龙无首的局面。

赫雷夏蒂克大道上举目只见瓦砾尘埃、翻倒的车辆，断裂的电车电缆垂挂，离我两米远的地方，有一辆欧宝汽车油箱爆炸起火燃烧。我回到皇宫，居高临下来看，整条大马路好像都在燃烧，不时还听得见爆炸声。布洛贝尔刚好抵达，我立即向他说明情况。哈夫讷后脚也跟着来了，他说囚禁犹太人的电影院就在洲际饭店旁边，大多数的犯人乘乱逃走了。布洛贝尔下令通通抓回来，我乘机建议，也许当务之急是先把我们总部所在的这栋建筑彻底再搜查一遍。杨森于是将绿衣警察和党卫队武装军的人员，每三人分成一组，分别检查所有的出入口，破开所有加锁的门进入搜索，地窖和阁楼尤其要加倍留意。

不到一小时，就在地下室找到了爆裂物。党卫队武装军的一位三级小队长权充工兵上前瞧了一会儿，有六十几支装满汽油的酒瓶，正是芬兰和俄国的冬季战争开打后，芬兰佬称之为“莫洛托夫鸡尾酒”的汽油弹。看起来是库存品，不过还是小心为上，得快找个专家来才行。

消息一披露，人心惶惶，杨森一边大吼，一边高举马鞭抽打犹太奴工，哈夫讷还是摆着一副效率一流的样子，吆喝不着边际的命令，佯装派头。布洛贝尔跟克里格博士快速交换意见，随即下令人员撤离。

由于没有规划总部的候补地点，大伙不知该往哪里去。我们急急忙忙把东西堆上车的时候，我想办法和军团总部联系上了，但是对方告诉我，他们已经忙不过来，要我们自己想办法。

我穿过火灾和混乱现场回到皇宫，国防军的工兵奋力搬来水龙灌救，火势仍然一发不可收拾。此时，我突然想到狄纳莫运动场，运动场离火灾灾区很远，靠近佩契斯科高地，洞窟修道院那一头，红军不太可能会在那里埋设地雷。

布洛贝尔同意我的建议，车辆和超载的卡车浩浩荡荡开去，大伙在废弃的办公室和弥漫着臭汗及杀虫剂的衣帽间里忙着安顿，或在观众席找地方栖身，犹太人则坐在草地上，由我们严密看守。我们卸下箱子、打字机，整理档案文件，一批专家则忙着装设联络的机器设备。此时，布洛贝尔亲自过去军团拜会，回来时命令我们拆下所有装备重新打包，国防军分配了一栋沙皇的旧行宫给我们栖身，就在山下不远处。于是，所有行李重新上车，搬来搬去浪费了一整天。乱哄哄地搬上搬下，好像只有冯·拉德茨基感到有趣。“战争要打，杜松子酒照喝。”他颐指气使地斥责敢有半句怨言的手下。

傍晚，我终于得空和我招募的梅尔尼克派分子碰面，探听消息，要求他们尽快取得红军的计划。很明显，这些爆炸都是事先规划好的破坏行动，当务之急是逮住阴谋分子，揪出他们的罗斯托普钦[1]。军事情报局掌握了某个叫弗里德曼的家伙涉有重嫌，他是人民公安局的著名干员，专门负责在红军撤退前搜集情报和破坏联络网的首脑人物，工兵部队则坚持认定这是事先埋设的地雷，只是加装了计时装置而已。

市中心成了人间炼狱。惊爆连连，赫雷夏蒂克大道，从都马广场到托尔斯泰广场之间尽是一片火海。他们把“莫洛托夫鸡尾酒”搬到阁楼上，阳光照射加温引发爆炸，胶化的汽油沿着屋内的楼梯往下掉，更助长了火势，沿着平行的街道逐步蔓延，先是普希金街，然后是梅林街，再来是卡尔·马克思街、恩格斯街，火苗一直流窜到我们的驻扎地，皇宫脚下的十月革命大道。

---

1. 罗斯托普钦（Fyodor Vasilyevich Rostopchin，1763—1826）：俄国将军，1812 年担任莫斯科市长，据说在法军攻入莫斯科时，是他下令焚毁整座城的。

两家中央百货商店遭到恐慌的民众冲入抢掠，战地警察队逮捕了许多掠夺商家的暴民，想要交由我们处置，还有很多人惨遭祝融焚身。市中心的居民仓皇逃难，佝偻着身子，背着家当，推着塞满收音机、地毯和家用器具的手推车，婴儿在母亲的怀里哇哇大哭。

许多德国士兵混在逃难人群之中，没有上面的命令，惊慌地奔逃。偶尔一声轰然巨响，屋顶崩落，梁柱坍塌，灰瓦齐飞。在某些地方，口鼻不围上湿毛巾，简直无法呼吸，我咳得很厉害，咳到涨红了脸，还咳出浓痰。

行动参谋部隔天早上进城，我们的特派小组在古诺・卡尔森的指挥下，大致都来齐了。工兵终于来检查皇宫，搬走一箱箱的汽油弹，我们得以及时搬回去迎接他们。党卫队兼警察署最高指挥部的先遣部队也在此时抵达，进驻我们刚刚离开的沙皇行宫，还带来两营的绿衣警察，对我们来说毋宁是莫大的支持。国防军开始炸毁市中心的建筑，借以控制火势蔓延。我们在列宁博物馆找到四吨重的火药，随时可能爆炸，幸好工兵成功剪断引信，将炸药堆置在博物馆大门口。本市的新任指挥官库尔特・埃伯哈德[1]将军，几乎不停地在开会，所有特派小组都必须派代表参加。

由于凯里希的接替人选一直没有敲定，我自然递补成为本部队第三小队的代理队长。布洛贝尔常要我陪他一起去开会，甚至当他忙不过来的时候，也指派我为他的代理人。行动参谋部每隔一小时就和党卫队兼警察署最高指挥部的人会面磋商，耶克尔恩本人则预计在今晚，最迟明天抵达。

早上，国防军认为城里还有普通的暴民窝藏，要求我们支持，一起搜捕消灭他们。接着，军事情报局也在当天搜出一份红军的摧毁计划，巨细靡遗圈点出他们出城前计划破坏的六十几个标的物。我们派工程人员前往搜查，结果显示这项情报似乎是真的。四十几处标的物正悄悄等着炸开花，有些装有无线引爆器，可以远距离遥控，工兵队忙着拆卸炸弹，赶在最短时间内完成。国防军考虑着要采取激烈的手段，队上也一样，大伙都在谈论。

---

1. 埃伯哈德（Kurt Eberhard，1874—1947）：党卫队旅队长，德国战败被俘，1947 年自杀。

星期五，国安警察开始展开行动。靠着我搜集来的情报，一天下来，总共逮捕了 1600 名犹太人和共产党员。福格特在杜拉格集中营里，也就是在市区监禁犹太人和一般百姓的集中营，设立了七个小分队进行侦讯，要从大批的囚犯中筛检出危险分子。我在埃伯哈德主持的会议上做了简报，他点头表示赞许，但是军方要求更多。破坏行动没有停止的迹象，一名年轻犹太人意图割断工兵在第聂伯河装设的方便灭火时汲水用的水管，临时行动小组枪毙了这名犹太人，和一些在城市外围东正教教堂四周鬼鬼祟祟的吉卜赛人。

布洛贝尔下令一小队人马前往帕夫罗夫医院肃清精神病患，免得他们逃离院区，让混乱的局面更加不可收拾。耶克尔恩也在，下午他在军区地方司令部主持一场大型会议，出席的有埃伯哈德将军，以及第六军团参谋部的长官、军团的带兵将领，其中包括了拉斯彻博士跟临时行动小组的军官。拉斯彻显得非常不自在，会中他没说半句话，一直拿着笔敲桌子，略显空洞的双眼在与会人士身上游移。相反地，耶克尔恩却显得精力四射。他针对破坏行动、城中大量的犹太人可能引发的危机，以及采取更积极的报复性和预防性行动的迫切性，发表了简短的看法。

特遣部队的第三小队队长汉尼克报告了一些统计数字，根据他的数据显示，且不管是当地土生土长的居民，或是从乌克兰西部地区来这里避难的难民，估计基辅目前约有 15 万名犹太人。埃伯哈德大声附和他的估算，并答应要第六军团给予后勤支持。耶克尔恩转头对我们说："各位先生，我限您在 24 小时内拟订出一套计划。"布洛贝尔回答："副总指挥长，包在我们身上。"拉斯彻首度开口："有布洛贝尔旗队长在这里，您大可放心。"他的话里透着相当明显的讽刺意味，但布洛贝尔硬是把这话当成赞美。"没问题，绝对没问题。""我们要下重药，杀鸡儆猴才行。"埃伯哈德下了结论，宣布散会。

我夜以继日地工作，能喘口气的时候，才赶紧睡个两小时。老实说，我对这套计划没什么贡献，全由那些还没忙到这地步的分区行动支队的军官（他们枪毙了福格特侦讯后揪出的政委以及几个随便外出抓来的嫌犯，除此之外，没别的事了）一肩扛下。

第二天，我们又和第六军团以及党卫队兼警察署最高指挥部开了一次会。临时行动小组提供了一处行动地点，位于城西的希列兹区，离犹太墓园颇近，而且远离人烟聚集地带，那里有好几条溪谷，刚好派得上用场。“那里还有一个货车车站。”布洛贝尔强调，“这样一来，犹太人会以为我们要把他们安置到别的地方。”国防军派了土地丈量员前往勘查，耶克尔恩和布洛贝尔根据报告，挑定了一处当地人称娘子谷的溪谷，谷底有一条小溪流经。布洛贝尔召集他旗下的所有军官，“要处决的犹太人都是社会边缘分子，没有价值，且为德国当局所不容。此外，疗养院的病患、吉卜赛人及社会的寄生虫都一概纳入，不过先从犹太人开始。”

我们仔细研究地图，得先拉起封锁线，预先画好行经路线，安排接驳，尽量减少卡车数量，缩短载送距离以节省汽油用量。此外，我们还得考虑到弹药的库存量以及军队的补给等等，每个环节都必须翔实计算。再来，还得事先确认行刑的步骤，布洛贝尔最后自行决定采用沙丁鱼式行刑法的一种折中方案。至于枪击手和押解犯人的士兵，耶克尔恩坚持要用他手下的两营绿衣警察，此举令布洛贝尔相当不悦。除此之外，还有格拉夫霍斯特的党卫队武装军和库鲁姆上尉的绿衣警察。

至于封锁线的兵力，第六军团派了几连士兵供我们差遣，同时提供了卡车。哈夫讷在离溪谷约 150 米的地方，也就是介于鲁克亚诺夫斯基墓园和犹太墓园的中间，设立了一个筛选场，筛检犯人的贵重物品。

埃伯哈德坚持要我们交回犯人身上的公寓钥匙，加以标注，因为恐怖分子的破坏行动造成了 2500 多名老百姓无家可归，国防军希望能够尽快安置他们。第六军团送来了 10 万发子弹，还回收了灰扑扑的劣质包装纸，用来印制德文、俄文和乌克兰语的海报。布洛贝尔不钻研地图的时候，就四处乱跑，甚至还有时间做别的事。

下午的时候，他在几名工兵的协助下，炸掉了圣母安息教堂，那是一座建于 11 世纪的东正教小教堂，美轮美奂，就位于洞窟修道院正中央。

“乌克兰人也该付出一点代价。”事后，他志得意满地告诉我们。我和福格特边走边讨论这件事，因为我真的不明白他这次行动的意义何在，福格特认为这绝对不是布洛贝尔自己的意思，但是他也不知道谁会下这种命令，或者批准这样的行动。“很可能是副总指挥长，很像是他的作风。”总之不是拉斯彻博士，他似乎消失了踪影。

有一次，我在走廊上巧遇托马斯，我偷偷问他：“旅队长怎么了？好像不太顺利。”“他和耶克尔恩起了冲突，还有科赫。”纳粹党东普鲁士区的党代表汉斯·科赫，一个月前获任命为乌克兰的督察厅总督。“什么原因？”我问。“我以后再跟你说，反正也要不了多久。对了，有个问题，第聂伯河的犹太人是你们的杰作吗？”昨天入夜时，前往犹太教堂参加安息日礼拜的犹太人全部离奇失踪，今天早上，他们的尸体被人发现在河里载浮载沉。“军方提出抗议。”他继续说，“他们说这种行动会引发人民不安，一点都不友好。”

“我们计划的这次行动就算友好吗？我个人认为，老百姓很快就会担心什么时候轮到自己。”“不能相提并论，老百姓很高兴我们替他们除掉了身边的犹太人。”我耸耸肩，“就我所知，不是我们干的，这段时间我们都有点忙不过来，我们有其他的事要做，这种手法也不像是我们的作为。”

星期天，我们在城里四处张贴海报，召集所有犹太人明天早上到迈耶尼科娃街的犹太墓园入口集合，每人可携带 50 公斤的行李，分往乌克兰各个地区重新安置开垦。我对这种手法的绩效抱持相当保留的态度，现在的情形跟在卢茨克时不可同日而语，而且我知道有各种关于犹太人命运的传言从前线回渗到后方。

我军越往东进，越难抓到犹太人，现在他们会赶在我军入城前跟着红军逃难，而在战事初期，他们是信心满满地等着我们入城。另一方面，正如汉尼克指出的，布尔什维克党对我们处决犹太人一事始终保持沉默，肯定事有蹊跷，他们的电台节目指控我军犯下许多不人道的暴行，极尽夸张之能事，却从没提过犹太人。

据我方专家分析，或许他们是害怕动摇了苏联人民的神圣团结力量。我们从线人那里得知，许多犹太人被迫抛弃家园往后方撤退，他们好像是经过筛选，筛选的条件跟一般乌克兰人和俄国人无异，多是工程师、医生、党员、专业工匠，而逃难的犹太人一路上多半还是得靠自己。

“真搞不懂。”汉尼克接着说，“如果共产党真的被犹太人掌控，他们应该有更积极的作为，来拯救教友才对。”

“犹太人很狡猾。”军团的另一位军官，冯·舍文博士试探性地提出看法，“他们不愿意过度公开营救族人，也许是因为不想落入我军宣传的陷阱，落人口实。斯大林必须仰仗大俄国国家主义，为了保住权势，只好牺牲可怜的族人。”“您的看法应该没错。”汉尼克点头附议。

我在心底窃笑，笑容多少夹杂着苦涩的滋味，这不是又回到中世纪了吗？用结论和前提互证的三段论诡辩来导出结论。这种论证只会引导我们一步步走上不归路。

9 月 29 日星期一，大规模的行动由此展开，那天也是犹太教的赎罪日，布洛贝尔前一天晚上就告诉我们：“他们赎罪了，赎罪。”我待在皇宫的办公室专心打报告。卡尔森出现在门口，“您不来吗？您应该知道旅队长已经下令，所有的军官都必须在场。”“我知道，我打完这个就来。”“随您的便。”他离开了，我继续工作。

一小时后，我起身拿起军帽和手套，出门找司机。外头很冷，我想回头去拿件毛衣，想想还是算了。天空一片阴霾，时序入秋，冬天的脚步逼近了。赫雷夏蒂克大道两旁的残垣断壁还冒着烟，车子转弯开进谢甫琴科大道。长串的犹太人往西行，他们携家带眷，手拎着包袱，或背着背包。多数人看起来非常贫穷，八成是难民，男人和男孩头上一律戴着苏维埃中下阶级常见的农工帽，偶尔也看得见一两顶软呢帽。有些人赶着马车来，拉车的马瘦得只剩皮包骨，车上驮着老人和行李。我叫司机绕另一条路走，想看到更多人。

司机往左转，过了大学，行经萨克萨甘斯卡亚，然后转往火车站的方向。犹太人一个个走出家门，身上背着所有的家当，混入窃窃私语的人潮中。四周几乎看不到德国士兵。几股人潮会集到街口，形成更大的人潮，继续朝前行进，没有骚动。车子爬上火车站后的小丘陵，植物园边上的大马路出现在眼前。一小群士兵聚在那里，一旁还有几名乌克兰佣兵，巨大的铁叉上挂着一头烤全猪，香气诱人，经过的犹太人垂涎望着烤猪，士兵高声取笑他们。

我叫司机停车，然后下车。犹太人从四面八方拥出，汇入洪流，如千万小溪汇流成河。每隔一段时间，这条看不到边际的大洪流会暂时停止流动，踉踉跄跄撞了一下才又迈步前行。一些老妇人走到我面前，脖子上挂着一串洋葱，手里牵着拖着两行鼻涕的小孩，我还看到一个小女孩站在好几罐比她还高的腌菜罐中间。我觉得这里面绝大多数是老人和小孩，不过很难下定语，有用的男人多半已加入红军，或者老早逃走了。

右边，植物园前面的水沟里有一具尸体，手臂弯曲挡住了脸，大伙跟着人潮移动，没多看尸身一眼。我往那些蹲在烤猪旁边的士兵走过去：“发生了什么事？”中士向我敬礼，然后回答：“报告二级突击队中队长，他是捣乱分子，他大吼大叫，鼓动群众，净说些诋毁国防军的话。我们上前制止叫他住嘴，但是他不听，还是不停鬼叫。”

我又往人群看了一眼，每个人看起来都很平静，或许有一点不安，但没有反抗。我通过手下的眼线，叫人散布谣言，说犹太人要被送去巴勒斯坦，到贫民窟，到德国工作。国防军一手操控的地方政府也着手布置，避免引发群众恐慌。我知道有人在四处散布大屠杀的消息，但是各种小道消息并起，民众反而不知何去何从，如此一来，我们就可以利用他们在1918年遭德国占领时的旧时回忆，利用他们对德国的信任，利用希望，卑劣的希望。

我继续路程。我没有下任何指示给司机，他跟着大批犹太人潮的足迹开往迈耶尼科娃街。一路上，几乎看不见德国士兵的踪影，只有路口设置了几处管制站，像是植物园的转角，或阿尔乔姆街和迈耶尼科娃街的交叉口。在那里，我目睹了今天的第一起意外，战地警察队殴打几名蓄着胡子，两颊留着鬈发的犹太人，也许是犹太教士。他们身上只穿着衬衫，全身被鲜血染红，衬衫也湿了，周围的妇女尖叫，人潮出现大骚动。战地警察队随即逮住这些教士，喝令带走。我研究过往群众的表情，他们知道这些人只有死路一条，从他们忧心忡忡的眼眸中可以看得出来。但是，他们依旧抱持一线希望，希望教士和信徒以外的人能够幸免。

迈耶尼科娃街的尽头，犹太墓园的人行道上架设了铁丝网和十字铰链，大大缩减了出入的空间，国防军的士兵和乌克兰警察在此重兵部署。封锁线从这里开始，一通过这道关口，再也无法回头。

筛检场在更里面的地方，就在宽阔的鲁克亚诺夫斯基基督教墓园前面空地的左边。大公墓四周围着一堵绵长的红色矮砖墙，墙后参天古木遮断蓝天，树叶几乎落了一半，要不就是转黄或红了。狄格提亚罗夫斯卡街对面摆了一排桌子，犹太人鱼贯通过这些桌子，我看到几位同僚在那里。

“已经开始了？”哈夫讷的头朝北边偏了一下，“对，几小时前就开始了。

您上哪儿去了？旗队长气得要命。”每张桌子后面站着一位特派小组的下级军官，身边围着一名通译和几名士兵。第一张桌子，犹太人要出示身份证件，第二张桌子，交出身上所有的钱、珠宝和值钱的东西，然后是他们的公寓钥匙，贴上标示清楚的标签，最后交出他们的鞋子跟衣服。他们大概察觉出事情有点不对劲，但嘴里什么也没说，到了这里，已经是封锁线的范围内了。有些犹太人试图和警察交涉，但是乌克兰警察大声吆喝，动手打人，将他们推回队伍。

刺骨的冷风吹来，我觉得好冷，后悔没回去拿毛衣。偶尔北风扬起，可以清楚听见远远传来连续的微弱枪响，大部分的犹太人似乎没有留意。我们的阿斯卡里就站在桌子后面，忙着把没收的衣物包袱塞进卡车，装满的车随即掉头开往市中心，我们在那里另设了一个筛选站。我走过去检查随意往空地中央乱扔的文件，堆得像座小山似的，等着待会儿焚毁。里面有撕破的护照、工作证、工会会员证、粮食配给证、全家福照片，一阵风卷起最薄的几页纸，飘得到处都是。我定定望着几张照片，生活照、沙龙照，有男有女，有老有少，还有白白胖胖的小婴儿。

我的眼角闪过一幕幕度假的景象，幸福时光，在这一切发生之前，平凡生活的浮光掠影。我不禁想起中学时期，我细心收藏在床头柜抽屉的那张照片。照片上是大战前的普鲁士家庭，二名身穿皇家军校制服的年轻贵族子弟，跟一位女孩，大概是他们的姐妹。我不记得这张照片是从哪里翻出来的，也许是我趁着寥寥可数的几次外出机会，在某个旧货商或是卖明信片的纪念品店买的。

那个时候的我非常可怜，因为犯了个大错（这件事发生在法国，父亲失去消息的几年后，我们来到了法国），我被强行安置在一所可怕的寄宿学校。每到夜里，我总会拿出这张照片，就着月光，或是躲在棉被里拿手电筒仔细端详，一看就是好几个小时。

我常常想，为什么我不是出生在这样完美的家庭里，而是在这般腐臭的地狱里呢？四散的犹太人全家福照看起来同样幸福快乐，对他们来说，这里，现在，才是地狱，往事犹如云烟，徒留惆怅。全身只剩内衣裤的犹太人挤在桌子后面，冷得直发抖，乌克兰警察将男人和男孩分开，强行将妇女手中的小孩抱走。妇女、老人和小孩全赶上国防军的卡车载往溪谷，其他人则步行前往。

哈夫讷走到我身边。“旗队长找您，小心点，他正在气头上。”“怎么了？”“他气副总指挥长硬派他底下两营的警力来这里，他认为副总指挥长想抢这次行动的一切功劳。”“这太扯了吧。”布洛贝尔刚好走过来，他喝了酒，面露精光。

他一开口口气就很差，丝毫不留颜面给我。“您到底在搞什么？我们在这里等您，等了好几个小时。”我向他敬礼，“报告旗队长！国家安全局有自己的任务，我去巡视了所有的行动部署，避免任何意外发生。”他似乎稍微冷静了点。“结果呢？”他没好气地问。“报告旗队长，全都安排妥当了。”“好，到上面去，旅队长要每个军官都过去。”

我上了车，跟在卡车后面。一抵达目的地，警察催赶妇女和小孩下车，跟步行过来的男人会合。很多犹太人边走边唱犹太圣歌，几乎没人打算逃跑。说真的，意图逃跑者不是马上被部署在封锁线的警察逮回来，就是当场遭到射杀。山顶传来清晰可闻的枪声，妇女开始面露惊慌，但她们无计可施。我们叫人犯自行分成小组，一名下级军官坐在桌面上清点人数，阿斯卡里接着押送他们上溪谷崖边。一阵枪响结束，再换另一组人上去，进行得相当快速。我往西绕过溪谷，上山找其他军官，他们都在北面的山上，从那里往下看，整条溪谷一目了然。

溪谷宽约 50 米，大概 30 米深，绵延长达数公里远，谷底的小溪在那里汇入希列兹河，本区的命名也由此而来。我们在小溪上铺了木板，方便犹太人和我们的枪击手过溪，远一点，随意扔在光秃崖壁上的尸体，一串串堆起来，有如白色的葡萄。乌克兰“打包工”把押送的人犯拉到这堆死尸前面，强迫他们躺在尸体上面或旁边，行刑小组的人沿着这排几乎全身赤裸躺着的人就位，在他们的脖子上射一枪，共有三个行刑小组。枪决持续进行，几个军官负责检查尸体，必要时补上一枪。党卫队和国防军的将领全在这里，居高临下掌握全局。耶克尔恩跟他的属下也在，拉斯彻博士随侍在侧，我还看到了好几位第六军团的高阶将领。托马斯也在，他看见我了，对我的招呼却没有搭理。眼前，一小群一小群尸体再次形成串串葡萄，与先前的串联，慢慢吞没溪谷崖壁。

冷风蚀骨，大伙轮流灌朗姆酒取暖，我也喝了一些。布洛贝尔冲下车，往我这边的溪谷过来，看来他绕了一大圈路。他拿出随身小酒罐灌了一口，大呼小叫地批评行刑速度太慢。事实上，这已经是最快的速度了。枪击手每小时换班一次，休息的小组负责补充朗姆酒和装弹药。军官之间很少交谈，强自掩饰内心的慌乱。军区地方司令部送了一套野炊器具过来，一名随军的牧师煮水泡茶，给绿衣警察和临时行动小组的人暖身子。

午饭时间，高级将领们回城去了，底下的军官则留在这里跟下属一起吃。由于行刑不能暂停，我们在较低的山凹搭设了临时食堂，那里看不见溪谷。

军团负责粮食补给，大伙开箱取出配给罐头，一看到黑黑的猪血香肠，立即暴跳如雷、大声咒骂。先前一整个小时都在检查死尸及追加致命一枪的哈夫纳，咆哮着把打开的罐头扔在地上。“他妈的，这到底是在干什么？”我后面有一名党卫队武装兵吐得五脏六腑都快出来了。

我也好不到哪里去，整张脸霎时变白，眼前的猪血香肠令我反胃。我转头对着哈特勒，军团的行政管理处处长质问他怎能这么做。但是，哈特勒动也不动地站着，僵硬地伫立在他那件大得可笑的马裤里，满脸不在乎。

我忍不住大叫卑鄙：“在这种情况下，不应该给我们这样的食物！”哈特勒若无其事转身离去，哈夫讷把罐头扔回箱子。

另一位军官，年轻的纳格尔试图抚平我的情绪：“好了，二级突击队中队长……”“不行，这没有道理，这种事早就该想到，他的职责就是这个啊。”“说得好。”哈夫讷苦笑着，“我去找点别的东西吃。”有人在我的杯子里斟满朗姆酒，我顺手拿起一口饮尽，喉咙像着火似的燃烧，感觉好多了。哈特勒折返，伸出粗粗的手指指着我。“二级突击队中队长，您不应该对我说这种话。”

“那，您，您不……不该……不该……”我口齿不清，一只手指着翻倒的箱子。“先生！”福格特大声吆喝，“拜托，别出丑了。”在场的每个人看起来都非常紧绷。

我离开他们，吃了一点面包和一颗生洋葱，大伙在我身后叽叽喳喳交头接耳。没多久，高级将领们回来了，哈特勒肯定打了小报告，因为布洛贝尔过来找我，用拉斯彻博士的名义训了我一顿。“在当时的情况下，您应该要有军官的样子。”他下令等杨森轮值完，从溪谷上来的时候，由我接替他。“您带武器了吗？带了？我的特遣部队里没有娘娘腔，听懂了吗？”他口沫横飞，他已经喝醉失控了。

过了一会儿，我看见杨森走上来，他不悦地看着我。“轮到您了。”我站着的地方，溪谷崖壁非常陡峭，无法从这里走下去，我得绕个弯从底下进去。尸体边上的沙土染着泛黑的血污，连溪水都被血染黑了。排泄物的熏天臭气掩盖了血腥味，很多人在临死的那一刻控制不住大小便，幸好风势强劲，吹散了些许臭气。

从近处看，事情进行得没有从高处俯瞰时的那般平静，绿衣警察和阿斯卡里从上面把犹太人押送下来时，犹太人一看见眼前的景象立刻吓得尖声狂叫，开始挣扎，“包装工”只好拿牢棍猛击，或用金属电缆强拉他们下去，然后压他们躺下。

就算犹太人已经躺在地上，还是不断尖叫，挣扎着想要起来，小孩跟大人一样想要活命，他们从地上一跃而起往外冲，“包装工”跑过去抓他们，将他们打昏。子弹经常打偏，犯人常常只受了伤，不过枪击手一点都不在意，径自朝下一名犯人走去，受伤的人扭动身子翻滚，痛苦哀号，有些人则恰好相反，因为受到巨大惊吓而无法言语，睁大双眼软瘫在地上。人来人往，一枪接着一枪，几乎没有喘息的时间。

我呆立一旁，不知道该做些什么。格拉夫霍斯特走过来摇摇我的手臂：“二级突击队中队长！”他手上的枪指着躺在地上的人，“先解决这些受伤的。”我掏出手枪往那堆人的方向前进，一名看来少不更事的年轻人痛苦号叫着，我把枪放在他头上，扣下扳机，子弹没有发射出来，原来我忘了拔保险。我拔掉保险，在他前额补上一枪，他整个人震了一下，立刻停止哀号。有时我必须踩过其他人的尸体，才能给伤者补上一枪，尸体滑得不得了，软趴趴的白色肉体在我的靴子底下滚动，骨头穿透皮肤，一不留心就容易绊倒，沾满血污的烂泥巴淹到我的足踝。

此景有如人间炼狱，一股尖锐的恶心感觉在我体内酝酿，即将爆炸，这感觉跟西班牙那天晚上一模一样，那间蟑螂横行的公厕。

我当时还很年轻，我继父安排全家一起去西班牙的加泰罗尼亚度假。我们在一个小镇过夜，一天夜里，我突然腹痛如绞，随手拿了手电筒便急忙往院子最里头的厕所跑，那个粪坑白天看起来相当干净，晚上却有满满的黑褐色大蟑螂。我吓傻了，想回房间继续睡觉，但是肚子痛得实在厉害，房里又没有便壶，于是我穿上特大号雨鞋回到厕所，心想只要踩几脚就可以赶跑蟑螂，然后快快完事。我打开厕所的门，探头进去，高举手电筒往地上照，墙壁有东西反光，手电筒光圈慢慢往墙上移动，墙上也布满了蟑螂，万头攒动，每一面墙壁都有，连天花板上也是，还有厕所门上面的木板也有。

我慢慢回头看身后的门，门上也有，黑压压的一片，密密麻麻，我慢慢缩回头，动作非常缓慢。我回到房间，强忍到天亮。脚踩犹太人的尸体完全是一样的感觉，我开始有点胡乱开枪，一瞧见任何动静，立刻瞄准扣下扳机，我慢慢回过神，开始集中精神，尽量让这些人少受点苦。然而，我也只能结束最新一批、堆在最上面的那些人的痛苦，有一些伤者被压在底下，余气尚存，只能苟延残喘、慢慢等死。

举止失态的不止我一个，有些枪击手也开始发抖，趁下一批犯人就位的空当猛灌酒。我注意到一名很年轻的党卫队武装兵，我不知道他叫什么名字，他把冲锋枪贴紧胯骨，恶狠狠地笑着，兴之所至，东开一枪西开一枪，接着又连开两枪、三枪，仿佛内心有一幅神秘的地图，如小孩般一心一意跟着地图上画的石板路走。

我走过去，摇摇他的身子，他还是笑个不停，在我眼前继续开火，我伸手夺下他的冲锋枪，打了他一耳光，把他带给上弹药的人。格拉夫霍斯特派了别人接替他，我把冲锋枪扔给那人，大声对他说："做得干净利落点，知道吗？！"

又一批人被带到我身边。我的目光跟一位美丽少女相遇，她虽然衣不蔽体，却无损高雅的气质，她面容平静，眼里是无尽的哀戚。我刻意走开。等我回来时，她还没断气，斜着身子仰卧着，子弹从她的胸部底下穿透，她痛苦地喘着气，美丽的双唇不住颤抖，似乎想要说些什么，无辜的大眼圆睁着望着我，充满疑问，像只受伤的小鸟，她的眼神深深刺进我心坎，将我开膛破肚，我呢，我仿佛变成粗制滥造的木偶，腹中木屑哗地滚出来，没有任何感觉。

此时，我好想弯腰贴近她，拭去她额头上的泥土和汗珠，抚摩她的脸颊，轻声告诉她，没事了，最坏的已经过去；但我却只是满脸通红地在她头上开了一枪，就算对我而言，结果并不尽然如此，但对她来说，事实的确如此。

我一想到被糟蹋得乱七八糟的人生，立刻满腔愤怒无处发泄，子弹一颗接一颗连续发射，她的头如水果般爆开。我的手臂好像脱离了我这个本体，径自朝溪谷奔去，胡乱发射子弹，我在它后面穷追不舍，作势要它等我的另一只手臂，但是它不愿意，反而嘲笑我，擅自朝那些受伤的人开火，不受我的支配，我跑得上气不接下气。

终于，我跑不动了，我停下脚步开始哭泣。我心想，完了，我的手臂再也不会回来了，出乎我意料的是，它竟然还好端端地留在原来的位置，牢牢搭在我的肩膀下。哈夫讷走过来对我说："好了，二级突击队中队长，我来接您的班。"

我走回山上，有人倒了杯茶给我，滚烫的茶水稍稍安定了我的心神。柠檬似的月亮刚升起，悬吊在灰蒙蒙的天空中，若隐若现。他们为军官搭建了一处临时休息室，我走到最里面的长凳坐下，默默地抽烟喝茶。

休息室里还有三个人，彼此都无心交谈。溪谷下枪炮声不绝于耳，不间断，有秩序，我们精心策划的巨大机制持续摧毁人命，仿佛永远不会停止。打从人类出现以来，战争一直被视为人类史上最残酷的一件事。然而，我们，我们竟发明了这种东西，相较之下，战争看起来纯洁干净多了。于是许多人纷纷求助于战争和前线交火的基本信条，在其中寻求借口，规避这个东西带来的良心谴责。我们的父执辈和年长的军官将领在第一次世界大战时期出生入死，进行魔鬼般的杀戮，跟我们导入世上的这个东西来比，简直是小巫见大巫。我觉得这真是太惊人了。

我似乎感觉到当中有某种关键因子，如果我能够看透其中的关键，我就能够明白这一切，心灵就能获得平静。但是，我已经无法思考，思绪交错，在我脑中嗡嗡振动，像呼啸过站的地铁列车，四方疾驶，高低穿插，一列接着一列。反正，没有人会在意我有何感想。我们的体系，我们的国家根本不在意为它效忠的人民有什么想法。无论我们屠杀犹太人的理由为何，我们恨他们也好，或是为了某些人想升官也罢，甚至，更极端一点的说法，因为我们杀出了乐趣，无论是什么，这个国家，这个体制一点都不在意。

就算我们一点都不恨那些死在我们枪下的犹太人、吉卜赛人和俄国人，就算我们对杀戮的行为感到厌恶、彻底不齿，国家也同样不会在意。说到底，如果我们拒绝杀戮，国家也不会怎么样，甚至不会有任何制裁措施，因为它很清楚它底下可用的杀手取之不竭、用之不尽，它可以随心所欲地征调人民，也可以指派人民担任更符合其专业的职务。

举例来说，第五特派小组的指挥官舒尔兹，他一收到元首的旨意立即申请调派，现在终于如愿以偿，有人说他在柏林的秘密警察单位找到一个肥缺。我也很想申请离开这里，布洛贝尔或拉斯彻博士应该会给我正面的推荐函。我为什么不去申请呢？无疑是因为我还没有了解我一直想搞懂的东西。说不定我永远也不会懂？没有比这个更无法掌握的事情了。

英国推理小说家切斯特顿的话在我脑海一闪而过：我从来没说过，踏进童话国度是个错误。我只是说，那是很危险的事。原来，战争就是腐败堕落的童话国度，魔鬼孩童的欢乐天地吗？他们狂笑着砸毁玩具，拿起杯盘就往窗外扔。

快六点了，太阳下山了，布洛贝尔宣布休息，因为枪击手什么也看不清了。他站在溪谷后面，召集手下军官开了简短的会议，商讨接下来的问题。广场上，还有迈耶尼科娃街上，少说还有几千个犹太人等着，据我们清点的数字显示，我们枪毙了将近两万人。几名军官抱怨犹太人押送进溪谷的路线不佳，犹太人由上面下来，一看见溪谷的景象立刻吓得魂不附体，变得很难控制。一番讨论之后，布洛贝尔决定派军区地方司令部的工兵部队在各个溪谷挖通道，通往大溪谷，犹太人改由那里进入，等到最后，他们才看得见尸体。另外，他下令在成堆的尸体上撒石灰粉。

大伙返回总部。鲁克亚诺夫斯基墓园前广场上有数百户犹太人等着，有的坐在自己的行李上，有的干脆席地而坐，有些人还生了火准备弄吃的。街上也是同样的景象，长长的队伍一直绵延到市中心，周边只有少许的封锁警力。第二天一大早，同样的情景再度上演。我想我就不再赘述了。

10 月 1 日，任务完成了。布洛贝尔炸毁溪谷崖壁，土石滚落，掩埋了尸体。我们等着党卫队大元帅驾临，他特别交代事情要办得干净利落，不留痕迹。在此同时，处决持续进行着——残余的犹太人、共产党员、红军的将士、第聂伯河巡防军舰上的水兵、趁火打劫的匪徒、破坏分子、公务员、班德拉党羽、吉卜赛人以及鞑靼人。接替舒尔兹的迈耶二级突击队大队长带领第五特派小组的官兵抵达基辅，肩负行刑和行政方面的工作，我们临时行动小组则跟着第六军团一路往波尔塔瓦和哈尔科夫方向前进。

大规模行动结束后的几天，我一直很忙，因为我必须把我的情资网络和线人移交给接班人，也就是第 5d 特派小组的第三小队队长。此外，还得安排行动的后续工作，我们总共接收了 137 辆卡车的衣物，准备送给乌克兰的贫苦德裔侨民，棉被床单等则送交党卫队武装军转送战地医院。还要写报告，布洛贝尔提醒我穆勒先前的命令，命我准备这项行动的影音简报数据。

希姆莱终于大驾光临，耶克尔恩随侍在侧，当天他还特别亲自给我们训示。他解释了歼灭犹太民族的必要性，也就是连根拔除布尔什维克党，严肃地要我们时时刻刻警惕自己任务维艰，接着他话锋一转，开始描绘东方德国的大好前景。借由此次战争一举将俄国人赶回乌拉尔山，尽管残余势力可能组成斯拉夫国，但成不了气候。

当然，他们一定会不时入侵，誓言夺回失土，为了阻挡他们，德国将在山上建立一条由城镇—军营和防御堡垒联结而成的防御线，统一由党卫队武装军驻守。所有德国青年都将征召入党卫队服役两年，发派到这里服务。是的，死伤在所难免，不过这些小小的、不间断的轻度冲突，正好让德意志不致陷入征服者志得意满的松懈陷阱，反而能时时敦促我们保持战士的最佳状态，维持高度警戒。

有了这条防线的屏障，俄国和乌克兰国境等于开放给德国殖民，由我们的退休官兵开垦。每一位兵士——开垦先驱——犹如当地子民般经管大片肥沃土地，田地里的粗活就交给斯拉夫农奴去干，德国人只要负责管理就好。

农场的收获将供应周围的城镇、军营，以及市场的需求，至于那些丑陋的俄国工业城镇将被摧毁重建，基辅因为原本是非常古老的德国城市，原名基罗弗，遂得以幸免。这类城镇将借由高速公路网络和高速火车铁轨的串连，直通祖国，特制的双层火车车厢内有单人睡铺，设有私人盥洗室。为此，我们必须建造数米宽的铁轨，重大工程所需的劳动力将从残存的犹太人和战俘里面找。

最后是克里米亚[1]，那里最早是哥特人的领土，跟伏尔加河流域的德裔区及巴库[2]油田区一样，将一律并入祖国，并建一条高速铁道经由布列斯特 - 立陶夫斯克[3]直达祖国，让那里成为祖国人民度假娱乐的胜地，等这些基础建设完成后，元首将在此安享退休生活。这篇演说字字铿锵有力，具体翔实，虽然在我的耳里，他口中描述的愿景有那么一点儒勒·凡尔纳，或是巴勒斯笔下的奇幻理想国的味道，却巨细靡遗地给了我们一个远远凌驾今日世界的人间仙境，一项计划，一个终极目标。

党卫队大元帅也乘此机会，顺便为大家介绍新任的党卫队旅队长兼警察总长，托马斯博士，他将接替拉斯彻博士领导特遣部队。

拉斯彻早在行动展开的第二天就离开了基辅，连声再会都没有，而托马斯再度正确预知了人事风向。谣言四起，有人猜测他与科赫迟早会爆发冲突，也有人说他撑不过这次行动。得过铁十字勋章，而且能说得一口流利法语、英语、希腊语和拉丁语的托马斯博士，是另一种类型的硬汉，他是精神科的专业医生，因为笃信纳粹主义和怀有满腔理想抱负，1934 年毅然离开医界，加入国家安全局。我很快就有机会深入认识他这个人，因为打从他来到这里，便马不停蹄造访各军团办公室和特遣部队一一与军官会晤深谈。他似乎对官兵的心理状态特别关切，他曾当着接收我手边档案的第五特派小组小队长和其他军官的面，对我们说明，就算是一个心理健康的人，接连几个月处于这种情况下，心理上不可能不受到影响，进而引发严重的后遗症。

在拉脱维亚，A 特遣部队有一位三级突击队中队长发疯了，开枪打死了好几名军官，最后自己也被击毙，希姆莱和高阶将领非常关切这件个案，嘱咐托马斯博士根据他过往在这方面的专业敏锐度，重新制定改善的措施。新任旅队长很快便颁布了一项前所未有的命令：凡自认无法再强迫自己枪毙犹太人者，

1. 克里米亚（Crimea）：乌克兰黑海沿岸地区，有东欧的蔚蓝海岸之称。

2. 巴库（Baku）：阿塞拜疆首都，外高加索地区第一大城。

3. 布列斯特 - 立陶夫斯克（Brest-Litovsk）：白俄罗斯邻近波兰边境的一座城市（第二次世界大战前属于波兰），是柏林 - 莫斯科铁路中途站。1918 年苏俄与同盟国在此签订《布列斯特 - 立陶夫斯克条约》，退出第一次世界大战。

无论是基于良心不安，或是秉性懦弱，一律到行动参谋部报到，等候调派其他任务，或者直接返回德国。

这项命令在军官间引起激烈的讨论，有人认为公开承认自己怯懦，肯定会在个人档案里留下不良记录，切断未来所有的升迁之路；也有人持完全相反的看法，决定听从托马斯博士的话，申请离开此地。更有一批人，卢贝是个中代表，基于部队军医的建议，本人没有申请调职，却被调走了。至此，情况稍稍平静下来。

至于我的简报，我决定与其胡乱贴几张照片，不如做成一本完整的简报手册。这也是不小的工程。我们队上有一名绿衣警察是业余摄影师，他拍了好几卷行刑时的彩色照片，也备有冲洗照片的药水，我命他到店铺搜集必备的材料，洗一些清晰的好照片给我。我自己也四处搜集了一些黑白照，用十九师军需处提供的高材质纸张影印。一名行动参谋部的书记官以字迹工整优美闻名，我请他为我们书写照片说明文案，以及封面标题基辅大规模行动，再用比较小的字体加注简报与文件字样及日期。

我从希列兹区新设立的集中营找到一个有特殊技艺的犹太奴工，他是一个老鞋匠，曾替党办公室修复书籍，甚至曾为党代表大会准备过会议手册。集中营的指挥官冯·拉多姆斯基答应把他借我几天，凭借从没收物品取下的黑色真皮，老鞋匠把报告和照片页装订成册，真皮压花封面上印着 4a 临时行动小组的标志。

当我把这本简报数据拿给布洛贝尔看时，他乐坏了，一页页翻阅，对装订的功夫和漂亮的字赞叹不已。“啊，我真的好想有这样的一本东西当纪念。”他对我的成绩表示恭贺，保证这本东西一定会呈到党卫队大元帅的手里，甚至有机会送到元首面前，特派小组将感到无比光荣。我不认为他对这本东西的看法和我一致，在他眼里，这本简报好比奖杯，而我呢，我觉得是酸苦的回忆、严肃的鞭笞。

当晚，我和一位初识不久的朋友聊天，他是国防军的工程师，叫奥斯纳布鲁格。我们两人在军官俱乐部，他开口请我喝酒，我后来发现他是个很有意思的人，跟他聊天很有趣。

我跟他聊到了那本手册，他的反应相当奇特。

“每个人都应该用全副的爱来完成他的工作。”奥斯纳布鲁格毕业于莱茵区某所综合理工大学，主修桥梁工程，他热爱他的工作，一谈起工作就眉飞色舞滔滔不绝。“您知道，我受到的训练给了我一种文化使命感。一座桥，对人类社会的贡献跟文学和物资是一样的，桥创造了新的道路、新的联系。桥梁多美啊，它提供的不仅是视觉上的美感，如果您明白造桥过程中需要的数学运算，载重和支撑，圆拱和悬缆，这一切都是数学的平衡游戏啊！”

话虽如此，他却没有建过一座桥，他画了许多设计图，却从来没有被采纳。国防军派他来这里，鉴定遭俄军破坏的桥梁受损程度。

“您知道，这真是棒极了，再说每座桥的建筑方式都不一样，要炸毁它的方法当然也不尽相同。总是有出人意表的惊喜，极具教育性。话虽这么说，不过看着桥被摧毁还是挺难过的。桥是多么美的艺术品。如果您愿意，我很乐意带您去看看。”我现在比较有空，欣然接受了他的邀约。我们约定见面的地点是横跨第聂伯河的第一大桥，现在已被炸毁，我跟他某个早晨在桥下碰面。

“很壮观，对吧。”他双手握拳摆在腰际，目不转睛盯着毁坏的桥梁，一动也不动。这座巨大的金属桥梁，底下是圆拱形桥墩，稳稳固守在佩切尔西基崖壁下方，总共有五座厚重的巨石桥墩，其中三节桥面被炸药整个切断，没入滚滚河水，对岸的两节依旧屹立不摇。工兵队在原本的桥旁边架设了一座克难浮桥，他们在联结的大型充气橡皮艇上面铺设小梁木，再在上面撒一些木屑之类的东西，这座浮桥的工程进度已经相当接近河中心了。目前要渡河还是得靠接驳船，河岸挤了一堆想要过河的人，有军人也有老百姓。奥斯纳布鲁格有一艘马达小艇，我们绕过施工中的浮桥，慢慢往垮下来的桥墩靠近。

“您瞧这里，”他手指桥墩，“他们连支撑的桥拱都炸了，但是那里没有，其实根本没必要，只要炸断支撑的关键结构就行了，剩下的全都会跟着垮下来。他们还真花力气。”“桥墩呢？”“全都安然无恙，也许中央的那根受到了一些损害，我们正在检查。反正这座桥肯定要重建，只是不是现在。”我环视四周，奥斯纳布鲁格在一旁指指点点为我解说。蓊郁的崖顶被秋风点燃一片橙黄火焰，间或几抹艳红，仿佛随意泼洒，洞窟修道院的金黄圆顶在阳光底下熠熠生辉。

整座城市隐藏在山崖后方，这一边几乎不见人烟。往下眺望，上游处有两座桥的残垣断壁横阻河道，河水从半截没入水中的桥墩中间静静穿流，一艘接驳船缓缓出现在我们眼前，船上挤满了围着花布披肩的农妇以及打盹的士兵。

我凝视河底随着水波起伏的长长水草，感觉时空仿佛重叠，我除了清楚地看见水草，还看见了高大的拿破仑骑兵尸体，穿着苹果绿、酒壶绿或黄色的制服，斜披三色绶带，鸵鸟毛饰随波摇曳，越漂越远。这感觉如此强烈，我大概脱口叫出拿破仑三个字，因为奥斯纳布鲁格突然开口说："拿破仑？我出来前刚好找到一本关于艾布雷[1]的书，您知道他吗？他是工程部队的将领，很厉害的一个人。他是除了内伊[2]之外，唯一受到牵连的人，也可以说他是拿破仑的高级将领中唯一殉职的，时间是那年的岁末，也就是柯尼斯堡的别列津纳河[3]桥梁工程结束后，非常有名。""我们至少一个礼拜内就超越了他。您知道艾布雷共造了两座桥吗？一座给人行走，另一座专门给货物通行，当然包含推车上躺着的军官。"

我们搭船回河岸，我对他说："您应该读希罗多德，里面也有很美的造桥故事。""哦，这个我知道，我看过。"他指着工兵建造的浮桥，"古代波斯人早就知道这个技术，用船来造桥。"他噘着嘴语带轻蔑，"而且技术肯定比这个好。"他将我送回河岸，我诚恳地握着他的手。"非常感谢您的导览，我获益良多，希望很快能再见面！""不知道，我明天就要出发前往第聂伯罗彼得罗夫斯克了，那里有 23 座桥等我检查，您想想看！不过，总有一天会再碰面的。"

10 月 10 日是我的生日，今年托马斯请我吃晚餐。傍晚时分，好几位军官一起过来，奉上一瓶干邑，祝我生日快乐，大伙一起喝了几杯。托马斯到场时心情非常好，举杯祝我身体健康，接着把我拉到旁边，用力握住我的手。

1. 艾布雷（Jean Baptiste Eblé，1758—1812）：拿破仑的军队将领。

2. 内伊（Michel Ney，1769—1815）：拿破仑二度下台遭到放逐后，他被以叛国的罪名起诉，判处死刑。

3. 别列津纳河（Berezina）：第聂伯河支流，1812 年拿破仑自俄国撤退，11 月 26 至 29 日爆发别列津纳河战役，俄军追袭法军，法军大败，工程部队将军艾布雷奉命赶搭两座桥让法军渡河，埃布莱因过度劳累，不敌严寒，病死柯尼斯堡。

“亲爱的朋友，我给你带来了一个天大的好消息当生日礼物——你要升官了。这事还没公布，但是文件已经送到哈特勒那边了，我亲眼看到的。行动结束后，党卫队大元帅命令行动参谋部提出嘉奖名单。你做的简报深获好评，你的名字也被列上去了。我知道哈特勒曾经大力反对让你入列，你在执行行动期间与他发生过龃龉，他一直无法释怀，但是布洛贝尔站出来力挺你。你最好找一天去向哈特勒道个歉。”

“休想，他来跟我道歉才对。”他微笑着耸耸肩，“随便你，一级突击队中队长，不过，我还是得说你这种态度只会让日子更难过。”我脸一沉。“我的态度是身为党卫队军官，身为纳粹党的一分子该有的样子，请有资格说这些话的人来训斥我。”我转移话题。“你呢？”“我什么？”“你没升官吗？”他笑开了。“我不知道，等着瞧吧。”“小心被我赶过去哦！”我俩相视而笑。“我看不太可能了。”他说。

城里慢慢地恢复了生机。主要干道重新命名之后——赫雷夏蒂克大道变成艾希霍恩[1]大道，以纪念1918年带领德军进入基辅的将军；谢甫琴科大道变成罗夫诺弗大道；阿尔乔姆街成了林姆堡街，我最爱的契基思妥娃则成了俗不可耐的歌德街——军区地方司令部特许几家私人餐厅继续营业，据说最棒的一家是来自敖德萨[2]的德裔大厨开的，他原先在专为高级将领和党的高阶干部用餐的食堂担任大厨，后来他把食堂收回来，自行开了餐厅。

托马斯在那里订了位。除了一些随参谋部一起讨论事情的乌克兰官员，其他客人清一色是德国军官。我认出了埃伯哈德扶植的基辅“市长”巴哈奇，国家安全局曾质疑他贪渎，但是他支持梅尔尼克，冯·赖谢瑙也就批准了，我们只好收回反对意见。

仿呢绒的厚重窗帘掩住窗户，每个小包厢有一根蜡烛照明。我们的位置在相当隐蔽的角落，服务生端来乌克兰开胃菜——腌菜、大蒜跟烟熏培根——搭

---

1. 艾希霍恩（Hermann Emil Gottfried von Eichhorn，1848—1918）：普鲁士军官，一战中担任陆军元帅。
2. 敖德萨（Odessa）：乌克兰位于黑海西北岸的港湾都市。

配用蜂蜜和胡椒调味的冰凉伏特加。我们互相举杯，边吃小菜边聊天。托马斯开玩笑地说：“这么说，大元帅的演说打动你了。你打算在这里安定下来，当个农村士绅了？”“我想不会！我对于田里的事并不在行。”

转眼，托马斯又谈起这次的大规模行动。“真是艰苦的差事，令人难受，但却是必要的。”我不想继续这个话题，“拉斯彻到底怎么了？”“哦，他啊！我就知道你一定会问。”他从制服口袋拿出一沓折叠好的纸张。“拿去看，不过记得不能泄露，嗯？”那是一份以军团用纸写的报告，有拉斯彻的签名，发出日期是大规模行动的前几天。

我快速浏览一遍，报告的结尾，拉斯彻表达了他的疑问，他质疑除掉所有犹太人的必要性，并强调犹太人不是唯一的威胁：布尔什维克党机器跟犹太民族的性质迥然不同。在这种情况下，如果我们把摧毁共产主义机器的当务之急，换成相对而言比较容易达成的任务，也就是歼灭犹太人，我们等于偏离了政治安全的目标。他同时强调了歼灭犹太人对乌克兰工业重建可能造成的负面影响，最后以合理的论证得出一项建议——建立大规模的犹太劳动力。

我把报告还给托马斯，他小心折好放进口袋。

“我懂了。”我咬着嘴唇说，“不过，你得承认他的看法并不完全是错的。”“当然！但是直言上谏又能起得了什么作用呢？一无是处。还记得你在1939年写的报告吧？托马斯旅队长，他可是鼓动了法国极端分子炸掉犹太教集会所，国防军虽然立刻将他调离法国，但他博得了大元帅的赏识。”

伏特加喝完了，服务生端走空杯，又拿来一瓶法国波尔多葡萄酒。“他们是从哪里搜刮来的？”我惊讶地问。“一个小小的惊喜，我请一位法国朋友寄来的。想想看，千里迢迢居然一瓶都没破，总共有两瓶。”

我非常感动，在现在这种局面，真是非常窝心的举动。我大口品尝美酒。“这酒已经打开，醒了好一阵子。”托马斯特别指出，“摩尔多瓦的劣酒简直不能比，对不对？”他高举酒杯，“我想，在今天庆生的人应该不止你一个。”“是啊。”托马斯是少数知道我有双胞胎姐姐的人，我平常从来不讲，当年他在我的个人档案里发现，只好一五一十地告诉他。“有多久没见到她了？”“快七年了。”“有消息吗？”“偶尔，老实说，很少。”“她还住在波美拉尼亚？”“对。他们每隔一段时间就去瑞士，她丈夫得长时间住在疗养院治疗。”“他们有孩子吗？”“我不知道，不太可能，我甚至无法确定她丈夫有没有这能力。干吗问这个？”他再度举杯，“那么，祝他身体健康？”“祝他身体健康。”我们默默喝酒，菜陆续上来，我们轻松地谈天说地。

饭后，托马斯叫人打开第二瓶酒，然后从上衣里掏出两根雪茄。

“现在马上抽，还是待会儿配干邑？”我高兴得脸都红了，也感到微微发窘。“你真像是魔术师，等干邑来再一起抽，现在先把红酒喝完。”话题转到军事战况，托马斯对局势非常乐观。“我军在乌克兰势如破竹，冯·克莱斯特大军挺进梅利托波尔，哈尔科夫在一两周内也将易帜。至于敖德萨，眼看着就是这一两天内的事。最重要的是，莫斯科的防线逐渐崩落。自从霍特和侯本纳两军在维亚济马会师，又俘虏了将近50万人！国防军宣布共歼灭了敌军39个师，俄国人绝对无法承受这种程度的损失。何况，古德里安已经逼近姆岑斯克，很快就能跟其他军团大会师了。元首神机妙算，派古德里安来这里先攻下基辅，再回师进攻莫斯科。把红军搞得稀里糊涂的，莫斯科城肯定一片恐慌，要不了一个月，我们就能拿下莫斯科，战争就会结束。”

“话是没错，万一莫斯科久攻不下呢？”

“我们一定能拿下莫斯科。”

我继续追问：“当然，但是万一我们拿不下莫斯科，会怎么样呢？国防军要如何度过寒冬？你和军需处的人商议过没有？他们完全没有过冬的准备，一点都没有，我军将士穿的还是夏季制服。虽然早就该开始发放保暖衣物了，他们却没有想过要如何给士兵最佳的装备。那些杀人凶手！就算我们攻下了莫斯科，光是严寒的气候和疾病就能夺走数万名弟兄的生命。”

“你太悲观了，我敢说元首一定事先设想到了。”“没有，没有人事先预料到严冬。我在参谋部跟他们讨论过，他们什么都没有，只能不停往柏林送信，他们无计可施。”托马斯耸耸肩：“总会有办法的，我们在莫斯科可以找到需要的一切。”“你大可大胆认定俄国人撤退前，一定会实施坚壁清野策略，毁掉一切。再说，要是我们拿不下莫斯科怎么办？”“你为什么一直说我们拿不下莫斯科？红军根本无力抵挡我们的装甲部队，他们在维亚济马之役精锐尽出，全被我军消灭了。”

“没错，因为那时天气持续晴朗，但是雨季这一两天就要开始，乌曼甚至已经飘雪了！”我越说越激动，血液仿佛直冲脑门，“你自己不是也看到今年夏天，天公不作美，下了一整天的雨，甚至连续两天？现在，雨天将持续两周，甚至三周。每年一到这个时节，整个国家等于停摆，一直都是这样，军队也可能会停下来。紧接着还有严冬。”

托马斯似笑非笑地盯着我，我感到双颊发烫。“你已经成为真正的军事专家了，我是说真的。”他这么说。“不是这么一回事，经年累月和军士混在一起，可以学到很多东西。而且我不断阅读，例如我看了一本关于卡尔十二世[1]的书。”现在，我连双手都用上了，“你知道乌克兰的罗姆内吗？位于古德里安和冯·克莱斯特会师的那个地区？好，1708 年 12 月，卡尔十二世指挥部也驻扎在同一个地区，比波尔塔瓦稍近一点的地方。他和彼得大帝穷兵黩武，花费浩大，弄得必须节省开销，他俩你来我往，互有胜负，僵持了好几个月。后来在波尔塔瓦，彼得大帝给瑞典军一个小小教训，他们立刻撤兵。

“这场战争还不脱封建时期的武功经略，也就是说，把荣誉当成第二生命，只求彼此势力均衡的领主之间的战役，因此他们的战争属于君子之争，像是一种仪式游戏，彼此耀武扬威，有点像在做戏，杀戮并不重。后来，国王的庶民、庄稼汉或中产阶级全都变成一律平等的公民，也就是说，国家施行民主化，这时战争在转眼间变成了全面且恐怖的事，变成了严肃的议题。

“拿破仑大军之所以能够席卷全欧洲，不是因为他拥有人数最庞大的军队，也不是因为他的策略比对手详密，而是因为旧王朝沿用古老的战争做法，以局限的战场来与他对抗。但是他，他早已摒弃这种局限的战争。

“拿破仑时代的法国公开延揽有才之士，就像我们说的是全民政府，国家是管理机构，人民才是头家。如此一来，全民的法国展开的是一场全面的战争，全国上下齐心投入。等到对手明白了这一点，他们也跟着扬弃以前的做

1. 卡尔十二世（Karl XII，1682—1718）：大北方战争时期的瑞典国王，15 岁即位，当时俄国联合了波兰、丹麦等国向瑞典宣战，想要乘机挑战瑞典在三十年战争后树立的欧洲霸权，卡尔十二世领军击败强敌，可惜志得意满，他亲率大军深入俄国境内，最后大败而归。

法，罗斯托普钦才会一把火烧了莫斯科，同样，亚历山大才会鼓吹哥萨克人民和农民在法国大军撤退时予以突击骚扰，局势因此逆转。

“彼得一世和卡尔十二世的战争所投入的赌注很小，只要一方战败，战争即刻停止。但是一旦全国人民全体投入战争，等于赌上了所有的身家性命，就算一方战败，另一方也无法立即抽身，只好继续加注，直到全民破产。这就是问题所在。

“如果我们攻不下莫斯科，我们无法就此打住，坐下来讨论和平协议。也就是说，我们必须继续作战。你想听听我内心真正的想法吗？对我们来说，这场战争是一场赌注，一场投入整个国家、整个民族的豪赌，无论押下的赌金多大，赌就是赌。所谓赌，就是有输有赢。俄国人，他们没有能力，也没有财力耗在赌盘上。对他们而言，这不是赌，而是重击他们国家的灾难，天大的灾祸。赌，有输有赢，但是面对大灾祸，就没有所谓的输或赢了，你被迫要克服它，你没得选。”

我一口气把心底的话连珠炮似的全掏出来，差点喘不过气。托马斯不发一语，默默喝酒。

“还有一点，”我激动地接下去，“我只对你说，你一个人。残杀犹太人，基本上没有任何意义。拉斯彻说得一点都没错，这么做不具经济效益或政治效益，更没有任何实际的目的。相反地，这么做等于是切断了和外界的经济及政治联系，这是一种浪费，百分之百的损失，就是这样。我们这么做的理由没别的，只有一个：坚决的牺牲，用这个把我们全绑在一起，警告我们，大家都在同一条船上，要回头是不可能的。你懂吗？有了这个，这场赌局已经不是单纯的赌局，因为你我身后已无退路，不是赢得最后胜利，就是壮烈成仁。你和我，我们所有的人，现在都在同一条船上，因为共同犯下了这些行为，而成为一个共同体，要一同打完这场战争。万一我们计算错误，怎么办？万一我们低估了红军设立或迁移到乌拉尔山后的工厂数量呢？要真的如此，我们就会完蛋。”

托马斯喝干杯中的酒。

“马克斯，”他终于开口，“你想太多了，这样对你不好。来点干邑？”我突然开始咳嗽，只好点头表示赞同。咳嗽一阵一阵的，停不下来，好像腹腔有什么东西堵住了出不来，而且反胃的感觉相当强烈。我霍然起身，匆忙说声对不起，便往餐厅后面冲。我找到一扇门，打开后外面是室内中庭。我恶心想吐，最后吐出了一点东西。我觉得舒服了点，却备感疲乏，整个人好像被掏空般无力，我靠在中庭里轮子飞掉一个的篷车上，就这样待了几分钟。然后，我走回餐厅。

我找了女服务生，请她给我一点水，她拿了一大桶来，我喝了一些，顺便洗洗脸。

我回到位子上。“很抱歉。”“不舒服吗？你生病啦？”“没有，没什么，只是有点不舒服。”这不是第一次，但我不记得是从何时开始的。大概是在日托米尔的时候，我吐了一两次，但是症状出现的情况非常规律，总是在饭后反胃想吐，觉得疲倦，而且总会先干咳上一阵子。“你该去看医生。”托马斯说。服务生端来干邑，我喝了一小口，感觉舒服许多。托马斯再次拿出雪茄，我接过来，却不急着抽。

托马斯神情忧虑。

“马克斯……这些看法请埋在心底，否则你会有麻烦。”“我知道。我只跟你一个人说，因为你是我的朋友。”说完我马上转移话题，“怎么样，有意中人了吗？”他笑了，“没时间，不过这简单。你注意到了吗，女服务生看起来不错啊？”我根本没正眼瞧过她。尽管如此，我嘴里还是说不错。“你呢？”他问。“我？你没看到我们的工作情况？有时间睡觉已经是谢天谢地了，我才不会浪费珍贵的睡眠时间。”“在德国的时候呢？来这里之前？从波兰分开后我们不常见面，再说你这人行事低调。难道你没有在哪里交上一个可爱的小姑娘，给你写长长的情书，泣诉相思之苦吗？‘马克斯，哦，马克斯，亲爱的，快点回来，战争是多么残酷啊！’”我跟他开心地笑了。我点燃雪茄，托马斯那根早已抽了好几口。

我肯定喝多了，突然很想讲话。“没有，哪有什么小姑娘，不过在认识你之前，我倒是有一个未婚妻。我们是青梅竹马。”看得出来他很好奇。“真的！快告诉我。”“没什么好说的，我们从小就很喜欢对方，但是我们的双亲都反对。她的爸爸，应该说是她的继父，是一个法国的中产阶级富商，一个坚持原则的人。我们被迫分开，分别被送进寄宿学校，相隔遥远。她偷偷写信给我，诉说她的沮丧，我也写信给她，后来我被送到巴黎念书。”

“你们没再见过面？”“见过几次，大概在我 17 岁那年度假的时候。又过了几年后，在我整装准备返回德国之前，我又遇见了她，我对她说没有人可以拆散我们。”“你为什么不娶她呢？”“那时候不可能。”“现在呢？你已经有了稳定的经济基础。”“太迟了，她结婚了。你看，女人根本不能相信，到头来结局总是这样，可恶吧。”

我伤心痛苦了好一阵子，但我不想对他说这些事。“你说得对。”托马斯说，“就是因为这样，我才不谈恋爱。何况我比较喜欢已婚女人，有成熟韵味。你的小亲亲叫什么名字？”我挥挥手，“没什么好说的。”我们各自抽着雪茄，喝着干邑，默默无语。托马斯等我抽完雪茄才起身。“好了，不要沉溺于过往了，再怎么说，今天是你的生日。”餐厅里只剩下我们两个客人，女服务生坐在后面打瞌睡。司机躺在欧宝里鼾声大作。夜空朗朗，祥和皎洁的下弦月静静地散发银白光芒，笼罩着残破的城市。

我不是唯一充满疑惑的人。国防军的将士间弥漫着深沉，却说不出口的不确定感。他们和党卫队的合作关系维持得非常好，然而大规模的行动散播了不安的种子。冯·赖谢瑙一纸新的文告开始流传，措辞大胆而严峻，坚决否定了拉斯彻的结论。

大伙心中的疑惑被指为对布尔什维克党认识不清。在东部战区的官兵不仅仅是符合战争艺术规格的战士，他这么写着，还必须是信奉国家意识形态的冷血急先锋，要为德意志祖国以及与它交好的友邦过去所遭受的残酷待遇讨回公道。因此，全体官兵必须深切体认到，我们对犹太下等民族采取的严厉报复手段是必要的，而且是正确的。

人类同情弱小的天性必须要严格地禁止——伸手拿东西给一名路过的斯拉夫人，可能是布尔什维克党密探，是完全不经大脑思考的行为，是歪曲了人道主义的行为。城市会遭到摧毁，游击队会被歼灭，犹疑分子也一样。

想当然耳，这些论点绝对不是出自冯·赖谢瑙一个人的手笔，有几段应该是党卫队大元帅的杰作。总之，这份文告的重点仍在强调遵循元首指示的路线共同努力，达成他的目标，他把普鲁士农业部某个不知名的官员说过的歌颂辞藻拿来放上去，元首想必龙心大悦，才会叫人把这篇文告当作文宣范本送到东部战区所有的部队传阅。不过，我很怀疑这么做能提振多少士气。纳粹主义是一套完整而全面的哲学思想，也就是我们一般所称的世界观，每个人都可以加以援引，套用在自己身上。此举无疑像是用武力在这当中凿出一条通路，纳粹主义的命运被牵引到这里，只能孤注一掷，因为通路只有一条，一旦踏上这条不归路，只能继续走下去，走到终点为止。

基辅发生的不幸事件加重了我身体的不适。某天，我在这座处女的宫殿走廊上遇见了一位柏林的旧识。

“艾希曼二级突击队大队长！您升官了！恭喜恭喜！”“啊，奥厄博士，我正要找您呢，有个包裹要给您。我在阿尔布雷希特王子宫的时候，有人托我带过来给您。”我和他认识的经过得回溯到他受命为海德里希设立犹太移民办公室的时候，他经常到我的部门来找我，咨询一些法律方面的问题。当时他还只是二级突击队中队长，现在他一身来自城市的时髦黑色制服，领子上佩戴新加的位阶徽章，和我们在战地灰扑扑的模样形成强烈对比，神气活现的样子，像极了一只公鸡。

感觉很怪，我对他的印象还是当年那个来去匆匆、忙里忙外的公务员，现在完全变了个样。“什么风把您吹来啦？”我边请他进我的办公室边问。“您的包裹，还有另一份要送去给您的同事呢。”

“我不是说这个，我是说您怎么会来基辅？”我们一坐下，他立即俯身上前，一副神秘兮兮的样子。“我来找党卫队大元帅。”脸上骄傲的神情表露无遗，一副急着想让大家知道的样子。“我跟我的局长受到特别邀请。”他再往前靠近，模样好像猛禽，身形虽小，动作迅速。“我要进行一份简报，是统计数字数据，由我们部门制作的。我现在掌管一个办公处，您知道吗？”“我不知道，恭喜您了。”“第四局 B4 处，专门处理犹太人的问题。”

他脱下军帽摆在我桌上，黑色真皮公文包夹在膝盖中间。他从上衣的口袋里掏出一个盒子打开，从里面拿出一副厚重的眼镜戴上，然后打开公文包，拿出一个大信封袋，看起来相当厚，然后交给我。“好了，东西在这儿。当然，我不会问里面装着什么。”“哦，只是一些乐谱。”“您是音乐家？我也会，一点点而已。我拉小提琴。”“老实说，我不会，这是要给别人的，不过那个人已经死了。”

他拿下眼镜。“很遗憾，战争真的很可怕。还有，您的朋友吕莱教授特别要我带上一句话，请我帮他要回他先垫的通关费用。”“没问题，今晚之前我会送去给您。您住哪里？”“跟党卫队大元帅的参谋住在一起。”“很好。谢谢您大老远送过来，您真是太好了。”

“哦，这是我的荣幸，同是党卫队男儿，互相帮忙是应该的，只可惜我来晚了。”我耸耸肩，“人生就是这样。我可以请您喝一杯吗？”“哦，我不应该喝酒，您知道，任务在身，不过……”他显得很为难。我顺水推舟：“在这里，我们说战争要打……”他抢着接下去：“……杜松子酒照喝，我知道，那来一小杯好了。”

我从橱子里拿出两只高脚杯和我特别保留给访客的酒。艾希曼从椅子上站起来，神情庄敬地举杯：“祝元首身体健康！”我们互碰酒杯。看得出来，他还有话想说。“您的报告是关于哪方面的？如果不是机密的话。”“好吧，这些都是说不得的，就像英国人说的，嘘嘘——，不过您，我可以放心跟您说，我和地区总队长是奉大头头的命令来这里的。”他指的是海德里希，他现在正以国家占领地副领事的头衔派驻布拉格，“来这里跟党卫队大元帅商议犹太人自祖国迁移的计划。”“迁移？”“正是，往东迁移，最迟年底的事。”

“每一个犹太人？”“一个不漏。”“他们要迁往何处？”“我想大部分会被送到东部占领区，还有南方，因应修筑四号临时接驳道路之需，但还不一定就是了。”“我了解了。那您的报告？”“是统计的汇总资料。由我亲自为党卫队大元帅做说明，侧重在犹太移民与全球局势的分析。”他伸出一根手指。“您知道总共有多少吗？”

“什么总共有多少？”“犹太人，在欧洲。”我摇摇头：“没有研究。”“1100 万！1100 万啊，您想想看？当然，在那些我们尚未掌控的国家例如英国，我们只抓个大概的数字。由于他们没有种族法，我们只能根据信仰来估算，就算这样，得出的数字也相当庞大。光拿乌克兰来说，这里有将近 300 万的犹太人。”他说话的口气越来越像老学究，“精准来说，应该是 2994688 人。”“的确非常精准，不过容我说一句，光靠一团特遣部队能起什么作用呢？”“说得好，我们正在研究其他方法。”他看看手腕上的手表，接着起身，“容我告辞，我必须回局长那里了，谢谢您的酒。”“应该是我谢谢您把包裹送过来才对！我等会儿派人把欠吕莱的钱送过去。”我们一起举起手臂，齐声高喊：“希特勒万岁！”

艾希曼走了之后，我坐下望着桌上的包裹，里面是拉莫和库普兰的琴谱，为日托米尔的小犹太人订购的。现在想起来，这真是不智之举，幼稚的冲动行为，明知如此，我还是感到无比哀伤。我想我现在更能体会那些人，那些军官，枪毙犯人时的心情了。

如果他们的感受，跟我在大规模行动时的感受一样，这绝不是单纯因为臭气熏天或是看见鲜血那么简单，而是因为无法承受犯人眼里的惊恐以及内心的痛苦；同样地，死在我们枪下的那些人经常得忍受比自己死去更深沉的痛楚和死别的哀痛，因为他们眼前躺着深爱的人，有妻子、双亲、宝贝的孩子，死亡对他们来说，反而是一种解脱。我于是得出一个结论，在许多情况下，我原本认定某些人在枪决人犯之前，以暴虐无道、惨绝人寰的行径对待人犯，其实那是行刑者内心受到扭曲的同情表现。他们愤怒，源于自己的无力，抓不到目标感到愤怒，却没有发泄的管道，因此他们只能回过头来，把罪过推到整件事的肇因——犹太人身上。

要说东部战区的大屠杀证明了什么，那就是非常矛盾地证明了人与人之间悲惨的、永恒的同种关系。

不管他们平常有多粗暴，或是对粗暴的场面早已习以为常，我们的人拿枪对着犹太妇女时，没有一个不会连带想到自己的妻子、母亲或姐妹，瞄准壕沟中的犹太小孩时，没有人不在他们的身上看见自己孩子的影子。

他们的反应、粗暴的行径、酗酒、沮丧忧郁、自杀、自怜自艾，在在证明了他们意识到对方的存在，对方也是个人，世上没有任何人的旨意、任何的意识形态，或者再多的愚蠢行为、再多的酒都无法切断这层关系，这层关系虽然细若悬丝，却比金石还坚。这是不争的事实，绝非个人观点。

军方高层慢慢注意到这个事实，开始予以重视。艾希曼跟我说得没错，我们正在研究新方法。在他到访基辅的几天后，另一位威德曼博士带来了一辆新型卡车。这辆索瑞尔牌卡车是由海德里希的专属司机芬代森驾驶。芬代森口风很紧，尽管我们百般询问，他都坚决不肯透露他被选中开这辆车的原因。威德曼博士是属于联邦刑事警察署底下的犯罪技术研究院的负责人，他为军官们做了一场很长的报告。

“毒气，”他宣称，“是比较文明的解决方式。”这辆卡车是完全密闭的空间，备有全套的毒气配送管，禁闭在里面的人会立刻中毒窒息而亡。的确，这种方式既文明又经济。

诚如威德曼所言，我们试过了各式各样的方法，最后才得出最佳方案。他亲自在明斯克一家疗养院的病人身上进行实验，并在他的局长，地区总队长奈比的陪同见证下进行。爆炸性的试验，结果惨不忍睹。“言语无法形容，空前的大灾难。”布洛贝尔一副跃跃欲试的样子，这个新玩意儿很合他意，他迫不及待想抢得头彩，第一个试用。

哈夫讷认为这辆卡车装不了几个人——威德曼说顶多 50 到 60 人——行刑速度太慢了，效率不够高。但是，布洛贝尔排除了这类的怀疑论点：“这辆车专门给妇女和小孩用，这对提振军队士气有很大帮助。”

威德曼博士留下和我们一起用晚餐。饭后，在台球桌前，他娓娓叙述了他发明这辆车的经过：“老实说，这是奈比地区总队长的构想。有一天晚上在柏林他喝多了点，车子停进车库便在车上睡着了，引擎也忘了熄火，差点要了他的命。我们已经开始针对某种款式的卡车进行改装，原本是想用瓶装的一氧化碳，然而这种装置在东部地区完全不可行。死里逃生的地区总队长想到可以利用车子自行产生的废气，很高明的点子。”这段小插曲是他的直属上司赫斯[1]博士，在搭地铁的时候告诉他的，“更精确地说，是从维滕贝格广场搭到提耶尔广场的这段路程，我印象非常深刻。”

布洛贝尔派底下的各分区行动支队出城，到基辅外围的小城镇，佩列亚斯拉夫、亚戈京、科泽列齐、切尔尼戈夫等多处进行大扫荡，行动持续进行了好几天。然而，分区行动支队却越来越沮丧，他们每次行动结束回到城里，总

1. 赫斯（Rudolf Walter Richard Heß，1894—1987）：纳粹副元首，二战后判处终身监禁，最后自杀。

是发现更多的犹太人——犹太人通常等他们一离开，便逃回城里躲藏。他们不断抱怨，他们根本无法统计出正确的数字。根据布洛贝尔加总得出来的数字，特遣小组已经肃清了51000名人犯，其中14000人是没有外部支持的（换言之，就是耶克尔恩的两营绿衣警察未介入的情况下）。

我们组织了一支先遣部队进入哈尔科夫，我必须加入行动，此时我在基辅的任务也结束了（第五特派小组接管了我们的工作），布洛贝尔要求我一同前往，支持各分区司令的搜查工作。雨季开始了，我军强渡河水暴涨的第聂伯河，立即陷入和烂泥巴的苦战。卡车、汽车全陷入又浓又黑，而且夹杂着麦秆的污泥之中，进退不得，士兵抢了堆在路旁的麦秆，把麦秆铺在烂泥巴上，结果仍是白忙一场。

我花了两天的时间才赶到佩列亚斯拉夫与哈夫讷会合，大多数的时间，车辆都得靠国防军的履带装甲车在前方牵引，我们浑身是泥在后面推，上将车才能勉强行进。我和炮兵连的几位军官一起在小村庄过夜，他们随军自日托米尔直奔前线，疲累至极，非常担心冬季即将到来，而且不停问自己，这一切为的究竟是什么。

我没有透露半点乌拉尔山的事，我们可能连哈尔科夫都到不了。他们不断抱怨从德国调来增援的新兵，素质差没训练，一慌张就乱开枪，总之，比以前的更糟。粮食物资四处掉落，以橡胶车轮和滚珠轴承支撑的现代化德国载货车，在泥泞小路上好像解体似的动弹不得，只好牵农家的波兰小型马来驮货，这种马禁得起严苛的气候考验。与它们一起纵横沙场的德国、匈牙利或爱尔兰骏马成群死亡，唯独这种小型马能够存活，它们几乎什么都吃，桦树嫩叶、木屋屋顶上的茅草。可惜它们体形不够壮硕，无法承载重物，军团被迫丢弃重达好几吨的粮食和装备。每到傍晚，大伙争先恐后抢夺一方遮风避雨的屋顶，或是半干的洞穴。

每个人的制服都破烂不堪，身上爬满虱子，补给物资迟迟不见送达，甚至连面包也快没了。军官也一样，什么都缺，剃须刀片、肥皂、牙膏、补军靴的皮、针、线通通没了。雨没日没夜地下，病死的士兵——痢疾、黄疸、白喉——比战死的还多。士兵拖着病躯日行35公里，因为我们没有交通工具让他们搭乘，若将他们留在村里，他们会被游击队杀掉。现在，游击队简直像虱子般到处繁殖蔓延，无所不在，勤务兵和落单的通信兵经常在树林里失踪。

我还发现士兵当中有许多穿德国军服的俄国人，甚至别着白色的纳粹臂章。我把我的发现跟一名军官分享，他回答："是志愿兵吗？说真的，我们没有权力这么做，但我们还是让他们加入了，我们没有别的选择。反正，这些老百姓不是志愿加入我军，便要成为我们的阶下囚。让他们来替我们搬运行李、当后备军，这种安排应该很稳当，他们比我们熟当地的气候和环境。而且参谋部也管不着，他们装作什么都没看见，他们大概早就忘了我们的存在。我们都快到波尔塔瓦了，他们还不知道我们是谁？""难道你不怕游击队乘机渗透，把我军行进的消息传给红军吗？"他耸耸肩，脸上满是疲惫和无所谓，"如果他们觉得这样做有用的话……总之，方圆 100 公里内找不到半个俄国人。当然也找不到德国人。半个人影都没有，只有雨和烂泥，就这样。"这名军官似乎已经彻底丧失斗志。

话虽如此，他教我如何清理制服上的烂泥巴，的确很有用，我也懒得再和他争辩了。"首先，在炉火上把烂泥烤干，然后用小刀刮，您瞧，最后再用铁刷。如果能够洗衣服就好了，内衣裤一定要用滚烫的水煮过。"

我在一旁观看，真恶心，虱子成群结队浮在滚烫的水面上，肥厚，肿胀。我们费尽千辛万苦，终于抵达佩列亚斯拉大，此时我比较能理解哈夫讷内心的愤怒。他带了三名三级突击队中队长，奥特、里斯和达曼，却无用武之地，因为他们几乎走不出城外，每条道路都无法行走。"我们需要装甲车！"哈夫讷一看见我就大叫，"要不了多久，我们连基辅都回不去了。拿去。"他断然转头离去之前，补上这么一句，"这是给您的，恭喜。"那是布洛贝尔发的打字电传，确认我获得晋升，此外，我还获颁二级战地十字勋章。我尾随哈夫讷回到分区行动支队驻扎的本地学校，找个地方放行李。无论士兵或将官全都睡在体育馆，教室一律充当办公室。

我换了衣服，立刻去找哈夫讷，他简述了他手下遭遇的挫折。"您看到佐洛托诺沙这座小镇了没？这里有 400 多名犹太人。达曼想去那里，他试了三次，三次都被迫半路折返，更惨的是，最后一次他差点回不来。大伙情绪荡到了谷底。"

晚上，有汤和国防军配给的行军口粮，非常难吃，大伙草草填饱肚子，早早入睡。我睡得很不好。离我铺盖大约几米远，有一名党卫队武装兵梦中不停地磨牙，可怕的声音叫人神经紧绷，每回我蒙蒙眬眬快要睡着的时候，又被磨牙声惊醒，弄得我快要发狂了。我不是特例，好几个人对他咆哮，我还听见捶打的声音，也看到有人揍他，但是没有用，磨牙的恐怖噪声持续传来，或许该说断了一会儿，但是没多久又再度扬起。“每天晚上都一样。”睡在我旁边的里斯不满地嘟囔着。

我终于昏昏沉入梦乡，还做了一个惊人的怪梦。

梦中，我是一只大王乌贼，统治一个封闭的美丽城市，城市主要由水和白色的石头构成，正中央几乎都是水，四周围绕着高耸的建筑。我的城里住着人类，他们把我当天神膜拜，我将一部分的权力和威势授予一个人类，他是我的奴仆。

但是有一天，我下令要所有人类离开我的城市，最起码要离开一阵子。指令由奴仆宣布传遍全市，所有人立刻从各个城门逃走，跑到建在墙外荒漠中的简陋木棚里挤着等待。然而在我看来，他们撤离的速度实在太慢了，我开始猛力挣扎、挥舞触角，把城中央的水搅得翻天覆地，之后我收起触角，往饱受惊吓的人群飘移，还大声咆哮：“出去！出去！出去！”

我的奴仆到处奔走指挥，为落后的人指引方向，就这样，整座城净空了。但是，在靠近城墙边缘的外围地区，也就是离我泼洒神圣愤怒之水最远的地方，还有一群人不了解我的旨意。那些是外来客，他们不太清楚我在城里的地位和权力。

他们听见了撤离的命令，觉得命令毫无道理，所以没有放在心上。我的奴仆只好和这些人一个一个说明，以外交的手段劝他们离开。那是一群在开会的芬兰军官，他们拒绝离开，因为已经租下饭店和会议厅，而且预先付清了款项，叫他们离开绝对不行。

奴仆面对这情况，只好巧妙地用谎言来蒙骗，好比说，告诉他们有紧急事故发生，有外来的严重危险，撤退是为了他们的安全着想。我觉得这番说辞严重损害了我的威信，因为撤离是我的旨意，我要他们离开，他们就得离开，而不是要人诱骗他们离开。我怒火中烧，更野蛮地挣扎、怒吼，制造更巨大的浪涛淹没整座城。

我醒来的时候，雨水依旧哗啦啦地打着窗子。我们的早餐有行军口粮和从鲁尔[1]的煤提炼出来的人造黄油，相当香浓，还有用松香油制造出来的人造蜂蜜，外加难喝的劣质施吕特茶，同样的包装盒装的东西，成分却永远不同。

大伙安静吃着。里斯臭着脸指着一名呆望着茶的年轻士兵："就是他。""他？什么？"里斯故意模仿牙关咬磨的动作。我再次往年轻士兵的方向望过去，他看起来才十几岁，凹陷的脸颊长着青春痘，双眼无神，深陷在黑眼圈当中。

同僚对他很粗暴，边骂边指使他做这做那，如果动作太慢，他还会吃上好几个耳光。那男孩始终一声不吭。"这里的每个人都梦想着游击队能把他干掉。"里斯私底下对我说，"我们什么方法都用尽了，每种方法，甚至在他嘴里塞了东西，通通没用。"

哈夫讷人虽眼界不高，做事却很有条理。他站在地图前为我解说他的行动计划，还列了一张物资需求清单，希望我能列名声援他的需求。我本该逐一视察每个分区行动支队，但是看起来是不可能的任务，我只好待在佩列亚斯拉夫等个几天，看看情势的发展。反正先遣部队和布洛贝尔已抵达波尔塔瓦，从眼下的路况判断，拿下哈尔科夫之前，想和他们会合是无望的。

哈夫讷显得很悲观："这一区游击队四处出没，国防军千方百计想把他们赶出树林，却没有多大斩获，何况大伙都累了、倦了。您自己也看到，我们的伙食跟猪食差不多。""军队的伙食都是这样，他们比我们更难过。""身体上的痛苦的确如此，没什么好说的，但是精神上来说，我们的人已经到了极限。"

哈夫讷说得一点都没错，没多久我就亲眼见识到了。奥特带领一组 20 人的队伍前往邻近的小村落搜捕游击分子，有人密报说看见游击队出没，我决定参与这次行动。

我们凌晨出发，开着一辆卡车和一辆军用吉普车，四轮传动的越野车是专

---

1. 鲁尔（Ruhr）：德国西部工业城。

门为了这次行动向驻扎佩列亚斯拉夫的军队借来的。天下着雨，蒙蒙细细的雨丝仿佛永远断不了，还没上路，我们就全身湿透了。车内净是潮湿的羊毛霉味。奥特的司机哈尔普敏捷地闪避几处危险的泥洼，后轮时不时打滑，陷入烂泥，有时候他及时控制得宜，车子免于打滑偏离，不过也有失控的时候，此时大伙只好下车，把车子推回路面。一下车，两只脚马上被烂泥淹没，有些人的靴子还陷在泥淖中。大伙怨声载道，不停地咒骂。

奥特事先准备了一些木板在卡车上，车轮陷入泥潭时好用来当支点，木板有时能派上一点用场，然而一旦车子失去平衡，只要一个连接传动系统的后轮失去了着力点，轮子也只能空转，喷溅出大量污泥。没多久，我的军帽、军裤全都覆盖了一层污泥，有些人甚至满头满脸都是，只看得见一双满是疲惫的眼睛。将车子拉出泥淖后，大伙立刻找个水洼，就地洗手洗脸，然后上车。小村子离佩列亚斯拉夫七公里，短短路程却花了三小时。

一下车，奥特立即派了一队人马到镇上最里面的几户人家后面部署，成立封锁线，其余的人则沿着小镇的主要干道两旁戒备。简陋的木屋在滂沱大雨中一字排开，雨水沿着茅草屋顶哗啦落下，汇入被水淹没的小院子，几只被雨淋得湿透的母鸡四处飞窜，不见半个人影。

奥特派一名下级军官和一名通译寻访村子的村长。十几分钟后，他们回来了，还带着一位瘦小的老人家，身上裹着羊皮袄，头戴破旧的兔毛软帽。奥特在雨中盘问老人，老人哼哼唧唧否认这里有游击分子。奥特火了。“他说这里只有妇女和老人。”通译逐句翻译。“男人不是死了，就是走了。”“告诉他，如果我们发现了可疑的人，第一个吊死的就是他！”奥特大声咆哮。说完，他命令手下挨家挨户搜。“要特别留意地底下！他们有时候会挖地下碉堡。”

我跟着一个小队走。淹没道路的污泥连村中唯一的小路也没放过，我们拖着两脚烂泥踏进木屋，屋内随即到处是黄泥。屋里的确只有老人和肥胖臃肿的妇女，脏兮兮的小孩躺在抹了一层灰泥的红土火炕上。我们看不出有什么好搜的，地板是结实的土地，没有铺夹层，屋内没什么家具，也没有阁楼，屋顶就架在四面墙上。室内弥漫着一股油腻、不通风的腐朽味和尿酸味。小路左边的这排屋子后方是一小片桦树林，坡度稍显陡峭。我从两栋木屋中间穿过去，仔细观察林边空地。雨水急急拍打枝丫叶片，地面的腐朽枯叶因吸入过多的水分变得肿胀，斜坡湿滑，要爬上去相当困难。

林子里看起来渺无人踪，但是雨水阻挡了视线，看不了多远。一丛怪异乱颤的枝叶引起了我的注意。褐黄色的枝叶上挤满了成百只黑色的甲虫，密密麻麻，黑压压的甲虫底下是腐烂的人体残骸，破烂的棕色制服还黏在身上。

我试着拿东西盖住它们，因为我怕虫，这些虫却不断涌出，四处爬行。我终于按捺不住，朝那堆虫狠狠踩了一脚，一颗头颅咔嗒断裂，滚下斜坡，上头的甲虫跟着被抛进烂泥中。我走下斜坡。那颗头撞上一块石头停在那儿，干净清爽，两个眼窟窿中甲虫万头攒动，嘴唇被啮咬得干干净净，露出两排糟黄板牙，让雨水不断冲刷，嘴巴张开，嘴里的肉尚称完整，粉红色的粗大舌头微微颤动，令人作呕。

我回头找奥特，他跟老村长和通译都在村子中央。

“问问他，林子里的尸体是哪来的。”我对通译说。老村长的帽子直往下滑，压上了他的胡子，他张着牙齿掉了一半的嘴嘟囔着：“那些是红军的士兵。树林里，就是后面的树林里发生了战斗，死了很多士兵。村民找得到的尸体都埋了，不过我们没有仔细翻找。”“他们的武器呢？”通译再次翻译我的问话。“他说，他们已经交给德国人了。”一名三级小队长走过来向奥特行礼。“报告三级突击队中队长，什么都没找到。”奥特懊恼地大叫：“再搜！我敢保证他们一定窝藏了什么东西。”其他人和绿衣警察跟着回报。“报告三级突击队中队长，我们到处看过了，什么都没有。”“我说了，再搜！”此时远远传来一声尖叫，小路上飞窜出一条模糊的身影。

“在那里！”奥特大叫。二级小队长荷枪上肩，隔着层层雨帘开火，身影应声倒地，沿街部署的人马小心翼翼上前。“笨蛋，是个女人。”有个人说。“你说谁是笨蛋！”三级小队长怒声反击。一名兵士上前将烂泥地上的尸体翻过来，是一名年轻的农妇，脸上包着彩色围巾，还怀有身孕。“她只是吓坏了。”

一名士兵说：“其实不用急着开枪。”“她还没死。”蹲在地上检查她伤势的士兵说。随队医护员赶忙上前：“把她带进屋里。”好几名士兵将她抬起来，女人的头无力地往后垂，沾满污泥的袍子紧贴着圆滚滚的肚子，雨水不断敲打她的身躯。大伙合力将她抬进屋里，平放在桌子上。屋内一名老妇人躲在角落哭泣，除此之外，整间木屋空荡荡的，没有其他人。少妇嗞嗞喘气，医护员扯开她的袍子检查。“她没救了，不过她临盆在即，如果运气好的话，小孩还有救。”他开始指挥站在一旁的两名士兵，“去烧热水。”

我走到屋外，冒着大雨赶上正往停车处走的奥特。“情况怎么样？”“女人保不住了，医护员想给她剖腹生产。”“剖腹产？他疯了，天啊！”他费力踩过烂泥回头往小路跑，直冲进木屋，我紧追在后。他一个箭步踏进屋内：“格里夫，这是在搞什么？”医护员双手捧着一包血迹斑斑的东西，用床单紧紧包着，他刚包扎完脐带伤口。少妇断气了，赤裸躺在桌面上，全身是血，惊恐地睁大双眼，肚子直直剖开，从肚脐眼到下体。“成功了，三级突击队中队长。”格里夫说，“他应该会活下去，不过得给他找个保姆才行。”“你疯了！”奥特怒吼，“给我！”“您要干吗？”“给我！”奥特脸色铁青，不住颤抖。他把婴儿从格里夫手上抢过来，一手抓住小孩的脚，头对准火炕的尖角猛力一甩，顺手把小孩扔在地上。

格里夫气得狂喊：“您为什么要这么做？”奥特也大声咆哮：“你干吗不让他死在他母亲的肚子里，可怜的大笨蛋！你应该让他待在那里，不要去烦他！你把他弄出来干什么？他在里面难道不够温暖吗？”说完，立刻转身离去。

格里夫低声啜泣：“您不应该这么做，您不应该这么做的。”我跟着走出去，看见奥特站在烂泥中，淋着雨对三级小队长和他身边的几名士兵发飙。“奥特……”我轻轻叫他。我背后忽然响起响彻云霄的呼喊。“三级突击队中队长！”我回头，格里夫走到屋外，沾满鲜血的双手举枪瞄准，我不由自主往后退，他直直逼近奥特，“三级突击队中队长！”

奥特转身，看见了他手上的枪，放声大骂：“干什么，没用的东西，你想干什么？你想开枪吗？是吗？开呀！”三级小队长在一旁跟着大喊：“格里夫，天啊，把枪放下！”“您不该这么做。”格里夫一边说，一边步步进逼。“来啊！开枪啊，你这个王八蛋！”“格里夫，快停下来！”三级小队长嘶吼着。格里夫扣下扳机，奥特当头中弹，飞身往后翻倒，重重摔落在一畦水洼中，“哗”的一声水花四溅。

格里夫手上的枪还没放下，大伙目瞪口呆，安静无声，只听见雨水哗啦哗啦地敲打水洼、泥塘、钢盔、茅草屋顶。格里夫像风雨飘摇的叶片，不住颤抖，手上的枪还没放下。“他不该这么做。”他呆呆重复这句话。

“格里夫。”我轻声叫他。他一脸惊慌，把枪对准我，我慢慢摊开手，一句话也没说。格里夫接着把枪口转向三级小队长，两名士兵也拿枪瞄准格里夫。格里夫定定拿枪对着三级小队长，士兵当然可以击毙格里夫，但三级小队长极可能因此受伤。“格里夫，”三级小队长平静地说，“你真的做了件蠢事，我同意奥特是个人渣，但是，你看看你把自己搞成什么样了。”

“格里夫，”我说，“把枪放下，不要逼我们杀您，如果您乖乖投降，日后审判我会帮您说话的。”“反正都是死路一条。”格里夫说，他的枪还是对着三级小队长。“如果您开枪，我死也要拉个人做伴。”他再度将枪口瞄准我，枪管抵着我的头，贴在两眼中间。雨水顺着枪管流到我的脸上。

“一级突击队中队长！”三级小队长说，“请您允许我用自己的方法来解决这件事，免得引发更多伤亡。”我点头表示同意。三级小队长转头对格里夫说：“格里夫，我给你五分钟，五分钟后我会去抓你。”格里夫犹豫了一下，接着，他放下枪大步往树林奔去。我们静静等着。我望着奥特，他的头泡在水里，子弹正中前额，脸上五官无伤，鲜血在泥潭里形成一朵朵暗黑色的漩涡。雨水清洗他的脸庞，敲击惊讶圆睁的双眼，慢慢溢满口腔，流到唇外。

“安德森，”三级小队长发号施令，“带三个人抓他回来。”“三级小队长，不用抓他了。”“去把他抓回来。”说完，他转身面对我，“您有别的意见吗？一级突击队中队长。”我摇摇头。“没有。”其他人陆续过来集合。四名士兵带枪深入树林，另外四名士兵将奥特的尸体用车顶遮雨篷运回卡车，我和中士一路跟在他们后头。他们把奥特的尸体安置在货车护栏板旁，三级小队长叫人号令集合。我很想抽根烟，但眼下的天候并不许可，就算躲在车篷底下也没办法。底下的人三三两两回到停车处，大伙等着三级小队长派去搜捕格里夫的人回来，倾耳静候枪声扬起。

我发觉老村长早已识相地不知跑哪儿去了，但我没多说些什么。终于，大雨中出现了几道奔跑的灰色人影，安德森和他带的人回来了。“三级小队长，我们在树林里四处搜，没有找到，他大概躲起来了。”“没关系，上车。”三级小队长望着我，“反正游击队也会扒了他的皮，这个王八蛋。”“我已经说过了，三级小队长，我对您的处置绝对没有意见，您成功避免了更多的流血伤亡，我必须说您处置得很好。”“谢谢，一级突击队中队长。”我们带着奥特的尸体步上归途，回程花费的时间比去程更久。

一抵达佩列亚斯拉夫，衣服还没换，我立刻向哈夫讷报告意外发生的经过。他想了很久，然后问：“您想他会去投靠游击队吗？”“如果那里真有游击队，我想要是他们发现了格里夫，肯定会杀了他，就算没有，他也熬不过冬天。”“如果他在村子里落脚呢？”“村民个个胆小怕事，他们一定会来举报，不是跟我们检举，就是向游击队。”“好吧。”他再度陷入沉思。“我要向上呈报他是逃兵，而且带有武器，非常危险，就这么办。”他再度缄默。

“可怜的奥特，他是个很称职的军官。”“如果您想知道我的看法，”我不客气地直说，“我们老早就该放他回家休假了，这样一来，什么事都不会发生。”“您说得也许有道理。”我椅子底下的积水面积逐渐扩大。哈夫讷伸长脖子，方方的大下巴往前突出，“再怎么说都是大麻烦，您可以代劳写一份报告给旗队长吗？”“不行，这是您的特派小组，您得自己写，我会以证人的身份签这份报告，再多准备几份副本呈送第三局。”“好。”我终于可以换下一身湿衣服，舒服地抽根烟了。外面雨下个不停，看上去好像永远不会停。

我还是睡得很不好，在佩列亚斯拉夫，想睡个安稳的觉似乎是痴心妄想。身旁的人说梦话的说梦话，打鼾的打鼾，等我昏昏沉沉将要入睡之际，党卫队武装小兵的磨牙声又硬生生将我拉出梦乡。在半梦半醒的恍惚状态下，我已经分不清是奥特泡水的脸还是俄国兵的头颅，躺在泥潭里的脸张大嘴巴，对我伸出舌头，粗大的粉红色舌头，好像在诱惑我亲吻他。醒来时我觉得无力又焦虑，早餐时又是一阵猛咳，接着是一股想吐的强烈恶心，我跑到一条无人的走廊上，却什么都吐不出来。

等我回到食堂，哈夫讷拿着一封打字电传在等我。“我们拿下哈尔科夫了，一级突击队中队长，旗队长在波尔塔瓦等您。”“波尔塔瓦？”我伸手指着被雨水打湿的窗户。“太夸张了吧，教我怎么回去？”“从基辅到波尔塔瓦这一段，火车还能走，只要游击队不破坏铁轨。有一班军用物资运输处的列车要开往亚戈京，我刚刚和那边的部队通过电话，他们非常乐意载您一程。亚戈京就在铁路线旁边，从那里下车后，您得自己想办法找接驳火车。”哈夫讷的办事效率确实高人一等。

“好，我去通知我的司机准备。”“不用了，您的司机留在这里，上将车不可能涉过这一路上的泥泞，车子开不到亚戈京的，您跟着军用物资运输处的货车队走，等路面可以通车的时候，我再叫您的司机开车回基辅。”“好吧。”“货车中午准时出发，到时我会把要呈给旗队长的急件交给您，请您转呈，其中包括奥特意外死亡的报告。”

“好。”我回去打包，接着坐在桌前写信给托马斯，把昨天的意外一五一十告诉他：你和旅队长商量看看，因为我知道布洛贝尔除了为自己找借口之外，什么也不会做。这件事必须有人处理，否则可能还会发生。信写完，我把它塞进信封里封好，放在一边。

我接着去找里斯。“里斯，您那位小童兵，夜里磨牙的那一个叫什么名字？”“您是说汉尼卡吗？弗朗茨·汉尼卡，我之前指给您看的那个。”“对，就是他。您可以把他送给我吗？”他眉毛挑得老高，错愕全写在脸上。“给您？要干什么？”“我把司机丢在这里，我的勤务兵又留在基辅，我需要一名打杂的侍从。再说，等到了哈尔科夫，总可以想办法让他单独睡一间，这样就不会再扰人清梦了。”里斯似乎相当高兴。“我说，一级突击队中队长，如果您是认真的……就我个人而言，我当然很愿意，但我得先问问二级突击队中队长的意思，我想他应该不会反对。”“很好，我自己去跟汉尼卡说。”

我在食堂找到汉尼卡，他正在擦锅子。“汉尼卡！”他立刻立正站好，我看见他的脸颊上有一片淤血。“是？”“我待会儿出发前往波尔塔瓦，再转哈尔科夫，我需要一名勤务兵，你愿意跟我走吗？”他枯萎的脸庞顿时焕发光彩，“跟您一起？”“工作的内容跟现在大同小异，最起码不会有人欺负你。”他脸上的喜悦神色，就跟一个收到意外礼物的小孩一样。“还不去整理行李。”我对他说。

搭货车到亚戈京的这段旅途，对我来说就像是漫长的远航，无止境的暗夜。大伙花在外头推车的时间远比待在车内的还多，然而烂泥巴再麻烦，也比不上接下来等着我们的多舛命运。“我们什么都没有，一级突击队中队长，您懂吗？什么都没有。”一名中士对我说，“没有保暖的内衣，没有毛衣，没有皮袄，没有御寒装备，没有，一样都没有。相反地，红军他们老早就准备好过冬了。”

“他们跟我们一样是人，他们也会冷。”“不是的。寒冷还可以勉强抵御，我们需要的是物资，他们呢，他们会有后援，就算没有后援，他们也知道如何就地取材。他们一辈子都住在这里，早就习惯了。”他底下的一名志愿兵曾经举过一个足为借镜的例子——红军的士兵领军靴都知道要拿大两号的靴子。“天寒地冻的时节脚会肿胀，也要预留空间塞麦秆和报纸。我们呢，我们的人通通拿合脚的靴子，将来回到营区，少说会有一半的人要截掉脚趾。”

抵达亚戈京的时候，我全身上下盖了一层泥，以至于管理火车站的下级军士看不出我的军阶，接我入内时还连珠炮似的开骂，因为我把候车室弄得到处都是污泥。

我把行李放在长板凳上，严厉地反驳。“我是军官，您不应该用这种态度跟我说话。”我走出候车室找汉尼卡，他拿水管帮我清洗了一下。那名下级军士看见我衣领上的军徽，上头别的还是二级突击队中队长的肩章，立即连声道歉，请我先洗个澡再共进晚餐。我把要寄给托马斯的信交给他，跟着邮件车一起走。他领我到军官专用的小房间，汉尼卡则睡在候车室的长凳上，跟等候搭车到基辅的休假军人一起。

站长在半夜摇醒我。“20 分钟后有一班火车，快过来。”我火速换上衣服走出房门。雨停了，所有东西还是滴滴答答地淌着水，在车站冷清的灯笼照射下，铁轨闪耀冷光。汉尼卡带着行李出现。没多久，火车进站了，刺耳的刹车声断断续续拉得好长，最后才完全停住。火车刚补给前线回来，车厢几乎半空，可以任意挑选喜欢的车厢，一进车厢我立刻躺下，重游梦乡，就算汉尼卡磨牙也没听见。

我醒来的时候，火车还没到卢布尼。火车走走停停，因为警报铃时不时作响，而且有些特急邮件必须先送达。

在洗手间旁边，我认识了一位空军少校，他休假回波尔塔瓦跟同中队的同胞聚一聚。他离开德国五天了。他跟我提到了祖国人民的士气，虽然引领盼望的凯旋消息迟迟不来，他们还是非常有信心，而且对我们非常友善，慷慨拿出仅有的一点面包和香肠与我们分享。车站里有时可以找到一些吃的东西。火车不疾不徐往前走，我也不赶时间，每次靠站，我总深深地凝视这一座又一座悲凉的俄国火车站，好像才刚装潢完毕，转眼又破旧不堪，野草荆棘淹没铁轨。

就算在这个时节，在煤油染黑的石头当中，偶尔还看得见艳丽的花朵随风轻颤，惊鸿一瞥，展现坚韧的生命力。乳牛安详漫步，火车狂啸的汽笛每每让它们大吃一惊，好像打断了它们的冥想。泥巴和灰尘的暗灰色调覆盖大地万物。

与铁轨平行的道路上偶尔可见脏污油腻的小男孩，推着吱嘎作响的老铁马，要不就是老农妇蹒跚地往车站走，在那儿叫卖霉烂的蔬菜。我的脑海充斥着绵延无尽的铁路网络和各地支线，还有负责控管铁路岔轨的酗酒粗暴的铁路工人。在调车场可以看到大排长龙的车厢，有的很脏，有的沾满油污，还有的满是泥巴，这些车厢载运小麦、煤炭、铁、石油和牲畜，从乌克兰占领区征收来的物产全数运回德国，这些人类所需要的一切，完全按照某个伟大而神秘的货运规划，从一个地方移送到另一个地方。

原来，我们发动战争，士兵战死沙场为的是这个？

在日复一日的日常生活中，人类汲汲营营，不也是为了这个？

一个人在某个地方，身上一层煤灰，惨遭活埋在窒闷的地底矿坑；在另一个地方，更远一点的地方，另一个人穿着保暖的羊驼毛衣，安逸地窝在扶手椅里，沉浸在书中的情节，从来没有想过这扶手椅、这本书、这件羊驼毛衣、这份暖暖的安适是从哪里，又是怎么来的。纳粹主义主张，未来每个德国人都能享有安适生活所需的基本需求，然而，光靠德国自己，这个理想无法实现，于是我们抢别人的。这么做，对吗？只要我们有权有势，这么做就没错，因为所谓对错并没有绝对的标准，所谓的真理和正义是由每个民族自行定义。万一我们失势了，权力动摇了，就会轮到我们忍受别人的正义，不管他们所谓的正义有多恐怖。而他们这么做，也会是对的。

到了波尔塔瓦，布洛贝尔一看到我，立刻叫我先去清洗除虱，然后才跟我说明目前我军的战况。“24 日，先遣部队随着第十五军团攻占哈尔科夫，他们已经成立了办公处。”但是，卡尔森那里非常缺人，不断要求紧急派人支持。眼前所有的联络道路都被雨水和烂泥阻断，火车也走不了多远，因为铁轨正在整修、加宽轨距，铁路运输也必须等到工程结束，才能重新开放通车。“等地面结冻，您马上带几名军官和几队人马前往哈尔科夫，特派小组稍后会赶过去与你们会合。哈尔科夫将是特派小组的冬季总部。”

汉尼卡执行勤务比波普更称职。

每天早晨，我的靴子总是擦得发亮，制服也清洗干净、烘干，并整烫笔挺；每天的早餐，他总能变出一点花样，变得比平常丰富。他年纪很轻，他早年先加入希特勒青年团，接着被编入党卫队武装军，然后派调临时行动小组，他其实有很多长处。我教他如何将文件分类归档，让他帮我整理或搜寻文件。里斯错失了一名人才，这个男孩脾气好又勤快，问题在于你有没有看人的眼光。夜里稍有一点动静，他就在我的房门边上打地铺，像只忠狗，又像是俄国小说里忠心耿耿的仆人。吃得比较好，睡得安稳，他的脸慢慢变得圆润，虽然满脸青春痘，也算得上一个小帅哥。

布洛贝尔变得越来越不可理喻，他不停喝酒，动不动就毫无来由地大动肝火。他从底下的军官中找到了一个能嘲讽怒骂的出气筒，一连好几天，他对这名军官所做的每一件事处处挑剔，紧迫盯人。然而，他仍然是个称职的指挥官，对事情先后优先级的安排，和执行任务时面临的种种限制，特别能够理解。幸好，他还没有机会测试他的新索瑞尔，这辆卡车被困在基辅，他一直在等东西运来。一想到这里，我背脊发凉，真希望卡车送来的时候，我已经离开这里了。难受的恶心感持续困扰着我，有时还伴随着连番痛苦又累人的嗝酸，我从来没跟任何人说过这个毛病。

还有我的梦，我也从来不跟别人讲。现在，几乎每个晚上，我都梦见自己走进一节地铁车厢，每次梦见的车厢虽不一样，但总是偏离路线、脱班、不可预知，脑海里不时萦绕着往来列车无止境的奔驰，手扶梯和电梯上上下下，从一个楼层到另一个楼层，门不听使唤开开关关，通行指示灯由绿转红，列车却不停，交叉的铁轨没有岔轨和终点，乘客苦等不到车，脱轨的铁道网嘈杂、巨大、看不到尽头，车厢没日没夜，漫无目的地一遍又一遍跑着。

我年轻时很喜欢搭地铁。我第一次看到地铁是在巴黎的时候，那年我 17 岁，只要一有机会，我就会搭地铁，单纯想享受车行的奔驰快感，看着外面的候车人群和车站从眼前一闪而过。前一年，巴黎地铁公司 CMP 刚刚取得了南北线的经营权，只要买一张票，我就能随意穿梭城区。

没多久，我对巴黎的地下地理环境的了解比地面上的还要多。我和一群大学预科的住校生经常一起夜游，这得感谢那把预科同学一届传一届的复制钥匙，我们带着小手电筒，在月台上等候最后一班地铁开走，然后偷溜到隧道里面，沿着轨道走过一站又一站。

我们发现了很多不对外开放的地下通道和下水道的出入口，当我们无意中遇见夜间施工的铁道工人，遭到追逐时，这些出入口特别有用。这段时间的地底探险在我的记忆里留下不可磨灭的兴奋之情，交织着友谊带来的安全感和温暖，当然多少还有一丝性的联想在其中。那时候，地铁满足了我的梦想，但是现在，地铁带来的是参不透的酸涩焦虑，我永远到不了我应该去的地方，我错过了该转车的站，地铁车厢的门在我眼前呼地关上，我没买票上车，怕被查票员逮到，每次惊醒总是一身冷汗，惊恐莫名，全身虚脱。

路面终于开始结冰，我可以出发了。严寒突然在一夜之间降临，早上，嘴里呼出白色气息，窗户结了白霜，颇有佳节欢乐气息。出发前，我把所有的毛衣都套上，汉尼卡花了几马克给我买了一件水獭皮皮袄，到了哈尔科夫，必须尽快找到保暖的衣物。一路上天空蓝得纯净，成群的雀鸟在树林前飞舞，一接近村庄，就可看见农夫忙着在结冰的河塘边割灯芯草，将小木屋整个覆盖住。

结冰的道路本身就是一大危险，有些地方的冰冻结了卡车和装甲车行走后翻起的烂泥，路面变得崎岖不平，冻结的尖锐突起会让车辆打滑、刺破轮胎，万一司机一个不小心没有拿捏好角度，车子失控就会翻覆。有些地方，薄薄的冰层底下还是泥泞的危险泥淖，车轮碾过，冰层碎裂，险象环生。

放眼四周，空荡荡的草原，收割后的田地，几片树林。从波尔塔瓦到哈尔科夫路程大约 120 公里，换算大约需要一整天。入城前行经几处惨遭摧毁的外围城镇，大火吞噬的墙七零八落地横躺在地，其中有些地方好像匆匆清理过，烧得扭曲变形只剩骨架的武器装备堆成一堆一堆，仿佛还在进行无谓的抵抗。

先遣部队的总部设在国际大饭店，饭店坐落在一座辽阔的中央广场边上，广场底端矗立一栋形式主义风格的庞大建筑，可以鸟瞰整个广场，立体式的楼层建筑，圆拱飞梁，两道高大气派的方形拱门搭配双子摩天大楼，和四周放眼望去净是木造房屋，以及沙皇时代的老教堂等死气沉沉的市容显得格格不入。

左手边是被战火焚毁的计划馆，只剩下外墙和没了玻璃的窗户仍然屹立不摇；广场正中央有一座巨大的列宁铜像，背对着这两栋大楼，对停放在他脚下的德国装甲车和各式车辆丝毫不以为意，对经过他面前的行人依旧举手热情招呼。

饭店里一片混乱，大多数的房间窗户玻璃是破的，里面冷得像冰窖。我找到了一间面积较小的豪华套房，勉强能住，至于窗户玻璃和暖气就让汉尼卡去搞定。我下楼去找卡尔森，他向我简单地报告战况。“城里的战况很激烈，造成了很严重的破坏，您自己也看到了，要在这里安顿临时行动小组的所有人马委实有困难。”先遣部队也开始国安警察署的工作，盘查可疑分子。此外，应第六军团之请，我们逮捕了许多人当人质，避免基辅的破坏行动在此再度上演。卡尔森自己演绎出一套政治分析：“城里的居民绝大多数是斯拉夫人，因此我们之前和乌克兰人出现的微妙问题在这里会比较少。这里的犹太人也不少，即便很多已经跟着布尔什维克党逃走了。”布洛贝尔命他先集合犹太团体的领导人，然后杀掉，“剩下的，我们再看着办。”

我回到房间，发现汉尼卡已经用纸箱和布篷把破掉的窗户封住了，他还找到了几根蜡烛。尽管如此，房间还是冷得要命。我坐在沙发上，等汉尼卡送热茶过来，这段漫长的等待时刻，我放任自己进入想象的激情世界——我借口冷得睡不着，叫他跟我一起睡互相取暖。慢慢地，半夜里，我的手轻轻滑过他的颈项，我的唇印上他青春的双唇，然后潜入他的长裤，取出他僵硬的处男阳具。诱惑下属，就算双方你情我愿，也是大不逆的事。我已经好久没想过这档事了，但我不想抗拒想象画面的甜蜜。

我凝视着他的颈项，不禁要问他是否有过心上人。他真的非常年轻，不过我在他这个年纪之前，就已经在宿舍和其他男孩做了男孩之间能做的事，那些较年长的男孩，年纪和汉尼卡现在差不多的，则会到邻近的村子找情愿被搞的女孩。我的思绪不断延伸，他脆弱的颈项消失，取而代之的是一些我认识的，或者只是惊鸿一瞥的强壮男人的颈项，我以女人的眼光打量这些颈项，突然惊觉这些男人控制不了任何东西，也支配不了任何人，他们全都是孩子，都是玩具，是为了满足女人的欲望而存在，女人永远无法满足的欲望。男人自以为能控制一切、能支配所有的女人，根本是自欺欺人，事实上，是女人在榨干男人，破坏他们的支配权，瓦解他们的控制。最后，她们从男人身上拿走的，远比男人愿意给予的还多。

男人真心以为女人是脆弱的，这份脆弱，若不想乘机占便宜，就得要细心呵护。女人呢，不是充满爱意，耐着性子，就是轻蔑笑看男人幼稚、可怜的懦弱本性及脆弱心灵，稍有闪失就丧失自制力，一个不小心，潜伏的精神崩溃一触即发，如此强壮的外表底下竟是如此空虚。毋庸置疑，一定是因为这样，女人很少杀人。她们能承受更大的痛苦，撑到最后一秒的往往也是她们。我啜饮热茶。汉尼卡拿着他所能找到的床单替我铺床，我拿了两件床单，剩下的留给他铺在前厅的沙发上，也就是他睡觉的地方。我关上房门，猴急地开始自慰，完事后倒头便睡，双手和肚子上都是精液。

不知道为了什么，也许是为了接近总部设在波尔塔瓦的冯·赖谢瑙，反正布洛贝尔决定留在波尔塔瓦，我们苦等特派小组，等了一个多月。这期间，先遣部队可没闲着。跟在基辅一样，我忙着建立情报网络，鉴于这里人员复杂，到处是来自苏联各地的移民，这些人当中一定有为数不少的间谍和破坏分子。更何况，我们没有找到任何名册或人民公安局的党员清册，他们在撤守前有系统地摧毁了一切档案，没有留下任何可供参考的数据。待在饭店里工作成了件苦差事，我们这厢在打报告，或者跟当地的同僚讨论公事，隔壁房间却传来审问人犯的怒吼尖叫，这让我很受不了。

一天晚上，餐桌上居然出现红酒，饭才刚吃完，吃进胃里的东西已经急着要冲出来。这样猛烈的反胃作呕还是第一次，我有点担心起来。战前我从没吐过，打从我小时候有记忆开始，我从来不曾呕吐，我不禁纳闷这到底是什么症状。汉尼卡听见我在洗手间呕吐的声音，推测可能是伙食不新鲜的关系，要不然就是得了肠胃型流行性感冒。我摇摇头，不是这个缘故，我敢肯定，因为刚开始只是觉得反胃，想咳嗽和胃胀胀的，有东西堵在那里的感觉，只是这一次来得更加猛烈，才刚要消化的食物混着红酒一股脑儿全吐出来了，黏乎乎的一团红，触目惊心。

古诺·卡尔森终于获得地方指挥官的首肯，将临时行动小组搬迁到人民委员大道上的人民公安局旧址。这栋L形建筑物是本世纪初的产物，大门正对一条蜿蜒小街，两旁的路树不耐寒冬，树叶早就掉光了。街角挂着一块用俄文书写的牌子，上面写着在1922年5、6月的内战期间，这里是名人捷尔仁斯基[1]的总部所在地。军官还是睡在饭店，汉尼卡不知从哪里弄来一个暖炉，很不幸，他把暖炉放在他睡觉的小客厅，如果我房门没关，他刺耳的磨牙声就会飘进房间，弄得我不能睡。我命令他在白天把房间和客厅都弄热，好让我晚上能够关上房门睡觉，然而往往天刚破晓，我就冷醒了，只好穿着衣服、戴着羊毛软帽睡觉。

这个情况一直持续到汉尼卡找来了两床棉被为止，我终于可以裹着棉被光着身子睡觉了，我一直以来都习惯裸睡。我几乎每晚都吐，至少两天吐一次，而且都是一吃完饭就发作。有一次我还没吃完，恶心的感觉就来了，那天我吃的是猪肋排配冰啤酒，反胃的感觉来得又急又快，连吐出来的液体都还是冰的，感觉糟透了。我通常都能忍到洗手间或流理台，不至于吐得一塌糊涂，也不引人注目，但是这毛病搞得我精疲力竭，从强烈的反胃感觉涌现一直到吐出食物的时间，我整个人好像被掏空似的，全身的精力仿佛被吸光，要好一阵子才能恢复。还好消化的过程才刚展开，吐出来的食物尚未沾染胃酸，没有酸腐味，我只要漱漱口，感觉就好多了。

国防军的专家仔细搜索每一栋公共建筑，寻找爆裂物和地雷，也清除了几个装置，尽管如此，在第一场大雪飘落的几天后，红军总部所在地一声轰然巨响，炸死了第六十军的司令官、参谋长、行动专员和三名书记官，事后在现场找到的尸体，血肉模糊，惨不忍睹。同一天还发生了四起爆炸，军方勃然大怒。第六军团的总工程师赛勒上校，下令将犹太人迁移到各大建筑里当人质，避免爆炸再起。冯·赖谢瑙决定以牙还牙。先遣部队置身事外，由国防军全权主导。地方指挥官命人在城里的每一个阳台外吊死人质。

我们的办公室后面有两条街，车尔尼雪夫斯基路和吉尔什曼街互相交缠，形成一片不规则的街景，又好比一座大广场，小楼房东一栋西一栋，好像没有经过任何规划。其中有好几栋楼房，建筑年代不一，外表的颜色也大异其趣，大门面对着被削掉一截的街角，幽雅的大门上是小小的阳台，没多久这些阳台

1. 捷尔仁斯基（Felix Dzerzhinsky，1877—1926）：波兰裔的苏联政治人物，十月革命后，成立“全俄肃反委员会”的秘密警察组织，即KGB的前身。

的栏杆上都挂了一个人，有的甚至好几个人，身体如布袋般飘摇。有一栋大战前出自某建筑大师手笔的三层楼淡绿色楼房，以两尊孔武有力的男性雕像高举门楣，它们低着头以肩膀和白白的双手扛起阳台，我经过这里的时候，一具躯体还在面无表情的人像面前频频颤抖。

每个被吊死的人脖子上都挂着一张用俄文写的告示。

我喜欢走路去办公室，有时候沿着长长的卡尔·李卜克内西[1]大道，走在光秃秃的椴树和柳树下，有时候则直接穿过宽广的工联公园欣赏园内的谢甫琴科纪念碑，不过几百米的距离，白天在街上还挺安全的。

李卜克内西大道上也吊着死人，一座阳台底下，一群人抬头仰望。几名战地警察拉开阳台的落地窗走出来，在栏杆上牢牢绑上六个坚固的环结，然后回到阴暗的室内。过了一会儿，他们抬着一个人再度走出阳台，那个人手脚都被绑住，头上戴着面罩。一名战地警察将环结套在他的脖子上，挂上告示，再把面罩拿掉。此刻，我看见了那个人瞪大的双眼、悍马似发狂的眼神，没多久，又像疲惫已极地闭上了。两名战地警察把他抬起来，慢慢滑到阳台外面，被捆绑的四肢先是大动作挣扎，缓缓地瘫软平静下来，他静静地荡呀荡，颈骨“咔”的一声断裂，阳台上的战地警察早已忙着挂上第二个人。

下面的群众目击整个过程，我也是其中一个，我不想再看，却又像受到蛊惑似的无法离开。我贪婪地盯着那些吊死者的脸，还有被抬上阳台栏杆之前那些犯人的脸——这几张脸或是惊慌，或是认命地逆来顺受，我看在眼里，没有任何感觉。几名死者的舌头伸出嘴巴外，样了很怪，唾液从嘴里往下滴，滴落在人行道上，有几个看热闹的群众笑了。焦虑如泥淖般将我吞噬，唾液掉落地面的声音听在耳里异常恐怖。我很年轻的时候就看过上吊身亡的人，这件事发生在牢笼般的寄宿学校宿舍，我在那里度日如年，有这种感觉的不止我一个。

某天晚饭后有场特别的祈祷会，我不记得是什么特殊日子，我编了个借口，假借家族信仰路德教派（那是在一所天主教中学）没去参加，于是回到房

1. 李卜克内西（Karl Liebknecht，1871—1919）：德国共产党创党核心人物。

间。每栋宿舍的住宿安排是以班级为单位，里面放了大约 15 张双层床。上楼的时候我经过隔壁房间，那里住的是一年级生（我当时二年级，应该是 15 岁左右）[1]，里面有两个男生，他们也躲过了弥撒，其中一个是阿尔贝，我和他的交情还不错，另一个是让 ·R，很古怪的一个学生，放肆不羁的粗暴行径常让别的学生害怕，没多少人喜欢他。我和他们聊了几分钟便回到自己房里，我躺在床上看书，一本巴勒斯的小说，他的小说在这所跟监狱差不多的学校里是被禁止的。我刚看完第二章，门外传来阿尔贝的叫声，惊恐莫名地号叫："救命啊！救命啊！救救我！"我一骨碌翻身下床，心跳加剧，脑里顿时出现一个念头——难道让 ·R 要杀阿尔贝？阿尔贝的叫声一直没断。

我勉强自己跑过去，其实我已经吓得腿软，很想赶快逃走。我走到门边，伸手推开门，让 ·R 整个人悬在横梁上，脖子绕着一条红色缎带，脸色发青，阿尔贝不断狂叫，抓着他的脚想要把他抬起来。我转身离开快步下楼，穿过院子往教堂奔去，一路上大声呼救，几个老师走出来，东张西望，随即朝我跑过来，后面跟着一群学生。

我带着他们跑进事发的房间，大伙都想挤进去，等到他们明白发生了什么事，两名老师挡在门口，喝令学生退回走廊，不过我已经在房间里，目睹了一切。两三个老师把让 ·R 抬下来，另一名老师手忙脚乱地用小刀或是钥匙割断缎带。让 ·R 终于倒下来，像一棵被砍断的树，连老师都被拖倒在地上。阿尔贝蹲在角落，双手掩面不停哭泣。我的希腊文老师拉布里神父试着掰开让 ·R 的嘴，双手并用，使劲想打开他紧闭的牙关，却怎么都打不开。

我还清楚记得让 ·R 那张青紫得发亮的脸、深紫色的嘴唇跟嘴角的白色唾沫。后来，老师叫我出去。那天晚上，我待在保健室，我想他们大概是想把我和其他同学隔离开，我不知道他们把阿尔贝安置到哪里了。过了一会儿，拉布里神父来看我，他是个温柔又有耐心的人，是这所学校罕见的好老师。他跟其他神父不一样，我喜欢和他一起谈天。第二天早上，全校师生都在教堂集合，聆听关于自杀是罪恶的冗长训示。他们跟我们说，让 ·R 被救回来了，我们必

1. 法国中学的一年级相当于我国的高二，二年级相当于高一。

须为他祷告，洗涤罪恶灵魂。我们没有人再见过他。眼看这件事对学生心灵造成相当重大的打击，好心的神父们决定带大家到森林郊游散心。

我在院子里碰到阿尔贝，我对他说："太傻了。"他看起来好像很紧张，很封闭。拉布里神父走过来温柔地说："来，跟我来，虽然你无所谓，不过跟别人在一起对你比较好。"

我耸耸肩，回到其他人身边。我们一连走了好几个小时，真的，到了晚上大伙都安静无语。老师让我回自己的房间，其他男孩立刻围上来问东问西。踏青的路上阿尔贝告诉我，让·R 爬到他的床上，把环结套进自己的脖子，然后叫他："喂，阿尔贝，看。"事情就这么发生了。

绞刑犯在哈尔科夫的人行道上空缓缓摇晃。

我知道被吊死的有犹太人、俄国人和吉卜赛人。看着这一个个被牢牢捆绑的垂死人犯，我不禁联想到一只只沉睡的虫蛹，耐心等待羽化。

有件事我一直想不通，现在我终于领悟，不管我看过多少死人，正确的说法应该是，多少一脚踏入鬼门关等着咽下最后一口气的人，无论我看过多少这样的垂死男女，我始终无法看清死亡的面目，在那当下，死亡就躲在人的体内。这是二选一的选择题：若人已死，也就没有什么好说的了，如果人还没死，在这种情况下，不管是脖子上抵着一根枪管，或是套着一个绳结也罢，在这种情况下，死都让人费解，死亡变成一种纯粹的抽象意念，荒谬地意味着，我，这个世界的唯一存活者，竟然将离开人世。或许，处在濒死的状态下其实等同死亡，但是我们永远无法感知死亡，死亡的那瞬间永远不会来，应该说，死亡是不断降临，您瞧，死神来了又来，之后它飘然而去，好像从没来过一样。这是我在哈尔科夫时思索到的哲理，我承认有点狗屁不通，不过那时我身体不太好。

11 月底了，改名叫阿道夫·希特勒的大圆环广场飘着灰白的雪，像是正午天空洒落的大片暖暖阳光。列宁铜像高举的手垂挂一条长长的绳子，一个女人被吊死在那里，铜像底下玩耍的小孩抬头探看女人的裙底风光。吊死的人数不断攀升，地方指挥官下令不准把尸体放下来，当街示众以儆效尤。经过的俄国人多半低下头快步离开，德国士兵和小孩则好奇地驻足观赏，士兵也常常停留拍照。

这几天呕吐的情况没再发生，我暗自希望一切雨过天晴，然而却只是短暂的空当。饭后大约一小时，我人在外面，恶心欲吐的症状再度出现，我急忙躲进小巷，把胃里的香肠、白菜、啤酒全翻出来。稍远处就是工联公园转角，我军在那里架起一座 T 形绞架，那天刚好有两名非常年轻的小伙子和一个女人被带到那里，他们一律双手反绑，四周聚集不少围观群众，大多是德国士兵和军官。女人的脖子上挂着一张大牌子，上面写着因为意图谋杀某军官，故判处绞刑以为惩罚。

绞刑开始，一名年轻人满脸惊愕，好像不知道自己怎么会被带到这里，另一个年轻人脸上只有哀戚，而那个女人，当行刑士兵把她脚下的支撑架移开时，她的脸孔开始扭曲狰狞，仅此而已。天知道他们是否真的涉嫌谋杀，什么人都可能被送上绞架，犹太人、俄国兵、提不出身份证明的人、四下寻找食物的农夫。报复行动的本意不在于惩罚罪犯，而是以恐怖的手段警告蠢蠢欲动的敌人。

在哈尔科夫市内，这一招似乎相当奏效，犯人绞刑示众后没再发生爆炸。但是在城外，事态却益发不可收拾。地方指挥官的军事专员冯·霍恩伯根上校，在墙上贴着一张哈尔科夫周边郊区的地图，我时常去他那儿找他，地图上面有许多地方用红色的图钉特别标示出来，每根图钉意味着一起游击队攻击行动或暗杀阴谋。

“问题变得很严重。”他对我说，“没有重装武力根本出不了城，落单的士兵就像兔子，被猎人追杀。一有村镇发现游击队出没，我军立即出兵铲平，但成效不大。后防补给越来越艰难，甚至连军队也一样，要怎么养活全城的居民度过这个冬天，我连想都不敢想。”

城里大约有 60 万居民，市府存粮全空，老人饿死的传闻已不是新鲜事。“如果您不反对，可否说说您面临的军纪问题？”我问上校，我们在这期间已经发展出不错的情谊。“的确，我们遇到了很多这方面的难题，特别是掠夺的问题。俄国市长在我们家做客的时候，居然有士兵潜入他的公寓搬光了所有的东西。也有很多士兵抢夺居民的大衣和毛皮帽。还有强暴事件，一名俄国妇女被六名士兵关在地窖里轮奸。”

“您认为问题出在哪儿？”“我想是士气的问题。官兵们又脏又累，全身长满寄生虫，我们连干净的内衣裤都没有，眼看着冬天就要来了，他们有预感，情况会越来越糟。”他扬起嘴角微微一笑，俯身向前，“这话我只对您说，在波尔塔瓦，有人甚至跑到参谋部的总部大楼，在墙上漆了‘我们想回德国’，还有我们又脏又爬满虱子，我们想回家之类的话。陆军上将气得暴跳如雷，把这当作对他个人的严重侮辱。当然，他也承认部队气氛是很紧绷，而且物资匮乏，但是他认为军官应该在政治教育方面下更多的功夫。总之，最让人担忧的还是后勤的补给。”

细细的白雪覆盖广场，也驻足绞死犯人的头发和肩上。一个年轻的俄国人大踏步从我身边经过，走进军区地方司令部，推开厚重的木门，极端高明地以脚挡住门扉的反弹力道，免得门“砰”的一声关上。我吸吸鼻子，鼻孔流出的鼻水冰得让我嘴唇冻结。冯·霍恩伯根的一番话让我高兴不起来。

不过，日子开始恢复正轨。德国侨民经营的商店一间接着一间开，亚美尼亚餐馆也是，甚至还开了两家夜总会。纪念乌克兰剧作家谢甫琴科的戏剧院，19 世纪建筑风格的高雅外墙，列柱还有光芒状的白色线脚装饰，全被国防军漆成黄赭和勃根地葡萄酒似的暗红色，然后重新开幕，命名为“反装甲弹”，摇身一变成了歌舞厅，每个雕工精致的出入口上方一律挂着异常醒目的招牌，教你想不知道新名称也难。

一天晚上，我带汉尼卡一起去看一场低俗的讽刺歌舞秀。说实在的，表演很烂，但是台下的观众一个个笑逐颜开，拼命鼓掌，有几段还算颇有笑点。在一场滑稽的模仿秀里，唱诗班团员披着犹太教士祷告时用的条文披肩，以不错的合音吟唱巴赫《圣约翰受难曲》中的曲目：

> 我们有条戒律，
> 根据这条戒律，
> 他必须死。

我心想，信仰虔诚的巴赫一定不会喜欢这种戏谑的演出方式，尽管如此，我还是得承认那段表演很诙谐。汉尼卡的脸兴奋得发光，每段节目都用力鼓掌，他似乎很快乐。那晚我觉得轻松自在，一点恶心的感觉都没有，剧院里洋溢的快乐氛围和温暖是一种享受。

中场休息时间，我到自助吧台拿了一杯冷冽的伏特加给汉尼卡，他满脸通红，有点手足无措。我站在镜子前调整制服，发现衣服上有一小块脏污。

“汉尼卡，”我问他，“这是什么？”“什么？一级突击队中队长。”“这块污渍，这里。”他凑上来仔细看：“我什么都没看见，一级突击队中队长。”“明明有，就在这里。”我不死心再说一次，“有一块污渍，颜色比较深，你洗衣服的时候用力多搓几下。”“是，一级突击队中队长。”这块污渍弄得我心浮气躁，我拿了第二杯酒，想要忘了这件事，回座位继续欣赏下半场的表演。表演结束后，我和汉尼卡沿着现改为霍斯特·威塞尔[1]街，旧名李卜克内西街的路面一路走回去。

我们经过士兵驻守的公园对面时，看见几名老妇人正忙着放下一位吊死者的尸体。至少，我认为看到了被我们吊死的俄国人的母亲，替他们擦拭额头上的汗水，合上他们的眼睛，交叠他们的手臂，以满腔的慈爱埋葬他们。

我想到那些睁大眼睛，躺在基辅溪谷泥土底下的犹太人，我们不仅夺走了他们的生命，也剥夺了他们应有的这份爱，因为他们的母亲、妻子和姐妹都跟着他们一起走了，身后无人替他们守丧哀悼。他们的命运终站是哀苦的土坑，丧礼大餐是满嘴的乌克兰肥沃土壤，呼啸卷过草原的风是他们唯一的祷文。同样的命运等着他们在哈尔科夫的教友。布洛贝尔终于陪同最高司令部的人员抵达哈尔科夫，他发现我们除了强制犹太人别上黄色星形记号，什么行动都没做，怒不可抑。“这些人到底在国防军干什么？！难道他们想跟三万名破坏分子和恐怖分子一起过冬吗？”

刚自德国调来接任凯里希职务的军官也跟着一起来了，于是我调回原职，我最近十分疲累，对此我倒是很高兴。沃依提奈克博士官拜二级突击队大队长，短小精干，色厉内荏，常为自己错过了战争的开端而懊恼不已，暗自希望能快点有机会大显身手。

---

1. 霍斯特·威塞尔（Horst Ludwig Wessel，1907—1930）：纳粹活跃分子，遭人暗杀身亡，1933 年纳粹掌权后被视为英雄。

机会是有，只是没那么快。他们一抵达这里，布洛贝尔和福格特立即与参谋部的代表会谈，讨论新一波的大规模行动。在此同时，冯·伦德施泰特[1]因为率军自罗斯托夫[2]撤退而遭到免职，元首任命冯·赖谢瑙接替他统御南区集团军，但是第六军团的指挥官遗缺却迟迟不见发布新的人事命令。现阶段参谋部暂由参谋长，汉姆上校领导，前任指挥官与国安警察署和国家安全局合作愉快，但这位新任指挥官显然不及。他不挑战行动的基本原则，却在每天的例行协调会上提出各种执行上的困难，行动于是一直停留在纸上谈兵的阶段。

布洛贝尔很火大，常把气发在特派小组的属下身上。至于沃依提奈克博士，他熟悉档案的文件工作后，开始拿各种问题对我进行全天候的疲劳轰炸。“您脸色看起来不太好。”“没事，我只是有点累了。”“您应该多休息。”我不自然地笑了笑：“战争结束后，是该好好休息一下。”我的注意力却有部分转移到长裤上的污泥，汉尼卡做事似乎变得马虎，竟然没把污泥洗掉。

布洛尼把索瑞尔卡车带到哈尔科夫，看来是想来真的了。他总算在波尔塔瓦第一次用上它，哈夫讷当时也在场——各分区行动支队全回到波尔塔瓦归队，再一起出发到哈尔科夫——有一晚我们在俱乐部碰到，他描述了当时的情景。

“说真的，这东西根本称不上什么改良，旗队长命人把妇女和小孩押上车，然后发动引擎。里面的犹太人一明白发生了什么事，就开始死命敲打，高声喊叫‘亲爱的德国官兵！亲爱的德国官兵！让我们出去！’我呢，我和旗队长待在车里，旗队长默默喝杜松子酒。事后还要清空车厢，我跟您说，这可一点都不轻松。尸体上到处是粪便和呕吐秽物，清理的士兵恶心到想吐。连开车的芬代森都吸进了毒气，吐得到处都是，简直一团糟。如果他们只能找出这种方法，来让我们过得轻松些的话，那就免了吧，显然这又是哪位官僚想出来的好点子。”“旗队长还想再用？”“对啊！不过我跟您保证，这次打死我也不去了。”

---

1. 冯·伦德施泰特（Karl Rudolf Gerd von Rundstedt，1875—1953）：纳粹德国德意志国防军陆军军官，1940年晋升为元帅，是纳粹政权军官中资历最老的指挥官之一。

2. 罗斯托夫（Rostov）：俄国城市，位于顿河边。

和参谋部的磋商终于得出结论。布洛贝尔的论点获得情报专员尼迈耶的支持，他强调，消灭犹太人和政治立场不受欢迎的异议分子或嫌疑犯，甚至流离失所的难民，可以缓解日益严重的补给窘境。国防军和市府的住房局携手合作，答应提供地方给临时行动小组安置撤离的居民，那是一间名叫 XT3[1] 的拖拉机工厂，附带工人宿舍。厂区在城外的河对岸，离市区 12 公里远，坐落在通往莫斯科的路上。

12 月 14 日，我们张贴告示，限城里的犹太人两天内搬到那里。跟在基辅的时候一样，都是犹太人自动过去，没有士兵押送，他们刚开始都被安置在工厂的工人宿舍里。撤离的那一天下了雪，天寒地冻，小孩哭闹。

我搭车前往 XT3。该地没有进行封锁，大伙来去自如，进出频繁。因为工人宿舍里没有水、没有食物、没有暖气，人们外出寻找生活所需，我们也从不拦阻。只有一些间谍散发负面谣言，引发群众不安，我们悄悄逮捕了煽动人心的间谍，抓到地窖或带回临时行动小组枪毙。集中营里一片混乱，工人宿舍倾倒，小孩号啕大哭，老人家奄奄一息，因为家人无法予以安葬，只能任由尸体暴露在外面，被冰雪覆盖结冻。最后我们关闭工厂的所有出入口，派一队士兵看守。

人还是不断拥入，有赶来跟自己家人团聚的犹太人，或是为自己的丈夫、妻子、小孩送食物来的俄籍或乌克兰籍老百姓。这些人我们都放他们自由进出，布洛贝尔不想引起群众恐慌，他计划慢慢暗中处决集中营里的人犯，因为国防军反对我们重蹈基辅大规模行动的覆辙，宣称会造成社会严重动荡，布洛贝尔同意了他们的看法。

圣诞节前夕，军区地方司令部邀请临时行动小组的军官欢庆佳节，地点在乌克兰共产党党部大会议厅，当天为此盛会特别布置了一番，桌上摆着丰盛的食物自行取用，我们和国防军的军官高举杜松子酒或干邑，举杯共祝元首身体健康，预祝最后胜利早日到来，还有祝我们大家共创的伟大事业成功。布洛贝

1. XT3 为俄语“哈尔科夫拖拉机厂”的缩写。

尔和本市的指挥官赫内将军互赠礼物，歌喉好的军官们接着献上一曲大合唱。

两天后——国防军坚持延后日期，免得破坏佳节气氛——我们将号召犹太人自愿前往波尔塔瓦、卢布尼、罗姆内等地工作。大地冻结，磐石崩裂，一片白雪茫茫，冷得受不了的犹太人大批拥入筛选站，满心希望能够尽快离开集中营。我们送他们上卡车，由乌克兰人负责开车，他们的财产则堆在另外的车上。他们被送到远离哈尔科夫的霍根镇，带到队上的土地测量员挑中的小溪谷，枪毙。他们的身家财产被送进仓库，经过筛选后，由纳粹人民福利会和德意志种族办公室分送给德裔侨民。就这样，集中营的人犯一群一群被带走，每天少一点。

就在新年的前夕，正好轮到我监督行刑。枪击手都是警察第三一四营的新兵，他们自告奋勇，却毫无经验，常射不准，受伤没死的人很多。

在场的军官大声斥责，叫人拿酒给他们壮胆，他们的效率依旧不彰。鲜血飞溅雪白大地，流入溪谷深处，在冰冻坚硬的地上堆积成一个个小血坑，鲜血不会结冻，只是停止流动，变成黏稠的一团。四周枯死的向日葵，灰黑的茎干还直挺挺地插在雪地上。所有的声音，就连哀号和枪响都像是包了一层布似的低闷，堆积的雪块脚一踩就咔哧作响。索瑞尔卡车也上阵了，但是我离得远远的，不去看。此时我呕吐的次数相当频繁，觉得自己好像有点生病了。我发烧了，但没有高到必须卧床静养，只是猛打哆嗦，感觉身子好虚，皮肤变得水晶般易碎。我站在溪谷边上，阵阵冷风袭面，身子却热得发烫。

眼前是一片银白世界，白得可怕，当然还有血，血染红了大地、白雪、人、我的外套。仰望天空，成群的野雁形成大大的人字，不疾不徐地朝着南方飞去。

严寒逐渐在此安居乐业，像是活生生的有机体四处渗透蔓延，连意想不到的地方都有它的存在。施佩拉特跟我说国防军官兵多人罹患冻疮死亡，截肢保命的戏码也常常上演，军方规定的标准钉鞋，鞋底经发现是绝佳的散热导体。每天早上总有站岗的卫兵死亡，因为头上的钢盔直接扣住脑袋，中间少了一层羊毛软帽。装甲车驾驶必须在引擎底下烧轮胎热车，车子才发得动。德国本土发动冬令救济，部分的军队总算拿到了百姓乐捐的保暖衣物，捐赠的东西琳琅满目，所以有的士兵穿着女性皮草大衣，围着羽毛长围巾，戴着女用手笼走来走去。

抢掠民宅的情况愈演愈烈，士兵动手强抢百姓的羊皮袄和护耳皮帽，被抢的老百姓衣不蔽体在寒风中瑟缩，很多人因此冻死。据说莫斯科前线战场情况更糟，本月初苏联军队开始反击以来，我军被迫易攻为守，很多人活生生冻死在壕沟中，出师未捷身先死，连敌人的影子都没看到。政治局势也变得混乱。在哈尔科夫的我们，没有人知道政府为什么要对美国宣战。

“我们已经一个头两个大了。”哈夫讷抱怨连连，库尔特·汉斯在一旁附和，“日本人的事情让他们自己去搞定就好了。”一些比较有远见的人还认为战胜的日本将来对德国会是一大威胁。军方高层的肃清运动也引发诸多质疑。在党卫队内部，多数人认为元首亲自坐镇陆军总指挥部是明智之举，他们说现在老一辈的普鲁士反动派再也无法暗中掣肘，等春天一到，俄国人绝对无路可逃。国防军方面显得保守顾忌许多。

行动专员冯·霍恩伯根曾谈到军队转往南方进攻的传言，他认为此举的最终目的是高加索石油。我们在俱乐部一两杯黄汤下肚，他说出心里话：“我已经无法确认，我们的目的到底是政治还是经济。”我随口回答也许两者都有，但是对他而言，真正攸关重大的问题还是物资。“美国人需要花一点时间提高产能，累积足够的物资，所以我们还有一点时间，如果在这段时间内还解决不掉红军，我们就完蛋了。”他的话着实让我吓一大跳，我没有听过有人把话说得这么白、这么丧气。我只是认为我们可能无法获得当初期望的全面胜利，压迫对方妥协停火，比如让斯大林保有俄罗斯，我们则继续拥有东部占领区、乌克兰和克里米亚半岛。

可是战败？我想都没想过。我很想找托马斯谈谈，可惜他人远在基辅，自从他晋升二级突击队大队长就一直没有消息。他升官的事是他在回我寄自佩列亚斯拉夫的那封信的回信里提到的。我在哈尔科夫没有多少人可以畅谈心事。

入夜，布洛贝尔喝多了，开始大放厥词，骂犹太人、共产党徒，甚至连国防军也不能幸免，一旁的军官听他开骂，有的若无其事继续打台球，有的则退回自己的房间。我就经常这么做。当时我正在读司汤达的日记，有几段晦涩的文字倒是很符合我内心的感受：反犹太……空气沉闷得令我窒息……痛得像机器般僵硬……

矛盾的是，肯定是呕吐引发的脏污感作祟，我开始格外注意清洁卫生，近乎洁癖的程度。沃依提奈克有好几次意外目睹我不住翻看身上的制服，搜寻泥巴或污渍，他喝令我停止摆出瞠目张望的蠢样。我完成首趟处决行动的巡视工作后，立刻把满是污泥的制服交给汉尼卡拿去洗，但是每次他清洗完拿回来的衣服上面总是有新的污渍，最后我忍不住把他拉到旁边，辞严厉色地骂他懒惰无能，把上衣往他脸上摔。

施佩拉特过来问我夜里睡得好不好，我回答睡得很好，他看起来非常满意。我说的是实话，一到夜里，我头一沾枕立刻睡得死死的，像颗石头叫也叫不醒，只是睡梦中沉重难受的噩梦穿插交错，严格说起来，这些梦称不上是噩梦，反而类似深海潜艇卷起的绵长波滔，翻搅水底污泥，表面却无风无浪，平滑如镜。

我必须特别说明，尽管没有人要求，我还是按照规定，不时亲赴刑场监督行动的执行情况。这是我自己要去的。我没有开枪，我观察开枪的那些人，尤其是哈夫讷和杨森，他们俩打从行动一开始就一直在那里，现在他们对刽子手的工作已经完全无动于衷。我应该要像他们一样，逼迫自己直视这些悲惨画面，我隐约觉得这样的自我折磨，为的不是想磨灭它的丑恶，剔除这种蓄意灭绝人性中善与美的兽行所衍生的罪恶感，反倒是罪恶感自己慢慢消退，因为我们已经习惯了这种场面，随着时间的流逝，感觉变得麻木。

因此，我亟欲寻回却遍寻不着的那种感觉，原来是行动一开始时我内心的震撼，那种撕裂的感受，整个人仿佛散掉似的五雷轰顶；相反地，现在的我只有隐约的焦虑、烦闷，症状越来越短促，越来越加剧，常被误以为是发烧，或者其他生理上的不适毛病。于是我慢慢在毫不自知的情况下，拼命寻找一线光芒，殊不知我已经身陷泥淖，而且越陷越深。

一件小意外让我看清内心那道日益扩大的裂缝。白雪覆盖的大公园里，士兵强押一名年轻的农家女，往谢甫琴科雕像后面的绞刑架走，旁边有一群德国人围观，除了国防军的步兵、绿衣警察之外，还有托德组织的成员、东部占领区指挥部的那群金雉鸡和空军飞行员。女孩相当瘦，神色惊慌几近歇斯底里，浓密的黑发剪得短短的，像是用推子三两下推出来的。

一名军官绑住她的双手，拖她到绞刑架下方套上环结，围观的士兵一个一个走上前，亲吻她的嘴唇。她瞪大了眼睛，说不出话来。有人温柔地印上一吻，毕恭毕敬像个小学生，有的双手用力地抓住女孩的头，粗暴地强吻。

轮到我的时候，她望着我，清澈明亮的双眸澄明无垢，我明白她什么都知道，什么都懂，她是如此单纯地洞悉了一切，我站在她面前，内心顿时燃起熊熊烈焰。我的衣服毕剥作响，腹部肌肤撕裂，脂肪嗞嗞燃烧，火焰肆虐我的眼睛、嘴巴，将脑袋里的东西吞噬殆尽。

我的吻如此强烈，她被迫别过头。内心的熊熊火焰把我烧得焦黑，呆立原地的只是残存的骨骸，这场火来得急去得快，温度开始下降，我的躯体一块块剥落，先是一边的肩膀，然后是一只手，再来是半边脸，最后整个身躯崩塌倒在她脚下，一阵风卷起残破躯体，飞散各地。此时，下一名军官已经上前，等每个人都轮过了之后，我们吊死了她。

好几天来我一直回想着这诡异的画面，我自己的影像出现在我面前，好像镜中反影，永远只有我自己的影像，这影像当然是左右相反的，却忠忠实实地反映出我这个人。那个女孩的身体就是一面镜子。不知是绳索自己断了还是有人割断的，女孩的尸体躺在工联公园的雪地上，颈骨断裂，双唇肿胀，露出半边被野狗啃去了大半的乳房，参差不齐的头发恍如缪思女神的花冠，我觉得她美得出奇，死神在她身上摇身一变成为众人膜拜的神祇，白雪圣母。我走回饭店，回到办公室，无论我走哪一条路，路上都是她横躺地面的身影，仿佛一个顽固的、独断的大问号，将我推进无谓猜测的迷宫，我迷失了自己。这种情况持续了好几个星期。

新年过后几天，布洛贝尔结束了这次行动。XT3 里还有数千名犹太人，我们安排他们在城里从事劳动工作，日后再枪决。此时我们才发现布洛贝尔即将被调走，他自己在好几周前就得到消息，却什么都没透露。也该是他离开的时候了。自从他来到哈尔科夫，就变得神经兮兮，常常体力不济，跟在卢茨克的时候差不多，前一刻他召集我们，喜不自胜地炫耀临时行动小组送来的最新统计数字，下一刻却为了一点芝麻绿豆小事，或他人无心的一句话大发雷霆。

1 月初有一天，我拿着沃依提奈克要呈给他的报告，走进他的办公室。他连声招呼都没打，劈头扔来一张纸。

“您看看这是什么鬼东西。”他醉醺醺的脸气得发白。我抓起那张纸，是驻守克里米亚地区的第十一军团指挥官冯·曼施坦因[1]将军的命令。“是您的上司奥伦多夫转给我的。您看看，看看，您看到了吗？那里，最底下。要求军官参与犹太人处决行动是件可耻的事。可耻！那些龟孙子。好像他们做的都是光明正大的事……好像他们对待俘虏的手段都能见得光似的！我可是打过世界大战的人。世界大战的时候，我们会照顾战俘，给他们吃的，绝对不会让他们像牲畜一样活活饿死。”

桌上搁着一瓶杜松子酒，他倒了满满一杯一饮而尽。我一直站在他的办公桌前，静静不吭声。

“好像我们之前接获的命令不是来自同样的地方……王八蛋！他们不想弄脏自己的手，国防军的王八龟孙子，想把烂摊子全推给我们。”他抬起头，脸早已气得通红。

“兔崽子，他们休想以后可以撇得一干二净。‘哦，不，那些惨绝人寰的事，不是我们干的。是他们，其他那些人，党卫队的那批刽子手，跟我们一点关系都没有。我们只是军人，在战场上为荣誉而战。’请我们过去进行灭绝计划的那些城市，又是谁攻下来的？嗯？我们是为了保护谁，才去消灭游击分子、犹太人和那些地痞流氓？您想他们有抱怨吗？是他们要求我们做的！”他口沫横飞地吼叫。“这个该死的人渣曼施坦因，伪君子、半个犹太鬼，居然还教他的狗一听到‘希特勒，万岁！’就立刻举起前脚，他的办公桌后面挂着一幅印刷海报，这是奥伦多夫亲口跟我说的，上面写着‘元首看见这个会怎么说？’说得好，我们爱戴的元首会怎么说呢？当十一军团参谋部命令随军的特遣部队在圣诞节前歼灭辛菲罗波尔[2]的所有犹太人，好让军官们能欢度犹太佳节时，他是怎么说的？后来还大张旗鼓张贴告示，用蹩脚的文字歌颂国防军的功绩？这些猪猡，那纸军令又是谁签的？那些规定命令又是谁批准的？是谁？

1. 冯·曼施坦因（Erich von Manstein，1887—1973）：纳粹德国陆军元帅，国防军中最负盛名的指挥官之一。

2. 辛菲罗波尔（Simferopol）：乌克兰克里米亚半岛城市，二次大战时纳粹占领此地，进行了大规模的大屠杀行动。

会是大元帅吗？”

他停下来喘口气，顺势又喝了一杯，喝得太急呛到了，他不停咳嗽。

“一旦事情发展得不如预期，他们就把责任全推到我们身上。全部。他们一个个安然无恙，风度翩翩，事不关己地推得一干二净，还一边摇晃着卫生纸，像这样，”他抢过我手上的纸，在空中挥舞，“一边说：‘屠杀犹太人、共产党政委、吉卜赛人的刽子手不是我们，我们有证据可以证明自己的清白，您知道，我们并不赞同这样的做法，都是元首和党卫队那批人他们的错。’……”

他的声音变得哽咽：“他妈的，就算我们打赢了，他们还是会在背后捅我们一刀。你听着，哦，你听好了。”他压低声音，几近耳语，“因为纸包不住火，总有一天都会被爆出来，有太多人知情，有太多人目击。一旦事情被踢爆，不管我们是打了胜仗还是败仗，消息一定会传出去，肯定会一片舆论哗然。这时需要代罪羔羊，被斩首示众的会是我们，才能给大家一个交代，那些像冯·曼施坦因家一样半普鲁士半犹太的混血杂种，冯·伦德施泰特家，冯·布劳希奇家，还有冯·克鲁格[1]家族等等，全回到自己舒服的冯式贵族府邸，写他们的冯式回忆录，彼此互相褒扬，称颂冯式子弟兵在战场上称职光荣的表现。我们呢，我们变成了他们笔下的败类。6月30日事件[2]再度上演，只不过这次，党卫队成了待宰羔羊。这群王八羔子。”

他在那张纸上不断吐口水：“浑蛋，王八蛋。我们被送上断头台，他们纤巧白皙的小手干干净净，修剪得整整齐齐，半滴血都没沾到，好像那些处决令不是他们签字批准的，好像我们跟他们报告屠杀犹太人的进度时，他们从来不曾举手高喊‘希特勒，万岁’。”说着，他霍然从椅子上跳起来，并脚立正，挺起胸膛，手臂往前平举，高叫：“希特勒，万岁！希特勒，万岁！胜利！万岁！”

语毕“砰”的一声坐回椅子上，开始喃喃自语：“王八蛋，自以为高贵的

---

1. 这几人均为纳粹德国国防军的高级将领。

2. 即罗姆政变，发生于德国1934年6月30日至7月2日的清算行动，纳粹政权进行了一系列的政治处决，大多数死亡者为纳粹冲锋队成员。

小杂种，如果能连他们一起枪毙就好了。赖谢瑙除外，赖谢瑙他是贫农出身，可是其他人，一个都不能饶过。”他说的话越来越颠三倒四，终于不再吭声，我乘机飞快呈上沃依提奈克的报告，随即告辞。一踏出房门又听见他大吼大叫，我没敢放慢脚步。

接替他的人来了。布洛贝尔并没有赖着不走，他发表了简短的离别演说，搭了第一班火车返回基辅。我想，没有人觉得离情依依，再说我们的新指挥官埃尔温·魏因曼旗队长，和布洛贝尔相比，完全是光明的写照。魏因曼旗队长很年轻，大不了我几岁，刚毅内敛，面容常怀忧色，几近愁绪，他是纳粹主义理念的忠贞信徒。跟托马斯博士一样，他原是医科高才生，也在国家秘密警察服务了好多年。他很快便掳获了大家的好感。“我在基辅的时候，跟托马斯旅队长聚了几天。”他一看到我立刻对我说，“他向我解释了特派小组必须面对的巨大困难，请明白诸位所做的一切绝对没有白费，德国以各位为荣。接下来的几天，我会花时间熟悉特派小组的事务，为此，我希望能够和各位一对一，毫无顾忌、开诚布公地谈谈。”

魏因曼带来了一项重大的消息。冯·赖谢瑙终于在今年年初解下第六军团参谋部指挥官的职务，由统领装甲部队的弗里德里希·威廉·恩斯特·保卢斯[1]将军接任。冯·赖谢瑙是保卢斯以前在参谋部的上司，保卢斯从1940年起即在国防军最高指挥部专责军事规划，而且还是赖谢瑙保荐的。尽管如此，保卢斯还是失去了靠山。早在魏因曼抵达哈尔科夫的前一晚，冯·赖谢瑙在零下20摄氏度的清晨寒风中慢跑完后昏倒了，有人说是因为心脏病发，也有人说是脑中风，魏因曼在赶来这里上任的火车上，从一名参谋部的军官口中得知这项消息。冯·赖谢瑙在咽气前，元首就已经命令他返回德国，他的飞机在林姆堡附近坠毁，找到他的时候，他还坐在位子上，全身是血，手上拿着陆军上将的令牌，德国英雄的悲惨结局。

---

1. 保卢斯（Friedrich Wilhelm Ernst Paulus，1890—1957）：第十集团军参谋长兼国防军副总参谋长，德军元帅。

多番考虑后，上面终于指派冯·博克[1]接任冯·赖谢瑙的职务。就在发布任命令的那一天，苏联军队企图乘胜追击，借着莫斯科一役的余威，从位于哈尔科夫南方的伊兹雍发动攻击，朝波尔塔瓦挺进。现在外面温度下探零下30摄氏度，几乎没有车辆发得动，物资补给完全仰赖波兰小型马拉车，为修筑火车铁路而丧命的人远比战死前线的战士还多。

俄国人大量集结一种新式的厉害战车T-34，不怕严寒气候，国防军步兵闻之丧胆。幸好，T-34挡不住我们的88炮[2]。保卢斯将第六军团的阵地从波尔塔瓦迁到哈尔科夫，城里又是一阵喧腾。显然红军计划包围哈尔科夫，不过他们的北翼部队迟迟未到位，南翼则深入我军防线，快到月底的时候，敌军在克拉斯诺赫拉德和巴甫洛格勒前方的攻势越来越凌厉，难以阻遏，等于在我军前线打开了长达七十几公里的巨大突破口，更是横渡顿河支流顿涅茨河的险要滩头堡。

游击分子在我军防线后方的破坏活动也跟着加剧，连哈尔科夫城内的治安都严重败坏。尽管我军血腥镇压，暗杀事件仍然频传。众人皆知的饥荒问题日趋尖锐，想必也是混乱的原因之一，连临时行动小组也不能幸免。

时序踏入2月，有一天我和人约在位于市中心的国防军办公处，汉尼卡跟我一道出门，想看看能不能找点吃的改善配给伙食，他自己采买去了。会谈时间很短，我很快便离开办公处。我站在阶梯顶端，深吸一口锐利冰冷的空气，然后点燃一根烟。

我望着眼前的广场，吸了几口烟，天空亮得耀眼，这样纯净的蓝只有在俄罗斯的冬天才看得到。旁边有三名集体农庄的老农妇坐在木条箱上，贩卖皱巴巴的干瘪蔬菜，无聊地等着客人上门。广场上纪念哈尔科夫解放（1919年）的布尔什维克纪念碑底下，有五六个孩子不畏严寒追逐用破布扎成的球，几名

---

1. 冯·博克（Moritz Albrecht Friedrich Franz Fedor von Bock，1880—1945）：第二次世界大战期间的德国陆军元帅。

2. 8.8cm-FlaK 18/36/37/41，二战中最广为人知的火炮之一。FlaK是德语Flugabwehr-Kanone的简写，意为防空炮，二战中以其反坦克能力而大放异彩。

我军的绿衣警察在更远一点的地方无所事事地闲晃。汉尼卡站在街角欧宝的边上，欧宝引擎开着，司机不敢熄火。

汉尼卡脸色苍白，显得郁郁寡欢，最近我情绪失控，让他无所适从，而我也一样，被他搞得快要抓狂。有一个小孩从巷子里冲出来，大步奔向广场，他手上拿着一个东西。他刚跑到汉尼卡身边，整个人就爆炸了。

爆炸威力震破欧宝的车窗，玻璃掉落石板地面，锵啷碎裂的声音清晰入耳。远处的绿衣警察在惊慌之下，立即朝玩球的小孩疯狂扫射，一旁的老农妇大声尖叫，破布球解体散开，飘落殷红血泊中。我飞奔到汉尼卡身边，他蹲在雪地上，双手抱着肚子，满是青春痘的脸白得吓人。

我还没抓到他，他的头就摇摇晃晃往后翻，他蓝色的眼眸，我看得清清楚楚，跟蓝色的天空合而为一。蓝天擦掉了他的眼睛。他侧身倒地。冲出来的男孩已经死了，整只手臂被炸开，广场上惊魂未定的警察朝那群遭到枪杀的孩子们走过去，老农妇哭天抢地抚尸恸哭。魏因曼明显比较关切绿衣警察的不当举动，远超过汉尼卡的死。

“不能宽贷，我们尽心尽力想改善与当地居民的关系，现在居然当街射杀他们的孩子，一定要进行审判。”我提出我的疑虑，“这可能有困难，旗队长，他们的反应当然有过当之嫌，却是可以理解的。更何况这几个月来，他们不知道枪杀了多少小孩，拿这个来惩罚他们似乎说不过去。”

“这不同！我们枪杀的小孩是罪犯！那些小孩是无辜的！”“请容我放肆，旗队长，判定有罪无罪的基准，两者是否不同完全是见仁见智。”他睁大眼睛，张大的鼻孔呼出愤怒的气息，他克制情绪，顿时冷静下来。

“换个话题吧，一级突击队中队长，这几天我一直想找机会和您谈一谈。我想您过劳了，施佩拉特博士认为您几近精神耗弱的边缘。”“对不起，旗队长，请容许我反驳这个看法，我觉得自己的身体非常好。”

他拿出香烟请我，自己也点了一根。“一级突击队中队长，我受过医师的专业训练，某些症状我也看得出来。您就像俗语形容的，已经油尽灯枯了。您不是唯一的一个，特派小组的每一位军官几乎都已筋疲力尽。总之，由于冬天的缘故，我们大幅取消了许多行动，这一两个月可以用最精简的人力维持特派小组的运作。一部分的军官将接受轮调，或休假接受长期治疗，有家眷的可以返回德国。其他的，好比您，可以前往克里米亚半岛休养，那里有一个隶属国防军的海滨疗养院，据说那风景很美，几个星期后甚至可以游泳。”

一抹淡淡的微笑闪过他狭长的脸，他拿出一个信封给我。“您的通行许可和证明文件，手续都办好了，您先在那里待两个月，之后再看情况，好好休息。”

魏因曼独断的决定令我感到莫名的憎恨和愤怒，然而一来到克里米亚，我立刻明白他是对的。漫长的火车旅程中间，我不太思考，任由思绪驰骋在白茫茫的辽阔平原。我觉得自己对不起汉尼卡。我回房间整理行李，看着空荡荡的房间一阵心酸。

我觉得自己从头到脚、全身上下沾满了汉尼卡的血，发狂地想换掉衣服，所有制服在我眼里都不干净，我为此大发雷霆。呕吐的症状再度发作，由于我哭得太厉害，也没有心思多想，我决定尽快离开，取道第聂伯罗彼得罗夫斯克，直达辛菲罗波尔。火车上的旅客多半是需要疗养的病人及休假官兵，让他们在经历过前线的烽火后得以静心休息。

一位军医跟我说，单单在1月份，因为寒冷和疾病肆虐的缘故，就带走了我们相当于12个师的官兵。温度稍稍上升，我们满心希望最坏的时刻已经过去，这个冬天是人类有记忆以来最严苛的一个冬天，不仅在俄国一地，全欧洲都一样，冷到人们开始烧书、烧家具、烧钢琴取暖，就连最古老悠久的古董也不能幸免，整个大陆都在焚烧我们引以为傲的文明见证。

我心想，丛林的黑人若得知这个消息，大概会笑得直不起腰吧。此时此刻，我们的狂妄野心还没有获得预期的结果，各地人们的痛苦却不断攀升扩大，就连德意志帝国也逃不过，英军在鲁尔河和莱茵河流域发动大规模空袭，老家在该区的军官大为紧张。我乘坐的那个火车包厢有一名炮兵队上尉在依久姆前线失去了一只脚，英军的轰炸却让他失去了老家伍珀塔尔的两个孩子。当局本有意让他返乡，但是他要求前往克里米亚半岛，因为他无法面对妻子。“我办不到。”他无力地喃喃自语，然后闭上了嘴，关上了心房。

有个军医来自维也纳，微胖，顶上稀疏，他叫霍恩埃格，是非常棒的旅行伙伴。他还是教授，在维也纳的地位举足轻重，他在第六军团担任解剖病理主任医师。就算他满脸严肃地说明诊断看法，一口温柔的嗓音似乎总是带着一点讽刺的意味，钻研医学为他带来全新的人生哲学。火车缓缓离开扎波罗热横越大草原，草原上一片荒凉，跟航行公海一样，放眼看不见任何生命，我们有时间好好地聊。

“解剖病理学的优点是，”他对我说，“持续解剖各种年龄层、不同性别的尸体之后，死亡好像失去了恐怖的面纱，还原成一种平常的生理现象，变得跟寻常的身体运作一样普通平凡。我可以非常心平气和地想象将来我自己的身体躺在解剖台上，我的继任者巧手一划，当他看到我的肝时嘴巴微微噘起的模样。”

“如果您是在死了之后尸体才遭到解剖，算您运气好，如果我们还好端端活着，却被迫必须参与，那又是另一回事了，尤其像我们这些在国家安全局工作的人。”“甚至还要补上一刀。”“一点都没错。不管旁观者抱持着什么样的态度，秉持着什么样的理念，他永远无法完全理解死亡。”霍恩埃格想了一下。“我明白您的意思，不过这条鸿沟只存在旁观者的心里，因为只有旁观者能够清楚同时看到生与死两面。将死之人只会感到某些蒙眬，多少算是短促、突发的感觉，却永远无法理解那是什么。您读过贝尼涅[1]的理论吗？”“看的还是法文原文版呢。”我微笑着用法语回答。“非常好，看得出来您的学识远比一般的法学家广博。”

他用蹩脚的法语念了几个章节，“生命的最后一刻，将瞬间抹去您整个人生，这一刻本身最后也将随着剩余的一切，消失在虚无的深渊中。这片土地上再也找不到我们走过的任何痕迹：身体血肉改变了本质，躯壳换上另一个名字，就算尸体这个字眼也不会长久存在。特土良[2]说：‘化为一种我无可理解的东西，任何语言都找不出形容它的贴切字眼。’”“这段话，”我说，“用来形

1. 贝尼涅（Jacques Benigne Bossuet，1627—1704）：法国天主教教士，支持法王路易十四，鼓吹绝对君权论。

2. 特土良（Tertullian，150—230）：迦太基著名神学家。

容死亡最贴切不过了。我也经常想，只有对活着的人来说，死亡才会是个问题。”“等他们自己亲身去体验了吧。”他眨眨眼睛这么回答。我微微一笑，他也笑了，车厢内的其他乘客话题总离不开香肠和女人，他们露出惊讶的神情看着我们。

抵达终点站辛菲罗波尔，我们分别被送上卡车或救护车，前往雅尔塔。霍恩埃格出差到这里来拜会第十一军团参谋部的医生，所以留在辛菲罗波尔，我们依依不舍地互道珍重。车队循着乡间小路行进，往东从阿卢什塔绕一大圈，因为巴赫奇—萨赖依旧属于塞瓦斯托波尔总部规划的战区。

他们把我安置在雅尔塔西部的一所疗养院，位于通往利瓦季亚的一座山上，背倚白雪覆盖的峻峭山头，垂直鸟瞰山麓城市。这里原本是一座王子行宫，后改为苏联工人的温泉疗养中心，受到战火洗礼原有多处倾圮，现已经我军快速修复，粉刷一新。我的房间在三楼，小小的，但非常舒适，附有卫浴设备，还有一座小阳台，家具摆设虽然仍有改进空间，不过放眼脚下，先是一片油绿松柏，接着广阔的黑海出现在眼前，光滑，灰蒙，平静。我凝望海面，仿佛永远看不厌。

虽然天气有点冷，但比起乌克兰真的温暖许多，我可以走到阳台上抽烟，不然也可以躺在面对落地窗的沙发上，安安静静看几小时书。书多得很，除了我自己带来的书，疗养院里有图书馆，多半是以前的病人看完不要了，院方保留下来的，内容包罗万象。在艰涩难懂的《20世纪的迷思》旁边，我欣喜若狂地发现契诃夫全套作品的德文译本。我不需要接受任何医疗复健。

我刚来的时候，一位医生替我做了检查，听取我对自己症状的描述。“没什么大碍，”他看完施佩拉特的信之后，下了结论，“神经性紧绷导致的疲乏。静养，泡水，保持情绪稳定，少喝酒，还有不要靠近乌克兰人，这样就可以不药而愈了。希望您在这里过得很愉快。”

疗养院里气氛和乐，大多数的病人和静养的人士都是年轻的下级军官，来自各个不同军种部队。傍晚，大伙仗着晚餐搭配的克里米亚葡萄酒的酒意，以及没有女性在场之便，狂放不羁的轻狂本性得以畅快发泄。或许也因此大伙天南地北地高谈阔论，传诵国防军和党政高层之间的恶毒笑话，一名军官拿出勋章给我看，这是他参与冬季战役换来的，接着他语带挖苦地问：“您呢，您在党卫队没拿过冻肉奖章[1]吗？”我这名国家安全局的军官杵在当中，这群年轻小伙子丝毫不觉别扭，他们似乎认为我会赞同他们狂妄的想法，而且还觉得理所当然。

中央集团军的军官言语最苛刻，我们在乌克兰时，咸认为8月初古德里安的第二装甲兵团调度成功是出人意表的高招，从后方追击俄军，突破了南方战区的僵持局面，顺利拿下基辅，我军更借此深入顿涅茨河推进，中央集团军的人却认为这是元首的一大败笔，一项错误，甚至有些人还用罪孽来形容。他们义愤填膺地说，若非如此，他们就不用在斯摩棱斯克来回多耗上两个月，10月就可以攻下莫斯科，战争早就可以结束，至少也差不多要结束了，大伙也不用待在那冰天雪地的鬼地方过冬，陆军总指挥部的先生们当然不会注意到这种小事，谁看过哪个将军的脚冻伤过？历史的后续发展显然站在他们那一边，大部分的专家也都赞同这样的说法。然而，当时大家对未来前景的看法与现在不尽相同，这种言论在当时无异于失败主义，甚至有败坏军纪之嫌。不过，我们在度假，这算不了什么，我的心情不受影响。更何况气氛热烈欢乐，加上被这么多英俊快乐的青年包围，唤醒了我遗忘多月的感觉和渴望，我觉得要满足欲求不是遥不可及的梦想，重点在于谨慎挑选伙伴。

我常和一名党卫队武装军的少尉威利·帕特瑙一起吃饭，他身形瘦削，举止姿态合宜，一头近乎乌黑的头发，他在罗斯托夫一役胸膛中弹，被送到这里养伤。晚上其他人玩牌、打台球、唱歌，或守着吧台喝一杯时，我们偶尔会坐在交谊厅的落地窗前聊天。

帕特瑙来自天主教家庭，是莱茵河畔的小资产阶级。他幼年生活困苦，早在1929年危机发生前，他们一家已经摇摇欲坠，濒临破产，他父亲是一名刚愎自用、身材矮小的军官，满脑子只关心自己的社会地位，把微薄的薪俸拿来摆阔充门面，家里明明每天吃马铃薯和包心菜，但是儿子们上学时，一律穿着全套西装，衣领浆得笔挺，皮鞋擦得锃亮。

帕特瑙在非常严格的信仰教条下成长，稍微犯错，他的父亲便要他跪在冰

1. 士兵以军方为参加冬季战役的官兵颁发的勋章的戏称。

冷的瓷砖地面，反复诵念祷词。他很早就失去了信仰，更正确地说，应该是纳粹主义取代了他的信仰。他先是加入希特勒青年团，然后是党卫队，他终于逃离令他窒息的家。希腊和南斯拉夫战争爆发时，他还在受训，来不及上战场，为此他深自懊恼，所以当他调到“阿道夫·希特勒禁卫队[1]”，准备入侵俄国时，他简直说不出有多高兴。

一天晚上，他向我坦承，第一次看到国防军和党卫队对付游击队的激烈残忍手段时，他吓坏了，反而更加深了他坚定不移的信念，相信唯因对手野蛮且毫无人性，我们才必须采取激烈的极端手段。

“您在国家安全局应该见识过更残酷的事情。”他加上这么一句。我肯定地回答是的，但我不想就这个议题继续深谈，因此我跟他说了一些我的事，尤其是我小时候的往事。

我小时候身体虚弱，父亲离家去打仗时，我和姐姐才一岁。牛奶、食物匮乏，我很瘦、脸色苍白而且敏感害羞。我很喜欢到家里附近的林子玩，我们住在阿尔萨斯，那里有大片的森林，我在森林观察昆虫，或者光着脚丫泡水。曾经发生一件意外，事隔多年却历历在目——在一处草原或是田野间，我发现了一只流浪的小狗，一副可怜兮兮的模样，我立刻心生爱怜，想把它带回家，没想到我走过去想要抱它的时候，害怕的小狗反而往后退，离我远远的。

我试着用温柔的语气对它说话，哄它跟我走，却徒劳无功。小狗没跑走，但总和我保持几米的距离，也不让我多靠近一步。最后我颓然坐在草地上啜泣起来，心疼这只不肯让我帮它的小狗。我低声下气地哀求：“求求你，狗狗，跟我走！”终于，它跟着我走了。我母亲看见它被绑在篱笆上，在我们的院子里呦呦叫的时候，简直快要吓死了，她好说歹说，叫我一定要把小狗带到动物保护协会，我一直认为那里的人只等我们一转身，便立刻扑杀我们带过去的动物。也许，这件小意外发生的时间是在大战结束后，我父亲结束军旅生活返回基尔的时候。

战后法国拿回阿尔萨斯，我们举家搬到基尔定居。我父亲历尽连天烽火，

---

1. 希特勒成立的精英保镖团。

终于回到我们身边，但是他不太说话，脸色阴沉，充满了苦涩。由于他有学历，很快便找到在大公司的工作。他回家时总是一个人关在书房，他不在家的时候，我会偷偷溜进去，把玩里面的蝴蝶标本，有些跟大人的手掌一样大，我把它们从盒子里拿出来，让它们在长长的固定针上面旋转，像是纸板做的五彩车轮，直到有一天我被父亲逮到重重惩罚后，才结束了这样的探险。

也就是差不多那个时候，我开始溜到邻居家顺手牵羊，我可以很肯定地说，我这么做是为了吸引他的注意，后来我才明白这一点。我偷了一把白铁制的手枪、几只手电筒和一些玩具，战利品我全都埋在院子底下的一个隐秘处，连我姐姐都不知道，但纸终究包不住火。

我母亲认为我偷东西纯粹是为了享受做坏事的乐趣，我父亲先是耐着性子跟我解释法律的规范，然后赏我一顿鞭笞。这件事发生的地点不是在基尔，而是在叙尔特岛，夏天我们都到那里度假。要去那里得先搭火车，中途经过兴登堡水坝，涨潮的时候，铁轨被海水环绕，从车厢往外看，如同在海面航行一般，浪潮甚至冲击车轮，拍打轮毂！夜里，在我的梦中，电动火车从四面八方冲进繁星如斗的天际。

我觉得我很小的时候就极度渴望能从每一个我认识的人那里得到爱。起码从大人那边，这份出于本能的企求一般都能获得回报，因为我算是个可爱又非常聪明的小男孩。

然而上学后，我遇到了一些残暴、爱惹事的小孩，他们的父亲有的战死沙场，有的蹲在壕沟里死里逃生，经过战火洗礼的他们对孩子不是动辄打骂，就是完全予以漠视。于是，这些在家里得不到爱的小孩到学校转而找比较羸弱胆小的小孩出气。

我经常挨揍，几乎没有朋友，上运动课如果要分组比赛，没有任何一组要我。与其忍气吞声讨好他们，我反而尽量利用机会吸引他们注意，我也努力给老师好印象，比同年龄的男孩表现得更规矩。由于我相当聪明，做起来轻松自如，想不到同学把我当作老师的乖宝贝，我被揍得更惨。当然了，我从来没对父亲说过这些。

世界大战失败后，我们举家迁到基尔，父亲又必须离家了，是什么原因非走不可，我们也搞不清楚。他偶尔会回家看我们，然后又销声匿迹好一阵子，直到 1919 年年底，他才终于和我们住在一起。1921 年，他病得非常厉害，无法工作。他在家养病期间，时间仿佛停滞，家里的气氛变得紧张又郁闷。大约是初夏时节，父亲的弟弟突然登门造访，记忆中那天的天空灰蒙蒙的，天气也冷。叔叔活泼又滑稽，他讲了许多旅行和战争的趣闻逸事给我们听，我着迷不已，非常崇拜他，姐姐则没那么欣赏他。

几天后，父亲和他一起出门，说是回老家看我们的爷爷，我好像只见过爷爷一两次，印象很淡（我想，母亲的父母好像已经过世了）。时至今日，父亲离家的情景还历历在目，母亲、姐姐和我三个人一字排开站在家门口，父亲将行李放进门口那辆等着送他到火车站的汽车行李厢前。“再见，孩子们。”他微笑着说，“不要担心，我很快就会回来。”

从此，我再也没见过他，我的双胞胎姐姐和我当时大概八岁。很久以后，我才得知没多久母亲收到了一封叔叔寄来的信，他们一起去看父亲后好像起了争执，我父亲搭上往土耳其和中东的火车失踪了，叔叔知道的仅止于此。母亲联系了父亲的老板，他们也都不知道他的下落。我没看过叔叔寄来的那封信，这些事都是母亲后来告诉我的，我无法确认她说的是否为真，也没再见过父亲的弟弟，但叔叔确有其人。我对帕特瑙语多保留，不过对各位，我毫无隐瞒。

现在我和帕特瑙经常见面，就性爱这方面来说，我觉得时机未到。他对纳粹主义和党卫队怀抱的热情和坚定信仰可能会成为我们之间的绊脚石，然而在他的内心深处，我可以感觉得到，他跟其他的男孩一样，只是缺少引导。

中学时代我很快便领悟到，性向的反转并不是自发性的，男孩只能用他本身拥有的东西来满足自己，军队和监狱的情形当然也一样。的确，自 1937 年，也就是我因为动物园事件遭到短暂羁押之后，官方对同性恋的态度变得加倍严峻。党卫队似乎成了箭靶。

去年秋天我刚到哈尔科夫的时候，元首批准了一条法令，名曰“党卫队和警察内部的纯净维护”，举凡党卫队成员和警察机关公务员，若与另一名男性出现不合礼仪规范的行为举止，甚至发生亲密关系者，一律处以死罪。因为顾忌引发误会联想，这条法令始终没有正式公布，不过在国家安全局几乎无人不知。对我来说，我觉得这只是上面的政策，只要行事隐秘，几乎不会出问题，关键在于绝对不能让你的死对头抓到把柄，不过，我没有死对头。不管怎么样，帕特瑙应该深受《黑色军团》[1]和党卫队发行的其他刊物慷慨激昂的言论影响，然而直觉告诉我，只要给他一个必要的理论导引，剩下的就水到渠成。

不需要卖弄技巧，只要懂方法有条理。如果天气晴朗，我们下午偶尔会走下山到城里逛逛，在小巷弄里穿梭，或者顺着沿海棕榈大道散步，然后找一家咖啡厅坐下，啜饮一杯克里米亚麝香葡萄酒，就我的口味来说，这酒太甜了一点，但是很顺口。

在海岸边碰见的多是德国人，有些身边还带着女伴，至于本区的居民，除了几个鞑靼人，或者挂着志愿兵臂章的乌克兰人，几乎看不到。老实说，国防军早在 1 月就撤离了所有的男性居民，先是送往临时集中营，然后再送进尼古拉耶夫[2]的人民委员总部，这是防范游击队所采取的极端方案，不过我们得承认，以这里多是伤兵和病患的角度来想，我们不能冒险。

春天来临前，除了国防军规划的一家戏院和一家电影院，这里没什么娱乐。契诃夫写道，在雅尔塔，连结核杆菌都会无聊到睡着，不过对我来说，缓慢无聊的节奏却十分合我的意。有时几个年轻军官会跑来加入我们，一起坐在面海的露天咖啡座。如果恰巧碰上店里有货——没收物资的管理规范一改再改，捉摸不定——我们会点一瓶葡萄酒，除了平常的麝香葡萄酒，桌上还多了一瓶波特酒[3]，这酒甜味也稍重了一些，不过在这种气候下喝正好。

大伙聊天的话题集中在那些痛失丈夫的可怜女人，帕特瑙对这类话题似乎很感兴趣。大伙高声谈笑，一名比较大胆的军官开口向经过的女孩搭讪，用蹩脚的当地话结结巴巴邀请她们喝一杯，有时女孩会红着脸快步走过去，偶尔有些会大方接受邀请。此时，帕特瑙会愉悦地加入谈话，只见他手脚并用，并辅以简单的单字努力交谈。该是了结的时候了。

“各位先生，我不想浇大家冷水，”在某个类似的场合，我终于开口，“但是，我觉得我不能不提醒各位在冒多大的风险。”我轻轻在桌面敲了几下，

1.《黑色军团》（*Das Schwarze Korps*）：纳粹德国党卫队发行的宣传报，1935 年 3 月 6 日创刊，每周三出刊，免费发送。

2. 尼古拉耶夫（Mykolaiv）：位于黑海北岸，为乌克兰重要的造船中心，“辽宁舰”前身即生产于此。

3. 波特酒（Port Wine）：葡萄牙的加强葡萄酒，生产于位于葡萄牙北部省份的杜罗河谷。

“在国家安全局的时候，基于工作之需，我们常收到在国防军后方发生的意外报告，并予以综合整理，因此我们有机会得知各位还没遇过的问题及各方的看法。我必须告诉各位，和苏联女人、乌克兰和俄国女人发生关系，不仅有损德国官兵的颜面，更是危险的行为。我没有夸大其词。这些女人很多是犹太裔，我们根本看不出来她们属于哪个民族，光就这一点来看，已经足以让我们民族蒙羞。更有甚者，不仅犹太女人而已，斯拉夫女人也常跟游击队搞在一起。我们都知道，这些女人恬不知耻地利用自身的肉体，利用我军官兵的信任，为敌人从事情报工作。也许您会振振有词地说绝对不会透露情报给她们，但是我可以大胆告诉各位，在我看来，情报没有所谓无关紧要的小事，情报搜集的工作就是以枝末细节为基础，好比马赛克拼贴，慢慢一片片拼凑出事情的梗概，无论单独获知的消息有多细琐，有多微小，一旦跟其他数千个单一的消息连在一块儿，也许就有了重大的意涵。布尔什维克党打的绝对是这样的如意算盘。”

我这番话说得让在座的同僚坐立难安，我立刻乘胜追击。“在哈尔科夫，还有在基辅的时候，我们接获许多案例，和女人幽会的男人和军官神秘失踪，后来尸体被发现，全都惨遭肢解凌虐，惨不忍睹。还有染病的危险，根据苏联方面的统计数字，我们的卫生单位估计 90% 的俄国妇女染有淋病，50% 身染梅毒。很多官兵已经遭到感染，那些人休假返乡时，又把病菌传给了他们的妻子或女朋友，德意志帝国的医疗单位忧心忡忡，生怕造成一波大流行。如果不严加制止跨种族的杂交行为，长期下来，只怕会导致某种形式的德意志民族大灭绝，我们民族和血脉将遭到去日耳曼化的威胁。”

我这番铿锵有力的论调似乎震慑了帕特瑙。我不再多说，这些够让他思前想后了。第二天，我坐在疗养院那片种满果树和松柏的美丽院子里看书，他过来找我。

“说真的，您昨天说的那番话，您心里真的这么想吗？”“当然！我说的全都是事实。”“这么说的话，您认为我们该怎么解决呢？您知道的……”他脸唰地通红，他觉得不好意思，但是又想问清楚。“您知道的，”他继续说下去，“我们来这里快要一年了，其间没回过德国一次，这很难熬，男人总是有想要的时候。”

“这一点我很清楚。”我摆出一副老学究的口吻回答，“更何况，所有医学专家都认为自慰行为也可能带来严重的后遗症。当然，有人认为这只是反映精神疾病的一种症状，不是肇因，另一派则持相反意见，例如伟大的德国诗人汉斯·萨克斯，坚称那是一种罪恶的习性，长久为之将导致身心退化。”“您懂得医学啊。”帕特瑙语带敬畏地说。“我不是专家，但是我对医学很有兴趣，也看了不少这方面的书。”“您现在在看什么？”我把书的封面翻给他看。“《会饮篇》[1]。您看过吗？”“坦白说，我没看过。”我把书合上递给他：“拿去看，我已经背得滚瓜烂熟了。”

天气慢慢回暖，没多久就能下水游泳了，不过海水仍旧冰冷。春天的气息隐约可闻，大伙迫不及待地等候春天降临。我带帕特瑙去利瓦季亚，参观尼古拉二世的夏宫。宫殿历经多次战役而烧毁大半，不过不对称中却暗含规则的外部结构，以及兼具佛罗伦萨和阿拉伯风格的美丽庭院依旧壮观。我们从那里顺着阳光灿烂的林间小径，一直走到一处岬角，垂直矗立在奥兰达饭店之上，在这里俯瞰海岸，景色壮阔，白雪覆盖的高山是通往塞瓦斯托波尔道路的自然天险，山后面的山脚下是克里米亚高雅的白色花岗岩建筑，也就是我们出发的地方，虽然被浓烟熏黑了，在灿烂骄阳卜仍然光辉耀眼。

一整天我们都非常愉快，爬上岬角的那段路弄得我汗流浃背，我于是脱下外套。再往上一点，朝西可以清楚看见一栋耸立海湾悬崖之上的建筑，也就是所谓的燕子堡，一座中古世纪风格的奇幻建筑，是某个德国石油巨子在革命前没多久砸钱盖的。我建议继续走到那座高塔看看，帕特瑙同意了。我带头踏上崖边小路，崖底的海涛静静拍打岩石，抬头仰望，陡峭的山巅上皑皑白雪反射着金光，空气弥漫着松脂和欧石南的芬芳。“你知道，”他突然开口，“你给我的那本书，我已经看完了。”几天前，我们彼此同意省略敬称，以你称呼对方。“非常有趣。当然，我早就知道希腊人是同性恋，只是我不了解他们竟然

---

1.《会饮篇》(*The Symposium*)：柏拉图的著作，由一系列严肃或嘲讽的演讲组成，主要在阐述爱情的本质和优点。

到了这种地步，自成一家之言。”“这是经过长达几世纪之久深思熟虑的成果，不仅仅是单纯的性行为，其中含有深远的哲理。对他们来说，那是一种生活方式，全面的组织，包含友谊、教育、哲学、政治，甚至军火业。”我讲到这里停住，两人默默往前走，外套挂在肩上。

没多久，帕特瑙再度开口：“我小时候读过教会讲义，大家都说那是亵渎上帝的事，是十恶不赦的事。我父亲也这么说，他说同性恋会下地狱。我到现在还记得圣保罗援引的片段：男人也一样，摒弃天经地义的男女惯例，男人和男人犯下不名誉的罪行……于是他们被神抛弃。某天晚上，我又在《圣经》里看到了这一段。”

“的确，但是别忘了柏拉图说的话：这件事本身没有所谓的绝对，单从它的本质和其中的含意来看，它既不丑恶，也不美好。让我告诉你我的想法，基督教义产生的偏见跟基督教义的禁忌，完全是犹太教衍生出来的迷信。保罗，其实原叫扫罗[1]，他是犹太教士，而同性恋这个禁忌，跟其他许多的教会禁忌一样，是保罗无法挑战超越的。这项禁忌其来有自，犹太人生活在异教徒的包围下，许多异教的教士在进行某些宗教仪式的时候，会出现同性交媾的仪式。这在当时非常流行，希罗多德[2]曾经记载过斯基泰人[3]进行的类似的仪式，他们最早聚居在这个区域，逐渐向外扩张到整个乌克兰大草原。他谈到伊拿赫人（Enaree），也就是斯基泰人的后裔，他们闯入亚实基伦[4]神庙，大肆破坏掠夺，女神震怒，施法让他们得了一种女人病。据他的说法，他们变成举止姿态近乎女性的占卜师，也称为androgyne，意即女性化的男人，每个月也有月事。希罗多德显然误解了萨满教的宗教仪式。我听说在那不勒

1. 扫罗（Saul）：以色列联合王国的第一任君主，是奉上帝之旨意侧立的君主，原本统治有方，后因位居高位而逐渐自大骄傲，所以在《圣经》里，他的行为被形容为骄傲固执，最后上帝收回他的君权，交给了大卫。

2. 希罗多德（Herodotus，约前484—前425）：古希腊作家，他把旅行中的所闻所见，以及波斯阿契美尼德帝国的历史记录下来，著成《历史》一书，成为西方文学史上第一部完整流传下来的散文作品。

3. 斯基泰人（Scythians）：南俄草原上印欧语系、东伊朗语族的游牧民族，是史载最早的游牧民族。

4. 亚实基伦（Ashkelon）：以色列城市，位于加萨走廊北端，临地中海。第一次十字军东征时在此发生激战。

斯至今还能看到类似的异教仪式，将布娃娃从年轻男性的下体拿出来，模拟男人生子的情境。值得注意的是，居住在此地的斯基泰人是哥特人的祖先，他们发源于克里米亚，之后才往西迁移。我无意冒犯大元帅，但是有强力的理由显示哥特人在被犹太教教义洗脑之前，也进行过这种类似同性恋的仪式。”

“我不知道。再怎么说，我们现在的世界观认为同性恋是不洁的行为，我在希特勒青年团的时候听过多次相关的演讲，加入了党卫队之后，他们更教导我们同性恋是一种对不起国家民族的大罪。”

“我个人认为，你说的只是一般人对纳粹主义的一种误解，要不然就是想利用纳粹主义来隐瞒其他既得利益所编造出来的托词。我很清楚大元帅对同性恋这个议题的看法，可是大元帅跟你一样，出身极端排外的宗教家庭，尽管他深深服膺纳粹主义，有些天主教的偏见依然根深蒂固，无法改变，也因此他混淆了一些其实非常清晰的概念。我所谓的天主教教义，你应该知道我指的是犹太人，犹太教的教条。如果仔细思索，我们的世界观根本没有指摘男性情欲的说法。我有证据，你一定注意到，元首本人从来没有针对这个议题发表过任何看法。”

“可是，6 月 30 日之后，他严词批判了罗姆[1]和其他一干人等所犯下的伤风败俗行径。”“对惊魂未定的旧派德国中产阶级来说，这是一颗强而有力的定心丸，元首很清楚这一点。你可能不知道 6 月 30 日之前的事，在那之前，元首一直为罗姆的行为辩护，党里一片挞伐之声，但是元首没有采纳，对那些恶意的批评，他这么回答：‘突击队不是灌输出身良好的少女道德规范的学院，而是训练魔鬼战士的殿堂。’”

听到这里，帕特瑙放声大笑。

“6 月 30 日后，”我继续往下说，“他发现许多罗姆的同谋，好比汉尼斯[2]，

1. 罗姆（Ernst Julius Günther Röhm，1887—1934）：德国纳粹运动早期高层人士，有同性恋倾向，冲锋队的组织者，在 1934 年“长刀之夜”被希特勒谋害，希特勒捏造说罗姆有政变图谋。此后，纳粹便越发走上了独裁专制的道路。

2. 汉尼斯（Edmund Heines，1897—1934）：德国纳粹早期领导，罗姆在冲锋队的副官。

同时也是他的情人。此时元首开始担心，他怕同性恋团体会在这个国家中另成立一个国家，某种秘密的组织，近似另一个犹太团体，一心只追求自身的利益，不管人民的福祉，进而演变为类似黑圈子的‘第三性组织’，这才兴念举发他们。到此，整个事件已经质变，成为政治问题，不再是理念之争了。从纯正的纳粹主义观点来看，我们甚至可以大胆地把弟兄之间的爱视为国家民族尚武精神和创造力的基础磐石，柏拉图以他自己的演绎方式发展出同样的观点。你还记得保萨尼亚斯[1]说的话吗？他批评其他民族例如犹太人，唾弃男性情欲：在野蛮之邦，对爱的认知和肉体的身体力行，被视为淫乱……因而产生咸认为臣服在男性情人下是可耻行径、当事人道德沦丧的说法，也就是所谓的强者发泄控制欲，弱者逆来顺受。此外，我有一个法国朋友，他认为柏拉图是第一位倡导法西斯主义的学者。”

“就算是这样好了，还不是一样！同性恋者都是些娘娘腔，像你说的女性化男人，你要国家怎么容忍这些没有资格当兵的男人？”

“你错了，拿阳刚的士兵形象与同性恋的女性化说法互相对照是错误的观念。这种人当然有，我们的城市充满无法挣脱牧师或教士操纵的犹太人，或是受到犹太教义影响的人，而这个错误的引导就是城市贪污腐败趋于衰亡下的产物。从历史来看，最优秀的战士跟精英部队总是深受其他男性爱慕。他们有妻子，有家庭，也有孩子，但是他们的情感全保留给自己的同胞。

“例如亚历山大大帝！还有腓特烈大帝，就算我们不愿意承认，也改变不了事实！希腊人甚至还得出一条军事定律，他们在底比斯[2]训练了一支神圣军团，300人的军队，成员都是一时之选。他们两人一组，跟伙伴练习对打，若爱人年事已高准备退休，他的伴侣则成为递补的年轻战士的爱人。就这样，他们彼此激励，为对方打气，将对方训练成所向无敌的战士，他们绝对不敢背叛

---

1. 保萨尼亚斯（Pausanias，约110—约180）：古罗马时代的希腊地理学家、旅行家，著有《希腊志》十卷，为后世留下了珍贵资料。

2. 底比斯（Thebes）：希腊中部城市。在古代，底比斯曾是古雅典城的主要对手之一。

朋友弃甲投降，在战场上则互相竞争，更上层楼。这支劲旅在奇罗尼亚[1]遭遇马其顿的腓利大帝大军，他们战到最后一兵一卒，足为我们党卫队武装军的楷模。我们的民兵团[2]也有类似的现象，稍有良知的资深官兵都承认这个现象的确存在。

"你瞧，我们必须以知识分子的角度来看待这个议题。毋庸置疑，男人是唯一具有创造力的生物，女人延续生命，喂养小孩，把小孩拉扯大，但创造不出新的东西。哲学家布吕赫[3]和他那个时代的民兵团走得非常近，他甚至跟随他们上战场，他的例子显示了男性之间的情爱，驱策他们互相竞争提升勇气、品性和美德，对战争和国家的组成有莫大的贡献。所谓国家，并不是军队那种纯男性社会的扩大版。对文化水平高的民族而言，国家是更高层次的发展形式。女性温柔的怀抱对芸芸大众，或对凡夫俗子是很好的港湾，却不适合领袖人物。

"还记得《斐德罗》[4]里的一番话吗？我的挚爱，我们都看得很清楚，当着爱人面前被揭发可耻的罪行时，是他感到最可耻的一刻。如果有办法叫那些爱人跟他们的挚爱组织成一支军队，或者一座城邦，只要他们唾弃丑陋的一切，就再也找不到更好的政府，敦促他们良性竞争，往荣耀之路迈进。像这样的恋人们若能携手共同战斗，我们可以说，即使势单力薄，他们依旧可以征服全世界。底比斯人一定是从这段文字里获得灵感的。"

"你说的那个布吕赫，他现在怎么样了？"

"我想他还活着。在抗争时期[5]，他的作品在德国非常畅销，虽然他推崇君

---

1. 奇罗尼亚（Chaeronea）：希腊城市，位于底比斯附近，历史上有两次著名的战争发生在此地，其中之一即为公元前 338 年，马其顿国王腓利二世战胜雅典城邦领导的希腊城邦联军。

2. 民兵团：一次大战后，成为一种半军事组织，许多退下战场的将领因与文官政府不合而纷纷加入，其军力有时不亚于正规军，1920 年军团解散，部分成员成为后来纳粹的要员。

3. 布吕赫（Hans Blüher，1888—1955）：德国作家、哲学家。

4.《斐德罗》（*Phèdre*）：法国剧作家拉辛的作品，取材自希腊神话。希腊英雄忒修斯的妻子斐德罗听说丈夫战死沙场，向养子西波吕托斯表白。忒修斯没死突然返国，发现妻子和养子的私情，于是杀死养子，斐德罗也服毒自尽。

5. 抗争时期：Kampfzeit（the time of struggle），纳粹党对希特勒从参政到获取德国最高权力这段时期的称呼。

主政治，仍然赢得某些右派团体的激赏，其中不少还是纳粹主义人士。后来当局认为他跟罗姆走得太近了，1934 年后作品被禁，总有一天他会获得平反的。我还想告诉你一件事，一直到现在，纳粹主义对教会仍然做了非常多的让步。大家心里都有数，元首为此也相当烦恼，不过我们还在打仗，没有多余力量去挑战他们的势力。两大教会对中产阶级的思想影响仍然非常巨大，我们只好暂时容忍，不过事情不会永远继续下去，只要战争结束，我们就能回头面对内部的敌人，扯断这层思想的枷锁，扬弃令人窒息的道德规范。等德国肃清了内部所有的犹太人之后，还得清除他们带来的一切罪恶观点。到时你等着瞧，很多事情会以全新的面貌重见天日。”

我不再多说，帕特瑙默默无语。

小路沿着岩石蜿蜒通向大海，没多久我们踏上空无一人的狭窄海岸，一路上没有交谈。“你想游泳吗？”我提议。“海水一定很冰。”“海水的确冷，不过俄国人冬天也游泳，波罗的海沿岸的居民也一样，冬泳可以加速血液循环。”我们脱光衣服，我率先奔进海水，帕特瑙大吼大叫跟在我后面。刚开始冰冷的海水像针似的刺痛我的肌肤，我们又吼又笑，在水里闹着玩，海浪迎面扑来，脚步踉跄，我跟刚才下水一样迅速逃离水面。我肚子朝下躺在外套上，帕特瑙跟着躺在我身边。我全身湿漉漉的，身体却是暖的，清楚感觉到水滴和白色的阳光滑过我的肌肤。

我克制自己想转头看帕特瑙的强烈欲望，过了许久，我才转过头看着他，白皙的身体荡漾水光，脸却是红扑扑的，像是肌肤底下布满了小红点。他闭着眼睛。穿衣服的时候，他瞥见我的下体。“你行过割礼？”他惊讶地大叫，脸变得更红，“对不起。”“哦，没关系，青少年时期包皮感染发炎，这种事很常见。”燕子堡距这里还有两公里远，我们得先爬回山崖，城垛高塔上有间小酒馆，像是悬空吊在海面上，看不到里面的客人。小店没有营业，不过他们有波特酒，而且视野极为宽阔，从海岸、山岭，一直到躲在白色朦胧海湾尽头的雅尔塔都一览无遗。我们喝了几杯，很少交谈。现在帕特瑙的脸变得苍白，这段山路让他气喘吁吁，而且一副心事重重的样子。我们搭一辆国防军的卡车回雅尔塔。

我的小阴谋进行了好几天，终于皇天不负苦心人，得到了我想要的结果。

话说回来，其实没有想象中的复杂。

帕特瑙强壮的身躯和我预想中的几乎一模一样，高潮时嘴巴张得圆圆的，形成一个黑色圆洞，身体散发淡淡的甜腻味，稍稍刺鼻，却弄得我欲仙欲死。该如何向没有过类似经验的人形容这种感受呢？一开始要插入的时候，有时候挺困难的，尤其是那边干干的时候。不过一旦插入，啊，感觉真棒，您无法想象。背部压低，就像一股蓝色明亮的铅液从骨盆满溢出来，慢慢流过脊梁、爬上脑门，一切都可忘却……我常常想，前列腺和战争是上帝赐予男人的两样天赋，以补偿他们无法成为女人。

话虽如此，我并不是从小就喜欢男孩。少年时期，还算是小时候吧，我曾经爱过一个女孩，就是我对托马斯说过的那一段，只是我告诉他的并非全部。一如特里斯坦与伊索尔特[1]，故事在一条船上展开序幕。故事开始前的几个月，我母亲在基尔认识了一个叫莫罗的法国人，我想我父亲已经离家三年多了。莫罗先生在法国南部开了一家小工厂，刚好到德国出差，他们之间到底是什么关系我不清楚，事隔不久，他又回来问我母亲是否愿意搬去跟他一起住。她答应了。

母亲跟我们讲这件事的时候，用词委婉，不断称赞那边的天气多好、海洋多美、食物多丰富。最后一点特别吸引人，当时的德国刚走出通货膨胀的阴影，虽然我们还小，不明世事，但也感受到了生活之苦。于是我和姐姐回答："好极了，可是父亲回来的时候怎么办呢？""这个嘛，他会写信通知我们，到时候我们再回家。""就这么说定了？""我保证。"

莫罗住在家族世代流传下来的大房子，房子有点年代了，而且曲折复杂，坐落在滨海的昂蒂布。淋上满满橄榄油的丰盛食物跟四月的暖和阳光，在基尔不到 7 月根本看不到，来到这里，我们立刻恢复了生气。

莫罗虽然粗俗，但绝不蠢，他想尽办法讨好我们，就算无法换得我们的

1. 特里斯坦与伊索尔特（Tristan and Iseult）：在西方家喻户晓的爱情悲剧，其故事源于爱尔兰，由法国中世纪行吟诗人在传唱过程中形成文字。德国音乐家瓦格纳的同名歌剧也享有盛名。

爱，最起码我们并不讨厌他。那天夏天，他向一位旧识租了艘大帆船带我们出海，遨游莱兰群岛，最后到了蔚蓝海岸的城市弗雷瑞斯。航程开始时我晕船晕得厉害，还好不舒服的感觉很快就过去了，她，就是我说的那个女孩，她好端端的一点事都没有。我们两人一起坐在船艄，望着波澜起伏的大海，我们的目光开始出现交集，透过彼此的注视，以及在我俩苦涩童年、广阔大海的呼啸声催化下，事情发生了，永远无法弥补的事情发生了——爱情，甜蜜苦涩，海枯石烂。虽然在那当下，一切都仅止于彼此的注视。

事情进展得很快。

其实不是在那当下，大约是在一年后，我们发现了爱情的奥秘，无边的愉悦充满了我俩的年少时光。有一天，就像我之前说的，纸包不住火，我们被逮到了。接下来是连串的斥责哭闹，没完没了，我母亲骂我是猪猡，自甘堕落。

莫罗伤心地哭了，美好的日子宣告结束。几个星期后，学校开学，我被送进天主教寄宿学校，两人被迫分隔百里之遥，好似从天堂坠入地狱[1]，长达数年之久的噩梦于焉展开，就某种程度来说，这噩梦一直持续纠缠到现在。苛刻无能的教士得知我犯的过错后，强迫我跪在教堂冰冷的石板地面忏悔，一跪就是好几个钟头，还不准我用热水洗澡。可怜的帕特瑙！我也见识过教堂的残酷，而且被整得更惨。因为父亲是基督徒，我当时对天主教已经存有轻蔑的看法，加上受到这种待遇，我仅存的童稚信仰荡然无存，在教堂里，与其说我是在忏悔，倒不如说我领略了憎恨。

这所学校的一切都是扭曲腐败。夜里，年长的学生跑过来坐在我的床沿，把手放在我的大腿中间，直到我伸手打他们耳光才放手。他们笑了，若无其事地站起来离开，可是上完运动课淋浴时，他们将我团团围住，把他们的老二凑上来，在我身上磨蹭。教士有时也会叫学生到他们的办公室告解，有时哄说要买礼物，有时则厉声恐吓，教唆学生做出犯罪的行径。可怜的让·R企图自杀，老实说，我一点都不意外。我只觉得恶心，觉得自己好脏。我没有人可以求助，父亲绝对不会纵容这样的事，但是我的父亲，我不知道他在哪里。

1. vom Himmel durch die welt zur Hölle，词句出自歌德名著《浮士德》。

由于我顽强抵抗高年级学生的魔爪，他们对我的态度跟那些世人尊敬的神父一样恶毒，动不动就痛扁我，逼我当他们的跟班跑腿，要我替他们擦鞋、刷制服。一天夜里我张开眼睛，三名高年级学生站在我床边，当着我的面互相抚摩磨蹭，我还来不及反应，他们丑陋的下体已经压上我的脸。这种情况只有一种解决方法，传统的方法，给自己找一个老大。想要在学校找一个能罩着自己的老大，有一套规范严密的行为模式必须依循。低年级的学生被称为贱婢，而且必须是高年级学生主动示爱，低年级的学生可以当场拒绝，否则，高年级学生有权拿对方投怀送抱当借口为自己开脱。

我还没有准备好，我宁可受折磨，缅怀逝去的爱。后来发生了一件小意外，改变了我的想法。我隔壁床的室友皮埃尔·S跟我同年，某晚他的声音将我从睡梦中惊醒。他不是喃喃自语，他的声音反而清晰又高亢，可是他的的确确是睡着的。

我其实也在半梦半醒的状态，就算我无法一字一句记得他当时说的话，其中的恐怖含意却深深烙印在我的脑海里，有点像“不，别再来了，够了”或是“求求你，太多了，只要一半就好”。仔细想想，这些话的意义相当模糊暧昧，但是那天深夜，这些话听在我耳里，个中含意似乎再明白不过了。我全身冰冷，吓得蜷成一团，缩在床的最角落，尽可能不去听那些话。在那当下，我内心的恐惧之深，及淹没我的速度之快，连我自己都吓了一跳。接下来的几天里，我慢慢明白了，那些话诉说着不见天日的龌龊情事，数都数不清，显然在我的内心深处也隐藏着类似的心声，它们一一被唤醒，阴郁的脸四处张望，两只大眼炯炯有神。

我逐渐在心里下了一个结论——如果我不能拥有她，我爱的那个她，这么做对我来说又有什么不同呢？有一天我下楼梯时，有个男孩跑过来跟我搭讪。“我看到你穿运动服的样子。”他对我说，“我坐在你下方的障碍物上，你的短裤宽宽的。”那男孩大约 17 岁，运动员的身材，头发凌乱，看起来够强悍，足以吓阻其他人。“好。”我说完，三步并两步跳下楼梯。

此后，我没再碰到大麻烦。那男孩叫安德烈·N，他常送我一些小礼物，偶尔拖我进洗手间。他的身体散发着一股年轻的气息，夹杂着汗水的味道，有时带些微微的粪便臭味，好像他上厕所没擦干净似的。厕所弥漫着尿骚味和消毒水的刺鼻味道，而且很脏，时至今日，男人和精液总让我联想到尿液和石碳酸的味道，除此之外，还有马桶脏污，油漆剥落，门闩毁坏，锈痕斑斑。

刚开始他只是摸，顶多要我把他的那话儿含进嘴里，之后他食髓知味，要求更进一步。这档事我早有经验，在她月经初次来潮后，我跟她就做过了，既然她能够从中获得快感，我为什么不行？我进一步加以延伸，做这档事更能拉近我和她的距离；就某种层面来说，我可以借此了解当她爱抚我、亲吻我、舔我，进而献上她瘦削狭窄的屁股时，她的所有感受。我好痛，她当时一定也觉得痛，我静静等着，当我感到高潮亢奋时，我想象她也感到同样的亢奋，扯心刮肺的激烈快感，几乎成功地让我忘记臻至高潮的人是我自己，而和她如汪洋深邃的女性快感相较之下，我的愉悦亢奋是多么可怜贫乏。

后来大概时间久了，我也习惯了。每当我注视女孩，想象双手握着她们丰满的乳房，放进嘴里吸吮，我的阴茎在她们潮湿的小穴里摩擦，我对自己说：有什么用，那不是她，永远也不可能是她。不如把自己当成她，其他人就当作是我。这些对象，我已经在前面解释过了，我不爱他们。我的嘴、双手、阴茎、屁股想要他们，有时欲望来势汹汹，强烈到让我无法呼吸，但是这些人，我要的只是他们的手、他们的阴茎和他们的嘴。这不意味着我什么感觉都没有。

我望着帕特瑙伤痕累累的赤裸胴体，窒闷的焦躁扩散全身，当我的手指拨弄他的乳房，指尖滑过乳头然后划过疤痕，我脑海里浮现这乳房被金属重击的画面；当我亲吻他的嘴，我看见他被霰榴弹爆炸火焰波及的下巴；当我往下滑，钻进他的双腿之间，沉浸在他下体浓密的阴毛中时，我知道埋设在某处的地雷正等着炸碎它。他强有力的双臂、灵活的双臀其实非常脆弱，这具我珍爱的胴体，任何一个部分随时随地都暴露在危险中。

下个月，也许下星期，甚至明天，这尊美丽柔软的身躯可能在瞬间化为一摊模糊焦黑的血肉，那双绿得发亮的眸子将永远暗淡。想到这里，有时候我的眼泪差点夺眶而出。然而当他伤势完全康复，终于要离开时，我却没有一丝悲伤。第二年库尔斯克一役，他为国捐躯了。

我一个人，散步，看书。疗养院的院子里，苹果树开满了花，九重葛、紫藤、紫罗兰、金雀花争奇斗艳，空气中弥漫着浓浓的、强烈的、各种层次的芬芳。另外，我每天都到雅尔塔东边的植物园散心，园内各个不同的植物培植区层层交叠，俯瞰海面，只见蔚蓝海水紧连灰蒙天际，背景永远是白雪皑皑的险峻山头，那是无论走到哪里都看得见的高地。

植物园有指标指引游客前往一探树龄超过千年的黄连木，以及一棵超过500年的紫杉，再往上走是山上公园，园内遍植玫瑰，有2000多种不同的品种，虽然花苞才刚露蕊，勤劳的蜜蜂已经在上面忙得团团转，跟童年记忆里的薰衣草田一模一样。海滨公园有温室栽培的亚热带植物，严酷的冬天似乎没有造成严重的伤害，我选了面海的位子坐下看书，气定神闲。

有一天要回去时路经市区，我顺道参观了契诃夫的故居，那是一栋白色的乡间别墅，温暖舒适，苏联时代规划成为家庭博物馆，根据室内的文字介绍来看，文化当局似乎对客厅的钢琴特别青睐，据说拉赫玛尼诺夫[1]和夏里亚宾[2]曾经弹过。最让我感慨的是博物馆的守护者马莎，也就是契诃夫的亲妹妹，年逾八十的老太太坐在门口一把简单的木头椅子上，动也不动，静静地，双手平放在腿上。我可以想见她的人生，跟我的完全一样，被遥不可及的梦想摧残殆尽。她是否还会梦见那个应该站在那里，就在我面前这个地方，陪在她身旁的人？那个人会是埃及法老、已故的兄弟，还是她的另一半？

休假将尽的某个晚上，我前往雅尔塔的俱乐部，那是一栋洛可可风格的宫殿，样式有点老气，却相当舒服。踏上通往大厅的大型阶梯，我遇见了一位熟识的党卫队区队长，我立刻往旁边靠立正敬礼，他漫不经心回礼，他继续下楼，才走了两级阶梯，突然停下脚步，转身兴高采烈地说："奥厄博士！我差点没认出来。"他是奥托·奥伦多夫，我在柏林时候的上司，目前统领D特遣部队。他快步奔上阶梯，跟我握手，还一边恭喜我晋升一级突击队中队长，"真不敢相信！您在这里做什么？"我约略叙述了我的遭遇。"啊！您跟布洛贝

1. 拉赫玛尼诺夫（Sergei Vasilievich Rachmaninoff，1873－1943）：出生于俄国的作曲家、指挥家及钢琴演奏家，是20世纪最伟大的钢琴家之一。

2. 夏里亚宾（Fedor Chaliapine，1873—1938）：俄国著名男低音。

尔在一起！我很同情您。我不懂为什么党卫队会把这种神经病留在队上，甚至还让他担任指挥官。”

“无论如何，”我回答，“我觉得魏因曼旗队长是个明理的人。”“我跟他不熟，他之前在国家秘密警察，对吧？”他盯着我看了好一会儿，然后说，“您干脆过来跟我怎么样？我底下的行动参谋部第三小队缺副官，原来的副官染上了伤寒被调回去了。我跟托马斯博士很熟，他不会反对您职务调动。”他突然邀我过去，让我一时不知该如何回答。

“您要我现在就给您答复吗？”“不用，不过如果可以……”“这样吧，如果托马斯旅队长同意了，我就接受。”

他的脸上绽放大大的笑容，再度握了我的手：“太好了，太好了。我现在赶时间，您明天来辛菲罗波尔，到我那儿，把事情安排一下，顺便把一些细节讲清楚。很容易找，就在参谋部隔壁，随便问人都知道。晚安！”他挥挥手，大步奔跑下楼，消失了踪影，我走进酒吧点了杯干邑。

我非常欣赏奥伦多夫，跟他讨论问题总能让我兴致高昂，能跟他共事，简直是梦寐以求的机会。他聪明机智，目光敏锐，可说是纳粹主义最优秀的军师之一，也是最顽固的理论派。他的态度曾给他带来很多麻烦，我却深受启发。

他在基尔发表的演说撼动了我的心，那是我们第一次见面。他看着手中凌乱的笔记大纲，滔滔不绝地畅谈，口齿清晰，中气十足，语法句句清楚，铿锵有力，思绪缜密。一开场他便猛烈抨击意大利法西斯主义，他认为忽略人类群体，一味挑战国家的概念，是罪恶的渊薮，相反地，纳粹主义则是以人类群体为根本，也就是民族共同体的概念。糟的是，墨索里尼有计划地解除国家对掌权人物的种种府院限制，此举必然导致某种程度的国家主义专制，因为当权者的权力毫无限制，即使专断独行也无人能制裁。

纳粹主义原则上奠基于真正的现实之上，亦即个人以及整个民族的总体人生价值，因此国家是应民族的要求而存在的。在法西斯主义底下，人没有任何价值，他们附属于国家，而国家凌驾于一切之上。尽管如此，党内仍有一些人士想要将法西斯主义导入纳粹主义思想。纳粹党自从取得政权，某些领域的路线已经开始转移，被迫走回头路，用老方法换取暂时解决问题。这股外来的趋势在粮食经济方面影响特别巨大，对大企业的冲击也不容小觑，这股势力戴着纳粹主义的大帽子，却利用国家财富无限制地壮大自己，导致国家预算陷入无底洞的赤字。

党内某些专业领域的狂妄和骄傲只会让情况一发不可收拾。奥伦多夫还提到另一个纳粹主义的致命危机——偏布尔什维克主义路线，尤其是劳动阵线内的集体主义呼声。莱伊[1]不断诋毁中产阶级，他想要摧毁中小企业，然而中小企业是德国经济真正的中流砥柱。政治经济学里最基本的个体和最具决定性的措施都集中在人身上，就经济学来说，我们的经济是否能够规规矩矩追随马克思的理论，才是决定人类命运的关键性因素。

现在的确还没有所谓的纳粹主义经济原理，不过纳粹主义在各个领域的政策，无论是经济、社会或是体制面，都应该秉持它的组成个体，也就是个人和民族的精神。影响经济和社会政策的集体主义势力，一如影响体制面政策的绝对主义势力，都偏离了这条主线。同学们，我们身为党未来的精英，是纳粹主义未来的力量，我们必须时时警惕，秉持中心思想，让这个思想引导诸位踏出每一步，做出每一个决策。

这真是我所听过对现代德国状况最尖锐的批判。奥伦多夫虽然大不了我几岁，却显然长期深入思考过这个问题，他的结论都是以深切和缜密的分析为基础得来的。后来我得知，1934 年他还在基尔念书的时候，曾经因为严词揭发纳粹主义滥权而遭到盖世太保的逮捕和侦讯，这个经历多少影响了他日后选择走向情报单位。他对自己的工作期许很高，将它视为落实纳粹主义的关键。演讲后他跑来邀我与他一起奋斗，当他的眼线，听完他对工作内容的描述后，很不幸，我呆头呆脑地放弃了。

“这不是叫我当告密者吗？”奥伦多夫冷冷回答：“不，奥厄先生，我们的工作不是告密。我们不是打小报告，我们对于您的女佣是否会四处八卦、讲反党的玩笑话一点兴趣都没有，但她说的玩笑话内容我们非常感兴趣，因为这些玩笑可以透露出人民的心声。盖世太保底下各部门的眼线多得很，让他们去对付国家的敌人绰绰有余，但是党卫队国家安全局的着眼点不在这里，党卫队国家安全局最首要的身份是资料分析机构。”

---

1. 莱伊（Robert Ley，1890—1945）：纳粹党莱茵南区的地方党领导。

我到了柏林后，逐渐和他走得比较近，这要感谢我的指导教授霍恩居中撮合，霍恩离开国家安全局后依然和他保持联系。我们偶尔相约见面，喝喝咖啡，他甚至还曾邀请我到他家做客，跟我说明党内最近兴起的一些恶势力，以及他对抗纠正这些恶势力的一些想法。当时他在国家安全局的工作只是兼差性质，他在基尔大学主持研究工作，之后成为德国商业总会的重要人物。

我加入国家安全局后，他跟贝斯特博士一样，有点像是我的靠山，然而他和海德里希的冲突日渐加剧，与大元帅的关系也搞不好，终于遭到贬黜。尽管如此，当国家中央安全局成立时，并不妨碍他出任第三局局长——亦即党卫队国家安全局的领导人。在普雷奇的时候，关于他为什么前往俄罗斯的传言千百种，有人说他前后拒绝了好几回，一直到海德里希有了大元帅撑腰，他才不得不接受，摆明了是要给他难看。

隔天早上，我搭乘军用交通车前往辛菲罗波尔。奥伦多夫以一贯的礼貌态度接待我，也许少了一点热情，但令人感到温暖舒服。“我昨天忘了问您，奥伦多夫夫人还好吗？”“凯绥吗？非常好，谢谢，当然了，我很想她，不过战争就是战争。”一名副官端来香气四溢的咖啡，奥伦多夫随即切入正题，快速说明工作性质，“您等着瞧，这份工作您一定会有兴趣。您不需要参与实地的处决行动，我把这些工作交给各特派小组去办，反正克里米亚半岛早就完成肃清犹太人的行动，连吉卜赛人也快要清光了。”

“所有的吉卜赛人？”我大吃一惊，打断他的话，“我们在乌克兰的行动比较没有系统。”“在我眼里，”他回答，“他们就算没有比犹太人危险，也不遑多让。历史上的每一场战争，吉卜赛人总是游走两边，贩卖情报，您只要看过理卡达·胡赫[1]或席勒[2]写的关于三十年战争的论著便可以了解。”说到此他稍稍暂停，“您的工作刚开始会侧重在研究，春天您将前往高加索地区——这是秘密，请您务必守口如瓶——由于我们对该区知之甚少，我想将该地区搜集来

1. 理卡达·胡赫（Ricarda Huch，1864—1947）：德国先锋女性知识分子，历史学家，作家与诗人。

2. 席勒（Friedrich von Schiller，1759—1805）：德国作家、历史学家，一般公认是德国文学史上地位仅次于歌德的伟大作家。

的情报集结成册，供特遣部队和各特派小组参考，特别是关于当地的少数民族分布、他们之间的关系，以及各民族跟苏联政府的关系。原则上我们将依循乌克兰的模式，在占领高加索后成立新的督察厅，国安警察署和国家安全局肯定会有意见，不过意见越具争议，被听进去的概率越大。赛伯特博士，二级突击队大队长将是您的直属长官，同时也是小组的指挥官兼分队参谋长。跟我来，我给您介绍，还有乌尔利希一级突击队中队长，他负责处理您的人事调动案。”

我和赛伯特只是远远的点头之交，在柏林的时候，他带领国家安全局的D部门（主管经济事务）。他是个严谨、坦白真诚的人，是毕业于哥廷根大学的一流经济学家，他跟奥伦多夫一样，来这里似乎有点学非所用。少年秃的毛病在他离开柏林后似乎有加剧的趋势，然而他微秃的高耸前额、脸上忧心忡忡的表情，以及旧时与人决斗留下的疤痕无一能抹杀他身上某种年少轻狂的特质，一个永远的梦想家。他亲切地接待我，为我介绍他的同事，奥伦多夫先走了，留下我和他，他带我到乌尔利希的办公室，乌尔利希看起来有点像爱在鸡蛋里挑骨头的小官僚。

“区队长对于军官调动的公文往来手续看得稍微轻率了点。”他语带尖刻地告诉我，“一般而言，要先向柏林申请，然后等候上面回复，不能在街上随便找个人进来。”“奥伦多夫不是在街上找到我的，是在俱乐部里。”我特别加以说明。他脱下眼镜，眯着眼睛注视我。“我说，一级突击队中队长，您这是在跟我耍嘴皮子吗？”“当然不是，如果您真的觉得窒碍难行，我会转告区队长，然后回原先的特派小组报到。”“不，不，不，”他摸摸鼻梁连声说道，“我是说比较复杂难办，我又多了一些文书工作。不论如何，区队长已经派人送信给托马斯旅队长说明您的事。等收到回信，如果答复是肯定的，我会将此决定知会柏林方面，需要一点时间。您先回雅尔塔，等休假结束再过来。”

托马斯博士很快批准我的调动申请。等待柏林确认的期间，我变成D特遣部队临时行动小组的“临时特派专员”。我甚至不需要回哈尔科夫，施特雷尔克把我留在那里的少数行李都送过来了。我位于辛菲罗波尔的新总部是一幢革命前的中产阶级宅邸，坐落在契诃夫街上，原本的住户搬走了，离行动参谋部的办公室只有几百米远。我兴高采烈一头栽进高加索的研究文献，首先是一系列的书刊著作，历史研究报告，旅游记事，人类学论文，可惜大多数的文献都是革命前的记录。这里不是能让我拓展本地特有人文知识的地方，让感兴趣的读者去钻图书馆好了，要不然如果各位愿意，也可以翻联邦共和国的档案，如果毅力够，运气也还可以的话，也许可以找到我写的那些报告的正本，上面还有奥伦多夫或者赛伯特的签名，上面感谢马克西米连·奥厄（M. A.）的字样至今仍清晰可辨。我们对苏联时期的高加索地区知之甚少。

20 世纪 20 年代还有少数几位西方旅行者来过，从那个时候开始，就连我国外交部能提供的数据也少得可怜，想找出数据就得挖。行动参谋部拥有几本名为《高加索探索》的德文科学杂志，刊出的文章多半在讨论语言学，而且多是非常专业的术语，从中能学到不少东西，柏林的第七局已经订购了整套期刊。另外还有丰富的苏联科学论著，可惜没有翻译本，能理解的内容不一，我请一名还算伶俐的通译帮忙阅读手边的文献书刊，然后写下重点大纲和综合报告给我。单就数据方面来说，关于石油工业、基础建设、交通通信和工业方面的最多，关于民族和谐关系、政治方面的档案可说是空空如也。

第六局有一位库雷克二级突击队大队长加入军团，准备设立“齐柏林临时行动小组”，这是一项由施伦堡推动的计划，他从战俘集中营的军官中广招“反布尔什维克党的积极分子”训练，积极分子多半出身少数民族，渗透进俄军后方进行间谍或破坏任务。不过这项计划才刚推动，尚未见到任何绩效。奥伦多夫派我到军事情报局征询他们的看法。

战争刚开打的时候，他们和参谋部的关系非常紧绷，自从冯·曼施坦因将军取代了 9 月份搭机失事身亡的冯·舒伯特，双方的关系大幅修好。尽管如此，奥伦多夫和参谋长沃勒尔上校的关系却始终没有起色，而沃勒尔上校也拒绝以官阶称呼奥伦多夫，他认为这是莫大的侮辱。我们与参谋部的军事情报专员艾斯勒少校，合作得倒是相当愉快，跟军事情报的军官里森少校更是水乳交融，尤其是在特遣部队决定积极参与打击游击队的战斗后。

我跑去找艾斯勒，他叫我去见一位专家，官拜少尉的沃斯博士，他年纪跟我差不多，人很和气，他不能算是真正投身军旅的军官，应该说是战争期间特别派驻军事情报局的大学研究员。他和我一样都毕业于柏林大学，他的专长既非人类学，也非民族学，而是语言学，我很快就断定他的专业超越了语音学、词语形态学、句法论等狭隘的领域，自行开创了自成一派的世界观。沃斯有一间小办公室，我到他办公室时，他躺在椅子上看书，两脚放在堆满书籍和纸张散乱的桌子上。

我轻敲敞开的门，他看见我也不行礼（我的军阶比他高，他最起码得站起来），只问了一句："您要喝茶吗？我有真正的茶。"

也不等我回答，他随即呼叫道："汉斯！汉斯！"随后嘟囔着自言自语："唉，他跑到哪里去了？"他放下手上的书站起来，从我面前走出门外，消失在走廊里，没多久再度出现。"好了，水烧上了。"接着对我说，"不要呆呆站在那儿呀！请进。"

沃斯的脸狭长细致，双眼炯炯有神，凌乱的金发，两侧剃光，模样简直跟刚出中学的青少年没两样。他身上的制服剪裁合身，做工细致，穿在他身上既高雅又添自信。"您好！是什么风把您吹来这儿了？"我向他说明我此行的目的。"原来国家安全局对高加索有兴趣。为什么？我们计划入侵高加索吗？"看着我脸上困窘的表情，他不禁大笑，"别装出这副嘴脸嘛！我可是早有耳闻，我来这里为的就是这个。我主修印欧语系和印度—伊朗语族，另外副修高加索诸语言，我感兴趣的东西都在那边，在这里我能有什么作为？我还学了鞑靼语[1]，不过那不是我最大的兴趣。还好我在图书馆找到了大量的科学藏书，随着我军逐渐深入，我必须弄出一份完整的科学文献送到柏林。"说罢，他又笑了，"如果我们没跟斯大林开战，我们大可向他们订购这套书，价钱可能不菲，不过总比战争来得便宜。"

勤务兵端来热水，沃斯拉开抽屉拿出茶："加糖吗？很抱歉，没办法提供牛奶。""不用了，谢谢。"他泡了两杯茶，端了一杯给我，然后坐回原来的椅子，单膝贴着胸口，桌上一大叠书遮蔽了他半边脸，我只好移动一下身子。"您想要我告诉您什么呢？""全部。""全部！那么说来您有时间了。"我微微一笑，"是的，我有的是时间。"

---

1. 鞑靼语（Tat）：俄罗斯达吉斯坦共和国和阿塞拜疆共和国常用的语言，与波斯语相近。

“好极了。既然我主修语言学，就从语言开始讲起吧。您应该知道早在公元10世纪，阿拉伯人称高加索为语言之山，这话说得一点都没错，堪称全世界独一无二的现象。大伙对于这个地区的语言数量没有定论，因为对某些地方方言，尤其在达吉斯坦[1]，始终有争议，总之有五十几种。如果以语言族群或语系为基准加以划分，首先是印度—伊朗语族：有亚美尼亚语，没话讲，是优美的语言；奥塞梯[2]语，我个人特别感兴趣，还有鞑靼语。

“当然，我没把俄文算在内。再来有突厥语族，可以拿环绕高山的梯田来比喻，先是卡拉恰伊语、巴尔卡尔语、诺盖语和北方的库梅克语，然后是南边的阿塞拜疆语和麦斯赫特方言。阿塞拜疆语和现今土耳其通用的土耳其语最相近，但它保留了来自古波斯语的旧有语汇，也就是凯末尔·阿塔土克[3]文化改革时，一味强调土耳其语现代化而被他丢弃的文字。这些民族都是13世纪入侵本地的突厥—蒙古部族留下的后裔，要不就是后来的移民人口残余的血脉，更别说诺盖汗国曾经统治克里米亚半岛颇长的一段时间。您去参观了他们位于巴赫奇—萨赖的宫殿了吗？”

“可惜没有，那里是前线战区。”“对。我有去那里的通行许可，地底下的整体建筑结构跟地面上的同样让人惊呼连连。”

他喝了一口茶。“我们说到哪儿了？哦，对，然后就到了最有意思，也最远的一族，高加索语系，又称伊比利亚[4]—高加索语系。我可以在这里下断语，卡特维尔语系、格鲁吉亚语跟巴斯克语之间一点关系都没有，这都是洪堡[5]瞎搞出来的，愿他伟大的灵魂永远安息，后世跟着将错就错沿用下来。这里的伊比利亚指的是南方的部族。更何况，我们根本无法证明这些语言之间是否真的有关联。一般认为有——这是苏联语言学家公认的基本公

1. 达吉斯坦（Dagestan）：位于俄罗斯境内最南端，东临里海。

2. 奥塞梯（Ossete）：通行于俄罗斯、格鲁吉亚边界和高加索山区。

3. 凯末尔·阿塔土克（Mustafa Kemal Atatürk，1881—1938）：土耳其共和国建国之父，并展开一系列现代化维新改革，被誉为土耳其20世纪的民族英雄。

4. 此伊比利亚在今格鲁吉亚处，并非西班牙、葡萄牙所在的半岛。

5. 洪堡（Wilhelm von Humboldt，1767—1835）：柏林洪堡大学的创校者，也是著名的语言学家、外交官。

约数——但是缺乏族系传承的证据。我们顶多能够再细分出某些亚属语系，这些亚属语系又自成家族体系，也就是说，以南高加索来说，便包含了卡特维尔语、斯凡语、明格列尔语和列兹语，几乎可以肯定它们属于同个亚属语系。高加索西北地区也一样，虽然，”他说着，口中突然吹出类似嘘嘘的口哨声，相当特殊，“阿布哈兹[1]的各种方言稍微显得混乱，主要有阿巴扎语、阿迪格语、卡巴尔达语，以及即将濒临灭亡的尤比克语，小亚细亚地区[2]只有几户人家会讲由单一语言演绎成的多种方言，他们是最佳的活证据。瓦伊纳赫[3]语的命运也差不多，现在以好几种不同的方言形式在流传，主要分成车臣语和印古什语两支。相反地，在达吉斯坦则完全没有理出头绪。原则上可以区分成几大块，比如阿瓦尔语、安地语、迪多语（也被称为蔡兹语）、拉克语和列兹金语，有些研究学者认为这些瓦伊纳赫语彼此关系密切，有些则持相反意见，更进一步探索底下的亚属语系，各家说法更是莫衷一是。举库巴希语和达尔格瓦语之间的关系为例好了，有人认为是科伊纳鲁格语一脉相传衍生而来的，某些人则认为它跟阿尔奇语一样，是独立自创的语言。”

我虽然一脸迷茫，但依然静静听他口沫横飞解说充满专业术语的内容，满脸佩服。他的茶也非常甘甜。最后我提出了疑问：“抱歉打个岔，这些语言您都会吗？”他放声大笑：“您在开玩笑！看我的年纪也知道，再说不能实地走访，什么也没办法做。理论上我的卡特维尔语应该算还可以，我也钻研了几种语言的特性，尤其是高加索西北地区的语系。”

“全部加起来，您会说几种语言呢？”

他又笑了：“说和读写可说是两码子事，对于某种语言的语音和文字书写形态进行深入的研究，又是另一回事了。回过头来，说到高加索西北地区语系，也就是阿迪格语，我对它的辅音系统颇有心得——对元音的研究比较

1. 阿布哈兹（Abkhazia）：格鲁吉亚内的自治区，实际上处于独立状态。
2. 小亚细亚地区：即安纳托利亚（Anatolia），位于黑海和地中海之间，现全在土耳其境内。
3. 瓦伊纳赫（vainakh）：定居北高加索地区的部落。

少——对这个语言的语法也有粗略的概念，但若要我跟当地人交谈，我可没办法。假设我们每天用到的词汇不超过 500 个，平日用的也是很粗浅的语法，那我可以大胆地告诉您，只要 10 到 15 天，我几乎可以仿真出任何语言，但是因为每种语言都有独特的困难点和特性，想要纯熟驾驭，必须用心学习才行。我可以告诉您，把语言当成一门科学研究科目，跟单纯把语言当成沟通工具来学习，中间是有一段落差的。一个四岁的阿布哈兹小男童可以清楚地发出某种复杂独特的音，我则可能永远无法标准地讲出口。我的强处在于我会解析、记录，举例来说，单纯的口腔颚音或者加了唇音的口腔腭音，这两种音对这个能轻易运用语言，却不会分析的小男孩来说，就像一部无字天书。”

他说到这里暂停，思考了一会儿。

“例如我看过一种乍得南部语言的辅音系统，不过那次只是为了跟尤比克语对照比较。尤比克族是非常有意思的部族，它原是阿迪格部落的一支，欧洲人称其为切尔克斯人，1864 年遭到俄国人迫害，逃离高加索。幸存者大多移居奥斯曼帝国，也因此大多失去了他们原来的母语，改说土耳其语或其他切尔克斯方言。

“德国人类学家阿道夫·迪尔曾经记录过这个语言，虽不完整，他却是第一人。他是记录介绍高加索语言的伟大先锋，他趁休假每年学一种。很不幸大战时，他被困在格鲁吉亚首都第比利斯，虽然逃了出来，手稿却散失大半，其中包括了 1913 年他在土耳其搜集的关于尤比克族的笔记。1927 年他将残存的手稿集结出版，内容相当可观。有个法国人杜梅泽尔[1]也进行了这方面的研究，在 1931 出版了完整的记录。尤比克语特出之处在于辅音多达 80 个，照某些人的算法，甚至可达 83 个，是好几年来公认的世界纪录，后来我们大胆分析乍得南方的语言，例如马尔齐语辅音更多，不过这还不是定论。”

我放下手上的茶杯。“您说的这些都非常有意思，少尉，不过我必须专注

---

1. 杜梅泽尔（Georges Dumézil，1898—1986）：法国语史学家，法兰西学院院士。

心力在更具体的问题上。”

“哦，抱歉，那是当然！您基本上关切的是苏联的种族政策，不过您等会儿会发现，我拉拉杂杂扯了这一堆并不是完全没用，因为他们的政策恰好就是以语言为制定基准。在沙皇统治时代事情简单得多，被征服的臣民只要乖乖地老实缴税，想做什么都可以。精英分子有机会获得俄文教育，甚至归化为俄国籍——更何况，有相当数量的俄国王族源自高加索民族，特别是在伊凡四世跟一位卡巴尔达的公主玛利亚·捷姆鲁戈夫娜联姻后。

“上个世纪末，俄国学者开始从人类学的角度研究这些民族，获致非凡的成就，例如弗塞沃罗德·米勒，他同时也是优秀的语言学家。他的大部分著作在德国都有出版，有些甚至还出了德译本，还有一小部分晦涩难懂的专题论文，我希望在这些自治共和国的图书馆能找到。革命和内战结束后布尔什维克党夺得政权，他们受到列宁的启蒙，慢慢修订出一套堪称全世界绝无仅有的种族政策，斯大林是当时种族委员会的人民委员，想必扮演了举足轻重的角色。这个政策是惊人的混血产物，结合了百分之百客观公正的科学研究，像是伟大的高加索事务专家雅科夫列夫和鲁别茨柯依的论点，以及国际共产主义的意识形态——共产主义起初根本就没有考虑到会有所谓的种族问题——最后再加上现实的种族关系和实地了解所得。苏联归纳出来的结果大致如下：一个民族，或如他们所言的一个部族，它所代表的是一种语言加上一片领土。

“为了遵守这项原则，他们试图安顿犹太人到位于远东的一处自治区，称为犹太自治区，因为他们有自己的语言意第绪语，但是没有属于自己的领土。不过这项计划似乎失败了，犹太人不愿意在那里落地生根。根据每个部族的人数，苏联政府制定了一套繁复的行政阶级划分，明定每个阶级的权利和限制。

“人口多的部族，好比亚美尼亚人、格鲁吉亚人和所谓的阿塞拜疆人，就跟乌克兰人和白俄罗斯人一样，有权成立苏维埃社会主义共和国。格鲁吉亚甚至可以用卡特维尔语教学，一路教到大学，重要的科学研究论文也用卡特维尔语出版。亚美尼亚也有相同的权利。我得说这两种语言都是历史悠久的书写文字，具有丰富的传统文化，用它们书写的年代远比俄文，甚至比西里尔和美多德[1]使用的古教会斯拉夫语还早。

“另外，请容许我再说个题外话，5 世纪初，圣梅斯罗布[2]发明了格鲁吉亚语字母和亚美尼亚语字母——这两种语言之间竟然毫无相似之处——圣梅斯罗布肯定是一位语言学天才。他发明的格鲁吉亚语字母完全以音位为基准，苏联的语言学家发明的高加索语字母则不是这么回事。此外有人还说圣梅斯罗布另外发明了一套字母，专门给高加索地区的阿尔巴尼亚人用，可惜没有找到任何文献记载证明。言归正传，苏维埃社会主义共和国下面有自治共和国，比如卡巴尔达—巴尔卡尔共和国、车臣—印古什共和国和达吉斯坦共和国。伏尔加河流域的德裔移民区也是定位在这一级，不过您也知道，他们都被驱逐出境了，该共和国业已遭到解散。

“再来是所谓的自治区，下面的层级依此类推。关键在于书写文字的概念，要拥有自己的共和国，一个部族必须先具备自己的书写文字。然而在那个革命的年代，除了卡特维尔语，高加索地区的语文通通不具备这样的条件。

“19 世纪有人试过几次，但仅限于科学方面的应用，当然有些流传下来的阿瓦尔语铭文及阿拉伯字可以回溯到 10 或 11 世纪，但也只有这些而已。此时，苏联语言学家完成了革命性的伟大任务，他们以拉丁文为基础，再加入西里尔字母，为高加索的 11 种语言及多种突厥语系语言创造了文字，其中包含了西伯利亚语。若从技术面来讨论，这些字母确实存在颇多值得商榷的地方，西里尔字母跟这些部族的语言显然不太搭，有人在 20 世纪 20 年代曾经试过，用修改过的拉丁字母，甚至阿拉伯字母都比用西里尔字母适合。还有很奇怪的是，他们为阿布哈兹发明的字母却没有循着同样的模式走，他们的书写字母是从格鲁吉亚语字母修改而成的，其中的缘故肯定不是技术性的因素。强制使用西里尔字母的推广期间，还惹了许多让人哭笑不得的笑话，比如他们使用字母区分符号、单音双字母、单音三字母，在他们发明的卡巴尔达字母里，为了表

1. 西里尔和美多德（Saints Cyril and Methodius）：公元 9 世纪的主教兄弟，据传他们发明了西里尔字母，方便在斯拉夫民族传教，后广为通用，形成古斯拉夫语字母。

2. 圣梅斯罗布（Mesrop Mashtots）：亚美尼亚神学家、语言学家，约在公元 405 年发明了亚美尼亚字母。

现卷舌口腔共鸣的无声破裂气音，甚至四个字母发一个音。”

他抽出一张纸，在背面潦草写了几个字母，然后递给我看，他写的是KXЪУ。“这是一个字母，跟我们的字母里出现 Щ 一样好笑。”

他接着又写了几个字：“更好笑的在后头，shch，chtch，跟法文差不多。再说某些字的新拼法没有一定的标准规范，阿布哈兹语什么时候发气音或迸裂音，完全没有规则可循。圣梅斯罗布地下有知大概也会气得跳脚。还有最糟的呢，他们严格要求每一种语言必须拥有各自不同的文字。从语言学的角度来看，这项规定一定会导致荒谬绝伦的局面，例如 Щ 在卡巴尔达语中代表的是ch，到了阿迪格语竟变成了 tch，实际上，他们说的是同一种语言。在阿迪格语里 ch 应该写成 ЩЪ，到了卡巴尔达语，tch 才是 Щ。突厥语系也面临了同样的难题，例如 g 腭音几乎在所有的部族语言里都以不同的字母表示。他们这么做当然别有用心，是出于政治的考虑，绝不是从语言学出发，显然他们的目的在尽可能分化毗邻的部族。

“说到这里，您要的重点来了，语言相近的部族必须切断彼此间的平行联络网络，代之以垂直通往中央的垂直联络网络，中央扮演最终的纷争仲裁角色，居中斡旋，平息由它一手挑起的部族纷争。话又说回来，这些字母，虽然我对它们有诸多批评，但不失为一项空前的成就，更何况整个教育体制都是跟着这套字母走。再过 15 年，也许 10 年就够了，原本目不识丁的部族，每个人到时候人手一份用母语出版的报纸、书、杂志，小孩在上学校学俄文之前，便先学会了自己的母语。真是太神奇了。”

沃斯滔滔不绝地讲，我手忙脚乱地记录。与其说是被他详尽的说明迷惑了，不如说是他对于自己学识的那份自信深深吸引了我。

我认识的学者，好比奥伦多夫还是霍恩，终其一生不断发展学识，创立学说，他们发表言论时，不是为了阐释他们的论点，就是为了将论点加以延伸。相反地，沃斯的学识仿佛是个有机体，自然地生存在他这个人里面，沃斯也很享受这份学识，它像爱人一样给他带来温存、快感，他悠游其中，不时发现新的面相，虽然它老早就在那里，只是他当时毫无所觉，他品尝那份发现的单纯喜悦，像个刚学会开门关门，或者把沙子放进桶里，又一股脑儿全倒出来的小孩。这份喜悦感染了听他讲话的人，因为他不蓄意制造曲折，也不会不断制造高潮，我们会跟着笑，只是我们笑得像个开怀的父亲，看着孩子笑容灿烂地关门开门连续十次。

之后我回去找过他好几次，每次都能感受到同样亲切、同样热情的招待。我们之间很快建立起那种唯有战争或非常时期才能见到的、发展快速却纯粹无染的友谊。我们在辛菲罗波尔喧闹的街上闲逛，享受阳光，隐身在混杂的人群当中，放眼望去可以看见德国、罗马尼亚、匈牙利的士兵，以及满脸倦容的志愿兵，皮肤黝黑、裹着头巾的鞑靼人，粉红双颊的乌克兰农妇。沃斯认识城里的每个商人，他经常走一走又停下来，和满嘴阿谀奉承或者爱开玩笑的生意人用不同的方言闲话家常，他们会奉上涩口的绿茶，边说茶不好请多包涵。

一天，他带我去巴赫奇—萨赖参观了大汗在克里米亚的小行宫，集合了16世纪意大利、波斯、奥斯曼帝国等地的建筑师设计，动用无数的俄国和乌克兰奴隶建造完成的华丽建筑，也看了犹太堡垒，那是一座地底城市，打从9世纪便在石灰岩崖壁中挖掘增建，这块地方曾被各种不同的民族占领过，最后统治的民族虽然给了此处一个波斯名称，他们却是货真价实的卡拉教派[1]，犹太教的异端分子。我向沃斯说明，依照我国内政部在1937年的决议，这支教派的犹太人得免受德国种族法的约束，因此克里米亚的犹太人得以被排除在国安警察署的特别行动外。

“德国的卡拉派教徒显然出示了他们拥有的沙皇时代文件，其中包括一份叶卡捷琳娜二世的敕令，证明他祖上不具有犹太血统，是到了相当晚近才改信犹太教，部里的专家们认可了这些历史文件。”“没错，我也听说过。”沃斯微微扬起嘴角，“一群狡猾的家伙。”

我很想问他对这个问题有什么看法，但他先一步转移了话题。一整天阳光普照，气温还不是很高，淡蓝天空万里无云，站在悬崖高处，看得见远远的海，在天空的对照之下，显得比平时更灰暗。隐约的单调轰隆声从西南方远远传来，那是轰炸塞瓦斯托波尔的炮弹，爆炸声沿着山壁轻轻回荡在山谷间。好

1. 卡拉教派（Karaite）：犹太教中摒弃法学博士著作，只信奉《圣经》的一派。

几个全身脏兮兮的鞑靼人经过，好奇地打量我们，沃斯开口用他们的语言跟他们打招呼，他们却头也不回地大步走开。

如果星期天事情没那么多，我会开着欧宝直趋叶夫帕托里亚海岸。气温逐渐升高，春天已经过了一半了。开车时，我必须随时注意那一群群赤裸的小男孩，他们在热得能让车轮爆胎的沥青路面上，肚子紧贴地面俯卧，车子一靠近，一个个清瘦黝黑的小身躯瞬间弹起散开，活像受惊的小麻雀。

叶夫帕托里亚有一座雄伟的清真寺，是全克里米亚半岛最大的，出自 16 世纪奥斯曼帝国的著名建筑师锡南之手，还有几座值得一看的古迹和废墟，但是，在这里喝不到波特酒，甚至连真正的茶都没有，更别提湖水停滞，泥黄混浊了。我们绕过市区直趋海边，海滩上偶尔可见从塞瓦斯托波尔上来的一团团军队，他们来此放松，暂时不谈烽火。大多数的时候，士兵全身赤裸，除了脸、脖子、前臂，全身清一色几近雪白，他们像小孩似的叫嚷起哄，往水里冲，任全身湿漉漉地滴着水，呈大字形倒卧在沙地上，虔心汲取温暖，好似祷告般全神贯注，驱赶冬天的寒冷。

海边多半空无一人，我很喜欢苏联海岸那种遭人遗忘的苍凉味道，五颜六色的阳伞少了伞布，长椅沾满鸟粪、油漆剥落，更衣室长满铁锈，遮不住躲在门后的孩子们的头和脚。我们有自己偏爱的角落——城南的那片海岸。我们发现这片天地的那一天，五六只色泽鲜明的牛围着一艘拖网渔船躺在沙滩上，牛只各据一方，啃食挑战沙地陡坡的嫩草，完全无视旁边骑着老铁马，吱嘎穿梭蛇行的金发少年。另一边是狭隘的港湾，摇摇晃晃的码头上有一栋蓝色的简陋小屋，传出阵阵悲伤的俄罗斯小曲，码头上停泊三艘破旧的渔船，用磨损起毛的绳索固定，随着水流啪嗒撞击海岸。整个地方仿佛遭世人遗忘，与世无争。

我们带着新鲜面包和去年采收的红苹果，边啃苹果边啜饮伏特加，海水冰冷，波浪起伏跳跃。我们的右手边有两座老旧的小吧台，都上了锁，救生员的瞭望台一副摇摇欲坠的模样。我们一待就是几小时，彼此谈得不多。沃斯在看书，我慢慢喝光伏特加，再度下水，一头牛无缘无故在沙滩上奔跑起来。回程我们走过一片小渔村，车子停在村子上面的岸边，一群鹅摇摇摆摆地经过我眼前，鱼贯钻进一扇木门，殿后的那只嘴上卡着一颗小小的青苹果，急急追赶前面的姐妹。

我和奥伦多夫也经常见面。工作上我多半和赛伯特接头，不过到了黄昏，如果奥伦多夫工作不是太忙，我往往会到他的办公室一起喝杯咖啡。他喝咖啡喝得很凶，苛刻不耐的言语证明了他对咖啡的依赖。他好像总有忙不完的各种工作，有时有些工作跟他带领的小组任务完全无关。实际上，负责安排每日工作的是赛伯特，他监督行动参谋部每位军官的工作进度，与分队参谋长或十一军团的情报专员共同举行的例行工作会议也是由他主导。举凡要呈送奥伦多夫的公文，一律先送给他的幕僚，海因茨·舒伯特二级突击队中队长，他是伟大的作曲家之后，做事很认真，但见识稍显浅薄。因此奥伦多夫跟我见面的时候，有点像是教授和学生在课堂外开讲，我们从来不聊工作上的事，经常探讨理论或者意识形态方面的问题。

有一天，我提起了犹太人的问题。

“犹太人！”他脱口叫道，“该死的犹太人！他们比黑格尔的信徒更糟！”继续往下说之前，他很罕见地笑了，用稍显尖锐但音乐性十足的清朗语调说，“我们大可说叔本华眼光独到，一眼就看出马克思主义说穿了就是黑格尔学说的犹太教沦丧说，对不对？”

“我比较想知道您对我们这些行动的看法。”我大胆挑明了说。“您的意思是指犹太民族的歼灭行为？”“是的，我必须坦白，我有些想不通。”“没有人想得通。”他果断回答，“有些地方我也想不通。”

“那么，您对这事有什么看法呢？”“我的看法？”他挺直上半身，双手掩上嘴唇，锐利的眼神仿佛瞬间被挖空。我一直很不习惯奥伦多夫穿制服的样子，对我而言，他永远是个平民百姓，他在我脑海中的样子永远是一身剪裁完美合宜、设计低调的西装，其他的我无法想象。

“那是个错误。”他终于开口，“一个必要的错误。”他倾身向前，手肘平放在办公桌上，“我会给您一个解释，喝点咖啡。这是个错误，因为我们能力不足，无法以更理智文明的方式来处理这个问题，因而衍生出如许结果。然而，这是必要的错误，因为在目前的情况下，犹太人会对我们造成极端严重且急迫的威胁。元首会下令采取激烈的解决手段，是因为处理问题的人员能力不足，拖拖拉拉，他被迫不得不快刀斩乱麻。”

“您说我们处理问题的能力不足，意思是？”“让我来说明。您一定还记得获得政权后，党里那些不负责任和精神变态的人，他们是怎样大呼小叫要党采取激烈的行动，各式各样非法而且极具破坏性的措施因而强行推展，好比施特莱彻提议的无聊主张。元首睿智地急踩刹车，才不至于一发不可收拾，然后将解决问题的方法导入合法的方向，但还是无可避免地衍生出了 1935 年的激进法律，大体而言这样的结果也还算能够让人接受。尽管如此，之后出现了两派，吹毛求疵的官僚体系将大胆的提议通通埋入洪水般的公文中。还有鼓吹个人行动的激进派，其实多半是为了自身的利益着眼，关于犹太人问题的解决办法因此始终无法获得两边的妥协。

“1938 年的计划几乎扼杀了德国，正是迟迟无法获致妥协办法必然导致的结果。从那时候开始，国家安全局认真严肃地看待这个问题，终于得以脱离急就章、摇摆不定的旋涡。经过长时间的研究，我们制定出一套合乎所有人需求的合理政策——加速移民。我认为时至今日，这项解决方案依然能为所有人所接受，而且十分可行，就算德奥一统也依然可行。这项机制的建立目的在于鼓励移民，特别是利用犹太人不当取得的资金，来资助境内贫苦的犹太人移民，成效相当卓著。您或许还记得那个有一半奥地利血统，挺会阿谀奉承的小子，最早他在克诺申底下当差，然后跟着……贝伦茨？”

“您说的是艾希曼二级突击队大队长吗？我去年刚好在基辅见到他。”“对，就是他。他在维也纳主持成立了一个了不起的机构，运作得非常好。”“您说得没错，后来波兰也跟着加入。全世界没有一个国家能够瞬间接纳 300 万名犹太人。”

“说得好。”他再度挺直胸膛，跷起二郎腿。“不过就算如此，我们也应该阶段性地一步一步解决问题。贫民窟的出现当然是场大灾难，但我个人认为法兰克的态度要为此负相当大的责任。真正的关键在于，我们想要一下子解决全部的问题——把德裔侨民送回祖国、解决犹太人的问题，还有波兰问题，结果搞得一团乱。”

“没错，不过从另一方面来看，把德裔侨民送回祖国比较紧急，谁都不知道斯大林愿意和我们合作到什么时候，他随时都可能关上大门。再说，我们从来没有从伏尔加河流域的德裔区救出任何一个德裔侨民。”

“我认为我们办得到，但是他们不愿意来。那些人犯了一个错，他们相信斯大林，觉得德裔自治区这个行政级别足以保障他们的权利，不是吗？总之，您说得对，我们应该先倾注心力解救德裔侨民。但是，这项措施仅适用于合并的领土，不关波兰总督府的事，如果各方能互相配合，也许可以找出方法，把瓦尔特兰和但泽—西普鲁士的犹太人和波兰人迁移到总督府管辖的占领区，把那两块地方让出来给回归祖国的德裔侨民。

“说到这里，我们国家目前施行的纳粹主义模式又碰到了极限，这又是一例明证，证明我们的纳粹主义行政组织还无法呼应现今社会形态的政治和社会需求。党被太多只为自身利益着想的堕落分子把持，往下沉沦，每一回意见相左总是立刻变成严重的冲突。就拿侨民归国安置这个议题来说，合并领土区的党代表表现得蛮横狂妄，而波兰总督府也不相上下，双方互批对方把自己当成垃圾集散地。而负责处理问题的禁卫队又没有足够的权力，强力执行调节的工作。每到一个阶段，各单位自行其是，要不然就是在大元帅和元首的沟通问题上大做文章，质疑大元帅的决策。我们的国家不算是绝对独裁国家，理论上是国家主义和社会主义国家，实际运作情况更糟，等于是多头君主国家的形式。元首可以成为仲裁者，但是他一个人能力有限，分身乏术，我们的党区域代表非常懂得用自己的话来阐释元首的命令，予以扭曲，脸不红气不喘地宣布他们完全按照元首的旨意行事，事实上，他们所做的一切都是为了自己。”

这番话又把话题扯远了。

“对，我们刚刚说到上帝的选民。就算眼前困难重重，还是可能找到公平的解决办法，例如在我们战胜法国后，国家安全局与外交部密切磋商，研拟出马达加斯加方案，眼看着就要实施。在此之前，我们曾计划将所有犹太人集中到卢布林集中管理，规划出某种类似保留区的区域，让他们在那里平静度日，从此不再对德国造成任何威胁。但是，总督府坚决反对这项方案，而法兰克动用了他的一切人脉，硬是挡下了计划。马达加斯加方案广受各方重视，也做了很多研究，在我军掌控的地盘上，的确有足够的地方安置所有的犹太人。我们甚至展开进一步的细部规划，连国家秘密警察单位的人员都注射好疟疾疫苗，眼看就要出发了。这项计划由第四局主导，国家安全局负责提供信息和构想，所有报告我都看过。”

“最后为什么没有实施呢？”“非常简单，因为英国人非常不理智地拒绝正视我军压倒性的优势，拒绝与我们签订和平条约！和平是先决条件。首先，法国必须同意把马达加斯加割让给我们，这个条件将在条约当中载明，而我们也需要英国舰队的协助，对吧？”

奥伦多夫暂时打住，叫他的勤务兵再去泡一壶咖啡。“连俄罗斯这里也一样。最初认为战事不会扩大，大伙都认为战争很快就会结束，就像入侵波兰的闪电战一样，换言之，抓出首脑、干掉智库，还有布尔什维克党的领导人物和危险分子。这本来就是难干的差事，鉴于布尔什维克主义势力庞大，以及厚颜无耻之本质，这也是必要且合乎逻辑的手段。等到获得胜利，我们再重新研拟出一个合乎各方需求的方案，好比在北方或者西伯利亚设立一处犹太人保留区，也许干脆把犹太人都送到犹太自治区，有何不可？”

“无论如何，这都是难干的差事。”我说，“我可以冒昧问您为什么接下这个差事吗？以您的官阶和才干，您留在柏林更能一展宏图。”“说得对，”他激动地说，“我不是军人出身，也不是警察出身，这种动刀动枪的差事怎么会轮到我身上，但是我收到了正式的派令，不由得我不接受。再说，我之前跟您说过，我们全都认为战争顶多一两个月就会结束，不会长。”他回答得如此赤裸坦白，我反倒吓了一跳，我们从来没有这么开诚布公谈过心里话。“那么，自从元首发布歼灭命令之后呢？”我继续追问，奥伦多夫没有立刻回答。

勤务兵端上咖啡，奥伦多夫问我是否要再来一杯。“我已经喝得够多了，谢谢。”他静静地陷入沉思。终于，他开口了，小心翼翼地挑选用语。

“元首发布的歼灭命令非常可怕，荒谬的是，这跟犹太教《圣经》里的上帝旨意几乎如出一辙，不是吗？现在你要去击打亚玛力人，灭尽他们所有的，不可怜惜他们，将男女、孩童、吃奶的，并牛、羊、骆驼和驴尽行杀死。您一定读过《撒母耳记》的这一段。我重看这纸命令，脑中立刻浮现这段经文。如同我跟您说过的，我认为这是个错误，我们应该有足够的能力，足够的智慧找出更……更人道的方法，也就是说，更能符合我们德意志帝国及纳粹党员的觉醒的方案。从这个角度来看，元首的方案是失败的。然而，我们不得不面对战争的残酷现实，战争陷入僵局，埋伏在我军后方的敌对势力一日不除，等于强化对手，削弱自己。

“这是场全面性的战争，全国人民无分老幼全都投入抗敌，为了胜利，我们宁可错杀一百，也不能让敌人溜掉一个。这点元首看得很清楚，他毅然决然，快刀斩乱麻，消灭所有疑虑、迟疑、歧见。他这么做，跟他所做的一切一样，都是为了拯救德国，虽然明知如此将葬送数十万德国人民的性命，犹太人和所有敌人也必然跟着陪葬。犹太人祈祷，甚至阴谋搞破坏，要让我们溃不成军，只要我军一日未赢得胜利，我们绝不能容许四周有这种敌人存在。至于我们这些人，既然接下了重担，就必须尽心尽力完成任务，履行我们对人民的义务，真正的纳粹党员的义务——服从命令。即便真如意大利圣人约瑟夫・德・科佩尔蒂诺所言，服从是一把扼杀个人意志的利刃，我们也必须以亚伯拉罕为榜样，用同样的心态接受我们的义务，一如他无怨接受上帝的要求，献祭自己的儿子以撒。您读过克尔凯郭尔吗？他尊称亚伯拉罕为信仰的骑士，他不仅牺牲了自己的儿子，更牺牲了自己对部族的信念。我们也应该这样，不是吗？我们应该效法亚伯拉罕的牺牲奉献精神吗？”

我察觉得到奥伦多夫不太情愿接受这个职务，但是这个时候，谁有那种好运，想做什么就做什么呢？这一点他非常清楚，所以明智地接下职务。身为指挥官，他做事恪遵规定而且非常认真，这里的行事作风跟我原来的特遣部队大相径庭，他们很快就摒弃难以落实的行刑方法，坚持用军队的方式来处决犯人，也就是行刑小组齐发扫射的方式，他经常派底下的军官，像是赛伯特或舒伯特实地巡察，确保各特派小组确实执行他的命令。他同时尽可能严格进行查缉，防止行刑的士兵顺手牵羊或者侵占公物。再者，他严格禁止虐待殴打囚犯，据舒伯特说，大家都很遵守他的禁令。除此之外，他常常主动采取正面积极的行动。

去年秋天他们和国防军合作，组织了一队犹太工匠和农民团，将尼古拉耶夫附近的农作物收割完毕，后来因为大元帅亲自施压，他只得解散团队，我知道他一定非常惋惜，私底下认为大元帅的命令是错的。他在克里米亚半岛投注非常多的心力，与鞑靼人修好关系，而且成效卓著。

1 月时苏联奇袭，一举拿下刻赤，使得我们在克里米亚的地位岌岌可危，鞑靼人立刻义无反顾地召集他们十分之一的壮丁，协助奥伦多夫保卫前线，也在国安警察署和国家安全局对抗游击分子的行动中提供莫大帮助，他们会把逮到的游击分子交给我们，或者就地杀死。军方非常感谢他们的协助，而奥伦多夫在这方面的成功，也加速改善了沃勒尔冲突事件后我们与参谋部的冰冻关系。尽管如此，他对自己的任务仍然无法完全认同，所以海德里希去世后，他立刻有所动作，积极运作返回德国，而我并不特别感到惊讶。

5 月 29 日，海德里希在布拉格受伤，6 月 4 日不治，消息传来的第二天，奥伦多夫立刻飞回柏林奔丧，一直到当月下旬才回队上。他晋升为党卫队旅队长，同时获得柏林的首肯，承诺尽快找人接替他在此地的职务，他一回来便开始向大家道别。某晚他谈起这件事的梗概，海德里希去世后的第四天，元首召见他，跟大多数的部会首长一起开会，像是穆勒、施特雷肯巴赫、施伦堡等人，讨论国家中央安全局的未来，以及少了海德里希之后，国家中央安全局是否还有能力继续独立存在。元首决定现阶段暂时不找人接替海德里希，过渡时期将由他亲自掌舵，不过是以远距离遥控的方式管理。这项决定的先决条件是所有部会首长都必须留在柏林，以希姆莱的名义直接监督底下各局处。

奥伦多夫明显松了口气，虽然脸上没有表现出来，他对这样的转折可以说是相当高兴。接下来人心振奋，几乎没有人注意到他，我们眼看着就要在高加索展开大规模的夏季大战。蓝色行动于 6 月 28 日展开，由冯・博克带兵朝沃罗涅日进攻。两天后，接替奥伦多夫职务的人选，党卫队区队长，瓦尔特・比尔坎普博士抵达辛菲罗波尔。走的人不止奥伦多夫一个，比尔坎普把自己的副官，蒂勒克二级突击队大队长也带来了。此外，行动参谋部的多数资深军官和特派小组的指挥官据悉将在夏天陆续撤换，视接替人选报到的时间而定。

7 月初我军攻下塞瓦斯托波尔，好消息一传来，奥伦多夫掩不住兴奋之情，为大伙送上一段精彩的离别演说，以他一贯的庄重，滔滔不绝回溯我们和布尔什维克主义的殊死战斗，其中遭遇的困难以及我军表现的崇高精神。比尔坎普从比利时法国战场转调过来加入我们，过去他在故乡汉堡担任联邦刑事警察的队长，然后才到杜塞尔多夫担任国安警察署兼国家安全局督察，他也应景地对我们说了些话。

他似乎对新的职务调派感到很满意。“东方战区的工作，尤其在战争期间，对一个男人来说是最刺激的工作。”他这么说。他的本业是法学家和律师，他演说的内容以及接下来的欢迎会他的致辞，处处流露出警察的心态。他年纪大约四十，体形稍显矮胖，四肢短小，给人獐头鼠目的感觉，虽然他顶着博士的头衔，显然不是学院派的知识分子类型，他说的话混杂着汉堡地区的俚语和国安警察署的粗口。尽管如此，他看起来非常能干且果决。那一晚分别后，我跟奥伦多夫只再见过一次，是参谋部主办的晚宴，庆祝我军拿下塞瓦斯托波尔，他忙着和军方的人谈事情，和冯·曼施坦因谈了许久。他见到我，仍然不忘祝我好运，也请我下次到柏林时一定要去找他。

沃斯也走了，非常突然地被调到冯·克莱斯特中将的参谋部，该团的装甲师已经跨越乌克兰前线，持续往米列罗沃挺进。我觉得有些孤单。比尔坎普将全副心力放在重组特派小组上，为了在克里米亚设立国安警察署和国家安全局的正式永久机构，有些特派小组必须解散，接着便轮到赛伯特打包行李。随着盛夏逼近，克里米亚内陆越来越闷热，我尽可能找机会享受海边的清凉。我很快就得出发前往塞瓦斯托波尔，我们的一个特派小组在那里展开工作。

南部海湾的长条形港口四周是冒着烽烟的残垣断壁，偶尔可见遭我军强制撤离的老百姓出没，精疲力竭，不可置信地望着这一切。

面黄肌瘦、浑身脏兮兮的小孩在往来士兵中间穿梭，乞讨一点面包，有些士兵，特别是罗马尼亚人，顺手朝他们的脑袋就是一巴掌，要不就是朝他们的屁股猛踹几脚。

我往下走到港口边的地下碉堡，红军在此设立军火弹药工厂，大多数的设施已经被抢夺一空，剩下的也被火焰枪烧得差不多了。最后一场战役时期，偶尔会发现一些政治委员躲在这里，或者藏在悬崖底下的地洞里，自行引爆炸弹，强拉着他们的手下和到此避难的老百姓，还有走在最前面冲锋陷阵的几名德国士兵一起陪葬。

至于苏联高级官员和高阶军官，多半早在该城陷落前就搭乘潜艇撤离了，我们逮到的都是士兵和小喽啰。辽阔的北方海湾，陡峭山崖插天而立，市中心四围的山巅上净是一座座残破的堡垒，30.5 厘米口径的不锈钢炮管被我军架在滑动轨道上的巨型榴弹炮所发射的 80 厘米大炮炸得稀巴烂，扭曲的长炮管七零八落地倒落在地，有的炮口仰天而立。在辛菲罗波尔的第十一军团参谋部已经在打包行李，冯·曼施坦因晋升陆军上将，即将领兵出征列宁格勒。当时没人想过进攻斯大林格勒，理所当然，因为那时候，斯大林格勒还只是次要目标。

8 月初，特遣部队开始展开行动。我们军力重组，分为 A 和 B 两大集团军，经过激烈的巷战后，终于再度拿下罗斯托夫，装甲部队跨越顿河，长驱直入库班大草原。比尔坎普将我调到隶属行动参谋部的先遣部队，我们先是到梅利托波尔，接着赶往罗斯托夫，一路追赶第一装甲军团。我们这一小群人很快通过峡口和鞑靼人挖掘的战壕，后来苏联军队将其改造成阻碍装甲车行进的壕沟，通过皮里柯普草原[1]之后，转道横越诺盖大草原。

天气热得不得了，我汗如雨下，灰尘黏上我的脸，仿佛戴上一层灰色面纱。然而破晓时分，我们全队上路才没多久，天空开始上演奇妙的七彩变幻秀，才慢慢转蓝，我顿时忘了烦忧。我们的向导是当地的鞑靼人，每隔一段时间便要车队暂停恭敬祈祷，我于是加入其他军官，一起发牢骚，下车抽烟，伸展四肢。路上不时可见干涸的河床和溪谷，在草原上镂刻出一条条交错纵横的深谷脉络。

放眼四周，看不见一棵树、一座山丘，只见本世纪初西门子公司承制的英国—伊朗跨国电信传输杆，规律地每隔一段距离冒出在草原上，算是这片死寂大地的唯一指标。井水是咸的，煮出来的咖啡也是苦咸的滋味，汤喝起来更像是放满了盐，有几位铆着命吃甜瓜的军官腹泻不止，更加拖延了我们的行进进度。过了马里乌波尔，我们循着一条路况很差的滨海公路赶往塔甘罗格，最后终于到达罗斯托夫。

先遣部队的指挥官，莱梅尔一级突击队中队长是国家秘密警察单位出身，他在我们行经遍布枯黄野草的卵石海滩时，两度下令暂停休息，好让我们的人跳进海里清凉一下，坐在热得发烫的鹅卵石滩上让阳光晒干身体，再快速穿衣重新上路。到了罗斯托夫，有一位二级突击队大队长克里斯特曼博士，负责接待我们，他取代了泽增，接管第 10a 临时行动小组。他刚从顿河对岸一座人称

1. 皮里柯普草原（Perekop）：连接克里米亚半岛和大陆的狭长地区。

蛇谷的溪谷回来，结束了那边的犹太人处决任务，他还派了另一组先遣部队到昨天夜里刚被我军攻陷的克拉斯诺达尔，第五军团在那里发现了小山似的苏联政府文件。我请他尽快找人分析文件，并将有关政府官员和党部成员的情报转过来给我，好让赛伯特在辛菲罗波尔私下交托给我的那本小册子内容更完整，他好像把我当成他的职务接班人了。

赛伯特在那本圣经纸册子上，用工整的小字逐一记录了库班—高加索地区的共产党活跃分子或无党籍的硕学鸿儒名单，详细记录他们的名字、地址甚至电话。名单里面有学者、教授、作家、知名的记者、官员、国家企业的厂长以及集体农庄或国营农场的主管，有些名字下面还详列了往来友人和家人亲戚的名字、他们的体貌特征和照片。

克里斯特曼会随时通知我们各特派小组的行动进展，布劳恩博士仍然是奥伦多夫的亲信，他带领的第十一临时行动小组，刚刚和第十三装甲兵团攻下了迈科普。佩斯特雷带领的第 10b 临时行动小组仍然停在塔曼按兵不动，第十二特派小组的一支先遣部队已经抵达斯塔夫罗波尔，也就是我军拿下格罗兹尼[1]之前行动参谋部办公室的预定地，根据我们事先规划好的蓝图，克里斯特曼张罗着将司令总部迁至克拉斯诺达尔。我在罗斯托夫几乎什么都没看到，莱梅尔想要继续前进，下令吃完饭立刻出发。

我们从一条鬼斧神工的浮桥横越顿河宽广的河面，对岸是一大片绵延数公里远的黄澄澄的玉米田，随着我们逐渐深入辽阔荒芜的库班大草原，玉米田也跟着变零散。东边更远一点的地方，蜿蜒曲折的湖水和马内奇沼泽地绵亘延长，巨大的拦水水坝耸立中央，形成一座座蓄水池，某些地理学家以此为欧亚两大洲的分界。第一装甲军团的带头部队以矩阵方式往前推进，摩托车队和装甲车队为主力，周围卡车和炮车随行戒护，绵延 50 公里长，车队掀起的巨大烟尘冲上蓝天，烧毁的村镇里冒出阵阵黑色迷蒙烟幕紧追在后。

我们跟着装甲军的足迹走，一路上在供给干道上看到的物资运送车队和人力支持车队少之又少。一到罗斯托夫，克里斯特曼立刻拿了冯・克莱斯特发来

1. 格罗兹尼（Grozny）：俄罗斯车臣共和国首府，是控制北高加索的要塞。

的快电给我看，那封电报的内容现在可说是无人不知无人不晓：我的前方，没有敌人，我的后方，没有物资。这片一望无垠的大草原的确让人望而生畏。

我们披荆斩棘地前进，一辆辆战车碾过，道路转眼成为没有尽头的沙地，我军的车辆经常陷入沙堆动弹不得，人一下车，膝盖以下立刻埋入沙中，跟烂泥巴差不多。终于，眼看着季霍列茨克就在眼前，四周景色变化，举目净是向日葵花田，一朵一朵艳黄的花朵仰望天空，绵延无际，有耕作也就表示有水。接下来就是哥萨克人的天堂库班地区了，道路两旁种的粮食变成了玉米、小麦、黍稷、大麦、烟草和甜瓜，还有大片大片的野蓟，顶着粉红粉紫的花，长得跟马一样高。在这些作物花草之上，白茫茫的苍穹万里无云。

哥萨克人的村落物饶富庶，每一间哥萨克人的木屋周围都种了李子、杏桃、梨、西红柿、甜瓜、葡萄，每一家的后院几乎都畜养着几头猪。我们停下来歇脚用餐，哥萨克人热情招待我们，给我们送来新鲜面包、炒蛋、烤排骨、葱和沁凉的井水。克拉斯诺达尔终于出现在眼前，我们在那里找到了先遣部队的指挥官罗塔尔·海姆巴赫。莱梅尔下令在此驻扎三天，叫我们把没收的文件档案快速审查一遍，讨论一下，克里斯特曼一抵达便立刻找人翻译。布劳恩也专程从迈科普赶来参加会议。三天后，先遣部队继续朝斯塔夫罗波尔迈进。

城市在远远的前方，蔓延高原之上，四周田野果园围绕。附近道路触目所及皆是翻覆的车辆、重装武器或战车残骸，远远的铁路上，上百辆的货车车厢依旧冒着熊熊大火。过去，这座城市叫作斯塔夫罗波尔，在希腊文里意谓“十字交叉之城”，更精确来说应该是“交通要埠”。这座城建在通往北方的古老栈道交会口，在19世纪，正当山地部落摒弃征伐、协商谋和之际，这座城曾是俄国军队的军事基地。

到了今天，它只是塞外的一座安静小城，仿佛一直沉睡，它成长的速度不够快，也因此免于沦落至众多大城的下场，被可怕的苏维埃式郊区团团包围，失去了旧有风貌。两条长长的大道从火车站往下延伸围绕梧桐园，往下走，一间新颖的药房吸引了我的目光，新艺术风格的建筑，圆形的大门和橱窗，门窗的玻璃被爆炸震碎。第十二特派小组也抵达了，我们暂时安置在高加索饭店。

特派小组的指挥官穆勒二级突击队大队长，照理应该早就预先安排好住宿，等候行动参谋部到来，但是到现在什么安排都没敲定，一切仍然摇摆不定，因为我们还在等A集团军的参谋，和战地司令部的哈通上校的答复，他们迟迟无法确定自己的总部该设在哪里。特派小组已经在人民公安局正对面的红军总部设立办公室，开始办公，但是有人有意见，认为应该把行动参谋部跟集团军参谋部放在一起。尽管如此，先遣部队并没有闲着，他们立刻用索瑞尔卡车毒死了600多名可能制造麻烦的精神病患，原本计划枪决部分病患，却意外引发了一起事故——一名病患不停绕着圈子跑，负责行刑的一级小队长搞了半天，终于成功击中他，他的一位同胞恰好站在射击线上，子弹穿透精神病患的脑袋，波及那名低阶军官的手臂。犹太领导分子一律召集到人民公安局旧办公厅，就地毒死。最后，先遣部队在城外藏匿飞机油料的仓库附近枪毙了许多苏联囚犯，尸体全被扔进地下蓄水池。

第十二特派小组不应该在斯塔夫罗波尔多做停留，因为他们的责任区是俄国人所谓的KMV，高加索矿泉区。这里的小镇以出产具有疗效的泉水以及广布火山之间的各式水疗场闻名于世，我军一旦占领该区，第十二特派小组的指挥中心即迁移至五山城[1]。我们到达后一周，比尔坎普博士和行动参谋部也到了，国防军终于分派了总部和办公室给我们，就位于集团军参谋部办公的那栋大楼侧翼，我们砌了一道墙和他们区隔开，不过大伙共享食堂，于是我们也跟着沾光，跟他们一起庆祝了第一高山兵团缔造的光荣里程碑——登上高加索山脉第一高峰厄尔布鲁士峰。穆勒博士和他手下的各个特派小组已经离开，只留下一支由韦纳尔·克莱贝尔指挥的分区行动支队，继续完成净化斯塔夫罗波尔的行动，耐心等待格莱特·科尔斯曼旅队长的到来，也就是库班—高加索地区的新任党卫队兼警察署最高总长。至于接替赛伯特的人，迟迟不见踪影，他的职务只好由普里尔一级突击队中队长暂代。普里尔随即派我到迈科普出任务。

高加索山整个夏季总笼着一层薄雾，不到山底下看不清它的面目。我取道阿尔玛维尔和拉宾斯卡亚穿越高低起伏的高山纵谷，一步出哥萨克人的地盘，只见家家户户插着绿底白色新月的土耳其国旗，伊斯兰教人民向我们表达欢迎之意。迈科普是高加索地区的重要石油中心，城区傍山而建，有别拉亚河的天

1. 五山城（Pyatigorsk）：北高加索地区城市，以温泉度假中心闻名。

然屏障，老城雄踞白垩土悬崖之上，是控制别拉亚河深广水道的制高点。

进入郊区市镇之前，道路与铁轨平行，只见千百节车厢满载苏联来不及带走的物资。我们通过一条丝毫没有受到战火破坏的桥，一下桥便进入了城区，市区街道又长又直，交叉呈棋盘方格状，每条道路几乎都一个样，一律绕经文化公园，公园的劳动英雄石膏群像禁不住风吹雨打，早已风化剥落。布劳恩外表看起来有点像马，月亮般的大脸，突出的饱满前额，和我见面时表现得匆忙又敷衍，我觉得他似乎认定我是留在军团里的“最后一个奥伦多夫人马”，尽管接替他职务的人选眼看着这一两个星期就会到。

布劳恩非常担心涅夫捷戈尔斯克的炼油设施，军事情报局的人在我军攻下这座城的前一晚，成功渗透进一个特殊组织“沙米勒[1]”，该组织的成员均为高加索地区的高山部落居民，他们伪装成人民公安局的特派军队，力保油井不受破坏。然而他们失败了，这团装甲兵只能眼睁睁看着俄国人炸毁油井设施，虽然我军的技术人员开始清理整修，大陆石油公司也早就等在一旁，如秃鹰般虎视眈眈。这群官僚一个个紧紧盯着戈林[2]的四年计划大饼，仗着有库班—高加索地区督察厅总督阿诺·席克丹茨在后面撑腰，捞尽油水。

“您一定知道席克丹茨能得到这个肥缺，全靠罗楚姆佩格部长的大力保荐，他们是里加中学同学。两人是校友，却处得不是很好，据说多亏了克尔讷大人，也就是戈林大元帅的机要秘书居中撮合，才让他们两人尽释前嫌，席克丹茨于是被推举进入大陆石油公司的董事会，大陆石油公司是党卫队大元帅一手设立的，是开发库班和高加索地区油田的工具。”布劳恩认为，一旦高加索开放给民间开发，情况肯定会比乌克兰更混乱、更难以控制。在乌克兰，科赫党代表简直无法无天，不但拒绝与国防军合作，连党卫队也不理，甚至连他所属的局处都不看在眼里。“席克丹茨对党卫队唯一的贡献就是任命党卫队的军官为弗拉季高加索[3]和阿塞拜疆的人民委员，至少在这些地区，双方的关系好

1. 沙米勒（Imam Shamil，1797—1871）：北高加索地区的政治和伊斯兰宗教领袖，帝俄往高加索地区扩张，他组织高山部落共同抗俄。
2. 戈林（Hermann Wilhelm Göring，1893—1946）：纳粹德国的第二号人物，希特勒指定接班人。
3. 弗拉季高加索（Vladikavkaz）：俄罗斯北奥塞梯—阿兰共和国首府。

很多。”

我和布劳恩共事了整整三天，协助他整理文献以及移交的报告。我唯一的娱乐就是跑到一个高山族老人开的露天小酒馆喝一杯难喝得要命的当地葡萄酒，尽管如此，我认识了一位来自比利时的军官，“瓦隆[1]军团”的指挥官卢西恩·利佩尔，我们的结识并非纯粹出于偶然。其实我想拜见的人是莱昂·德格勒尔[2]，他是雷克斯主义运动[3]的领袖，刚好在这附近作战，我在巴黎的时候，布拉齐亚克曾经跟我谈到他，言谈充满理想激情。

我请求代为转达求见之意，接见我的军事情报局上尉却毫不留情地出言讽刺。“德格勒尔？每个人都想见他，他八成是我军最出名的下级军官了。不过他人在前线，您知道那里可热闹得紧。上礼拜吕普将军遭到敌人突袭，差一点就为国捐躯了，比利时人损伤惨重。”为了不让我白跑一趟，他介绍我认识了利佩尔，一名瘦得皮包骨似的年轻军官。他笑容可掬，穿着皱巴巴的战地灰色军服，明显是经过修改的旧衣，穿在他身上有点松垮垮的。我们坐在我常去的那家小酒馆，在苹果树下畅谈比利时政局。利佩尔是职业军人，属于炮兵连，他之所以愿意加入德国军队，是因为他反对布尔什维克主义，他始终是坚贞的爱国主义者。他埋怨我方不守承诺，强逼他们穿上德军制服。

“我们的人真的非常生气，德格勒尔花了好大的功夫才平息众怒。”德格勒尔加入德军的时候，天真地以为以他在比利时政局的分量，肩头少不了要挂上几条杠，结果国防军根本不理他，说他没有战地经验，说到这里，利佩尔笑了，“好啦，他还是要来，当个机关枪手。老实说，他真的没有多少选择，他在比利时的声势逐渐下滑。”虽然一开始德格勒尔有点适应不良，却靠着战功逐步晋升。

“问题是他老以为自己还是人民政委，您懂我的意思吗？说穿了，他不过

---

1. 瓦隆（Wallonia）：比利时南部地区，主要讲法语。

2. 德格勒尔（Léon Joseph Marie Ignace Degrelle，1906—1994）：比利时政治人物，作家与新闻工作者，一开始笃信比利时国家主义，理念慢慢与纳粹国家社会主义接近，最终走向极端，曾任纳粹党卫队将军。

3. 雷克斯主义运动（Rexist）：20 世纪前半叶盛行比利时国内的极右派运动。

是个低阶军官。”现在德格勒尔念兹在兹，一心想把瓦伦军团编入党卫队武装军。“去年秋天他和您的施泰纳将军见了面，从此整个人都变了。可是我反对，如果他真的这么干了，我只好让他另请高明。”

他的脸变得无比严肃：“您千万不要误会，我对党卫队并没有什么不满，可是我是军人，在比利时军人不搞政治。政治不是我们的舞台。我是保皇党，我爱我的国家，反对共产主义，但我绝对不是纳粹主义分子。我加入军团的时候，他们在皇宫向我保证，这项举动不会违背我宣示效忠国王的誓约，不管别人怎么说，反正我自认没有违反誓约。至于其他的，他们跟弗拉芒人[1]的明争暗斗，这些都不是我的问题。党卫队武装军不是正规军，而是隶属政党的军事武力。德格勒尔说唯有与德国人并肩作战，将来才有发声的机会，战争结束后，在欧洲的新秩序里才能占有一席之地，这点我同意，但也不能太离谱。”

我露出微笑，利佩尔讲话口气虽然不加修饰，却很对我的胃口，他是个率直刚正的人。我再倒了一杯酒给他，顺便转移话题：“您应该是第一批上高加索作战的比利时人吧。”

“错了！”他哈哈大笑，快速说了1830年比利时大革命时代的英雄，唐璜·范·哈伦的各种奇情侠义故事给我听，他有一半弗拉芒一半西班牙血统，是拿破仑时代的老军官，在费尔南多七世统治时期，曾因鼓吹自由主义思想遭到马德里的宗教裁判所判决入狱。他连夜逃亡，却在第比利斯遭到拦截，天知道是怎么回事，当时的高加索地区俄军指挥官叶尔莫洛夫将军竟然开口请他带兵。“他上战场与车臣厮杀。”利佩尔笑着说，“您能想象吗？”我也跟着一起笑了起来，我觉得他人真的很好。不过他得离开了，十七军团参谋部准备在图阿普谢发动攻击，取得油管出口端的掌控权，而瓦隆军团隶属高山轻步兵部队第九十七师，所以身负重任。

分手时我祝他好运，虽然利佩尔跟他的同胞范·哈兰一样活着离开了高加索，命运之神却在不远处抛弃了他，战争末期我得到消息，他在1944年2月

1. 弗拉芒人（Flemish）：比利时两大主要民族之一，居住在比利时北部，讲荷兰语。

猛攻切尔卡瑟[1]的突围战中慷慨捐躯。“瓦隆军团”在 1943 年 6 月纳入党卫队武装军编制下，利佩尔因为不愿抛弃手下，任底下的士兵群龙无首，他继续坚守岗位，等候继任者前来交接，这一等就是八个月。德格勒尔却临阵逃脱，当我军全面败退，大势已去的当儿，他在吕贝克[2]附近抛弃手下军士，独自搭乘斯佩尔[3]部长的私人飞机潜逃西班牙。最后他虽被判死刑，可是他躲得远远的，高枕无忧。可怜的利佩尔看到他那个样子，肯定会羞愧到无地自容。

我回到斯塔夫罗波尔时，我军拿下莫兹多克[4]，该城是俄罗斯的重要军事中心。前线军队现在沿着捷列克河[5]和巴克桑河的河道推进，第一一一步兵师正准备强渡捷列克河朝格罗兹尼前进。底下的各特派小组也没闲着，一到克拉斯诺达尔，第 10a 特派小组就解决了该区精神病院的 300 名病患，和儿童精神病院的病童。穆勒博士在高加索矿泉区积极筹备一场大规模行动，他已经在各个城市设立犹太议会，基兹洛沃茨克的犹太领袖是个牙医，他们甚至在还没有收到正式命令之前，就忙不迭地把他们的地毯、珠宝和御寒衣物通通送过来。

党卫队兼警察署最高总长科尔斯曼跟参谋前脚才刚踏进斯塔夫罗波尔，也就是我回到这里的当天晚上，随即召集我们聆听他的就职演说。我早在乌克兰的时候就听人说过科尔斯曼，他出身国家安全局的民兵团，早先主要为绿衣警察总局效命，战争爆发前夕才加入党卫队。据说海德里希起先并不想用他，还在他身上贴下国家安全局捣乱分子的标签，不过，他背后有库尔特・达鲁埃格[6]和冯・登・巴赫[7]撑腰，一路慢慢往上爬，大元帅最后决定让他担任党卫队

1. 切尔卡瑟（Cherkasy）：乌克兰第聂伯河沿岸城市。
2. 吕贝克（Lübeck）：波罗的海沿岸的德国大城。
3. 斯佩尔（Albert Speer，1905—1981）：纳粹德国的装备部部长，主掌经济，被控强迫大量的战俘和犹太人在非人的条件下从事重体力劳动，后在纽伦堡被判为一级战犯，但没被判死刑，战后在伦敦度过余生。
4. 莫兹多克（Mozdok）：俄罗斯北奥塞梯共和国的一个主要城市。
5. 捷列克河（Terek）：北高加索地区河流，注入里海。
6. 达鲁埃格（Kurt Daluege，1897—1946）：党卫队总指挥长，也是警察单位大头目。
7. 冯・登・巴赫（Erich von dem Bach-Zelewski，1899—1972）：党卫队总指挥长。

兼警察署最高总长。在乌克兰的时候，他已经爬上“特派”党卫队兼警察署最高总长的高位，不过他一直被在 1941 年 11 月接替耶克尔恩、担任南俄罗斯地区党卫队兼警察署最高总长一职的普兹曼压在底下。科尔斯曼始终没有表现的机会，高加索地区的攻击行动正好是他大展身手的好机会，也因此他的演讲自然流露出一股兴奋之情。

他字字铿锵，说党卫队不仅单纯地肩负消极的国安和镇压使命，同时也肩负积极的任务，我们的特遣部队不仅有能力，而且有义务奉献一份力量——针对原住民进行正面宣传，对抗传染性疾病，为党卫队武装军的受伤弟兄重建疗养中心；经济生产，特别是石油工业，而其他尚未开采的丰富矿产也不容忽略，党卫队可以为旗下的企业取得矿产开采权。另外，他特别强调与国防军打好关系。“这方面的问题各位一定都有耳闻，特别在战争初期，一度严重影响了特遣部队的工作。从今以后，为了避免类似事件再度发生，有关党卫队、集团军参谋部和参谋部的联系问题一律转到我的办公室统一处理。除了平时的联络、例行的工作沟通，所有的重大议题，我手下的党卫队军官均不得径行与国防军进行协商。这方面若有人带头瞎搞，我一定铁面无私，从重处罚，我说到做到。”

科尔斯曼的话尽管流露出不寻常的僵硬，像是新官上任缺乏自信，尚未完全适应新职的样子，但总体而言，他的演说表达流畅，散发着独特的个人魅力，大伙对他的观感相当正面。那晚稍晚的时候，我们这些次级军官召开了一次非正式的会议，莱梅尔对科尔斯曼公事公办，不讲情面地提出了个人的看法：科尔斯曼时刻萦绕在心的是，他没有足够的实际战绩足以建立威信。根据从属原则，特遣部队直接向国家中央安全局报告，如此一来，比尔坎普便有机会走偏门，压下科尔斯曼下达对他不利的每道命令。党卫队和中央经济暨行政总署的经济学家，当然也包括归属国防军的党卫队武装军，全都是一样的心思。一般说来，党卫队兼警察署最高总长为了建立威信，拥有只听命于他的武力，也就是几营的绿衣警察，然而科尔斯曼还没有接收兵力，他仍旧是个“没有实权”的党卫队兼警察署最高总长。他可以下达个人建议，但是如果这些建议不利比尔坎普，比尔坎普大可置之不理。

穆勒开始在高加索矿泉区展开行动，普里尔要我过去巡视。我觉得奇怪，我对巡视工作没有特别的好恶，但是普里尔似乎想尽办法，要我远离斯塔夫罗波尔核心。赛伯特的继任者，利奇博士这几天就会到，也许和我同一位阶的普里尔担心我利用和奥伦多夫的交情，私底下运作让利奇踢掉他，选我当副手。

若他真有这种想法，那真是太愚蠢了，我在这方面毫无野心，普里尔根本不需要提防我。不过，也许是我自己想太多？事实如何很难说，我素来不擅长党卫队所谓接班席次那一套巴洛克式的把戏，结果落得四处飘忽，歧路亡羊，碰到这种事，托马斯的直觉和忠告益发弥足珍贵。可是托马斯远在他方，这里我又没有知心的朋友可以倾诉。说真的，这里的人不是我能轻易交心的类型。

往国家中央安全局的办公室里头钻，可以发现绝大多数的人都野心勃勃，把特遣部队的工作当作跳板，几乎每一个人，从踏进这里的第一天开始，全都把种族灭绝的工作视为理所当然，他们从来没想过最后方案实施的第一年里折磨我们的法理问题。在这群人当中，我被贴上难搞的知识分子标签，被孤立，我倒不觉得怎么样，世俗泛泛之交，可有可无。然而，防人之心还是不可无。

我一大早就到了五山城。初秋的天空灰蓝迷蒙，笼着一层浓雾和夏日尘灰。斯塔夫罗波尔的马路接近矿水城时与铁路交叉，之后沿着铁轨蜿蜒于五座火山峰之间，这五座山峰正是五山城的命名由来。

我们从北边入城，绕过马楚克山山腰，马路从这个地方开始往上爬，城镇房屋转眼在我脚下，远处城垛后面起伏不平的火山地形上，翻倒散落四处的炮塔仰天而立。

特派小组征用了马楚克山山脚下本世纪初建造的疗养中心当作总部，位于城东，冯·克莱斯特的参谋部进驻庞大气派的莱蒙托夫疗养中心，党卫队则分派到军队疗养中心，后者同时充当党卫队武装军的野战医院。“希特勒摩托车禁卫队”刚好在这区作战，我想到帕特瑙，内心泛起淡淡的酸苦，重温旧梦不是好主意，虽然我知道我可以不费吹灰之力找到他。五山城几乎没有遭到战火洗礼，除了与工厂的自卫队短暂地交火，整座城可说是不费一兵一卒被我军拿下，街道热闹滚滚，跟淘金潮时期的美国矿区小城有得比。

街上到处可见手推车，甚至骆驼横行，逼得军用汽车不得不停下来，忙得战地警察破口大骂，挥舞警棍赶人，解开交通死结。花坛公园对面，布里斯托饭店前方，一排排汽车、摩托车整齐停靠，正是战地司令部的所在地，特派小组的办公厅位于稍远的基洛夫大道上一栋两层楼的老建筑。两旁的路树遮掩了建筑的美丽外墙，我细细欣赏粉泥墙面线脚处浮刻的展翼小天使，天使坐在两只翱翔的鸽子身上，高举过头的花篮，篮内满是烧瓷花卉，墙顶还有一只栖息的鹦鹉和一张小女孩吸着鼻子的哀伤脸孔。

右手边一扇拱门直通内院，司机将车子停在索瑞尔卡车旁边，我把证件递给卫兵检查。穆勒博士有事在忙，国家秘密警察的军官波尔特，也是二级突击队中队长代为接见。人员在挑高的大厅内工作，阳光透过高墙上的木十字窗棂洒进室内，采光良好。波尔特博士的私人办公室是一间漂亮的圆形小房间，位于建筑物角落的两座高塔之一的顶楼。他不苟言笑地为我详细说明行动的步骤：我们根据犹太议会提供的人口数字，列出一张时程表，管辖区域内的村镇，每天撤离一个村镇的全部或者部分犹太人。

国防军负责印制张贴海报，呼吁他们“移民到乌克兰重新开始”，火车和戒送的卫兵也由国防军负责调度安排。犹太人被送到矿水城，先安顿在玻璃工厂，然后被带到稍远的苏联防装甲车战壕。犹太人数目比预期高出许多，许多犹太人从乌克兰或白俄罗斯逃难到这里，还有一些是去年为了安全起见，一举迁移到高加索矿泉区的列宁格勒大学师生，当中有很多是犹太人、党员以及被列为潜在危险因子的知识分子。特派小组也乘这个机会一举歼灭被逮捕的共产党人、共青团成员、吉卜赛人、监狱内服刑的一般罪犯、好几处疗养院的员工及病患。

“您想必能了解，”波尔特说，“这里的基础建设正符合我们的行政机构所需。举例来说，督察厅总督的信差就要求我们释放出基兹洛沃茨克人民委员会的疗养中心供石油工业用。”行动已经展开，光是第一天，我们就解决了矿水城一地所有的犹太人，接着是叶先图基和热列兹诺沃德斯克。第二天预定从五山城开始，到基兹洛沃茨克结束。轮到的城镇会在执行任务的两天前发布撤离命令。“这里的人很少在城镇间走动，所以根本没有察觉异样。”他邀我一同巡视正在执行的处决行动，我表示想先巡视高加索矿泉区的其他城镇。“这样的话，我可能没办法陪您了，穆勒二级突击队大队长正在等我。”“没关系，您只要派一个知道贵单位各分区行动支队办公室在哪儿的人给我就行了。”

车子离开市区朝西走，绕行五座火山峰中最高的贝什塔乌山，山脚下隐约可见泥浊灰黑的波德库莫克河河口的某些地方。老实说，我到这些城镇没有什么正事要办，我只是好奇，想一窥山城的面貌，再说我也没多大兴致立刻加入行动。

叶先图基在苏联的统治下，摇身一变成了工业城市，没有什么可看的，我拜会了一些当地分区行动支队的军官，针对他们的安排交换了一些意见，没有久留。基兹洛沃茨克却非常怡人，那是一座古老的水岸小城，充满了老镇风情，比五山城更绿更美。主要的温泉浴场位于独特的仿印度庙宇式建筑里，约莫建于本世纪初，我品尝了当地的纳赞矿泉水，入口沁凉提神，可惜稍微酸了点。拜会了当地驻军单位之后，我到大公园晃了一圈，然后返回五山城。

各单位军官统一在疗养中心的餐厅用餐。大伙谈的多半是我军的军事进展，表面上大多数人对战况抱持着乐观的态度。“施韦彭堡[1]的装甲部队已经渡过捷列克河了。”穆勒的副官维恩斯兴奋地说，他是生长在乌克兰的德裔侨民，人尖酸刻薄，一直到24岁才离开乌克兰。“照这样看，我军很快就能抵达格罗兹尼，只要拿下格罗兹尼，要拿阿塞拜疆首府巴库就像是囊中取物，迟早的事。我们大多数的人今年都可以回家欢庆圣诞节了。”

“一级突击队中队长，施韦彭堡将军的装甲部队行进受阻。”我彬彬有礼地提出看法，“他们勉强建立了一座滩头堡，苏联军队死守车臣—印古什共和国，顽强的抵抗超乎我们的预期。”“哎呀，”一名满脸通红，全身肥油的三级突击队中队长法伊弗，口气很冲地回呛，“那是他们最后的奇袭，他们军心涣散，不过是想要误导我们的障眼法，只要我军使出强烈攻势，他们根本不堪一击，个个逃得比野兔还快。”

“您怎么知道？”我好奇地问。“参谋部的人都这么说。”维恩斯抢着回答，“今年夏天，他们突破围城战后入城，例如米列罗沃一役，抓到的战俘人数明显变少。他们归纳出一个结论，认为布尔什维克党耗尽了所有资源，果然

1. 施韦彭堡（Leo Geyr von Schweppenburg，1886—1974）：德国将领，参与过第一次和第二次世界大战，以带领装甲部队见长。

不出指挥高层所料。”“我们的行动参谋部和集团军参谋部也深入讨论过这个现象。”我说，“并不是每个人都同意您的说法。有些人认为苏联从去年的严重损耗中得到教训，因而修改了战略，在我军发动攻势前，他们早就好整以暇地往后方撤离，一旦我方战线拉得太长出现破绽，苏联将一举反攻。”“我觉得您的想法太消极了，一级突击队中队长。”特派小组的指挥官穆勒大口咬着鸡肉，嘟囔着说。

“我不是消极，二级突击队大队长，”我回答，“我只是想突显不同的看法，如此而已。”“您认为我军的战线拉得太长了吗？”波尔特好奇地问。“这要看等在我军前方的是什么而定。B 集团军的长征队伍沿着顿河河谷前进，不时在各滩头堡遭遇苏联埋伏军队的奇袭，我军无法歼灭他们，而且从沃罗涅日到斯大林格勒，虽然我军不断猛攻，苏联军依旧顽强抵抗。”“斯大林格勒撑不了多久的。”维恩斯灌下一大杯啤酒，义愤填膺地说，“我们的空军早在上个月就瓦解了他们的防线，剩下的交给第六军团就够了。”“也许吧。不过，由于我军主力全放在斯大林格勒，B 集团军的侧翼、顿河河谷和大草原全交给我们的盟军防守。您跟我一样清楚，罗马尼亚跟意大利军队的素质和德军不能相提并论，匈牙利军队也许训练精良，但是他们什么都缺。在这里高加索地区，情况一模一样，我们没有足够的人力在山头建立一条完整延续的防线。在两个集团军之间，战地防线一段段散布卡尔梅克大草原之上，我们只能偶尔派巡逻队来回巡查，敌人若发动奇袭，我们只有任人宰割。”

“关于这一点，”斯特罗施内德博士开口了，他是嘴唇突出，鼻梁下蓄着浓密小胡子的大个子，统领驻布琼诺夫斯克的分区行动支队。“奥厄一级突击队中队长的看法不能说是危言耸听，大草原毫无屏障，万一敌方大胆发动奇袭，将会大大削弱我军的优势。”“哦，”维恩斯拿起一杯啤酒说，“就算这样，也不过像被蚊子叮了一下，不痛不痒。如果他们胆敢找我们盟军的麻烦，我们德国一根小指头就足以控制局面。”

“我希望您说的是对的。”我说。“总之，”穆勒博士以教训的口吻总结，“元首总是能做出最好的决策，让底下的反动将领乖乖听话。”这的确也是一种看事情的角度。转眼间话题已经转到今天的行动上了，我默默听着。一如以往，受刑人临死前的举止永远是大家百说不厌的趣闻逸事，他们苦苦哀求、哭泣、高唱国际劳工协会会歌，或者紧闭双唇始终不吭声，当然也谈此次行动的行前安排工作，以及我方执行人员的反应等等。

我无力地忍受这一切，老油条不断重复大伙听了一整年的老掉牙经历，光听庸俗的起哄鼓噪，根本看不出他们内心真正的感受。尽管如此，有一名军官因为爱辱骂抨击犹太人，而且用词极端不堪而特别引人注目。他是特派小组的第四小队队长，图雷克一级突击队中队长，一个让人非常不舒服的家伙，我们曾在行动参谋部打过照面。图雷克这家伙卑鄙下流，行事作风近似施特莱彻，跟我在特遣部队遇见的几个罕见的反犹太激进分子属同一类型。

在国安警察署和国家安全局，传统上多半会从学理的层面来酝酿挑起反犹太情绪，这种情绪化的举动总让我们看不起，但是图雷克的外表具备了所有犹太人的特征：头发黑而鬈，突出的大鼻子，丰满的厚嘴唇，我们有些人背地里残忍地取笑他，戏称他为“犹太甜心”，也有人暗指他有吉卜赛人的血统。他大概从小就深受其苦，一逮到机会就会大肆宣扬他的雅利安血统。“我知道从我外表完全看不出来。”他总是拿这句话当开场，随即长篇大论解释，因为最近要结婚，他花了好一番功夫追查族谱，一路回溯到 17 世纪，他甚至还申请了一张党卫队人种与移居部的证明，证明他是血统纯正、有能力繁衍纯种的德意志民族后代。这一切我都能理解，甚至深表同情，然而他出口之下流，举止之卑鄙已经超出了我能理解的范围。我听说他在行刑时，当众嘲笑犯人行过割礼的下体，还把女人脱得精光，对她们说再也别妄想有小孩从她们的犹太阴道里出来。

奥伦多夫绝不容许这种过分的举动，比尔坎普却装作没看到，连应该要叫他检点些的穆勒也什么都没说。图雷克跟普法伊弗尔谈得正起劲，普法伊弗尔在行刑时负责引导囚犯进入刑场，普法伊弗尔听他爆粗口乐不可支，还在一旁敲边鼓。

我实在看不下去了，不等上甜点就先行告辞离席回房。我又开始呕吐了，打从我到了斯塔夫罗波尔，或许更早，在乌克兰时搞得我身心俱疲的恶心感觉再度发作。我只在斯塔夫罗波尔吐过一次，吃完一餐稍嫌油腻的饭后，总之，有时我必须很努力，才能够压下这股恶心想吐的感觉。我咳得很厉害，咳得满脸通红，我觉得有点丢脸，宁愿早早离席。

第二天早上，我跟其他军官一同前往矿水城，巡视行动执行情况。我到的时候，犯人刚好从火车上下来，那些犹太人似乎觉得很奇怪，怎么这么快就下车，他们以为火车会载他们去乌克兰，但也没多说什么。为了避免引发骚动，确认是共产党人的囚犯要特别隔离戒送。走进玻璃工厂堆满物品、满是尘埃的大厅，犹太人被喝令交出身上的衣服、携带的行李、个人财产和公寓的钥匙。这引起了一阵骚动，更何况工厂地板上都是碎玻璃，他们只穿袜子，很容易割伤脚。我发现这个情形，告诉波尔特，他只是耸耸肩。绿衣警察使劲殴打，惊慌的犹太人仓皇逃窜，穿着内衣蜷缩坐在一旁的女人不断安抚小孩。户外凉风徐拂，阳光穿透玻璃，室内又闷又热，活像温室花房。

有位上了年纪的老先生，衣着讲究，戴着眼镜，蓄着小胡子，朝我这边走过来。他手里抱着一个非常小的小男孩，他脱下帽子，以字正腔圆的德语对我说："军官先生，我可以跟您说几句话吗？""您德文说得非常好。"我回答。"我在德国念过书。"他说，带着略显僵硬的骄傲，"德国曾经是一个伟大的国家。"这位先生大概是列宁格勒大学的教授。"您要跟我说什么呢？"我不带情感地说。小男孩双手环抱老人的脖子，蓝色的双眸睁得大大地盯着我。他大概两岁吧。

"我知道您在这里做什么，"老人平静地说，"您的所作所为天地不容，我只是想祝福您，希望您能活着打完这场战争，好让您在 20 年后，每天夜里在尖叫声中惊醒。希望您往后看自己的孩子时，不会看到曾惨遭您扼杀的孩子无辜的脸。"他不等我回答随即转身离开，怀里的小男孩头搭在他肩膀上，仍然目不转睛地看着我。

波尔特走到我身边。"真嚣张！他怎么敢？您应该给他好看。"我耸耸肩。这么做有什么意义呢？波尔特明知道这个男人等会儿会有何下场。他想羞辱我，这是人之常情。我走开，踏出工厂大门。绿衣警察将一群身上只剩内衣的人团团围住，强迫他们往一公里外的防装甲车壕沟前进，我目送他们走远。壕沟离这里很远，枪响传不过来，不过这些人多半都猜到是怎么一回事了。

波尔特挥手叫我："您要来吗？"我们的车行经我刚才看着离开的那群人，他们冷得直打哆嗦，女人紧紧抱着孩子。没多久壕沟就在眼前，士兵和绿衣警察站在一旁休息、发牢骚，我听到一阵喧闹与吼叫。我穿过成群的士兵，看见图雷克挥舞着一柄铲子，狠狠朝一名几乎全身赤裸、倒地不起的男人猛打，他面前还有两具血淋淋的尸体。犹太人在士兵的看守下站在稍远处，惊慌失措。“害虫！”图雷克直着嗓门叫嚣，眼珠突出，“给我爬，犹太鬼！”他高举铲子，前缘刀口直直落下。男人的脑袋应声裂开，鲜血脑浆喷上图雷克的靴子，我清清楚楚看见一颗眼珠爆裂弹出眼眶，在空中飞转落在几步远的地方，旁观的士兵哈哈大笑。

我一个箭步飞奔到图雷克身边，用力抓住他的手。

“您疯了！给我立刻停止。”我激动得全身发抖。图雷克愤怒转头看着我，作势举起铲子，接着缓缓放下，猛然拉回自己的手臂，他也气得浑身发抖。“少来多管闲事。”他啐了一口，满面通红，豆大汗珠滚落，眼珠子不停转啊转。他扔下铲子，大步离开。波尔特走到我旁边，冷冷地叫站在一旁呆若木鸡、呼吸急促的普法伊弗尔把尸体抬走，继续行刑。

“您不该多事。”他责备我。“这种行为完全无法让人接受！”“或许吧，不过穆勒二级突击队大队长才是本特派小组的指挥官，您在这里不过是个观察员。”“好，既然说到这里，穆勒二级突击队大队长人在哪里？”我仍然抖个不停。我回到车上，命司机带我回五山城。我想点烟，可是双手抖得太厉害，完全无法控制，和打火机奋战了好一会儿才点燃烟。我狠狠吸了几口，把烟扔出车外。回程路上，我们又碰到了那群步行的犹太人，我瞥见一名青少年跳出队伍，跑过来捡我扔掉的香烟，再奔回队伍。

回到五山城，我还是没见着穆勒。卫兵认为他应该是到参谋部那边去了，但不敢肯定，我犹豫了一下，不知是否该待在这里等他，最后决定离去，干脆直接向比尔坎普报告算了。我回到疗养中心收拾行李，派司机到参谋部拿汽油。没说一声就离开当然不礼貌，但是我一点都不想跟他们这批人道再见。

车行至矿水城，马路离坐落在铁轨后面，隐身山峦底下的玻璃工厂并不远，我没有叫司机停车。一回到斯塔夫罗波尔，我立刻开始打报告，内容大致着重在行动的技术面和组织面的检讨，还是带上了一笔“某些应该为属下树立典范的军官，他们离谱的行为令人深感遗憾”。我知道这样写就够了。

果不其然，第二天蒂勒克到办公室找我，说比尔坎普想见我。普里尔先看了我的报告，事先问了我相关的细节，我拒绝回答，只是冷冷告诉他，这件事只能让指挥官知道。比尔坎普很有礼貌地接见我，请我坐下，问我到底是怎么一回事。蒂勒克也在场。我尽可能以不带情绪的中立角度叙述事情始末。

“您认为该怎么做呢？”听我说完后，蒂勒克问。“二级突击队大队长，我认为这个案例应该呈报党卫队内部法庭，或者转交警察单位处理。”我回答，“最起码应该送他去精神科检查。”“您未免太小题大做了。”比尔坎普说，“图雷克一级突击队中队长是一名优秀的军官，非常有才干。他对犹太人感到愤恨和不满并没有错，因为犹太人是斯大林思想的传播媒介，那是可以理解的。再说，您自个儿也说，您只看到了事件的后半部。那个人肯定有做出挑衅的举动。”“就算犹太人放肆妄为，甚至想要逃跑，他的举动都应该维持一名党卫队军官该有的样子，尤其在众目睽睽之下。”“关于这一点，您说得没错。”他转头和蒂勒克互望了一会儿，然后回头对我说，“我计划几天后去一趟五山城，我会亲自找图雷克一级突击队中队长谈谈这件事，非常感谢您把这件事告诉我。”

接任赛伯特的利奇二级突击队大队长在同一天抵达，同行的还有舒尔兹一级突击队大队长，他将接替人在迈科普的布劳恩，我还没机会见到他，普里尔又要我去莫兹多克巡视刚抵达那里的第 10b 特派小组的行动情况。“这么一来，这里的特派小组您都巡视过了。”他对我说，“等您回来，再向二级突击队大队长述职吧。”

要去莫兹多克，路程少说也要六个钟头，得先绕到矿水城，再往回走到普罗赫拉德内。我决定明天一大早出发，虽然如此，还是没能见到利奇。司机天光未亮便叫醒我，日出时分，我们已经离开斯塔夫罗波尔高原，阳光轻拂田野跟果园，照亮远方高加索矿泉区首批映入眼帘的火山轮廓。过了矿水城，马路两旁遍植椴树，伴着高加索山脉的城垛一路延伸，峰顶忽隐忽现，只见厄尔布鲁士峰覆盖白雪的浑圆山头直直插入灰蒙天际。道路的北边是一望无际的田野，偶尔可见散布的伊斯兰小村落。

车子跟在军用物资运输处一长列的载货卡车后面，根本无法超车。莫兹多克一片混乱，群众激愤鼓噪，军方车队堵塞灰尘满天飞的道路，我叫司机停车，步行寻找第五十二旅军的总部。一名军事情报局的军官神情激动地接待我：“您没听说吗？陆军上将里斯特今天早上被免职了。”

“怎么回事？！”我失声大叫。里斯特才刚接任东方战区上将一职，距今不到两个月。军官耸耸肩：“我军强攻捷列克河右岸失败，之后被迫采取守势，高层大概非常不满意。”“为什么攻不过去呢？”他高举双手。“我们没有足够的兵力，就这么简单！把南方集团军的武力一分为二，根本就是致命的错误决策，以我们现在的武力，什么目标都无法达成，另一队则深陷在斯大林格勒的周边城镇进退不得。”“谁来接任上将呢？”他恨恨地嚷着：“您一定不会相信，元首要亲自上阵！”的确不可思议。

“元首要亲自指挥A集团军？”“一点也没错。我不知道他打算怎么做，集团军参谋部在斯塔夫罗波尔，元首人却在文尼察[1]。不过，元首才智过人，一定会想出办法的。”他说话的口气变得越来越酸，“他已经是国家、国防军和陆军的最高统帅，现在又多了一整个集团军，您想他会继续下去吗？他日后可能会亲自指挥一支军队、一旅，然后是一连。到最后，谁知道，也许摇身一变成为带头冲锋陷阵的士官，跟他刚发迹的时候一样。”

“您这么说过分了点。”我冷冷地说。“您啊，老兄，”他回呛，“您请便吧，这里是前线战区，党卫队在这里没有说话的份。”一名勤务兵走进来。“这位是您的向导。”军官指着他说，“祝您今天愉快。”我二话不说大步离开。刚刚那番话虽然让我很不高兴，却也让我忧心，如果我们在高加索的攻势陷入泥淖，这绝对不是好兆头，因为我军全都赌上去了。上天并没有站在我们这一边，眼看着冬天又要来临，最后的胜利却好似高加索山的魔幻顶峰，每每看似近了，实则遥不可及。最后，我试着让自己安心：斯大林格勒马上就要落入我军手里，这样就能腾出兵力支持这里了。

临时行动小组驻扎在一处半毁的俄军基地，某些办公室还能用，不能用的则以木板封住入口。特派小组的指挥官阿洛斯·佩斯特雷二级突击队大队长亲自接见我，他是奥地利人，瘦竹竿似的身材，蓄着跟元首一模一样的胡子。他隶属国家安全局，当比尔坎普担任汉堡市联邦刑事警察队长时，他也在那里当小队长，他俩的关系似乎不算特别亲近。他简单扼要报告了这里的现状——分

1. 文尼察（Vinnitsa）：乌克兰中部大城，二次大战期间是德军的重要空军基地。

区行动支队在普罗赫拉德内枪决了与布尔什维克政府挂钩的卡巴尔达人和巴尔卡尔人，还有犹太人跟游击分子，至于莫兹多克，除了几件第五十二旅军送来的可疑案例，他们还没有开始行动。有人向他举报本地有一处犹太集体农庄，他会搜集情报，随后解决掉。无论如何，这里游击分子不多，而前线战区内的高山部族自治区对红军关系似乎不佳。

我问他们和国防军关系如何。“连恶劣都谈不上。”他最后回答，“他们根本无视我们的存在。”“是啊，进攻失利已经让他们焦头烂额了。”我在莫兹多克过夜，躺在架在办公室的行军床上，准备明天一早回营。佩斯特雷建议我到普罗赫拉德内视察他们用毒气卡车处决犯人的过程，我礼貌地婉拒了。回到斯塔夫罗波尔，我立刻登门求见利奇博士，他有点年纪，长方形的狭长脸庞，顶着灰白头发，嘴唇抿得紧紧的，面无表情。他看过我的报告，想和我聊聊。我谈到我对国防军士气的感受。

“是的，”最后他终于开口，“您说得一点都没错，我认为和他们建立紧密的关系是非常重要的课题。我会亲自处理我们和集团军参谋部的关系，不过我想把五山城跟参谋部情报专员之间的联系事务交付给优秀的军官代为处理，我想请您接下这份职务。”我犹豫了好一会儿，不禁从心底纳闷，这个念头是他自己想出来的，还是普里尔趁我不在的时候偷进的谗言。最后我回答：“老实说，我和第十二特派小组的关系不是很好，我和他们的一名军官起过口角冲突，怕会把事情弄得更拧。”“别担心，您跟他们不会有太多接触，您的办公室会设在参谋部，而且直接向我报告。”

就这样，我回到了五山城，他们为我安排的住处远离市中心，位于马楚克山山麓的一座疗养中心（这里是五山城最高的地方）。屋里有落地窗，还有一座小阳台，站在阳台上可以瞭望高里亚恰亚山光秃秃的狭长山脊，还有山上的中国式楼阁和几棵树，接着就是平原和后面的火山，山峦层叠，终年山岚袅绕。走进屋里，往床上一躺，从屋顶看过去，马楚克山的一角依稀可见，山前的白云似乎直直朝我飞来。

下了一整晚的雨，空气清新凉爽。我拜会过参谋部，与情报专员冯·吉尔萨上校在那里碰面，经由他介绍认识了他的几位同事之后，我离开参谋部在城里闲逛。有一条长长的石板小路随着山峦起伏通往城中心，得先爬上列宁纪念碑后方几级陡峭险峻的石阶，然后绕过水池，穿过排排树龄尚浅的橡树和香气袭人的松树，此处斜坡坡度明显减缓。我绕过左手边的莱蒙托夫疗养中心，也就是冯·克莱斯特和参谋的住所，我的办公室地点更偏远一点，坐落在独立的侧厢房，紧贴着现下被云层完全吞没的山峦。

再往上走，小路顿时开阔，变成环绕马楚克山的环山道路，可通往疗养中心的小教堂。我从那里转弯朝当地人称为风弦琴的小凉亭走，从凉亭往下俯瞰南部平原视野绝佳，只见零零落落几座低矮山丘，感觉是如此不真实，一座火山，接着一座，然后又是一座，个个静悄悄的，宁静平和。往右边看，大片茂密绿意中点点反光，是人家的屋顶折射太阳光，极目远眺天际边，云层再度聚集，遮蔽高加索山脉群峰。

背后传来愉快惊喜的声音："奥厄！您来很久了吗？"我转身，沃斯笑容可掬地踏着树荫向我走来，我热切地握住他的手。"我刚到。我现在在参谋部，专责联系工作。""太好了！我现在也在参谋部。您吃饭了吗？""还没有。""来吧，这下面有一家很好吃的小餐馆，离这儿不远。"他走上一条在山岩中凿开的石头小径，我跟在他后面往下走，一条列柱式的走廊横切马楚克山和高里亚恰亚山的狭长溪谷，意大利风格的粉红色花岗岩建筑给人沉重的压迫感，显得浮华不实。

"这是学院行馆。"沃斯指着它说。"啊！"我欣喜若狂地惊呼，"这就是历史上鼎鼎有名的伊丽莎白走廊！就是在这里，毕巧林与梅丽公主邂逅的地方。"沃斯开怀大笑："原来您读过莱蒙托夫？这里的每个人都在读他的作品。""那当然！他的《当代英雄》是我过去睡前必读的一本书。"

小路将我们带到建筑物附近，之所以兴建，是为了保护一股硫黄涌泉。残废的士兵散步其中，脸色苍白，行动迟缓，也有的干脆坐在长椅上望着通向城里的狭长深谷。一名俄国籍园丁忙着替石梯两边的郁金香和石竹花圃除草，高耸石梯往下连接山坳深处的基洛夫大道。这是一个挨着高里亚恰亚山岩壁建造的隐秘浴场，黄铜屋顶冲出树梢，在阳光下闪耀光芒。山脊的后面只看得见一座火山。

"您要来吗？""等一下。"我踏进馆内想看涌泉，结果令人失望，浴场空荡荡的毫无装饰，泉水从丑陋的水龙头喷出。“小餐馆就在这后面。”沃斯说。他穿过连接正厅和左翼厢房的拱门，穿过拱门，只见一面墙衔接突出的山崖形成一个大凹洞，有人在那里摆了几张桌子和凳子。我们找了位子坐下，一名美丽的少女从门里走出来，沃斯用俄语跟她说了几句话。“他们今天没有烤肉串，只有基辅肋排。”“肋排很好。”“您要新鲜矿泉水还是啤酒？”“我还是喝啤酒好了，是冰的吗？”“马马虎虎，话说在前头，这里的啤酒可不是德国啤酒。”

我点燃一根烟，整个人往后靠，背倚行馆外墙。墙面清凉宜人，泉水流经岩石表面，两只羽毛鲜艳的鸟轻啄地面。“这么说，您喜欢五山城了？”沃斯问。我笑一笑，我真的很高兴能在这里遇见他。“我还没看过多少东西。”我回答。“如果您喜欢莱蒙托夫，这里就是必访的圣地，苏联将他的故居改装成漂亮的小型纪念馆，哪天您下午抽得了身，我们一起去看看。”

“乐意之至。您知道决斗的地点在哪儿吗？”“您指的是毕巧林，还是莱蒙托夫？”“莱蒙托夫。”“马楚克山后头，可想而知，还有一座丑得可以的纪念碑。说出来您一定不信，我们还找到了一位他的后人。”我笑着说：“怎么可能！”“真的，是真的。这位女士叫叶甫盖尼亚·阿基莫夫娜·钱-朱丽，她年事已高，将军还派了津贴给她，比苏联政府给得还多。”

“她认识将军？”“想不到吧。我们攻城那天，苏联政府正准备大肆庆祝他的百年冥诞，钱-朱丽女士大概是在莱蒙托夫去世后的10或15年后出生的，我想应该是19世纪50年代。”

女服务生端了两个餐盘和餐具走过来。所谓的“肋排”是鸡肉卷，中间塞了满满的奶油，撒上面包粉煎，配菜是香蒜烩野蕈。“好吃极了，连啤酒也比原本想的要好。”“我不是跟您说过了吗？只要有机会，我就会来这里大快朵颐，而且来的人不多。”我静静吃着，内心感到深深的喜悦。

“您工作忙吗？”我终于开口问。“这么说吧，我有足够的闲暇做研究。上个月，我在克拉斯诺达尔的普希金图书馆搜刮了所有藏书，发现了很有意思的东西，收藏的书籍多半是哥萨克人的作品，但是我找到了高加索诸语言的语法书以及特鲁别兹科伊的小品集，相当罕见。我还得跑一趟切尔克斯克，我敢说那里一定还保有高加索北方的切尔克斯人和卡拉恰伊人的相关文献。我的梦想就是找到一个还会说母语的尤比克人，可惜到目前为止运气都不好。别的时候，我帮忙为参谋部写传单。”

“什么传单？”“文宣传单啊，他们用飞机在山区空投传单。我已经完成卡拉恰伊、卡巴尔达和巴尔卡尔三种文字的版本，当然也求助了当地人，和他们工作非常有趣。高山居民们——以前，这里的一切都是您的，却被苏联政府夺走！让我们齐声欢迎您的德国弟兄，他们像老鹰般飞越了层层高山，前来解放您！就写这类的宣传。”我忍不住扑哧笑出声，两人笑成一团。“我也随便做了一些策动游击分子起义来归的乱七八糟文字。大意是欢迎他们加入我们对抗犹太—布尔什维克主义的全民战争，与我们并肩作战，他们当中若是有犹太人，肯定会笑死。这些无聊传单一直到战争结束前都要用。”

女孩出现收走餐盘，再端来两杯土耳其咖啡。“他们怎么什么都有！”我惊讶地叫道。“对啊，这里的市场开放，一般商店都买得到吃的。”“跟乌克兰完全不同。”“是啊，上天保佑，希望将来还是这样。”“您这话什么意思？”“某些事情或许会改变。”

我们付完账，从刚才进来的拱门走出去。残障的士兵们还在行馆前面流连，小口小口喝水。我指着一个杯子问沃斯：“对健康真的有帮助吗？”“这个地区以矿泉水享有盛名。您知道，早在俄国人之前，已经有人来这里取水了。您听过伊本·白图泰[1]吗？”“那个阿拉伯旅者吗？我听说过。”

“大约在1375年的时候，他来过这里。克里米亚半岛是鞑靼人的天下，他还在这里结下了一段露水姻缘。当时的鞑靼人还过着游牧民族的生活，大型的移动式帐篷加上活动清真寺以及一些摊商，汇集成一座座活动式聚落。每年夏天，克里米亚半岛的天候炙热难熬，那海大汗带领全族人马横越皮里柯普草原来到这里。伊本·白图泰对这个地方有非常精确的描述，并大为称许此地硫黄温泉的医疗效果。他把这个地方叫作 Bish 或 Besh Dagh，跟俄国人把这里叫作五山城一样，同样意指‘五座山’。”

我惊奇地笑了，“伊本·白图泰后来怎么样了？”“后来？他继续上路，经

1. 伊本·白图泰（Ibn Battuta，1304—1377）：摩洛哥大旅行家，20岁时出发前往麦加朝圣，一路上行经现今44个国家的国土。

过达吉斯坦、阿富汗，到了印度。他在德里任职伊斯兰教法官，在刚愎自用、喜怒无常的苏丹穆罕默德·图格鲁克治下服务了七年之久，后来遭到罢黜。接下来，他在马尔代夫担任法官，足迹甚至远达锡兰、印度尼西亚和中国。最后他回到祖国摩洛哥，临死前完成了他的游记。”

在傍晚的食堂里，我不得不承认五山城的确是和老友重逢的好地方，我和其他军官坐一桌，一抬头竟瞥见霍恩埃格博士，我搭火车从哈尔科夫到辛菲罗波尔那段路上所认识的温厚讽世的医生。我走过去向他敬礼。“上校，我发现冯·克莱斯特将军身边都是些了不起的人物。”他站起来跟我握手。“啊！可惜我不是冯·克莱斯特中将身边的人，我还在第六军团，跟在保卢斯将军底下。”“您来这里做什么呢？”“陆军指挥部决定利用高加索矿泉区的基础建设，举办一次跨军团的医学会议，彼此交换有用的信息。比比看，看谁说的故事最凄惨。”“我敢说非您莫属。”“我正和同事一起吃饭，如果您愿意，饭后过来我的房间喝一杯。”

我回去跟军事情报局的军官同桌吃饭。他们是一群重实际又友善的好人，但一发起牢骚，跟莫兹多克那批军官没两样。有些当众斩钉截铁地说，我军再不拿下斯大林格勒，战争就甭打了，冯·吉尔萨闷头喝着法国葡萄酒，任他们说去。

饭后，我独自一人走到花坛公园散步，莱蒙托夫美术馆后面有一座挺有趣的木造楼阁，淡蓝色的中世纪建筑风格，尖尖的角塔，装饰艺术味道浓厚的十字窗棂漆成粉红、白、红三色，拼凑效果十足，看起来非常顺眼。我抽着烟，漫不经心望着枯萎的郁金香，爬上小丘走到疗养中心，敲霍恩埃格的房门，一进门就看见他躺在沙发上，没穿鞋，两手交叉摆在圆滚滚的肚皮上。

“很抱歉，我不起来了。”他说完，头转向一张小圆桌。“干邑放在那里，麻烦您顺便也给我倒一杯，好吗？”我在两只玻璃杯里倒了双份的量，拿一杯给他，我找了张椅子坐下，跷起二郎腿。“怎么样，您见过最惨的东西是什么？”他挥挥手：“不就是人类吗？”“我指的是医学方面的。”“就医学的角度来说，惨不惨不具意义，相反地，我们对超乎寻常的特殊情况比较感兴趣，这些案例完全推翻了我们对身体所能忍受的极限的既定认知。”

“举个例子听听？”“比如说，一个人的小腿被炮弹碎片击中，腓骨动脉被切断，两分钟后他死了，尸体却还是直挺挺站着，靴子里满满的鲜血，他居然毫无知觉。另一个案例刚好相反，子弹贯穿他的太阳穴，他居然还站得起来，自己走到救援站求救。”

“我们是如此渺小。”我感慨地说。“说得一点也没错。”我尝了一口霍恩埃格的干邑，是亚美尼亚出产的，稍微甜了些，不算难喝。“很抱歉，酒不太好。”他头也不回地说，“在这个蛮荒城市，怎么样都弄不到一瓶人头马。回到我刚刚说的，几乎所有同僚都见过这种奇人奇事。再说，这也不是什么新鲜事了，我看过拿破仑统领的帝国军队的随行军医所写的回忆录，里面也提到同样的情况。当然，现在因战争而死亡的人数还是居高不下。从 1812 年到现在，军事医学是有了长足的进步，但是屠杀生灵的方法也持续推陈出新，我们永远只能在后面苦苦追赶。不过，随着经验慢慢累积，我们的技术越来越纯熟，说到这里，加特林[1]对现代医学的贡献说不定比迪皮特伦[2]还大。”

“您还是成就了许多的不可能。”他叹了口气，“也许吧。然而，我再也无法正视一名怀孕的妇女，一想到她肚子里的小生命有什么样的未来在等他，心情简直就要沉到谷底。”“若非生，焉有死。”我引用一首诗，“呱呱坠地，生负死债。”他发出短短的一声尖叫，倏地站起来，一口喝干杯中的酒。“我就是欣赏您这一点，一级突击队中队长，身为党卫队国家安全局的一员，不背诵罗楚姆佩格或汉斯·弗朗克的名言录，反倒念起特土良来了，着实令人感到痛快。不过，我对您的翻译有点意见，这句呱呱坠地，生负死债，要我来翻，我会说‘生死互欠’或者‘生与死两两相欠’。”

“您说得也许有道理，我对希腊文比较在行。我有一位语言学家朋友，他也在这里，改天我去问问他。”他把杯子递给我，要我再倒一杯。“说到死亡这回事，”他开玩笑地问我，“您还继续枪杀手无缚鸡之力的可怜人吗？”我

---

1. 加特林（Richard Jordan Gatling，1816—1903）：美国发明家，他发明了一种摇柄多管机枪，以他的名字命名为加特林枪。

2. 迪皮特伦（Guillaume Dupuytren，1777—1835）：法国军医，因为研究掌腱膜挛缩症而留名后世。

面不改色地把杯子还给他，“医生，因为是您，我知道您没有恶意，所以我不计较。我现在负责联系工作，正合我意，我只在一旁观察不动手，求之不得啊。”“您如果从医，肯定是个庸医，光看不动手成不了大事。”

“所以我才选择学法律啊。”我起身过去打开落地窗。外面暖暖的，天上却没有星星，好像快要下雨的样子，微风拂来，树叶沙沙作响。我回到沙发前，霍恩埃格松开外套的纽扣，已经又躺下了。我站在他面前：“我只能说，这里的某些同事是不折不扣的人渣。”“我想也是，这是光动手不动脑的人惯有的通病，医界也不例外。”酒杯在我的指尖转动。突然间，我觉得好不值得，心情好沉重。我把剩下的酒干掉，问他：“您在这里要停留很久吗？”“有两个阶段，我们先检视伤者的情况，月底再回来察看传染病的疫情。性病占掉一天，另外有两天专门搞虱子和疥疮。”“我们到时候再见了，医生，晚安。”他向我伸出手，我握住那只手。“很抱歉，我不起来了。”他说。

霍恩埃格请我喝干邑，结果弄得我消化不良，回房后晚餐全吐了出来。反胃的感受来得又急又快，我根本来不及跑进浴室。食物已经在胃里消化完了，拿水冲是很方便清理，只是一股酸腐臭气令人掩鼻。还是一吃就吐好一些，虽然食物回流时比较痛、不舒服，但起码没有气味，充其量只是食物的味道而已。我本想回头找霍恩埃格再喝一杯，顺便请他诊断一下我的毛病，后来打消了念头，用水漱漱口，抽根烟就睡了。

第二天，我一定得去一趟特派小组，做礼节性的拜会，比尔坎普区队长就快到了。我大约快 11 点时出门，前往特派小组，从山下的市区人道仰望，可以清楚地看见贝什塔乌山嶙峋的山脊，像高耸屹立的守护神。没下雨，空气依旧凉爽。踏进特派小组，有人告诉我穆勒跟比尔坎普在里面忙。我站在一个小院子的阶梯上等候，无聊地看着司机清洗索瑞尔卡车的避震器和轮子。后面车厢的门是开的，好奇心使然，我走过去朝里面看了一眼，我还没看过车子内部的样子，一看便忙不迭往后退，立刻死命咳嗽。车里恶臭熏天，到处是一摊摊黏稠的呕吐物、粪便和尿液。

司机发现我不太对劲，朝我说了几句俄文，我勉强听出“脏（Грязный），每（Каждый），回（раз）”这几个字，却不懂他想说什么。旁边一名绿衣警察看起来是德裔，他走过来帮我翻译。“报告一级突击队中队长，他是说每次都这样，脏到不行。我们马上就要进行内部改良，把一边的地板抬高，弄出一点坡度，另外在中央加装小活门，清理起来应该会更省事。”“他是俄国人？”“谁，扎伊采夫？一级突击队中队长，他是哥萨克人，队上有好几个哥萨克人。”

我回到阶梯拿烟出来抽，才刚点上就听见有人叫我的名字，我只好把烟扔掉。穆勒跟比尔坎普都在。我向穆勒敬礼，随即进行五山城的出差任务简报。“好，好。”穆勒说，“区队长已经把事情的始末告诉我了。”他们问了我几个问题，我还谈到我军军官似乎普遍抱持悲观的想法。比尔坎普耸耸肩：“军人向来悲观，早在莱茵河沿岸地区和苏台德地区起纷争时，他们就像娘们儿似的乱叫乱嚷。他们从来无法理解元首的意志力量，以及纳粹主义的思想力量。说点别的吧，您是否听他们说过军事政府的事？”“没有，区队长，怎么了？”“谣传元首可能会同意在高加索地区设立一个军事管辖机构，取代一般的文人政府，但我们迟迟没有拿到正式的公文，集团军参谋部的态度非常暧昧。”“区队长，我会到参谋部打听看看。”

我们继续讨论了一些议题，之后我才告退。我在走廊碰巧遇见图雷克，他恶狠狠地瞪着我，又用不堪入耳的脏话骂我。“啊，你这只缩头乌龟，动作倒是挺快的。”比尔坎普一定全都告诉他了。我扬起嘴角冷冷一笑，彬彬有礼地回答：“哪里，哪里，一级突击队中队长，在下赴汤蹈火在所不辞。”他被怒火烧红的双眼定定看了我好一会儿，然后快快离开，消失在一间办公室里。好了，我对自己说，你给自己制造了一个敌人。制造敌人，原来没有那么难。

我走进参谋部要求晋见冯·吉尔萨，向他提出刚刚比尔坎普问我的问题。他回答：“的确有人在谈这件事，不过细节我不太清楚。”“果真如此，督察厅会变成什么样呢？”“军事政府与督察厅这两个单位到了一定的时候，职责自然会有所区分。”“为什么国安警察署和国家安全局的代表都没有接获通知？”“这一点我无可奉告，我还在等进一步的消息。您也知道，这个建议是集团军参谋部提出来的，比尔坎普区队长应该直接找他们探询才对。”

我离开冯·吉尔萨的办公室，觉得他明显有所保留，他一定知道些什么。我写了一篇简短的报告呈给利奇和比尔坎普。原则上，我现在的主要工作是请军事情报局把他们想要的报告都送一份副本过来我这里，通常都是关于游击分子的动态掌握，然后我再加上一些街谈巷议，大部分都是在吃饭的时候听来的，汇整后派人送到斯塔夫罗波尔。

相对地，从斯塔夫罗波尔那边也会送来其他报告，我再把报告转呈给冯·吉尔萨或是他的同僚。因此，总部距离参谋部只有500米的第十二特派小组，他们的工作汇报通常最先被送到斯塔夫罗波尔，再跟第10b行动小组的报告一起审核（其他的特派小组不是在前线战区活动，就是在第十七军团的后勤地区支持），其中一部分又会转回我手上，经由我转呈军事专员，而在公文传送之际，特派小组和参谋部之间当然一直保持直接沟通的管道。

我的工作量不算太重，正好乘机四下玩玩逛逛，五山城是个很棒的城市，有很多东西值得一看。我和好奇心旺盛的沃斯两个人，参观了当地的博物馆，就在邮局和花坛公园对面，从布里斯托饭店往下走一点点。馆内的收藏丰富，是一群热心又爱好艺术的自然派业余艺术家组成的协会，费了数十年的心血累积下来的成果。他们分别从个人的探险旅程中带回来一袋又一袋的动物标本、矿物标本、头骨标本、植物标本、干燥花、古老的墓碑、异教派供奉的神佛石像，跟感人的黑白照片，照片里多半是硬领衬衫加领带、戴着平顶帽的高贵绅士雄踞陡峭的悬崖山巅。

这一切不禁让我回想起在父亲书房度过的快乐时光，整面墙挂满大型玻璃柜，展示上百种的蝴蝶标本，每只蝴蝶的旁边都加注采集的时间和地点、收藏家的姓名、蝴蝶种类和学名。馆藏物采集的地点遍及基兹洛沃茨克、阿迪格、车臣，远至达吉斯坦和阿扎尔，日期落在1923年、1915年、1909年不等。傍晚，我们偶尔会走到小歌剧院，又一栋风格大胆特异的建筑，装饰着印有书籍、乐器、花环图案的红色瓷砖，国防军最近才重新开放。

之后我们回食堂吃饭，或者找一间咖啡厅还是俱乐部吃一顿，俱乐部的所在地正是毕巧林与梅林公主相遇的莱斯托采亚大饭店，上面还有一块俄文说明牌，经过沃斯的翻译，原来列夫·托尔斯泰曾在此地庆祝25岁生日。苏联将此地重整成为研究水疗法的政府机构，国防军保留了这几个刻在巨大石柱上方门楣的烫金大字，还恢复了饭店的旧有用途。这里供应卡赫季地区的无甜味葡萄酒及烤肉串，偶尔还吃得到野味。我介绍沃斯和霍恩埃格认识，他们整晚兴致勃勃地讨论各种疾病名称的来源，而且是用五种不同的语言。

接近月中的时候，军团的一纸快报大致厘清了当前的局势。元首确实批准了在库班—高加索地区建立军事政府，隶属A集团军参谋部之下，由骑兵队将军恩斯特·科斯特林出任最高指挥。东部占领区指挥部则派一名高级官员常驻该行政机关，看来督察厅的设立是遥遥无期了。更让人吃惊的，还有陆军参谋部责成A集团军参谋部为哥萨克人和各个高山部族设立自治区的管理单位，集体农庄一律解散，禁止强制劳动——此举彻底推翻了我们在乌克兰的政策，无异于自打嘴巴。我觉得这项德政未免太睿智，不像是真的。

我火速赶往斯塔夫罗波尔参加会议，党卫队兼警察署最高总长希望听听大伙对这项行政命令的意见，集思广益。特派小组的指挥官全员到齐，大多还带着随行副官。科尔斯曼显得忧心忡忡，“我不懂的是，元首早在8月初就做了决定，而我昨天才接到通知，这一点我完全无法理解。”“陆军参谋部显然是在提防党卫队介入。”比尔坎普发表看法。

“这话什么意思？”科尔斯曼哭丧着脸问，“我们和党卫队的关系很好。”“党卫队花了不少时间打点他们和督察厅总督的关系。现在，一切心血都付诸流水了。”“迈科普那里盛传，国防军肯定会握着石油设备不放。”布劳恩的继任者舒尔兹说。他因为体型圆滚，大伙戏称他为猪蹄保罗。“容我提醒您，旅队长，”比尔坎普再次对科尔斯曼进言，“如果这些‘当地自治政府’是依据正式法令成立的话，他们的管辖权将扩及当地所属的警察单位，就我们的立场而言是无法接受的。”大伙持续以这种基调各自发言，会议进行了好一阵子，全体一致认为党卫队似乎被骗了。最后，我们受命各自回去尽可能搜集情报。

回到五山城，我开始和某些特派小组的军官建立短暂的情谊。霍恩埃格离开了，除了军事情报局的某些军官，我几乎只跟沃斯出去。傍晚偶尔会在俱乐部碰见党卫队的军官，不用说也知道，图雷克对我视若无睹；至于穆勒博士，自从他当众表示不喜欢毒气卡车，认为用小组列队扫射枪毙更舒服便利之后，我便明白我们不会有太多话可以聊。不过，下级军官里还是有不少值得一交的人，虽然他们常常让人觉得无聊乏味。

一天晚上，我正跟沃斯一起喝一杯，二级突击队中队长凯恩朝我们走过来，我请他加入我们，然后向沃斯介绍他。“啊！”凯恩说，“原来您就是参谋部的那位语言学家。”“应该是在说我没错。”沃斯半开玩笑地回答。

“真是太巧了。”凯恩说，“我刚好有件事想要请教您，有人跟我说您对高加索地区的部族颇有研究。”“略知一二。”沃斯说。“凯恩教授在慕尼黑大学任职，”我打岔，“专攻伊斯兰历史。”“这是非常有意思的一门学问。”沃斯由衷表示。“是啊，我在土耳其住了七年，稍有一点心得。”凯恩颇为自豪。

“您是怎么被派到这里来的？”“跟大家一样，国家征召，当时我已经加入党卫队，同时兼任国家安全局的特派员，最后投身部队。”“我懂了。您说的那件事是？”“有人带了一个年轻妇女到我面前，红发，长得非常迷人。她的邻居检举说她是犹太人。她出示了苏联境内护照，发照地是达吉斯坦共和国的杰尔宾特，护照上面注明的民族是塔特族。我翻了档案，据我们的专家说，塔特人跟高加索犹太人是相当接近的种族。那名妇女矢口咬定我弄错了，宣称塔特人是土耳其人的一支，因此我叫她说土耳其语，她说的是一种奇特的方言，相当难懂，不过听起来的确是土耳其语，所以我让她走了。”

“您还记得她用的词汇或者表达的词组形式吗？”他用土耳其语说了一番话。“不太可能是这样吧。”沃斯说，“您确定吗？”他们又继续用土耳其语交谈。沃斯终于说了：“根据您对我说的来看，的确多少近似早期苏联政府强制全民说俄语之前在高加索地区流通的土耳其语。我看过报道，在达吉斯坦，尤其是杰尔宾特一地还有人讲这种语言。您有记下她的名字吗？”凯恩从口袋里抽出小本子翻阅。“有了，她姓绰托卡，名字叫妮娜·肖罗大娜。”

“绰托卡？”沃斯蹙紧眉头，“怪了，真奇怪。”“这是她冠的夫姓。”凯恩加以说明。“啊，了解。说真的，如果她真是犹太人，您打算怎么做呢？”凯恩脸上出现惊讶的表情，“嗯，我们……我们……”明显可见他内心的犹豫。我开口替他说了：“她会被送到，嗯，别的地方。”“我懂了。”沃斯说。他思考了一会儿，然后对凯恩说：“就我所知，塔特人有自己的语言，一种伊朗方言，跟高加索地方的语言和土耳其语毫无关系。有些塔特人的确信奉伊斯兰教，但在杰尔宾特那里，我就不知道了，不过我会去问一问。”

“谢谢您。”凯恩说，“您认为我应该把她关起来吗？”“当然不，我敢断定您的做法是对的。”凯恩似乎放心不少，他明显没有听出来沃斯最后几个字隐含的意味。我们又闲聊了一会儿，他才告辞离开。沃斯望着他远去的背影，有些愕然。“您的同僚都有点怪。”他说。“怎么说？”“有时他们会问一些令人摸不着头绪的问题。”我耸耸肩。“他们只是在做自己的工作。”沃斯摇摇头，“您的做法有点随兴，反正不干我的事。”他看起来有点不高兴。“我们什么时候才要去莱蒙托夫博物馆？”我开口问他，试图转移话题。“随便什么时候都行，星期天呢？”“天气好的话，请带我去看决斗的地点。”

有关新军事政府的流言千奇百怪，甚至互相矛盾。科斯特林将军把办公室设在斯塔夫罗波尔。科斯特林年事已高，早就退伍了，这次特别接受征召重新披挂上阵，军事情报局平常跟我有业务往来的军官说他还是老当益壮，他们私下称他为智者隐士[1]。

科斯特林生于莫斯科，1918 年曾带领德军协同斯科罗帕茨基[2]到基辅出任务，曾任驻莫斯科德国大使馆的武官，他可说是德国数一数二的俄国专家。冯·吉尔萨上校安排我陪同科斯特林和东部占领区指挥部的新任代表见面，新任代表奥托·勃劳第加姆博士曾任驻第比利斯的领事。他戴着圆框眼镜，衣领上浆，栗子色的制服挂着党的金色徽章，给人不苟言笑的严肃感，他总是保持一定的距离，甚至有些冷淡，但比起党内那些金雉鸡，他给我的印象算是最好的。

冯·吉尔萨事先跟我说明过，他在部里的政治局担任要职。“很荣幸见到您。”我边说边与他握手，“或许您可以解答我们的疑惑。”“我跟科尔斯曼旅队长在斯塔夫罗波尔见过面，我们谈了很久。特遣部队上上下下都知道了吗？”“当然！不过，如果您能拨出几分钟跟我聊一下，我会非常感激，因为我对这个议题很感兴趣。”

我带勃劳第加姆到我的办公室，问他是否想喝点东西，他礼貌地拒绝了。“听到暂停设立督察厅的决定，东部占领区指挥部想必很失望吧？”我率先开

1. 智者隐士（Sage marabout）：伊斯兰教的圣人。

2. 斯科罗帕茨基（Hetman Pavlo Skoropadsky，1873—1945）：乌克兰人民共和国的政府首长。

口问。“一点也不会，刚好相反，我们认为元首的决定是矫正我们在这个地区错误施政的绝佳机会。”“这话怎么说？”“您应该知道现下这两位督察厅总督的人事任命，事先并未征询过罗楚姆佩格部长的意见，东部占领区指挥部根本管不动他们。如果科赫先生和罗斯随意乱搞、无法无天，不能怪到我们头上，支持这两位先生的人才该负起一切责任。他们的思虑欠详，荒腔走板的政策为他们的单位赢得了混乱指挥部的臭名。”

我笑了，他依然一脸严肃。“的确如此，”我说，“我在乌克兰待过一年，科赫总督的政策是给我们惹了不少麻烦，他可说是官逼民反，逼得百姓加入游击分子的最佳推手。”

“足以媲美绍克尔[1]党代表跟他手下那批人口贩子，我们极力避免重蹈这种覆辙。您知道，如果我们拿对付乌克兰人的那一套来对付高加索部族，麻烦绝对没完没了，俄国人上个世纪花了 30 年才制伏沙米勒，这些叛乱分子不过区区数千人，俄国人却动员了 35 万大军才敉平乱事！”

他稍稍停下来喘口气，然后继续说：“罗楚姆佩格部长以及部里的政治局，打从战争开始就大力鼓吹制定清楚的政策走向——唯有与受到布尔什维克党压迫的东方战区种族结盟，才能确保彻底摧毁斯大林体制。截至目前这个策略，您要称它东方政策也行，一直没有得到多数人的回响。元首向来支持那批认为单凭德国一己之力就能完成大业的人，赞同德国应该以武力镇压被我们解放的民族。内定的督察厅总督席克丹茨虽然和部长有多年交情，他也偏向这一边。然而，国防军有几位头脑冷静的领导人，尤其是军需处总长瓦格纳极力阻止高加索成为乌克兰第二。他们实行的方法，就是把本地交由军队管理，这个方法可行性相当高，特别是瓦格纳将军坚持公开邀请部里一些有先知卓见的人士共同参与，我来此地就是最好的证明。对我们还有对国防军来说，这是绝无仅有的机会，证明东方政策是唯一可行的方案。如果我们的政策在这里成功，也许有机会弥补我们在乌克兰和东部占领区造成的损害。”

---

1. 绍克尔（Fritz Sauckel，1894—1946）：纳粹党领导人之一，二次大战期间将占领区的劳动人口输往德国奴役的始作俑者，在纽伦堡大审判时被判处死刑。

“赌注很大。”我说。“没错。”“内定的席克丹茨总督被排除在权力核心之外，他难道不生气吗？也有很多人替他撑腰。”勃劳第加姆神情轻蔑地挥挥手，慑慑眼神穿透镜片，“又没人问他的意见，反正席克丹茨总督为他要在第比利斯建造的总督府设计蓝图忙得焦头烂额，再说他还要和副官讨论得挂几幅画装饰，哪像我们有多余的闲工夫照看这些政策施行的烦琐细节。”

“我懂了。”我静静思考了一会儿，“还有一个疑问。依您看，以目前的布局，党卫队和国安警察署该扮演什么样的角色呢？”“当然，有许多任务需要国安警察来完成。不过他们必须跟军团和军事政府协调合作，以免互相牵制，阻碍良好政策推行。说得更白一点，一如我向科尔斯曼旅队长提出的建言，跟哥萨克和高山少数民族建立关系，一定要有技巧。这些少数民族确实有些人曾和共产党合谋共事，然而那是出于民族主义的理念，而非信奉布尔什维克党信条，他们所做的一切，都是为了捍卫民族的利益，切忌不分青红皂白，一律把他们当作共产党的走狗或者是斯大林政府的官员。”

“您对犹太人的问题又有什么看法呢？”他举起一只手，“两者不可相提并论。犹太人一直是布尔什维克主义的主要支柱，这是不争的事实。”他站起来准备告辞。“感谢您拨冗和我交换意见。”我俩在楼梯上握手道再见。“您太客气了，我认为跟党卫队以及国防军两边同时保持良好的互动关系是非常重要的。您对我们在这个地区的计划了解更深，计划的实施才能更顺利。”“您大可放心，我一定会以这个方向为出发点，写报告呈送上级。”“太好了！这是我的名片。希特勒万岁！”

我把我和勃劳第加姆的对话转述给沃斯听，沃斯觉得很好笑。“早该这样了！没有东西比挫败更能让人痛定思痛。”我们约好星期天近午时分在战地司令部的门口集合，一群小孩黏着拒马，兴奋地争相目睹停在那里的一排摩托车以及一辆水陆两栖坦克。“游击分子！”本土卫兵挥舞棍子驱赶孩子不成，恨恨地嘟囔道。他赶跑了这一边，小孩立即围到另一边，搞得这位后备军人气喘吁吁。

我们穿越卡尔·马克思街坡度较高的那一边，往博物馆方向前进，此时我刚好讲完我和勃劳第加姆会谈的情形。

沃斯说："迟到总比没有好，但我不看好这项措施。我们已经养成太多的坏习惯。这次的军事政府充其量不过是给大家一个宽限期，让大家喘口气，不出六到十个月，他们一定会被迫换手，到时那些暂时被拴上链条的豺狼，像是席克丹茨派、克尔讷派，还有绍克尔行动小组，绝对会来争食大饼，肯定又是一场大乱。问题的症结在于我们没有殖民的传统，大战前我们在非洲殖民地的管理简直是荒腔走板，后来我们失去了殖民地，殖民政府辛苦累积的一丁点儿经验没有机会传承下来。您只要拿我们跟英国人比一比，高下立现。您看看他们统治开垦大英帝国，手段之巧妙，身段之柔软，必要时也会用武力镇压，但是他们永远会先以利诱之，武力镇压后立刻施以怀柔政策。老实说，连苏联人做得都比我们好，尽管倒行逆施，他们还是建立了同仇敌忾的国家认同感，让帝国得以维系。在捷列克河岸让我军屡尝败绩的队伍，军士主要来自格鲁吉亚和亚美尼亚共和国。我跟亚美尼亚籍的战俘聊过，他们觉得自己是苏联的公民，愿意为苏维埃人民共和国而战，一点种族情结都没有，真不知该拿什么利诱他们。"

我们来到博物馆的绿色大门前，我伸手敲门，几分钟后，稍远那扇供车辆进出的大门开了条缝，露出一张皱巴巴的脸，头戴鸭舌帽，络腮胡，和被劣质烟草熏得发黄、指节布满老茧的手。他和沃斯用俄语交谈了几句，把门拉得更开一些。"他说博物馆不对外开放，不过如果我们想进去参观，还是可以进去看看。有几位德国军官住在这里的图书馆区。"

大门打开，先见到石板地的小中庭，四周是刷上石灰的亮丽屋宇，右手边有一栋两层楼楼房，一楼是车库，中庭里有阶梯直上二楼，图书馆就在上面。建筑后方，巍巍的马楚克山绵延不断，放眼望去一望无际，三两朵云彩稀稀落落洒上东边山崖。左手边，再往山下走一点，可以看见一座小花园，花架爬满葡萄藤，再过去一点是几座茅草屋顶的人家。沃斯踏上通往图书馆的楼梯。一踏进室内，首先映入眼帘的是密密麻麻的一排排上过漆的木头书橱，间隔狭窄，必须侧身才能通过。那位老人家亦步亦趋地跟着我们，我拿了三根香烟给他，看到香烟，他整张脸立刻亮了起来，不过，他还是站在门口监视我们，不肯离去。

沃斯隔着玻璃橱窗一一检视书架上的藏书，却无法触摸。我的眼光被一幅小号的莱蒙托夫油画像吸引住了，笔触相当细腻：画中的他穿着古代骑兵红上衣，绣有金色肩章和纹饰，双唇湿润，眼神透着不可思议的忧虑，显示内心正处于愤怒、恐惧，以及毫不在乎的玩世态度当中挣扎。馆内的另一个角落摆着一尊雕刻人像，底下有一排用西里尔字母雕刻的铭文，我着实费了一番功夫才解读出意义，刻的是马尔蒂诺夫[1]，杀死莱蒙托夫的凶手。沃斯想打开一扇书橱的玻璃窗，可惜上了锁。老人对他说了一些话，两人交谈了一会儿。

“博物馆馆长不知逃到哪儿了，”沃斯为我翻译，“一名员工有钥匙，不过她今天没来。真可惜，有些藏书真的很棒。”“您改天再来吧。”“当然。来，他要让我们参观莱蒙托夫馆。”我们穿过中庭，又走过一座小花园，才走到一间低矮的房子前。老人推开门，门后很黑，借着从门口射进来的光线，隐约可见屋内陈设。白石灰墙壁，简单的家具，有一些很美的东方地毯，还有高加索人常用的弯刀，用钉子钉挂在墙上，小小窄窄的沙发看起来颇不舒服。

沃斯在一张书桌前站定，手指抚摩桌面，老人在旁边又说了几句。“他就是在这张桌子完成了《当代英雄》。”沃斯若有所思地翻译老人的话。“在这里？”“不是，在圣彼得堡，博物馆落成时，政府把这张桌子搬到这里。”除此之外，没有别的可看。外头，太阳被云层遮蔽。沃斯向老人道了谢，我又塞了几根烟在他手里。“等我们找到详尽的解说员时，一定要再来。”沃斯说，走到门口又补上一句，“对了，我忘了告诉您，奥伯伦德尔教授现在在这里。”“奥伯伦德尔？我认识他。战争刚开打的时候，我和他在林姆堡见过面。”“好极了，我正想邀您共进晚餐。”

走到街上，沃斯往左拐，钻进列宁雕像底下延伸的石板小巷。小巷子直直往上爬，爬得我快要喘不过气，沃斯非但没有离开小巷子往风弦琴和学院行馆的方向走，反而继续沿着马楚克山往上走，弯进一条我从没走过的石板小路。天空急遽转暗，恐怕要下雨了。走过几家疗养中心，柏油路面到此结束，我们沿着泥土小路走，此处人迹罕至，一个农夫坐在牛车上瞪着我们，车上吊具叮

1. 马尔蒂诺夫（Nikolai Martynov，1816—1875）：俄国军官，穿上当地民俗服装取悦他爱上的女孩，遭到莱蒙托夫无情嘲笑，因而相约决斗。

咚，拉车的牛哞哞低吟，车轮吱嘎好像快散了，之后路上没再遇见任何人。

往前一点，左手边有一道红砖拱门，好像是在山崖中开了个口子。我们走过去，眯起眼睛适应洞内的黑暗，里边有一扇铸铁栅栏，上了大锁，不让人往里走。沃斯指着洞穴说：“这里走到底有一个露天洞窟，有硫黄温泉涌出。”“难道这就是毕巧林和薇拉相遇的地方？”“我不敢确定，应该是在风弦琴下方的另一个洞窟。”“应该回去确认一下。”

云层刚好从我们头上飘过，仿佛一伸手就能摸到软绵绵的水汽。天空完全被云层盖住，四周空气变得湿黏，万籁俱寂。鞋底摩擦沙质黄土沙沙作响，小路微微往上，云层很快就来到我们身边，将我们包围。勉强可见小路两旁的参天大树，空气凝重沉闷，不见人迹，杜鹃的鸣叫远远传来，在树林里回荡，愁肠百转，哀哀欲泣。我们默默赶路，感觉过了好久，偶尔眼前会闪过大片模糊阴暗的色块，应该是建筑物，然后又是一大片树林。云层渐渐散去，灰蒙蒙的水汽闪着纷乱金光，突然，蒙雾散去逐渐蒸发，太阳再度现身。没下雨。右手边，贝什塔乌山山峦躲在树林后面若隐若现，我们又走了快 20 分钟，终于回到纪念碑。

“我们绕了一大圈。”沃斯说，“从另一边下山比较快。”“没错，但很值得。”埃及式方尖形纪念碑矗立在杂草丛生的草皮上，没什么看头，望着这座出自毕恭毕敬的中产阶级之手，精雕细琢的美丽假象，很难想象枪声响起，诗人倒地，鲜血涌出，嘶哑吼叫的内心愤怒。空地上停着我军的军用车，山脚下的树林前方，有人摆了几张桌子和几条板凳供德国士兵用餐。出于不虚此行的期望，我细细审视铜雕像，努力解读纪念碑上面的铭文。

“我看过一张照片，拍的是一座 1901 年竖立的临时纪念碑。”沃斯说，“某种新颖的半圆形木头混石膏底座，上面摆着半身人像，傲视一切，比这个纪念碑有意思多了。”“大概是经费出了问题。去吃饭好吗？”“好啊，这里的烤肉串好吃极了。”

我们穿越空地，朝放桌子的地方走过去。眼前出现两辆挂着特派小组战略标志的汽车，旁边的桌子坐了许多军官，我认出好几个。凯恩挥手跟我打招呼，我也挥手致意，但是不打算过去，图雷克、波尔特、普法伊弗尔也在其中。我选了一张树林边上角落的桌子，拉过粗糙的圆板凳坐下。一名戴着无边圆帽的高山原住民，蓄有浓密的八字胡，两颊胡楂儿点点。他走到我们身边，沃斯翻译说："没有猪肉，只有羊肉，但是有伏特加和糖煮果泥。""好极了。"

隔壁桌传来阵阵喧闹，有一些国防军的下级军官和几个老百姓。图雷克紧盯着我们这一桌，我看见他和普法伊弗尔激烈地交谈。不少吉卜赛小孩在桌间奔跑徘徊，其中一个走到我们面前，吟唱似的低声说："面包，面包。"同时伸出脏污油腻的手。原住民端来几片面包，我拿了一片递给孩子，他立刻整个塞进嘴里，接着他指指树林。"姐姐，姐姐，处女，漂亮。"他做了个猥亵的手势。沃斯忍不住放声大笑，对他说了句话赶他走，孩子往党卫队军官那一桌去，重来刚才那一套。

"您想他们会去树林吗？"沃斯问。"众目睽睽之下不会。"我肯定地说。果然，图雷克反手给小孩一个耳光，打得他在草地上滚了好几圈。我看见他作势掏出手枪，小孩赶紧逃进树林。一直站在架高的长方形铁箱后面专心烤肉的原住民，拿了两串肉走到我们身旁，把肉放在面包上，又拿来杯子上酒。伏特加和滴着肉汁的烤肉真是绝配，我们一连喝了好几杯，最后满足地品尝泡在腌渍浆果汁中的果泥。绿草反射金光，松树高耸入云，还有纪念碑，马楚克山的山坡是背景，云层彻底消失在山的那一头。

我的脑海再度浮现莱蒙托夫垂死的模样，躺在离这里几步之遥的草地上，胸膛中弹，一切只因为嘲笑马尔蒂诺夫衣服的一句玩笑话。莱蒙托夫和他笔下的英雄毕巧林命运截然不同：莱蒙托夫对空鸣枪；他的对手，没有。

马尔蒂诺夫望着对手倒地的尸体时，心里在想什么呢？他也想当诗人，所以他一定读过《当代英雄》。就这样，他终其一生慢慢品尝苦涩的指责，和一波波传奇的缓缓诞生，他知道他的名字将被冠上杀死莱蒙托夫的凶手的恶名，流传后世，成为广阔的俄国文学史上的一个脚注。尽管如此，他应该有别的人生期许，他一定也一样，希望能做一番事业，一番大事业。或许，他只是单纯忌妒莱蒙托夫的才华？或许他宁愿因他犯下的罪过在历史留名，也不愿就此被后世永远遗忘？

我试着回想他画像中的容颜，却怎么也想不起来。莱蒙托夫呢？当他对空打完枪膛内的子弹，临终前想了些什么？当他眼睁睁看着马尔蒂诺夫举枪瞄准他时，他是否觉得酸苦、绝望、愤怒、讽刺？抑或他只是无所谓地耸耸肩，凝望松树梢头的金色阳光？一如普希金，有人说他的死是一宗事先设好的圈套，有计划的谋杀，若真如此，他可说是张大双眼，大无畏地迎接死神，从这一点即可看出莱蒙托夫和普希金的差异。把勃洛克[1]对普希金的描述用在莱蒙托夫身上想必更贴切：杀他的不是丹特斯[2]的子弹，杀他的是周遭让人窒息的氛围。我也快要窒息了，幸好有灿烂的骄阳、美味的烤肉串跟沃斯窝心的体贴，让我得以稍稍放松喘口气。

我们召来原住民店东，用乌克兰占领区的货币结账，起身沿着马楚克山的小径下山。“我建议绕点路，去看看老墓园。”沃斯提议，“莱蒙托夫葬在那里，还竖了一块石碑。”决斗结束后，莱蒙托夫的朋友把他的尸体葬在他倒下的地方。一年后，也就是我们来到五山城的一百年前，他的外婆来这里寻找他的尸骨，将他带回老家，邻近奔萨[3]一带，把他葬在他母亲身边。我很高兴地接受了沃斯的提议。两辆车从我们身旁呼啸而过，卷起一阵烟尘，特派小组的军官要回去了。第一辆车由图雷克驾驶，我透过车窗看见他怨恨的眼神，那神情简直是典型的犹太人面目。小小车队直线前进，我们则往左弯，驶入一条分岔出去的小路，沿着马楚克山脊蜿蜒爬升。丰盛的食物、伏特加，加上头顶的艳阳，让我觉得肠胃不适，我开始打嗝，最后只好离开小路往树林冲。

“还好吗？”我走出林子，沃斯关心地问。我随意挥挥手，点燃一根烟。“没什么，我在乌克兰染上的毛病留下的后遗症，时不时会发作一下。”“您应该找医生。”“再说吧，霍恩埃格博士应该很快就会回来。”沃斯耐心等我抽完烟，跟在我后面走。我觉得好热，索性脱掉军帽跟外套。到了山丘顶，小路蜿蜒形成一个大圆圈，从上往下望，市井街衢和城外的平原景色一览无遗。

“如果我们继续往前走，顺着下坡路就回到了疗养中心。”沃斯说，“如果要去墓园，得穿过这片果园。”险峻的山坡草叶枯黄，栽种许多果树，一头骡

---

1. 勃洛克（Alexander Blok，1880—1921）：被认为是普希金之后俄国最具才华的抒情诗人。
2. 丹特斯（Georges Dantes）：流亡的法国保皇党人，疯狂追求当时号称圣彼得堡第一美女的普希金夫人，普希金为了名誉决斗，腹部中弹，两天后死亡。
3. 奔萨（Penza）：位于距离莫斯科约600公里的东南方，现为大学城。

子被拴牲口的绳索绑着，正四下翻土寻找掉落的苹果。下坡时稍微有点滑脚，眼前出现一片枝叶茂密的树林，没多久就让我们迷失了方向。我重新穿上外套，因为树枝和荆棘不断擦刮手臂。我跟在沃斯背后，我们终于走到一个小小的凹陷土洞，四周围着水泥砌的石墙。

“应该就是这里了。”沃斯说，“我们绕一圈看看。”除了早先从我们旁边驶过的汽车，一路上不见人迹，我觉得自己好像在旷野中蹒跚摸索前进，不料走了几步，一个年轻男孩忽地出现，赤脚牵着一头驴，不发一语从我们身旁走过去。沿着这堵石墙，终于来到一座东正教教堂前的小广场。全身黑素衣裳的老妇人坐在板条箱上，叫卖几枝鲜花，还有一些老妇人从教堂走出来。铁门栏杆后头，参天古树树荫笼罩墓园，只见坟墓东一落、西一落地散布山坡上。

我们沿着简陋铺设的上坡石头小路，走进被枯黄野草、蕨类植物和带刺灌木淹没的墓碑林。有些地方阳光穿透茂密枝条，在地上打出光圈，犹如块块灿烂的亮光岛屿，阳光中黑白相间的小蝴蝶围着枯萎的花翩翩起舞。石头小路在这里转弯，抛开茂密树林的遮掩，远眺西南平原之辽阔。有一小块围起来的地方种了两棵小树，为标示莱蒙托夫最早埋葬地点的石碑抵挡烈阳。除了蝉鸣和风吹树叶的沙沙声，万籁俱寂。莱蒙托夫的亲戚，钱 - 朱丽家族的坟墓也在附近。我转过身，远方绿油油的绵长深谷纵切平原，穿入最近的岩石山麓。圆弧形火山口像是从天上掉下来的土堆，我猜远方的白色山峰应该是厄尔布鲁士峰。我慵懒地坐在墓碑前的阶梯上，任由沃斯四下探险，莱蒙托夫再度造访我的心灵：诗人的命运都一样，先杀了他，再纪念他。

我们绕经山顶市场下山回城，山顶市场的农民刚刚把鸡重新绑好，把没卖出去的水果和蔬菜放回推车或骡子背上。四处可见叫卖葵花子的小贩和擦鞋童，小男孩坐在用木板和婴儿车轮子胡乱拼凑出来的小推车上，痴痴等着晚到的士兵，充当脚夫提供劳力。山脚下的基洛夫大道上，新的十字架沿着小山坡的矮墙一字排开，莱蒙托夫纪念碑所在的美丽小公园变成德国阵亡壮士公墓。沿着大道往花坛大公园的方向前进，会经过一座古老的东正教大教堂，1936年遭到人民公安局炮轰，如今已成废墟。

“不知道您是否注意到，”沃斯指着石头墙墩说，“德国教堂没被炸掉，我们的人还会去那里祷告。”“对，但是他们却清光了附近三个德裔侨民聚集的村镇。1830年，沙皇大力鼓吹他们来这里开垦，去年苏联政府却把他们全赶到西伯利亚。”沃斯心里想的还是那座路德派教堂。“您知道这座教堂是一名士兵盖的吗？一个叫坎普费尔的军人追随叶夫多基莫夫到此，敉平切尔克斯人的叛乱，最后留下来安身立命。”

穿过公园门口的铁门便能看见一栋两层楼的木造建筑，有小巧的塔楼，顶着未来风格的圆顶，二楼四面都有阳台回廊。那里也摆了几张桌子，给口袋有几个闲钱的人坐下喝杯土耳其咖啡，吃块糖糕。沃斯选了个靠近公园主要入口的位子，居高临下，底下是一群胡楂儿没刮干净，脾气火暴，嗓门大又爱发牢骚的老人家，一到傍晚就跑来这里抢位子玩棋。我点了咖啡和干邑，服务生另外端了一些柠檬口味的小糕点。干邑来自达吉斯坦，似乎比亚美尼亚出产的更甜，不过搭配蛋糕，还有我绝佳的心情品尝刚刚好。

“工作进行得如何啊？”我问沃斯。他笑了：“我一直没找到会说母语的尤比克人，在卡巴尔达语方面却有绝佳进展，我现在只等我军拿下奥尔忠尼启则。”“为什么？”“哦，我跟您说过，高加索地区的语言只是我的副修，我最感兴趣的是印欧语系的语言，尤其是源自伊朗语的语言，而奥塞梯语就是源自伊朗文的奇妙语言。”

“妙在哪儿？”“从奥塞梯的地理环境来看，当非高加索语系的外来民族入侵高加索山脉时，山麓地区及借由环山通道轻易进入的高度会遭到外族占领，等于将高加索山一分为二。也就是说，以最容易通行的达利尔峡谷通道为界，俄国人从第比利斯一直到奥尔忠尼启则修筑了道路，后者也就是古老的弗拉季高加索。虽说外族入境随俗，跟着邻近的山区部族改变了原先的穿着和习俗，仍旧算是一种慢性的入侵。我们有足够的理由相信奥塞梯人或称奥赛人是奄蔡族[1]的后裔，也就是斯基泰人的后代，若真如此，他们的语言将是研究斯基泰语的活遗迹。还有更让人惊奇的地方，杜梅泽尔在1930年出

1. 奄蔡族（Alains）：中亚的游牧民族，奄蔡的记载最早见《史记·大宛列传》，又称阖苏，东汉时期，亦有人取其音译称之为阿兰。

版了一本奥塞梯民族传说集，描述了一种半人半仙的人种，奥塞梯人称其为纳尔特人。杜梅泽尔提出这些传说和斯基泰人宗教信仰的联结点，希罗多德也曾经记录相同的观察结果。上个世纪末开始，许多俄国研究学者穷毕生之力钻研，奥尔忠尼启则的图书馆和研究院对这方面的收藏绝对汗牛充栋，都是欧洲学者无法一窥究竟的珍贵典藏。我只希望我方进攻的时候，那些资料不要全部付之一炬。”

“总而言之，我理解得没错的话，奥塞梯人是历史悠久的远古时代民族，也是最早的雅利安民族之一。”“人类经常使用最早这个字眼，也最常用错。这么说吧，从科学的角度来看，他们的语言有远古时代的特征，非常值得研究。”

“您对最早这个字眼的概念有什么高见吗？”他耸耸肩：“最早，它的含意已经偏离了原本科学的概念，反倒常被用来形容梦想自大的心理，或者政治上的狂妄野心。就拿德文来说吧，几世纪以来，甚至早在马丁·路德之前，就有人大胆宣称德文是世界上最早的一种语言，说什么德文没有外来语的字根，还拿来跟拉丁语系的语文比对，说明它跟拉丁语系天差地别。有些神学家甚至还疯狂指出德文是亚当和夏娃的语言，而希伯来语是后来才衍生出来的。这真是自命不凡的狂语，因为就算字根是‘原生的’——事实上，我们的字根都源自印欧游牧民族的语言——我们的语法建构也完全取自拉丁文的语法，不过跟其他欧洲语言相比，德文在某种程度上有自行衍生单字的能力。所以，我们想象出来的文化虽然曾受到以上概念的熏陶，也深受其影响，任何一个德国的八岁小孩，只要他懂字根，都能自行解构重组单字，进而读懂任何字，连最深奥的学术字眼也难不倒他，这是不争的事实。

“对一个法国小男孩来说，却不是这样，他可能要花很长的时间才学得会许多源自希腊文或拉丁文的‘艰深’字眼。我们从这个着眼点出发，一路自行延伸演绎，竟然造就出德国人天赋异禀，具有独到的开创性概念——德意志联邦共和国是全欧洲唯一不是以地理或民族名称来命名的国家，好比盎格鲁民族跟法兰西民族，这些国家‘本身就是民族’。德意志（Deutsch）是古德文（Tuits），原本是‘民族’的形容词。正因如此，邻国对我们的称呼才会各不相同，大异其趣，有 Allemands（法文）、Germans（英文）、Duits（荷兰文），还有意大利文的 Tedeschi 也是从 Tuits 衍生出来的。俄罗斯叫我们

Немецкий，这个字的意思很简单，指的是不会说话，‘闷不吭声的人’，跟希腊人叫我们 Barbaros 同出一理。我们现在鼓吹的种族理念和民族意识，就某种角度来说，都植基于这些非常早期的德意志狂妄观念。我必须补充，这种自大的观念不是我们的专利，有个弗拉芒作家格罗皮乌斯·贝卡努斯在 1569 年时声称，他拿荷兰文和他称为民族摇篮的高加索山区的古老语言对照比较后，坚信荷兰文是最早的语言之一。”

他笑得开心极了，我真的很想和他畅谈下去，尤其是种族理论这方面，然而他已经站起来了。“我得走了，如果奥伯伦德尔教授今晚有空，您可以过来一起吃晚餐吗？”“乐意之至。”“我们八点左右在俱乐部碰面好吗？”他大步下楼梯，我坐回位子，望着楼下聚在一起下棋的老人。秋意越来越浓，太阳早已隐没在马楚克山后，山峦染上淡淡的一层粉红，橘红色的夕阳余晖钻过枝叶缝隙，沿着底下的大马路爬上建筑物粗陋的灰墙，照映窗户玻璃。

快 7 点半了，我下楼去俱乐部。沃斯还没来，我先点了一杯干邑，端着酒找了个隐蔽的角落坐下。几分钟后凯恩走进来，四下搜寻，然后直直朝我走过来。“一级突击队中队长！我在找您。”他脱下军帽，在我身边坐下，东瞧瞧西看看，显得非常紧张局促。“一级突击队中队长，有件事我想跟您有关，所以想先跟您说一声。”“嗯？”他好像不知怎么开口似的，“有人……您经常跟国防军的一个少尉走在一块儿。这……该怎么说呢？让人有造谣生事的借口。”

“什么谣言？”“谣言说……总之，是很危险的谣言，可以把人送进集中营。”“我懂了。”我像大理石般坐着，动也不动，“巧的是，这种谣言是某人散播出来的，对吧？”他的脸霎时雪白：“我不能再多说了，我认为这是卑鄙无耻的伎俩，只是想让您先有个底，好事先……防范，免得事情闹得不可收拾。”

我站起来对他伸出手：“我很感谢您告诉我这个消息，二级突击队中队长，对这种只敢到处散布不实谣言，却不敢挺身面对对手的人，我只有轻蔑和不齿。”他握了我的手：“您的反应我完全能理解，还是小心为上。”我怒火中烧地坐下，原来他们想来这招！他们根本搞不清楚状况。我早就说过，我跟情人的关系从来不夹杂感情，友谊则是另外一回事，风马牛不相及。这个世界上我只爱过一个人，虽然我再也见不到她，但曾经拥有就够了。图雷克这种人，还有他的猪朋狗友怎么可能懂。我暗下决心，一定要以牙还牙，我还不知道该怎么做，但是一定有机会。感谢凯恩好意跑来警告我，让我有时间仔细筹划。

没多久，沃斯陪奥伯伦德尔出现了，我仍然沉浸在刚才的思绪中。“晚安，教授，好久不见了。”我伸手和奥伯伦德尔握手寒暄。“是啊，从林姆堡到现在发生了不少事，当时跟您一起来的年轻军官呢？”“您说的是豪泽一级突击队中队长吗？他应该一直跟着C集团军吧，我也好一阵子没他的消息了。”

我跟着他们走进餐厅，让沃斯点菜，服务生端来卡赫季地区产的葡萄酒。奥伯伦德尔略显倦容。“我听说您接掌了新成立的特派单位？”我问。“是的，叫‘伯格曼’部队，成员都是高加索山区的居民。”

“什么部族？”沃斯好奇地问。“哦，什么都有。有卡拉恰伊人、切尔克斯人，还有印古什人、阿瓦尔人、拉克人，都是从战俘集中营招募来的，有一个还是格鲁吉亚北方的斯凡人。”“太棒了！我很想跟他聊一聊。”“您得去莫兹多克才行，他们正在那里跟游击队奋战。”

“您队上不会刚好有尤比克吧？”我故意这么问，沃斯哈哈大笑。“尤比克？没有，我想没有。那是什么？”沃斯憋着不敢再笑出声，奥伯伦德尔一脸茫然地瞪着他。我强忍住笑意，严肃地回答：“那是沃斯博士养的癖好，他认为国防军有必要规划一套保护尤比克的政策，以重新建立高加索地区众多物种分配的自然平衡。”

沃斯才刚喝了一口酒，听到这里忍不住酒全喷了出来，害我也扑哧笑出声。奥伯伦德尔从一开始就没搞懂我们在搞什么鬼，有点生气了。“我不明白您在说什么。”他冷冷地说。我试着挽救局面，于是解释：“尤比克是早期遭到俄国人驱逐的一支部族，从前统辖过土耳其的绝大部分区域。”“他们信奉伊斯兰教？”“对，当然。”“如果是这样，对尤比克人施予援助理应列入国防军的东方政策中。”

沃斯满脸通红突然起身，口齿不清地说了句抱歉，随即冲进厕所。奥伯伦德尔吓了一大跳：“他怎么了？”我拍拍肚子。“啊，原来如此。”他说，“在这里这种毛病很常见。我刚才说到哪儿了？”

“我军保护伊斯兰教徒的政策。”“对。说得对，这是德国长久以来的一贯立场。我们想要在这里完成的任务，可以算是鲁登道夫[1]提倡的泛伊斯兰政策的一种延续。尊重伊斯兰世界的文化和社会成就，将他们变成对我们有用的盟友，更可以乘机跟土耳其交好，再怎么说，土耳其都算得上是个重要的国家，特别是想要绕过高加索，从后面突击驻扎叙利亚和埃及的英军的话。”沃斯刚好回来，他看起来镇静许多。

“如果我没弄错，”我说，“大方向侧重在团结高加索地区的各个部族，尤其是突厥语系人种，造就伊斯兰世界挺身对抗布尔什维克党的大规模行动。”“这是其中的一种方案，高层还没有表态支持。有人担心这样一来会引发泛图兰主义[2]再兴，进而让土耳其壮大势力，成为一方之霸，瓜分我们的战功。罗楚姆佩格部长倾向建立柏林—第比利斯的轴心联盟，不过都是受到尼古拉兹的影响。”

“您觉得呢？”“我现在正在撰写一篇关于德国和高加索的文章。或许您知道，‘夜鹰部队’解散后我跟了科赫总督，他跟柯尼斯堡是旧识，我在他底下负责情报工作。但是他人几乎从来不在乌克兰，他的属下，尤其是达格尔在乌克兰倒行逆施，无法无天。我实在看不下去，才决定离开。在我的文章里，我想让大家看清，我们需要与占领区当地居民合作，才能减少入侵和占领时期的重大损失。我们应该慎重考虑亲伊斯兰教，或者亲突厥语系民族。当然，最后的决定权还是掌握在强者手中。”

“我以为我们进攻高加索的目的之一，是企图说服土耳其参战，让他们成为我们的战友？”“这是当然的，如果我们能一路打到伊拉克或伊朗，土耳其一定不会坐视不管。萨拉吉奥卢[3]为人小心谨慎，不过他绝对不会放弃这样的大好机会，扩张疆土领域到旧时奥斯曼帝国的版图。”

---

1. 鲁登道夫（Enrich Ludendorff，1865—1937）：德国一次大战的重要将领，曾参选总统，败于兴登堡之下，后来与纳粹不合宣布退出政坛，1935 年希特勒想请他复出担任陆军上将，遭到拒绝。他晚年思想奇特，认为世界的问题都是基督徒、犹太人和共济会成员造成的。

2. 泛图兰主义（Pan-Turanianism）：图兰人的极端政治运动，意图成立一个从日本延伸至匈牙利的大图兰国。一般认为是在 19 世纪 70 年代土耳其帝国的知识分子向德国学习的产物。

3. 萨拉吉奥卢（Mehmet Şükrü Saracoğlu，1887—1953）：土耳其政治家，第六任土耳其总理（1942—1946）。

“这样一来，不是和我们的大空间理论有所抵触吗？”我问。“完全不会，我们的着眼点是建立一个欧陆帝国，跑到大老远的地方扩展版图，对我们一点好处也没有，再说，我们也没有足够的资源这么做。波斯湾区产油，我们当然会留下来，其他的英属近东地区大可送给土耳其。”“相对来说，土耳其有什么用？”沃斯问。“非常有用，就策略而言，土耳其位居险要，能提供我军海陆基地，大举进攻消灭英国在中亚的势力，还能派军队到俄国前线支援。”

“对啊，说不定还能派一整团的尤比克来呢。”沃斯一听，又忍俊不禁狂笑起来。奥伯伦德尔真的火了，“尤比克长，尤比克短的，到底是怎么回事？我听不懂。”“我不是跟您解释过了，沃斯博士一天到晚念兹在兹的就是尤比克。他觉得非常沮丧，因为他呈递了一份又一份的报告，强调尤比克在战略上的重要性，但是参谋部似乎没人愿意相信他，我们在这里一般只考虑到卡拉恰伊、卡巴尔达和巴尔卡尔。”

“他为什么笑个不停？”“对啊，沃斯博士，您在笑什么？”我严肃地问他。“一定是太紧张的关系。”我对奥伯伦德尔说：“来，沃斯博士，多喝点。”沃斯轻啜一口，极力克制情绪。奥伯伦德尔大声说：“我对这个问题了解不深，无法加以论断。”他转头对沃斯说：“如果您手边还有关于尤比克的报告，我很愿意一睹为快。”沃斯手足无措地点点头，“奥厄博士，麻烦您换个话题好吗？我会非常感激。”“悉听尊便，反正菜也来了。”

服务生替我们上菜。奥伯伦德尔显得有些恼火，沃斯窘得涨红了脸。为了打开窘境，我问奥伯伦德尔：“您的伯格曼部队能有效打击游击分子吗？”“他们在山区的表现可圈可点，有些人每天都能带敌人的头或耳朵回来报功，到了平地，表现就远远不如我们的军队了。他们烧毁了莫兹多克附近的好几个村镇，我苦口婆心对他们解释了几次，每到一个村子就放火烧村不是好办法，但这好像一种民族习性，改也改不了。另外，纪律问题也很让人头痛，特别是逃兵。很多人加入我们的唯一目的，就是想回家，因此当我们进入高加索，逃兵案例层出不穷。我当众枪毙捉拿回来的逃兵，杀鸡儆猴，相信已经有了一点成效。此外，我们队上还有不少车臣人和达吉斯坦人，他们的家乡现在还在布尔什维克党的控制下。说到这里，您是否听说了车臣山区叛乱的事？”

“有些谣传。”我回答。“特遣部队底下有一个特派小组，会派干员以跳伞的方式降落到那儿和叛乱分子接头。”“啊，很有意思，”奥伯伦德尔说，“据说他们已经正面交锋，扫荡行动雷厉风行。要怎么样才能得到更多消息呢？”“我建议您到斯塔夫罗波尔找党卫队的比尔坎普区队长。”“好的。这里呢？游击队的问题严重吗？”“不是很严重，我们有一队人马派驻基兹洛沃茨克一带，痛击‘莱蒙托夫’游击队。这里流行在每样东西上都冠上莱蒙托夫的名号。”

沃斯又笑了，这次倒是毫无芥蒂开怀地笑：“他们行动积极吗？”“不是很积极，他们眷恋山上的一切，不愿意下山。他们的任务以提供给红军我方的情报为主，例如派一群小孩到战地司令部前面清点停了几辆摩托车或卡车之类的。”

用餐完毕，奥伯伦德尔还是滔滔不绝，绕着新成立的军事政府制定的东方政策转。“科斯特林将军会是很棒的人选，如果由他主政，这项新政策实验成功的机会非常大。”

“您认识勃劳第加姆博士吗？”我问。“勃劳第加姆先生？当然认识，我们经常一起讨论，交换意见，他非常主动积极，而且聪明绝顶。”奥伯伦德尔喝完咖啡，起身告辞，我们互道珍重，沃斯送他出去。我点了一根烟，边抽边等沃斯回来。

“您刚刚真差劲。”他回来一坐下，马上冲我说了一句。“怎么会？”“您心里有数。”我耸耸肩：“我又没有恶意。”“奥伯伦德尔一定会认为我们在捉弄他。”“我们确实是在捉弄他啊。听我说，打死他他也不会承认，您和我还不清楚吗，教授都是这个样。假如他承认对尤比克一无所知，等于给这位号称‘高加索的劳伦斯’的学者当面难堪。”

我们走出俱乐部，外面下着毛毛雨。“来了，”我仿佛自言自语似的，“秋天来了。”战地司令部前拴着一匹马，它惊恐地抖动，嘶嘶鸣叫。站岗的卫兵身披油亮的斗篷。卡尔·马克思街的斜坡路面汇集一股一股的小水流，雨势变大了。我们在总部前分手，互道晚安。回到房间，我打开落地窗，站在那里好一阵子，倾听雨水敲打树梢、阳台瓷砖、铁皮屋顶、草地和湿润泥土地的声音。

雨一连下了三天。疗养中心里伤兵人满为患，都是从印古什共和国城市马尔戈别克和萨戈普希两地转送过来的，我军朝格罗兹尼发动一波新攻势，企图一举瓦解敌军顽强的抵抗。科尔斯曼特别来此颁发奖章给来自芬兰的“维京”志愿军，志愿军清一色都是高大英挺的金发美男子，在下克鲁普附近的尤鲁克峡谷与敌军炮火交锋，现在个个显得有点憔悴茫然。

高加索地区的军事政府正式成立，10月初奉军需处总长瓦格纳之令，六个哥萨克县级区域，共1600名居民，升格为新的“自治区”。我方计划假基兹洛沃茨克地区的一个盛大节庆典礼，正式宣布卡拉恰伊自治。我和该区的几名主要党卫队干部再度被科尔斯曼和比尔坎普召回斯塔夫罗波尔。科尔斯曼担心党卫队底下的警察单位，将来在新成立的自治区内权力会受到限制，不过，与国防军加强合作互动关系的一贯政策依然维持不变。比尔坎普异常气愤，他指责东方政策的支持者是沙皇派和波罗的海三小国的王公贵族，他大声怒斥：“所谓的东方政策根本是陶罗根协定[1]借尸还魂。”

利奇私底下向我语带保留地婉转说明后，我才明白比尔坎普真正担心的是各特派小组枪毙人犯的数字，每星期只有零零星星的几十人——占领区的犹太人全被杀光了，只剩几个国防军格外开恩留下来的工匠，给士兵缝衣补鞋；至于共产党员和游击分子，又抓不了几个；再来只剩下那些少数民族，以及本地人数最多的哥萨克人，后者现在又像拿到保命金牌般，没人敢动他们。我认为比尔坎普的看法未免太过狭隘，让人无法理解。在柏林的时候，我们的确是以数字来评判各个特遣部队的办事效率，行动效率降低可能被解读为特派小组缺乏热忱活力。然而，部队不是真的毫无作为，在卡尔梅克大草原的边疆城市埃利斯塔，有鉴于我军即将拿下该城，我们成立了一个“阿斯特拉罕”特派小组。

在克拉斯诺达尔地区，也完成了所有的紧急任务，第10a特派小组肃清了

1. 陶罗根协定（Convention of Tauroggen）：1812年12月30日，普鲁士军方与俄国军方在立陶宛的陶罗根宫签订的协议，约定普鲁士军队对拿破仑进攻俄国之举持中立态度，此条约事先未获得普鲁士君主的批准，而且与普鲁士先前与法国签订的条约抵触。

每间收容智障者、脑积水患者和精神病患的收容所，犯人多半在毒气卡车上咽气。第十七军在迈科普再度向图阿普谢发动新一波的攻击，而第十一特派小组在扫荡山区强大游击队的进攻行动中功不可没，山区地形崎岖，连日来的雨水更提升了扫荡行动的困难度。

10月10日，我和沃斯两人上馆子庆祝，我没告诉他今天是我的生日。第二天，我们跟着参谋部的大队人马一起到基兹洛沃茨克庆祝开斋日，宣告伊斯兰斋戒月结束，情景真可谓举国欢腾。城外一处辽阔的田野上，卡拉恰伊的年长伊玛目[1]，满脸皱纹，以洪亮沉稳的声音，带领大家诵念一套冗长的祈祷文，数百顶钢盔、无边圆帽、毛皮帽和各式帽子紧密排列整齐，面朝附近的山丘，随着单调的祈祷颂辞节奏，五体投地大礼跪拜。科斯特林和勃劳第加姆步上插满德国国旗和象征伊斯兰教旗帜的讲台，他们的声音透过准备的扩音器，宣布卡拉恰伊自治区正式成立。欢呼和枪响伴随着台上呼喊出来的每一个句子。沃斯双手摆在背后，为台上演讲的勃劳第加姆担任翻译，科斯特林直接以俄文发表演说，没多久，只见他被兴高采烈的年轻人一连好几次抛上天空。

勃劳第加姆接着介绍新任的地区首长，伊斯兰教法官贝拜拉穆科夫。这名老者是坚决反对苏维埃政权的农家子弟，身穿传统服饰，头戴巨人的白色绵羊皮帽，郑重感谢德国把卡拉恰伊从俄国的奴役统治解放出来。一个小男童牵着白色的卡巴尔达骏马走过讲台，马背上涂满五颜六色的达吉斯坦漆，紧张的马儿直喷鼻息，老者在讲台上介绍这是卡拉恰伊人民送给德国元首阿道夫·希特勒的礼物，科斯特林连声致谢，保证马儿一定会送到乌克兰的文尼察，交到元首手上。接着，穿高山部族传统服饰的年轻人将科斯特林和勃劳第加姆扛在肩上，接受男人的欢呼、妇女的咕噜喝彩，以及蹩脚步枪此起彼落的礼炮枪响。沃斯兴奋得涨红了脸，开怀地看着周遭的一切。

我们随着人潮流动，田野彼端有一小群妇女忙着把食物端出来，放在遮雨棚下的长条桌上。羊肉堆得如小山般高，搭配多只大铜锅熬煮的浓汤，还

1. 伊玛目（imam）：伊斯兰教国家的元首或者宗教长老。

有蒜烧鸡肉、鱼子酱和一种高加索地区的饺子。卡拉恰伊妇女容颜秀丽、笑容可掬，不停给宾客端来一盘一盘的菜肴，年轻小伙子聚在一起，愤愤不平地交头接耳，他们的长辈则好整以暇地端坐着品尝美食。科斯特林和勃劳第加姆陪同德高望重的伊斯兰长者坐在一顶华丽的圆盖底下，面对着那匹似乎已遭遗忘的卡巴尔达骏马，任它拉扯系马绳、嗅闻食物的香味，惹得旁观者一阵大笑。

居住在高山的乐师弹奏乐音略显尖锐的小型弦乐器，吟唱一曲曲漫长哀怨的民谣，敲击乐器加入，音乐变得奔放狂乱，大伙围成圆圈，年轻人跟着典礼主持人的脚步，开始齐跳高加索地区民俗舞蹈，舞姿高贵、豪迈又绚烂。接下来是另类的舞蹈表演，舞者耍刀的精湛技术令人叹为观止。席间没有奉酒，但大多数的德国宾客在大块的肉和热情的舞蹈感染下，早已抛弃矜持，人人满脸通红、汗流浃背，兴奋激动得跟喝醉了没两样。卡拉恰伊人耍弄步枪，跳出完美的动作，更把现场气氛带到最高潮。我的心跳急如战鼓，我和沃斯两人手脚摆动，发疯似的在一群围观者当中尖声狂叫。夜色降临大地，我们点起火把继续狂欢，等我们累得快站不住，才回到桌旁喝口茶，吃点东西。“东方政策支持者的计谋成功！”我对沃斯大吼。“这下子，没有人会再质疑他们了。”

然而，前线传回来的并非捷报。虽然第六军团每日传回战报，斯大林格勒战局有重大突破，不过根据军事情报局的了解，我军深陷市中心进退不得。从文尼察过来的军官也坦承，最高统帅部弥漫着一股死气沉沉的气氛，元首几乎不再跟凯特尔[1]和约德尔[2]两位将军交谈，他们已经被请出会议室了。军方流传着不祥的流言，沃斯偶尔会跟我提起，元首的精神濒临崩溃边缘，他不时暴跳

1. 凯特尔（Wilhelm Bodewin Johann Gustav Keitel，1882—1946）：曾任德军最高统帅部总长，第二次世界大战德军资历最老的指挥官之一，战后在纽伦堡审讯被判绞刑处死。

2. 约德尔（Alfred Josef Ferdinand Jodl，1890—1946）：纳粹德国将军，于第二次世界大战期间担任德国国防军最高统帅部作战部长，成为威廉·凯特尔的副手，负责制定二战德国许多军事行动。在纽伦堡审判中他被判为战犯，被判绞刑处死。

如雷，做一些互相矛盾、毫无逻辑的决定，军方将领开始失去信心。

这当然是非常离谱的谣传，但我深深觉得这种谣言会在军方四处蔓延，让人担忧。于是，我以国防军的士气为题，把当下的状况汇总呈报上司。霍恩埃格回来了，这次研讨会的举办地点是在基兹洛沃茨克，所以我一直没见到他，几天后他寄了一张车票给我，邀我一起吃饭。沃斯赶去普罗赫拉德内与第三装甲部队会合，冯·克莱斯特计划朝纳尔奇克和奥尔忠尼启则展开攻击，沃斯希望能紧跟着军队行进，以确保图书馆和学术机构不受破坏。

同天早上，冯·吉尔萨的副官罗伊特少尉经过我的办公室。“我们碰到一宗非常奇特的案子，您应该来看看，有个老人家孤身来到这里，啰里啰唆讲一些奇怪的事，还自称是犹太人。上校建议由您来审讯。”“如果他是犹太人，移送特派小组才对。”“也许是这样，您不想见他吗？我跟您保证，这个人真的非常奇特。”勤务兵把那个人带过来。老人体型高大，留着长长的白胡子，看起来身子骨相当硬朗，身穿黑色的高山族传统服装，脚上一双软皮靴，套上高加索地区农民常穿的木底皮面鞋套，戴着绣有紫、蓝、金三色的漂亮无边圆帽。我伸手招呼他坐下，语带恼怒地对勤务兵说：“他只会说俄文吧？通译在哪儿？”

老人以锐利的目光盯着我看，开口竟是古希腊文，虽然略带奇异的口音，却相当流畅：“我看你像受过良好教育，你应该听得懂希腊文。”我错愕地愣了一下，叫勤务兵下去，才开口回答：“是的，我会希腊文。你呢，你怎么会说希腊文？”他对我的疑问完全置之不理：“我叫内厄姆·本·易卜拉欣，来自玛加兰坎德，在杰尔宾特辖区。我另外有个俄国名字沙米勒里夫，用来纪念伟大的沙米勒，家父曾跟他东征西讨。你呢，你叫什么名字？”“我叫马克西米连，来自德国。”“你父亲是谁？”我微微一笑：“老先生，我父亲跟你有什么关系？”“假如我不知道眼前跟我讲话的人的父亲是谁，要我怎么了解对方呢？”

我现在听出来了，他的希腊文造句结构非常特别，但不妨碍我了解他的意思。我把父亲的名字告诉他，他似乎很满意。我问他：“如果你父亲跟随过沙米勒，你应该非常高寿吧？”“我父亲在达尔戈英勇地杀死十几个俄国兵，光荣地战死沙场。他是信仰极为虔诚的教徒，沙米勒也非常尊重他的信仰。他曾说，我们高加索犹太人比伊斯兰教徒更信奉真主，我还记得他在梵迪诺的清真寺，当着服膺他的信众大声宣布的情景。”“不可能！你不可能亲眼见过沙米勒，护照拿来。”他拿出一份文件，我快速翻阅。“你自己看！这里明明写你生于1866年，那时沙米勒已经落入俄国人手中，被囚禁在卡卢加。”

他神色自若地把文件从我手中抽回，塞进衬里内袋，眼神闪烁着笑意和狡狯。“你想一个来自杰尔宾特的可怜官僚，”这里他用了一个俄语词，“一个连小学都没念完的人会知道我是哪一年出生的吗？那个人连问都没问我一声，就随便说我70岁，而且还是以我办理这份文件的日期为基准往回算。我明明超过70岁，我出生的时候，沙米勒还没有领导部落起义，家父战死达尔戈时，我已经成年了。我很想继承父亲的遗志追随沙米勒四处征战，那时我开始攻读法律，因为沙米勒告诉我，他已经有够多的战士，他更需要有学问的人才。”

我真的不知道该怎么想，他说的似乎是发自内心的真话，果真如此，那真是太神奇了，他算起来少说也有120岁。“希腊文呢？”我再度问他这个问题，“你是在哪儿学的？”“年轻军官，达吉斯坦可不是俄罗斯。早在俄国人在此大开杀戒之前，全世界的饱学之士，不管是伊斯兰教徒或是犹太教徒，全都聚集在达吉斯坦。我们这一族来自阿拉伯，来自突厥斯坦[1]，若要追根究底，甚至可说来自中国。总之，我们高加索犹太人跟俄国底下的龌龊犹太人有云泥之别。我母亲的母语是波斯语，人人都会讲土耳其语，我学俄文是为了做生意。艾利泽[2]拉比说得好，上帝的神谕填不饱肚子。我的阿拉伯文是跟达吉斯坦学校的伊玛目学的，希腊文跟希伯来文是看书自修而成的。我从未学过波兰籍犹太人的语言，也就是德文。”

“这么说来，你还是个硕学鸿儒。”“年轻人[3]，瞧你一副不以为然的样子，我也读过你们的柏拉图和亚里士多德，不过我读的时候常拿犹太经典《光辉之书》对照着看，感受的确十分不同。”我盯着他修剪得方方正正的胡子，还有

1. 突厥斯坦（Turkestan）：泛指历史上突厥人的地域。

2. 艾利泽（Eliezer，1698—1760）：犹太教哈西德派（Hassidism）的创始人。

3. 原文为希腊语。

刮得干净的人中看了好一会儿。有什么地方不太对劲，他的人中异常平滑，没有中央应有的凹陷。“你的嘴唇怎么会这样？我没见过这种情形。”他摸摸上唇：“这个？我出生时天使没有封住我的双唇，所以前世我记得一清二楚。”

“我不明白。”“怎么会呢，你是个受过教育的人，这一切都记载于《米德拉什》[1]的新生命创造篇里。天地初开，人类的父母交媾，产生了一滴水滴，上帝在水滴里灌注了人类的思想。在白天，天使带着这滴水滴上天堂，入夜就带它下地狱，接着，天使带它走了一遭它即将诞生的大地，还带它看了日后上帝取回他赐予的思想时，它的葬身之地。也因此有这么一段记载，如果我背得不够流畅，请多包涵，因为原文是希伯来文，你不懂希伯来文，我得先翻译。

“然而，天使最后把水滴带回母亲体内，圣人，请让我们赞美它，关上门，上了锁。圣人，请让我们赞美它，对它说：你的旅程到此为止，不能再远了。婴儿留在母腹九个月。书上接着写道：母体吃什么，婴儿就吃什么，母体喝什么，婴儿就喝什么，但他从不排泄秽物，因为他排出的秽物将危害母体的生命。

“接着上面又说了：最后他降临人世的日子来了，天使来到他的面前，对他说：出来吧，因为你现身人世的时刻已经来临。婴儿的性灵回答：我已经当着先前的那位说了，我非常满意我现在所处的世界。天使于是回答：我要带你去的世界非常美。上面接着记载：你在母体成形并非出于你的本意，你必须诞生，来到人世，这同样也非你的本意。那他为何哭泣？为了他被迫离开过去一直生活的世界。等他出生，天使对着他的鼻梁就是一拳，自此关闭了他的灵性，天使强迫婴儿出生，让婴儿忘记过去的一切。只要他一走出母体，他便开始哭泣。

“书上记载的那一拳就是这个，天使封住了婴儿的双唇，封印留下痕迹。但是，婴儿并非瞬间就会忘却一切。我儿子三岁时，那是很久以前的事了，我惊讶地发现他在他妹妹的摇篮旁边对她说：‘跟我谈谈上帝，我快要忘光了。’人必须通过学习重新认识上帝的一切，也因为如此，人才会步入歧途，互相残

1.《米德拉什》(*Midrash*)：阐释犹太教律法伦理的经籍。

杀。但是我不同，我来到这个世界的时候，天使没有封住我的嘴唇，如你所见，我什么都记得。”

“你记得你将来会被埋葬的地方吗？”我问他。他咧开嘴笑了：“我就是为了这个来找你的。”“离这里很远吗？”“不远，如果你愿意，我可以带你去看。”我起身拿起军帽：“我们走吧。”

出门时我要求罗伊特派战地警察随行，他让我去找警察队的小队长，他指派了一名级别等同二等兵的警员给我。“哈宁！你跟一级突击队中队长去，听他的命令行事。”哈宁戴上军帽，举枪上肩，他看起来快 40 岁了，偌大的金属半月形徽章在狭窄的胸膛上跳动。“我还需要一把铲子。”我说。

走出门外，我转身对老者说：“往哪边走？”他伸出手指着马楚克山，山巅云雾缭绕，仿佛山口会喷出烟：“往那边。”哈宁跟在我们后面，一行人穿越条条马路，来到最后一条路上，也就是蜿蜒上山的路，老人指指右边。路旁松树围绕，走了一会儿，出现一条钻入树林的山路。“往这里。”老人说。“你确定你没来过这里？”我问他，他耸耸肩。山路沿着陡峭山崖盘旋而上，老人走在最前面，安步当车，自信满满，落在最后的哈宁扛着铲子气喘如牛。我们走出树林时，我看见山巅的云已经被风吹散。再往前走了一会儿，我回头眺望，放眼望去尽是高加索山绵延的山峦，地平线已躲在山后。

夜里下了雨，雨水驱走了夏天弥漫山峦久久不散的彤云，还山峦雄伟的清晰面貌。“别再发呆了。”老人对我说，我继续往前走，爬了大约半小时的山。我的心跳狂乱，喘得厉害，哈宁跟我一样，老人反倒跟小树一样清新。

最后我们来到一处长满杂草的空地，离山顶只剩不到 100 米的距离。老人继续往前，凝视眼前的景色。这是我头一回真正看清楚高加索山脉的面貌。雄伟轩昂的山脉像倾斜的巨大城墙绵延至地平线的尽头，眯起眼睛远眺，远方山峦仿佛无限延伸，往右融入黑海，往左踏入里海。蓝色的山壁，浅黄泛白的垂直山脊，雪白的厄尔布鲁士峰像是反扣的牛奶碗，雄踞山岭之巅。更远处，卡兹别克峰[1]矗立奥塞梯之上，天然美景直可媲美巴赫的乐章。我静静凝望，

1. 卡兹别克峰（Kazbek）：位于格鲁吉亚和北奥塞梯之间，是高加索山脉的第七高峰。

竟然说不出话来。老人伸出手指着东方："过了卡兹别克峰，就到了车臣境内，再过去就是达吉斯坦。"

"你的坟呢，在哪里？"他仔细环视空地，然后走了几步。"在这里。"他一边用脚踩踏下面的土地，一边说。我再度仰望山峰。"真是入土为安的好地方，你不觉得吗？"老人张大嘴笑了，开心地说："可不是？"我不禁纳闷，他该不会是故意耍我。"你真的看见了？""当然！"他义愤填膺地回答，但我总觉得藏在胡子里的嘴正在窃笑。"好吧，开始挖。"我说。"什么！挖？你不觉得可耻吗，小丫头[1]？你知道我几岁吗？我可以当你祖父的祖父了！我诅咒你，我不挖。"

我耸耸肩，转头对拿着铲子等候的哈宁说："哈宁，挖。""挖？一级突击队中队长，挖什么？""一座坟，警员，这里。"他扬扬下巴，"老头呢？他不能挖吗？""不能，开始干活。"哈宁拿下步枪和军帽放在草地上，往指定的地点走过去。他在手上吐几口口水，开始挖土。老人望着山峦，我倾听山风呼啸，山脚传来隐约的街衢喧闹，铲子撞击泥土，泥土翻落堆成小山，还有哈宁使劲地吆喝。我看着老人，他顶天而立，面对群山喃喃自语。我的目光再次转回层层山巅，山壁上一望无尽的蓝色渐层色谱好比一曲长乐谱，以山脊为节拍，值得细细欣赏。哈宁松开大领章和外套，有条不紊往下挖，洞已深及膝部。

老人转身愉悦地对我说："有进展吗？"哈宁停止工作，靠着铲子大口喘气。"还不够吗，一级突击队中队长？"他问。洞挖得够大，但不够深，大概只有半米高。我转头对老人说："你看够了吗？""开玩笑！你把我内厄姆·本·易卜拉欣当成可怜虫吗？随便埋埋就可以了吗？再怎么说，你又不是小婴儿[2]。""很抱歉，哈宁，还得再挖。"

"呃，一级突击队中队长，"他拿起铲子前问了我一个问题，"您和他说的是哪一国的话？不像俄文。""是希腊文。""他是希腊人？我以为他是犹太人

---

1. 原文为希腊语。

2. 原文为希腊语。

呢？”“好了，挖。”他嘟囔着骂了一句，又继续挖。20 分钟后，他气喘如牛地停止工作。“您知道，一级突击队中队长，这种事通常都要两个人轮流做，我已经不年轻了。”“铲子给我，出来。”我也脱下军帽和外套，跳进洞里接替哈宁。挖洞这种事不是我的专长，我花了好几分钟才掌握到节奏。

老人在洞口弯腰对我说：“你做得不顺手，可见你终日泡在书上，我们那里就算是犹太拉比也会动手盖房子。不过，你是个好孩子，找到你算我运气。”我不断地挖，现在挖出来的土必须抛得很高，就算努力，还是有大半的土落回洞里。“这样可以了吗？”我开口问。“再挖深一点，我希望我的坟跟我母亲的肚子一样舒适。”“哈宁，”我大叫，“换手了。”

现在土洞深及胸膛，哈宁得拉我一把，我才出得去。我重新穿戴整齐，点了根烟，哈宁下去继续挖。我定睛望着这片山峦，好像永远也看不厌。老人也是。“你知道，当我知道我不能葬在家乡的峡谷，长眠萨穆尔时，失望了好一阵子，不过现在我明白了天使的睿智，这里是地灵人杰的好地方。”“对。”我说。我往旁边看了一眼，哈宁的步枪躺在草地上，挨着他的军帽，好像被丢弃似的。哈宁站在洞里，只看得见头，此时老人宣称他满意了。我帮哈宁爬上土洞。

“现在要干吗？”我问。“现在，你要把我放进洞里啊，怎样，你以为上帝会降下雷电劈死我吗？”我转头对哈宁下令：“警员，穿上制服，枪毙这个人。”哈宁满脸通红，朝地上吐了口唾沫，咒骂了一句。“怎么了？”“一级突击队中队长，请别见怪，这种特殊任务我得先得到上司批准。”“罗伊特少尉吩咐过了，听我命令行事。”他迟疑了一会儿，终于说：“好吧。”他穿上外套，别上大领章，戴上帽子，拍拍长裤的泥灰，然后拿起步枪。老人站在墓穴的另一端，面对绵延山峦，始终面带微笑。哈宁把枪架上肩头，对准老人的脖子，我内心突然涌现一股焦躁不安。“等一下！”哈宁放下手上的步枪，老人转身看着我。“我的坟呢？你见过我的坟吗？”我问他。他微微笑着：“见过。”我的呼吸咻咻有声，脸上铁定惨无血色，莫名的焦虑席卷全身：“在哪里？”那朵微笑仍在老人脸上：“这我不会告诉你。”“开火！”我朝哈宁大叫。哈宁举起枪发射，老人恍如一只断了线的人偶摔进墓穴，我跑过去弯身往里看，他像一口布袋般躺在洞底，脸朝侧边，沾满血迹的胡子里依稀可见那朵微笑。“填土。”我愤愤地朝哈宁下令。

回到马楚克山山脚下，我叫哈宁先回参谋部，我绕道学院行馆去普希金浴场，国防军开放了一部分的浴场给伤兵使用。走进浴场，我脱下一身衣服，钻进弥漫硫黄气味的热烫棕黄色泉水。我泡了很久，然后才冲了个冷水澡。经过冲洗，身体和心灵仿佛焕然一新，肌肤变得像大理石般红白相间，我整个人清醒过来，轻松无比。

我回到总部，双脚交叉倒在沙发上，面对敞开的落地窗躺了一小时。我起身更衣，下楼到参谋部找我早上申请要用的车子。路上我抽烟凝视着一座座火山，高加索山脉圆弧的蓝色山峦在我眼前飞奔，时序入秋，天色早已转暗。要进入基兹洛沃茨克，先得横渡波得库莫克河，桥底有许多农用篷车涉水过河，压尾的那辆车只是一块木板架在轮子上，由一头脖子粗短的长毛骆驼拉着前进。

霍恩埃格在俱乐部等我，一见到我就抛来一句：“您看起来神采奕奕。”“我获得重生，今天的遭遇非常离奇。”“等会儿告诉我。”两瓶帕拉提纳特白酒躺在餐桌旁的冰桶里，正等着我们品尝。“我叫内人寄来的。”“医生，您真是神人。”他打开第一瓶，冰凉的佳酿轻轻唤醒味蕾，水果余香久久不散。

“会议进行得如何？”我问他。“很好，我们讨论过霍乱、伤寒和痢疾，现在进行到冻疮这痛苦的病症。”“还不是时候吧。”“差不多了。您怎么样呢？”我把高加索犹太老人的事告诉他。“这个内厄姆·本·易卜拉欣有大智慧。”听我说完后，他做出评语，“我们只有羡慕的份儿。”“您说得没错。”

我们的位置紧贴隔墙，隔墙后头是包厢，传来阵阵笑声和语意不清的人声。我又喝了一点酒。“话虽如此，”我接着说，“老实说，我真的搞不懂他在想什么。”“我可清清楚楚。”霍恩埃格一副从容的姿态，“在我看来，人类面对荒谬的人生时所秉持的态度可分三大类。首先，是普罗大众惯常的态度，他们拒绝相信生命是个大笑话。这种人无法理解人生须尽欢的道理，他们勤勤恳恳工作、积攒财富、吃喝拉撒、做爱偷腥、生养小孩、年老体衰，然后像拉车的牛一样劳碌而死，死时跟在世时同样无知，绝大多数的人都属于这一类。接着，是认清生命是个笑话，秉持道教精神的人，或者像您刚刚说的那位老人，勇敢地笑看人生，我就是属于这一类。最后还有明知生命是笑话，却深深为之痛苦的人，如果我的诊断无误，您属于这一类。您崇拜的莱蒙托夫也是，我终于拜读了他的大作，他写下了 Жизнь такая пустая и глупая шутка（生活是空虚、愚蠢的玩笑）这样的句子。我现在的俄文造诣足以了解个中含意，还能加以补充，他应该加上 и грубая（肮脏）才对，'肮脏、愚蠢又空虚的玩笑'。"

"他一定也想过这么写，不过这么一来，就破坏整首诗的格律。""以这种态度面对生命的人，至少还知道有前世的存在。"我说。"没错，但是他们无法承受。"

隔墙传来的交谈喧闹越来越清晰，女服务生走出包厢时忘了把门帘拉上。我立刻听出图雷克粗鄙的嗓音，还有他那个狐朋狗友普法伊弗尔的声音。"像这种娘娘腔，不准他们加入党卫队才对！"图雷克杀猪似的吼叫。"像他那样的人理应被送进集中营，不该让他穿上制服四处招摇。"普法伊弗尔在一旁搭腔。"说得没错，"另一个声音说，"但是需要证据。""我们可是亲眼看见。"图雷克说，"那天在马楚克山山后，他们离开大路，钻进树林干他们的好事。""您确定？""我以军官的荣誉保证。""您有清楚看见他的脸？""奥厄？他就像你们现在一样地近。"

大伙突然安静下来，图雷克慢慢转过身，看见我站在包厢门口，红通通的脸霎时雪白。普法伊弗尔坐在最里面的位子，整张脸铁青蜡黄。"真遗憾，没想到您这么轻率就赌上军官的荣誉，一级突击队中队长。"我一字一句清清楚楚地说，声调平稳，不带任何情绪。"您的人格早已一文不值，尽管如此，现在收回您刚刚的毁谤还来得及。我警告您，如果您执意不收回，我们只好决斗场见。"

图雷克霍然起立，粗鲁地推倒椅子，脸部肌肉一阵抽搐，嘴斜鼻歪徒增可笑，看起来比平时更懦弱无助。他眼神飘向普法伊弗尔的方向，普法伊弗尔点点头，仿佛替他加油打气。"我不觉得有什么需要收回的。"他虚张声势地反驳。他显然很犹豫，不知道该不该豁出去。我热血沸腾，情绪亢奋，说话的声调仍然平稳，用字精准。

"您确定？"我持续进逼，挑衅撩拨，非断了他的退路不可，"您要想清楚，要杀我可不像杀手无寸铁的犹太人那么容易。”此话一出，大伙惊呼交头接耳。“有人侮辱党卫队！”普法伊弗尔大声叫嚷。图雷克脸色惨白，他紧盯着我，像一头愤怒的公牛，但什么也没说。“很好，既然这样，”我说，“我稍后会派人到分区行动支队的办公室。”我说完立即转身离开餐厅，霍恩埃格赶出来在楼梯追上我。“您刚刚太莽撞了，您一定是想到了莱蒙托夫。”我耸耸肩：“医生，我认为您是有良知的人，您愿意当我的助手吗？”听完，他也跟我一样耸耸肩：“如果您希望的话，但这真的太愚蠢了。”

我伸出手，在他的肩膀上轻拍几下：“别担心！一切都会很顺利的。不过，别忘了把您的酒带来，一定能派上用场。”他带我到他的房间，两人把打开的第一瓶酒喝光。这中间，我谈了一些我的往事，以及我和沃斯的友情。“我非常欣赏他，他真不是盖的，跟那些猪猡想的完全不一样。”之后，我请霍恩埃格走一趟分区行动支队办公室，我待在原地开了第二瓶酒，边抽烟边看秋日阳光抚弄大公园和小马鞍山壁，等他回来。一小时后他送信回来了。

“我得先警告您，”他直截了当地说，“他们肯定会使出下三烂的伎俩。”“怎么了？”“我一踏进特派小组，就听见他们鬼鬼祟祟地商量，我没听到前面的部分，只听见那个大个儿说：‘我们不会有风险，反正他这种人早就该死。’您的决斗对手，就是那个长得一脸犹太人样的那个，他回答：‘还有他的见证人啊？’另一个回答：‘算他倒霉。’听到这里，我恰好走进办公室，一看到我，他们立刻停止交谈。他们一定想把我们两个一起干掉，还说什么党卫队的荣誉！”“不要担心，医生，我会小心提防，事情都商量好了吗？”“好了。明天傍晚六点，在热列兹诺沃德斯克交流道出口处会合，然后去找个僻静的溪谷，死因就推说是在那一带出没的游击分子干的。”“好主意，普斯托夫有那群游击队。我们去吃饭怎么样？”

痛快地大吃大喝后，我返回五山城。霍恩埃格吃饭时脸色一直很难看，看得出来他不赞同我的做法和这件事。我呢，我一直处于奇异的亢奋情绪，仿佛肩上重担被卸下般的轻松惬意。我很乐意杀掉图雷克那个兔崽子，不过我得设法躲掉他和普法伊弗尔设下的陷阱。我回到五山城约一小时后，有人敲我的房门，是特派小组的勤务兵，他呈上一纸公文：“一级突击队中队长，很抱歉这么晚来打扰您，这是行动参谋部的紧急命令。”我打开折叠的纸张，比尔坎普要我八点去他那里报到，还有图雷克。有人告密。我打发勤务兵回去，整个人瘫在沙发上。我觉得好像受到了诅咒，不管我怎么做，纯洁的举动都与我无缘！我仿佛又看见那位犹太老人，躺在马楚克山的墓穴里嘲笑我。我觉得空虚极了，眼泪簌簌流出来，泪眼婆娑的我全副军装地睡着了。

隔天早上，我准时出现在斯塔夫罗波尔，图雷克和我一前一后抵达。我们并排站在比尔坎普的办公桌前，立正站好，房间内没有别人。比尔坎普开门见山就说："先生们，我听说两位在公开场合互相叫嚣，说些有失党卫队颜面的话，两位还计划以法律明文禁止的行为来解决纠纷。此举会让部队一举痛失两位难以取代的精英干部，两位心知肚明，侥幸存活下来的人会马上被移送党卫队和警察法庭受审，结果不是死刑就是等着在集中营度过余生。我要提醒两位，到这里来是为了报效元首，报效人民，绝不是为了发泄个人的情绪。如果不想活了，也应该为国家而死。所以我叫两位来，当面道歉跟和解，我补充说明，这是命令。"我和图雷克都没有应声。

比尔坎普瞪着图雷克："一级突击队中队长？"图雷克依然闷不吭声。比尔坎普转头看着我："您呢，奥厄一级突击队中队长？""请恕我冒昧，区队长，我之所以会说出侮辱的话，完全是因为图雷克一级突击队中队长先口出秽言，我认为应该由他先道歉，否则我觉得有义务挺身维护个人名誉，不管后果有多严重。"比尔坎普回头面对图雷克："一级突击队中队长，您先口出秽言是真的吗？"图雷克使劲咬紧牙关，力道如此强劲，脸部肌肉因而微微颤抖，"是的，区队长。"他终于开口，"他说得没错。"

"既然如此，我命令您先向奥厄博士一级突击队中队长致歉。"图雷克原地转圈九十度，并脚立正，与我面对面，自始至终维持着立正姿势，我也跟着照做。"奥厄一级突击队中队长，"他粗嘎着声音，一字一字慢慢从牙关迸出，"我为我的失言向您道歉，请您接受，我喝多了有点失控，请多包涵。""图雷克一级突击队中队长，"我回答，心脏在胸腔咚咚狂跳，"我接受您的道歉，我也为我伤人的反应致上同样诚挚的歉意。""非常好。"比尔坎普硬邦邦地说，"现在两人握手言和。"我握住图雷克的手，他的掌心湿润。我们同时转身朝向比尔坎普。"先生们，我不知道两位说了些什么，我也不想知道，我很高兴两位能言归于好。如果同样的事件再度发生，我将立刻送两位到党卫队武装军的魔鬼纪律营。听清楚了吗？解散。”

走出比尔坎普的办公室，我情绪难平，索性去找利奇博士。冯·吉尔萨先前告诉我，国防军的侦察机飞越夏托伊上空侦察，拍下了该地众多村镇的照片，证实该地区曾遭轰炸，空军第四中队却矢口否认，坚称他们从来没有在车臣执行轰炸任务，这些摧毁行动也因此被认为是苏联空军搞的鬼，间接印证了苏联境内各地少数民族接连揭竿起义的谣言。

“库雷克派了好几名伞兵空降山区，”利奇对我说，“却一直联系不上他们。他们不是一着地就叛逃了，就是被杀或被抓了。”“国防军认为苏联后防人民叛乱，有助于我军在奥尔忠尼启则的攻势。”“或许是这样没错，但我个人认为，就算各地真有叛乱，也早就被戡平，斯大林绝不会冒这个险。”“当然。如果库雷克二级突击队大队长有进一步的消息，您可以通知我吗？”走出行动小组，我与图雷克狭路相逢，他背倚着门扉和普里尔说话。他们一看到我便停止交谈，盯着我打从他们身旁走过去。我礼貌性地向普里尔打招呼，然后回五山城。

当晚，我和霍恩埃格约见面，他可一点都不失望。“这就是现实，亲爱的朋友。”他对我说，“谁教您硬要耍浪漫当英雄，得到教训了吧？走，一起去喝一杯。”整件事仍让我耿耿于怀。是谁向比尔坎普告的密？一定是图雷克的某个同事，怕事情一发不可收拾。也许是他们其中的一个，得知他们设下陷阱陷害我，所以想办法阻止？若说图雷克良心发现临阵脱逃，无异于天方夜谭。我不禁纳闷，他和普里尔两个人到底在打什么主意，肯定不会是好事。

新一波军事行动转移了我对这个转折的焦点。冯·麦肯森的第三装甲部队在空军的掩护下，再度对奥尔忠尼启则发动猛烈攻击，短短两天就瓦解了苏联在纳尔奇克的防线，10月底我军拿下该城，装甲部队持续往东推进。

我申请了一辆车，预计先行前往普罗赫拉德内和佩斯特雷见面，随后赶往纳尔奇克。虽然路上在下雨，交通还算通畅，过了普罗赫拉德内，一节节军用火车忙着往前方送补给物资。佩斯特雷正在打包，准备把特派小组带到纳尔奇克，他已经派了一支先遣部队过去先规划总部设立的事宜。该城以迅雷不及掩耳的速度陷落，许多布尔什维克党的党工和可疑分子来不及逃走，纷纷遭到逮捕，此外还有很多犹太人、来自俄罗斯的官僚，以及来自某个自治区的重要官员。

我对佩斯特雷重申国防军对当地居民秉持的一贯立场——我们计划尽速成立卡巴尔达—巴尔卡尔自治区，无论如何，绝对不可破坏彼此的友好关系。一到纳尔奇克，我立即向军区地方司令部报到，那里永远是混乱的安顿情景。空军轰炸了城区，许多建筑和房屋被炸得开花，在雨中冒烟。

我找到了沃斯，他在一个空房间筛选书籍，似乎有不少发现，脸上神情愉悦。“看看这个。”他边说边丢了一本法文古籍给我。我看了封面标题《10世纪高加索部族以及黑海和里海以北的国家》，又名《阿布 - 艾尔 - 卡西姆游记》，1828 年于巴黎出版，发行人是个叫康士坦丁·穆拉德热亚·多桑的家伙。

我把书递回给他，不以为然地微微噘嘴：“您找到很多这种书吗？”“找到不少，一枚炸弹击中了图书馆，幸好没有造成太大损失。您的同事原本想把一部分的馆藏搬回党卫队，我问他们对什么东西感兴趣，因为他们不是专家，他们自己也搞不太清楚，所以我建议他们拿马克思主义政经理论那一柜，他们说得先请示柏林。等他们收到批示，我这边早就处理完了。”我笑了：“照理说，我应该阻挠您才对，这是我的职责。”“也许吧，不过您不会这么做。”

我对他说了我和图雷克的龃龉，他觉得很好笑：“您为了我去跟人决斗？奥厄博士，您真是无可救药，太荒谬了。”“我决斗：不是为了您，他们侮辱的是我。”“您说霍恩埃格愿意当您的见证人？”“他不是很乐意。”“真惊讶，我以为他是个聪明人。”沃斯对这件事的态度让人不快，他八成注意到我气恼的样子，他大笑着说：“不要摆出这副嘴脸！是您自己说的，粗鲁无知的人终将自食恶果。”

我不能在纳尔奇克过夜，得连夜赶回五山城写报告。隔天冯·吉尔萨召见我。“我们在纳尔奇克碰到了一个小问题，跟国安警察署有关。”他跟我说，临时行动小组开始在跑马场枪毙犹太人，像是俄籍犹太人，大多数是共产党党员或者官员，但仍然有少许的当地犹太人，他们似乎就是所谓的高加索犹太人，又称高山犹太人。他们的一位长老告到军事政府指派的卡巴尔达律师塞里姆·夏多夫那里，他是内定的自治区未来首长，这家伙跑到基兹洛沃茨克求见冯·克莱斯特中将，向中将说明这些高加索犹太人跟犹太民族毫无血缘关系，他们只是一个改信犹太教的高山部族，跟改信伊斯兰教的卡巴尔达部族一样。

“据他说，这些高加索犹太人无论吃、穿都跟其他高山部族的人一样，也跟别的部族通婚，他们不会说希伯来语或意第绪语。他们已经在纳尔奇克定居一百五十几年，除了自己的方言，他们也讲卡巴尔达语和巴尔卡尔土耳其语。夏多夫先生还跟中将说，卡巴尔达族人不允许我军杀害他们的高山弟兄，他们应该免于受到法律迫害，甚至免挂黄色星星。”

“中将怎么说？”“您也知道，国防军在这里的既定政策是，与反布尔什维克党的少数民族建立良好关系，关系绝不能被轻易破坏。军队的安全当然也是重大议题，不过，如果这些人从血缘上来说不是犹太人，他们可能不会对我们造成威胁。这问题非常棘手，需要详加探讨，国防军召集了专家学者成立委员会，以专业的角度来探究。在得出结论之前，中将要求国安警察署暂时不对这批人采取行动。国安警察署有百分之百的权利发表对这个议题的看法，军方也会列入考虑，我想集团军参谋部会把这件事交由科斯特林将军全权处理。再怎么说，这事跟民族自治预定区脱不了关系。”“好的，上校，我记下来了，我会立刻送报告出去。”

“谢谢。另外，假如您可以请比尔坎普区队长出具书面文字，保证国安警察署在国防军获得结论之前，不采取任何行动的话，我会非常感激。”“遵命，上校。”

我打电话给赫尔曼二级突击队中队长，穆勒博士上星期离开，赫尔曼接替了他的职务，我向他说明整件事的来龙去脉。此时比尔坎普刚好进办公室，他在电话中要我亲自走一趟特派小组。我到的时候比尔坎普已经听说了。“这种事完全不能接受！”他斩钉截铁地说，“国防军已经逾越了权限，保护犹太人等于直接违抗元首的意旨。”

“容我冒昧，区队长，我的理解是国防军还不能确定他们是不是该被当作犹太人。如果军方证明他们的确是犹太人，集团军参谋部对国安警察署采取的必要行动理应不会再有意见。”比尔坎普耸耸肩：“您太天真了，一级突击队中队长，国防军想说他们是谁，他们就是谁。这不过是另一个借口，想借机妨碍国安警察署执行任务。”

“容我打个岔，”赫尔曼说，他的五官细致，表情严肃略带迷惘，“我们碰过类似的案例吗？”“就我所知，”我回答，“都是些个案，要回去查一查。”“还有呢，”比尔坎普接着说，“集团军参谋部发了公文给我，夏多夫声称我们夷平了莫兹多克附近的一处高加索犹太人村落，要求我们送报告给他们说明原委。”赫尔曼似乎没听懂。“这是真的吗？”我问。“听着，您以为我记得住我们所有的行动吗……总之，我会问问佩斯特雷二级突击队大队长，那里是他的责任区。”“无论如何，如果那些人是犹太人，他做得也没错啊。”“您还不了解这里的国防军，二级突击队中队长，他们一逮到机会就找碴儿。”

“科尔斯曼旅队长有什么看法？”我大胆一问。比尔坎普再次耸耸肩。“旅队长说没必要跟国防军起冲突搞分裂，现在他满脑子想的都是这个。”“我们也可以用专业知识抵制他们。”赫尔曼建议。“好主意，”比尔坎普大声附和，“一级突击队中队长，您觉得呢？”“党卫队拥有不少这方面的文献档案。”我回答：“如果有必要的话，我们自己也可以找一些专家来。”比尔坎普点头称是，“假如我没记错，一级突击队中队长，您曾替前任长官做过关于高加索地区的研究？”“是的，区队长，但是这份研究不是以高加索犹太人为主轴。”

“对，但起码您研究过这些文献档案，而且从您的报告中看得出来，您对各部族的问题相当在行。您可以替我们处理这个问题吗？综合整理所有资料，准备一份报告回复国防军，我会给您一纸派任令给他们看。当然，研究到每一个阶段，请您务必与我或者利奇博士讨论。”“遵命，区队长，我会尽我所能。”“好，一级突击队中队长，还有一件事。”“是，区队长？”“您研究的时候不要太强调理论，好吗？尽可能以国安警察署的利益为出发点。”“遵命，区队长。”

行动参谋部把研究资料都放在斯塔夫罗波尔，我把手边找到的资料整理出一份简短的报告，呈给比尔坎普和利奇，证据相当薄弱。根据外国研究学院在1941年发行的一本小书《苏联境内民族》，高加索犹太人的的确确是犹太人。

一本年代较近的党卫队小册子里有几行比较深入的记录：他们是祖先源于犹太人的混血东方民族，也是印第安人或其他民族的后裔，在公元8世纪来到高加索地区。最后，我终于找到了更详细的专业资料，是党卫队向万湖会议[1]研究院订购的专业文献《高加索地区的犹太人——童话的部族》，当中记载着，万湖会议结论一律适用于高加索犹太人和俄籍犹太人。

根据作者的看法，高加索犹太人，又称达吉斯坦犹太人，跟格鲁吉亚境内的犹太人一样都是在耶稣诞生时，从米底王国[2]，或是从巴勒斯坦和巴比伦迁移来的。文末做出总结，但未援引出处：姑且不论哪个论点是对是错，总体而言，犹太民族，就算是新移民的高加索犹太人也罢，都可以称为外族，都是高加索地区的外来民族。第四局发过来的总结报告更特别加以注明，这份专业文献应该足以让特遣部队在他们的责任区中，清楚区分出哪些人是意识形态上的敌人。

第二天比尔坎普回来时，我将报告送给他过目，他快速翻阅一遍。"非常好，非常好，这是给国防军看的委派令。""关于夏多夫提到的那个村落，佩斯特雷二级突击队大队长怎么说？""他说他们 9 月 20 日确实在那个地区扫荡了一个犹太集体农庄，但他不知道那些人是不是高加索犹太人，当时是有一名犹太人长老找上驻纳尔奇克的特派小组。我叫人把那次会谈的内容大致记录下来给您看看。"

我仔细翻阅他递来的文件，有一名叫玛克尔·夏巴耶夫的长老，身穿高加索高山部族的传统服饰，头戴卷毛羔皮高帽，以俄语解释在纳尔奇克有数千名塔特人，他们是伊朗民族的一支，是俄国人搞错了，把他们当成高加索犹太人。"据佩斯特雷推测，"比尔坎普接着说，脸上明显不耐，"很可能就是这个夏巴耶夫跑去向夏多夫告状，我想您应该去见他。"

两天后，冯·吉尔萨叫我到他的办公室，他看起来忧心忡忡。"发生什么事了，上校？"我问。他伸出手，指着墙上大地图上的一条线："冯·麦肯森

1. 万湖会议（Wannsee Conference）：于 1942 年 1 月 20 日举行，纳粹官员讨论犹太人最终解决方案的会议。
2. 米底王国（Medes）：伊朗高原西北部的古国。

中将的装甲部队迟迟无法推进，苏联反抗军死守奥尔忠尼启则，那里开始下雪，他们离城仅仅 7 公里远而已。”他的眼睛沿着那条长长的蓝线，线条先是蜿蜒，随后直上，最后没入卡尔梅克大草原的沙土中。“斯大林格勒那边也苦无进展，我军早已山穷水尽，如果陆军指挥部再不派援兵过来，眼看着我们就要在这里过冬了。”我不发一语，他换了话题，“您去了解高加索犹太人的问题了吗？”

我向他说明，根据我查出来的数据显示，这些人应该视同犹太人。“我们这边的专家学者似乎持相反意见。”他回答，“勃劳第加姆也是。科斯特林将军建议召开一次全体大会讨论这个问题，时间定在明天，地点在斯塔夫罗波尔，他坚持党卫队和国安警察署派员与会。”“好，我会通知区队长。”我打电话通知比尔坎普，他要我前往参加，他也会亲自到场。

我和冯·吉尔萨一同出发前往斯塔夫罗波尔。天空一片阴霾，灰蒙蒙的，但不潮湿，变幻莫测、阴晴不定的层层螺旋云朵笼罩火山顶。冯·吉尔萨心情不太好，好像在反复思量昨天那番消极的话。新的一波攻击再度宣告徒劳无功。“我想，前线部队大概只能打到这里了。”他对斯大林格勒的战况也同样忧心，“我军侧翼非常脆弱，盟军的素质奇差无比，只能算二流军队，就算我军派出精英部队也没多大用处。假如苏联来一次大反攻，他们将深陷战火无法抽身，若果真如此，第六军团会很快就失去优势。”“您总不至于相信苏联还有足够的人力物力展开反扑吧？斯大林格勒战役让他们的损失非常惨重，几乎耗尽一切，只为了守住这座城。”“没有人确切知道苏联的物资状况。”他回答，“打从战争一开始，我们就低估了他们的实力，为什么这次不可能犯下同样的错误？”

大会假集团军参谋部的会议室举行。科斯特林在副官汉斯·冯·比滕费尔德和贝鲁克·冯·罗克这两名参谋人员的陪同下步入会场。此外，与会人士还有勃劳第加姆及隶属集团军参谋部军事情报局的一名军官，比尔坎普则带了利奇和科尔斯曼的一名幕僚。

科斯特林开场重申了军事政府在高加索地区以及自治区秉持的一贯原则：“这里的人民把我们当成他们的解放部队般热烈欢迎，心甘情愿地接受我军好意的监督，他们很清楚谁才是他们的敌人。”他以狡猾的口吻慢慢结束开场白，“因此，我们应该倾听他们的心声。”

“以军事情报局的角度来看，”冯·吉尔萨说，“这纯粹是后防安全的问题，是非常客观的议题。如果高加索犹太人引发暴乱、窝藏破坏分子或者接济游击队，他们应该被视为敌人，不管他们属于哪个民族，都是敌人。然而，如果他们安分守法，我们也没有理由非得用原则性的镇压行动挑起其他部族的敌意。”

“就我而言，”勃劳第加姆以稍带鼻音的腔调发言，“我认为应该整体考虑高加索地区各部族之间的关系。高山部族把高加索犹太人当作他们的一分子，还是把他们当作外族看待？光从夏多夫先生强力干涉这件事来看，答案不言自明。”

“夏多夫也许有他的理由，这么说吧，我们可不知道他们政治方面的考虑。”比尔坎普说，“我非常同意勃劳第加姆博士提出的大前提，虽然他得到的结论我无法苟同。”他大声朗读了一小段我的报告，尤其强调万湖会议研究院的意见，“这印证了驻扎A集团军战地的各特派小组传回来的报告，指出各地对犹太人的怨恨正逐渐扩大蔓延。我们对犹太人采取的各种行动，从挂黄色星星识别到更强烈的手段，都获得各地人民一致且完全的谅解，甚至赞扬。有些极具影响力的舆论认为我们做得还不够，呼吁我们采取更严苛的措施。”

“若说到最近安置俄籍犹太人的行动，您说得很有道理。”勃劳第加姆反驳，“但是，我们感觉不到这种怨恨的态度蔓延到所谓的高加索犹太人身上，他们定居在此少说也有几世纪了。”他转头面对科斯特林，“我这里有一份艾纳教授呈送外交部的报告副本。据他研究，高加索犹太人是高加索民族、伊朗人或阿富汗人的后裔，不是犹太人，只是后来转而信仰摩西律法。”

“很抱歉，”集团军参谋部军事情报局的军官诺埃特插嘴发问，“他们是怎么转而信仰犹太教的呢？”“这部分的历史不明。”勃劳第加姆一边拿着一截铅笔敲打桌面，一边回答，“也许是在8世纪的时候，跟随著名的哈扎尔人[1]一起改信犹太教。”“难道不会是高加索犹太人教化了可萨人皈依犹太教吗？”

1. 哈扎尔人（Khazars）：半游牧的突厥人，6世纪曾建立起强大的汗国。

埃克哈特爹着胆子问，他是科尔斯曼的人马。勃劳第加姆举起双手，“这就是我们要寻找的关键。”

科斯特林缓慢、睿智又深沉的声音再度扬起：“抱歉，我们在克里米亚好像遇过类似的案例吧？”“是的，将军。”比尔坎普生硬地回答，“那件事发生在我上任之前，我想奥厄一级突击队中队长可以为您详细说明。”“是的，区队长，除了我国内政部在 1937 年正式认可卡拉教派信徒非犹太人，克里米亚也出现了新的争议。克里米亚的恰克部族属于突厥民族，后来改信犹太教，我国的专家学者展开调查，发现他们其实是意大利籍犹太人，约在 15 或 14 世纪迁移到克里米亚，逐渐突厥化。”

“我们怎么处理这批人？”科斯特林问。“他们被视同犹太人，我们依法办理，将军。”“我明白了。”他温和地说。“请恕我冒昧，”比尔坎普打岔道，“我们在克里米亚也碰到过高加索犹太人的案例。那是一座犹太人的集体农庄，位于费多夫区，叶夫帕托里亚附近，农庄里都是 20 世纪 30 年代借着合资企业，或者跨国犹太组织的资助，远从达吉斯坦过去落户开垦的高加索犹太人。经过调查确认后，他们在今年 3 月遭到枪决。”“这项行动或许有点操之过急。”勃劳第加姆语意深长地说，“就跟贵单位扫荡莫兹多克附近的高加索犹太人集体农庄一样。”

“啊，说到这里，”科斯特林突然变了个样，好像抓到我们什么把柄似的，“区队长，这件事您是否去了解了呢？”比尔坎普故意忽略勃劳第加姆的言外之意，直接回答科斯特林的问题，“是的，将军。很不幸，我们的档案报告无法完整厘清当时的情况，因为我军展开攻势，敌我交锋战火激烈，临时行动小组也才刚进驻莫兹多克，有部分行动无法按照标准程序精确记录。据佩斯特雷二级突击队大队长说，奥伯伦德尔教授创立的‘伯格曼’部队在当地也颇为活跃，也许是他们做的。”

“‘伯格曼’部队隶属我们旗下，”诺埃特驳斥，“如果是他们做的，我们不可能不知情。”“那个村子叫什么名字？”科斯特林问。“波格丹诺夫卡。”勃劳第加姆翻看笔记本回答，“根据夏多夫先生的说法，共有 420 位村民遭到杀害，尸体弃置井中。那些村民都是纳尔奇克地方高加索犹太人的亲族，姓氏都是像米谢夫、阿布拉莫夫、夏米列夫之类的大姓，他们的死将严重影响纳尔奇克的治安。不只是高加索犹太人，还有卡巴尔达族和巴尔卡尔族，他们同感悲愤。”

“可惜，”科斯特林冷淡地说，“奥伯伦德尔已经离开了，无法向他求证。”“当然，”比尔坎普再度发言，“也极有可能是我属下的特派小组做的，再怎么说，他们的任务命令非常清楚，不过我无法确定。”“好了，”科斯特林说，“是谁做的不重要，当务之急是如何处理纳尔奇克的高加索犹太人，他们……”他转头看勃劳第加姆，勃劳第加姆立即接口：“人数在6000到7000之间。”

“对。”科斯特林继续说，“做出决定，一个公正、有科学根据的决定，可以兼顾我军后防的安全。”说到这里，他朝比尔坎普点一下头，“继续与当地各部族友好合作的初衷，因此学术委员会的意见非常重要。”冯·比滕费尔德翻阅一沓文件，“我们派了沃斯博士少尉过去，虽然少尉年纪很轻，但在德国学术界已是享有盛名的权威。我们也邀请了一位人类学兼种族学学家。”

“我这边，”勃劳第加姆打岔，“已经联系了我们局里，他们会派一位来自法兰克福的犹太人问题研究院专家过来，另外也在联系慕尼黑的瓦尔特·法兰克学院，看能否派人过来。”“我已经请国家中央安全局的科学部门提供参考意见，或派专家协助。”比尔坎普说，“在此之前，我先委派在座的奥厄一级突击队中队长进行研究，他是本单位专攻高加索地区民族的专家。”我礼貌地点头致意。“很好，很好。”科斯特林赞同道，“既然如此，我们就静待各方获得研究结论，然后再开会讨论吧，希望有助于我们获得最后的决定性结论。各位先生，感谢各位拨冗前来。”

会议在一阵搬动椅子的声响中宣告散会。勃劳第加姆拉住科斯特林的手臂，两人站在一旁交谈。军官鱼贯走出会议厅，但是比尔坎普、利奇和埃克哈特没有动作。比尔坎普手拿军帽：“他们祭出重炮，我们得找个顶尖的专家才行，否则马上出局，根本不用玩了。”“我找旅队长打听一下，”埃克哈特说，“也许大元帅可以在文尼察从认识的人当中找到人选，否则只好从德国找人过来了。”

冯·吉尔萨说沃斯人还在纳尔奇克，我得尽快过去跟他见面。进入马尔卡后，一层薄薄的白雪扑上田野，踏进巴克森之前，狂风阵阵，天色渐暗，大片雪花飘进车灯光圈中。山峦、田野、树林，全都消失了，对向来车仿佛变成怒吼的怪物，骤然破开暴风雪的黑幕现身，往前直冲。我只带了一件去年穿的羊毛大衣，现在还够暖和，过阵恐怕就不够御寒了。我心想，得开始找保暖衣物了。

到了纳尔奇克，我在军区地方司令部的书堆里找到沃斯，他在那里摆了书桌。他带我到食堂喝人造咖啡，食堂的小桌子上铺着条纹塑料桌布，还摆了一只塑料花瓶。人造咖啡难喝得要命，我只好猛加牛奶，沃斯似乎毫不在意。

“这次进攻失利您好像不怎么失望嘛？”我问他，“我指的是您的研究。”“当然有点失望，不过这里的东西就够我忙的了。”他给我一种疏离感，有点怅然若失，“科斯特林将军请您加入高加索犹太人的调查委员会，是吗？”“对，而且我听说您将代表党卫队。”我干笑两声：“可以这么说。比尔坎普区队长正式给我冠上高加索事务专家的封号，我觉得这是您的错。”他笑了，喝了一口咖啡。别桌的士兵军官低声交谈，或进或出，有人身上还覆有一层雪。

“您对这个问题有什么看法？”我继续说，“我的看法？这根本就不是问题，太荒谬了。我们对这些人的认识只有：他们讲伊朗语系的方言、信奉摩西律法、生活方式跟高加索高山部族相同，仅此而已。”“对，但他们总有一个根源吧。”他耸耸肩，“每个人都有根，只是大多数都是幻想来的。我们讨论过这件事，例如塔特人，他们的根随着时间散佚，沦为传奇。就算他们真的是来自巴比伦的犹太人好了——也可能是一个失落的部族——随着时间的推进，他们和这里的各族通婚混血，世世代代，这个根对他们来说，已经不具任何意义了。在阿塞拜疆，还有信奉伊斯兰教的塔特人，他们是改信伊斯兰教的犹太人吗？还是说，这些假定是犹太人的部族从别处来到这里，他们与伊朗族部落、异教徒部落百姓通婚，他们的后代子孙后来又改信了犹太教的某个教派？这些都是无可考的事了。”

“话虽如此，应该还是有一些科学线索供后人加以评断。”

“有很多，我们大可通通列出来。就拿语言来说，我跟他们谈过，能轻易断定他们在语言上的定位，而且我发现了一本弗塞沃罗德·米勒写的相关书籍。基本上，他们说的是伊朗西部地区的方言，兼容希伯来语和土耳其语语汇。希伯来语影响的范围侧重在宗教名词，但是我必须再次强调，这种影响不具系统性。他们把犹太教堂称作 nimaz，犹太教的复活节称作 Nisanu，把普珥节[1]称作 Homonu，这些都是波斯语。

“早在苏联政府统治前，他们用希伯来字母书写，用波斯文交谈，但他们说这些书没能逃过苏联改革时期的破坏。现在塔特人也用拉丁字母书写，定居达吉斯坦的塔特人还发行这种文字的报刊，也教小孩说母语。假设他们真的是迦勒底人，或是像某些人一心认定的，是在第一座神庙[2]遭到破坏后，从巴比伦迁移至此的犹太人，从逻辑上推断，他们的母语应该是从伊朗中部的方言演变而来，比较接近萨桑王朝时期的巴列维语才对。然而，塔特人的母语是一种伊朗的新方言，年代绝不早于 10 世纪，而且比较接近达利语、俾路支语，或库尔德语。我们不必穿凿附会，只要蓄意选用对我方有利的线索，也可以断言他们是相当新近的移民，后来改奉犹太教义。但是，如果我们想要完全相反的说法，也行得通。我不懂的是，这跟我军的安全究竟有何关联？我们不是应该以事实为本，以他们对我军的态度来评断，不是吗？”

“这是单纯的种族问题。”我回答，“我们都知道有一些民族，例如犹太民族，是下等民族，他们身上带有明显的特征，导致他们容易受到布尔什维克主义的污染，易于犯下偷盗、谋杀和各种龌龊的罪行。当然，不是整个民族的每个人都这样，不过我们现在处于战争的非常时期，占领区内物资有限，我们无法个别询问处理，因此被迫把具潜在威胁的犹太民族当成整体看待，一视同仁处理。这的确是极度不公平的做法，不过非常时期必须采用非常手段。”

沃斯定睛望着人造咖啡，眼中净是苦涩和哀伤：“奥厄博士，我一直以为您是聪明又讲理的人，就算您所说的一切都属实好了，麻烦您解释何谓民族。在我眼里，民族是无法以科学定义的概念，因此不具理论价值。”

“民族的确存在，这是众所周知的事实，不少我国的顶尖学者深入研究，甚至写成论文，您不也一清二楚？我国的民族人类学家是全世界数一数二的。”沃斯刹那间爆发：“他们都是跳梁小丑！他们在学术严谨的大国找不到

1. 普珥节（Purim）：为纪念和庆祝古代流落波斯帝国的犹太人从灭种的毁灭中幸存的节日。
2. 即所罗门神庙（Solomon’s Temple）。

对手，那是因为他们研究的领域在国外并不存在，甚至没有那门学科。如果不是因为政治需要，他们个个都得回家吃自己，更别说出书发表论文了！”

“沃斯博士，我向来很佩服您的意见，但是这次您说得太过火了吧？”我慢慢地说。

沃斯掌心啪地拍上桌面，杯子和假花花瓶为之一震，引起的噪声和他高分贝的说话音量引来不少侧目眼光。“这种赫尔德[1]称为兽医哲学的论调剽窃了语言学家的一切概念，语言学是时至今日唯一有科学理论基础的人文科学，您懂不懂……”

他放低音量，说话速度急促，咄咄逼人：“您懂不懂什么叫作科学理论？理论不是事实，理论是一种工具，借由这项工具衍生出猜想，进而创造新的假设。所谓好的理论，首先必须简单明了，接着要能衍生创造出有根据的猜想。牛顿的物理理论让后人得以推算出轨道，接连数月定期观察地球和火星的位置，我们会发现两颗星球始终出现在由理论推演计算出来的位置上，经由观察，我们却发现水星的轨道出现了些微的不规则，与从牛顿定律演算出来的推测不符。爱因斯坦的相对论却能精准解释不规则现象，因此他的理论比牛顿的好。然而，在过去一直是全世界数一数二科学大国的德国，爱因斯坦的理论被举报为犹太科学，毫无道理地弃如敝屣，简直荒谬到了极点。这不正是我们对布尔什维克主义的指摘吗？用自己一套似是而非的科学理论为党服务。看在语言学家眼里，所谓的种族人类学跟这没两样，完全是为党而创的。

“举例来说，在语言学里，印欧语系的语法比较能引导出音位变异的理论，对进一步的推想有莫大帮助。早在 1820 年，波普[2]就从希腊文和拉丁文里导出梵文。以现代波斯语为基础，循着同样的既定模式，我们让盖耳语的文字在今日重现。音位变异这个理论有用，也经过证实，尽管持续更新修正、精益求精，它还是一个好的理论。相形之下，种族人类学一点理论基础都没有，它假

1. 赫尔德（Johann von Herder，1744—1803）：德国极具影响力的哲学家，是德国浪漫主义的先驱。
2. 波普（Franz Bopp，1791—1867）：德国语言学家，专研波斯文、希腊文、拉丁文、梵文和德文的语法形式。

设有各种民族存在，却没有清楚地定义民族。种族人类学评定每个民族的高下，却提不出评定的标准。从古至今，企图从生物学的观点来定义种族的尝试全数失败。人类头骨解剖也毫无斩获，数十年来不断测量，以各种稀奇古怪的角度、迹象综整列出表格，无论再怎么比对，我们还是无法明确指出犹太人和德国人的头盖骨有何差别。

“至于孟德尔的遗传学，应用在简单的有机生物上，实验的结果确实令人刮目相看，但是到目前为止，除了哈布斯堡家族的下巴，想要应用在人类身上，还有一大段路要走。这一切如此真实客观，不容打破，我们只好改用老祖先的信仰为基础，撰写我们那著名的种族法！我们宣称上个世纪的犹太人是血统纯正的民族，这种说法有待商榷，您也应该有这种体认才对。至于什么才是血统纯正的德意志民族，说句贵党卫队大元帅不爱听的话，没有人知道。因此，种族人类学无法提出任何定义，只能转而采用语言学家所提出的论点，进而比较。席勒格[1]对洪堡和波普的研究非常着迷，他的研究推演出一种原创的印度伊朗语言的存在，该语言也通用于推理出来的民族，他套用希罗多德的话，为该民族命名为雅利安。同样的情况若套用在犹太民族身上，一旦语言学家证实某个叫闪语族[2]的语言确实存在过，种族学家立刻大加挞伐，说我们的逻辑推理方式谬误，为的是什么，因为德国想跟阿拉伯人交好，因为元首公开接见了耶路撒冷的大穆夫提[3]！语言身为文化的推手，对人类的思想和行为都有莫大的影响，很早就能体认这一点。

“语言可以一代一代传承，文化也可以，虽然文化的传承速度慢得多。中国新疆自治区的乌鲁木齐或者喀什地区说突厥语的伊斯兰教徒，他们的外貌近似伊朗人，也可能被误以为是西西里岛人。想当然耳，他们一定是西方移民的

---

1. 席勒格（Friedrich Schlegel，1772—1829）：德国哲学家，他研究梵文，发现了梵文和拉丁文以及希腊文之间的关联。

2. 闪语族（Semitic languages）：又称闪米特语族，属于闪含语系，其分支语言包括阿拉伯语、希伯来语等。

3. 穆夫提（Grand Mufti）：某些伊斯兰国家设有大穆夫提，负责有关教法问题的解答，参与国家重大决策活动。

后裔，他们的先祖说的肯定是印度伊朗语族的语言。他们的家园遭到外族入侵，逐渐被突厥人之一的维吾尔族同化，他们改用维吾尔族的语言，也融入了自己的部分传统，形成了专属的独特鲜明文化，比如突厥人中的哈萨克人和吉尔吉斯人以及中国的回族人，或者穆斯林化的印度-伊朗人塔吉克人。如果我们不从他们的语言、宗教、传统习俗、居住形态、贸易习惯，或者他们对民族的认同感来定义他们，那还有什么意义可言呢？这些都是代代相传累积下来的，不是一生下来就是如此的。血液会代代传递心脏疾病的好发因子，然而血液是否会传递背叛的因子，谁也不敢说，因为从来没有人能够证明。

“德国有些白痴研究尾巴被切掉的猫，想要证明这些猫生出来的小猫，一出生就没有尾巴，就因为他们别着党的金纽扣，大学只好赠予他们教席！相反在苏联，虽然政治迫害层出不穷，马尔和同事共同研究得出的语言学成果，至少在理论这方面，一直是卓越且客观公正的，因为……”他用手指在桌面敲了几下，“就跟这张桌子一样，这些都是真实存在的事实。我呢，对于汉斯·冈瑟[1]这样的人，还有在法国无人不知的蒙当多[2]，我只有狗屎二字可以奉送。如果说您要拿他们的标准决定这些人的生死，干脆直接朝群众扫射算了，反正结果都一样。”

我让沃斯说完这番长篇独白，始终默不作声，最后才忍不住响应。我放慢速度，缓缓地说：“沃斯教授，我一直不知道您竟有如此的满腔热血。您的论调极具挑衅意味，我无法认同您所有的观点。我认为您小看了某些理想主义的概念，那是我们世界一家的世界观的基石，跟您所说的兽医哲学不可相提并论。尽管如此，您的话相当值得深入思考，我不愿意轻率地响应，希望您能同意给我几天时间，好好思考，再继续这次讨论。”

“乐意之至。”沃斯说，他的情绪平静下来了，“很抱歉，我有点失态，听到这么多胡言乱语、荒谬论调充斥四周，累积到了一定的时候，总是忍不住想开口。当然，我说的不是您，而是您单位的某些同僚。我唯一的期许，唯一的

---

1. 冈瑟（Hans F. K. Günther，1891—1968）：画出民族优劣金字塔的德国人种学家。

2. 蒙当多（George-Alexis Montandon，1879—1944）：原籍瑞士的法国人种学家，极端反犹太民族。

希望，就是德国的科学在这波激情落幕后，能重新获得它原有的尊重，那是经过许许多多有教养、心思细腻、虚怀若谷的人士艰辛面对世间一切险恶才努力换来的。”

我对沃斯的某些论点略有同感。如果高加索犹太人自认，周遭的邻近部族也认为他们是货真价实的高加索山地部落，不管他们的血脉根源为何，他们对我们的态度，就整体而言极可能是忠诚的。文化和社会的因素也不容忽视，举例来说，我们必须考虑这个部族跟布尔什维克党的关系。五山城那位老塔特人的话似乎摆明了表示高加索犹太人不挂念俄籍犹太人的命运，同理可证，也许他们对斯大林政权的眷恋也不深。别的部族对他们的态度也是很重要的评量因素，不过也不能单凭夏多夫的一面之词——这里的犹太人或许也是好吃懒做的寄生虫。

我在回五山城的路上思索沃斯的其他论点，像他这样一举推翻民族人类学也太离谱了，无可否认，他们的方法还有改进的空间，我当然知道有不少才智平庸的人是靠着党的关系，才能有今天的地位。德国到处都是这种寄生虫（拆穿他们的面具也是国家安全局的一大任务，至少某些人是这么想的）。

沃斯虽然才智过人，却仍不脱年轻气盛、非黑即白的天真想法。这些事肯定比他想的更复杂。我没有这方面的专业背景来批判他的论点，但我总觉得，只要我们坚信德意志国家和德国民族的某些概念，剩下的自然成立。有些事情是可以用科学验证的，不过有些事只能去了解，约莫可说是信念的问题。

到了五山城，从柏林来的第一批回复电报正等着我。

第七局请教了凯特尔教授，他的回复是“问题复杂，需实地探究”，让人有点泄气。不同的是，第七局 B1 部门大费周章搜集了大量文献，将在近日航空邮寄过来。据冯·吉尔萨所知，国防军请来的专家已经上路了，罗楚姆佩格那边的人紧接着也要过来。等待我方邀请的人士到来之际，我开始张罗过冬的衣物。

罗伊特少尉好心地派一位国防军底下的犹太籍裁缝师傅给我，蓄着长须、身形相当瘦削的老师傅过来帮我量身，我订制了一件高领的灰色卷毛羔羊长大衣，加衬绵羊毛内里，也就是俄国人称为 шуба（皮大衣）的大衣，以及一双毛皮靴，至于护耳皮帽（去年那一顶早就不知跑哪儿去了），我去山顶市场找了一顶银灰狐狸毛的。党卫队武装军有许多军官习惯在非正规制服的护耳皮帽上绣上死人骷髅头的图样[1]，我觉得太矫揉造作了。尽管如此，我还是拆下了一件外套的肩章和国家安全局的徽章，叫人缝到大衣上。

恶心和呕吐的老毛病不时复发，令人焦躁不安的梦境更加重了我的病情。总是浓浓的漆黑一团，晨光射出，所有影像消散，徒留沉重的压力。有时候，这团浓厚的黑雾会突然撕开，露出一幕幕快如闪电，却无比清晰的恐怖幻象。我从纳尔奇克回来的两三天后，一天夜里，我很不幸地打开了一扇梦之门——在空荡荡的灰暗房间里，沃斯四肢撑地趴着，下半身赤裸，稀稀的粪便从肛门中汩汩流出。

我担心地抓起一把纸，是一叠《消息报》[2]，想要擦拭那股越来越浓稠、颜色越来越深的棕黄色液体。我试图不让秽物沾染双手，却眼睁睁看着近乎黑色的黏糊物体覆盖了纸张、我的手指，最后吞噬了整只手掌。我觉得恶心想吐，冲进邻近的浴室洗手，洗着洗着，却不断流出脏东西。

我醒来的时候，努力想弄清楚可怕的画面底下象征的意义，然而，我可能没有彻底清醒，虽然在梦境中感觉清晰无比，但我的思路其实跟那些画面的含意一样混沌不清。的确，某些线索显示，梦境中的人其实另有他人，四肢撑地趴着的人应该是我，拿纸想帮他擦干净的人，是我的父亲。

《消息报》上的文章又该如何诠释呢？报上不是有一篇关于塔特人问题的文章吗？或许里面可以找到明确的答案？第七局 B1 部门寄来的航空邮包寄来了，发件人是一位资深顾问富斯莱因博士，但是他寄来的东西对于驱散我的沮丧毫无帮助，热心的富斯莱因博士只是把节录自《犹太百科》的相关数据集结成册罢了。里面有些非常学术性的文章，但是各方看法矛盾交错，所以，唉，看不到任何结论。

我从中得知高加索地区的犹太人第一次列入史籍记载可以回溯到 1170 年左右，两位名为本雅明·德·图德拉和佩塔希亚·德·雷根斯堡的旅人旅行到

---

1. 骷髅头和两骨交叉的图是盖世太保权威的象征。
2.《消息报》（*Izvestia*）：俄罗斯发行的报纸，1917 年创刊，是俄罗斯发行量相当大的大报之一。

这片土地，他们明确记录了这些人是波斯人的后裔，12 世纪才到高加索定居。纪尧姆·德·鲁伊斯布雷克在 1254 年发现，山脉东部还没到阿斯特拉罕的地方，有大批犹太人口聚居。然而，一篇在 314 年以格鲁吉亚文写就的文章提到，操希伯来语的犹太人在波斯人占领了外高加索地区之后，改说古老的伊朗语（称为“波斯方言”或“鞑靼语”），这个方言后来又融合了希伯来语和当地的其他方言。但是，格鲁吉亚的犹太人，科赫称为 Huria（这个字也许是从 Iberia 演变而来）的部族说的却不是鞑靼语，而是一种卡特维尔方言。至于达吉斯坦，据杰尔宾特—纳姆的说法，13 世纪阿拉伯人征服这里时，已经发现犹太人在此定居。当代研究学者众说纷纭，只是把情况弄得更错综复杂。我看完这些，心情简直沉到了谷底，决定把资料通通转给比尔坎普和利奇，不加注任何评论，只是再次重申，希望尽快找专家过来。

雪才停了几天，又开始飘了。

军官们在食堂低声交谈，脸上写满不安，隆美尔在埃及北部的阿拉曼遭遇英军强大火力，节节败退。几天后英美联军成功登陆北非，我军展开报复行动，挥军进占法属自由区，不料此举引发了维希政府军的不满，转而加入联军。“如果这里的情况能更顺利就好了。”冯·吉尔萨说。然而，兵临奥尔忠尼启则城下的我军似乎已转攻为守，防线绵长，从切格姆和纳尔奇克南方往奇科拉和吉赛尔延伸，之后又往北沿着捷列克河深入马尔戈别克北边，没多久，苏联大举反攻，夺回吉赛尔，随即有如平地一声雷般，情势骤然逆转。这消息我还是辗转才得知，因为军事情报局的军官不准我进入地图室，严禁每个人告诉我详细情况。

“很抱歉，”罗伊特向我致歉，“贵单位的指挥官应该会跟集团军参谋部开会讨论。”一整天下来，我拼拼凑凑得知苏联在斯大林格勒前线展开反攻，不过确切的地点跟攻击的规模始终打听不出来。军方的保密态度持续到隔天，我开始对罗伊特发火，罗伊特也很火大，决绝地回答参谋部没有义务知会党卫队在非党卫队责任区域内进行的军事行动。

谣言满天飞，上面已经封不住大家的嘴了，下面议论纷纷。我四处找司机、传令兵、下级军官打听，几小时后经过一番整理，我大致了解了危险的程度。我再度打电话给利奇，他得到的信息跟我打听来的差不多，但说到我军何时反击，没有人知道答案。罗马尼亚盟军的两大前线战场、斯大林格勒以西的顿河流域，还有南边的卡尔梅克大草原双双陷落，红军的目的非常明显，准备夹击包抄第六军团。他们哪来这些兵力？我无从得知目前的战况，局势变化太快，快得连主政者都来不及应变，第六军团似乎得紧急撤退，免得被敌军包围，第六军团却迟迟不动。

11 月 21 日，冯・克莱斯特中将升任陆军上将，同时接任 A 集团军参谋总长，元首大概觉得自己一个人忙不过来了。冯・曼施坦因中将接任冯・克莱斯特的位置，统辖第一装甲兵团。冯・吉尔萨以正式公文知会我这道人事命令，他非常沮丧，话中处处暗示局势危急。第二天是星期日，苏联两路军队在顿河沿岸的卡拉奇会师，第六军团和部分第四装甲兵团陷入敌军的包围。我军大为溃败，死伤惨重，情势一片混乱，谣言不断，各种揣测说法反复，众说纷纭。

当天傍晚，罗伊特终于带我去见冯・吉尔萨，他指着地图为我进行简短扼要的简报。“第六军团不撤退的决定，是元首亲自下达的指令。”他告诉我，“被包围的军队现在形成了一个巨大的锅炉，也就是我们说的‘袋形阵’，虽然我方的防线被切断，不过阵地面积很广，从斯大林格勒开始延伸，穿过大草原到顿河为止。情况虽然令人担忧，不过没有谣言传得那么夸张，德军兵员死伤不多，物资损失也不大，而且非常团结，更何况去年德米杨斯克的经验告诉我们，锅炉若有空军支持物资，可以长久支撑下去。突围行动很快就会展开。”最后他这么说。

第二天，比尔坎普召开会议，印证了冯・吉尔萨的乐观分析：科尔斯曼宣布戈林大元帅向元首拍胸脯保证，我国空军健儿绝对有能力达成第六军团物资的补给任务，保卢斯将军和参谋已经抵达古姆拉克[1]，亲自坐镇锅炉指挥，也将冯・曼施坦因陆军上将从维捷布斯克[2]紧急调回，成立新的顿河集团军，准备

1. 古姆拉克（Gumrak）：斯大林格勒内的空军基地。
2. 维捷布斯克（Vitebsk）：位于白俄罗斯和俄罗斯边境的大城。

朝包围的敌军进攻突围。这些消息，尤其是最后一则，强力安抚了大伙心中的忧虑，自从我军攻陷塞瓦斯托波尔以来，咸认为冯·曼施坦因是国防军最优秀的战略人才，如果真的有人能扭转局势，那个人非他莫属。

此时，我们殷殷企盼的专家终于来了。由于大元帅在10月底陪同元首一起离开文尼察，返回东普鲁士，科尔斯曼只好直接跟柏林联系，RuSHA同意派一位专研伊朗语系的女士，魏斯罗赫博士前来协助。比尔坎普接到消息，极度不悦，他原本希望从第四局找种族学专家，但是没人能成行。我向比尔坎普保证从语言学角度切入，应该也会有成果。

魏斯罗赫博士搭乘一班邮务飞机，先经基辅再到罗斯托夫，到罗斯托夫之后转乘火车，再由我到斯塔夫罗波尔火车站接她。我在火车站看到她跟著名的文豪荣格[1]在一起，两人谈得正起劲。荣格看起来有点累，但是显得相当兴奋，他穿国防军上尉位阶的战地制服，魏斯罗赫博士则是一身便服，穿着外套和粗羊毛灰色长裙。她为我介绍荣格，显而易见，她为新交到这样的名人朋友而感到无上光荣。

火车行至科拉波金的时候，她无意间走到荣格坐的车厢，立刻认出他来。我和荣格握了手，正搜索枯肠想说几句关于他的作品，尤其是《劳动者》对我的重大影响之类的话，集团军参谋部的军官早就围过来簇拥着他离开，魏斯罗赫满怀感动，挥手目送他离去。魏斯罗赫称得上苗条，胸部扁平，臀部却出奇丰满，长长的马脸，一头金发往后梳成发髻，眼镜遮不住略带仓皇却贪婪的眼神。

“很抱歉我没有穿制服，上面要我马上赶过来，我没有时间请人做。”“没关系，”我和善地回答，“不过您可能会冷，我会找一件大衣给您。”雨哗啦啦地下，路面泥泞不堪，一路上的话题始终没有离开过荣格，他从法国专程到这里来视察，他们谈到了波斯铭文，荣格还称赞她博学多闻。回到队上，我立即

1. 荣格（Ernst Junger，1895—1998）：德国小说家，成名甚早，早年是狂热的军国主义者，曾参加过两次大战，后来同样热烈地坚信和平，因为他曾为纳粹德国执笔，甚至担任官职，在德国是颇具争议性的人物。

带她去见利奇，利奇向她说明此次任务的目的。用过午饭后，利奇嘱咐我为她在五山城安排住处，同时从旁协助她进行研究，还有多多关照她。

路上她又谈到了荣格，然后才询及斯大林格勒的战况。“我听到了很多谣言，到底是怎么回事？”我就自己所知的约略说明。她凝神细听，听完坚定地说：“我敢确定，这一定是元首引敌军入彀的妙计，先引君入瓮，再杀他个片甲不留。”“您说得很有道理。”我安排她住在五山城的一处疗养中心，并把手边的文献和我之前写的报告悉数交给她。“我们也有不少的俄文档案。”我跟她说。“可惜，”她冷冷回答，“我看不懂俄文，您拿来的这些应该足够了。”“好，等您看完，我们再一起去纳尔奇克。”

魏斯罗赫博士手上没戴结婚戒指，但是她对于那帮老在她身边绕来绕去的帅气军官似乎没有兴趣。尽管她称不上美貌，举止笨拙，又有点大模大样大大咧咧的，但我把她接到这里之后的两天里，登门拜会的军官比平常多出不知凡几，不仅有军事情报局的军官，连那些平时不屑与我为伍的战地军官，通通突然有要事求见。每个进来的军官都不忘向我们的专家打招呼致意，她安静坐在书桌后，埋首书堆。对于来客的招呼，仅仅回以心不在焉的点头或含混的字眼，除非进门的是高阶军官，必须起立敬礼致敬。

她只有一次表现出真正的反应，年轻的冯·欧朋少尉跑到她桌前，并腿立正向她说：“容我冒昧打扰，魏斯罗赫小姐，欢迎来到我们高加索……”她抬起头打断他的话：“麻烦您，是魏斯罗赫博士。”冯·欧朋狼狈得面红耳赤，喃喃致歉，魏斯罗赫博士早已重新埋头苦读。看着这位矫揉造作、清心寡欲，但不失良善，也还算慧黠的老小姐，我差点笑出来。当我想和她讨论研读文献的心得时，轮到我领教她专断与不留情面的一面。

“我看不出有什么需要，非得十万火急把我叫到这里来。”她孤傲严峻地吸着鼻子说，“在我看来，这个问题的答案似乎很明确。”我请她继续说，“语言不重要，生活习惯也许需要纳入考虑，但也不是那么重要。如果他们是犹太人，就算他们想尽办法让自己跟高山部落同化，骨子里还是犹太人，就好比在德国的犹太人讲的是德文，穿着也跟西方的中产阶级无异，但即便他们穿着浆得硬挺的绲边上衣，也无法影响他们身为犹太一族的事实，也不会改变事实的本质。拉开一个犹太企业人士的裤裆，”她露骨地畅所欲言，“您可以看见割了包皮的痕迹，这里也一样。我着实看不出干吗费神研究。”

我没有点明她用词的不当，但我不禁怀疑，外表冷若冰霜的女博士内心隐藏着深深的不安和混乱的激流，我仅仅提醒她，有鉴于这些人目前信奉伊斯兰教，就我看来，这项身体特征在此可能不合用。

她望着我，眼中的轻蔑比方才更明显。“这只是一种比喻的说法，一级突击队中队长，您把我当成什么样的人？我的意思是，不论外在环境如何演变，外族永远是外族。到了那里，我会让您明白我的意思。”

眼看气温直线下降，我的毛皮大衣却还没做好。罗伊特替魏斯罗赫找了件大衣，尺寸稍微大了点，但有毛内里。还好实地走访部落时，我还有护耳皮帽，可惜这帽子显然不得魏斯罗赫的欢心。

“这种穿着不合规定啊，一级突击队中队长？”她瞪大眼看着我戴上皮帽。“规定是我们进入俄罗斯之前制定的，”我很有风度地礼貌回答，“新的规定还没上路。容我指出，您身上这件国防军拿来的大衣同样不合规定。”

她耸耸肩。她忙着钻研文献的时候，我也没闲着，我到处找机会想去斯塔夫罗波尔一趟，希望能在那里见到荣格，可惜苦无机会，我只好乖乖听魏斯罗赫每天晚上在食堂炫耀她的奇遇。现在，带她去纳尔奇克的时候到了，我在路上提到沃斯，以及在这件案子上，国防军交付给他的任务。

“沃斯博士？”她陷入思索，“他在这个领域颇有名声，不过他的研究在德国受到不少批评。总之，跟他见面想必会很有意思。”我也很想再见到沃斯，希望是两人独处，最起码得引开这位北国悍妇。我想继续之前的讨论，告诉他我的梦，我得承认这个梦让我深感不安，和沃斯谈谈，一定能厘清某些事情，那些恶心恐怖的画面现在当然只能藏在心里。

我们一抵达纳尔奇克，立刻前往临时行动小组办公室报到。佩斯特雷不在，我向沃尔夫冈·雷霍兹介绍魏斯罗赫，雷霍兹是特派小组的军官，也负责高加索犹太人的问题。雷霍兹对我们说，国防军和东部占领区指挥部的专家们已经来过了。“他们见过夏巴耶夫（Chabaev），这位老先生可说是高加索犹太人的代表，他发表了长篇大论，还带他们参观了 Kolonka。”

“Kolonka？那是什么？”魏斯罗赫问。“犹太区，位于市中心偏南的地带，介于河道和火车站之间，稍后我们会带您过去。我的线人回报，”他转头对我说，“夏巴耶夫叫人把家家户户的地毯、床铺、扶手椅全都搬空，借以隐瞒他们的富裕，而且做了烤肉串请专家学者吃，他们只看到火炉。”“你们为什么不揭穿他们的诡计？”魏斯罗赫不解。“情况有点复杂，博士。”雷霍兹说，“这牵涉管辖权的问题，现阶段他们禁止我们过问犹太人的事。”“不管怎样，”她绷着脸强硬地说，“我绝不能眼睁睁看着他们玩弄这些伎俩，却袖手旁观。”

雷霍兹派了两名绿衣警察去请夏巴耶夫过来，并叫人端茶给魏斯罗赫，我打电话到军区地方司令部找沃斯约时间见面，沃斯出去了，接电话的人答应我会留言请他回来时回我电话。雷霍兹跟大伙一样，都听说了荣格来这里的消息，正在问魏斯罗赫大作家对纳粹主义的信念等问题，看得出来魏斯罗赫什么都不知道，但她表示听说荣格似乎不是党员。

没多久，夏巴耶夫来了。“玛克尔·阿弗加杜洛维奇。”他自我介绍，穿着一身传统的高山部族服饰，蓄着浓密的大胡子，神情坚毅，充满自信。他的俄文带着浓浓的口音，不过通译似乎都听得懂。魏斯罗赫请他坐下，以一种只有他们听得懂的语言跟他交谈。

“我会说几种多少近似鞑靼语的方言。”她说，“我要用方言跟他谈谈，稍后再跟各位说明。”我留下他们，跟雷霍兹到另一个房间喝茶。他向我说明这里的情况，苏联军队在斯大林格勒周边反攻，在卡巴尔达族和巴尔卡尔族造成不小的骚动，山区游击分子的活动又活络起来。集团军参谋部计划尽快宣布各区自治，寄望集体农庄和国营农场的废除，以及国有土地重新分配划归给自治区等友好措施，能够平息这波蠢蠢欲动的趋势。

一个半小时后，魏斯罗赫出现在我们眼前。

“老先生想带我们去看看他们的地盘和家，要一起来吗？”“好啊。您呢？”我问雷霍兹。“我去过了，不过每次到他家，都吃得非常过瘾。”他带了三名绿衣警察开车带我们到夏巴耶夫的家，是栋砖瓦房子，有很大的中庭，隔成空空的几个大房间，没有走道。夏巴耶夫先请我们脱鞋，请我们坐在破烂的垫子上，两名妇女在我们面前的地板铺上一张油布。好几个小孩畏畏缩缩走进来，在角落挤成一团，张着一双双大眼瞪着我们看，一边低声窃笑交谈。夏巴耶夫坐在一张面对我们的垫子上，一名约莫与他同年的老妇人走进来替我们奉茶，一条色彩斑斓的披肩密实地裹住她的脸。房里非常冷，我一直穿着大衣。

夏巴耶夫用他们的方言说了几句话。“他说招待不周，请大家海涵。”魏斯罗赫从旁翻译，“他没有想到我们会来，他太太会替我们准备茶。他还邀请了附近的邻居过来，大伙一起聊聊。”“茶，”雷霍兹补充说道，“意思就是吃到饱。我希望您饿了。”一个小男孩走进来，跟夏巴耶夫飞快说了几句话，随即又飞也似的跑出去。

“这次我没听懂。”魏斯罗赫恼火地说。她和夏巴耶夫又说几句。“他说那是邻居的小孩，他们讲的是卡巴尔达语。”一个裹着头巾披肩、容姿秀丽的少女，从厨房端了好几块圆形扁面包出来，放在油布巾上。接着，夏巴耶夫的太太摆上一碗碗的软质起司、果干、银纸包装的糖果。

夏巴耶夫拿起一块面包撕成小片，分给我们，面包还是热的，香酥可口。另一名头戴皮帽、脚踏软皮皮靴的老先生走进来，坐在夏巴耶夫旁边，接着又一位老先生走进来。夏巴耶夫为我们介绍两位老者。“他说他左边那位是信奉伊斯兰教的塔特人，”魏斯罗赫为我们说明，“打从一开始，他就一直不停强调只有少数的塔特人信奉犹太教。让我来问问他。”她开始跟第二位老先生交谈，谈话持续了好一阵子，我无聊起来，闲闲地吃点心，环视四周。四面墙虽然毫无装饰，不过似乎最近才粉刷过，洁白如新。角落的小孩安静地听大人讲话，也盯着我们看。夏巴耶夫的太太和刚刚那位少女端来水煮羊肉、香蒜酱汁以及面粉团。我开始大快朵颐，魏斯罗赫还在说个不停。

接着上场的是烤鸡绞肉，小山似的堆在一块大圆面包上，夏巴耶夫动手撕其他几块面包分送来客，当成盘子使用，又拿出一把长长的高加索匕首，分送切好的面粉团跟烤肉给我们。接下来，又上了葡萄叶包肉饭团，我比较喜欢这个，而不是水煮肉。我不客气地狼吞虎咽起来。雷霍兹跟我一样，夏巴耶夫似乎对魏斯罗赫不太客气，魏斯罗赫一口都没吃。夏巴耶夫的太太过来坐在我们身边，她比手画脚批评魏斯罗赫对她的食物不捧场。“博士，”我吞下满嘴的食物，开口问她，“麻烦您问他们睡在哪儿？”魏斯罗赫和夏巴耶夫的太太交换了几句话。“她的意思是，”她终于回答，“就睡在这里，地上，铺上一片木板。”“我认为她在说谎。”雷霍兹说。“她说以前他们有床垫，但是布尔什维克党撤退时都被搬光了。”“她说的也许是实话。”我对雷霍兹说，他刚咬下一口烤肉，听了我的话只是耸耸肩。

少女不时替我们添上热茶，她泡茶的方法非常特别，先拿一只小茶壶倒一点浓黑的茶汁到杯里，再往杯里加热水。我们吃饱了，妇女上来收拾剩菜，卷起桌巾。夏巴耶夫走了出去，回来时跟着几名男性，个个手拿乐器，沿着墙一字排开，面对着角落的那群小孩。“他说请我们欣赏传统的塔特族音乐和舞蹈，以便我们了解他们跟其他高山部族是一样的。”魏斯罗赫替我们说明。乐器包括他们称为 tar 的长柄班卓琴、叫 saz 的长笛——saz 是土耳其文，魏斯罗赫基于专业，替我们进一步说明——一种用芦苇管吹奏的陶笛，以及手拍鼓。他们演奏了好几首曲子，之前替我们上菜的少女在我们面前翩翩起舞，她的舞艺普通，但是姿态优雅，身段柔软。其他人跟着鼓声节奏打节拍。

陆续又有人走进来，靠着墙或坐或站，穿长袍的妇女膝上坐着孩子，男人一律高山部族打扮，身穿破旧磨损的民族服装或单纯的罩衫，头上是苏联工人常戴的鸭舌帽。一名怀抱婴儿的妇女正在喂奶，无惧他人眼光。一个年轻男子脱下外套，加入舞蹈行列，他英俊高雅，有教养且有自信。他们的音乐和舞蹈跟我在基兹洛沃茨克见识的卡拉恰伊族歌舞极为神似，在我听来，大部分曲子的切分节奏颇为特异，不过旋律都非常活泼喜庆。

一名上了年纪的乐师用拨片独奏两弦班卓琴，吟唱着咏叹长歌。丰盛的食物和热茶使我昏昏欲睡，整个人处于极为平静祥和的状态，任由思绪伴着乐音飞扬，此情此景令人陶醉，而这些人热情好客、友善亲切。

音乐停止，夏巴耶夫开口发表一段言论，魏斯罗赫没有翻译。接着是发送礼物，给魏斯罗赫的是一条纯手工编织的东方风味地毯，两名男性在我们面前将地毯展开，然后再卷好。给我和雷霍兹的是做工细腻的匕首，漂漂亮亮地摆在黑木镶银的木匣里。夏巴耶夫的太太又送了一对银耳环和一只戒指给魏斯罗赫。所有人一路送我们到街上，夏巴耶夫郑重地与我们一一握手。“非常感激各位给我们机会，让我们能够表达塔特人好客的一面。”魏斯罗赫冷冷地翻译，“他为招待不周向各位致歉，他说得怪布尔什维克党，因为他们抢走了一切。”

“一场闹剧！”她一上车就发飙。“您还没看到他们对国防军委员会成员的礼遇呢。”雷霍兹说。“还有礼物！”她停不下来，“他们想怎样？想买通党卫队的军官吗？真是不折不扣的犹太人伎俩。”我一言不发，魏斯罗赫令我感到不耐烦，她似乎早有一套先入为主的看法，一切论点由此出发，我不认为应该这么做。

回到临时行动小组办公室，她向我们进一步说明，那位跟她交谈许久的老先生熟读《古兰经》，对伊斯兰教的祈祷文和习俗也知之甚详，但她认为不足以说明什么。

一名勤务兵走进来向雷霍兹报告：“军区地方司令部来电，说我们这里有人要找沃斯少尉。”“啊，是我。”我说。我跟着勤务兵走到联络室，拿起话筒，电话另一头传来陌生的声音，“是您留言要找沃斯少尉吗？”“是的。”我困惑地回答。“很遗憾地通知您，少尉受伤了，所以无法回您电话。”对方说。

我喉头一阵揪紧：“很严重吗？”“是的，挺严重的。”“他现在人在哪里？”“在医护中心。”“我马上到。”我挂上电话，回到魏斯罗赫和雷霍兹所在的办公室：“我必须走一趟军区地方司令部。”我边拿大衣边说。“怎么了？”雷霍兹问。我脸上大概血色全无，我迅速转身离开，踏出门前留下一句：“我很快就回来。”

外面天色已暗，寒意刺骨。我步行过去，走得太急，忘了拿护耳皮帽，没多久全身冻得直发抖。我疾步快走，差点在结冰的地上滑一跤，幸好我及时抓住一根木桩，没摔个四脚朝天，手臂却狠狠撞了一下。没有遮蔽物的头跟深埋口袋的手指冻得快要失去知觉，阵阵冷战如利箭穿刺全身。

我低估了走到军区地方司令部的距离，等我抵达时，天色完全转黑，我抖得像寒风中的树叶。我表示要找一位战地军官。“刚刚跟我通电话的是您吗？”他一走近大门口，立刻抛来这一句。我站在那里极力摩擦取暖，可惜徒劳无功。

“是我，到底是怎么回事？”“我们还无法确定，几个高山部族的人用牛车把他载回来，当时他人在南方卡巴尔达族的村子[1]。据目击证人说，他挨家挨户

1. 指高加索山区，尤其是达吉斯坦常见的堡垒型村落。

拜访当地人家，问他们说什么语言。有附近的邻居认为他可能在跟一个少女单独交谈，刚好女孩的父亲回来发现，只听见几声枪响，等大伙冲进现场，只看到少尉受伤，女孩已经死了。行凶的父亲逃逸无踪，他们只好把少尉带回这里。当然，这都是村人的一面之词，我们还要展开调查。”

“他现在怎么样？”“恐怕不太好，他腹部挨了一枪。”“我可以看看他吗？”军官有些犹豫，他瞪着我看了好一会儿，毫不掩饰好奇。“这起意外跟党卫队没有关系。”他最后开口。“只是基于朋友情谊。”他又迟疑了一会儿，突然开口，“既然这样，进来吧，别说我没事先警告您，他的样子真的非常糟。”

他带着我穿过刚刚重新用灰色和淡绿色粉刷过的走廊，走进一间大厅，里面摆着一长排的床，躺着几位病患和受轻伤的患者。我没看到沃斯。有医生朝我们走过来，他在制服上罩了一件有点脏污的白袍。“有什么事吗？”“他想看看沃斯少尉。”战地军官指着我对他说。“我得走了，”他对我说，“我还有事。”“谢谢。”我说。

“请过来，”医生说，“我们把他跟其他病人隔开。”他拉着我穿过大厅往尽头的一扇门走过去。“我可以跟他说话吗？”我问。“他听不到。”医生回答。他打开门，带我走到沃斯面前。沃斯盖着被单，脸上渗汗，脸色铁青，紧闭双眼轻声呻吟。我走到他床边。“沃斯。”我叫他，他没有反应，不停发出轻微的呻吟，也不能说是呻吟，有点像是加重的音节，只是不带任何意义，像是小婴儿牙牙学语，或是某种神秘的私密告白，讲述着他内心的波折。

我转身问医生：“他会好起来吗？”医生摇摇头：“他能撑到现在已经是奇迹了，我们不打算开刀，因为开刀也没用。”

我转身看着沃斯，那声音持续不断地冒出来，像是以死亡世界的语言叙述他濒死的状态。眼前此景让我全身冰冷，难以呼吸，简直像是一场梦，梦里有人在说话，却听不懂他在说什么。但是这里，没有什么需要懂的。

我把掉在他眼皮上的一绺头发推回去，他张开眼睛瞪着我看，但那双眼里是全然的陌生。他已经到了一个外人无法进入的私密地方，无法再上升回到地面，但尚未完全落入黑暗。他像一头野兽正在做垂死的挣扎，这些声音，是困兽之斗的怒吼。这声音偶尔会暂时中断，好让他能够喘口气，他从齿缝间吸取空气，产生近似流体流动的声音，但挣扎的声音随即再度扬起。

我看着医生："他很痛苦，能给他注射吗啡吗？"医生出现困窘的神色。"我们已经给他打过吗啡了。""可是他现在还需要。"我定睛望着医生，他在犹豫，指甲轻轻敲打唇齿。"我们的存货快用完了，"他终于开口，"我们得把所有存货送到米勒罗沃给第六军团，我这边只留下一点给需要动手术的病患。他就要死了。"

我的眼睛动也不动瞪着他看。"我没有必要听您的命令。"他紧接着加上这么一句。"这不是命令，而是恳求。"我冷冷地说，他脸上霎时失去血色。"好的，一级突击队中队长，您说得对……我会给他打。"我仍然一动也不动，脸上毫无笑容："现在就打，我在这边看。"医生嘴角一阵飞快抽搐，嘴唇些微变形，他走出门外。

我望着沃斯，怪异恐怖的声音像是自动化作业，持续从他抽搐的双唇中间冒出来。一种古老的声音，来自远古时代的尽头，如果这真是某种语言，所表达的除了它即将散佚，别无他意。医生拿着针筒回来，拉出沃斯的手臂，轻轻拍打找出血管后插入针头。

声音传出的时间间隔越拉越远，呼吸逐渐平顺，沃斯的眼皮再度拉下，偶尔传来一阵沉重的闷声，像是扔出海的最后一只救生圈。医生已经走了。我伸出手，指背来回温柔抚摩沃斯的脸颊，然后离开那里。医生脸上的表情夹杂着不安和气闷，我冷冷向他道谢，挥挥手便大踏步离开。医生不理睬我的致意，我不发一语走出去。

国防军派车载我回临时行动小组，我到时，魏斯罗赫和雷霍兹还在讨论，雷霍兹提出了几项有利于高加索犹太人来自土耳其的论点。他一看到我立刻停止长篇大论。"啊，一级突击队中队长，我们正在纳闷您去做什么了。我已经叫人帮两位准备好办公处，现在回去太晚了。""我要在这里待几天，继续我的调查工作。"魏斯罗赫说。"我今晚就回五山城，"我有气无力地说，"我那边还有事。这个地区没有游击分子，夜里开车没问题。"雷霍兹耸耸肩，"这样违反军队规定，一级突击队中队长，不过，随您高兴吧。""请您多关照魏斯罗赫博士，有任何需要，请务必跟我联络。"

魏斯罗赫安适地坐在木头椅子上，跷着二郎腿，对此行似乎非常满意，充分乐在其中。我离不离开对她似乎一点影响也没有。“非常感谢您的协助，一级突击队中队长。”她说，“对了，我可以见见沃斯博士吗？”我手拿护耳皮帽，人已经走到门边。“不行。”不等她反应，我大步走出门外。

司机对于要在夜晚开车显得老大不高兴，当我以几乎斥责的口吻重复命令时，他也就不再多说。这段旅程相当长，因为地面结冰，司机蓝伯尔开得非常慢。车灯狭窄的光圈之外，眼前除了飞机，几乎一片黑，偶尔会有军事检查岗哨仿佛突然从黑暗冒出，竖立在我们眼前。我无意识地抚弄夏巴耶夫送我的高加索匕首，烟一根接着一根抽，望着窗外茫然辽阔的夜，脑中一片空白。

军方的调查与村民的证词吻合。军方在悲剧发生的屋子里发现了沃斯少尉的笔记本，血迹斑斑的纸页写满了密密麻麻的卡巴尔达文辅音和语法符号。少女的母亲哭天抢地对天发誓，从意外发生的那天起，就没再见过丈夫。根据邻居表示，他一定是带着作案的凶器——一把老旧的狩猎步枪——逃进山里了，像高加索人常说的躲进山里，或者加入游击队去了。几天后，村子派了一支由德高望重的老人组成的代表团，前来求见冯·麦肯森将军，他们代表整个村子，郑重表达最深的歉意，重申他们与德国军队的深厚友谊不变，留下堆栈成山的地毯、羊毛皮跟珠宝，要送给死者的家属志哀。他们誓言抓回凶手，不是当场格毙，就是移送我军处置，并且强调村子仅存的几名壮丁已经入山搜寻。他们怕军方采取报复行动，冯·麦肯森安抚老人，向他们保证绝对不会有集体的惩罚行动。我知道夏多夫找科斯特林讨论过这件事，军方烧了凶手的房子，颁布一纸新令，重申禁止弟兄和山地部落的妇女往来，事件至此明快落幕。

国防军的委员团终于结束对高加索犹太人的研究，科斯特林希望能在纳尔奇克召开相关研讨会。这个议题迫切需要解决，因为卡巴尔达族和巴尔卡尔族的国家议会正在紧锣密鼓张罗成立，集团军参谋部希望这件事能在自治区成立前定案，军方预定在 12 月 18 日，也就是伊斯兰教的古尔邦节庆典时宣布。魏斯罗赫完成研究工作了，正在撰写报告，比尔坎普召集我们到斯塔夫罗波尔，逐一重申我方的立场。

过了几天还不算严寒的日子，又开始下雪了，温度直落，甚至低到零下 20 摄氏度。我定做的大衣和靴子终于送来了，穿起来虽然臃肿，但至少可以御寒。我跟魏斯罗赫一起上路，她将从纳尔奇克直接回柏林。

我在行动参谋部遇见了佩斯特雷和雷霍兹，比尔坎普把他们也叫过来了，除此之外，利奇、普里尔以及军团第四／第五队的队长，霍尔斯特二级突击队大队长也都来了。“根据我的情报显示，”比尔坎普率先发言，“国防军和勃劳第加姆博士一心想把高加索犹太人排除在反犹太措施适用对象之外，免得伤了他们和卡巴尔达族及巴尔卡尔族的和气。他们一定会想尽办法宣称这些人不是犹太人，以避免来自柏林的批评压力。对我们来说，这是重大的错误。这支部族既是外来种族，更是犹太种族，他们混迹在这一区的部族之间，对我军永远都是一大潜在威胁，他们会是间谍行动和破坏行动的大巢穴，更是游击分子的大谷仓，采取激烈手段的必要性毋庸置疑。但是，我们必须有强而有力的证据来对抗国防军的诡辩。”

“区队长，我认为要证明我方的立场正确易如反掌。”魏斯罗赫声音细弱，但口吻坚定，“很遗憾我无法亲自到场说明，在我离开之前，我已经准备好一份完整报告，列出了每一项重要的论点，势必足以帮助各位一一驳斥国防军或东部占领区指挥部提出的不同意见。”

“太好了，科学方面的论点麻烦您和奥厄一级突击队中队长一起讨论，再由奥厄一级突击队中队长为我们做这部分的发言。我本人则就安全的观点来陈述党卫队国安警察署的具体立场。”我一边听比尔坎普训示，一边快速浏览魏斯罗赫条列的文献节录，证明高加索犹太人的远祖是非常古老的纯种犹太人。“请恕我直言，区队长，关于魏斯罗赫博士的报告，有一点容我在此提出。她的研究成果丰硕，但是她完全遗漏了那些对我们不利的文献观点，国防军或东部占领区指挥部的专家学者绝对会针对这些观点大做文章，我认为我方的科学根据稍嫌薄弱。”

“奥厄一级突击队中队长，”普里尔开口打岔，“您可能花太多时间跟您的朋友沃斯少尉在一起了，看来您的判断能力似乎被他影响。”我怒目直视他，原来这就是他和图雷克磋商的诡计。“您错了，一级突击队中队长，我只是单纯希望大家能注意到，我们手边的科学文献不足以做出决定性的结论，把我方的立场建立在如此薄弱的基础上是一大错误。”

“我好像听说沃斯少尉遭人杀害？”利奇突然说。“对。”比尔坎普回答，

"他遭到游击分子攻击，也许凶手就是犹太人，真是令人遗憾。不过，我有充分的理由认为他的研究工作对我们非常不利。奥厄一级突击队中队长，我能理解您心中的疑问，但您应该抓住大方向，不要拘泥在枝微末节上才是。国安警察署和党卫队的利益非常清楚，这才是重点所在。"

"总之，"魏斯罗赫说，"他们的犹太性格明眼人一看就看得出来，他们处处讨好奉承，甚至还想贿赂我们。""一点都没错。"佩斯特雷在旁附和，"他们到特派小组拜会了好几次，回回都送上毛皮大衣、毛毯跟厨房用具，嘴巴说支持我军，但是送地毯、漂亮的刀和珠宝，这就说不通了。""我们怎能任他们摆弄。"霍斯特大声说，他开始觉得不耐烦了。

"说得对。"普里尔说，"想想看，他们一定也用同样的伎俩收买国防军。"讨论顺着这个方向继续了一阵子，比尔坎普下了结论："科尔斯曼旅队长会亲自来纳尔奇克参加会议，如果我们的说法有凭有据，相信军方不敢硬着跟我们杠。再怎么说，军队的安全问题也是重大的考虑。佩斯特雷二级突击队大队长，我希望尽快做好一切准备，安排一次高效率的快速行动。一旦获得了批准，我们就得尽快行动，我要在圣诞节前结束行动，好把最终统计数字列入岁末报告。"

会议结束后，我向魏斯罗赫道别，她热情地握住我的手。"奥厄一级突击队中队长，您不知道，能够完成这项任务我有多高兴。对您来说，东方占领区这里，战争就在身边，一日复一日；但是在柏林，躲在办公室里，我们很容易忘记祖国处于生死存亡之秋，还有前线的艰辛和苦难。来到这里我明白了，一切都会在我的内心深处。我会记得这里的每一位，带着这份记忆好好珍藏。祝您好运。希特勒万岁！"她的脸庞散发出炽热的光芒，情绪翻腾激动。我向她敬礼，然后离开。

荣格还在斯塔夫罗波尔，听说他非常乐于接见登门求见的仰慕者，他应该很快就会离开，继续巡视驻扎在图阿普谢城下的鲁奥夫师部。不过，我已经无心跟荣格见面了。我回到五山城，满脑子都在想普里尔，显然他想斗垮我。我不明白为什么，我没有找过他麻烦，但他选择了加入图雷克的阵营。他常绕在比尔坎普和利奇身边，一句假装随口而出的暗示，日积月累下来，不难让他们对我心生反感。而且，高加索犹太人的问题很可能让我进退失据，对于这个问题，我心中没有先入为主的成见，只是很单纯地希望保有并尊重知识分子该有的诚实和公正。

显然我没搞清楚比尔坎普有多坚持不计代价，一定要将犹太人全数肃清的立场，他真的如此坚信那些人属于犹太民族吗？就我而言，历史文献中找不到明确的答案，至于他们的外貌和行为举止，单就他们家里的生活情况来看，跟卡巴尔达族、巴尔卡尔族或卡拉恰伊人没什么差异。部族的人送我们丰富的礼物，这是他们的传统，不必想成贿赂。但是，我必须很小心，无法下定论可以被解读成软弱，要是出了一点差错，普里尔和图雷克绝对不会放过我。

回到五山城，我发现地图室再次谢绝进入，霍特带领以原先部队的剩余兵力，加上第四装甲军团的援军组成的劲旅，从科捷利尼科沃[1]誓师出发，前往锅炉展开突围。军官个个乐观以对，我引用了他们的说法和一些谣传，借以充实报告的内容；一切的迹象显示，去年莫斯科的戏码即将再度上演，元首坚守不撤军的决定果然高人一等。

再说，我必须专心准备这次关于高加索犹太人的会议，没有时间专注其他事情。我重读我写的报告和笔记，沃斯跟我的最后一次对话却在脑海中响起，在我检视各处搜寻得来的证据的同时，我不禁会想，他会有什么看法？他会接受，还是驳斥？老实说，档案数据的说服力非常薄弱。我认为强指他们是可萨人的假设有些牵强，唯有他们源自波斯族的说法勉强说得通，至于这代表什么意义，可说我毫无头绪。我非常怀念沃斯，他是这里唯一能够与我理性对谈的人，其他的人，无论是国防军也好，党卫队也好，说穿了，真理和科学精神在他们眼中一文不值，他们眼中只有政治。

会议定在本月中旬，也就是举办古尔邦大庆典的前几天。与会人士众多，国防军叫人重新粉刷了共产党党部旧址的大型会议室，正中央的椭圆形大会议桌面还留有穿破屋顶的榴霰弹爆炸痕迹。为了出席人员的座位安排，现场引发小小的争议。科斯特林希望各单位的代表团，也就是军事政府、军事情报局、参谋部、东部占领区指挥部和党卫队的出席人员能集中就座，安排似乎很有道

1. 科捷利尼科沃（Kotelnikovo）：距离伏尔加格勒（原名斯大林格勒）西南约 190 公里的城市。

理，不过科尔斯曼坚持按照军阶依序入座，科斯特林只好妥协。

也因此，科尔斯曼坐在科斯特林右边，比尔坎普的位置离他稍远，我差不多坐在会议室的最后面，对面坐着勃劳第加姆，他只是后备上尉，他旁边则是罗楚姆佩格部长派来的平民专家。科斯特林宣布会议开始，随即介绍卡巴尔达和巴尔卡尔国家议会的议长塞里姆·夏多夫。夏多夫发表了一篇冗长的演说，强调卡巴尔达族、巴尔卡尔族和塔特族彼此和平共处、守望相助，异族通婚的良好关系也源远流长。

夏多夫身形微胖，穿着闪亮织布的双排扣外衣，浓密的八字胡让略显松弛的脸看上去稍微紧实些，他以俄文演说，缓缓一字一句加重语气，科斯特林亲自为他翻译。

夏多夫致辞完毕，科斯特林起身以俄文向他保证（这次由通译为在场人士翻译），国家议会的意见绝对会列入考虑，他也希望最后的决定能够让所有人都满意。我望着会议桌对面的比尔坎普，他的位子和科尔斯曼中间隔了四个座位，他把军帽摆在桌上文件的旁边，听科斯特林讲话时，手指像弹琴般轻点桌面，科尔斯曼拿钢笔在刮桌面弹痕。科斯特林答词结束，他请夏多夫坐下，也跟着坐下，双方对于这番致辞没有发表意见。

“我想先从专家们的报告开始。”他说，“勃劳第加姆博士？”勃劳第加姆介绍坐在他左边的专家，他肤色泛黄，稀疏的八字胡胡尾下垂，油亮的花白头发细细梳齐，他紧张地拍了拍肩膀，头皮屑如雪花似的飞舞。

“容我向各位介绍雷尔博士，他是法兰克福犹太问题学院的东方犹太主义专家。”雷尔微微弯腰起身，以略带鼻音的单调音色向大会报告。“我认为这里的案例是土耳其民族的余部，他们在可萨贵族变更宗教信仰时改信摩西律法，然后在10或11世纪，也就是可萨帝国灭亡时，逃难到高加索东部地方。到了这里，他们与伊朗语系的高山部族以及塔特族累世通婚，结果一部分的人转而信奉伊斯兰教，剩下的人则持续信仰逐渐与原始犹太教义出入的犹太教。”他逐一介绍证据，首先，关于食物、人、动物等方面的字汇可说是语言的基础层面，而这方面的鞑靼语都源自土耳其语。接着，他开始陈述现今所知不多的可萨人变更信仰的相关史料。

他的论点有些颇值得玩味，但整体而言过于凌乱，听者不太容易进入状况。尽管如此，专有名词那部分仍让我印象深刻，高加索犹太人对犹太教节日的称呼，好比光明节或复活节，都被当成专有名词使用，举俄国文化的名词 Khanukaiev 为例，阿什肯纳兹犹太人[1]和塞法迪犹太人[2]都不是这样的用法，然而在可萨族已经证实有这样的用法：例如，光明节这个专有名词，在《来自基辅的信》中出现了两次，这是 10 世纪初叶，基辅市的一个可萨人团体用希伯来文写的一封推荐信；同时在克里米亚发现的一块墓碑上也看过这个字出现一次；另外在可萨国王清册中出现过一次。因此，雷尔相信，高加索犹太人尽管语言有异，血源仍较近似诺盖、库梅克和巴尔卡尔族，而非犹太族。

国防军调查委员会主席，满脸通红的魏因特罗普接着发言。

“我的看法跟我敬重的同僚完全一致，而且同样坚定。我认为，高加索地区的犹太族对可萨人的影响痕迹——虽然我们对可萨人所知甚少——跟他们受到其他民族影响的痕迹一样随处可见。例如这份叫作《来自剑桥的匿名信》的文献，年代应该也是 10 世纪左右，记载亚美尼亚的犹太人和这片土地的居民通婚——这里说的就是可萨人——人民混血，嫁鸡随鸡，跟着他们一起外出打仗，最后同化为一个种族。作者在这里指的是源自中东的犹太人和可萨人，而文献虽然记载亚美尼亚，指的却不是今日我们熟知的亚美尼亚，而是古老的大亚美尼亚，当时囊括了外高加索和绝大部分的小亚细亚地区……”

魏因特罗普继续朝这个方向侃侃而谈，不过他举出的每项论证似乎都跟前面的有所抵触。“现在来看人种学上的观察结论，可以明显看出他们跟改信伊斯兰教的邻近部落，甚至和变成基督徒的奥赛人，都没有什么不同。异教徒的影响非常巨大，高加索犹太人笃信神鬼学，佩戴护身符驱邪避凶等习俗，跟伊斯兰高山部落苏非教派[3]的做法差不多，还有上坟祭拜、礼仪舞蹈等等，都是

---

1. 阿什肯纳兹犹太人（Ashkenazi）：源于中世纪德国莱茵河两岸的犹太人后裔，是现今犹太人最多的一支。

2. 塞法迪犹太人（Sephardi Jews）：同样源于欧洲的犹太后裔，因为长期定居阿拉伯化的伊比利亚半岛，故多受伊斯兰文化熏陶。

3. 苏非教派（Sufism）：伊斯兰教的神秘主义教派，生活中严于律己，强调通过冥想和导师与阿拉接触。

异教影响下的产物。至于生活水平，高加索犹太人跟其他高山部落完全一样，无论是住在城市，或者是我们参观过的村子，无一例外，因此得以排除高加索犹太人利用犹太布尔什维克主义掌权牟利的说法。刚好相反，他们生活过得比卡巴尔达人更清苦。安息日大餐时，妇女、小孩跟男人分开坐，完全不符合犹太民族的传统，纯粹是高山部落的习俗。而从我们受邀参加的婚礼可以清楚看到，上百名卡巴尔达和巴尔卡尔宾客在婚礼狂欢，高加索犹太人男男女女一起跳舞，这是正统犹太教教规严格禁止的。”

“所以您的结论是？”科斯特林的副官，冯·比滕费尔德问。魏因特罗普搔搔灰白平头，“说到根源，确实难以确定，搜集到的资料经常互相矛盾。不过，我们认为高加索犹太人已经彻底同化，融入高山部族，就算要深究他们混血的程度，世代混血后仅存的犹太血脉应该也微不足道。”

“话虽如此，”比尔坎普插嘴道，“他们依旧顽固地保有犹太教的信仰，几世纪以来都完整保留。”“哦，不能说保留得很完整，区队长，并不完整。”魏因特罗普像个好好先生般纠正，“我认为正好相反，他们被同化得很厉害，完全丧失了犹太法典的知识，就像从来没学过一样。从他们的神鬼学来看，这已经算得上是一种异端了，就跟卡拉教派一样。再说，阿什肯纳兹犹太人非常瞧不起他们，称他们是 Byky，‘公牛’，这是非常贬抑的字眼。”

“关于这方面，”科斯特林客气地转头问科尔斯曼，“党卫队有什么看法呢？”“这的确是非常重要的议题。”科尔斯曼回答，“我请比尔坎普区队长发言回答。”比尔坎普已将手边的纸页收拾妥当，“很可惜，我方邀请的专家魏斯罗赫博士必须先赶回德国，她准备好完整的报告，我已经发给在座各位。将军，报告内容强烈支持我们的观点：高加索犹太人是极度危险的外族，对我军的安全是一大潜藏威胁，我们必须立刻强力加以肃清。这个观点跟专业学者的角度不同，完全是以攸关战争成败的安全问题为最大考虑，加上魏斯罗赫博士这边从文献中得出的科学佐证，我们的结论跟在场专家的意见完全相反。我委请奥厄一级突击队中队长进一步详细说明。”

我点一下头。

“谢谢您，区队长。为了让大家容易理解，我想最好先区分手边的文献证据，分门别类来说明。首先是历史文献，然后是现存的活证据，也就是语言，接下来是人类学上的外貌和文化特征，最后是人种学的实地研究，亦即魏因特罗普博士和魏斯罗赫博士进行的实地观察。若从历史文献的记载来看，可以确定犹太人早在可萨人改变信仰前就在高加索地区定居。”我引用了本雅明·德·图德拉和几份类似杰尔宾特—哈姆的古老数据。“9 世纪的时候，埃尔达·哈 - 达尼来到了高加索，他注意到山区的犹太人对犹太法典如数家珍……”

“他们对犹太法典一无所悉！”魏因特罗普打断我的话。“的确，但也不容否认，当时在阿塞拜疆的杰尔宾特和沙马基的犹太法典学者声名远播。这也许是比较晚近的现象，事实上，上个世纪的 80 年代，有一位犹太裔旅行者犹达斯·乔尔尼认为，犹太人早在第一座神庙尚未遭摧毁之前就到了高加索，而非之后。他们在高加索过着与世隔绝的生活，接受波斯人的管辖保护，高加索犹太人与来自巴比伦的犹太人相遇后，开始向他们学习犹太法典。很可能从那个时候开始，他们才有了犹太教的传统，进而导入犹太教教士的教育，不过这些都有待进一步查证。要找寻有关他们的远古证据，必须从考古学方向进行，好比在阿塞拜疆的古迹废墟，有人称其为‘犹太之丘’，也有人叫它‘犹太之墓’，年代都极其久远。

“至于语言，魏斯罗赫博士的观察与已故的沃斯博士看法不谋而合，他们说的是一种现代伊朗西部地区的方言——我的意思是，那种方言的出现不可能早于公元 8 或 9 世纪，最晚不超过 10 世纪——跟潘堤尤科夫根据加特法日的见解，大胆假设他们是迦勒底人直系后裔的说法似乎有所抵触。郭德佛奇氏还认为莱兹金人、黑弗苏尔人和某些斯凡人的分支都源自犹太民族，在格鲁吉亚语中，Khevis Uria 就是‘犹太山谷’的意思。彼得·乌斯拉尔男爵则持较为合理的看法，认为两千年来，无数犹太移民分批前往高加索，每一波移民或多或少与当地部族融合同化。对语言方面的解释还有一种说法，犹太人跟后来才到这里的一个伊朗部落，也就是塔特人，交换妇女。塔特人可能是在阿契美尼德王朝[1]时期来这里担任防卫队，保卫杰尔宾特这座天然栈道，防止北方草原的游牧民族入侵。”

1. 阿契美尼德王朝（Achaemenid Empire）：公元前 558—前 331 的波斯古王朝。

“犹太人？防卫队？”参谋部的一名上校冲口而出，“真是荒谬。”“其实没那么荒谬。”勃劳第加姆反驳，“古犹太人在大流散之前，曾有一段非常长的征战历史，读《圣经》就能明了，各位想必还记得他们如何顽强抵御罗马人的攻击吧。”“啊，对，这些都记载在佛拉奥维·约瑟夫斯[1]的书里。”科尔斯曼接着说。“一点都没错，旅队长。”勃劳第加姆点头。“总而言之，”我继续说下去，“一切事实似乎在在驳斥高加索犹太人的起源是可萨人的说法，相反地，弗塞沃罗德·米勒假设高加索犹太人把犹太教传给可萨人的立论较为可信。”

“这跟我先前说的意思完全一致。”魏因特罗普急急插进来说，“您也不能不承认，语言学方面的论证也无法否认有‘部族混血’的可能性。”“很遗憾沃斯博士不在了，”科斯特林说，“他一定能够解开这个疑点。”“是啊，”冯·吉尔萨伤痛地说，“我们都很怀念他，失去他是我们的一大损失。”“德国科学界，”雷尔斩钉截铁地论断，“在这场对抗犹太—布尔什维克主义的战役中牺牲良多。”“没错。不过，可怜的沃斯，他的死纯粹是一场误会，这么说吧，文化差异导致。”勃劳第加姆说。

“各位先生，各位先生，”科斯特林出声制止，“我们离题了。一级突击队中队长请继续？”

“谢谢您，将军。很可惜，人种学的外貌特征无法帮我们在众多假设中做出决定性的结论。请容许我在此引用伟大的学者艾凯尔在 1887 年出版的《高加索山脉及其人民》一书收集到的数据。以头盖骨为基准，阿塞拜疆的塔特人是 79.4（中等头形），格鲁吉亚人是 83.5（短头形），亚美尼亚人是 85.6（超短头形），高加索犹太人是 86.7（超短头形）。”

“啊！”魏因特罗普大叫，“跟梅克伦堡人一样！”“嘘……”科斯特林出声，“让一级突击队中队长说完。”我往下说：“头骨高度：卡尔梅克人，62；格鲁吉亚人，67.9；高加索犹太人，67.9；亚美尼亚人，71.1。若以脸孔为基准：格鲁吉亚人，86.5；卡尔梅克人，87；亚美尼亚人 87.7；而高加索犹太

1. 约瑟夫斯（Titus Flavius Josephus，37—100）：著名犹太历史学家，著有《犹太古史》《犹太战纪》等。

人是 89。最后是鼻梁：高加索犹太人最低只有 62.4，卡尔梅克人最高 75.3，差距相当大，亚美尼亚人和格鲁吉亚人则介乎之间。”

“这些数据到底说明了什么？”参谋部的上校问，“我不太懂。”“它说明了，”勃劳第加姆边听边飞快记录所有数字，并心算了一下，然后解释道，“如果我们把头形当成稍具可信度的种族指标，那么高加索犹太人是高加索部族里最漂亮的一支。”

“这正是艾凯尔得出的结论。”我继续说，“当然，这种归纳方式虽然没有被科学界斥为牵强附会，现今也绝少拿来应用。科学走到今日已有长足的进步。”我抬起头，朝比尔坎普的方向看过去，他严厉地瞪着我，手上拿着铅笔轻敲桌面。他伸出手指，示意我继续说。

我回到我的文献报告。“文化人种学方面倒是提供了非常丰硕的数据，如要一一陈述，时间会拖得太长。基本上，这方面的数据偏向认为高加索犹太人完全融入高山部族的习俗，甚至到了 Kanly 的层级，一称 ichkil，意指同仇敌忾、血浓于水。我们都知道塔特族的伟大战士曾跟随沙米勒对抗俄军入侵。另外，在俄罗斯到此殖民前，高加索犹太人普遍以农业为生，种植葡萄、稻谷、烟草和各种杂粮。”

“这可不是犹太民族会有的行为。”勃劳第加姆指出，“犹太人厌恶类似农耕的体力劳动。”“是的，博士。后来在俄罗斯帝国的压榨下，经济状况逼迫，不得已还是出现了皮革和珠宝工匠、武器和地毯的制造商，还有生意人。不过这是接近近代的演变结果，某些高加索犹太人仍然世代务农。”

“就像那些在莫兹多克惨遭杀害的人，对吧？”科斯特林旧事重提。“这件案子至今还没能交代清楚。”比尔坎普脸色一沉。

我连忙继续说：“有一个可能性极高的假设，除了几名跟随沙米勒的叛军，大多数在达吉斯坦的高加索犹太人也许是因为遭到伊斯兰迫害，在高加索战争期间多数选择站在俄国这一边。俄国取得胜利后，沙皇政权论功行赏，赏予他们拥有跟其他高加索部族相同的权利，以及进入政府任职的门票。这当然就是我们非常熟悉的犹太寄生虫最会搞的伎俩，不过必须注意，沙皇赏赐的权利，在布尔什维克党上台后多数遭到废止。在纳尔奇克，由于那里位于卡巴尔达族和巴尔卡尔族的自治共和国境内，没有派给俄国人和俄籍犹太人出任的政府公务员职务，只能派给列在国号内的两大种族担任，高加索犹太人几乎没出过官员，顶多只有几个管理文件和等级低下的员额。如果能实地观察达吉斯坦的情形，对我们的推论绝对很有帮助。”最后，我以魏斯罗赫博士在人种学的观察作结。

“这些结论似乎与我们的互相吻合。”魏因特罗普喃喃地说。“不，少校，它们更完整。”雷尔沉吟道，“您提出的资料，绝大部分驳斥了可萨人或土耳其人为高加索犹太人远祖的假设，然而，我始终认为这项假设无懈可击，虽然您提到米勒……”科斯特林轻咳两声打断他的话，“我们对于党卫队专家引据历历的报告印象非常深刻。”他转头面对比尔坎普，用蜜里调油的声调殷殷询问，“可是贵单位得出的结论跟国防军的似乎相当一致，不是吗？”比尔坎普显得愤怒又忧心，他轻咬舌尖。“诚如您所见，将军，科学的观察所得依旧非常概括，我们必须等待党卫队国安警察署的研究报告，加以比对印证，才能确定我们讨论的是危险至极的敌人。”

“恕我冒昧，区队长，”勃劳第加姆插嘴，“您的说法我无法赞同。”“那是因为您不是军人，您是以一介平民的观点来看这件事，博士。”比尔坎普不屑反击，“元首把国家安全的任务交给党卫队，绝对不是出于一时兴起，还有世界观的问题牵涉其中。”

“在场人士没有人质疑党卫队或者国安警察署的能力，区队长。”科斯特林仍以一贯友好缓慢的口吻发言。“贵单位是国防军最珍贵的助力，然而，成立军事政府也是元首的决定，军事政府一定要从各个角度来审视问题。从政治的角度而言，没有确切证据就贸然对高加索犹太人采取行动，会对我们造成伤害。我们必须考虑时间的紧迫性，以消弭伤害。冯·吉尔萨上校，军事情报局对于该部族对我军可能造成的危险有何看法？”

“这个问题早在斯塔夫罗波尔第一次会议时，我就报告过了，将军。从那时候起，军事情报局一直严密监控高加索犹太人的一举一动，截至今日，我们没有发现任何破坏行动的迹象。他们跟游击分子没有联系，也没有破坏或搜集情资的举动，什么都没有。如果其他部族也能这么安分守己，相信我们在这里的任务会轻松许多。”“国安警察署认为防患于未然才是上策。”比尔坎普愤怒地回击。“的确，”冯·比滕费尔德说，“只是在采取防范措施前，应该先衡量得失。”

“总之，”科斯特林接口，“就算高加索犹太人对我军可能造成威胁，也不是立即的危险吧？”“不会，将军。”冯·吉尔萨再次保证，“军事情报局认为不会。”“剩下的只有种族混血的问题了。”科斯特林说，“我们已经听了很多的论证假设，但我相信大家都同意，无论是正方或反方，似乎都无法得出定论。”

他说到这里暂停，伸手摸摸脸颊。“我觉得我们缺少数据，我们已经确定纳尔奇克不是高加索犹太人的原生地，这点肯定会大幅扭转我们日后研究的方向。我建议暂时搁置这项议题，等我军占领达吉斯坦再行讨论，到了那里，我们的研究人员应该能够找到可信度更高的证据，到时再开会讨论。”他转向科尔斯曼，“您意下如何，旅队长？”科尔斯曼表情犹豫，斜眼瞄比尔坎普，迟疑许久才说：“我看不出有何不妥，将军，这样一来，所有单位的权益都顾及了，包含党卫队在内，是不是啊，区队长？”

比尔坎普安静好一阵子才回答：“如果您这么认为的话，旅队长。”“当然了，”科斯特林一副好好先生的调停模样，他加上一句，“这期间，我们必须严密监控他们，区队长，我相信可以仰仗贵单位临时行动小组的大力协助。若他们私下蠢蠢欲动，或与游击分子联系，就咔啦给他们一枪。勃劳第加姆博士，您觉得呢？”勃劳第加姆的鼻音似乎更重了：“东部占领区指挥部没有理由反对您合理的建议，将军。我认为应该特别感谢这些专家学者，有人专程从祖国赶到这里，感谢他们了不起的研究成果。”

“当然，当然。”科斯特林大声附议。“雷尔博士、魏因特罗普上校、奥厄一级突击队中队长，感谢诸位，还有各位的工作伙伴。”在场人士齐声鼓掌，接着起身，搬动椅子，收拾纸张。勃劳第加姆绕过桌子，过来握住我的手：“非常精彩，奥厄一级突击队中队长。”他转身对雷尔说：“当然，他们是可萨人的立论还是有相当的根据。”

雷尔说：“我们达吉斯坦见。就像将军说的，我相信在那里一定可以找到新的证据，尤其是在杰尔宾特，那里有历史文献和考古的遗迹。”我看着比尔坎普快步走出会场追上科尔斯曼，科尔斯曼比手画脚，快速地与他低声交谈。科斯特林站着跟冯·吉尔萨及参谋部的上校交谈。我跟勃劳第加姆简短谈了几句，然后收拾桌上档案往会客室走，比尔坎普和科尔斯曼已经等在那里。比尔坎普怒不可遏地瞪着我："我以为党卫队的权益在您心中占的分量比较重，一级突击队中队长。"

我力持镇静，不受威吓。"区队长，我没有放掉任何一个足以证明他们有犹太血统的证据。""您应该表现得更果断，不该语意不清。"

科尔斯曼在一旁稍显结巴地打岔："我不明白您为什么责怪他，区队长，他表现得很不错。再说，连将军都称赞他，还称赞了两次。"比尔坎普耸耸肩："我开始在想，也许普里尔说得有道理。"我没有回答。其他与会者陆续跟在我们后面出去。"区队长，您还有别的吩咐吗？"我问。他随手一挥："现在没有。"我向他敬礼，跟在冯·吉尔萨后面走出去。

外面的空气干燥、凌厉，而且刺骨。我深吸一口气，感觉寒意焚烧肺叶。一切都显得如此冰冷静寂。冯·吉尔萨和参谋部的上校一起上车，请我坐前座。起先我们还随便聊几句，慢慢地，大伙都觉得无话可说。我回想会议的情景，比尔坎普会如此生气是可以理解的。我们被科斯特林耍了。会议室的每个人都心知肚明，国防军根本打不到达吉斯坦，不过一定也有人在想——比尔坎普和科尔斯曼绝对不在其中——A 集团军应该就要撤离高加索了。就算霍特能成功带领军队与保卢斯会师，也意味着第六军团将折回奇尔河（Chir），甚至退守顿河下游。

只要拿张地图对照，就能够清楚看出 A 集团军的阵地危如累卵。科斯特林早就心里有数，因此他不愿为了一个小小的高加索犹太人问题，与其他的高山部族作对。说真的，一旦他们知道红军就要回来，肯定会惹出事端——这难道不是证明他们的忠诚和爱国情操的大好机会吗？虽然时间上来说迟了点——无论如何，他们绝对不能坐视，任事端蔓延扩大。如果得穿过全然敌对、同情游击分子的地区，单纯的撤军可能会演变成一场大灾难，也因此，必须给友好的居民一点甜头。这一点我想比尔坎普大概不会明了，他那颗满脑子都是数字和报告的警察脑袋，让他变得短视近利。

最近，特派小组扫荡了一间克拉斯诺达尔偏远地区的孩童结核病疗养院，绝大多数的孩子都是高山部族，招来各部族国家议会的强烈抗议，甚至还引发火爆冲突，造成数名士兵死亡。卡拉恰伊族的酋长贝拜拉穆科夫甚至语带威胁，警告冯·克莱斯特，如果这样的事件再发生，将引发全面暴动。冯·克莱斯特发了一封措辞严厉的信函给比尔坎普，但是听说比尔坎普看完信的反应出奇地冷漠，他完全搞不清楚问题出在哪儿。科尔斯曼对来自军方的压力比较敏感，他出面干涉，强迫比尔坎普发出新指令给各特派小组，所以科斯特林没有选择的余地。

来参加会议的路上，比尔坎普认为还有扳回的机会，但是科斯特林，当然还有勃劳第加姆，他们早就打好算盘，所谓的交换意见不过是做做样子，蒙骗局外人罢了。魏斯罗赫出不出席、我是否坚持我方立场，都无法改变结果。达吉斯坦这招果然高明，无懈可击，从大家的讨论中自然引导而来，而且比尔坎普绝对提不出任何合理的理由反对。

若我方有人直言说出事实，说我军根本征服不了达吉斯坦，此举无异于大逆不道，果真如此，科斯特林也会将计就计，给比尔坎普戴上失败主义的大帽子。军方上下暗地里称科斯特林"老狐狸"，果然名不虚传，我虽忧喜参半，还是不得不甘拜下风，真是高招。

我知道这事会给我惹上麻烦，比尔坎普一定会找人当代罪羔羊，而我就是现成的合适人选。我竭尽心力搜集资料，完成研究工作，结果却跟我在巴黎出的任务一样，完全没有摸清游戏规则，我追寻的是真相，只是他们要的不是真相，而是政治优势。普里尔和图雷克现在大可轻松诋毁我了。起码，沃斯不会非难我的报告。沃斯死了，我又是孤身一人了。

夜幕渐渐低垂。一层厚霜覆盖万物，弯曲的枝条、围墙的铁丝和木桩、茂密的野草、几乎光秃一片的田野都是如此。如同置身在由白色的可怕形状构成的世界，一处让人慌乱、如梦似幻的水晶国度，这里的一切似乎都被剥夺了生命。我仰望远山，辽阔的蓝色山峦如高墙阻隔了地平线，又像是另一个世界的守护神，另一个隐藏的世界。

太阳从另一头，应该是阿布哈兹那一边缓缓沉入山头，光芒却仍依依不舍抚摩山巅，在雪白的山头挥洒绚丽多彩的美妙光辉，粉红、亮黄、粉橘、橙红，五彩光芒从一个山头轻巧地跳到另一个山头。此景透着残酷的美感，让你呼吸急促，同时也带你远离人世一切烦忧。远方的尽头，大海徐徐吞没落日，落日的余晖一一消灭，先是剩下泛蓝的白雪，然后是一片灰白，静静地在夜里朦胧闪烁。冰霜封锁的树如狂奔的生物，倏忽出现，又旋即消失在车灯光圈外。我迷迷糊糊恍如踏入另一边的世界，那个孩子们熟知的世界，一踏入就永远回不来的世界。

果然不出我所料，比尔坎普的刀比我料想的还要快出鞘。会议结束四天后，他把我叫到斯塔夫罗波尔。昨晚借着纳尔奇克庆祝古尔邦节庆的盛会，军事政府正式宣布卡巴尔达和巴尔卡尔自治区成立，我没有到场观礼。据说勃劳第加姆发表了精彩绝伦的演讲，高山部族送了各式各样的礼物给军方人员，匕首、地毯、《古兰经》手抄本。至于斯大林格勒战线，各种谣言甚嚣尘上。

霍特的装甲兵团行进受阻，在距离包围圈[1]约60公里外的米契科夫遭到拦截。与此同时，苏联军在更北边的顿河沿岸，朝意大利盟军的防线展开新攻击，大伙私下都等着溃败消息传来。苏联的坦克车现在甚至逼近机场，严重威胁我空军基地，原本就艰难万分的包围圈补给任务，前途益发艰险！军事情报局的军官依然拒绝透露任何消息，单靠拼凑纷传的谣言，很难判断目前的情况到底有多危急。我把我能取得或者间接获得证实的情报汇报给行动参谋部，但我想他们并不看重我的报告。

最近，我收到科尔斯曼的参谋寄来一张地方队长以及派驻高加索各地区的党卫队首长名册，里面的地区还囊括了格罗兹尼、阿塞拜疆和格鲁吉亚，还夹着一份关于橡胶草的研究报告，上回我们在迈科普附近发现这种植物，大元帅希望我们研究大规模种植的可能性，看能否成为橡胶的替代品。我不禁纳闷，不知比尔坎普的想法是否也同样不切实际。总之，这样盲目的坚持让我感到忧心。到斯塔夫罗波尔的路上，我绞尽脑汁寻找有利的论点为自己辩护，拟定出一套战略，但我不知道他会对我说什么，也只能见招拆招。

会谈很快结束，比尔坎普没有叫我坐，我一直立正站着，他递来一张纸，我看着那张纸一头雾水。“这是什么？”我问。“您的调职令。斯大林格勒的警察单位急需一名国安警察署的军官，他们原先的专员两星期前因公殉职了。我已经通

1. 即德米杨斯克包围圈（Demyansk Pocket），形成于第二次世界大战东部战线中，苏联红军对在列宁格勒以南德米杨斯克附近的德国国防军进行包围战。

知柏林，行动参谋部可以应付这次的人员缩减，他们批准了。恭喜您，一级突击队中队长，这是您发展长才的大好机会。”我依旧维持着直挺挺的立正姿势。

“我可以了解您为什么会推荐我吗，区队长？”比尔坎普依然一脸不悦，但是他扬起嘴角。“我希望我队上的人员都能够明白上级对他们的期待，不用我们在旁边一直解释，否则，我干脆自己做就好了。我希望在斯大林格勒的国家安全工作锻炼对您会有所帮助。此外，容我提醒您，您个人的暧昧行为已经在队上引起令人非议的流言，有些甚至传到了党卫队法庭，引起他们的关切。原则上，我拒绝相信这类的飞短流长，尤其是像您这样一位受过政治思想训练的军官，但是我绝不容许本队的荣誉受到丑闻的污蔑。我建议您未来谨言慎行，不要给任何人说长道短的机会。您可以走了。”

我们行了德国式军礼后，我退下。我顺着走廊离开，途中经过普里尔的办公室，办公室的门没关，我看见他咧嘴笑着看我。我在他的门口停住，定定盯着他，我脸上出现热情的笑容，那种日渐成长的孩子般的笑容。他脸上的笑容慢慢褪去，阴郁地瞪着我，有些茫然失措。我什么都没说，脸上的笑容久久不散，手上还拿着我的调派令。我走出大门。

寒冷依旧，幸好有皮袄保暖，我迈开脚走了几步。没扫干净残存的雪结冻，地面变得滑溜。高加索山饭店旁的转角出现了诡异的一幕，德国士兵扛着一个个身穿拿破仑时代军服的人体模特儿，从一座建筑物里鱼贯走出来。一尊尊戴着筒状军帽，身穿朱红、淡黄或墨绿盘花纽扣上衣的轻骑兵，鸡冠绲边的绿色火龙、金纽扣蓝大衣的禁卫队老兵，一身煮熟红螯虾似的汉诺威人，一名全身雪白、系着红领带的克罗地亚执矛骑兵。那些士兵忙着把一尊尊直立的人体模特儿搬上有篷卡车，另一些士兵则忙着固定绳索。

我走到指挥搬运的中士旁边问：“这是怎么回事？”他先向我行礼致敬，然后回答：“一级突击队中队长，这是本地博物馆的收藏品，奉集团军参谋部之命，把展品运回德国。”我在那里看着他们来回搬运，站了好一会儿，然后才坐上车，那纸调派令仍然拿在手上。喜剧结束。

# 库特兰舞曲[1]

*COURANTE*

1. 17 世纪法国流行的舞曲。

我在矿水城上了火车，开始了艰苦的北方之旅。交通混乱不堪，我上上下下换了好几趟车。脏污油腻的候车室挤了数百名引颈张望的士兵，他们或站或疲惫地靠在自己的背包上，有人端了热汤或一点人造咖啡过来，让大伙吃饱再各自奔赴未知的旅程。

有人让出长凳的一角给我，我像个植物人般呆坐着，直到站长过来摇醒我。好不容易到了萨利斯克，那边的人把我跟补给霍特军团的兵员和物资一起放进一辆从罗斯托夫过来的列车上。这群拼装的杂牌兵显然仓促成军，组成分子杂乱——有返回祖国休假，却在半路像是卢布林，甚至在波森的铁路沿线被拦截归营，然后调往俄罗斯的士兵；还有经过匆促的短期特训便赶赴战场的超龄后备军人，以及从检疫隔离站挑出来的情况较佳的伤兵；最后是溃败后与第六军团失联，尔后在包围圈外找到的脱队弟兄。

这些人对前线吃紧的战况似乎浑然不知，这一点都不稀奇，因为军方的战报对那边的局势始终三缄其口，顶多以斯大林格勒地区行动持续进行一语笼统带过。

我没有和任何人攀谈，我把背包放好，独自缩在车厢的角落，漫不经心地望着窗外结霜的大片林野，枝丫交错，层次分明。我不愿多想，自怨自艾的酸苦愁绪却如狂涛滚滚打来。比尔坎普充满怒气的声音在我内心扬起，他干脆一枪毙了我算了，这样还比较人道，装出一副假道学的样子，说什么俄罗斯严冬的围城之战，教育启发难能可贵。

另一股声音哼哼啊啊传来，感谢上帝，至少我还有毛皮大衣和皮靴。我真的无法想象，让一块灼热的铁块穿过皮肉能带来什么教育启发。我们枪毙犹太人或布尔什维克党人，我们当中有人获得教育启发吗？他们死了就是死了。的确，我们为自己的举动创造了许多冠冕堂皇且婉转动人的辞藻。苏联人想惩戒人的时候，一律送进劳改营，只要踏进那里，生命多半不超过几周，方法很残酷，但很坦白，跟他们平时的所作所为一样，敢作敢当。这一点，我觉得是他们超越我们的一大优势（还有他们的军队和装甲车数量，好像取之不尽、用之不竭）。最起码，苏联人清楚自己的方向。

铁道运输频繁，我们停在铁轨上等待对向列车会车，一等就是几小时，列车通行的优先级是由神秘而高不可攀的法庭所制定的一套毫无逻辑可循的规则。我有时会下车呼吸刺骨的冷冽寒气，舒展筋骨，放眼望去，除了这列火车之外，只见到一望无际的白，空荡荡的，寒风卷起驱走一切的生命。我脚下是雪，又干又硬，跟面包皮一样。

冷风迎面吹来，两颊像干旱的地面开始皲裂，我转身避开冷风，面对着宽广草原，结霜的车窗玻璃以及寥寥几个像我一样觉得无聊，或者是急着上厕所而下车的乘客。莫名的冲动攫住了我。我想象自己躺在雪地上，缩在毛皮大衣底下，等列车重新发动时，皮衣上八成覆盖了一层薄薄的细雪。我想象自己全身包裹在一个柔软、湿润、温暖的茧里，如同尚未被狠狠赶出来踏进人世一样，我安稳地栖身在这个肚子里。

突如其来的愁绪令我惊慌失措，等我稍稍回神，我不禁纳闷这份感伤从何而来，我向来不是为赋新词强说愁的人。也许是出于恐惧，最后我对自己说：好，就算是恐惧，那我在怕什么呢？怕死吗？我以为我早已视死如归，不是因为受到乌克兰大屠杀的冲击，而是更早以前就这样。这会不会只是幻觉，是我自己想象出来的，借以掩饰潜藏内心的龌龊兽性本能？当然有这种可能，不过也可能是想到即将坐困愁城——宛如活生生地走进露天的宽广监狱，遭到永远的放逐。

我是那么想为我的国家和人民服务，在牺牲奉献的名义下，义无反顾地背弃内心真正的想法，执行艰巨可怕的任务，义无反顾地完成。现在，他们却将我放逐，背离我牺牲奉献的意愿，远离人群，将我往阵亡者和被遗忘的孤军里头推。霍特带领的突围战队呢？斯大林格勒不是德米杨斯克，而我军原本如此强大，起初我们天真地认为这是胜利的开端，不料在 11 月 19 日就尝到物资匮乏、将士疲惫和兵员不足的苦头，苦撑到了最后极限。那个狡猾的奥塞梯老狐狸斯大林，对我军采取了斯基泰族老祖宗的战术——大后方政策，一步步往后退。

这套把戏希罗多德称为永恒的追逐，以空间换取时间。当波斯人初显疲态，士气低落时，斯基泰族人想出了一个方法，让他们重振些许士气，引他们入彀，最后逼得他们进退维谷。斯基泰人乐得放几队人马在明显的地方出没，让波斯人恶虎扑羊般扑上来，给他们尝一点甜头。波斯帝国君主大流士多次掉入这种陷阱，终落得弹尽粮绝的下场。（希罗多德这么记载）斯基泰人以上贡的方式——呈上一只鸟、一只老鼠、一只青蛙和五支箭——夹带神秘信息给大流士。

我们呢，没有贡品、没有信息，只有死亡、毁灭和希望的尽头。这一切我当时就有想到吗？说不定是后来才有的念头，当结局逐渐逼近，在一切即将结束的那个时刻？很有可能，但也可能是我搭火车从萨利斯克到科捷利尼科沃这段路程上胡乱杂想，因为证据就在眼前，我只消睁开眼睛就能看得一清二楚，又或许是我内心的感伤打开了我的双眼。这真的非常难以断定，就像一场梦在黎明醒来时，只剩空幻酸苦痕迹，又像参不透的图画，我像个小孩伸出手指，在火车布满白雾的窗面上信手挥洒。

科捷利尼科沃是霍特军团展开反攻的大本营，火车靠站后，马上忙着吐出腹中的补给物品，我们只好乖乖地等他们卸货完毕，几小时后才能下车。这里的火车站是一处乡野小站，红砖脱落墙面斑驳，几条粗劣的水泥月台平行散布铁轨中间。

一排排焊上德军标志的车厢当中，穿插标有捷克、法国、比利时、丹麦、挪威等国军队标志的列车车厢，装载着物资和兵员，现在我军势力称得上是横扫全欧。

我斜倚在列车车厢的出入口抽烟，冷眼旁观车站的混乱和喧闹。几乎看得到各种军种的德国官兵，还有别着卐十字臂章、肩挂老式步枪的俄国警察和乌克兰警察，脸颊凹陷的志愿兵和脸冻得发红的农民，拿着枯槁的腌菜或是瘦得只剩皮包骨的老母鸡，来这里换几个钱或以物易物。德军个个裹着大衣或皮袄，俄国人穿莫列顿绒里呢袄，多半磨损脱线，夹层的衬里塞的不是稻草、枯叶就是旧报纸。

眼前混杂的群众有的三五成群高声交谈，有的窃窃私语，在差不多到我靴子高度的地方推挤喧哗。两名神色哀伤的高大士兵挽着对方互相扶持，再远一点的地方，一个苍白瘦削肮脏的俄国人穿着单薄的棉布外套，拿着手风琴，浑身发抖地沿着月台前进，他往一群士兵或是警察走过去，对方不是怒声呵斥叫他滚开，就是伸手推他，比较好的干脆转过身不理他。

等他走到我这边，我从口袋掏出一张小钞塞给他，我以为他会往下走，没想到他停下脚步，开口用混着几个德国字眼的俄文问："你要什么？流行歌曲、传统小调，还是哥萨克民谣？"我没听懂他的意思，耸耸肩说："随便。"

他听了我的回答，想一想，动手弹奏一首我还蛮熟悉的哥萨克歌曲，我在乌克兰时常听到，歌词反复的地方唱着"哦，你呀，嘉莉雅，年轻的新娘"……旋律活泼轻快，讲述的却是一段悲惨的故事：年轻的少女被哥萨克人掳走，他们用女孩头上的金色发辫将她绑在松树上活活烧死。

唱得真棒。男人不停地唱，抬高脸望着我，他的眼睛是褪色的蓝，淡淡的光芒穿透眸子前那层茫然酒意和油腻，他的脸颊几乎快被浓密的红棕色胡须吞噬，肌肉微微抽搐颤抖，而那长期受烟草和酒瘾荼害的低沉嘶哑嗓音，飙出的高音却出奇地清亮、纯净跟厚实，他一曲接着一曲唱，仿佛就该这样永远唱下去。他手指轻敲琴面，手风琴琴键叮咚作响。月台上的喧闹戛然而止，大伙转头看他，静静聆听，脸上有少许的惊讶，连刚刚对他不客气的那些人都受到歌声单纯而意外的美所震慑。

月台彼端，有三个集体农庄的粗壮庄稼汉鱼贯往这边走过来，活像乡间路上摇摇摆摆的三只大白鹅，他们脸上围着三角形的白布，仔细看才发现原来是羊毛编织的围巾。手风琴师挡住了他们的去路，他们绕过乐师，就像海潮涡流绕过一块岩石，乐师在原地轻巧地一百八十度旋转，乐音丝毫没有因此中断，三个人继续沿着列车往下走，围观群众跟着乐师转身又继续聆听音乐，好几名士兵从车厢里走出来站在我身后。

眼下的一切好像永远不会停，每唱完一曲，他马上接着唱另一段，大伙也不愿他停下来。终于，结束了，他不等别人打赏，径自迈开步伐走向下一节车厢，我脚底下的人群纷纷散开，各自回去干他们的活儿，或继续等待。

终于轮到我们下车了。战地警察在月台检查证件，指示各路人马前往集合的地点。他们叫我到站内的一间办公室，满脸倦容的职员张着无神的双眼瞪着我。“斯大林格勒？我一点头绪都没有，这里是霍特的军团。”“他们叫我来这里，然后再转往机场。”“机场都在顿河的对岸，您到总部问问。”一名战地警察领我坐上开往参谋部的货车。

到了那里，我终于找到一个能指点方向的战地军官。“往斯大林格勒的火车都从塔特辛斯卡亚发车，不过一般来说，前往支持第六军团的人员通常会从新切尔卡斯克出发，也就是顿河集团军的总部。我们这里跟塔特辛斯卡亚大概每三天有一班列车，我不明白他们为什么叫您到这里来。无所谓，我们会为您安排。”他将我安顿到一间房里，房里摆了好几张双层床。

几个小时后，他再度出现。“没问题了，塔特辛斯卡亚派了一架 Fi-156 斯托奇飞机过来接您，请跟我来。”

司机载我远离市区，直直开上一条临时在雪地上挖开的跑道。我蹲在有火炉取暖的草棚里等待，跟旁边的几位空军下级军官一起喝人造咖啡。他们一听到补给第六军团的空运桥梁妙计就摇头叹息。“我们每天损失五到十架飞机，被困在斯大林格勒的人眼看就要饿死了。如果霍特将军突围不成，他们准完蛋。”“如果我是您，”另一个人好心接口说，“我不会这么急着赶过去。”“您不能迷路一阵子吗？”先说话的那个补上一句。

没多久，小巧的 Fi-156 俯冲降落地面，驾驶员连引擎都没熄，飞机在跑道尽头掉了个头，随即就起飞位置。一名空军弟兄帮我把背包搬上去。“起码您穿得够暖。”他在螺旋桨的轰隆声中朝我大喊。我踏上飞机，坐在驾驶员后方。“感谢您特地过来！”我对着他大叫。“别客气，”他也吼着回答，好盖过轰隆噪声，“我们很习惯兼差接送。”说罢，不等我系上安全带，飞机已然起飞，随即偏斜往北。

夜色低垂，但万里无云，这是我第一次从天空鸟瞰大地。平坦的表面，雪白单调蔓延到天际，跑道在白茫茫的大地上切割出一条笔直的线，越来越小。溪谷变成狭长的黑洞，隐匿在遍泽大草原的落日余晖中。条条直线的交叉点上是一幅幅半毁的村镇轮廓，削去屋顶的屋舍堆满白雪。接着，出现眼帘的是顿河，宛如硕大的白蛇盘绕白茫茫大草原之上，沿岸水光泛蓝，和右岸陡峭山丘投射的阴影，共同描绘出它的蜿蜒身形。地平面尽头的落日像是吹气膨胀的红色圆球，然而这团红光染不上大地万物，雪依旧是那么地白，那么地蓝。

Fi-156 起飞后，始终维持低空直线飞行，机身平稳，像只怡然自得的熊蜂。突然间，机身摇晃往左偏斜，随即往下俯冲，我眼底出现成排两两相望的大型炮台，机轮已经着地，Fi-156 在冰冻的雪地上跳了几下，慢慢滑行到机场的底端停放。驾驶关掉引擎，指着一栋狭长低矮的建筑：“就在那里，有人在等您。”我向他道谢，背上背包，快速走向仅有一只灯泡照明的门。跑道上有一架容克斯飞机刚刚重重着陆。太阳一下山，气温降得很快，冷风迎面吹来，像是狠狠给我一个耳光，肺则像火一样燃烧发烫。

踏进室内，下级军士请我放下背包，带我走进人声鼎沸的办公室。一名空军中尉向我敬礼，并检查我的证件。“很不幸，”他终于开口，“今晚的班机客满了，我可以安排您搭明天早上的班机，还有一名乘客也等着搭这班飞机。”“您晚上也飞吗？”他错愕地望着我：“当然，有什么问题吗？”我摇摇头。他叫人把我的行李拿到另一栋楼的宿舍。“多少睡一点。”他告辞的时候，好心地对我说。

宿舍里空无一人，但是一张床上摆着另一个背包。“那是明天跟您一道出发的那位长官的，他人应该在食堂。您想吃点东西吗，一级突击队中队长？”我跟着他走到另一个房间，里面有几张桌子和几条长板凳，天花板垂挂着泛黄的灯泡，一些飞行员和地勤人员一边在吃东西，一边低声交谈。

霍恩埃格独自坐在角落的桌子旁，他看见我时脸上绽放出一朵笑靥。“我亲爱的一级突击队中队长！您又干了什么蠢事？”我高兴到涨红了脸，先去拿了一盘豆子浓汤、面包和一杯人造咖啡，随即过去坐在他对面。“不会是因为您决斗不成，结果把您送到这儿跟我做伴了吧？”他开口问，声音依旧愉快又悦耳，“果真如此，我将永远无法原谅自己。”“这话怎么说？”他脸上出现扭捏又好笑的神情，“我必须坦白，是我把您的计划向上级举发的。”“是您？”这份坦白来得令我措手不及，我不知道该气还是笑。

霍恩埃格像是犯了错被人当场揪住的小男孩。“是的。首先，容我声明您的点子真的是非常不智，过时的德意志浪漫主义。再说您应该还记得，他们设下了圈套，不置我们于死地是绝不罢休的。我完全不想跟着您自投罗网。”

“医生，您真是不守信用的人。我们同心协力，一定可以破除他们的陷阱。”我简短叙述了我和比尔坎普、普里尔和图雷克之间的恩怨。“您不需要自怨自艾。”他听完后说，“我相信这会是非常难得的经验。”“我的区队长也这么说，但我可不信。”“您还没有参透人生的哲理才会这么想，我以为您不是这样的人。”

“可能是我变了。您呢，医生？是什么风把您吹到这里来了？”“德国的某位医学官僚决定我们应该把握大好机会，好好研究我军将士因为营养不良而引发的后遗症。第六军团参谋部觉得没必要，不过陆军指挥部坚持要做，于是有人请我负责这份引人入胜的研究工作。虽然眼前情况特殊，老实说我还颇好奇这项研究会得出什么结论。”

我朝他圆滚滚的肚皮挥舞手中的汤匙。“希望您自己不要成为被研究的对象才好。”“一级突击队中队长，您变粗鲁了，等您到了我这个年纪，看您还笑不笑得出来。说到这里，您那位年轻的语言学家朋友怎么样了？”

我静静地望着他：“他死了。”他脸色黯然：“啊！真是遗憾。”“我也有同感。”我喝干盘里的汤，又喝了咖啡，咖啡又苦又难以下咽，但至少可以解渴。我点燃一根烟。“我好怀念您的白酒，医生。”我笑着说。他回答：“我那边还有一瓶干邑。不过先放着，等到了包围圈再一起喝。”“医生，说到未来的事情时，千万不要忘了加上一句：‘如果上帝允许的话’。”他摇摇头：“您已经失去使命感了，一级突击队中队长。睡觉吧。”

凌晨六点，下级军官将我从断断续续的睡眠中唤醒。食堂冷得要命，几乎没有人，我不想领略咖啡的苦涩滋味，只好将注意力专注在咖啡散发出来的热气上，双手紧贴着铁杯。饭后有人帮我背行李，带我到一座冰窖似的仓库等候，我们穿梭在满是油垢的机器和维修零件箱之间，来回踱步等了好久。呼出来的气息在我眼前形成一抹沉重的雾，悬浮在潮湿的空气中。

驾驶终于露面。“油已经加满，我们马上就出发，只是很抱歉，我们没有降落伞给您。”我问：“我们会用到降落伞吗？”他笑了：“理论上，如果我们被苏联战斗机击中，应该有时间可以跳伞逃生，不过从来没有派上用场。”

他带领我们登上小货车，驱车前往停在跑道尾端的一架容克斯 Ju 52。夜晚的天空云层密布，棉花团似的云层逐渐从东方天际散开。数名工人刚刚把几个小箱子搬进机舱，驾驶带我们上飞机，示范如何稳稳坐在狭窄的软垫长椅上，并绑好安全带。

矮壮的机师过来坐在我们对面，他抛来一个讽刺的微笑，之后再也没理会我们。无线电传出混杂人声的沙沙杂音。驾驶踏进机舱，走到机尾进行检查，他爬上用坚固的绳网固定好的箱子和袋子上察看，回来时他说：“各位选今天出发选得真对，红军就要到斯卡西斯卡亚了，就在北边，这里很快就要关闭了。”我问：“机场要撤走？”他噘起嘴，回到驾驶座。“一级突击队中队长，您应该很清楚我军的传统。”霍恩埃格插嘴，“我们会战到最后一兵一卒，绝不轻言撤退。”

引擎逐一喷气启动，尖锐的轰隆巨响贯穿机舱，每样东西都在震动，我坐着的软垫长椅、我背后的机壁，还有一把被遗忘在地板上的扳手受惊似的跳起来。飞机慢慢滑进跑道，转弯加速，机尾微微上扬，机身离开地面。我们的背包没有固定，全往机尾方向滑去，霍恩埃格整个人压在我身上。我望着窗外，飞机已经穿入浓雾和云层，引擎依稀可见，震动传导全身，弄得我很不舒服。之后，飞机冲出云层，天空蓝得纯净，初升的朝阳散放冷冷光芒，照射广袤的云海，一道道直射光线切入云层，就像大草原上的溪谷切开大地。空气冷冽刺骨，机壁冰凉，我用皮大衣把自己包得紧紧的，蜷缩成一团。霍恩埃格好像睡着了，手插在口袋里，头垂在胸前，飞机的震动和颠簸还是让我很难受，没办法仿效霍恩埃格。

机身终于开始下降，缓缓溜进云层顶端，沉潜，四周再度一片灰黑。螺旋桨单调的轰隆噪声中，我仿佛听见一声闷闷的枪响，但是我不敢肯定。几分钟后，驾驶员在驾驶舱内大喊：“皮托尼克[1]！”我摇摇身边的霍恩埃格，他迷迷糊糊醒来，伸手擦拭玻璃窗上的雾气。我们刚好冲出云层，底下白茫茫的草原呈现不规则的形状，一路沿着机翼延伸，眼前的景象震慑人心。雪白山峦上深褐色的火山口星罗棋布，恍如点点污渍，废弃的铁轨胡乱堆置，白雪覆盖仿佛撒上一层糖霜。

飞机高速下降，放眼望去，四处不见跑道的踪影。飞机突然重重触地，随即往上弹跳，最后定住。此时，机师已经松开安全带大叫。“快，快！”我听见一声巨响，雪块撞击舷窗和机身。我急忙解开安全带，飞机停得有点歪斜，机师打开舱门，抛下梯子，引擎还没熄火。

机师抓起我们的背包，粗鲁地往下扔，一个劲儿地催促我们下机。狂风呼啸，夹杂着细细但坚硬的雪花，重重打在我脸上。有几个人全身包得紧紧的，将飞机团团围住，他们忙着放垫木跟打开货舱。我沿着绳梯往下滑，拎起我的背包。一名手执冲锋枪的战地警察向我敬礼，挥手示意要我跟他走，我对着他大叫：“等一下，等一下！”霍恩埃格刚好要下飞机，有炮弹在几十米开外的雪地爆炸，却似乎没人当成一回事。

跑道边上堆满扫到一旁的积雪，有一小群人等着，旁边还跟着几名荷枪实弹的战地警察，阴森的金属盔甲直接披挂在大衣外头。霍恩埃格和我跟着他们走，走近一看，才发现那群人不是包着绷带，就是倚着临时将就着用的拐杖，有两个人甚至躺在担架上，每个人的军用大衣上都夹着明显可见的伤兵标示牌。一声令下，大伙朝飞机蜂拥而去，后方传来一阵混乱鼓噪，战地警察挡住铁丝网栅栏的出入口，铁丝网后方惊慌失措的人们厉声惨叫、哭喊哀求，挥舞绑着绷带的手脚朝战地警察挤过去，战地警察破口大骂，高举手中的冲锋枪作势瞄准。

又一声轰然巨响，这次距离更近，积雪喷溅如雨，伤兵摔倒地面，战地警

---

1. 皮托尼克（Pitomnik）：俄国机场，二战时为德国所用。

察却仍是一副从容的模样。我们背后有人高声喊叫，好像有几名卸货人员被击中了，他们躺在地上，其他人急忙将伤者拖到一旁，获准撤离的伤兵你推我挤地爬上绳梯，其他人继续卸货，把成袋成箱的货扔到地上。

戒护我们的战地警察对空连发几枪，钻进一大群苦苦哀求、歇斯底里的群众中，用手肘挡开人群开路，我拼命跟着他挤，一手还紧抓住跟在我后头的霍恩埃格。远方出现数排覆盖白霜的帐篷，有地下碉堡常见的褐色门帘，更远处停着几辆排列紧密的无线电卡车，接收杆、天线、电线林立，跑道尽头则是一大片荒凉的机械废弃场，有拦腰被炸开的飞机，有的甚至断成数截，烧毁的卡车、装甲车、扭曲变形的机器层层叠叠，泰半埋入雪中。

几个军官朝我们走过来，我们互相敬礼致意，有两名医官是来接霍恩埃格的，接我的年轻少尉隶属军事情报局，他先自我介绍，表示欢迎。“我负责打理您的一切，等会儿我会找辆车载您进城。”霍恩埃格逐渐走远。“医生！”我上前握住他的手，他亲切地对我说：“我们一定会再见面，包围圈不会大到哪里去，您不开心的时候来找我，我们一起品尝干邑。”我夸张地挥手：“我想您的干邑摆不了多久的。”

我跟着少尉继续往前，接近帐篷的地方，我注意到地面上有一长串被白雪覆盖的突起物。炮弹爆炸的响声穿越机场飘过来，逐渐朦胧遥远。我们搭乘的容克斯飞机慢慢地朝跑道的一边滑行，我停下脚步，想看飞机起飞升空，少尉站在我身旁一起仰望。风势强劲，我们得眯起眼睛，才不会被强风从地面卷起的细雪弄得睁不开眼。飞机已经就起飞位置，原地转弯，丝毫没有停顿随即加速。飞机突然摇晃一下，偏离了跑道，惊险万分地闪过跑道旁堆高的积雪，机轮离开地面，咿咿呀呀呻吟着升空，机身巍巍颤颤，左右摇晃，终于消失在半透明的云层中。

我的眼神回到我旁边那些白雪覆盖的突起物，仔细一看才知道底下是堆成长排的尸体，冰封的脸庞泛着铜绿色泽，点点茂密胡楂儿、唇缝、鼻翼和眼眶上都垂着晶亮的冰柱，看样子至少有上百人。我问少尉：“为什么不把他们埋起来？”他举起脚用力踱着地面：“您想要怎么埋呢？地面冻得跟金属一样硬，我们没有多余的弹药可以浪费，我们现在连壕沟都挖不出来。”我们往前走，进入车子来回行经轮痕交错的地区，地面平坦却湿滑，最好踏着边上的雪堆走。

少尉带着我朝眼前一条被白雪覆盖，绵长的低矮线条走过去。我以为是地下碉堡，走近才发觉是一节节的列车车厢，一半已经埋入雪里，墙壁和屋顶堆着沙包，入口的阶梯是从泥土地直接开挖出来的。少尉请我进去，有些军官疲惫地坐在走廊上，包厢则拿来充当办公室，微弱的灯泡发出昏暗泛黄的光线，车厢里应该生了火炉，因为明显没有外头冷。少尉领我走进一间包厢，先把座位上的文件收拾干净才请我坐下。我注意到车厢内的圣诞节装饰，多半是用色纸随便裁剪下来的，挂在堆着泥土、雪块、沙包和冰冻沙土的窗户上。"您要咖啡吗？我们这里没别的可以请您。"我说好，他走出包厢。我脱下护耳皮帽，松开大衣纽扣，整个人歪在椅子上。少尉端着两杯人造咖啡回来，递了一杯给我。

"您运气不好，"他轻声说，"竟然在圣诞节前夕被派到这里来。"我耸耸肩，端起滚烫的咖啡轻轻吹气。"我啊，我不太在乎圣诞节。""对我们这里的人来说，圣诞节非常重要。"他伸手指着欢庆佳节的装饰。"大伙非常重视，坚持要有过节的气氛。我希望红军能够让我们喘口气，安静过节，不过没人敢保证。"

我觉得奇怪，原则上，霍特正朝这里挺进，预备突围大会师，他们应该忙着准备撤离阵地才对，而不是准备过节。少尉看了一下手表："这里交通管制非常严格，我们没办法立刻带您入城，今天下午有一班车进城。""很好，您知道我该去哪儿报到吗？"他脸上出现诧异的神色："我想应该是城区司令部，国安警察署的军官都在那儿。""我应该向战地警察队长莫里兹报到吧。""对，没错。"他迟疑了一会儿，"您先休息，我稍后会来叫您。"说完，他转身离开。

没多久另一名军官走进来，漫不经心朝我打了声招呼，坐在打字机前专心地打字。我走出包厢，走廊上人来人往，没一刻安宁。我的肚子咕噜咕噜叫，没人过来问我是否要吃点什么，我又不好意思主动要求。我走出列车车厢，想到外头抽根烟，一到外面，飞机引擎轰隆，每隔一段时间爆裂的炮弹轰然巨响也清晰可闻，我只好回到包厢，在打字机嗒嗒嗒的单调敲打声中静静等待。

到了下午，少尉终于出现。我饿得要命，他指指我的背包说：“车子快开了。”我跟着他走到一辆欧宝旁，车轮装了链条，奇怪的是，司机竟是一名军官。“祝好运。”少尉对我敬了礼然后说。我回答：“圣诞快乐。”车里挤了五个人，加上每个人身上的大衣，车内几乎没有回旋的空间，我觉得快要窒息了。我头贴着冰冷的车窗，对着玻璃吹气，然后伸手除去上面的雾气。

车子启动颠簸着上路，跑道上模糊不清的长度测量标示牌简陋地钉在木桩上，或者木板上，甚至钉在冰冻马腿的蹄子上，车道滑溜，车轮虽然装了链条，欧宝转弯时仍常出现打滑的现象。开车的军官多半都能敏捷地及时打正，偶尔也会冲进路旁的雪堆，这时我们只好下车，把车子推出来。我知道皮托尼克在包围圈的中央，不过这辆车不是直接通往斯大林格勒，而是沿着曲折蜿蜒的路线，途经多个指挥所，每回停靠总有军官下车，也总有其他军官上车，坐上前者的位子。冷风再度呼啸，眼看着就要变成暴风雪，车行速度缓慢，像是摸索前进。

终于，第一批战火废墟走进视线，净是暴露在外的红砖壁炉，以及道路两边一段段的残垣断壁。狂风稍歇的空当，我瞥见一张标示牌：斯大林格勒—禁止进入—死亡危险。我转头问坐我旁边的军官：“这是开玩笑吗？”他死气沉沉地望着我：“不是，有什么问题吗？”

接着是一段下坡路，九拐十八弯，好像走在山崖边上，下方可见市区的屋瓦废墟，高楼倒塌，建筑焦黑，一扇扇缺了玻璃的窗户仿佛无神的黑眼窝。人行道上到处是瓦砾碎石，有些路段似乎曾匆促整理过，车辆勉强得以通过。爆弹打出的凹洞上积满了雪，车子碾过凹洞而剧烈震动，避震器肯定受损不少。废弃路旁的汽车、货车、装甲车的扭曲残骸不时闪过车窗，有德军的，也有苏联的，彼此交杂，有的甚至两两相缠。

巡逻队随处可见，令我吃惊的是，衣着褴褛的平民百姓也到处都是，特别是拎着桶子或袋子的妇女。欧宝车轮敲打地面，我们正横渡一条非常长的桥，显然是工兵以现有的材料克难修复的，桥底下是铁路，铁轨上停了数百节车厢，车顶覆满白雪，有的完好如初，有的接受了炮弹的洗礼支离破碎。先前隐约飘扬着汽车引擎轰隆、链条吱嘎、狂风呼啸的大草原静谧已然成为过去，这里周遭永远一片嘈杂，多半是闷雷似的炮弹开花、PAK 反坦克炮干涩地沙沙作响，以及机关枪嗒嗒嗒扫射。

车子过桥后往左转，沿着铁轨和废弃的货运列车前进，右手边出现了一座狭长公园的轮廓，光秃秃的，不见半棵树，公园后又是一片公寓废墟，焦黑死寂，有的外墙倾圮，颓倒在路面上，有的艰苦支撑，插天而立，宛如装置艺术。马路绕经火车站，火车站是一栋沙皇时代的大型旧式建筑，外墙最早应该是白色和黄色的。站前广场上烧焦车辆的残骸七横八竖，只有直接遭到炮击才会如此支离破碎、扭曲变形，雪花还没来得及覆盖美化。

车子转进另一条直角交叉的宽广大道，射击的子弹咻咻声越来越清晰，正前方一股股黑色浓烟窜升，但是我不知道前线战场是在哪个方位。大道直通一个空荡荡的大型广场，广场上到处是瓦砾碎石，围着一座类似公园的绿地，四角竖立几盏路灯。军官把车停在一栋大楼前面，大楼的转角、半圆形的列柱长廊跟柱子都遭枪弹毁损，廊上墙面是一方方的大片落地窗，玻璃碎裂中空漆黑，屋顶插着卐十字旗，旗子无力地垂着。

“到了。”说罢，他点了一根烟。我从车里钻出来，打开行李箱拿出背包。列柱长廊底下站着几名手持冲锋枪的战地警察，他们看见我，依旧纹风不动。我关上行李箱盖，欧宝引擎再度启动，快速回转，在铁链吱嘎刺耳声中驶入通往火车站的大道，扬长而去。我环视这片荒凉的广场，正中央原本应该是一座喷泉，残余的石膏儿童塑像携手围成圆圈，像在嘲笑周遭的残破。我朝列柱长廊走去，惊讶地发现士兵看见我只向我敬礼致意，没有人上前盘查，我注意到他们手臂上都别着志愿兵的白色臂章。终于有一名士兵上前，操着一口破烂的德语，要看我的证件。我把军饷单拿给他，他仔细看过后把单子还给我，向我敬礼，随即用乌克兰语对他的一名同僚简短吩咐几句。

该名士兵示意我跟他走，我踏上柱子之间的石阶，碎玻璃和碎裂的泥灰在脚底咔咔作响，我穿过一扇没有门扉的雄伟大门，走进晦暗的建筑物里。一进入室内，立刻看见成排粉红色的塑料人体模特儿，穿着五花八门的服饰，有淑女洋装、蓝色工作服跟双排扣西服。有些人体模特儿的头被子弹打碎，脸上依旧是天真无邪的笑容，有的高举双手，有的摆出青春的姿态，各不相同。模特儿身后的黑暗里，是一整面的玻璃柜，摆满了各种家用品，展示的玻璃橱窗有的碎裂，有的整座翻倒，柜台上布满瓦砾、灰泥和展示圆点睡衣及胸罩用的陈列架。

我跟着年轻的乌克兰士兵穿过宛如坟墓的大商场，前面出现一道楼梯，两名守卫志愿兵听到与我同行的同僚命令后，随即侧身让我们过去。他带着我往下走，昏暗的地下室仅有的照明就是几只低功率的灯泡，走道和房间通通挤满了国防军的士兵和军官，他们身上的制服像是个人随性自由胡乱搭配，自成一套，有正规的军大衣、灰色莫烈顿呢外套、苏联军斗篷，衣襟却别着德军军徽。

越往里面走，空气越闷热潮湿，而且沉重，我穿着毛皮大衣汗流浃背。我们持续往下走，穿过一间挑高的大型指挥所，天花板挂着装饰繁复的大水晶灯，屋内路易十六风格的家具，水晶玻璃杯凌乱散落在地图和文件之间，放在两箱法国葡萄酒酒箱上的发条式留声机，正窸窸窣窣流泻莫扎特的咏叹调。军官们穿着运动裤、拖鞋，甚至短裤工作，没人注意到我。大房间彼端有一条走道，那里我终于看到了党卫队员的制服，乌克兰士兵向我告辞，由一名三级突击队中队长接手，带我去见莫里兹。

战地警察队队长外表凶恶近似獒犬，体格矮胖，戴着圆框眼镜，身上穿的制服是吊带长裤，外加沾满脏污的贴身汗衫，他看见我，语气相当不客气。“来得还真快，我三个礼拜前就要求增员了，现在终于来了。希特勒万岁！”他高举手臂，指尖几乎碰到垂挂在他大头上方的电灯泡，粗大的纯银戒指在灯光下闪闪发亮。我好像在哪里见过这个人，在基辅的时候，特派小组曾跟战地秘密警察合作过，八成是在那时跟他打过照面。“我四天前才收到调派令，队长，我已经尽可能地赶过来了。”“我不是在怪您，都是那批官僚，请坐。”

我脱下皮大衣和护耳皮帽放在背包上，在拥挤的办公室里寻找可以坐的地方。“如您所知，我不是党卫队的军官，我底下的秘密警察小组也归参谋部管辖，不过，身为刑事警察署的督察，我必须一肩扛起领导包围圈内各级警察单位的任务。这种安排有点微妙，还好各单位彼此合作得相当愉快。行刑的工作都交由战地警察执行，要不然还有我们的乌克兰志愿兵。我手下总共有八百多人，当然，过去迭有伤亡。他们分成两个支队，除了这里的这一支，还有一支驻防察里察南边。您是包围圈唯一的国家安全局军官，因此要负责的任务相当多样，第四小队的队长会详细跟您说明，他也会负责安排您的生活所需。他官拜党卫队二级突击队大队长，因此除非事态紧急，您可以直接向他报告工作进度，再由他来向我做简报。加油了。”

我拿着皮大衣和背包走出房间，找到刚才带我来的三级突击队中队长。“我找第四小队，麻烦您？”“这边走。”我跟着他一路走，终于踏进一个狭小的房间，里头挤满了办公桌、文件、箱子和档案，空着的地方都是一根根的蜡烛。

一名军官抬起头，是托马斯。

“啊哈！”他兴高采烈地说，“来得还真不是平常的慢呢。”他起身绕过桌子，热切地握住我的手，我望着他，什么话都说不出来，好一会儿才开口：“你在这里做什么？”他张开手臂，一如以往，外表打理得无可挑剔，胡子刮得干净清爽，头发擦了发油，梳得油亮光滑，外套纽扣扣到脖子上，还别着各式各样的勋章军徽。“我是自愿到这儿来的，亲爱的。你带了什么好吃的来？”我瞪大眼睛：“吃的？什么都没有，为什么这样问？”

他脸上出现愠怒的神色：“你从斯大林格勒外面进来，居然没带吃的？你应该感到惭愧。没有人跟你说这里的状况吗？”我轻咬嘴唇，看不出他是在开玩笑还是说真的。“老实说，我没有想到，我以为党卫队要什么就有什么。”

他突然坐下，语带嘲弄地说：“找个空箱子坐。你应该知道党卫队管不到飞机，更摸不到他们运送来的物资，我们必须等参谋部分发，他们分给我们的简直像是工会制定的最低工资，也就是说，眼下我们可以分到……”他在桌上翻找，抽出一张纸，“……200 克的肉，多半是马肉，还有 20 克的人造黄油或油脂。不消说，”他把纸放下，“这些根本养不活我们的人。”

“你看起来没那么惨。”我语带反驳。“对，因为有些人设想得比你周到。还有，只要我们不问太多问题，底下的那些小乌克兰兵还挺会找门路的。”我从外套口袋掏出香烟，点燃一根：“至少，我带了一些烟来。”

“啊！你瞧，你没有傻到那个地步嘛，听说你跟比尔坎普搞得很不愉快？”“对，有一点。一场误会。”托马斯俯身向前，伸出一根手指：“马克斯，我已经说了好几年了，要你好好建立人脉，否则总有一天，你会尝到苦头的。”

我微微朝门口挥了一下手：“我好像已经尝到苦头了。容我提醒，你也一样，也被困在这里。”“这里？这里好得不得了，除了食物配给之外。一旦离开这里，马上就是加官晋爵，勋章加持，要什么有什么。我们会成为真正的英雄，别着勋章，大摇大摆出入全国最高级的沙龙，到时才不会有人记得你惹的小麻烦。”

“你好像忘了一个小细节，你和你的沙龙之间有苏联军队。虽说曼施坦因要过来了，但还没到。”托马斯噘起嘴，一脸不屑：“你老是这样，满口失败主义论调，再说你的消息也不灵通，曼施坦因不来了，几小时前他命令霍特掉头了。敌军突破意大利盟军的防线，别的地方更需要他，否则我们会丢掉罗斯托夫。反正，就算他真的来了，手上要是没有撤军的命令，什么也不能做，保卢斯根本不敢动。如果你想知道我的看法，霍特军团这套把戏不过是做做样子，好让曼施坦因看清楚，更别提元首早就心知肚明。我说这些的意思就是告诉你，我从来没有寄望过霍特。给我一根烟。”

我递了一根给托马斯，替他点燃，他慢慢喷出烟，往后躺靠着椅背。“不可或缺的人士和专家会在这一切结束之前的前一秒钟撤离这里，莫里兹名列其中，我也是。当然，肯定要留下一些人死守，总不能自己打上熄灯号吧？这些人我只能说运气不好。就像我们底下的乌克兰人，他们根本没希望了，自己也心知肚明，所以变得暴躁易怒，先给我们吃点苦头。”

“在此之前，你可能早就为国捐躯了，甚至撤退的时候也有可能。”他咧嘴给我一个灿烂的微笑：“亲爱的，这本来就是我们这个职业必然存在的风险，我们穿越阿尔布雷希特王子大道也有被车撞死的风险。”“很高兴看到你嬉笑怒骂的生活态度完全没变。”“亲爱的马克斯，我跟你解释过上百遍了，纳粹主义是个大丛林，求生的法则完全依循达尔文的学说，弱肉强食，狡兔三窟，可惜你从没听进去。”

“这么说吧，我对事情有另一套看法。”“是啊，看看你现在落得什么下场，居然被送进斯大林格勒。”“你呢，你真的是自愿过来的吗？”“当时斯大林格勒还没有被困，刚开始情势的发展还不算太糟，接着军团的攻势陷入泥淖，迟迟无法展开。我一点都不想回国安警察署和国家安全局当个小小的联合小队长，被埋在乌克兰的某个霉烂角落。斯大林格勒似乎有不错的表现机会，于是我大胆下注，也可以说是逼不得已，否则……”他再度露齿微笑，“这就是人生。”他以这句法文作结。

“你的乐观态度令人激赏。那我呢，又有什么样的前景在等着我？”“你？你的情况可能有点复杂。你是被派调到这里来的，对他们来说，你不是不可或缺的人物，这一点想必你不会有异议。我会尽我所能把你的名字插进撤离的名单上，但我无法保证，不然，你也可以受点伤，然后被遣返回国，这样我们就可以把你放上优先名单。千万要小心！不要伤得太严重了，我们只遣返休养一下就能再为祖国效劳的人。说到这里，斯大林格勒逐渐兴起自残的风潮，你真该看看那些人多有创意，有些令人拍案叫绝。11 月底开始，死在我们枪下的自己人比苏联士兵还多。套句伏尔泰形容海军上将拜恩[1]的话，全是为了鼓舞其他人的士气。”

“你该不是在暗示我……”托马斯挥动双手说，“不是，当然不是！别那么敏感。我只是随便说说。你吃过了？”打从进入斯大林格勒市区，我一直没想到吃这件事，我的胃咕噜咕噜地鼓噪，托马斯笑了。“说真的，从今天早上就没吃过东西，在皮托尼克的时候没人问我。”“好客的热情早已不复存在。来吧，先整理一下你的行李，我安排你跟我住同一个房间，好就近监视你。”

肚子填饱后，感觉好多了。我埋头喝那碗漂浮着几丝肉末的某种浓汤时，托马斯在一旁跟我解释我的工作重点：搜集队上的流言蜚语和手下的窃窃私语、观察官兵们的士气，再综合写成报告；驳斥俄军宣传的失败主义言论；组织并维系线人网络，像是平民百姓，尤其是在战线两边钻来钻去的小孩。“多少有双刃刀的风险。”他说，“因为他们也会提供苏联军队同样的情报，而且经常撒谎，不过有些的确有用。”

房间的空间非常狭小，摆了一张双层铁床、一个空纸箱，还有一只金属脸盆和一面裂了条缝的镜子用来刮胡子，托马斯拿了两面均可穿的冬季制服给

1. 拜恩（John Byng，1704—1757）：英国皇家海军将官。1756 年败于梅诺卡岛战役，因麾下战舰受损严重而决定鸣金收兵，导致梅诺卡岛落入法国军队手中。事后被军法审判，更因“未尽全力”在 1757 年被军法处决。

我，一看就知道是德国工兵队出品的典型克难产品，外面是白色，里面是野战灰。“出去的时候穿上这个。”他对我说，“你的皮大衣适合在大草原上穿，到城里就太臃肿了。”“我们还可以出门？”“你一定得出门，我会派向导陪你。”

他带我到警卫室，有许多乌克兰籍的后备军在那里喝茶玩牌。“伊凡·瓦西里耶维奇！”三张脸转过来望着他，托马斯指了其中一个，他走到外面走廊跟我们会合。“这是伊凡，我们底下最优秀的人之一，他会照顾你。”他转身对伊凡用俄文说了一些话，伊凡是个金发小伙子，稍微瘦了点，两颊颧骨凸出，专心听托马斯的指示。

说完，托马斯回头对我说：“伊凡不是乖小孩，不过他对市区地形了如指掌，而且人非常可靠，出门一定要记得带着他，他说什么就跟着做，就算看不出理由也一样照做。他会说一点德文，你们沟通应该没问题。懂了吗？我跟他说以后他就是你的贴身护卫，负责你的生命安全。”伊凡向我敬礼，然后回到房间。我觉得好累。“去吧，去睡一觉。”托马斯说，“明天晚上，我们有圣诞庆祝会。”

我在斯大林格勒的第一个晚上至今历历在目，夜里我又做了一个关于地铁的梦。那是有好几层的地铁站，通道彼此连接相通，宛如巨大的钢筋水泥迷宫，路桥、陡峭的金属楼梯、螺旋梯等层层叠叠。列车呼啸进站，又轰隆隆低鸣着离开。我身上没有票，害怕遇到查票员，往下走了几层，溜进一节车厢，列车离站，几乎以九十度垂直在轨道上摇晃俯冲。到了底下，列车急急刹车，掉头呼啸驶过刚才停靠的月台，冲进灯火和喧闹的广阔深渊。

醒来的时候，我觉得全身虚脱，花了好大的力气才勉强起身盥洗跟刮胡子。皮肤刺刺痒痒的，我暗自希望别染上虱子。我花了几个钟头研究市区地图和档案文件，托马斯在旁协助我理出头绪。

“苏联军队仍然占领一小片狭长的河岸，过去是他们被我军包围，特别是当河面漂流层层浮冰，河水尚未完全结冻的时候。现在换成我们被包围，他们在河边顽强抵抗，算是白费力气。这里的上面是红场，上个月我们好不容易在稍远一点的地方，也就是这里，成功将他们的防线一切为二，我们可说在伏尔加河也有了立足之地，这里是他们最早抢滩上岸的地区。

“如果我们有足够的弹药，几乎可以保证切断他们的补给线，但目前我们只有遭到攻击才能开火，只能任他们随意来去，白天的时候，他们胆子甚至大到现身冰封的道路上。苏联人的后勤单位、医院、炮兵部队都在对岸，我们偶尔会派几架斯图卡飞机[1]过去绕绕，只是捉弄捉弄他们，没别的用意。他们死守附近的几栋河岸民宅，接着攻占所有大炼油厂，从这里一直到一〇二山丘底下，一〇二山丘是一座鞑靼人建的古老陵墓，我们曾拿下那里又弃守，进攻撤守来回不下数十次。

“这个区块由第一〇〇队狙击军驻防，还有一些奥地利盟军和一团克罗地亚士兵。炼油厂后方、傍河耸立的几道陡直崖壁后头，俄军建设颇多，牢不可破，坦白说我们在这里白白浪费了不少炮弹。我们曾经计划爆破油槽，试图一举歼灭他们，但是火灭了之后，他们立即着手重建一切。他们也占据了大部分的拉祖尔化学工厂，包含了我们称为‘网球拍’的地区，这名字是因为像球拍方格的交叉铁道线。

“再往北，大多数的工厂都是我军的占领区，除了红色十月铸铁厂的一部分。从那里开始就是河流，一直延伸到斯巴塔科娃，也就是锅炉的最北端。市区则由赛德利兹将军的第五十一军驻防，不过工业区归第十一军。南边的情况大致相同，红军占领一段河岸，宽度 100 多米，这 100 多米我军始终无法攻克。以察里察河谷为界，城区大体可以分成两大块，我军在崖壁里发现了良好的基础建设设施，于是成了我们的医院。火车站后面有战俘集中营，隶属国防军。我们呢，我们有一个小小的集中营在维堤亚施集体农庄，专门囚禁遭到逮捕，但一时半刻还不会处决的平民。还有什么该说的呢？地窖里有几家妓院，如果你有兴趣，你得自己去找，伊凡对这些如数家珍。换句话说，里面的女孩都不太干净。”

“那个，虱子……”“这个啊，习惯了就好，你看。”他解开上衣纽扣，举手探入衣服底下，掏了半天把手抽出来，手上满满都是灰色小虫，用力一甩，小虫摔进火炉，一阵噼里啪啦乱响。托马斯没事人般地继续说：“燃料短缺得非常厉害，施密特接替了海姆担任参谋长一职，你还记得吗？施密特严格控管

---

1. 斯图卡飞机（Stukas）：二次大战时德国的俯冲轰炸机。

粮食，包括我们的，而且锱铢必较。你自己慢慢看吧，施密特才是这里管事的人，保卢斯只是傀儡罢了，搞得现在一律禁止我们派车。一〇二山丘和南区火车站之间一律步行，如果要去远一点的地方，就搭国防军的便车，他们有连接各区间的交通车，班表还算固定。”

要学的还很多，还好托马斯很有耐性。早上我们接获消息，塔特辛斯卡亚在今天凌晨陷落了，空军一直等到俄军坦克开进飞机跑道才撤离，总共折损 72 架飞机，等于运输机队的一成。托马斯给我看了军需补给的数字，惨不忍睹。上星期六，就是 12 月 19 日，共有 154 架次的航班降落，送来了 289 吨物资，但也有一天只送来 15 或 20 吨的时候。第六军团参谋部最早要求每日的最低补给量是 700 吨，戈林允诺给 500 吨。今天早上开会，莫里兹宣布塔特辛斯卡亚被俄军攻陷时冷冷地说：“只要吃几个礼拜包围圈的伙食，包管这家伙无油一身轻。”空军预定在离包围圈 300 公里外的萨利斯克重新整军，300 公里是 Ju 52 机的最大航程里数。看来这个圣诞节难过了。

近午时分，我喝了一碗汤，吃了几片干口粮，心想也该干活了，不过该从哪里着手？军队的士气？有何不可，就从军队的士气开始好了。不用想也知道，官兵的士气不会好到哪里去，而我必须有所本。要了解国防军官兵的士气，就表示要出门，我不认为莫里兹会想看我军底下乌克兰籍阿斯卡里的士气分析报告，这些阿斯卡里是我目前唯一能接触到的士兵。

一想到要离开地下碉堡提供的临时安全防护，一颗心就七上八下，但我不能不去，再怎么说，我都该见识这座城。或许因为逐渐习惯了，出门的想法也变得不那么吓人。我准备套上大衣时，当下有点犹豫，最后选择了灰色那面穿在外头，一看到伊凡不以为然地嘟着嘴，我立刻明白我选错了。“今天下雪，你把白的那一面穿外头。”我没有开口训斥他不懂礼貌，他直接用你称呼我，我乖乖回房换面穿。我还戴上了头盔，托马斯异常坚持这一点：“你等着瞧，这非常有用。”

伊凡递给我一把冲锋枪，我充满疑虑地望了枪一眼，不太确定自己会不会用，尽管如此，我还是接过来背在肩上。外面狂风不断呼啸，卷起大片大片雪花，从百货商店入口放眼望去，连那座孩童雕像喷泉都看不见。闷在潮湿窒闷的地下碉堡许久，刺骨冷风让我清醒不少。“去哪儿？”伊凡问。我毫无头绪，随口回答：“去克罗地亚部队。”今天早上托马斯跟我谈到了克罗地亚部队，“远吗？”

伊凡低声埋怨几句，随即开步往右走，那是一条长长的街道，似乎通往火车站。城里显得相当平静，偶尔会有闷雷似的炮弹爆炸声穿透雪花，足以让我心惊胆战。我毫不迟疑地照着伊凡的行动做，挨着路旁的建筑，紧贴墙面前进。我觉得自己完全暴露在危险下，不堪一击，就像只被剥了壳的螃蟹。我在俄国停留了 18 个月，第一次深刻体会到自己处于火线，极度的紧张焦虑让我四肢麻木。我之前谈过恐惧，这次我体验到的感受，我不叫它恐惧，不是那种明白且纯粹的恐惧，应该算是身体上的不适，好比抓不到的痒处，隐藏在衣服下的身体部位，像是脖子、背、臀部。为了分散注意力，我的视线飘向对街的房屋。

好几栋建筑的外墙坍塌，公寓的内部裸露，恍如一系列的人间浮世绘，一幅幅画布喷洒点点粉白雪花，偶尔有一些诡异的画面令人惊心动魄——四楼，一辆脚踏车悬空挂在墙上；五楼，贴着花卉图案的壁纸墙面，一面镜子完好如初，还有一幅克拉姆斯科依[1]的《无名女郎》，身着蓝色衣裳的女郎傲视四周，目空一切；六楼，绿色沙发上躺着一具死尸，女性的纤细小手垂挂在半空中。说时迟那时快，一颗炮弹击中公寓屋顶，打破眼前平静祥和的幻象。我缩起身体，顿时明白托马斯坚持我戴头盔的用意，沙砾、破瓦、碎砖如雨点般一阵扑打。等我抬起头，发现伊凡整个人站得直直的，连腰都没弯，只是用手遮住了眼睛。

“来吧，”他说，“这没什么大不了的。”我稍稍估算了一下河流和前线的方位，心下明白我们贴着的建筑物提供了部分的防护，炮弹想要打中这条街，先得飞过这排屋瓦，因此几乎不太可能落在地面爆炸。话虽如此，我仍然难掩不安。这条街直通仓库和被炸成废墟的铁道设施，伊凡走在我前面，小跑步穿过长长的广场，钻进一扇像是沙丁鱼罐头卷开的盖子般的铁卷门，隐入仓库

1. 克拉姆斯科依（Ivan Kramskoi，1837—1887）：俄国著名画家，作品以肖像著称，著名的作品《无名女郎》，据称是以安娜・卡列妮娜的形象为本。

里，我稍稍迟疑了一下，随即跟着进去。进了室内，我穿过堆栈如山的陈年旧箱，绕过一片坍塌的屋顶，接着穿过打通砖墙的洞口，再度置身户外，这里的雪地清楚可见许多脚印。

脚印形成的走道沿着建筑物的墙壁延伸，爬上陡直斜坡，联结我昨晚从桥上瞥见的载货列车车厢，车厢壁受到子弹和炮弹的洗礼而扭曲变形，车身漆满俄文和德文的涂鸦字样，内容有搞笑的，有淫秽的，包罗万象。有一幅彩色涂鸦以漫画的笔触描绘斯大林和希特勒私通，罗斯福和丘吉尔围在他们身旁吹胡子瞪眼，我分辨不出作者到底是我们自己的人，还是敌军阵营的人，因此这幅涂鸦对我的报告用处不大。

再往前走，巡逻队从对向直直朝我们走过来，打我们身边经过，没有一句话、一句招呼。巡逻队员个个面黄肌瘦，胡须爬满整张脸，手深埋大衣口袋，脚上拖着包裹了破布，或用麦秆捆扎的草束，靴子塞得异常臃肿，行进艰难。他们的身影逐渐隐没在我们身后的冰雪中。车厢内或铁轨上，随处可见冰封肢解的尸体，国籍难以辨识。爆炸声停歇，四下万籁俱寂，没多久我们前方又响起炸弹轰然爆裂、子弹咻咻和机关枪扫射的狂烈噪声。我们穿越最后一排仓库，再度潜入另一片住宅区，视野顿时开阔，眼前是白雪覆盖的空地，左边耸立一座巨大的圆形山丘，近似小型火山，山丘顶端间歇性地冒出阵阵炮弹爆炸后的黑烟。“马马耶夫丘陵。”伊凡说完，随即左拐钻进一栋建筑。

几名士兵在空荡荡的室内席地而坐，背贴着墙，膝盖紧靠胸前，空洞的眼神望着我们。伊凡带着我穿过好几栋建筑，沿路进出好几座室内中庭和巷弄，我们应该稍稍远离了战线，他踏上大马路继续路程。这里的房屋低矮，顶多两层楼高，可能是工人的宿舍，再来又是一片被炸碎、崩塌、惨不忍睹的家园，不过跟刚入城时见到的那片小区相比要好一点。耳边偶尔会传来移动的脚步声，眼前闪过人的踪影，在在显示这些毁坏的房子里还有人住。

风依旧呼呼地吹，我可以听见炮声轰隆，从我右手边隐藏在民宅后面的山丘上传来。伊凡拖着我走进小花园，在白雪的覆盖下，若非那道破败的篱笆和栅栏，几乎看不出花园的模样。这里似乎非常荒凉，不过我们走的路线看得出常有人走，往来行人的足迹扫除了路面积雪。伊凡从丘陵斜坡直下，闪进一条小溪谷，山丘脱离我的视线，谷底风势缓和许多，雪花轻飘飘地飞舞，突然出现动静，两名战地警察挡住我们的去路，他们身后可见士兵来来往往。我把证件交给他们，对方向我敬礼，然后让我们通过。

此时，我才发现这边是溪谷的斜坡，坐倚山丘，正面累累的小型防空避难所，都是用横梁或木板撑开的条状黑色管状物组成，而冒着烟的一根根小烟囱，则是以空罐头一个黏着一个叠出来的。大伙进出这些地下避难所，一律手脚并用，经常得倒退才能往下走。溪谷深处，两名士兵拿着斧头在大砧板上肢解一匹冰封的马，胡乱砍下肉块、肉片，顺手扔进滚水沸腾的大锅。我们又走了二十几分钟，小路直接接通另一条溪谷，这里同样掩护了多座类似的防空避难所，每隔一段距离就有一道简陋的壕沟，一直延伸到我们刚刚绕过的山丘上。远远的地方，有一辆被雪掩埋到只露出炮塔的坦克车，权充固定炮塔。

俄军打来的炮弹有时会落在溪谷边上，激起巨大的雪块，我听得见雪块咻咻从耳边飞过，尖锐刺耳的噪声弄得我肠胃纠结，每次我都得强自镇静，克制往地下扑倒的冲动，我努力模仿伊凡的样子，倨傲地无视它们的存在。

过了一会儿，我慢慢重拾信心，将这一切想象成大型的孩童游戏，一个八岁孩子梦寐以求的冒险国度，有模拟的炮火、特效、惊鸿一瞥的幢幢人影，幻想中的我高兴得差一点笑出声，沉浸在想象世界里，我被带到我小时候最喜欢的游戏情境了。此时，伊凡毫无预警地扑到我身上，将我压在地上。闷雷似的巨响撕裂了整个世界，炸弹落得之近，我感觉得到空气敲打耳膜，一阵雪花夹杂土砾，雨打似的纷纷落在我们身上。我想缩起手脚，伊凡却一把抓住我的肩膀，将我拉起来，溪谷 30 米外的地方窜升起一阵黑烟，爆炸卷起的尘土缓缓覆盖雪地，四周弥漫着呛鼻的气味。

我的心跳得如咚咚战鼓，大腿沉重无力到甚至觉得痛，我只想坐下，软趴趴地倒着。伊凡似乎不把这当成一回事，他专注地用手拍掉制服上的尘土，然后把我转过来，背朝着他，帮我拍掉制服背后的灰尘，我清理两只袖子的部分。之后，我们继续上路。我开始觉得这趟外出愚蠢至极，说真的，我到这里来干什么？我好像还没搞清楚状况，这里可不是五山城。我们的路夹在两条溪谷之间，从这里开始是一片空寂荒凉的高原，靠着山丘后山。山顶不时传来爆炸巨响，频率相当高，我知道山顶是我军的地盘，不禁好奇地想，这些人怎么能够待着忍受枪林弹雨？我距离山顶一或两公里，光站在这里就够教我胆战心惊了。

路径曲折，蜿蜒于小山似的雪堆之中，北风刮起积雪，积雪中不时可见炮口朝天的一节大炮炮管、卡车扭曲的车门或翻覆车辆的轮胎。眼前又见铁轨，这次的铁道空荡荡的，绵长轨道深入大草原，看不见尽头。铁轨来自山丘背面，我莫名其妙地害怕起来，生怕看见一列 T-34 坦克突然出现在铁轨上。又出现一条溪谷切穿高原，我跟在伊凡后面大步走下斜坡，好像钻进温暖安全的童年家园。底下也有一批防空避难所，冻僵的士兵惊魂未定，我大可就此打住，停下来跟几个士兵聊聊，然后打道回府，然而我温顺地跟着伊凡继续走，好像他比我还清楚我该做什么。我们终于走出这条长长的溪谷，接着是一片住宅区，然而屋舍几乎全被夷平，烧得精光，甚至连烟囱都躺在地上。街头巷尾到处堆满土石瓦砾，外加装甲车、狙击车、俄军的大炮跟我军的大炮。有时候马受到马车套绳的羁绊，马尸的形体残骸益发古怪，风化的套绳形如麦秆。雪堆底下还可以看到人的尸体，他们也一样，惊慌扭曲的面容被冰雪冻结封存，只好等待明年冰雪消融。

路上不时与巡逻队擦肩而过，也有检查岗哨，这里的战地警察比翻阅我们证件后才让我们进入下一个管制区的士兵稍微幸运一点。伊凡走上一条比较宽广的马路，一个妇女从对面走过来，人裹在两层大衣和一条围巾里，肩背一只小袋子，空荡荡的。我看了她一眼，完全看不出她是 20 岁还是 50 岁。远一点的地方有座桥垮了，灰砾四散深谷河床，东边，也就是河的另一头也有一座桥，桥面离水面颇高，出乎意料竟毫发无伤，雄踞在同座深谷的河口处。我们必须借助断裂的桥墩，手脚并用才能往下走，绕过断桥，爬上碎裂水泥块的边缘，再从另一边往上爬。

战地警察岗哨以坍塌的桥面为庇护，就设在桥底下。伊凡问他们："克罗地亚人呢？"一名战地警察为我们指路，离这儿不远了。我们走进另一片住宅区，到处可见火线交锋留下的痕迹，红色的指示牌写着斗大的字：**小心地雷！**残留的铁丝网、公寓之间的壕沟，到处都是雪，积雪深及房子一半高度。在某段时间里，这里曾经是前线战区。

伊凡带着我穿梭在连串的巷弄间，背脊再度紧贴墙面，我们来到一处街角，他挥手问："你要找谁？"我真的很不习惯他轻率地用你称呼我。"不知道，随便一个军官都好。”“等等。”他闪进一栋地底的建筑物，再出来时后头跟着一个士兵，士兵在街上比手画脚。伊凡向我招手，我走过去，他举起手指着河流的方向，迫击炮轰隆和机关枪嗒嗒规律地扬起。“那里，红色十月，俄国人。”

我们又走了不少路，我们目前的所在地是山丘后方过了“网球拍”地带的工厂区里，几间仍由俄军占领的工厂之一。这些建筑物应该是员工宿舍，我们走到简陋的木屋前方，伊凡率先踏上门前的三级阶梯，与门口的守卫兵交谈了几句。卫兵向我敬礼，我踏进室内走廊。房间阴暗，窗子胡乱钉上木板，或堆上砖块，或塞上被单，掩护窗下三五成群的士兵，窗口不见迫击炮的踪影。多数士兵靠在一块儿睡觉，也有好几个人挤在一张毛毯底下。他们呼出的气息在空气中凝结，室内恶臭刺鼻，混合了人体各部位的分泌排泄，尤其是尿液和透点甜腻的腹泻气味。在一个原本应该是员工餐厅的狭长房间里，几个人围着火炉取暖。

伊凡指着一个军官给我看，他呆坐在一条小小的长板凳上，跟其他人一样，他身上的德国军服，袖子上别着红白相间的格子臂章。伊凡认识几个人，他们以夹杂乌克兰语和克罗地亚语的混合语[1]交谈，其中穿插着骂人粗口（类似 пичка、пизда、пиздец 的斯拉夫语系共通的粗话，我们很快就学会了）。我往那名军官走过去，他看见我，起身立正行礼。我立正，高举手臂回礼后问他：“您会说德文吗？”“会。”他好奇地打量我，的确，我的新制服上找不到任何明显的军徽。我自我介绍。他身后的墙壁挂着粗糙的圣诞节装饰，圣诞树是用木炭直接画在墙上的，黏着用报纸裁剪的彩带、马口铁剪下的星星，还有士兵各自发挥想象力的创意装饰。还有一大幅美丽的马槽图画，不过画面上出现的与其说是牲畜栏，反而更像是倾圮的房子，一片焦黑废墟。

我坐在那名军官旁边，他是个年轻中尉，带领这团克罗地亚军的第三六九

1. 混合语（sabir）：阿拉伯语、法语、西班牙语、意大利语等语种的混合语，曾通行于北非和地中海各港口，后引申指各种混合语言。

炮兵连，他手下的人部分分派到红色十月工厂防守前线，剩下的待在这里休息。俄国人那边，这几天相对来说还算平静，时不时朝我们发射一枚迫击炮，克罗地亚人心下明白，俄国人轰炮只是想让这里情绪焦躁。俄国人还在壕沟前安装了扩音器，从早到晚播放音乐，有悲戚的，也有欢乐的，每隔一段时间来上一段宣传，鼓动士兵叛逃或投降。

“我们这些人对他们的宣传多半无动于衷，因为他们找来录音的，是个塞尔维亚人，但是播的音乐却让我们意志消沉。”我问他队上逃兵的问题，他避重就轻，淡淡地说：“总是有的……不过，我们采取了各种手段防止。”讲到他们准备的圣诞庆祝会，他的话匣子就明显打开了。军团的奥地利籍指挥官答应加菜，他个人还特别为这次盛会保存了一瓶他父亲亲自蒸馏的洛兹维萨酒，他打算拿出来和大家分享。然而，他最想知道的是冯・曼施坦因那边的消息。

“他快来了吧？”霍特进攻失败的消息想必没有让这边的将士知道，这次轮到我避重就轻。“叫您的人准备好。”可悲的回答。这个军官原先一定是有教养又和气的年轻人，现在他看起来跟流浪狗一样悲哀。他缓缓诉说，思索着出口的字眼，好像用慢动作进行思考似的。我们也讨论了补给方面的问题，我起身准备告辞。

我不禁再次自问我来这里干什么，这位与外界彻底隔绝的军官给了我哪些报告上没有的信息？当然，我目睹了这些人的悲惨境况，他们的疲惫，他们的惊恐，但这些，我不是早就知道了吗？来这里的路上，我隐约想过要问这些与德国并肩作战的克罗地亚士兵，他们的政治立场，以及他们对于乌斯塔沙[1]意识形态的看法，如今我明白了，这些问题根本不具意义，没有用，而且也没必要。那名中尉如果听到，一定瞠目结舌，不知该作何回答，他心里除了食物、家乡、家人，自己会遭到俘虏或战死之外，没有多余的空间思及其他。我突然觉得好累，好厌恶这一切，我觉得自己是个虚伪的白痴。

“圣诞快乐。”那名军官握着我的手微笑道。他的几个手下愣愣望着我，

1. 乌斯塔沙（Ustaše）：克罗地亚的独立运动组织，1929年在保加利亚的首都索非亚成立，目的是脱离南斯拉夫独立，1941年德意侵入南斯拉夫，乌斯塔沙宣布克罗地亚独立，加入轴心国。

眼中没有半点好奇。“也祝您圣诞快乐。”我费力挤出这几个字。我找到伊凡，到外面贪婪地呼吸冷冽的空气。“现在怎样？”伊凡问。我心下琢磨，既然都到这里了，起码该去看看一个我军的前线战岗。“我们可以进入前线吗？”伊凡耸耸肩，“老大，你说了算，但我们得回去问问那个军官。”

我们再度踏进大房间，那名军官坐在原地，没有动过，依旧茫然地盯着火炉。“中尉？我可以视察一下您的某个前线要塞吗？”“悉听尊便。”他叫了底下的一个人，以克罗地亚语下令，转头对我说：“这位是尼什奇上士长，他会带您过去。”我突然想到可以送他一根烟，看到烟，他整张脸都亮了起来，伸出手战战兢兢抽了一根。我晃晃烟盒，“多拿几根。”“谢谢，谢谢，再次祝您圣诞快乐。”我也请上士长拿一根，他用乌克兰语对我说：“谢谢。”小心翼翼地把烟放在小匣子里。我回头朝那名军官望了一眼，他手上还握着那三根烟，脸上闪耀着小孩似的单纯喜悦光芒。我不禁自问，再过多久，我会变得跟他一样？想到这里，我突然有种想哭的冲动。

我跟着上士长走出去，先沿着马路前进，接着穿过几个中庭进入仓库。我们应该在工厂厂区了，四周看不见墙，这一切如此混乱、凋敝，根本看不出任何具体的形体。仓库地面挖了一条长长的壕沟，上士长带我们往下走。前面的墙上密密麻麻的洞，阳光和雪地反射的光芒透着海蓝光谱，洒满这一大片开阔空间，主壕沟分出许多支线，连接仓库各个角落，主壕沟挖得并不直，也看不见任何人。

我们一个个鱼贯从墙壁下方进入仓库，壕沟横插进一个中庭，消失在红砖行政大楼的废墟里。尼什奇和伊凡弯腰屈膝矮着身子前进，全身都在壕沟的屏障高度内，我小心谨慎地模仿他们的一举一动。我们眼前的景象沉浸在诡异的静寂中，更远一点右手边的地方，传来短暂的子弹扫射声和枪弹的砰砰声响。行政大楼内部阴暗，气味比士兵睡觉的屋子更重更呛。“就是这儿。”尼什奇不带情绪地说。我们现在在一个地下室，光线只能透过狭小的通气窗和砖墙上的洞进来。一个人从黑暗中冒出来，用克罗地亚语和尼什奇交谈。“他们刚刚一阵交火，俄国人想要渗透进来，被我们杀死了好几个。”尼什奇用不灵光的德语翻译。他一派从容地对我们解说这里的部署情形，迫击炮放在哪里，斯潘道机关枪在哪里，小型机关枪又摆在哪里，机关枪的射程范围到哪里，哪里又是死角。我对这些一点兴趣都没有，但是我让他说下去，反正，我自己也搞不清楚我对什么感兴趣。

“他们的宣传广播呢？”我问。尼什奇跟士兵讲了几句。“双方交火后，他们停了。”大伙沉默片刻。“我可以看看他们的最前线吗？”我终于开口，提出这样的要求，想必只是为了让自己觉得这趟不是白来。“跟我来。”我穿过地下室，踏上碎砖头和灰墙块堆起来的楼梯，伊凡手持冲锋枪殿后。走上地面，我们循着一条长廊走进建筑物最里面的房间，每扇窗户都用砖块和木板挡住，阳光从千百个枪弹孔透进来。在这间最前端的庇护所里，两名士兵贴墙站立，紧守一把斯潘道机关枪。

尼什奇指着一个大洞给我看，洞口用沙包和木板堵住。“您可以从那里往外看，但是不要停太久，敌人的狙击手非常厉害，据说是个女人。”我屈膝蹲在洞口旁，慢慢伸长脖子，洞口的缝隙很小，只看得到一小片扭曲的废墟，几近抽象图样。在这当下，我听见左方传来一声惨叫，是一声长长的嘶吼号叫，突然戛然而止，接着哀号再起。附近没有音响，因此这声长号显得异常清晰。是一名青年男子的哀号，叫声又长又尖锐，空洞得让人胆战心惊，我想他大概是腹部中弹。

我往前，单眼靠着隙缝四下搜寻，看到了他的头和一点上半身。他没命地叫，只有在换气的时候才暂时停止，吸了气又开始惨叫。我虽然不懂俄文，但是听得出他哭喊着叫：“妈妈！妈妈！”我听不下去了。“那是什么？”我像个大笨蛋般问尼什奇。“是刚才想要渗透进来的一个家伙。”“您不能一枪结果了他吗？”尼什奇用严厉的眼神望着我，眼中净是轻蔑。“我们没有多余的子弹可以浪费。”最后他抛来这一句。我靠着墙坐下，像这边的士兵一样，伊凡则靠着门口的支柱。没有人开口说话，只听见外面那个年轻人不断惨叫：“妈妈！我不要啊！我不要！妈妈！我要回家！”和其他我听不出来的长串字眼。我并拢双膝，双手抱着膝盖。尼什奇蹲在那里，从刚才就盯着我不放。我很想塞住耳朵，但在他冷酷的眼神底下，我呆若木鸡，动都不敢动。

年轻人的叫声在我脑海里盘旋，像一把刀在长满蛆、恍如黏稠烂泥的悲惨人生中翻搅。我不禁自问，那我呢？到那时候，我会不会哭喊着叫妈妈？然而，一想到这个女人，我内心只有憎恨与厌恶。我好多年没见到她了，也一点都不想见到她，要我呼喊她、寻求她的慰藉，在我看来简直是天方夜谭。尽管如此，我还是会想，在这样的母亲形象背后，她应该还有别种不同的模样，那个我在孩提时代，在事情还没有走到绝路之前，她为人母的慈爱形象，我很可能也会捶胸顿足、哭天抢地地呼喊这个母亲。就算不是为了呼唤她，也可能是为了她的肚子，那个在我被疯狂、污秽、病态的阳光污染之前，安居的温暖避风港。

“您不该来这里的，”尼什奇突然开口，“这么做一点用都没有，而且很危险，意外经常发生。”他毫不避讳恶狠狠地瞪着我，他手持冲锋枪枪托，手指扣着扳机。我看着伊凡，他也以同样的姿势握着枪，枪口对准尼什奇和那两名士兵。尼什奇顺着我的目光，定定地看着伊凡手上的枪、伊凡的脸，然后朝地上啐了一口：“您最好快点回去。”一声突如其来的爆炸吓了我一跳，是小型炮弹爆炸，多半是手榴弹。哀号瞬间停止，没多久又再度响起，单调，尖锐。我站起来：“对，我也该回城里了，天快黑了。”伊凡让开给我们先走，亦步亦趋跟在我们后头，一路上盯着两名士兵的一举一动，一直到我们踏进走廊为止。我们沿着先前进来的壕沟回去，一路无语。回到连队士兵睡觉的房子，尼什奇没有向我敬礼，径自离开。雪停了，天空逐渐晴朗，月亮清晰可见，皎洁圆满，高挂在迅速变暗的苍穹。“我们能赶夜路回去吗？”我问伊凡。“可以，路程反而更短，只要一个半小时。”八成是抄近路。我觉得空虚、衰老、无所适从。说真的，上士长说得一点都没错。

我边走边想起我的母亲，思绪排山倒海而来，又如酒醉女人般跌跌撞撞。我有很长的一段时间没有想过母亲。在克里米亚的时候，我对帕特瑙说的往事总停留在事实的陈述，而且还是比较无关紧要的事实。而现在，出现的是另一条追忆往事的线头，充满酸苦、愤恨还有羞愧。这一切是从什么时候开始的呢？从我一出生吗？难道我从来就没有原谅她生下我，自负无理地以为有权把我带到世上吗？奇怪的是，我对母乳严重过敏，这件事她后来也觉得好笑，提了好几回。我落得只能吸奶瓶，苦闷地看着双胞胎姐姐吸母乳。话虽如此，在我很小的时候，我一定爱过她吧，就像普通小孩爱自己的妈妈一样。我还记得她的浴室，甜蜜纯女性的味道，我陶醉其中，醺然宛如回到怅然若失的子宫。现在仔细想想，那应该是混合了浴室潮湿蒸汽、香氛和香皂的味道，或许还加上她的女性身体，甚至排泄物的味道。虽然她不肯让我跟她一起进澡缸洗澡，我却甘之如饴地坐在马桶上，有她在身边，感觉好幸福。

后来事情有了变化，不过到底是什么时候开始的呢？又是什么原因呢？最早，我并没有将父亲离家一事归咎在她身上，认为都是她的错的想法，一直到后来，也就是她跟莫罗搞上之后，我才慢慢确定。然而，早在她遇见莫罗之前，她大胆的行径已经令我不知如何自处了。说不定父亲离家出走才是一切的导火线？很难说，有时候她好像因为父亲离开，痛苦得快要发狂。在基尔的时候，一天夜里，她独自走进一家专做无产阶级客群的咖啡厅，就在码头边上，她喝醉了，身边围绕着外国人、码头工人跟水手，她可能一屁股坐在桌子上，拉起裙摆展露下体。这件丑事的后续发展峰回路转，这位资产阶级淑女被轰出咖啡馆，在街上摔了一跤跌进水坑。警察带她回家，她全身湿透、衣衫不整、脏得要命，我以为我会羞愧到死。

我当时虽小——十岁左右——却忍不住想要痛打她一顿，以她当时的状况，连闪躲自卫恐怕都做不到，然而我姐姐出面阻止了我。“有点同情心，她很难过，你不该这么气她。”我花了很长一段时间才冷静下来。但就算在那个时候，我对她应该没有恨意，还没有，我只是觉得丢脸而已。恨是后来萌生的，当她忘了自己的丈夫、牺牲自己的孩子，跟一个外国人跑了才开始。当然，憎恨不是一天两天就能酝酿出来的，这条路历经了好几个阶段。我说过莫罗不是坏人，开始的时候，他很尽心尽力想办法让我们接纳他，但是他心胸狭隘，执迷于粗鄙的小资产阶级和自由主义的成见，甘心被性欲牵着走，母亲的行径没多久就显得比他更有男人样，于是他心甘情愿成为她恶习的共犯。

接着，发生了那起天大的惨剧，我被送进住宿学校，当中也有比较传统路线的冲突，例如我中学毕业准备参加高中会考时，我必须选择接下来的道路，我想攻读哲学和文学，却遭到母亲一口否决。“你需要一份工作。你以为我们能一辈子活在别人的好意施舍下吗？以后你要做什么都随你。”莫罗更是放言讽刺：“什么？你想蹲在小镇当十年小学老师？还是每天爬格子，赚不到两文钱，挨饿受冻？你不是罗素，小子，面对现实吧。”天知道我有多恨他们。“你应该要有自己的事业。”莫罗说，“如果你想在闲暇时间写诗，那是你的事，不过，首先你得先能赚钱养家活口。”

这种情况持续了一周，逃家无济于事，我反正会被抓回去，就像我逃学一样。我只好让步。他们于是替我决定报考政治自由学院，毕业后我可以直通国家体系下的大型机关——国家行政法院、审计法院、财政监察署。我会成为政府高级公务员、国家官员——他们满心期待的精英分子。“这会很辛苦，”莫罗对我说，“你一定要加倍用功。”不过他在巴黎有门路，他会帮我。啊，事情的发展完全没有按照他们希望的法国政府高级官员方向走，我现在成了德国的公务员，却栽在这里，被发配到斯大林格勒冰封的残垣断壁中，很有可能在此了结一生。我的姐姐比较幸运，她是女孩，要做什么没人管，顶多要迎合她未来夫婿的欢心，成为他人生的一笔润饰而已。她得以自由地前往苏黎世，跟随一个名叫卡尔·荣格的学者研读哲学，这人后来名噪一时。

最难挨的其实已经过了。1929年春天，我还在上中学的时候，收到一封母亲的来信。信中她写着，由于她一直没有父亲的消息，也一而再、再而三地寻求多处德国驻外领事的协助，依旧音信全无，因此她正式提出申请，请法院公告父亲死亡。父亲失踪七年，法院给了她想要的判决，现在她终于能如愿嫁给莫罗，她口中善良又慷慨的男人，他就像我们的父亲。这封丑陋的信让我怒不可遏。我立刻回了一封极尽羞辱的信给她，我写我的父亲没有死，他们诅咒他已死的深切企望不足以抹杀他。如果她想要卖身给一个卑鄙无知的小生意人，随便她，至于我，我永远认定他们的结合是非法的通奸。我希望他们起码不要让我变成我最厌恶的杂种。

面对强烈抨击，母亲聪明地选择不回应。那年夏天，我想尽办法让自己受邀到一个有钱的朋友家做客，坚决不踏进昂蒂布。8月，他们结婚了，我撕碎喜帖扔进马桶，接下来几年的寒暑假，我执意不肯回去。最后，他们还是成功地把我抓回去，那又是另一个故事了。在此同时，我的恨始终没消，完完整整在那儿，绽放盛开，充盈我心，玩味再三，像干柴等待火苗。我只会用低贱下流的方式报复发泄，我手边有一张母亲的照片，我会在她的照片前面，跟情人扭摆身体又亲又舔，让他们对着她射精。还有更卑劣的。我在莫罗的大宅里，大玩我精心策划的怪诞性游戏。我从巴勒斯（我小时候最爱看的《人猿泰山》的作者）的火星人小说得到灵感，我对他的小说跟古希腊文一样着迷，我把自己关进楼上的大浴室，打开水龙头让水哗啦哗啦地流，免得引起别人注意，在浴室里表演我幻想世界中的奇情性爱场景。我被一群持枪的有四只手的绿色巴森星球人[1]抓住了，全身被扒得精光，手脚遭到捆绑，被送到一位美艳动人的火星公主面前，她皮肤亮如绿铜，面无表情，倨傲地端坐在宝座之上。

我在浴室里，拿皮带权充捆绑的皮绳，再拿扫把或酒瓶塞进肛门，我四肢蜷缩，躺在冰冷的瓷砖地面，六七名孔武有力的公主贴身护卫上前，二话不说就在她面前一个个轮流上我。用扫把或酒瓶常常弄得我很痛，我开始寻找比较合适的东西替代。莫罗超爱吃德国香肠，我在半夜从冰箱偷了一根出来，放在掌心上互相摩擦，弄热香肠，最后在外皮抹上橄榄油。事毕，我仔细洗净香肠，擦干放回冰箱原来摆的地方。

第二天，我借口胃口不佳，微笑婉谢了我的那份香肠，看着他们津津有味地吃着，尽管空腹，我却高兴得不得了。老实说，这些都是他们结婚前的陈年旧事，那时我还蛮常回他们的家。所以，显然他们结婚不是我恨他们的唯一理由，这些都不过是弱小的孩子在束手无策的情况下，所能想出的既可悲又可怜的报复手段。我成年后开始疏远他们，只身返回德国，不再回复母亲的来信。

然而故事，无声且不间断地继续，只需要那么一点点，一声濒死的哀号，就能把旧事全翻了出来。这一切素来被紧紧锁在一个封闭的国度里，这个国度来自他方，不是我们素来习惯的人类世界或者例行工作的世界，战争突然撞开了所有的门户，借由一声嘶哑狂野含混的惨叫，打开了它乌黑的大嘴，又像是一潭恶臭熏天的泥淖，颠覆井然的社会秩序、习俗和法规，同时强迫人类互相残杀，给人类套上难以打破的枷锁，这就是沉重的往事。

我们再次行经废弃货车停放的铁轨，由于我沉浸在过往的回忆里，几乎没有注意到已经绕过了整座山丘。硬硬的积雪在我们脚底咔啦作响，灰白的月色映照积雪泛着蓝光，照亮我们的路。再过 15 分钟，我们就能回到百货商店，这趟路走下来，因为活络了筋骨的缘故，我反倒不觉得太累。伊凡随便向我行了个礼，带着我的冲锋枪，径自离开找他的同伴去了。从剧院拆过来的巨大水晶吊灯照亮指挥大厅，城区司令部的军官在大厅喝酒，一边大合唱《圣诞颂》

1. 出自伯洛斯著的火星探险故事，书中居民称呼自己居住的火星为巴森。

和《平安夜》。有人递给我一杯红酒，我一口饮尽，有点浪费，那可是来自法国的高级葡萄酒。

一踏进走道，我迎面碰见莫里兹，他诧异地望着我："您出去啦？""是的，队长，我出去绕了一圈，看了一部分的我军驻防要塞，好了解一下城里的情况。"他脸沉了下来，"请不要随便白白出去送死，我费了九牛二虎之力才得到您这名补充人员，万一您一来就送命，我恐怕永远都找不到接替您的人了。""遵命，队长。"我向他敬礼，然后回房换衣服。

不久，莫里兹拿出两瓶特别保留的干邑与底下的军官共享，也介绍我认识新同僚，莱布兰特、德赖尔、情报单位专员福佩尔、冯·阿勒封一级突击队中队长、赫佐格、楚姆佩。楚姆佩跟我昨晚见过面的福佩尔三级突击队中队长都是托马斯的手下：此外还有温德纳尔，他是盖世太保的城区小队长（托马斯是包围圈全区的第四小队队长，所以算是温德纳尔的上司）。我们举杯祝贺元首政躬康泰，预祝最后胜利早日来临，然后互祝圣诞快乐。

庆祝会朴实而温馨，我喜欢这种感觉，比军队以宗教制式或流于感伤的庆祝方式好得多。我和托马斯因好奇心作祟，决定出席在大厅举办的午夜弥撒。弥撒由军团的牧师和神父轮流主持，两大教派的信徒以圆融的信仰宽容精神，共聚一堂，齐声祷告。第五十一军的指挥官，冯·赛德利兹－库巴赫将军跟几个军团的将领，以及他们的参谋长，也都出席了平安夜弥撒。

托马斯指给我看指挥第一〇〇狙击师的萨纳、科尔福斯、冯·哈特曼等人。几名底下的乌克兰士兵也在祷告，托马斯告诉我，他们是来自加利西亚地区的合并教会信徒，所以跟我们同时庆祝圣诞节，跟他们的东正教兄弟不同。我仔细打量他们，伊凡不在其中。弥撒结束后，我们又回头去喝两杯，我突然觉得好累，决定上床睡觉。夜里我又梦到了地铁，这一次，两条平行的地铁轨道并排躺在灯火通明的月台中间，进入隧道后合而为一，出现几座圆形的水泥墩，将交会的铁轨再度一分为二，但是扳道岔出了问题，有一队身穿橘色制服的女人，其中一个是黑人，正忙着修理，满载乘客的列车却已离站。

我终于能够比较有组织、有干劲地工作了。圣诞节早晨吹起超强暴风雪，佳节的特别补给希望破灭，与此同时，俄国人在东北地区及工厂厂区方向展开攻势，抢走了我们方圆好几公里的地盘，杀死了我军1200多名官兵。我在一份报告中注明，克罗地亚军伤亡惨重，尼什奇上士长名列死亡将士名单。及时行乐啊！我希望他死前有时间抽他的香烟。我呢，我忙着消化报告内容，再振笔疾书完成一篇篇报告。

圣诞节似乎没能提振大伙的士气，根据风纪监察员提交的报告或公开信，多数的官兵对元首的领导和最终胜利仍然信心满满，尽管我们每天有处决不完的逃兵，以及那些自残诈伤的人。某些连队甚至自行就地枪毙罪犯，有些把罪犯送交给我们处理，行刑的地点是盖世太保单位后面的中庭。战地警察逮捕的平民百姓，无论是掠夺现行犯，或是被怀疑和俄军互通消息的间谍，也会送交给我们处理。

圣诞节过后几天，我在走廊遇见乌克兰士兵押着两个脏兮兮的，拖着两行鼻涕的小鬼，侦讯结束正要被带往刑场。这两个小鬼原本在不同单位的指挥所当差，替军官擦鞋，借机默记他们听到的细节，夜里再钻进地下水道向俄国人通风报信。有个小孩身上搜出一枚俄国勋章，他承认自己曾经受勋，不过，也许这是他偷来的，或者从死亡将士的身上拿下来的。他们年纪在12岁上下，外表看起来甚至不超过10岁，当负责行刑的楚姆佩向我说明案情的时候，两个小孩瞪大眼睛望着我，好像指望我开口救他们。他们那副模样让我怒火中烧。你们想要我怎样？我真想对着他们大吼。你们就要死了，那又怎样？我也是啊，我肯定也会死在这里，所有的人都会死在这里，这是职业的必然风险。我花了好几分钟才让自己平静下来。后来楚姆佩告诉我他们哭了，在枪毙前还是高喊："斯大林万岁！""胜利万岁！"我对他说："这是用来当教育素材的吗？"他老大不高兴地走了。

我一一会见伊凡和其他乌克兰人引介的所谓线人，当中也有人毛遂自荐。这些男男女女一律邋遢臭得要命，身上长满虱子，沾满层层污垢。说到虱子，我身上也有，不过这些人身上散发的味道让我反胃想吐。他们看起来跟乞丐差不多，完全不像密探，他们提供的信息五花八门，大都毫无价值，要不就是无法证实。要得到消息，我必须拿为这项用途特别编列的物资，时而是一颗洋葱，时而是一颗冷冻番薯，跟他们交换，这些物品专门放在一个保险箱里，可谓以当地流通货币存兑的黑户头。碰到线人提供了互相矛盾的情报时，我真不知道该如何处理。如果我原封不动送去情报单位，一定会被笑死，最后我建了一套称作未经确认的各路情报档案，每隔两天呈送给莫里兹。

关于物资补给方面的情报最能影响士气，也是我最感兴趣的一环。每个人都心知肚明，只是嘴上不说，我军战俘集中营的苏联俘虏已经有好一段时间，几乎可说是粒米未进，集中营笼罩着人吃人的恐怖悲剧。“他们的本性终于显露出来了。”有一次我尝试和托马斯讨论这个问题时，他回了我这一句。他的言下之意，似乎是说他这个德国军官，就算处在如此绝境中也能保持尊严。

包围圈西部边界驻防的一旅军队，爆发一起吃人肉的案例，报告一出，震惊高层当局。悲惨的景况让这个事件益发恐怖，饥饿让他们步上这条绝路，该旅的官兵心中念念不忘世界观教义，还引发出一场唇枪舌剑：该吃俄国人还是德国人？这个问题背后的意识形态论战是，吃一个斯拉夫人，一个信奉布尔什维克主义的下等人到底合不合法？这种肉吃下肚，是否会危害到他们的德意志肠胃？然而，吃同胞的尸体有辱国格，就算我们没有办法将死者下葬，面对为祖国捐躯的战士，还是得保有一定的尊重才对。结果，他们协议牺牲手下的一个志愿兵，从双方的论点来看，这样的妥协似乎完全合理。他们杀了那个志愿兵，由来自曼海姆、本业是屠夫的下士操刀肢解尸体。幸存的志愿兵全员陷入恐慌，三人企图叛逃，遭到射杀，另一人成功逃到军团总部向军官举报。当下没人相信他的说辞，经过调查后，我们不得不承认此事属实，因为该连官兵没有将被害人的残骸毁尸灭迹，我们在那里发现了整副完整的胸腔以及一部分被认为不能吃的内脏。

被逮捕的士兵俯首认罪，据他们说，人肉吃起来跟猪肉差不多，比马肉美味多了。我们暗地里枪决了那个屠夫和四名带头的军士，草草了结本案，但是这起事件在参谋部还是造成了不小的震撼。莫里兹命我准备一份有关包围圈遭到封锁包围后，军团的整体营养状况，他手边有来自第六军团参谋部的数字，他非常怀疑数字的真实性，他认为那多半是理论上的数字。我想应该去找霍恩埃格。

这次的外出准备比较充分。我曾经跟托马斯一起出去，拜会军团的军事情报专员。从那次在克罗地亚军团死里逃生后，莫里兹下令，日后我若要单独出去，得先填写外出单。我先打电话到皮托尼克，接通第六军团的主任医师雷诺尔第博士的办公室，那里的人告诉我霍恩埃格目前人在辜姆拉克的中央野战医院，打到那里，那边的人又告诉我，他已经出发前往包围圈，进行实地的观察记录。最后，我终于在拉科蒂诺找到他，那是围城南边的哥萨克村落，隶属第三七六团的管辖范围。

我打了无数通电话联系各区的指挥所，安排交通衔接事宜。整趟路需时半天，我必须在拉科蒂诺或辜姆拉克停留一晚，莫里兹倒是批准了我外出。离新年还有几天光景，圣诞节后气温一直维持在零下25摄氏度左右，我决定甘冒大衣滋生虱子的危险，搬出毛皮大衣，反正我现在全身上下都是虱子，夜里就算细心一一清除床单上的虱子，仍旧徒劳无功。我的肚子、腋下、大腿内侧全被咬得红肿，痒得我拼命抓，抓破了皮。除了虱子，我还深受腹泻之苦，一定是饮水水质太差，还有饮食不定的缘故，水便夹杂的东西视当天的主菜而定，有时候是罐头火腿，有时候是法国肉酱和马肉浓汤。指挥所的情况好一点，军官的厕所虽然脏，至少还可以忍耐，然而出门在外，这很可能会是一大问题。

这次出门没有伊凡陪同，在包围圈内部我不需要他，况且车子的座位有限。我搭乘第一辆车抵达辜姆拉克，再换别辆前往皮托尼克，我得在此等上好几个钟头，转搭另一辆车直达拉科蒂诺。雪停了，天空还是灰灰的，阴暗厚重得化不开，补给飞机自从改在萨利斯克起降后，航班益发无可预料。跑道上人声嘈杂，混乱的程度比上个星期有过之而无不及，每一回只要有飞机降落，便是一窝蜂的人推挤而上，伤者被推倒，跌在地上任人踩踏，战地警察被迫只好对空鸣枪，恫吓绝望的乌合之众，逼他们后退。

一名亨克尔He 111的驾驶员离开飞机，走到边上抽烟，我乘机和他攀谈，他脸色苍白，惊魂未定地望着眼前混乱的一幕喃喃自语：“不会吧，不会吧……”他在离开前，终于对我丢下这么一句：“您知道，每天晚上我活着抵达萨利斯克的时候，总是哭得像个小孩。”这句再简单不过的话却犹如平地一声雷，轰得我脑袋昏昏沉沉，我转身背对飞机驾驶，望着激烈嘶吼的群众，我的泪泛出了眼眶，泪水扑簌簌泛滥成灾，我为了我的孩提岁月而哭，那时我们永远欢欣鼓舞迎接下雪的日子，那时城市是安居的美妙空间，森林尚未成为杀戮的嗜血战场。我身后的伤兵声嘶力竭地哀号，像疯狗，又像被恶魔附身，他们的哀号几乎掩盖了飞机引擎的轰隆声。

这架亨克尔顺利升空，后面那架容克斯就没那么幸运了。炮弹再度从空中纷纷落下，可能在加煤油的时候太过草率，也可能因为天气太冷，导致引擎故障，机轮离开地面不到几秒钟，左翼引擎突然熄火，由于飞机还没有加速到足够的速度，机身往旁边倾斜，驾驶试图抬高机身回正，但是飞机已经失去平衡，一边机翼触地，飞机摇摆了几下，坠毁在跑道外几百米的地方，瞬间起火爆炸，形成一个巨大的火球，照亮了大草原。因为敌军发炮轰炸，我已经躲进防空洞避难，然而我站在洞口目睹了一切过程，泪水再度满溢眼眶，我强自克制，不让泪水流下。终于，有人通知我车来了。

在此之前，我又目睹了一颗炮弹不偏不倚击中跑道边上的伤兵帐篷，血肉模糊的手脚尸块瞬间飞出，散落整片卸货区。我的位置距离爆炸地点不远，我跟着协助清理血迹斑斑的杂乱现场、搜寻生还者，我愕然发现自己正细细端详散落在殷红雪地上的一堆内脏，那是从一个年轻军官炸开的肚腹里流出来的。我想从那里找出过去的痕迹、看出未来的端倪，我不禁在想，看来这一切注定是场残忍的闹剧了。我大受震撼，烟一根接一根，也不管剩下的存货不多。每隔 15 分钟，我就得跑一趟军官厕所，排放少许稀稀的水便。

上车启程 10 分钟后，我逼不得已叫司机停车，火速飞奔到路旁的积雪后方，毛皮大衣臃肿笨重，弄脏了一大块。我试图挖雪清洗脏污，结果只搞得手指冻僵，上车后，我紧靠车门缩成一团，闭上眼睛努力试图抹去这一切。我在脑中搜索儿时记忆的画面，恍如一场纸牌游戏，纸牌磨损陈旧，我想尽办法想从当中找出一张纸牌，一张能让我重燃生命之火的纸牌，就算短短的片刻也好。然而画面不肯停留，不是模糊暗淡，就是毫无生气，就连我记忆中姐姐的影像，她是我最后的一线希望了，看起来也跟木头人没两样。若非有其他军官在场，我恐怕又要哭了。

车子抵达目的地时，雪又开始下了，鹅毛似的雪花在灰蒙的天空飞舞，快乐轻盈，有那么一瞬间，白茫茫的草原摇身一变，成为水晶宫般的童话国度，跟雪花一样快乐轻盈，喜悦的笑声随着北风呼呼隐约流泻。然而，一想到这样的幸福国度已经被人类和他们的不幸跟卑劣焦躁弄得不堪回首，幻象顿时破灭。我终于在拉科蒂诺找到了霍恩埃格，他窝在一间有一半埋在雪里的简陋木屋里，就着一支插在灯座的蜡烛烛光，聚精会神地敲打手提打字机上的字母键。他抬了一下头，脸上看不出丝毫惊喜：“哦，一级突击队中队长，什么风将您吹来啦？”“您。”他伸手摸了一下光秃秃的脑袋，“我不知道自己这么受欢迎，我话先说在前头，如果您是因为生病才来找我，您这趟是白来了，我手边只剩给回天乏术的人用的东西。”我努力集中精神，想出回呛的答案：“医生，我只罹患一种病，病根借由性行为传递，而且无药可救，最后只有一死：人生。”他嘟起嘴：“我觉得您不光是脸色苍白，您简直是被这个大环境毒害了。我以前认识的您健康多了，围城对您一点好处都没有。”

我脱下毛皮大衣挂在铁钉上，不等人招呼便径自坐上一张做工粗糙的长凳，背靠着板壁。木屋里飘着微微的热气，刚好足够阻挡一点寒意，霍恩埃格的指头冻得发青。“您的工作进行得怎么样了，医生？”他耸耸肩，“还可以，雷诺尔第将军对我不是很友善，显然他觉得根本不需要这个任务。我对他的态度没有任何不满，不过，我真希望他能在我还待在新切尔卡斯克的时候公开表达看法。他错了，我还没有完成，不过目前得到的初步结果已经非比寻常。”

“我来就是想问您这个。”“怎么，国家安全局现在对营养问题也有兴趣啊？”“国家安全局对什么都有兴趣吗，医生？”“先让我打完报告，然后去所谓的食堂拿他们称为浓汤的东西，再一起假装边吃大餐边谈。”他拍拍圆滚滚的肚皮，“截至目前，这样的饮食对我还算有益健康，再下去恐怕就不行了。”“您应该还有一点存粮吧。”“那点东西算什么？像您这样神经紧张的瘦子似乎能撑得比胖子和壮汉更久。先让我做事，您不赶时间吧？”我举起双手：“您应该知道的，医生，鉴于我手边的工作攸关德国的未来、第六军团的生死，其重要性不言而喻……”“我也这么想。既然如此，您就在这里过夜，明天早上我们再一起回辜姆拉克。”

拉科蒂诺镇上安静到诡异的地步。我们所在的位置离前线不到一公里，但是打从我踏进这里，一直到现在，都只听见稀稀疏疏的几声枪响。四周一片死寂，只有打字机嗒嗒嗒的敲击声回荡四周，益发让人毛骨悚然。还好我腹泻的毛病止住了。霍恩埃格终于把一页页报告整理好放进公文包，站起来拿了一顶破破烂烂的护耳皮帽往圆圆的脑袋上戴。“把您的军籍簿给我，”他说，“我去拿汤。火炉旁边有一小堆柴火，把火生起来，尽量省着点用，我们得靠这些柴火撑到明天早上。”他说完就走出去了。

柴火真的少得可怜，只有几截潮湿的篱笆树桩，外加数段带刺的铁丝网。我把树桩切成小块，折腾了好久终于烧着了一块。霍恩埃格回来了，手上拿着一个军用饭盒，里面装着汤，还有厚厚的一片军队口粮黑面包。

“对不起，”他说，“他们拒绝给您的那一份，借口没有装甲军团总部的书面命令，一起分我的吃吧。”“别担心，”我回答，“这一点我早就想到了。”我走到挂在墙上的毛皮大衣边上，从口袋里拿出一块面包、一些饼干和一罐肉罐头。“太棒了！”他惊呼，“罐头留着晚上吃，我还有一颗洋葱，可以大吃一顿了。至于午餐，我有这个。”他从手提包拿出一块用苏联报纸包着的腌肉，拿出小刀把面包切成几片，再切下两大片腌肉，把食物通通放在火炉上，当然还有那盒汤。

“请您多包涵，我没有锅子。”腌肉在火炉上烤得吱吱作响，霍恩埃格利用时间收拾打字机，在桌上铺报纸。我们把腌肉放在热过的黑面包片上，融化的肥油渗进粗面包里，好吃极了。霍恩埃格请我喝汤，我指指肚子礼貌回绝了。他眉毛扬起：“腹泻吗？”我点点头。“小心别染上了痢疾，平常时间多休息就可以痊愈，然而在这里，只要几天就能带走一条人命。全泻光了，人就死了。”他详细为我讲解需要观察注意的卫生事项，“在这里要事事留意有点难。”我有感而发。“是啊，说得对。”他无奈地承认。

我们一边吃腌肉三明治，他一边叙述虱子和伤寒肆虐的情况。“这里已经出现了案例，我们尽了最大的努力将他们隔离。”他解释，“然而，眼看着大流行势必无可避免，到时又将是一场大灾难，士兵将大批暴毙。”“我觉得他们现在已经死得够快了。”“您知道我们对面的同志现在对在前线的我军师部做什么事吗？他们播放时钟指针走动的录音，嘀——嗒——嘀——嗒，声音极大，然后是一句德文，‘每 7 秒钟，就有一个德国人葬身俄罗斯！’嗓音阴森恐怖，接着又开始，嘀——嗒——嘀——嗒，一放就是几小时，吓都会吓死。”这些人挨饿受冻，被吸血虫啮咬，深埋冰封雪藏的地底庇护所，听在他们耳里，的确非常恐怖，我可以理解，尽管他们的宣传数字，根据我在这份回忆录一开头计算得出的结果，显然多少灌了水。

轮到我讲媲美所罗门群岛食人族的故事给霍恩埃格听了，他听完只淡淡地说了一句："以我检查过的志愿兵来分析，他们也没有几两肥肉。"说到这里，我顺势说明来意，"我还没有检查完所有的师部。"他对我说："其中存在的差异，我还无法提出解释，但我做过多次尸体解剖，结论非常明确，半数以上的人呈现极度营养不良的症状。大体而言，皮肤底下和内脏周围几乎不见任何脂肪组织，肠系膜组织液呈胶冻状，肝脏充血肿大，其他内脏苍白无血色。原本应该是红黄色的骨髓被一种半透明的雾状物质取代，心肌萎缩，右心室瓣却异常肿大。说得白一点，他们的身体因为没有东西可以支撑保命的最低运作，体内器官于是互相吞噬，好抢夺必要的热量，等到热量被榨得一滴都不剩时，身体就会停止运作，就像抛锚车般死在那里。这个现象大家都知道，奇怪的是，这里虽然食物配给量大幅锐减，饿死的案例大量出现的时间还是比预估的早了许多。每个军官都说食物的配给是由参谋部统一管制，士兵也按时收到官方制定的配给。以目前来说，官方每日的配给量，热量的确低于 1000 大卡，当然远远不足人体所需，不过还不算完全断粮，这里的人应该只是虚弱了点，身体对疾病和蠢蠢欲动的传染病菌的抵抗力减弱，不至于到饿死的地步。所以，我的同事想出了另一种解释，什么身心俱疲、压力和心灵受创之类的。这些说法太含糊笼统，难以让人完全信服，但是我的解剖结果不会说谎。"

"您怎么想呢？""我不知道。在这种情况下，很难完全排除精神方面的症候。我怀疑某些组织分解、消化食物的正常机能，该怎么说呢，受到其他因素，例如压力或者失眠的影响而改变。有些案例非常明显，病患腹泻得非常严重，连吃进去的一丁点儿食物都无法在胃里多做停留，立刻原封不动又排出来，尤其是那些几乎只有马肉浓汤可吃的人。我们分配给军队的食物，有些甚至已经发黑，像您带来的肉罐头非常油腻，有时会杀死几周以来只以面包和汤果腹的士兵，他们的身体组织无法负荷突来的油脂，心跳速度会急遽升高，然后突然停止跳动。还有奶油，有时候还能看到这种食物，送到草原上的时候是冰冻的一整块，士兵没有东西生火，所以用斧头把奶油劈成小块，慢慢舔着吃，结果引发严重腹泻，泻到全身虚脱一命呜呼。如果您想知道得更清楚，送到我这儿的尸体，有一大半的长裤里沾满了粪便，幸好全都结冻了。泻到最后，他们连脱裤子的力气都没了。值得注意的是，这些尸体都来自前线，不是医院。长话短说，回到我的理论，虽然难以举证，但在我看来相当站得住脚，身体的新陈代谢受到寒冷跟疲劳连番轰炸，无法再正常运作。”

“恐惧呢？”“当然，还有恐惧。我们在世界大战时期就见识过恐惧的威力，在某些炮轰特别猛烈的情况下，心脏顶不住就死了，我们发现许多营养良好、身体健康的年轻人，身上找不到任何伤口，就这么死了。不过在这里，我倒觉得恐惧是让情况更加恶化的附属因素，不是首要原因，所以我必须继续调查研究才行。这对第六军团的用处应该不大，可以聊以自慰的是，最起码对将来的科学研究有一点贡献，正是这股动力鞭策我每天早上起床干活。

“除了这个，还有对面的敌军每天从不缺席的起床号。包围圈是名副其实的大型实验场、研究人员的天堂，我手边有用不完的尸体，保存状态完整良好，只是解冻的时候麻烦了点。我只好强迫我可怜的助手跟着这些尸体蹲在火炉边上熬夜，每隔一段时间翻动一下。前几天我在巴布尔金，有个助手不小心睡着了，隔天早上，我发现我的实验检体一边冻得像石头，另一边却烤焦了。跟我来吧，时间快到了。”“时间？什么时间？”“等着瞧。”

霍恩埃格收拾公文包和打字机，然后披上大衣，出门前还不忘吹熄蜡烛。外头一片漆黑，我尾随着他走到镇外的一条溪谷，他先伸出脚踏入一个从地面上看起来几乎完全被雪覆盖的地下防空洞，有三名军官在里面，他们坐在小板凳上，围着一根蜡烛。“各位先生，晚安。”霍恩埃格说，“我给大家介绍，这位是奥厄一级突击队中队长博士，他特别前来拜访我们。”我一一与他们握手寒暄，由于小板凳坐满了人，我只好坐在冰冷的地板上，底下用毛皮大衣垫着，虽然穿了毛皮大衣，我还是觉得冷。

“对面的苏联军队指挥官是个非常准时的人。”霍恩埃格向我说明，“打从这个月的月中开始，每天炮洗我们三次，分别是5点半、11点和下午4点半，准时开炮。除了这三次炮击，其余时间顶多几发迫击炮，平静得不得了，挺方便我们工作的。”

果不其然，三分钟后我听见尖锐的呼啸，紧跟着是阵阵巨大的近距离爆炸声响，“斯大林多管炮”连续发射，撼动了整座防空洞，积雪晃落堵住了大半个洞口，天花板土石崩落，昏暗的烛光摇曳不定，怪物般的暗影打在疲惫不堪、满是胡楂儿的军官脸上。一阵又一阵的炮弹连续发射，夹杂坦克炮弹和大炮的轰隆巨响，听起来显得段落分明、铿锵有力。爆炸声响仿佛变成了某种莫名其妙的疯狂生物，它自成一体，占用空间，紧贴着防空洞被堵住大半的洞口。想到我可能就要被活埋在里面，恐惧立即席卷全身，差点就想拔腿往外逃，幸好实时恢复冷静。10 分钟后，轰炸戛然而止，然而隆隆炮声和无所不在的威胁，以及它带来的那股压力过了好久才渐渐和缓消散。线状炸药辛辣的烟味呛鼻又刺眼。一个军官徒手清理堵住防空洞洞口的积雪，大伙只能爬出去。

从溪谷仰望，景象宛如小镇遭到暴风雨狂扫，凄凉残破，几乎被夷为平地，许多木屋起火燃烧，不过我很快就看清楚只有几间民宅被炮弹击中，炮弹应该集中瞄准军事要塞。

“唯一的问题是，”霍恩埃格拍掉大衣上的尘土和雪块，“他们每次都瞄准不同的地方，否则我们更方便，上去看看我们可怜的小木屋是否挺住了。”木屋还在，火炉甚至还冒着一点热气。“您要不要过来一起喝杯茶？”跟我们一道走的军官好心邀请，我们跟着他来到另一间简陋的木屋，屋里用一块板子隔成两间房，前面这一间坐了两名军官，里面设了火炉。

“这个镇上还好，”那名军官说，“每次敌军轰炸后总能找到一些木柴，前线的官兵什么都没有。一旦受了伤，不管大伤小伤，最后流血过多，不是休克死亡，就是恶化成冻疮翘辫子，几乎没有时间可以将他们撤离，带到医院诊疗。”

另一名军官正在泡“茶”，施吕特茶。他们三人的官阶不是中尉，就是少尉，年纪都很轻，他们的动作跟说话的速度却非常缓慢，近似麻木的状态。泡茶那位身上挂着铁十字勋章。我掏出烟请大家抽，此举在他们身上引发了跟那位克罗地亚军官同样的反应。其中一人拿出一副脏污油腻的纸牌：“您要玩吗？”我挥手示意不用，霍恩埃格欣然接受，他开始发牌，大伙玩斯卡特[1]。

“有牌玩、有烟抽、有茶喝……”一直没说话的第三位军官咧开嘴笑了，“我还以为我们在自己家里呢。”“更早以前，”第一位军官对我说，“我们会下国际象棋，现在已经没有那个力气了。”佩戴铁十字勋章的军官为大家倒茶，

---

1. 斯卡特（skat）：一种三人玩的纸牌游戏，共 32 张牌。

倒进凹凸不平的杯子。“抱歉，我们没有牛奶，也没有糖。”我们喝茶，他们开始玩牌。一名低阶军官走进来，跟铁十字勋章军官低声交谈。

“镇上发现四人死亡，”他恨恨地说，“13 人受伤，第二连跟第三连都被击中了。”他满脸怒容，激动地转身对我说：“一级突击队中队长，您是负责情报的，能不能请您解释一下？他们手上的那些武器、大炮和炮弹是从哪里来的？我们一路追赶搜寻，将他们从布格河流域赶到窝瓦尔河，这样已经过了一年半了。我们摧毁他们的城市，破坏他们的工厂……结果，他们到底是从哪里拿到该死的坦克和大炮的？”眼看着他眼泪就要决堤。

“我负责的不是这类的情报，”我平静地回答，“敌军军备实力的情资搜集属于情报单位和东部占领区的外籍盟军的工作项目。我个人觉得，我们从一开始就低估了对手的实力，加上他们成功撤离许多工厂，他们在乌拉尔山区的工厂产能似乎非常大。”那个军官似乎还想说什么，但他真的太疲惫了，于是默默地专心玩牌。

过了一会儿，我问他们苏联主打的失败主义宣传进行到什么程度，邀请我们喝茶的军官站起来，走到隔壁房间拿了两张纸回来给我。“他们空抛这些东西给我们。”一张纸上很简单地写着一首德文诗，诗名是《想想你的孩子》！作者是一个叫埃利希·魏纳特[1]的家伙。另一张纸上则是一段节录文告：德国官兵若是投降，红军依法必须以战俘囚禁之，且不得径自杀害（国防部人民督察斯大林第五十五号命令）。这些文件的确经过精心策划，文字和排版印刷皆属一流。

“有用吗？”我问，军官们面面相觑。“很不幸，有用。”第三个军官回答。“根本阻止不了下面的人看这些东西。”铁十字勋章军官说。“最近，”第三个军官再度开口，“有一次敌军发动攻击，整排的士兵一弹未发，就举着白布条投降，幸好其他排及时反应，挡住了敌人的袭击。后来我军奋勇击退了红军，他们没能带着战俘退回去，双方交战的时候死了几名投降的军士，其余我们悉数枪决。”挂着铁十字勋章的少尉冷冷瞪了他一眼，他登时闭嘴。

1. 魏纳特（Erich Weinert，1890—1953）：德国诗人，信奉共产主义，德国共产党党员。

“这可以给我吗？”我指指这两张纸。“如果您要就拿去吧，我还保留了一些，做其他用途。”我折好两张纸，放进外套的口袋。霍恩埃格结束了这局牌，起身告辞。“我们走吧？”我们向三位军官道了谢，返回霍恩埃格的木屋，一回到那儿，我随即拿出我带来的罐头，搭配烤洋葱切片，准备宵夜。“对不起，一级突击队中队长，我把干邑留在辜姆拉克没带来。”“啊，那保留到下一次。”

我们聊到了那些军官，霍恩埃格说起他在某些军官身上观察到的怪异偏执现象，四十四师的中尉叫人拆了手下的木屋，那木屋可是住了十几个人。拆下来的木头用来烧洗澡水，中尉在热水里泡了很久，洗了澡，刮了胡子，穿上制服之后，他把枪管塞进嘴里，一枪毙命。

“可是，医生，”我提出看法，“您一定知道包围在拉丁文中是着魔。斯大林格勒是座令人着魔的城市。”“是啊，我们睡吧，早上的闹铃有点猛烈。”霍恩埃格有一块草垫和一个睡袋，他替我弄到了两条床单，我把自己卷在毛皮大衣里。“您应该来辜姆拉克，看看我们在那里的总部。”他边躺下边说。“我的防空碉堡有木头墙壁，暖烘烘的，还有干净的床单，豪华又享受。”干净的床单。我心想，我梦寐以求的就是热水澡和干净的床单。我会不会就这样死了，再也没有机会洗澡？是的，有可能，从霍恩埃格的木屋往外看，概率似乎更高了。想哭的冲动又一次排天倒海淹没了我。现在，我变得常常想哭。

回到斯大林格勒，我根据霍恩埃格给我的数据写了一份报告。根据托马斯的说法，那份报告看得莫里兹目瞪口呆。他转述告诉我，莫里兹一口气读完报告，没有加注任何意见，原封不动送了出去。托马斯想直接呈送柏林。“没有莫里兹的同意，可以吗？”我惊讶地问。托马斯耸耸肩：“我是国家秘密警察单位的军官，不属战地秘密警察管辖，我想怎样就怎样。”我明白了，我们这里的人多多少少都是独立自主的个体。莫里兹也很少给我明确的命令，原则上都是我自己看着办，真搞不懂他干吗大费周章叫我来。

托马斯和柏林一直都有直接的联系，我看不出他是通过什么渠道，而他对局势下一步的发展总是显得从容。我军占领这座城的前几个月里，国安警察署跟战地警察队共同肃清了当地的犹太人和共产党人，接着大举迁移平民百姓，凡值工作年龄者一律遣送德国，投入绍克尔行动的劳动人口逼近 65000 人。现在他们也没事可做了，托马斯却总是一副忙碌的样子，每天拿香烟或罐头笼络他底下的情报专员。

由于没别的事好做，我决定重组我承接下来的线人网络。我删减了我认为提供的情报不具价值的线人的食粮供给，对其他人宣布我对他们有更高的期待。我听从伊凡的建议，带了通译前往市中心被摧毁的房屋的地下室，那里有不少老太太，她们知道不少事，只是行动不便。多数老太太对我很不友善，满心祈祷“自己人”快快打回来，但是只消几个番薯，特别是有人愿意找她们讲话聊天，话匣子一开肯定停不了。她们可能提供不了军事情资，不过她们在苏联前线战地住了好几个月，对于士兵的士气、勇气、他们对俄罗斯的忠心以及战争在人民心里引发的巨大希望等等，或是男人们经常公开讨论的事，甚至有些男人跟军官聊过，她们一定听说很多像是政权的解放、集体农庄和国营农场的废除、工作证的废除以利劳动市场的开放之类的事。

有一位老太太马莎激动地讲起崔可夫[1]将军，她在当时便尊称他为“斯大林格勒英雄”，打从斯大林战役开始至今，他没有离开过河的右岸，我们放火烧毁石油储油槽的那一晚，他坐镇指挥，直到最后一刻，逼不得已才上了岩石岗避难，千钧一发地在火海中度过一夜，整晚没有合眼，此后全体官兵对他誓死效忠。这是我第一次听见这个名字。从这些老太太口中，我也听到了不少关于我们士兵的事，不少人曾跑进她们家躲几个钟头，吃点东西，聊聊天，睡个觉。

前线战区房屋断壁残垣，混乱莫名，四周笼罩在俄国炮火下，有时甚至可以听见炮火自伏尔加河对岸发射咻咻飞出的声音。伊凡带路，他似乎对这里的每个角落了如指掌，我跟着他，一路上几乎都在地底下，从一户地下室到另一户的地下室，有时候甚至借道下水道。

1. 崔可夫（Vasily Chuikov，1900—1982）：苏联元帅，曾任蒋介石的军事顾问，出使过中国。德苏战争爆发后，他请求返国参战，1942 年 7 月率军开赴斯大林格勒前线，阻挡德军攻击有功，获称“苏联英雄”封号。

到了某些地方，我们又会爬到民宅楼上，由于某些未知的原因，伊凡认为这样走比较安全，我们穿过一间间破烂的公寓，窗帘烧毁，天花板破洞焦黑，撕破的壁纸和斑驳掉落的石灰露出底下的砖块，屋内有的还留有铁床骨架、破了一个大洞的沙发、餐具和小孩的玩具。接着我们穿过被炸弹炸开、宛如血盆大口的墙洞，或者掀了墙的走廊，我们架上木板后，还得用爬的过去，到处都是城垛似凹凸的砖墙断壁。

伊凡对飞来飞去的炮弹显得毫不在意，对狙击手却有一种盲目的害怕心理。我呢，轰然的爆炸巨响才教我胆战心惊，总得花好一番功夫才能克制住想要抱头缩在角落的冲动，至于狙击手，我反而一点都不在意，这是无知的反应，所以伊凡必须常常用力拉我，大概是我所在的位置太醒目了。然而在我看来，我站的地方跟其他地方都一样。他说狙击手多数是女人，他还声称亲眼看过一位顶尖高手的尸体，她是 1936 年的奥运射击冠军，但他从没听说过伏尔加河下游一带的萨尔马提亚人[1]。根据希罗多德的记载，萨尔马提亚人是斯基泰族和阿玛宗族[2]通婚繁衍出的子民，派女战士跟男人作战，而且建了许多类似马麦古陵墓丘陵。

在一片残破悲凉的景象中，我也遇见了几个士兵，他们跟我交谈时，有些带着明显的敌意，有些显得友好和善，有些则一副无所谓的样子。他们形容这是一场“人鼠大战”，一切都是为了抢夺这些废墟，抢夺权充前线防线的一条走廊、一片天花板、一堵墙，彼此在烟灰迷雾中盲目地投掷手榴弹，活着的人被烈焰呛得喘不过气，死去的人横七竖八地阻碍楼梯上下、楼梯间、公寓门槛进出。

在这里，人们失去了时间和空间的观念，战争几乎变成一场抽象的国际象棋局，具有三维空间，也因此我们的军队往往只到得了离伏尔加河两三条街外的地方，无力走得更远。现在轮到俄国人出手了，每一天，他们慷慨地早晚两次，朝我们的军事要塞发动猛烈攻击，特别是工厂地带跟市中心，各师分配到

1. 萨尔马提亚人（Sarmatians）：古代部族，最早出现在希腊罗马史学家的典籍里。
2. 阿玛宗族（Amazons）：希腊神话中居住在黑海沿岸的女战士部族。

的枪弹数量都经过严格的配给，逐日消耗终至弹尽援绝，一波攻击后侥幸存活下来的人马身心崩溃，无力再战。

大白天里，苏联兵大模大样地四处闲晃，因为他们知道我军奉命不得开枪。士兵挤在狭小的地下室，和成群的老鼠为伍，时间久了老鼠变得一点都不怕人，它们肆无忌惮地在活人身上奔跑，把他们当死尸一样看待，半夜还出来啃咬睡着的疲惫士兵的耳朵、鼻子或脚指头。有一天我在一间公寓的三楼，一颗迫击炮落在大街上，没多久，我听见一阵疯狂的笑声。我从窗户往外看，看见一个人的上半身直插在石灰瓦砾当中，那是一个德国士兵，两只脚已经被炸飞了，却笑到连嗓子都哑了。我定睛望着他，在那圈不断往四周土砾扩散的血泊中不停地笑。

这副景象让我汗毛直竖，五脏六腑绞成一团。我叫伊凡出去，在客厅脱下裤子。假如外出出任务想要上厕所，我总是随地解决，有时在走廊，有时在厨房、卧室，甚至随便什么废墟都行，有时有马桶可以蹲，不过不一定仍接着污水管就是了。这些遭战火洗礼的残破大型公寓，去年夏天还住了数千户人家，过着平凡的日常生活，没有人知道他们的双人床竟然能挤下六名德国大兵呼呼大睡，他们的窗帘或床单会被拿来擦屁股，家人会在自家厨房被人用铲子活活打死，尸体被扔进浴缸。

我望着这些公寓，内心涌出无奈又酸苦的不安，过往的记忆画面穿过心中不安的波涛，像遭逢海难溺毙的罹难者，尸体一个接一个浮上水面，而且频率越来越高。这些都是悲哀可怜的往事。我们搬到莫罗家的两个月后，我快满11岁了，开学时母亲将我送到尼斯的住宿学校，借口说昂蒂布没有好学校。那所学校不算好，老师也都很普通（见识了教会学校之后，天知道我有多想念那个地方！），我每星期四下午和周末都会回家，虽然如此，我还是恨这所学校。我下定决心绝对不再成为其他小孩欺负和忌妒的箭靶，绝对不要像基尔那时候一样。

刚入学时，由于我说话还保留一些德国腔，使我看起来让人敬畏三分。我母亲在家都用法文和我们交谈，除此之外，迁居昂蒂布之前，我们没有练习说法文的机会。再说，以我的年纪来说，我算瘦弱矮小的。为了补偿体型的不足，也不知道怎么搞的，我开始戏弄讥讽老师，这当然是特意做出来的。我变成了班上的小丑，经常在课堂上正经八百地提出一些无厘头的意见或问题，故意打断老师上课，同学们笑得人仰马翻。

我还精心设计了许多恶作剧，有些真的很伤人。有位老师成为我最爱戏弄的目标，他是一个好好先生，有点女性化，教英文，脖子上总是戴着蝴蝶领结，学生盛传他私底下都在干一些我跟别人一致认为不名誉的事，说实在的，是什么事没有人知道。因为这些原因，还有他生性怯弱，他成了我的受气包，我常在课堂上羞辱他，终于有一天，他抓狂似的为自己的无能生气，忍无可忍地甩了我一耳光。

多年后想起这段往事，我还是充满了罪恶感，因为我很早就知道这个可怜的人已经被我欺负到无以复加的地步，就像那些身材壮硕的校园流氓无耻地加诸在我身上的暴行一样，纯粹想借由拳头来显示他们是老大，找乐子而已。这里突显出我们所谓的强者，在面对弱者时具有强大的优势，无论强者弱者，人都一样，会因为焦虑、恐惧、疑惑而日益衰弱。

弱者深究个中道理，因而深为所苦，强者却看不见这一点，为了撑住那道保护他们不致坠入虚无深渊的颜面之墙，他们会转而拿弱者出气，但是他们的怯弱实在太明显了，威胁到他们脆弱的自信。弱者以这种方式威胁强者，遂遭致对方无情的暴力相向，唯有等到盲目且无可抑制的暴力行为因为更强者的出现，转而加诸在他们身上时，他们的信心之墙出现裂缝，这时才会清楚看见自己的未来，认清自己已经完了。

这就是第六军团每一个人现在所处的景况，当他们横扫敌军，势如破竹之际，他们掠夺百姓财产，像杀苍蝇般射杀嫌疑犯——风水轮流转，他们内心缓慢涨起的不安浪潮，就像苏联大炮、狙击手、严寒气候、疾病和饥饿一样，是杀死他们的凶手。我内心的潮水也不断上涨，散放刺鼻的臭味，一如我肠子里汹涌穿流的甜甜秽物。

托马斯安排我见一个特别的人，我跟他的一番话让这一切赤裸裸地呈现在我面前。“我想请你跟某个人谈一谈。”他探头出现在我权充办公室的狭小空间，我敢肯定那一天是1942年的最后一天。

“谁啊？”“我们昨天在工厂附近逮到的一个政委。我们使尽了所有的招数，情报单位也一样，我只是在想，让你和他谈谈也许会蛮有意思，做点意识形态方面的交流，彼此了解这种时候，对岸的他们到底想什么。你思绪敏捷，由你来做，一定做得比我好。他德文说得一级棒。”“如果你认为有用的话。”“不用浪费时间套军事情报，我们已经逼问过这方面的问题了。”

“他说了吗？”托马斯耸耸肩，微微一笑，“也不能说有。他虽然已经不年轻了，还是条硬汉。等你们谈过后，或许我们会再试看看。”“啊，我明白了，你是想动之以情。”“没错。跟他讲道理，要他想想孩子的未来。”

一个乌克兰士兵领着一个戴手铐的人到我面前。他穿着坦克部队的黄色短夹克，衣服上沾满油污，右手袖子的缝线处遭到撕裂，半张脸整个破皮，好像被人用刨刀活活刨开，另半边瘀青脸肿，连眼睛都睁不开，这些伤应该是他被逮的时候弄的。乌克兰士兵凶暴地把他扔上我办公桌前的小学生课桌椅。“打开他的手铐。”我下令。“到门外等。”乌克兰士兵耸耸肩，松开手铐走出去。

政务委员揉揉手腕。“我国的叛徒还真友善，对不对？”他轻松地开玩笑，他的德文虽然带着口音，却清晰易懂，“您离开的时候大可带他们一起走。”“我们不会离开的。”我口吻坚定地回答。“太好了，这样一来，等我们要枪毙他们的时候，就不用追着他们跑了。”“我姓奥厄，一级突击队中队长，您是？”我说。

他坐在椅子上微微欠身：“普拉夫金，伊利亚·谢苗诺维奇在此为您效劳。”

我拿出所剩不多的香烟：“您抽烟吗？”他笑了，露出缺了两颗门牙的嘴：“为什么警察总是喜欢拿烟请人？我每次被警察逮捕，总是有人问我要不要烟。话虽如此，我倒是不反对。”

我递了一根过去给他，他弯身向前让我点烟。“您的军阶是？”我开口问。他吐出一口长长的烟雾，满足地叹了口气。“贵国的士兵都快饿死了，军官却还有高级香烟可抽。我是军团的政委，最近才获颁军阶，官拜中校。”“不过，您是党员，不是红军军官。”“说对了。您呢？您也是盖世太保的一员吗？”“我隶属国家安全局，跟他们不太一样。”“我知道其中的分别，我对贵国的事情知道得不少。”

“像您这样的共产党党员，怎么会被俘虏呢？”他的表情明显变暗，“我军发动一拨攻势，一颗炮弹落在我旁边爆炸，我被喷得满脸都是土石泥块。”他指指全是擦伤的半边脸，“我昏过去了。我可以想象得到，同志留我在那里等死，等我恢复意识时，我已经落在您手上，没办法了。”他悲伤地说。

“像您这等位阶的堂堂政委竟然跑上前线，倒是挺罕见的，不是吗？”“指挥官战死了，我只好带头号召底下的人。原则上，我同意您的看法，的确不常看到党政高层出现在前线战区，是有人滥用特权，但是滥用特权的现象会改变的。”他手指轻轻敲打鼻青脸肿的半边脸。“那也是爆炸弄的？”我问。他再度笑开嘴，露出缺牙的黑洞。“不，这是您同事的杰作，想必您也非常清楚这些方法。”“贵国的人民内政公安局也不遑多让。”“当然，所以我不会抱怨。”

我刻意保持片刻沉默。“您贵庚？希望这么问不会太失礼。”我终于开口。“我 42 岁，跟这个世纪同年，跟贵国的希姆莱一样。”“这样说来，您亲身经历了革命？”他笑了：“当然！我 15 岁成为布尔什维克党战士，是圣彼得堡工联委员会的一员。您绝对无法想象那是怎样的一个时代！自由解放的狂风。”“后来事情全变了样。”他陷入深思。“没错，可能是因为苏联人民还没准备好，不知该如何面对来得如此急速，又毫无限制的自由，事情慢慢会有转机的，首先，人民需要被教育。”

“那德文呢，您是在哪儿学的？”他又笑了：“我自己学的，16 岁时跟着战俘一起学的。列宁亲自点名派我到德国，跟那边的共产党联系。您想想，我还认识李卜克内西和卢森堡[1]！他们真是了不起的大人物。内战后我数度潜入德国，与台尔曼等人接头，您不会知道我过去过的是什么日子。1929 年，贵国有一批军官到苏联受训，测试新武器和新战略，我曾经担任他们的翻译，我们从贵国学到很多。”

“说得是，可惜您没有好好加以利用，斯大林肃清了实行我国军事概念的所有军官，头一个就是图哈切夫斯基[2]。”“以我个人而言，我对图哈切夫

---

1. 卢森堡（Rosa Luxemburg，1870—1919）：德国社会民主党党员，提倡马克思主义，并起草德国共产党党纲，后与李卜克内西遭自由军团逮捕并杀害。

2. 图哈切夫斯基（Mikhail Tukhachevsky，1893—1937）：苏联红军元帅，在俄国内战中屡建奇功，在 20 世纪 30 年代末苏共内部大清洗运动时期，被诬以间谍罪遭到枪决。

斯基事件深感遗憾，而从政治的角度，我无从评判斯大林。这起事件或许错了，布尔什维克党也会犯错。然而，重点在于我们有能力定期肃清斩除误入歧途，或者随波逐流的同党同志，贵国显然缺乏这种能力，贪污腐败都源自贵党内部。”

“不可讳言，我们这边当然也存在一些问题，国家安全局知道得比谁都清楚，我们也努力让党和国家民族更好。”他微微一笑，“说到底，我们两国的体制差别并不大，至少就原则而言大同小异。”“你说出这种话，相当令人玩味。”“没那么奇怪吧？您好好想想……”

“果真如您所言，为什么我们双方非得投入殊死战？”“这是贵国挑起的，不是我们，我们随时愿意协商。这就跟古时候的基督徒和犹太教徒一样，他们在本质上毫无差异，然而，双方却不肯团结共举上帝子民的旗帜，携手同心抵御异教徒入侵，基督徒应该是出于忌妒，选择与异教徒共存，悖驰真理的见证，真是他们的大不幸，糟蹋了上帝的美意。”

“我想，这比喻里的犹太人指的是贵国吧？”“当然，反正您已经夺走了我们拥有的一切，虽然那一切在您手上变得有如漫画般夸张又讽刺。我指的不是象征性的东西，红旗、五一劳动节之类的，我说的是您的世界观里最珍贵的概念。”

“这话是什么意思？”他伸出手指，以俄国人的方式从小指头开始逐一数数，每数一个，就往内收回一根指头，“共产主义的目标是创造没有阶级的社会，与您鼓吹的国家民族意识，基本上是殊途同归，只是贵国的目标版图缩小到国家疆域而已。马克思认为工人阶级代表真理，您认定所谓的德意志民族是无产阶级民族，是善良与道德的具体产物，因此以无产阶级德意志民族对抗资本主义强权的战争取代阶级斗争。

“此外，您的经济理念不过是把我们的价值加以扭曲罢了。我对贵国的经济政策了如指掌，因为早在战争爆发前，我曾经为党翻译了贵国专业财经报上的文章。马克思以劳动为根本发展出一套价值说，贵国的希特勒则宣称：我们德国品牌，虽然没有黄金作为后盾，其价值远超过黄金。这句话语意晦涩，后来戈培尔的左右手迪特里希加以深述，他说纳粹主义非常清楚支撑货币的最佳基石，是对本国生产力以及政府领导能力的信心。由此引申，对您来说，金钱成了衡量贵国生产力的至高指针，这真是天大的谬误。贵国与国内的大资本家的关系大体而言都是虚应故事，尤其是在斯佩尔大刀阔斧力行改革后，贵党高层持续入主自由企业体，却规定企业一律得遵循经济计划，企业的利润限制在百分之六，超出的盈余部分全归国家所有。”他停住。

“纳粹主义也有修正主义路线。”我简单扼要地转述了奥伦多夫的论点。“是的，我读过他的文章，但他也一样，都想岔了。因为您没有依循马克思主义，反而曲解它，拿种族代替阶级，衍生出来的无产阶级种族简直是四不像。”

“不会比您所谓的永久阶级战争概念更荒谬。阶级是历史的产物，在某个时代出现，又在某个时代消失，阶级意识与国家民族意识共容并存，和谐共生，而不是互相残杀。然而种族是生物学的概念，自然生成的认知，也因此是无法跨越的鸿沟。”他举起手：“听着，这一点我不想再多费唇舌，因为这纯属个人信念，逻辑的推理、理智的分析根本派不上用场，不过至少您应该不会反对我要提出的这一点——尽管双方强调的类型分析出现歧异，基本的意识形态还是共通的，也就是说两者原则上都是决定论，贵国秉持种族决定一切的种族决定论，而我们依循经济决定一切的经济决定论，总之都是决定论。我们双方都认为人无法自由选择自己的人生，命运是大自然或历史加诸在人身上的。

“我们双双从中得到同样的结论，有所谓的目标敌人的存在，因此某些类型的人类理应合法地消灭。他们必须被消灭的原因不在于所作所为，甚至思想，原因很单纯，因为他们是这一类的人。在这方面，我们之间的差异只在于类型的定义。对您来说，犹太人、吉卜赛人、波兰人，甚至，我想我应该没说错，精神病患都是这类人；而对我们来说，地主、中产阶级，党内的修正路线人士均属此类。说到底，根本就是同一回事，我们双双否定了资本家所谓的经济人，这些自私的本位主义者深陷自由的假象无法自拔，转而同情工匠人，我们可以用英文这么说：Not a self-made man but a made man（不是自我塑造，而是由人塑造的那种人），他们是有待塑造的人，因为共产党人需要被塑造、被教育，贵国完美的纳粹党人也一样。而所谓有待塑造的概念，恰好提供了一个绝佳的借口，消灭那些他们无法塑造的人，这也解释了盖世太保出现的理由，他们是社会群体的守护园丁，专门拔除杂草，强迫善良的老百姓盲目追寻他们的导师。”

我又递了一根烟给他，也为自己点上一根。“就一个布尔什维克党的政委来说，您的观念挺开通的。”他苦笑了：“我以前的老关系，那些德国朋友还有其他人，最后反而成了我的绊脚石。我被打入冷宫后倒多出了时间，特别是打开了新的思考角度。”

“这就是为什么像您这样拥有辉煌历史的人，只能做到芝麻绿豆大官的原因。”“大概吧。您想想看，有一段时期我跟拉狄克[1]走得很近，还好不是托洛茨基[2]，所以我还能够待在这里。不过您知道，官运亨不亨通我一点都不在意，我个人没有野心。我只想为国家、为党奉献一己之力，就算牺牲生命也在所不辞。虽然如此，我还是有个人的想法。”

“既然您认为我们双方的体制是相同的，为什么要跟我们对抗呢？”

“我没有说过它们是相同的！您非常聪明，不可能听不出我的意思，我只是想让您明白我们的意识形态运作方式几近雷同，不过内容大异其趣，一是阶级，一是种族。对我而言，贵国的纳粹主义是马克思思想分出来的邪端异说。”

“您认为布尔什维克主义有哪些方面优于纳粹主义？”“我们的目标是为了全人类的福祉，而你们是自私的利己主义，只寻求德意志民族的福祉。就算我想要投身社会民族运动，但因为我不是德国人，我根本不可能融入。”“对，但是如果您跟我一样出身自中产阶级，想必也不可能成为布尔什维克主义的信徒：不管您内心秉持的信念为何，您永远是目标敌人。”

“的确，不过，这完全是教育的问题。中产阶级家庭的孩子或孙子，假如一出生就在社会主义国家接受教育，未来一定能成为优秀的共产党员，洗脱所有的阶级罪恶。无产阶级的社会一旦实现，所有社会阶级将在共产主义

---

1. 拉狄克（Karl Radek，1885—1939）：共产国际早期领导人，20 世纪 30 年代苏联共党大清洗运动中，被控叛国认罪后遭到监禁，死于狱中。

2. 托洛茨基（Leon Trotsky，1879—1940）：苏联共产党领袖，列宁过世后他逐渐失势，因反对斯大林政权流亡海外，1940 年遭苏联特务杀害身亡。

的大旗下解体。理论上，无产阶级的社会能更推展到全世界，纳粹主义却不能。”“理论上也许可以，实际上，您无法证明。贵国高举着乌托邦的大旗，却犯下许多灭绝人性的罪行。”

“不用我说，贵国犯下的罪行更惨绝人寰。我只想说，我们无法提出证明说服不信马克思真理的人，相信马克思主义是我们未来希望的基石，但我们可以，也即将以具体的行动证明您信奉的真理只是空想。贵国主张的生物学上的种族主义，强调各民族生来并不平等，因此有些民族天生比其他民族优越、有价值，而其中最优秀最强大的民族就是德意志民族。等到柏林沦落到这个城市的境地，”他伸出手指朝天花板一挥，“等到我国的英勇士兵拥进柏林菩提树大街扎营，到时候，您至少得承认，为了挽救您对民族优劣说的信心，斯拉夫民族比德意志民族更优越。”

我并未因此失去镇静：“您真的认为您可以打到柏林，贵国连斯大林格勒都快保不住了？您是在说笑吧。”“我不是这个意思，而是我知道我们会打到柏林，对照双方的军事潜力就一目了然。更何况，您的盟国很快又要在欧洲开立第二战场，您完了。”

“我们会战到最后一兵一卒。”

“也许，不过您仍然逃不过失败的命运，而斯大林格勒之役将成为您溃败的先兆。这种说法其实是错的，我认为早在去年，贵国攻打莫斯科受我军强力阻挡之际，贵国败象已露。我们失去了疆土、城市、人民，这些都是可以替代的，而党依然屹立，共党垮台是您唯一的希望。共党若垮台，您可能早就拿下斯大林格勒，所以贵国注定失败的命运不会改变。要是贵国没有犯下这么多错，可能老早就攻下斯大林格勒了，虽然贵国不一定会败在这里，第六军团也可能不会被全数歼灭。话说回来，就算您攻克斯大林格勒又怎么样？我们还有伏尔加河畔的乌里扬诺夫斯克、古比雪夫、莫斯科、斯维尔德洛夫斯科。我们最后一定会加倍还给您。

“当然，其中的象征意义可能不太一样，那可能不是一座斯大林的城市。然而，斯大林到底算什么？对我们布尔什维克主义信徒来说，他蛮横自大、好大喜功，与我们何干？在这里，对于每天面对死亡威胁的我们来说，他日日打给朱可夫的关切电话又有什么用呢？驱策我军勇赴战场、给他们勇气面对贵国机关枪的人不是斯大林。我们需要一位领导人，综管协调大小事，这个人可以是任何一个有能力的人。斯大林跟列宁，还有我都一样，我们都不是无可取代的。我们为这块战场订定的策略方向正确，而我方将士、布尔什维克主义信徒们，就算退守古比雪夫也会展现同样慷慨就义的勇气。尽管我方守军节节败退，我们的党，我们的人民也永远不会认输。现在，风水轮流转了，贵国军队撤离高加索地区，最后的胜利我们胜券在握。"

"也许如此，"我出言反驳，"但您的共产主义要花多大的代价来赢取胜利呢？从战争爆发到现在，斯大林始终都以国家主义来号召人民，国家主义才是真正打动人心的价值，不是共产主义。他再次搬出苏沃洛夫[1]和库图佐夫[2]等沙皇时代名将定下的规定，让军官佩戴金色肩章，1917 年，贵党在圣彼得堡的同志还亲自为他们佩戴。在贵国的阵亡将士身上，甚至高阶军官，口袋里还藏着圣像。更妙的在后头，我们侦讯俘虏来的军官时，得知民族主义的价值已经在贵国的党政军高层间复苏，斯大林和党的其他领导人在民间酝酿大俄罗斯精神和反犹太的情绪。贵国也一样，也开始处处防范犹太人，而犹太人并不是一种阶级。"

"您刚才说得都非常正确，"他表情哀痛地承认，"在战争的沉重压力下，上一辈的旧思想再度抬头。不过，别忘了那是 1917 年的陈年旧事，当时的人民多半没受教育，不知世事。我们上台才不到 20 年，没有足够的时间来教育人民，改正他们的观念，时间太短了。战争结束后，我们会重拾教育大计，一切谬误都将慢慢获得导正。"

"您说得不对，问题的症结不在人民身上，而是出在您的领导人身上。您的政治局里自私贪婪的有钱人和旧时贵族充斥，贵党的干部跟彼得大帝和尼古拉时代的官僚没有两样。同样的俄罗斯独裁体制，同样的终日人心惶惶，对外

1. 苏沃洛夫（Alexander Suvorov，1729—1800）：沙皇保罗一世和叶卡捷琳娜二世时期的将领，是俄国的历史名将。

2. 库图佐夫（Mikhail Kutuzov，1745—1813）：俄国著名将领，1812 年率领大军击败拿破仑，在向法国本土推进时不幸病逝。

同样偏执狂妄，同样的无能，无法将国家治理得像样，同样以恐怖统治代替全民共治，换言之，真正的权力核心还是同样的疯狂贪腐，同样的无能，同样的酗酒纵欲，换汤不换药。

“翻翻库比斯基[1]和伊凡[2]的书信集、卡拉姆津[3]和屈斯蒂纳[4]的作品，就能清楚发现贵国历史的中心主轴始终没变过：就是耻辱、父传子、世代承袭。打从一开始，尤其是在蒙古入侵后，贵国的历史就是一页羞辱的史迹，而贵国领导人推行的政策不思寻求屈辱史的肇因，加以改革，反而一味向外界隐瞒一切事实。彼得大帝的圣彼得堡不过是虚有其表的另一个波将金[5]式城市，是一扇开放给欧洲人士看的展示橱窗，一座专门搭给西方世界看的舞台场景，借以遮掩舞台后方无尽延伸的困顿悲惨世界。实际上，只有行为不正的人才会遭人羞辱，而风水轮流转，受辱者遂开始羞辱他人。

“1917 年的受辱者，上从斯大林下到帝俄时代的庄稼汉，掌权后随即将先前的恐惧和屈辱全数奉送给另一批人。在这个人民遭受羞辱的国度，不管沙皇权势有多高，终究也无法施展，他的旨意如石沉没入烂泥般的行政体系，他很快就被迫仿效彼得大帝，下令全国军民唯他命令是从。人人在他面前躬身弯腰唯唯诺诺，在他的背后暗中争夺江山，阴谋推翻他；谄媚上司，压榨下属，累世的奴隶心态难移，就像贵国所说的 Raby（奴隶），这种奴隶的心态如今涨到了顶点。全国最大的奴隶是沙皇本人，面对奴隶成性的子民表现出的懦弱和耻辱，却毫无作为，因为气愤自己的无能，恼羞成怒，反而更残忍地杀害人民，威胁他们，羞辱他们。每当贵国的历史洪流出现缺口，也就是挣脱恶性循环，展开新页的大好机会出现时，您却每次都错失良机。

---

1. 库比斯基（Andrey Kurbsky）：伊凡大帝时期的贵族大公。
2. 伊凡（Ivan IV Vasilyevich，1530—1584）：俄国第一个自称沙皇的君主。
3. 卡拉姆津（Nikolay Karamzin，1766—1826）：俄国著名历史学家。
4. 屈斯蒂纳（Marquis de Custine，1790—1857）：法国作家，作品以游记著称，尤以他到俄国的见闻经历写成的《帝俄书信集》最为著名。
5. 波将金（Grigory Potemkin，1739—1791）：俄国贵族，在乌克兰大草原执行殖民计划，创立许多城市，因而衍生出波将金城市一词，意旨外表气派壮阔，但城中人民生活贫苦悲惨的市镇。

“面对自由时，您所谓的 1917 年的人民解放，全国人民从平民百姓到最高领导阶层，无一不畏缩后退，封闭在旧有经历的思维里。新经济政策下台，贵国宣布自己是全世界唯一的社会主义国家，除此空口白话，没有别的。好像希望之火没有完全烧尽不行似的，之后还来了一场大肃清运动。今日鼓吹的大俄罗斯主义不过是这个历史进程的合理推演结果。人民愿意在冰天雪地的工厂一天工作 15 小时，一辈子只吃黑面包配包心菜果腹，忠心耿耿为脑满肠肥、出门有豪华礼车代步，日日肥美烤鸡配法国香槟，却自称马克思主义信徒的老板工作。

“当第三罗马[1]诞生时，老板们觉得事不关己，这个第三罗马随他们怎么说，是基督主义也好，是共产主义也罢，完全无关紧要。工厂厂长的一颗心挂念的还是如何保住职位，他们谄媚上司，送礼物打点，就算这家伙被免职，也会有另一个一模一样的人来取代他，一样贪婪、无知跟无耻，底下的工人照样看不起他，因为他应该为无产阶级至上的国家服务才对。就算您侥幸赢得胜利，从战争走出来的贵国将会比我们更偏向纳粹主义，更偏向帝国主义，您说您的社会主义跟我们的天差地远，这话充其量只是口号，最后您还是会紧抓住仅剩的国家主义不放。

“在德国，还有一些奉行资本主义的国家，咸认为共产主义摧毁了俄国，我不这么想，我反而觉得是俄国扼杀了共产主义。谁知道，如果革命发生在德国，而非俄国的话，事情的发展也许会很顺利？由自信满满的德国人，像是您的朋友罗莎·卢森堡和卡尔·李卜克内西来主导的话呢？就我个人的想法，我觉得这会是一场浩劫，将加深我们双方的冲突，而纳粹主义的目标就是要化解这些冲突。不过谁知道？”

“您是个优秀的辩证学学者，在下深感佩服，听您滔滔雄辩，还以为您受过共产主义的训练。我很累了，没有意愿跟您打口水战，反正你来我往的都是空话。您和我都无法亲眼见证您口中描述的未来。”

“谁知道？您是高层政委，也许我们会把您送进集中营好好审讯一

1. 在东正教眼中，莫斯科是第三罗马，也将是最后的罗马。

番。”“别开玩笑了。”他严峻地反驳，“贵国的飞机上空间有限，不可能会撤离我这个小角色。我早就知道我会被枪毙，这是迟早的事，我一点都不担心。”他换了轻松的口吻接着说，“您知道司汤达这个法国作家吗？您一定看过这些话：我看不出除了死刑之外，还有什么能突显一个男子汉。这是唯一无法以金钱买到的东西。”我忍不住冷笑出声，他也笑了，只是没那么夸张。

“您在哪儿挖到这个的？”我终于开口。他耸耸肩：“这个嘛，您知道，我不是只读马克思而已。”“可惜我没有酒，”我说，“不然一定敬您一杯。”我的口吻转为严肃，“真可惜我们是敌人，在别的情况下，我们应该能相处融洽。”“也许吧。”他陷入沉思，“也或许不会。”

我起身走到门口，呼叫乌克兰士兵，接着回到办公桌后面。政委已经站起来，努力想把撕破的衣袖反卷上去。我没有坐下，伸手把剩下的半包烟递给他。“啊，谢谢。”他说，“您有火吗？”我给了他一盒火柴。乌克兰士兵等在门外。

“我无法跟您握手，请多包涵。”政委微笑着讽刺说。“甭客气了。”我回答。乌克兰士兵抓住他的手臂，他跟着走出门外，顺手把半包烟和火柴塞进上衣口袋。我真不该整包给他，我心想，他哪有时间抽完这些烟，剩下的一定会被乌克兰士兵拿走。

这次对谈我没有做书面记录，有什么好报告的？入夜后军官聚在一起，互祝新年快乐，分享某些人留存下来的几瓶酒。然而，庆祝会场气氛依旧凝重，在例行的举杯祝贺后，同胞之间几乎没有交谈，每个人躲在自己的角落里，静静地喝酒或沉思，聚会很快就结束了。

我本想向托马斯口头报告我和普拉夫金会面的情形，但是他打断了我，“我知道你对这很感兴趣，但是对我而言，理论性的长篇大论不是我关心的重点。”说不出基于何种心情，我羞于开口问托马斯那位政委的下场。

第二天早上我醒来时，地底四周仍然一片黑暗，我因为发烧而全身颤抖。刮胡子的时候，我仔细观察自己的眼睛，没有发现血丝。走进食堂，我强迫自己吞下浓汤和茶，没碰面包。坐在办公桌前，读、写报告旋即变得难以忍受，我觉得快窒息了，决定不管莫里兹批不批准，我都要出去透透气，托马斯的副官福佩尔受伤了，我想去看看他。

伊凡一如往常，面无表情地背上枪。外面出奇地温暖潮湿，地面的积雪融化为摊摊污泥，天空中厚厚的云层遮蔽了阳光。福佩尔被安置在设在附近市立剧院的医院，炮弹击碎了剧院的台阶，炸飞了剧院的厚重木门，走进大厅，成堆的大理石碎片和开花的柱子之间堆栈了数十具尸体，看护助理把尸体抬出地下室，堆放在这里等待火化。通往地下室的走道和地下大厅，处处弥漫着熏天臭气。

“我，在这里等。”伊凡在主要出入口前站定，开始为自己卷烟。我望着他，我的惊讶在他冷静的脸庞面前逐渐烟消雾散，转而化为突如其来的剧烈哀伤。我，我的确有很多机会能待在这里，但是他，他觉得没有机会从这里走出去。他神色自若，吞云吐雾，冷眼旁观一切。我独自往地下室走。“请不要太靠近尸体。”旁边一名护士开口警告。他伸出手指，我朝他指的方向看过去，一堆浓稠暗黑的东西钻来钻去，看不清是什么在堆栈的尸体上爬来爬去，离开尸体往碎瓦砾堆里钻。我靠上前仔细一看，差点吐出来，成群结队的虱子离开变冷僵硬的尸体，寻找新的宿主。

我小心翼翼地绕过这堆尸体往下走，护士在我背后冷笑。进到地下室，一股潮湿被单的霉味迎面扑来，宛若某种活生生的变形生物盘绕我的鼻腔，我的喉咙，夹杂着血液、坏疽、腐烂伤口、潮湿柴火的烟味、湿透的毛衣味道，那毛衣甚至沾满了尿液、微带甜味的水泻秽物和呕吐物。我改用嘴巴呼吸，呼吸声嘘嘘作响，强忍住反胃欲吐的冲动。伤兵和病患排成列，有的躺在被单上，有的直接躺在地板上，剧院宽阔的地下室冰冷的水泥地板上都是一排排的人，呻吟和哀号绕梁回荡，地板上一层厚厚黏黏的烂泥巴。几名医生和护士穿着脏污的白袍，仿佛以慢动作来回流连一排排的垂死病人之间，细心巡察，寻找可以安放病人双脚的位置，免得弄伤肢体。

在这片混乱中，我毫无头绪，不知怎么找到福佩尔。最后，我发现了一处类似手术室的地方，没敲门直接走进去，铺设瓷砖的地板上处处沾黏血块和烂泥。我左手边有人只剩下一条胳臂，呆呆地坐在长板凳上，睁大的双眼只有空洞。手术台上躺着一名金发妇女——八成是当地的百姓，因为我们已经撤走了所有的女性护士——她全身赤裸，腹部和乳房下方是一片不忍卒睹的烧烫伤伤口，两只脚膝盖以下截肢。眼前的景象深深震撼了我，我花了好大的功夫才转开视线，不去看她那两条残肢中间暴露在外的肿胀下体。

医生刚好走进来，我向他询问党卫队军官被安置在何处。他挥手示意我跟他走，带我走进一个小房间，福佩尔衣衫不整地坐在折叠床上。炮弹爆炸伤及他的手臂，他非常高兴的样子，因为他知道他现在可以离开这里了。我脸色苍白，一脸忌妒地看着他绑着绷带的肩膀，就像小时候我忌妒地望着姐姐躺在母亲怀里吸母乳一样。福佩尔抽着烟和我闲聊，他已经拿到因伤遣返回国的票，这种好运让他像个小孩般乐不可支，想藏都藏不住，对我来说却是越来越无法忍受。他外套搭在肩膀上，双手不停地摆弄缝在外套扣眼底下的VERWUNDETE（战伤人员）标签，好像那是给他带来好运的幸运符似的。我应允会跟托马斯谈谈他返回祖国的事，起身告辞。他真是鸿运当头，以他的军阶来看，那张不可或缺人士和专业人士的清单，他根本连边都沾不上。我们党卫队的每一个人都知道，俄国人对付党卫队根本没有所谓的战俘集中营，处理党卫队就像我们对付他们的政委和人民公安局的人员一样。

出来的路上我想到了普拉夫金，不禁自问我是否能像他一样冷静面对，我想，自我了断可能比被布尔什维克党人俘虏拷打好一点，但我不知道是否有勇气。我生平头一遭觉得自己像是被困住的老鼠，只能逆来顺受，默默接受这样的结局，在这片脏污跟悲惨中结束一切。发烧再度引发全身颤抖，我不禁想，我随时都有可能躺在臭气熏天的地下室，困在自己的躯壳里，直到我吞下最后一口气，他们将我抬到出口，终于一举解决掉扰人的虱子问题。想到这里，我不禁吓得倒抽一口气。

回到大厅，我没有立即出门找伊凡，反而步上大楼梯走进剧院。这里原本应该是美丽的剧院，有阳台包厢跟绒面座椅，现在天花板被炮弹打出了几个大窟窿，差不多整片坍塌，水晶吊灯摔落观众席，上面盖了一层厚厚的瓦砾和积雪。

在好奇心的驱策下，也或许是因为突然害怕要出去了，我继续爬楼梯，往上面的楼层探险。这里也曾是火线战场，有人贴在墙上，侧身就射击位置，弹壳、空的弹药箱散落走廊一地，阳台包厢躺着两具俄国士兵的尸体，似乎没有人愿意劳神搬他们下楼，他们就这样软软地瘫在椅子上，好像无聊地等着一出无限延期的剧目开演。我踏进走廊尽头一扇被轰开的门，踏上舞台正上方的天桥，绝大多数的灯光和道具机器都摔落了，不过仍有一些稳稳待在原来的位置上。

我走到顶楼，往下看到最底层，通往观众席的出口就像一张空空的大嘴，舞台上的地板倒是完好如初，屋顶虽然到处都是洞，也还好端端架在交错复杂的横梁之上。我大胆贴近屋顶上的一个洞眼往外望，只见焦黑的废墟，还有好几处浓烟直冲上天，稍往北方看去，一场激烈的攻防战正在上演，后面传来只闻声音不见踪影的苏联伊尔 -2 攻击机典型呻吟。我搜寻伏尔加河的位置，希望至少能亲眼看见它一次，可惜它躲在废墟后头，这座剧院还不够高。

我转身环视萧条荒凉的顶楼，我想起莫罗位于昂蒂布的大宅的阁楼。每次我从尼斯的住宿学校返家，我总是会跟着姐姐，那时我们简直是形影不离，在这间设计古怪的大宅里四处探险，每一次探险总少不了阁楼。我们从客厅搬来一台手摇式留声机，姐姐会表演木偶戏，有各种不同的角色出场，像是猫、青蛙、刺猬，我们在两根柱子间拉起床单权充布幔，搬演专属我俩的戏剧和歌剧。我们最喜爱的剧目是莫扎特的《魔笛》，青蛙扮演帕帕盖诺，刺猬就是塔米诺，猫咪是帕米娜，而一个人形布偶则是夜后。我伫立瓦砾石堆，睁大双眼，仿佛听见《魔笛》的音乐，看见了童话世界的布偶游戏。

肚子突然一阵痛苦痉挛，我松开裤子蹲下，水便哗啦哗啦流泻之际，我的人仿佛漂流到他方，脑中浮现大海，潮水起落，海上的船，两个小孩坐在船艄，我和姐姐乌娜，眼神交会，双手交叠，没有人察觉我们之间的情愫，我们乘风破浪迎向这片大海而爱，比一望无际的汪洋更辽阔，比多年来的心灵创伤所引发的酸苦和痛楚更宽广，是一道耀眼的阳光，一片意志坚定终生不悔的深渊。腹部痉挛、腹泻、断断续续的高烧，还有我的恐惧，这一切都在惊奇的回忆路上挥发散尽，消失得无影无踪。

我直接躺在烟灰瓦砾中，连裤子都没拉上，过往的记忆犹如春日的河流汩汩流过眼前。我们最喜欢阁楼，因为和地窖相比，阁楼永远有阳光。就算屋顶没有被榴霰弹打穿，阳光也会从小窗户或者屋瓦的裂缝中钻进来，要不就是从上楼的活动板门悄悄溜进来，总之，阁楼绝对不会黑漆漆的，伸手不见五指。就是在阴晴不定、断断续续洒落阁楼的阳光里，我们玩耍，学会一些我们必须学习的东西。天知道是怎么起头的？或许是因为我们在莫罗的书房找到了他偷藏的禁书，又或许是随着游戏情节的进展和角色的扮演，自然而然就发生了。

那年夏天我们待在昂蒂布，后来到了圣让卡弗尔拉度周末，莫罗租了一栋临海的房子。就在那里，我们的游戏走出田野、走进茂密黑松林和邻近的小丛林，薰衣草田蝉唱蜂鸣吱吱嗡嗡，薰衣草的香气压倒迷迭香、百里香和松香，却又彼此穿插调和，接近夏季尾声时，还要加上我们狼吞虎咽吃到倒胃的无花果。

走远一点，是海，是嶙峋的岩石，两相交接形成险峻崎岖的海岸，最后是我们有时游泳，有时划船过去的陡峭小岛。到了岛上，我们全身赤裸一丝不挂，像个野人似的乱跑，或者拿铁汤匙潜入水底，挖取攀附海底岩壁的肥美海胆，等我采了几个，再拿小刀打开壳，挖下黏附在壳上的大块亮橘色的卵生吞，把剩下的海胆壳丢回海里，再用小刀的刀尖割开指头上的皮肉，取出扎在上头的断刺，最后在伤口上尿尿消毒。有时候，尤其是刮强烈的西北风时，潮水汹涌奔腾，不断拍打岩石，回到岸边变成了小孩的惊险游戏，需要敏捷的身手和一股冲劲。

有一次我浮出水面，等待潮水将我推上岸，一波突如其来的波涛将我卷起撞上了岩石，崎岖粗糙的岩石表面擦破了皮肤，多处渗出点点血丝，随即又被海水冲干净，姐姐狂奔到我身边，叫我躺在草地上，逐一亲吻我身上的擦伤伤口，舔舐血迹和海盐，模样像极了贪吃的小猫。

我们在最疯狂的时候创造了一套游戏法则，故意在母亲和莫罗面前，肆无忌惮做出某些举动，某些特定的动作。当时的我们正值天真无邪、纯净、美妙的年纪，我们瘦小黝黑的身躯自由无碍，我们像海狗一样尽情游泳，像狐狸一样自由奔跑过树林，一起在尘土堆里翻滚、释放，我们赤裸的身躯恍如连体婴般无法分割，分不出谁是女孩，谁是男孩，就像是两条交缠在一起的蛇。

夜里，我的体温越来越高，我躺在床上抖个不停，下铺睡的是托马斯，我缩成一团，被子裹得紧紧的，任虱子爬满全身饱餐一顿，脑海转啊转的都是遥远过去的影像。

夏天过去，开学了，日子一成不变。我和姐姐被迫分开，却日夜想着对方，等待相聚的一刻。我们有公开的生活，跟所有的小孩无异，但是我们的私生活只属于我俩，那是一个比全世界都宽广的空间，只要我俩心神相通，想象的空间几乎可以无限延伸。时光流逝，舞台物换星移，我们的恋曲持续敲打出专属的节奏，时而高雅，时而愤怒。寒假期间莫罗会带我们上山，在当时不像现在这么常见。他租下一栋俄国王公所有的小木屋，这位莫斯科贵族把屋子旁边的附属建筑改装成蒸汽室，我们没见过这种东西，屋主示范了蒸汽室如何操作，莫罗对这项发明尤其感兴趣。

黄昏时分，每当我们滑雪、玩雪橇或者散步回来后，他总会到那里消磨个把钟头，让自己大汗淋漓，但是他始终没勇气走出户外，像我们那样，唉，真可惜，穿着全身从头包到脚的泳衣，母亲坚持我们一定要穿上，才能在雪地里打滚。母亲恰好相反，一点都不喜欢蒸汽室，尽量能不进去就不进去。当屋里只剩我们的时候，有时候是白天，他们出门到城里散步，有时候是晚上，他们睡着了，我们会占据冷却了的蒸汽室，脱掉全身的衣物——我们的小小身躯就像是对方的镜中倒影。我们也会躲进斜斜的屋顶下方的长柜，柜子太矮我们无法直立，我们在里面或躺或坐，或爬行，或彼此抱住对方缩成一团，成为对方的奴隶，万物的主宰。

白天，在这座残破的城市，我撑着虚弱病体，努力对抗病魔，高烧、腹泻啃食着我，也带我脱离周遭处处苦痛的沉重现实。

我左耳很痛，有种闷闷的压迫感，就在皮肤下方、耳郭里面。我用小指在疼痛的部位来回搓揉，试图舒缓疼痛，却徒劳无功。我恍惚地在办公室度过了难熬的几个小时，全身包裹着脏污的毛皮大衣，嘴里哼着没有高低起伏的机械式旋律，尝试寻回记忆中失落的旧时小径。天使打开了我办公室的门走进来，带着烧炙罪人的炽热火炭，然而，他没有把火炭贴上我的唇，反而塞进我的嘴里。如果我冲到街上，接触到冷空气，将会被活活烧死。我站着，脸上没有笑容，但就算烈焰已经燃及我的眉毛，搔弄我的鼻腔，围绕我的下巴，遮断了我的视线、我的眼神，我知道，我内心平静依然，波涛不起。熊熊烈火燃尽，我看见了不可思议的景象。

一条缓坡路上停着毁坏的报废汽车和卡车，我看见人行道上有个男人，一只手倚着路灯灯杆。那是一名士兵，全身脏兮兮，满脸胡楂儿，穿着褴褛，勉强用线绳和安全别针绑住，右脚齐膝截断，另一处新伤的伤口迸开，鲜血直流，男人手上好像拿着一个空罐头或是锡杯样子的东西，在被截断的腿下接伤口流出的鲜血，拿起来仰头饮尽，免得失血过多。他机械式地反复持续这个动作，如机器般精准，恐惧霎时塞满我的喉咙。我心想，我不是医生，没有立场出面干涉。幸好我们离剧院不远，我冲进剧院，穿过阴暗拥挤的绵长地下通道，吓得在病患身上跑来跑去的老鼠尖叫窜逃。“医生！我需要医生！”我大叫，护士呆板迟钝地望着我，没有人应声。我终于在火炉旁边找到医生，他坐在板凳上，慢慢喝着手中的茶，面对我十万火急的举动，他花了一会儿工夫才有所回应，他非常疲惫，对我的坚持稍稍有些不快，不过还是跟着我来。

走到街上，截肢的士兵已经不支倒下，截肢伤口冒出了一层混杂着血液的白色物质，也许是脓；另一只脚也在流血，看起来好像有部分骨折，松松垮垮的。医生在他旁边蹲下，以冷静熟练的手法处理复杂严重的伤口，他从容不迫的态度震慑了我，不仅仅因为他有勇气接触血肉模糊的伤口，更因为他能不带情绪，平静完成他应做的工作，这一点让我难过。医生手里忙着，一边斜眼看我，我看出他眼神的含意，这男人撑不了多久了，已经回天乏术，眼下只有帮他减轻内心的焦虑，陪伴他度过生命的最后一程。

您得相信，这些都是千真万确的事。伊凡带我到别处，那里有大型的公寓楼房，离前线不远，就在共和展望大道上，我们接获线报有一名苏联逃兵藏匿在那里。我没有找到他，我一个个房间搜索，懊恼着白来一趟，尖锐的小孩笑声此时从走廊传过来。

我走出公寓，没看见任何人，过了没多久，一群轻佻无耻的野女孩冲上楼梯，有的擦过我的身体，有的从我胯下钻过去，掀起裙子露出油腻脏污的屁股，蹦蹦跳跳地上楼，消失了踪影，之后又大笑着从上面半跑半滚冲下楼。

她们像极了贪婪的老鼠，个个狂野放荡，性欲高涨，有个女孩选定跟我头同高的阶梯，站定后张开大腿，露出赤裸光滑的外阴，另一个女孩咬我的手指，我抓住那女孩的头发，猛拉到我面前，顺势给她一个耳光，此时第三个女孩的手从我背后伸过来抚摩我的大腿，被我拉住的那个扭动身子，脱离我的掌握，一溜烟消失在走廊里。我在后面追，但是走廊早已空无一人。

我望着公寓紧闭的门，跳起来踹开一扇，及时往后退才不至于坠楼，这扇门后面什么都没有，我用力甩上门，门“砰”的一声关上，机关枪嗒嗒嗒如疾风摧柳，门板被打得千疮百孔。我立即扑倒在地，反坦克炮弹炸碎室内隔墙，剧烈的爆炸声震耳欲聋，碎裂的木块土石和旧报纸纷如雨下。

我愤愤地匍匐前进，一个翻身滚进走廊另一头的一户公寓，公寓的大门早已被毁。进到客厅，我大口喘气让呼吸平顺下来，竟清楚听见钢琴琴音。

我手握冲锋枪打开卧室的门，凌乱的床上躺着一具苏联人的尸体，旁边有个戴护耳皮帽的上尉，坐在圆板凳上跷着二郎腿，聆听摆在地上的留声机转动播放唱片。我听不出是什么曲目，开口问他。那是一首相当轻快的乐曲，有一小段旋律不断反复，他等到曲子播完才拿起唱片看标签。

“法国音乐家达坎的《杜鹃》。”他重新替留声机上发条，从橙黄色的封套抽出另一张唱片，然后放下唱针。“这一首您应该知道。”的确，是莫扎特的《土耳其回旋曲》，演奏者以轻快跳跃的节奏诠释，同时又充满了浪漫的低沉，一定是斯拉夫籍钢琴家的演绎。

“演奏者是谁？”我问。“拉赫玛尼诺夫，那个作曲家。您知道他吗？”“知道一点，我不知道他也演奏。”他把一沓唱片递到我面前。“我们的朋友，”他指指床上，“肯定是超级大乐迷，从他手上的唱片来源来看，他跟共产党关系很好。”

我细看曲目，曲目都以英文印刷，唱片来自美国。这张唱片收集了拉赫玛尼诺夫诠释的格鲁克、斯卡拉第、巴赫、肖邦，还有他自己的作品，录制日期远溯至 20 世纪 20 年代初期，不过好像最近才发行。其中也有一些俄国音乐唱片。莫扎特的乐曲走到了尾声，军官换上格鲁克的音乐，取自歌剧《奥菲欧与尤丽狄茜》，乐音美妙、忧烦不绝、悲恸至极。

我朝床的方向抬抬下巴：“您怎么不把他处理掉？”“何必？他躺在这里很好啊！”我耐心等候曲子结束才开口问他：“嗯，不知道您有没有看见一个女孩？”“没有。怎么了？您想要一个吗？音乐更好啊。”

我转身离开公寓。我打开下一扇门，咬我的女孩就在里面，蹲在地毯上尿尿。她抬头看见我，双眼闪耀精光，手不停在胯下搔痒，我还来不及反应，她又从我的两腿中间钻过去，一溜烟冲下楼，瞬时消失了踪影。我颓然坐在沙发上，望着花卉图案地毯上的污渍，因为刚刚的爆炸巨响，耳朵还有耳鸣的现象。钢琴琴音在我受伤的耳郭内叮咚作响，我觉得好痛。我用指尖轻柔抚摩耳朵，手指沾满了黄稠的脓液，随手揩在沙发上。

回到百货商店地下室，我立刻去找医生，他确认我的耳朵发炎了，除此之外，他没办法为我做什么，因为他手边早就什么都没有了。我不知道那是哪一天的事情，我甚至无法确定那时候苏联在包围圈西边展开的大举进攻是否已经开打，我失去了时间的概念，也失去了在我们集体等死这段时间的技术性细节。有人跟我讲话，他的话好像来自遥远国度般缥缈虚无，像是在水底咕噜咕噜地说不清楚，我完全听不出来他们要跟我讲什么。

托马斯大概察觉到了我急遽严重的恍惚状态，他试着努力开导我，带我回到正轨，我胡言乱语的情况稍稍压制了下来。然而他也一样，得非常辛苦时时告诫自己，才能勉强保有时间的延续观念和记住事项的优先次序。为了照顾我，他带我一起出门，和他往来频繁的几个情报专员那里，总有人私藏一瓶亚美尼亚干邑或杜松子酒，每当他和他们讨论事情的时候，我总坐在一旁啜饮一杯酒，整个人被嗡嗡的耳鸣包围。

有一次类似的外出行动结束后，在回来路上的某个街角，我瞥见一个地铁出入口，我不知道斯大林格勒有地铁。怎么没人想过让我看看地铁图？我拉住托马斯的衣袖，指着消失在黑暗中的楼梯对他说："过来，托马斯，我们去看看地铁。"他语气轻快，但坚定地回答："不行，马克斯，现在不行，走吧。"我不放弃："拜托，我想看看。"我语带哀求，无声无息的焦虑涌上心头，那个出口对我有致命的吸引力，托马斯依然不答应。眼看着我就快要哭出来，活像得不到玩具的小孩，此时一颗炮弹落在离我们不远的地方，爆炸的威力将我震倒。等到爆炸的烟雾散去，我坐起身子摇摇头，看见托马斯还趴倒在雪地上，他的长大衣喷溅许多血迹和土块，他的肚子裂出一道开口，肠子从中流出，宛如蜿蜒盘绕的蛇，沾满体液滑不溜丢，还冒着热气。

我惊恐万分地望着他，他努力想抬起身体，动作极其不协调不连贯，好像蹒跚学步的小孩，他戴着手套的手往腹腔里探，从里面掏出榴霰弹锋利的碎片，随手扔进雪中。这些碎片依旧炙热，托马斯虽然戴着手套，指头免不了被烫伤，他每扔掉一块碎片，就把指头含进嘴里艰苦地吸吮，而碎片一碰上雪，立刻扑哧一声消失在雪堆里，释放出一小朵白雾。

几块碎片可能插进腹腔底层，托马斯整只手掌都埋进去了，好不容易才拿出来。他开始取回外露的肠子，慢慢往自己身上拉，绕着手掌缓慢地卷，他脸上出现扭曲的苦笑。“我想应该有几段没找回来，不过那些太小了。”他把卷好的肠子放回腹腔，用力推挤肚腹裂开的两边皮肉。“可以借你的围巾吗？”他问我，他身上只穿了一件高领毛衣，永远的花花公子打扮。我不发一语，飞快把围巾拉下来给他。他把围巾穿到破烂的制服底下，小心翼翼缠住腹部，在前面打了个结。

他一只手紧紧按住腹部，一只手撑住我的肩膀，踉踉跄跄立起身子。“妈的。”他低声咒骂，身体摇摇晃晃，“真痛。”他踮着脚尖站起来，原地弹跳了几下，然后大胆尝试蹦跳。“好，好像还撑得住。”他以所能表现出来的最大尊严，拾起散落周遭的制服碎布，全贴在肚子上，黏稠的血液黏住了碎布，多少有助于固定。“我要的都有了，当然还得找根线和针，不过在这里暂且跳过。”勉强挤出的微笑变成了痛苦扭曲的苦笑。“真他妈的。”他感叹道。他瞥见我的脸，又加上一句，“天啊！你脸色发青。”

我不再坚持要搭地铁了，我陪着托马斯回到百货商店，静静等待一切结束。俄国在包围圈西边的攻势势如破竹，我军防线完全崩溃。几天后我军撤离皮托尼克，撤退时的混乱场面简直无法以言语形容，数千名伤兵脱队迷失在冰雪封存的大草原，军队和指挥所人队人马蜂拥回城，就连驻扎宰姆拉克的参谋部都打包准备随时拔营，国防军将我们赶出百货商店的地下避难所。

我们暂时在人民公安局旧址栖身，那栋大楼先前一定是非常美丽的建筑，有巨大气派的玻璃圆顶和磨光打亮的花岗岩地板，现在圆顶早已碎裂一地，地下室移作医疗单位使用，我们只好在二楼瓦砾堆中的办公室安身，此外我们还得跟赛德利兹的参谋周旋理论（激烈情况可比争相入住饭店的海景房间，另一边的房间则乏人问津）。

不过，这一切匪夷所思的疯狂举动，我全不在意，我几乎没有注意到最近的变动，就算有也是一副事不关己的模样，因为我刚刚有了惊人的美妙发现——古希腊剧作家索福克勒斯的作品编注本。书被撕成两半，显然有人想要分享它，可惜这只是译本，还好我最喜欢的《厄勒克特拉》没被撕走。我忘了让我全身颤抖的高烧、耳朵绷带下不断渗出的脓，浑然忘我地徜徉在诗句中。

在母亲送我进去的寄宿学校里，我经常没日没夜地钻研书本，借以逃避周遭环伺的暴力，我特别偏爱希腊文，这都得感谢我的老师，我之前提过的那位年轻修士。我当时不到15岁，一有空就往图书馆跑，带着满腔的热情和无比的耐心，一字一句解读《伊利亚特》。

学年终了，班上准备排演希腊悲剧，恰巧就是《厄勒克特拉》，学校的体育馆精心打点成为演出场地，我被选为主角。我身穿白色长袍，脚蹬凉鞋，戴着黑色鬈发假发，发尾在我的肩膀跳啊跳的，当我注视镜中的自己时，我还以为我看见了乌娜，差一点吓得晕过去。我们分开将近一年了。我踏上舞台的时候，内心如此深受爱与恨的煎熬，并深深感受到在我身上看不出也听不出端倪的年轻处女身体。我哀叹着，哦，我的俄瑞斯忒斯，你死了，同时也带走了我，眼泪潸潸流下。

俄瑞斯忒斯再度上场，被厄里倪厄斯[1]附身，我哭泣，以绝美尊贵的语言高喊指令，那就去吧，如果你还有气力，再试一次，我狂叫。我为他加油打气，将他推到凶手面前，请快点杀了他，将尸体放在那儿，他有魔法，掘墓人自己会找到他。

谢幕时我听不见观众的掌声，也听不见拉布里神父对我的赞美，豆大的泪珠如断线珍珠般滚落，阿特里得斯宫中的血腥杀戮，等于我家人流血残杀的翻版。

托马斯似乎完全康复了，他以朋友的立场小训了我一顿，但是我根本没在听。我从索福克勒斯的书页里抬头时，援引了一段约瑟夫·德·迈斯特[2]的话故意开他玩笑：什么是输掉的战役？是我们认定输掉的战役。托马斯高兴得叫

1. 厄里倪厄斯（Erinyes）：古希腊语意“愤怒”，是希腊神话复仇三女神之一。
2. 迈斯特（Joseph de Maistre，1753—1821）：法国政治人物，反对法国大革命的大将。

人拿了一块板子来，在上面写了这些字，贴在走廊墙壁上，据说莫里兹还夸奖了他一番，新的标语甚至传到施密特将军耳里，他想拿来当军队的座右铭，可惜听说保卢斯反对。

我和托马斯彼此心照不宣，都不再谈撤军的事，每个人都知道这是迟早的事，只等国防军敲定撤退的日期和时间。我情绪低落，对每件事都漠然以对，偶尔伤寒症状发作时才能动摇我，凝视自己的眼睛和嘴唇已经无法满足我了，我常脱去衣服寻找胸膛上的黑色痕迹。

腹泻，我早就不再烦恼，蹲在发臭的马桶上，我反而找到了某种平静，我还挺希望能像小时候一样，在厕所一坐就是几个钟头，安安静静地看书，但是这里的厕所没有灯、没有门，我只好抽根烟聊胜于无，我只剩几根烟了。发烧的情形一直没有改善，现在几乎可说全身终日发烫，反而让我感觉像只温暖的茧，我可以缩在里面取暖，与身上的油污、汗水、干燥的皮肤、布满血丝的眼睛快乐共存。

我好几天没刮胡子了，下巴长出薄薄一层的红棕色胡须，更提升了我脏污和不修边幅的等级。发炎的耳朵不停化脓，嗡嗡耳鸣有时听起来像是低沉的钟响或汽笛，有时我什么都听不到。皮托尼克不保之后，紧接着是几天的短暂宁静，到了 1 月 20 日左右，铲平包围圈的攻势有系统地开展（日期我是根据书上的记载，而不是我的记忆，那时日历对我来说，已经是非常抽象的概念，多事之秋的记忆稍纵即逝）。

新的一年开始，短暂回暖后，气温急遽下降，在零下 25 到 30 摄氏度之间。空汽油桶内燃烧的微弱火苗不足以让伤员取暖，就算在城里，士兵尿尿时都得拿布包着阴茎，每人一块臭气熏天的破布，慎而重之地存放在口袋里，也有人会利用机会，把冻得肿胀的手放在温暖的尿液下。一切细节都记载在一团团游魂似的军队组织呈送来的报告里，同样游魂似的我看完报告，登录档案编号就归档，我好一阵子没提笔了。

莫里兹需要情报的时候，我随手抽出几份情报单位送来的报告，直接转呈给他。也许托马斯跟他说过我病了，他看我的眼光很奇怪，嘴上却什么也没说。说到托马斯，他围巾还没还我呢，我每次出门透气，脖子都冷得要命。尽管如此，我还是想出去，我快被室内弥漫的臭气闷死了。托马斯的伤势恢复良好，我不禁起疑，他看起来好像完全康复了，于是我特意挑高眉毛，眼睛盯着他的肚子问：“怎么样，还好吗？”他露出惊异的神色，然后回答：“很好啊，为什么会不好？”我的伤口和高烧一直好不了，真想知道他有什么秘诀。

有一天，大概是 20 或 21 日吧，我出去站在马路上抽烟，没多久托马斯也出来了。天空澄净，万里无云，严寒刺骨，阳光穿透建筑外墙洞开的门窗，爬满各个角落又折返干硬雪地，耀眼灿烂，至于那个地方，它只能从旁经过，洒下钢铁阴影。

“你听见了吗？”托马斯问，我耳鸣得厉害，什么都听不见。“过来。”他拉住我的袖子。我们绕过建筑物，非比寻常的景象映入眼帘，两三名大兵全身着斗篷或裹着棉被，在巷子里围着一架直立式钢琴。有个士兵坐在小椅子上全神贯注地弹琴，其他人则在一旁聆听，但是我，我什么都听不到，感觉好奇怪，我不禁悲从中来，我也好想听音乐，我觉得我跟别人一样，也有听音乐的权利。

几名乌克兰籍士兵往我们这边聚集，我看到了伊凡，他微微挥手向我致意。我的耳朵好痒，我再也听不见了，连托马斯跟我说话，他就站在我身边，听起来也只是一阵模糊不清的咕噜。

我觉得自己好像进入了默片的世界，想到这里不觉惊慌失措，愤而扯下耳朵上的绷带，伸出小指往耳洞里抠，某个东西爆开，脓水喷了我整手，顺着毛皮大衣的领子流下来。我稍感放心，但是听力仍然非常差，如果我凑过去听，钢琴的乐音变得好像流水淙淙的音响，另一只耳朵的听力也没好到哪里去。我心灰意冷，转身慢慢离开。

阳光好灿烂，光线镌刻锯齿状外墙的每一个烦琐花饰。好像有喧闹的叫声从我背后传来，我回头，托马斯和伊凡对我大动作挥舞双手，被人这样大声呼唤，我有点不好意思，于是回了他们一个友善的挥手，才继续向前走。我回头又望了他们一眼，伊凡朝我奔过来，好像有小东西撞上我的额头，也许是块小石头，或者是只昆虫，我伸手摸了摸，指尖上有一滴小小的血滴。我擦掉血滴，沿着通往伏尔加河的路走，伏尔加河应该是在这个方向。我知道我军仍然保有河岸地带，却一直无缘亲见大名鼎鼎的伏尔加河。我下定决心朝这个方向前进，决心在离开这个城市之前，最起码要亲眼看一次它的真面目。

街道掩没在安静无人的废墟瓦砾堆之中，1 月冷冷的阳光在瓦砾堆上闪闪发亮，四周安静祥和，我感到特别神清气爽，就算有人开枪，我也听不见。在冷冽的空气刺激下，提振了我的精神。

耳朵停止流脓了，我暗自希望脓包的脓水完全流光，我觉得精神饱满，精力充沛。走过矗立大河沿岸陡峭崖壁顶端的最后一排公寓大楼，有一条废弃的铁路，铁轨早已锈痕斑斑，白茫茫无限延伸的结冰河面终于出现，河的对岸，也就是我们一直没有攻下来的地方，也是平坦的白茫茫一片，好像人烟未至，寸草不生。

环视四周，不见半个人影，也看不到壕沟或要塞，前线战场的位置大概在比较上游的地方。也不知哪来的胆子，我大步踏上陡峭的沙砾斜坡，往下一路走到岸边。刚开始我还有点迟疑，后来比较有信心，先伸出一只脚踩在结冰的河面上，然后另一只，河面覆盖一层薄薄的白雪，我在伏尔加河面上行走，一想到这里，我快乐得像个小孩。

微风卷起河面积雪，雪花伴着阳光飞舞，傻里傻气地在我脚边转。我面前的冰层裂开了一个洞，面积挺大的，应该是近距离发射的大口径炮弹的杰作，从洞口往里看，河水湍急，在阳光底下近乎绿色，清凉诱人。我弯下腰把手浸到水里，感觉并不冰冷，我用手捧水洗脸、耳朵、脖子，还喝了好几口。我脱下毛皮大衣小心折好，把大衣跟军帽放在结冰的河面上，然后大口吸气往下跳。

河水清澈舒服，暖如母亲的怀抱。湍急的流水形成许多漩涡，急速将我带进冰层底下，各式各样的东西流经四周，我泡在绿色的河水中看得一清二楚，有死马的脚随着水流的牵引移动，仿佛在奔驰，还有身形扁平的垃圾鱼，脸孔肿胀的俄国大兵被怪异的棕色斗篷缠住，破烂的衣物和制服，破洞的军旗挂在旗杆上飘扬，一只推车的车轮在水里随着涡流转啊转，落水前八成曾沾了石油，不断冒着火。

一具尸体撞上了我，随即随着水流漂远，他穿的是德军的制服。他越漂越远，我瞥见他的脸和漂动的金色鬈发，是沃斯，他在微笑。我伸手想要抓住他，但是一股涡流将我卷走，等我回到原位，他已经不见了。头顶上的冰层像是半透明的屏幕，肺里的空气逐渐减少，我一点也不担心，继续游走，游过一艘翻覆的小艇，艇上满满的俊俏小伙子排排坐，枪还拿在手上，小鱼在他们飞散的发丝中间来回穿梭。慢慢地，我眼前的河水逐渐变亮，绿色的光芒从冰层的裂缝射进来，起先像是一片绿光森林，随着裂开的浮冰之间的距离逐渐加大，光束互相融合联结。

我终于浮出水面换气。小小的冰山撞了我一下，我再度潜入水底，舞动四肢站直，接着浮出水面。这里水流趋缓，几乎带不走任何冰块，往上游望去，我左边有一艘苏联往返接驳船被水流冲走，偏离航道，静静地躺在河岸上缓缓燃烧。虽然阳光灿烂，大片大片晶亮的雪花还是不住飘落，一碰到水立刻化为乌有。我以双手当桨逆流往回游，沿河岸而建的住宅区消失在厚重的黑色烟幕后方。

海鸥在我头顶盘旋，啊啊叫着，对我投以疑惑的眼光，或许它们在心里算计着当前的情势，飞到一块浮冰上面栖息。大海离这里应该还很远，难不成它们一路从阿斯特拉罕[1]飞来这里？也有麻雀成群飞舞，轻掠水面。

我从容不迫地游向左岸。终于，我的脚踩到地了，我慢慢走出水面。这边岸上的沙非常细，河岸坡度也缓，有许多小沙丘，沙丘后面是一望无际的平原。据推算，我现在的位置差不多在红镇那个地方，但是我看不见任何标的物，没有大炮、没有壕沟、没有村镇、没有士兵、没有半个人影。

沙丘上几棵弱不禁风的树，枝丫低垂飘荡在我身后的伏尔加河滔滔河水之上，一只朱顶雀在远处啾啾鸣转，一条小蛇在我脚边蜿蜒滑行钻入沙土。

我爬上沙丘，放眼望去，眼前是几乎不见生物的大草原，煤灰色的土壤上铺着一层薄薄的雪花，偶尔可见几片光秃秃的棕色灌木和几丛蒿属植物，南方一排杨柳遮蔽了远处的地平线，那里应该有灌溉渠道，除此之外别无他物。我翻找外套口袋，拿出里面的那包烟，可是烟都泡水了。湿透的衣服黏在我身上，不过我不觉得冷，空气温和，不太冷。

我感到疲惫，八成是因为方才游泳的关系。我双膝跪倒在地，十根手指拼

1. 阿斯特拉罕（Astrakhan）：伏尔加河从这里注入里海。

命挖开寒冬冰封的沙土，终于挖出了一些泥块，狼吞虎咽塞进嘴里。泥土带着酸酸的味道，矿物的味道，与唾液混合后，泥土散发出接近植物的口感，像是纤维组织的感觉。然而这只是假象，我真希望这些泥土柔软、温润、肥美、入口即化，如此一来，我可以让自己整个人躺进去，填满全身，就像一座坟墓。

高加索的高山部落有种非常怪异的掘墓方式，先挖一个两米深的直立大洞，朝洞底的某个方向继续挖出凹槽，从凹槽里可以看见半个天空。死者没有棺材，尸体用白色的裹尸布卷好，放入洞底的凹槽，脸孔面对麦加的方向，然后才用砖块，家境清寒者则用木板封住凹槽，最后把挖出来的土回填到洞里，多余的土则堆成椭圆土堆。

因此，死者不是躺在土堆的正下方，而是在土堆的旁边。当时他们为我讲述这个习俗的时候，我心想就是这个，这就是我要的坟墓，最起码冰冷的恐怖一览无遗，再说，里面应该相当舒适，也许也比较隐秘。然而，这里找不到人帮我挖洞，我手边也没有工具，甚至连刀都没有，于是我往前走，迷迷糊糊朝日出的东方前进。

这是一片宽阔的平原，地上没有生命，地底也没有死亡。我顶着没有光线变化的太阳一直走，一直走，无法依光线判定时间（我的表跟国防军的每个成员一样，都依照柏林的时间走，因为泡水的关系，指针永远停在 11 点 47 分）。随处可见的番红花，艳红的花朵是死气沉沉的大地里唯一的色彩，但当我伸手想要摘下它时，艳红的色泽顿时转灰，风化成为一缕青烟。

终于，远方出现了一些形状。走近一看，原来是长条形的白色飞艇在大型陵墓丘陵上空飘扬。几个人在坟头的斜坡上散步，有三个人离开队伍朝我走来，等他们走近，我看见他们整套的西装外头还披了白色的宽松罩衫，戴着稍显过时的可拆式高硬领，打着黑色领带，其中一人头上还戴着圆顶礼帽。“Guten Tag, meine Herren.” [1]

等他们走到我面前，我礼貌地打招呼。“您好，先生。”戴帽子那位以法文回答。他问我来这里做什么，我改用法文回答，尽可能把我的遭遇讲清楚，

1. 德语，意为：“先生，您好。”

另两个人点点头。等我讲完，戴帽子的先生说："这样的话，您不妨跟我们走，有位博士会想跟您聊聊。""悉听尊便，哪一位博士？""萨尔丁博士，也是我们探险队的队长。"

他们带我走到丘陵山脚下，飞船由三根粗的电缆线固定，齐柏林飞船在离地五十多米的空中随风缓缓摆荡，椭圆形的庞大身躯底下载着双层金属吊舱。另一条较细的缆绳好像是电话线，折叠式桌子上摆着电话，一个男人拿着话筒简短说了几句。丘陵上有人在挖东西，也有人在探勘跟测量。

我再度抬头，吊舱上缓缓降下类似篮子的东西，被风吹得摇摇晃晃，东西接近地面时，两个人立即上前抓住，引导它定位着陆。篮子由圆形支柱和藤编织而成，戴帽子的人打开门，挥手示意我进去，他接着也走进来，关上门。

电缆开始拉，篮子重重颠了一下，随即往上爬升，因为载了乘客的缘故，篮子晃荡的幅度变小，但是我还是有晕船的感觉，只能紧紧抓住篮子的边缘。我的同伴一副从容的模样，单手压住帽子。我眺望大草原，就我视线所及，没有树，没有房屋，只有在地平线的彼端隐约有一个隆起物，大概是另一座陵墓。

篮子穿过一道活板门进入吊舱，我的同伴指示我步上螺旋阶梯，接着踏进一条长长的走廊。这里的一切都是铝制品，要不就是锡、黄铜或光滑的硬木材质，说真的，是非常漂亮的一部机器。我们来到一扇装有以垫料分块缝制装饰的门前，戴帽子的人按了一个小按钮，门应声打开，他招手叫我进去，自己却没跟进来。

里面是气派的大房间，四周装有沙发，还有整面的观景窗，墙面上装设展示架，正中央是一张长桌，桌上凌乱地摆满杂物，有书、地图、地球仪、动物标本、拉风车款模型、天文仪器、光学仪器跟航海仪器。一只雪白的猫睁着颜色各异的双眼，在杂物当中穿梭。身材瘦小的男人缩在长桌另一头的椅子上，他也套着白色罩衫，我一踏进房间，他慢慢旋转椅子转身面对我，花白的头发往后梳，脸孔看起来肮脏又粗糙，眼镜夹在额头上方，略显瘦削的凹陷脸孔胡楂儿明显可见，再加上一脸烦恼不悦的表情。

"请进，请进……"嘶哑的声音迸出这几个字，他指着长沙发，"请坐。"我绕过桌子，坐在沙发上，两腿交叠。他说话的时候口沫横飞，刚吃过的饭菜在白袍上留下痕迹。“您好年轻！……”他失声喊道。我微微转头，俯瞰观景窗外的大草原，随即回正看着眼前这位男人。

“我是马克西米连·奥厄博士，一级突击队中队长，请您多指教。”我礼貌地弯身致意。“啊！博士！您是博士！”他乌鸦似的连声叫道，“哪一门学科的博士？”“是法律，先生。”“律师！”他从椅子上跳起来。“一个律师！下流的败类……该死！你们这些人比犹太人还该死！比吃人不吐骨头的银行家还烂！比保皇党人还可耻！……”

“我不是律师，先生，我是法学家，专攻宪法，也是党卫队的军官。”他突然安静下来，一跃回到座位上。他的脚显然太短，椅子太高，脚碰不到地，悬在离地板几厘米高的地方。“这也好不到哪里去……”他想了一下，“我也是博士，不过……我做的是比较有用的事。我叫萨尔丁，萨尔丁博士。”“很高兴认识您，博士。”

“我还不知道是否该高兴。您来这里干吗？”“这里，您是说您的飞行船吗？是您的同事邀请我上来的。”“邀请……邀请……多冠冕堂皇的字眼。我指的是这里，这个地区。”“嗯，我在赶路。”“赶路……好吧！赶路上哪儿啊？”“我随便乱走。老实说，我有点迷路了。”他俯身向前，两手紧抓住椅子的扶手，一脸狐疑。

“您说的是真的吗？……您没有明确的目的地？！”“我得坦白说，的确没有。”他还是不断嘟囔：“老实说……承认吧……您不是在找东西……您不是恰巧……跟我遇上！您是我那些眼红的对手派来的！……”他激动起来。“怎么可能这么凑巧，您刚好遇上我们？”“在这平坦的大草原上，从很远的地方就看得到您的机器。”他依旧不死心。“您难道不是芬克尔斯泰因派来的奸细……？还是克拉斯柴尔德那个家伙？这些见不得人好的小犹太……自以为是……都是些草包！矮冬瓜！擦鞋匠！伪造证书，伪造实验结果……”

“容我打个岔，博士，您恐怕不常看报纸，否则您应当知道，身为德国人，尤其是党卫队的军官，几乎不可能替犹太人工作。您刚刚提到的那几位先生，我一个都不认识，如果哪天我遇见他们，基于职责所在，我一定会逮捕他们。”“对……对……”他摸着下唇说，“的确是这样没错……”他翻找罩袍口袋，拿出一只真皮小包包，被烟熏得发黄的手指从里面夹出一些烟草，开始卷烟。眼看他没有请我抽一根的意思，我掏出自己的香烟，烟已经干了，我拿出一根，揉一揉捏一捏，还可以抽。火柴已经不能用了，我浏览桌面堆积的杂物，没看见火柴。

“博士，您有火吗？”我问。“等一下，年轻人，等一下……”他好整以暇地卷烟，从桌上拿起一个相当厚重的锡质方块，把香烟塞进上面的洞口，按下按钮静静等候。过了几分钟，我觉得等得也够久了，此时听见小小“叮”的一声，他把香烟抽出来，烟头冒着红红的火星，他抽了几口。“神奇吧，对不对？”“非常神奇，只是有点慢。”

“电阻需要时间加热，把您的烟给我。”我把香烟递给他，他嘴里吞云吐雾，手上忙着再来一遍刚刚的操作步骤，这次小小的叮来得比先前快些。“这是我仅存的恶习……”他喃喃自语，“唯一的一个！其他的……都戒掉了！酒……穿肠毒药……至于性爱……女人个个贪得无厌！浓妆艳抹！梅毒传染源！满脑子只想吸男人的那话儿……吸取男人的灵魂！……更别提还有怀孕的危险如影随形……不管我们做了什么保护措施，还是逃避不了，她们总是有办法……十恶不赦的罪行！纠缠不清！坐立不安！水性杨花的犹太娘们儿，居然还有脸期盼上帝的赦免！无时无刻不在发春！那些气味！经年累月！一个科学家应该对这一切罪恶说不！建立起防护罩，对一切视而不见……坚定意志……不要碰我。”他边说边抽烟，任由烟灰掉落地上，四处看不到烟灰缸的踪影，我也就客随主意了。

白猫伸长脖子磨蹭一座六分仪。萨尔丁突然把额头上的眼镜拉到鼻梁上，凑过来仔细打量我。“您也在找世界的尽头吗？”

“抱歉，您说什么？”“世界的尽头！世界的尽头！不必装作什么都不知道的样子。您到这里来，还会有什么目的？”“我不懂您在说什么，博士？”他扬起嘴角似笑非笑，从椅子上跳下来，绕过桌子，抓起一个东西就往我脑袋上扔。说时迟那时快，我及时接住，是一个圆锥体，下面插着底座，球面漆有地球五大洲，灰色的平面底座上印有“未知的世界”字样。

“别跟我说您没看过这个。”萨尔丁抛来这句话，回到椅子上又开始卷烟。“我从来没见过，博士。”我回答，“这是什么？”“是地球！笨蛋！伪君子！白痴！”“我真的很抱歉，博士，学校老师教我地球是圆的。”他恶狠狠低声咒骂："一派胡言！乱说一通！……中世纪的陈腐理论……过时了……迷信！就是这样！"他拿着香烟指着我还拿在手上的圆锥体，"就是这个！这才是事情的真相。我会证明给大家看！这个时候，我们正往世界的边缘前进。"的确，我感觉到舱房微微震动。我往窗外看，飞行船已经起锚，慢慢升空。

"等我们到了那里，"我小心翼翼地开口，"您的机器要通过它的上空吗？""您这说的是什么话！无知的东西！您不是说受过高等教育吗？好好想一想！不用说也知道，过了世界的边缘，那里是无重力地带。否则，老早就有人提出证据了！""既然这样，您打算怎么做呢？……""这就是我聪明的地方，"他狡猾地回答，"这部机器里面藏着另一部机器。"

他从椅子上站起来，走到我身边挨着我坐下。"我来告诉您，反正您一路上都会跟着我，您这个怀疑论者将成为我的证人。到了世界的边缘，飞行船停靠妥当，我们会将气球消气，折叠好放在下面专门为此用途设计的包厢。这个包厢底下有八只可折叠的脚，脚的前端配有强力的爪子。"说着，他用手指比出爪子的动作。

"爪子可以抓住任何土质的土地，就这样，我们以昆虫行走的方式，好比蜘蛛，靠近世界的边缘。我们一定能过得去！我可是非常自豪……您能想象吗？我所遭遇的困难……尤其在战争时期……建造这样的机器？……要跟占领军拉锯对抗？维希政府那些成天灌矿泉水的蠢驴？还有反抗军……讲不完的协商，一个个浑蛋、短视近利、不择手段的野心家？甚至还要跟犹太人打交道！对，德国军官大人，没错，还有犹太人！一个科学家得学习放下身段，摒弃仁义道德那一套……必要时，跟魔鬼打交道也无怨无悔。"

飞船内部某处传来汽笛声，打断了他的话。他再度起身："我得走了，您待在这里等我。"走到门边，他回过头加上一句，"不要碰任何东西！"舱房只剩我一人，我也起身走了几步。我伸出手指抚摩异色眼的猫，它却弓起脊背，毛发竖立，露出尖牙嘶嘶地吼叫。

我转头看着长桌上摆的物品，随手在某个东西上面轻敲一两下，或浏览一本书，最后跪在沙发上，面对窗外眺望大草原。

一条河横切过大草原，河道微微蜿蜒，水面金光闪烁，我好像看到河面上有个东西，舱房最里头有根三角支架，上头架着望远镜面对窗户。我单眼贴着望远镜镜头，调整焦距，寻找河流的位置，等我对准河流的方位，我顺着河道慢慢移动寻找那个东西的踪影。

那是一艘小船，上面坐了人，我再度调整远近距离。小船中央坐着一个年轻女孩，全身赤裸，头上戴着花，女孩的前后各坐着一个可怕的生物，轮廓近似人形，也是身无寸缕，他们在划船。中间的女孩有一头乌黑的长发。我的心突然怦怦敲打，我努力想看清那女孩的脸，却徒劳无功。我越来越确定，那女孩是乌娜，我的姐姐。她要去哪里？她乘坐的那条船后面还跟了几条独木舟，上面堆满了鲜花，模样像极了娶亲队伍。我必须跟她见面。但是，怎么去呢？

我冲出舱房，大步跑下螺旋楼梯，回到放篮子的房间，里面有一个人。“博士呢？”我气喘吁吁地大叫，“他在哪里？我得见他。”他招手示意我跟他走，我跟着他走到船舱的前端，领我走进控制室，圆弧形的大片落地窗前，一群身穿白袍的人忙碌地走动。萨尔丁高坐在监控仪表板的宝座上。

“您想干吗？”他看见我，立刻开口质问。“博士……我要下船，性命攸关。”“不可能！”他尖声高叫。“不行！我明白了。您果然是奸细！间谍！”他转身对着带我上船的先生。“抓住他！把他关起来！”

那个男人伸手拉我的手臂，我没多想，反手就是一记上勾拳正中他的下巴，随即翻身冲出门。几个人朝我冲过来，门太窄，他们挤在门口，没办法一下子全通过，他们被拖延了一会儿。我一步三阶，一口气爬上螺旋阶梯的顶端，等第一个追来的人头一出现，他戴着圆顶礼帽，我提起脚用力一踹，那人应声往后从楼梯滚下去，连带着跟在他后面的人也一并摔倒，场面混乱至极。我听见萨尔丁大声吼叫。

我见门就开，有舱房、桥牌室、餐厅，走廊尽头有一个狭小的储物间，里面有维修梯，梯子顶端的活板掀门应该是通往飞行船的内部，用来检修船身的。有一些铁橱，我打开橱盖，里面放着降落伞。追兵逐渐逼近，我套上降落伞，开始爬梯子。上面的活板门毫不费力就打开了，门外是一个巨大的圆柱体，飞行船船身往上弯曲的拱形支架撑开包覆的防水帆布。

光线从布料纤维的缝隙透进来，另外也在一定的间隔之间装设了灯泡，从透明的橡胶舷窗往外看，可以清楚看见装了氢气的副气囊软绵绵的形状。我开始往上爬，外舱由坚固的金属外壳固定支撑，高达数十米，我很快就爬得上气不接下气。

我大胆往脚底下瞧，圆顶礼帽冒出活门洞口，接着是整个人。我看见他挥舞手枪，转头立刻继续往上爬。他没开枪，八成是怕打穿副气囊。其他人也跟着上来了，他们爬的速度比我快不了多少，梯子每隔四米就有一片凌空的平台，让人休息喘口气，但是我没有多余的时间可以休息，我不停地爬，一格又一格，气喘如牛。

我没敢抬头，超长的梯子好像永远爬不到尽头。终于，我的头顶到了梯子尽头的活动孔盖，底下追兵踩踏铁梯吱嘎作响。我扭动孔盖把手用力一推，头顺势伸出洞口，冰冷的狂风打在我脸上。我已经爬上飞行船主体的上方，宽广的圆弧表面看起来相当坚硬。我爬出洞口，站上弧形表面，可惜孔盖没办法从外头关上。风势强劲，加上飞行器本身产生的震动，我戒慎恐惧地维持身体平衡。我踉踉跄跄朝着飞船的尾端走，一边检查降落伞是否穿戴妥当。

第一颗脑袋冒出洞口，我开始跑，船壳表面稍具弹性，每踩一步都引发反弹力道。一声枪响，子弹从我耳边呼啸而过，我一个踉跄翻倒在地，滚了好几圈，完全没有试着想站起来，反而顺着翻滚持续往下坠。我听见另一声枪响。坡度变得越来越陡，下滑的速度越来越快，我尽可能把双脚放在前面，坡度几乎呈直角，我整个人坠落高空，像个手脚分节的木偶，在风中摇摆四肢。

棕灰色的大草原恍如一堵墙，不断往我的方向升高。我没有跳伞的经验，但是我知道必须拉一条绳子，我使劲把手收回，找到操纵杆用力一拉，震动如此强烈，脖子被震得很痛。现在，我双脚朝下，下坠的速度变得和缓许多，我双手紧抓降落伞的绳索，抬头仰望，白色的蕈状伞遮蔽了天空，挡住了我的视线，我无法看见飞行船。我极目搜寻那条河，离这里好像有几公里远。水面上的船队泛着金光，我估算着该怎么走才能追上他们。地面越来越近，我双脚并拢伸直，内心有些紧张不安。

一阵强烈的撞击力道传遍全身，我被强风吹着跑的降落伞拖着，摇摇晃晃，终于顺利维持身体平衡，稳稳地站起来。我解开皮带，把降落伞扔在这里，被风吹得鼓鼓的降落伞在泥地上打了好几个滚。我仰望天空，飞行船安静从容地渐渐走远。我找到方位，小跑步急急往河边奔去。

飞行船消失无踪。我觉得大草原好像无声无息地逐渐升高，我累极了，仍勉强自己往前走。脚踩崎岖不平的枯草泥块，整个人摇摇晃晃，走到岸边，我已经上气不接下气了，但是直到这时我才发觉，我竟然站在距离河谷约 20 多米高的陡峭崖壁上，谷底河水涡流湍急，没办法直接跳下去，也没办法翻下这片悬崖。我应该在对岸降落，从那边下去，那里的河岸坡度平缓，而且一路延伸至河道。

我看见船队从上游左边划下来。乐师们身披彩带，他们的船紧跟着我姐姐乘坐的雕花独木舟，他们分别吹笛、拨弦、打鼓演奏庄严嘹亮的乐曲。我可以清楚看到姐姐，高高在上地端坐在那两个划船的生物中间，她盘腿而坐，乌黑的长发垂挂胸前。

我双手圈住嘴，围成喇叭状，连声大叫她的名字。她抬起头往我这边看，神情木然，默默不发一语，她的眼神终于与我交会，船却慢慢越走越远。

我发疯似的吼叫她的名字，但是她没有反应，好不容易才转过头来。船队依旧缓缓顺着水流往下游划，我只能绝望地站在这里。我很想继续追，但是那个当下，肚子突然一阵强烈收缩，我像个傻瓜解开裤子蹲下。然而，从我肛门喷出来的不是粪便，而是活生生的蜜蜂、蜘蛛和蝎子。

肛门炙热疼痛难忍，但是总得把这些东西排干净，我用力地屙，蜘蛛和蝎子一落地便急忙四散奔逃，蜜蜂嗡嗡飞走，我咬紧牙关不让自己痛得大叫出声。我听见一些声音，回头一看有两个小男孩，长得一模一样的双胞胎静静地看着我。他妈的他们是打哪儿蹦出来的？我起身穿上裤子，他们已经转身离去。我飞奔着追上去，一边大声喊叫。我始终没有追上，只是追着他们跑了好久好久。

大草原上又见一座陵墓。两个小男孩爬上陵墓，从另一边走下来。我奔跑着绕过陵墓，他们已经不见了。“小男孩，你们在哪里？”我高声呼喊，此时才察觉就算我站在陵墓的最高点，也看不见那条河了。

天空灰蒙阴沉，看不见太阳，我不知道该如何辨别方位，我竟像个白痴被耍得团团转！我一定要找出那两个男孩。我又绕着陵墓走了一圈，这次发现了一个凹洞，我东摸西摸，找到了一扇门。我敲了敲门，门应声开启，走进去眼前是一条长长的走道，走道的尽头有另一扇门。

我再次敲门，门同样应声咿呀打开。门后空间宽敞，天花板很高，点着油灯，从外面看看不出来这座陵墓有这么大。房间最里面竖着一张华盖高床，上头铺着地毯和靠垫，一个大腹便便的侏儒在上面玩游戏，旁边站着一个瘦高的男人，单眼戴着三角形的黑色眼罩，还有个围着头巾的干瘪老妪，角落有只漂亮的大汤锅从天花板直直垂吊下来，老妇人忙着搅动锅里的东西。至于刚才的两个小男孩，没有任何踪迹。

“您好。”我礼貌地开口打招呼，“不知道您有没有看见两个小男孩？一对双胞胎。”我补充道。

“啊！”侏儒惊讶地叫道，“有客人？您会玩 nardi 吗？”

我走近那张大床，才看清楚他正在玩双陆棋，左右手互战，两只手轮流掷骰子，红棋白棋依序前进。“说真的，我在找我姐姐。”我说，“她长得很漂亮，有一头乌黑的长发，她被人用船带走了。”

侏儒手上动作不停，他看了独眼男人一眼，才转头对我说：“那个女孩是要带来这里的，我的哥哥跟我要和她结婚，希望她真的像大家说的那么美。”他脸上露出淫荡的表情，手敏捷地滑进裤裆，“如果您真是她弟弟，那你就是我的小舅子了，坐下来喝杯茶。”

我拿了靠垫坐下，双腿交叉，面朝那盘棋。老妇人端了一碗香喷喷的热茶给我，真正的茶，不是人工制品，我很高兴地接下。“希望您不要娶她。”我终于开口要求，侏儒继续两手对抗的棋局。“如果你不想让我们娶她，就跟我下一盘，这里没有人愿意跟我玩。”“为什么？”“因为我有条件。”“什么条件？”我彬彬有礼地问，“请告诉我，我不知道您定了什么条件。”“如果我赢了，你的命就是我的，如果我输了，你的命还是我的。”

“好，没关系，我们下一盘吧。”我观察他怎么下，跟我知道的双陆棋下法不太一样，棋局开始时，棋子不像惯常以一排两颗、三颗和五颗排成几列，反而全挤在棋盘边上，而且不能叫吃，只能把对方的棋子包围起来。

“双陆棋的规则不是这样的。”我指出。“你睁眼看看，小家伙，这里可不是慕尼黑。”“我家不在慕尼黑。”“那是柏林了，我们现在下的可是那尔底。”我又看了一会儿，基本规则似乎还蛮容易的，但是思绪必须敏捷。“好，我们下吧。”玩法确实不比外表看起来的复杂，我很快就抓到个中诀窍，赢了这一盘。

侏儒站起来，抽出一把长刀对我说："好，我来要你的命了。""别那么激动。如果我输了，您会杀了我，但是我赢了，您为什么要杀我呢？"他想了想，然后坐下。"你说得对，再来一盘。"

这次换成侏儒赢了。"你现在怎么说？我要取你的性命。""好，我没什么好说的了，我认输了，杀了我吧。但是，您不认为我们应该再下一盘，好真正分出胜负吗？""有道理。"我们又下了一局，这次是我赢了。"现在，"我说，"您得把我姐姐还给我了。"侏儒跳起来，转身背对我，对着我的脸放了一个大臭屁。

"啊！这真是太过分了！"我大声抗议。侏儒开始跳个不停，每跳一次就放出一个响屁，他边放屁还边唱："我是上帝，我想干吗就干吗。我是上帝，我想干吗就干吗。现在，"他停止跳跃，开口说，"我要杀了你。""很明显，我跟您完全无法沟通，您真是一点教养都没有。"

我站起来，转身头也不回往外走。远方扬起一阵烟尘，我爬上陵墓想看得清楚些，是骑兵队。他们两两成行逐渐靠近，停在陵墓的出入口前，面对面排成两列，在门口形成长长的通道。

我看见几个离我比较近的骑兵，马蹄好像装有轮子似的，靠近仔细一看，才看到马被刺穿钉在一根相当粗的横梁头尾两端，横梁由底座支撑，底座装有轮子，马的四只脚无力地荡呀荡，马背上的骑士也被刺穿，我能看见刺穿他们头颅或嘴巴的木桩尖头。

说真的，固定的手法蛮粗糙的。每一部拼凑而成的轮车作品皆由几名全身赤裸的奴隶推着走，等到就位后，奴隶们三三两两走到稍远的地方坐下休息。

我盯着这些骑兵的脸，觉得他们好像莫里兹底下的乌克兰士兵，原来他们也来到这里，领受命运安排的一切？然而，也可能是我弄错了。高个子独眼男人走到我身边。

"无论输赢，您都要杀死与您对弈的对手，这样是不合理的。"我大胆地训斥他。"你说得对，只是我们平常客人很少。我会转告我弟弟，请他停止这种玩法。"一缕清风拨开马车卷起的尘土。"那是什么？"我指着那些骑士问。"是仪仗队，为我们的婚礼特地安排的。""好，可是我三盘胜了两盘，您应该把我姐姐还给我。”

男人用仅剩的眼睛哀愁地望着我：“你不能带走你姐姐。”不祥的焦虑涌上我心头。“为什么？”我大吼。“因为不合礼法。”他回答。

远远的一群人步行，扬起一片尘土，随即被风吹散。我的姐姐在队伍中央，仍然身无寸缕，身旁围绕着那两个恐怖的生物及乐师。“她光着身子走在最前头，就合乎礼仪吗？”我愤怒地质问。他仅剩的眼睛没离开过我身上，“哪里不合礼法了？她早就不是处女，我们却还是愿意接纳她。”

我想跑下去跟她在一起，双胞胎男孩突然再度现身，挡住了我的去路。我企图绕过他们，他们却跟着我快速移动，不让我通过，我气不过便抡起拳头。“不要打他们。”独眼男人大叫。

我激动地转身朝他大喊：“他们到底想干什么？”我气急败坏地怒吼。他没有回答。我姐姐踏上两行被固定在坐骑上的骑兵中间，泰然往前走去。

# 萨拉班德舞曲[1]

*SARABANDE*

1. 一种庄严的西班牙舞曲，是缓慢的三拍子，其中第二拍为强拍。

四周怎么这么白？大草原没有这么白过。

我躺在这片白茫茫的大地。也许下过雪，也许我躺在那里就像中弹的士兵，像一面倒在雪堆里的军旗。总之，我不觉得冷。

坦白说，很难判断，我觉得我的身体好像完全从我这个人剥离出去。在飘摇朦胧中，我试图厘清某种具体而微的感觉——我口中有泥巴的味道。但是，这张嘴在那里飘呀飘的，根本不需要下巴支撑。至于我的胸腔，感觉好像被几吨重的石块压碎了。

我寻找我的双眼，依稀瞥见它们，最后还是没办法看清楚。我自忖，我整个人完全散开了。哦，我可怜的身体。我好想抱住自己的身体缩成一团，像在夜晚的寒风中蜷曲四肢，搂着亲爱的孩子一样。

在白色苍茫、一望无际的大地上，一团火球如旋风般打转，让我睁不开眼。诡异的是，这团火焰没有为这片雪白世界带来半点温暖。

我无法直视火球，也无法转移视线，惹人厌的火球黏着我紧追不舍。恐惧席卷了我，万一我永远找不回我的脚怎么办？要怎样才能控制火球？好辛苦啊！我这个样子会持续多久？我找不到答案，我想至少需要母亲怀胎的十个月时间。这么一来，我就有时间观察周遭，我慢慢看出周遭的白深浅各有不同，是有渐层的，也许还称不上淡灰，但其中确实存在着色调的差异。

如果想要清楚地描述，需要创造新的词汇，还得跟爱斯基摩人的语言同等细腻和精准，才能形容冰封世界的多彩多姿。这大概也属于冰层组织结构的问题，然而我的视力，似乎跟我僵硬的手指一样变得迟钝麻木。

远远传来轰隆声响，我决定跟着一个小小的目标，走到这白色的尽头，一直走到尽头自己出现为止。果真如此，少说得花上一两个世纪，才能汇集出如此巨大的力量。我看出了其中的机关，那是一个直角。

加油，再加把劲，从这个直角直直走下去，我总会找到另一个直角，然后再一个。原来，呃，这是个框框，现在情况有了变化，速度加快，我陆续发现其他的框框，只是这些框框都是白色的，框框外面是白的，框框里面也是白的。

我绝望地想，自己竟然这么快就走不动了，希望渺茫啊。我应该要从假设下手才对。这是现代艺术吗？然而，形状规则的框框有时也会与其他形状交叠混淆，它们也是白的，模糊而且了无生气。啊，这样推敲真是费神，永远得不出定论，我却固执地继续思索想象新的结论——雪白大地绵延无限，其实当中有横沟，有溪谷，从飞机上俯瞰，看起来也许是一整片的大草原（从飞行船上看则不然，又是别种样貌）。有进展了！我感到颇为自傲。

再加把劲，我觉得我就快要解开这些神秘现象了。但是一场突如其来的大灾难中断了我的思考，火球熄灭了，四周立刻陷入黑暗，伸手不见五指，黑暗浓得化不开，压得人喘不过气，再挣扎也是枉然。我拼命叫喊，声音却被压在胸腔，根本出不来。我知道我还活着，因为死亡不可能会这么黑，这比死亡更恐怖，这是污水坑，不透光的泥淖，我在里面好像待了一辈子那么久。

苦难终于解除，周遭无尽的黑暗慢慢散去。光线神奇地再度洒下，四周的景物变得比较清晰了，就这样，我就像现代亚当，重新拥有叫出万物名字的能力（或许该说被赐予）：墙、窗棂、玻璃窗外奶油白的天空。

我雀跃地凝视这片超乎寻常的景象，随着眼神移转，逐一审视每一个映入眼帘的物件，像是门、门把、灯罩底下的微弱灯泡、床脚、被单，青筋暴露的双手，看样子是我的手没错。门轻轻开启，门框中出现一名白衣女子，随着她的出现，世界仿佛突然被泼上了色彩，殷红的一块，恰似雪地里一摊鲜血，悲哀酸苦一股脑儿涌上心头，我放声哭泣。

“您怎么哭了？”耳里是轻柔美妙的声音，脸颊上是苍白沁凉的手指轻触。我逐渐平静下来。她还说了一些话，但我没仔细听她说什么，我感觉到她在搬弄我的身体，我害怕地闭上双眼，如此一来，我反而有了些许勇气面对这炫目的白。

过了一会儿，换成一个中年男子出现，他的年龄应该已经踏入我们一般所谓的成熟年龄，满头白发。“啊，您终于醒了！”他神色愉悦地叫道。他为什么这么说？我已经很久很久不识睡眠为何物了。或许我和他想的不是同一件事。他走到我床边坐下，粗鲁地翻开我的眼皮，手电筒灯光直接打进瞳仁。“很好，很好。”他连声赞道，仿佛对自己残暴的举动非常满意。最后，他也走了。

我花了好一阵子才把片段的印象联结起来，然后才明白我现在在专业医疗人士手上。我必须有耐心，学着任人摆弄——不只是女人、护士小姐恣意拨弄我的身体，连医生这种正经八百、表情严肃、嗓音犹如严父的人，也常常出其不意地走进来，身边还围着一大群年轻的实习医生，每个人一律一身白袍，双手大模大样地在我身上翻来覆去，完全不觉得不好意思。他们翻动我的头，针对我的病情发表长篇大论，仿佛我是人体模特儿。他们的行为让我非常不舒服，但是我无法出言抗议，我的声带还不能清晰发音，这是我身体众多尚未恢复的功能之一。

终于有一天，我可以清晰地骂一位粗鲁的先生猪头，对方却一点都不生气，反而笑了，还拍手叫好：“太棒了，太棒了！”

我受到鼓励，大起胆子，在接下来几次医生巡房时连声开骂：“人渣、狗养的、狗臭屁、犹太鬼、下流。”医生严肃地点头，年轻的实习医生奋笔疾书，在写字板上做记录。最后，有个护士看不下去而出声斥责：“您应该有点礼貌才对。”

“是，您说得有道理，我是否该称呼您亲爱的夫人呢？”她赤裸的纤纤小手在我眼前飞舞。“是小姐。”她淡淡地回答，旋即离去。

这位护士虽然年轻，手臂却强健有力，而且敏捷灵活，当我想上厕所的时候，她会翻动我的身体，协助我排泄，事后更以专业熟练的手法，自信愉快地替我揩干净，脸上完全没有恶心的神态，就像母亲护理小孩一样。尽管她可能未婚，却感觉她一辈子都在做这样的事。我大概也喜欢她来替我服务，所以常叫她来，乐此不疲。

除了她之外，还有别的护士会喂我进食，浓汤一汤匙一汤匙灌进我嘴里。我希望大啖带血牛排，但是我不敢说出口，再怎么说，这里又不是饭店。不过，我终于明白这里是医院，还有我是病患，我深深体会了病患这个字眼具体而微的定义。

我的身体无疑出了毛病，但我还想不起来发生了什么事。从干净的床单和周遭安静干净的环境来推测，我应该已经不在斯大林格勒了，要不然就是局势产生了重大的转变。

后来我终于得知，我确实离开了斯大林格勒，目前人在柏林北部的霍恩利申一间德国红十字会的医院养病。我是怎么到这里来的，没有人说得上来，一辆军用货车将我载到这里，有人交代他们好好照顾我，他们没有多问，只是专心一意地照顾我，而我，我也不该再胡思乱想，专心养好身体，能下床走动就好了。

有一天，医院出现一阵骚动，病房门被推开，小小的病房霎时挤满了人。这次来的人绝大多数都穿着黑色制服，而不是白袍。个子最小的那个，我想了好久才认出来，我的记忆完全恢复了。小个子是党卫队大元帅，海因里希・希姆莱，他身边围绕着许多党卫队军官，有一位身材特别高大，长长的马脸好像是用柴刀劈出来的，横着几道伤痕，但是我不认识他。

希姆莱站在我的病床旁，以稍带鼻音的老道学口吻发表简短的演说，病床另一端挤满了忙着拍照录像的家伙。

我对于大元帅演说的内容有点摸不着边，几个片段的字眼在他的讲辞里显得特别刺耳，英勇的将士，党卫队的荣耀，犀利的报告，勇气可嘉。大元帅说的这番话显然跟我沾不上关系，我完全摸不着头脑。尽管如此，这个场面摆出来的意义再明白也不过，他口中的那个人说的就是我，这些军官和脸泛潮红的云集士绅挤在这个狭隘的房间，为的都是我。

这群阵仗中，我看见托马斯站在最后面，他挥手跟我打招呼，可惜我无法跟他说上话。大元帅演说结束，他转身面对一名身材相当高大，戴着黑色圆框眼镜的军官，他神色仓促地递了一些东西给大元帅。大元帅俯身挨过来，我惊惧地看着他的夹鼻眼镜越来越逼近，还有他特异的八字胡、指甲缝脏污的肥短手指。

他想在我胸前别上一些东西，我瞥见了一根针，我害怕他拿针刺我。然而，他的脸慢慢往下移，完全没有注意到我内心的焦虑和慌张，他口中呼出的气息散发出马鞭草茶的气味，扑上我的脸，最后在我的脸颊印上一个湿湿的吻。然后他挺直身体，大声一喝并高举手臂，在场所有人士立即跟着做，我的床边像是突然生出了一片手臂森林，黑色的、白色的还有褐色的。我不想显得与众不同，也跟着害羞举手。此举果然奏效，所有人转身快步朝门口散去，人群散尽，我终于得以一个人清静。我筋疲力尽，连伸手拿掉那块压住我前胸的东西的力气都没有。

现在只要有人搀扶，我已经可以走上几步了，这样一来就方便多了，我可以自己走到洗手间。只要我专心，我的身体又听从我的使唤了。刚开始还有些牛脾气，现在温顺多了，只剩左手顽强抵抗，不肯加入整体的和谐行动。我可以轻松叫左手五根手指任意移动，就是没办法让手指全缩起来握拳。我望着镜中的脸，意外发生还是第一次，说真的，我完全不认得这张脸了，我不懂这些支离破碎的五官是怎样聚集固定在这张脸上，我越是努力想看清楚，越觉得陌生。

我头颅上包扎的层层绷带至少防止了头骨开花，这已经很了不起，甚至可说是浩大的工程，却无法进一步厘清我的疑惑，这张脸看起来像一幅拼好的拼图，拼图的碎片却像是来自不同的图样。最后，医生告诉我，我可以出院了。他对我说我痊愈了，留在医院也没什么用，他们会送我到别处继续休养。痊愈！多奇怪的字眼，我连自己受伤了都不知道。

原来有一颗子弹穿透了我的脑袋。

他耐心地为我解释，天降奇迹，我不仅活了下来，子弹甚至没有留下后遗症，左手的麻痹症状是神经系统轻微受创的现象，可能会持续一阵子，但终究会完全恢复。清晰精准的专业解说反倒让我惊讶莫名，原来非比寻常、高深莫测的感觉都有合理且科学的解释。然而，就算我再三努力，也无法把我之前的种种感受都归结到这个解释，这个说法太空泛，太不真实了。倘若这一切的源头真如医生所言，那么我跟路德一样，我真想高喊天杀的婊子。

假如照医生冷静而耐心的解说，这个说明在我看来，就等于那婊子的裙子，掀起来一看，底下什么都没有。从这个说明的角度切入，我大可用同样的譬喻来形容我可怜的脑袋——一个洞，不就是一个洞而已。我从来没有想过，一个洞居然也可以是一切。拿掉绷带，我乘机仔细端详，脑门上几乎看不见任何痕迹，前额有一颗米粒状的圆形疤痕，就在右眼眉心上方，而后脑勺，大伙向我保证，那里只剩下鼓起的一个包，从外面几乎看不出来，而且长出来的头发也掩盖了手术留下的疤痕。总之，如果那批对医术自信满满的医生说的都是真的，我的脑袋被打穿了，在里面造就一条小小的迂回通道，惊异的深井井口紧闭，思绪无法进入。

假设这些是真的，一切都将变得不同，怎么可能还会一样呢？我对世界的看法从今尔后将围着这个小洞重组调整。总之，我提得出的唯一具体说法就是：我醒了，一切都不一样了。当我思索这个惊人的问题时，恰巧有人走进来找我，把我抬到医院救护车的担架上，护士小姐好心地把勋章还有匣子都放进我的口袋，就是党卫队大元帅颁给我的那只勋章。他们载我到波美拉尼亚，靠近施韦因蒙德的乌瑟多姆岛，党卫队在那里有疗养院，是漂亮辽阔的滨海庄园。我的房间采光明亮、正对海景，白天护士用轮椅推我到落地窗前，凝视波罗的海的灰蓝狂涛，海鸥尖锐鸣叫嬉戏，冰冷的沙滩，海水濡湿，鹅卵石夹杂。走廊和交谊厅定期用苯酚消毒，我喜欢这隐约呛鼻的气味，强烈地引我再三回味年少轻狂易逝的岁月。

护士个个是北方的金发娇俏女孩，纤长双手半透明的肌肤泛着蓝色静脉，也隐隐透着苯酚的气味，这里的疗养病患私下称她们为苯酚味小老鼠。这些气味和强烈的感受常让我不由自主地勃起。让我感到惊异的是，生理的反应似乎完全独立于我的意志外，护士替我洗澡时，总是面带微笑拿海绵擦拭它，跟身体其他部分一视同仁。有时勃起的时间相当久，好像在柔顺地耐心等候，导致我无法上厕所。竟然有这么一天，我的身体变成了如此捉摸不定、超乎想象的疯狂东西。肉体的复杂程度不是我能瞬间理解的，还是慢慢地一点一点来好了。

这片美丽的岛屿冰冷光秃，我却喜欢这里规律的生活，不是灰，就是黄或淡蓝，只有那么一点凹凸崎岖，恰好足够让人使力抓紧，不至于随风飘浮，也不会尖锐得刮伤人。托马斯来看我，带了一些伴手礼——一瓶法国干邑和一套精装本的《尼采全集》。然而，我不能喝酒，也不能看书，我还没有办法，书面的标题轻飘飘掠过眼前，字母仿佛在嘲笑我的无知，我向他道谢，把礼物塞进橱子里。

托马斯笔挺的制服领子上，除了两条杠的银绣线绲边四方菱形领章，还有正中央一条人字形斜纹的肩章，他晋升党卫队一级突击队大队长了。他告诉我，我也升官了，党卫队大元帅颁赠奖章给我时公开宣布的，只是我没听清楚。我现在可是德意志英雄了，《黑色军团》刊登了一篇介绍我的文章；我接受了受勋仪式，我还没仔细瞧过我的勋章，是一级的铁十字勋章（我同时也追加了二级勋章的赠勋）。

我完全不明白我有哪些英勇事迹，足以获颁这些奖章，但是托马斯一贯的风趣健谈，不等我问早已噼里啪啦滔滔不绝一路说下来：施伦堡终于挤下约斯特入主第四局，国防军把贝斯特从法国赶走，不过元首随即任命他为驻丹麦的全权代表，而党卫队大元帅也终于痛下决心，找人接替海德里希悬宕的位子，替代人选就是在病房站在他身边的那位刀疤巨汉，卡尔滕布伦纳[1]副总指挥长。他的名字我没什么印象，只知道他曾任多瑙河区的党卫队兼警察署最高总长，咸认为他是个无名小卒。

托马斯对党卫队元帅的选择似乎相当高兴，卡尔滕布伦纳可以说是他的“乡亲”，两人讲同样的方言，卡尔滕布伦纳也邀请他吃过饭了。

托马斯被任命进入第四局 A 处，担任助理处长一职，直属接替穆勒位子

1. 卡尔滕布伦纳（Ernst Kaltenbrunner，1903—1946）：纳粹高级将领，出身于秘密警察系统，纽伦堡审判时被判吊死。

的潘辛格底下。我对这些枝微末节着实没兴趣，不过这些日子，我重新学会了保持礼貌，所以我很有礼貌地恭贺他，因为他对自己的命运和表现似乎非常得意。

接着，他兴高采烈地叙述第六军团将士气派庄严的国丧。官方说法是该团每一个人，从保卢斯到最后一名士兵，全都誓死抵抗到最后一刻，悉数为国捐躯。但实际上，只有一名将军哈特曼战死沙场，也只有一人（斯坦佩尔），觉得有愧于国家，自杀殉国，其余 22 名将领，包括保卢斯，全数成为苏联的俘虏。

“你等着瞧，他们一定会劝这些人投降。”托马斯一派轻松地说。接下来三天，帝国的电台节目一律停止，全天候播放哀乐举国同哀。“最可怕的是奥地利作曲家布鲁克纳的《第七号交响曲》，没完没了，根本无处可逃，我听得都快发狂了。”他还说到我到这里的过程，几乎可说是轻描淡写一笔带过。

我全神贯注听他说，因此我可以在这里转述。不过这仅是一段叙述，虽然真实性不容置疑，对我来说却仍只是一段叙述，一串精心雕琢的文句，循着一套神秘而不带情感的次序逐一呈现，其中的逻辑好像跟我一起被送到这里，呼吸着波罗的海的咸湿空气，护士推我到户外领略海风拂面，拿汤匙送汤进嘴里，吃喝后自然拉撒，肛门扩张排泄，没有多大关联。

据托马斯的说法——我几乎把他的说法原封不动搬过来——当时我离开托马斯和其他人，径自往苏联战线方向走到一个没有掩护的危险地带，我好像把他们的吼叫示警当成耳边风，他们还来不及跑过来拉我回去，枪声响起，只有一声，旋即看到我倒地不起。

伊凡冒着生命危险，勇敢地将我拉到有掩护的地方，他也被扫了一枪，幸好子弹只穿过他的衣袖，没有伤及手臂。我呢——以下除了托马斯的说法，还加上霍恩利申那里医生的说明——子弹贯穿了我的头颅，让匆匆围过来的人惊讶的是，我还有呼吸，于是他们将我抬到救护站。

到了救护站，医生明白表示束手无策，由于我顽强地保有一丝气息，他们决定送我到辜姆拉克，该地有包围圈最好的外科医疗团队。

托马斯强征了一辆汽车，亲自将我安置在车上，他衡量自己做了一切所能做的，于是看着车子将我载走。当天晚上他收到了撤离的命令，不过自从皮托尼克失守，接替成为主要飞降跑道的辜姆拉克眼看着苏联军队大军压境，隔天也跟着撤退。

托马斯于是前往斯大林格勒斯基，那里还有几班飞机等着离开，他无聊地等候上机，为了打发时间，他跑到在几顶帐篷底下临时设置的医护中心闲晃，发现我躺在那儿，意识不清，头上缠着绷带，像铁匠的鼓风炉般大声呼吸。

托马斯拿烟请一名医护工，问清楚了事情始末。原来我在辜姆拉克开刀，细节他也不是很清楚，而医护人员发生了口角，没多久一颗榴霰弹恰好击中医护中心，手术医生当场死亡，我却还活着。由于我是军官，他们有义务照料我，所以医院撤离时，他们将我运上车送到这里。

托马斯本想带我搭同班飞机走，但是战地警察悍然拒绝，因为我身上挂着红边牌子，上面写着斗大的 VERWUNDETE（战伤人员）几个字，意指“不能运输”。“我没办法等下去，因为我的飞机眼看着就要起飞了，敌军又来一阵狙击。在那当下，我发现一个遍体鳞伤的家伙，身上挂的是普通标示牌，我拿他的牌子跟你的交换，反正那家伙也活不久了。我把你送到跑道边上，跟其他病患放在一起，然后我就走了，他们将你送上下一班飞机，那是最后的几架。抵达梅利托波尔下机时，你真该看看他们的脸，没有人敢上前跟我握手，他们怕死虱子了，只有曼施坦因例外，他跟每个人都握了手。除了我之外，其余的军官清一色来自装甲军团。这没什么好大惊小怪的，因为撤退名单是胡伯列给米尔赫的，真的是谁都不能相信。”

我软软地挨着抱枕，闭上双眼。

“除了我们还有谁出来？”“除了我们？只有魏德纳，你还记得他吗？隶属盖世太保。莫里兹也收到撤离令，但是我们一直找不到他，连他有没有离开都无法确定。”“那个小伙子呢？你的同胞，被炮火波及受伤后高兴得不得了的那个？”“福佩尔？早在你受伤之前，他就被送上飞机了，可惜他搭的亨克尔起飞时被一架苏联的伊尔 -2 攻击机打了下来。”

“伊凡呢？”他掏出一只纯银香烟盒：“我可以抽烟吗？可以？伊凡？嗯，他留下了，那是当然的。你总不会天真到以为我们会牺牲掉一个德国人的位置给乌克兰人吧？”“我不知道。他也为我们国家战斗。”他拉拉烟管，微笑着说:“你又来那一套过时的理想主义了。看来你脑袋中的那一枪没有造成多大的伤害，你该庆幸自己能活下来。”庆幸能活下来?在我看来，这就跟被迫诞生到世上来一样蛮横粗暴。

每天都有新的伤员拥进，他们来自库尔斯克、罗斯托夫、哈尔科夫等逐一被苏联拿回去的城市，还有北非的凯塞林。跟新入院的人简短交谈几句，得到的信息远比军事公报更意义深长。军事公报通过交谊厅的小型扩音器播报，播送前总是先来一段巴赫清唱剧的《上主是我坚固保障》的序曲，然而国防军选用的是威廉·弗里德曼的改编版本，他是巴赫的那个不肖子，在他父亲纯净的交响乐里加入了三支小号跟一座定音鼓。光是这个，就足以构成每回播放公报时我避走交谊厅的借口，免得被卷入一波波麻醉剂似的委婉说辞涡流，连续狂热 20 多分钟。

我不是唯一对军事公报感到不满的人，有一位护士只要到了播放公报，就常看见她在露天阳台上忙来忙去。有一天她跟我说，大多数的德国人一直到第六军团被歼灭了，才知道他们被困的消息，对德国人无疑是一大打击。

这件事对国家民族的生活运作造成了重大影响，舆论出现，人民公开批判，在慕尼黑还引发了一起类似学生的抗议事件。这些我当然无法从电台、护士或病患那边得知，这些都是托马斯告诉我的，他的职位已经高到足以获悉第一手消息。有人到处散播颠覆性的传单，在墙上涂鸦失败主义言论标语，盖世太保被迫强力干预，逮捕了许多滋事分子并加以审判处决，其中多半是迷惘的青年。这起悲剧的后遗症还包括了，唉，戈培尔博士大张旗鼓重返政治舞台。他在柏林体育宫发表的全面战争宣言，一字不漏通过收音机传送到我们耳里，毫无逃避的余地。在这座党卫队的疗养院里，很不幸，我们被迫认真严肃看待这种事。

党卫队武装军的英勇健儿填满院内每一间病房，多半状况都很差，大多数的人少了一条胳臂或一截腿，有的甚至还少了下颚，气氛不是一直都很愉快。但是有件事让我很感兴趣，几乎所有的人对于最后胜利仍然信心满满，对元首也忠心耿耿，尽管只要花一点大脑思考情势发展，或拿张地图研究一下就能明白，事实并非如此。当然不是每个人都这么想，有些身在祖国的人，开始理性分析目前的情势和地图，并得出公正客观的结论。

我和托马斯讨论过，他话中有话地暗示有些人，好比施伦堡以这些结论为基础思考可能的后果，并根据这些合乎逻辑的后果，着手研拟下一步该怎么走。我不会跟周遭处境堪怜的伙伴谈论这种事，更进一步打击他们的信心，随意剥夺他们牺牲人生奉献的理想基石，此举毫无意义。我的体力慢慢恢复了，现在可以自行穿衣，独自到海边散步、吹海风、听海鸥聒噪，我的左手也终于再度听命于我。

这个月接近尾声（当时是 1943 年 2 月），疗养院的主任医师为我进行了详细的检查后，问我是否愿意出院，病患不断拥入，疗养院一位难求，而我可以在家休养。我很客气地向他说明，回家不是我的第一选择，如果他希望我走，我可以离开回城里住饭店。

他签发的文件上注明我还需要调养三个月，所以我坐上火车回柏林。我在布达佩斯大道找到一家相当不错的饭店，叫艾登饭店，我租了一个套房，宽敞漂亮的豪华套房，有客厅、卧室和铺了地砖的漂亮浴室。饭店的热水供应不受配额限制，我每天泡在浴缸里，躺上一个钟头，直到皮肤红彤彤的才出来，然后倒在床上，听心脏扑通扑通跳。

房间有一大片落地窗和小巧的阳台，可以看到动物园，早上起床后，我边喝茶边看着动物管理员巡视园区、喂食动物，心情好得不得了。这些所费不赀，我一次领出 21 个月累积的薪饷，外加奖金，数目相当可观，我当然有能力小小地挥霍享受一番。

我向托马斯的裁缝订了一套漂亮的黑色制服，绣上新的二级突击队大队长官阶徽章，还缝上获赠的奖章（计有铁十字勋章和征战十字勋章，我还获颁了一些级等较低的勋章，因为征战受伤，还有因为参与 1941 到 1942 年的战事有功，后来还拿了纳粹主义德意志劳工党奖章，这个奖章几乎人人有奖）。我不是很爱穿制服，但是穿上了新制服，我不得不承认自己看起来英姿飒爽，军帽斜挂，手套吊儿郎当拿在手上，大摇大摆地逛大街，整个人得意扬扬。看见我这样，有谁会想到我不过是个官僚？

在我离开的这段时间，城里变化不大。

为了减少英国空袭轰炸所带来的灾害，城里采取了一些措施，破坏了些许市容。有座类似马戏团表演的大型帐篷，其实是张大网，上面铺了破布和松枝，好从勃兰登堡门起始的夏洛滕堡大道一直掩护到动物园里，导致这条大马路就算在白天也是阴暗的；凯旋碑上的贴金装饰被棕色油漆和网子盖去；阿道夫·希特勒广场和几个地方增建了几栋造型突兀的超大型建筑，做成剧院式的外形装潢，下面则有汽车和电车通行；我住的饭店旁边，竖立一栋可鸟瞰动物园的诡异大楼，这栋大楼活脱像是从一场焦躁不安的梦境跳出来的；而像是来自中古世纪的巨大混凝土堡垒装配了大炮，抵挡英国的空中杀手，保卫城区人畜平安。

看着这头拔地而起的巨大水泥怪物，我当时颇感讶异，觉得政府未免大惊小怪。但是我不得不承认，那个时候让大部分的市民吓破胆的英军空袭轰炸，跟后来的轰炸相比，根本是小巫见大巫。因为全国总动员的缘故，好的餐馆都关门歇业，戈林曾经力保他最喜欢的侯切尔餐厅，还在餐厅附近设立岗哨，但是当时柏林市的党代表戈培尔，号召愤怒的民众自发上街游行抗议，在那次的街头抗议中，愤怒的民众敲碎了餐馆的每一片玻璃，戈林只好屈服。

这件事让托马斯和我心中暗暗叫好，我想我们绝对不是特例，就算不用“斯大林格勒围城”减肥食谱，一点饮食节制对戈林元帅只有好处，没有坏处。

很幸运的是，托马斯知道一些私人俱乐部的门路，它们在新的法规保护下免于关门大吉，我们大啖龙虾和生蚝，价钱虽然不菲，但是不受配额限制。我们更狂饮香槟，香槟在法国当地买卖管制得非常严格，但是到了德国完全不受限。

可惜鲜鱼一尾难求，跟啤酒一样有钱无处买。

在这些地方的整体氛围催化下，有时候会出现一些特异的现象——黄金马铁俱乐部有个黑人女服务生，而女客人可以骑马绕着马戏团的跑道跑，用意在显露美腿；骑士俱乐部有管弦乐团演奏美国乐曲；客人不能跳舞，吧台挂着好莱坞影星的海报，甚至出现《乱世佳人》男主角莱斯利·霍华德的照片。

我很快就明白，我回到柏林时感受到的欢欣气氛，其实是表面薄薄的一层假象，在脆弱的假象底下，我惊恐地发觉自己像是易碎物品，稍一用力呼吸就会碎裂。

我目光所及，到处是等电车火车的人群、优雅妇人的笑语，报纸皱折的沙沙声，平凡的生活景象像是锋利的玻璃碎片一一在我身上划过。

我觉得额头上子弹打穿的洞，洞口张开如同第三只眼，一只松球状眼睛，它没有感旋光性，不会跟着太阳转，拥抱耀眼刺目的阳光，反而专找阴暗面，具有看穿死亡赤裸裸脸孔的异能，还能在芸芸众生的血肉脸庞中、迎人的笑脸下，看透最苍白最神圣的皮相，拆穿眼里笑意盎然的障眼法，捕捉到这张脸孔底下的真实。

灾难已然降临，人民却浑然不知，而真正的灾难是预知灾难逼近的体察，在灾难降临前就破坏了一切。我在内心酸苦地不断对自己说，只有前九个月我们可以说是高枕无忧，尔后手执烈焰宝剑的大天使踏出标示着你由此进入，便要弃绝一切希望的大门，一路追赶着我们，丝毫不肯放松。

此刻人们念兹在兹的只有一件事——回到从前，然而时间无情地向前奔去，催促我们往前走，到了尽头才发现一切都已成空，什么都没了。这些念头都是陈腔滥调，随便一个迷失在东部占领区雪地的士兵都会有此想法，这是倾听寂静的结果，他知道死神的脚步近了，体认到每一次的呼吸、每一次的心跳、冰冷刺骨的空气、白天乍现的曙光，这一切都像是奇迹，是多么弥足珍贵。然而，前线战场和后方相隔十万八千里，犹如一层保护士气的脂肪，看着这些心满意足的老百姓，我有时会差点无法呼吸，好想大声吼叫发泄。

我找了一家理容院，坐在里面，面对镜中投射的蛮横无理的瞪视，突然惊恐莫名。漆成白色的室内干净无尘，而且现代，不言而喻是收费高昂的理容院，还有一两位客人从容地坐着。理发师替我套上黑色长罩袍，罩袍底下的胸腔，一颗心跳得厉害，五脏六腑好像笼上一团冰冷气压，恐惧席卷全身，手指不由自主打战。我望着镜中的自己，面容平静祥和，然而在平静的面相底下，我的一切早已成为恐惧的俘虏。我闭上双眼，咔嚓，咔嚓，耳边传来理发师手上小剪刀慢条斯理的修剪声。

回家的路上，我突然有个念头，没错，继续假装什么事都没有吧，谁知道也许假装到了最后，连自己都能说服自己，相信一切都会很好。但是我无法说服我自己，我动摇了。尽管如此，我的身体没有出现任何征候，不像我早先在乌克兰和斯大林格勒时那样，我不觉得恶心，也不想吐，肠胃消化也百分之百正常。只是每次走到大街上，总觉得如履薄冰，脚下的冰层仿佛随时会碎裂。活着，变得随时随地必须留意周遭的一切，弄得我好累。

我漫步后备军运河附近的一条宁静小路，某个妇人家一楼的窗台上，留着一只贵妇人用的蓝色绸缎长手套。我不自觉拿起手套往下走，我想套在自己手上。手套对我来说当然太小了，绸缎的触感却让我兴奋莫名。我想象戴这只手套的纤纤小手，这个念头让我感觉混乱。

我决定抛下手套，但我需要一座窗台才能解决这个问题，窗台上要装有铸铁花案细栏杆，最好还是一栋古老的屋舍，可惜一路上我只看到店铺，店门前紧闭无声的橱窗。终于快要走到我下榻的饭店时，我找到了一扇合适的窗户。百叶窗紧闭，我小心翼翼把手套摆在窗台中央，恭敬犹如献上贡品一般。两天后，百叶窗依旧紧闭，手套好端端地躺在那里，捎来暧昧含糊的暗示，我猜不透，它肯定想要传达某些信息给我，但会是什么呢？

托马斯应该对我的精神状态起了疑心，因为除了头几天，我没再打电话给他，也不再跟他一起吃晚饭。说真的，我比较喜欢一个人在城里漫无目的地闲晃，或者坐在房间阳台凝视动物园的狮子、长颈鹿和大象，要不然就慵懒地躺在房间的豪华浴缸，恣意浪费热水。托马斯出于关心，好意想让我放轻松，他请我带一位年轻女性出游，她是元首的秘书，休假到柏林来玩，在柏林人生地不熟。基于礼貌，我无法拒绝。我带她到凯宾斯基饭店吃饭，尽管每道菜都被冠上了愚蠢的爱国菜名，菜肴还是非常美味，餐厅的人看到我身上林林总总的勋章，也没敢拿粮食配给限额的问题来烦我。那位小姐叫格蕾特·V，她狼吞虎咽将生蚝往嘴里送，一颗又一颗的生蚝就这样消失在她的贝齿后方，可见在拉斯滕堡吃得并不好。

“还有！”她大惊小怪地叫道，“还好我们不必跟着元首吃一样的东西。”我替她斟上第二杯酒，她滔滔不绝地告诉我，蔡茨勒，也就是陆军指挥部的新任参谋长，得悉戈林谎报包围圈的空运补给数字的真相后震怒，公开从 12 月起，叫俱乐部只给他第六军团官兵平日的食物配给。蔡茨勒的体重迅速下降，逼得元首只得强迫他停止这种病态的示范，香槟和干邑却因此停止供应。

她说个不停，我静静观察她，她的外表颇为出众，坚毅刚强的长下巴非常突出，长相虽然算是大众脸，却掩藏着不为人知的浓烈欲望，自涂满口红的血红双唇中间涌出。

她双手激动比画，没有停过，指头因为血液循环不良而发红，骨架纤细如小鸟，骨瘦如柴，关节突出，左手腕一圈奇特的痕迹，可能是戴手链或绳编饰品留下来的。我觉得她高雅健谈，但她身上总是带着一股说不出的矫揉虚伪。

在酒精的催化下，我慢慢诱导她，把话题转向元首的私生活，出乎意料的是，她老实不客气地大胆托出。元首每晚都会发表演说，一讲就是几个钟头，而他的独白内容总是千篇一律，枯燥又无聊，所以众秘书、助理和副官决定排班轮值，轮流听他讲，轮值的人员往往得到凌晨才能上床。

“当然了，”她补上一句，“我们德国的救星的确是个天才，不过这场战争把他累垮了。每天傍晚快五点的时候，在会议结束还没开饭的空当会放电影，同时先上晚茶，我们有一间专门给秘书使用的咖啡厅，到了那里，他的身边全是女人，他比较能放松敞开心扉——至少在斯大林格勒事件之前是这样——他会跟我们开玩笑，吃吃女孩的豆腐，不提政治。”“他也吃您的豆腐吗？”我开玩笑地说。她霎时变脸，严肃地说：“哦，没有，从来没有！”她问了我一些斯大林格勒的事，我加油添醋，把情况描述得血腥残酷，她起先还笑到流眼泪，渐渐觉得局促不安如坐针毡，打断了我的话。

我送她回下榻的饭店，邻近安哈尔特火车站。她邀我上楼喝一杯，我婉拒了，我的待客之道是有耐心限度的。我与她道过再见后，全身立刻散发焦躁不安的感觉：我这样浪费时间究竟有何意义？在背后道听途说、议论我们的元首，到底对我有什么好处？

在一个浓妆艳抹的小情妇面前大放厥词炫耀，又有什么用处？说真的，她对我不过就是抱着某种期待吧？我最好独自静一静。然而，我回到旅馆房间，虽然是第一流的大饭店，我还是无法平静，底下那层楼正在热闹狂欢，音乐、嘶吼还有狂笑穿透地板冲上楼，掐住我的脖子。我倒在漆黑的房间床上，想到第六军团的官兵。

我刚刚提到的那个夜晚是3月初的事，离斯大林格勒最后几个单位的官兵投降已经一个多月，发着高烧和饱受寄生虫毒害的幸存者，现在应该正在往西伯利亚或哈萨克的途中，在此同时，我在这里，艰困地呼吸柏林的夜风，而他们，听不到音乐，听不到笑语，听不到任何尖叫。广袤的大地只有他们，无论走到哪里，每个人总是痛得扭曲身体，可不是因为他们觉得好玩，对他们来说，享乐的事情在这一时半刻想都甭想，至少得再等一阵子，等上一段该等的时日。

一股恶毒可憎的焦躁从心里涌出，压得我透不过气。我猛然跳起来，拉开书桌抽屉翻找，拿出我服役时的配枪，检查枪膛上了子弹后，再把枪放回抽屉收好。我看看手表，凌晨两点。我穿上制服外套（我之前没有更衣），没扣纽扣就大步走下楼。

走到柜台，我问了电话的位置，随即打电话到托马斯的租屋处。“很抱歉这么晚打搅你。”“不会，没关系。怎么了？”我向他吐露内心涌出的杀戮冲动。出乎我的意料，他收起一贯的嘲讽口吻，非常严肃地对我说：“很正常，那些人都是人渣，趁战争捞油水的投机分子。不过如果你随意朝一堆人开枪，还是会给你带来大麻烦。”“你有什么建议呢？”“过去找他们谈谈。如果他们还不安静一点的话，我们就报警。我再打电话给一些朋友。”“好，我去找他们。”

我挂上电话，上楼走到我房间楼下的楼层，轻易就找到正确的房号，敲了门。开门的是一个身材窈窕的美丽女孩，身上的晚礼服稍显不整，睁着亮晶晶的眼睛看着我。

“有什么事吗？”震耳欲聋的音乐从她背后窜出，夹杂着清脆的酒杯声和放浪的笑声。“这房间是您的吗？”我心跳加速。“不是，等一下。”她转身高叫。“迪基！迪基！有军官要找你。”一个穿休闲外套，醉意醺然的男子走上前，那个女子不无好奇地盯着我们。“是，二级突击队大队长？”他说，“有什么能为您效劳的？”他一口合宜的腔调，听来颇有诚意，口齿虽夹缠不清，但流露出旧式贵族阶层的调调。

我微微欠身，以最不带情绪的口吻说：“我住在您楼上，我刚从斯大林格勒回来，在那里受了重伤，而我的许多同伴都在那里为国捐躯。您这里的欢乐气氛让我很不舒服，我本来想下楼直接给您一枪，后来我打电话给一位朋友，他建议我先过来找您谈一谈，所以我过来了，想跟您谈一谈。为了我们大家着想，我想最好不要再让我跑一趟楼下。”

男人一听，脸色霎时苍白。“不，不会了……”他转头高喊，“戈菲！关掉音乐！关掉！”他回过头注视着我，“很抱歉，我们马上就结束。”“谢谢。”我内心荡漾着些许得意，慢慢走上楼，临走还听见他高喊：“所有人都出去！结束了！快滚！”我切中核心，这不是怕不怕的问题，他也一样，突然明白而深感愧疚。

回到房间，现在果然安静了，街上偶尔呼啸而过的车辆跟失眠大象的嘶叫是仅有的噪声。然而，我内心的激动无法平息，我刚才的举动简直像是一幕精心策划的戏，真实沮丧的情绪，扭曲转为激愤，就像是一出传统戏码。

不过问题的症结就在这里，我一直以外在的眼光、批判的角度来观察跟自我审视，如此一来，我怎么可能说出半个真心的字眼，做出任何真心的举动呢？我的所作所为变成了一种表演，为我自己演出的戏码，我的内省不过是另一种方式的自我陶醉，像是可怜的那耳喀索斯（Narcissus）恒久追求自己美丽的倒影，唯一的差别在于，我没有被自己的水中倒影骗到。

打从我结束童年时光起，这一直是我走不出来的死胡同。过去只有乌娜能带我走出我内心的死结，让我暂时忘却，自从我失去了她，我便无可避免，不断以一种混淆着她的看法跟我的角度的眼光来自我审视。少了你，我便无法成就我自己，这一点是我最真实的致命恐惧，跟那些想起来仍有一丝甜蜜的恐怖童年回忆没有关系。这是最后的判决，无法上诉，连审判申辩的机会都不给。

也就是在 1943 年 3 月初，曼德尔布罗德博士邀我一起喝茶。

我认识曼德尔布罗德博士和他的合伙人勒蓝先生，已经好一段时日了。之前的世界大战结束后——也许更早，但是我无法确认——我父亲曾替他们工作（我叔叔似乎当过他们的业务代表）。据我后来逐步了解，他们的关系超乎寻常老板和伙计的单纯层面，父亲失踪后，曼德尔布罗德博士和勒蓝先生也曾出力协助母亲寻找，或许也曾在金钱上给予我们协助，这一点我不是很清楚。他们在我的生命里一直扮演着重要的角色。

1934 年，当我准备和母亲断绝关系重返德国时，我联络了曼德尔布罗德，他已经是运动中的一员大将，饱受尊敬。他鼓励我，并慷慨出钱出力帮我。也是在他的激励下——现在是为了德国，不再是为法国了——我继续完成学业，而后来安排我到基尔入籍，以及加入党卫队的也都是他。尽管他的姓氏听起来像是犹太姓氏，他跟罗楚姆佩格部长一样，是道地道地的德国人，而且源自一个非常古老的普鲁士家族，或许混了一点斯拉夫血统。

勒蓝先生原籍英国，但是他对德国友好的坚定信念让他大义灭亲，早在我出生前，他就否定了他的祖国。他们都是企业家，但是要精确定义他们的地位，则有些困难。他们入主好几间公司的董事会，尤其是法本公司，他们也出资挹注其他企业，但是在公司经营团队上找不到他们的名字。听说他们在化学业界颇具影响力（两人都是化学业界的政府商团代表），在冶金业也是重量级人物。早在纳粹还未上台之前，他们就非常接近党的核心，在党的草创初期更捐了大笔献金。

战争爆发前我曾跟托马斯聊过这两人，据托马斯说，他们的职位等于元首的账房，不需事事向菲力普·鲍赫勒[1]报告，他们有专属的管道进出党的财政高层。

党卫队大元帅特别颁赠荣誉党卫队地区总队长官阶给他们，同时也是希姆莱之友会的会员，托马斯却高深莫测地表示，党卫队拿他们一点办法也没有，事事都得听他们的。当我提到我和他们的关系时，托马斯显得非常意外，看得出来他很忌妒我有重量级后台。然而，他们在我职业生涯上的帮助却是随着时代演变而改变的。

1939 年我的法国报告事件之后，我的生涯等于回到原点，我企图联络他们，但当时动荡不安，我花了好几个月才得到他们的回复。

在我们准备入侵法国之际，我收到他们的晚餐邀请，勒蓝先生一如往常地沉默寡言，而曼德尔布罗德博士对政局显得忧心忡忡，席间完全没有提到我的工作问题，我也不敢主动提起，此后我没见过他们。因此曼德尔布罗德博士的主动邀约让我大感意外，他找我有什么事？

当天，我穿上簇新的制服，还佩挂所有的勋章。他们的办公大楼在菩提树大街上，气派非凡，紧邻科学研究院和国家煤矿联盟，他们在该联盟想必也占有一席之地，两人的私人办公室占据了最高的两个楼层。大门口没有标示牌，走进门厅，一位女性上前检查我的证件，她穿剪裁成制服式样的黑灰色外套，下半身不是裙子，而是穿着男士长裤和皮靴，褐色长发梳到后脑扎成马尾。检查完毕，她领我到私人电梯前方，拿起胸前长条挂的钥匙打开门，陪我一路上

1. 鲍赫勒（Philipp Bouhler，1899—1945）：希特勒的财政大臣。

到最高楼，电梯里一句话都没说。

我没来过这个地方，他们 30 年代时给我的地址不是这里，再说，我跟他们碰面的地点多半是在餐厅或大饭店。电梯门打开，迎面是宽敞的会客室，木质家具，暗色系皮椅，镶嵌亮晶晶的锡饰和半透明玻璃，整体低调奢华。

陪我上楼的女士留我一个人在此，另一个跟刚才那个女士同样打扮的女孩帮我取下大衣，拿到衣帽间挂好。她还请我交出配枪，神色自若地用细心保养的纤纤玉指掂着手枪，小心翼翼地放进抽屉，然后上锁。她没有让我久等，立刻领我穿过一道门面加了软垫的双扇门。

曼德尔布罗德博士在宽敞气派的办公室等我，他前面是一张超大桃花心木书桌，隐隐反射红光，背后则是同样半透明的大片落地窗，毛玻璃筛检通过的阳光只剩微弱的乳色光晕。他的气色比起我们最后一次见面时更阴沉。

有几只猫在地毯上来回溜达，也有一些在皮椅，甚至他的办公桌上呼呼大睡。他伸出肥短如香肠的手指，指指他左手边小茶几前的沙发示意我坐下。

“你好，坐啊，我马上来。”我一直搞不懂这一层层的脂肪肥油，怎么能发出如此优美动听的嗓音，每回听每回诧异，屡试不爽。

我把军帽夹在腋下，穿过房间，走到指定的位置，惊动了一只夹杂虎色条纹的白猫，猫咪并未因此对我怀恨在心，它轻巧地溜到茶几底下找别处安身。我环视房间，每面墙都加装了皮垫，除了像刚才候客室里必要的装饰品，墙上没有任何装饰，没有画、没有照片，连元首的照片都没有。

相反地，茶几的桌面倒是镶工精细，贵重木材拼接成迷宫般复杂的图案，上面覆盖一层厚玻璃。只是猫毛掉得到处都是，家具、地毯处处可见，让这里低调、如毛绒温暖的风情大打折扣。室内的气味也不太好闻。一只猫跑过来偎着我的靴子磨蹭，高举尾巴，还发出呼噜呼噜的慵懒叫声，我试图用脚尖踢开它，但是它似乎不在意。

此时，曼德尔布罗德大概按了隐藏在某处的按钮，他办公桌的右边墙面，有一道融入墙面的门呼地打开，有个女子从那扇门走出来，她的穿着跟前面那两位一模一样，只是她的头发是金色的。她走到曼德尔布罗德背后，将他往后拉，转半圈，然后推他沿着办公桌走到我这边。

我站起身。曼德尔布罗德的确胖了，以前他只要坐上普通轮椅就能行动自如，现在他要靠一张安装在小型平台上的特大号旋转椅，看上去有如一尊巨大的东方神祇，无惧一切的庞然大物。

女子推着这台巨大的机器，似乎不怎么费力，机器大概装设了控制启动电子系统。她把曼德尔布罗德推到茶几前面，我绕过茶几，上前与他握手寒暄，他的手指在我的指头轻轻一压。那名女子离开，消失在她刚刚走出来的那道门后面。

“请坐。”优美的嗓音轻轻说出这两个字。他穿着厚重的棕色羊毛西装，脖子一圈肥肉垂挂，盖住了领带。他的座椅底下传来一阵有失礼仪的声响，一股臭味扑面而来，我努力不让情绪好恶出现在脸上。在此同时，一只猫跳上他的膝盖，他打了个大喷嚏，伸手抚摩猫咪，紧接着又是一个喷嚏，每次喷嚏都恍若一次炮弹爆炸，猫咪被吓得跳起来。

“我对这些可怜的动物过敏，”他边吸鼻子边说，“可是我实在太喜欢它们了。”女子再度出现，这次她手上端着托盘。她踩着自信均匀的步伐走到我们身旁，先把茶具摆在茶几上，将小餐桌固定在曼德尔布罗德的椅子扶手上，替我们各倒了一杯茶，随即再度消失，一切步骤都在静默的状态下进行，跟猫一样来去无声。

“这里有糖跟牛奶，”曼德尔布罗德开口说，“自己来，我嘛，我什么都不加。”他瞪着我看了好一会儿，慧黠的光点在几乎被层层脂肪淹没的小眼睛里闪闪发亮。

“你变了。”他说，“东部占领区让你获益良多，你成熟了。你父亲一定会感到骄傲。”他这番话深深打动了我。“您真的这么想？”“当然，你的工作成绩辉煌，你的报告连党卫队大元帅都注意到了。他把你在基辅完成的简报手册拿给我看，你的上司打算把功劳全抢过来，但我们知道这一定是你的点子，这种事屡见不鲜。总之，你写的报告，尤其是最后这几个月送上来的，都非常精彩，我认为你未来前途不可限量。”

他暂停，深深注视着我，最后终于开口。“你的伤怎么样了？”“博士，我已经痊愈了，只需要再休息一阵子就行了。”“然后呢？”“当然是回到岗位，继续为国服务。”

“你打算做什么呢？”“详细的情形我不清楚，要看上面的意见。”“接下来完全要看你自己，大胆向上面提出你的想法。如果选择正确，我可以向你保证，未来的大门将逐一为你敞开。”

“您这话是什么意思，博士？”他慢慢拿起茶杯吹凉，唏里呼噜喝了一口，我也端起茶杯喝了一些。

“在俄罗斯的时候，我想你的主要任务是负责解决犹太人问题，是吧？”“是的，博士，”我微微感到不安，“但是不仅止于此。”曼德尔布罗德似乎没听见我的话，自顾自用平和优美的嗓音说：“以你现在的位阶，当然没办法衡量问题的全貌，和这个问题引申出的解决方案。你应该听过一些传言，都是真的。从1941年底开始，在可能的范围内，这项解决方案扩大到全欧各国执行。去年春天这项计划已经全面实施，也收到了巨大的成效，但是离终极目标还有一段距离。像你这样忠党爱国、血气刚猛的年轻人，发挥的机会多得很。”

我觉得脸红了。“非常感激您对我的肯定和信心，博士，但是我必须坦白跟您说，这个层面的任务是我最感困难的部分，远超过我的能力负荷。现在我只想专心研究与我的所学专长有关的工作，譬如宪法，或者我国与欧洲各国的法务关系之类的，建立新欧洲是我非常感兴趣的领域。”我说这些话的时候，曼德尔布罗德喝光了手上的茶，金发的巾帼女英豪再度现身，穿过房间为他斟满茶杯，再次隐没门后。曼德尔布罗德拿起新斟的茶又喝了一口。

“我能了解你犹疑不决的心态。”他终于开口，“干吗跟自己过不去，给自己找个麻烦差事，有其他人愿意去做不就得了？不同时代要有不同心态。先前那场大战的情况很不一样，任务越是艰难，越是有人抢着去做。拿你父亲来说，他认为一件事的困难度能构成吸引人勇敢去做，甚至做到最好的绝佳驱动力。你的祖父也有同样刚强的意志。我们这个年代，虽然元首奋力疾呼，国人还是沉湎在软弱安逸、踌躇不前和委曲求全的心态里。”

我觉得他拐着弯在骂我，像给了我一记大耳光，但是他话中的其他部分更吸引了我的注意。“抱歉，博士，您刚刚说您认识我祖父？”曼德尔布罗德放下茶杯。“当然，刚开始他也是我们的一分子，特立独行的一个人。”

他伸出臃肿的手指着办公桌：“到那里去。”我听从他的话。“有没有看到一个皮质活页夹？拿来给我。”

我回到他身边，把活页夹给他，他把活页夹放在膝上打开，抽出一张照片递给我。“你看。”那是一张泛黄的老照片，上面并排站着三个人，背景是热带树林，正中央的女子有一张洋娃娃般的巴掌脸，透着十几岁少女尚未褪去的圆润。两个青年身穿夏季浅色西装，左边那位五官细长，面貌有些模糊，一绺发丝垂挂额头，系着领带；右边那名青年的衬衫衣领敞开，有棱有角的瘦削脸庞像是宝石刻出来的，鼻梁上略带颜色的镜片掩盖不住他眼中强烈的欢欣和残酷。

“哪一个是我祖父？”我忧喜交参地问。曼德尔布罗德指指系领带的男子，我仔细审视照片中的那名男子，跟另一个男人完全相反，他的眼神令人猜不透，看起来像是透明的。“那女孩是谁？”我又问，其实多少已经猜到。“你的祖母。她叫艾娃，非常优秀迷人。”

老实说，我没见过祖父母，祖母早在我出生前就离开人世，我们很小的时候去看过祖父几次，次数少得可怜，完全没有留下印象。父亲失踪后没多久，便传来他去世的消息。

“另一个人又是谁？”曼德尔布罗德露出天使般纯洁的笑容，双眼直视着我，“你还猜不出来？”我望着他，“不会吧！”我失声喊出来，他脸上的笑容依旧灿烂。“怎么不会？你不会以为我从年轻就是这副模样吧？”我满脸困惑，口齿不清地解释：“不，我不是这个意思，博士！只是您的年纪……照片上，您看起来跟我祖父年纪差不多。”

另一只在地毯上来回踱步的猫咪一跃而起，敏捷地跳上椅背，踏上他的肩膀，贴着他的大头不断磨蹭。曼德尔布罗德又打了个大喷嚏。“老实说，”他抓住两个喷嚏之间的空当连忙说，“我比他大，但是我保养有道。”

我的眼睛离不开照片，贪婪地盯着它看，我可以在里面看到多少东西啊！我怯生生地要求：“可以给我吗，博士？”“不行。”我失望地把照片还给他，他把照片放回活页夹，叫我放回桌上。我回来坐下。

“你父亲是纳粹主义的坚定信徒，”曼德尔布罗德说，“早在纳粹党成立前他就是了。当时的人受到错误的思想所钳制，对他们来说，国家主义等于盲目狭隘的爱国主义，爱国主义本土乡愿，外加国内社会正义荡然无存，看在反对国家主义者的眼里，社会主义意味着国际的伪阶级平等，以及每个国家境内的阶级斗争。在德国，你父亲是少数几个带头看清，每个国民都需要真正的平等，并且互相尊重的先驱，但是仅止于国家民族。他们以自己的理论解释历史上每个大时代都是纳粹主义的产物，像是遭到放逐的铁木真，一直到他灌输这个理念给人民，本着这种理念统一部落后，蒙古人才得以征服世界，从一个毫无社会地位的平民一跃而成跨洋大帝，成就了成吉思汗的宝座。

“我送了一本关于成吉思汗的书给元首，他读了之后深受启发。骁勇善战的蒙古人凭着过人的智慧，在我们面前将一切摧毁，再在健全的基础上重建。俄罗斯帝国的基础建设、德国人据以建设家园的基石、沙皇时代的一切，其实也就是德国人的一切，都是蒙古人引进的：道路、货币、驿站、海关和行政体系。后来，蒙古人代代繁衍，与外国女子通婚，而且常跟景教信徒联姻，换言之，多半是信仰基督教的犹太人，蒙古人因而丧失了纯正的血统，帝国也随之分裂瓦解。中国的例子恰好相反，却同样富有教育意义。

“中国人固守中土，所有外来的人民无可避免，一一被同化融合，他们也是一等强国，把外来民族淹没在无边无际的中国民族洪流当中，中华民族非常强悍。再说，等我们解决了俄罗斯，还有中国挡在我们前头。日本人绝对斗不过他们的，尽管现在看起来好像是日本人取得了上风。就算不是马上，也许一两百年后，我们迟早会跟他们碰上，倒不如趁现在他们积弱不振的时候，压得他们无法翻身，尽可能不让他们领略纳粹主义的精髓，不让他们有机会奉行。

“还有，你知道‘纳粹主义’一词是犹太人想出来的吗？是一位犹太复国主义的先驱，叫摩西·赫斯，有空的时候找他的书《罗马和耶路撒冷》，读读看就会明白，非常发人深省。这绝不是出于偶然，有什么比复国运动更广具民意呢？他们跟我们一样，认知到不可能有了民族和血统，却没有国土，因此有必要把犹太人带回自己的土地上，创立有传承的以色列，不夹杂其他种族的纯正血脉。当然，这些都是很古老的犹太思想。犹太人是第一批纳粹主义的信徒，历史长达3500多年，从摩西颁布律法，规定犹太人永远不得与其他种族混杂便开始了。

“我们必须理性地承认，我们所有的伟大思想皆来自犹太民族，像是应许之地、实现之地、上帝选民的观念跟血统纯正的概念。正因如此，血统杂混、力行民主、爱好旅行、认为四海一家的希腊人才这么憎恶犹太人，想要消灭他们，灭之不得才会通过保罗引发犹太人内部的信仰路线之争，强制剥夺他们的血统和土地，叫他们改信天主教，也就是要犹太人信奉四海之内皆兄弟，废止他们维系纯净犹太血统的一切律法，例如食物的禁忌、割礼之类的。

“就因为这样，犹太人成了我们的敌人，最危险的头号敌人，是真正值得我们憎恶的唯一民族。说穿了，犹太人也是我们民族唯一的竞争对手，唯一值得担忧的强劲对手。俄国人根本不堪一击，一群乌合之众，就算那个蛮横自负的格鲁吉亚人强迫灌输他们‘国家共产主义’的思想也一样。而那些岛屿民族，管他是英国人还是美国人，通通腐败、僵化，从头烂到脚。但是犹太人不一样！是谁，在科学的时代里，基于民族千年来的直觉，屡次受辱却从未屈服，又再次发现了种族的真谛？是迪斯雷利[1]，一个犹太人。戈平瑙[2]那一套都是从他那儿学来的。你不相信？去那边看看。”他指着办公桌旁边的一排书架，“过去那里看看。”

我再度起身走到书架前，架上摆着好几本迪斯雷利的书，旁边还有戈平瑙、瓦歇·德·拉普热[3]、德吕蒙[4]、张伯伦[5]、赫次尔[6]和许多作家的书。“哪一本，博士？这里有好几本。”“随便，随便拿一本，每本的内容都一样。嗯，就拿辜宁斯比好了。你看得懂英文吧？第 203 页，从 But Sidonia and his brethren……那里开始，大声念出来。”

我翻到那一页，开始朗读：“然而西朵尼娅和他的兄弟们可以抬头挺胸地说，他们保存了被撒克逊人、希腊人，以及高加索地区仅存的种族他们抛弃的坚持，也因此特别显出他们的与众不同。希伯来民族是一纯种的民族……没有任何混血的种族，保有第一流的构造，是大自然选出的贵族。”

---

1. 迪斯雷利（Benjamin Disraeli，1804—1881）：英国保守党领袖，外交官，作家与思想家。
2. 戈平瑙（Joseph-Arthur Gobineau，1816—1882）：法国外交家、思想家，著有《论人种之不平等》，是欧洲种族学理论先驱。
3. 拉普热（George Vacher de Lapouge，1854—1936）：出身法国贵族的人类学家，倡议优生学。
4. 德吕蒙（Edouard Drumont，1844—1917）：法国国家主义作家，反犹太运动领导人。
5. 张伯伦（Arthur Neville Chamberlain，1869 年 3 月 18 日—1940 年 11 月 9 日）：英国保守党政治人物，1937 年 5 月至 1940 年 5 月担任英国首相，以其绥靖主义外交政策闻名，并于 1938 年签署慕尼黑协定，将捷克斯洛伐克苏台德德语区割让予德国。
6. 赫次尔（Theodore Herzl，1860—1904）：奥匈帝国犹太裔记者，被认为是锡安主义（犹太复国主义）的创建人，著有《犹太国》一书，书中直指欧洲的犹太人问题不是社会或宗教问题，而是民族问题，而其根本解决之道就是建立一个犹太民族的自治国。

“非常好！现在翻到第231页。The fact is，you can not destroy……这里讲的当然是犹太人。”“是。事实是，源自高加索种族构造的纯净血脉是没有人能够摧毁的。这是生理学上不争的事实，是自然的基本法则，在大自然物竞天择的机制下，埃及法老和亚述王朝、罗马帝国，和基督教的审判官一一覆灭。世上没有任何刑法，任何肉体的折磨，能让劣等民族吞并，甚至消灭优等民族。混血的暴力民族最后终将灭亡，遭受迫害的纯种民族必能延续。”

“你看！你想想看这个人，这个犹太人居然做过维多利亚女王的总理！建立了大不列颠帝国！在他默默无闻的时候，竟然胆大包天，在基督教把持的国会议事堂上公开发表这种言论！到我这里来帮我倒点茶，拿去。”我回到他身边，倒了一杯茶给他。

“基于对你父亲的爱和敬意，马克斯，我暗中协助你，看着你一路成长，尽可能给你支持庇护。你必须让他觉得光荣，以他的血统，以你的血统为荣。这个地球上只有一个被选中的民族，一个被圈选出来统治其他民族的民族——不是一如迪斯雷利和赫次尔这些犹太人热切期待的犹太种族，就是我们，所以我们必须杀掉他们所有人，一个都不能留，将这个民族连根拔起。要是我们留下十个活口，甚至只剩两个，一男一女，斩草不除根，春风吹又生，百年之后，我们的子孙还是会遭遇到同样的问题，历史又将重演。”

“我可以问一个问题吗，博士？”“问吧，小子。”

“您在这当中扮演什么样的角色呢？”“你指的是我和勒蓝吗？这不容易解释，我们都没有行政职位。我们……我们随侍在元首身边。你知道的，元首勇气过人，而且深明大义，才有办法做出历史性的重大决策，但他并不干涉执行面的细节部分。从做出这项决策，到实践决策中间有一段遥远的距离，而决策的实践部分归党卫队大元帅管，我们的任务就是缩短中间的距离。从这个角度出发，我们甚至不隶属元首之下，而是直接负责这个领域。”

“我不敢确定是否完全理解您的话。您希望从我这里得到什么呢？”“什么都没有，只希望你能继续坚持自己走出来的路，不后悔自己的选择。”

“我真的没办法确定哪一条是我该走的路，博士，我得好好想想。”“好好想！想好之后给我打个电话，我们再好好聊聊。”猫企图跳上我的膝盖，我把它赶下去，黑色的布料沾染了白毛。

曼德尔布罗德眼睛眨都不眨，脸上依旧平静无波，反倒有点打瞌睡的模样。他忽然大声打了个嗝，气味直冲进我的鼻腔，我只好改用嘴巴小口小口吸气。大门咿呀打开，在楼下接待我的女孩走进来，对室内的气味仿佛毫无知觉。

我站起身："博士，谢谢你，请代为向勒蓝先生问候，希望很快能再见面。"但是，曼德尔布罗德动也不动，好像已经睡着了，只有那只大手慢慢来回轻抚猫咪，证明他还是清醒的。我等了一会儿，他好像不想再开口，我于是离开办公室，女孩跟在我后面，逐一关上所有的门，静悄悄地。

我跟曼德尔布罗德说我对欧洲各国的关系很感兴趣，我说的是实话，只是我对他有所保留。事实上，我已经有想法了，我很清楚我想要的是什么。我不知道这个想法是怎么生成的，大概是在艾登饭店房间里辗转反侧，半梦半醒时突发奇想吧。我对自己说，该是做些想做的事情，为自己着想的时候了。曼德尔布罗德提出的建议并不符合我内心的想法，但我还不敢确定该怎么做，才能具体实践这个想法。

我和曼德尔布罗德在他菩提树大街上的办公室恳谈结束后，又隔了两三天，我打电话找托马斯，托马斯请我过去找他。我们见面的地点不在阿尔布雷希特王子大道的办公室，反而约在邻近威廉大道上的国安警察署和国家安全局的总部碰面。

大楼离戈林主管的航空部稍远，是一栋有棱有角的巨大水泥建筑，浮夸奢华，毫无内涵的新古典主义——一旁的阿尔布雷希特王子城堡正好相反，优雅小巧的18世纪古典王宫，19世纪时申克尔加以整修，设计精致而有品位，1934年由党卫队承租使用。这个部门我熟得不得了，我在出发前往俄国之前，办公室就在那里，我常到花园散步，不对称设计的静谧花园巧夺天工，四时变化，完全出自伦内[1]之手。面向马路那一面有一排巨大的列柱，蓊郁枝叶掩盖外墙，红白岗哨亭内的警卫向我敬礼，花圃旁的小办公室有另一组较隐匿的卫兵，他们检查我的证件，叫人陪我一起到接待厅。托马斯已经在那里等我了。

1. 伦内（Peter Joseph Lenné，1789—1866）：德国园林建筑家。

“我们到园子里走走如何？天气很好。”我们沿着两旁摆设陶土花盆的几级石阶走进花园，阶梯连接王宫直通欧洲学苑。那里简直是一块竖立在阿斯卡尼舍广场上的现代主义粗大方块，与乱七八糟的花圃、圆形小喷水池，以及刚冒出嫩芽的光秃树干间的曲折宁静小径，形成怪异的对比。

园中空无一人。“卡尔滕布伦纳从来不来这里，”托马斯说，“我们可以安静地说话。海德里希刚好相反，很喜欢到这里散步，他来的时候，除了他邀请的贵宾，闲杂人等一律禁止进入。”

我们沿着林间小径漫无目的地走着，我向托马斯大致说了我跟曼德尔布罗德谈话的内容。

等我说完，他正色说：“他也太夸张了。犹太人问题的确是个大问题，需要好好研究解决，但是这个问题不该是我们的终极目标。我们的目标不是杀人，而是去管理规范一群人，杀人只是这套管理工具的一小部分，绝对不能一心只想杀人，还有同样重大的问题需要我们去解决。你认为他说的都是真心话吗？”

“感觉上很像是，怎么了？”托马斯安静地思考，路面的碎石在靴子的挤压下沙沙作响。“你知道，”托马斯开口，“对许多想要飞黄腾达的人来说，反犹太主义变成了一项利器。由于元首对犹太人问题非常挂心，这个问题成为许多人接近元首的最佳途径。如果你在解决犹太问题的方案上有所贡献，升迁会比负责别的任务，例如耶和华见证人[1]或同性恋问题的人来得快。从这个角度来看，我们可以说反犹太主义成了纳粹主义政府的护官符。还记得 1938 年 11 月间，水晶之夜[2]事件结束后我跟你说的话吗？”

这件事我还记得，突击队疯狂滥杀的第二天，我去找托马斯，内心充满了愤怒和惊恐。“一群蠢货！”他钻进酒吧包厢时大声怒斥，我已经在里面等他了。“谁，突击队？”“别傻了，突击队没那个本事。”“到底是谁下的命

---

1. 耶和华见证人（Jehovah's Witnesses）：20 世纪 70 年代由查尔斯・罗素在美国发起的非传统基督教派，对政治军事一律保持中立态度，就算在征兵制的国家也拒服兵役。

2. 水晶之夜（Night of Broken Glass）：1938 年 11 月 9 日到 10 日凌晨，纳粹党员和党卫队袭击全德境内犹太人，此事件被视为纳粹有组织屠杀犹太人之始。

令？”“戈培尔那个该死的可恶瘸子。他妄想插手犹太人问题，已经妄想好几年了。但是这样一搞，麻烦大了。”

“你不认为该是采取具体行动的时候了吗？反正……”他迸出短短的几声冷笑，“当然，是该采取行动了。是该让犹太人尝尝苦头，吃不了兜着走，但也不该用这种方式。这，根本就是愚蠢。你知不知道会有什么后果？”

我茫然的眼神肯定激励了他继续说，果然他不等我搭腔，立刻往下说：“你说说看，被砸烂的橱窗都是谁的财产？犹太人的吗？犹太人的店铺都是租的。一旦被破坏，屋主才是真正的受害者。再来还有保险公司，德国保险公司被迫赔偿财产受损的德国房东，甚至犹太裔房东，不这么做，德国的保险业就垮了。还有玻璃业，德国没有生产这种玻璃，全仰赖比利时进口，我们还在估算损失数量，目前累计量已高达他们全年总生产量的五成以上。这些都要用外汇来支付，就在全国上下群策群力，勒紧裤带以重整军备的时刻。的确，这么做是解决了这个国家的一些浑蛋。”

他的眼睛闪耀精光，狠狠说出下面的话：“但是，让我告诉你，现在全都完蛋了。元首才刚正式把犹太人的问题交付给党卫队大元帅，由他全权负责，大部分的工作都会转嫁到我们头上，给海德里希和我们去想办法。党内的那批蠢材再也没有机会插手了，以后事情会以合乎规矩的方式处理。几年来，我们不停催促上面，请他们提出全面性的解决方案，现在我们有了依循的命令，高效率，干净利落，而且理性。我们终于能够照章办理了。”

托马斯停在一张长椅前坐下，跷起二郎腿，拿出银质烟盒递到我面前，请我抽一端烫金的高级烟。我拿了一根，替他点燃他的烟，但没有跟着坐下。“你提到的全面性解决方案是当时的移民方案，从那时起，局势出现了巨幅的演变。”

托马斯喷出长长的一口烟，慢条斯理地回答：“政策要因应时代演变而修正，这话一点都没错，但这并不表示非变成浑蛋不可。委婉含蓄的辞藻是说给现场的行刑人员跟刽子手听的。”“我今天要说的重点不是这个，我的意思是，我们没有被强迫参与。”

“你想做别的事？”“对，我累了。”轮到我长长吸了一口烟。这烟真棒，上等的烟草。“你对未来毫无企图心，这一点一直让我印象深刻。”托马斯开口了，“我可以轻易找出十个人，愿意杀父弑母，来换取一次跟曼德尔布罗德这种大人物私下见面的机会。想想看，他常跟元首共进午餐！而你却不领情。最起码，你知道自己想要什么吧？”“知道。我想回法国。”“法国！”他想了一下，“说真的，你在那里有人脉，也说得一口流利的法文，这想法的确不差。但是，事情可能不会像你想的那么顺利。现在法国的国安警察署和国家安全局联合大队长是克诺申，我和他颇有交情，但他那边的员额相当有限，而且是人人想破头的肥缺。”

“我也认识克诺申。不过，我不想去给国安警察署和国家安全局联合大队长当差，我想要能够处理国与国政治关系的职务。”“那就是大使馆，或军事指挥部了。我听说自从贝斯特离开，党卫队在那边常受到国防军的欺压，阿贝茨那边的情况听说也好不到哪里去。党卫队兼警察署最高总长奥伯格那儿也许可以找到你合意的职位，不过他管辖的第一局影响力不大，你得直接向党卫队的人事总署申请，那里我没有熟人。”

“如果是第一局发公文的话，会有用吗？”“可能有用。”他吸了最后一口烟，随手把烟头扔进花圃，“如果施特雷肯巴赫还在那里，就没有问题了。但是他跟你一样，想得太多，结果搞得自己受不了。”“他现在人在哪里？”“在党卫队武装军，在前线指挥拉托尼亚军第九十九师。”“谁接他的位子？我连这都不知道。”“舒尔兹。”

“舒尔兹？哪个舒尔兹？”“你不记得了吗？他曾经带过特派小组，C集团军的，任务才刚开始就请调离开，胆小懦弱，蓄着可笑的细八字胡的那个啊。”

“哦，他啊！我没见过他，听说是个中规中矩的人。”

“八成是，我跟他没有私交，但是他跟行动参谋部处得很差。他从军前在银行工作，你可以想象他是哪种类型。施特雷肯巴赫在波兰的时候，我跟他共事过。再说，舒尔兹才刚获得任命，免不了新官上任三把火，何况又急着戴罪立功。结论是，如果你循正式管道申请，你可能被调到任何地方，就是不会到法国。”

“你说我该怎么做？”托马斯从椅子上站起来，我们继续散步。“听着，我会帮你到处问问，不过事情可能没那么简单。你自己呢，你没有人可以打听吗？你和贝斯特不是蛮熟的吗？他现在每隔一段时间就会来柏林一趟，你可以问问他有什么好建议，通过外交部，很轻易就能联络上他。不过，如果我是你，我会考虑别的可能，而且现在在打仗，我们没什么选择。”

分手前，托马斯请我帮他一个忙。

“我想请你见某个人，一个统计学者。”“党卫队的人吗？”“严格来说，他是统计监察员，直接向党卫队大元帅报告，而实际上，他是政府官员，甚至连一般党卫队都没加入。”

“这不是很奇怪吗？”“也没什么特别奇怪的，想必是大元帅要求要一个外边的人。”“你要我跟你的统计学者说什么呢？”“他现在忙着替大元帅准备一份新的报告，主题是犹太民族人口减少的总体观点，不过他质疑各个特遣部队传来的数字。我跟他见过面了，如果你能跟他谈谈更好，你比我更接近现场。”

他在笔记本草草写下地址和电话，撕下那页给我。“他的办公室就在旁边，离党卫队总部大楼很近，但他老窝在第四局 B4 处艾希曼那边，明白他是怎样的人了吧？有关犹太问题的档案都存放在那里，他们占了整栋大楼。”

我看看地址，在选帝侯街上。“离我住的饭店不远，好。”跟托马斯谈过后，我很沮丧，感觉陷在泥淖当中动弹不得，但我不想就这样静静等死，任人宰割，我一定要取得主导权。我打起精神，打电话给那位统计学者克尔海尔博士，跟他的助理敲定见面时间。

第四局 B4 处所在的大楼是一栋四层楼高的美丽建筑，建于上个世纪末，用巨大石块堆砌而成，就我所知，国家秘密警察没有单位拥有如此气派的办公大楼，该单位的工作量应该非常惊人。我踏上宽敞的大理石阶梯，走入空荡幽暗的中央大厅，他的助理霍夫曼领我走别的楼梯，前往克尔海尔博士的办公室。

“这里好大啊。”我边跟他上楼边说。“是啊，这里原本是犹太教共济会的会所，我们予以征用。”他带我到克尔海尔博士的办公室，狭小的房间里堆满了箱子和档案，“抱歉，二级突击队大队长，地方很乱，这里是临时办公室。”

克尔海尔博士个头矮小，脸色阴沉，身上穿着便服，他上前跟我握手，而不是行军礼。“请坐。”他说，霍夫曼也在此时退下。克尔海尔博士本想清出部分办公桌，后来决定放弃，让它维持原貌。

“一级突击队大队长非常慷慨地赠予数据文件，”他喃喃地说，“但是真的毫无顺序可言。”他不再四处翻弄，拿下眼镜揉揉眼睛。“艾希曼一级突击队大队长在吗？”“不在，他有任务在身，几天后回来。豪泽一级突击队大队长跟您说过我的工作内容吗？”“提了梗概。”“您来得有点晚，我的报告就快要完成了，再过几天就得呈上去。”

“那么，我还能帮上什么忙呢？”我稍显不悦地回答。“您待过特遣部队吧？”“对，一开始是在特派小组……”“哪一个？”他打断我的话。“4a 特派小组。”“啊，对，布洛贝尔带领的，成绩亮眼。”我无法判定他是认真的还是嘲讽。“之后我转调到高加索地区，隶属 D 行动参谋部。”他努努嘴：“嗯，这部分我不感兴趣，那里的数字少得可怜。我们来谈谈 4a 好了。”

“您想知道什么呢？”他弯腰隐身在办公桌后，没多久再度现身，手上多了个箱子，他把箱子摆在我面前。

“这些是 C 集团军送来的报告，我和副官普拉特博士逐一仔细翻阅过。然而，我们发现了一个很奇怪的地方，有时报告会出现异常精准的数字，像是在基辅的时候，出现 281、1472 或 33771，有些时候却都是整数，而且往往出现在同一个特派小组。此外，我们也发现了一些互相矛盾的数字，例如估计约有 1200 名犹太居民的城镇，报告上却写着押送 2000 人接受特殊措施，类似的例子层出不穷。我感兴趣的是计算方法，也就是现场计算人数的方式。”

“您应该直接问布洛贝尔旗队长，我想他比我更有资格解开您的疑惑。”“可惜布洛贝尔旗队长已经再度调往东部占领区，联络不上。请您知道，我已经推敲出个中道理，只想跟您谈谈好证实。我们来聊聊你们在基辅的时候，数字大且精准，蛮奇怪的。”

“一点都不奇怪。恰好相反，行动规模越大，我们能运用的资源就越多。在基辅的时候有非常紧密的封锁线，就在行动现场周边，那些……那些病患，还有，嗯，死刑犯，一律编成人数相同的小组，全都是整数，20 还是 30 人一组，我已经记不清楚了，然后由事先指派的下级军官清点经过他桌前的每个小组，记下组数。第一天，我们数到两万人整时，结束行动。”

“行经桌子前的人都没有反抗，乖乖接受特殊待遇吗？”“原则上是，当然，有些人还是可能，怎么说呢，假装顺从，再趁夜色摸黑逃走，不过只是少数。”

“规模较小的行动呢？”“交由分区行动支队指挥官负责，他负责人数清点和加总，然后呈送特派小组，布洛贝尔旗队长要求数字必须精准。关于您刚刚提到的现象，我们消灭的犹太人多于原先预估的情形，我想我可以在此稍做解释。我军抵达时，许多犹太人逃到树林里或者大草原上，各分区行动支队以合乎规定的方法解决了滞留原处的犹太人，然后离开。逃走的犹太人躲得了一时，躲不了一世，当地的乌克兰居民会把他们驱逐出城镇，有时候则被游击队杀死。他们慢慢因为在外地找不到食物，只好回到故乡，经常可见一大群逃难的人结伙回来。当我们得到消息时，我们会立即执行二度行动，再度累计人数，有些城镇甚至曾经执行过三次、四次，甚至五次行动，每一次都会有新来的人口。”“我明白了，您的说明非常有意思。”

“如果我没有误解您的意思的话，”我微愠地说，“您认为各小组有虚报人数之嫌了？”“不瞒您说，是的。我会怀疑其来有自，升官晋爵只是其中之一，还有官僚体系欺上瞒下的天性。就统计学来说，我们常常看到某些官僚机购制定某个指针数字，却没有人知道这个数字是怎么来的，这个数字会不断被提及跟采用，仿佛是个确凿的数字，却没有人予以质疑或修订，这种数字我们称为官方数字。不过，并非每个部队、每个特派小组都是如此。最糟的是特遣部队B送来的数字，太明显了。另外，特遣部队D的某些特派小组送来的数字也出现重大的异常。”

“是1941年还是1942年？”“特别是1941年，1941年初连克里米亚半岛也是这样。”

“我曾在克里米亚半岛短暂停留一阵子，我没听说那时有过行动。”

“您在4a的时候呢？”我想了一会儿才开口，“我想军官们都非常诚实，不过刚开始的时候，事情的安排并不完备，有些数字或许值得商榷。”“算了，反正关系不大。”克尔海尔博士仿佛法官做出判决般，说出这句话，“特遣部队的数字在总和里占的比例不高，就算他们的数字出现百分之十的误差，对最后的总和也没有影响。”

我感觉胸膛一阵紧缩。

“博士，您手上有全欧洲的统计数字吗？”“当然，到1942年12月31日止。”“您可以透露最后的数字吗？”他的目光透过玻璃镜片刺穿我，“无可奉告，这是机密，二级突击队大队长。”之后，我们讨论了特派小组的工作执掌，克尔海尔博士问了一些非常明确且细微的问题，最后他谢谢我的协助。“我的报告会直接呈给大元帅。”他对我说，“如果还需要麻烦到您，我们会通知您。”他陪我走到大门口。“祝您好运！希特勒万岁！”

我发什么神经，竟然问这种无聊又白痴的问题？这些数字与我何干？纯粹是出于无聊的好奇心，我好懊恼。

我不想再被卷进任何负面的事件里，纳粹主义还有许多需要建构的地方，这才是我该付诸全副心力的志业。然而犹太人，我们的灾难，从一大早便像噩梦似的纠缠我，占据我的脑海。柏林已经没有多少犹太人了，那些在军火工厂工作，所谓“受到保护”的犹太工人没多久前才被清光。但是，命中注定，我会在最出其不意的地方遇见他们。

3 月 21 日，英雄纪念日，元首发表演说。这是他在斯大林格勒战役失败后第一次公开露面，跟所有人一样，我带着一颗焦虑的心，迫不及待地等候。

他会说什么，脸上会带着什么神情？大挫败的惊愕余震还时有所感，各种离奇的谣传甚嚣尘上。我想去听这场演讲，我只亲眼见过元首一次，已经是十几年前的事了（之后我常从广播和电视新闻中听到或看到他）。

当时是 1930 年的夏天，他尚未夺得政权，而我第一次返回德国。那次旅行是我用条件跟母亲和莫罗换来的，我答应他们继续升学，读他们想要我读的科系。我通过高中会考后（成绩普通，因此我被迫上预备科学校，以便准备政治自由学院的入学考试），他们同意我出门。那是趟美好的旅程，我回来时整个人深受吸引，简直可说魅惑。

我跟两个中学同学皮埃尔和法布里斯一起出发，我们连什么是漂鸟运动[1]都不知道，却不由自主地跟着他们的路线走。我们钻进森林，白天走路、高谈阔论，夜晚围着小小的营火，躺在松针上席地而眠。接着，我们沿着莱茵河寻

1. 漂鸟运动（Wandervogel）：19 世纪末，德国青年发起学习候鸟精神，在自然中追寻真理，历练生活能力，创造属于青年的新文化运动。

幽访胜，最后来到慕尼黑，我在慕尼黑的老绘画陈列馆待了好几个钟头，也爱在巷弄间随意漫步。

那年夏天，德国再度传出骚动，去年美国股票市场大跌的阴影至今仍严重牵系着这个国家，预计 9 月举行的国会大选将决定德国的未来。每个政党无不倾全力造势，演说、游行，最后演变成动手动脚、大打出手的暴力场面。

慕尼黑有一个旗帜鲜明、明显与他党不同的党——纳粹主义德意志劳工党，我第一次听到这个政党的名字。

我在新闻报道中看过意大利法西斯党人，而这些国家主义党人的作风似乎受到他们启发，但是诉求完全本着德意志精神，他们的领导人是一战前线退伍的老兵，滔滔不绝、大声疾呼德国的再兴，德国的荣耀，富裕活力的未来德国。

我想，正是因为他们的诉求，才会让我驻足目送他们游行，因为我父亲历经四年艰辛奋战，为的也是相同的目标，结果他和同胞落得遭到背叛的下场，也因而失去了祖国，失去了他的家，我们的家。也因为激进的法国爱国主义好好先生莫罗，他每年生日必定举杯高祝总理克列孟梭[1]、福煦[2]和贝当[3]身体健康，因为他厌恶这些主张。

纳粹主义德意志劳工党的领导人原本计划在啤酒馆发表演说，我把我的法国朋友留在小旅店，自己挤在人群中，躲在酒馆最里面，勉强听得到上面的人说话。至于元首，我只记得他激动的疯狂手势，以及前额那绺不断滑落的发丝。

然而，我可以百分之百肯定地说，他演说的内容都是我父亲内心的呐喊，如果他在场，绝对会说出同样的话。如果他人在那里，他一定会站在讲台上，成为这个男人的左右手、发迹初期的战友，如果命运之神决定，他甚至可能，谁知道，现在就站在那个男人的位置。元首站着不动的时候，他们两人真的

---

1. 克列孟梭（Georges Benjamin Clemenceau，1841—1929）：人称“法兰西之虎”，法国政治家和新闻工作者，曾两次出任法国总理。

2. 福煦（Ferdinand Foch，1851—1929）：法国陆军统帅，1919 年起任协约国最高军事委员会主席。

3. 贝当（Philippe Pétain，1856—1951）：法国陆军将领，后任维希政府总理，一次大战期间被认为是国家英雄，1940 年担任总理期间向德国投降，二次大战后被判终身监禁。

很像。

旅程归来后，我首度体会到人生，除了我母亲和她丈夫为我规划的死气沉沉又狭隘的那条道路，还有其他可能，我的未来原来在这里，与这不幸的民族，我父亲的民族，我自己的民族在一起。

从那时起，局势产生了变化。元首对民族的信心坚定依旧，但是广大群众对我国能否赢得大战最后胜利的信心逐渐动摇了。人民开始怪罪高层将领、普鲁士贵族、戈林和他领导的空军，我还知道国防军内部也出现批判元首统御无方的声浪。党卫队里大伙窃窃私语，自从斯大林格勒一役溃败，元首非常沮丧，几乎自我封闭，不再跟人交谈，当隆美尔月初试图说服他从北非撤军时，他一脸茫然，好像有听没有懂似的。

各种谣言甚嚣尘上，不管在火车、电车、排队的队伍都听得到，情势几乎一发不可收拾。托马斯收到国家安全局的报告，有的说国防军将元首软禁在贝希特茨加登[1]的宅邸，也有的说元首失去理智，遭人监禁下药，现在躺在隶属党卫队的一家医院，而我们看到的元首是他的分身。

发表演说的地点预定在菩提树大街尽头、邻近施普雷河道的旧军火厂。

我贵为斯大林格勒一役的幸存官兵，还为国家受了伤，因此加勋晋升，要弄到一张邀请函易如反掌，我建议托马斯一起来，但是他笑着回答："我可没在放假，我得工作。"我只好一个人去。

现场的保安措施可谓滴水不漏，邀请函上注明不得携带配枪入场。有些人生怕英国人在此发动空袭，1 月时，英国人故意挑在执政纪念日派蚊式轰炸机轰炸，造成重大伤亡。不过尽管如此，军火厂中庭的大型玻璃屋顶下，椅子已经排好。我的位子接近中央，介于一名制服佩挂无数勋章的中校和一名着便服、翻领上别着党金质胸针的男子中间。

一番开场后，元首缓缓现身。我睁大双眼，他穿着简单的灰色野战制服，头上和肩膀上披着一条像是犹太法学士的蓝白条纹大披肩。

---

1. 贝希特茨加登（Berchtesgaden）：在巴伐利亚，阿尔卑斯山脚下，以希特勒的豪华别墅"鹰巢"而闻名。

元首不说废话，以连珠炮似的单调嗓音立刻切入主题。我仰望玻璃圆顶，难道是光影造成的幻象？我可以清楚看到他的军帽，但是帽子底下出现长长的纸卷，从太阳穴一路延伸到衣领，额头上也有，是犹太教祈祷用的经文匣，那是一种装了抄自《旧约圣经》经文的皮革小盒子。当他高举手臂，我依稀瞥见他的衣袖里夹着几个皮革经文匣，还有他的外套底下露出白色绲边，那不正是犹太人所谓的祷告巾[1]吗？

我思绪纷乱。我望着邻座的听众，他们神情严肃地聆听，官员们专注地猛点头。难道他们什么都没发现？难道我是唯一看到这些异象的人？我仔细观察演讲台上的人，元首背后的那排高官里，我认出了戈林、戈培尔、莱伊、大元帅、卡尔滕布伦纳及其他赫赫有名的领导人，还有国防军的高阶军将领，每个人都面无表情，视线不是放在元首的背部，就是放眼底下的群众。

我慌张起来，不禁想难道这是国王的新衣，每个人都看见了，只是没人敢说，深信其他人也会三缄其口。不对，我不停思索，也许这全都是我的幻觉，以我之前脑部严重受创的病历来看，这个推理很有可能。然而，我觉得自己头脑非常清楚。

我的位子离讲台很远，元首是侧面受光，或许真的是光学折射下产生的视觉幻象？就算这么想，我还是清清楚楚看见那些东西。或许是我的“第三只眼”跟我开了个大玩笑？但这一切看起来一点都不像是梦。还有一种可能，就是我疯了。

演说不长，转眼间我进入一群往出口移动的人当中，脑中思绪翻腾。元首现在应该正前往军火厂的展示厅，巡视战争期间我军从布尔什维克党手中夺取的奖杯，然后前往校阅荣誉禁卫队，最后再到新岗亭[2]献花。我真该跟着他的行程走，邀请函上写着欢迎我加入，但是我当时真的太慌乱、太迷惘了，一心只想尽快远离人潮，沿着大道往地铁站方向走。

---

1. 犹太人祈祷时披在肩上带流苏的披肩。

2. 新岗亭（New Guardhouse）：柏林市区的纪念建筑，原本是为了纪念解放战争期间的常胜军普鲁士军队，1931年后开始用来纪念一次大战阵亡将士。现为德意志联邦共和国战争与暴政牺牲者纪念馆。

我穿越道路，走进皇家美术馆拱廊底下的咖啡馆坐下，我点了杜松子酒，一口饮尽，又点了一杯。我得好好想一想，却不知从何思考起，我觉得呼吸局促，松开衣领又喝了口酒。有个办法可以把事情弄清楚——等到晚上，到电影院去看新闻，新闻一定会播报演讲的精华片段，到时我就可以有个底了。

我叫人拿报纸给我，查看电影场次，晚上 7 点有一场，戏院离这里不远，上映的片子是《克鲁格总统》。我叫了份三明治，然后到动物园走一圈。天气还很冷，光秃秃的树枝底下散步的人影稀落。我脑里转着五花八门的胡乱猜测，真希望电影赶快开演，虽然什么都看不到的可能性非常大。

6 点，我趋步前往戏院排队买票，排在我前面的几个人正在讨论演说的内容，他们大概是收听电台广播，我激动地听他们说话。

“他还是把一切过错都怪罪在犹太人身上。”戴帽子的瘦高男子说，“我不懂的是，德国境内已经找不到犹太人了，怎么可能又是他们的错呢？”“不是啦，笨蛋，”头发经过精心卷烫，发色染淡，看起来俗不可耐的女子回答，“他说的是国际上的犹太人。”

“好，如果犹太人在国际社会有这么强的影响力，他们怎么救不了这里的同族弟兄呢？”“他们发动空袭是为了惩罚我们。”另一个脸色灰白，青筋暴露的女了说，“你们看到他们前几天在明斯特干的好事了吗？还不是为了让我们受苦。我们的男人都上战场了，我们受的苦还不够吗？”

“我啊，让我觉得愤怒的是，”另一个穿灰色条纹西装，满脸通红，大腹便便的男士说，“斯大林格勒事件他只字未提，真是不要脸。”

“哦，不要在我面前提斯大林格勒，”染金发的女子说，“我可怜姐姐的儿子汉斯就在那里，第七十六军。她现在跟疯了没两样，连儿子是生是死都不知道。”

“电台广播说，”脸色灰白的女子说，“官兵全数阵亡，说我军坚持战到最后一兵一卒。”“电台播的消息能信吗，我的小可怜？”戴帽子的男人说，“我表弟官居上校，据他说，有很多人被俘虏，有数千人，甚至超过 10 万。”

“这么说来，汉斯很可能被俘虏了？”金发女子说。“有可能。”“那他们怎么不写信回来？”中产阶级胖男士问，“遭英国或美国俘虏的我军官兵都会写信回来，应该也可以通过红十字会转递。”“对啊，说得对。”有老鼠般尖脸的女子说。“根据官方的说法，他们都英勇为国捐躯了，你要他们怎么写信？就算他们写了信，我们这边也不会转送。”

“容我打个岔，”另一个男子说，“这一点是真的。我的小姨子，就是我太太的妹妹，收到一封来自前线的信，署名的地方只写着：一个忠贞爱国的德国人。信上说她在装甲部队服役，官拜少尉的丈夫还活着。俄国人在靠近斯摩棱斯克的我方战线上空抛宣传单，上面印满了密密麻麻的姓名和地址，还有要带给家人的口信，捡到传单的士兵以匿名的方式替他们报平安，甚至干脆把宣传单寄过去。”一个理军队三分头的男士加入讨论，“就算他们被俘虏也活不长，布尔什维克党会把他们送到西伯利亚，强迫他们挖运河，直到他们咽下最后一口气为止，一个也别想回来。再说，想想我们以前做的那些事，现在只能说是因果循环，报应不爽。”

“您这话是什么意思，我们做了什么？”胖子气呼呼地问。染金发的女子注意到我，也看到我身上穿的制服。戴帽子的男人抢在那个军人前面说话：“元首说战争开打到现在，我军的死亡人数达542000人，这个数字您相信吗？我认为他在说谎。”金发女子用手肘戳他，眼神飘向我这边，男人顺着她的目光看过来，顿时红了脸，嗫嚅着说：“嗯，他们可能没有发布所有的数字……”其他人一股脑儿地转头望着我，我尽量不苟言笑，表现得不在意。胖子试着转移话题，此时队伍朝售票窗口移动，我买了票入内就座。

灯光很快熄灭，开始播放新闻短片，新闻头条当然是元首的演说。影片不甚清晰，画面不时跳动又模糊，大概是急忙赶着冲洗拷贝的缘故。我觉得画面上的元首头上和肩膀上还是披着条纹披肩，除了元首的卫生胡，什么都无法确定。

我思绪狂乱，像是潜水员眼前的鱼群，电影我几乎没看进去，那是一部仇视英国的烂片，我还在想，我刚刚看到的实在没有道理。在我看来，这不可能是真的，但我拒绝接受看见幻觉的可能。那颗子弹到底在我脑里动了什么手脚？它对我的世界造成了不可弥补的混乱，还是替我开了第三只眼，让我能穿透迷雾，看清事情的真相？走出戏院，天色已黑，是吃晚餐的时候了，可我不想吃，我回到饭店，把自己关在房里。整整三天，足不出户。

有人敲门，我打开房门，是服务员，他说豪泽一级突击队大队长留了口信给我。我请他把我昨晚吃剩的客房服务餐点撤走，慢吞吞地冲个澡，好好打理一番才下楼到柜台打电话给托马斯。他告诉我，韦纳尔·贝斯特回柏林了，他很愿意跟我见面，时间就在今晚，地点是阿德龙饭店的酒吧。“你会到吧？”我上楼回到房间，放水泡澡，放的全是热水，我泡在水里，直到肺脏好像快被压碎了才起来。接着，我叫了理发师上来替我刮胡子。

我在约定的时间准时踏进阿德龙饭店，紧张地玩弄马天尼酒杯的杯脚，环视四周的党领导人、外交官、党卫队高级军官，以及那些在柏林短暂停留、在此下榻，或前来喝一杯的有钱贵族子弟。我想到贝斯特。如果我对贝斯特这样的人说，我好像看见元首身上披着犹太教教士祈祷的披肩，他会作何感想？大概会推荐医术高超的医生给我吧。不过，或许他会冷静向我解释元首必须这么做的理由。奇怪的家伙。

我在 1937 年夏天认识他，当时我在动物园被警察逮捕，托马斯出面斡旋，他暗中协助我脱身，尔后从未提起或暗示过这起事件。虽然我小他至少十岁，但自从我加入党卫队，他似乎对我很有好感，请我吃了好几次饭，席间通常都有托马斯或一两位国家安全局的军官作陪，有一次席间还有奥伦多夫，他猛灌咖啡，很少说话。当然也有两人单独吃饭的时候。他凡事力求精准，头脑冷静，客观公正，对理想抱持着无比的热忱。虽然我跟他相交不深，但我觉得托马斯·豪泽身上处处有他的影子，后来我才发现，国家安全局的年轻军官多半都是这个样子，贝斯特在他们心中的分量显然远超过海德里希。当时的贝斯特还非常喜欢说教，宣扬他所谓的英雄现实主义。

“重要的是，”他援引荣格的话大声疾呼，“要大量阅读，重点不在于为了什么而战，而是如何应战。”在这个男人的眼里，纳粹主义不是政治理念，而是一种既严格又激进的生活形态，掺杂着客观分析与具体行动的能力。他曾对我们说，最高层次的道德观乃是一条追寻全民福祉的道路，超越传统期待的压抑。在这方面，包括了奥伦多夫、希克、克诺申和海德里希的战后青年世代都是个中翘楚，与他们的父执辈，也就是曾经亲身体验过战争的前线青年，观念明显不同。

大多数的政府领导人和政党高层，好比希姆莱、汉斯·弗朗克、戈培尔和达里都属于这个世代，但是贝斯特认为他们太过理想主义，太感性、太天真了，不够贴近现实。战后青年世代的年轻人年纪太轻，来不及参与大战或民兵团战斗，他们在魏玛宪政的混乱时代中成长，眼看着社会动乱，自然造就出一套解决国家问题的民族主义激进手段。

他们加入纳粹主义德意志劳工党的原因，不在于该党的意识形态与 20 年代的其他民族主义政党不同，而是因为该党非但不像其他政党一样，理念越讲越不知所云，党内精英不断内讧，净打些无聊的口水战；纳粹主义德意志劳工党将心力专注在组织、全面宣传和各种活动上，因而自然而然崭露头角，进而拿下龙头宝座。

国家安全局正是设立来落实这套严格、客观且合乎现实的手段。至于我们这一代——贝斯特与我讨论时指的是托马斯和我这一代——他还无法完整予以定义，这一代年轻人在纳粹主义的熏陶下长大，但是没有遭遇过真正的挑战。因此，我们必须加强准备，奉行严苛的纪律，学习如何为我们的人民战斗，如果有必要的话，甚至要学习如何消灭对手，不带私人恩怨跟怀恨在心，不要像那些落伍的条顿民族故步自封，以为现在还在穿兽皮。我们要采取系统化、高效率合理推演出来的方法。

这就是当时国家安全局整体内部的风气，也是希克斯博士的想法，他是进入国家安全局后的第一个部门主管，也同时在大学兼任国际经济学院院长。他是一个苦闷、让人敬而远之的人，总是叨念着政治种族生物学方面的言论，经济学的东西反而很少听他提及，但是他鼓吹的方法跟贝斯特完全一样，往后几年由霍恩招募进来的青年才俊，即所谓的国家安全局之狼也都秉持同样的理念，像是施伦堡、克诺申、贝伦茨、达尔昆等，当然还有奥伦多夫。

除了这些人之外，还有一些现今比较默默无闻的几位，像是梅尔霍恩、1943 年在烽火中丧生的古尔克、莱梅尔、陶贝特等人。这些人独树一格自成一派，不受党内同志青睐，但是他们思想条理分明，行动积极又有纪律，我一加入国家安全局，便决心以他们为榜样，希望有朝一日能成为他们的一分子。现在，我也不像以前那样确定了。历经了东部占领区的试炼后，我觉得国家安全局的理想主义分子已经穷于应付暴力警察与官僚。我不禁纳闷，贝斯特对最终解决方案有什么看法，但是，我一点都不想开口问他，甚至不想谈到这个话题，更别提我先前见到的诡异幻象。

贝斯特姗姗来迟，迟到了半小时，他身穿俊逸非凡的黑色制服，双排金扣，白色绒毛斜纹大翻领。正式敬礼后，他上前热切地握住我的手，连声为迟到表示歉意。“我刚刚在元首那里，结果来不及换衣服再过来。”我们为彼此的升迁表示祝贺，饭店经理走过来招呼贝斯特，领我们到预订的包厢。

我点了第二杯马天尼，贝斯特要了一杯红酒。他问了我一些我在俄国服役的情形，我略过细节，大略讲给他听，反正贝斯特比谁都清楚特遣部队是干什么的。“现在呢？”我开始讲述我的想法。他耐心地听我说，不时点头，他突出的前额在水晶吊灯的灯光照耀下闪闪发亮，上面还留着军帽压出的红印，那顶帽子现在好端端地躺在沙发上。“对，我还记得。”他终于开口，“您最早是对国际法有兴趣，您为什么不写点东西发表呢？”“我一直没有机会。您离开国家中央安全局之后，上面交付的议题都是与宪法和刑法有关的，后来我参与现场执行工作，机会就更少了，不过，在占领区执行方案，我倒是累积了丰富的实地经验。”

“我不敢说乌克兰经验是学习的好典范。”“的确不是。”我回答，“国家中央安全局没有人明白为何上面会放任科赫这样胡作非为，简直是一塌糊涂。”“这显示了纳粹主义的某个环节机能失调，这方面斯大林比我们更加蛮干，不过我希望，科赫这种人不会有出头的机会。您读过我们为元首四十寿诞特别印行的《节日贺作》吗？”

我摇摇头：“很可惜，没有。”“我叫人弄一本给您。我那篇阐述了以民族意识为基础的大空间理论，您以前的教授霍恩也写了一篇主题相同的文章，还有内政部长斯图卡尔也发表了一篇。您还记得莱梅尔吧？他也针对这些概念发表了一些文字，刊登在别的地方。我们的重点放在批判卡尔·施密特，同时也驱策党卫队，让他们站上第一线，成为建设欧洲新秩序的动力火车头。在我们这群人的襄助下，大元帅很可能成为这项大建设的主导建筑师，可惜他没有把握机会。”

“当时到底发生了什么事？”“很难说得清楚。我无法确定大元帅到底是因为专心德国东部占领区的重建计划，而无暇顾及，还是因为事务繁忙力不从心，而党卫队积极介入东部占领区人口迁移计划的执行，必然也是一大因素。多少因为这个缘故，我选择离开国家中央安全局。”

最后这句话，我很清楚不是事实。当时我已完成博士论文（主题是国家人为法与国家民族意识的融合），正式成为国家安全局的全职员工，协助他撰写法律意见，那时贝斯特就开始遇到麻烦了，和施伦堡更是水火不容。

无论是私底下或纸上论战，施伦堡都指责贝斯特太官僚、太闭塞，说他是古板的老学究，又爱钻牛角尖。据传，海德里希也持同样看法，至少海德里希同意让施伦堡放手去做。贝斯特则大肆批评警力“去公职化”的做法，他甚至公开支持国家安全局与国安警察署划清界限，而且呼吁国家安全局的员工，好比托马斯和我，应该遵守一般的国家行政法规和作业程序，单位主管均应接受法律的教育训练。但是海德里希对这种主管人才的幼稚班教育嗤之以鼻，施伦堡势力于是逐渐扩大。

有一天，贝斯特针对这个议题对我提出了相当惊人的意见。“您知道，虽然我非常厌恶 1793 年，不过有时我觉得我跟圣茹斯特[1]心念颇为相通，他说过，某些人的严苛或狂妄反而不如其他人的柔软弹性更令我感到畏惧。”这些都是发生在战争爆发前那年春天的事，前面我曾提过接下来那个秋天的事，贝斯特去职，以及我内心的彷徨焦虑。不过我能理解贝斯特的心态，宁可以正面积极的眼光来看待既定之事。

“在法国，还有现在的丹麦，”他说，“我专注心力在理论的实际执行层面。”“进行得如何？”“在法国，政府受到监督的概念是好的，但是遭到国防军太多干涉，他们一意孤行，坚持执行他们的政策，还有来自柏林的命令，因为人质的问题，事情的发展不尽如人意。到了 11 月 11 日，一切都结束了，在我看来这是天大的错误，不过算了！我反而得到在丹麦树立保护区典范的大好机会。”

“大家都称赞您在那里的成就辉煌。”“哦，也有批评的声浪！再说，您知

1. 圣茹斯特（Antoine Louis de Saint-Just，1767—1794）：法国大革命时公安委员会最年轻俊美的委员，故有革命大天使之称，热月政变发生，被送上断头台。

道我在那里才刚起步，除了这些明确的赌注，当务之急是积极拓展视野，放眼战后的整体格局，我们目前所采取的措施全都是急就章，矛盾百出，难以连贯。而元首发布的命令跟他原本的想法相悖，因此很难提出具体的承诺。”

“我完全明白您的意思。”我简短叙述了利佩尔的遭遇，我们在迈科普见面时谈到的希望。“对，这是非常好的例子。”贝斯特说，“不过您瞧，其他人也对弗拉芒人许下了同样的承诺。现在，大元帅在伯格副总指挥长的敦促下，正如火如荼地推展他自己的政策，创建国家所属的党卫队武装军，这一点彻底背离了外交部的政策，两边连最起码的协调都没有。问题的症结就在这里：倘若元首不出面干涉，底下的人完全各行其政，没有一个全体认同的愿景，产生不了真正基于民族意识的政策。真正的纳粹主义信徒无法尽一己之力，做好分内的工作，换句话说，给不了人民大方向，领导人民走向未来。在位的党内同志只顾划分地盘，在自己的地盘上随意瞎搞。”

“您觉得党内同志不是真的纳粹主义信徒？”

贝斯特伸出一根手指：“小心，千万不要把党内同志和党员搞混了，所有的党员，好比您跟我，并不一定都是所谓的‘党内同志’。纳粹主义信徒必须相信他的愿景，因为愿景只有一个，所以忠贞的纳粹主义信徒一定会朝着唯一的道路努力，那就是民族的道路。您以为那些人全——”他大手一挥纳入整个酒吧大厅，“——都是忠贞的纳粹主义信徒吗？党内同志指的是那些官位靠党提拔的人，他们的立场就是捍卫党，在与其他政府单位发生了摩擦争执时，出面捍卫党的权益，而人民的真正权益被放到一边去了。党最初成立的构想，是要造成行动风潮，成为人民的喉舌，现在党沦为官僚，跟其他政府单位没两样。有很长一段时间，我们这些人当中有不少人对党卫队寄予厚望，希望他们能够继续大业。现在还不算太迟，但党卫队也面临了危险的诱惑。”

我们各自喝了点酒，我试图把话题带到此行的正题。“您对我的想法有什么建议？”我终于开口问，“我觉得以我过去跟法国的渊源，还有对该国的了解以及对法国当前各家思想潮流的认识，法国应该是我最能发挥长才的地方。”

“您说得或许有道理，问题是您也知道，除了党卫队严格执行警察权的辖区，我们在法国几乎是被判出局。我不认为抬出我的名号能在军事指挥部起什么作用，阿贝茨那边我也使不上力，他的地盘绝不容许外人染指。如果您真的很想调过去，可以联络克诺申看看，他对您应该还有印象。”

“好的，这建议值得一试。”我不情愿地说，我想要的不是这个。贝斯特继续说：“您可以说是我推荐您去见他的。丹麦呢？您有意愿到丹麦来吗？我可以给您找到一个不错的职位。”我尽力不让内心逐渐高涨的不满显现出来，“非常感激您对我的爱护，只是我对法国有一些明确的想法，如果有可能，我想要深入探讨。”“我明白您的意思，假如您改变心意，记得跟我联络。”“好的。”他看看手表，“我和部长约好一起吃晚餐，我真的该回去换衣服了。如果我想到能帮您到法国的方法，或者听说有不错的职务出缺的话，一定会转告您。”

“真的非常感激，再次感谢您拨冗跟我见面。”他喝干杯里的酒然后回答，“我很高兴，自从我离开国家中央安全局，我最怀念的，就是和信念坚定的人开诚布公地交换看法。我走了，祝您有个美好的夜晚！”

我陪他走到大马路，在以前的英国大使馆门前挥手道别。我看着他的车呼啸隐入威廉大道，朝勃兰登堡门和动物园的方向绝尘而去，内心波澜起伏，不断回想他说的最后那番话。信念坚定的人？以前的我无疑是，现在，暗淡的信念微光该往哪儿寻求支柱？我还依稀看得见这些信念在身旁缓缓飞舞，但当我伸手想要抓它时，却宛如激动有力的鳗鱼般溜出我的手掌心。

托马斯绝对是个信念坚定的人，而那些信念看起来跟他的企图心和生活乐趣彻底融合。回到饭店，我看到他留下字条，邀我一道去看芭蕾舞表演。我打电话给他想回绝，他不等我开口立刻问：“怎么样，事情有进展吗？”紧接着又忙着解释他那边没有进展的种种原因。我耐着性子听他说完，一逮到空当，我试着拒绝邀约，但是他根本拒绝听我解释。

“你变得没有格调了，出门散散心对你绝对有好处。”老实说，想到芭蕾舞，我就觉得无聊沉闷至极，拗不过托马斯，最后我还是让步了。

俄国剧目当然都已遭到禁演，那天上演的是莫扎特歌剧《依多美尼欧》的芭蕾舞桥段，然后是加沃特舞和《微妙小事》。交响乐指挥是卡拉扬，当时的他是刚窜起的乐坛新星，光芒尚未盖住富特文格勒[1]。

我在演出人员入口附近找到托马斯，他的朋友替他弄到私人包厢，一切都安排得妥妥当当。忙碌穿梭的带位员拿了我们的大衣和军帽之后，带我到自助餐厅，和乐团成员以及戈培尔歌舞剧团的小明星们一起喝开胃酒，那些小明星很快就拜倒在托马斯风趣又迷人的风采下。

带位员带我们到包厢，我们的包厢在舞台下方、交响乐团的正上方，我低声对他说："你没想过请女孩子一起来吗？"托马斯耸耸肩："开什么玩笑！放弃一个优秀的博士，少说也要来个地区总队长才行。"

这句玩笑话我只是随口说说，没有其他意思，一直以来我封闭自己，紧闭心扉，对一切敬而远之，然而表演才一开始，我觉得整个人都亮了起来。

台上的舞者和我相隔只有几米远，望着她们，我觉得自己是个悲惨疲惫的可怜虫，我的身体好像还没有摆脱前线的酷寒和恐惧。而她们，灿烂如花，穿着闪亮舞裙在台上跳跃，更加突显了我们中间一段无可僭越的距离，她们火红丰满的身影看得我目瞪口呆，发狂似的兴奋（但却是一种一无是处、毫无目标、混乱无主的兴奋）。黄金、水晶吊灯、琉璃瓦、丝缎、珠光宝气、舞者编贝般的亮白牙齿，她们发亮的肌肉如潮水般冲过来。

上半场终场休息时，我制服底下的身体不断冒汗，我急急冲进酒吧，一连喝了好几杯，最后干脆整瓶拿回包厢。托马斯笑眼看着我，也喝了一点，但是他喝的速度比我和缓许多。剧院另一边楼上的包厢，有个女子拿看戏用的望远镜对着我瞧，她跟我们相隔颇有一段距离，我看不清楚她的脸，而且我没带望远镜，不过很明显她盯着我瞧，我对此大感不悦。

下半场的中场休息时间，我一点都不想去找她，我躲到隐秘的自助餐厅，跟托马斯又喝了几杯。表演再度开始，我却变得像个小孩似的拼命鼓掌，甚至还想献花给女舞者，又不知道该送给哪一位，我不知道她们的名字，更不知道该怎么做，又怕弄错出糗。

那名女子仍然盯着我看，但是我已经不在乎了。我又喝了一口，笑着对托

---

1. 富特文格勒（Wilhelm Furtwangler，1886—1954）：德国作曲家与指挥家。

马斯说："你说得对，来这里来对了。"这里的一切处处让我惊艳，也处处让我惊慌。我无法理解舞者身体的舞动之美，那种抽象式的美，没有性联想，男女无别的美，美得让我震惊。

表演结束后，托马斯带我走一条夏洛滕堡的小街道，一踏进去，我吓了一大跳，原来是妓院，事到如今，想要掉头已经太晚了。我又乘机喝了酒，吃了三明治，托马斯跟几个衣衫不整的女孩跳舞，看得出来他对这里很熟。

里面还有几名军官和老百姓。电唱机播放美国音乐唱片，狂乱烦人的爵士乐不时被妓女堕落尖锐的咯咯笑声切断。大多数的女孩身上只穿着艳丽的丝质内衣，包覆软腻苍白没有活力的肉体，托马斯左拥右抱，我只觉得恶心。

一个女人凑过来，想坐在我腿上，我轻轻推开她，我的手摸到她裸露的小腹，但是她坚持不走，我只好使劲推，她不悦地出声抱怨。我面色惨白，萎靡不振，这里的一切却晶晶闪亮，叮咚作响，我难受极了。托马斯过来又倒了一杯酒给我，笑着说："就算你不喜欢她，也不用发这么大火，这里女人多得是。"他挥舞着手，满脸通红，"挑一个，账算我的。"我一点兴趣都没有，但是他很坚持，为了摆脱他的纠缠，我拿起一瓶酒灌了几口，随便拉了个女孩上楼。

到了女孩的房间，安静多了。她帮我脱掉外套，当她伸手想要松开我衬衫的纽扣时，我制止了她，叫她坐下。"你叫什么名字？"我问她。"埃米莉。"她回答，一个颇具法国风情的名字。

"讲个故事给我听，埃米莉。""什么样的故事，军官大人？""你童年的故事。"

她说出口的第一句话令我当场冷到骨子里。"我有一个双胞胎姐姐，十岁就死了。我们两个染上了同样的病，急性关节风湿炎，后来她因为尿毒症病逝，水排不出来，一直累积，累积……她就窒息死了。"

她拉开抽屉翻找，拿出两张镶框照片。第一张照片是双胞胎姐妹，两人并排站着，大大的眼睛，头发绑着缎带，大概 10 岁；另一张上面是死者躺在棺材里，旁边摆满了郁金香。"这张照片原本挂在家里，从那天起，母亲再也无法忍受郁金香，她说她失去了天使，却留下了魔鬼。之后，每当我不经意地经过镜子，总觉得看见了死去的姐姐。放学后，假如我飞奔着踏进家门，母亲总以为看见了姐姐而神经崩溃大哭大闹，我只好强迫自己安静进门。”

“你怎么会沦落到这里呢？”我问。女孩好像累了，竟然躺在沙发上睡着了。我双手支颐凝望着她，偶尔喝口酒。她突然惊醒：“哦哦，对不起，我马上脱衣服。”我微笑着对她说：“不用了。”我坐上沙发，捧住她的头，轻轻放在我的腿上，抚摩她的头发。“再多睡一会儿。”

回到艾登饭店，又有人留口信给我。“是冯·于克斯屈尔夫人。”门房对我说，“这是她留的联络电话。”我上楼回房，坐在沙发上连外套都没脱，累得不想动。过了这么多年，她干吗跟我联络？为什么选在现在跟我联络？我不知道自己是否想再见到她，但是我知道，如果她打算跟我见面，避不见面绝对是天方夜谭。

当天晚上我几乎没睡，就算睡了，也睡得很少。往事顿时一幕幕涌现，这次跟在斯大林格勒如浪潮打来的记忆不同，不再是阳光灿烂的欢乐往事，而是泛着满月冰冷光晕，苍白苦涩的过去。冬季运动结束回家后，那年春天，我们的阁楼游戏再度上演，我俩全身赤裸，沐浴在灰尘飞舞的光圈中，四周架起了洋娃娃、堆栈的皮箱及衣服挂得满满的衣架。我们就躲在这小小的天地里。

经过一个冬天，我全身白皙，体毛尚未长出；至于她，大腿内侧隐约看得见一丛毛发的影子，刚发育的小小乳房慢慢改变了她原本平坦光滑让我深深依恋的胸型。然而，时间无法倒转。天气还很冷，我们的肌肤紧绷，汗毛竖立，她跨坐骑在我身上，细细的血丝从大腿内侧流下来。她哭着说：“开始了，月经来了。”我伸出细瘦的手臂将她拢入怀中，陪着她一起哭。

我们还不到13岁。不公平，我想要跟她一样，为什么我不能流血，跟她共享这个经验？为什么我们不能完全一样？我还没有勃起的经验，我们的游戏持续着，当我们在观察对方的时候，也许真正在探索的是自己，但现在这样，表示我们之间已经隐然出现了不同，差异非常微小，却已足以逼得我们逾越伦理了。

于是，无可避免的那一刻终于来临，有一天我的手上、大腿上染满了一团团乳白色的黏液。我把这件事情告诉乌娜，还拿给她看。她觉得很新奇，但也有点怕，之前有人跟她解释过人体的构造，以及人类繁衍的法则。

至此，阁楼在我们眼中，首次变得阴暗、布满灰尘和蜘蛛网。我想亲吻她的乳房，此时她的胸部已变得圆润丰满，但她好像没有兴趣，她跪在地板上，拿纤瘦的少女臀部对着我。她把母亲浴室里摆的冷霜拿上来，“拿着，那里不会有事的。”那一次的感觉我印象模糊了，反倒是冷霜迟迟不散的刺鼻味道记忆犹新。当时我们的年纪正值金色年华和堕落折翼的临界点。

近午时分我打了电话过去，她的声音听起来十分平静。“我们住在凯塞霍夫饭店。”“你有空吗？”“有啊，见个面好吗？”“我去找你。”

她在门口大厅等我，一看到我就站起来。我脱下军帽，她轻轻亲吻我的脸颊，然后往后退一步上下打量我。她伸出一根手指，指尖敲敲我外套的卐字形纽扣。“你穿这件制服还挺好看的。”我没开口，只是望着她，她没怎么变，顶多变得成熟，还是一样漂亮。

“你到这里干吗？”我问。“伯恩特跟他的律师在这里有事要解决，我想你也许会在柏林，想见你一面。”“你怎么找到我的？”“伯恩特在国防军最高指挥部有朋友，他打电话到阿尔布雷希特王子大道问，那边的人告诉他你下榻的地方。你想做什么？”“你有时间吗？”“整天都有空。”“那我们去波茨坦，到那边吃个饭，然后去公园走走。”

那天是今年开春以来气候最宜人的一天。空气暖暖的，树枝上的嫩芽在懒洋洋的阳光下初露新绿。我们在火车上几乎没有交谈，她显得冷漠有距离，而我可说手足无措。她的脸对着车窗，看着格鲁尼沃尔德树林光秃秃的枝干不断往后退，而我，我盯着她的脸。

乌黑浓密的秀发底下，她整张脸好像是透明的，细长的蓝色血管在乳白色的肌肤底下隆起，清晰可见。有条血管从太阳穴一路延伸，切过眼角，像条伤痕蜿蜒划过脸颊，我想象血液在这片深邃浓厚可比弗拉芒画派大师笔下半透明油画表层的肌肤底下延流。

脖子下方另有一片隐约的血管网络，蔓延至纤细的锁骨，没入针织毛衣底下，我知道，血管网络深及胸口，好像两只大手掌覆盖乳房。至于她的眼睛，我看到车窗上的倒影，滑过紧密排列的棕色树干，没有颜色，遥远梦幻，心不在焉。

到了波茨坦，我找了卫戍区教堂附近我光顾过的一家小馆子。钟塔的排钟扬起哀戚的小调，截自莫扎特的乐曲旋律。餐厅正常营业。

“戈培尔冥顽不灵的想法在波茨坦完全行不通。”我说。就算是柏林，大多数的餐馆也已经重新开张做生意了。我点了葡萄酒，随口问她丈夫身体的情况。“还好。”她有气无力地回答。他们在柏林只停留几天，之后计划到瑞士的一所疗养院，冯·于克斯屈尔要在那里接受治疗。

尽管有些迟疑，我还是问了他们在波美拉尼亚的生活。“实在没什么好抱怨的。”她清澈的大眼睛凝视着我，“伯恩特的佃农会给我们带吃的东西，可以说衣食无缺，有时候还吃得到鱼。我看了很多书，常常散步，战争感觉非常遥远。”

“会慢慢接近的。”我残酷地说。“你该不是说战争会打到德国境内吧？”我耸耸肩：“没有什么是不可能的。”我们之间的对话一直淡淡的，不着边际，我看出了当中的冷漠，只是不知该如何打破这层隔阂。

终于，她以比较感性的口吻，爹着胆子开口：“听说你受伤了，我从伯恩特的军方友人那边听来的。我们过着与世隔绝的日子，不过他还是有一些消息管道。我打听不到详细的情形，着急了一阵子，还好今天看到你，伤势看来不是太严重。”

我慢条斯理叙述了事情发生的经过，还让她看子弹穿过的伤口。餐具从她手中掉落，她脸色霎时惨白，她伸出手，旋即收回。“很抱歉，我真的不知道。”我伸手触摸她的手背，她慢慢把手抽回去。我不发一语。反正，我也不知道该说什么——我真正想说的话，真正该说的话，又无法说出口。

餐馆没有咖啡，吃完饭我便去结账。波茨坦的街道祥和静谧，街上只看得到军人、推婴儿车的妇女，几乎没有汽车。我们朝公园的方向走，一路无话。我们从玛尔利公园进去，街道的宁静一直延伸到园内，甚至更安静，远远偶尔可瞥见一对夫妇或几名回家休养的伤兵，他们有的手持拐杖，有的坐在轮椅上。

“真可怕。”乌娜低声说，“真是莫大的损失。”“这是必要的。”我说。她没再说什么，我们就这样有一搭没一搭地说话。

一些温驯的松鼠在草地间飞窜，我们右边跑来一只，它跑到一个小女孩面前，从她手掌上拿了一小块面包，立即回头跑，然后再来咬一块，小女孩笑容满面，心满意足地离开了。还有几只绿头鸭和其他的水鸭，有的飞到水塘边休息，有的在水面来回优游，即将滑入水面的那一刻，它们快速拍打翅膀，接着翅膀高高垂直抬起，减缓滑行速度，有蹼的双足对准水面，一碰到水面，双足立即收回，鼓起的胸腹啪地打下水面，水花四溅。

阳光灿烂，穿透松树枝叶和橡树光秃秃的枝丫，公园小径的交叉口，处处可见小天使或莲花形状的灰石雕像竖立石头底座之上，既可笑又没用。走到圆形花坛，一座座人体半身雕像贴着修剪整齐的灌木围篱排成一圈，灌木丛上方就是葡萄藤架凉亭和温室，乌娜拢起裙子在长椅上坐下，动作如少女般敏捷。我点了一根烟，她拿过去吸了几口，然后还给我。

“说说俄国的事吧。”我简单扼要说明了我们在前线的后勤支持工作内容，她静静听我说。等我说完，她才开口问：“你杀过人吗？”“一次，我必须给犯人补上解脱的一枪。我大多负责情报搜集，还有写报告。”

“你拿枪对着那些人的时候，心里做何感想？”我毫不迟疑地回答：“跟看别人开枪一样，感觉没有不同。时间到了，该做的就得去做，是谁做的并不重要。再说，我认为看别人做，跟自己动手做，该负的责任完全一样。”“可是，这是该做的事吗？”“如果我们想要打赢这场战争，是的，这是该做的，毫无疑问。”

她想了一会儿，然后说：“我很幸运，不是男人。”“我经常暗地盼望能跟你一样幸运。”

她伸手抚摩我的脸，若有所思，刹那间我觉得幸福将我包围，以为我整个人将偎进她的怀里，像个小孩。但是，她从椅子上站起来，我只好跟着照做。她从容不迫穿过凉亭，往黄色小城堡的方向走。

“你有妈的消息吗？”她回头问我。

“没有，我们已经好几年没写信给对方了。她怎么样了？”

“她还住在昂蒂布，跟莫罗在一起，莫罗现在跟德军做生意。现在他们那里归意大利管辖，据说大伙也还认命守规矩，但是莫罗很气愤，他坚信墨索里尼想要吞并蔚蓝海岸。”

我们走到最后一座露天凉亭，大片石子路面直通城堡大门，从城堡眺望，公园全景一览无遗，也可以看到凌越树梢之上的波茨坦市区民宅屋顶和钟塔。

“爸爸非常喜欢这里。”乌娜平心静气地说。我觉得全身的血液一股脑儿直冲上脑门，我抓住她的手。

“你怎么知道？”她耸耸肩，“我就是知道。”“你从来没有……”她望着我，眼里净是哀戚。“马克斯，他已经死了，你要接受这个事实。”

“连你也这么说。”这几个字从我的齿缝里恨恨地迸出，而她平静自若。“是的，连我也这么说。”

她背诵了一首英文诗：

你的父亲躺在汪洋深海底
骸骨化为珊瑚
眼睛化为珍珠
他并未化成灰烬
而是大海将他改变
变成珍贵而稀有的宝物[1]

我愤而转身大步离开，她追过来抓住我的手。

“走，我们过去看看城堡。”碎石子在我们脚下吱嘎作响，我们绕着城堡走一圈，然后穿过圆拱大门。踏进城堡内部，我漫不经心环视四周，净是贴金装饰、珍奇的小巧家具、18 世纪的肉感画作，一直等到步入音乐厅，我的思绪才开始起伏，看到那架老式钢琴，我不禁自问年迈的巴赫走进这里的那一天，他为国王即兴谱就的《音乐礼赞》是否就是在这架琴上完成的。要不是馆内有警卫，我真想伸出手指敲敲琴键，也许可以感应到巴赫的指尖。

冯・门采尔[2]画的腓特烈二世，在教堂烛光的照耀下吹奏横笛，就像他接见巴赫的那天一样。这幅画已被取下，大概是怕敌人轰炸。

---

1. 出自莎士比亚《暴风雨》第一幕，第二场，爱丽儿之歌。
2. 冯・门采尔（Adolf von Menzel，1816—1905）：普鲁士宫廷画家，早期作品主题多半描绘皇帝生平重大事件，19 世纪 40 年代开始以一系列取材现实生活的作品闻名，可惜多半毁于二次大战炮火。

再往里面走就是人称伏尔泰之房的客房，房里摆着一张极小的床，据说这位伟大的思想家在此专心传授腓特烈大帝启蒙时代的知识，并灌输他对犹太人的恨，他停留的几年里一直睡在这张床上，也有人说他住在波茨坦市区的城堡。

乌娜饶富兴味研究房内品位轻佻的装饰。“对一个没办法自己脱靴子，更别想抬高屁股的国王，他倒是很欣赏裸体女人，整座皇宫像个情色殿堂。”“是为了让他回味过去的雄风。”

踏出门口，她指着一座丘陵：“想上去吗？”丘陵矗立在这位异想天开的国王突发奇想、特意命人打造的古迹当中。“不想，不如去柑橘园那边。”

我们无精打采地走着，也没留意周遭的风景。我们在柑橘园的露天凉亭坐了一会儿，绕着大喷水池以及极端对称、定期修剪的古典风格花圃，再沿花圃周边的阶梯往下走。绕了公园一圈后，我们随意选了一条园内的幽长小径，继续漫无目的地散步。

“你觉得幸福吗？”她问我。“幸福？我吗？不觉得。但是我品尝过幸福，我心满意足，没什么好抱怨的。怎么会问这个？”“没什么，随口问问。”

走了没多久，她又开口：“你可以告诉我，这八年来，为什么我们之间没有只字片语？”“你嫁人啦。”我强忍心头怒火反驳。“好，但这是后来的事，再说也不是理由。”“对我来说，这是一个好理由。你干吗跑去结婚？”

她停下脚步，定定望着我：“我不需要事事向你报告。如果你坚持要知道，我可以告诉你，我爱你。”现在，换成我定定看着她：“你变了。”“每个人都会变。你也一样，你也变了。”我们继续往前走。“你呢，你没爱过任何人吗？”她问。“没有，我信守誓约。”“我没跟你有过誓约。”“没错。”我承认。

“总之，”她接口道，“顽固的死守旧誓约也算不上是一种美德。世界在改变，你要学着跟上时代改变自己。你，你被往事禁锢，无法挣脱过去。”“我比较想讨论忠诚、至死不渝之类的话题。”“马克斯，过去的已经过去。”“过去的永远在那儿。”

我们走进一座中国式亭阁。一尊中国人的雕像端坐在阳伞下，雄踞圆顶最高处，屋顶四周的飞檐漆着蓝金两色，由底下棕榈树状的金色圆柱支撑。

我朝亭内瞄了一眼，圆形的厅堂挂着东方风味的水墨画。室外每一个棕榈状的柱子底下，压着一些浮沉欲海的男女像，都漆成金色。

“真是疯狂。”我出言批评，“过去的伟大君主满脑子想的都是这些，荒唐至极。”“跟现在列强的疯狂举动相比，不相上下。”

她平静地回答：“我倒是非常喜欢这个世纪，最起码，我们可以说这不是一个搞信仰崇拜的世纪。”“从华托[1]到罗伯斯庇尔[2]。”我讥讽地回呛。她努起嘴：“罗伯斯庇尔已经是19世纪，他可以说是德国浪漫派的典型。你对那时的法国音乐还是一样情有独钟吗，比如拉莫、福尔克雷、库普兰？”我的表情明显暗淡下来，这个问题让我突然想起雅科夫，那个死在日托米尔的犹太小钢琴师。“是的。”过了许久我才说。

“不过我好久没听了。”“伯恩特偶尔会弹琴。他尤其钟爱拉莫的作品，他说真的不错，有些东西几乎可跟巴赫为键盘乐器写的曲目相比。”“我也这么认为。”我和雅科夫曾有过类似的谈话。我不再说话。我们已经走到公园的边上，我们掉头，商量好绕到和平教堂，从那边的出口出园。

“你呢？”我问，“窝在波美拉尼亚的安乐窝里觉得幸福吗？”“是的，我很幸福。”“你不觉得无聊吗？应该偶尔会孤单吧？”

她再度抬头凝视着我，良久良久，最后才开口：“我什么都不需要。”这句话像一股寒风直钻进我的心窝。

我们搭小巴士到火车站，等车的时候我买了一份《人民观察家》[3]，乌娜看见我拿着报纸回来时笑了。“你笑什么？”“我想到伯恩特说的一个笑话。他把《人民观察家》戏称为《越读越蠢报》。”

我正色说：“他应该小心点，不要乱说话。”“别担心，他没那么笨，而且他的朋友都是聪明人。”“我不担心，我只是提醒你。”

我翻开第一页，英军再度轰炸科隆，波及许多无辜的百姓。我拿这篇报道给她看：“这些空中杀手真是一点羞耻心都没有，还大言不惭说什么捍卫自由，

---

1. 华托（Jean-Antoine Watteau，1684—1727）：法国洛可可时代的代表画家。

2. 罗伯斯庇尔（Maximilien François Marie Isidore de Robespierre, 1758—1794）：法国的律师，是法国大革命时期最知名、最具影响力的政治家之一，也是雅各宾专政恐怖统治时期的实际最高领导人。

3. *Volkische Beobachter*，纳粹党报。

连妇女跟小孩都不放过。”她幽幽地说：“我们还不是一样，妇女小孩通通一视同仁。”她的话让我顿时感到罪恶，随即恼羞成怒。

“我们杀的是敌人，是为了捍卫我们的祖国。”“他们也是啊，他们也在捍卫他们的国家。”“他们杀死无辜的老百姓！”我脸涨得通红，但她从容依旧。“你们枪决的那些人，他们被你们逮捕的时候，不是全都拿枪对准你们吧？你们也一样，也杀小孩。”

我气得说不出话来，不知道该如何向她解释，在我看来，两者的差别是如此显而易见，但是她，她却一味挑衅，假装看不出来。“你的意思是我是杀人凶手了？”我大叫。她抓住我的手：“当然不是，安静点。”

为了抚平情绪，我走出候车室抽烟，然后我们坐上火车。跟来的时候一样，她只管望着窗外的古尼沃德树林，我望着她，内心开始软化，澎湃的情感刚开始一点一滴慢慢搅动，后来简直是天旋地转，不禁想起我们最后一次见面的情景。

1934年，我们刚过完21岁生日，我终于获得自由，对母亲宣布我要离开法国。前往德国的途中我绕个弯到苏黎世，租了小旅馆的房间，然后去找乌娜，她在那里求学。她看见我时非常惊讶，虽然她已经听说我在巴黎跟母亲和莫罗大吵一架的消息，也知道了我的决定。

我带她到一家相当简陋，但是非常安静的餐馆吃饭。她在苏黎世过得很愉快，她对我说，她交了一些朋友，荣格非常了不起，等等。她说的最后几句话让我听了汗毛竖立，或许是她说话的口气给我这种感觉，但是我什么都没表示。

“你呢？”她问。我对她解释满腔的抱负、入籍基尔，还有加入了纳粹主义德意志劳工党（我入党是在1932年，我第二次到德国旅行的事）。她一边啜饮葡萄酒一边听我说，我也喝了一些，但喝得比她更慢。“我无法完全苟同你对希特勒这个人的热情。”她说，“我觉得他似乎有些躁郁，深受各种悬而未决的复杂情结、沮丧和带有威胁的憎恨所苦。”

“你怎么可以这么说！”我立即长篇大论加以反驳，她沉下脸，没再多说什么。她为自己又倒了一杯酒，我住口，伸手抓住她摆在格子桌布上的手。“乌娜，这才是我真正想要做的，也是我必须做的。我们的父亲是德国人，我的未来系于德国，不是法国的腐败资产阶级。”

“你说得也许没错，但是我怕你跟着那些人会迷失了你的灵魂。”我气得满脸通红，用力拍桌。“乌娜！”那是我生平第一次提高声调对她吼叫。桌面震动，酒杯翻倒滚落摔得粉碎，在她脚边泼洒出一片红色酒渍。服务生急忙拿着扫把过来，而乌娜，她原本一直保持低垂的目光慢慢抬高，凝视着我。她的眼神清澈，近乎透明。

“你知道，”我终于开口，“我总算看了普鲁斯特。你还记得这一段吗？”我喉咙发紧，喑哑着声音背诵，“这只杯子，一如在神庙里，象征我俩坚不可摧的结合。”她挥挥手：“不，不对。马克斯，你不明白，你根本不懂。”她的脸也涨得通红，她大概喝多了，“你总是把事情看得太严重。这些都是游戏，小孩子的游戏，我们当时都还是小孩。”

我的双眼逐渐睁大突出，喉咙发胀：“你错了，乌娜，不懂的人是你。”她又喝了一口酒：“马克斯，人都要长大的。”从那次分手后，我们七年没有见面。“绝不，”我咬牙切齿地说，“绝不。”这份誓约，我信守至今，虽然她并不感激。

在波茨坦的火车上，我望着她，沉重的失落感压迫着我，仿佛失足落水，再也没浮上来。而她，她在想什么？自从苏黎世那一夜分别，她的脸没有改变，只是稍微圆润了点，神情却显得封闭，拒人于千里之外。

在这背后，是另一种人生。我们穿梭在夏洛滕堡的豪华宅邸之中，动物园出现眼前。“你知道，”我说，“我回到柏林后一直找不到机会去动物园。”“你一直很喜欢动物园。”“是啊，我得找时间去逛逛。”

我们一路走到莱尔特中央车站，叫了出租车回威廉广场。“晚上想跟我一起吃饭吗？”我站在凯塞霍夫饭店的大门前问。“好啊，”她回答，“不过我得先回去找伯恩特。”

我们约好两个小时后见，我回到饭店洗澡更衣。我觉得好累。她的话和我的记忆，我的记忆和我的梦想，我的梦想与我最疯狂的念头，交错更迭。

我想起她援引的莎翁诗句，残酷非凡。难道她站在母亲那一边？一定是受到她丈夫的影响，那个波罗的海的王公贵族。我愤恨地想，她应该跟我一样保持处子之身。这个自相矛盾的荒唐想法让我笑了出来，而且狂野地笑了好一阵子，但同时我也好想哭。

到了约定的时间，我准时到达凯塞霍夫饭店。乌娜出现在大厅，立于舒适的方形沙发和小型棕榈盆栽之间，她身上还是下午那套衣服。“伯恩特在休息。”她跟我说。她也觉得有点累，我们决定就在饭店吃。

自从餐厅获准重新开业，戈培尔颁下一纸新的行政命令，嘱咐餐厅提供战地料理、乡野菜，以示与前线官兵同甘苦共患难。饭店经理向我们解释这道命令时，目光一直停留在我的奖章上，而我严肃的表情让他连话都说不清楚。

乌娜愉快的笑声打破尴尬，替他解围：“那种料理我想我弟弟吃得够多了。”“是，当然。”他马上接口，“本餐厅还有来自黑森林的野味，搭配红李酱汁鲜美绝伦。”“很好。”我说，“再来瓶法国葡萄酒。”“勃艮地好吗？配野味刚好。”用餐时间我们聊了许多事，话题多半围绕着我们最关切的议题。我讲了好些俄国的新鲜事给她听，不是那些惨绝人寰的杀戮，而是属于比较温情的个人经历，像是汉尼卡之死，尤其是沃斯。

“你很喜欢他。”“对，他是个很棒的人。”她呢，她跟我说那些在柏林常搞得她火冒三丈的贵妇人。她陪同她丈夫出席了一次欢迎酒会，还有好几次晚宴。在那些场合里，一些党政要员的夫人形容没有孩子的妇女是子孙繁衍战场上的逃兵，肚子不争气闹罢工，背叛自然法则有违伦常。

她笑着说：“当然，没人有胆子敢当面指责我，任谁都看得出来伯恩特听了老大不高兴，幸亏是这样，要不然我一定会当场给她们一个大耳光。不过，她们真的好奇得不得了，老是在我身边转，就是不敢开口问他是不是不行。”又是一阵银铃似的笑声，她拿起酒杯喝了一点酒。我静静地听，默不作声，我也想过这个问题。

“更好笑的是，有一个全身挂满钻石的地方党代表夫人，你可以想象那个画面，全身肥肉，烫染的头发带点蓝色，她居然有胆过来语带暗示地说——如果哪一天需要的话——干脆到党卫队找个英俊的小伙子播种。她是怎么说来着的？找一个身家清白、属于长头型人种、对民族抱持坚定信仰、身心都健康的男人。她跟我说党卫队有一个单位专门负责这类的优生协助，我可以去洽询。这是真的吗？”

“据说是真的。是由大元帅发起的一项计划，名叫生命泉源，不过实际的施行细节我并不清楚。”“他们真的疯了，你确定那不是专为党卫队和上流社会女子开的妓院？”

“不，不是，完全是另一回事。”她摇摇头。“总之，接下来的发展，你一定会拍案叫绝。您总不会寄望圣灵带孩子给您吧，她这么说。我很想冲着她说，反正我不认识有哪个爱国心强烈到愿意让她怀孕的党卫队成员，强忍着才吞下这句话。”

她再度放声大笑，又喝了一些酒。

餐点她几乎没碰，却独自灌下快一整瓶的酒，尽管如此，她的眼神依旧清明，她没醉。上甜点时，饭店经理推荐葡萄柚，战争爆发后，我就没再尝过葡萄柚的滋味。“从西班牙进口。”他加以说明。

乌娜不想吃，她看着我切葡萄柚跟品尝。我切了几块，在果肉上撒了一点糖，递给她尝尝。饭后，我送她回到饭店大厅。我望着她，口中还残留葡萄柚的甜美滋味。

“你们睡同一间房吗？”“没有。”她回答，“那样会把情况弄得更复杂。”她稍露迟疑，接着她椭圆形的指甲轻敲我的手背，“如果你愿意，你可以上来喝一杯，但是不可以乱来，坐一会儿就得走。”

踏进她的房间，我把军帽放好，坐在沙发上。乌娜踢掉鞋子，穿着丝袜的双脚踩在地毯上，走过来替我倒了一杯干邑。她坐在床上盘起脚，点燃一根烟。

“我不知道你会抽烟。”“偶尔才抽，”她说，“喝酒的时候。”我觉得她是全世界最美的女人。我告诉她我想到法国工作的计划，以及我遭遇的困难。

“你应该找伯恩特问问看。”她说，“他在国防军有很多官阶很高的朋友，是别场战争的老战友，也许他帮得上忙。”这番话激得我压抑的怒火瞬间爆发。“伯恩特！你开口闭口都是他。”“别那么激动，马克斯，他是我丈夫。”我霍然起立，在房里来回踱步：“我不管！他是外人，我们之间没有他的位子。”

“马克斯，”她语气维持一贯的温柔，目光祥和泰然，“我们之间什么都没有。你说的我们现在并不存在，未来也不会有，已经结束了。你要了解，伯恩特是我每天生活的一部分。”

我内心愤怒和欲望交缠，搞不清楚两者到底是哪个萌生了，哪个又消散了。我走到她面前，抓住她的双臂。“吻我。”

她摇摇头，生平头一次，我目光凌厉地盯着她。“你该不会想重蹈覆辙吧？”我觉得好难受，呼吸不顺，身子一软瘫倒在床下，我的头靠着她的膝盖，像贴在行刑板上。“在苏黎世的时候你吻了我。”我哀泣着说。“在苏黎世的时候我喝醉了。”

她移动身子，伸手拍拍床：“来，到我身边躺下。”忘了脚上还穿着靴子，我爬上床蜷成一团，挨着她的腿。我隐约闻到从她身上散发出来、穿透丝袜的体味。她抚摩我的头发。“我可怜的弟弟。”她喃喃地说。我泪眼迷蒙笑出声，好不容易开口说：“你叫我弟弟，又大我多少，只不过比我早出生 15 分钟，手腕绑红线的人是你而已。”“你说得没错，但还有其他原因，现在我是成年妇女了，而你却一直是个长不大的男孩。”

在苏黎世，事情不是这个样子的。她喝了很多，我也喝了不少。我们吃完饭后走出餐馆，外面很冷，她冷得发抖，步伐有些不稳，我搀扶着她，她整个人好像挂在我身上似的。

“跟我一起走。”我对她说，“到我的旅馆去。”她发出混浊不清的声音反驳：“别傻了，马克斯，我们已经不是小孩了。”

“来嘛，”我坚持着，“只是说说话。”我们人在瑞士，就算是廉价旅店，门房也丝毫不讲情面。“很抱歉，先生，只有这里的房客才可以进入客房。如果您愿意，可以到酒吧。”乌娜转身往他指的方向走，我跑去拦住她。“不要，我不想跟陌生人在一起，去你住的地方。”她没多说什么，直接带我到她的学生宿舍，房间狭小，到处堆满了书，而且冷得要命。

“你怎么不把房间弄暖和点？”我边问边刮火炉里的灰，打算生火。她耸耸肩，拿出一瓶产自日内瓦的白酒：“我只有这个，可以吗？”“我什么都可以。”

我打开瓶塞，她两手拿着酒杯笑着。我在杯里倒了满满的酒，差点溢出来，我觉得神经紧绷，全身僵硬。

我走到书桌旁，浏览成叠书籍的书脊，绝大多数的名字都很陌生。我随手抽了一本。乌娜看到了，又是一阵笑，尖锐的笑声让我觉得很刺耳，“啊，兰克！兰克很棒。”

“他是谁？”“弗洛伊德以前的门生，费伦奇的朋友。他写了一本非常棒的书，讨论不伦之恋。”我转头，目不转睛地瞪着她，她恢复严肃，停止狂笑。

“你为什么要说那个词？”我问，她满不在乎地把手中的杯子递到我面前。“别再说傻话了，”她说，“不如再给我倒一杯。”我放下书，拿起酒瓶。

“我说的不是傻话。”她再次耸耸肩。我在她的杯子里倒了酒，她随即喝了一口。我走到她身旁，伸手抚摩她的头发，乌黑浓密的秀发。

“乌娜……”她隔开我的手。“不要，马克斯。”她身子微微摇晃，我伸手插进她的发丝，抚摩她的脸颊、脖子。这一回，她没有推开我的手，只是一个劲儿喝酒。“你想干什么，马克斯？”

“我想跟以前一样。”我温柔地说，心跳加快。“不可能。”她咬牙切齿地说，又喝了一口酒，“以前早就不是原来的以前了。以前，根本没有存在过。”她闭上眼睛，不断胡言乱语，“再给我倒酒。”“不行。”

我抢下她手中的杯子，凑上前弯腰亲吻她的唇。她用力想推开我，反而让她身体失去了平衡，跌倒在床上。我放下手中的杯子靠近她，她躺在床上一动也不动，穿着裤袜的双脚悬空挂在床边，裙子掀开，卷到膝盖上方。

我血脉偾张，太阳穴剧烈跳动，整个人六神无主，在那一刻，我觉得自己从来没有那么爱过她，比我们一起窝在母亲肚子里时还要爱她，而她，她应该也爱我，同样深，同样至死不渝。我压上她，她没有抵抗。

我大概睡着了，等我醒来时，房间一片漆黑。我不知道身在何处，在苏黎世还是柏林。光线穿不透消极防空用的黑色窗帘，我模模糊糊看到身边有一具人形，乌娜滑进棉被里睡得香甜。我静静倾听她平缓均匀的呼吸，良久良久。我轻手轻脚，慢慢拨开遮盖了她耳朵的发丝，靠近她的脸。就这样，我没有碰触到她，只是闻着她肌肤的香味，还有鼻头呼出的带着淡淡烟草味的气息。最后，我走下床，蹑手蹑脚穿过地毯，走出房门。

走出街道，我才发觉我把军帽留在那儿了，但是我不想再上去，我请饭店门房帮我叫出租车。我回到自己的饭店，往事一幕幕风起云涌，让我彻夜难眠。然而，现在想起来的都是些粗暴、困惑、丑陋的事。

我们长大后，曾一起去参观过一个类似酷刑博物馆的地方，那里陈列了各式各样的鞭子、钳子、一具“纽伦堡处女”，在展览室的最里面还有一架断头台。我姐姐一看到那部机器，立刻兴奋地大叫：“我要躺到那上面。”展览室里空荡荡的，我跑去找警卫，塞给他一张钞票。“请让我们单独在里面 20 分钟。”“好的，先生。”他微笑着点头说。

我关上门，听到门锁咔啦锁上。乌娜已经躺在板子上了，我拉开承颈圆孔，让她把头穿过去，细心地将她又浓又密的头发拨开，再把她长长的脖子卡在孔里，她大声喘气。我用自己的皮带将她的双手反绑在背后，接着掀开她的裙子。我连她的内裤都懒得扯下来，直接把蕾丝花边拉到旁边，两手翻她的两瓣屁股，埋在阴毛深处的裂缝里，看得见肛门缓缓收缩。我往里面吐口水。

“不要。”她大声抗议。我拿出阳具贴在她身上，然后往里面插，她低声惨叫。我整个人压在她身上，因为褪下的长裤圈住双脚，不方便使力，我只能勉强移动。我弯腰靠在承颈圆孔的上方，脖子正对着高悬的刀锋，我喃喃对她说：“我要拉下把手，让刀落下。”她哀求道：“求求你，进我的屄吧。”“不行。”我忽然进入高潮，全身颤抖，脑袋一片空白，好像被汤匙挖空的水煮蛋。但是，这件往事有蹊跷之处。

我们长大后只见过一次面，就是苏黎世那一次，而苏黎世应该没有断头台，我不确定，这八成是一场梦，很久以前的梦，也许只有在我一个人思绪混乱地躺在艾登饭店的黑暗房间里时才会想起，也有可能是那天夜里，在我短暂的睡眠时间里浮现的梦境，睡着的时间短到连我都没发觉自己睡着了。

我愤怒不已，因为这一天，尽管我内心激动混乱，对我来说却是纯洁祥和的一天，现在却被这些突如其来的猥亵景象给污蔑了。

这一幕让我觉得恶心、不解，因为我知道，不论是往事、印象、幻想或梦境，这些都是我内心世界的一部分，而这些应该也是爱的组成因子。

上午快 10 点的时候，楼层服务生来敲我的门。“二级突击队大队长，有人打电话找您。”我到楼下柜台，拿起电话，乌娜愉悦的声音从电话线那边传来：“马克斯！你过来跟我们吃午餐好不好？来吧，伯恩特想见你。”

“好。去哪里？”“博尔夏特餐厅。你知道吗？在法国人街上，下午 1 点。如果你早到了，就报我们的名字，我已经订位了。”

我回到楼上刮胡子、冲澡，因为军帽忘了拿回来，我索性穿便服，把铁十字勋章放进外套口袋。

我早到了，报上冯・于克斯屈尔男爵的头衔，服务生带我到里面的一张桌子，我请他给我一杯葡萄酒。

昨天夜里的那些影像仍旧鲜明，我陷入沉思，想到姐姐的怪姻缘，她的怪老公。他们在 1938 年结婚，当时我即将完成学业。自从那晚在苏黎世分别，我和姐姐几乎没有来往。

那年春天我接到一封长信，是她写的，信中她说她在 1935 年秋天病得非常严重，她接受了一连串的分析治疗，但是她的忧郁日益加剧，后来院方把她送进靠近达沃斯的一间疗养院休养。她在那边待了几个月，1936 年初她遇见了一个男人，他是作曲家。他们开始约会，决定厮守终生。希望你会为我感到高兴，她这么写着。

接到这封信，我连续好几天意志消沉。我没去大学上课，镇日待在房里足不出户，躺在床上盯着墙壁。好极了，我对自己说，终于走到这一步了。女人啊，老在你们耳边说什么爱啊爱的，结果一看到有希望嫁入资产阶级，哗，还不是立刻躺下，两腿张开。

哦，我心中的酸苦深沉巨大。这简直是陈腐故事无可避免的老套结局，一直以来，无时无地，无不绞尽脑汁想销毁我生命中一点一滴的爱。我从来没有过这么孤独无依的感觉。当我终于稍稍振作，我回了一封非常制式冷漠的信给她，恭喜她，并祝她永远幸福。

那个时候，我刚开始和托马斯建立起情谊，我们已经以“你”相称了，我请他对新郎，卡尔 – 伯恩特 – 埃贡 – 威廉・冯・于克斯屈尔男爵做了一番调查。他岁数比她大很多，这位来自波罗的海地区的德裔贵族子弟，竟然是全身瘫痪的残障人士。

我不明白。托马斯进一步说明，男爵在第一次大战时表现抢眼，战功彪炳，获颁勋章，官拜上校，后来他在立陶宛的库尔兰带领一支护国军抵抗立陶宛红军。他在自己的领地上遭到枪击，子弹伤及脊椎，当时他躺在担架上，撤军前竟下令在自家老宅放了一把火，免得布尔什维克党人在里面乱搞、随地大小便，玷污了他的先祖。

国家安全局里关于他的档案有一大叠，虽然我们没有把他当成异议分子看待，但是某些党政高层好像不太欣赏他。

魏玛共和的年代，他以现代音乐作曲家的头衔在全欧闯出了一些名声，我们知道他是勋伯格[1]的朋友和拥护者，他和苏联的音乐家、文学家也有通信。我党取得政权后，他拒绝了施特劳斯邀他加入国家音乐学院的好意，事实上，此举断送了他日后的音乐职业公开生涯，此外他也拒绝加入我党。他定居在继承自母亲的庄园，过着与世隔绝的隐士生活，庄园位于波美拉尼亚。

本莫特[2]兵败从库兰德撤退，他便差人整修庄园，定居该地。他只有必须到瑞士接受治疗的时候才离开那里，党内的档案和国家安全局当地单位的报告都显示他不太见人，更鲜少出门，避免跟社会各阶层有任何牵扯。

“一个怪人。”托马斯得出结论，“一个愤世嫉俗又闭塞的贵族，老古董。你姐姐干吗嫁个残废？她有护士情结吗？”

问得好，为了什么呢？我收到喜帖，婚礼将在波美拉尼亚举行，我回了一封信，说明课业繁重不克前往。当时，我们都只有 25 岁，我深深感觉到，真正属于我俩的一切都死了。

客人陆续走进餐厅，服务生推着冯·于克斯屈尔的轮椅，乌娜手臂下夹着我的军帽。“嗨！”她愉快地向我打招呼，亲吻我的脸颊，“你忘了这个。”“是啊，谢谢。”我红着脸说。

我和冯·于克斯屈尔握手寒暄，服务生忙着移开一张椅子，我用相当庄重的口气说：“男爵，很荣幸认识您。”“我也是，二级突击队大队长。”乌娜将他的轮椅推到餐桌前，我坐在他对面，乌娜坐在我们中间。

冯·于克斯屈尔表情严肃，嘴唇极薄，灰白的头发理成平头，但是棕色的

---

1. 勋伯格（Arnold Schönberg，1874—1951）：奥地利犹太籍音乐家，1933 年遭纳粹驱逐，定居美国，在二次大战期间改信犹太教，为维护犹太民族尊严完成了《华沙幸存者》这部伟大作品。

2. 本莫特（Pavel Bermondt-Avalov，1884—1973）：俄国内战时期，白军在波罗的海地区的将领。

双眸偶尔会流露诡异的笑意，眼角的鱼尾纹霎时清晰可见。他穿着简单，灰色的毛料西装，针织领带，没有佩戴勋章，身上唯一的珠宝饰品是他伸手摸乌娜的手时，我才注意到的那枚金骑士戒指。

“亲爱的，你想喝什么？”“葡萄酒。”乌娜似乎非常愉快幸福，我不禁纳闷她是不是装出来的。冯·于克斯屈尔的僵硬动作，对她来说显然司空见惯。

服务生拿酒过来，冯·于克斯屈尔问了一些关心我伤势和健康情形的问题，他一边听我回答，一边小口小口非常缓慢地啜饮葡萄酒。

后来，我真的不知道该说些什么，问他来到柏林后是否去听了演奏会。

“没有我感兴趣的东西。”他回答，“我不太喜欢那个年轻人卡拉扬，他太自恋、太狂妄。”

“那么，您比较欣赏富特文格勒？”“富特文格勒已经不太可能让人有惊艳的感觉了，但是他底子非常深厚，可惜他们不让他指挥莫扎特的歌剧，那是他最擅长的，听说罗伦佐·达·彭特[1]好像有一半的犹太血统，而《魔笛》好像成了共济会的歌剧。”

“您不认为吗？”“或许吧，我看您应该是能够独立思考的德国爱乐人，内人告诉我您喜欢旧时的法国音乐？”“是的，尤其是乐器演奏的乐曲。”“的确品位超群。拉莫和伟大的库普兰至今仍没有受到应有的赏识，他们还专门为17世纪的低音古提琴作了许多值得珍藏的乐曲，至今尚未有人发觉，而我有幸得以见过一部分的手稿。真美。18世纪初叶的法国真的是达到了巅峰，现在没有人能写出这样的东西了。浪漫派破坏了一切，我们还深陷其中，无法走出他们的阴影。”

“你知道，”乌娜插嘴，“这个礼拜，富特文格勒会在海军上将音乐厅演出，还有蒂亚娜·莱姆尼茨，看起来很不错。但是我们没去看，他们演奏的是瓦格纳的曲目，伯恩特不喜欢瓦格纳。”

“不够强劲，”他回答，“我很讨厌他。从技术层面来说，他是有一些非比

1. 罗伦佐·达·彭特（Lorenzo Da Ponte，1749—1838）：意大利著名的歌剧填词人，与莫扎特合作了三出歌剧。

寻常的创举，崭新客观的面貌，但流于夸张、炫耀、庸俗的情感操弄，跳不出1815年以来绝大部分德国音乐的窠臼，顶多是写给音乐素养停留在鼓号军乐团程度的人听的。我喜欢看瓦格纳的曲谱，但是听他的音乐，我没办法。"

"难道没有一个您看得上眼的德国作曲家？""莫扎特和贝多芬以降？舒伯特有几首不错，还有马勒的几段。我已经算是很客气的了，说到底，几乎可以说只有巴赫……当然，现在还有勋伯格。""恕我冒昧，男爵，勋伯格的音乐似乎很难被归属在德国音乐底下。"

"年轻人，"冯·于克斯屈尔不客气地反驳，"不要给我讲那篇反犹太的大道理，您还没出生，我就已经是反犹太主义的尖兵了，但是我比较老派，认为受洗的神圣仪式足以洗涤犹太教的污点。勋伯格是个天才，是继巴赫以来最伟大的音乐家。如果德国人不要他，那是他们的问题。"

乌娜银铃似的笑声扬起："连《人民观察家》都还把伯恩特视为德国文化的最佳代言人之一。不过，假如他是作家，他现在不是流亡到美国跟勋伯格和托马斯·曼一家在一起，就是在萨克森豪森集中营。"

"是因为这样，这十年来才没有开过任何发表会吗？"我问。冯·于克斯屈尔挥舞着叉子回答："首先，因为我不是音乐学院的成员，我的音乐没办法演出。再来，除非我的音乐能在自己的国家先演出，否则我拒绝到国外表演。"

"您为什么不加入音乐学院？""这是原则问题，是为了勋伯格。当他们把勋伯格赶出学院时，他被迫离开德国，院方邀我加入取代他的位置，我叫他们滚。施特劳斯还亲自上门来找我，他刚刚接替了一个伟大的交响乐团团长布鲁诺·瓦尔特[1]的位子，我当着他的面说你应该感到羞愧，还说这个政府被帮派分子和愤世嫉俗的无产阶级把持，绝对不会长久。两年后，施特劳斯因为媳妇是犹太人，也被踢出音乐学院了。"

我勉强装出笑脸。"我不想把事情泛政治化，但是听您这番话，我真的很

---

1. 瓦尔特（Bruno Walter，1876—1962）：德国指挥家，作曲家，20世纪最重要的指挥家之一，纳粹上台后迁居奥地利，德奥合并后再度迁居，获得法国国籍，1939年移居美国。

难理解，您怎么还能这么大方，自认是反犹太尖兵？”

“很简单。”冯·于克斯屈尔高傲地回答，“我在库兰德和梅梅尔亲自出征对抗犹太人和红军。我支持将犹太人赶出德国大学，赶出德国的政治和经济生活。我举杯祝那些杀掉拉特瑙[1]的人长命百岁。但是，音乐是另一回事。我们只需要闭上眼睛倾听，立刻就能听出个中优劣，这跟血统一点关系都没有。不管他是德国人、法国人、英国人、意大利人、俄国人还是犹太人，只要是伟大的音乐，都值得聆听。梅耶贝尔不值一哂，不是因为他是犹太人，而是音乐，他的音乐没有价值。而瓦格纳因为梅耶贝尔是犹太人，还有曾经资助过他而憎恨他，在我看来，他比梅耶贝尔高明不到哪里去。”

“如果马克斯把你说的话转述给同事听，”乌娜笑着说，“你麻烦就大了。”“你跟我说他是个聪明的年轻人。”他望着她说，“我相信你说得没错。”

“我不是音乐家，”我说，“所以难以针对这个问题作响应，至于勋伯格，就我有机会听过的一些来说，我觉得难以入耳。不过，有件事可以肯定，您肯定已经赶不上贵国的人民思潮。”

“年轻人，”他点着头说，“我并不想赶上。我已经很久不涉入时事了，我也不希望时事牵扯到我。”有时这由不得我们，我本想这么回敬他，但我忍住了。

吃完饭，在乌娜的怂恿下，我跟冯·于克斯屈尔讲到了我希望能调派到法国工作的事。乌娜还在一旁加了一句：“你可以帮他吗？”冯·于克斯屈尔想了想，“我可以试试看，但是我在国防军的朋友对党卫队不太放心。”

这一点我开始能了解了，我偶尔不禁会想，在哈尔科夫失去理智的布洛贝尔，其实才是最理智的人。每一条可能的路似乎都碰到了死胡同，贝斯特把那本《节日贺作》寄来给我了，对法国的事却只字未提。托马斯努力想要表现出信心十足的样子，其实压根儿无计可施。

而我呢，这阵子整个人想的念的都是姐姐，我放弃了任何尝试，陷入深沉

1. 拉特瑙（Walther Rathenau，1867—1922）：犹太裔的商业巨子，曾任魏玛共和国的重建部和外交部长，遭人暗杀身亡。

的沮丧，犹如槁木死灰，僵死一如死海岸边冲积的可悲盐层。

那天晚上，姐姐和丈夫受邀出席一场晚会，她建议我一起去。我婉拒了，我不想看那个样子的她，周旋在轻佻倨傲、酒醉的贵族之间，喝香槟，拿我奉为神圣圭臬的信条开玩笑。我可以确定，在那群人当中，我一定会觉得无力、受辱，像个受虐儿，他们的讽刺将刺得我遍体鳞伤，而我一定会焦躁到说不出话来回应。他们的世界，不是我这样的人能进得去的，而且他们一定会让你看清这个事实。

我关在自己房里，努力集中精神翻阅《节日贺作》，眼睛读进去的字却毫无连贯意义。我只好借由疯狂的幻想来寻求慰藉，我想象乌娜悔恨交加离开晚会现场，来到饭店找我，我打开房门，她微笑看着我，过去的一切至此一笔勾销。我知道，这真的是非常愚蠢的念头，但是随着时间一分一秒流逝，我越来越相信这一切即将发生，就在此时，就在此地。

我静静待在黑暗中，端坐在沙发上，每当走廊传来脚步声，我的心就一阵狂跳，每一回电梯门叮咚打开，我都满心期待地等着。

但是，每一回都是别的房门咿呀地打开，然后关上，绝望如同黑不见底的水越升越高，像冰冷无情的水卷起溺水者，夺走他们最后一口气，阻隔了生命所需的珍贵空气。第二天，乌娜和冯·于克斯屈尔启程前往瑞士。

赶火车之前，乌娜打了通电话给我，她的声音甜美、温柔又窝心。通话时间不长，我不太注意她说了什么，我只是耳朵贴着话筒，听她的声音，内心悲苦至极。

“我们会再见面的。”她说，“你可以来我们家。”“再说吧。”仿佛有另一个人通过我的嘴巴回答。

我又开始觉得恶心想吐，我以为我会当场吐出来，我满脸通红，猛吞口水，张大鼻孔呼吸，终于把恶心的感觉压抑住了。她挂了电话，我又是孤独一人。

结果反倒是托马斯替我安排了一次跟舒尔兹见面的机会。“虽然事情好像陷入了僵局，我想还是值得一试，尽可能委婉些。”我其实不太需要装委婉，矮小孱弱的舒尔兹嘴边有一道横切的可怕伤痕，是他跟人决斗留下的纪念，说话时声音好像受到八字胡的阻挡，呢呢哝哝，再加上他表达的方式迂回婉转，有时很难搞懂他话中的意思。

说话的同时，他还翻阅着我的档案，没有给我多少开口的机会。我终于抓到机会说两句话，将话题转到我对帝国外交政策的兴趣，但他好像没有接收到我话中的信息。

这次会面以他们对我非常感兴趣，但一切先等我身体完全康复后再详谈作结。结果并不乐观，托马斯也同意我的诠释。

“一定要由那边的人出面要你过去，而且负责非常明确的职位，如果完全听凭上面安排，很可能会被调到保加利亚，那里其实也是个凉缺，但是葡萄酒难喝得要命。”贝斯特建议我去找克诺申，然而，托马斯这番话却给了我更好的点子。反正我现在休假，没有人能强迫我待在柏林。

我搭午夜快车直奔巴黎，天刚破晓，列车抵达巴黎火车站。边界管制站没有刁难，走出车站，我兴奋地望着眼前大片灰白石墙建筑、街上熙熙攘攘的人群，因为禁制令的关系，汽车很少，脚踏车和三轮车反而满街都是，被挡在后头的德国汽车几经艰辛才杀出一条通路。我感到非常愉快，随即踏进路过的第一间咖啡馆，站在柜台边上品尝白兰地。我穿着便服，没有人不会以为我是个平凡的法国老百姓，对此，我觉得既新奇又快乐。

我从容不迫地慢慢走，一路走上蒙马特，在皮加勒区的山坡上找到隐秘的小旅馆安顿下来，这地方我相当熟悉，房间设备简单干净，旅馆老板事不关己绝不多话，正符合我的需求。第一天我不打算见任何人，就跑出去四处闲逛。

时值4月，到处闻得到春天的气息，淡蓝的天空，丫尖的新绿和花苞，街上行人自然流露的轻快步伐，最起码去掉了厚重衣物而轻松许多。我知道，这里的日子并不好过，来往行人面黄肌瘦的脸庞说明了粮食问题严重。然而，从我最后一次离开巴黎到现在，一切好像都没有变，除了交通状况和墙壁的涂鸦，现在可以看到“斯大林格勒”或“1918”等字样，这两个字最常遭人涂掉，有时候还改成“1763”，显然是出自我们自家人的手笔。

我朝塞纳河的方向往下走，走进河岸的旧书店寻宝。出乎我意料的是，在塞利纳、德里厄、莫里亚克、贝纳诺斯或蒙泰朗等作家的作品旁边，公然摆着卡夫卡、普鲁斯特，甚至托马斯·曼的书；大家睁一只眼闭一只眼，似乎早已见怪不怪。几乎每个书摊架上都有勒巴泰去年出版的作品《废墟》[1]，我在好奇心的驱使下翻了几页，决定以后再买。

我买了法国文学家莫里斯·布朗肖的论文集，搜集了他对《法国新期刊》的批判，战前我读过几篇，颇为欣赏。这书直接拿校样稿装订成集，八成是记者转卖流出来的，书名为《失足》，书贩解释该书的出版因为纸张缺货而延迟，还不忘向我保证这是近期来写得最棒的书，除非我喜欢萨特，他个人不太喜欢萨特（当时我还没听过萨特这个人）。

我走到圣－米歇尔广场，坐进喷泉旁边的露天咖啡座，点了一份三明治和葡萄酒。这本书的上一个主人只割开了第一篇，在等三明治送上来的同时，我请服务生给我一把刀，我很享受这种时刻，好整以暇、慢慢将剩余的书页割开，好像在进行一项仪式。纸质很差，必须小心稳住，才不会下手过快，"唰"地撕坏纸页。

肚子填饱后，我前往卢森堡公园，我一直非常喜欢这座冷冷的、明亮的，由几何图形构成、安静中带些喧闹的公园。公园中央的圆形喷泉四周延伸着放射状的绵长小径，小径两旁是光秃秃的树和花圃，有人散步，也有人窃窃私语，朗声交谈，看书，或者干脆闭目养神，沐浴在暖暖金色阳光中，被不绝于耳的轻言笑语包围。

我坐在金属的公园长椅上，绿色的漆斑驳脱落，随手翻开书，读几篇文章，先看关于《奥瑞斯提亚》[2]的那篇，主题大量涉及萨特。这个萨特似乎创作了一本剧本，他利用了杀父弑母的可怜希腊角色来突显人类在犯罪时的自由主张，布朗肖批判他的言辞犀利严峻，我不得不同意。但是他另一篇关于麦尔维尔的《白鲸》的文章更吸引了我的注意力，这部在布朗肖笔下被形容成荒谬怪诞的书，在我年少轻狂的时代里深深影响了我，他还说这片等于宇宙的文学创作天地，神秘莫测，好比一部保留了谜样讽刺特性的著作，唯有能提出质疑才

1.《废墟》（*Les decombres*）：于 1942 年出版，书中直指法国犹太人是法国政治和军事的仇敌，也是法国在 1940 年战败的主要原因之一，此书在当时大卖。

2.《奥瑞斯提亚》（*The Oresteia*）：埃斯库罗斯著，希腊三大悲剧大师之一的剧作。

能崭露锋芒。

老实说，我看不太懂他写的是什么意思，却在我内心点燃了对旧日的怀念之情——自由思考、大放厥词的快乐、将法律的严格规范抛到一边，我幸福地徜徉在坚韧不拔的严肃思想中，这些思想好比地下河流，一点一滴、夜以继日敲打石壁，终于打出了通道。

我合上书继续散步，经过英烈祠，墙上的铭文往四下蔓延，我顺着几乎不见人踪的圣－日耳曼大道往国会走。

每到一处都会勾起清晰的回忆，我准备高中会考那一年、之后的预备学校岁月，一直到我进了政治自由学院。当时我苦恼了好一阵子，我还记得我对法国的厌恶急遽升高，但是这些往事在历经时间的焠炼后，回想起来却平静异常，甚至觉得幸福，充满和暖的光辉，大概是多少有些失真的缘故。

我继续往荣誉军人院[1]方向前进，往来行人三五成群地聚在一起，观看工人们驱策拉犁的马在草地上翻土，改种蔬菜，更远一点，在一架车身铸满“卐”字标志的捷克制轻型坦克旁边，一群孩子天真无邪地玩球。

我横越亚历山大三世桥来到大皇宫，门前的海报上写着当日展出的两项展览，其中一个的标题是犹太人为什么要发动战争？另一个则是希腊罗马时代文物展。我不觉得我的反犹太思想还需要进一步的教育，不过我对古文物倒是颇有兴趣，于是买票入内参观。展示的文物非常丰富，多数借自卢浮宫。我站在出土自庞贝、拉齐特拉琴弹唱的阿波罗神像前，这座巨大的铜铸像表面出现多处铜绿。我静静欣赏他冷冷的、祥和的、不食人间烟火的美。他的身体线条纤细优美，好像还没发育完全，有着孩童般的细小阳具和窄窄的翘臀。

我在展示间晃来晃去，最后总是回到阿波罗神像面前，他的美深深吸引了我。他原本应该是个纤弱平凡的小男孩，灰绿色铜锈大片大片啃蚀了他的肌肤，反倒营造出非比寻常的深意。

我发现了一个小细节，感到非常意外，无论我站在哪个角度凝视他的眼睛，那双漆着写实颜色的眸子永远不会直视我的双眼，我拦截不到他的目光，

1. 位于巴黎第七区，有战时英雄墓园，也有荣民医院，和老兵赡养中心。

他的目光永远迷失，沉溺在他亘古的虚无之中。金属剥落的痕迹，让他的脸孔、身体和臀部显得浮肿，也几乎吞噬了握住失传乐器的左手，而他脸上的神情有些自命不凡、妄自尊大。我望着他，一股想冲过去舔他的欲望油然而生，而他在我眼前，以无限平静的缓慢步调慢慢腐朽。

走出展览会馆，我在第八区的安静巷道间游走，绕过香榭丽舍大道，慢慢踱回蒙马特。夜色逼近，空气中飘着清香。旅馆老板建议我上一家黑市小餐馆，那里不用粮票也吃得到东西。“那里有很多异教徒上门，但是餐点非常好吃。”

那里的客层果然都是在黑市打滚的投机客和唯利是图的吸血鬼。店家送来腌荞头牛腰肉加青豌豆，还有一壶香醇的波尔多葡萄酒，甜点上的是抹上满满鲜奶油的焦糖苹果派，最后真正顶级奢华的享受，是一杯真正的香浓咖啡。

大皇宫展示的阿波罗雕像还勾起了我其他的欲望。

我朝皮加勒区的方向走过去，找到以前常去的一家小酒馆，我坐在柜台前，点了杯干邑，静静等候。过了没多久，我便带了个大男孩回旅馆。他脱掉军帽，底下凌乱的鬈发一览无遗，腹部长着柔柔的细毛，一路延伸到胸部，毛色变棕，也更长更鬈，肌肤的粗糙触感勾起嘴巴和下体的强烈欲求。他是我喜欢的那一型，沉默寡言又放得开。

对他来说，我的屁股有如绽开的花朵，他最后插入时，仿佛有一团亮白色的火光从脊椎的尾端逐渐爬升，吞噬了我的脑子。那一晚更胜以往的任何时候，我觉得仿佛以这样的方式，把姐姐融入我的躯体当中，响应了她的需求，且不管她要还是不要。

我在陌生男子的双手和阳具下身体所感受到的转换变化，令我思绪混乱。一切结束后，我打发男子离开，但是我辗转无法成眠，睁着眼睛躺在凌乱的床单上，全身赤裸，恍如幸福幻灭的小孩。

第二天，我前往发行《无所不在》的编辑部。我在巴黎的朋友就算不在那里工作，也跟他们保持一定的关系。说来话长，我北上巴黎上预备学校时只有17岁，在巴黎人生地不熟。

我进入詹森萨伊预备学校就读跟住校，只要成绩保持中上，莫罗每个月会给我一点零用钱，我好像就会获得解放。经过三年如泥淖般的噩梦生活，小小的自由已足以让我冲昏头。尽管如此，我谨守本分不闯祸。

下课后，我直奔塞纳河，在旧书摊消磨剩余时光，或者跟同学到拉丁区的小酒馆喝杯廉价红酒，搞好人际关系。但是这些同班同学，在我眼里通通显得不够积极、欠缺活力。这些小孩几乎清一色来自资产阶级家庭，盲目地朝着父母为他们规划好的人生道路迈进。他们都很有钱，很早就从大人那里得知世界运作的真实面，以及他们将来在这个社会扮演的角色——统治阶级。对于工人阶级，他们只有鄙视或恐惧。

我第一次到德国旅行时听到的论点，认为工人阶级跟资产阶级没两样，都是组成国家的一分子，而且社会秩序的规划安排必须考虑到所有人民的利益，不是单独考虑富人的利益，不应压制工人阶级，应该给予他们有尊严的生活，让他们在社会秩序中安身立命，才能防范布尔什维克党思想的毒害。对他们来说，这一切简直前所未闻。他们的政治理念，跟他们对资产阶级恪守的礼仪规范抱持着同样狭隘、食古不化的想法，我觉得跟这些人讨论法西斯主义，或德国的纳粹主义（那年 9 月，该党才刚打下一场压倒性的大举胜仗，一跃成为全国第二大党，震撼了欧洲各战胜国）以及汉斯 · 布吕赫[1]大力鼓吹的青年运动理想，无异于对牛弹琴。

弗洛伊德（如果他们听过这个名字的话）在他们眼里肯定是个色情癖，斯宾格勒[2]则是满嘴歪理的普鲁士狂人，荣格恐怕是和布尔什维克党大搞危险性关系的好战分子，就连贝玑[3]都不能相信。只有几个来自外省，拿奖学金的同学想法比较不一样，所以我跟他们走得比较近。

有个男孩叫安托万 · F，他哥哥是高等师范学院的学生，是我梦寐以求的学府，我第一次踏进那里也是托了他的福。我们在那里喝掺糖水的烈酒，讨论我们从他哥哥和他那群大朋友那里发现的尼采和叔本华。

---

1. 汉斯 · 布吕赫（Hans Blüher）：漂鸟运动的积极分子。
2. 斯宾格勒（Oswald Spengler，1880—1936）：德国历史学家与哲学家，最著名的作品是《西方的没落》。
3. 贝玑（Charles Péguy，1813—1914）：法国诗人与哲学家。

贝尔特朗·F用学生的行话来说是个carré，也就是说他是二年级的学生。最好的学生宿舍房里有沙发，墙上有雕刻，房内有暖炉，这种房间住的多半是cubes，也就是三年级的学生。

一天，我行经这样的房间门口，注意到有个房间的横梁上面漆着一行希腊文："在这个房里，有六个品学兼优的英俊学生认真求学——外加另一个。"

房门开着，我推开门用希腊文问："另一个是谁？"

一个年轻小伙子将目光从书本上移到我这边，他有张圆脸，鼻梁上架着眼镜，同样用希腊文回答我："一个不懂希腊文的希伯来人。你呢，你又是谁？""也是外加的那一个，不过，底子一定比你的希伯来人好，我是德国人。"

"懂希腊文的德国人？""还有什么比希腊文更适合用来跟法国人交谈呢？"他笑了，开口自我介绍，他就是罗贝尔·布拉齐亚克。我对他说，我其实是半个法国人，1924年定居法国。

他问我有没有回去过德国，我告诉他那年夏天的德国之旅，很快就聊起纳粹主义，他专心听我讲述和解释。"欢迎你随时再来，"离开时他说，"我有一些朋友一定会很高兴认识你。"

通过他的介绍，我走进了另一个世界，跟未来的国家高级公务员八竿子都打不着的另一个世界。这群年轻人正在为自己的国家以及欧洲的未来刻画愿景，他们激烈争辩，也为愿景加入源源不绝的历史经验。他们的兴趣广泛，思想奔放。

布拉齐亚克，还有他未来的姐夫莫里斯·巴尔代什，醉心于电影研究，也带领我进入个中世界，触角不仅扩及卓别林、勒内·克拉尔的作品，甚至包含爱森斯坦、朗格[1]、帕布斯特[2]、德莱叶[3]。他带我进入《法兰西行动报》[4]的办公室，

1. 朗格（Fritz Lang，1890—1976）：奥地利编剧、导演，被认为是电影史上影响最大的导演之一。

2. 帕布斯特（Georg Wilhelm Pabst，1885—1967）：奥地利电影导演。

3. 德莱叶（Carl Theodor Dreyer，1889—1968）：丹麦电影导演，被认为是历史上最伟大的导演之一。

4.《法兰西行动报》（*Action Française*）：一开始是保皇派反共和派的行动联盟，而该报为其宣传，在1908—1944年发行，在二次大战期间支持维希政府，但内部出现分裂，一派执意重回君主政治，另一派则倡言国家主义。

到位于蒙马特街上的印刷厂，那是一栋漂亮的狭小房子，文艺复兴时代风格的楼梯弥漫着旋转印刷机的嘎嘎噪声。我跟莫拉斯[1]打过几次照面，他来的时间都很晚，夜里将近 11 点，他听力很差，言辞辛辣，但总是开诚布公，不遗余力地抨击马克思主义信徒、资产阶级、共和派与犹太人。

布拉齐亚克对莫拉斯崇拜至极，而莫拉斯对德国根深蒂固的厌恶形成了我们之间无法超越的障碍，罗贝尔和我经常为此起争执。

我大声地说，如果希特勒能够取得政权，将德国的工人和中产阶级团结在一起，就能共同防止红祸蔓延。假如法国也这么做，两国同心，携手消灭犹太民族带来的流毒，德、法加上意大利，自然会形成兼具国家主义和社会主义的核心欧洲，成为所向披靡的利益共存体。但是，法国始终着眼于小掮客的蝇头小利和落伍的复仇主义上。

当然了，希特勒一定会撕毁《凡尔赛和约》，为了顺应历史的必然之举。然而，假如法国国内的健全力量能够肃清腐败的共和国以及把持政府的犹太人，德法联盟不仅指日可待，而且是必然的结果。欧陆的新协议将啃蚀英国财阀和保皇势力的羽翼，紧接着更将成为对抗布尔什维克主义的中流砥柱，把俄国带回文明国家阵营（大家可以清楚地看到，德国之旅的所见所闻大幅增长了我的见识，莫罗若是知道我拿他的钱投注在什么地方，肯定会吓一大跳）。

大致说来，布拉齐亚克同意我的说法：

“没错，战后时代已经结束，如果我们想要避免战争再度爆发，行动一定要快。万一欧洲文明惨遭终结，野蛮民族大获全胜，将是一场天大的灾难。”莫拉斯的青年门徒多半也抱持着同样的看法。吕西安·勒巴泰可以算是当中最聪明最尖锐的一个，他是《法兰西行动报》的文学批评和电影批评专栏的执笔，笔名弗朗索瓦·维纳伊。他比我大十岁，但是我们的情谊增长得很快，因为他对德国有一份特殊的爱。

除了他，还有马克桑斯、布隆、雅克·塔拉格朗，也就是后来的蒂耶

---

1. 莫拉斯（Charles Maurras，1868—1952）：法国政治人物与诗人，是《法兰西行动报》的主要创办人。

里·莫尼埃[1]，跟儒勒·苏佩维埃尔[2]及许多人。如果谁哪天手头宽裕，我们会到利普餐厅聚会，不然就去拉丁区的学生餐厅。我们热烈讨论文学，企图为“法西斯主义”文学定义。勒巴泰提出了罗马时代的希腊作家普鲁塔克、高乃依[3]、司汤达三人。

“法西斯主义，”有一天，布拉齐亚克突然说，“是20世纪的诗歌。”我无法认同他说法西斯分子，是灾难，是蛊惑的意见（后来，也许智慧增长，也许变得比较谨慎，他拿共产主义取代了法西斯主义）。

1932年春天，我通过入学考试，而在高等师范学院的朋友大多毕业离开校门，夏天过后，他们分散至法国各地，有的去当兵，有的分派到学校报到。我则带着狂热的心，再度前往德国度假，当时德国的国民生产总值大幅下降，只剩1929年的一半，总理布吕宁在兴登堡总统的支持下连续颁发紧急命令。

这种情况不可能延续，更何况已建立的秩序岌岌可危，西班牙皇室遭到共济会、革命分子和教堂共同阴谋推翻，美洲大陆也差不多快撑不下去了。法国呢，经济萧条似乎没有直接波及他们，但是情况也不乐观，加上共产主义分子还在暗地里搞破坏。

我没有向任何人透露，自作主张送出申请书，加入纳粹主义德意志劳工党的外侨单位，很快就获准了。

秋天，我进入政治自由学院就读，那群师范学院以及《法兰西行动报》的朋友，每到周末就会回到巴黎，跟我们这些老朋友聚一聚。那时的朋友跟我在詹森学校就读时的差不多，还是那几个，出乎我意料的是，我居然觉得课程蛮有意思的。

1. 蒂耶里·莫尼埃（Thierry Maulnier，1909—1988）：本名Jacuqes Talagrand，法国作家、诗人、演员与剧评家。

2. 儒勒·苏佩维埃尔（Jules Supervielle，1884—1969）：乌拉圭裔法国诗人与作家。

3. 高乃依（Pierre Corneille，1606—1684）：17世纪上半叶法国古典主义悲剧的代表作家，法国古典主义悲剧的奠基人，与莫里哀、拉辛并称法国古典戏剧三杰。

也大概在那个时候，我可能受到勒巴泰和他的新朋友路易·德图什[1]的影响。德图什刚在文坛崭露头角，他的《旅途》刚出版，但造成的反响只局限在文艺圈内，当时他还很喜欢跟年轻人聊天说地。就在这个时候，我迷上了用键盘乐器演奏的法国音乐，社会大众也重新发觉了它的美，公开演出的场次也增加了。

我和塞利纳一起去听玛赛尔·梅耶，听完更悔不当初，深怪自己懒惰，行事轻率，竟然这么快就放弃学钢琴。

元旦过后，兴登堡总统邀请希特勒组阁。我班上的同学莫不感到震惊害怕，我的好朋友等着看好戏，我则欣喜若狂。然而，当党下令镇压红军，扫除财阀民主垃圾，进而解散资产阶级政党时，我只能恨恨地留在法国，什么事也不能做。

在我的眼前，在我们那个时代，这是不折不扣的国家革命，而我只能通过报纸和电影院播放的新闻，远远关心事情的后续发展。这些事件在法国也引发阵阵骚动，许多人赶往德国进行实地观察，清一色都是作家，他们梦想着有一天同样的事也能降临在自己的国土上。他们和德国人保持联系，现在他们也多半成为德国公务员，衷心希望促进德法的合作关系。

在布拉齐亚克的穿针引线下，我认识了奥托·阿贝茨，他是冯·里宾特洛甫（当时他还是党外交事务的顾问）的人马，他的看法跟我第一次回德国时获得的启发相当吻合。在许多人眼里，莫拉斯仍旧是一大障碍，唯有顶尖人物愿意承认，该是跨越莫拉斯疑神疑鬼的预言的时候了。不过就算是顶尖人物，莫拉斯的魅力，和他在他们身上施展的魔力，依旧牢牢束缚着他们，让他们不敢放手去做。

此时，斯塔维斯基事件[2]爆发，揭露出当权警察腐败的黑暗面，法兰西行动因而赢得自1918年以来不曾有过的支持。1934年2月6日，事件落幕。

---

1. 路易·德图什（Louis Destouches，1894—1961）：法国著名作家，笔名路易-费迪南德·席琳（Louis-Ferdinand Céline），作品在虚无的思想中带有壮烈而滑稽的调性和史诗风格，曾因反犹太而引起争议。

2. 斯塔维斯基事件（Affaire Stavisky）：1933年12月发生在法国的政治事件。S.A. 斯塔维斯基是法籍俄国人，长期从事投机诈骗活动。当时有一家银行经理因挪用公款遭到逮捕，经调查该行的创办人S.A. 斯塔维斯基才是幕后主使人，自此查出许多警察高层、政要贪渎涉案，造成严重的政治危机，1934年2月6日爆发反国会暴动。

严格说来，整起事件相当混乱，我跟着安东·F（他跟我同年考进政治自由学院），我们跟布隆、布拉齐亚克，还有几个朋友一起走上街头，我们依稀听见香榭丽舍大道传出几声枪响，再往下走，差不多在协和广场附近，有人拔足狂奔。我们一整晚都在街上游行，迎面碰上别的年轻人时，立刻义愤填膺地高呼口号。

一直到第二天，我们才知道有人伤亡，几乎所有人转而投效的精神领袖莫拉斯，手臂也受了伤。整起事件，最后有点雷声大雨点小。“根本是法兰西没行动。”勒巴泰无法谅解莫拉斯。我呢，我倒是不太在乎，我的决心逐渐成形，在法国，我已经看不见自己未来的路了。

我踏进《无所不在》，恰巧就碰上了勒巴泰。“啊！是什么风把你吹来了？”“如你所见，”我回敬他，“听说你现在可是出名得很。”

他张开双臂，努起嘴：“我实在搞不懂，我已经绞尽脑汁，努力不漏掉任何人，火力全开大肆抨击。一开始事情进行得很顺利，格拉塞拒绝出版我的书，因为，这是他们说的，我把他们出版社的朋友都得罪光了，而伽利玛想大幅度删减内容。最后还是那个比利时人要替我出版，你还记得吗？那个替塞利纳出书的家伙。结果他大赚了一笔，我也跟着进账不少。我到左岸咖啡馆办签书会时，还有人以为我是电影明星呢。事实上，只有德国人不喜欢。”

他抛来怀疑的眼神：“你读过了吗？”

“还没，我在等你送我。怎么了？你也骂了我吗？”他笑了，“比起你的劣行，差多了，该死的德国佬。总之，每个人都以为你光荣地战死沙场了。一起喝一杯吧？”勒巴泰跟人约了稍后在圣－日耳曼广场的花神咖啡馆见面，他叫我一块儿去，“让那些现役的反法西斯浑蛋当场坐立难安，永远是一大乐事，特别是当他们看见我的时候。”

果然，他一踏进咖啡厅，在座的人立即投以怨恨阴沉的目光，不过还是有几个人站起来跟他打招呼。吕西安似乎对自己成为众所瞩目的焦点感到自豪。他穿着浅色西装，一流的剪裁，圆点点蝴蝶领结略显歪斜，变幻莫测的细长脸庞顶着一头冲天乱发。他选了右手边的一张桌子，靠窗，比较不受干扰，我点了一杯白酒。他拿出材料准备卷烟，我送上一根荷兰货，他开心地接过去。然而，他脸上就算出现了笑靥，依旧抹不去眼里的忧虑。

“说啊，我洗耳恭听。”他开口。我们从 1939 年就没再见过面，他只知道我加入了党卫队。我简洁快速叙述了俄国战场的经历，略过细节。他睁大双眼，“这么说，你在斯大林格勒了？真他妈的。”他的眼神诡异，混杂了恐惧，或许是羡慕。

“你受伤了？让我看看。”我把头移过去让他看那个洞，他吹出长长的一声口哨。“哇，好像整过形。”我没有回答。“罗贝尔快要去俄国了，”他继续说，“跟让泰一起去，当然是没法跟你比。”

“他们去那儿干吗？”“正式出访，陪同多里奥和布里农，他们将视察法国自愿军团，我想应该是在斯摩棱斯克附近。”

“罗贝尔还好吗？”“这阵子我们刚好起了点争执，他变成不折不扣的贝当派。如果他再这样一意孤行，很快就要被踢出《无所不在》了。”

“这么严重？”他又点了两杯白酒，我递上第二根烟。“听着，”他恨恨地说，“你已经离开法国好一阵子了，相信我，情况变化很大。他们一个个变得像饿怕了的野狗，互相攻击，抢食共和政治的残余尸块。贝当老了，不中用了，赖伐尔[1]的吃相比犹太人还难看，戴阿鼓吹社会法西斯主义，多里奥倡言国家布尔什维克主义。连母狗恐怕都认不出自己生的这些小狗崽子了，我们就是少了一个希特勒，才会这么惨。”

“莫拉斯呢？”勒巴泰不屑地努起嘴。“莫拉斯？变成马拉诺[2]行动了。我在书里好好修理了他一顿，据说他气得脸色发青。还有一件事我得告诉你，斯大林格勒战役后，这里简直一片混乱，鼠辈横窜，小丑跳梁。你看过墙上的涂鸦了吗？维希政府的支持者家里没有一个不窝藏反抗军或犹太人的，拿来当保命符。”

---

1. 赖伐尔（Pierre Laval，1883—1945）：1935 年和 1936 年间两度组阁，二次大战期间支持贝当上台，担任副总理职位，1942 年在希特勒的支持下当上法国总理，1945 年以叛国罪被处死刑。
2. 中世纪时在西班牙受迫害而改信天主教的犹太人。

“可是，结果如何还在未定之天。”“这我当然知道，但是你能怎么样呢？这是个充满懦夫的世界。我呢，我已经做出选择了，而且绝对坚持到底。船沉了，我也会跟着沉。”

“在斯大林格勒的时候，我曾经盘问过一位政治委员，他老兄竟然引用了玛蒂德的话，你记得《红与黑》的后半部吗？”我复诵那句话，他纵声大笑。“啊，这么讲似乎太牵强，他引用的是法文原文吗？”“不是，他用的是德文。那家伙是布尔什维克党的老党员，是个非常强悍的战士，你一定会喜欢他的。”

“你们拿他怎么样了？”我耸耸肩。“抱歉，”他说，“真是白痴问题。不过，他说得有道理。你知道的，我很欣赏布尔什维克主义分子，他们不是乌合之众，而是井然有序的组织系统，不服从就枪毙。斯大林是个了不起的家伙。如果没有希特勒，我也许会成为共产党员，谁知道呢？”

我们又喝了一点酒，看着人群进进出出。咖啡厅靠里面的那张桌子，有好几个人盯着勒巴泰低声交谈，我一个都不认识。“你还搞影评吗？”我问他。“比较少了，现在我对音乐比较有兴趣。”“真的？你听过伯恩特·冯·于克斯屈尔吗？”“当然了，怎么了？”“他是我姐夫。前几天我才见过他，第一次见面。”

“真的假的！你居然有名人亲戚。他怎么样了？”“就我所知没什么改变，他窝在波美拉尼亚的故居，不问世事。”“可惜了，他的作品很棒。”“我没听过他的音乐。他力挺勋伯格，我们对此唇枪舌剑了一番。”“想也知道，只要是严肃的音乐家，没有人会有第二种看法。”

“难道你也要来插一脚？”他耸耸肩，“勋伯格从来不搞政治。再说，那些拥护他、名气比较响亮的支持者，比如韦伯恩[1]和于克斯屈尔，可都是纯粹的雅利安人种，不是吗？勋伯格发现了一系列自然存在的声音可能性，他把暗藏在模糊的平均律音阶里的精准音律挖掘出来，有了他的发现，任何人都可以随性加以应用，这可是自瓦格纳以来音乐界最大的跃进。”

1. 韦伯恩（Anton von Webern，1888—1945）：奥地利作曲家，纳粹占领奥地利后退隐。

“可是于克斯屈尔讨厌瓦格纳。”“不可能！”他好像发现恐怖的事情般惊叫出声，“不可能！”“千真万确。”我把于克斯屈尔的话原封不动搬出来。“太荒谬了，”勒巴泰说，“巴赫，那是当然……没有谁能与巴赫比肩，他是那么伟大、遥不可及。巴赫成就了和声架构的垂直和平行整合，在旋律方面也勇于创新，造就了他超越历代前人的典范，也为后世设立了一个框架，多少后生晚辈或多或少想要突破这个框架而不可得，直到瓦格纳出现，一举打破了框架。一个德国人，一个德国音乐家怎么可能不跪倒在瓦格纳面前仰望他？”

“法国音乐呢？”他不屑地嘟嘟嘴，“你仰慕的拉莫吗？蛮有趣的。”“你过去不是这么说的。”“人总会长大的，不是吗？”他喝干杯里的酒，陷入沉思。我本来想跟他讲雅科夫的事，话到嘴边又缩了回去。“当代音乐除了勋伯格，你还欣赏哪些人？”我问。“很多，这30年来，音乐界大觉醒，很多东西非常有意思，斯特拉文斯基[1]、德彪西都很棒。”

“米约[2]、萨蒂[3]呢？”“别开玩笑了。”此时，布拉齐亚克走进来，勒巴泰远远叫他，“嘿，罗贝尔！看看谁来了！”布拉齐亚克的眼神穿透厚重的圆形镜片，仔细打量我们，朝我们挥一下手，随即坐进另一张桌子。“他变得让人难以忍受。”勒巴泰低声抱怨，“他不想让人看见他跟一个德国大兵搞在一起，你又没穿制服，真搞不懂他。”我心里明白，其实不完全是因为这个缘故。“上次我来巴黎时，跟他闹得很不愉快。”我说，好让勒巴泰不那么激动。

一天晚上，小小狂欢派对后，我们都比平常多喝了一点，布拉齐亚克突然大胆起来，邀我到他家，于是我跟着他回去。可是，他是那种自觉羞惭的同性恋，他只喜欢无精打采地呆望着眼前的恋人疲软摇晃，我觉得很无聊，甚至有点恶心，所以很明快地打断了他的激情。

尽管如此，我以为我们还是朋友。我大概不自觉地伤了他的情感，击中了

1. 斯特拉文斯基（Igor Stravinsky，1882—1971）：俄国作曲家，被《时代》杂志誉为20世纪最具影响力的音乐家。
2. 米约（Darius Milhaud，1892—1974）：法国作曲家。
3. 萨蒂（Éric Alfred Leslie Satie，1866—1925）：法国作曲家，是20世纪法国前卫音乐的先声。

他最脆弱的内在环节，罗贝尔从来都没有办法正视欲望的现实、丑陋辛酸的一面，他一直以自己独特的方式，让性爱保持法西斯童子军的完美形象。可怜的布拉齐亚克！干脆一枪毙命，一了百了，让许多善良的人能够心安理得回到这个圈子。我经常想，也许他的性倾向是他被判刑的一个重大因素：德法合作，再怎么说，都算自家人的问题，相反，鸡奸却是另一回事，无论是戴高乐或陪审团的正直工人，应该都会这么想吧。无论如何，布拉齐亚克宁可被人说成为了信念而死，而非性向。

可是，这句形容德法合作的不朽名句，不正是出自他手？我们和德国同枕共眠，一夜春宵缠绵永存？勒巴泰尽管对于连·索尔[1]仰慕已久，却鬼灵精得多，他被判了刑，也获得了宽恕。他没有成为共产党员，经过这些风雨之后，他发愤图强写了一本精彩绝伦的《音乐史》，他那些乱七八糟的事也慢慢被遗忘。

分手时，他说晚上要在皮加勒区附近跟库斯托[2]见面，邀我一起去。离开咖啡厅时，我走到布拉齐亚克身旁跟他握手致意，他身边坐着一个我不认识的女孩，他假装一时没有认出我，微笑着欢迎我，却没有介绍女伴给我认识。我问了他姐姐和姐夫的近况，他也礼貌地问了我在德国的生活情况，随意相约下次见面再好好聊，当然没有说定何时何地。

我回到饭店房间，穿上制服，写了一封短信给克诺申，亲自送到福煦大道，再回旅馆换上便服，在外面四处晃荡，一直晃到约定的时间。我和勒巴泰、库斯托约在白色广场的自由夜总会见面，那是一间同性恋酒吧。

大家都心知肚明，有这方面癖好的库斯托会认识这间店的老板东东，这里半数以上的小受他都认识，还直接以你称呼对方。我们啜饮马天尼，他们当中有好几个戴着假发，浓妆艳抹，挂着成串玻璃珠宝，模样可笑至极，却得意扬扬地跟库斯托及勒巴泰互相调笑。

---

1. 小说《红与黑》的主角。
2. 库斯托（Jacques-Yves Cousteau，1910—1997）：法国著名的海洋探险家，海洋学者，法兰西学院院士。

“你看那一个，”库斯托指着其中一个对我说，“我叫她殡仪女工，因为她可以吸死你。”

“还不是剽窃杜·冈[1]的，吹牛大王。”勒巴泰轻蔑地扯他后腿，顺便滔滔不绝地炫耀自己浩瀚的文学知识，企图压过他。

“你呢，亲爱的，你是干什么的？”一个小受把手上那根长得惊人的烟嘴对着我说。

“他是盖世太保。”库斯托不无讽刺地说。

那位人妖将套在蕾丝手套里的手指贴上双唇，发出长长的一声：“哇……”不过库斯托已经转移话题，口沫横飞讲个不停，开多里奥人马的玩笑，说那些人到皇宫厕所替德国大兵吹箫，巴黎警察定期针对这些公共厕所，或者香榭丽舍大道末端的公厕进行临检，偶尔会看到一些不该看的意外画面。然而，就算市政府展开大扫荡，那些军官也根本不鸟它。

这番暧昧不明的话让我浑身不自在，这两个家伙到底在玩什么把戏？我很清楚，别的同志很少会这样大放厥词，多半会私下满足需求。他们这两个厚颜无耻的浑蛋，碰到有人匿名检举，绝对会无耻地刊在《无所不在》的专栏里，就算被检举者运气好不是犹太人，他们也有办法给他冠上同性恋的罪名，不只一个人的未来生涯，甚至性命都被葬送掉。

我心想，库斯托和勒巴泰只是想让大家知道，他们的激进革命精神远远超过所有既定成见（除了对科学和种族的偏见之外，法国人民的一般想法），他们骨子里只是想讨好被他们公开骂得狗血淋头的资产阶级，好比超现实主义作家和安德烈·纪德[2]。

“你知道吗，马克斯，”勒巴泰突然对我说，“罗马人在春天和葡萄收获季节，献给葡萄酒神的鬼笔菌（男性生殖器）就叫法西斯。墨索里尼大概还记得。”

---

1. 杜·冈（Maxime Du Camp，1822—1894）：法国作家及摄影师。

2. 纪德（Andre Gide，1869—1951）：法国作家，1947年诺贝尔文学奖得主，为保护同性恋权益不遗余力。

我耸耸肩，眼前的一切让我觉得好假，舞台寒酸，全是一出戏，而就在此时此刻，世界各地不断有人丧生。我真的很想要一个男孩，不是佯装炫耀，我想要感觉他温暖的肌肤、刺鼻的汗水，还有像个小动物般蜷缩在他双腿间的阳具。

勒巴泰怕他们，无论是男是女，怕他们在他身上投射出阴影，也害怕他自己的真实血肉，除了那些无法出言反抗他的抽象意念，他一律都怕。我从来没有像此刻般想要安静，但是，现下想要安静似乎不可能，这些人像碎玻璃刮破我的肌肤，我毫不犹豫地吞下鱼钩，眼睁睁看着自己的五脏六腑被人从嘴里扯出来，不知所以地惊慌挣扎。

第二天，我和赫尔穆特·克诺申见面，谈话的结果更加深了我的这种感觉。他接见我时，既想在老同事前卖弄炫耀，又想表现出一副纡尊降贵的倨傲态度。他在国家安全局时，我们下班后从没约过见面，当然，他应该知道当时我和贝斯特走得很近（然而，这可能已算不上优势了）。

总之，我告诉他我在柏林见到了贝斯特，他顺水推舟问了我贝斯特的近况。我还提到，我和他一样，曾在托马斯博士麾下做事。他问我在俄国的经历，言语间巧妙提醒我，我俩天差地别——他，是统治整个国家的旗队长，而我只是未来充满变数的休假伤兵。

他在办公室接见我，茶几上摆着一盆干花，他舒适地坐在沙发上，修长的双腿裹着马裤，我则卡在一张过矮的扶手椅上，从我坐的地方往前看，只能看到他的膝盖，根本看不见他的脸还有他心不在焉的眼神。

我不知如何启齿，说明这次的来意。后来，我约略提到我正准备写一本关于德国国际关系的专书，随口拿贝斯特送我的《节日贺作》的几个重点大做文章（我满口胡诌，却越诌越真，到了最后，连我自己都快要以为真的要写这么一本书，震撼学术界，而我的未来无可限量）。

克诺申很有礼貌，边听我说边点头，最后，我说我可能会接受一个在法国的差事，以便累积具体经验，让我在俄国获得的想法更完整。

“有人找您去吗？”他略带好奇地问，“我不知道有这么回事。”“报告旗队长，还没有，还在讨论的阶段，原则上没什么大问题，但是要有适合的空缺，或者新设立的职位。”“您也知道，我这里现在没有空缺，真可惜，12 月的时候，犹太人问题方案专员的职位还是空的，但是现在找到人了。”

我勉强挤出微笑：“这不是我要找的工作。”

“话虽如此，我觉得您在这方面累积的经验相当丰富，而在法国，犹太人问题与我们和维希政府的外交关系颇大。不过，您的官阶太高了，这个职位顶多来个一级突击队中队长就很了不起了。阿贝茨那边呢？您去找过他吗？如果我记得没错，您跟巴黎地区几个法西斯主义的先锋成员交情不错，大使应该会很感兴趣。”

我站在福煦大道宽敞的人行道上，四周几乎不见人影，内心满是深沉的无力和沮丧，我觉得眼前有一堵高墙挡着，虽然松软，却难以捉摸、来去无踪，也跟岩石高墙一样难以跨越。

福煦大道上，凯旋门遮住清晨的太阳，在石板路面上投射出长长的阴影。找阿贝茨看看？说得没错，我大可搬出我们在 1933 年那次会面，或者通过《无所不在》的那群死党介绍。

我想到姐姐，她现在人在瑞士，调到瑞士或许也不错？她陪丈夫到瑞士疗养院的时候，我可以偶尔去找她。

但是，瑞士的国家安全局人数不多，而且还在逐渐缩编。曼德尔布罗德博士若肯出面，无论是在法国或瑞士，所有难题一定迎刃而解，然而他对我的出路有他个人的想法，他的话已经说得很明白了。

我回旅馆换了便服，然后到卢浮宫，在静止的庄严肖像层层包围下，我的心至少平静了许多。我在尚帕涅[1]画的耶稣像前坐了好久，其实真正让我驻足停留的是华托的一幅小画《不在乎》。

画中人物盛装打扮参加宴会，他边走边跳舞，跳着双足交击跳跃的巴黎舞式，双手摇摆好像等待交响乐奏出序曲的第一个音符，他身形近乎女性，开心果绿的丝质短裤绷得紧紧的，脸上神情显出难以形容的哀伤，又像茫然不知所措，忘了一切似的，或许甚至根本不愿意想起自己是为了什么，或是为了谁才

1. 尚帕涅（Philippe de Champaigne，1602—1674）：巴洛克时期法国画家。

摆出如许姿态。

这幅画就像当头棒喝，明白点出我现在的状况，整幅画连名称都谨守对位法[1]的法则：不在乎？不，我很在乎，只消打从一幅有一头浓密黑发的女人像前走过，我都会出现一阵精神错乱似的恍惚，就算画中人的脸跟她一点都不像也无妨，我隐约看透了裹在文艺复兴时期或摄政时期风格的庸俗华丽衣裳底下，还有跟油画颜料同样厚重的各色宝石底下的肉体，她的乳房、腹部、臀部，五彩缤纷的衣料纯洁地紧贴着微呈弧形的骨盆，遮蔽了我所知道的生命的唯一出处。

我抱着满腔怒火离开卢浮宫，但是没有用，路上遇见的每一个女人，或者是在橱窗后头展露笑颜的女孩，无一不让我产生同样的联想。我每经过一间咖啡厅，就进去一杯接着一杯喝，喝得越多，思绪仿佛越见清明，我睁大双眼，世间百象一览无遗，嘶吼、血腥、贪婪。我脑中的各种情绪、下流念头四处喷溅乱飞。

我额头正中央的第三只眼朝人世投射出血淋淋、晦暗、冷酷无情的光，让我能读懂残留在那一张张重击我内心痛处，让我不禁出声呐喊的脸颊上没刮干净的每一根胡须、每一滴汗水、每一颗青春痘，那是一个永远被禁锢在笨拙大人腐败的皮囊底下的小孩，他焦虑尖叫，就算死，也无法洗清被迫来这世上走一遭的怨气。

后来，时间非常晚了，小酒吧有个男孩上前搭讪，问我要烟，也许我应该暂时放空自己。他同意上来我的房间。爬楼梯时，我心里想，又一个，但是，永远没有用了。我们分别站在床的两侧，各自宽衣，他没脱袜子和手表，看起来笨拙又可笑。

我要他站着来，两人靠着五斗柜，面对整个房间都能入镜的窄小镜子。我渐渐产生快感，我睁大眼睛，盯着镜中自己令人憎恶、涨红的脸，我想要看穿这张脸，看清隐藏在这张脸皮底下的真正面孔，想看见我姐姐的五官。

奇怪的事发生了，我和姐姐的两张脸之间，在两张完美重叠的脸孔当中，

---

1. 音乐创作中使两条或者更多条相互独立的旋律同时发声并且彼此融洽的技术。

一张光滑、透明如玻璃纸的脸一闪而逝，那是另一个人的脸，是我母亲刻薄平静的脸，五官细致，但是完全看不透，比最厚最重的墙还要难以穿透。

我感到一股无名火上升，咆哮着一拳打碎镜子，恰值如醉如痴的高潮，男孩吓得往后跳，倒在床上。我也到了高潮，但完全是出于反射动作，没有任何感觉，阴茎当下瘫软。我割伤了手指，鲜血滴到地板上，我走到浴室洗手，拿掉一块碎玻璃，然后用毛巾把手整个包起来。等我走出浴室，那男孩正在穿衣服，很明显他非常害怕。我翻翻裤子口袋，拿出几张纸钞扔在床上。“快滚！”他拿起钱，二话不说，一溜烟跑掉了。

我很想睡觉，尽管如此，还是先仔细把地上的碎玻璃片扫干净，倒进垃圾桶，还仔细检查了一遍地板，免得有漏网之鱼，然后把血滴擦掉，最后洗了个澡。我终于躺下来了，这张床却好像变成了十字架、拷问台。该死的烂婊子，她怎么会在这里出现？她把我害得还不够惨吗？还追到这里来折磨我？

我盘腿坐在床上静静思索，烟一根接一根。路上街灯晕黄的灯光穿透关上的百叶窗，混乱激动的思绪幻化成年迈阴险的凶手，成为新一代的麦克白夫人，惊扰我不成眠。我总觉得好像差一点就能参透某些事情，但是始终差那么一点，它们耀武扬威，盘踞在我割伤的指头上嘲笑我，我往前探，它们虽然看似不动，我们相隔的距离却始终没有缩短。

最后，终于有一个真的静止不动，让我抓住了。我厌恶地瞪着它，但没有任何思绪过来填补它遗留的空缺，我也只好给它应有的待遇。我把它放在床头柜上，像一枚古老沉甸的硬币，如果我用指甲敲，它会发出正确的声音，但是如果我将它抛上半空，猜正面或反面，我看到的永远是那张猜不透的脸。

清晨天刚亮，我付清房钱，跳上南下的第一班列车。法国人多半得预先在几天前，甚至几星期前预定好座位，但是德国人专属的车厢永远只有半满。我坐到马赛下车，那是德国占领区的边界。

列车中途停靠许多站，这里的火车站跟俄国的差不多，火车一靠站，立刻有许多农妇蜂拥上前兜售食物，有水煮蛋、鸡腿、盐水煮马铃薯，我饿的时候就随便往窗口招呼，买点东西果腹。我没有看书，漫不经心地望着车窗外飞奔的景色，对自己受伤的指骨生闷气，思绪飘到九霄云外，恍如自当下和过去剥离出来。

列车抵达马赛，我前往当地盖世太保办公处打听进入意大利占领区的入境条件。一名年轻的二级突击队中队长出面接待我。

“这时候情况有点微妙，意大利人不太理解我们解决犹太人问题的方案，他们那边已经变成不折不扣的犹太天堂了。我们要求他们至少集中管理犹太人，结果他们把犹太人送到阿尔卑斯山的滑雪胜地安置。”我对这位二级突击队中队长所提出的要求，找不出任何可用的文件，于是我向他说明此行的目的。他面露难色，我向他保证一旦出事，绝对不会牵连到他，他才同意替我写一封信给意大利当局，我因为私人因素入境，请他们不要为难我。

天色已晚，我在旧港区找了旅馆过夜，隔天清早我坐上长途巴士前往杜隆。边界上，意大利步兵头戴滑稽可笑的羽饰帽子，挥手叫我们快过去，完全没有检查。

到了土伦，我换了车，在加纳又换了一趟车，终于在下午时分抵达了昂蒂布。巴士在大广场让我下车，我扛着背包，绕经沃邦码头，路过方形堡垒的低矮山坡，然后沿着滨海公路往上爬。海湾吹来阵阵透着咸味的凉风，小小的波浪舔过狭长沙滩，海鸥“嘎嘎”鸣叫，夹杂着罕见的汽车噪声在卷起的浪花上空回响，放眼望去，整片沙滩除了几名意大利士兵，不见任何人影。我穿着便服，几乎没人注意到我，一个意大利警察朝我挥手大叫，结果是想跟我要火点烟。

家里距离市中心大约几公里远，我安步当车慢慢走，一点都不急，地中海的气味和景色引起不了我的兴趣，不过我已经远离焦虑，心情平静多了。我终于踏上那条通往家里的红土小路，微风习习，穿流于遮阳伞似的松树枝叶间，一路上都是松脂香气和海洋的气息。油漆斑驳脱落的铁门半开，美丽的庭院松林乌黑茂密，底下有一条长长的小路穿越林子。

我没走那条小路，反而翻过墙壁钻入庭院深处，在那里脱掉身上的便服，换上制服。制服因为塞在旅行背包里的缘故有点皱，我用手抚平皱褶，勉强还算笔挺。松树之间的沙砾土上铺满松针，抬头仰望高耸笔直的树干，可以看见我家房子坐落的赭石山坡，还有屋外露台。太阳躲在房子四周的矮墙后，光线穿透波浪般高低起伏的树梢头，迷蒙朦胧。

我走回铁门前面，踏上门后那条小路，走到大门口按下门铃。我隐约听见一串笑声从右边的林子传出来，我朝里面张望，什么也看不见。一个男人的声音从房子的另一头扬起："喂！在这里！"

我立刻听出是莫罗的声音。他站在通往客厅的门口，露台的前方，手上拿着熄灭的烟斗，身上穿着老旧的毛织背心，脖子系着蝴蝶领结，看起来衰老得可怜。

他看见我的制服，眉头紧蹙："您有什么事？您要找谁？"

我往前走几步，脱下军帽："您不认得我了吗？"他睁大双眼，张大嘴巴，随即往前一步，伸出强有力的手握住我，另一手则轻拍我的肩膀："当然，当然认得！"他退后一步仔细端详，神情有些扭捏。

"这身制服是怎么回事？""这是我所属单位的制服。"他转过身朝屋里大喊："赫露意丝！快来看看是谁来了！"客厅一片漆黑，我只看见一抹朦胧的身影在移动，轻盈、灰黑。莫罗身后出现了一位老太太，她静静望着我。原来，这就是我的母亲？"你姐姐写信来说你受伤了。"她终于开口，"你应该写封信给我，要来起码也该通知我们一下。"她的声音，和她泛黄的脸庞及服帖扎在脑后的灰白头发相较，显得依旧年轻，听在我的耳里，却像是从最古老的时代走出来的古人开口般，声如洪钟，相形之下我变得好渺小，虽然有一身制服加持，也只是微不足道的护身符，我整个人缩得好像快要自人间蒸发了。

莫罗大概看出了我内心的挣扎不安，他急急打圆场："当然，见到你我们非常高兴，这里永远是你的家。"母亲持续以一种谜样的眼光注视着我。"来呀，过来呀。"她终于开口，"过来给你妈一个拥抱。"

我放下背包走向她，弯腰亲吻她的脸颊。我将她拥入怀中，紧紧抱在胸前，我可以清楚感觉到她的身体变得僵硬。在我的臂弯里，她跟一根树枝无异，又仿佛一只小鸟，轻易就能闷死在我怀里。

她的手往上抬，贴上我的脊梁。

"你一定累了，来，我带你去房间休息。"我松开她，站直身子，一阵笑语再度从我后面传过来。我转过身，看见一对长得一模一样的双胞胎，穿着短裤和成套的上衣，他们并肩站在一起，瞪着大眼好奇又兴奋地望着我，他们大概七八岁。"他们是谁？"我问。"一个朋友的孩子。"母亲回答，"我们暂时帮忙照顾。”

一个小男孩伸出手指指着我说：“他是谁？”“他是德国人，你没看见吗？”另一个小男孩说。“他是我儿子。”母亲宣布，“他叫马克斯。过来打招呼。”“伯母，您的儿子是德国士兵啊？”第一个男孩问。“对，过来跟他握手。”

他们脸上现出犹疑的神色，最后两人一起走上前，伸出小手。

“你们叫什么名字？”我问。他们没有回答。“我来介绍，特里斯坦和奥兰多。”

我母亲出面缓颊：“我总是搞不清楚哪个是哪个，他们喜欢互相假装是对方，老是没办法弄清楚。”“那是因为我们两个长得完全一样，伯母。”其中一个说，“我们两个只要一个名字就够了。”

“我先警告你们，”我说，“我是警察。对警察来说，查清楚每个人的身份是非常重要的。”

他们的眼睛睁得老大。“哦，太棒了！”其中一个说。“您来这里是要逮捕犯人吗？”另一个问。“说不定哦。”我说。“别胡说八道了。”母亲说。

她带我到我以前的房间，房里的陈设完全不是记忆中的样子。我的海报、几件旧时存放在这里的东西，全都不见了，连床、五斗柜和壁纸都换了。

“我的东西呢？”我问。“在阁楼。”她回答，“我一件都没丢，你待会儿可以上去看看。”她望着我，双手摆在裙子上。

“乌娜的房间呢？”我继续追问。“双胞胎住在那里。”说罢，她走出房门，我走进大浴室捧水冲脸冲脖子，回到房间再换一次衣服，把脱下的制服放进衣柜。

走出房门，行经乌娜房间门口时，我稍稍迟疑了一下，随即往下走。我穿过露台，太阳落到松树后方，庭院里到处是狭长的树荫，在屋子的石墙面上映照出美丽丰富的橙红霞影。双胞胎从我眼前跑过去，他们在草地上追逐奔跑，一会儿便消失在树林中。

有一天，我为了一件小事在生闷气，在这片露台上对着我姐姐射箭（箭尖套上橡皮套的那种），正好打中她的脸，箭尖击中眼睛上方，差一点害她瞎眼。

事后我被父亲狠狠惩戒了一番，仔细想想，如果当时父亲还在家，换句话说，这件意外应该发生在基尔，而不是在这里。我们在基尔的房子没有露台，而且我记得非常清楚，和这件事相关的物品还摆在碎石子小路旁的陶土大花盆上，莫罗和母亲刚刚就是踩着这条碎石子小路来迎接我的。

被这个小疑惑一打扰，我茫然不知身在何方，于是转身回到屋内。我沿着屋内走廊游走，闻着木头地板散发的打蜡味道，随手打开经过的每一扇门。屋里的陈设几乎没有改变，除了我的房间。我来到通往阁楼的楼梯前，我又迟疑了，毅然决然转身离去。

我借道正门的大楼梯下楼，然后走出大门，很快就离开小径的路线，钻进林子，指尖拂过灰黑粗糙的树干，凝结的树脂还黏答答的，胡乱踢着掉落地面的松果。空气中到处是松树强烈醉人的气味，我本想抽根烟，想想算了，不想破坏这味道。

这里的土地光秃秃的，没有长草，没有灌木，没有蕨类植物，然而，过去关于森林的记忆顿时涌现，将我带回基尔，童年时期大玩怪异游戏的那片树林。我想靠着一棵树，但是树干湿黏黏的，我只好站着，两手晃荡，任由思绪万马奔腾。

晚餐时，大伙显得有些拘谨，有一搭没一搭地聊天，说话的声音几乎被刀叉杯盘的声响盖过去。莫罗抱怨生意难做、意大利人难缠，出于好意，同时又强调他在巴黎时和德国经济部门合作有多愉快。他很努力地试图炒热气氛，而我不时拿一些咄咄逼人的小问题打击他，但维持着表面的礼貌。

“你的官阶，绣在你制服上的徽章是哪个单位，哪一级？”他问。“是党卫队二级突击队大队长，相当于贵国军队的少校。”“啊，少校，太好了，你高升了，恭喜。”

我反过来问他，1940 年 6 月以前，他在哪里服役，他丝毫没有察觉出我想让他出糗的意图，反而高举手臂：“啊，我的孩子！我很想去打仗，可是人家不要我，他们说我年纪太大。”他紧接着说，“当然，德国人光明正大打败了我们，我完全同意上将的合作政策。”

母亲一句话也没说，她睁大眼睛，随时保持警觉，注意这场竞技的发展。双胞胎兴高采烈地吃饭，不过偶尔会突然脸色大变，好像一抹阴影笼罩了他们。

“您那边的犹太籍朋友呢？他们叫什么名字？好像叫贝纳胡姆。他们怎么样了？”莫罗面红耳赤。“他们离开了。”母亲冷冷回答，“到瑞士去了。”“这对您的生意应该造成了许多不便吧？”我继续针对莫罗，“您是合伙人，对吧？”“我把他的股份买下来了。”莫罗说。“啊，太好了，是以犹太人的价钱，还是雅利安人的价钱？我希望您没有被坑才好。”

“够了，”母亲说，“莫罗生意上的事跟你没有关系。说说你的事吧，你之前待在俄国，对吧？”“对。”我说，立即感到被羞辱的难堪，“我在那边打布尔什维克党人。”“真是勇气过人。”莫罗正经八百地称许。

“的确，不过现在红军逐步逼近。”母亲说。“哦！别担心！”莫罗大声说：“他们打不到这里来的。”“我们遭遇了一些挫败。”我说，“这只是暂时的，我们正在整建新军，要不了多久就能将他们一网打尽。”

“很好，很好。”莫罗边点头边说，“希望你们之后能来管管这些意大利人。”

“意大利一开始就站在我们这一边，是我们的盟友。”我冷冷回答，“等到划分新欧洲版图时，他们会得到应得的一份。”

莫罗对这一点相当坚持，他气愤地说：“他们都是懦夫！他们对我们宣战的时候，我们早就已经被击败了，他们的目的只是掠夺财物。不过我敢保证希特勒一定会确保法国国土的完整，据说他很钦佩我们上将。”我耸耸肩，“元首自有定见。”莫罗又是一阵面红耳赤。

“马克斯，够了。”母亲再度介入，“吃点甜点。”

晚饭过后，母亲带我上楼到她的个人小起居室。起居室紧邻她的卧室，陈设颇具品位，没有她的许可，任何人都不许进来。她开门见山劈头就问：“你来这里到底想干什么？我警告你，如果只是为了要让我们难过，那就不必了。”

我再次觉得好渺小好无助，面对母亲威严的口吻、冷漠的目光，我顿失所有依祜，我又变成了什么都不敢做的小孩，比那对双胞胎还小。我极力想控制自己，结果只是白费力气。

“不是的，”我终于能够开口说话，“我想过来看看你们，就只有这样。我刚好来法国出差，想到你们就来了。你也知道，我差点就死了，妈，我也许活不到战争结束，而我们之间有这么多裂痕需要修补。”

她态度稍稍软化，伸手抚摩我的背和手，动作跟姐姐如出一辙。

我慢慢抽回手，她似乎没有察觉：“你说得对，你应该要写信给我，写信又花不了多少工夫。我知道你不赞同我的选择，但是我们都还健在，你不可以像这样突然失踪，好像把我们当成死了似的。你能了解我的感受吗？”

她想了想，又继续说下去，口气急促，好像时间所剩不多：“我知道你因为你爸爸失踪，所以怪我。但是要怪的人是他，不是我。他抛弃了我，还有你们，他放我一个人孤独无依，有一年多的时间，我无法安眠，你姐姐每天夜里都会吵醒我，做噩梦哭着醒来。你呢，你没有哭，情况却比哭闹更糟。我必须照顾你们两个，给你们吃，给你们穿，给你们受教育，你无法想象那有多辛苦。那个时候，我遇见了莫罗，我为什么要拒绝他？他是个好人，处处帮助我。你说，我该怎么做呢？你爸爸，他人在哪里？就算他人回来了，心也永远不在。什么事都落在我肩上，替你们擦屁股、洗澡，喂你们吃饭。你爸爸每天花 15 分钟过来看看你们，跟你们玩一玩，然后又回到他的书堆里、他的工作上。结果，你恨的人是我。”

一阵酸苦冲上喉咙：“没有，妈妈，我没有恨你。”

“不，你恨我，我知道，我看得清清楚楚。你穿着这身制服来，就是为了告诉我你有多恨我。”

“爸爸为什么离开？”她深吸一口气，“这只有他知道，也许是遇上了麻烦，就这么简单。”

“我不相信！你对他做了什么？”“我什么都没做，马克斯。我没有赶他走，他走了，就这样。也许我在旁边烦他，烦得让他受不了，也许是你们烦得让他受不了。”

焦虑不安冲上我的脑门：“不！不可能！他爱我们！”“我不知道他是否明白什么是爱。”她说，声音异常温柔，“如果他爱我们，如果他爱你们，至少该写封信回来，就算告诉我们他再也不回来了也好，我们就不会永远活在疑惑焦虑当中。”

“你让他成为公告的死亡人口。”“我这么做的大部分原因是为了你们，为了保障你们的权益。他一直没有消息，也没有动过银行账户，他的财产全都扔在一边无人管理，我必须解决这个问题，账户被冻结，我碰到了很多难题，我也不希望你们仰赖莫罗施舍。你去德国的钱，你以为是哪里来的？那是你自己的钱，你很清楚，你拿了钱，也用了。他大概真的死了，死在某个地方。”

“这跟你亲手杀死他没两样。”这句话深深伤了她，我看得很清楚，但她表面上还是保持平静，“这是他自找的，马克斯，是他自己的选择，这一点你必须了解。”

但是，我不愿了解。

那天晚上，睡着的我仿佛沉入幽暗、深不见底的翻腾水域，却一夜无梦。双胞胎的笑声从庭院里飞过来，将我从睡梦中叫醒。天光大亮，阳光穿透百叶窗缝隙爬进屋内。

我起床更衣，心里还想着昨晚母亲的话，其中一句深深震撼了我。我离开法国，与母亲断绝联系，这一切原来多亏了父亲留给我的钱，等我和乌娜成年后得以均分的小笔遗产。然而，在当时，我从来不曾想过母亲的下流行为会和一笔钱有关，这笔钱日后还成为我脱离她的资本。

我很早就准备离家，1934 年 2 月暴动后的几个月，我和曼德尔布罗德博士取得联系，请求他协助支持，就像我前面所说，他慷慨赞助，到了我生日，一切都已准备妥当。

母亲和莫罗北上巴黎为我的遗产办理手续，晚餐时，我口袋里放着公证人的证明文件，我对他们宣布我决定离开政治自由学院，前往德国。

莫罗虽然生气，但强忍住了不说话，母亲试图和我讲道理。走到马路上，莫罗转身对母亲说：“你没发现你儿子有点倾向法西斯主义吗？如果他高兴，就让他像只鹅似的摇摇摆摆上街示威好了。”

我当时实在太兴奋了，他说什么都不在意。我离开他们，踏上蒙巴纳斯大道，一别就是九年，中间还爆发了一场战争。

我下楼，看见莫罗坐在庭院的椅子上，头顶一方朝阳，面对客厅的大片落地窗，天气相当冷。

“早安。”他油嘴滑舌地说，“睡得好吗？”

“还好，谢谢。我妈起来了吗？”“她醒了，躺在床上休息。桌上有咖啡和面包果酱。”“谢谢。”我走过去倒了杯咖啡，端着杯子回到他身旁。

我望着庭院，双胞胎的声音消失了。

“小朋友呢？”我问莫罗。“上学去了，下午才回来。”我喝了一点咖啡。“你知道，你母亲看到你回来了非常高兴。”他说。“嗯，有可能。”我说。

他继续以平和的口吻抒发内心感触：“你应该多写信回来，局势越来越艰难，每个人都需要家人的扶持，家是世上唯一能让人放心依赖的支柱。”

我不发一语，漫不经心地望着他，他直视前面的庭院。“对了，下个月就是母亲节，你可以寄上祝福。”“什么节？”他惊讶地望了我一眼：“是上将两年前制定的，目的在于表彰母爱的伟大，在 5 月，今年刚好落在 30 号。”他的目光停驻在我脸上，“你可以寄张卡片给她。”“好，我会看着办。”他不再说话，回头望着庭院。

“如果你有时间，”过了好一会儿，他开口说，“可以到农具库帮我劈柴火吗？取暖用的，我老了。”我再次打量他，他整个人软软陷在椅子里，的确，他老了。“如果您要我做的话。”我回答。

我走进屋里，把空杯子放回桌上，拿起一片硬吐司边啃边回到楼上。

这次我直接上阁楼，上来后顺手关上活板门，慢慢巡视堆放在此的家具跟箱子，地板的木板条受到我脚步的压力“吱嘎”作响。

一幕幕的往事纷纷涌现，仿佛与周遭的空气、味道、光线、灰尘一样得以触及，我尽情徜徉在这些感受中，就像我潜入伏尔加河时，达到浑然忘我的境界。我仿佛瞥见角落里有我俩的身影、白皙肌肤的反光。

我打起精神，找出装着我的东西的纸箱。我把纸箱拉出来，拉到柱子周围的空地上，蹲下来开始翻，箱里有白铁质小汽车、笔记本、作业簿、小时候的课本、装在信封袋内鼓鼓的一沓照片，还有全数弥封的一堆信封，里面装着姐姐写的信，封存的往事，奇异又赤裸的过去。我不敢看照片，打开信封袋时，一股出于兽类本能的恐惧逐渐占据了我。就算是最微不足道，最纯洁无辜的物品，处处可见过去的印记，那一段过去，光是想到这段过去曾经真实存在过，我就一阵寒战，直冷到骨子里。

每一件新东西，感觉却是如此熟悉，在在让我五味杂陈，厌恶和兴奋交杂，好像我双手捧着一触即发的地雷。

为了平静心绪，我逐一翻阅箱里的书，都是那个时代每个青少年必看的经典，儒勒·凡尔纳、保罗·德·科克[1]、雨果、尤金·苏[2]，还有美国作家巴勒斯和马克·吐温，以及方托马斯[3]和鲁莱塔比尔[4]的冒险故事，另外还有一些游记和几本伟人传记。

有几本我很想重看，考虑再三，还是把巴勒斯的火星系列冒险故事的前三集放下，就是这些书，它曾挑起了我的欲望，让我在楼上的浴室里进行奇情幻想，我很好奇，它们是否还能唤起记忆中那股强烈的欲望。

我回过头来拿起那一沓弥封的信，掂掂重量，信封在五指间翻转。发生那件丑事后，我们被送进寄宿学校，我和姐姐获准通信，收到她的信时，我必须当着神父的面拆开，拿出信让他先看，他看完我才能看；我能想象，她那边应该也一样。她的信很奇怪，都是用打字机打的，通常都很长，正经八百而且说教意味浓厚，口气像是我亲爱的神父，写着：这里一切都好，这里的人对我很友善，我初次感受到一种精神上的新生等等。

到了夜里，我躲进厕所，拿着一截蜡烛，全身因为焦虑和亢奋而不住颤抖，我把信纸放在烛火上，隐藏的信息慢慢出现，用牛奶在两行字当中潦草的手写笔迹：救命啊！救我离开这里，求求你！这个主意是我们在读《列宁的一生》时想到的，我们在市政府附近的旧书店翻出这本书，当然是瞒着大人偷看。

这封绝望的求救信让我陷入恐慌，六神无主，我决定偷偷离开这里过去救她。然而，我的计划不够严密，没多久就被抓回来了。我受到严格的惩罚，

---

1. 保罗·德·科克（Paul de Kock，1793—1871）：法国小说家，非常多产，作品多半描写巴黎的小人物，在当时非常风行。
2. 尤金·苏（Eugène Sue，1804—1857）：小说多半描绘社会的黑暗面，轰动一时，也是连载小说的提倡者。
3. 方托马斯（Fantomas）：两位法国作家 Pierre Souvestre 和 Marcel Allain 共同创造的系列悬疑冒险小说的主角人物。
4. 鲁莱塔比尔（Rouletabille）：法国作家 Gaston Leroux 笔下系列侦探小说的英雄人物。

不仅挨了棍子，整周都只能以干面包果腹，高年级男生的勒索暴行更是变本加厉。

这些我全都不在乎，只是从此以后，他们严禁我收信，此举将我推入了愤怒和绝望的深渊。我无法确定我是否保留了那批最后的往来书信，又是否都密封在信封袋里，其实我也不想打开加以确认。我把东西全放回纸箱，拿了那三本书，下楼。

一股无声的力量推我走进乌娜的房间。现在房里摆了一张双层床，红蓝双色的木头床架，床上的玩具排列整齐，其中几个还是我以前的，看到这里心中不免有气。

衣物整整齐齐折好放在抽屉里，或者挂在小衣橱。我四下翻看，一心想找出一些过去的蛛丝马迹或信件，却徒劳无功。

笔记本上的姓名我一点印象都没有，不过看起来像是雅利安民族的姓氏。这些笔记本已经是几年前的东西了，可见他们住在这里颇久了。

我听见母亲在我身后说："你在干吗？"我头也没回地说："随便看看。""你最好赶快下楼，做莫罗要你做的事，到农具库去劈柴，我去煮饭。"我转过身，她站在门框当中，神情严肃，面无表情。"这些小孩是谁？""我已经告诉过你了，是一个好朋友的小孩。她无力扶养，所以我们把他们接过来住，他们没有父亲。""他们来这里多久了？""有一阵子了。你还不是一样，小子，你离家也好一阵子了。"我环顾四周，目光最后又回到她身上。

"他们是犹太人的小孩，对不对？老实说，他们是犹太人吧？"

她面不改色："不要再疯言疯语了，他们不是犹太人。如果你不相信我的话，他们洗澡的时候你自己去验证。你们做的不就是这个吗？""对，有时候我们是这么做没错。"

"再说，就算他们是犹太人，又怎么样？你想对他们干吗？""我什么也不会做。""你们到底对犹太人做了什么？"她往下说，"各种可怕的传言满天飞，你们干的那些事，连意大利人都摇头。"我突然觉得一下子老了好多，觉得好累，"我们把犹太人送到东部占领区劳动，铺马路、盖房子，还有的在工厂工作。"

她毫不放松，继续追问。

“你们也把小孩送去那边铺路？你们也抓小孩，不是吗？”“小孩都被送进特别的收容集中营，跟没有工作能力的母亲们在一起。”

“你们为什么要这么做？”我耸耸肩，“这事总得要有人去做。犹太人是社会的寄生虫，剥削他人，图利自己，现在轮到他们为那些被他们剥削的人服务了。请你注意，法国人对我们可是鼎力相助，在法国是由警方逮捕犹太人，然后再交给我们。这是法国法律决定的。总有一天，历史会给我们公平的评价，证明我们是对的。”

“你们已经无可救药了，去劈柴吧。”她转身，顺着仆人走的楼梯下楼。

我把手上三本巴勒斯的书放进背包，下楼走到农具间。我脱下外套，拿了斧头，把木头摆在木墩上劈成两半。

这差事不如想象的容易，我不常碰这种工作，得花好几次的工夫才能把木头劈成小块。我高举斧头，母亲的话在脑中回响，困扰我的不是她对政治的无知，而是她看我的眼神。她看着我的时候，到底看见了什么？过去的沉重包袱、打击伤痕、无可弥补的错误、无法再回头的遗憾，无论是他人加诸在我身上，还是我自己想象出来的，种种的一切都压在我身上，我深刻体会到压力有多沉重，挣扎只是白费力气。

我劈完几块木头，把劈好的柴火叠在手上拿到厨房。母亲正在削马铃薯皮，我把柴火放在炉子旁边的地板上，一句话也没说，随即走出去继续劈柴，就这样来回好几趟。

劈柴时我心想，德国人的群体问题跟我个人遭遇的问题其实没两样，他们也一样，努力想从过去那页惨痛的历史中挣脱出来，抛开过去展开新页。因此，他们才采取了所有方案中最激烈的一种，杀戮，恐怖痛苦的杀戮。然而，杀戮可以算是解决问题的方案吗？

我想起跟许多人针对这个议题的讨论内容，在德国，我不是唯一有此质疑的人。

如果杀戮根本不能算是一种解决方案，如果，我们创造的新史反而造成了比先前历史更无法弥补的伤痕，是否会反过来逼得我们再度掉进深渊？果真如此，我们还有出路吗？我走进厨房，我发现手上还拿着斧头。

厨房里没有人，母亲应该在客厅，我望着地上那堆柴火，好像够多了。我浑身是汗，把斧头放在厨房角落靠着柴堆，然后上楼洗澡，换件衬衫。

饭桌上气氛沉闷，无话可说。双胞胎在学校吃午餐，所以饭桌上只有我们三个人。莫罗针对最近的情势发表看法——英美联军在突尼斯的进展相当快速，华沙发生暴动——我坚持不出声。我望着他，心想这个狡猾的男人，他一定跟恐怖分子有联系，甚至还资助他们。如果情势恶化，他就会说他一直是站在他们那一边的，他跟德国人合作只是个幌子，不管情势怎么变，这只牙都被拔掉的胆小老狮子都能立于不败之地。

就算那对双胞胎不是犹太人，我也敢肯定他一定窝藏过犹太人，这是确保日后能全身而退的大好机会，而且风险又不高（意大利人，根本没啥好担心的）。想到这里我义愤填膺，我一定要教他，还有像他这类的“墙头草”知道德国的厉害，我们还没大展身手呢。母亲也一样，什么都没说。

饭后，我说我想出去散散步。我穿过庭院，走出始终半敞的铁门，一路走到海边。路上，海水咸咸的味道抢进松脂的地盘彼此抗衡，往事一幕幕再度浮现，我沐浴在熟悉气味中的幸福往事，以及不幸的回忆。

走到沙滩上，我往右朝港口和市区的方向走，方形堡垒山坡脚下，一片狭长的土地垂直于海平面之上，被一棵棵枝叶如阳伞般开展的松树包围，上面有一座运动场，小孩常在那里玩球。我小时候体弱多病，不喜欢运动，宁愿安静看书，莫罗觉得我太瘦弱了，建议母亲叫我加入足球俱乐部，因此我也曾在那个场地踢过球。

我足球踢得不好，因为我不喜欢跑，所以他们叫我当守门员。有一天一个小孩射门，球飞过来的力道非常强劲，直直打上我的胸口，我当场被弹进球网里。我记得我躺在那里，望着球网外随风飞舞的松树树梢，一直到教练跑过来察看我是否昏倒了为止。

没多久，我们的第一场比赛开打了，对手是另一个足球俱乐部。我们的队长不希望派我上场，但下半场他终于让我出赛。

我已经记不清了，只知道球不知怎的跑到我脚下，我开始往射门区冲。我的前方一片辽阔，无人拦阻，观众大声呼喊吹口哨，我什么都看不见，眼里只有球门，守门员看似无力地挥舞双手，企图拦截我，我大脚一踢，进了！可是，那是我们队上的球门，回到更衣室我被队友痛殴，就这样结束了我的足球生涯。

过了堡垒，就可看到沃邦码头如新月般延伸的弧形海岸，渔船和意大利海军的护卫舰并排停泊，随海潮起伏啪嗒作响。我找了一张长椅坐下，点烟看着在船艇桅杆上盘旋的海鸥。

以前我常来这里，1930 年的复活节假期，离高中会考没剩几天，我还到这里散步。

自从母亲和莫罗结婚，大约有一年的时间，我尽可能不回昂蒂布，但是那次放假，母亲耍了一点诡计诱我回家。

她写信给我，对之前的事只字不提，更没有提到我先前寄给她的那封侮辱信，只是告诉我乌娜会回家过节，她一定会很高兴看见我也在家。那时他们刻意将我们分开已经长达三年。

该死的浑蛋，我心想，可是我无法拒绝，这一点他们非常清楚。

那次的相聚其实蛮尴尬的，我们很少交谈，母亲和莫罗绝对不让我们有独处的时间。

我一回到家，莫罗就抓住我的手臂："不要乱来，嗯？我会盯着你。"

当时的他是典型的资产阶级死脑筋，他认定是我先引诱她。我什么都没说。当她终于回到家，我一看见她，就知道我比任何时候更爱她。

我们在客厅时，她走过我身边，手背轻轻碰触我的手，短短不到一秒钟，感觉就像一股电流穿透全身，将我牢牢钉在地板上，我必须紧咬住嘴唇才没有叫出声。

之后，我们到港口附近散步。母亲和莫罗走在我们前面，就在这里，离我现在坐着回忆的长椅大概只有几步之遥。我告诉姐姐学校的事，神父、污秽不堪的一面，以及同班同学的下流行径。我还跟她说我跟男孩在一起的事。

她微微一笑，在我脸上快速印上一个吻。她的遭遇也差不多，精神上的虐待多过身体暴力。她说，那些修女一个个紧张兮兮的，像得了神经官能症，生活压抑而且教条，不知变通。我笑了，问她从哪里学来这些字眼，她愉快地笑着回答，宿舍的小女孩会买通门房，偷渡一些书进来，那些书可不是伏尔泰或罗素之流，而是弗洛伊德、斯宾格勒和普鲁斯特，还说如果我还没看过这些人的书，现在正是开始的时候。

莫罗停下来帮我们买冰激凌，等他回到母亲身边，我们又继续聊。

这次，我提到了我们的父亲。“他还没死。”我热切地压低声音说。“我知道。”她说，“就算他死了，也轮不到他们埋葬他。”

“这不是谁埋葬谁的问题，感觉简直就像他们亲手杀死他，用文件扼杀他。真是无耻！只是为了满足他们下流的欲望。”她说：“你知道，我觉得她爱他。”

“我才不在乎！”我轻声说，“她既然嫁给了我们的父亲，她就是他的妻子，这才是事实，法官也不能改变。”她停下脚步，定定望着我。“你说得大概没错。”母亲已经在叫我们了，我们一边朝她走过去，一边舔手上的香草冰激凌。

走进市区，我站在柜台喝了杯白酒，脑海里还是那些往事，我不禁想，尽管还是搞不太清楚自己到底想看什么，但我已经看过这趟回来想看的，似乎差不多也该走了。我走到巴士站旁边的售票窗口，买了一张明天出发到马赛的票，然后转进附近的火车站，买了往巴黎的火车票，转接的时间刚刚好，傍晚就能抵达巴黎。

办完这些事，我回到母亲家，房子四周的庭院一片静谧，柔柔的海风吹来，触动松针窸窣作响。客厅的落地窗敞开，我走过去朝屋里叫人，没人回答。我心想，他们也许在睡午觉。我也累了，大概是阳光加上酒精的缘故。

我绕过房子，从正门的楼梯上楼，一路上没碰见任何人。我的房里幽暗凉爽，我躺下倒头便睡。

等我醒来的时候，阳光已经不见了，四周一片黑暗，房门的门槛边模模糊糊好像是那对双胞胎，他们并肩站在一起，睁大圆圆的眼睛目不转睛看着我。“你们想干吗？”我问。一听到这句话，他们同时往后退一步，一溜烟跑走了。我听见他们在地板上奔跑跟冲下楼的脚步声，大门“砰”的一声，寂静再度笼罩。

我坐在床沿，这才发现我身上一件衣服都没穿，然而，我一点都记不起来我是什么时候起床脱衣服的。受伤的手指头很痛，我漫不经心地放进嘴里吸吮。

我转开电灯开关，眨眨眼睛，想看看现在几点，我的表放在床头柜上，早就停了。我四下张望，没看见我脱下的衣服。衣服会跑到哪里呢？我从背包里拿出干净的内衣，把制服从衣橱里拿出来。脸上冒出胡楂儿，但是我想等会儿再刮胡子，先穿衣服。

我从仆人楼梯走下楼。厨房空空的，炉子冰冷。我跑到菜肉贩送货来的出入口，外面海平面处，朝阳才要开始露脸，地平线一抹淡淡的粉红。我心想，真奇怪，双胞胎怎么起得这么早，难道我连晚餐都没吃，一直睡到现在？

我大概比自己预想的更累。我要搭的巴士出发时间非常早，我得快点打包行李。我转身回屋内，顺手关上门，爬上通往客厅的三级阶梯，踏入客厅后摸索着往落地窗的方向走。

暗淡晨光中，我好像踢到了什么软软的东西，那东西就躺在地毯上。一阵凉意顿时袭上心头，我倒退着往回走，伸手到背后摸索吊灯的开关，打开灯后，几盏灯的灯光齐射，强烈耀眼且灰白。

我瞪着我刚刚撞倒的东西，是一具尸体，跟我本能浮现脑海的第一印象相符。

我清楚看到地毯上湿湿的一大摊血，我的脚踩压地毯，血液被挤得往外流，染过石板地面，一路延伸到落地窗边。

慌张跟惊吓齐袭，我惊慌失措，只想赶快逃离现场，找一个黑暗的角落躲起来，我花了好大的力气才勉强稳住，掏出插在腰带上的手枪，用颤抖的手指努力拉开保险栓。

我慢慢靠近死者。我不想踩到血，但那是不可能的。我终于走到死者旁边，发现是莫罗，其实我心中早已猜到。

莫罗的胸膛被剖开，脖子几乎被砍断，双眼睁得老大。我放在厨房的斧头就倒在尸体旁边的血泊中，几乎变黑的血浸湿了他的衣服，喷了他一整脸，花白的胡子也红了。我的靴子在瓷砖地板上留下长长的血迹，我打开仆人出入口，在外面的草地上猛踩，试图清除鞋底的血迹，一边还紧盯着庭园深处高度戒备。不过，园子里一点动静都没有。

天空逐渐变亮，星星相继失色，我绕着屋子走了一圈，打开正门上楼。我的房间没有半个人影，双胞胎的房里也一样。我紧握手枪，慢慢走到母亲卧房的门口，我伸出左手，慢慢靠近门把旋钮，手指不住颤抖，我抓住旋钮转开。百叶窗关着，里面漆黑一片，床上清晰可见一具灰黑人形。“妈？”我低声呼喊。

我挥舞手枪，另一只手摸索着寻找电灯开关，然后打开灯。我的母亲穿着蕾丝领子的睡衣横卧床上，她的脚超出床沿，一只脚穿着粉红色拖鞋，另一只则光着脚，悬在半空中。

我吓得呆滞，尽管如此，我还是谨慎回头看看房门附近，同时快速低身检查床底，除了掉了的那只拖鞋，床下什么都没有。

我全身发抖，慢慢靠近床，她的手臂放在床罩上，身上的睡衣整整齐齐拉平至脚踝，没有一丝皱褶，她生前好像没有强烈地挣扎抵抗。

我弯下腰，耳朵贴近她张开的嘴，她已经断气了。我不敢碰她。她的眼睛突出，干瘦的脖子上有一道红红的痕迹。老天，我心想，母亲被人勒死了。我搜索整个房间，没有东西翻倒的痕迹，柜子的抽屉全都关得好好的，壁橱也一样。

我走进母亲的小起居室，里面没人，东西似乎也没动过，我回到卧室，才发现床罩、地毯、睡衣上面血迹斑斑，凶手应该是先杀了莫罗，然后才上楼。

我感到极度不安，不知道该怎么办。彻底搜查房子？找出那对双胞胎侦讯？打电话找警察？我没时间了，我得赶巴士。

我温柔地，非常温柔地把母亲悬空的脚移到床上，我本该替她穿上掉落的拖鞋，但是我没有勇气再碰母亲一次。

我几乎是一路往后退地退出她房间，一回到自己房间，我把几件东西塞进背包，关上大门离开。我的靴子底下还残留着血迹，我走到一座废弃的喷水池，借着蓄积池内的雨水冲洗。双胞胎始终不见踪影，他们大概跑走了。反正，那两个小孩不关我的事。

旅程出乎意料地顺利，交通连接顺畅，有人要查票，我就把票拿出来，一路上没人刁难。离开家到市区的那段路上，太阳已经高高升起，高悬在波浪起伏的海上。一队意大利巡逻队迎面朝我走来，好奇地看着我身上的制服，但没说什么。

一直到要上巴士的前一刻，才有法国警员在两名意大利步兵的陪同下拦住我，向我要证件，我把证件拿给他看，同时把驻马赛地区特派小组发的信翻译给他听，他举手向我敬礼，恭恭敬敬让我离开。这样也好，以我当时的精神情况，根本无法和他们交涉，我心虚得不知如何是好，头脑好像灌了水泥般僵硬。

坐上巴士，我才发现我把昨天穿的衣服和西装忘在家里了。我在马赛火车站得等上一个小时，我叫了咖啡，站在柜台边上喝，隐没在车站大厅熙来攘往的人群中。我必须好好想一想。

应该会有惨叫或其他声响才对，我怎么能睡得那么熟，完全没醒过来？我只喝了一杯酒而已。而且凶手竟然放过那对双胞胎，他们很可能大声叫嚷。

他们为什么不来找我呢？我醒来的时候，他们站在门口噤声张望些什么？凶手应该没有搜遍整栋房子，总之，他没有到我房里。凶手会是谁呢？强盗还是小偷？现场完全没有翻箱倒柜、东西凌乱移位的情况，也许是双胞胎突然出现，把他吓走了。可是，这样也说不通，他们没有叫嚷，他们也没有来找我。凶手只有一个人吗？

我的火车快开了，我上车找到位子安顿好，脑里还不停转着各种念头。

如果不是单独一个小偷，也不是一群小偷，那又是怎么回事？算账？莫罗经手的某桩生意出了问题？丛林流窜的恐怖分子跑出来杀鸡儆猴？

可是，恐怖分子通常不会像野蛮人似的拿斧头砍人，他们多半会把人掳走，带到林子，先弄个审判大会什么的，然后一枪毙了你。

想到这里，我再次觉得奇怪，我竟然毫无所觉。平常我睡得极浅，我真的弄糊涂了，不安折磨着我，我不自觉地吸吮伤口开始结痂的手指，思绪狂乱，随着火车颠簸节奏奔腾，我完全摸不着头绪，一切毫无道理。

一到巴黎，我顺利搭上开往柏林的午夜特快车，到柏林便回到之前的旅馆续住。一切是如此平静、安静，几辆汽车经过，我一直没有机会去看的大象在清晨的鱼肚白天光中嘶号。

我在火车上睡了几个钟头，深沉的无梦睡眠，我虽然仍旧感到疲累，却无法再继续睡。最后，我想到了姐姐，我得通知乌娜。

我前往凯塞霍夫饭店询问，冯·于克斯屈尔男爵是否留下了联络地址。“二级突击队大队长，我们不能泄露客人的住址。”他们这么回答。虽然如此，最起码可以代发一封电报吧？这是家人身亡的紧急事件。这个可以代劳。

我向他们要了一张表格，直接在接待柜台上写着：妈死了被杀 莫罗也是 我在柏林 请速回电，最后附上艾登饭店的电话。我把电报和一张十马克的钞票一起交给柜台人员，他神情严肃地看完内容，对我微微点头致意。“请节哀顺变。”“您可以立刻发送吗？”“我马上联络电信局，二级突击队大队长。”他找了零钱给我，我回到艾登饭店，交代饭店服务人员若有人打电话找我，不管几点，一定要立刻通知我。

我一直等到晚上才得到回音，我在柜台旁边的电话亭接电话，幸好周遭没人。乌娜听起来相当惊慌。

“怎么回事？”我听见她的哭声，我尽可能以最平稳的音调叙述。“我回昂蒂布看他们，昨天清晨……”我开始哽咽，清清喉咙继续往下讲，“昨天清晨我醒来……”我的喉咙干哑，无法继续。我听见姐姐在电话里喊：“怎么了？发生了什么事？”“等一下。”我厉声说，话筒跟手一起垂挂在大腿处，我努力试图平抚激动的情绪。像这样无力控制自己的喉咙，是从来没有过的事，平常就算在更坏的情况下，我还是能够有条不紊地做出精准的简报。

我先咳了几下，又咳了几声，才拿起话筒贴上脸颊，简明扼要向她说明事情的经过。她只问了一个问题，口气惊恐慌乱：“那对双胞胎呢？他们在哪里？”

听到这里，我突然像发了疯似的猛踢电话亭，用背、拳头、脚对着墙壁一阵拳打脚踢，对着话筒怒吼：“那对双胞胎是谁？那对狗娘养的杂种是谁的？”

一名饭店服务员听见吼叫声，停在电话亭前，透过玻璃盯着我看，我费了好大功夫才平静下来。

电话那一头的姐姐没有出声，我调整呼吸，对着话筒说：“他们还活着，我不知道他们跑哪儿去了。”她不发一语，但是我觉得我可以听见她急促的呼吸穿透国际电话线窸窸窣窣的噪声传过来。“你还在听吗？”没有回答。

“他们是谁的孩子？”我又问了一次，这次口气平和许多，她依旧不作声。“妈的！”我大吼一声，砰地挂断电话。我跌跌撞撞走出电话亭，直挺挺地站在接待柜台前，我掏出联络簿找到电话，草草写在便条纸上交给门房。

几分钟后，电话亭的电话铃响，我拿起话筒，听见一个女性的声音。“晚安，”我说，“我想找曼德尔布罗德博士，这里是奥厄二级突击队大队长。”“很抱歉，二级突击队大队长，曼德尔布罗德博士现在不在。您要留言吗？”“我想拜访他。”我留了饭店的电话，然后上楼回房。一小时后，楼层服务生送来一张字条：曼德尔布罗德博士约我明天早上十点见面。

同样的女子，也许是不同的人，只是长相类似，领我走进去。一踏进猫咪四处闲晃的宽敞明亮办公室，就看见曼德尔布罗德博士坐在茶几前等我，而瘦削英挺的勒蓝先生一身双排扣的条纹西装，就坐在他旁边。

我逐一跟他们握手，也跟着坐下。这次，没有上茶。曼德尔布罗德率先开口：“很高兴看到你，休假愉快吗？”满脸肥肉的脸好像在笑，“你仔细考虑过我的提议了吗？”“是的，博士，但我想要的是别的，我想要重新归队，加入党卫队武装军上前线作战。”曼德尔布罗德微微动了一下，好像是在耸肩。

勒蓝面色凝重地盯着我，目光冷酷，仿佛能穿透人心。我知道他有一只眼睛是玻璃珠做的，但我始终分辨不出哪一只是假的。他开口回答，声音沙哑，透着几乎听不出来的某种口音。

“不可能，我们都看过你受伤的病历报告，你的伤残程度被判定为重度残疾，往后你只能从事办公桌的文书工作。”我望着他，结结巴巴地说：“他们需要人啊，我军在四处招募新兵。”“话是没错，”曼德尔布罗德说，“但也不是来者不拒，规定就是规定。”

“他们绝不会让你重回战场。”勒蓝一字一字地说。“是啊，”曼德尔布罗德接着说，“法国那边的希望也很渺茫，你要相信我们。”

我霍然起身：“先生，非常感谢您拨冗接见，很抱歉打搅您了。”“没什么，小子，”曼德尔布罗德低声说，“慢慢来，好好再考虑一下。”“不过，请记住，”勒蓝声色俱厉地加上一句，“前线士兵可没有选择的余地，无论职位是什么，都必须恪尽职守。”

我回到饭店，立刻发了电报到丹麦给韦纳尔・贝斯特，跟他说我愿意到他的行政部门服务。我静静等候回复。姐姐没再打电话过来，我也不想再跟她联络。

三天后，有人送了发自外交部的公文封来给我，是贝斯特的答复——丹麦情势有变，现下没有空缺给我。我把公文揉成一团，随手一扔。

内心的酸苦、恐惧不断加深，我必须想个办法，才不会被吞噬。我打电话到曼德尔布罗德的办公室，留言给他。

# 小步舞曲（回旋曲式）

*MENUET (EN RONDEAUX)*

您一定不意外，公文是托马斯亲自送来的。

我下楼到饭店的酒吧想打听一下最近的战况，同座的还有几位国防军的军官。那时大约逼近 5 月中旬，我军在突尼斯市按照事先拟定的计划，主动缩短战线，而在华沙，恐怖分子的肃清行动顺利持续进行。

坐在我周围的军官面无表情地安静听着，只有一名少了条胳臂的上尉在听到主动缩短战线和计划这几个字时，放肆地冷笑几声，不过当他的目光扫过我的脸时，立刻收起笑容。我和他，还有其他的人，心里都非常清楚这些冠冕堂皇的辞藻所代表的含意：贫民窟的犹太人群起反抗，成功阻挡了我精锐部队，时间长达数周之久，突尼斯业已沦陷。

我抬头搜寻服务生的踪影，想再点一杯干邑。托马斯走进来，他踢着正步贯穿酒吧，双脚并拢，正经八百地向我行德国军礼，然后伸手拉我的手臂，带我走进一间包厢。一进包厢，他随即横倒在沙发上，随手把军帽扔到桌面，挥舞着夹在戴手套的两根手指中间的信封。

“知道里面有什么吗？”他皱着眉头说，我摇头表示不知道。我看到信封上印着“党卫队大元帅个人幕僚团”字样。

“我知道。”他继续以同样的口吻说，展开欢颜，“恭喜你，亲爱的朋友，你真是真人不露相。我就知道，你表面看起来混混的样子，骨子里却机灵得很。”

公文还在他手上：“拿去，拿去。”

我伸手拿过来，拆开抽出里面的信纸，信上开宗明义，表示这道命令发自鲁道夫·伯朗特博士，他是一级突击队大队长，也是党卫队大元帅的私人幕僚。

“这是征召令。”我呆呆地说。“对，是征召令。”“这是什么意思？”“意思是说你的朋友曼德尔布罗德影响力无远弗届，你被调到大元帅的私人幕僚单位了，老朋友。来庆祝一下吧？”

我对庆祝没多大兴趣，但是我任人摆布起哄。托马斯喝了整个晚上的美国威士忌，要我埋单，还兴致盎然地大谈华沙犹太人顽强抵抗的事：“你能想象吗？犹太人啊？”至于我的新职务，他似乎认定我深藏不露，一出手就一鸣惊人。我呢，我根本搞不清楚是怎么一回事。

隔天一大早，我前往坐落在阿尔布雷希特王子大道的党卫队大楼报到，总部位置紧邻国安警察署，那栋建筑原本是大饭店，后来改成办公大楼。

伯朗特一级突击队大队长很快出来迎接我，他身形短小，略显驼背，目光如鹰，道貌岸然，黑色玳瑁圆形大镜框遮住了大半张脸，我觉得似乎见过他，大元帅在霍恩利申的病床上授勋给我的时候，他好像在场。他简明扼要说明了我在这里的职掌。

“集中营系统的最终目标纯粹是纠正犯人过错，并储蓄劳动人力，本系统上路至今一年多，一路上跌跌撞撞，各地迭有反弹。”问题的关键在于党卫队和合作的外界伙伴的关系，甚至党卫队各单位的内部协调。大元帅想要更精准地圈出反弹的源头，降低排挤力量，以便更有效地利用巨大的人力库，发挥最大的生产力。

因此，他决定任命经验丰富的军官代表他参与劳动人口计划。“研究过众多候选人档案和许多推荐函之后，您雀屏中选，元帅对您有百分之百的信心，像您这样具有分析头脑、外交手腕和党卫队积极主动精神的人，一定可以胜任这项任务，就像您在俄国的杰出表现一样。”

党卫队的相关部门将接到命令，倾全力配合我，不过任务由我主导，以确保各单位合作无间。“往后您的任何疑问，还有每份报告，都必须直接向我汇报。”伯朗特最后说，“大元帅只有在他认为有必要的时候才会直接找您。他今天会接见您，说明他对您有所期望。”我非常专心地听，眼睛眨都没眨，却还是搞不清楚他到底在说什么。不过政治的直觉告诉我，眼前最好先将疑问放在心里，保持沉默才是上上策。

伯朗特请我到楼下的候客室稍等，候客室有杂志、茶和点心。就着穿透玻璃的晕柔光线，我翻了几份过期的《黑色军团》，没多久就无聊起来。很不幸，大楼内禁止吸烟，大元帅觉得烟味难闻，严禁室内吸烟，我又不能离开到马路上抽，怕万一刚好那时候有人来叫我。我一直等到将近黄昏，才有人进来找我。

伯朗特在会客室又叮嘱了我几句：“不要乱说话，不要问问题，除非他要您说话，否则不要开口。”说完，他带我进去，海因里希·希姆莱端坐在办公桌后，我踏着坚定的军事化步伐跟在伯朗特身后，伯朗特向大元帅介绍我。

我举手敬礼，伯朗特把一叠卷宗呈给大元帅，随即退下。希姆莱举起手示意我坐下，然后翻阅卷宗。他的五官显得出奇模糊，没有血色，小巧的胡须和夹鼻眼镜益发突显了五官的平凡无奇。他望着我，露出亲切的微笑，灯光映照鼻梁上的镜片反射，镜片显得雾蒙蒙的，仿佛两片圆镜，掩盖了后头的双眼。

“二级突击队大队长，您看起来比上一次好多了。”我非常惊讶他还记得这件事，也许卷宗里附着一张备忘录。他接着说：“您的伤势完全康复了吗？很好。”他又翻看了几页手中的档案。“哦，您母亲是法国人？”这话听起来像是问话，于是我大着胆子回答：“上将，她在德国出生，在阿尔萨斯。”“对，不过还是法国籍。”他抬起头，这次镜片没有反光，得以清楚看见他的双眼靠得很近，目光却出奇地柔和。

“您知道，原则上我的幕僚向来不用外籍人士，这么做好比玩俄罗斯轮盘，风险太大。我们永远无法确定会出什么状况，就算是素来表现优良的军官也不例外。但是，曼德尔布罗德博士对您赞誉有加，说服我破了一次例。他是非常有智慧的人物，我很看重他的判断。”说到此，他停了一下，“这个职务我原本选定了人选，是格拉克二级突击队大队长。很可惜，一个月前他在汉堡遭到英军的空袭，不幸丧生，他来不及避难，一盆花从天而降命中头部。好像是盆秋海棠，或是郁金香，反正他当场死亡。英国人真是没人性的魔鬼，随便轰炸平民百姓，毫不在乎。战争获胜后，我们一定要以战乱罪起诉他们，下令进行滥杀无辜行动的主脑必须付出代价。”

说到这里，他再次低头翻阅卷宗。“您就快满 30 岁了，还没结婚，”他抬起头看着我说，“为什么？”他的声音里透着严厉与训斥的意味。我面红耳赤：“报告大元帅，我一直没有机会，战争前不久我才完成学业。”

“您应该严肃看待这件事，二级突击队大队长。您身上的血脉价值非凡，如果您在战争中不幸为国捐躯，为了德国，您必须保留这丝血脉。”我冲口而出：“报告大元帅，请您原谅，但是，只要环伺我族人的危险一日不除，指引我献身纳粹主义和党卫队大业的精神信念，使我无法考虑小我的儿女私情。儿女情长只会让英雄气短，我必须将全副心力奉献给国家，在获得最终胜利之前，我不能分散心力。”

希姆莱双眼微微圆睁，定睛望着我，听我说完这番话。

“二级突击队大队长，虽然您身上流有外国人的血，日耳曼民族和纳粹主义信徒的优越特质在您身上却分外让人印象深刻。我不知道是否该同意您的说法，我坚信延续种族命脉是党卫队成员的义务，不过，我会好好想想您刚才的那番话。”

“非常感谢您，大元帅。”“伯朗特一级突击队大队长跟您解释过工作内容了吗？”“报告大元帅，已经给了几个大方向。”“这方面我没什么要补充的，千万记得要八面玲珑，我不希望制造无谓的冲突。”“是，大元帅。”

“您的报告写得非常好，您从千锤百炼淬炼出的世界观理论观点出发，发挥了卓越的归纳分析能力，这是我挑中您的原因。不过请您注意！我要的是能够落实的方案，不是抱怨跟牢骚。”“是，大元帅。”

“曼德尔布罗德一定会要求您将呈送上来的报告给他一份副本，这一点我没有意见。加油，二级突击队大队长，您可以走了。”

我站起来，举手敬礼，转身准备离去。希姆莱突然冷冷地小声叫住我：

“二级突击队大队长！”“是，大元帅？”他语带迟疑：“切忌无谓的怜悯，嗯？”我全身一凛，立正站直。“当然不会，大元帅。”我再度举手行礼，走出办公室。

伯朗特在候客室等我，抛来询问的眼光：“顺利吗？”“我想是吧，一级突击队大队长。”“您那篇关于斯大林格勒官兵营养状况的报告，他觉得非常有意思。”“我很惊讶，没想到那份报告会送到他那里。”

“大元帅对很多东西都很感兴趣。奥伦多夫地区总队长和其他局处的主管经常会呈送一些有意思的报告过来。”伯朗特给了我一本赫尔穆特·施拉姆写的《犹太杀戮仪式》，言明是大元帅赠书。“大元帅叫人翻印这本书，要求党卫队旗队长以上的军官人手一册，他还嘱咐处理犹太人问题的中下级军官也必须读。您看看，非常有意思。”

我向他道谢，又多了一本书要读，我已经很久没读书了。伯朗特建议我先利用几天的时间找住处，安顿好一切。“如果私务没有打点好，工作上不可能有所作为，安顿好再来找我。”

我很快就体认到最难搞的是住处问题，我总不能一辈子住饭店。党卫队人力资源总部提出两个选择：党卫队单身军官宿舍，租金低廉还包三餐；或者向老百姓租一个房间，租金必须自行负担。

托马斯住的是三房一厅的公寓，宽敞舒适，天花板挑高，摆的都是价值不菲的古董家具。有鉴于柏林市目前的住房问题严重——凡有空房间的居民原则上都要找房客入住——这样的公寓，尤其是对于一个单身的一级突击队大队长来说，的确是奢华的享受，就算是有妻小的地区总队长也会欣然接受。

他笑着告诉我他怎么弄到这间公寓的：“其实一点都不难，如果你想要，我也可以帮你弄一间，也许没这间大，但是起码有两房。”

原来他有一位在柏林建筑工程监督总局工作的旧识帮忙，通过特别的手段，才分配到这间为了因应都市重建计划而释放出来的犹太人公寓。“唯一的问题是我必须支付整建的费用，大约500马克。我没有钱，幸好成功地从伯格那里拿到一笔特别救助补贴金。”他半躺在沙发上，得意扬扬地环视四周，“不错吧？”

“汽车呢？”我笑着问。托马斯有一辆小型敞篷车，他喜欢开车四处兜风，晚上偶尔会开车来找我出去。“老朋友，这又是另一个故事了，改天有空再告诉你。我在斯大林格勒时就说过了，如果我们能够活着回来，保证吃的穿的享用不尽，当然没有理由客气了。”

我考虑了一下他的建议，还是决定向居民租附家具的房间。我真的不想住党卫队的宿舍，我希望下班后能保有选择朋友的权利。一个人住，一想到自己一个人孤孤单单的，老实说，我真有点怕。租房间，至少有房东在屋里出没，走廊会有脚步声，我还可以向他包伙。

我决定申请两房的住处，还要有妇女能帮忙煮饭和打扫。他们在米特区找到了适合我需求的对象，一个寡妇家，离阿尔布雷希特王子大道地铁站只有六站的距离，中间不需换车，而且价钱合理，我连看都没看就决定租了，他们给了我一个信封。

古特克内希特太太身材肥胖，脸色红润，已经六十来岁，挺着大胸脯跟一头染过的头发，她打开门，不怀好意地打量我好一会儿，用浓浓的柏林腔抛来这么一句话：“那位军大爷就是您了？”

我跨过门槛和她握手，她身上散发出廉价香水的味道。她往后退到长长的走廊，逐一介绍各个门后是什么地方。

“这里是我住的部分，那里才是您的。钥匙在这儿，当然我也有一副。”她打开门带我参观，廉价家具上满满的小玩意儿琳琅满目，泛黄的壁纸多处受潮鼓起，屋内弥漫着密闭空间的气味。看完客厅，然后是卧室，卧室与公寓的其他部分完全不相连。“厨房和浴室在最里面，热水供给有限，所以不能泡澡。”

墙上挂着两幅黑框肖像，其中一个男人年约三十，蓄着公务员的小八字胡，另一个则是金发小伙子，穿着国防军制服，英挺健壮。

“这是您先生吗？”我恭恭敬敬地问。她脸上出现一丝苦笑：“对，还有我的儿子弗朗茨，我的小弗朗茨宝贝。我们进攻法国的第一天，他就被打死了。他的中士写了一封信给我，说他是个英雄，为了救同伴英勇捐躯，但是上面没有给他任何勋章表扬。他本来是要替他父亲报仇的，我的布比，就是那一个，他在凡尔登战役吸入毒气死亡。”

“请节哀。”“哦，布比啊，已经那么久了，您知道的，我早就习惯了，但是提到我的弗朗茨宝贝，我还是好想他。”她斜眼看我，从头到脚打量一遍，“可惜我没有女儿，不然您可以娶她。有一个军官女婿，我会很高兴的。我的布比只做到下士长，而我的弗朗茨宝贝还只是一等兵。”“是啊，”我礼貌地回答，“真是可惜。”

我指着那些小玩意儿说：“可以请您把这些东西搬走吗？我需要一点地方放东西。”她怒颜相向：“您要我把这些东西摆在哪儿呢？我那边地方更小。再说，那些东西都很漂亮啊，您把它们往后挪一挪就行了。不过请小心！打破了要赔。”

她指着那两幅肖像：“如果您希望，我可以拿下来，我不想让您沾染了丧家的晦气。”“这倒没关系。”我说。“既然如此，就维持原样好了，这是布比最喜欢的房间。”我们协调好伙食的问题，我把一部分的配给粮票拿给她。

我尽可能把这里弄得舒适，反正我的东西也不多。把那些玩意儿还有上次大战前发行的烂书堆在一旁之后，终于清空了几个架子，可以放我自己的书，都是当初到俄国之前装箱打包堆放在地下室里的。我很高兴能够让它们重见天日，翻翻它们，虽说许多本都受潮了。

我在书旁边摆上托马斯送我的《尼采全集》，我连翻都还没翻过，还有我从法国带回来的那三本巴勒斯的小说，最后是我读到一半放弃的布朗肖。被我带到俄国的司汤达没能带回来，跟他 1812 年的日记命运差不多。

我很懊悔，在巴黎时竟然没有想到再买回来，不过只要还活着，还是有买的机会。我拿着《仪式杀戮》的小册子，心中好生为难，虽然我可以轻松把《节日贺作》归入经济学或政治学书籍，这本书却有点难以定位，最后我把它塞到历史类书籍区，夹在特赖奇克[1]和古斯塔夫·科西纳[2]中间。

书、衣服，外加一台留声机跟几张唱片，这就是我全部的家当，在纳尔奇

1. 特赖奇克（Heinrich von Treitschke，1834—1896）：德国历史学家和政论家。

2. 科西纳（Gustav Kossinna，1858—1931）：柏林大学考古暨人类学教授，其德国人种起源论对后来的纳粹影响极大。

克获赠的匕首，很可惜留在斯大林格勒没带出来。东西都整理好后，我放了莫扎特的咏叹调，轻松地歪坐在扶手椅上，点了根香烟。古特克内希特太太门也没敲就闯进来，大声呵斥："您不可以在这里抽烟！会把窗帘弄臭。"我站起来，拉拉上衣的衣摆。

"古特克内希特太太，请您以后进来的时候先敲门，等我说请进，再进来。"她的脸霎时变红了："您说什么，军官先生！这可是我家哎，不是吗？请恕我口无遮拦，我年纪也大到足够当您母亲了。我进来又怎么样了？难不成您想带女孩回来这里？我们家可是正派的好人家。"

我觉得有必要在这当下把事情讲清楚："古特克内希特太太，我向您租了两间房，所以这里不是您的家，而是我的家。您刚刚说什么带女人回来，我压根儿就没有想过，我非常注重自己的隐私。如果安排不合您意，我马上打包行李，拿回租金，立刻走人，这样您清楚了吗？"

她气焰顿时消散："军官先生，别这么说嘛……我只是还不习惯。您想抽烟就抽，没问题，只是，麻烦您打开窗户……"她瞄到架上的书，"我看得出来您是有教养的人……"

我打断她的话："古特克内希特太太，如果您没有别的事，麻烦您出去，非常感谢。""哦，好，对不起，好。"她走出去，我关上房门，钥匙仍然插在钥匙孔里。

我先到人事室办完手续，回头找伯朗特。他在这栋旧饭店的顶楼腾出一间小办公室给我，采光良好，我还有一间配有电话的小会客室和摆着沙发的工作室、年轻女秘书普拉克莎小姐、一名同时服务三间办公室的传令兵，以及这个楼层办公室的专属打字小组。

我的司机是来自上西里西亚地区[1]的德裔侨民，叫皮雍泰克，在我出差公干时兼任勤务兵，汽车我随时都可以用，但是大元帅坚持凡私人用途的油资均需个别报账，从我的薪饷里面扣。我觉得这有点过分。

---

1. 现波兰南部。

“这没什么，重点在于懂得运用正确的方法报账。”我没见到大元帅的个人幕僚总长——沃尔夫副总指挥长，他生了场重病，正在疗养，几个月来他的职务都是由伯朗特接手包办。他对我的职掌进一步补充说明：“首先最重要的是，先熟悉这个系统及系统里常见的问题。关于这方面，呈给大元帅的报告全都归档存在这里，叫人拿上来仔细翻阅。这里是与您的职务有关联的各个党卫队单位的领导人名单，找他们约时间聊一聊，他们都在等您，也很愿意开诚布公地和您交换意见。等您对这个系统有了整体且足够的了解后，您就可以出发到各地进行视察。”

我看了那张清单，多半是党卫队经济暨行政总处和国家中央安全局的军官。“集中营的视察业务不是归中央行政暨经济总署管吗？”我问。

“没错，”伯朗特回答，“一年前是这样，看看您手上的清单，现在划归D局了。”清单上面列的是该局的主管格吕克旅队长，以及他的副官利艾伯亨舍尔一级突击队大队长。“跟您说个秘密，利艾伯亨舍尔一级突击队大队长给您的帮助会比他的上司多，还有几个单位主管也是。不过，集中营仅仅是劳动力议题的一环，这里还有党卫队所属企业的问题，掌管中央行政暨经济总署的波尔副总指挥长会找时间约您讨论。如果您觉得还需要找其他主管，更进一步了解厘清某些重点的话，千万不要客气，不过记得先找单子上面的人谈完了再说。国家中央安全局的艾希曼一级突击队大队长会跟您说明系统专属的交通运输运作，并针对犹太人问题的解决方案和未来的展望进行简报。”

“一级突击队大队长，我可以问一个问题吗？”“请说。”“如果我没弄错，任何有关犹太人问题最终解决方案的档案，我都有权取阅？”“是的，犹太人问题的最终解决方案与劳动生产力最大化的议题息息相关。但是，我必须提醒您，这里的业务机密性远比您在俄国的工作高，请务必守口如瓶，严禁跟任何非本业务的人员谈论此事，连和您一直保持联系的政府部会官员跟党内人士也不例外。一旦触犯保密规定，大元帅的惩罚非常明确，就是死刑。”

他再度指着那张名单：“您可以放心地和列在这张纸上的人讨论，至于他们的下属，先探听清楚了再说。”“好的。”“针对报告方面，大元帅审定了一本《标准修辞手册》，仔细地读，报告上的词汇都必须以此为依归，不合规定的报告会立刻退回。”“遵命，一级突击队大队长。”

我全心投入工作，仿佛把办公室当成五山城的硫黄温泉池般泡汤养身。

我窝在办公室的小沙发上，整天下来眼里只有报告、信件、命令、组织结构，偶尔起身走到窗边偷偷抽根烟。普拉克莎小姐是个没什么大脑的南方人，一看就知道是整天抱着电话东家长西家短的类型，她每天都得跑上跑下搬档案，不断抱怨爬楼梯爬得她脚踝都肿了。“谢谢，”她捧着一叠卷宗进来，我连头都没抬，随口道了谢，“放在那里，把这堆拿走，我已经看完了，您可以拿回去了。”她叹了口气，离开时故意弄出老大的声响。

我很快就发现古特克内希特太太的厨艺不怎么样，她只会做三四道菜，每道都少不了酸白菜，而且经常失败。到了傍晚，我习惯叫普拉克莎小姐先回家，自己到楼下食堂吃点东西垫底，再回办公室工作一阵子，夜深了才回去睡觉。为了不麻烦皮雍泰克，我搭地铁回家，那个时间地铁几乎没有人，我放松心情，愉快地观察车厢内寥寥可数的乘客，他们满脸倦容，憔悴不堪，正好让我能够短暂地走出自我，抛开工作。

我跟一个公务员在同一个车厢碰到过好几回，他跟我一样也是个夜归人，他从来没有正眼瞧过我，因为他总是沉浸在书中。这个外表如此不起眼的男人，看书的神情却是如此特出——他的双眼浏览书页文句，双唇嚅动，仿佛在小声朗读，但是我一点声音都听不到，甚至连窃窃私语的窸窣都没有，我恍然理解了圣奥屈斯蒂纳第一次瞥见米兰主教安波罗修安静沉浸阅读时的神情，他内心感受到的震慑。他这个外省来的乡下人，只知道高声朗诵阅读，竟不知天下有用眼睛说给自己听这种事。

我翻阅档案数据，读到一份克尔海尔博士在3月底呈交给大元帅的报告，这位面孔阴郁的统计学者对我们的数字提出质疑，而他的数字，我必须承认把我吓了一大跳。

在一连串统计学门外汉看得丈二金刚摸不着头脑的专业术语后，最后总结如下：在1942年12月31日前，共有1873549个犹太人死亡，还不包括俄罗斯和塞尔维亚地区，所谓“被运往东部占领区”或者“未通过集中营筛检”的人（多奇怪的字眼，我想一定是大元帅那本《标准修辞手册》里的规定）。

他估计，自我党执政以来，德国的影响力所及，欧洲的犹太人口锐减了

400 万，如果我没看错，这 400 万包含了战前的移民。虽然我亲眼见过俄罗斯的景况，这个数字仍然令我震惊，远远超过各特遣部队人力负荷的水平。

通过一连串的命令和指示，我心里也大致有了底，在全面战争的紧急状态下，要依规定进行集中营视察的确有实际的困难。中央行政暨经济总署成立后，将集中营巡察厅的业务纳入旗下，这已经是 1942 年 3 月的事了，目的在于努力降低集中营囚犯的死亡率，而提升劳动生产力的措施迟至该年 10 月才颁布。12 月时，集中营巡察厅主管格吕克下令，要各集中营的营地医生致力改善营区卫生条件，以降低死亡率及提高生产力，却没有提出具体的施行办法。

我翻出 D 局第二处的统计数据，集中营的每月死亡率大幅下降，整体死亡率从 12 月的 10% 以上，到 4 月只剩 2.8%。然而，这样的跌幅并非绝对的，因为集中营接纳的人口持续膨胀，只能说是死亡人口的净额维持不变而已。

D 局第二处的另一份半年报指出，从 1942 年 7 月到 12 月间，共接纳 96770 名囚犯，死亡人数高达 57503 人，比率高达六成。然而，从 1 月开始，每个月的死亡人数一直维持在 6000 到 7000 之间波动。施行的措施似乎都无法有效降低死亡率。除此之外，某些集中营的情况似乎更严重，上西里西亚地区的奥斯威辛集中营 3 月的死亡率，当时我还是第一次听到这座集中营，超过 15.4%。我渐渐了解大元帅的意思了。

尽管如此，我对自己始终缺乏自信。

到底是因为最近接二连三发生意外，还是因为我生来就少了当官的那根筋呢？总之，浏览过众多文件，对这个议题初步有了整体性的了解后，我决定先找托马斯谈谈，然后再上集中营巡察厅总部的所在地——奥拉宁堡。

我很喜欢托马斯，但我从没跟他说过个人的私事，而工作上的任何疑虑，他是我认识的人当中，倾听咨询的首选。他曾经指点我这个系统的运作原则，我恍然大悟（这应该是 1939 年的事了，甚至更早，1938 年年底吧，时值党内阋墙，水晶之夜暴动后余波荡漾）。

“命令不明确是一定的，甚至是蓄意的，以元首的大原则为基准各自逻辑推理。也就是说，让接收命令的人自行体会演绎发令者的旨意，再依令行事。坚持指令要明确，措施要合法的人，完全不了解最重要的是元首的旨意，而不是他下达的命令，接收命令的人必须懂得解读隐含在字里行间的旨意，甚至要大胆揣测才行。懂得这样依令行事的人，才是优秀的纳粹主义信徒，激昂的过分行为不会招来斥责，就算犯错也没关系，至于其他的人，就成了元首口中不敢跳脱出自己影子的人。”这一点我早就明白了，我知道我没有那个本事，能够看穿事物的表面，猜出隐含其中的关键赌注，相反地，托马斯生来就有这种本事，而且敏锐度一流。所以，他可以开敞篷跑车，我呢，只能搭地铁。

我和他约在耐瓦烤肉店，他最喜欢的美味餐厅之一。他以愤世嫉俗的玩笑话嘲弄人民的低落士气，他直接引用了奥伦多夫机密报告的话，可见他也收到了副本。

“老百姓对于所谓的机密，消息之灵通令人咋舌，安乐死计划、犹太人灭绝计划、波兰的集中营、毒气等等，一概都知道。你在俄罗斯的时候，什么卢布林集中营、西里西亚的集中营，根本连听都没听过吧，然而小到连一个柏林市或杜塞尔多夫的电车司机都晓得我们烧死集中营的囚犯。不管戈培尔的宣传文宣打得多凶，老百姓还是有自己的定见。国外电台广播不是唯一的原因，因为许多人到现在还不敢偷听。不，今天德国已经变成了一个巨大的谣言散播网，就像蜘蛛网一样，延伸到我们管辖的每一寸土地，包括俄国前线、巴尔干诸国、法国。

“消息传播之快令人瞠目结舌，脑袋比较灵光的，就有本事把得来的消息加以组织分析，有时候得出的结论精准得令人讶异。你知道最近我们做了什么吗？我们在柏林散布一起谣言，货真价实的不实谣言，根据真实的消息稍加扭曲，目的是研究究竟需要多长时间散播到各地，又是通过什么管道散播的。我们发现24小时就传到了慕尼黑、维也纳、柯尼斯堡和汉堡，48小时远及林茨[1]、布雷斯劳[2]、吕贝克[3]和耶拿[4]。我真的很想在乌克兰试验看看。聊堪自慰的

1. 奥地利东北大城。
2. 波兰西南部大城。
3. 德国北部波罗的海沿岸城市。
4. 德国中部城市。

是，尽管如此，全国人民仍支持执政当局和本党，他们对元首深具信心，坚信最后胜利终将到来。这代表了什么呢？我党执政短短不到 10 年，纳粹主义精神已经深植民心，成为老百姓日常生活中信奉的真理，大街小巷无处不在。因此，就算我们打输了，主义依旧不死。”

“不如来聊聊如何打赢这场战争吧？”我一边吃，一边讲我接收的指令，以及我所理解的现阶段整体情况。托马斯边听边啜饮葡萄酒，还切了一块烤到恰到好处的牛排，中间肉色透着粉红，鲜嫩多汁。他扫光盘里的肉，又喝了一口酒才开口。“你抓到了一个前途看好的职位，但我一点都不羡慕，你好像被扔进了一篮螃蟹里，万一出了什么差错，就等着被狠狠掐屁股吧。你对政治时局有多少了解？我指的是国内政局。”我也吃完了。

“我对国内政局了解不多。”

“那么，你应该好好了解一下，战争爆发后变化非常大。首先，党卫队戈林元帅出局，我看是彻彻底底出局了。空军无力阻挡敌军轰炸，贪污腐败事迹多如传奇，再加上滥用毒品，现在根本没人注意他，只有在元首需要有人替他发声的时候，才会把他请出来露个脸。亲爱的戈培尔博士，虽然在斯大林格勒一役之后展现出令人激赏的英勇企图心，但还是无法走进核心。

“政坛现在最闪亮的新星非斯佩尔莫属，元首任命他时，每个人都不看好他，预言他撑不到六个月，没想到他上任后，军火武器产值连翻三倍，现在只要他开口，元首什么都给。这个大家等着看笑话的小建筑师，摇身一变成了手腕高超的政治人物，为自己打下强力的基础。而接替戈林统领航空部的米尔契，还有后备军的大头目弗罗姆都在为自己盘算。

“弗罗姆盘算些什么呢？弗罗姆肩负国防军人员补给的重责大任，因此每一名取代德国工人的外籍劳工或集中营囚犯，对他而言都等于一名士兵的员额。斯佩尔满脑子只有如何提高生产力，米尔契当然也要为空军抢人。所有人开口闭口要的都是同样的东西：人、人、人，除了人还是人。这就是大元帅面临的难题。当然，没有人胆敢批评最终解决方案，这可是元首亲自下的命令，各部会只能争食仅存的零碎空间，挪用一部分的犹太人成为劳动力。自从席耶拉科同意空出监狱，把人犯全数转送集中营后，集中营的囚犯一直是不能忽略的大型人力供给站。和外籍劳工相比，囚犯劳工所占的比例几乎微不足道，不过终究是人力的来源之一。大元帅虎视眈眈，不容别人染指党卫队的自主权，斯佩尔却一脚蹚进浑水。

“大元帅希望企业到集中营区开设工厂，斯佩尔立刻面见元首，结果揭晓！改成集中营的囚犯送到工厂去上工。你看出其中的症结了吧，大元帅很清楚他处于下风，被迫向斯佩尔输诚，表示他这么做完全是出于一番好意。当然，假如真的能够灌注更多人力到工业界，那就皆大欢喜，但是我认为，这里会牵扯出许多内部问题。

“你知道，党卫队就像国家体系里的一个缩版国家，牵一发而动全身。就拿国家中央安全局来说好了，海德里希是个旷世奇才，浑然天成的领袖人物，令人崇敬的纳粹主义信徒，不过我敢说，他死了，大元帅私底下势必大大松了一口气。将他外放布拉格这一招高明，海德里希虽把这次外派当成晋升，不过他心知肚明，此举等于强迫他释出国家中央安全局的权力，很简单嘛，他人都不在柏林了，鞭长莫及。他强烈主张党卫队的自主权，正因如此，大元帅从没想过把他换掉。各局处的主管各行其是，犹如多头马车。

“大元帅任命卡尔滕布伦纳接掌其职，因为他能驯服底下这些人，大元帅一定暗自祈祷这只被驯服的猛将卡尔滕布伦纳能一直听命于他。你等着瞧吧，历史一定会重演，这是因为各人职责所在，立场不同，不是私人好恶的关系。同样的情况在其他部会和单位也随处可见。集中营巡察厅里这种上一辈的斗士尤其多，到了那里，连大元帅都得小心应付。”

“如果我没听错的话，你的意思是大元帅想要改革，却又怕激起集中营巡察厅的反弹？”“要不然就是他压根儿没兴趣改革，只是拿改革来当作钳制顽抗分子的工具。他一方面得向斯佩尔示好，表现出愿意合作的样子；另一方面又不能给他机会插手党卫队，损及他的特权。”

“的确棘手。”“是啊，伯朗特说得好：一流的分析能力和外交手腕。”“他还说要有积极进取的态度。”

“那还用说！如果你能够找出办法来，就算不是攸关你业务范围的计划方案，只要能够保护大元帅的关键权益，你的未来就无可限量。要是你又开始搞什么官场浪漫主义，把事情弄得一团乱，用不了多久，你就会眼看着自己被外放到加利西亚某个鸟不拉屎的地方，窝在长满虱子的国家安全局驻外处。一定要小心啊，如果你重蹈在法国的覆辙，我将无法原谅自己把你从斯大林格勒弄出来，保住性命绝对值得。”

托马斯半是玩笑、半是威胁的警告压在我心头，内心的焦虑因为姐姐发来的一封短信而益发剧烈。果然不出我所料，她讲完那通电话后，立即动身前往昂蒂布。

> 马克斯，警方推测可能是变态杀人狂，也可能是小偷，甚至是仇人上门寻仇。事实上，警方毫无头绪，他们说已经开始清查莫罗生意上的往来关系。真可怕。
>
> 他们问了好多家里的事，我跟他们提到了你，可是不知道为什么，我没跟他们说案发当时你在家里。我不知道我到底在想什么，怕给你惹麻烦。再说，说了又有什么用呢？葬礼一结束，我就离开了。真希望你在那里，然而，我又好怕你出现。那是哀伤、可怜又可怕的经验。
>
> 他们合葬在市立公墓，除了我和一名前来查看有谁出席葬礼的警察，只有几位莫罗的老朋友和神父。典礼结束后，我片刻没有耽搁，马上离开。我不知道还有什么好写的，我非常伤心。好好照顾自己。

她完全没有提到双胞胎。之前电话里说到他们时，她的反应非常激烈，我觉得事有蹊跷。更奇怪的是，我看了这封信，居然毫无感觉，这封兼具惊吓跟悲痛的信在我眼里，恍如一片秋天的枯黄落叶，早在落地之前就死了。

看完信几分钟，我的心力又完全转移到工作上。几个星期前，那些折磨我、不让我有喘息余地的疑问，现在仿佛变成了一扇扇紧闭无声的门；想到姐姐，感觉就像是柴火烧尽的炉子，空余冰冷灰烬；想到母亲，则像长久荒废的安静墓碑。

毫无来由的麻木冷漠正向我生活的各个层面蔓延，房东太太的唠叨我充耳不闻，性欲仿佛是老旧的抽象回忆，对未来前途的忧心更是庸人自扰。

这多少有点近似我现在过的日子，而且我安之若素。工作占据了我的一切心思。我反复琢磨托马斯的忠告，我觉得他说得非常有道理，比他自己认为的更有说服力。

到了月底，动物园繁花盛开，树梢头的新绿肆无忌惮地抢攻灰沉沉的市区地盘，我决定前往奥拉宁堡，拜会位于萨克森豪森集中营附近的D局，也就是以前的集中营巡察厅。那是一栋长方形的白色干净建筑，穿堂小径笔直正方，花坛细心翻土除草，都得归功于吃得好、穿着干净制服的囚犯，还有精神抖擞，充满干劲忙上忙下的军官。

格吕克旅队长亲切地接待我，他说话连珠炮似的又快又多，长串空泛的场面话跟他统辖的王国显现出来的欣欣向荣气氛正好成为鲜明的对比。他抓不住整体大方向，不断反复叨念着毫无意义的琐碎行政细节，不时天外飞来一笔地拉出一些统计数字，而且经常是错的，基于礼貌，我只是默默记在心里。每当我提出比较明确的问题时，他的回答永远一成不变。

“哦，这个啊，您最好去利艾伯亨舍尔那边查查看。”随即热情地为我倒法国干邑，请我吃饼干，“是我太太做的。虽然粮食配给有限，她还是有办法弄到材料，真是个仙女。”看得出来，他亟欲尽快摆脱我，好回头享用小饼干，继续这天高皇帝远的生活，只是怕得罪了大元帅。

我决定尽快结束会谈，我开口中断他的叨念，他立刻差人叫助理过来，并为我倒了最后一杯干邑。“祝我们最敬爱的大元帅身体健康。”我微微抿了一口，放下杯子，举手向他敬礼，然后跟着我的向导走出去。

我跨过门槛，还听见他说：“您等着瞧，利艾伯亨舍尔会一一针对您的问题给您满意的答复。”他说得一点也没错，这位个头儿不高、神色疲倦哀戚，实际打理D局总局一切事务的助理，针对改革措施的施行进度和目前的实际状况，做了非常清楚且扼要的简报。我知道格吕克签署的多数命令都是出自利艾伯亨舍尔之手，现在看来的确不奇怪。根据利艾伯亨舍尔的看法，他认为问题的症结大多出在集中营司令部。“他们缺乏创造力，不知道该如何落实上面的命令，只要司令官稍微积极一点，情况将完全改观。可是，我们人手奇缺，主管职位找不到人来补空缺。”

“改善医疗架构不足以弥补人手不足的窘况吗？”“我们这边结束后，您可以与罗林医生见面，到时候您就能了解了。”事实上，我和罗林医生见面的这几个小时里，我还是无法更深入了解集中营医疗单位面临的问题，虽然略感愠怒，最起码我搞清楚了一件事——为什么这些单位总是各行其是，自行想办法解决问题。

位居所有集中营医疗体系最顶峰层级的罗林医生年事已高，双眼迷蒙，脑筋不太灵光，而且常常搞不清楚状况，他不仅酗酒，如果坊间甚嚣尘上的传言属实，他每天都在消耗吗啡的库存。我不懂这种人怎么还能留在党卫队，更不懂他怎能得到需要扛起重责的职位，他在党内的来头大概不小。尽管如此，我仍然从他那里拿到了一叠相当有用的报告，一方面没事好做，另一方面为了遮掩自己的无能，罗林整天只会命令下属写报告，还好不是人人都像他。不过，这些报告的内容相当丰富。

接下来，只剩劳动人口计划局处长毛莱尔了，该局在中央行政暨经济总署的组织底下简称 D 局第二处。

老实说，我大可省去其他的拜会行程，甚至连利艾伯亨舍尔都可以略去。格哈德·毛莱尔旗队长年纪还很轻，没有高等学历，但具备了会计和管理方面的扎实专业经验，他的才华受到奥斯瓦尔德·波尔的赏识，把他从党卫队的旧行政体制污泥中拔擢出来，他的行政才能、主动积极的精神和对于官场现实的敏锐嗅觉，让他迅速脱颖而出。

波尔重掌集中营巡察厅时，邀他出来执掌 D 局第二处，以便整合集中营劳动人口的利用，进行合理的开发。我后来大概又找了他好几次，与他定时书信往返，每次得到的回答都令人竖起大拇指。他在我眼中有点类似于纳粹主义信徒的理想化身，具有国际观，同时也能贯彻始终、达成目标。

其实，获得具体且量化的结果等于毛莱尔生活的全部。就算劳动人口计划局落实的措施并非全数出自他手，也无可否认他创造了一套惊人的统计数据搜集系统，现在中央行政暨经济总署旗下集中营用的正是这套系统。

他耐心向我解释了这套系统的运作方式，详尽介绍事先印好的标准化表格，每一座集中营都得按表填写跟交回，他也特别指出哪些数据比较重要，以及该如何阐释该数据背后所代表的意义，如此一来，数据变得比口头报告更清晰易懂，数字交叉比较，承载大量信息，毛莱尔不需要离开办公桌，就得以精准掌握命令执行的进度，以及是否成功达成目标。这些数据确认了利艾伯亨舍尔的论点。

他侃侃而谈，严厉地批判集中营司令部的反动态度是“艾克（Eicke）”那个时代的过时方法培育出来的，只能配合旧有的镇压和警察系统运作，整体而言，这种做法既短视近利又跟不上时代，他们无法融入新世代的管理系统，也适应不了新的技巧。

“这些人秉性不坏，可惜观念过时，无法顺应我们现在对他们的要求。”毛莱尔全副心力倾注的目标只有一个：从集中营的劳动人口中萃取出最大生产力。他没请我喝干邑，但我开口告辞时，他热切地握住我的手：“我很高兴大元帅终于愿意进一步思考这些问题，我的办公室大门永远敞开，二级突击队大队长，您如果有任何需要，千万不要客气。”

我回到柏林，约了老朋友阿道夫·艾希曼见面。他任职的部门在库否斯坦街，我到时，看见他“噔噔噔”地踩着马靴，踏着上蜡的大理石地板，迈着小小的步伐来到宽敞的门口大厅迎接我，热情地恭喜我荣升二级突击队大队长。

“您也是啊，”我向他道贺，“您也升官了。在基辅的时候，您还是二级突击队大队长呢。”“是啊，”他满意地说，“话是没错，不过您连升了两级呢……来，进来。”虽然他的阶级比我高，给我的感觉却出奇殷勤和气，或许是因为我是大元帅派来的，他不敢掉以轻心。

走进他的办公室，他瞬间倒在椅子上，跷起二郎腿，随手把军帽往一堆文件上一扔，脱下厚重的眼镜，拿出手帕擦拭镜片，连声呼叫秘书：“魏尔曼太太！麻烦端咖啡来。”

我饶富趣味地看着他一连串的动作，自从基辅一别，艾希曼变得更有自信了。他举起眼镜，对着窗口仔细检查镜片，又擦了一会儿才戴上。他从档案架下面拉出一只小盒子，请我抽荷兰香烟。他手拿打火机，在我胸前指指点点。

“您得了很多勋章，容我再度向您恭贺，这就是人在前线的好处，在后方的我们根本没机会得勋章。在我们局长的推荐下，我得了个十字勋章，不过就只是让我胸前有东西可挂罢了。您知道我曾经申请自愿加入特遣部队吗？但是，C（海德里希要他的心腹这么称呼他，希望听起来带点英国味）命令我留下。我这里少不了您，他这么对我说，我只能回答遵命，反正我没得选择。”

“您这边的职位也不差，贵单位可是国安警察署最重要的一个局。”

“话是没错，不过说到升迁管道，完全是封死的。一个局的主管阶级大概等同顾问或者资深顾问，不然也差不多是党卫队同等级的军官。原则上，只要坐在这个位子，就不可能升到一级突击队大队长以上。我向局长申诉，他说我论功行赏是应该升了，可惜他不想看到其他单位主管起而效尤，引发争议。”他撇着嘴，嘴唇突起，光秃秃的额头在天花板流泻的灯光映射下，显得特别油亮。这里大白天也开着灯。

秘书捧着托盘进来，摆着两杯冒着热气的咖啡，秘书看起来稍有年纪，她把杯子送到我们面前。“牛奶？还是糖？”艾希曼问。我摇头示意不用，拿起杯子品味香气：这是货真价实的咖啡。

我慢慢吹凉热腾腾的咖啡，艾希曼突然问：“这些勋章是因为执行特遣行动有功得到的吗？”他长篇大论的苦水牢骚开始让我不耐，我想直接跳到此次拜会的来意。

“不是，”我回答，“我后来被派到斯大林格勒。”

艾希曼的脸色突然一暗，猛地拉下眼镜。“啊，原来如此，”他随即起立，“您当时在斯大林格勒，我的兄弟赫尔穆特就是在那里殉国的。”

“很遗憾，请接受我的哀悼之意。是您的哥哥吗？”“不是，是弟弟，他年仅 33 岁，我们的母亲一直无法接受这个事实。他是英雄，尽了为祖国应尽的义务，壮烈牺牲。我很遗憾，”他庄严地补上一句，“没有这样的机会。”

我乘机抓住机会：“的确，但是祖国需要您在其他方面的奉献。”他重新戴上眼镜，喝了一口咖啡。手指夹着香烟，就着烟灰缸按熄烟头。“您说得有道理，士兵没有选择战场的权利。我能为您做些什么呢？如果我没弄错，伯朗特一级突击队大队长的信上说您负责劳动人口计划的劳动力规划，是这样吗？我看不出这跟我们单位的工作有什么关联。”

我从仿皮公文包里抽出几张纸。（每次拿出这只公文包的时候，一股厌恶油然而生，碍于物资配给的规定，我找不到更好的。我向托马斯寻求建议，他当面笑我：“我也想要一整套的真皮办公文具，像是真皮活页夹啦，还有真皮笔筒啊。我写信给一个在基辅的朋友，他在集团军当差，而且还是留在国安警察署和国家安全局联合大队长身边的人哦，我问他能不能找到这些东西，他回信说，自从犹太人被我们消灭，在乌克兰想要修补皮靴都找不到人。”）

艾希曼蹙眉凝视我：“现今，您手底下的犹太人是劳动人口计划中补充劳动力的主要来源之一。”我解释道：“除了他们之外，只剩下刑责较轻的外籍罪犯，以及流亡至我军占领区的政治犯可用。其他可能的劳动力来源，像是战犯或司法部移送来的罪犯，基本上都已用罄。我此行的目的是希望能对贵局的运作做出整体的了解，尤其是贵局对未来的展望。”他一边听我说，左边嘴角不由自主地抽搐，好像在咬舌头似的。他往后靠，整个人靠在椅背上，修长的双手青筋暴露，五指交叠相握，食指伸出，形成一个三角形。

“好，我来说明一下。您一定知道，每一个实施最终解决方案的国家，都有一位本局派驻当地的代表，如果该国被我军占领，有时会是隶属国安警察署和国家安全局的联合大队。如果该国是我们的盟国，有时则会是大使馆的警察单位。我可以马上告诉您，苏联不属于我们的行动区域，如果我们的代表划归在总督府底下，能发挥的空间通常也有限。”

“这话怎么说？”“犹太人的问题，在总督府里属于卢布林地方队长的管辖范围，由格罗波克尼克地区总队长直接向大元帅报告，国安警察署基本上完全不涉入。”他抿着双唇，声音从齿缝里迸出，“除了几个特殊问题尚待厘清，德国上下对犹太人的问题可说达成了一致共识，至于其他国家，端视该国执政当局对犹太人问题解决方案的了解程度而定。因为这个缘故，每个国家在某些程度上都称得上是独立的个案，我可以逐一向您说明。”

我注意到，他一旦谈到工作，他交织奥地利口音和柏林俚语的奇特语调，让他口中送出的官样语法显得益发紊乱。他从容不迫，一字一句，不时停住思索恰当的字眼，但是我有时真的听不懂他在说什么，连他自己好像都乱了头绪。

“就拿法国来说好了，可以这么说吧，去年夏天法国当局在我方专家学者的指导劝说，以及外交部的建议和期盼下，终于，呃，如果您不反对我用这样的说法的话，同意与我们合作，特别是国铁局也同意提供需要的交通运输服务。我们终于可以展开行动。一开始，行动相当成功，因为法国民众展现了高度的了解和容忍，后来加上法国警方的协助，老实说如果没有他们，我们根本动不了，那是当然的，我们在当地没有资源可用，您不会指望军事指挥部提供援助吧。法国警方的协助对我们非常重要，因为是由他们出面逮捕犹太人，然后送到我们这里，而且他们的动作非常积极。按照规定，我们只要求他们逮捕十六岁以上的犹太人——这当然只是开始——但是他们不愿意留下这些没有父母的孩子，我们能够理解这种心态。

“他们不论老少全都送到我们手上，连孤儿也不例外，我们很快就发觉他们送来的都是外国籍的犹太人，我甚至在最后关头被迫取消了一趟从波尔多来的运载火车，因为凑不到足够的外国籍犹太人上车，真是天大的丑闻！都是因为他们本土的犹太人，我指的是那些法国公民，从很久以前就定居在那里的犹太人，这个嘛，您瞧，就没这么顺利了。他们不愿意交人，而且非常坚持。外交部的说法是，贝当上将从中作梗，我们说破了嘴皮子还是没得商量。

“11 月以后，当然了，情况整个改观，因为我们不再受制于任何协议和法国法律，就算如此，就像我先前说的，法国警方的态度才是关键，他们不愿意合作，我不是要说布斯凯[1]先生的不是，但是他私下下了一些命令，我们不可能直接派德国警察到老百姓家，挨家挨户地敲门，因此实际上，在法国行动陷入胶着。许多犹太人逃到意大利的地盘，这更是一大难题，因为意大利人根本无法了解最终解决方案，不只意大利一个地方，希腊、克罗地亚，到处都是，他们要为此事负责，因为他们在保护犹太人，不仅仅是他们本国籍的犹太人，所有犹太人他们都予以庇护。

“这是一个大难题，完全超出我们的能力范围。我想高层领袖应该也针对此事讨论过，据说他们的最高领导人墨索里尼只回答了一句，说他会想办法，很明显，这个问题没有列入优先解决的问题清单，对不对？而底下的人，也就是和我们直接联系的窗口，完全是官僚作风，猛打太极拳光说不练，这些都瞒不过我，他们从未说过不行，但是情况就跟流沙表面一样平静无波，没有任何动作。这就是我们跟意大利交涉的现况。”

“其他国家呢？”我问。艾希曼站起来戴上军帽，对我招手，示意我跟他

1. 布斯凯（René Bousquet，1909—1993）：法国官员，1942 年 5 月到 1943 年 12 月担任维希政府的警察总长一职。

走："走，我让您亲自看看。"我跟着他走到另一间办公室。

我第一次注意到他的脚跟骑士一样是 O 形腿。"您骑马吗，一级突击队大队长？"他努起嘴："年轻的时候骑，现在根本没机会。"他敲敲门走进去，办公室里有几名军官，看见我们立时站起来举手敬礼，他回礼后穿过办公室，又敲了另一扇门，开门进去。这间办公室的最里面有一张办公桌，桌子后面坐着一位二级突击队大队长，房里还有一位秘书和一名下级军士。

我们一走进来，他们全部起立，二级突击队大队长是个高大健壮、肌肉结实的金发青年，穿着剪裁合身的制服，伸出手臂威武嘹亮地高喊一声："长官好！"我们向他回礼，朝他那边走过去。

艾希曼先向他介绍我，然后转头对我说："冈瑟二级突击队大队长是我的职务代理人。"冈瑟二级突击队大队长不发一语地望着我，然后问艾希曼："一级突击队大队长，请问有什么吩咐？""很抱歉打搅您工作，冈瑟，我想让他看看您做的图表。"冈瑟默不作声地离开办公桌，他身后的墙上挂着一幅彩色的大型图表。

"您看，"艾希曼在一旁说明，"这是以各国为区分，每个月更新的统计图表。图的旁边标注我们的目标，然后是实际达成数字的累计百分比。您一眼就能看出，我们在荷兰快要达成目标了，比利时达成了五成，然而在匈牙利、罗马尼亚、保加利亚等地，结果几近于零。在保加利亚，我们肃清了几千人，但是数字是会骗人的，保加利亚政府让我们撤离了他们在 1942 年拿回来的失土上的犹太人，也就是色雷斯和马其顿地区，至于原先保加利亚疆域内的犹太人，我们却动不得。

"几个月前，我想大概是 3 月的时候，我们再度向他们正式提出要求，外交部那边也施压，他们却仍不肯答应。因为这事涉及各国的主权，每个国家都要求邻国先做出同样的保证，也就是说，保加利亚要罗马尼亚先点头，而罗马尼亚要匈牙利答应了再说，匈牙利呢，则要保加利亚先做出类似的保证。我们拿下华沙后，对他们详细解说犹太人问题所代表的危险，当国家存在人数如此众多的犹太人时，等于是窝藏游击分子，这么一说，我相信他们多少有些知觉。

"但是我们的工作还没完，3 月我们在希腊设立了一支临时行动小组，您看，在塞萨洛尼基，行动进展得非常快速，我们几乎清光了那个地区的犹太人。接下来就轮到克里特岛和罗得岛了，那里没问题。但是，属于意大利的管辖区、雅典还有其他地区，我刚刚跟您说明过问题。接下来还有技术面的种种问题，不仅仅是外交层面，如果是这样就简单了，不仅如此，交通运输的问题特别难缠，也就是车次的安排，除了列车的调度安排，该怎么说呢？就算有了列车车厢，行驶的时间也要碰运气。

“举例来说，我们和当地政府进行协商，我们也抓到了犹太人，结果铁道封锁，因为东部战场出现战事，或者其他事情而中断铁路，没有东西能够进入波兰，只能趁局势缓和加快速度输运。在荷兰和法国，我们把一切集中到集中营的转运站统一管理，等有列车的时候，还得视转运站的有限容纳量而定，再把人从那里慢慢送出去。在塞萨洛尼基则相反，所有步骤全在当地执行，一二三四，全部搞定。2 月以来我们真的忙翻了，交通运输工具充分，上面下令加速展开行动，大元帅希望这个问题在今年内解决完毕，之后不要再提。”

“目标有可能达成吗？”

“我们能够全权掌握的地区没问题，我的意思是，交通运输当然仍是一大难题，还有财务，因为我们必须付铁路运费，您知道，每个乘客都要钱，我没有编列这方面的预算，只好再想办法解决。叫这些犹太人做一点贡献，出发点很好，但是铁路公司只接受马克，波兰币勉强接受，如果我们要把人从塞萨洛尼基送到波兰总督府，那些人身上只有希腊币，要在当地兑换几乎是天方夜谭。我们只能自己想办法，还好我们已经知道该怎么做了。除此之外还有外交问题，如果匈牙利反对，我也无计可施，这不是我所能控制的，要看冯·里宾特洛甫部长跟大元帅怎么说了，不是我。”

“我懂了。”我对着图表研究了一会儿，“如果我没弄错，4 月那一栏的数字差距，以及左边的数字代表的是潜存的劳动人口，而这些数字会因为您刚刚说明的各种连带因素而变动。”“一点都没错。还有一点必须注意，这些数字是约略的估算值，有很大部分是劳动人口计划兴趣缺缺的人口，像是老人或小孩，还有我也不清楚有哪些毛病的人，因此图表上的数字有大半都值得商榷。”

“您认为有多少呢？”

“我不知道，您应该去中央行政暨经济总署问问，收容和筛检是他们的职责范围，我只负责到把人送上火车，剩下的无权置喙。不过，我可以告诉您国家中央安全局的看法，他们认为暂时挪作劳动力之用的犹太人，人数应该越少越好。他们怕造成犹太人串联团结，重蹈华沙暴动的覆辙，风险太大了。我想我可以跟您说，我们局长，也就是穆勒地区总队长，还有卡尔滕布伦纳副总指挥长都抱持同等看法。”

“我懂了，这个图表数据可以给我一份吗？”

“当然可以，我明天叫人送过去，不过俄罗斯和总督府管辖区这两个地方，我跟您说明过了，我手边没有资料。”我们准备离开，闷不吭声的冈瑟又是一声洪亮的“希特勒，万岁！”余音缭绕。我跟着艾希曼回到他的办公室，他又跟我说明了几个重点。我起身准备离去，他一路陪我走到大门门厅，卑躬屈膝地开口说：“二级突击队大队长，这个礼拜找一天，我想邀请您到舍下用餐，有时候我们会演奏室内乐，波尔一级小队长是我们的首席小提琴手。”

“太好了，您呢，您演奏什么乐器？”

“我？”他伸长脖子抬起头，活像只鸟，“也是小提琴，我拉第二小提琴。很可惜，我拉得没有波尔好，所以只好让贤。C……我说的是海德里希副总指挥长，不是卡尔滕布伦纳副总指挥长，跟我很熟，我们是同乡，还是他引荐我加入党卫队的呢，他也记得这件事——总长的小提琴拉得一级棒，是真的，非常优美，他非常有才华。他是个很好的人，我非常尊敬他，他非常……亲切，他的心脏一直不太好，我真替他感到惋惜。”

“我对他认识不深。您都演奏谁的曲子呢？”“这个时候吗？多半是勃拉姆斯，还有一点贝多芬。”

“没有巴赫？”他再度抿起嘴唇：“巴赫？我不太喜欢他。我觉得他的东西太硬，太……匠气，如果可以，我会说缺乏生气，他的音乐当然非常优美，但是缺少灵魂。我比较喜欢浪漫派的音乐，听到最后偶尔会让我不能自已，让我从这副皮囊中释放出来。”“我不敢说我同意您对巴赫的看法，但是我非常高兴接受您的邀请。”

事实上，我觉得无聊至极，但是我不想辜负他的好意。“好，好，”他迭声回答，一边握住我的手，“我回去跟内人商量一下时间，再打电话给您。不用担心，您要的文件明天一定送到您手上，我以党卫队军官的名誉发誓。”

现在就剩下奥斯瓦尔德·波尔，中央行政暨经济总署的“大秃鹳”了。他的办公室位于菩提树大道，他热切地接待我，热情得稍微露骨了点，他跟我聊他在海军服役时候的事，还有在基尔的那几年生活。大元帅就是在那里的俱乐部注意到他，进而延揽他过来，这是1933年夏天的事。他统筹管理党卫队的行政和财务，慢慢建构党卫队的企业网络。

“我们进行多角化经营，跟任何跨国企业没两样，跨足建筑物料、木材、陶瓷、家具、出版，甚至矿泉水。”“矿泉水？”“啊，这是非常重要的品项，让我们有能力供应卫生饮水给分布在东部领土的党卫队武装军。”他说最近新创的东方企业特别让他自豪，该公司设在卢布林地区，恰可让集中营残余的犹太人转而为党卫队服务。

他虽然表现出一副好好先生的和气模样，但是当我试图将话题转到劳动人口计划的整体状况时，他马上变得言辞空泛。据他的说法，绝大多数的高效率措施都已上路，他们需要的只是一点时间落实。我问他筛检犹太人的标准为何，他反而把责任丢到奥拉宁堡的官员身上。“细节的部分他们比较清楚，不过我可以向您保证，自从筛选的程序医疗化之后，成效非常良好。”他还再三保证，大元帅对这些问题的信息来源充沛，了如指掌。

“我相信一定是的，副总指挥长。”我回答，“不过，大元帅托付给我的任务，在于深入了解实行时有哪些窒碍难行之处，以及有何尚待改进的空间。集中营的管理纳入中央行政暨经济总署后，由您全权负责，纳粹主义下的集中营系统面临了巨大的变革，而您下令实施或者鼓吹施行的措施，还有您挑选的下属，也在在得到重大的正面回响。我想，大元帅只是希望能够有整体的大方向。对于集中营的未来管理方向，您的任何建言都深具意义，我一直这么深信不疑。”

波尔难道认为我的任务威胁到他了吗？我这番缓和气氛的小小演说结束后，他立即转移话题，但是才一会儿工夫，他又开始侃侃而谈，甚至亲自带我认识几位他的工作伙伴。他还邀请我，等集中营巡察任务结束后（我必须尽速前往波兰，还得参观国内的几座集中营）再来找他。他陪我走到走廊，老朋友似的搭着我的肩，走到外面，我回头望，他还在门口，满脸堆笑挥手对我说：

“旅途愉快！”

艾希曼信守诺言：我从利希滕菲尔德回来，已经是傍晚了，一踏进办公室，就看到桌上摆着一个密封的大信封袋，上面盖了国家机密字样！里面是一沓文件，还有一封用打字机打的信，艾希曼还附了手写短笺，邀请我明晚去他家。

皮雍泰克开车送我去，我先在路上买了一束花——朵数一定要奇数，这是我在俄罗斯学来的——和巧克力。我在库否斯坦街下车，艾希曼的公寓就位于他办公大楼的侧厢，那里还有专为成家前的单身军官准备的暂居小公寓。他亲自开门，一身便服。

“哎呀！奥厄二级突击队大队长，我应该告诉您不要穿制服来，只是简单的晚饭，不过也没什么关系。请进，请进。”他为我介绍他的妻子薇拉，她是一位身材娇小的奥地利女子，个性已经被生活中的柴米油盐磨蚀掉了。

我弯腰恭敬地把花送到她面前，她高兴得脸红，露出迷人的笑容。艾希曼叫他的孩子出来，两个男孩排列站好，迪特尔约莫六岁，还有克劳斯。“小霍斯特已经睡了。”艾希曼太太说。“他是我们的小儿子。”丈夫补充说明，“还没满周岁呢，来，我来介绍其他人。”

他带我走进客厅，客厅里有好几对男女，或立或坐在沙发上。其中一位，如果我记得没错，是诺瓦科一级突击队中队长，克罗地亚裔的奥地利人，长型的脸五官坚挺，相当英俊，奇怪的是，他一点也不讨人喜欢；小提琴手伯尔；其他几位我忘了名字，反正都是艾希曼的同事以及他们的配偶。“冈瑟待会儿也会过来，只有时间来喝杯茶，他很少加入。”

“看得出来您在培育凝聚贵单位的同志情谊。”“对啊，我喜欢跟下属维持朋友般的亲切关系。您要喝什么？小杯杜松子酒？战争要打……”我笑了，他也跟着笑了。“您的记性真好，一级突击队大队长。”

我接过酒杯，高高举起：“这次，我祝您和您可爱的家人身体健康。”他“咔”地并拢脚跟，鞠躬说：“谢谢。”我们随意闲聊了一会儿，艾希曼带我到碗橱前，指着一张照片要我看，黑色相框中间是一个穿着制服、年纪尚轻的青年。

“您弟弟？”我问。“是的。”他望着我，神情近似好奇的小鸟，在鹰钩鼻和招风耳的衬托下，眼中的精光显得特别晶亮。“我想您在那边应该没有碰过面吧？”他说了一个营号，我摇摇头：“没有，我到那边的时间比较晚，是在斯大林格勒被包围后，我遇见的人不多。”“啊，我懂了。赫尔穆特是在秋季的一连串攻势中丧生的，我们无法得知事发当时详尽的情况，只收到一张官方的通知函。”“这一切都是痛苦的牺牲。”我说。他咬着嘴唇：“是啊，希望这一切不是白白地牺牲。不过，我对元首的才智深具信心。”

艾希曼太太送上点心和热茶。冈瑟到了，拿了一杯茶，一个人杵在角落里喝，不跟任何人交谈。其他人上天下地聊天时，我偷偷观察他，看得出来他非常自傲，亟欲保持封闭神秘的态度，像是给那些喋喋不休的同事无言的斥责。

有人说他是德意志民族人种学耆老汉斯·冈瑟的儿子，他的著作在当时影响非常深远。如果这是真的，他应该会觉得很骄傲，自己的后裔能够把理论化成具体的实践。

冈瑟只待了短短不到 30 分钟，跟大伙草草道了再见就走了。然后是音乐演奏。

“一定要在吃饭前演出，”艾希曼向我解释，“不然吃得太饱忙着消化，就拉不好了。”

薇拉·艾希曼搬出中提琴，另一名军官打开大提琴箱。他们演奏了勃拉姆斯创作的三首弦乐四重奏当中的两首，听起来很舒服，但不对我的胃口，表现手法中规中矩，没有出人意表的惊喜，唯独大提琴手才华出众。

艾希曼从容不迫地拉着，双眼在琴谱上游移，按部就班，他没出任何差错，但他似乎不明白这样是不够的。我想起他昨天对自己的一番评语：“波尔拉得比我好，海德里希拉得更棒。”也许，他心里明白，也接受了自己的平庸，在他才华能及的程度内找到了乐趣。

我拼命鼓掌，艾希曼太太似乎特别觉得荣幸。“我去哄孩子们睡觉，”她说，“然后我们吃饭。”等待的时候，我们又喝了一杯，女人的话题离不开粮食配给和谣言，男人则绕着最近的情势消息打转，其实没多大意思，因为前线战事趋缓，自从我军失守突尼斯，几乎毫无进展。聚会气氛活络，奥地利式的无拘无束，一切是那么自然。

艾希曼请大家前往餐厅，他亲自安排座位，他安排我坐在他的右边，餐桌的首位。他开了几瓶莱茵河地区产的葡萄酒，薇拉·艾希曼则端上烤肉，搭配浆果酱汁及绿豌豆。这一顿跟古特克内希特太太难以下咽的菜相比，简直有如天壤之别，也比党卫队大楼的食堂大锅饭要好上许多。

“好吃极了，”我开口赞美艾希曼太太，“您的手艺一流。”“哦，我只是运气好罢了。多尔菲总有办法找到许多稀有的食物，街上的商店货架几乎都是空的。”

一提到这个，我开始忘形地描述房东的怪行怪状，先是她做的菜，然后是其他怪癖。“斯大林格勒？”我怪腔怪调地模仿她的地方方言和腔调，“您跑到那里去干什么啊？这里不好吗？再说，斯大林格勒？是在哪个鬼地方？”

艾希曼笑得岔了气，喝酒呛到。

我接着往下说：“有一天早上，我跟她同时出门，在路上看见一个挂五角星标志的人，那人八成是有后台的混血杂种。她竟然大叫：哦！军官大人您看，一个犹太人！您怎么不把那家伙抓起来送进毒气室？”所有人都笑翻了，艾希曼笑得连眼泪都流出来了，拿餐巾包覆着脸。只有艾希曼太太一脸严肃，当我发觉她表情不对时，我立刻打住。她似乎有问题想问，却又不敢问。

我勉强克制住狂笑，替艾希曼倒了杯酒，以免过分失态。“来，喝。”他笑得止不住。话题转移，我乘机吃东西，席中一名宾客讲了一则关于戈林的笑话。艾希曼突然一脸正经转头对我说：“奥厄二级突击队大队长，您满腹经纶，看过许多书。我有一个问题想请教您，一个非常严肃的问题。”

我挥挥手中的叉子示意他说下去。“我想您应该读过康德？”他不时摩擦双唇，从他的表情，我看到了康德的实践理性批判，“像我这样的人，我是指没有受过大学教育的人，没有办法完全理解，尽管如此，有些论点我们还是懂的。我常常思考，尤其是康德所谓的绝对命令。我敢确定您一定也赞同我的想法，认为正直良善的人都应该遵循绝对命令。”我喝了一口酒，点头表示赞同。艾希曼又继续说下去：“所谓的绝对命令，就我的认知，是指我个人的意志原则应该跟着伦理规范的原则走。为了具体落实意志，人于是立法。”

我擦擦嘴：“我想我知道您的意思了，您想知道我们的工作是否符合康德的绝对命令说。”

“不完全是这样。我有一位朋友，他对这类的问题也非常感兴趣，他宣称在战争期间，像是生命遭遇危险的情况就算例外，不适用康德的绝对命令，想当然耳，我们虽然对付敌人的残暴作为，但是不希望敌人以牙还牙，因此我们的行为不能当作制定通用法律的基础，这是他个人的意见。我觉得他的论点谬误，因为我们对国家尽忠的义务，就某种程度来说，也等于服从领导的命令，完成使命……而且要更进一步坚定自己的信念，以积极的态度来面对命令。但是，我一直找不到毫无破绽的论点来证明他的谬误。”

“我认为这很简单。我们都认同在一个纳粹主义的国家里，元首的旨意才是积极正面法规的最终基础，这就是众所周知的元首的话等同法律原则。当然，我们必须承认元首不可能事事躬亲，必须有其他人代行旨意，以他的名义立法。这个概念应该扩张到全国民众，因此法兰克博士的宪法论文才会扩大解释了元首原则的定义：行动的准则是，假设元首获悉该行动，定然批准者即合法。这项大原则跟康德的绝对命令没有相悖之处。”

“我懂，我懂，古老的德国谚语说得好，要自由，居仆从。”

“一点都没错，这项大原则适用于国家民族的每一个分子。实践纳粹主义，就要把元首的旨意当作自己的意志来实践，若用康德的术语来说，把元首的旨意当作人民立法的基石，不要以批判的角度思索命令内容，反而要探索洞悉其微妙的必要性。只是一味机械化执行命令的人，他们的行动不是朝着元首的目标方向前进，绝大多数反而是悖其道而行。人民基本法的基础当然是德意志民族，德意志民族以外的人不适用。您的朋友犯了一个大错，他引用了完全不可理解的超国界法律概念，法国大革命残留的妄想遗毒。

“所有的法律都建构在一个基础上，从历史的角度来探索，这个妄想长久以来都是不切实际的模糊幻想，什么上帝、君主和人民，我们最大的突破就是将国家法律的基础奠定在具体不变的东西上：民族，民族的整体民意则通过代表全体民族的元首来发声。刚刚您说到要自由，居仆从，您必须了解元首正是全体人民的仆从，因为他所做的一切全是牺牲奉献。我们不是因为他贵为元首才为他服务，而是因为他代表了整个民族，我们为民族服务，就要仿效元首为民族牺牲奉献的精神，为民族打拼，牺牲小我在所不辞。当我们面对艰难痛苦的任务时，更需要压抑控制情感，坚定自己的信念，务必完成使命。”

艾希曼伸长脖子，镜片后面的两眼直视，聚精会神地听。“对，对。”他热烈回应，“我明白您的意思，我们的义务、完成使命的义务，就是人类最高度自由的呈现。”“说得好。如果我们真心想为元首，为我们的民族奉献，那么无论是发自元首之口，或者是我们揣度他意旨而衍生的原则都好，全是民族律法，而我们在这个定义下，也就成了实践的种子。”

“抱歉打个岔，”一个常客开口，“但是再怎么说，康德不反犹太人，不是吗？”“这话不假，”我回答，“他的反犹太全然是宗教性的，依附在他对人类未来的信仰上，这些过时的概念早就被我们大幅超越了。”艾希曼太太和一个女性宾客一起收拾餐桌。艾希曼替客人倒杜松子酒，给自己点了根烟。几分钟后，大伙又开始闲聊，我边喝酒边抽烟，艾希曼太太则替客人倒咖啡。

艾希曼对我招手：“跟我来，有样东西我想让您看一看。”我跟着他走进卧室。他打开灯，指着一张椅子，从口袋里掏出一把钥匙，我坐上椅子时，他打开书桌的抽屉，拿出一本厚厚的黑色印花真皮相簿。

他眼睛闪着精光，把相簿送到我面前，自己一屁股坐在床上。我翻开相簿，里面是一系列的报告，有的打在卡纸上，有些则是一般的白纸，还有一些照片，全都装订在同一本相簿里，就像我之前在基辅针对大规模行动制作的简报一样。标题页以哥特式字体龙飞凤舞地写着：华沙犹太区已然消失！

“这是什么？”我问。“这是斯托普旅队长送来的，有关犹太暴动的镇压报告。他把整本报告呈给大元帅，他交代要我好好研究。”他言谈中掩不住得意，“您看，真的非常惊人。”我翻阅照片，有些的确让人印象深刻，防空碉堡、烧毁的建筑，犹太人为了逃出火窟，从屋顶纵身往下跳，以及镇压后该区的残破景象。党卫队武装军和当地辅助兵力以炮火猛烈攻击反抗分子的巢穴，全面开火。“情况持续了大约一个月。”

艾希曼轻咬嘴唇低声说：“一个月！派了六营兵力，您看报告一开始列出的伤亡损失清单。”第一页清楚列出 16 名死亡人员姓名，包括一名波兰警察，后头还有一长串的伤者名单。

“对方持有什么武器？”我问。“幸好没多少，几把冲锋枪、手榴弹和手枪，另外就是土制燃烧汽油弹。”

“他们通过什么渠道拿到这些武器的？”“应该是从波兰游击分子那边来的。他们奋不顾身地作战，跟野狼一样，您看到了吗？这些犹太人三年来没吃过一顿饱饭，党卫队武装军都吓了一大跳。”跟托马斯的反应几乎一模一样，只不过艾希曼话中惊骇之意高过钦佩之情，“斯托普旅队长强调，甚至连出面投降的妇女，裙子底下都藏了手榴弹，要跟德军同归于尽。”“这是可以理解的，”我说，“她们非常清楚投降后有什么在等着她们。整个犹太区都肃清了？”“是的，幸存的犹太人全部被送到特雷布林卡，格罗波克尼克地区总队长管辖的集中营。”

“没有经过筛选？”“当然！太危险了。您知道，说穿了，还是海德里希副总指挥长有先见之明。他拿疾病来做比方，最后剩下来的总是最难灭绝。脆弱的、衰老的，没两下就倒了，最后能存活的都是年轻力壮、狡猾机灵的。这一点让人不得不忧心，他们在自然淘汰下硕果仅存的精英，就是繁衍强者的基因源头，如果让这些人活下去，50年后历史又将重演，绝对不能让他们有任何机会。想想看，万一集中营里发生这样的暴动！简直无法想象。”

“话虽如此，我们需要劳动人口，这一点您也很清楚。”“当然，决定权不在我手上，我只是想强调其中的风险。劳动力的问题我已经说过了，不属于我的职权范围，每个人都有自己的想法和立场，不过就像我们局长常说的，鱼与熊掌难以兼得，我想说的就是这些。”我把本子还给他，“谢谢您让我看这个，非常有意思。”

我们回到客厅，加入其他客人，已经有一批客人先行离去了。艾希曼坚持留我下来再喝一杯，喝完我起身告辞，再次向艾希曼太太致谢并亲吻她的手。

走到门口走廊边，艾希曼友善地拍拍我的背：“二级突击队大队长，说真的，您是个好人。跟国家安全局那些戴麂皮手套的贵族完全不一样，不，您真的很风趣。”他八成喝多了，让他变得多愁善感起来。

我开口道谢，握手告辞，留他一个人歪着嘴角微笑，两手插在裤袋里，独立在门框中。

我花了这么多篇幅描写我和艾希曼的互动，并不是因为这段记忆我记得特别清楚，而是这位矮小的一级突击队大队长没多久竟成了家喻户晓的大人物，我认为我的这段记忆可以清楚地呈现出他的为人，也许大家会有兴趣。

有不少人随便乱写，给他加了一些乱七八糟的帽子，他绝对不像纽伦堡审判法庭所说，是人类的公敌（他没有出席审判，给他扣帽子再轻松不过了，再说，审判法官根本不了解我们单位的运作模式）；更不是在审判过后，舆论加诸在他身上的寻常恶棍的形象，一个没有灵魂、没有面孔的机器人。

他是有才干的官僚，在工作上表现十分称职，兼具才智和积极进取的态度，不过只限于一定范围内的任务。如果是在需要负起责任的职位上，也就是全权做主的职位，好比他上司穆勒的位子，他很可能会迷失了方向，但若给他一个中级干部的位子，他会是任何欧洲企业都引以为傲的模范员工。

我没见过他对犹太人表现出特别的厌恶，只是他的事业恰巧建构在犹太人身上，犹太人问题成了他的专长，就某种意义来说，也算是他的经济资本，所以到了后来，有人想要强行夺走他的事业根本时，他才会杀红了眼顽抗，这是可以理解的。总之，他大可做另外一番事业，当他对法官说他认为灭绝犹太人是错误的政策时，他是出自真心的。

许多在国家中央安全局，特别是国家安全局的人都有同感，我之前就证明过了。但是，一旦上面做出了决策，下面的人只能认真地实践推动，这一点他非常清楚。再说，他的饭碗就是这个。他的确不是我喜欢交往的类型，他自省思考的能力低得可怜。

当我回到家时，我不禁纳闷为什么我会真情流露，为什么那么容易就融入我素来最厌恶的温馨家庭氛围中？或许我也一样，也需要一点归属感。他呢，他的目的很明显，我是他未来打入高层政局的潜在盟友，虽然一般而言，他打进的机会等于零。

尽管他表现得再亲切和善，我知道我在他的部门永远是个外人，我对他的官位来说，是个潜在的威胁。而且我有预感，他会运用权谋，想尽一切办法，拔除横亘在他设定的目标路上的种种障碍，他没那么容易听人摆布。

眼见犹太人集中营引发的威胁，他的担忧其来有自，但是我认为这项威胁，如果他愿意去做，其实可以将危险降至最低，他只需要冷静思考，采取适当的手段。眼下我对这个问题仍然保持着开放的心态，没有既定的成见，一切等到我的分析报告出炉之后再做评断。

关于康德的绝对命令？老实说我所知不多，可怜的艾希曼，我刚才多少信口胡诌。在乌克兰或在高加索的时候，我总是自寻烦恼，正经八百地与人讨论，好像每个问题都是攸关生死的大问题。

这种感觉好像消失了。是在什么地方，又是从什么时候不见的呢？在斯大林格勒时？还是之后？我度过了一段阴郁的时光，尘封的往事如潮水涌出将我湮灭。母亲不明就里地死了，我的焦虑也跟着消失了，现在的我基本上只有一个感觉——无所谓，不是黑暗悲观想一了百了，而是轻松明确，感觉一切与我无关。

我埋首工作，上面给了我一个非常刺激的挑战，逼得我必须倾全力来承接，而我也希望自己能成功——不是为了升官，或者往后有什么野心，我没有任何野心，完全是为了享受任务圆满成功后的成就感。就是在这样的心态下，我带了皮雍泰克启程前往波兰，普拉克莎小姐留在柏林处理我的信件、房租，照顾她的指甲。我挑了一个好日子出发。

我之前在高加索地区的老长官沃尔特·比尔坎普，接替舒加尔特区队长出任波兰总督府的国安警察署和国家安全局联合大队长，从伯朗特那边获悉此事后，我请求出席交接典礼。

时间大概是 1943 年的 6 月中旬，地点在克拉科夫[1]皇家城堡内院，虽然高耸精致的廊柱被标语布条遮掉了大半，依旧掩不住它的美。

波兰总督汉斯·弗朗克站在内院尽头搭建的讲台上，发表冗长的演说，他身旁净是当地士绅，还有一名仪仗队队员，他穿着一身深棕色的突击队制服，头戴高高的大礼帽，帽上垂挂的流苏在他胖胖的脸颊上来回摩擦，模样有点滑稽。

演说的言辞内容不加修饰，直接坦白得令人惊讶，我至今还记得。在场听众人数众多，除了国家安全局和国安警察署来的代表，还有党卫队武装军的军官、总督府的官员和国防军的军官。法兰克首先盛赞舒加尔特成功落实了纳粹

1. 克拉科夫（Kraków）：波兰旧都，位于波兰南部，是中欧最美的古城之一。

主义当中最困难的层面，勋加尔特站在他身后，脊梁挺直，整整比比尔坎普高出一个头。

这篇演讲归档后，非常幸运没有遗失，底下是一小段节录，可以一窥其直言不讳：

> 在国家成败危如累卵，而且在我们看来似乎有如亘古般漫长的战争期间，这个问题极端棘手。我们不时要问，如何才能让寻求外国文化合作的需要，是否能和生物学上的需要——这么说吧，嗯——也就是消灭波兰人民的需要，彼此兼容呢？如何才能维持工业生产水平的同时又，举例来说，肃清犹太人呢？好问题，但是在公开场合宣示，仍然让我大感讶异。

一名总督府的官员后来跟我说，法兰克说话就是这样，再说在波兰，犹太人灭绝行动已经不是秘密了。在脂肪淹没整张脸之前，法兰克应该是个英俊的男人，声音响亮但尖细，略带歇斯底里的感觉，他总是踮起脚尖，胖胖的肚皮往台前凸，手不停地比画。

勋加尔特有方正高耸的额头，讲起话来四平八稳，有一点老学究的味道。他发表完演说后，轮到比尔坎普，他满嘴纳粹主义慷慨激昂的信条宣示，我不由自主地感到他话中的虚伪（恐怕是因为他对我使出下三烂的伎俩，我始终无法原谅他的缘故吧）。

典礼结束的酒会上，我上前恭贺他，他装出一副惊喜的表情："奥厄二级突击队大队长！您在斯大林格勒的英勇事迹我都听说了，恭喜！我对您始终信心十足。"水獭似的脸上与其说是笑容，更像鬼脸，不过，他很有可能已经忘掉他在斯塔夫罗波尔时对我说的最后几句话了，显然跟我现在的情况完全不可同日而语。

他问了我一些关于我新职务的问题，并且向我保证他的单位绝对会百分之百地与我配合，另外还主动说要给我一份推荐函，让我带去给卢布林集中营，也就是我计划巡视的第一站。两杯酒下肚后，他还说他是怎么带领D军团借道白俄罗斯成功撤回，该军团后来还以他的名字命名为比尔坎普战斗团，后来他被调去消灭游击分子，尤其是在北方的普里佩特河沼泽地，参与大型的地毯式搜索行动，“科特布斯”行动，他接获命令调往波兰之时，该行动也刚好告一段落。

至于科尔斯曼，他压低声音好像要说什么天大的秘密似的，科尔斯曼行动不力，饭碗岌岌不保。据说将以临阵怯懦的罪名来审判他，少说也得降级，然后发放回到前线戴罪立功。“他应该向您这样的人看齐。总之，他一味讨好国防军的做法这回让他吃不完兜着走了。”

听到这些话，我不禁莞尔。

像比尔坎普这样的人，很显然的，成功就是一切。他自己混得还不错，国安警察署和国家安全局联合大队长可是个位高权重的位子，尤其在总督府里更是举足轻重。我也不想再旧事重提了。重要的是现在，如果比尔坎普愿意帮忙配合，那再好不过了。

我在克拉科夫停留了几天，参加会议，顺便乘机参观一下这座美丽的城市。我参观了以前的犹太城区卡西米兹，在“归顺帝国领土”境内落实日耳曼化政策之后，此区的居民一律是送来安置的波兰人，苍白瘦削，生病长疮。犹太教堂没有遭到摧毁，据说法兰克坚持保留一些波兰本土犹太历史遗迹，以便教育未来世代。

有些教堂移作仓库之用，其他的终年关闭，我叫人打开环绕策罗卡长方形广场两座最古老的教堂。名为“老”犹太教堂的那座，建成的年代可追溯到15世纪，修长的侧厢盖着齿状花边的屋顶，是在16世纪或17世纪初由妇女增建的，现在是国防军存放粮食的库房，此外还有几间独立的房厅。历经数次整修的砖墙上镶着半透明的窗户、白石灰岩圆拱，以及信手嵌入的砂岩石，透出淡淡的威尼斯风情，推测出自许多在波兰及加利西亚开业的意大利建筑师之手。

广场另一端的雷穆赫教堂，建筑风格并无出奇之处，反倒是周边将教堂团团围绕的大片墓园值得探访，可惜只剩下荒烟蔓草，古老的墓碑早就被人挖走当建筑材料了。盖世太保驻外单位派了一名年轻军官为我导览，他对波兰犹太人的历史知之甚详，特意带我去看一位犹太教拉比摩西·以色力斯的墓，他是著名的犹太法典编纂者。

“10世纪的时候，梅什科大公下令以天主教为国教，”他在一旁说明，

“当时犹太人掌握了盐、小麦、毛皮和葡萄酒的贸易，由于他们收买皇室，因此连年取得经营权。当时的老百姓，除了东部地方的几个东正教区外，都还是异教徒，民风淳朴良善。犹太人协助天主教人士在波兰境内传教扎根，相对地，天主教保证保护犹太人的安全。老百姓信仰转移后过了好久，犹太人一直扮演权贵的代理人角色，协助领主使尽手段压榨农民，自诩为领主的大总管，放高利贷紧咬着各种贸易商机不放，导致波兰人民反犹太的情绪和力量爆发，在波兰人眼里，犹太人始终是剥削者，尽管他们恨我们恨得牙痒痒的，却打从心底里赞同我们制订的犹太人问题解决方案。华沙起义军的拥护者也都高声叫好，他们都是虔诚的天主教徒，虽然共产主义分子可能没那么欢欣鼓舞，有时候甚至感到憎恶，但是他们还是得遵循党和莫斯科下达的路线。”

“话虽如此，华沙起义军还是卖武器给在华沙暴动的犹太人。”“他们卖的是质量最低劣的武器，简直差劲透顶，价钱却贵得吓人。根据我们的线报，他们之所以卖武器给犹太人，是因为伦敦下令的缘故，他们所谓的流亡政府完全被犹太人把持。”

“现在还剩下多少犹太人？”“我没有确切的数字，但是我可以向您保证，年底前一定可以扫荡所有的贫民窟。除了我们的集中营，以及流窜的游击分子之外，在波兰将看不到任何犹太人。到时候，我们终于可以安心、严肃地处理波兰问题了。他们也一样，必须进行大幅的人口删减计划。”“全面删减吗？”“是不是全面删减，我不知道，不过负责经济的局处正在认真思考，进行精密的试算。波兰人口过剩的问题太严重了，非这么做不可，否则这个地区永远无法繁荣，开花结果。”

波兰从来都称不上是个美丽的国家，但是某些景色自然流露出淡淡愁绪似的魅力。从克拉科夫到卢布林大约要半天光景，沿途大片灰扑扑的马铃薯田，灌溉渠道纵横交错，偶尔出现欧洲赤松或桦树林耸立在光秃秃的土地上，没有低矮灌木，阴森死寂，仿佛自绝于6月的灿烂阳光之外。皮雍泰克熟练地操纵方向盘，保持一定的速度，这位沉默寡言的好爸爸是旅途的最佳良伴，除非有人开口先问他话，否则他绝不多言，而且做事从容有条理。

每天早上，我的靴子总是擦得发亮，制服刷掉毛屑灰尘，烫得笔挺，我要出门的时候，欧宝总是洗得干干净净的，昨天的泥浆尘土已经不见。吃饭的时候，皮雍泰克总是吃得多，喝得少，从来不多做要求。我马上就把差旅袋交给他负责，他细心地每日记账，手拿一小截铅笔，用双唇润湿后，记录下花出去的每一芬尼[1]。他的德文带着浓浓的腔调，听着刺耳，但语法正确，波兰文也足够应付日常所需。他出生于波兰南部的塔尔诺维兹附近，1919 年国土划分后，他的家划归波兰，一家于是成为波兰人，他们选择留在家乡，为的是保住仅有的一小块土地。

大战前夕局势动荡不安，他父亲在一场暴动中丧生，皮雍泰克再三强调那是意外，丝毫不怪罪他的波兰邻居，自从上西里西亚地区重归德国所有，那些人绝大多数都遭到驱逐或逮捕。他再度成为德意志帝国的公民，他接到了动员令，没考上警察，后来也不知怎的，被调到柏林的大元帅个人幕僚团。他的太太、两个小女儿，还有老母亲一直留在家乡农园，彼此不常见面，但他总是把大部分的薪饷寄回家，家人则寄来一些加菜的东西，一只鸡，半只鹅，够他和同事打打牙祭。

有一次，我问他想不想家，他回答最想女儿，很遗憾没办法看着她们长大。不过他没有抱怨，他知道他运气已经很好了，待在这里比在俄罗斯挨饿受冻、屁股结冰要好得多了。“请原谅我用词不雅，二级突击队大队长。”

在卢布林，跟在克拉科夫一样，我们都在德意志屋栖身。一踏进去，立刻听见左手边的酒吧人声鼎沸，我事先请人订好了房间，皮雍泰克则住军队士兵平时睡的房间。我把行李搬上楼，要求供应热水洗澡。约莫 20 分钟后有人敲门，是个波兰籍女佣，提着两桶冒烟的热水。我指着浴室的方向，她把水桶放进去，不见她从浴室出来，我前往察看她在干什么，没想到看见她裸露出上半身。我惊愕地望着她飞红的脸颊，纤巧的乳房，小却不失魅力，手腕紧贴腰部，露出天真无邪的笑容，定定地望着我。

“你在干什么？”我声严色厉地问。“我……洗……你……”她以破碎的德

---

1. 一马克等于一百芬尼。

文回答。我一把抓起她放在圆凳上的上衣，送到她面前："穿上衣服，然后离开。"她乖乖穿好衣服，神态同样天真自若。我第一次碰到这种事，我以前待过的德意志屋都是正派经营的旅店，不过在这里显然稀松平常，而且我也相信，这种洗澡服务不是强制的。女孩离开后，我开始脱衣洗澡，换上野战制服（出差时间较长时，因为尘土的关系，我会换上乡野的灰色制服），然后下楼。

酒吧和餐厅简直人满为患，我走到后院抽烟，发现皮雍泰克也站在那里，嘴角叼着一根烟，看着两个少年清洗我们的车。"你在哪儿找到他们的？"我问。"不是我，二级突击队大队长，是旅店。停车管理员还在抱怨呢，他说他可以找到犹太人免费洗车，但是有些军官一听到有犹太人碰到他的车，立刻大发雷霆，他只好付钱找这两个波兰人来，一天一马克。"（就算在波兰，这个价钱也是不可思议的低价。德意志屋住宿一晚外加三餐，就算是特约价，也要12马克，在克拉科夫，一杯摩卡要价1.5马克。）我和他站在那里看那两个波兰人洗车，之后我请他一起吃晚餐。

我们好不容易穿过嘈杂拥挤的人群，在角落里找到一张空桌。这里的人大声喝酒打哈欠，好像非要人欣赏到自己嗓门不可似的。屋里有党卫队，有绿衣警察，有国防军的人，还有托德组织的成员，几乎所有人都穿制服，其中有几名妇女，应该是打字员或秘书。波兰女服务生端着放满啤酒杯和食物的托盘，艰苦万分地前进。餐点非常丰盛，有大片烤牛肉、甜菜、调味马铃薯，我边吃边观察周遭的人。

很多人只喝酒，不吃东西，女服务生被整得惨兮兮的，醉醺醺的男人在她们经过的时候不是乘机拍屁股就是捏乳房，由于她们双手都捧着东西，根本挡不了。

长条吧台附近，有一群人身穿党卫队死亡总队[1]的制服，看来多半是在卢布林集中营工作的人员，当中有两名女性，据我猜测，应该是集中营的女性警卫[2]。其中一个女人长着男性化的脸庞，喝的是干邑烈酒，笑个不停，她手持马

---

1. 又称骷髅总队，专门执行灭绝行动，也泛称第二次大战期间管理集中营党卫队，包含警察，党卫队武装兵等等。

2. 管理集中营的党卫队女性警卫，纳粹于1942年首度招募集中营的女性警卫，后来因为人力严重不足，女性人数逐渐增加。

鞭，轻轻敲打高筒靴。此时，有个女服务生停在他们旁边，进退不得，女驻卫警伸出马鞭掀起她的裙子后摆，露出整个臀部。

“你喜欢吗，埃里希？”她兴奋地大喊，“说真的，她的屁股肥得要命，波兰女人的屁股都一样。”

那帮人笑得更厉害了，她放下女孩的裙子，举起马鞭鞭打她的屁股，女孩尖叫，费了好大功夫才稳住手上的啤酒。“去，去，快走，大母猪！”女驻卫警怒斥，“臭死了。”另一个女的咯咯笑个不停，不雅地在一名士官身上磨蹭。

最里面的一间，一群绿衣警察在圆拱天花板下玩台球，大声喧哗，在他们旁边，我看见提热水给我的那个女仆，她坐在一名托德组织工程师的膝盖上，工程师的手伸进女孩上衣底下胡揉乱捏，女孩一边笑着，一边抚摩他秃发的前额。

我对皮雍泰克说：“卢布林的确春色无边。”“是啊，名不虚传。”饭后，我拿了一杯干邑、一根荷兰香烟，旅店里满满的整个陈列架上都是，酒吧更有多种高质量的牌子任君挑选。皮雍泰克回房睡觉去了。有人播放音乐，好几对男女下场跳舞，第二名女驻卫警醉醺醺地抱住男伴的屁股，在党卫队服务的秘书任由军需处的少尉亲吻她的脖子。

这种窒闷、黏腻、淫秽又嘈杂的气氛弄得我神经过敏，破坏了我出门旅行的好兴致，还有白天时在几乎空无一人的大马路上踽踽独行的自在感。污秽刺耳的气氛如影随形，让你无所遁逃。其实，餐厅大厅打理得出奇干净，白色的瓷砖往上延伸一直到天花板，厚重的榉木门、镜子、陶瓷洗碗槽、黄铜质水龙头，包厢也都漆成白色，打扫得一尘不染，蹲式厕所应该也有人定期刷洗。

我松开裤子蹲下，等我上完厕所时，四下寻找卫生纸，里面好像没有，我觉得屁股上好像有东西在爬，我赶忙跳起来回头看，不禁吓得全身发抖，慌忙掏出配枪，内裤滑稽地挂在膝盖上。

原来墙上有个洞，一只手从洞口钻出来，手掌朝上，等在那里，刚才碰到我的几根手指上已经沾了一些粪便。

“滚！”我厉声怒吼，“快滚！”

那只手慢慢缩回洞口。我紧张到不由自主放声大笑，太夸张了，卢布林这里的人都疯了不成。幸好，我的外套里总是放了几张折叠得正正方方的报纸，这是出门必备的紧急用品。我快快揩干净，仓皇逃离现场，连水都忘了冲。

回到餐厅，我以为在场的每个人都会转头看我，结果根本没人理我，他们自顾自喝酒、高声谈笑，不时迸出粗嘎或歇斯底里的笑声，毫不修饰，就像纵酒纵欲的中世纪宫廷。我踉踉跄跄走到吧台，手肘支着柜台，又要了一杯干邑。

我啜饮手中的酒，看着集中营的那名胖士官和女驻卫警，脑中忽然浮现令人憎恶的画面：士官蹲着，一只波兰少女的手温柔地替他擦拭屁眼。我不禁要问女性厕所是否也提供类似的服务，看她们那副德行，显然答案是有。

我一口饮尽干邑，上楼回房睡觉，因为太吵，我睡得很不好，不过肯定比可怜的皮雍泰克幸运，绿衣警察还把波兰女人带回房，整晚狂干，就在他的床位旁边。他们不知羞耻，明目张胆地交换女伴，甚至骚扰嘲笑皮雍泰克，因为他拒绝了。

“他们拿罐头打发那些女孩。”早餐时，皮雍泰克无精打采对我说。

我在克拉科夫就先打电话跟卢布林地区的地方队长——格罗波克尼克地区总队长约好见面时间。格罗波克尼克拥有两个办公室，一个是他的地方队长参谋本部，另一个位于皮耶拉得兹斯基街，他约我见面的地点就在这里，也是莱因哈特行动[1]的指挥中心。

格罗波克尼克大权在握，他手中的权力比他军阶显示得更高，他的直属上司，总督府的党卫队兼警察署最高总长克吕格尔副总指挥长在这项行动中几乎无置喙之地。这项行动的对象包含了总督府管辖地区的所有犹太人，行动范围远远超出卢布林地区，格罗波克尼克等于直属大元帅之下。他在帝国的警察署亦握有许多重要职权，以便切实执行日耳曼化政策。

行动总部位于一间旧医学院里，黄赭石墙面，四平八稳的低矮建筑，红色的斜角屋顶，是这一区的建筑特色。此区长久以来深受德国影响，接连穿过两

1. 第三帝国时期，波兰总督府主导的灭绝犹太人和吉普赛人的行动代号。

道半月形的大门，门楣上刻的COLLEGIUM ANATOMICUM[1]字样依旧清晰可见。勤务兵在门口迎接我，带我去见格罗波克尼克。地区总队长紧紧裹在一套好像容纳不了他魁梧块头的小号制服里，衣服绷得简直快要爆破，他漫不经心地接受了我的军礼，在我面前挥舞我的委任令。“也就是说，大元帅派了一个眼线来监视我！”说完放声大笑。

奥罗迪·格罗波克尼克是卡林西亚省[2]人，出生于的里雅斯特[3]，八成有克罗地亚血统，是出身于奥地利纳粹党武装军的老战士，德奥合并后，曾短暂出任维也纳党部代表，后来因为涉及一宗外币黑市买卖的丑闻而下台。在陶尔斐斯[4]执政时代，他因为谋杀犹太珠宝商人被判入狱，此举在一般人民心中造就了他大战老兵的殉道者形象，也有人不怀好意地讥讽，对他来说，犹太人的钻石可能比意识形态更具启发性。

他手上的文件依旧在我面前挥舞：“明人不说暗话，二级突击队大队长！大元帅不相信我了，是吗？”我全身挺得笔直，立正站好，开口试图辩解：“地区总队长，我的任务……”

他又是一阵狂笑：“我开玩笑的，二级突击队大队长！我比谁都清楚，大元帅对我是百分之百的信任。他不是叫我老葛吗？不只是大元帅！连元首都亲自来向我道贺，称赞我成就非凡。请坐，我现在说的可是他说的话，成就非凡。‘格罗波克尼克，’他对我说，‘您是德国上下景仰的英雄，我要将您的名字和丰功伟绩刊登在每份报纸上！百年之后，当后世子孙重读这段历史时，您的伟大事迹必然列入小学历史教科书。您是勇敢的战士，您虚怀若谷，行事低调，却完成了这样的伟大事业，令我不胜敬佩。’我呢——大元帅当时也在场——我回答：‘敬爱的元首，我只是尽自己应尽的义务。’请坐，请坐。”

我坐上那张他指着要我坐的扶手椅，他坐在我身旁，伸手轻拍我的大腿，回头拿了雪茄盒，要我拿一根。我客气婉拒，他却很坚持：“拿一根，晚点再

1. 拉丁文，意为“解剖学院”。
2. 奥地利最南的一省。
3. 意大利边境城市，紧邻斯洛伐尼亚共和国，原属南斯拉夫。
4. 陶尔斐斯（Engelbert Dollfuss，1892—1934）：奥地利总理，独裁者，1934年遭纳粹暗杀。

抽。”他自己当场点了一根，月亮似的大脸洋溢着满足，拿打火机的手戴着硕大的党卫队金戒指，像是直接镶在宛如香肠的肥短指头里。他喷出一口烟，露出满意的可笑表情。“如果我没弄错大元帅信里的意思，您也是借口国家需要劳动人口，实则想要解救犹太人的讨厌鬼之一？”

“不是这样的，地区总队长，”我非常礼貌地回答，“大元帅只是命令我针对劳动人口计划，从整体的大方向以及未来演变的可能这两方面，进行研究和分析。”“您一定想看看我们的设施吧？”“如果您指的是毒气站，地区总队长，这方面不在我的考察范围。我比较侧重在筛检和犹太劳动人口的运用两大环节，所以我想从东方企业和德国军火厂开始。”“东方企业！又是一个波尔的伟大构想！我们这里为了国家，逮捕囚禁了数百万人，波尔竟然要我像个犹太鬼一样，处理这种小事。东方工业，我看啊，又是一件他们强迫我去处里的繁杂事！”

“或许是这样，地区总队长，但是……”“没什么可是不可是的，总之，犹太人必须全部消失，一个不留，管他什么工业。当然，我们可以保留几个下来，把波兰人训练好，日后取代他们。波兰人都是些没用的狗，不过要他们负责这些小事应该没问题，对祖国有用就好，只要有成效，我并不反对。总之，您自己瞧瞧，我会交代我的副官，请霍夫勒二级突击队大队长给您需要的协助。他会跟您说明这里的运作方式，您就跟他安排考察的行程吧。”

他从椅子上站起来，手指还夹着雪茄，伸出手与我握手道别：“您想看什么都可以，既然是大元帅派您来的，您应该懂得守口如瓶。在这里，多嘴的人我一律枪毙，这种事每个礼拜都有。不过您嘛，我一点都不担心，有问题再来找我，再见。”

霍夫勒是莱因哈特行动底下的副手，他也是奥地利人，但他的态度比起他的老板要轻松活泼多了。他跟我见面的时候，脸色不佳，非常疲倦的样子。

“没有被吓到吧？不要想太多，他对每个人都是这个样子。”他轻咬嘴唇，将一张放在桌上的纸推到我面前，“我要请您在这里签字。”

我浏览上面的内容，是一份列出几个要点的保密协议。“可是，”我说，“我以为我一接下这份职务，便即刻受到保密法的规范。”“这个我知道，但这是地区总队长立下的规矩，每个人都要签。”我耸耸肩，“如果这样能让他高兴的话。”我签了。

霍夫勒把我签好的文件收到卷宗里，双手交叉平摆在桌上。

“您想从哪里开始呢？”“我不知道，麻烦您先解释这里的系统运作。”

“其实还蛮简单的，我们底下有三大中心，两个位于布格河之上，另一个在加利西亚边境的贝尔赛克，我们正准备关闭这个营区，因为加利西亚除了劳动集中营，犹太人净化行动已经完成。那里的人犯主要来自华沙的特雷布林卡，那边也快要关闭了。不过，大元帅刚刚下了命令，要我们在索比布尔[1]弄一个集中营，预计年底可以完成。”

“所有犹太人都会被送到这三大中心吗？”

“不，因为后勤的配合问题，要把每个小村庄的犹太人完全撤离，通通送到这些地方可说是天方夜谭，实际上也是不可行的。因此，上面派了几队绿衣警察给地区总队长，一次少量，慢慢当场解决该地的犹太人。我跟这里的集中营督察沃斯二级突击队大队长，负责行动的日常例行管理工作，他打从行动一开始就待在这里。我们还有专为志愿兵、乌克兰人，特别是拉脱维亚人设立的训练营，位于崔凡尼基。”

“除了他们，您所有的手下都是党卫队成员吗？”

“您说到重点了，四五十位工作人员里，不含志愿兵，将近一百人是从元首办公室里拨出来的。每一座集中营的领导都是这样的层级出身。从策略上来看，他们都归行动总部管辖，行政庶务却彻底仰仗元首办公室。由他们来管理人员的薪资、休假、升迁等等，据说是大元帅和国家领导布贺勒达成的特殊协议。这些人当中，有些连一般党卫队都没加入，也没有入党。他们大多来自帝国伤兵安乐死中心，中心接连关闭后，部分工作人员跟着沃斯被调到这里，希望借由他们的经验，让行动更顺利。”

“我懂了。那东方企业呢？”

“东方企业是最近的产物，顺应地区总队长和中央行政暨经济总署的合作关系而生。行动一开始，我们必须建立许多中心，处理被没收的财物，自然

1. 波兰东部边境小城。

慢慢形成各种小型工厂，为战争效力。东方企业是在去年 11 月间成立的有限公司，目的在统合每个中小型工厂，让他们的工作更有效率。董事会授权中央行政暨经济总署的一位主管霍尔恩博士，和地区总队长两人全权负责公司的管理。霍尔恩是个不折不扣的官僚，爱吹毛求疵，不过，我想他还算挺有能力的。”

“集中营呢？”

霍夫勒摆摆手：“集中营跟我们一点关系都没有，这里只是隶属中央行政暨经济总署底下的普通囚营。当然，地区总队长身为党卫队和警察的高层领导人，确实必须肩负起一些责任，但是这跟行动完全无关。他们也经营公司，尤其是德国军火厂的某些工厂，说到这儿，已经是隶属地方队长的党卫队经济学者们的职权范围了。

“我们当然跟他们密切配合，我们这里的犹太人一部分会送到那里，加入劳动或是接受特殊待遇，最近人真的多到不行，他们自己也装设了‘特殊待遇’的设备。还有属于国防军底下的军火工厂，他们也用我们这里的犹太人，不过这又是总督府武器巡察署的管辖范围了，由辛德勒少准将负责，总部位于克拉科夫。最后就是老百姓的贸易网络，这部分归该地区的新任总督管，也就是温德勒地区总队长，您也许可以找机会见见他，请注意，他和格罗波克尼克地区总队长两人处得不太愉快。”

“我对各地区的地方贸易没兴趣，我想知道的是，就整体经济的层面，营区囚犯是如何调派流通的。”“我了解了，这样的话，请去找霍尔恩谈谈。他虽然老是有点神游云外的样子，但是可以从他那边打听到一些东西。”

霍恩给我的感觉是紧张兮兮，比手画脚，热情过了头，同样也沮丧到了极点。他毕业于斯图加特的工程技术大学，主修会计。战争爆发后，他接受征召编入党卫队武装军，没有上战场冲锋陷阵，反而被调到中央行政暨经济总署，负责重整党卫队旗下的企业组织。

波尔副总指挥长看中他，叫他过来设立东方企业——体制上属于德意志经济企业的分公司——德意志经济企业是中央行政暨经济总署创立的金控公司，目的是对党卫队所属的公司进行重整合并。他干劲十足，但是碰到格罗波克尼克这种人，他根本无法发挥，这一点他心中有数。

“我刚到的时候，这里简直一团乱……难以想象。”他对我说，“乱七八糟什么都有，拉多姆那边有一间藤篮工坊和几间木工工厂，卢布林这里的工厂生产的是刷子，另外还有一间玻璃工作室。地区总队长一见到我，就开口要求保留一座劳动营专供他使用，说是要自给自足。好，反正要做的事情多得很。每个单位都随便乱搞。账目不清，生产值接近零。鉴于人手严重短缺，这种结果也不算意外。于是我全力整顿，这里的人却百般刁难。我训练专业人才，一训练完，人就被调走了，天晓得被调到哪儿去了。我要求改善劳动工人的饮食，他们回答没有多余的食物可以分给犹太人。好吧，我要求最起码不要动不动就殴打犹太人，他们叫人警告我管好自己的事就好，不要多管闲事。这样的情况下，我怎么可能做得好？”

我明白霍夫勒不欣赏霍恩的原因了：一味地抱怨，难怪难成大事。尽管如此，霍恩对于当前时局的诡谲，分析却一针见血。

“中央行政暨经济总署不支持，也是一个大问题。我连番上书波尔副总指挥长，不断提问：‘什么是最优先考虑因素？是政治治安因素吗？’如果是这样，好，将犹太人集中管理就是最大目标，经济目标只能排到第二线。还是经济因素呢？如果重视经济，就必须提高生产效率，以弹性的组织化方式管理营区，才能够按照接单顺序，分别处理订单，尤其需要确保劳动工人享有最低的维生条件。你猜波尔副总指挥长怎么回答？他说：‘两者并重。我简直快要抓狂了。’”

“您认为，只要我们给您足够的资源，您有办法利用犹太劳动力，创造出获利丰硕的现代化企业吗？”

“那还用说。大家都知道犹太人是劣等人种，他们的生产方式早就落伍了。我曾跑到利茨曼城[1]贫民窟研究过他们的生产计划安排，惨不忍睹，整个生产过程，从原物料入仓，到成品出仓，全在犹太人的监督下完成，几乎没有质量

1. 原名罗兹，是波兰第三大城，二次大战后以攻下该城的德国将领为之重新命名，该城的贫民窟是波兰第二大贫民窟，仅于次华沙贫民窟。

控管可言。如果改用接受良好训练的雅利安人担任监督工作，再加上合理且高效率的现代化生产系统，产能一定能够大幅改善。一定要有人朝这个方向做出决定。我在这里四处碰壁，不用说也知道，没有人愿意出面支持我。”

很明显，他在寻求我的支持。他带我参观了几家工厂，毫不隐瞒地让我看在他底下工作的囚犯处于何等衣食条件和卫生条件，以及他费了九牛二虎之力改革后的成果，产品质量提升，产品主要供国防军用，产量也增加了。

我必须承认，他的简报非常具有说服力，提高生产力应付战争需求，也许的确是可行之计。霍恩当然不知道莱因哈特行动的事，就算知道，也一定无从得悉行动的规模，我谨守分际绝口不提，因此很难向他解释格罗波克尼克处处刁难的理由。

格罗波克尼克当然没办法兼顾霍恩的要求和他的主要任务。然而，说真的，霍恩说得对，筛选身强体壮、有一技之长的犹太人，将他们集中管理，辅以适当的监控，对战争时期的我国经济必然能有重大的贡献。

我也参观了集中营。集中营坐落于高低起伏的山坡上，出城后沿着往扎莫希奇[1]的公路往西走没多远，就在城外。一大片由铁丝网和瞭望台围出的空地上，成排的木屋不断往前延伸。司令部不在集中营里，而是在离马路不远的山脚下。

司令官是弗洛施泰特二级突击队大队长，他亲自接待我，一张脸瘦长得出奇，他拿着我的委任令左翻右看，一脸不信任：“上面没写您有权进入集中营。”“我的委任状上说我有权进入任何隶属中央行政暨经济总署管辖的机构。如果您不相信，请联络地区总队长，他可以证明。”他不死心，又翻了翻，“您想看什么？”“整个集中营。”我挤出最友善的微笑。他终于叫一名三级突击队中队长陪我参观营区。

这是我第一次参观集中营，而且是在专人陪同下参观每一个区块。这里的囚犯，即营囚，各国人士皆有：俄国人、波兰人，当然少不了犹太人，此外还有德国政治犯和罪犯、法国人、荷兰人等等，天知道还有哪些。

1. 波兰古城，联合国文化遗产。

木屋原本是国防军用的长方形野战木棚，经过党卫队的建筑师略加修改，每间都阴暗潮湿，臭气熏天，人满为患，囚犯绝大多数衣衫褴褛，多层床的每一层都挤了三个或四个人。

我和营区的主治医生讨论这里的健康和卫生问题，他带我参观了所谓的消毒澡堂，那名三级突击队中队长依旧紧紧跟在我身边，甩都甩不掉。那间消毒澡堂，一边是新来囚犯冲洗净身的澡堂，另一边则是专为没有能力工作的囚犯所准备的毒气室。

“截至今年春天为止，”三级突击队中队长进一步说明，“这里唯一的功能还只是冲洗尘土，但是自从行动当局把一部分的囚犯交付我们处理之后，我们简直忙翻了。”营区不知该如何处理尸体，订购了一套焚化炉设备，共有五个单一隔火层的火窑，由科里公司负责设计，那是一家位于柏林的专业公司。“他们与托普夫和索恩，以及埃尔福特两家公司一起竞标。奥斯威辛集中营向来都跟托普夫采购，经我们评估后，觉得科里提出的条件最具竞争力。”

至于毒气方面，奇怪的是，他们舍弃了我们在俄国常用的一氧化碳卡车。我从档案得知，莱因哈特行动设立的毒气室也多采用一氧化碳，他们这里则改用氢酸钾，药片大小的氢酸钾一遇到空气，立即释放大量毒气。

“效率比一氧化碳高出许多。”主治医生向我保证，“而且快速，病人几乎不会受苦，死亡率百分之百。”“这东西从哪儿来？”“它是一种工业上的杀虫剂，以烟熏的方式消灭虱子和其他害虫。据说是奥斯威辛集中营最先想出的点子，在执行特殊待遇的时候加以测试，结果出奇地好。”

我还巡视了厨房和粮仓，尽管党卫队军官再三保证，甚至连分派汤的囚工也齐声附和，我仍觉得每日的配给分量不够，后来从主治医生口中，我的直觉委婉得到了证实。接下来的几天，我每天都来，研究劳动人口计划的档案。

每一名营囚都有一张基本数据表，按照所谓的劳动人口统计归档，如果囚犯身体健康，会分派到各特派小组底下，某些特派小组位于营区内，专职营区的维护修缮，其他的则在营区外。几个比较重要的特派小组，底下的人员就住在工作的厂区，例如德国军火工厂就位于利波瓦。从书面上看，运作系统似乎相当稳固，然而劳动力持续大幅锐减，霍恩的批判让我认清，绝大多数的囚工吃不好、全身脏兮兮，经常惨遭毒打，这样的人力绝对无法担起产能稳定成长的大任。

我在卢布林停留了好几周，也参观了该地的风景。我去了希姆莱城，也就是原来的扎莫希奇，这座城是16世纪末某位狂妄的波兰首相从无到有一手打造出来的，可说是文艺复兴时代独树一格的瑰宝。该城介于卢布林和林姆堡，以及克拉科夫和基辅之间的贸易必经之地，由于地理位置优越，经济繁荣兴盛。

现在是日耳曼民族化促进处最具企图心的计划执行中心，日耳曼民族化促进处是隶属党卫队底下的一个组织，1939年以来，负责将德裔侨民撤离苏联和巴纳特地区[1]，同时致力东部占领区推行日耳曼民族化计划——也就是为日耳曼民族挺进斯拉夫民族区域，像是东加利西亚和沃利尼亚[2]，铺设康庄大道。

我和格罗波克尼克的代表讨论了许多细节，他是日耳曼民族化促进处的官僚，办公室位于市政府大楼，那是一栋位于方形广场周边的巴洛克式高楼，大楼的入口在二楼，门前气派豪华的新月形阶梯两两相望。

他对我详细说明，从去年11月到今年3月，至少驱离了10万人次——好手好脚的波兰人照绍克尔行动的规划，被送到德国工厂，其他人则送进奥斯威辛，而犹太人呢，当然是到贝尔赛克。日耳曼民族化促进处计划将这些人的居处分配给德裔侨民，可惜就算使尽各种优惠措施，也大力鼓吹该地天然资源丰沛，还是无法吸引足够的侨民前来开垦。

我问他我军在东部占领区连番挫败，是否也是让德裔侨民裹足不前的原因之一——我们见面的时候大概是7月初，库尔斯克大反攻才刚展开——只见这位认真的行政官僚惊讶地瞪大眼睛看着我，开口向我保证，德裔侨民绝不是失败主义者，再说，我军已经展开反击，战局很快就能回稳，斯大林将臣服于我军脚下。

这位对战局一派天真乐观的先生，谈到当地的地方经济时，终究不免显得

---

1. 中欧地区一个历史区块，现分属三个国家，罗马尼亚、塞尔维亚和匈牙利。
2. 位于乌克兰西北部，是斯拉夫民族最早移居欧洲的地方。

泄气，尽管有中央补助，离自给自足的目标还有好长一段路，目前还是得依赖日耳曼民族化促进处的财物和粮食挹注。绝大多数的侨民，甚至连不花半毛钱就配得一座农场的那些人，竟连自己的家人都养不活，至于野心勃勃一心想在此创立工厂的侨民，几年过去依旧没有起色。

结束拜会行程后，皮雍泰克载我到希姆莱城城南，那里的确是个漂亮的地方，低矮丘陵起伏，草原、灌木丛披覆，果树零星散布，散发浓浓的加利西亚地方色彩，跟波兰天差地别，几朵白云刚给风吹散，肥沃农田在单调的淡蓝色天空下无限延伸。

出于好奇，我直驱此区的边界城市之一贝尔赛克。我把车停在火车站附近，街道堪称热闹，主要道路上可见汽车和运货马车、各式兵种的军官、穿破旧西装等车的侨民，马路边还有把苹果放在倒置的木板箱上叫卖的农民，他们的长相不像德国人，反而比较接近罗马尼亚人。铁路对面有几间砖造仓库，有点像小型工厂，仓库后头大约一百米处，有一片桦树林冒出浓浓黑烟。

我把证件拿给驻守的一名党卫队士官看，询问集中营的所在位置，他指着那片树林。我回到车上，沿着往拉瓦·鲁斯卡和林姆堡的方向，与铁路平行的大马路走了大约三百米，集中营位于铁道对面，高耸的百年松树和桦树环绕。

铁丝网上绑着许多树枝，借以阻隔好奇的眼光，不过有部分的树枝不见了，从铁丝网的洞中可以瞥见一队队的囚犯，像是辛劳工作的蚂蚁忙着拆木屋，还拆圈住他们的某些铁丝网。

浓烟的源头被树枝遮住，好像是来自营区深处的高地，没有风，空气中充斥着令人作呕的甜腻味道，甚至钻进车里。

经过连日来的所见所闻，我以为行动单位底下的集中营都设在偏僻无人、交通不便的地方，这座集中营却邻近许多德裔侨民和他们家人居住的城区，主要的铁道干道连接加利西亚与总督府的管辖区，交通往来频繁，老百姓和军人每天来回经过铁丝网，呼吸这恐怖的气味和浓烟。而这些人，做生意的也好，旅行的也罢，奔向四方，他们有的只是闲聊，有的批评，有的在信上带上一笔，传言或玩笑就这样跟着散播各处。

虽然誓言必须保密，严格规定不得外泄，格罗波克尼克更威胁枪毙，参与行动的人员还是管不了自己的嘴巴。只消穿上一套党卫队的制服，不时到德意志屋的酒吧晃荡，机会来时大方地请喝酒，要不了多久，你要什么消息就有什么消息。这些消息带来的沮丧气氛明显可察，官方战报上乐观光明的字眼，明眼人一看就懂，在在助长了街谈巷议流言散播。

军方大肆宣扬英勇意大利盟军在我军武力的支持下，坚守西西里岛，大家都心知肚明，知道是怎么一回事：敌人没有被逼到跳海，反而成功地在欧洲开辟了第二条战线。

至于库尔斯克大反攻，随着日子越拖越久，大伙的心也跟着七上八下，因为国防军除了开始几天势如破竹，接下来的战况一反常态，坚不吐露，等到终于传出我军在奥廖尔[1]周边进行有计划的弹性战略行动时，就算是再冥顽不灵的爱国分子也大概听得出其中隐藏的真意。

许多人开始认真思索战局的发展，每天夜里大声嚷嚷发酒疯的人当中，不难发现默默喝着闷酒、形单影只的人，他们其实只想找人说说话。

就这样，有一天，我和一名穿制服的三级突击队中队长聊了起来。他手肘靠着吧台，面前摆着大杯啤酒。他叫朵尔，受到上司如此友善地对待，他似乎颇感荣幸，虽然他大了我足足十岁。他指着我的“冻伤勋章”，问我冬天时人在哪儿，我回答哈尔科夫，他立刻打开了话匣子。

“我也在那里，在哈尔科夫和库尔斯克之间，执行特派任务。”“您不属于特遣部队吧？”“不，是另一个任务。老实说，我不属于党卫队。”原来他是隶属元首办公室的官员。“这话不能说出去，我们叫它 T-4，是任务代号。”

“您在哈尔科夫做什么呢？”“我在桑讷施坦因，您知道那是病患收容中心，那边……”我点头表示明白那是什么样的地方，他继续往下说，“41 年夏天，我们关闭了那里。我们有一些人是所谓学有专精的专才，留下然后派到俄罗斯。我们一大团人，由布拉克大队长亲自带团，团员中有些是驻院医生，还有各领域的专家，到那里展开特派行动，用的是毒气卡车。我们每个人的薪饷单上都附有特别的通知函，一张由国防军最高指挥部签发下来的红色文件，上面写着严禁我们的成员太接近前线，他们怕我们落入俄军手中。”

---

1. 俄罗斯古城，距莫斯科 360 公里。

“我不太懂。该地区推行的特殊行动，都是由国安警察署负责，也就是我的特派小组。您说您有毒气卡车，和我们负责同样的任务，我们怎么可能毫不知情？”

他脸上换了一副略带讥讽的怒容：“我们的任务内容不同，我们不管犹太人和布尔什维克党人。”

“那您负责什么？”他迟疑了一下，一口气喝了一大口酒，伸出手指抹掉嘴上的泡沫，“我们处理受伤的人。”

“俄国伤兵吗？”“您没听懂，是我们的伤员，伤得太严重，复原后也毫无用处的人。他们把那些人送到我们这边。”

我明白了，他看我懂了，笑了一下，他已经制造出他想要的效果。

我转身面朝吧台，再请他一杯。

“您是指德国伤兵？”我终于开口，一字一字慢慢说。“正是，而我，原本为了祖国愿意牺牲一切的我，咔啦，梦幻破灭！祖国竟这样回报他们。我可以跟您说，当我得知要被派到这里时，我很高兴，这里的差事当然也不是很愉快，最起码不会像那样。”

我们的酒送来了。他提到了他年轻的时候，理工大学毕业，他想要经营农场，然而经济危机爆发，他只好加入警界。

“我的孩子要吃饭，当警察是唯一能保证家里每天有饭吃的行业。”1939年末，他被调到桑讷施坦因，执行安乐死行动，他自己也搞不懂怎么会被选上。“一方面来说，这种事做起来总是不太愉快，但另一方面，我得以免被送上前线，收入也还可以糊口，我太太很满意，所以没什么好抱怨的。”

“索比布尔又是怎么回事？”他先前告诉我，索比布尔是他现在工作的地方。他耸耸肩：“索比布尔？还不都一样，我习惯了。”他做了个奇怪的动作，令我印象深刻，他用靴子尖端来回摩擦地板，好像在踩什么东西似的。“渺小的男人，渺小的女人，都一样，就像踩死一只蟑螂。”

战后，许多人探讨战时的非人行径，并试图找出合理的解释。容我这么说，非人的行径根本不存在。除了人，还是人：这位朵尔先生就是最好的例子。

朵尔是个好爸爸，努力工作养育子女，而且服从国家政令，就算他无法发自内心地完全赞同，我们又能苛责他什么呢？如果他生在法国或美国，人人将尊称他是社会的中流砥柱，爱国爱家。可是他生在德国，因此成了罪犯。

希腊人早就看透了，所谓的必要性是盲目残忍的天神。当时，这样的罪犯满街都是。我努力试图呈现包围卢布林地区的放浪腐败堕落气氛。行动、殖民计划、对这块与世隔绝的边界地区极尽剥削，无一不使这群为数不少的人丧失理智。

自从我的朋友沃斯针对我国殖民政策提出针砭，我仔细思索了这几年来德国在东部占领区进行的殖民计划，与英法等国采取的殖民计划之间的差异，他们的显然文明许多。

就像沃斯指出的客观事实：1919 年德国失去了殖民地，召回所有行政官僚，并关闭殖民行政单位。原则上，殖民训练学校还是照常授课，但因为出路不好，招揽不到学生，导致二十年后专业人才出现断层。

另一方面，纳粹主义鼓吹新世代汲取新观念，尝试新事物，在殖民这方面，旧有的经验或许比较实用。至于放浪形骸——从出入德意志屋的那些人身上即可见一斑，更有甚者，我们的行政系统似乎无法好好对待这些侨民，他们当中有许多人衷心为我们服务，只要我们略施小惠，不要总是投以暴力和轻蔑——还有千万别忘了，我们的殖民政策，就算是在非洲地区，也仍属于初学者的阶段，其他殖民国家刚起步的时候，比起我们也好不到哪里去。

想想比利时在刚果的大规模屠杀、有系统的灭绝政策，还有美国的政策，正是我国殖民政策的先驱楷模，利用大屠杀和强迫迁移等手段争取生存空间——我们很容易忽略了美国，认为那里是一片待开发的“处女地”，然而美国达成了我们没有达成的目标，这一点就足以改写历史全貌。就连经常被拿来当作范例的英国，殖民政策深受沃斯钦佩的英国，也一样经历了 1858 年的惨痛教训[1]，才痛定思痛想出了较为复杂的管理工具。就算他们逐渐从经验中学到如何巧妙地交叉运用高压和怀柔策略，高压的武力镇压，例如印度北方的阿姆

1. 指 1857 和 1858 年间在印度发生的民族起义行动。

利则大屠杀、喀布尔大轰炸，以及许多被人遗忘的惨痛例子，也绝不容抹杀。

我又把主题岔远了。我想说的是，人绝对不像某些诗人和哲学家所想的人性本善，但是人性中恶的分量也绝不会比善的分量重：善与恶可以用来评量某人的行为在他人身上造成的后果。不过我认为，善与恶基本上不适用，甚至根本不能用来评断一个人的本性。朵尔杀了人，或者用别的方法结束了别人的性命，这些是恶行；然而他的本性是良善的，对亲朋好友亲切友善，对他人则事不关己，最重要的是，他奉公守法。

在一个文明又民主的城市里，我们要的不正是这种人吗？全世界又有多少慈善家，因为慷慨行善享誉全球，骨子里却是自私自利的恶魔，对外沽名钓誉，虚荣浮夸，对待自己的亲人如暴君再世？人不自私天诛地灭，哪里还在乎他人死活。

为了让所有人和平共处，不致沦落到霍布斯[1]主义宣称的“人人互相仇视”的局面，要借由互助精神提高产值，满足大多数人的大多数欲望，因此必须设立具有约束力的机制，定义出个人欲望的界线，仲裁纷争，这个机制就是法律，前提是自私自利的人类愿意接受法律的约束才行。于是，法律必须获得独立于人之外的授权，必须建构在一个高于个人的权力基础上。

就像我先前在晚餐时对艾希曼提出的说法，这个至高无上的主权，长久以来一直以上天的旨意为概念，全能不败的天神化身为凡人君主，造就了神圣的君主权，当国王丧失理性，暴虐无道时，主权于是转而交付到人民或国家的手中，形成了一纸没有历史为基础，没有血统作后盾的虚拟“契约”，这份契约的概念和上天的旨意同样抽象。

德国纳粹主义一直希望能把契约的概念跟民族，也就是历史的基础，融合在一起，民族的至高主权不容侵犯，而元首就是主权的代表、象征和具体实践。由主权衍生出法律，对各国的多数人民来说，道德其实形同法律。以这个方向来看，折磨困惑艾希曼的康德道德规范说，认为法律源自人类理性，而且

1. 霍布斯（Thomas Hobbes，1588—1679）：英国政治学家，认为人类的行为都是出于自私，故现今有人以霍布斯主义统称自私、野蛮且无限制的竞争状况。

所有人都具有同样的理性，其实跟法律一样，不过都是虚拟的说法（但这个虚拟说法也许真的有用）。

《圣经》说不可杀生，没有例外，然而，每个犹太人和基督徒都同意，在战争非常时期，这条律法暂时不具效力，杀死人民的仇敌理所当然，不是罪行。战争结束，武器高挂墙上，旧有的君主回到平静的朝廷，法律效力好像从来没有中断过似的，一切又回归常态。

因此，对一个德国人来说，德国好公民的天职就是服从法律规范，也就是服从元首，道德规范的标准不止一套，因为道德没有统一的中心基础（少见的几名反对当局人士多半是虔诚的教徒，这绝非偶然，因为他们心中另有一把衡量道德的尺，他们不以元首的意旨来评断善与恶，而是拿上帝当后盾，借以反对他们的元首，背叛他们的国家。少了对上帝的坚定信仰，这一切都是不可能的，否则他们怎么找得到理由证明自己是对的呢？有哪个人能独力思考，按照个人想法判定哪件事是好的，哪件事是坏的？如果每个人都按照自己的想法一意孤行，这世上会出现何种混乱失控的场面？每个人有一套自己订定的法律，就算那些法律全都符合康德的学说条件，霍布斯主义“人人互相仇视”的局面还是不可免）。因此，如果哪一天有人认定德国在战争期间执行的行动是罪行，该负责的不应只是像朵尔这样的人，这笔账应该要算在整个国家身上。朵尔会被派到索比布尔，纯粹是命运的安排，去的人也可能是他的邻居。

至于索比布尔集中营，朵尔该负的责任并不比那位运气好的邻居多，因为他们两人付出全力、奉献一切，为的是同一个国家，而索比布尔集中营是国家创立的。士兵被派上前线，他不会出声抗议，他不仅甘冒牺牲生命的风险，而且还被迫杀人。被派往集中营值勤的特派小组成员或武警，他们多半只有无奈，他们知道自己有什么想法，根本起不了作用，他们可能是杀人凶手、国家英雄，抑或是一命呜呼，全看命运怎么安排。要不然就得从非犹太、非基督教义的道德观点切入（或者俗世的、民主的观点，到头来其实都一样），看待这一切。

用比较希腊式的观点来看，希腊人的凡人世界里，命运占了不容忽视的地位（我在这里要特别指出，他们所谓的命运多半会伪装成天神的模样插手介入），但是在他们的观念里，命运的安排不能拿来当作减轻责任的借口。犯罪的主体在于行为，而不是意图。

俄狄浦斯杀了父亲，却不知道自己犯下了弑父的滔天大罪。在路上勒毙辱骂你的陌生人，无论是在良心上，或是在希腊律法上，都是完全合法的举动，你没有错。只是他杀的那个人是拉伊俄斯[1]，不知情并不能改变犯罪的事实。这一点俄狄浦斯了然于胸，当他得知事情的真相时，他选择自我惩罚，自残双眼。

将意图和犯行串联在一起是基督教的观点，累世流传而影响现代法律，举例来说，刑法认为过失杀人或意外致死有罪，但比起预谋杀人，罪行要轻得许多。法学也秉持同样的观点，因此丧失心智，在精神错乱下致人于死，刑责可减，19 世纪更把犯罪的概念和精神不正常画上等号。

在希腊人眼里，不管赫拉克勒斯[2]是不是一时疯狂失手杀了他的孩子，也不管俄狄浦斯杀死父亲纯粹只是一场意外，都不能改变犯罪的事实，他们都有罪。我们可以为他们一掬同情泪，却无法一笔勾销他们的罪行——再说，他们会受到惩罚，肇因通常都是天神犯下的错误，而不是凡人。

在这个概念下，战后大审判采用的原则是正确的，也就是光看他们的具体犯行，不考虑命运的因素。但是，审判的进行却是丑态百出。

首先，审判他们的是外国人，那些被德国诋毁到一文不值的外国人（虽说他们承认战胜国有此特权），德国人当然可以卸下良心的不安，自认无罪，无须遭到审判的德国人，认为被告席上的同胞不过是命运捉弄下的牺牲品，因而打从心底赦免了他，这么做的同时，他也赦免了自己；而那些在英国蹲苦牢，或者在俄国劳改营做苦役的人，也都抱持着同样的想法。

他们还能怎么想呢？

之前大家都说对的事情，第二天却成了人人发指的罪行，一个平凡的老百姓能怎么办？人民需要领导，这不是他们的错。

这些问题错综复杂，没有简单的答案。法律，天知道法律跑哪儿去了？每个人都想寻求法律，翻来覆去却遍寻不着，于是人们自然往既成的共识靠拢。

---

1. 拉伊俄斯（Laios）：希腊神话中的底比斯王，伊底帕斯的父亲。

2. 赫拉克勒斯（Hercules）：希腊神话中天神宙斯的私生子，生来力大无穷，成为当时的英雄，宙斯的原配赫拉妒心大发，令他发疯杀死妻儿。

不是每个人都懂法律。大概是因为我碰见了一位法官，我深获启发才开始思索。

对于不想到德意志屋喝酒胡闹的人来说，卢布林的娱乐少之又少。我利用了不知道该干什么好的时间，参观了老城区和城堡，晚上叫人把晚餐送到房间，一边看书，一边吃。

我把贝斯特给的《节日贺作》和《犹太杀戮仪式》留在柏林的书架上，还好我带了在巴黎买的莫里斯·布朗肖文集，我从头开始看，经过连日来的艰辛讨论与拜会，我快乐地沉浸在书中的另一个世界，充满智慧和真知灼见的世界。然而，层出不穷的小意外不停刺探打搅我的宁静，在德意志屋这样的地方，片刻不得安宁，此话似乎不假。

一天晚上，我读了好一阵子书，感觉有点恍惚兴奋，下楼想到酒吧喝杯杜松子酒，顺便找人聊聊天（这里的常客我已经认识了一大半）。喝完酒上楼时天色昏暗，我走错了房间，房门是打开的，我直接走进去。床上有两个男人，正在同时搞一个女孩，一个骑在女孩身上，另一个则蹲着，那个女孩也蹲着，插在两个男人中间。

我花了一会儿工夫才看清眼前的景象，等我终于如梦似醒，看清事情的原委时，我嗫嚅着低声道歉，准备离开。蹲着的男人全身赤裸，只穿着靴子，却站了起来，他一只手拿着勃起的阳具，来回慢慢搓揉，另一只手指了指女孩的屁股。女孩的肛门和粉红色的阴唇张开，犹如雪白的圆球中间裂开了一张水漾的嘴，他意思好像是叫我过去，要把位置让给我。另一个男人，我只看见两只多毛的腿、睾丸和往毛茸茸阴道内抽送的阳具。女孩低声呻吟。我不发一语，摇摇头报以微笑，然后走出房间，轻轻地带上门。

经过这次遭遇后，我更不愿意离开房间了。不过，当霍夫勒邀请我参加格罗波克尼克主办的露天餐会，欢庆当地驻军指挥部成立周年时，我毫不犹豫地接受了邀请。庆祝会举办的地点是在党卫队总部：尤利乌斯·施雷克[1]营区，杂立的老旧建筑后头有一大片相当美丽的公园，绿草如茵，花

1. 施雷克（Julius Schreck，1898—1936）：纳粹早期干部。

坛两边和稍远的地方巨木参天，公园的另一头可以瞥见几间屋舍，再来就是田野了。木桌架妥，宾客在草地上三五成群地喝酒聊天，树林前面的空地上，特地为这次活动挖的土窑烤架串着一整只鹿和两头猪，军方的人在一旁照顾。

领我从门口一路走进来的弟兄，先带我到格罗波克尼克面前。格罗波克尼克身边围绕着一般文官，以及庆祝会的特别嘉宾莫泽尔少准将。正午刚过，格罗波克尼克已经喝起干邑了，手上还夹着雪茄，领口扣子扣得严密，红红的脸汗水淋漓。我对这群人立正行礼，格罗波克尼克伸手与我握手寒暄，介绍我给身边的人认识，我恭喜他指挥部周年有成。

“怎么样啊？二级突击队大队长，”格罗波克尼克对我说，“您的调查研究有进展吗？有什么新发现？”“现在要说结论还太早了点，地区总队长，何况这牵涉到相当技术性的层面。可以肯定的是，人力开发还有改善的空间。”

“改善空间总是有的！再说，真正的纳粹主义信徒要永远跟得上潮流，懂得进步。您应该跟少准将谈一谈，他刚好在跟我抱怨，说国防军工厂的某些犹太员工被抽走了。您跟他解释解释，用波兰人代替不就好了。”莫泽尔少准将插嘴，“亲爱的地区总队长，我不是在抱怨，我跟其他人一样明白这些措施，我只是强调国防军的利益必须被纳入考虑。一堆波兰人被送到德国工作，留下来的都需要时间训练，您单方面的独断决定会打乱战时的生产能力。”

格罗波克尼克咧开大嘴大笑：“亲爱的少准将，您的意思是那些波兰佬蠢到连怎么好好工作都学不会是吧？所以国防军比较喜欢用犹太人。的确，犹太人是比波兰人机灵，这也是他们较具威胁的原因。”

他停了一下，转头对我说：“二级突击队大队长，您不用跟着我，饮料都在桌上，自己拿，好好玩！”“谢谢您，地区总队长。”我举手向他行礼，往一张桌子走过去，满桌的葡萄酒、啤酒、杜松子酒和干邑，压得桌板微微凹陷。

我要了一杯啤酒，举目张望，成批宾客拥入会场，多半是我不认识的人。也有女性，像是几位地方队长底下的职员，她们穿着制服，不过以军官的女眷居多，她们都穿便服。弗洛施泰特跟集中营的同事聊天，霍夫勒独自坐在长椅上抽烟，两只手肘搭着桌子，一瓶开了瓶盖的啤酒摆在面前，一脸沉思，仿佛陷入虚无的境界。

这是我最近才听说的消息，今年春天他的孩子死了，一对双胞胎被白喉夺走了生命。德意志屋里盛传他在丧礼上崩溃，大哭大叫，看透了自己悲惨的人生，认为这是上天的责罚，从此变了个人（20 年后，他死在维也纳的拘留所，应该是自杀吧，不等奥地利法庭的判决出炉就离开人世，其实，法庭的判决比上天的判决宽容得多）。

我决定不去打搅他，加入一小群以卢布林国安警察署和国家安全局联合大队长约翰内斯·穆勒为首的龙门阵。我认出了中央警察署小队长金特鲁普，穆勒为我介绍另一位在场人士："这是摩根博士，官拜二级突击队大队长，他跟您一样，也是大元帅直接授命过来的。"

"太好了。什么职务呢？"

"摩根博士是党卫队的法官，隶属联邦刑事警察署。"摩根接口道："大元帅命我领导特派委员会，针对集中营进行调查研究。您呢？"我向他简短说明了我的任务。"原来您的工作也跟集中营有关。"他说。金特鲁普已经离开我们。

穆勒用指头轻敲我的肩膀："先生们，如果您要谈公事，恕我就不奉陪了，今天是星期天。"我向他行礼，转头面对摩根，他戴细框眼镜，锐利聪颖的双眼隔着镜片仔细打量我。"您的委员会是什么样的组织？"我问他。"基本上是隶属党卫队和'特调'警察的法庭，大元帅直接授权我调查集中营的腐败贪渎案。"

"非常有意思。问题多吗？""您这话说得真委婉，贪渎事件数不胜数。"他朝我身后的某个人点点头，微微笑，"如果弗洛施泰特二级突击队大队长看见您跟我在一起，您的任务恐怕也前途多舛。""您在调查弗洛施泰特？""还有其他人。""他知道吗？""当然知道。这是正式调查，我已经传唤他出庭好几次了。"他举起手上的白葡萄酒喝了一口，我也饮尽手上的啤酒。

"您刚刚说的事情，我非常感兴趣。"我向他说明我在巡察集中营囚犯饮食时的第一印象，规定的粮食配给和犯人实际配得的分量差异颇大。他边听边点头，"那是一定的，粮食也遭到侵吞。""是谁？""所有的人，从上到下。

伙夫、囚监[1]、党卫队军官、仓库主管，还有高层官员，大家通通有份。”“如果是真的，那可是天大的丑闻。”

“绝对是，大元帅对此忧心忡忡，身为党卫队的一员，必须怀抱理想，绝不能趁工作之便和囚犯内神通外鬼，中饱私囊，然而这种事时而有之。”

“您的调查有进展吗？”“非常困难，这些人沆瀣一气，反弹的声浪非常大。”

“您不是有大元帅的强力后盾……”

“特别法庭成立才刚满一个月，是非常新的单位。我的调查工作已经持续两年多了，一路上遭遇许多重大阻碍，最早——当时我是卡赛尔地区党卫队和第七警队法庭的一员——是从魏玛附近的布痕瓦尔德集中营开始调查的。更精确来说，是该营一个叫科赫的指挥官，可是调查进行一半就查不下去了，因为波尔副总指挥长写了一封恭贺函给科赫，信中轻描淡写提到若有失业的法官想要对科赫纯洁无辜的身体伸出刽子手的魔爪时，他一定会挺身为他挡下。我很清楚，因为科赫拿着这封信到处给人看，我可没有因此放过他。科赫被调到这里管理集中营，我也跟着过来。我发现了一整个贪渎的网络，联结各个集中营。去年夏天科赫终于被停职，不过他叫人暗杀了绝大多数的证人，包括一个在布痕瓦尔德集中营工作的一级小队长共犯。到了这里，他差人杀了所有的犹太籍证人，我们针对这起案件公开起诉他，那时集中营的犹太人全数遭到处决，当我们想要反击时，有人提出了优先次序说。”

“这个次序，您应该都很清楚啊。”

“我是到了那个时候才知道的。事实摆在眼前，这个案件不在我们的管辖范围内。不过，其中的区别还是有的：如果一名党卫队成员遵照优先次序的架构行事，下令杀死一名犹太人，这是一回事，然而，如果他是为了隐瞒不法勾当，或者是为了一己的荒淫逸乐而叫人杀死一名犹太人，虽是司空见惯，却又不可同日而语，这等于犯罪行为。就算这名犹太人早晚都得死，也不能改变他犯罪的事实。”

---

1. 纳粹时期，集中营里被选中监视其他犯人的囚犯。

“我完全同意您的看法，但是这当中的区别相当微妙，而且难以定夺。”“从法理上来说，确实有其困难之处，我们当然可以怀疑某人，不过说到要起诉，非得有证据不可。我说过这些家伙沆瀣一气，互相串通湮灭证据，有时也会有罪证确凿的例子，举例来说，我也在调查科赫的老婆，那个女人是性变态，她叫人杀死身上有刺青的犯人，然后割下他们的皮肤。经过处理的皮肤，她竟然拿来做灯罩，或类似的玩意儿。等我证据搜集完备，我们会逮捕她，而且我敢打包票，她死罪难逃。”

“科赫的案子最后怎么样了？”“还在审理中，等我完成这边的调查工作，手上有了完整的证据，我打算再次逮捕他。他也一样，死罪难逃。”

“您把他放了吗？我听不太懂。”

“他在 2 月获得开释，不过这案子已经不是我负责了。我跟另一个人有些问题，他不是集中营的军官，是党卫队的武装军，一个叫迪尔温格的无脑莽汉，带着一群由坏蛋和获得特赦的盗猎人收编组成的小队。1941 年，我接获线报，他跟同伙在总督府管辖区进行所谓的科学实验，他专挑女孩，用番木鳖碱毒杀她们，在一旁抽烟看她们垂死挣扎。当我想要追查时，他和小队却被调到白俄罗斯，我可以大胆地说，他背后一定有党卫队的高层人士撑腰。最后，我落得被免职的下场，职权被剥夺，还被降级为党卫队一等兵，编入行军营，最后被派到俄国的‘党卫队维京团’[1]。这期间，科赫的调查案彻底停摆。5 月的时候，大元帅召我回国，任命我为后备二级突击队大队长，隶属联邦刑事警察署。卢布林地方政府最近申报了囚犯财物遭人窃夺的案件，大元帅因此命我组成委员会展开调查。”

我点点头，语带钦佩地说：“看起来困难重重，您不怕吗？”

摩根干笑两声说：“没什么好怕的。我在战争爆发前担任斯德丁法院的法官，我当时就被免职过，因为我坚持反对一项判决，才会流落到党卫队内部法庭。”

---

1. 二次大战时，纳粹的外籍志愿兵团，成员多为斯堪的纳维亚半岛国家志愿兵和德国党卫队武装军，是精良的摩托车装甲兵团。

“可以问您念的是哪间学校吗？”“哦，我混过很多学校。我曾经在法兰克福、柏林和基尔念书，然后去了罗马和海牙。”“基尔！全球经济学院吗？我也念过那间学校，跟着耶森教授。”“我跟他很熟，我当时是跟里特布施教授学国际法。”我们就这样聊了好一会儿，互相交换在基尔的往事，我发现摩根的法文说得极为流利，还通晓其他四种外国语言。

我把话题拉回到一开始的主题：“您怎么会选卢布林为调查的第一站呢？”“第一，我想逮住科赫，我已经很接近目标了，再说这里发生了许多光怪陆离的事件。来这里之前，我收到一份来自国安警察署和国家安全局联合大队长的报告，讲到劳动营举行了一场犹太婚礼。受邀的宾客多达千人。”

“我不明白。”“一个犹太人，一个监视其他犯人的重量级囚监，在犹太人集中营举办结婚典礼，席间供应的食物酒水多得简直像天方夜谭。党卫队所属的驻卫警也是座上宾，很明显，一定有违法犯纪的地方。”

“哪一个集中营？”“我不知道。我抵达卢布林时，曾向穆勒询及此事，他回答得含混不清，叫我去德国军火厂的集中营看看，那里的人一律一问三不知。后来，他们又建议我去找沃思，他是刑事组警察队长，您应该可以想象他是怎样的人吧？沃思对我说确有此事，还说那是他用来灭绝犹太人的方法——给某些犹太人享有一些特权，让他们尽心尽力协助他杀其他犹太人，最后再把有特权的犹太人杀掉。我想要了解进一步的细节，可惜地区总队长禁止我进入行动底下的营区，大元帅也确认我无权进入。”

“您对于行动的范围没有管辖权？”

“关于终结犹太人这方面，的确没有，但是没有人能禁止我追查物资的流向。行动单位经手巨额的财物、黄金、外币和珍宝，这些都是国家的财产。我已经去看过保管物品的仓库了，就在这里的肖邦路，我打算深入追查。”“您刚刚说的这些，”我热烈地响应，“我都非常有兴趣，希望能跟您做进一步的详谈。从某些方面来说，我们的工作是相辅相成的。”“是的，我明白您的意思，大元帅希望重建秩序和纪律。再说，他们对您比较没有戒心，也许您可以打听到他们不肯跟我说的事。我们约个时间再谈。”

几分钟前，格罗波克尼克开始招呼宾客入席。我对面是霍夫勒的同事库尔特·克拉森，旁边是党卫队的一位秘书，话多得不得了，才刚就座，她便迫不及待地大吐苦水，幸好，格罗波克尼克发表演说欢迎并推崇莫泽尔将军，她只好耐着性子暂时闭嘴。简短的演说结束，他举杯邀在场宾客起立，祝贺莫泽尔将军身体健康，莫泽尔接着说了几句感谢的客套话。

菜肴陆续上桌，烤肉细切片层层堆栈在木头托盘上，分送至各桌，任客人自由取用。还有沙拉和新鲜蔬菜，味道好极了。

我隔壁的女孩津津有味地嚼胡萝卜，话匣子再度打开，我漫不经心听着，一边享受美食。她提到了未婚夫，是一名一级小队长，现在人在加利西亚的德罗霍贝奇。故事情节悲惨，女秘书为了他，取消了跟一个维也纳士兵的婚约，而男方已婚，娶的是不爱的女人。

“他是想离婚，但我做了件蠢事，我偷偷跑去跟取消婚约的士兵见面，是他来找我的，但我没有拒绝，结果被列克西……”就是新任未婚夫，“知道了，他深受打击，因为他无法确定我是否真的爱他。他心碎地回去加利西亚，幸好他仍然爱我。”

“他在德罗霍贝奇做什么？”“他隶属国安警察署，在通道街吹紧急集合号，是催促犹太人集合的鼓号手。”

“我明白了。您常见面吗？”“休假的时候见面。他希望我能搬过去一起住，我不知道，据说那里非常脏。他说我跟犹太人不会有任何接触，还说他可以找到好房子。可是我们又不是夫妻，我不知道，他得先离婚才对。您有什么建议呢？”我嘴里塞满了鹿肉，只能耸耸肩。之后，我和对面的克拉森聊了一会儿。

筵席快要结束的时候，上来一团交响乐团，陆续在通往花园的台阶上就座，一开始就是一首华尔兹舞曲。好几对夫妻起身离席，在草地上翩翩起舞。旁边的年轻女秘书，八成因为我对她感情的不幸遭遇态度冷淡，跑去和克拉森一起跳舞。

我发现霍恩在另一桌，他来晚了，我过去跟他说几句话。有一天，他注意到我的公文包是仿皮制品，借口说要让我看看他手下犹太人的手艺，主动叫人做了真皮公文包送我，我刚刚收到这份礼物，有漂亮的真皮套，开口还缝上黄铜拉链。我真诚地向他致谢，坚持要付皮革材料费和工资，免得日后引发误会。“没问题。”霍恩同意我的看法，“我们会开发票给您。”

我四下寻找摩根，他似乎不见了。我又喝了一杯啤酒，抽了烟，看了一下场上跳舞的人。天气很热，加上油腻的烤肉和酒精，我汗流浃背。我望望四周，有好几个人解开搭扣，甚至松开上衣的扣子了，我也松开领口。格罗波克尼克每一首曲子都没有错过，轮流邀请身穿便服的女士或者秘书跳舞，我邻座的女秘书也曾搭在他的臂弯里。

不是每个人都有他那样的活力，几曲华尔兹回旋之后，有人请交响乐团演奏别的曲目，于是国防军和党卫队军官大合唱“三朵百合，一名骑士，奉上百合”，唱完还唱了许多其他歌曲。克拉森手持干邑朝我走过来，他脱下外套，脸红彤彤的，还有些肿。他不怀好意地笑着，当乐团演奏《往事云烟》时，他低声吟诵改编过的讽刺歌词：

往事云烟
一切都已成往事
俄罗斯的两年
我始终不懂

“要是被地区总队长听到了，库尔特，你就等着被降级成为一等兵派到奥廖尔吧，到时候你就更不懂了。”行动底下另一个部门的队长维佩恩，过来声色俱厉地对克拉森说，“够了，我们要去游泳，你要来吗？”

克拉森望着我：“您要一起来吗？公园尽头有游泳池。”我从冰桶里抓出一瓶啤酒，跟着他们穿过树林，前方传来笑语及泼水声，左手边松树后面隐约可见铁丝网。“那是什么？”我问克拉森。“犹太劳动人口计划底下的一座小型集中营，是地区总队长特地保留，专门负责整理维修工作，像是花园、汽车之类的事。”

游泳池和集中营中间有一道微微隆起的土坡相隔，游泳池里有好几个人，有两位女性穿着泳衣，有的在水中游泳，有的在草地上晒太阳。克拉森全身脱得只剩内裤，跃入泳池。“您来吗？”他浮出水面大叫。

我又喝了一点啤酒，把脱下来的制服折好放在靴子旁边，褪去剩余衣物，也跟着跳进水里。池水清凉，水色泛着茶黄色，我来回游了几趟，仰躺在水面上随着水波漂浮，仰望天空和摇摆的树梢。我听身后那两个女孩在聊天，她们坐在池边，两只脚在水中晃啊晃。

突然出现一阵叫嚣，几个军官把不愿意脱衣服的维佩恩推下水，他连声咒骂，怒气冲冲，全身湿淋淋地爬上岸。我看着这群人笑不可抑，同时以双手划水维持身体漂浮。此时，两名戴头盔的绿衣警察出现在土坡后面，肩上扛着枪，催促两个走在前面瘦得不成人形、穿着条纹衫的男人往前走。

克拉森浑身湿透，全身上下还是只有内裤，他站在池边大叫："弗朗兹！您在那里干什么？"两名绿衣警察停下脚步行军礼，手上拿着橄榄帽，目光朝下低头往前走的两名囚犯也跟着停住。

"报告二级突击队大队长，这两只犹太猪偷吃甘薯皮被我们逮到。"一名绿衣警察以浓浓的德裔侨民方言回答，"我们三级小队长叫我们拖去枪毙。"

克拉森脸色一沉："这样啊，希望您不会在这里执行枪决，他们都是地区总队长的客人。""不会的，二级突击队大队长，我们会到远一点的地方，到战壕那边。"

一股毫无来由的焦虑倏地席卷我的全身，绿衣警察就要在这里枪毙犹太人，然后把尸体扔进游泳池，我们就要在两具肚皮朝上的尸体和血水当中游泳。

我望着那两名犹太人，其中一个四十来岁，偷偷摸摸地瞧我们这边的女孩，另一个比较年轻，皮肤蜡黄，两眼直愣愣盯着地面。绿衣警察的回答不仅没有让我好过点，神经反而更加紧绷，内心的焦虑不断升高。

绿衣警察继续上路，我保持仰泳姿势，在泳池中央漂浮，努力深呼吸让自己浮起来，但是池水仿佛变成了气闷沉重的斗篷。气闷的感觉一直持续到我听到两声枪响为止，远远地，不仔细听几乎听不到，像开香槟似的"啵啵"两声。

我的焦虑逐渐消失，等我看见那两个绿衣警察踩着一贯稳健沉重的步伐走回来时，一切焦虑都已烟消云散。经过泳池时，他们向我们行礼致敬，才朝着集中营的方向离去。克拉森正在跟一个女孩聊天，维佩恩努力扭干衣服。我仍然仰躺着，在池水中央漂啊漂。

我跟摩根又见面了。他准备好起诉科赫和他的妻子，以及几位在布痕瓦尔德和卢布林的军官和士官，事关机密，他只透露弗洛施泰特也在起诉名单上。他详细跟我解释了这些贪赃枉法之辈瞒天过海的手法，以及他抓出破绽的方法。

他逐一比对集中营各局室的笔迹，通常他们对于其他部门的报告或档案会比较掉以轻心，有时在笔迹上动了手脚，有时根本懒得作假。就这样，他在布痕瓦尔德搜集到首批重要证据，足以证明科赫犯下谋杀罪。

他还发现同一位囚犯竟然同时列在两个地方的名册上，例如某个日期，政治局监狱名册上某个囚犯名字旁边注明“中午获释”，同一个名字却出现在集中营医疗所的名册簿上，写着“病患 9 点 15 分死亡”。事实上，该囚犯在盖世太保的监狱里遭人谋害，但是他们想营造出他病死的假象。

摩根也对我说明，他如何就不同的行政单位或医疗所的文件交叉比对，进而找出侵占公粮、药品和财物的证据。他得知我计划前往奥斯威辛，露出高度的兴趣，他追查的好几条线索都指向这座集中营。“那里大概是肥水最多的营区了，因为国家中央安全局下的特派列车现在大多开往那里。跟这里一样，行动开始后，他们设立了大型仓库，筛检存放被没收的物品，我怀疑这当中绝对存在巨额的侵占等不法事实。

“军方邮递送出一份包裹，引起我们高度警戒，由于包裹重得出奇，相关人员决定开箱检查，里面放了三块金牙熔成的黄金，个个都有拳头大，是一个在集中营工作的医护工寄给他太太的。我计算过了，这样数量的黄金，背后代表的是超过十万条的人命。”

我情不自禁惊呼。

“想想看！”他继续往下说，“这才一个人而已，等我们结束这里的任务后，我一定要去奥斯威辛成立委员会。”

我在卢布林的事也办得差不多了，我短短绕了一圈向大伙告辞。我去找霍恩付清公文包的钱，他还是老样子，沮丧又激愤，继续跟管理所遭遇的障碍、账面损失和多头马车的上头指示奋战。格罗波克尼克这次接待我时，心情似乎比上次要平静许多，我们简短但严肃地交换了关于劳动营的意见。格罗波克尼克愿意继续开发，他告诉我，重点在于肃清总督府管辖疆域内的每个贫民窟，绝不能让任何犹太人逍遥于党卫队监管的集中营之外，他重申这是大元帅的旨意，没得商量。大致来说，总督府管辖疆域内约莫还有一万三千名犹太人，主要集中在卢布林、拉多姆和加利西亚地区，至于华沙和克拉科夫，扣除潜藏私逃者，那里的犹太人净化行动基本上已经完成。逍遥在外的犹太人还很多，我们一定会全力以赴，不达目标绝不懈怠。

我本想前往加利西亚，巡视一座劳动营，像是悲惨的列克西工作的地点，可惜我时间不多，我必须做出选择。我知道除了各地区环境，以及管理人员的个性之类的小差异之外，劳动营存在的问题大同小异。我想我应该集中心力在有“东方鲁尔区”之称的上西里西亚地区：奥斯威辛灭绝集中营及其附属单位。从卢布林出发，最快的路线是借道波兰中部的基尔契，然后穿过卡托维兹[1]工业区，高耸入云的工厂烟囱和高大的包围圈冒出刺鼻的恐怖浓烟，扼杀了乡野景致，放眼所见净是呆板灰暗的景象，只有偶尔惊鸿一瞥的松树或桦树林点缀其间。

离奥斯威辛 30 公里开外的地方，设有党卫队的检查哨，仔细检查我的文档。接着我看到了维斯瓦河[2]宽广湍急的河面，远方是贝斯基德山脉雪白的棱线，在夏季薄雾笼罩下显得萧瑟苍白，相较之下，高加索山壮阔豪迈，这里则多了一分温柔娇媚。

山脚平原上也有许多冒着黑烟的烟囱，四下无风，黑烟直扑上天，最后承受不了自己的重量而被压回，天空因而没被波及。石板路面直通火车站，也就是党卫队武装军总部所在地，我们暂时驻扎在火车站等待总部竣工。入口大厅空荡荡的，只有小猫两三只，他们带我到一间干净的单人房，我放下行李，梳洗后换上制服，前往集中营司令部展开拜会行程。

营房的道路与维斯瓦河的支流索拉河平行，蓊郁树林掩盖了大半河道，但是河水似乎比即将要汇入的大河还来得青翠，河水缓缓流动，蜿蜒于野草杂生的陡峭岩岸下，水面上可见美丽的绿头鸭随波逐流，高仰脖子，脚掌缩回，奋

1. 波兰南部古城，盛产煤矿。

2. 波兰境内最大的河流，流入波罗的海。

全身之力，挥舞翅膀拍打水面，悠然降落在不远的河岸边。

营区大道的入口有检查岗哨，过了哨亭，有一座木头搭起的瞭望台，然后就可看见营房绵长的灰色石灰墙，墙顶一圈铁丝网，铁丝网后面，营房红色的屋顶清晰可见。三栋建筑分别坐落在道路和围墙之间，司令部位于第一栋，是一栋低矮建筑，外墙是仿大理石材质，高斜的楼梯两旁装有路灯和铁栏杆。

我立刻被带到营区司令官，霍斯一级突击队大队长的面前。这位军官在战后颇受世人瞩目，一方面因为他必须为数量庞大的人命负责，另一方面他在审判期间，在狱中所写的回忆录文字坦白犀利。他堪称集中营巡察厅的典型将官，而且当之无愧，不但是工作狂，顽固专断又短视近利，既没梦想，也没有想象力，只有动作和言语，依稀透露出一丝经历过民兵团大风大浪和骑兵队纵横沙场的男性气概，但这丝跋扈也被时间慢慢稀释搅散了。

他对我行了德国式军礼，趋前握手，脸上不带笑容，完全看不出他是否不高兴看见我在这里。他穿着皮马裤，身上找不到任何装模作样的官样气息，营区里有马厩，奥拉宁堡的人常说，他在马背上的时间比坐办公桌的时间还长。交谈的时候，一双色泽淡得出奇的眸子射出茫然的眼神，一直盯着我的脸，盯得我有些发窘，仿佛很努力想捕捉我话中的深意。他接到中央行政暨经济总署发来的电报，已经知道我要来的消息。

“这座集中营任凭您吩咐。”应该说这里的每座集中营才对，因为霍斯掌管此处的集中营单位，包括营总区，也就是司令部后头的主要营区，还有奥斯威辛二号，原本是收容战俘的营地，后来改成集中营，地处平原，毗邻波兰古镇比尔克瑙，离火车站只有几公里远。越过索拉河，市区外围还有一个大型劳动营，是为了德瓦里的法本公司而设立，那里专门生产合成橡胶。此外还有十几座附属的小型集中营分散各处，多半是为了农业生产计划或采矿冶炼公司而成立。

霍斯一边说明，一边朝贴在办公室墙上的大地图上指出所在地点，他用手指画出集中营的利益范围，涵盖了介乎维斯瓦河和索拉河之间的整个区域，唯一的例外在南方十几公里外的地方，也就是上下旅客的火车站周边区块，那里归市政府管。他对我说：“去年这部分发生了一些争执，市政府想在那里盖房子，让铁路工人住，而我们想取得部分土地建个不大的小区，安置已婚的党卫队军官和家眷。结果两边都落空，不过集中营仍持续扩张。”

霍斯如果不骑马，选择以车代步的时候，他喜欢自己开车。第二天早上他开车过来接我，皮雍泰克在总部门口看见我不需要他，随即向我请一天休假，他想搭火车回塔尔诺维兹探望家人，我特许他留在那里过夜。

霍斯建议我从奥斯威辛二号营开始，国家中央安全局从法国送了一车的人过来，他想让我看筛选的过程。筛选的地点位于货运列车站的斜坡道上，正好就在两个集中营的中间，此次筛检由营区的蒂洛医生负责。我们到达的时候，蒂洛医生和党卫队武装军驻卫队在月台前端，后面跟着狗和一列列穿条纹衣的囚犯，一看到我们立刻摘下橄榄帽，露出一颗颗的光头。

今天的天气比昨天更好，南边的山峦在阳光下熠熠生辉，列车经过保护区和斯洛伐克，随即朝这个方向慢慢驶来。霍斯利用等待的空当向我说明筛检进行的步骤。列车终于进站，货车车门打开，我本来以为会出现一阵混乱，虽然狗发狂地嚎叫，事情进行得还算有秩序。

车上的乘客难掩一脸的迷惘和疲惫，从冒着大小便臭味的车厢鱼贯走出，隶属工作小组的营囚混杂着波兰语、意第绪语和德语大叫着要他们放下行李排队，男人一边，女人和小孩一边。排好的队伍慢慢朝蒂洛医生前进，他娴熟地区分哪些人有工作能力，哪些人没有，同时把小孩跟他们的母亲送上停在稍远的卡车。

“我知道那些女人有劳动力，”霍斯对我说，“但是，强拉她们离开自己的孩子，等于是在制造暴动。”我在队伍中间慢慢走动，多数人低声谈话，有的讲法文，有的讲其他外国语，这些应该是归化的外国籍犹太人。我聆听他们窃窃私语着我听得懂的事情、疑问、各人的看法，他们完全不知道身在何处，也不知道未来有什么在等着他们。工作小组的营囚恪遵上级指令，极力安抚他们。“不要担心，等会儿各位就可以团聚了，行李也会归还，洗完澡后就有热茶和热汤可以喝。”

队伍小步行进，有个妇人看见我，操着破碎的德语，指着她的孩子说：“军官大人！我们会在一起吗？”“不要担心，女士。”我礼貌地以法语回答，“您不会分开的。”各式各样的问题随即从各处涌来。“我们会有工作吗？一家人可以住在一起吗？老人家怎么办？”我还来不及回答，士官已经冲过来，举着警棍四处砸。“够了，代理三级小队副！”我喝止他。他面有难色地说：“二级突击队大队长，上面交代不能让他们鼓噪兴奋。”有人被打得头破血流，小孩吓得哭起来。

车厢，甚至这些犹太人身上穿的衣服，都散发出阵阵熏人臭气，令我无法呼吸，我觉得以往熟悉的那股恶心感觉又回来了，我张开嘴大口呼吸，勉强压制住欲吐的感觉。车厢内的囚犯把行李扔到斜坡道，路程中途死亡的人，他们的尸体和行李有着同样的命运。几个小孩在玩捉迷藏，党卫队武装兵没有干涉，只是吼着要他们靠近列车车厢，免得他们乘乱溜进车厢底下逃走。停在霍斯和蒂洛医生身后的第一批卡车已经发动，我回到他们身边，观察蒂洛进行筛检步骤：有些人看一眼就够了，有些则会通过通译问几个问题，检查牙齿、拍拍手臂，或者叫他们解开衬衫纽扣。

“您等一下可以看到，我们在比尔克瑙有两座设备荒唐可笑的灭虱站，人多的时候简直忙不过来，大大限制了我们的接纳量。只有一辆列车的话，倒还应付得来。”“要是一次来好几辆列车怎么办？”“要看情况。我可以把一部分的人送到营总区的接待中心，否则只好减少收容的人数。我们计划建造新的中央澡堂来弥补这项缺憾，计划书都拟好了，现在只等 C 局批文下来，编列预算给我们。不过，我们的财政一直相当窘迫。上面要我们扩大集中营的规模，要我们容纳更多的囚犯，要我们不要再进行筛检，但是一讲到钱，上面就给我们脸色看，我常被迫临场想办法。”

我蹙起眉头：“您所谓的临场想办法指的是？”他空洞的眼神望着我：“什么都有，我和一些公司达成一些协议，我们提供对方人力，有时他们拿物品来支付工资，例如建筑材料或其他东西。我甚至收过这样的卡车，有家公司开卡车过来载工人到他们的工厂，卡车一直留在这里，也没有跟我们要回去。反正，什么都要自己想办法解决。”

筛检结束，过程花了不到一个小时。最后一批卡车装满后，蒂洛快速计算了一下总人数，拿来给我们看：整辆列车共送来 1000 名人犯，留下 369 个男人、191 个女人。“百分之五十五。”他下了评语，“西边送来的货大多有一半以上的良品率。从波兰来的却简直一塌糊涂，良品率从来没有超过百分之二十五，有时只到百分之二三，整车的人所剩无几。”

“您认为是什么因素使然？”“他们到这里的时候，情况就很不乐观。总督府管辖区送来的犹太人这几年来一直住在贫民窟，吃得糟，身上还带着各种不同的疾病。就连通过我们筛检留下来的人，我们还是得时时留意，很多在隔离期间就死了。”

我转头问霍斯：“西边来的列车多吗？”“从法国来的车，今天这是第 57 班次了。比利时送来了 20 辆。荷兰嘛，我不记得了，最近几个月来的多半是希腊那边的，那边来的货也不太好。来，我让您看看收容的程序。”

我向蒂洛告辞，回到车上。霍斯开得很快，一路不停向我诉苦，说他遭遇了什么困难。

“自从大元帅决定把奥斯威辛改成犹太灭绝集中营，问题多到不行。去年一整年，我们只能赶建一些应急的设备将就着用，真不是人干的。一直到今年 1 月，我们才开始建造足够容纳负荷量的固定设备，但还没完全好。什么都延误，特别是建材送不过来。另外，因为时间很赶，制造上也有一些瑕疵，例如三号焚化炉的炉子启用不到几星期就烧坏了，因为我们加热的时候太急了，只好关闭整修。这种时候可千万不能发飙，凡事都要耐着性子慢慢来。由于我们工作量实在超出负荷，只好把一部分车厢转送到格罗波克尼克地区总队长的营区，他们那边当然没有进行任何筛检。现在比较平静了，十天后又会多起来，总督府要肃清残余的贫民窟。”

我们的正前方，道路的下坡处，有一栋长方形的砖造建筑，其中一头开着圆拱门，门上还搭了个尖尖的瞭望塔，砖墙外面四周插着水泥桩，有铁丝网缠绕，而且每隔一段距离就有一座守卫岗。在这后面，一式的木屋沿着斜坡排排坐，一望无际。营区幅员辽阔，穿着条纹囚衣的犯人一队一队在走道间行进，那么渺小，像是群居的昆虫。

穿过瞭望塔底下的圆拱铁门，霍斯往右转：“卡车会顺着这条路直直走，焚化场和除虱站都在最里面。不过，我们先转弯到司令部一下。”

车子沿着刷上石灰的水泥桩以及守卫岗一路往前开，木屋在车窗上一闪而逝，整齐排列的矩形建筑在窗上造成一抹棕色拉长的影像，模糊的对角线不断飞奔，才刚出现随即与另一条交叉混融。“铁丝网通电了吗？”“刚通上没多久。我们为这个问题头痛了好久，幸好已经解决了。”

霍斯计划在营区的最深处建造一个新区域。“营区总医院，大型医疗院所，可以为整个地区的所有集中营提供医疗服务。”

他把车停在司令部前面，伸手指着由铁丝网圈住的大片空芜田野：“请稍等我五分钟，可以吗？我得跟集中营营长讲两句话。”我下车到外面抽根烟。霍斯刚刚踏进的那栋建筑，一样是红砖房，尖屋顶，建筑中央有一座三层楼高的瞭望塔，从这里开始，一条长长的道路一直延伸到规划中的新区域，然后消失在木屋后头的桦树林里。四周几近无声，只有偶尔传来简短的喝令，或低哑的哭喊。

一名党卫队武装兵骑着脚踏车从中央区的某个部门出来，朝我这边骑来，经过我身旁时，他骑着车向我行礼，再转向通往营区入口的方向，他慢慢踩着踏板，不疾不徐，沿着铁丝网前行。

瞭望台上不见人影，卫兵在白天的时候，会沿着两座营区的周围联结，形成“大范围的连锁线”。我漫不经心地望着霍斯那辆满是泥灰的车子，整天带着访客到处跑，难道他没有其他正事要干吗？只要跟在卢布林集中营一样，有个士官陪我就行了。

霍斯知道我的报告会直接呈交到大元帅手上，所以他用尽心思，想让我了解他在这里做得多成功。看见他走出来，我扔掉烟回到车上。他一边直直往桦树林开，一边指着两旁经过的“田野”，介绍这是中央本部的副营区。

“我们正努力循着劳动生产最大化的目标进行重组，等我们重组完成，整个集中营不仅能够满足本地企业所需的劳动力，甚至供应旧帝国领土[1]的企业都绰绰有余。只有负责营区整修维护和协助管理的囚警，才能长久居留在这里，所有的政治犯，尤其是波兰的那些人，则继续留在营总区。1月开始，我们还为吉卜赛人建了家庭式的集中营。”

“家庭式集中营？”“对，这是大元帅下的命令。他决定将吉卜赛人逐出德国时，下令吉卜赛人不必进行筛检，而且可以跟家人们住在一起，也不用劳动

1. 二次大战时专指第三帝国时兼并得来的领土，如奥地利、捷克的苏台德地区等。

工作。不过，还是有很多人病死，他们没能撑下去。”

车子走到一道围篱前。围篱后头是不断延伸的树丛和灌木丛篱笆，掩盖了后面的铁丝围篱，铁丝网圈住了两栋孤零零的钢筋水泥屋，两栋房子外观一模一样，屋顶都伸出两支高大的烟囱。

霍斯把车子停在比较靠近右边房子的松林空地上。前面是一片修剪整齐的草地，犹太妇女和小孩在那里脱下衣服，一旁有警卫和穿条纹囚服的囚警监控。脱下来的衣服堆得到处都是，分类却很清楚，每一堆上面都有一块刻有数字的木头。

一名营囚大叫：“去，快，去洗澡，快！”最后几名犹太人鱼贯走进房子，两个淘气的小男孩乱换号码牌玩，看见党卫队武装兵举起棍子，一溜烟儿跑走了。

“这跟特雷布林卡和索比布尔没两样，”霍斯说，“一直到最后一秒钟，我们都让他们以为这里是除虱站，所以事情大多进行得相当顺利。”他开始说明这里的设施，“那里还有两座焚化场，面积比这里大得多，毒气室位于地下室，一次可容纳两千人。这里的毒气室比较小，每座焚化场配有两间毒气室，送来的人少时，在这里比较方便。”

“最多可容纳多少人呢？”

“以毒气来说，几乎没有上限，我们主要受限于焚化炉的容量。这里的焚化炉是托普夫公司特别替我们量身打造的，说明书上的容量是每24小时可焚烧768具尸体，不过需要的时候，我们可以提高到1000甚至1500具。”

车身印有红十字标志的救护车驶过来，停在霍斯车旁，一名党卫队医师下车，他在制服外面披了件医生白袍，过来向我们行礼。

“我来向您介绍，”霍斯说，“这位是门格勒一级突击队中队长，两个月前加入我们的团队，目前是吉卜赛集中营的主任医师。”

我和他握手。

“今天由您监督行刑吗？”霍斯问，门格勒医生点点头。

霍斯转头对我说：“您想看看吗？”“不用了，”我说，“我已经看过了。”“可是，我们的方法比沃斯的效率更好。”“我知道，在卢布林集中营的时候，他们已经跟我说明过了。他们也采用了您这里的方法。”

霍斯似乎觉得有些扫兴，基于礼貌，我于是开口问他："整个过程需要多少时间呢？"

门格勒医生以悦耳动听的嗓音回答："临时行动小组通常会等半小时再开门，让毒气可以挥发消散。原则上，吸入毒气后不到 10 分钟就能导致死亡。如果气候太潮湿，可能要花上 15 分钟。"

等焚化场的烟囱冒出浓烟，那股我在贝尔赛克就领教过的甜腐臭味传到我们这里时，车子已经过了"加拿大"，也就是没收物品在转发放出去之前，被送来筛拣和暂时存放的地方。

霍斯注意到我脸色难看。

"这种气味我从小闻到大，跟劣质蜡烛燃烧后释放出来的味道一模一样。我父亲是虔诚的教徒，经常带我上教堂，他希望我能成为神父。因为奉献的钱不够买蜡烛，所以我们用动物油脂来做蜡烛，做出来的蜡烛燃烧时就是这种味道。这是因为某种化学成分的关系，我忘了叫什么来着，是我们的主任医师维尔特斯告诉我的。"

他还坚持带我去看另外两座焚化场，超大型的建筑，此刻还没有启用；和妇女集中营；鉴于当地政府抱怨不断，声称集中营污染了维斯瓦河和附近的含水层，所以还建了污水处理站。之后，他载我回营总区，带我四处参观了一遍，最后还开车到城的另一边，快速导览奥斯威辛三号集中营的营区，住的都是替法本公司工作的劳工。他介绍我认识一位该厂的工程师马克思·福斯特，我跟他约定改天再来参观。

我不打算一一描述里面的设施，许多书里都有超详尽的介绍，各位想必都知道了，我没有需要特别补充的。回到营区，霍斯邀我一起去骑马运动一下，我已经累得腰都快挺不直了，尤其渴望好好洗个澡，费尽唇舌好不容易才说服他，请他送我回我住的总部。

霍斯在营总区司令部里找了间空办公室给我，窗户面向索拉河以及营区大道对面的一栋格局方正的漂亮房子。房子四周林木蓊郁，原来那是司令官和家人的寓所。我现在下榻的党卫队总部，比卢布林的德意志屋要安静许多，住在这里的人多是正直认真的专业人员，任务各不相同，出差暂住这里。

到了晚上，在营区工作的军官会来这里喝一杯，打几杆台球，从不见任何脱轨的行为。这里的餐点非常好，分量十足，保加利亚葡萄酒喝到饱，饭后还有克罗地亚的私酿酒帮助消化，偶尔还吃得到香草冰激凌。

除了霍斯之外，我的主要联系窗口是营区的主任医师，爱德华·维尔特斯二级突击队大队长。他的办公室在营区大道尽头的营总区党卫队医院，面对政治局和一座随时可能面临停用命运的焚化场。维尔特斯二级突击队大队长敏锐机智，五官细致，淡蓝色的瞳仁，发色灰白，看起来工作过劳，但总是积极面对困难，努力克服。他满脑子想的都是如何对抗伤寒，营区今年已经爆发两次大流行，不仅严重摧残了吉卜赛人集中营，连党卫队卫兵和家眷都惨遭波及，还有人为此因公殉职。

我们经常一起讨论。他隶属奥拉宁堡的罗林医生底下，他抱怨上面不支持他，当我暗示颇有同感时，他立刻破除心防，老实不客气地说，跟这个吸毒又无能的家伙一起共事，根本采取不了任何有建设性的措施。维尔特斯并非出身于集中营巡察厅，他在 1939 年加入党卫队武装军，在前线出生入死，获得了铁十字二级勋章的肯定，后来生了一场重病，痊愈后接受了一番训练，就被派到集中营服务。他觉得奥斯威辛的情况惨不忍睹，这一年来，改革一直是他念兹在兹的愿望。

维尔特斯把每个月呈给罗林的报告拿给我看：营区各部门的现况、某些医生和军官的无能、士官和囚警对待囚犯的非人行径、日常工作上遭遇到的障碍，全都赤裸裸、毫无粉饰地写在报告上。他答应将最后 10 篇报告另打副本给我。他特别反对起用刑事犯担任营区管理职。

“我针对这件事，跟霍斯一级突击队大队长谈了不下数十次，这些绿囚生性凶残，有时候还是心理变态，他们都是坏到骨子里的恶棍，他们对其他的囚犯施暴，威胁恐吓他们，而党卫队竟然默许这种事，简直让人忍无可忍，在这种管理方式下，情况不用说会有多惨了。”

“您觉得该用谁来担任呢？政治犯，共党分子？”

“当然！”他伸出手指，一一说明理由，“第一，从文字上的定义来说，这一些人是有社会意识的人，就算思想遭到洗脑，也绝不会采取现在营区里视为理所当然的暴力行为。您知道妇女营那些分区小队长都是妓女跟疯婆子吗！至于男性的分区小队长，绝大多数的人都养着一个年轻男孩，这里所谓的小白脸，当他们的性奴隶。我们竟然用这样的人渣！相反地，这些‘红囚’全部拒上娼寮，这里有专为在集中营当差的囚犯设立的娼寮。有些人已经被关在这里10年了，他们恪守纪律的自律精神令人印象深刻。

“第二，现下的当务之急是规划劳动力，这方面有谁比得上共产党或国家安全局的活跃分子？这些绿囚只会打人，除了打还是打。第三，有人质疑‘红囚’会阴谋破坏我们的生产力。针对这项质疑，我的回答是，他们再怎么破坏，情况也不会比现在糟，更何况我们还可以采取监控措施。政治犯不是笨蛋，他们很清楚一旦发生问题，少不了会被毒打一顿，届时暴力将再度被视为理所当然，因此对他们自己以及所有的营囚来说，最有利的当然是确保生产能力提升。

“我甚至可以大胆拿达豪集中营的例子来说明，我曾短暂待过那里。那里放手让‘红囚’去管，我可以向您保证，情况比奥斯威辛不知好上多少倍。我自己单位用的人全都是政治犯，他们的表现让我无从挑剔。我的个人秘书室有个奥地利共产党，他工作认真，举止从容，效率高。我们偶尔还会开诚布公地交换一些看法，对我来说非常有用，因为他可以从囚犯身上获悉我无从知道的事情，然后向我报告。我对他的信任超过党卫队的某些同僚。”

我们也谈到了筛检的问题。

“我觉得筛检是件可恶的事。”他毫不保留地说出真心话，“不过该做的还是要做，而且最好让医师来主导。以前这事交由集中营营长和他手下负责，他们根本就是乱来，手法残暴血腥，超乎想象。起码现在筛检过程井然有序，标准也合理。”

维尔特斯下令营区的每一位医生轮流到车站的斜坡道。“我也不例外，虽然觉得很厌恶，还是得做个榜样。”

他说这话的时候，神情似乎有些迷惘，他不是头一个对我敞开心扉，说出真心话的人。打从我这趟出差开始，某些人，也许是因为本能告诉他们，我对他们遭遇的问题很感兴趣，又或许是希望从我身上找出一条宣泄悲愤的管道，他们告诉我的远超过我的任务所需。的确，维尔特斯在这里很难找到一个愿意听他倾诉的朋友，霍斯是个干练的老手，但是心思不够细腻，他的属下多半也是这个样子。

我仔细巡视了营区的其他部分，也跑了几趟比尔克瑙，他们向我说明在“加拿大”堆放的没收物品的登记存货系统，简直乱无章法——存放外币的箱子没人清点，钞票散落走道，任人踩踏磨破，沾满烂泥巴。原则上，我们会在营区出口处让囚警搜身，不过我可以想象，只要有只手表或几块马克，打发警卫很简单。

负责登录存货的绿囚囚警委婉地证实了我的想法，他带我参观乱成一团的仓库——堆栈成山的旧衣服，好几队人正忙着拆下衣服上面的黄色星星，然后缝补、筛选，再将筛选好的衣服堆成另一堆；一箱箱的眼镜、手表、各式各样的笔；排列整齐的婴儿车和手推车；一束束的女人头发，捆装成一袋后送到德国的工厂加工制成潜水艇员的袜子、床垫的填充料或绝缘物体；还有数不清的宗教祭祀用品，几乎没人知道怎么用。

这位在营区当差的囚警在与我道别的当下，不假思索便用汉堡地方的俚语，开玩笑地对我说：“有什么需要尽管说，包在我身上。”“您这话是什么意思？”“哦，有时这话没什么特殊意思，只是想替您效劳而已，您知道，我们这些人很愿意为您效劳。”果然如摩根所言，集中营的党卫队跟囚犯串通，把“加拿大”当成自家库房。

摩根曾建议我参观卫兵的房间，我在那里瞥见喝得半醉的党卫队人员，大模大样仰躺在高级布面沙发上，两眼无神望着前方。一旁有几名犹太女囚犯，身上穿的不是规定的条纹囚衣，而是轻柔的洋装，围着一只大平底铁锅煎着香肠和马铃薯饼，那些女囚都是不折不扣的大美人，头发也没剃掉，当她们为警卫端菜过来，或者捧着水晶玻璃瓶盛装的葡萄酒为他们倒酒时，那些女人对警卫的态度非常亲昵，直接以你互称，或叫他们的小名。

这些警卫见到我，也没有人起身敬礼。我满脸惊讶地望了一眼旁边陪我四处参观的士兵，他们只是耸耸肩：“二级突击队大队长，他们累了。您知道的，今天够他们忙的了，已经来了两趟车。”我很想叫人打开他们的柜子，但是我现在的情况并不允许我这么做，我敢说里面一定装满了值钱的东西和外币。

这种普遍的贪渎现象，好像如外传所言，已经往上延伸到最高层。我在党卫队武装军总部的酒吧，意外听见一名在集中营工作的中士和一个老百姓的谈话。

中士露着诡异的笑容说他刚刚把“一整篮的小内裤，而且是质量最好，有蕾丝花边的丝质内裤送去给霍斯太太”。“她想汰换旧内裤，懂吧？”他没有说内裤是从哪里来的，我可以轻易猜得出来。我也有类似的亲身经历，有人暗示要送我几瓶干邑和一些食物，给我加加菜。我拒绝了，而且是非常礼貌委婉地回绝，我不希望这里的军官对我产生戒心，免得影响了我的工作。

我按照约定去参观了法本公司的大型工厂，厂名叫布纳，布纳是该厂将来规划要生产的人造橡胶产品，一看就知道，建厂工程进行得不太顺利。福斯特有事，他派了助理施内克工程师带我参观工地。施内克年约三十，穿着灰色西装，别着党徽。他似乎对我的铁十字勋章非常感兴趣，跟我说话的时候，目光每每飘到勋章上头，最后他终于忍不住，怯生生问我是怎么得到这枚勋章的。

“我当时在斯大林格勒。”“啊！您真是幸运。”

“因为全身而退？”我笑着问，“是啊，我也这么想。”

施内克一脸茫然不解。

“不，我不是这个意思，我是说能够去到那边，为祖国出生入死，给布尔什维克党痛击。”我严肃地看着他，他的脸唰地通红，“我小时候腿骨摔断了，缝合时没弄好，结果有点不良于行，因此无法上前线。我真的好希望能够为国家服务。”“您在这里也是为国家服务啊。”我说。“当然，但总是不太一样。我小时候的朋友全都上前线去了，我有一种……被排除在外的感觉。”

施内克的脚的确有点跛，但是无阻于他跨着快速紧张的步伐一路疾行，我必须加快脚步才能跟得上他。

他边走边跟我说明在此建厂的缘由：国家领导人坚持要法本公司在东部占领区建一座生产布纳橡胶的工厂——军火工业的必要品项——因为鲁尔地区已经被敌军轰炸摧毁殆尽了。法本公司的董事安巴勒斯博士，着眼于众多的有利条件，最后选定了这个地方：三条河流汇集，提供生产布纳必需的大量水源；地处高原，四周无人居住（只有一座被铲平的波兰小镇），地势高是地理环境的首选；有好几条铁路在此交会，邻近又有多处煤矿产区。集中营也是一个有利因素，党卫队表明会大力支持计划，允诺供应集中营的囚犯。

可是，工厂的建造进度一再延宕，一部分是因为物资运送困难，另一部分是因为营囚的工作绩效远低于预期，公司管理阶层非常不高兴。工厂虽然定期将无法工作的囚犯送还集中营，并依据合约要求集中营更换人员，但是换来的另一批情况也好不到哪里去。

“您送回去的囚犯，后来怎么样了？”我以不带情感的口吻问。

施内克吃惊地看着我：“我怎么知道？这不是我的事。我想他们应该把他们送进医院休养了吧。您不知道吗？”

我若有所思地盯着眼前这位冲劲十足的工程师，他真的不知道吗？比尔克瑙离这里只有8公里，烟囱天天有浓烟冒出来，再说，我很清楚，只要任何人随口泄露半句，谣言立即满天飞。不过，假如是他根本不想去了解，他还是可能不知情。保密协议和那些伪装遮掩，为的不正是不让人知道?

看他们对待囚犯的态度，囚犯最后会有什么命运，施内克和他的同僚似乎一点也不在意。在满地烂泥的工地里，一群群衣衫褴褛、瘦弱佝偻的营囚，在囚警的棍棒和呵斥声中，扛着明显过重的梁木或水泥袋快步穿梭。

如果某个苦力脚下厚重的木鞋不小心打滑，让背上扛的东西掉下来了，或整个人栽进地面的话，木棍随即加倍落下，油污的烂泥里瞬间渗出了红艳艳的鲜血。有些人没有再站起来。这里的每个人都在叫，恍如炼狱。党卫队士官、囚警大声怒斥，挨打的囚犯可怜地求饶。

施内克带我穿过这片鬼哭神号，对周遭的一切仿佛视而不见，偶尔停下脚步与工地的其他工程师谈几句话，那些工程师身上的西装烫得笔挺，人手一只黄色卷尺和仿皮封面的小笔记本，上面登记着密密麻麻的数字。他们谈到了某面墙的进度缓慢，一名工程师随即在代理三级小队副的耳边低声说了几句，后者立刻大声斥责囚警，还手脚并用，使劲用枪托和靴子打他踹他，囚警随即转嫁给底下大批的囚犯，边骂边拿木棍死命殴打囚犯。

营囚拿出最后吃奶的力气加快脚步，不过没撑多久，他们又像泄了气的皮球，因为他们连站都站不稳了。这套运作系统在我看来毫无效率可言，我把我的看法告诉施内克，他耸耸肩，目光扫过四周，好像第一次注意到周遭似的。“只有打，他们才会动，这样的劳工，您还能怎么样呢？”我再度望着大批面黄肌瘦的营囚，一个个破烂的衣服上满是烂泥、黑漆漆的油污和粪便。一名波兰籍“红囚”在我面前停留了一会儿，我看见他的裤裆下面和大腿后面有深棕色的污渍，他看见有囚警走过来，立刻拔腿就跑。

我手指着那名囚犯，对施内克说：“您不觉得监控犯人的身体卫生是很重要的吗？我这么说，不单是因为他们身上的气味，还因为这样很危险，传染病大流行就是这样引爆的。”施内克神情倨傲地回答：“这些都是党卫队该做的事，我们付钱给集中营，要的是能够工作的劳工，集中营要为他们的卫生、营养和健康负责，承包合约上都写得清清楚楚。”另一名工程师是个胖胖的施瓦本[1]人，双排扣西装底下汗水淋漓，他突然爆出一阵响亮的笑声。“反正这些犹太人跟野味差不多，本来就该略带点臭味。”

施内克勉强跟着笑一笑，我冷冷地反驳：“您底下的工人并不全是犹太人。”“哦！其他的也好不到哪里去。”施内克开始冒火了。“二级突击队大队长，如果您觉得营囚的生活条件太差，您应该向集中营反映，而不是对我们抱怨。他们的生活所需全由集中营负责管理，我已经说过了，全都白纸黑字清清楚楚写在合约上。”

“我很清楚，相信我。”施内克说得对，施暴的人的确都是党卫队的驻卫警和他们底下的囚警。“我只是觉得改善他们的待遇对提升生产力会有帮助，您不认为吗？”施内克耸耸肩：“最理想的情况也许是这样，我们也常对集中营抱怨劳工的状况不佳。但是，我们有比成天为这种鸡毛蒜皮的事跟他们争吵更重要的事要做。”

施内克身后有个被痛殴倒地、奄奄一息的囚犯，满是鲜血的头埋在浓稠的烂泥里，双脚反射性的抽搐证明他一丝尚存。施内克看都不看一眼，大步从他身上跨过去。他还在为我刚才说的话感到愤愤不已。

“二级突击队大队长，在这里不能感情用事，我们现在在打仗，生产才是第一要务。”“我非常赞同您的话，我的任务目标就是要提出有助提高生产力的方法，这一点您可不能说不关您的事。再说，已经多久了？您开工到现在两年了吧？连一公斤的布纳都没生产出来。”“话是没错，但是容我提醒您，甲

---

1. 德国西南部地区。

醇厂一个月前已经开始生产了。”

虽然施内克提出反驳，我最后的那番话显然激怒了他，剩下的参观行程，他话说得又少又冷。我顺道参观了附属工厂的集中营。大片厂区建筑矗立在荒芜田园中，集中营在南边，是一栋铁丝网圈住的长方形建筑，就在铲平的小镇旧址。

我觉得这里的生活环境简直令人无法恭维，集中营营长似乎觉得很正常：“反正，法本公司不要的人，我们就送回去比尔克瑙，叫他们送新的过来。”回到营总区，我发现墙上有几个惊人的涂鸦文字：奥斯威辛 = 卡廷森林大屠杀[1]。

的确，从 3 月开始，戈培尔针对在白俄罗斯地区发现的波兰军士尸体大肆宣传，咸认他们是在 1939 年遭俄军杀害的波兰军官，有数千人之多。谁会在这里写出这样的东西？奥斯威辛已经看不到波兰人了，犹太人也早就销声匿迹了。

整座城灰暗阴沉，跟东部占领区的所有古城一样，方正的市场广场，斜顶的共济会教堂，还有城门口的大公城堡，雄踞横跨在索拉河的桥面上。这几年来，大元帅一直非常赞同这里的城区扩张计划，准备建设一座德国东部领土的模范城镇，后来因为战事吃紧，这些远大的计划于是被束之高阁。小镇依旧凄凉单调，在集中营和工厂的扩张中逐渐没落，几乎被世人遗忘，只剩模糊印象。

集中营里的生活充斥着各种光怪陆离的现象。皮雍泰克送我到司令部门口，倒车将欧宝停好，我准备上去时，霍斯家的庭院传来一阵叫声，吸引了我的注意力。我点燃一根烟，偷偷地靠近，从铁门的空隙中我看见孩子们在跟营

---

1. 又称“卡廷惨案”。1940 年春，大约 2.2 万名在押波兰军人、知识分子、政界人士和公职人员遭到苏联军队杀害（其中 4421 人于斯摩棱斯克郊外的卡廷森林被处决）。1943 年，纳粹德国发现波兰军人尸体，称杀害事件为苏联所为，遭到否认。1990 年 4 月 13 日，时任波兰总统雅鲁泽尔斯基访问苏联时，苏联正式承认对卡廷事件负全部责任，称其是“斯大林主义的严重罪行之一”。2010 年 4 月，俄罗斯总统梅德韦杰夫下令公开俄方掌握的卡廷事件历史文件。

囚玩。

最高的那一个背对着我，挂着囚警的臂章，他以高亢的嗓门发出标准化的命令：“注……意！戴……帽！脱……帽！五人一行，集合！”

还有四个小孩，三女一男，其中一个女孩还非常小，立刻面朝向我，笨手笨脚地按照命令排队，每个小孩的胸前绣着各种颜色不同的三角形，有绿、红、黑、紫。

霍斯的声音在我身后响起：“早安，二级突击队大队长！您在看什么？”我转过身，霍斯已经伸出手朝我走过来。

一名勤务兵站在铁门边上，手牵着马的缰绳。我向他行礼，然后握住他的手，默默不发一语，只伸手指指后面的庭院。霍斯的脸色“唰”地变红，立刻穿过铁门，往孩子们那边跑。他什么也没说，也没有甩他们耳光，只是一把扯下他们胸前的三角形和臂章，喝令他们进屋。他手握扯下的碎布，朝我走过来，脸上红潮未退。

霍斯定睛看着我，看看手中的标章，又抬头看了我一下，最后默默从我身边走过去，在踏进司令部之前，把手上的碎布扔进门口的垃圾铁桶。我弯身捡起刚刚为了行礼慌忙扔掉的香烟，烟头还冒着烟。园丁手上拿着锄头从里面出来，他穿着干净笔挺的条纹囚衣，经过我身旁时摘下头上的橄榄帽，接着走到司令部门口，把垃圾桶里的东西倒进他手上的垃圾袋，又走回庭院。

白天我觉得神清气爽，精力充沛，党卫队武装军总部的伙食很好，到了晚上，我舒舒服服地躺在床上，盖着干净的床单。然而，自从我到了这里，只要一进入梦乡，梦便如狂风般一阵紧接着一阵，有时候很短很干脆，一会儿就忘得一干二净，有时候又像一只长长的蛆，不停地在我脑子里钻呀钻，连串的单一画面不停反复，印象一夜比一夜深刻，幽暗难辨的梦境，言语无法形容，也没什么情节，却以极合乎逻辑的螺旋方式回旋展开。

梦里面，我奔跑着，却像在空中飞舞似的，游走于高低变换起伏、地理环境单调反复、划分成几何图形区块、交通繁忙喧哗的城市，这画面像是单纯从一只眼睛，甚至像从一架摄影机拍摄出来的。数千个生物熙来攘往，进进出出外观一模一样的大楼，走在笔直的漫长街道上，或从一个地铁站往地底钻，再从另一个出口爬出地面，脚步没有停歇，没有明确的目的地。

如果我，应该说是我变成的那只眼睛，想往下飞靠近一点看清楚的话，我会发现街上的男男女女全都长得一个样，每个人都是一身白皙的皮肤，金色头发，湛蓝眼眸，瞳仁色泽极淡，神色迷惘，那是霍斯的眼睛，是我之前的勤务兵汉尼卡，他在哈尔科夫濒死前睁大的眼睛，湛蓝一如天空。铁道纵横市区，小小的列车往前飞奔，在规定的停靠站停下，吐出大批的人潮，随即又纳入同样大批的人潮，列车不断往前奔，直到消失在视线之外。

接下来的几个夜里，我踏进梦中的几间房子，一排排的人在公用的长条桌和茅厕之间鱼贯行进，像串串洋葱，吃了拉，拉了又吃，有些人在双层床上做爱，孩子接着出世，在床架之间嬉戏追逐，等他们长得够大了，走出户外，汇入圆满城市的人潮中。

慢慢地，我利用从各个不同角度观察他们之便，在这群表面上看起来似乎随兴自由的人潮中，找到了一股趋势——不知怎么的，某些人最后总是走向同一边，进入没有窗户的建筑物，躺在里面默默等死。一些专家过来，从这些人当中挑选还有能力为这个城市的经济有所贡献的人，剩下的尸体被扔进焚化炉里火化，正好用来烧热水，热水通过输水系统送到各个区域；白骨成堆；烟囱冒出来的烟，仿佛一股股支流，与邻近烟囱冒出来的烟汇集，形成一条安详庄严的长河。我俯瞰梦境国度的角度越拔越高，城市的生态平衡益发明显可见，这是个自动繁衍延续的社会，人口维持完美的平衡，永远不停在动，生产不会过剩，也不会匮乏。

我醒来的时候，恍惚中觉得梦里祥和无忧的城市，理所当然指的就是集中营。然而，处于完全不可能的停滞状态下的圆满集中营，虽没有暴力，人人自律自动，运作完美无瑕，却是百无一用，因为虽然每个人都在动，却没有做出实质的生产。

更深入地思索后，我在党卫队武装军总部的大厅啜饮人造咖啡，脑筋持续地转，难道这不是社会的整体缩影吗？剥掉华丽的外壳，庸庸碌碌，人的一生也只剩下这些而已；人一旦有了子嗣，就完成了延续种族的使命。

至于个人的人生，只不过是个圈套，驱策我们每天清晨起床的动力。如果以纯粹客观的角度来审视人生，这一点我觉得我们可以做得到，人在一生当中所做的努力，到头来全都是枉然，这是摆在眼前的事实，正如繁衍后代一样无用，反正下一代忙忙碌碌一辈子，到头来依旧还是一场空。我得出一个结论：正因为集中营组织架构僵化，荒谬暴力行径普遍，阶级分明，才能更恰如其分地反映出人类镇日熙熙攘攘，无事忙的荒谬？

然而，我来奥斯威辛的目的不是透析人生哲理。

我巡察了农产实验营——拉耶斯科公司的实验农业场，这是大元帅极看重的一个地方，负责的凯萨博士向我说明了他如何发展大规模种植橡胶草的各种试验，您还记得吧，我们在迈科普附近发现了这种植物，据说可以用来生产橡胶。

还有戈勒舍乌公司的水泥厂、爱因特拉施图特公司的炼钢厂、雅维佐维兹公司和新达赫斯的矿区。除了拉耶斯科公司的农业实验场算是特例，其他地方比起布纳厂，情况之糟可说有过之而无不及，厂区没有任何安全措施，导致工安意外频传，长期性的卫生条件败坏损害思考能力，囚警和平民工头的粗暴到了无以复加的地步，稍有不慎，便像发疯似的朝囚犯一顿毒打。

我搭乘电梯深入地底采矿井，像铁笼的电梯吱嘎摇晃，每到一层，放眼望去只见黝黑的地道，照明极差的晕黄灯光打出几个光圈，在地底工作的囚犯应该都抱着再也看不见天日的绝望心情。到了最底层，岩壁渗出涓涓细流，金属的敲打声和囚犯的哀号在臭气逼人的低矮地道里回荡。裁掉一半的汽油桶上面横摆着一块木板，就成了简易茅坑，有些营囚身体虚弱到上厕所都会跌进桶里。个个骨瘦如柴，双脚却水肿得像象腿，不是沿着衔接不良的轨道，费力地将满载煤矿的推车往前推，就是拿着快要拿不动的铁铲或铁锹捶打岩壁。隧道的出口处，有数排疲惫不堪的工人在那里等着，或搀扶奄奄一息的同伴，或抱着躺在临时克难担架上死去的同伴，他们等着回到地面，被遣返回比尔克瑙，至少可以重新见到太阳，就算是几个小时也好。

我得悉所有的工程进度都比工程师们预期的慢，这是意料中的事，他们早就习惯拿集中营提供的人力素质太差做借口。一名赫尔曼-戈林工厂的年轻工程师无可奈何地对我说，他的确想过要替那些为雅维佐维兹公司工作的囚犯争取更多口粮，但是公司管理阶层以增加成本为由，予以否决。至于少用暴力，就连观念比较先进的这些人都认为行不通了。打了，囚犯勉强还慢吞吞地动，不打，他们根本不动。

我和维尔特斯曾经深入讨论施予暴力的问题，因为这让我想起之前在特遣部队的亲身经历。维尔特斯和我都同意一件事，虽说一开始那些人使用暴力，只是基于职责所在不得不为，日子久了却打上了瘾。

“我们非但没有努力让恶性重大的刑事犯得到教训，叫他们改过向善，”他激动地说，“反而借重他们的残酷本性，授予他们权力去压榨其他犯人，连党卫队也出现了不少残暴的成员。以目前这种方法运作的集中营，已经成为孕育精神病患和心理变态的温床，战争结束后，这些人重回社会，一定会造成非常严重的社会问题。”

我告诉他，据说灭绝行动之所以从军队转移到集中营执行，一部分的原因就是集体处决行动对官兵们的心理层面造成了严重的影响。

“这是一定的。”维尔特斯回答，“可是我们做的只是转移问题，尤其是混淆了灭绝行动和平常的囚犯集中营所肩负的惩戒和经济功能，灭绝行动产生的心理问题抹杀了集中营的其他功能。就拿这里来说吧，在我的医疗所就出现过医生扩大解释上面命令，谋杀病人的案件，我花了九牛二虎之力才终结这种行为。五花八门的疯狂后遗症更是层出不穷，尤其是在警卫圈，更经常牵涉到性淫乱。”

“您能举个具体的案例吗？”

“他们多半不会上门求诊，不过还是有人会来。一个月前，有个来这里一年的警卫，他是布雷斯劳人，37 岁，已婚，有两个小孩，他坦承毒打囚犯，一直打到勃起射精才停手，整个过程他连囚犯的身体都没碰过。他再也无法有正常的性关系，休假时他不敢回家，因为他惭愧到不敢面对家人。他调来奥斯威辛之前，他再三强调自己是完全正常的。”

“您怎么处理呢？”“在这样的情况下，我能做的不多，他需要长期的专业心理治疗。我试着把他调派到其他地方，远离集中营系统，但是很难，我不能全说出来，说出来他会被捕。他病了，他需要治疗。”

“您认为这样的变态心理是怎么发展的呢？”我问，“我是说正常的男人，先天上没有任何可能出现这些病症倾向的人？”

维尔特斯望着窗外，想了好久才回答：“这个问题我也想了很久，答案有些难以启齿。最容易想到的理由，得归咎于我们的宣传，举例来说，这里负责文化局业务的克尼泰尔中士灌输部队官兵：营囚是下等人，连人都称不上，打他们是完全合法的行为。但是，这不能解释一切。就算动物不是人，我们的警卫也不会拿对待营囚的方式虐待动物。教育宣传在这当中自然占有一席之地，影响的层面也比想象的复杂。我于是得到一个结论，党卫队警卫之所以变得如此暴力变态，不是因为他们不把囚犯当成人看，恰好相反，是因为他们发现囚犯不像宣传所说的，是个下等人，而是不折不扣的一个人，本质上跟他们没有两样。您可以看到，是营囚身上那份坚毅、那份无声的坚忍让警卫受不了，所以只好拼命打他们，好让人性彻底从犯人身上消失。这么做根本没有用，警卫打得越凶，越是得承认摆在眼前的现实，犯人拒绝被当作非人来看待。警卫出于无奈，只能求助剩下的唯一办法——杀死犯人。这样一来，警卫又等于承认自己彻底失败了。”

维尔特斯没有再说下去，始终望着窗外。

我打破沉默：“医生，我可以问一个私人的问题吗？”

维尔特斯没有转头看我，修长纤细的手指轻轻敲打桌面：“您说。”“您是教徒吗？”他想了一会儿，眼神依旧停留在窗外，望着那条路和焚化场，最后他终于开口：“是的，我曾经是。”

我与维尔特斯分手后，车子爬上营区大道回到司令部。车子开到离营门口检查哨前的红白栅栏不远的地方，我看到霍斯家的一个孩子，最年长的那个，他蹲在自家门口前。

我走过去跟他打招呼：“早安！”男孩站起来，抬起坦诚聪颖的双眼望着我，“二级突击队大队长，早安。”“你叫什么名字？”“克劳斯。”“你在看什么啊，克劳斯？”克劳斯伸出手指着大门：“您看。”

门槛前的硬土地上密密麻麻爬满蚂蚁，黑黢黢的一片，窸窣钻动。克劳斯又蹲下观察蚂蚁，我弯腰靠近他。起先，我以为数千只蚂蚁是毫无头绪、没有目标地胡乱钻爬，靠近仔细一看，发现它们是一只接着一只、努力衔接的队伍。我注意到，场面之所以显得混乱，是因为每只蚂蚁碰见迎面走来的伙伴时，都会停下来伸出头上的一对触角和伙伴的触角对碰。一部分的蚂蚁慢慢往左边移动，另一部分的蚂蚁也刚好从左边走过来，身上扛着食物碎屑，真是勤奋不懈的劳动者。从左边过来的那一批，一定是借由触角的接触告诉另一批蚂蚁食物来自哪里。

房子的大门打开，一名营囚走出来，就是我见过的那个园丁，他一看到我立刻立正站好，扯掉头上的橄榄帽。他比我大几岁，根据他胸前的三角形分析，是波兰政治犯。他看见蚂蚁窝，立刻说："军官大人，我马上清掉。""不要！千万不要碰它！"

"对，史坦尼，"克劳斯又加上一句，"让它们在这里吧，它们又没怎样。"他转头问我："它们要去哪里？""我不知道，我们安静等着看。"蚂蚁先是沿着庭园的围墙一路走到马路边，穿过停放在司令部对面的汽车和机车底下，然后直直走。一条高低起伏的黑线一直蔓延到营区行政办公室后头，我们一步一步跟着蚂蚁往前走，赞叹它们不屈不挠的决心。

来到政治局办公室附近时，克劳斯紧张地看着我："二级突击队大队长，对不起，我父亲不希望我到这里来。""那你在这里等我，等会儿我再告诉你它们上哪儿去了。"

政治局办公室耸立在焚化场的低矮山丘上，那里原本是四面泥土墙的地底军火库，从外面看，如果拿掉那根烟囱，整体看起来有点近似风化的低矮丘陵。蚂蚁持续朝前方聚集了大片同伴的方向前进，黑黑的大片蚁群爬上了缓坡，钻进野草底下，接着转弯爬上水泥墙的墙边，那里是凹进土坡中的地下军火库入口。

我跟着蚂蚁一路走，看见它们钻进半开的门，爬进焚化场。我抬头四下张望，除了那个好奇盯着我看的警卫，还有远一点靠近集中营新开发地区，那边有一排囚犯吃力地推着手推车之外，四下无人。

我走到门口，这个门框近似窗框，有可推开的两扇门扉，踏进门槛，里面黑漆漆的悄无声息。蚂蚁爬上门槛的边边，我转身离开，回到克劳斯身边。"它们到那边去了。"我敷衍地说，"它们在那里找到吃的。"我和小孩回到司令部，在司令部的大门前分手。"二级突击队大队长，您今晚会过来吗？"克劳斯问。霍斯在家举办小型餐会，也邀请了我。"会。""今天晚上见了！"说完，他大步跨过蚂蚁窝，走进庭院。

黄昏时分，我先回党卫队武装军总部梳洗，换了衣服才前往霍斯家。铁门前的泥土地上，只剩下数十只蚂蚁来回匆忙，其他几千只现在大概都回到地底了，挖呀，扫呀，砌呀，我们虽然看不见，它们一定仍旧不停地忙着这些无意义的工作。

霍斯站在门口台阶上迎接我，手上拿着一杯干邑。他先介绍了他的妻子海德薇格，她有一头金发，笑容僵硬，眼神严厉，身穿一席领口和袖口缀有蕾丝花边的丝质晚礼服；两个比较年长的女儿，金蒂和芭比的穿着打扮也非常出众。克劳斯友善地和我握手，他穿着粗呢布外套，英式剪裁，大颗牛角纽扣，手肘的部分还加缝了黄色麂皮。

“很漂亮的外套。”我称赞道，“哪里找来的？”“是我爸爸从集中营带回来的。”他兴高采烈地回答，“还有皮鞋也是。”那双棕色的真皮小皮靴，打上鞋油擦得亮晶晶的，侧边缀了长排的扣子。“真好看。”我说。

维尔特斯也在场，介绍了他的妻子给我认识。其他宾客清一色都是集中营区里的军官，有附近军营的指挥官哈特詹斯坦、政治局局长葛拉伯纳、集中营营长欧迈耶、凯萨博士等人。气氛有点僵，比在艾希曼家那一次要别扭些，不过大伙还算亲切。凯萨太太看起来还很年轻，也很爱笑，维尔特斯在旁边跟我说她是他以前的助理，凯萨的第二任太太得了伤寒过世后，没多久凯萨就向她求婚了。

谈话主题围绕着墨索里尼下台被捕的新闻，此事震撼人心，人民对新总理巴多里奥[1]的国家忠诚多有质疑，无法安心信任他。

后来，大家聊到了大元帅对德国东部占领区的发展计划，在场宾客对此意见分歧，葛拉伯纳试图拉我参与他们关于希姆莱城殖民计划的讨论，我尽可能回答得模棱两可。有一件事肯定错不了，不管大家对这个地区的未来发展看法有多两极，集中营在这项计划中都将占有一席之地。霍斯认为集中营少说会继续存在 10 到 20 年。

---

1. 巴多里奥（Pietro Badoglio，1871—1956）：意大利将军，政治人物，1943 年墨索里尼下台后，成为意大利总理。

“营总区的扩建工程，也是这个远大计划的一部分，”他说，“一旦战争结束，犹太人的问题解决之后，比尔克瑙将消失，土地回归农作。但是上西里西亚地区的工业，尤其在东方占领区里，因为德国人伤亡惨重，将来非得借重当地波兰人民的劳动力，集中营对当地人民长期以来的管控将成为攸关成败的关键因素。”

两名女囚穿着样式简单但质地优良的干净长袍，端着托盘，游走于宾客之间，她们胸前挂着蓝色 IBV 的三角形标章，也就是我们所谓的“耶和华见证人”。

房间整理得窗明几净，地上铺着地毯，真皮沙发和扶手座椅，贵重木质家具雕工精致，插着鲜花的花瓶下垫着圆形蕾丝瓶垫。台灯放射和暖的低调光线，宛如灯罩筛过似的柔和。墙上挂满了大元帅视察集中营时拍的照片，有的是和霍斯的合照，有的是抱着孩子坐在膝盖上的照片，通通经过放大，更特别请大元帅在上面签名留念。

席上的干邑和葡萄酒质量一流，霍斯还特别请客人抽南斯拉夫的伊巴尔牌上等雪茄。我好奇地看着眼前这个男人，那么一个刻板僵硬、不知变通的工作狂，竟然会拿死在他手下的犹太小孩的衣服给自己孩子穿。他看见自己的孩子时，不会想到这个吗？一定是想都没想过。

他妻子挽着他的手，不断发出尖锐刺耳的笑声。我望着她，不禁要想，裹在那席晚礼服底下屁股上的蕾丝内裤，是从她丈夫毒死的某个美丽犹太少女身上脱下来的。那个犹太女孩还有她的屁股早就被烧得化成了烟，飞到九霄云外，她身上那件昂贵内裤，可能是为了这次举家迁移才特地穿上的，而现在这条内裤裹的、保护的却是海德薇格的屁股。

当霍斯脱掉老婆身上的这条内裤，和老婆燕好之际，是否会想到这个犹太女孩？不过，就算有这么一条精致的内裤包覆其上，他对霍斯太太的屁股或许早就没有兴致了。集中营的工作就算没有让他变成性变态，也可能会让他有心无力。

或许他在集中营金屋藏娇，把哪个犹太女孩藏在某个角落，吃得好，穿得干净，幸运的女孩成了司令官的小二奶？不，他不会，如果霍斯私藏女囚当情妇，那个女囚也一定是德国裔，绝对不会是犹太人。

胡思乱想绝无益处，这点我非常清楚。那天晚上，反复出现的梦境达到最高潮。我沿着改作他用的铁轨，逐渐接近这座巨大的城市，遥远的天际，一排烟囱静静冒着黑烟，我觉得好彷徨，好无助，像被丢弃的小狗，迫切需要人类的陪伴。

我踏进人群中，游魂似的晃呀晃，走了好久好久，始终无法摆脱朝天空喷出大股烟雾和点点火星的焚化场的诱惑……像一只狗，受到同类的臭气／吸引却又感到厌恶／燃烧。可是，我进不去，我于是踏进一间临时搭建的宽敞木屋，在里面找到一个铺位，推开一个想要挤进来跟我一起睡的女人。

我很快就沉沉入睡，当我醒来的时候，发觉枕头上沾了一点血，仔细一看，连床单上也有。我掀开床单，床单的反面湿湿地染满了血和精液，大片黏稠的精液太浓，无法穿透床单织纹。我睡在霍斯家中的房间，在二楼，隔壁就是孩子的房间，我不知道该如何把弄脏的床单拿到浴室去清洗，而不被霍斯一家人发现。这个难题令我坐立难安，焦躁不已。

霍斯跟一名军官一起走进我的房间，他们互相脱去对方的内裤，盘腿坐在床旁边，开始兴奋地自慰，紫红色的龟头在包皮底下一伸一缩，直到精液喷射而出，溅上我的床跟地上的地毯才罢。他们希望我能跟着照做，我拒绝了，这个仪式显然具有某种特殊的意义，但我实在猜不透。

这个淫秽粗俗的梦为我在奥斯威辛集中营的第一次停留画下了句点，我在这里的工作结束了。从那里出发，在我回去柏林的途中，我陆续探访了旧帝国疆域境内的几个集中营，萨克森豪森集中营、布痕瓦尔德集中营和纽恩加姆[1]集中营，还有这些集中营的几个附属营区。

行程的详细内容我就不再多说，许多历史文献巨细靡遗地描述了这些集中营的情况，我写的不会比他们更详尽，再说，看了一个集中营，等于看过全部，这话说得一点都不假。众所周知，这些集中营都非常相似，虽然所在的地理位置不同，然而我所看到的一切里，没有让我重新思索，进而想去修正这项

---

1. 汉堡市郊地区。

看法和结论的东西。

8月中，我终于结束出差行程，回到了柏林。奥廖尔刚被苏联拿回去，英美联军完全占据了西西里岛。我在短时间内完成报告，在旅程途中，我就已经把重点汇总整理好了，现在只需要划分章节，把报告打出来就行了，顶多几天就能交差。我小心翼翼地拿捏遣词用句，再三琢磨我的论点逻辑，这份报告将直接呈给大元帅，伯朗特事先告诉过我，可能也要进行口头汇报。修改打字完毕，我把最后的定稿寄给他，接下来只有等了。

我必须承认我真的不太高兴，我又得天天面对房东古特克内希特太太。古特克内希特太太倒是高兴得不得了，坚持要请我喝茶，只是，她不懂，既然我是从吃的东西满街都是的东部占领区回来，怎么没有想到顺便带两只鹅回家呢(老实说，有这种想法的不止她一个，皮雍泰克从家乡塔尔诺维兹回来时，带了满满一箱的食物，还说可以卖一些给我，不用粮票)。此外，我觉得她常趁我不在的时候偷翻我的东西。很不幸，我的耐性已经被她吐不完的牢骚和幼稚的行为磨光了。普拉克莎小姐换了新发型，指甲油的颜色没换。托马斯看见我回来非常高兴，他说局势将出现重大的转变，幸好我人在柏林，我必须有所准备。

经过这样的旅程之后，回家突然发现没事可干，感觉真奇怪！布朗肖文集我早就看完了，我翻开《犹太教杀戮仪式》，看不到两页就合上了，很惊讶大元帅竟然对这样的唬烂文章感兴趣。我没有私事要办，工作上的档案也都建档完毕。我的办公室窗户面对阿尔布雷希特王子城堡公园，阳光灿烂，8月的干热已稍见端倪，我跷着二郎腿躺在沙发上，要不然就挨着窗台抽烟，静静沉思。

停滞状态的窒闷逼得我喘不过气时，就下楼走到庭院里透透气，踏上尘土飞扬的碎石子小路，一块树荫底下的绿色角落吸引我走过去。我想起我在波兰的所见所闻，也说不上是什么原因，我的思绪滑过影像，紧紧扒着那些字眼不放，该使用何种字眼始终让我苦恼不已。

我很早就开始思索德军和俄军对于大屠杀事件的反应，两者之间有什么差异，结论是我们最终还是不得不改变杀戮方法，企图多少掩饰屠杀事件，相反地，经历了四分之一世纪长的杀戮史的俄军似乎毫不在意，他们不在乎用什么字眼。

总之，Tod 这个字具有尸体冰冷的僵硬感，本身简洁，略带抽象，最终的意义当然是死亡，而俄文 смерть 这个字，就像死亡本身般沉重与含混。法文是怎么说的？法文的 mort 在我看来，始终依附在将死亡女性化的拉丁文上，而死神及由她延伸出来的暖暖温柔画面，跟希腊神话中恐怖死神塔纳托斯两者给人带来的最终命运又有什么不同！德国人最起码保留了死亡的阳性属性（在这里顺带一提，俄文 смерть 这个字也是阴性的）。

在夏日的灿烂阳光下，我开始想起了我们所做的决定——杀光犹太人的非常想法，不管是老或是幼，也不管是好人或坏人，彻底消灭犹太主义并扩及它的信徒，这个决定举世皆知，名曰 Endlosung（最终解决方案）。多么优美的字眼！其实，这个字不是杀戮灭绝的同义字，一开始，我们只是要求上面对犹太人的问题给一个 Endlosung，一个全面解决方案（vollige Losung），或者一个基本解决方案（allgemeine Losung）也行。随着时间的演变，这个字眼代表着将犹太人排除在公务机关之外，排除在经济贸易活动之外，然后是犹太人大举迁出。慢慢地，这个字眼的意义逐渐转向，落入无底深渊，然而这个字的原始定义并没有改变，反而有点像最终的定义始终暗藏在这个字眼的中心，事情在这个字眼的牵引与控制下，被它超乎寻常的重量逼进理智的黑洞，终至发展到不可思议的地步，我们于是据以放胆去做，就此踏上不归路。

我们依旧相信学理，相信观念，我们以为这些字眼指的就是学理，这并非绝对，或许这些字眼里真的具有某些观念，又或许它们只是空洞的字眼，顶多只有本身代表的字义而已。

或许我们就这样，被一个字眼和它所延伸的必然意义挟持着到处蛮干，我们身上也找不到任何学理，任何逻辑，任何合情合理的思想？在一个像德文这样独特的语言里，没有字眼比得上 Endlosung 和它血淋淋的美吧？说真的，要如何对抗得了这个字眼的诱惑呢？跟对抗服从、奉献和法律这些字眼一样，是完全无法想象的吧？

说穿了，这些字眼能够列入我国公开的官方用语之林，原因不就在此吗？看似透明公开，其实是瞒天过海的 Tarnjargon（掩饰之词），不过对于常使用这些字眼和词汇的人来说，真的是非常有用——Sonderbehandlung（特殊待遇）、abtransportiert（远方安置）、entsprechend behandelt（以适当的态度处理）、Wohnsitzverkegung（住所变更）、Executivmassnahmen（处决手段）——让他们始终处在抽象的尖锐意象中。

官方用语风潮扩散蔓延行政体系，以及德国各部会官僚。我的同事艾希曼说得好，无论是往来公文书信，还是公开演说，处处可见被动式的语法，“决定已经做下……”、“犹太人被送去接受特殊待遇”、“艰巨的任务终于完成”，好像事情是自己进行的，没有人卷入或干涉，没有人采取任何行动，这些都是没有主词完成的动作。

这种语法素来具有安抚作用，就某种程度来说，这些话根本算不上行动，因为根据我们纳粹主义分子对某些字眼的特殊用法，就算没有完全省略动词，至少也要把动词的动作意味消减到最低，成为一个无用的附加词（尽管如此，多少还是有装饰的意味存在），动词因此变得可有可无，我们看到的只有事件，不管是已经存在的残酷现实，还是未来不可避免的发展，好比 Einsatz（行动）、Einbruch（突破）、Verwertung（压榨）、Entpolonisierung（去波兰化）、Ausrottung（大灭绝），连意义完全相反的 Versteppung（大草原化），也就是布尔什维克党游牧部落所鼓吹的欧洲“大草原化”，那些游牧民族不顾阿提拉[1]的反对，铲平一切文明古迹，好让马匹需要的牧草有空间生长。纳粹主义信徒中最优秀的诗人之一，汉斯·约斯特[2]写道：“人活在语言之中。”（我敢说，沃斯一定不会有异议）

我一直在等大元帅召见，此时英军对柏林再度展开轰炸，而且炮火更加猛烈。8 月 23 日，我还记得那天是星期一，已经非常晚了，空袭警报铃声大作，我在家里躺在床上，不过还没睡着。我真的很想继续躺着，古特克内希特太太在门外敲门敲得“乒乓”响，她尖锐的叫喊声几乎盖过了警报铃声。“军官先生！军官先生！……奥厄博士！快起床！是空中杀手！！救命啊！”我套上长裤，打开门锁。“是啊，古特克内希特太太，的确是英国皇家空军。您要我怎

1. 阿提拉（Atilla）：公元 5 世纪的匈奴领袖，曾多次率军入侵东西罗马帝国。
2. 约斯特（Hanns Johst，1890—1978）：德国剧作家，纳粹时期的桂冠诗人。

么样呢？”她下垂的脸颊不住地颤抖，脸色铁青，不由自主地喃喃自语：“耶稣—玛利亚—约瑟夫，耶稣—玛利亚—约瑟夫，我们该怎么办？”“跟其他人一样，到地下室找掩护。”

我关上门，回房穿上衣服，从容下楼，走之前还不忘锁上门，预防宵小乘机掠夺。88炮的炮声轰隆，清晰可闻，它们多半朝南方和动物园的方向飞。房子的地下室改装成防空避难所，如果炮弹直接命中这里，当然是躲不过的，但是总比暴露在外要好。

我钻进一堆皮箱和支架之中，安稳地坐在角落里，尽可能离古特克内希特太太越远越好，让她去向邻居倾诉内心的恐惧。有些小孩吓得哭了，有些则奔跑嬉戏，绕着这群穿着整齐西装，或匆忙间来不及换下睡袍的人闹着玩。地下室只点了两根蜡烛，烛火摇曳，随着邻近的爆炸震动，宛如测震仪似的明灭。轰炸长达数小时之久，不幸的是避难室里禁止吸烟。我大概打了瞌睡，因为我们这区没有被炮弹击中。警报解除后，我直接上楼回房睡觉，没踏出门看看街上的景况。

第二天，我无法搭地铁上班，我打电话到党卫队大楼，请皮雍泰克过来载我。他跟我说昨晚的轰炸机来自南边，八成是从西西里岛来的，受创最重的地方分别是施特格里茨、利希特菲尔德和马林费尔德[1]，虽说滕珀尔霍夫一直到动物园一带的房子早已被炸平了，还是难逃此劫。

“我空军采取了新的战略，广播说叫 Wilde Sau（母野猪），可惜没有详细说明。二级突击队大队长，听说这策略很有效，我们打下了六十几架敌机，那些浑蛋。可怜的耶肖奈克[2]大人，要是多等一会儿就好了。”耶肖奈克将军是空军总指挥长，因为空军无法有效阻止英美多次空袭，最近饮弹自杀。

穿越施普雷河之前，皮雍泰克被迫绕道，避开碎瓦砾堵塞的路面，一架被

1. 这三个地方均为柏林郊区或邻近市镇。

2. 耶肖奈克（Hans Jeschonnek，1899—1943）：二次大战时期纳粹空军将领，因为一次命令下达错误，误杀了两百多名德国步兵，1943年8月18日自杀谢罪。

击落的轰炸机，我想应该是兰开斯特轰炸机吧，直直撞上一栋建筑，飞机尾翼朝天，机身插进残垣断壁，景象凄凉，仿佛海上船难，整条船沉没汪洋，只剩船尾。浓浓的黑烟遮蔽大地。

我叫皮雍泰克到城南看看，越往南，就可见到起火燃烧的房子一栋接着一栋，街上到处是瓦砾。老百姓忙着从开膛破肚的家里抢救家具，暂时堆放在路边，消防水龙强力灌救，马路上水流成河，野战机动厨房给一排排饱受惊吓、筋疲力尽、被烟熏得黑炭似的灾民奉上一点热汤。救火车旁边的人行道上，躺着的模糊身影一字排开，上头盖着脏污的床单，露出一双双的脚，有的光着脚丫，有的可笑地只穿了一只鞋。电车承受不住爆炸的威力，大火烧黑的车厢横倒街头，街道因而被迫封闭，断掉的电线掉落石板路面，路树奄奄一息地躺着，仿佛遭到雷击，有些虽然还站着，树叶却掉光了，徒剩光秃秃的树干。

受创最重的地区，车辆根本无法进入，我只好让皮雍泰克掉头，回党卫队大楼。大楼没有被击中，不过邻近的爆炸震碎了窗户玻璃，台阶上碎玻璃散落一地，走在上面吱吱作响。

我一踏进大厅，迎面遇见伯朗特，他满脸惊喜，一副高兴得不知如何是好的表情，跟眼下的严重灾情极不相称。“怎么了？”他暂停脚步，“啊，二级突击队大队长，您还不知道。重大消息！大元帅被任命为内政部长啦。”

原来如此，托马斯所谓的转变指的就是这个，我才刚转了这个念头，伯朗特人已钻进电梯里了。我爬楼梯上楼，普拉克莎端坐在位子上，化了妆，如花朵般娇艳。“睡得好吗？”“哦，您知道的，二级突击队大队长，我住在威森湖，什么都没听到。”“太好了。”我办公室的窗户完好无缺，我习惯整晚开窗。

我在心里衡量刚刚从伯朗特口中听来的消息可能造成的影响层面，然而我手边缺乏一些关键因素，无法深入分析。眼下，我觉得这个消息对我个人没有太大的影响，虽然希姆莱身为德国警察首长，照理应该听命于内政部长，但事实上，至少从1936年起，他就不受内政部的任何限制，刚卸任的弗立克[1]和国

1. 弗立克（Wilhelm Frick，1877—1946）：纳粹党领袖，曾任内政部长，战后审判被判死刑。

务卿斯图卡尔[1]根本管不动国家中央安全局，甚至连绿衣警察总局都不理他们。他们能够掌控的只有平民政府行政单位和公务机关，现在这些也都将转交到大元帅手上，但我不认为会带来巨大的转变。当然了，冠上部长的头衔后，的确有助于大元帅取得竞争优势，然而我的层级不够高，对于国家高层的明争暗斗不是太清楚，无法读出这项信息的含义。

我原本以为这项任命案会使我的报告被无限期搁置，我真是太不了解大元帅了。两天后，他约我到他的办公室。约定日期的前一天夜里，英国人又来了，轰炸规模虽比上一次小，我却无法安眠。下楼前我先用冷水擦脸，让自己看起来像样点。伯朗特睁着猫头鹰似的锐利双眼瞪着我，照例给我一些行前指示。

“您可以想见，大元帅公事非常繁忙，尽管如此，他还是坚持要跟您见面，因为他非常看重这个计划，亟欲看到进展。您的报告写得非常好，文字也许太直接了点，但是很有说服力。大元帅希望听您当面报告，记得简洁扼要，他没有太多时间。”

大元帅这次的态度给我稍许推心置腹的感觉。“我亲爱的奥厄二级突击队大队长！很抱歉让您等了许多天。”他抬起青筋暴露的松软小手，指着一张沙发，“请坐。”

伯朗特跟上次一样，恭敬地捧上一份档案，大元帅顺手翻开。

“您跟我们的老葛见过面了，他还好吧？”“回大元帅，格罗波克尼克地区总队长看起来精神很好，非常积极热情。”“您对于行动当局对列车到货的管理有什么看法？您可以放胆地说。”两只冷酷的小眼睛在夹鼻眼镜的镜片后面闪着精光。

我突然想起格罗波克尼克第一次跟我见面时说的话，他对顶头上司的认识当然比我深。我谨慎地挑选字眼：“回大元帅，地区总队长是活跃的纳粹主义信徒，满腔热血，这方面毋庸置疑，但是这样的激情可能带动了他周围的人做

1. 斯图卡尔（Wilhelm Stuckart，1902—1953）：纳粹党领导之一，曾任纳粹时代的国务卿、内政部长等职，战后被判入狱服刑，1949 年获释，1953 年车祸身亡。

出一些超乎分际的举动。我觉得地区总队长应该在这方面规范得更严格点，他过于信任某些下属了。”

“您的报告提到许多贪渎腐败的情形。您认为确有其事吗？”“我非常确定，大元帅，贪渎的规模超出一定的程度，对集中营的管理及劳动人口计划都造成了影响。侵占公物的党卫队成员，换句话说，就是囚犯可以收买的对象。”希姆莱拿掉鼻梁上的夹鼻镜片，从口袋里掏出手帕擦拭镜片，“说结论，尽量简短。”

我从公文包抽出一张笔记开始报告。

“回大元帅，在目前系统管理下的集中营，我们可以明显看出三大阻碍，横亘在人力资源合理利用最大化的规划路程上。第一个障碍，是我们刚刚提到的集中营党卫队成员的贪渎现象，这牵涉到的不只是士气的问题，也是导致许多层级命令执行困难的源头。不过，这一点已经有解决的方法了，就是您授权设立的特别委员会，今后更须加强查缉。第二个障碍是僵而未死的官僚作风，各单位各行其是，虽然波尔副总指挥长在这方面致力多项改革，仍然未见成效。

“请容许我举个例子，大元帅，我在报告里也提到了，1942 年 12 月 28 日格吕克旅队长下达一纸命令，受文者是集中营的所有主任医师，交办许多任务，其中一项是有鉴于囚犯死亡率高居不下，要他们改善营囚的伙食。然而，在集中营里，厨房隶属于行政部门，也就是中央行政暨经济总署 D 局第四处，营囚的口粮是直接由 D 局第二处、第三处以及党卫队总部协商制定的，驻营医生和 D 局第三处无权过问。这项命令因此无从执行，营囚的口粮始终维持去年的分量标准，没有改变。”

我稍微停顿，希姆莱和蔼地望着我点点头。

“不过，我听说死亡率已经下降了。”“回大元帅，的确如此，这另有原因。由医生直接监管的部分，像是医疗和卫生都有了改进，死亡率应该有再降的空间。以目前的情况来说，请容我这么比喻，大元帅，一个囚犯早逝，等于是损失了一份战时生产力。”“这一点我比您更清楚，二级突击队大队长。”他以学校老师般的老学究口吻不满地反驳。

“继续。”“好的，大元帅。第三个障碍来自灭绝集中营里高阶资深军官的观念。我这话的意思，跟他们与生俱来的优秀特质，以及身为党卫队军官和纳粹主义信徒所秉持的理想完全无关。事实是，以前集中营设立的目标和功能和现在大相径庭，而他们绝大多数人都是在那个时候，按照前艾克副总指挥长的指示训练出来的。”

“您认识艾克副总指挥长？”希姆莱打断我的话。“不认识，大元帅，我没有这份荣幸。”“可惜。他是个伟大的人，我们非常怀念他。对不起，打断您了，请继续。”“谢谢您，大元帅。我想要表达的是，这批军官多朝集中营应负的政治和安全任务来着眼，在当时的确是当务之急。虽然他们在集中营管理方面经验丰富，观念却无法跟着时代演进，调整想法，接受集中营应当负起的新时代经济使命。这是教育训练和观念的问题，他们几乎没有人有过企业管理的经验，而且和中央行政暨经济总署旗下的企业合作得非常不愉快。我再次强调，这是整体性的问题，也可以说是代沟的问题，虽然我举了几个名字当例证，但绝对不是单纯某个人的个性所造成的。”

希姆莱双手交叉握拳，摆在突出的下巴下面：“好，二级突击队大队长，您的报告将发送到中央行政暨经济总署，我还想给我的老友波尔一些补给品。不过，您得先做些文字上的修饰，免得触怒别人。伯朗特会把受文者的名单给您，千万记住，报告上不能出现任何人的名字，相信您一定能明白个中道理。”“当然，大元帅。”“我另外准许您以机密文件的方式，将这份报告原封不动地送一份副本给曼德尔布罗德博士。”“遵命，大元帅。”

希姆莱咳了几下，迟疑一会儿，拿出手帕掩住嘴又咳了起来。“很抱歉。”他边收手帕边说，“我有新的任务要交代给您，二级突击队大队长。如您所言，集中营的伙食问题重重，我想您对这个问题已经有比较深入的了解。”“大元帅……”

希姆莱抬起手制止我：“不，不会错的，您那份关于斯大林格勒的报告，我记得很清楚。我想要的是，相对于D局第三处全权负责医疗和卫生方面的问题，而囚犯伙食的问题，就像您刚刚指出的，始终没有专责的中央管辖机构负责。因此，我决定设立一个跨部会的任务小组来解决这个问题，由您来统筹指挥。把集中营巡察厅的管理单位通通找来，波尔也会派一名党卫队企业的代表参与，分享他们的看法。此外，我希望国家中央安全局也能够列席发言。我希望您能到相关部会征询他们的意见，尤其是斯佩尔那边，他们的抱怨从没停过，说什么民间企业叫苦连天。波尔会安排一些必要的专业人士供您差遣。二级突击队大队长，我要的是各部会达成共识的解决方案，等您准备好具体的建议，再送过来我这里，如果您的建议可行且有用，我们将会实行。伯朗特会协助您取得必要的资金。有问题吗？”

我站起来：“回大元帅，您对我如此信任，我感到非常荣幸，也非常感激，我只想厘清一点。”“什么？”

“提高产能是首要目标吗？”希姆莱往后仰，两只手分别握住扶手，靠在椅背上，脸上再度出现狡猾的神色：“只要不抵触党卫队的其他利益，也不波及目前正在进行的计划，我的答案是肯定的。”他顿了一下，“其他部会的要求也很重要，不过您也知道，有些限制不是他们能够掌握的，记得要考虑到这一点。如果您有疑惑，去找波尔商量，他知道我要的是什么。祝您有美好的一天，二级突击队大队长。”

走出希姆莱的办公室，我得承认整个人飘飘然的，终于有人交付我任务了，一项真正的重责大任！我的价值终于受到了肯定，而且还是正面的任务，将事情导向正确的方向前进，是除了杀戮和破坏之外，能为战争、为国家的胜利贡献一己之力的另一种方法。

还没跟伯朗特商谈细节，一些荣耀又荒谬的痴想在我脑里转呀转，像个青少年——各部会拜倒在我毫无破绽的完美论述下一一挺身跟随我；欠缺才干的米虫和罪犯被拉下台，送进牢房；短短几个月里大幅向前跃进，囚犯身体恢复健康，体力增强，在纳粹主义理想的力量指引下，纷纷快乐地投入工作，帮助德国打赢这场战争；产值累月攀升；我被任命接掌更重要的职位，拥有真正的权力，可以让我按照世界观的正确原则放手改革，日后大元帅会听取我的意见，来自一位优秀的纳粹主义信徒的真诚建议。

我知道这样的想法几近可笑、幼稚，却令人陶醉，事情当然不会这么顺利。不过，刚开始我的确满腹豪情壮志，蓄势待发。

看到我这个样子，连托马斯都啧啧称奇：“瞧你那春风得意的样子，早就该听我的了，不要老是把我的话当作耳边风。”他脸带微笑挖苦我。仔细想想

1939 年我们在法国共同执行的那次任务，我的做法其实跟现在没两样，这一次，我在报告上写的还是百分之百的真实情况，也没有多考虑后果，只是这次我运气好，事实的真相刚好是上面想要听的。

我积极投入工作。党卫队大楼空间不足，伯朗特拨出内政部中央大楼的一套办公室给我，中央大楼坐落于施普雷河河道弯曲处的康宁格广场，我的办公室在顶楼，从窗户望出去，可以看见国会大厦的背面，另一边是克罗路歌剧院，再过去一些，则是动物园宁静宽广的绿地，沿着毛奇桥到河对岸，则是莱尔特海关火车站，停车棚前的铁轨网络绵密，列车缓缓进出频繁，徐徐摇晃，一派安详，宛如孩子般无忧无虑。

更棒的是，大元帅从来不到这里，我终于可以在办公室安静抽烟了。普拉克莎小姐跟我一起搬过来，其实她也不是那么惹人厌，最起码她知道要回电话、记录留言，我还留下了皮雍泰克。另外，伯朗特加派了一名一级小队长华尔瑟，帮我处理档案，以及两名打字员，还允许我找三级突击队中队长位阶的军官当行政助理，托马斯推荐了一个刚加入国安警察署的年轻人阿斯巴赫。他刚完成法律系的学业，已经在巴德特尔兹[1]的党卫队预校受训结业。

英国飞机连续几晚来袭，不过次数逐月减少，他们将战斗部署在高射炮射击范围之外的高空，从上击落敌机的“母野猪”战略成功重创敌军，我国空军也开始利用照明弹，就算在黑夜，目标也跟在白天一样无所遁形。

9 月 3 日以后，敌军的空袭彻底停摆，我们的新战略想必重挫了他们的士气。我前往利希特菲尔德，也就是波尔办公室的所在地，跟他商量任务小组的组成人选。波尔露出非常欣慰的表情。终于有人能以系统化的方式来解决这个问题。他很坦白地说，他一再行文底下的集中营司令部，命令却始终如石沉大海，他已经受够了。我们都同意 D 局底下的各处应该各派一名代表，所以共三名，波尔建议加入 DWB（德国经济企业）总公司的一名董事，提供经济层面的咨询，也可以了解企业主在雇用囚工时遭遇的困境，最后，他推荐他的营

---

1. 德国巴伐利亚地区小镇，1937 年党卫队预校在此成立，1945 年关闭。

养督察魏因洛夫斯基教授加入。

魏因洛夫斯基教授满头白发，双眼迷蒙，下巴中央有一道颇深的凹陷，刮胡刀刮不到，胡根粗得扎人。魏因洛夫斯基近一年来致力于改善营囚伙食，但却徒劳无功，他对各种障碍可说是经验丰富，波尔希望他能加入。

与各相关部会公文往来沟通后，我召开了第一次工作会议，让参与人员明了现下的状况。在我的要求下，魏因洛夫斯基和助理伊森贝克一级突击队中队长共同准备了一份小论文发给出席人员，也为我们做了口头简报。那是个阳光灿烂的九月天，炎炎夏日的尾巴，闪亮的阳光穿透动物园的树梢，大片洒落会议室，在教授的白头发上反射出一圈光晕。

魏因洛夫斯基以教授的专业口吻，细琐地说明着营囚的营养问题相当混乱。原则上，由中央统一订定标准、编列预算，实际采买则交由各集中营负责，鉴于各地情况不同，有时候会造成极大差异。至于标准的伙食范例，他推荐奥斯威辛的食谱，那里从事粗重劳动的营囚每天配给三百五十克的面包、半公升的人造咖啡、一公升的地瓜汤或萝卜汤，一周有四天会在汤里加二十克的肉。从事不费体力的劳动以及在保健室工作的营囚，他们的配给量自然较少，还有各式各样的特殊伙食，比如家庭式集中营的儿童餐，还有被选来进行医疗人体实验的囚犯等等。

整体而言，我们可以粗略分类如下：从事体力劳动者每天摄取的规定热量为 2150 大卡，非体力劳动者 1700 大卡。先不管集中营是否按照标准确实分配口粮，光从数字上来看就知道不够，一个人就算躺着不动，当然还得视个人身高体重，再考虑生活环境的条件等等，要维持基本的身体健康，每天就需要 2100 大卡的热量，工作的人更需要 3000 大卡。囚犯每日摄取的热量仅能维持生命，更何况根本没有考虑到脂肪、碳水化合物和蛋白质的均衡营养，集中营的伙食顶多含有 6.4% 的蛋白质，正常的情况下需要 10%，甚至 15%。

他报告完毕后，志得意满地回到座位上，我开始朗读一些摘自大元帅发给波尔，要求他改善集中营伙食的命令内容，事先请我的新助理阿斯巴赫分析过。第一道命令的日期是 1942 年 3 月，遣词用句稍显模糊，灭绝集中营的管理权责纳入中央行政暨经济总署之后几天，大元帅单纯地要求波尔，逐步开发一份菜单，比照罗马士兵或埃及奴隶的伙食，须富含各种维生素，但要简单且价廉。接下来的几封公文内容明确许多：为了改善健康状况，需要更多的维生素、大量的生菜和洋葱、胡萝卜、球茎甘蓝、萝卜，然后是大蒜，很多的大蒜，尤其是在冬天。

我念完之后，魏因洛夫斯基教授发言："这些指示我都懂，但我认为那不是重点。以从事体力劳动的人来说，重要的是要有热量和蛋白质，维生素和微量元素都是次要的。"代表D局第三处的阿利克博士同意他的观点，伊森贝克这个年轻人反而抱持怀疑的态度，他的意思好像是说，传统的营养学理论低估了维生素的重要性，他附议大元帅的看法，拿出一份1938年出刊的英国专业期刊，引用上面的一篇论文为自己的论点做后盾。不过，魏因洛夫斯基对这篇文章显然无法苟同。劳动人口计划局的代表，戈尔特一级突击队中队长接着发言，从囚犯的死亡率统计数据来看，情况有逐步好转的趋势，4月的平均死亡率达2.8%，7月已经降到2.23%，8月则降到2.09%。连奥斯威辛，死亡率也一直维持在3.6%，比起3月，下降的幅度不可谓不大。

"现在集中营体系底下的囚犯大约有16万人，从这个数字来估算，劳动人口计划局认定的无能力工作者只有35000人，10万人在外面的工厂或企业工作，这可不是小数目。随着C局主导的建设规划，传染病的源头、人口过剩的问题逐渐获得控制，尽管衣服荒的问题尚未获得解决，我们已经在回收犹太人的衣物再度利用，医疗方面也有长足的进步，总而言之，情况似乎稳定下来了。"行政处的耶德曼二级突击队中队长也发言附和，他更进一步提醒大家，成本控制一直是令人头痛的问题，可供分配的经费非常有限。

"这话一点都没错，"波尔挑选的经济专家里奇二级突击队大队长说，"不过除了成本，还有许多因素需要考虑。"里奇大约和我同年，头发花白，鼻梁高挺，近似斯拉夫人，他说话的时候，两片没有血色的薄唇好像根本没在动，他说的话却条理分明、头头是道。一般而言，囚犯的生产力是依照德国工人或者外籍工人的生产力，以百分比来计算，然而德国籍和外国籍工人的成本比营囚要高出许多，更不用说这两种员工的数量越来越稀少。自从大型企业和军武部接连抱怨党卫队不法竞争之后，党卫队再也不能以真实的成本价供给劳动力给旗下的企业，必须改用等同外面公司的成本价来记账，通常一天4到6马克，囚犯的实际生活费用当然比这个数目低很多。不过，微幅调高实际生活费用，并有效管理的话，有可能带来大幅的产值提升，若真如此，大家都是赢家。

“我来说明一下，假如一个囚犯能有德国工人十分之一的产值，他每天需要中央行政暨经济总署花 1.5 马克来养活，也就是说，要取代一名德国工人，就需要 10 名囚犯，换算成一天的费用是 15 马克。但是，如果现在提高囚犯每天的费用到 2 马克，囚犯吃得更好，身体更强健，工作时数相对也会增长，我们也更容易训练。在这种情形下，我们可以大胆预估几个月后，一名囚犯有可能生产出德国工人 50% 的产值，等于两名囚犯就能取代一名德国工人，换算成成本，每天只要 4 马克就行了。各位了解了吗？这些数字当然都是概估的数字，我们还需要进一步研究。”

“您那边可以进行吗？”我非常感兴趣地问。“等等，等等，”耶德曼打断我，“如果费用从 1.5 马克提高到 2 马克，10 万名囚犯等于每天要 5 万马克的额外补助，不管他们的产值增加还是减少，这都是不争的事实，我们的预算却是死的。”

“说得没错，”我回答，“我明白里奇二级突击队大队长的意思，假设他的理论正确，党卫队的总利润将会提高，因为囚犯产值提高，雇用囚犯的企业却没有因此提高成本。如果我们能够证明这个立论有效，只需要说服波尔副总指挥长从提高的利润当中，提出一部分来补贴 D 局的囚犯维护预算。”“对，这是个好办法。”毛莱尔那边的戈尔特附议，“如果囚犯的折损速度趋缓，等于编制员工的数目加速提高，结论是死亡率大幅降低。”

本次会议以戈尔特的发言做结，我建议分派任务，为下次会议做准备。里奇深入研究他理论的可行性，耶德曼条列预算方面的窒碍难行之处，至于伊森贝克，在得到魏因洛夫斯基的首肯后（魏因洛夫斯基显然不太愿意出差），我派他尽快巡视四座集中营，包括拉文斯布吕克[1]、萨克森豪森、格罗斯－罗森[2]

1. 拉文斯布吕克：Ravensbrück，柏林北边 80 公里的小镇，纳粹时期臭名昭著的妇女集中营所在地。

2. 格罗斯－罗森：Gross-Rosen，位于现今波兰下西里西亚地区，原本是附属于沙申豪森的卫星营，后来独立出来。

和奥斯威辛，此行的目的在于记录各集中营的伙食配给估算表，以及实际分派给各类别囚犯的菜单，并取样回来进行分析，这样我们才能针对理论上的配给量和实地供应的食物逐一比对。

听完我这番话，里奇抛来质疑的眼神，会后我带他到我的办公室。

“您有理由认为营囚实际吃到的比应有的量少吗？”他以一贯不留情面的态度开门见山。我觉得他是明白事理的人，他在会中的建议让我觉得我们的想法和目标应该可以找到共通点，我决定拉他成为盟友。我看不出来对他全盘托出会有什么风险。

“是的，我有很好的理由。”我说，“贪渎在集中营是个大问题，D 局第四处采买的粮食，有很大一部分流入了某些人的口袋，实际数目难以估算。位于食物分配链最尾端的营囚——不含囚警和某些特权分子——少说被吞掉了 20% 到 30%，他们分配到的东西原本就不足身体所需，只有能够得到额外食粮的囚犯，不管取得方法是合法还是非法，才有机会多活几个月。”

“我明白了。”他想了一会儿，手不断摩擦眼镜下方的鼻尖，“还是得先精确计算出平均寿命，再根据囚犯的专业程度来调整。”他再度思索，最后下结论，“好，我再看看该怎么做。”

唉，我很快就了解到，一开始的满腔热血禁不住陆续泼来的冷水。

接下来的会议，讨论一直在各种技术性的细节中打转，意见庞杂且分歧。伊森贝克对集中营的菜单进行了详尽的营养分析，却没有突显出分配给囚犯的实际分量和这之间有什么关联；里奇似乎特别重视有专长的劳工和无专长劳工的差异，把重心摆在了有专长的劳工身上；魏因洛夫斯基对维生素的认知，显然无法和伊森贝克以及阿利克博士讨论出共识。

为了让各持己见的讨论加速得到结论，我邀请了斯佩尔部里的代表施梅尔特与会，他负责的是人力资源分配的相关业务。他接到邀请时的反应是，党卫队早就该详细地全面检讨这个问题了，他答应派一位资深顾问过来，附带一张抱怨清单。

斯佩尔掌管的部会刚刚吸收了经济部的职权，重新命名为军备暨战时生产部，简称 RMfRuK，怪异粗鄙的字母缩写，恰可反映出该部会在这个领域的权力扩张触角，而内阁重组的结果也反映在代表施梅尔特出席的屈内博士信心满满的态度上。

我向与会同僚介绍他，他一开口便说："我不仅代表本部发言，也身兼聘用党卫队提供的劳工的企业发言人，我们每天都收到他们的抱怨，从没间断过。"这位高级政府顾问穿着栗色西装，领口挂着蝴蝶领结，普鲁士人特有的八字胡呈刷子状，特别留长的稀落发丝，从一边细心梳到光滑的头顶。他言辞的锐利和坚定一扫他外貌的滑稽感。

相信我们都知道，囚犯到工厂的时候，几乎都是虚弱不堪的，经常上工不到几周就累瘫倒地，于是被送回集中营。然而，光是员工的技能训练就需要几周才能完成，训练员人才短缺，企业也没有多余的财力，每个月为新送来的劳工开班训练。

此外，需要具备基本技术的工作，员工至少要花六个月才能勉强上手，产值却差强人意，几乎没有囚犯撑得到这么久的时间。斯佩尔部长对此大感失望，认为党卫队对战争的贡献，在这个层面上亟待加强。最后他送上一份备忘录，里面是各公司的抱怨信函摘录。

他离开之后，我翻阅手中的备忘录，里奇在一旁耸耸肩，舔着薄唇："我一开始强调的就是这个，有专才的劳工。"

我还发文到绍克尔的办公室，简称 GBA 的劳动人口计划局是全权专责单位，请他们派人莅临分享看法。绍克尔的某位助理颇为刻薄地回复，打从国安警察署随便拿个借口到处乱抓外籍劳工，成打送进集中营的时候起，囚工的健康问题就是党卫队的责任了，他个人认为完全不关 GBA 的事。伯朗特打电话给我，提醒我大元帅非常看重国家中央安全局的意见，因此我也发文给卡尔滕布伦纳，他复文请我找穆勒商谈，而穆勒请我与艾希曼一级突击队大队长联系。我虽然再三强调，这个问题涵盖的范围远超过艾希曼负责的犹太人问题，穆勒却不为所动，我只好打电话到库否斯坦街找艾希曼，请他派代表来，他表示愿意亲自跑一趟。

我到门口迎接他时，他对我说："我的副手冈瑟去丹麦了，也好，这么重大的议题，我想还是亲自处理比较好。"他一坐上会议桌，立刻洋洋洒洒地针对犹太囚犯提出一连串毫不留情的指控，根据他的说法，犹太人的威胁越来越严重，从华沙到东部占领区（艾希曼指的是特雷布林卡，但他没有明说），已经有好几名党卫队成员殉职，好几百个囚犯乘乱逃跑，还没有全数抓回来。国家中央安全局及大元帅都非常担心其他地方群起仿效，加上前方战事吃紧，绝不能容许这样的事再发生。除此之外，他还提醒我们，国家中央安全局押送至集中营的犹太人全都是死刑犯。

“就算我们有心，也无法改变这一点。我们顶多有权赶在他们被处死前，就某种程度来说，汲取他们身上的一点工作能力，贡献给我们的国家，如此而已。”换言之，就算某些政策上的目标因为经济的理由而暂时延后，也无损这些政策的法律效力，问题的根本不在于区分哪些人有专才，哪些没有——我事先跟他说明了我们目前讨论的胶着情况——而是在于如何分辨他们在政治和警察体系下，归属于哪一类。

举例来说，犯下偷窃罪而遭到逮捕的俄国人和波兰人，虽说也一律被送进集中营，但是他们的罪行并不重，也就是说中央行政暨经济总署有权便宜行事。至于那些种族人渣，情况比较微妙。而犹太人，还有从法务部转送进来的社会边缘人，大家必须知道，在某种程度上，他们有点像是暂借给中央行政暨经济总署差遣，因为国家中央安全局才握有他们的司法管辖权，除非死亡，否则一定要严格执行借由劳动予以灭绝的政策，没必要为他们浪费食粮。

他这番话大大震惊了在座的某些人士，等艾希曼离席之后，我们建议区隔犹太囚犯与其他囚犯，分别提出不同的伙食建议。我甚至跑去找屈内顾问，请教他对这个建议的看法。他以书面回答，在这种情况下，一定会引发企业主拒收犹太劳工的反应，此举明显与斯佩尔部长和元首之间达成的共识不符，也违背了 1943 年 1 月间下达的劳动力总动员的政令。

尽管如此，我的组员仍然无法完全抛开艾希曼的观点。里奇问魏因洛夫斯基，计算能让某个人活到某个时间的所需伙食量，在技术上是否可行？比如说，一个没有专才的犹太人就让他活三个月，需要多少粮食，而一个有专才的社会边缘人活九个月又需要多少？

魏因洛夫斯基只得耐着性子跟他说明，这是不可能的，且不说还有其他影响寿命的因子存在，例如寒冷和疾病，一个人的体重和求生意志力的强弱，往往各不相同。用同样的标准伙食量，有的人可能活不过三个礼拜，有的人可能一直苟延残喘，再说，有办法的囚犯总是能找出方法撑下去，虚弱的、不在乎的只有死得更快。

这番论述仿佛点醒了阿利克一级突击队中队长，他仿佛一边思考，一边高声说："您的意思是，为了生存，强壮的囚犯总会想办法夺取瘦弱者的部分口粮。就某个层面来说，弱者无法吃到该有的分量，这不是正符合我们的利益吗？弱者身体衰弱至某种程度后，自然而然会有人来偷他们的口粮，他们吃得少，死得自然更快。从他们那里偷走的口粮都送进了强者的嘴里，强者体力增强，工作表现自然更好。活生生的自然法则，适者生存，不适者淘汰，掠夺者当前，生病的动物死得自然更快。"

这话说得稍微过分了点，我不客气地予以驳斥。

"一级突击队中队长，大元帅建立集中营可不是为了进行社会达尔文主义的实验，我认为您的论述有失公允。"我的目光扫过其他成员，"真正的关键在于，我们到底该把什么放在第一位？政治？还是经济？"

"这个问题不是我们这个层级的人能够决定的。"魏因洛夫斯基缓缓地说。

"我同意，"戈尔特接口道，"不过，站在劳动人口计划局的立场，我们的指示非常清楚：尽全力提高营囚的生产力。""党卫队所属企业的立场完全相同。"里奇开口附和，"但也不能因此不顾某些意识形态上的禁令。"

"总而言之，各位先生，"我做了总结，"这个问题不是我们能够解决的。大元帅要求我提出符合在座各部会不同需求的建议，再怎么样，我们还是得提出几个建议供他选择。最后的决定权还是在他。"

我开始看清，这种无意义的讨论可以无限期地持续下去，一想到这里，我全身不寒而栗。我决定改变策略，先准备一份具体的建议书，请小组成员签名背书，如果有必要，也可以加入意见修改。为此我必须先和组内的专家找出共识，也就是魏因洛夫斯基和伊森贝克。

我去找魏因洛夫斯基，他很快就明白我的意思，答应全力支持，至于伊森贝克，我叫他做什么他从不推辞。然而，我们缺乏具体的数据。魏因洛夫斯基认为集中营巡察厅似乎深入研究过这个问题，我派伊森贝克拿着一纸委任状，火速赶往奥拉宁堡，成果丰硕，他带回一摞档案。20世纪30年代末期，集中营巡察厅的医疗部门在布痕瓦尔德的确针对强制劳动的囚犯伙食，进行过一系列的实验，实验的目的很单纯，只是想利用伙食当作惩罚或者威胁的工具，他们试验了多种配方，也经常更动菜单，定期测量实验对象的体重，留下许多数据和记录。

伊森贝克忙着翻阅报告，我和魏因洛夫斯基则针对我们所谓的“次要因子”，例如卫生条件、寒冷、疾病和毒打等交换意见。

我请国家安全局寄一份我在斯大林格勒的报告副本过来，主题刚好是伙食营养，魏因洛夫斯基看到一半突然出声：“啊，您引用霍恩埃格的意见啊！”听到他的话，这个男人的记忆像被包在玻璃里的气泡，脱离了玻璃的桎梏，开始上浮，而且逐渐加快，冲出玻璃表面重见天日。我想真奇怪，这么久了，我竟然没有想过他。“您认识他吗？”我问。“当然认识！他是我在维也纳医学院时的同事。”“他还活着？”“对，应该吧，为什么这么问？”

我立刻积极联络霍恩埃格，他确实还活着，没费多少功夫就找到了。他也在柏林，在本德勒街的医疗部门服务。我兴高采烈地打电话给他，先不报上名字，含混不清如音乐般的嗓音从电话线传过来，显得有些不耐烦：“哪位？”

“霍恩埃格教授吗？”“我就是。有什么事吗？”“我这里是党卫队，我找您是为了讨一笔旧债。”他声音里不耐烦的口气更加明显：“您在说什么？您到底是谁？”“我说的是九个月前，您答应要请我喝的那瓶干邑。”

霍恩埃格爆出一长串爽朗的笑声：“哎呀，可惜，我必须坦白地告诉您，我以为您仙去了，拿来悼念您时喝掉了。”“不讲信用的人。”“您还活着啊。”“而且还升级了，现在是二级突击队大队长。”“太棒了！这样我只好想办法再找一瓶出来了。”

“我给您 24 小时，明天晚上喝。这样吧，我请您吃饭，不让您吃亏，约博尔夏特餐厅 8 点可以吗？”电话里传来一声长长的口哨。“您大概加薪了吧，不过容我提醒您，现在还不到鲜蚝上市的季节。”“没关系，我们可以吃山猪肉泥。明天见了。”

霍恩埃格一看见我，坚持要看我身上的伤口。我笑着任他检查，惹得拿酒单过来的餐厅经理瞪大了眼睛。“好手艺，”霍恩埃格说，“好手艺。如果您是在去基兹洛沃茨克之前受伤，我一定会在研讨会上讨论您的个案。我的坚持是对的。”

“您这话什么意思？”

“辜姆拉克的外科医生本来已经放弃了，不愿替您开刀，这是可以理解的。他把被单盖到您脸上，然后叫护士把您搬到雪地上，好让您尽快脱离苦海，当时大家都这么做。我刚好经过，注意到尸体嘴巴上方的床单微微颤动，当然挑起了我的好奇心，一具尸体居然像头牛般在裹尸布底下大口吸气。我掀开被单，您可以想象我有多震惊。找个人照顾您，在我来说只是举手之劳，可是外科医生不愿意收，我们争执了一会儿，还好我是他的顶头上司，他只能照我的话做，不断嚷嚷，根本是浪费时间。我有点赶时间，把您交给了他，本来以为他可能随便给您止个血就完了。我很高兴我的坚持没有白费。”

我全身僵硬，反复思索他刚才那番话。我觉得这些离我好像好远好远，这个遭遇的男主角仿佛是另一个人，而且是我不认识的人。

餐厅经理拿了酒过来，他要为我们倒酒的时候，霍恩埃格制止他：“请等一下，能拿两个干邑酒杯给我们吗？”“当然可以，上校。”霍恩埃格面带微笑，从他的公文包拿出一瓶轩尼诗放在桌上：“看，答应您的绝不食言。”

餐厅经理拿了酒杯回来，帮我们开瓶倒酒。霍恩埃格拿起酒杯，站起身来，我也学他站起来。他神情突然严肃起来，我发现他跟我记忆中的样子相比老了好多，皮肤泛黄松弛，圆圆的脸颊和眼袋松垂，身材虽然还是胖，但整个人好像小了一号。他说：“我提议为没有我们好运、不幸捐躯的同胞干一杯，还有特别要为侥幸存活、散居各地的同志们干一杯。”我们喝了一口，然后坐下。

霍恩埃格静静的不说话，玩弄着桌上的餐刀，好一会儿才恢复笑颜。我说了逃出来的经过给他听，就是托马斯告诉我的那些，然后问他是怎么出来的。

“我没那么高潮迭起。研究告一段落后，我把报告呈交给雷诺尔第将军，他忙着收拾行李前往西伯利亚，其他的事根本没空管，我于是明白，他们根本忘了我在这里。幸好我认识一个在参谋部任职的年轻人，他非常乐于助人，多亏他帮忙，我才能发紧急通知给集团军参谋部，简单说明我的报告已经完成，随时可以送交，同时寄了一份副本到我学校的系上，他们这才想起我来，第二天我就收到了撤离包围圈的命令。我是在辜姆拉克等飞机的时候遇上您的，我真想带您一起上飞机，但是您当时真的无法随便搬动，我又没办法待着等您手术结束，班机越来越少了，我想我搭上的那班应该是从辜姆拉克起飞的最后几班飞机。

“前一架飞机活生生地在我眼前坠毁，抵达黑海沿岸的新罗西斯克时，我的耳朵还嗡嗡作响。飞机残骸身上冒出阵阵火焰和浓烟，我们的飞机照常起飞，那场面真是让人印象深刻。后来我申请休假，他们没再派我回第六军团，反而把我安插到国防军最高指挥部。您呢，您在哪儿高就？”

我们边吃边谈，我大致说明了任务小组面临的问题。

“这个问题的确非常棘手，”他说，“魏因洛夫斯基的为人我很清楚，他是个正直的好人，清廉的学者，完全不懂政治，所以经常出错。”我想了想：“您可不可以跟他见个面，替我说说话？帮我们找出方向。”“亲爱的二级突击队大队长，您别忘了我是国防军的军官，我高度怀疑您的上司——还有我的上司——会乐意见到我插手管这件事。”

“当然是非正式的会面，只是私底下随便闲聊，他不是您在医学院的老朋友吗？”“我从来没说他是我的朋友。”霍恩埃格摸摸光秃秃的后脑勺，纽扣扣得整齐的领口上，露出一截满是皱纹的脖子。“以病理解剖医学的角度来看，我很高兴有机会为人这种动物尽一点心力，反正我向来不缺病人。如果您愿意，这瓶酒就留下来，三个人一起享用了。”

魏因洛夫斯基请我们到他家做客。他跟妻子住在克洛伊茨贝格[1]的一间三房公寓。他带我们看摆在钢琴上的两张照片，照片里都是年轻小伙子，其中一张的相框是黑色的，还绑着缎带，是他的大儿子伊肯，战死在德米杨斯克，小儿子则在法国服役，目前为止还安然无恙，不过他所属的师队刚刚接获紧急调令，要到意大利支持新战线。魏因洛夫斯基太太端了茶和点心款待我们，大伙聊起意大利的情况，跟绝大多数人料想得差不多，巴多里奥一心只想找机会投诚，果然英美联军才刚踏上意大利的土地，他马上就把握了机会。

---

1. 柏林南部郊区，居民多为移民，当时是柏林较落后的地区。

“还好元首深谋远虑，早就算到他有这么一招！”魏因洛夫斯基说。“你还说呢，”魏因洛夫斯基太太一边问我们要不要加糖，一边低声埋怨，“在那边出生入死的可是你的儿子卡尔，不是元首。”魏因洛夫斯基太太身材稍胖，五官浮肿疲惫，从她的唇形，尤其是那双明亮的眼睛，隐约可以看出她过去准是个美人胚子。

“哦，少啰唆，”魏因洛夫斯基嘟囔着斥责，“元首知道自己在做什么。你看那个斯科尔兹内[1]！那招还不算高吗？！”拯救墨索里尼的大萨索山突击行动，这几天来一直是戈培尔宣传媒体的头条。继这次行动之后，我军占据了意大利北部，同时收编65万名意大利将士，在萨罗建立了另一个法西斯共和国，这一系列的行动被媒体形容为莫大的胜利，大总理深谋远虑、技高一筹。不过，这个事件也引发敌军再度轰炸柏林，我军受困新战场，到了8月，美国成功轰炸普洛耶什蒂[2]，那里是我军最后的原油来源。德国至此腹背受敌，备感压迫。

霍恩埃格拿出他带来的干邑，魏因洛夫斯基去拿杯子，他妻子在厨房里。公寓灯光暗淡，弥漫着老旧公寓常有的麝香味道，还有空气不流通的闷热。我经常在想这种味道是打哪儿来的。如果在一间房子里住得久了，我身上也会有这样的味道吗？怪念头。反正今天我身上没有味道，不过也有人说，自个儿的味道自己总是闻不到。魏因洛夫斯基拿着杯子回来了，霍恩埃格为每个人倒了一杯，我们为魏因洛夫斯基英年早逝的儿子干一杯，他似乎有点感伤。我先请魏因洛夫斯基把灯弄亮一点，接着拿出预先准备的文件给霍恩埃格过目。魏因洛夫斯基坐在老同事旁边，随着霍恩埃格翻阅，不时针对里面的内容或表格提出看法，两人不知不觉开始以维也纳的方言交谈，我听得很吃力，干脆往后靠，半躺在沙发上，品尝霍恩埃格带来的干邑。

他们两人的态度都有些怪，如霍恩埃格所言，魏因洛夫斯基在医学院的工

1. 斯科尔兹内（Otto Skorzeny，1908—1975）：二次大战时期德国著名的军事将领，最著名的行动是成功救出被意大利人推翻并囚禁的墨索里尼。

2. 罗马尼亚油田。

作资历的确比他深，但是霍恩埃格官拜上校，在军阶上又胜魏因洛夫斯基一筹，魏因洛夫斯基在党卫队算是二级突击队大队长后备官，等于国防军体系下的少校。他们好像不知道该以哪个头衔为依归，所以以恭敬的礼貌态度互对，对话中常听见“您请”、“不，不，您说得很有道理”、“您的经历……”、“您的实务经验……”等话，听起来颇觉好笑。霍恩埃格抬起头盯着我说：“如果我没弄错的话，您觉得这里描述的囚犯配给伙食，并不是全都送进了囚犯口中？”“对，某些享有特权的囚犯除外，他们的伙食至少短少了两成。”

霍恩埃格又和魏因洛夫斯基讨论了一下。

“很糟糕。”“这是一定的。这里的伙食大约是每天 1300 到 1700 大卡的热量。”“跟在斯大林格勒的官兵相较，还是高出许多。”他再度抬头望着我，“您的最终目标是什么？”“最好能找出最低的正常伙食量。”霍恩埃格轻敲纸页，“是啊，但要是我想得没错，这是不可能的事，毕竟物资缺乏。”“就某种程度来说的确如此，但是我们可以提出改良方案。”霍恩埃格想了一下，“您真正的问题在于提出论据。囚犯每日原本应该可以摄取到 1700 大卡的热量，结果只获得 1300 大卡，为了让他们真正获得应有的 1700 大卡……”

“这已经明显不足身体所需。”魏因洛夫斯基插嘴道，“……至少需要 2100 大卡的规定热量，如果您要求要有 2100 大卡，您就得提出理由。总不能说规定是 2100 大卡，囚犯才有可能摄取到您想要的 1700 大卡吧。”

“医生，跟您讨论向来是一大乐事。”我笑着说，“您总是一针见血。”霍恩埃格不理会我，继续往下说：“等一下，想要求上面规定 2100 大卡的伙食，您得先证明 1700 大卡的量确实不够，这一点您无法做到，因为他们根本摄取不到 1700 大卡。贵小组想必不会把官员侵吞这个因素放进报告当成论据。”“不会，管理阶层知道有这个问题，我们不想卷入其中，有其他的司法单位会去调查。”“我明白。”

“话说回来，问题的症结在于提高总体预算。不过，管理预算那批人认为现在的伙食量应该绰绰有余，要证明他们错了是个大难题。就算我们可以举证囚犯死亡的速度太快，他们也会答辩，说砸钱也解决不了这种问题。”“他们的说法也不完全是错的。”霍恩埃格搔搔脑袋，魏因洛夫斯基默默听着。“我们可以改变伙食的分配吗？”霍恩埃格终于开口。

“您的意思是？”“不增加总体预算，多分一些给从事劳动的囚犯，没工作的就少一些。”“亲爱的医生，原则上没有不从事劳动的囚犯，只有生病的囚犯。要是我们分给他们的量比现在更少，他们不可能有恢复健康，重新投入劳动的机会。在这种情况下，干脆什么都不给算了，但是这样一来，死亡率又将再度攀升。”

“对，不过我的意思是，那些妇女跟小孩也被关在某个地方吧？”我定定地望着他，没有说话，魏因洛夫斯基也保持静默。最后我开口了：“不，医生，我们没有囚禁妇女、老人和小孩。”霍恩埃格瞪大眼睛紧盯着我，说不出话来，好像在等我确认我刚刚说的话。我点点头。终于，他懂了，他长长叹了一口气，伸手摩擦后颈：“嗯……”魏因洛夫斯基和我依旧闷不吭声。“啊，是了……是啊。这可真有点难以消受。”他用力吸气，“好，我完全明白了。反正，自从斯大林格勒一战之后，我们已经没有选择的余地了。”“不，医生，不完全是这样。”

“这样的做法还是稍微极端了点。全部都这样吗？”“没有工作能力的才是。”“这样啊……”他强自振作，“说到底，这也是正常的做法，没道理让囚犯的待遇比自家的官兵还要好。比起我在斯大林格勒看到的……这些伙食已经是大餐了，我们的官兵吃得更少。再说那些侥幸逃出来的人，我们现在拿什么给他们吃？我们的同志在西伯利亚又分配到了什么？对，对，您做得没错。”他迷惘地望着我，“这真是猪狗不如的勾当，非人的行径，尽管如此，您做得还是对的。”

向霍恩埃格请益，看来是又做对了。霍恩埃格看出魏因洛夫斯基始终看不到的症结点，这是个政治议题，而非专业技术问题。技术细节应该用来声援强化政治决策，而不是用来制定决策。那一天的讨论没有达成结论，但是启发了我的思考，终于让我找到了解决的办法。

我觉得魏因洛夫斯基听不懂我的意思，于是请他负责处理另一份报告，转而找伊森贝克帮忙提供必要的技术性支持。我太低估了这个大男孩的能耐，他头脑灵活，完全懂我的意思，甚至能揣测出我内心的想法。我们躲在内政部宽敞的办公室里，猛灌勤务兵端来的咖啡，一整夜不眠不休，终于拟出了计划大纲。

我采用了里奇的概念为基础，区分出有专才的劳工和无专才的劳工两大类；全体的伙食量一律增加，没有专才的劳工增加的量比较少，而有专才的劳工可以获得一系列的新优惠。这个计划不考虑现行囚犯的各种类型，如果国家中央安全局坚持的话，可以指定某些囚犯类型不给优惠，例如犹太籍囚犯，将他们全数视为无专才劳工，反正选择有很多。

以这样的区分为前提，伊森贝克协助我定义出底下的细目：粗重工作、非体力劳动工作、生病入院者，结果画出了一份表格，每一格只要填上应该分配的分量指标即可。这样一来，省得我们一一列出各种固定菜单，而到头来，因为粮食紧缩或者供应困难等问题，这份菜单可能根本没人理会。我请伊森贝克——仍然按照规定的标准伙食——将各种工作项目底下的囚犯每日所需的口粮换算成现金，再转换为数字指针，最后根据计算得出的预算提出建议伙食，附在报告后面。

伊森贝克坚持要在建议伙食下方加注优质选项，例如洋葱生吃比煮熟了吃好，因为生洋葱的维生素含量比较高，我让他做了。详读之后，这份计划没有任何划时代的革命性创举，只是把现行的做法稍加修订，期望能够增加伙食分量而已。为了在立论上站得住脚，我去找里奇，向他说明这份计划的基本概念，也希望他能从获利回收这方面出发，提出经济层面的论证支持这项计划。他很爽快地答应了，何况我非常乐于把他的名字列入企划提案人之列。而我，等拿到所有的技术性数据后，负责一切的文字撰稿。

我很清楚，最重要的是不能引起国家中央安全局的质疑，如果他们接受这个计划，中央行政暨经济总署 D 局第四处想反对也无可奈何。我打电话找艾希曼探探口风："啊，亲爱的奥厄二级突击队大队长！见面？我现在真的忙得抽不了身。对，意大利的事，还有林林总总其他事。那就今晚吧？我们喝一杯，这里有间小咖啡馆，离我的办公室不算太远，在波茨坦默大道的转角。对，地铁站出口旁边。那就晚上见了。"

他一走进来，立刻一屁股瘫坐在长沙发椅上，随手把军帽往桌上一扔，按摩起鼻头来。我已经喝了两瓶杜松子酒，我请他抽烟，他喜出望外地拿了一根，往后一仰，半躺在椅子上跷起二郎腿，一只手搭在沙发扶手上。他呼出一口烟，轻咬下唇，微秃的油亮前额反射咖啡馆灯光。

“意大利怎么样了？”我问。“真正的难题不在意大利——好，那里我们少说抓了八千到一万人——问题出在他们占领的地方，因为他们愚蠢的政策，简直成了犹太人的天堂。犹太人到处都是！法国南部、达尔马提亚沿海地区[1]以及他们在希腊的领地。我立刻分派任务小组前往各区，眼下工作多得不得了，更别提还有运输的问题，这可不是一天就解决得了的。我们在尼斯以迅雷不及掩耳的速度，成功逮捕了数千名犹太人，但是法国警方的配合意愿越来越低，搞得事情难上加难。我们极度缺乏人手，还有丹麦那边也颇令人忧心。”

“丹麦？”“是啊。本来是很单纯的一件事，结果变得乌七八糟，难以收拾，冈瑟气得要命。我跟您提过我派冈瑟去丹麦的事吧？”“提过。发生了什么事？”“我也不是很清楚。根据冈瑟捎回来的消息，那个大使贝斯特博士不知道在玩什么把戏。您认识他吗？”艾希曼拿起杜松子酒一口气喝光，随即又点了一瓶，“战争前他曾是我的顶头上司。”

“哦，我不知道他脑袋哪根筋不对，几个月来不断阻挠我们的行动，说什么会……”他的手不断上下挥舞，“……损及他的友好合作政策。再来，8 月的时候，因为之前发生了几起暴动，当局被迫发出紧急命令，我们这些人就想，好了，这下子可以行动了吧。当地有一位新的国安警察署和国家安全局联合大队长，叫米尔德纳博士，可是他已经忙翻天了。还有更糟的，国防军当下表明不愿配合我们行动，我只好派冈瑟过去打通一下关节。就这样，我们安排好了一切，足以容纳 4000 人的船停在哥本哈根，其他人则走铁路。没想到贝斯特冒出来百般刁难，他总是有反对的理由，丹麦人会怎样啦，国防军又怎样啦，什么都搬出来了。再说，这种事本来应该要保持机密的，才能够出其不意，将他们一网打尽，冈瑟说那里的人全都知道了，情况看起来非常不妙。”

“您这边进行得怎么样呢？”“预计再过几天就能完成，我想一次了结，反正人数也不多。我刚刚打电话给冈瑟，我跟他说，冈瑟，我的好伙伴，如果情况真的这么糟，你去告诉米尔德纳，叫他把日期提前。但是贝斯特不肯，说问

1. 克罗地亚沿海地区。

题太敏感，他得先跟丹麦人商量看看。冈瑟认为他是故意的，故意要把行动搞砸。”“我蛮清楚贝斯特的为人，他绝对不是犹太人的同路人。要找一个比他更优秀的纳粹主义信徒并不简单。”艾希曼不满地撇嘴，“嗯，您也知道政治会让人改变。总之等着瞧吧，反正我已经准备好了，事先安排好一切防范，我跟您保证，万一行动推展不开，责任也不会落在我头上。您的计划呢，有进展吗？”

我又请了另一轮的酒。我运气好，看过艾希曼三杯黄汤下肚后，在酒精的作用下流露出更近人情的友善面。我的目的不是欺骗，差得远了，我只是想消除他对我的戒心，从而认同我的想法，认定我的想法没有背离现实的政治理念。

我向他说明计划的大纲，不出我所料，他几乎没有听进去，他感兴趣的只有一件事。“要如何融入借由劳动予以灭绝的政策，又不互相冲突呢？”“非常简单，伙食改良计划是针对有专才的劳工规划的，我们只要派犹太人跟社会边缘人从事不需要专才的粗活就行了。”艾希曼抓抓脸。

我心里很明白，在实际管理上，每个劳工的工作调派是属于各局的劳动人口计划单位的职权，如果他们想要保留一些有专才的犹太人在营里，那是他们的问题，不关我们的事。

艾希曼似乎有别的顾虑，他想了一分钟左右，终于松口说：“好吧，可以。”随即又长篇大论抱怨法国南部的情况。我一边喝酒，一边抽烟，听他大吐苦水。时候差不多了，我看机不可失，礼貌地对他说：“一级突击队大队长，说到我的计划，差不多快要完成了，到时候我会送一份给您，希望能够研究看看。”

艾希曼大手在空中一挥：“随便您，反正我收到的文件已经堆成山。”“我不想给您添麻烦，只想确定您对计划的内容没有异议。”“如果是像您刚刚说的那样……”“请听我说，如果您有时间，麻烦您看一下，然后给我一封短信。这样一来，可以证明贵单位的意见已经纳入考虑了。”

艾希曼露出揶揄的微笑，伸出一根手指指着我：“啊，您也不是省油的灯，奥厄二级突击队大队长，原来您也想找张保命符。”

我面无表情地回答：“大元帅要求所有相关部门的意见都必须纳入考虑，而卡尔滕布伦纳副总指挥长指示，您是我在国家中央安全局的联络窗口，我觉得这么做合乎规定。”

艾希曼整张脸沉了下来："这件事当然不是我能够决定的，我必须向我的局长报告。不过，如果我做出正面的评价，相信他没有理由不签。"我举杯，"祝您的丹麦任务顺利成功，干杯？"他笑了。他笑起来的样子，让两只招风耳更像展翼的双翅，整张脸看起来像极了一只鸟，在此同时，他脸部肌肉一阵抽搐，笑脸转眼变成了鬼脸。"谢谢，祝任务成功，也祝您的计划顺利。"

我花了两天的时间誊写文案，伊森贝克为附录精心制作了精美的表格，里奇送来的论证文章我没怎么修改，全放进报告里。伯朗特找我的时候，我还没有完全弄好。大元帅将前往瓦尔特兰发表重要演说，中央政治局委员和地方党代表将于10月6日齐聚瓦尔特兰开会，曼德尔布罗德博士也将出席。

曼德尔布罗德博士认为我应该出席，问我计划进行到哪儿？我向他保证就快要完成，只是在呈交到他手上之前，我得先送到各相关处室征求对方同意，还有先让我的小组成员过目才行。我已经和魏因洛夫斯基教授讨论过了，我把伊森贝克计算出来的标准指标表拿给他看，表明这张表融汇了他的看法，他似乎觉得很棒。

组员全体大会进行得非常顺利，我把发言机会让给里奇，只简单申明我获得国家中央安全局的口头认可。戈尔特似乎相当满意，不过他有点疑问，不知道问题切入得够不够深，阿利克看起来有点抓不到里奇经济论述的重点。耶德曼嘟囔着低声抱怨，说这么做还是得花上一笔钱，要上哪儿找钱？不过，我向他保证如果上面批准了计划，利润增加，钱自然不是问题，他似乎比较放心了。我请与会人员把计划书呈交给他们的局处主管，请他们在10号以前以书面复文，我想那时我应该已经回到柏林了。我叫人送了一份给艾希曼。伯朗特暗示，等各部会复文回来之后，我可以当面向大元帅报告。

出发那天黄昏时分，我先到阿尔布雷希特王子城堡。伯朗特叫我出席一场斯佩尔的演说，再跟曼德尔布罗德博士搭乘专为重要贵宾安排的专属列车。一进大厅，奥伦多夫立刻迎上前，自从他离开克里米亚半岛，这是我们第一次见面。

"奥厄博士！能再见到您真是太高兴了，听说您回到柏林好几个月了，怎么不给我打个电话呢？跟您见面，我一定会非常高兴。""很抱歉，旅队长，这阵子工作太忙了，我想您应该也一样吧？"他神情紧绷，似乎不敢稍有放松，活力充沛却透着一股阴郁。

“是伯朗特叫您来的，对吧？如果我的消息正确，您正在处理生产力的问题。”“是的，不过对象仅限于集中营的囚犯。”“原来如此。今晚我们将介绍说明国家安全局和军备部最新达成的协议，不过协议的内容广泛，议题众多，包含了外籍劳工的待遇等等。”“旅队长，您现在任职于内政部，是吗？”“嗯，对，又多了个头衔。可惜您不是学经济的，随着这些协议生效，我希望国家安全局的任务能拓展到新领域。走，上去吧，快要开始了。”

演说在王宫的一个大礼堂举行，内部金碧辉煌，四处悬挂了纳粹主义的标志和布幔，和礼堂原有的18世纪镀金大烛台以及精雕细琢的木板壁饰格格不入。现场有一百多位国家安全局的军官，有不少是我旧时的同僚和上司，像是克里米亚半岛的同事赛伯特，还有行政专员奈方德，他之前在第二处工作，接着转调第三处担任任务小队长。

奥伦多夫坐在演讲台前，他旁边坐着一位穿制服的党卫队副总指挥长，前额发线严重往后移，五官坚毅专断，他是卡尔·汉克，下西里西亚地区的党代表，此次代表大元帅出席盛会。斯佩尔部长迟到了一会儿，他看起来出奇地年轻，虽然前额略秃，但生气蓬勃，瘦长精壮，他穿着样式简单的双排扣西装，胸前只挂了一只金色的党徽。几位平民士绅陪同他走入会场，他们一一走到奥伦多夫和汉克的后排位置就座，斯佩尔走上讲台，开始发表演说。

演讲刚开始，斯佩尔的声音带点柔性，口气温和有礼而且用字精准，突显他浑身上下散发的权威感大多来自他的个性特质，而非他的官衔。他的眼神阴沉锐利，紧盯在场人士的脸，偶尔低下头看看稿子，目光低垂时，两只眸子好像埋进浓密的眉毛里。手上的稿子只是他演说的段落指引，整场演讲他只看了几次，口中流泄的数据好像一直在他脑里待命，等待召唤，需要的时刻一到便自动从脑中输送出来。

演讲内容直接坦白，在我看来极具冲击性——假设全面化的军事生产迟迟无法准备妥当加速启动，这场仗就甭打了。这不是卡珊德拉[1]的警告预言，斯

1. 希腊神话中特洛伊的公主，阿波罗的祭司。因神蛇以舌为她洗耳或阿波罗的赐予而有预言能力，又因抗拒阿波罗，预言不被人相信。特洛伊战争后被阿伽门农俘虏，并遭克吕泰涅斯特拉杀害。

佩尔拿目前的产能和我们手中握有的苏联产能预估情资相较，尤其是与美国的产能两相比较，他斩钉截铁地表示，这种差距若延续下去，我们撑不了一年。我国的工业资源始终无法有效地高度开发，而阻碍开发的重大因素，除了人力短缺的问题，就属地方为了维护个人利益拒绝与中央配合，这方面他特别需要仰赖国家安全局的支持，也是他即将和党卫队签署的新协议里面很重要的一环。

他刚跟法国经济部长比什洛纳签订了一项重要合约，我国生产的消费物资大部分将运往法国，对法国战后的经济将是一大利多，而我们没有选择的余地，如果我们想要打赢这场战争，就得勒紧裤带。这项措施将为军火业带来150万名的劳工，某些厂也因此面临着关闭的命运，我们可以想象一定会有众多的地方党代表群起反对，这正是需要国家安全局优先积极介入协调的环节。

斯佩尔演说结束，奥伦多夫起身感谢他拨冗前来，并简单快速介绍了新协议的内容：国家安全局将有权深入察看各厂对外籍劳工的招募条件和待遇，同时，若有地方党部拒绝配合内政部指令之情事，国家安全局将介入调查。

斯佩尔、奥伦多夫和汉克在专为签署仪式准备的桌子上，郑重地签上名字，在场所有人士互行德式军礼。斯佩尔跟奥伦多夫以及汉克一一握手后离开。

我看看手表，我只剩不到45分钟，还好我把行李背包一起带来了。我穿过闹哄哄的人群，走到奥伦多夫身边，他正在跟汉克说话。我说："很抱歉，旅队长，我跟部长赶搭同一辆火车，我必须先告辞了。"旅队长似乎有点错愕，他抬高眉毛。"回来记得打电话给我。"他朝我丢下这么一句。

特派列车不是从火车总站出发，而是从腓特烈大道站发车。月台上部署了层层警力和党卫队武装军，高阶官员和党领导人包围其中，个个一身国家安全局或党卫队的制服，互相高声寒暄问好。一个联邦警察少尉官拿着我的委任令对照宾客名单时，我乘机观察周遭人士，没看见应该和我在这里碰面的曼德尔布罗德博士。

我请检查证件的警员帮忙查曼德尔布罗德博士坐在几号车厢，他看着手上的名单："曼德尔布罗德博士，曼德尔布罗德……有了，在列车尾端的特别车厢。”特别车厢构造非常奇特，平常车门上下的地方位于车厢三分之一处，而且换装成双层门，简直像是货物车厢，每扇窗还用钢铁铸的窗帘盖住。

某个曼德尔布罗德博士手下的巾帼英雄身穿党卫队的制服，肩上清楚显示一级突击队大队长官阶，下半身穿的不是规定的裙子，而是一条男性马裤，她的身高少说也比我高上几公分。我不禁纳闷，曼德尔布罗德到底从哪里招募到的这些副手，他和大元帅一定有某种协议。

那名女子出声招呼：“二级突击队大队长，曼德尔布罗德博士在等您。”她好像认出我了，我却认不出她是谁，说真的，这批女子的长相多少有点类似。她伸手取过我的背包，带我走进一间铺有地毯的候客室，候客室的左边通往走廊。“您的房间在右手边第二间，”她指给我看，“我帮您把行李拿过去，请从这里进去，曼德尔布罗德博士就在里面。”

走廊彼端有一道双层拉门正自动缓缓拉开，我踏进门，曼德尔布罗德沐浴在他习惯的恐怖气味中，端坐于巨大的轮台扶手椅内，车门的升降装置正是为此而设，他身旁有一张洛可可式的小沙发椅，两只脚大模大样跷着，正是斯佩尔部长本人。

“啊，马克斯，你来啦！”曼德尔布罗德亲切招呼我，“来，过来。”我抬脚想要往前走的时候，发现一只猫不知什么时候蜷曲着躺在我的靴子中间，害我差点跌跤，幸好我适时稳住，先向斯佩尔敬礼，再转向曼德尔布罗德致敬。曼德尔布罗德转头对斯佩尔说：“亲爱的斯佩尔，我来向您介绍，我培植的青年生力军之一，奥厄博士。”

斯佩尔浓密眉毛底下的锐利眼睛，目不转睛地打量我，然后离开座椅挺直身子，出乎我意料的是，他竟上前主动伸出手与我握手：“非常荣幸，二级突击队大队长。”“奥厄博士现在在大元帅底下工作。”曼德尔布罗德继续介绍，“研究如何提升集中营的劳工生产力。”

“啊，”斯佩尔说，“太好了。研究出成果了吗？”“部长先生，我才刚接手几个月，而且我扮演的角色微不足道。不过，整体而言，我们已经获致丰硕的成果了，我想您很快就能看到。”“当然，当然。我最近才跟大元帅讨论过这个问题。我们两人的看法相同，都认为这部分可以做得更好。”“这一点毋庸置疑，部长先生，我们一定会尽心尽力。”

大伙沉默了一会儿，斯佩尔很明显绞尽脑汁想找出话题。他的目光落在我的勋章上：“二级突击队大队长，您曾经上过前线？”“是的，部长先生，在斯大林格勒。”他的眼神变得晦暗，双眼下垂，下巴一阵战栗。接着他抬起头，目光如炬的锐利双眼再度盯着我，我第一次看见他眼底一圈黑眼圈，掩不住沉沉的疲惫。“我的兄弟恩斯特在斯大林格勒失踪了。”他平静地说，嗓音略显紧绷。

我鞠躬：“很遗憾，部长先生，请您节哀。您知道他是在什么情况下失踪的吗？”“不知道，我连他是生是死都不知道。”他的声音仿佛来自远方，断断续续。“我父母接到消息说他生病了，被送进医院，情况非常……危急。最后第二封信里他提到，他再也受不了了，他要回到炮兵的岗位，跟弟兄们一起奋战。实际上，他已经病得快要不能动了。”

“奥厄博士在斯大林格勒也受了重伤，”曼德尔布罗德插嘴，“还好他福大命大，被送回来了。”“是……”斯佩尔说。现在的他好像神游梦境，一副迷惘无神的样子，“是……您的确福气大。1月俄国大举进攻，他所属的兵连，全连弟兄下落不明，肯定凶多吉少，我父母到现在还无法接受这件事。”他的目光再度聚焦在我的眼睛，“他是我父亲最钟爱的儿子。”我有点手足无措，喃喃低声说了些安慰的客套话。坐在斯佩尔身后的曼德尔布罗德开口化解尴尬：“我们的民族正在受苦，亲爱的朋友，我们必须保障我们民族的未来。”

斯佩尔点点头，看了一下手表：“车就要开了，我得回自己的车厢去了。”他再度朝我伸出手，“再见，二级突击队大队长。”我夹腿立正行礼，不过他早已转身跟曼德尔布罗德握手了，曼德尔布罗德将他拉到身边，在他耳根旁低声说了几句话。我听不见他说什么。斯佩尔专心聆听，点了点头然后离开。曼德尔布罗德指着斯佩尔刚刚坐的椅子：“坐啊，你吃过饭了没有？饿不饿？”房间另一头的双层门瞬间悄悄打开，一名身穿党卫队制服的女子现身门后，她跟先前那一位长得一模一样，不过，她们应该不是同一个人——除非带我进来那位走到车外绕了一圈才又再上车？“二级突击队大队长，您想吃点什么吗？”她问。

火车颠了一下，徐徐驶离月台，窗帘遮住了窗外的一切，车厢内几盏小水晶灯放射出温暖的金黄光芒。火车转弯，掀起窗帘一角，我瞥见玻璃外面的金属百叶窗，心想整辆列车大概都装上了铁甲。年轻女子再次出现，手上端着大托盘，上面有三明治和啤酒，她身手利落地把摆在我身旁的折叠桌打开固定，然后把托盘放在桌上。我吃东西的时候，曼德尔布罗德问了一些我工作上的事，他非常赞赏我 8 月时提交的报告，迫不及待地想看看我即将完成的企划，他显然已经获悉大部分的计划内容。他还说，勒蓝先生对个人产能的问题特别感兴趣。

“勒蓝先生也在这辆列车上吗，博士？”我问。“他会在波兰的波兹南跟我们会合。”曼德尔布罗德回答。勒蓝在东部占领区跟西里西亚地区，参观我先前巡察过的地方，他们在那里的利益庞大。“您能见到斯佩尔部长，真是太好了，”他这句话像是随口说说，“要想办法和他好好相处，他是很重要的人物。党卫队和他应该走得更近一点。”说着，我们又随便聊了一会儿，我吃完三明治，喝了啤酒，一只猫无声溜上他的膝盖，曼德尔布罗德轻轻爱抚它。接着他叫我回房休息。

我穿过候客室找到自己的卧铺，里面很宽敞，舒服的床铺得整整齐齐，有工作台、盥洗台，上面还有一面镜子。

我掀开窗帘，玻璃外头也包覆着钢铁铸的百叶窗，看来是打不开了。我放弃了抽烟的念头，动手脱去外套和衬衫梳洗。我才刚拿肥皂抹脸，盥洗台上有一小块漂亮的香皂——还有热水——门外传来叩叩叩的敲门声。

“请等一下！”我擦干身子，穿上衬衫，披上外套，外套扣子还没来得及扣就开了门。曼德尔布罗德的女助理站在走廊间，一双清澈的大眼望着我，嘴角隐约带着笑意，跟我闻到的香水味道一样似有还无。“二级突击队大队长，您好，”她说，“房间还满意吗？”“非常满意。”

水汪汪的大眼仍然盯着我瞧，眼皮好像没有眨过。“如果您想要，”她接着说，“我可以陪您过夜。”虽说她说话的音调丝毫不带热情，跟先前问我是否要吃点什么是完全一样的口吻，但这出人意表的提议，还是让我当场愣了一下，我觉得脸颊发红发烫，迟疑着不知该如何回答。

“我想曼德尔布罗德博士不会同意。”我终于开口。“完全相反，”一贯亲切从容的口吻，“曼德尔布罗德博士会非常高兴，他坚定地认为我们绝对不能错失任何可以延续民族的机会。当然，假如我怀孕了，我绝对不会影响到您的工作，党卫队有专门为此设立的机构负责照顾。”

“我知道了。”我说。我不禁猜想如果我接受了她的提议，她会怎么做。我想她会走进来，默默褪去衣衫，全身赤裸坐在床上等，等我梳洗完毕。“这真是非常难以抗拒的提议。”我说，“不过非常抱歉，我必须婉拒您的好意。我累了一整天，而且明天的行程同样满档。下一次吧，如果我有这个福分的话。”

她脸上完全看不出变化，眼皮眨都没眨一下：“悉听尊便，二级突击队大队长。”她回答，“如果您有任何需要，您可以按铃呼叫，我就在旁边。晚安。”“晚安。”我勉强挤出一丝微笑，然后关上门。我梳洗完毕，关灯上床。火车在漆黑的夜里奔驰，车厢随着铁轨颠簸微微摇晃。我躺了好久好久才睡着。

大元帅在10月6日晚间对中央政治局委员和党代表全体发表的演说，长达一小时三十分钟，内容其实乏善可陈。这篇演讲比起10月4日他对底下的副总指挥长和党卫队兼警察署最高总长们发表的那一篇，篇幅虽长了两倍，名气却远远不如前者响亮。

这篇演讲除了一些因应台下听众层级不同而做的修改之外，大元帅演说的声调也比较严肃，少了挖苦，多了粗鄙行话，架构基本上一模一样。讲稿档案逃过战火，幸运地得以保留，战胜国大玩公平审判游戏，于是在命运的安排下，这些讲稿流出特定的与会人士圈子，在外界引起轩然大波；每一本描写党卫队、大元帅或者犹太人大屠杀的书里，几乎都可以看到作者引述这几篇演讲的文字，如果您对这些演讲的内容有兴趣，您可以找来看看，已经翻译成好几种语言了。

在纽伦堡大审判时，这篇10月4日的演说讲稿甚至被拿出来当作呈堂证供，证物编号1919-PSP（虽说内容大纲我在波兹南时就知道了，但一直迟至审判时期，也就是战后，我才有机会仔细翻阅）。演讲甚至全程录音，有人说录在胶盘唱片上，有的说是红色氧化磁带（录音带），这一点历史学家众说纷纭，我无缘亲临现场聆听，所以无法给各位明确的答案。无论如何，录音内容保存下来了，如果您有点心动，您可以找来听听，亲耳听听大元帅那一口单调、精准、老学究式的说教口吻，语出嘲讽时，声调明显急促些，甚至听得出来怒火，不过这种情况很少，最特别的是，当他说到自己好像无法全盘掌控的议题时，语气反而明显趋于和缓，例如普遍贪渎的现象，他在 6 号那天对底下的政府高官也提到了这个问题。不过伯朗特告诉我，大元帅在 4 号对副总指挥长们发表的演说里，特别强调了这个问题的严重性。

这些演讲能够走入历史的殿堂，肯定不是这个原因，而是因为大元帅话说得坦白至极，我从未听过别人敢把话说得如此坦白直接，可谓前无古人后无来者，坦白到毫无保留，他把犹太人灭绝计划挑明了说。连我在 10 月 6 日听到的时候，都不敢相信自己的耳朵，会议室里满满的人，波兹南城堡金碧辉煌的气派大厅，我的位子在最后面，前面坐了五十几位党政高层以及地方党部代表，更别提还有几位民间企业主，两位秘密警察头子和三位（也许是两位）内阁部长。

我觉得他的谈话大大违背了他要求我们恪遵的保密协议，引发现场一阵哗然震撼，一开始我非常不自在，有这种感觉的人肯定不止我一个，我看见某些党领导人摇头叹气，要不就是不安地伸手摩擦前额或后脑，会有这样的反应，并不是因为他们第一次听说这种事，在这间摇曳着轻柔灯光的大厅里，没有一个人不知道灭绝方案，虽然有些人到现在为止，依旧不愿去深入了解，也不去想这项计划的规模，像是不去想那些妇女，那些小孩。

也许正因如此，大元帅才选择在中央政治局委员和党代表面前特别强调这一点，比在那些毫无机会闪躲、任务在身被迫动手的副总指挥长面前，话说得更重更直接。所以，他才不断强调，是的，我们连妇女小孩都不放过，不留任何灰色模糊地带。

也正是这番坦白，让在场的人士惶惶不安，一切终于都赤裸裸地摊在阳光下了，此举犹如公然违反了一条不成文规定，凌驾超越了他亲自审订，要求属下严格遵循的公开场合官方用语。这条规定近似某种心照不宣的默契，他曾在第一场演讲提到这个默契，他提到了处决罗姆和他的突击队党羽时表示：一种默契自然而然地在我们之中生成，感谢上帝，有了这层默契，我们永远不必再提这起事件。不过，也许重点不在默契或规定，真正的目的另有他指。

后来，我慢慢明白了大元帅把话挑明了讲的真正原因，以及那些达官贵人叹气流汗的原因。我想得应该没错，因为他们跟我一样也逐渐意识到，了解到大元帅选在大战进入第五个年头时，直截了当，眼睛都不眨一下，大谈犹太人灭绝计划，而且遣词用语简洁不讳，像是杀戮之类的，此举绝非偶然——他说，灭绝，我指的是杀了他们，或是下命令格杀勿论——大元帅终于在公开场合跟他们谈论这个问题……告诉他们行动的进展。

这绝非偶然，他敢放胆这么做，表示元首事先知情，或者更糟的是，这是元首的意思，这才是导致在座人士坐立不安的原因。大元帅在这里的发言一定是出自元首的授意，他说的这些话，这些不该说的话，还录了音存证。

不管是录在唱片或录音带里都无所谓，甚至登记了哪些人出席，哪些人缺席——党卫队的领导人当中，没有出席 10 月 4 日演讲的人，有卡尔滕布伦纳，他静脉发炎请病假；达鲁埃格心脏病发，病情严重，因此请了一年还是两年的休假；沃尔夫刚刚被任命为意大利的党卫队兼警察署最高总长，兼墨索里尼身边的全权大使；格罗波克尼克则突然被调离他占地为王的卢布林，回到家乡特里斯特担任伊斯特拉半岛[1]和达尔马提亚沿海地区的地方队长，这些都是我离开波兹南之后才知道的。

波兹南恰好隶属沃尔夫的管辖范围，格罗波克尼克还带走了莱因哈特行动的所有人手，包含 T-4 小组，这件事我知道得更晚。他们肃清了一切，从此之后，奥斯威辛的容纳量绰绰有余，而亚得里亚海的美丽沿岸成了国家用不着的人们的葬身之地，后来连布洛贝尔都过去加入了他们的行列。他们最后没能逃过铁托带领的游击队的毒手，这样一来我们反而省事。党的高层人士也有人缺席，登记的缺席名单我始终没看过——这一切原来都是大元帅精心策划的，而且是奉命行事。

理由只有一个，也是在场人士激动不安的原因，他们都听出来了，这番话背后的含意，是要所有人日后没有借口辩称自己不知情，万一战争失败，无法推托逃避更严重的罪行，要他们别想能够置身事外，全身而退，这么做是为了

1. 伸出亚得里亚海的半岛，现分属克罗地亚和斯洛伐尼亚。

将他们全拉下水，他们恍然大悟，因此惶恐不安。

虽说莫斯科会议比这次演讲晚了几个星期才举行，在1943年的10月底，同盟国在莫斯科会议结束后发表严正声明，誓言追究“战犯”，天涯海角绝不放过，同年夏天BBC就已强势宣传追究战犯的消息，甚至公开点名哪些人难逃法网，名单的正确度相当可观，虽然有时遭到点名的是某些特定集中营里的小军官甚至士官，显示他们的情报准确，国安警察署也暗自纳闷他们是怎么做到的。

总之，这件事绝对在某些关系人心里造成了一些不安和紧张，何况前线一直传来坏消息，为了守住意大利防线，我军被迫从东线战场调军支持，由此看来，我军守住顿涅茨河的机会渺茫，再说布良斯克[1]、斯摩棱斯克、波尔塔瓦和乌克兰的克里姆特忠接连失守，克里米亚半岛情况危急，任谁都看得出来情况不妙，肯定有许多人该为未来的发展、德国的未来，当然还有个人的未来担忧。

这部分心理战应归功于英国的宣传成功，不仅让那些被点名的人闻之色变，也鼓励还没被点名的人心生别念，私下盘算帝国的灭亡不必与个人未来画上等号，让他们觉得战争失败没有想象中的那么恐怖。

因此，我们可以大胆假设，的确有必要让党内的领导阶层、党卫队和国防军的重要将领了解，万一我国战败，他们个人的身家性命也可能不保，意思是要他们为了自己，好歹振作一下，那些特定人士犯下的罪行，在同盟国眼里其实等同所有人的罪行，最起码领导机器是脱不了干系的。

也许有些人比较偏爱下面的比喻：所有的船和桥都已付之一炬，没有后路可走了，眼前唯一的希望就是打赢这场战争。的确，只要战争胜利，什么事都没有了，想想看，如果我们打赢了，扫荡了红军，摧毁了苏联，哪会有什么战犯罪的问题，就算有，也是布尔什维克党犯下的罪行，而且有文件指证历历。

这都要感谢那些被我军接收的档案（从斯摩棱斯克人民公安局里被我军扣押，搬回德国的那批档案，在战后若被美国人拿走，正好提出佐证，到时就轮

1. 俄国城市，位于莫斯科西南方380公里处。

到他们得想办法向民主政治体系下的善良选民说明，为什么以往被妖魔化的恐怖敌人，现在却成了对抗过去英勇盟国的堡垒，而且迟至今日才发现盟国的所作所为比妖魔还邪恶），何不干脆公开这些档案，来一场合法的审判？

审判布尔什维克党的叛乱分子，好让一切看起来符合英国和美国想要的严肃公正（大家都知道，斯大林对审判这档子事是嗤之以鼻的，他认为审判根本就是伪善，而且毫无意义），之后，以英国和美国为首的世界，将随我们起舞，外交政策也将随着新的现实状况而改弦易张，纽约的犹太人少不了又要大声疾呼一阵子。

不过，我想没有人会怀念欧洲的犹太人，他们将转为企业的利润和损失，跟在战争中死亡的其他种族一样，像是吉卜赛人、波兰人，天知道还有哪些，战败国的将士公墓转眼野草青青，没人敢出面向战胜国讨公道。我说这些不是为了替我们的行为找借口，不，这是简单却可怕的现实真相。

就拿罗斯福这位好好先生来说吧，还有他亲爱的朋友约瑟夫——斯大林，1941 年他已经杀掉了数以百万计的人，甚至早在 1939 年之前，死在他手下的人就已超过我们，这是可以确定的，就算表列最后死亡人数，大家比一比，斯大林独占鳌头的概率还是非常大的，1943 年和 1944 年间的集体化、整肃富农、大肃清以及人民流放劳改等运动，我们都一清二楚，当时全世界多少都有风闻，20 世纪 30 年代俄国上演的这一切，罗斯福也了然于胸。然而，这一切却无阻于我们这位人类的朋友，罗斯福不顾丘吉尔的再三警告，公开表扬斯大林的忠诚和人道精神。

从某些角度来看，丘吉尔的确不像罗斯福那么天真，从另外的角度来看，他却也太过理想化，不够务实。如果我们赢得了战争，情况一定如出一辙，那些顽固分子终将停止对我们的指控，不再控诉我们是人类的敌人，他们将一个一个闭上嘴巴，因为没有听众了，最后再由外交官出面磨平大家的棱角，说穿了，战争打是要打，杜松子酒照喝不误。

这个世界就是这个样子，难道不是吗？

如果我们赢了，说不定有人会对我们的贡献大声叫好，就像元首常挂在嘴边的口号，说不定也不会。无论如何，那些有可能对我方贡献大声叫好的人，眼看着我军大势已去，只好乖乖地闭上嘴。现实就是如此残酷。就算国际紧咬这个议题不放，再过个 10 年、15 年，迟早都将烟消云散，我们的外交官可能会严正地斥责这些残酷非人、伤害人权的措施，也会尽可能表现出某种程度的谅解，谁能说英国或法国为了重建殖民地的秩序，不会对桀骜不驯的殖民地国家做出同样的事呢？

再说，拿美国为例好了，他们为了确保世界贸易的稳定，扑灭自家后院的共产主义威胁，他们也的确这么做了，结果也摊在世人面前。若说这些西方强权的道德观和我们的天差地别，这种说法绝对是个错误，而且在我看来是大错特错。强权就是强权，他们能够跻身强权之列绝非偶然，同样地，被挤下来也绝非偶然。

摩纳哥和卢森堡等小国，也许可以大言不惭地说国家政治清廉刚正，英国的情况则不同，不是曾有一名毕业于牛津还是剑桥的英国官员，从 1922 年便大声疾呼，鼓吹管理式的杀戮以确保殖民地的安全吗？他最后恨恨地感叹，岛内的政治局势处处掣肘，有志难伸。

如果各位认同某些人的观点，认为我们犯下的所有错误追根究底，就是反犹太主义的话——我个人以为各位是大错特错了，不过对许多人来说，这种说法却相当诱人——同理演申，那我们不是必须承认法国在大战前夕，在这个领域内犯下的错误比我们更多更严重（更别提苏联施行的肃清运动了）？我认为反犹太主义不是我们屠杀犹太人的主要因素，各位不必感到太讶异，这样狭隘的说法无异于忘掉了我们的灭绝政策是更宏观的。

战争失败了——我们没有机会改写历史，但仍有必要率先站出来为灭绝政策说话——除了犹太人，我们还收拾了德国境内的残障人士、无药可救的精神病患、大部分的吉卜赛人、数百万的俄国人和波兰人。我们都知道，这些计划的企图和规模绝不仅止于此。以俄国人来说，根据四年计划的专家以及国家中央安全局的估算，必要的自然淘汰人口达 3000 万，若采用东部占领区指挥部某个思想略微激进的处长的说法，数字更高达 4600 万到 5100 万人。如果战争时间再拉长几年，我们一定可以完成大量降低波兰人口的目标。这个想法酝酿已久，请看瓦尔特兰的党代表葛来瑟和大元帅大沓的往来公文就能一目了然。

葛来瑟从 1942 年 5 月开始，便不断发文请求批准他们使用海乌姆诺的毒气室，消灭 35000 名结核病患者，他认为这些病人对他管辖地区的人民健康已经造成严重的威胁。大元帅在七个月后终于让他明白，他的建议非常有意思，但是时机尚未成熟。

各位一定觉得我这个人铁石心肠，谈起这种事情好像稀松平常，我只是想让各位了解，我们精心策划消灭摩西子民的行动，理由并非单纯出于我们对犹太人种非理性的憎恶——我想我已经很明显地指出，在一般党卫队和国家安全局的成员眼里，这种情绪化的反犹太主义完全得不到众人认同——这样做的原因是为了解决各种社会问题，在理性的思考后，默许借由暴力来执行。

从这个角度来看，我们跟布尔什维克党可以说是有志一同，唯一的区别在于双方对于亟待优先解决的问题定义不同：他们采取的方法建构在平行式（阶级）的社会理论架构上，而我们采取的是垂直（人种）的理论，双方的企图都非常坚定（这一点我想早已强调过了），虽然各自落实了不同的措施，得到的结果却极为近似。

如果再进一步探讨，我们可以推断出，这项决心，或者该说，容许以比较激进的手法拔除让全民受苦的根本症结，接受的确有必要这么做的共识，来源无他，唯因我们是第一次世界大战的战败国。每个国家（或许美国不算）都深为大战所苦，然而胜利及其衍生的傲慢和良心上的心安理得，使得英国、法国，甚至意大利轻易地遗忘了战争的痛苦和损失，他们重新上座，有时甚至志得意满地炫耀，在此同时他们也更担心害怕，害怕不堪一击的协议崩塌瓦解。

至于我们，我们已经没有什么可损失了。我们跟敌军一样，打了光荣的一仗，结果被当成罪犯任人宰割与羞辱，为国家慷慨捐躯的战士也遭人嘲弄。从客观的角度来看，俄国的命运也没有好到哪里去。于是大伙开始想：好吧，既然国家的精英都为国捐躯了，最爱国、最聪明、最忠心、最英烈的人都被送上死亡战场，为国家的新生而奋斗——结果等于白费，他们的牺牲还遭到羞辱——那么，剩下的这些邪恶分子、罪犯、疯子、智障、社会边缘人、犹太人，甚至我们周遭的敌人，他们有什么权利继续生存？还有什么想法比这个念头更合理呢？我敢保证，布尔什维克党人一定也循着类似的逻辑思考。

既然遵守所谓的人权规范对我们而言无用武之地，为什么还要顽固地守着原本就无意遵循的规定呢？从这种想法出发，将无可避免地引导出一套更强硬、更严厉、更激进的解决方案。

任何一个时代，任何一个社会，发生社会问题时，总会成立一个仲裁机制，解决团体需求和个人权利之间的冲突，就此产生问题的解决方案。

总的来说，方案不出几个：死刑、慈善救助或流放（在历史上，驱逐国外的案例特别多）。希腊人抛弃畸形的小孩，阿拉伯人虽然认为畸形残障，从经济层面来看会造成家庭庞大的负担，但也不愿扼杀他们的生命，选择交给某个团体去扶养，也就是合法的慈善机构，宗教性质的义务慈善团体（亦即纳税行善）。时至今日，我们的国家仍然保留了这类的专门机构，身体健全者也省得眼不见为净。然而，如果以这样的整体构想为出发点，我们在欧洲至少可以发现，从 18 世纪以来针对各种问题应运而生的方案——对罪犯施以酷刑、传染病人（麻风病患）予以放逐，精神病患则交给基督教慈善机构——在启蒙时代的影响下，这些方案不但适用于所有案例，还能视案例不同而随意增减。

然而，系统运作皆依循单一模式：由国家提供财务资助，进行制度化的隔离禁闭，如果要说是一种境内放逐也未尝不可，有时虽宣称具有教育功能，不过最终的目的还是方便管理，于是罪犯进了监狱，病人进了医院，疯子进了疗养院。

任谁都看得出来，完全符合人道精神的方案也得经过一番折中妥协，除了先要有钱，容纳的人数也终究有限。大战过后，限于资金短缺，人民伤亡率超乎想象之高（数百万人死于沙场），许多人发觉这样的解决方案已经不适用了，不足以应付新兴的大规模社会问题。人民迫切需要新的解决方案，而我们找到了，的确，人类永远可以找到需要的答案。

许多自诩民主的国家，在需要的时候也可能找到这样的方案。既然如此，今天大家都在问，为什么非得是犹太人呢？犹太人跟你们的疯子、罪犯、传染病患者又有什么关系？这层关系没那么难猜，从历史上来看，犹太一族想尽办法让自己与众不同，这种态度本身就自成一个“问题”了。最早出现的反犹太文字见于亚历山大港的希腊文献，年代比基督诞生更早，也就是远于宗教神学上的反犹太主义。该文献上直指犹太人为社会边缘人，藐视敦亲睦邻的善良风俗，敦亲睦邻可是古代社会的重大政治原则和基础，以禁食为名，阻碍族人到他人家里做客，或者在自家招待客人尽主人之谊。

接下来，当然还有宗教信仰不同的问题。我跟您所想的不同，试图想辩称犹太人是自作孽不可活，我只是想指出，某段欧洲的历史经验有些人认为非常悲惨，有些人则认为是上天注定，不管怎么样，一直影响着我们，就算到了今天，一碰上危机，大家便自然而然把一切罪过归咎到犹太人身上，因此有人要以暴力手段重塑新社会时，犹太人总会遭池鱼之殃，只是时间早晚而已——早，就是我们的例子，晚，则是苏联的例子——会有此结果并非全是偶然。待一波反犹太主义热潮退却，某些犹太人同样会苦心思索极端的报复行动，以牙还牙。

各位应该会觉得这些想法很有意思吧，这一点我不怀疑，反倒是我有点离题了，始终没有讲到 10 月 6 日当天的情形，我在此简短描述一下。

车厢门上传来几声短短的敲门声，将我从睡梦中惊醒，窗户百叶窗低垂，很难判定时间，我意识蒙眬，大概还沉浸在梦中，我清楚记得当时不知身在何处的感觉。我听见曼德尔布罗德的女助理轻柔但坚定的声音："二级突击队大队长，再过半小时就抵达目的地了。"我下床梳洗穿衣，走出卧铺到候客室伸展四肢，女助理已经等在那里。

"早安，二级突击队大队长，睡得好吗？""睡得很好，谢谢您。曼德尔布罗德博士起来了吗？""二级突击队大队长，我不知道，需要咖啡吗？到了之后，那边有早餐提供。"回来时她手上多了一只小托盘。

我站着喝咖啡，列车左右摇晃，我双脚微微张开保持平衡，她安坐在小沙发上，双腿优雅交叠，我注意到她昨晚的马裤已经换掉，换上了一条长裙，头发往后梳得一丝不苟，扎成发髻。"您不喝吗？"我问。"不用了，谢谢。"我们保持沉默，直到火车刹车声吱嘎灌耳。我把杯子还给她，回房拿旅行背包。火车慢慢靠站。"祝您有愉快的一天。"她说，"曼德尔布罗德博士稍后会与您碰面。"

月台上略显混乱，满脸疲惫的党代表鱼贯下车，狂打哈欠，底下一批穿着制服或便服的突击队员一拥上前迎接。其中一位突击队员瞥见我穿着党卫队的制服，立刻皱起眉头，我向他指指曼德尔布罗德的车厢，他的五官立刻舒展，

“失礼了。”说着走上前。我报上名，他察看手上的名单，“有了，找到了。您跟大元帅幕僚团一起在波兹南饭店下榻，我们为您预订了一间房间。等等，我来找辆车送您过去。这是今天的行程表。”

饭店豪华气派，色调略显晦暗凄凉，建筑年代可追溯到普鲁士时代，我一进房间立刻洗了个澡，刮胡子换干净衣服，大口吞了几片果酱面包。快 8 点的时候，我下楼来到大厅，大厅里人来人往。我终于看见了伯朗特的助理，是个一级突击队中队长，我把在火车站拿到的行程表拿给他看。“这样吧，您自个儿先去，大元帅下午才会到，反正还有几个军官也会去。”

地方党部借来的车还等在那里，我请他载我到波兹南皇家城堡，沿途欣赏了市府大楼的蓝色钟塔和圆拱回廊，紧接着环绕旧广场，外墙色彩缤纷，紧密连接的狭窄资产阶级公寓，反映出几世纪以来略带奇情幻想的建筑样貌，晨间观光的短暂欢愉在碰到城堡时戛然而止。那是一片广大的建筑群，耸立于空旷的大广场上，岁月溶蚀痕迹累累，屋顶高斜，一座尖拱高塔插天而立，壮阔气派，庄严也单调，城堡前面停了一排达官显要的奔驰车，上面插着小国旗。

早上的开场行程是由亲斯佩尔的专家所主持的系列演讲，主讲人包括钢铁大王瓦尔特·罗兰德，他们轮流上场，毫不留情地直指战时生产问题的核心。第一排坐的大多是国家精英，个个神情肃穆，聆听令人沮丧的消息，包括戈培尔博士、罗森贝格部长、希特勒青年团的领导人阿克斯曼、海军总司令邓尼茨、米尔赫空军元帅，以及一位胖胖的男子，脖子肥壮如牛，一头浓密的头发往后梳着。

到了休息时间，我问别人他是谁，原来是中央政治局委员鲍尔曼，也是元首私人秘书兼纳粹党财务部主任。我当然听过他，但是我对他所知甚少，报纸和电影院播放的新闻从来不曾提过他，我也不记得看过他的照片。

继罗兰德之后，紧接着是斯佩尔，他的报告时间不超过一小时，跟前晚在阿尔布雷希特王子城堡时演说的主题大同小异，用词直接，几近尖锐。此刻我才注意到曼德尔布罗德博士的身影，大厅的一侧特别安排了一个位置固定他那台庞大的轿车，他双眼眯成一条线，恍如笑看人生，两边分站两位助理——她们果然是两个人——还有勒蓝先生高大粗犷的身影。

斯佩尔的最后一番话引发在场一阵骚动，他言归正传，提出地方党部刁难的正题，他说他和大元帅的意见完全相同，语带威胁要给顽抗分子好看。斯佩尔一走下台，数名地方党代表围住他大声嚷嚷，我的位子在最后面，离得太远，听不见他们嚷什么，但是我可以想象。勒蓝先生弯腰在曼德尔布罗德博士的耳边说了几句话。接着，大会请出席人员先回市区的东方饭店，那间显贵官人下榻的豪华酒店，参加自助餐欢迎酒会。

曼德尔布罗德博士在两位助理的引导下，从一旁的侧门离去，我在中庭花园碰到他，过去跟他和勒蓝先生打招呼。至此，我才看清楚他如何进行长途旅行：特制的奔驰车，内部改装成宽敞的客厅，同时装设机械升降装置，好让他坐的椅子能够脱离底下的轮车，滑进奔驰车内，椅子底下的轮车则交由第二辆奔驰车运载，同时搭载两位助理。

曼德尔布罗德邀我坐他的车，我拉下车内的折叠座椅跟他坐在一起，勒蓝先生则坐在司机旁边。我有点后悔没跟两位助理搭同一辆车，曼德尔布罗德对于身上散发出来的异味浑然不觉，幸好路程很短。曼德尔布罗德没有说话，好像在打瞌睡。我很纳闷，不知道他是不是整天都黏在这张椅子上，如果是，那他要怎么更衣、大小解呢？反正他的助理应该会帮他处理生活的大小事。

欢迎餐会上，我碰到大元帅个人幕僚团的两名军官。一个是维尔讷·格罗特曼，他刚接获消息，得知被拔擢取代了伯朗特的职务（伯朗特晋升旗队长，接替沃尔夫先前的职务），高兴得不知如何才好，另一位是负责警察业务的副官。我想他们两个应该是最先跟我提到两天前大元帅发表的演说在各地区总队长之间引发强烈震撼的人。我们也聊到了格罗波克尼克离开，这真是出乎众人意料的大消息，不过我们没有熟到足以推心置腹，猜测这次调派的真正背后因素。两位巾帼之中的一位——说真的，我实在分辨不出她们两人，甚至连昨天夜里来敲我房门的是哪位我都无法确定——突然出现在我身旁。我向两位军官告辞，尾随女助理穿过人群。

曼德尔布罗德和勒蓝，跟斯佩尔及罗兰德谈得正起劲，我上前致意，恭贺斯佩尔演讲成功。他表情凄苦：“看来我的演讲不合所有人的意。”“没关系，”勒蓝回答，“只要您能和大元帅达成共识，这些愚蠢的酒囊饭袋没有一个敢跟您作对。”我非常惊讶，我从来没有听勒蓝先生说过骂人的话。

斯佩尔点点头。“一定要跟大元帅保持密切联络，”曼德尔布罗德低声说，

“不要让这刚有起色的关系断了。如果遇上一些小事情，您不愿意打搅大元帅的话，您可以找我们的小朋友，他的为人我可以担保。”

斯佩尔漫不经心瞅了我一眼：“我部里有专门负责联系的军官。”“当然，”曼德尔布罗德说，“但是奥厄二级突击队大队长直接向大元帅报告的机会一定比较多，尽管去打搅他没关系。”“好的。”斯佩尔说。罗兰德转身对勒蓝说：“这样的话，我们都同意了，曼海姆……”曼德尔布罗德的助理用手肘推我几下，提醒我这里已经不需要我了。

我开口告退，悄悄退到自助餐厅。女助理跟着我走进来，自己倒了一杯茶，我则拿了一块开胃菜入口。“我想曼德尔布罗德博士应该非常器重您。”悦耳的嗓音毫无音调起伏。“我看不出您为什么会这么说，不过您既然说了，我就相信您。您在他底下工作很久了吗？”“好几年了。”

“在这之前呢？”“我在法兰克福拿到拉丁语和德语的语言史博士学位。”我抬起眉毛，“真是想不到。全天候替曼德尔布罗德博士工作，不辛苦吗？”“每个人都应该在自己的岗位上贡献心力。”她毫不犹豫地回答，“能得到曼德尔布罗德先生的信任，我感到非常光荣。德国之所以有救，全都要感谢像他和勒蓝先生这样的人。”

我盯着她光滑细致的鹅蛋脸，脸上淡施薄粉。她应该是个美人胚子，在她身上却找不到任何一点细节或特质，能够具体呈现这全然抽象的美。“我可以问个问题吗？”我问她。“当然可以。”“车厢走廊的灯光不太亮，敲我房门的那位是您吗？”

她发出一阵银铃似的笑声：“走廊的灯没那么暗吧，答案是否定的，那是我的同事希尔蒂。为什么问这个？您希望是我吗？”“不，只是随便问问。”我白痴似的回答。“如果有机会的话，”她直直盯着我，“我会很高兴，只希望到时候您不要太累。”我红着脸问：“您叫什么名字？我好记下来。”她伸出涂着蔻丹的小手，她的手心柔软又干爽，握手的力道却跟男人一样有力。“海德薇格。祝您有个愉快的下午，二级突击队大队长。”

我们回到皇家城堡，下午快3点的时候，大元帅在一群默默无语的军官簇拥下现身会场，鲁道夫·伯朗特随侍在侧。伯朗特看到我，对我微微点了个头，他的制服挂上了新的官阶徽章。我朝他走过去，还没来得及开口恭贺他，他已经对我说：“大元帅演说完毕后，我们将前往克拉科夫，您跟我们一道走。”“好的，旗队长。”

希姆莱坐在第一排，鲍尔曼旁边。邓尼茨率先上台，为现阶段暂时中止潜艇战的策略辩护，同时希望能尽快重新发动海底攻势。接着轮到米尔赫，他希望空军的新战略能尽快阻止敌军对我城市的恐怖空袭。然后是突击队新任参谋总长舍普曼，我忘了他姓什么。

快 5 点半了，大元帅终于踏上讲台，在鲜血般殷红的旗帜和禁卫队黑色军帽的环绕下，矮小的身影站上高高的讲台，麦克风拖得长长的电缆线遮住了他大半边的脸，演讲厅内的灯光在他的眼镜镜片上闪耀跳动，扬声器为他的声音加添金属冰冷音调。关于与会人士的反应，我之前已经说过，我很惋惜坐在最后面，只能望着大家的后脑勺，看不到脸上的表情。

虽然感到惊骇，但我还是得说，他说的某些话触动了我的心弦，特别是我们这些深受决策影响，直接负责处决人犯的阶层。我们的精神遭逢了前所未有的威胁，不是变得残酷冷漠，视人命如粪土，就是精神耗弱，忧郁沮丧——是的，这是一条前有海怪后有六头女妖的艰险窄路，我听得非常清楚，这番话好像是讲给我听的。

就某种程度而言，虽然这话说得稍显轻巧，对我还有那些担负恐怖使命的人来说，却是大元帅深知我们受了多少苦的明证。这些话并不表示他让内心感性的一面牵着走，因为演说结束前的结语是如此残酷冷静：很多人将会哭泣，但是没有关系，因为哭声早已震天。这话听在我耳里，带着一丝莎士比亚的味道，不过这些话也许是他在别的演说的讲辞，后来我读到过。我无法确定，但其实也无关紧要。

演讲结束，大概是晚上 7 点，中央政治局委员鲍尔曼邀请我们到隔壁用自助餐。与会的达官贵人，尤其是年纪较大的地方党代表直接冲到吧台，由于我待会儿得跟大元帅远行，所以不敢喝酒。角落里，我看见大元帅站在曼德尔布罗德博士前面，旁边还围着鲍尔曼、戈培尔和勒蓝，他背对着大厅人士，对于他的演说引发的争议毫不在意。地方党代表们一杯接着一杯，低声交头接耳，偶尔有人大声嚷着阿谀奉承的话，他的同伴随即点头如捣蒜，然后再干一杯。

虽然大元帅的演说的确对我造成不小的震撼，但是坦白说，中午餐会时短暂的会谈才教我担忧，我明显感觉到曼德尔布罗德正在给我安排一个位置，至于他要用什么方法、通过谁的关系，这一点还不清楚。他和大元帅，以及他和斯佩尔之间到底是什么关系，我知道的实在太少，无法做任何判断，因此我才感到忧心，这次赌注超乎我的能力范围，不是我所能承担的。我想从希尔蒂或海德薇格身上也许可以问出一点端倪，不过我也心知肚明，就算我跟她们上了床，只要曼德尔布罗德不想让我知道，她们也绝对不会透露半点口风。

斯佩尔呢？在这段我还原事情的时间里，虽然没有经过仔细的思考，但我一直认为他当时也曾跟大元帅说话。后来有一天，也是好一阵子的事了，我在一本书里看到，斯佩尔始终强烈否认他当时在场，他指称大元帅发表演说的时候，他正好跟罗兰德在一起吃午餐，因此没有出席。

我只能说，这的确可能，就我个人而言，打从中午的接待餐会之后，我没有再特别注意他的行踪，我的注意力多半放在曼德尔布罗德博士和大元帅身上，再说，当时与会者真的很多。然而，我觉得那天晚上好像看到过他，他在那本书里也描述了当时地方党代表们疯狂酗酒的丑态，根据他写的书上的说法，某些地方党代表醉到不省人事，还得劳动别人把他们抬上特派火车。

那个时候，我已经陪着大元帅离开了，没有目睹。书中描述的情景历历在目，好像他当时就在现场。总之，很难下定论，而这项争议充其量不过是口水战，无论他当天是否出席，是否亲耳听见大元帅的演说内容，斯佩尔部长跟大家一样都知情，再怎么说，套句历史学家的话，他那时已经知道得够多，明白自己最好不要再往里挖了。

等我对他认识较深之后，可以肯定地说他全都知情，包括妇女小孩的事。何况，若有这么多的妇女小孩要集中监禁，就算他口头上从来没有提过这件事，不清楚施行细节，这的确不在他职权范围内，但他怎么可能不知道？我不否认他宁可不知道。那天晚上，我看见党代表冯・席拉赫醉得瘫在椅子上，领带歪斜，领口敞开，干邑一杯接着一杯灌下肚，他肯定也宁可自己不知道这件事，跟他在一起的许多人，也许是基于信念不够坚定，缺乏勇气，也许是害怕同盟国报复，都抱持着同样的想法。不过，我必须在此加上一句，这些人，这些地方党代表，对战争的贡献微乎其微，某些人甚至为此感到不安。

斯佩尔部长不一样，现在的专家学者通通认为，他至少为纳粹主义德国延续了两年多的寿命，他在这方面的贡献比任何人都大，而且如果当时他还有能力，他一定会想办法让帝国延续得更久。他一心一意，始终坚定地要让德国获得最后胜利，为了德国的胜利四处奔走，不择一切手段，结果为的竟是一个残害犹太人，连妇女小孩都不饶过的纳粹主义德国，更不用说吉卜赛人以及众多的无辜人士，我在这里替他感到惋惜，虽然我对他在担任部长期间对国家的奉献感到无上的敬佩，但是战后他公开表示悔恨的做法，我却无法苟同。

此举的确救了他自己的命，然而他的命跟别人的命一样，像是绍克尔或者裘德尔，并没有更值钱。他后来为了自保，被迫装腔作势，出的花招越来越夸张，其实他大可做得更简单洒脱，尤其是在服完刑，赎了罪之后，他大可说：是的，我知情，那又如何？就像我的同僚艾希曼在耶路撒冷时，以质朴男儿应有的直截了当，大声地说：“后悔，那是小孩的玩意儿。”

大约 8 点的时候，我奉伯朗特之命离开餐会，曼德尔布罗德博士和别人谈得正起劲，我不好上前打搅，所以没跟他道别。我跟几位军官回到波兹南饭店拿行李，直接奔向火车站，大元帅的专车已经在那里等候。我再度拥有私人的空间，不过和曼德尔布罗德那边的房间比起来，小了许多，卧铺也非常狭窄。这列名为“海因里希”的火车设计精妙非常，除了装上铁甲的大元帅私人车厢外，前面几节车厢，有的改装成办公室，有的装上移动式电信设备，所有装备都有防轰炸安全装置，大元帅全体幕僚在必要时可以边赶行程边办公。我没看见大元帅上车。

我们抵达火车站不久，火车开始摇晃着启动，这一次，我的房间终于有扇小窗户了，我可以关掉灯，坐在漆黑的房间里凝视窗外的夜色，美丽清朗的秋夜，点点星光闪烁，一轮新月洒落金属般细细冷光，穿刺波兰破落山河。从波兹南到克拉科夫大概有 400 公里的路程，有时因为铁路交通频繁，有时为了躲警报，不得不多次暂停，列车迟至第二天清晨才到达目的地。

列车到站时，我已经醒了，坐在卧铺上望着窗外灰蒙蒙的草原和甘薯田，天际缓缓露出粉红渐层。克拉科夫火车站有整排禁卫队，已经立正等候多时，波兰总督带头走上红地毯，鼓号军乐齐鸣，我远远看见法兰克身边一群穿着波兰传统服饰的年轻女孩，手上拿着花篮。

法兰克朝大元帅行了德国式军礼，动作之大，身上的制服差一点绷线裂开，他热情地与大元帅寒暄几句，然后钻进豪华大礼车。我们被安排住在皇家城堡山脚下的饭店，我洗了个澡，仔细刮好胡子，还把一件制服拿去送洗。之后我顺着克拉科夫阳光灿烂的美丽古老街道，一路散步到党卫队兼警察署最高总长的办公室，在那里发了电报到柏林，询问计划目前的进度。

中午，我以大元帅代表团团员的身份出席正式午宴，跟几位党卫队和国防军的军官同坐一桌，席上还有一些来自总督府的芝麻绿豆官。我看见比尔坎普与大元帅和总督在主桌上比肩而坐，我一点都不想过去跟他打招呼。

席间大伙的话题多围绕在卢布林的情况，法兰克的人证实了总督府要格罗波克尼克为他史无前例的大规模贪污案件下台负责的传言：有一种说法是，大元帅甚至想要逮捕他，将他绳之以法，杀鸡儆猴。但是，格罗波克尼克预先搜集了数量惊人的文件自保，一旦牵扯出来，许多人会跟着被拖下水，他以此作为协商的条件，要求回家乡过着衣食无缺的风光退休生活。

聚餐后安排了演说，我没有留下来听，忙着赶回城里，向目前人在党卫队兼警察署最高总长办公室的伯朗特做简报。其实没有什么可报告的，除了 D 局第三处即刻同意了我的计划，包括国家中央安全局的其他局处依旧没有下文。伯朗特要我回柏林后加快计划的脚步，大元帅希望能在本月中旬上路。

晚上的欢迎餐会，法兰克简直是不惜成本。禁卫队全体手持宝剑，身穿缀满金色流苏和徽章的制服，沿着皇家城堡的中庭大花园对角线，形成一道屏障，楼梯每隔三阶就有一名荷枪实弹的士兵站岗。法兰克本人站在舞会大厅的门口，他穿着突击队的制服，他妻子跟在旁边，白皙的肥肉好像快要绷破身上那件式样极尽花哨的绿色呢绒礼服。

夫妻俩尽职地要让来客宾至如归。皇家城堡灯火通明，从城里就可以看见高耸峭壁之上的城堡闪耀璀璨。中庭花园四周的高大列柱上悬挂着串串小电灯泡，站在禁卫队后面的士兵人人手持火把，如果你走出舞厅到回廊散步，会看见中庭花园就像被火把团团围住似的，像是光的源头，从最深处缓缓吐出平行排列的火炬。宫殿彼端是悬空挂在山腰上的巨大阳台，站在上面，整个黑漆漆、静悄悄往外延伸的城市好像被踩在脚下。

管弦乐团在正厅最里面的舞台上，演奏维也纳华尔兹，在总督府任职的官员大多携眷出席，有好几对在舞池里翩然起舞，其他人喝酒谈笑，流连在满桌的佳肴中间，拼命品尝开胃菜，或者跟我一样研究周遭的人。

除了大元帅代表团的几位军官，我这里认识的人不多。我抬头仰望藻井平顶的天花板，各种色泽的珍贵木料，每个区块的卡榫处都雕有一个头像，而且精心上色，有虬髯官兵、高帽子的资产阶级绅士、插满羽毛的宫廷小丑、打扮时髦的妇女，他们面无表情，往下瞪视我们这批入侵的陌生人。

爬上主楼梯，法兰克开放了其他厅堂，每一间都备有自助式餐点、舒适的扶手椅、沙发，供希望耳根清净点或者想要打个盹儿休息的宾客使用。大片美丽的古老地毯，切断了地板上菱形地砖黑白和谐混搭的无限延伸效果，大理石砖面传来的“咔咔”的脚步声转瞬湮灭在地毯之中。连接各厅的门前，一律有两名头戴军帽的卫兵，长剑出鞘，高举过鼻尖，一如英国的禁卫骑兵般分站两旁。

我拿着一杯酒，一个房间接着一个房间地参观浏览，欣赏各个房间的檐壁装饰、天花板和墙壁上的画作。可惜战争开打没多久，波兰人就把奥古斯特王著名的弗拉芒壁毡运走了，有人说被带到英国，也有人说在加拿大，法兰克老嚷着这是波兰文化遗产的大劫难。

我看腻了，转而加入一群党卫队的军官，大伙聊起那不勒斯失守，以及斯科尔兹内的功绩。我在一旁听他们聊天，有点漫不经心，因为我的注意力被一种反复规律的摩擦声响给吸引过去。声响越来越大，我环视四周，好像有东西撞上了我的靴子，低头一看，是一辆色彩鲜艳的脚踏小汽车，上面坐着一个可爱的金发男孩。

男孩一脸不满地瞪着我，一句话也没说，胖乎乎的小手紧握方向盘，他看起来顶多四五岁，穿着漂亮的鸡爪花纹小西装。我对他微笑，他仍然闷不吭声，这时我才明白，转了个身让出路来，他依旧不发一语，双脚猛踩踏板冲向隔壁房间，穿过雕像般静止不动的禁卫兵，消失了踪影。

几分钟后，我听见他又往这里过来，他直直地往前冲，完全不理会旁边的人，好像大家都应该闪躲让路似的。他来到自助餐桌边上，停下车，从小汽车里面爬出来，伸手想拿一块蛋糕，可是他的小手太短了，虽然他努力踮起脚尖，伸长了手还是够不着。

我走到他身边问他：“你想要哪一种？”他仍然不答，用手指着一块萨赫蛋糕[1]。“你会说德文吗？”我问。他气呼呼地说：“我当然会说德文！”

“这样的话，你应该学过请这个字。”他摇头说：“我不用说请！”“为什么？”“因为我爸爸是波兰国王，这里的每一个人都要听他的！”

我点点头：“这的确很不赖。但是，你应该认得出各种制服吧，我不是你父亲的手下，我替党卫队大元帅工作。所以，如果你想要蛋糕，你应该要跟我说请。”

男孩撇着嘴，犹豫着不知该怎么办，他大概很少碰到有人不听他的话。最后，他让步了：“可以请您给我蛋糕吗？”

我拿了一块萨赫蛋糕递到他面前。他大口咬，吃得满嘴巧克力，一边打量我身上的制服。他伸出一根手指，指着我的铁十字勋章。

“您是英雄吗？”“可以这么说。”“您上过战场？”“是的。”“我爸爸只要指挥，不用上战场。”“我知道。你一直住在这里吗？”他点点头。

“你喜欢住在城堡里吗？”他耸耸肩：“还好，只是这里没有别的小朋友。”“你总有兄弟姐妹吧？”他点点头：“有，可是我不喜欢跟他们玩。”“为什么？”“不知道，就是不喜欢。”

我本想问他的名字，门口突然拥入大批宾客，法兰克和大元帅带头朝我们走过来。“啊，你在这儿啊！”法兰克对小男孩说，“过来跟我们一起，还有您，二级突击队大队长。”

法兰克抱起小孩，指着那辆小汽车对我说：“麻烦您抬进来，可以吗？”我抬起小汽车，跟着大伙穿过一间又一间的房间，众人在一扇门前停住，等法兰克叫人开门。法兰克站到一旁让希姆莱先行：“亲爱的大元帅，您先请，请进。”

---

1. 维也纳著名的巧克力蛋糕。

他把怀里的儿子放下，推着他走，犹豫了一会儿，四下张望寻找我的踪影，接着低声对我说："随便找个角落把这玩意儿放下就行了，我们以后再来拿。"我跟着大伙走进房间，然后把小汽车放在地上。房间的正中央有一张大桌子，上面明显摆着某些东西，用黑布盖着。法兰克恭敬地站在大元帅旁边，等候其他宾客入内，吩咐他们往桌边靠，这张桌子少说有三米宽，四米长。小男孩再度踮起脚尖，紧挨着桌缘，就算这样，他的头也才刚好顶到桌板。

法兰克四下看了看，看见我站在比较后面的位置，开口叫我："对不起，二级突击队大队长，我想你们已经是朋友了。可以请您抱着他，让他也可以看到吗？"我矮身抱起小男孩，法兰克在旁边挤出一个位置给我，此时落后的几名宾客陆续抵达。他伸手顺一顺头发，接着轻敲身上的一个勋章，一副迫不及待的样子。

所有的宾客都进来了，法兰克转头面对希姆莱，以庄重的语调大声宣布："亲爱的大元帅，即将展示在各位眼前的，是这段时间以来，我在闲暇之余不断思索得出的结晶。我希望这个计划能够让战后的克拉科夫，也就是波兰总督府的所在地扬名立万，成为全德国的娱乐景点。等整个计划完成的时候，我想把它献给元首，替他贺寿。今日既然有此荣幸，各位大驾光临，我觉得该是将它公之于世的时候了。"

法兰克浮肿的脸颊，平淡多肉的五官，掩不住兴奋之情；大元帅双手摆在背后，目光穿透夹鼻眼镜镜片，半似烦闷，半似等着看好戏般地望着他。

我只希望他快一点，手上的孩子感觉越来越重。

法兰克挥挥手，几名士兵上前掀开黑布，一座巨大的建筑模型出现在众人眼前，看起来像一座公园，有绿树，有蜿蜒小径穿梭于各种不同风格的屋舍之间，每间屋子周围都架设了围栏。法兰克得意扬扬，希姆莱则仔细打量模型。"这是什么？"他终于开口了，"好像动物园。"

"很接近了，亲爱的大元帅。"法兰克油腔滑调地奉承，两根大拇指插进上衣口袋。

"这就是维也纳人说的人种展示园，我计划在克拉科夫盖一座人种博物馆。"他大手一挥，划过模型上空，"亲爱的大元帅，您还记得战争爆发前哈根贝克[1]的人种展示吗？那些萨摩亚人[2]、拉普人[3]和非洲苏丹人？他有一次巡回到慕尼黑展出，我父亲带我去看了，相信您一定也看了。接着在汉堡、法兰克福、巴塞尔都有展出，每站都盛况空前。”

大元帅手摸下巴：“对，对，我还记得。可那是巡回展示，不是吗？”

“是。不过，我这个是常态性的展出，跟动物园一样，这将是全民休闲景点，亲爱的大元帅，而且还具有科学和教育的功能。我们从面临绝种危机的欧洲人种当中取出样本，在园中繁衍展示，这样一来，这些人种也得以保存。未来德国的小学生可以搭乘游览车来这里上一堂活生生的课！您看这里。”

法兰克指着一栋房子，房子裁成半开的形式，可以看见屋里的小人偶围着桌子，桌上摆了一盏七根蜡烛的烛台。

“就拿犹太人来说好了，加利西亚地区的犹太是最具代表性的东欧犹太人人种，所以我选择了他们。这间房子是他们脏污居住环境的典型，当然，我们必须定期消毒，所有样本都必须经过医疗体检，以免将病菌传染给游客。至于这些犹太人，我只挑最虔诚的、百分之百的教徒，然后给他们一本犹太法典，好让游客亲眼看到他们喃喃诵经的模样，还有妇女准备符合教规的食物等等。这里安置的是马祖里亚省[4]的波兰农民，那里是布尔什维克体制下集体农庄的农民，那里则是罗塞尼亚人，再过去一点是乌克兰人，您看，他们身上的衬衫有刺绣花样。这边的大型建筑预计成立人种研究院，我自己将是研究员之一，各地的学者都可以来此进行实地研究，钻研这些昌盛繁荣过的种族。对他们来说，是绝无仅有的机会。”

“很有意思，”大元帅喃喃道，“平常的游客呢？”

“游客可以自由参观，看这些展示样品在花园工作，捶打地毯除灰，晒衣

1. 哈根贝克（Carl Hagenbeck，1844—1913）：从事野生动物买卖，供应全球各大动物园，并在汉堡设立了动物园，首次以开放式的园区豢养动物。他曾计划以动物园的形态展示人类的不同人种，但未成功。

2. 萨摩亚人（Samoans）：南太平洋群岛岛民。

3. 拉普人（Lapps）：即萨米人（Sami），居住在横跨瑞典、芬兰、挪威北极圈以北的原住民。

4. 波兰东北地区，邻近俄罗斯。

服。此外还有导览，让游客更进一步观察他们的居家环境及服饰。”

“您打算如何让这座园区长期营运下去呢？园区里的样本会老，总有一天会死。”

“亲爱的大元帅，您说到重点了，这正是我需要您支持的地方。每个人种需要数十名样本，让他们结婚，繁衍后代。展览区每次只安排一家人入园展示，其他人则是候补，万一有样本生病，就可以替代上场，抚养、教育小孩，让孩子认识他们的习俗，比如祈祷文之类的。我计划将候补样本安置在集中营旁边，由党卫队负责监控。”

“如果元首批准的话，一切都好办，不过我们得先就此事交换意见。尽管有妥善的安排，我也不敢确定他是否愿意让某些该绝种的人种继续存活，这么做风险很高。”

“当然，我们会采取一切防护措施。我认为，这样的研究机构将是科学上不可取代而且弥足珍贵的创举。如果我们的下一代连以前的情况是什么样子都不知道，您要如何让他们了解我们这一代人成就的功绩有多伟大呢？”

“您说得很有道理，亲爱的法兰克，这是个很棒的主意。这座……人种展示园的建设资金，您打算要从哪里募集？”

“以商业的模式募集，只有研究院可以获得中央的经费补助。至于园区的部分，我们计划设立公司，招揽股东认购股票。等初期投入的建设资金打平后，园区日常的维护费用则由门票收入来支付。我搜集了一些哈根贝克展览的文件，他们的获利惊人。巴黎的异国动物园每年都赔钱，直到 1877 年，园区主任举办了努比亚人[1]和爱斯基摩人的人种特展，第一年参观人次就破了百万，热潮一直持续到大战开打。”

大元帅点点头：“很棒的主意。”他弯腰近距离观察模型，法兰克在旁边不时予以说明。小男孩开始不安分地动来动去，我把他放下来，他一溜烟儿跑走，坐上他的小汽车冲出门。宾客逐渐往外走，我在某个厅里遇见了比尔坎普，谈了几句，他还是那副口蜜腹剑的老样子。接着，我走到外面的列柱回廊

1. 努比亚人（Nubians）：居住在非洲东北部的古老民族。

想抽烟，顺便欣赏这场巴洛克式金碧辉煌的灯火秀，以及雄赳赳的番族禁卫队，他们好像是特别设计出来烘托皇宫典雅外形的。

“您好，”一个声音从我身边扬起，“非常壮观，对吧？”我回头一看，立刻认出奥斯纳布鲁格，我在基辅认识的桥梁和人行道建筑工程师。“您好啊！真是意外的惊喜。”“啊，时间过得真快，像流经第聂伯河断桥底下的流水般川流不息。”

奥斯纳布鲁格手上拿着一杯红酒，我们举杯庆祝重逢。

他问：“是什么风把您吹到法兰克王国来的？”“我跟大元帅一起过来的。您呢？”和蔼的椭圆脸庞闪烁着狡狯慧黠的光芒，却也掩不住疲惫神色。“国家机密！”他眯起眼睛，嘴唇漾出一朵微笑。“不过如果是您，我可以透露，我身负陆军最高指挥部交托的任务，计划针对卢布林地区和加利西亚地区的桥梁进行破坏。”

我诧异地盯着他：“这到底是为了哪门子的理由？”“哎呀，还不是怕俄军节节进逼。”“可是那些布尔什维克党徒还远在第聂伯河之外啊！”

他摸摸塌鼻子，我这才注意到，他的前额秃了一大片。“他们今天已经过河了，”他嗫嚅着说，“还拿下了奈维尔。”

“就算是这样，也还远着呢，我军一定会从中拦截。您不觉得您的任务有流于失败主义之嫌吗？”“一点都不，这是先见之明，而且非常受到军事单位的赞赏，容我特别跟您指出这一点。我呢，反正上面叫我怎么做，我就怎么做。春天的时候，我在斯摩棱斯克也做了同样的事，还有夏天时在白俄罗斯。”

“如果不算机密的话，可否解释一下所谓的破坏桥梁计划要做哪些事？”他脸上出现悲哀的神色。“哦，其实一点都不复杂，当地的工程师会针对要破坏的桥梁进行实地的研究勘查，我听取他们的报告，批准他们的计划，然后大伙坐下来计算，炸掉该地所有的桥梁需要多少炸药，多少引爆器……接着决定炸药该存放在哪个地方，怎么放。最后，我们拟出明确的阶段，让各地指挥官能够精确知道何时该装设炸药，何时该装上引爆器，以及在什么情况下可以按下引爆器。反正计划够完整，可以避免万一当地驻军手边没有炸药摧毁桥梁，而让敌军有机可乘，长驱直入。”

“您始终没有机会建桥？”

“唉，对！我在乌克兰进行的任务是我的一大败笔，我以瘫痪苏联为主题的报告，深得南部集团军参谋部主任工程师的赞赏，转呈到陆军最高指挥部，我被召回柏林，晋升为破坏处处长——我只负责桥梁的部分。至于工厂、铁路、公路，有别的部门专门负责，机场则是空军的事，不过我们偶尔会聚在一起开会。总而言之，从那时候起，我的工作就只有炸桥。曼尼契河和顿河下游的所有桥梁，都是我炸的；顿涅茨河、杰斯纳河[1]还有奥卡河[2]，也都是我的杰作。我已经炸掉了上百座桥，我是欲哭无泪啊，我老婆可高兴了，因为我升级啦。”

他敲敲自己的肩章，的确，从基辅一别之后，他升了好几级：“炸桥对我来说，简直比剖自己的心肝还痛，每一次都像亲手杀死一个小孩。”“您不该这么想，上校，再怎么说，您炸的都是苏联的桥。”“对，但是如果情况持续下去，总有一天会轮到德国的桥。”

我笑了：“这话可是货真价实的失败主义论调。”“很抱歉，有时候我觉得好泄气。打从我很小的时候开始，我就迷上了建设，班上的同学都还只会破坏东西呢。”“世界本来就是不公平的。走，一起去再拿一杯。”

主厅的管弦乐团正在演奏李斯特的乐曲，舞池当中也还有几对夫妇。法兰克跟大元帅占据了餐桌的一角，一旁陪侍的还有法兰克的内阁秘书长布赫尔，他们喝着咖啡或干邑，展开热烈的讨论；就连嘴里叼着雪茄的大元帅，面前也摆了一杯斟得满满的酒。

法兰克坐在最前面，他的眼神迷蒙，满眼醉意，希姆莱神情凝重，眉头深锁，大概是对现场演奏的音乐感到不满。我与奥斯纳布鲁格再度举杯互碰，管弦乐团恰好演奏完曲子。

音乐结束，法兰克起身高举手上的干邑，他望着希姆莱大声宣布，声音洪亮却稍嫌刺耳：“亲爱的大元帅，您应该听过这首通俗古老的四行诗：贵族早

1. 第聂伯河的支流。
2. 伏尔加河的支流。

已绝迹，而多亏了我们的努力，犹太人也跟着步上后尘。未来农民只会更富足，更拥戴我们。波兰也将成为德国人民的乐园。”

他这番结结巴巴四不像的拉丁文当场让一位女士忍俊不禁，“噗”的一声笑出来，法兰克太太像座印度神祇雕像，端坐在离她丈夫不远的地方，目光直射那位女士，犹如万箭齐发。

大元帅面无表情，夹鼻眼镜镜片隐藏不住冷冷的锐利眼神，他高举酒杯在唇边轻轻沾了一下。法兰克绕过餐桌穿过大半的房间，敏捷地大步跃上舞台。钢琴师随即起身离开，法兰克坐上他的位子，深深吸了一口气，在键盘上空甩甩白胖的大手，开始弹奏肖邦的《夜曲》。大元帅叹了一口气，双眼眨巴眨巴快速眨了几下，用力吸了一口眼看即将熄灭的雪茄。

奥斯纳布鲁格靠过来对我说：“我认为总督存心要捉弄贵队的大元帅，您不觉得吗？”“这么做未免太幼稚了，不是吗？”“他气得要命。听说他上个月又提了一次辞呈，又给元首打了回票。”“您的意思是他在这里没有实权。”“国防军的同事告诉我，他根本没有任何权力。波兰是没有主权的法兰克王国，不，应该说是没有法兰克的主权王国才对。”“总之，与其说他是一国之君，不如说是小王子来得更贴切。”

话虽如此，除了选择的曲目不合时宜——既然冒险演奏了肖邦的音乐，应该挑个比《夜曲》更好的曲目——法兰克的琴艺还算不错，只是稍微夸张了些。我望着他的妻子，红绯色的圆润肩膀和丰满的前胸，袒露的肌肤汗水淋漓，细小的眼睛深陷脸庞，闪耀着骄傲的光芒。小男孩不见踪影，有好一会儿没听见他踩着小汽车咔啦咔啦的恼人音响了。

夜深了，宾客逐渐散去，伯朗特走到大元帅身边听候差遣，如鸟般时时警戒的脸，镇静地凝视着舞台。我在笔记簿上草草写下电话号码，撕下那一页拿给奥斯纳布鲁格：“拿着，如果您回到柏林，给我个电话，我们可以约时间喝一杯。”“您要走了吗？”我抬起下巴朝希姆莱的方向推，奥斯纳布鲁格抬高眉毛：“啊，那么晚安了，真的很高兴再见到您。”舞台上的法兰克摇头晃脑，乐曲即将进入尾声。我撇撇嘴，就算是肖邦，他弹得也不好，总督未免太滥用连奏技法了。

大元帅隔天一早就启程了。瓦尔特兰秋雨绵绵，翻好土的田地湿湿黏黏，积水的地方甚至大似水塘，无尽的苍穹萧瑟灰暗，好像光线都被雨水吸光了。我望着松树林，总觉得林子里暗藏着见不得光的恐怖行动，更让满地烂泥，让人敬而远之的田野蒙上一层黑面纱。偶尔会有几棵孤单的桦树，桦树是这里罕见的树种，孤零零伫立在广袤大地上，火红的叶子顽强地抓住枝头，对入侵的寒冬进行最后一波反抗。回到柏林，雨没停，街上的行人拉着湿答答的衣服加速前行，被炸弹炸开花的人行道，有些积水面积大到阻碍通行，行人只好卷起衬衫衣袖，绕路过去。

接下来几天，我猛跑奥拉宁堡，铆劲加快计划的批核进度。我一直认定D局第四处的新处长，伯尔格二级突击队大队长会是最难搞定的，没想到他听了我几分钟的说明，只轻描淡写说了一句："如果预算没有问题，我没意见。"随即下令叫他的副官写了一封表示支持的公文给我。毛莱尔反而处处刁难，他不仅不满意我的计划，认为对劳动人口计划局没有太大的帮助，改革幅度不够大，而且还明白告诉我，他怕我的计划一旦通过之后，将关闭未来进一步的改革大门。

我花了一个多小时，用尽了所有的论点，跟他解释再解释，改革若没有国家中央安全局的认同，形同虚文，而国家中央安全局不可能支持大范围的改革计划，因为他们怕犹太人和其他危险的敌人也因此受惠。

针对这一点，我始终无法和他达成共识，他东拉西扯，把事情越扯越复杂，他不断重申，改善计划的目标为的就是犹太人，奥斯威辛的数字永远兜不拢，根据统计资料，有一成的犹太人投入劳动，那其他人呢？总不会有这么多人不适合劳动吧？他为了这个问题，不知道发了多少公文给霍斯，得到的回答总是不着边际，甚至石沉大海。他显然想要知道其中的原因，但是我没有立场把真正的原因告诉他，我只能暗示他实地巡察也许可以厘清疑问。

毛莱尔说他没时间跑去巡视，最后勉强给了我一份复文：他不反对分级制度，但是站在他的立场，他希望能够增加各级的配给量。回到柏林后，我立刻向伯朗特报告，我特别指出，虽然还没有得到正式的书面回复，但是根据我得到的消息，国家中央安全局应该会支持这个计划。他要我转一份计划报告给波尔，再由大元帅做出最后的决定，不过在这段时间里，这份计划可以暂时当作行动准则。至于我，他要求我深入了解国家安全局里关于外籍劳工的报告，开始好好思考这方面的问题。

今天是我的生日，满 30 岁了。跟在基辅的时候一样，我邀托马斯晚上一起吃饭，我不想见其他人。老实说，我在柏林认识的朋友还真不少，有大学时代的老同学、国家安全局的老同事，但我只把托马斯当朋友看。

打从我手术后休养的那段时间开始，我便下定决心要孤立自己，我把全副心力放在工作上，除了工作上的往来，我可以说毫无私人的社交生活，没有爱情，没有性爱。而且我也不觉得有必要，每当我想起在巴黎的放荡夜晚，我就浑身不自在，我一点都不想马上落入乱七八糟的冒险游戏中。

我也很少想起姐姐，还有过世的母亲，至少我不记得自己常常想起她们。或许是因为在鬼门关前走了一遭（虽说伤口痊愈了，每每想起仍然觉得不寒而栗，这创伤夺走了我所有的能力，我好像变成了一个玻璃娃娃，还是水晶娃娃，稍有碰撞立刻碎成千百片），加上春天时遭遇的打击，我的心灵渴望单调平静的日子，唾弃任何可能打乱安静生活的事。

然而，那天晚上——我比约定的时间早到，多了一些胡思乱想的时间，我坐在吧台前啜饮干邑——我竟想起了姐姐，今天也是她的 30 岁生日。她会在哪里庆生呢？在瑞士某间外国人充斥的疗养院？还是在她波美拉尼亚的宅邸？我们已经好久好久没有一起庆生了。

我努力回想一起度过的最后一个生日，应该是童年在昂蒂布的时候，我发现，无论我多么努力想，总是想不起来，无法重现当时的场景，我不禁惊慌失措。

我可以算日子，理论上来说，那一年是 1926 年，因为 1927 年时我们都上中学了，那时我们应该 13 岁，照理说我应该记得起来，但是没办法，我的脑子一片空白。也许摆在昂蒂布家中阁楼的纸箱里有庆生的照片？我很后悔没有仔细找找。

我像个白痴，越是钻牛角尖，那片记忆的空白越是教我难过辛酸。幸好托马斯来了，将我从折磨人的忧郁中拉了出来。

我大概在前面也提过了，但是我愿意再复述一次，托马斯身上最让我欣赏的特质，就是那股发自真心的乐观态度，活力充沛，聪明机智，满不在乎的世俗观；听他处处语带玄机的闲聊跟小道消息，向来是一大乐趣，我觉得好像跟着他一起钻入生活的底层，深入那些只看到行动理所当然一面的人的眼光，这些生活的底层经由他暗藏的人脉、机密的联络网，以及关起门来的会议等管道，被摊在阳光下。就算不知道要谈的是什么内容，他也可以从一次单纯的会面推理出各派政治势力的消长，虽然他的推论偶尔会出错，他迫切地想要接收所有新消息的那种对于知的渴望，也让他有足够的数据在往后逐渐修正之前大胆建立的假设。

尽管如此，托马斯却极端缺乏想象力，我一直在想，虽说他可以用两三句话精准描述出复杂的当局，可是他绝对成不了伟大的小说家——他所有的推理和直觉，全都以个人利益为指标，虽说紧抓住这个指标所导出的猜想鲜少出错，但他无法预测出不是以个人利益为出发点的行为和谈话。他的兴趣不在于纯粹的知识追求，不是为了求知——这一点跟沃斯正好相反（讲到这里，我不禁想起我去年的生日，不由得为这位好友的英年早逝再三叹息）——托马斯只对有用的知识、可以用来预测下一步行动的工具感兴趣。

这天晚上，他跟我谈了许多施伦堡的事，用的字句却是出奇地晦涩，仿佛我该了解似的。他说施伦堡有些疑虑，在想一些替代方案，但是对什么有疑虑，又在想哪方面的替代方案，托马斯不愿意明讲。我对施伦堡稍有了解，但这不表示我欣赏他。他在国家中央安全局的时候，应该要感谢他和大元帅的特殊交情，他才能得到不同的待遇。就我而言，我不认为他是纳粹主义的信徒，反而更像是追逐权力的技术官僚，吸引他的是权力，不是理想。

我重读这一段时，发现根据我的说法，您一定会认为托马斯也是这样的人，但是托马斯不同，虽说一谈到理论和理想，他总是避之唯恐不及——这也是他讨厌像是奥伦多夫这种人的原因——而且一直小心翼翼地保护自己的仕途前景，几乎没有行为是基于纳粹主义的理想，在本能的驱使下放手去做的，但他就是不一样。

施伦堡是典型的墙头草，我可以轻易想象施伦堡投效英国情报机构或美国战略情报局，但这在托马斯身上，是绝对不能想象的事。施伦堡习惯骂他不喜欢的人婊子，这个字眼拿来用在他身上最恰当不过了，仔细想想，人惯常用来侮辱别人的字眼，不经大脑直接出口的辱骂字眼，通常是自身潜藏缺点的写照，因此自然而然讨厌最像他们的人。

这个念头整晚在我脑中盘旋不去，回到家里夜深人静时依旧挥之不去，或许我也有点醉了。我从书架上拿了一本元首的人种学演讲集，这是古特克内希特太太的，翻阅寻找最尖锐的篇章，尤其是关于犹太人的部分，我读到：犹太人在生活的各方面都缺乏才能和创造力，只有一个例外：

说谎和诈骗，他们是骗子，不讲信用而且狡猾多端。他们之所以能拥有现在的一切，全都是靠讹诈周遭天真无邪的老百姓换来的。我们没有犹太人仍然可以活得好好的，他们要是少了我们，根本活不成。我读着读着，不禁纳闷元首是否知道，他在不知不觉中描述的其实是自己。

然而，这个人从来不以自己的名义发声，他个性上的不定因子其实很少，他的角色近似透视镜，接收民心的意向加以聚焦，顺势引导向某个焦点，而且往往正中红心。说不定他这番话说的是他自己，而不是我们大家？然而直到今天，我才能说出这个想法。

吃饭的时候，托马斯不止一次骂我不参与社交活动，工作又超时："我知道每个人都必须全力以赴，但是你这样长久下来，身体会搞坏的。再说，你要我再说一遍吗，德国不会因为你晚上出门散心或者星期天休息一天就吃败仗。时间还长得很呢，找出你的时间规划生活，否则你会垮的。还有，瞧，你连啤酒肚都出来了。"这话不假，我没有发胖，但是我的腹部肌肉已经开始松弛。"最起码一起来运动嘛。"托马斯不死心地劝我，"我一个星期练两次击剑，星期天还去游泳。你等着看，对健康一定有好处的。"

一如以往，我又再度印证了他的话，我很快就喜欢上了击剑，其实我在大学时代也摸过。我开始玩刀耍剑，我很喜欢这种武器灵巧激烈的一面。这项运动之所以让我觉得舒服，原因在于虽然具有攻击性，却不粗暴，除了使剑出招时需要的机敏反应和弹性之外，出招前缜密的思考也同样不可或缺，能以直觉预测对手的招式，然后快速拆招反击，可说是动态的国际象棋，参赛者必须能预先算出对手接下来的几路棋，因为一旦竞赛开始，就没有思考的时间了。所以我们常说高手过招，未见出手胜负已决，端看我们是否看得准确，交手只是用来验证自己的预测准确与否。

我们在位于阿尔布雷希特王子城堡的国家中央安全局的兵器室练习击剑，游泳的话，我们常去克洛伊茨贝格的公共游泳池，反而不常光顾盖世太保专属游泳池。首先，克洛伊茨贝格那里有女孩（除了秘书，还是秘书），对托马斯来说，这是最大的诱因；再者，那里的游泳池比较大，游完泳还可以披上浴袍，到二楼宽敞的露天阳台围着木桌坐下，一边喝清凉的啤酒，一边眺望泳池里闹着玩的泳者，笑声夹杂着泼水声满室回荡。我第一次去的时候深受震撼，整个人陷入了难熬的焦虑中。

我们在更衣室换泳衣，我发现托马斯的腹部有一道分岔的疤痕横切腹腔。

“这是在哪里弄的？”我惊叫。

托马斯错愕地望着我：“哦，在斯大林格勒的时候。你不记得吗？你也在场啊。”记得吗？对，我是有点记忆，而且我也把这段记忆跟其他记忆一起写出来，但是我把它搁在脑海的最底层，归在幻觉和梦境，现在这道疤痕把一切都打乱了，我突然觉得我无法确定哪些是真实的记忆，哪些才是幻觉。我紧盯着托马斯的肚子。

他捶捶平坦的小腹，露齿笑道：“行了，别想了，已经完全愈合了。再说，女孩子一看到这个疤，个个为之痴迷，她们爱死这个了。”他闭上一只眼睛，伸出一根手指抵住我的头，大拇指抬高，好像小孩在玩牛仔游戏。“砰！”我几乎可以感觉到子弹穿过我的额头，焦虑逐渐扩大，宛如某种松软无力的灰色物质四处蔓延，又像一只狰狞的怪物盘踞于更衣室狭小的空间，让我无法动弹，我就像惊吓过度的格列佛被困在小人国的房子里。

“干吗苦着一张脸，”托马斯愉快地说，“快来游泳啊！”虽然是温水池，水还是有点凉，正好让我清醒，我赌气似的来回游了几趟，我觉得好累。我躺在躺椅上，托马斯则在水中嬉戏，半推半就叫嚷着，让一群洋溢青春活力的女孩将他的头摁进水里。

我望着这群人尽情欢笑、玩耍、发泄精力，我觉得自己离眼前的一切好远好远。那些曼妙的胴体，再美的线条也无法令我屏息了，一如几个月前舞台上表演的芭蕾舞星，我对他们仿佛视而不见，无论是男性还是女性都一样。

我可以不带感情，以纯粹欣赏的角度审视他们白皙肌肤底下肌肉的绷紧与舒缓，臀部的曲线，脖子上的水珠。巴黎展览那尊满是铜锈的阿波罗铜像，比眼前这些无忧无虑的年轻胴体，更让我觉得兴奋。相形之下，泳池里少数的几位老人家被衬托得益显枯黄，肌肉更显松塌。

有个年轻女孩吸引了我，她平静安详的神色在泳池里显得与众不同，她的朋友绕着托马斯跑或抖水时，她静静地待在池边，双手平放在泳池边缘，身体在水里漂啊漂，头摆在手臂上，头上套着优雅的黑色泳帽，鹅蛋脸上一双深色的大眼望着我，气定神闲。

我不敢确定她是不是真的在看我，她定定地待在那里，像是愉快欣赏着视线范围内的一切景物，就这样过了好一阵子，她举起手，顺势滑进水里。

我默默等她浮出水面，时间一分一秒过去了，终于，她在泳池的另一边探出头，原来她一直潜在水底游泳，跟我之前泳渡伏尔加河一样。我慵懒地赖在躺椅上，闭上眼睛，专心感受加氯消毒的池水在我皮肤上慢慢蒸发。那一天，掐得我快要窒息的焦虑久久不散，尽管如此，接下来的星期天，我还是跟着托马斯一起回到泳池。

大元帅再度召见我。他要我说明我们怎么导出结论，我仔细为他说明，因为这当中有些技术性的细节，不容易归纳出重点。他耐着性子听我说，表情严肃冷淡，等我说完了，他只冷冷问了一句："国家安全局怎么说？""大元帅，他们派来的专家原则上同意我们的看法，不过他还在等穆勒地区总队长确认。""二级突击队大队长，你要小心，要非常谨慎。"他一本正经，一字一字地说。我知道总督府辖区刚刚爆发了新的犹太人暴动事件，有党卫队的成员被杀，虽然我们大肆搜索，一部分的逃犯依旧逍遥法外，他们可都是灭绝行动的目击证人。万一他们成功逃到普里佩特河沼泽区，投靠那里的游击队，极有可能遭布尔什维克党掳获。

我明白大元帅的担忧，他还是得做出决定。"您和斯佩尔部长见过面了吧？"他突然这么问。"是的，大元帅，承蒙曼德尔布罗德博士引见。""您跟他提过您的计划吗？""并没有说到细节，大元帅，不过他知道我们正努力计划改善营囚的健康问题。""他怎么说？""他似乎很满意，大元帅。"

他翻了翻桌上的文件："曼德尔布罗德博士写了一封信给我，信上说斯佩尔部长似乎很欣赏您。这是真的吗？""我不知道，大元帅。"

“曼德尔布罗德博士和勒蓝先生希望我无论如何都要跟斯佩尔密切合作。原则上，这主意很不错，因为我们有共同的利害关系。外面的人一直以为斯佩尔和我有嫌隙，事情根本不是这样的。早在 1937 年，我创立德国土石制造有限公司，同时专为他设立了几座集中营，供给建材给他，像是砖块、花岗石，好让他能顺利建造元首的新首都。那个时候，全德国的花岗石产量只能满足他百分之四的需求，所以他非常满意我的协助，也很高兴和我合作。当然，还是要小心提防这个人，他不是理想主义者，他不了解党卫队。我本来有意请他到我们这边当个地区总队长，他婉拒了。去年，他狂妄地向元首指摘我们的工作组织安排，试图夺取集中营的管辖权。现在也是，他妄想插手我们内部的管理运作。尽管如此，这无减双方合作的重要性。您在草拟这个计划时，征求过他们那边的意见吗？”

“有的，大元帅，他们派了一名官员过来，为我们做了一次简报。”大元帅缓缓点了点头：“好，好……”接着，他好像下定了决心。“我没有多余的时间可以浪费。我会通知波尔，告诉他我同意这个计划。您寄一份副本给斯佩尔部长，注明请他亲启，同时附上一封您署名的私人信函，先说一下您之前碰过面，然后说随信附上的计划即将施行。当然，还要另寄一份给曼德尔布罗德博士。”

“遵命，大元帅。关于外籍劳工一事，您希望我怎么做呢？”“眼前先不要有任何行动，先深入研究这方面的报告，从营养和生产力的角度着手，这样就行了。先看情势怎么演变再说。如果斯佩尔或他的伙伴跟您联络，一定要跟伯朗特报告，做出友好的响应。”

我恪遵大元帅的指令，进行后续动作。我不知道波尔对我的计划会有什么反应，这份计划可是花了我所有的心血构思。几天后，也就是快到月底的时候，他发了一份新的命令给每个集中营，要求各地的营囚死亡率和发病率至少要降低百分之十，却没有附上任何具体做法；就我所知，伊森贝克计算出来的配给量，并未在任何一座集中营实施。

尽管如此，斯佩尔写了一封赞不绝口的谢函给我，恭喜我的计划获得采纳，是崭新合作关系起步的具体明证。信尾写着：我希望有机会尽快再见到您，共同讨论这些议题。敬祝安康，斯佩尔敬上。我把信转给伯朗特。

11 月初，我又接到了另一封信，威斯特马克地区的党代表写信给斯佩尔，要求立即撤离党卫队提供罗林省军火工厂的 500 名犹太籍劳工，该党代表写着：在我们不眠不休的努力下，罗林省已经干干净净，找不到半个犹太人了，这个状况必须保持下去。

斯佩尔请我把这封信转给相关单位解决，我转向伯朗特寻求建议，几天后，他发了内部短笺给我，请我以大元帅的名义发文给该党代表，说大元帅很不以为然，而且口吻严厉，伯朗特这么写。做这件事，我乐意之至。

亲爱的党内同志比凯尔！

您的要求既不合时宜，更无法让人接受。在眼前举国维艰之际，大元帅非常清楚，有效利用我国敌人，求得最大劳动力势在必行。劳工调派的决定事先均已征求过军备暨战时生产部的意见，该部门是这个议题的唯一管辖单位。

目前，明文规定禁止雇用犹太囚犯的地区仅限于旧帝国疆域和奥地利，我因此无法不去联想，您之所以做此要求，只是为了确保触及犹太人全面解决方案的任何问题，您有被知会征询的权利。希特勒万岁！敬祝安康。

我寄了副本给斯佩尔，他差人向我致谢。慢慢地，这好像变成了一种惯例，斯佩尔把这种要求和地方上蛮横的举措全转给我，我再以大元帅的名义回复。若遇到比较棘手的案子，我会先征询国家安全局的意见，多半通过自己认识的人脉关系，而非正式管道，好加快事情处理的速度。我因此得以见到奥伦多夫，他邀我共进晚餐，问了我一大串关于斯佩尔制定的企业自主管理系统的问题，他认为这都是对人类社会毫无责任心的资本家想要夺取政权的手段。

如果大元帅也同意这种做法，他认为那是因为大元帅不懂经济，再来就是受到波尔的蛊惑，波尔本身就是不折不扣的资本家，满脑子只想着如何扩张党卫队的企业版图。说真的，我也不是很懂经济，奥伦多夫义愤填膺的推论我听得有点丈二金刚，但是听他说理是一大乐趣。他的坦白与知识分子的直率，在在像一杯冰水让人沁凉到底，而且他说得没错，战争的确造成或加重了许多扭曲的现象。战争结束后，政府结构需要彻底改革。

我逐渐体会到了工作以外的生活趣味，可能是运动衍生的益处，也可能有别的因素，我不知道。有一天，我终于深刻体会到，我忍耐古特克内希特太太忍得够久了，第二天便着手找公寓搬家。这事有点复杂，还好在托马斯的协助下，终于找到了一间公寓。

是一栋刚盖好的单身公寓，附家具，位于顶楼，原来的屋主是个一级突击队中队长，最近结婚，即将调往挪威。我很快就跟他商量好合理的租金，某个下午我请皮雍泰克过来帮忙，在古特克内希特太太的叫嚷和哀求声中，把我少许的家当搬上车。

新公寓不大，有两个格局方正的隔间，中间是一道双扇门，还有小小的厨房、浴室跟阳台，客厅刚好位于公寓的边角，因此两面都有窗户。阳台面对小公园，我可以看见小孩嬉戏，而且安静，汽车的噪声传不到这里。从窗口远望，一排排的屋顶绵延，各式各样令人安心的建筑风格交叉混杂，随着季节与光影的变化，景色四时不同。

天气晴朗的时候，公寓从早到晚都沐浴在阳光下，星期天我看到太阳光从卧房里升空，再从客厅落下。为了让室内更明亮，我征得屋主同意，把老旧的壁纸拆掉，将墙壁漆成白色，这在柏林相当罕见，但是我在巴黎见过不少这样的公寓，我很喜欢，加上镶木地板，颇有苦行主义的味道，与我现在的心情相当吻合。我坐在沙发上安静地抽烟，不禁纳闷，我怎么没有早点想到搬家呢？早上我起得很早，比太阳还早，在这个季节，我会先吃几片面包涂果酱，喝真正的黑咖啡。托马斯通过一位旧识从荷兰寄了一些咖啡过来，转卖了一点给我。

我每天搭电车上班，我喜欢望着窗外飞逝的街道，就着天光观察邻座乘客的脸，或满面愁容，或一脸刚毅，有的神情漠然，有的满脸疲惫，还有令人意外的幸福脸庞，在街上或电车上，偶尔会飞进我的视线，当我碰见这样的一张脸庞时，我的心顿时也跟着飞扬起来，觉得自己又回到了人类的社会，这个我拼命工作服务，又被我长久摒弃在外的社会。

接连几天，我每天都看到一位金发美女跟我搭同一线电车。她的面容端庄从容，我最先注意的是她的唇部线条，尤其是上唇，像两只强而有力的翅膀。

大概是感觉到我在看她，她也回望我，高挑纤细的柳叶眉底下是一双深邃的深色眼睛，几近黑色，不甚对称，神似亚述人（后面的形容词八成是基于单纯的叠韵关系，信手拈来）。她站在电车车厢的连接皮带上，贞静泰然地望着我。我觉得好像在哪里见过她，最起码她的眼神给我似曾相识的感觉，但是我怎么想都想不起来。

第二天，她主动上前打招呼。

"您好，您不记得我了？"随即又加上一句，"我们在游泳池见过。"原来是那个靠在池边的女孩。我们没有每天碰面，见面的时候，我总是亲切地打招呼，她则报以甜美的微笑。晚上我出门的次数也比较多了，我和霍恩埃格约吃饭，介绍他跟托马斯认识，也跟大学同学联络，应邀参加晚宴或小型庆祝会，快乐地喝酒谈天，不再恐惧，不再焦虑。过正常的生活，日复一日的平凡日子，反正，这样的生活也值得亲自体验一番。

我和奥伦多夫一起吃晚饭之后没多久，我接到曼德尔布罗德博士的邀请函，请我到勃兰德堡北部度周末，法本公司的某位董事在那边有乡间别墅。信上还特别说明这是非正式的聚会，安排了打猎活动。我对枪杀飞禽没有兴趣，不过话说回来，我又不一定要开枪，我可以轻松地在林间散步。天气阴湿，柏林的深秋气氛越来越浓，亮丽的 10 月天接近尾声，树叶也落光了，尽管如此，太阳拨开云层偶尔露脸时，还是可以出门走走，呼吸明显变得冷冽的空气。

11 月 18 日，大约是吃晚餐的时间，空袭警报震天价响，88 炮的轰隆声随即划破长空，这是 8 月末以来的第一次空袭。当时我跟朋友还有托马斯刚刚练完击剑，一起去餐厅聚餐。我们连饭都没吃，就急急走到地下室，空袭持续两小时之久，有人带了葡萄酒下来，大伙说说笑笑，时间也不难挨。轰炸在市中心造成重大损害，英军一口气派了 400 多架飞机，看来他们咬牙誓死挑战我们空军的新战略，这是星期四晚上的事。

星期六早上，我叫皮雍泰克朝德国东部普伦茨劳的方向走，载我到曼德尔布罗德说的小镇。别墅位于小镇几公里外的地方，途经一条古木参天的小路，是树龄颇高的橡树，可惜因为染病或暴风雨摧残，死了一大片。那位董事买下的古老庄园紧邻大片森林，林中主要的树种有松树、山毛榉和槭树，宅邸四周围绕着开阔的庭园，再走远一点，则是一望无际的空旷田野与烂泥地。

一路上天公不作美，毛毛细雨没停过，到了这里，在阵阵刺骨北风的鞭策下，太阳终于露脸了。门前台阶下的碎石子路面并排停了好几部大轿车，一名身穿制服的司机正在清洗减震器上的污泥。勒蓝先生在门口的阶梯上欢迎我，那天他穿着棕色的羊毛编织外套，脸上神情依旧严肃。他告诉我屋主外出，但答应把屋子借给他们用，曼德尔布罗德晚上才会到，不参加打猎活动。我接受他的建议，打发皮雍泰克先回柏林，客人会一起离开，到时一定找得到车子顺道载我回去。

身着黑色制服、系着蕾丝围裙的女仆带我到房间休息。壁炉内的炉火噼里啪啦，外面又下起了细细的小雨。我按照邀请函上的指示不穿制服，穿了一套乡野运动服，羊毛马裤搭配军靴，上半身则是无领的奥地利式防水外套，牛骨纽扣。

至于晚宴，我准备了一套室内西装，我仔细摊开衣服刷干净，拿衣架挂好后才下楼。客厅里已经聚集了几位宾客，正与勒蓝先生喝茶聊天，斯佩尔坐在一扇十字窗前，认出我后立刻起身，面带微笑地过来跟我握手。“二级突击队大队长，能再见到您真是太好了，勒蓝先生跟我说您会来。来，我来介绍内人给您认识。”

玛格丽特·斯佩尔和另一名女士坐在壁炉旁边，是冯·韦赫德太太，她先生是位将军，晚点也会到这里。我走到她们面前，并腿立正站好，朝她们行德国式军礼，冯·韦赫德太太回了礼，斯佩尔太太则朝我伸出戴手套的纤纤玉手。

“二级突击队大队长，真是荣幸，我经常听人说起您，我先生说您在党卫队帮了他许多忙。”“亲爱的夫人，我尽力而已。”她身材苗条，金发，典型的北国美女，有着坚毅的方下巴，两道金黄色的眉毛底下有一双极淡的蓝眸，然而掩饰不住的疲惫全写在泛黄的肌肤上。

仆人奉上热茶，斯佩尔走开加入勒蓝的话题，我待在原地和她闲聊。“您的孩子没来吗？”我礼貌地问。“哦，带孩子来就不叫休假了，他们留在柏林。要把阿尔贝拉出办公室困难至极，好不容易他愿意来这里休假，我不希望他受到打搅，他真的非常需要休息。”

话题转到斯大林格勒，因为斯佩尔太太知道我是那里的幸存者。冯·沃莱德太太的表弟留在那里下落不明，他是某个师的准将，八成已经落入俄军手里。“那一定很可怕！”

我点头确认，基于礼貌我没多说什么，心里却想，身为一个师的主将，他的处境绝对比一个普通的士兵要好得多，像是斯佩尔的弟弟。如果奇迹出现，斯佩尔的弟弟还活着的话，他也无法享有布尔什维克党针对高级将领制定的特惠待遇，根据我们的情报显示，这些规定非常不公平。

“他弟弟的死对阿尔贝打击很大。”玛格丽特·斯佩尔呓语似的幽幽说，“他没有表现出来，但是我很清楚。我们的幺儿就是以他弟弟的名字命名的。”

他们逐一介绍我认识宾客，有许多工商企业家、国防军和空军的高级将领、斯佩尔的一名同事、其他高级官员。

我是在场唯一的党卫队成员，也是官阶最低的，不过好像没人在意，勒蓝先生介绍我时也一律以“奥厄博士”带过，有时补充说我在“大元帅身边担任要职”。因此，大伙对我丝毫不减热情，一开始颇戒慎恐惧，绷得紧紧的神经，终于慢慢放松。

接近中午的时候，厨房送上三明治、鹅肝酱和啤酒。勒蓝先生说：“先吃点东西垫垫肚子，才不容易累。”用完点心后，打猎活动上场，仆人奉上咖啡，同时发给宾客每人一只猎物袋、一包瑞士巧克力和一小瓶白兰地。

雨停了，微弱的阳光似乎努力想穿透灰蒙云层，根据一位颇懂打猎的将军的说法，这是打猎的最佳天气。我们计划猎捕松鸡，这种禽鸟在德国非常少见。

“战后买下这座庄院的是一个犹太人，”勒蓝先生跟大家解释，“他想搞王公贵族的气派，于是派人从瑞典引进松鸡。这里的林子非常适合它们居住，现任屋主严禁猎杀它们。”

我对打猎一窍不通，也没兴趣学，基于礼貌还是决定跟大家一起出发，不单独行动。勒蓝请大家到门前台阶上集合，由仆人分发猎枪、弹药和猎犬。捕猎大松鸡可以单独进行或者两人一组，大家于是开始分组，为了避免发生意外，每一组都有指定的狩猎范围，不得僭越，而且分批出发。那位业余打猎爱好者的将军打头阵，他单独带着一只猎犬率先入林，然后是几组双人组合。

我惊讶地发现，玛格丽特·斯佩尔也在等候出发的队伍中，身上还背着猎枪，她跟丈夫的同事黑特拉格一组。勒蓝先生转头对我说："马克斯，你可以跟部长一组吗？你从那边走。我跟施特罗雷恩先生一组。"我摊开双手："悉听尊便。"斯佩尔猎枪已经拿在手上了，他微笑着说："好极了！出发吧。"我们穿过庭院往林子走。

斯佩尔穿着巴伐利亚皮外套，内里布边车缝整齐，头上戴着帽子，我也向人借了一顶帽子。我们走到林子外围时，斯佩尔动手装填子弹，他拿的是一把双筒猎枪。我看看自己肩上背的枪，弹匣还是空的。跟着我们的猎犬伸长舌头，迫不及待地在林边来回雀跃。

"您猎过大松鸡吗？"斯佩尔问我。"从来没有，部长先生。老实说，我从来不打猎，如果您不反对，我想跟着您走就好了。"他脸上出现惊愕的表情。"我无所谓。"然后指指森林，"如果我没弄错，我们大概走个一公里，就能看见一条小溪，过了小溪一直到森林边缘都是我们的地盘。勒蓝先生在这一边。"

他钻进林下的灌木丛，灌木丛枝叶茂密，只好绕行，无法强行穿越。水滴自叶尖滴落，砸上我们头顶的帽子或手背，铺满地面的湿透枯叶散发出浓浓的腐殖土和大地的味道，清新、丰富又有朝气，恐怖的记忆却不由自主地再度袭上心头，酸苦的滋味溢满喉咙。瞧他们把我变成什么样了，我心想，一看到树林旋即想起死人坑。我踩到一截枯枝。

"真惊讶您不喜欢打猎。"斯佩尔说。我整个人还沉浸在自己的思绪里，想都没想便冲口回答："我不喜欢杀生，部长先生。"他诧异地望着我，我立刻补充说明，"部长先生，有时人基于义务必须杀生，但是为了娱乐而杀，就端看个人怎么想了。"他笑了："我感谢上帝，一直都只为了娱乐而杀生，我没上过战场。"

我们又默默地走了一段路，只闻枯枝噼啪断裂和流水潺潺，轻柔隐约。"二级突击队大队长，您在俄国负责什么样的任务？"斯佩尔问，"您在党卫军吗？""不是，部长先生。我当时隶属国家安全局，负责国安任务。""原来如此。"他迟疑了一会儿，然后以从容、中立的口吻说，"关于东部占领区的犹太人，各种流言满天飞，您应该略有所知吧？”“我听过那些谣言，部长先生，国家安全局的工作就是搜集各路传言，我经手过不少报告，谣言的来源五花八门。”

“通过职务之便，事情的真相如何，您应该多少有一些概念。”真奇怪，他完全没有提到大元帅在波兹南发表的演说（我当时一直以为他在场，也许他真的提前离席了也不一定）。我礼貌地回答：“部长先生，说到我的职务，绝大部分属于国家机密，我无法透露，相信您可以了解。如果您真的想知道详细的情形，我建议您找大元帅或伯朗特旗队长？我敢说他们一定非常愿意给您一份详尽的报告。”

说着，我们已经走到小溪边，猎犬高兴得在浅浅的溪水里跳上跳下。“就是这里。”斯佩尔说，他指着远一点的地方，“您看到了吗？那里那块凹进去的地方，林木变了，多了富含树脂的树种，少了桤木，还有围篱灌木，这是大松鸡经常出没的地点。如果您不打算开枪，就跟在我后面。”

我们大步涉水过溪，走到凹洞上，斯佩尔打开的猎枪一直背在肩上，现在他把猎枪重新合上，横架上肩，然后开始往前走，眼观四路，耳听八方。猎犬乖乖跟在他身边，高举尾巴。

过了几分钟，我听见一阵声响，随即瞥见树丛间一道大黑影稍纵即逝，与此同时，斯佩尔开枪了，他大概没有命中，因为除了子弹爆炸的回音，树丛间还传来翅膀拍击的声音。灌木丛弥漫着一股浓烟和柯达火药的呛鼻味。

斯佩尔没放下枪，四下一片静寂。潮湿的枝叶间再度传来翅膀拍击声，但是斯佩尔没有开枪，我什么都没看到。第三只松鸡正巧打从我们鼻尖飞过，我看得清清楚楚，厚实的翅膀，脖子上的羽毛浓密，以它的体型来说，它在灌木丛间灵活移动，速度惊人，转弯时跑得更是飞快。

斯佩尔扣下扳机，但是那只大鸟的速度真的很快，斯佩尔来不及穿过灌木丛，所以又没命中。他打开猎枪，清出弹壳，吹散火药烟尘，从外套口袋里拿出两颗子弹。

“大松鸡很不好打。”他说，“也因为如此才更有意思。首先得慎重挑选武器，这一把还算平衡，我个人觉得稍微长了一点。”他微笑望着我，“春天是求爱的季节，它们非常漂亮。雄松鸡洪亮地咯咯咯叫，聚集在林中的空地上炫耀、唱歌，展示身上绚丽的羽毛。雌松鸡的毛色灰暗，禽鸟多半如此，它们也不例外。”

子弹装填完毕，猎枪上肩，我们继续往前行。遇到枝叶太过茂密的地方，还得用枪管开路，不过猎枪始终架在他肩上。他逼出一只松鸡，就在他眼前不远处，他立即瞄准开火，我听到松鸡奋力挣扎，猎犬立刻往前狂奔，消失在灌木丛后面。过了一会儿，狗叼着那只松鸡回来了，松鸡脖子无力地垂挂一旁。狗把猎物放在斯佩尔脚边，斯佩尔拿起来放进猎物袋里。我们又走了一会儿，来到了树林的出口，脚下满是枯黄的野草，紧接着是大片田野。

斯佩尔拿出巧克力：“要来一点吗？”“不用了，谢谢。如果您不介意，我想趁这个时间抽根烟。”“您尽管抽，这里是休息的好地方。”他打开猎枪放好，靠着大树树干坐下吃巧克力。我喝了一口白兰地，然后把瓶子递给他，自己点了根烟。

地上的草弄湿了我的裤子，但是我一点都不在意，我把帽子摆在膝盖上，靠着一棵松树坐下，后脑勺顶住粗糙多结的松树树皮，凝视着广阔祥和的草原和悄然无声的树林。

“您知道，”斯佩尔说，“我当然明白基于国家安全的理由，有些禁令是必要的。但是，这些禁令与战时企业的需求鸿沟越来越大，有太多劳动潜能没有获得充分的开发。”我呼出一口烟，然后回答：“是有这个可能，部长先生，但是在这个情形下，我们也有我们的难处，我想优先次序的争论在所难免。”

“可是，问题一定得解决啊。”“当然，但是部长先生，最后的决定还是得由元首来裁决，不是吗？大元帅只是遵照他的指示去做罢了。”

他继续咬巧克力：“无论是元首还是我们，您不觉得最优先的考虑，就是打赢这场战争吗？”“那当然，部长先生。”

“那么，为什么您不肯让我好好利用珍贵的人力资源呢？国防军每个礼拜都向我抱怨没有犹太劳工。我知道这些劳工没有被派到其他地方，如果有，我一定会接获通知。真令人无法理解！在德国，犹太人的问题已经解决了，再说，眼下最重要的是什么？先打赢这场仗吧，战争结束后，有的是时间解决其他问题。”我小心翼翼地斟酌字眼说：“部长先生，或许有些人认为战争迟迟无法结束，某些该解决的问题还是得立刻解决……”

他转头望着我，锐利的眼神定定地插在我身上：“您这么认为吗？”“我不知道，是有这种可能。我冒昧请教，您跟元首见面时，他是怎么说的呢？”他陷入思考，琢磨回答的文字：“元首从来不说这种事，至少没跟我提起过。”

他站起来，拍拍裤子。“要继续走吗？”我扔掉烟，又喝了一点白兰地，把瓶子收好。“往哪儿走呢？”“问得好。我有点担心，如果我们走这边，可能会碰上我们的伙伴。”他望着右边的森林出口处，“如果走这边，应该会回到小溪，然后就可以回去了。”

我们沿着树林的边缘前进，猎犬踏着湿湿的杂草，保持几米的距离跟在我们后面。

“对了，”斯佩尔说，“我还没向您道谢呢，我非常感激您的大力协助。”“这是我的荣幸，部长先生，希望有用。您跟大元帅最近的合作关系，是否还令您满意呢？”

“坦白说，二级突击队大队长，我对他的期望不止于此。我送了好几份报告给他，详述某些地方党代表悍然拒绝关闭无用的工厂，优先经营战时生产企业，可惜根据我侧面观察，大元帅似乎只把这些报告转给鲍尔曼中政委，就没有下文了。想当然，鲍尔曼一定力挺那些地方党代表，大元帅好像只能无奈接受。”

我们已经走到林中空地的尽头，即将再度步入林中。天空再度飘起毛毛雨，细细的雨丝钻进我们的衣裳。斯佩尔不再出声，举枪往前，专心观察前方的矮树丛。

我们就这样又走了半个多钟头，终于回到溪畔，转往斜角线的方向又走了一阵子，才又回到溪边。偶尔，远处传来零落的枪响，细雨吸收了爆炸声，声音显得隐约模糊。斯佩尔后来又开了四枪，打下一只黑色大松鸡，鸡脖子毛色光亮，透着金属般的光泽。

我们俩都湿透了，涉水过溪回到庄园。

快到庭园的时候，斯佩尔再度开口：“二级突击队大队长，我有一个请求，卡姆勒旅队长正在德国北部的哈尔兹山区建造地下工厂，计划生产火箭。我很想参观一下，看看工程的进度。您可以替我安排吗？”

我毫无防备，愣了一下才回答：“我不知道，部长先生，我没听说过有这回事。不过，我会替您问问看。”他笑了：“几个月前波尔副总指挥长寄了一封信给我，抱怨我不过参观了一座集中营，就对囚犯劳动力利用开发问题骤下结论。我会给您副本，如果有人故意刁难，您就把信拿给他们看。”

我觉得好累，不过是运动后心情愉快的身体疲累。我们走了相当长的时间，一回到庄园，我交还猎枪和猎物袋，刮掉靴子上的烂泥，立刻上楼回房。有人在壁炉里加了柴火，房里温暖舒适，这里不但有自来水，而且水还是热的，在我看来简直是奇迹。

在柏林，热水非常罕见，屋主大概安装了热水炉。我放水泡澡，特意调高水温，慢慢滑进水里，水温高得烫人，我咬紧牙关，等身体习惯了水温之后，全身浸在水里，感觉跟泡在母亲的羊水里一样舒服。

走出浴室，我把窗户打开，赤裸着站在窗前，跟在俄国时一样，一直等到皮肤出现红色和白色的大理石斑纹为止。我喝了口冷水，面孔朝下倒卧床上。

傍晚，我穿上西装，没系领带，就这样下楼。客厅里没什么人，曼德尔布罗德博士已经在那里了，他的大椅子斜对着壁炉，好像他的一边身体特别需要暖和，而另一边不需要似的。他在闭目养神，我不想过去打搅他。

他的女助理穿着一身标准乡野劲装，伸出手朝我走过来：“晚安，奥厄博士，很高兴再见到您。”我仔细打量她的脸，没办法，她们全都长得一个样。

“很抱歉，您是希尔蒂，还是海德薇格？”她发出银铃似的笑声。“两个都不是！您真的很不会认人！我叫海尔嘉，我们在曼德尔布罗德博士的办公室见过面啊。”我笑着低头一鞠躬，连声致歉。“您没参加打猎活动吗？”“没有，我们刚到不久。”“真可惜，您持枪的样子一定帅气十足，德国的黛安娜女神。”她瞪大眼睛望着我，嘴角一抹浅笑。“希望您的比喻没有暗藏其他深意，奥厄博士。”我觉得自己的脸红得发烫，曼德尔布罗德博士招募的助理真的都是怪人。我敢保证，这位女子肯定也会开口问我要不要一起生孩子，幸好这时斯佩尔夫妇联袂走进客厅。

“啊！二级突击队大队长，”他高兴地嚷着，“我们真是蹩脚的猎人，玛格丽特打下了五只大鸟，黑特拉格三只。”斯佩尔太太微微一笑，“唉，您两位一定是忙着谈公事了。”

斯佩尔拿起一只做工精致的茶壶倒了杯茶，那茶壶有点近似俄罗斯的保温茶炊，我则倒了杯干邑。曼德尔布罗德博士睁开眼睛，叫了斯佩尔，斯佩尔连忙过去和他打招呼。勒蓝刚好进来，也加入了他们。我回头找海蒂聊天，她有深厚的哲学底子，和我谈起海德格尔的理论条理分明，老实说，我对他的学说认识极浅。

宾客陆续走进客厅。过了一会儿，勒蓝先生请大家移驾到另一个房间。今天猎获的松鸡，依照小组次序一一陈列在长方形的大桌子上，构图神似弗拉芒画派的静物画。斯佩尔太太破了纪录，业余的狩猎爱好者将军只打下一只，还心不甘情不愿地抱怨分配到的区域不佳。

我以为这桌百禽大祭的贡品即将送进我们的五脏庙，结果不是，这些山珍得先稍微风干储藏一阵子，再由勒蓝先生分送给大家。尽管如此，晚餐的菜色多样又鲜美，有淋上浆果酱汁的野味、鹅油烧烤洋芋、新鲜芦笋和小黄瓜，加上年份极佳的勃艮第葡萄酒。我被安排坐在勒蓝旁边，对面是斯佩尔，曼德尔布罗德博士坐在首位。席间勒蓝先生滔滔不绝，这是我认识他这么久以来，第一次看他说这么多话。他一杯接着一杯，长篇大论地讲述他在西南非洲担任殖民官的陈年往事。他认识罗德斯[1]，对他赞誉有加，对于自己在德国殖民地的经历却是一语带过。

“罗德斯曾经说过：殖民国家不可能会做错事，他的一切作为终将是正确的。这个欧洲各国奉行不悖的原则，为他们赢得了殖民地和统治劣等民族的权力，后来荒唐腐败的民主体制出现，搅乱了一切。只为了让良心过得去，满口虚伪的仁义道德，殖民帝国于是开始衰亡。您等着看吧，不管战争最后结果如何，法国和英国一定保不住他们的殖民地。他们的魔爪被撬松，不知道该如何再握拳硬起来了。现在，该是由德国传承殖民圣火的时候了。

“1907 年的时候，我跟随冯·特罗塔将军，当时赫雷罗人[2]和纳玛人群起

1. 罗德斯（Cecil John Rhodes，1853—1902）：金融家，政治家。

2. 赫雷罗人（Hereros）：非洲原住民，多居住在纳米比亚，当时非洲西南部属于德国的殖民地，赫雷罗人和纳玛人起义反抗，遭到灭种屠杀。

反抗，但是冯·特罗塔深晓罗德斯原则的精义，而且彻底奉行。他开门见山地说：我将铲灭所有反抗部族，尽管血流成河，花钱如流水也在所不惜，只有历经大规模的肃清行动，历史的新页才能展开。不过，当时德国军力大不如前，冯·特罗塔将军被召回国，我一直认为那是预告 1918 年情势大逆转的征兆。幸好现在的局面彻底改观，今日的德国领先全世界。我们的年轻人无所畏惧，我们的扩张势不可当。”

“可是，”冯·沃莱德将军插嘴，他比曼德尔布罗德博士稍微早到一点，“那些俄国人……”

勒蓝用指头敲打着桌面：“说得好，那些俄国人是今日唯一能与我们匹敌的民族。正因如此，我们与他们的战争才会如此惨烈，如此残酷，正所谓一山不容二虎。至于其他人，根本不值一提。各位想想看，那些吃罐头咸牛肉、口香糖嚼不停的美国佬，他们承受得了俄国十分一，甚至百分之一的损失吗？他们最后一定会受不了，管它的欧洲，卷起行李打包回家。

“没错，我们的第一要务就是要让西方国家认清，布尔什维克党政权的胜利不符合他们的利益，让斯大林拿下半座欧洲江山当战利品，对他们更是一大威胁。如果英国人愿意协助我们跟俄国人做个了结，我们可以留一点好处给他们。再说，我们可以等蓄积了足够的战力后，再好整以暇地大举消灭英国人。各位都看得到，本党同志斯佩尔在短短不到两年的时间里，完成了多么了不起的成就！而这只不过是开端。想想看，如果我们扯破绑手绑脚的束缚，如果东部占领区的资源能够完全开发供我们取用，这个世界一定能够重整成该有的样子。”

用完餐后，我和斯佩尔的工作伙伴黑特拉格一起下国际象棋。海蒂在一旁静静观战，黑特拉格轻轻松松打败了我。我倒了今晚的最后一杯干邑，又跟海蒂聊了几句。客人陆续上楼回房休息。

海蒂站起来，态度跟她的同事一样直接，她对我说：“我现在必须先去协助曼德尔布罗德博士就寝，如果您不想孤单一个人的话，我的房间就在您左边的第二间。晚一点，您可以过来一起喝一杯。”“谢谢。”我回答，“再看看吧。”

我上楼回房，更衣躺下，脑子却静不下来。壁炉里炉火余烬红光闪闪，我直挺挺躺在黑暗中，心想，说真的，有何不可？她人长得漂亮，身材又好，没有道理推走上门的艳福，而且不必担心会有烦人的后遗症，单纯的一夜情。我的经验虽然不多，却也不讨厌女性的肉体，应该会相当愉快，她甜美滑嫩，我应该会忘我地沉浸其中，就像陷入柔软的枕头。但是就算我再不济，还是想着内心的那个承诺，我绝对是信守承诺的人。我还是无法完全放开。

星期天是安静的一天。我起得晚，大约 9 点才醒——平常我习惯 5 点半起床——接着下楼吃早餐。我坐在大型十字窗前，翻阅一本从书柜找到的旧版《帕斯卡尔全集》，是法文原文版。

接近中午的时候，我陪斯佩尔太太和冯·沃莱德太太到庭院散步，冯·沃莱德先生跟一位擅长玩雅利安人优越主义王牌，一手建立起企业王国的工商巨子，还有自诩打猎专家的将军，以及黑特拉格四人一起玩牌。

草还是湿的，泛着水光，碎石子和泥土小路坑坑疤疤，到处是小水洼，空气湿凉，生意盎然。我们呼出的气息形成了小片白雾，而天空仍旧灰蒙蒙的。

中午我和刚下楼的斯佩尔一起喝咖啡，他详尽说明了外籍劳工的问题，以及他和绍克尔之间的摩擦，接着话锋一转，转到奥伦多夫身上，斯佩尔认为他太过浪漫。我对经济实在缺乏概念，无法为奥伦多夫的立论辩驳，斯佩尔则大力鼓吹自己提倡的企业自主化原则。“总而言之，真正的原则只有一个：要成功。等战争结束后，如果当局觉得奥伦多夫博士说得有理，他想要怎样改革都行，但是现阶段，就像我昨天说的，让我们先赢得胜利再说。”

当我有机会跟勒蓝或曼德尔布罗德一起闲聊时，他们两人好像都没有什么特别的事想要找我谈。我有点纳闷，他们到底为什么找我来，总不会是给我机会一亲海蒂小姐芳泽吧。黄昏时刻，我搭乘冯·沃莱德夫妇的座车回柏林，在车上我前思后想，惊觉个中道理近在眼前：此行完全是为了让我再跟斯佩尔搭上线，建立更亲密的关系，结果证明的确有效。斯佩尔离开时非常热切地与我道别，说我们很快会再见面。

但是有一个疑问困扰着我，这么做究竟对谁有利？勒蓝和曼德尔布罗德大力拔擢我，对他们会有好处吗？这一切的安排的的确确是一条计划好的仕途升迁道路，一般而言，部长不可能浪费时间跟一个普通的二级突击队大队长东聊西扯。

想到这里，我不禁有些不安，因为我没有足够的信息厘清斯佩尔、大元帅和我的这两位恩人之间复杂的三角关系。情况很明显，这两位幕后的重量级人士确实在操弄，可是目的是什么，又是为了谁？我很愿意加入这场赌局，但这到底是什么样的赌局？如果不是党卫队设的局，情况可能非常危险。我必须保持警戒，非常小心，我肯定是某个阴谋计划中的一枚棋子，万一计划失败，总得有个代罪羔羊。

我跟托马斯交情够深，不用问也知道，他一定会说要小心顾好自己。星期一早上，我要求晋见伯朗特，他当天就接见我。我向他报告周末的事情，以及我和斯佩尔之间的谈话，其实谈话的重点我已经记在小备忘录上，也呈交给他了。

伯朗特似乎没有责备之意："所以，他请您想办法让他参观朵拉是吧？"朵拉是斯佩尔提到的那座设施的代号，正式的名称应该是"中央建设"。"他的部门早就来文要求参观了，只是我们还没有回复。"

"您觉得怎么样呢，旗队长？""我不知道，这要由大元帅来决定。说到这里，您来跟我报告，做得很对。"他顺便提了一些我工作上的事，我从研读过的报告中归纳出几个初步的结论，简单向他说明。我起身准备离开时，他说："我想大元帅对目前事情发展的情况应该还算满意，就这样继续做。"

与伯朗特会谈结束，我回到办公室办公。大雨滂沱，瀑布般的雨水摧打着光秃秃的树枝，窗外的动物园一片模糊。快五点的时候，我让普拉克莎小姐先回去，华尔瑟和伯朗特加派给我的专家埃利亚斯二级突击队中队长，则是在晚上 6 点左右和伊森贝克一道离开。

一小时后，我去找阿斯巴赫，他还在忙。"要一起走吗，三级突击队中队长？我请您喝一杯。"他看看表："您认为他们不会再来吗？时间就快到了。"我朝窗口张望，外面黑漆漆的，还飘着一些雨丝。"您想呢，这样的天气？"然而一走到门口大厅，门房拦住我们。"先生，发布了 15 号空袭警戒。"非常严重的空袭预警。我们大概侦测到了敌机来袭。

我转身对阿斯巴赫笑一笑："您说对了。我们该做什么好呢？外面危险，不如待在这儿等吧？"阿斯巴赫略显担忧："可是我太太……""我觉得您可能来不及到家，如果皮雍泰克还没走，我会叫他载您回去，可是他已经走了。”我想了一下，“我们最好留在这里等空袭结束，然后您再回去。您太太会找地方躲藏，没问题的。”他迟疑了一会儿：“二级突击队大队长，不然我先打个电话给她好了。她怀孕了，我怕她会受惊。”“好，我等您。”我走到门口的台阶上，点燃一根香烟。警报器开始呼号，康宁斯广场四周的行人加快脚步，往四下奔跑寻找掩护。我一点也不着急，内政部的附属大楼设有完备的地下碉堡。

我抽完最后一口烟，高射炮开始扫射，我急急回到大厅，阿斯巴赫大步跑下楼：“好了，她会回娘家，就在隔壁。”“您的窗户是开着的吗？”我问他。

我们往下进入防空碉堡，大块坚硬的水泥建筑空间，照明良好，里面还放了椅子、折叠床、大桶的清水。里面的人不多，多数公务员回去得早，原因除了空袭，还有到商店买东西经常得大排长龙。远处炮弹爆炸闷雷似的声响嗡嗡传递过来，规律地一颗接着一颗，轰隆震撼，一次比一次更接近，宛如巨人重重的脚步。每一次的爆炸挤压空气，压力随之逐渐升高，耳朵受压渐感疼痛。

突然砰然巨响，距离非常近，连碉堡的墙壁都为之震动，灯火大幅摇晃，突然完全熄灭，碉堡里顿时一片漆黑。一个女孩吓得尖声惊叫。有人打开手电筒，还有几个人点燃火柴。“这里没有备用发电机吗？”有人问，话还没说完，又是一记震耳欲聋的爆炸，碎裂的天花板碎片如大雨般倾泻，好几个人惊叫连连。

我闻到了烟味，火药的味道刺鼻，大楼被击中了。爆炸声慢慢减弱，我的耳朵嗡嗡鸣响，但是轰炸机中队的引擎噪声还是依稀可闻。有女人开始哭泣，男人低声咒骂，我点燃打火机走到碉堡的防弹门前。

我和门房两人合力想推开门，门卡住了，楼梯大概被瓦砾堵死了。我们数到三，用肩膀使劲顶，终于打开了一条缝，勉强可以让我们出去。

台阶上堆满砖块，我把砖块搬到一楼，一名公务员跟在我身后，大门的铰链承受不住爆炸威力，整个被扯起来倒在大厅里，瓦砾堆和门房的岗亭不断冒出火焰。我飞奔上楼，倒下的门和窗框横亘在走廊中央，我改走另一道楼梯，想回办公室抢救重要文件。

楼梯两旁的铁栏杆扭曲变形，我的外套口袋勾住了一截断裂的铁栏杆，唰地撕破了。楼上的办公室起火，我只得绕道。我在走廊上碰见一名公务员，他手上捧着一沓文件，没多久又看见另一位，被浓烟灰尘弄得脏污的脸血色全无。

“别管了！西侧火势大得不得了，炮弹正好击中屋顶。”我以为空袭已经结束，但是轰炸机的引擎声再度由远而近，一连串爆炸以惊人的速度逼近，我们连忙跑到地下室，一阵强大的爆炸威力将我整个人震起来，往后摔到楼梯上。

我大概失了一会儿神，眼前一阵白色的强光将我拉回现实，那是一只小手电筒的光。我听见阿斯巴赫大叫：“二级突击队大队长！二级突击队大队长！”“我没事。”我一边挣扎着起来，一边低声发牢骚似的说。我借着大门口传来的火光检查身上的外套，铁栏杆的尖端扯破了一大块布，这件外套完蛋了。“部里到处失火，”一个声音扬起，“得赶快出去。”我跟几个男士使尽全力清除瓦砾，拉开地下碉堡的门，好让里面的人出来。警报器还在响，不过高射炮已经停止扫射，最后一批轰炸机走远了。

此时是晚上8点半，空袭时间长达一个半小时。有人跟我们说水桶摆在哪里，我们串成人龙传水救火，努力根本无济于事，才20分钟，我们就用光了地下室的储水。水龙头流不出水，供水系统大概也受到了波及。

门房试图打电话找消防队，电话也不通。我回到防空洞拿我的大衣，走到外面广场看看损坏的情况。东翼建筑似乎完好如初，只有玻璃全碎，西翼则完全崩塌，邻近的窗户冒出阵阵浓烟。我们的办公室大概也着火了。阿斯巴赫走到我身边，他的脸沾满了血。

“您怎么了？”我问。“没什么，被砖头砸了一下。”阿斯巴赫说，血迹斑斑的脸上写满不安。“我想回家找我太太。”“快回去，小心墙壁掉落的瓦砾。”

两辆消防车呼啸着飞奔过来，消防队员就位，但是水压似乎不足。部里的员工鱼贯走出，许多人手上抱着档案文件，暂时先放在一边的人行道上，我帮他们搬档案搬文件，就这样大约过了半小时，反正我的办公室是进不去了。

一阵强风吹来，北边、东边，还有更远的南边，甚至动物园外的远方，暗黑夜空中闪耀着殷红火光。有军官过来跟我们说火势有扩大的趋势，不过部长办公室和附近的大楼，一边有蜿蜒的施普雷河，另一边有动物园和康宁斯广场的隔离，得以免受波及。关闭的国会大厦一片幽暗，似乎没有受到损伤。

我拿不定主意。我饥肠辘辘，但是想找到吃的东西可不容易。家里是有点食物，我不敢确定公寓是不是还好端端地在那里。最后我决定前往党卫队大楼，看有没有什么需要帮忙的地方。我飞快地沿着佛来登街往南走，正前方的勃兰登堡大门在铁丝网掩护下依旧耸立，丝毫未损，但是大门后面，几乎整条菩提树大街都被卷入火舌之中。

空气沉重，到处都是浓烟和灰尘，又热又压得人喘不过气来，我开始觉得呼吸困难。大火延烧的建筑物不断喷出火花，风势越来越强，巴黎广场的另一边，也就是军备总部大楼也不断冒出火舌，大楼部分惨遭炸毁。一群秘书头戴民间护卫队的钢盔，在残垣断壁之间忙进忙出，他们也帮忙抢救档案。

一辆插着小旗子的奔驰车停在旁边，在一大群的公职员当中，我看见了斯佩尔，他头发凌乱，一张脸好比黑炭。我想过去跟他打招呼，顺便看看有什么需要帮忙。他看到我的时候，对着我大叫，但是我听不清楚他说什么。

“您身上着火了！”他又说了一遍。“什么？”

他走过来，拉起我的手要我转身，然后用手掌拍我的背。街上乱窜的火花大概喷上了我的大衣，开始燃烧，我却浑然不觉。我错愕地向他致谢，问有什么需要帮忙的地方。“没有，真的，我想我们已经把能救的通通救出来了。一颗炸弹直接命中我的办公室，一切化为乌有。”

我环视四周，法国大使馆、英国大使馆的旧址、布里斯托饭店、法本公司办公大楼，无一幸免，一片残破，大火肆虐。勃兰登堡大门旁边，申克尔大师设计的优雅建筑眼看着即将遭火海吞噬。

“真可怕。”我喃喃自语。“说来也许残酷，”斯佩尔若有所思地说，“他们轰炸的目标集中在城市还比较好。”

“您这话什么意思，部长先生？”“整个夏天，他们集中火力猛攻鲁尔区，那时我简直坐立难安。到了8月，他们开始轰炸施韦因富特[1]，我们的滚珠轴承工厂都集中在那里。10月份，他们又在那里发动新一波摧毁轰炸，产量锐减，

1. 德国南部巴伐利亚大城。

只剩下原先的67%。二级突击队大队长，也许您知道，没有滚珠轴承战争就甭打了。如果他们集中火力轰炸施韦因富特，只要两个月，顶多三个月，我们只好举白旗投降。而这里，”他手指眼前的火海，“他们摧毁的是人和文化古迹。”他冷冷干笑两声，“反正往后这些都得重建。哈！”

我向他告辞：“部长先生，如果您这里不需要我，我继续往下走，到别处看看。顺便跟您报告，我们正在研究您的要求，有任何消息我会随时通报给您。”他握住我的手：“很好，很好。祝您有个美好的夜晚，二级突击队大队长。”

我掏出手帕在水桶里沾湿，掩住口鼻往下走，同时把军帽和衣服的垫肩也通通弄湿。威廉大道上，各部会大楼空荡荡的窗户冒出滚滚火焰，风呼呼地吹。士兵和消防队员四处奔走，成效不彰。外交部受创严重，距离不远的财政部似乎比较幸运。脚下碎玻璃咔吱作响，整条街的玻璃无一幸免。威廉广场上有一辆空军的卡车翻覆，旁边躺着几具死尸，惊魂未定的老百姓从地铁站出口三三两两冒出头来，四下张望，满脸慌张迷惘。偶尔会听见“砰”的一声巨响，是定时炸弹爆炸，或者大楼倒塌闷闷的怒吼。我望着那几具尸体，一名男子少了长裤，露出血淋淋的屁股；一名妇女双手完好，头却不见了。他们曝尸街头，让我感到心惊，但是好像没有人觉得不妥。

再往下走是航空部，有人派了警卫来这里防守，行经的路人对着他们破口大骂，甚至嘲讽戈林，不过没有人敢驻足停留，也没有群众聚集。我把国家安全局的证件拿给警卫看，通过封锁线，终于来到了阿尔布雷希特王子大道转角，党卫队大楼门窗全毁，但是损害似乎不算特别严重。大厅里一群人正在清理土石瓦砾，有些军官忙着拿木板或床垫盖住窗口。

我在走廊找到伯朗特，他以平静喑哑的声音指挥善后，要求一定要优先恢复电话通话。我向他敬礼，报告我那边办公室毁损的情形。他点点头：“好，这个我们明天再说。”他那边好像也没什么特别需要帮忙的地方，所以我走到隔壁的国安警察署。大伙正想办法试图把震倒的门板装回去，几颗炸弹的落点离这里很近，附近的马路被炸出一个大圆洞，水管破裂，水源源不绝地涌出。

我在托马斯的办公室找到他，他跟三名军官一起喝杜松子酒，他们个个衣冠不整，全身上下一层黑黑的炭灰，神情却相当愉快。“哎呀！”他惊呼，“你倒是一副神气的样子。喝一口。你当时在哪儿啊？”我简短叙述了我在部里的经过。

“哈！我已经回家了，跟邻居一起躲到地下室。一颗炮弹打中我家屋顶烧了起来，我们只好敲破连接隔壁地下室的墙，一连敲了好几堵墙才重见天日，从马路的尽头钻出来。整条路都陷入了火海，我们那栋公寓有一半起火燃烧，我的公寓也在里面，最后整栋楼都垮了。更惨的是，我可怜的敞篷跑车被一辆公交车压得稀巴烂。总之，我现在一文不名了。”他又倒了一杯酒给我，“反正惨到谷底，不如像我奶奶依沃娜说的，先喝个痛快再说。”

最后我在国安警察署过夜。托马斯差人送了一些三明治、热茶和汤过来，他还借了一套备用制服给我换，尺寸稍微大了点，不过总比我身上这套撕破的衣服好，一名速记职员微笑着替我别上肩章和领徽。体育馆放了折叠床，暂时安置 15 名左右的受灾军官，我在那里碰见了爱德华·霍尔斯特。1942 年年底他担任 D 集团军第四／五队小队长时，我们短暂共事过，他失去了一切，心酸地哭了。可惜淋浴间还没开放，我只能洗洗手脸。我觉得喉咙很痛，还咳嗽，幸好托马斯的杜松子酒多少掩盖了一点灰烬的味道。外面不时传来爆炸声，北风呼啸狂卷。

第二天一大早，不等皮雍泰克来，我自己到车库开车回家。街道上七横八竖躺着烧黑翻覆的电车、断成两截的行道树、瓦砾砖块，几乎无法通行。层层呛鼻的黑色烟尘遮蔽了天空，路上行人几乎人人都以湿毛巾掩口。

雨持续地下着。我超过长排人群，他们个个手推满载家当的加篷马车或小型手推车，要不就是吃力地拉着或扛着行李箱。水管破裂，水流得到处都是，我只能冒着轮胎被碎瓦砾刺破的危险，强行通过一个又一个的小水坑。尽管如此，街上还是有不少汽车，大多数的车窗玻璃是空的，有些甚至连车门都没了，车上却挤得水泄不通，有空位的车会顺道载灾民一程。

我也不例外，我的车上坐了个精疲力竭的母亲，她带着两个年幼的小孩，想回乡看看双亲。我将车子停在灾情惨重的动物园旁，胜利纪念碑依旧挺立，雄踞在漏水形成的大片汪洋当中，仿佛无惧任何挑战。我必须绕好大一圈路才过得去。我在一片狼藉的亨德尔路上让那位母亲下车，继续回家的路。到处都是忙着清理家园的人，某些残破坍塌的建筑物前面，可以看见一团团的工兵奋力挖开土石，抢救被埋在地下室的生还者。旁边还有意大利籍的囚犯穿着红色的制服，背后画上 GKGF（战俘）三个大大的字母，就是我们所谓的“巴多里奥派”。

普鲁肯路地铁站成了废墟，我住的地方位于离这里稍远的福兰斯伯格街，我家那栋公寓奇迹似的毫发无伤，而 150 米外的地方却是瓦砾成堆，残垣断壁，景色凄凉。电梯当然不能用了，我爬楼梯走上九楼，邻居不是忙着清扫楼梯间，就是拼命凑合着把门装回原位。

我发现自家门也被震开，横躺在门口走廊上，走进屋内，最先映入眼帘的是一地的碎玻璃和屋瓦，地上有明显的脚印，我的留声机不见了，除此之外，其他东西好像都在。一阵刺骨冷风从窗口灌进来。我赶忙打包行李下楼，请平常说好按时替我打扫的邻居太太上楼帮我整理，当场给她钱，请她尽快找人过来修理门窗。她答应我，等房子整理得差不多了，会打电话到党卫队大楼通知我。

我下楼寻找暂时栖身的旅馆，我现在最渴望的就是好好洗个澡，离这里最近的旅馆是我之前住过好一阵子的艾登饭店。我运气很好，整条大道似乎都被铲平了，但是艾登饭店的大门依旧敞开。柜台前挤满了人，受灾的有钱人和军官抢着要房间，我只好把过去晋升、获勋、受伤休养的那一段重新搬出来，还信口胡诌公寓受损严重，加油添醋诉苦一番，旅馆经理终于认出我来，答应给我一张床，条件是跟别人共住一间房。

我抽出一张钞票给房间楼层的小弟，请他提热水过来，快 10 点时，我终于躺在浴缸里了，水虽然不是很热，但仍是一大享受。才泡了没多久，整缸水就黑得像墨汁，不过我不在乎。服务生领我的室友进房时，我还躺在浴缸里。那位先生很有礼貌，隔着浴室的门向我致歉，并说他先到楼下等，等我洗好了再上来。我穿好衣服后下楼找他，他是一位来自格鲁吉亚的贵族，为人彬彬有礼，他原先住的饭店起火了，慌忙中收拾了几件行李沦落到这里。

我的同事有志一同，全都集结到党卫队大楼。我在那里找到了沉着冷静的皮雍泰克，尽管他的衣服付之一炬；仍旧打扮得花枝招展的普拉克莎小姐；活力充沛的华尔瑟，他住的那一区几乎没有灾情；还有心情稍受影响的伊森贝克，因为昨天夜里，住他隔壁的老太太在警报声大作、一片漆黑当中心脏病发过世，而他完全没有发觉异状。

魏因洛夫斯基回奥拉宁堡已经有好一段时日了。至于阿斯巴赫，他派人传话给我，说他太太受伤了，他会尽快赶过来。我派皮雍泰克过去告诉他，如果有需要，在家里多待几天也无妨，反正立刻恢复正常工作的机会是微乎其微。我叫普拉克莎小姐先回家，然后跟华尔瑟和伊森贝克一起回内政部的办公室，看看还能抢救些什么东西出来。

火势已经控制住了，但是西翼仍然封闭，一名消防队员带着我们穿过凌乱的火场。顶楼绝大部分的区域，以及顶楼加盖的部分均难逃劫数，我们的办公室烧得只剩一个小房间，里面的一个档案柜虽然逃过了祝融之灾，却挡不住工兵消防团的水龙，档案全泡水了。从一堵倒塌的断壁缺口望出去，可以看见一部分劫后余生的动物园，仔细远眺，原来莱尔特车站也没逃过，市区上空悬浮着厚厚的浓烟，阻断了我的视线，无法看得更远。尽管如此，遭祝融肆虐的几条大道受创后的凄凉景象依旧清晰可见。

我和同事动手整理一些死里逃生的档案文件搬下楼，还搬了一台打字机和一部电话。搬运的工作出奇困难，因为大火不仅烧坏了地板，弄得到处是洞，连走廊上都七横八竖倒着障碍物。不久，皮雍泰克回来了，我们大伙一起把东西放进车里，命他把整车的东西载到党卫队大楼。

党卫队临时拨了一个档案柜给我们放东西，别无他物，伯朗特忙得不可开交，没有多余心力顾到我。眼下什么事都没办法做，我干脆叫华尔瑟和伊森贝克回家，然后请皮雍泰克载我回艾登饭店，跟他说好明天早上到饭店来接我。他在这里没有家累，所以睡车库也行。

我下楼到酒吧点了杯干邑。我的格鲁吉亚籍室友戴着怪里怪气的软帽，围着白围巾，坐在钢琴前弹奏莫扎特，触键超乎寻常地敏捷精准。他一曲弹完，我请他喝一杯，随便闲聊。他好像曾经加入移民团体，到外交部和党卫队大楼前抗议，但徒劳无功。他说他叫米夏・柯迪亚，这个名字我仿佛在哪里听过。当他得知我到过高加索时，他兴奋得跳起来，热情地要请我喝一杯，举杯说了一长串庄严的祝福（虽然我从来没有到过他们在高加索山的家乡），还硬要我一口气喝干，当场邀请我，等我军还他自由之后，到第比利斯他祖先遗留下来的庄园住几天。

酒吧里的人越来越多，快 7 点的时候，大伙逐渐停止谈笑，不时抬头盯着酒吧墙上的钟。10 分钟后，警报铃响，高射炮随即扫射，炮声猛烈又接近。饭店经理过来安慰大家，这间酒吧也是防空避难室，饭店其他客人也陆续下来，酒吧很快挤得水泄不通，气氛却欢乐而热闹。第一批炸弹慢慢接近，格鲁吉亚老兄又坐到钢琴前弹起爵士乐，穿晚礼服的女士纷纷起身随着音乐起舞，墙壁和吊灯剧烈震动，酒吧的玻璃杯摔落粉碎，炮声轰隆，几乎盖住了钢琴声，气压低迷，压得人好难受。我不停喝酒，女士们歇斯底里地狂笑，还有一个人想要强吻我，之后却痛哭失声。

空袭结束，饭店经理请每个人免费喝一杯。我走出酒吧，动物园被击中了，园区围栏窜出火舌，市区再度陷入火海，我静静抽烟，懊悔没早一点去动物园参观，现在已经来不及了。一堵墙倒了，我走过去，街上行人四处奔逃，有些人还背着枪，据说动物园的狮子和老虎逃出来了。显然敌军抛下了好几颗燃烧弹，一片片狼藉的碎砖瓦砾后面，我看到火焰席卷回廊，印度大神庙惨遭开膛破肚。我走进去，一个从我旁边经过的人对我说，大象被炮弹炸得血肉模糊、支离破碎，犀牛也难逃此劫，但是外观完好无缺，说不定是吓死的。我身后的布达佩斯大道，两旁的建筑几乎都冒着熊熊大火。我过去协助消防队灭火，一连几个小时，我都在协助清除阻碍通行的瓦砾土石。每隔五分钟，哨音响起，大伙停下手边工作，好让搜救人员能仔细倾听惨遭掩埋的老百姓发出的求救信号，我们抢救出不少生还者，有些受了伤，有些则毫发无伤。

直到接近午夜，我才回到艾登饭店。饭店的外墙稍有损坏，不过整体结构没有遭到正面冲击，酒吧热闹气氛依旧。我的格鲁吉亚新朋友接连灌了我几杯，托马斯借给我的制服上面都是油污和炭灰，然而上流社会的仕女们并未因此裹足不前，腻着过来与我打情骂俏，可想而知，大多数的女人都不想只身度过恐怖的夜晚。来自格鲁吉亚的家伙软硬兼施，灌得我不省人事。

隔天早上我在自己的床上醒来，却完全不记得是怎么上楼的，外套和衬衫已经脱掉，脚上的靴子却穿得好好的。格鲁吉亚人在隔壁床上打鼾。我凑合着勉强清洗一下身子，套上干净的制服，把托马斯的那一套拿去洗，让室友安静地呼呼大睡。我喝掉难喝的咖啡，向饭店的人要了一盒止痛药治头痛，出发前往阿尔布雷希特王子大道。

大元帅的幕僚军官个个都无精打采，许多人昨天根本没睡，不少人家里损失惨重，更有好几位失去了亲人。门口大厅以及楼梯上有许多穿条纹囚衣的囚犯，在“党卫队骷髅总队”的监控下清扫地板、钉木板、重新粉刷墙壁。伯朗特命我协助几位军官联络市政府的相关当局，了解目前灾情的损失状况，列出数据呈报大元帅。这项任务相当简单，我们各自挑选负责的项目——伤亡者、平民住宅、公家机关、基础建设、工业设施——然后联络负责的市政单位，请他们提供相关数据。

他们拨了一间办公室给我，外加电话和电话簿，我安排普拉克莎小姐驻守办公室——不知道她又从哪里搜出一身新衣服——叫她拨电话给各大医院。眼看着伊森贝克留在这里无事可做，我决定让他把抢救出来的档案带回奥拉宁堡，回到他老板魏因洛夫斯基身边，我叫皮雍泰克送他回去。华尔瑟没来。普拉克莎小姐和一间医院联络上了，我详细询问了他们收了多少伤者，以及多少人死亡，有三四家医疗院所电话不通，普拉克莎小姐列出这些院所的名单，我立即叫司机和勤务兵亲自跑到各家院所，询问他们那边的伤亡数字。

快中午的时候，阿斯巴赫来了，他神色憔悴，努力在众人面前表现出一副没事的样子。我拖着他到食堂，吃点三明治喝点茶。他慢慢打开心房，边吃边诉说自身的遭遇。第一次空袭的那个晚上，他的妻子跟岳母躲藏的建筑被炮弹击中全毁，地下避难室也部分损坏崩塌。

阿斯巴赫的岳母于是当场惨遭活埋，尸体迟至第二天早上才被挖出来，他妻子一只手臂骨折，幸运逃过一劫，但是因为惊吓过度，神志不清，当晚流产，神志依然不清，一会儿幼稚地童言童语，一会儿发疯似的大哭大闹。

“我只好先让岳母入土为安，等不及让她出席丧礼了。”阿斯巴赫落寞地说，啜饮了几口热茶又说，“我很想等她好了再办，可是太平间空间不够，医疗当局担心会暴发传染病，据说 24 小时内没人认领的尸体会被集体掩埋。真是可怕。”

我尽可能地安慰他，但是，我必须承认我不懂怎么安慰人。我要他想想以后，他还是会有个和乐融融的家，这话听起来肯定空洞虚泛，毫无用处。尽管如此，他好像稍微打起精神来了。我叫一名司机带他回家，答应他明天丧礼时找辆卡车给他。

星期二的空袭虽然来的飞机架次比星期一的少一半，造成的损害却更加惨重。劳工阶级集中的地区，尤其是威丁区，灾情特别严重。傍晚时我们已经搜集足够的资料做出简短的报告，据我们的估算，死亡人数约 2000 人，还有数百人被埋在瓦砾堆下，3000 栋建筑物崩塌或烧毁，受灾人数高达 175000 人，其中约 10 万人离开本市，转去邻近的小乡镇，或是国内其他城市。

快 6 点的时候，我们催促没有必要留在办公室的职员赶快回家，我多留了一会儿才走，空袭警报开始响的时候，我跟一个车库里随便找来的司机才在回家的半路上。我决定不回艾登饭店，我对那里的酒吧避难室不太有信心，也不想重蹈前晚狂饮烂醉的覆辙。

我命令司机绕过动物园，到附近的一座大型地下碉堡避难。门太窄，人又多，一群人慌慌张张挤在碉堡门口，几辆车停放在水泥墙脚下，汽车前有一块保留的空地，十几辆手推车围成一圈。碉堡里传来士兵和警察的大声咆哮，催促人往上层走，每一层都挤满了人，没有人愿意往最上层去，妇女哭泣，小孩在人群中跑来跑去玩打仗游戏。我们被领到第三层，一排排像教堂排列整齐的长板凳上，黑压压全坐满了人，我走到墙边，背靠着水泥墙站着。司机早已不知跑哪里去了。没多久，88 系列战机呼啸着飞过屋顶猛烈扫射，巨型碉堡剧烈震动，有如惊涛巨浪中飘摇的船，人们被震得东倒西歪地压到旁人身上，或尖叫或啜泣。灯光变暗，但没有完全熄灭。

在偏僻的角落，或是各楼层螺旋阶梯底下的幽暗地带，有些青少年两两拥抱，紧紧相贴，甚至乘乱做爱。在炮火剧烈的轰炸声中，隐约夹杂另一种调性的嗯哼呻吟，不同于惊慌失措的主妇悲吟，老人家不以为然地出声指责，联邦警察大声怒斥要大家坐好。我很想抽烟，可是里面禁烟。我看着坐在我前排的女子，她低着头看不到脸，只看到她一头及肩的金发异常浓密。一颗炸弹在附近爆炸，地下碉堡为之震动，还震出一阵水泥烟尘。

前面的女孩抬起头，我立刻认出是她，我早上搭电车上班时偶尔会碰见的那位女孩。她也认出我了，脸上露出甜甜的笑容，同时朝我伸出白皙的玉手。“您好！我很担心您呢。”“为什么？”高射炮接连狂扫，又是接二连三的爆炸巨响，我们几乎听不见对方说的话，我挨着她蹲下。

“星期天在游泳池没看到您，”她的嘴凑到我耳边说，“我好怕您出了什么事。”星期天，感觉好像已经是上辈子的事了，但实际上不过是三天前而已。“我去了一趟乡下。游泳池还在吗？”她笑着说：“我不知道。”又一颗炮弹砰地炸开，威力惊人，建筑剧烈摇晃，她紧紧抓住我的手，摇晃过去后她低声道歉，然后松开我的手。

尽管室内灯光昏暗，烟尘朦胧，我隐约看见她的脸微微发红。“请恕我冒昧，”我对她说，“您叫什么名字？”“海伦，”她回答，“海伦·安德斯。”我也自我介绍。她在外交部新闻处工作，她的办公室跟外交部部分的办公室一样，早在星期一晚上就被炸得只剩一堆瓦砾，还好她父母住在莫艾比特，房子没有倒，她跟父母住在一起。“总之，在这次轰炸前房子还没倒就是了。您呢？”我笑了：“我的办公室在内政部，都烧光了，现在我暂时借住党卫队大楼。”

我们就这样一直聊到空袭结束。她步行到夏洛滕堡探望一位受灾的朋友，在回家的路上，警报突然来袭，她才跑到这里的地下碉堡避难。“我没想到他们会一连三天来袭。”她幽幽地说。“说真的，我也没想到。”我回答，“不过我很高兴，这样我们才有机会再见面。”我说这话时纯粹是基于礼貌，后来才醒悟这话里头有其他意思。这次，她两颊上的红潮更明显了，幸而她的语调仍保有一贯的恳切和清明。“我也是，我们搭的那线电车很可能要停驶好一阵子了。”灯光大亮，她站起身，拍拍身上的大衣。“如果您愿意，”我说，“我可以送您回去，如果我的车还在的话。”我笑着加上一句，“千万不要客气，路程并不远。”

我在车子旁边看到司机，他脸上难掩怒气，车窗的玻璃全破了，停在旁边的车子被爆炸威力震翻，把我们的车子压得半边变形。空地上的手推车全化为碎片散落一地，动物园再度起火，这里可以听见园内垂死动物的凄厉怒吼、嘶鸣与哀号。

“可怜的动物，”海伦低声说，“它们根本不知道发生了什么事。”司机一心只想着他的车，我去找了几个警察过来帮忙移开旁边翻倒的车。乘客座的车门卡死了，我只好让海伦从后面上车，我则从驾驶座这边钻过去。路途比想象的复杂，因为有些路面满是土石瓦砾，阻碍通行，我们被迫绕行动物园。行经弗伦斯贝格大道时，我很高兴看到我家那栋公寓楼房还在，除了几颗没有瞄准，意外落到这里的炮弹之外，阿尔托莫阿比区基本上没有遭到轰炸。

我送海伦到她小小的家门口，让她下车。分手的时候，我对她说："现在我知道您住哪儿了，如果您不反对，等情况稳定点，我再专程来拜访。""我很期待。"她说，脸上再度浮现那朵自然流露的甜美笑容。

我回到艾登饭店，只看到一个冒着熊熊火焰的空壳子，三颗炮弹砸中了饭店屋顶，饭店所剩无几。幸好酒吧挺住了，房客保住了性命，纷纷撤离。我的格鲁吉亚籍室友，跟几个灾民拿着整瓶的干邑直接灌，他一看见我，立刻要灌我一大口："我什么都没了！都没了！最让我心痛的是我的皮鞋。四双，全新的！""您有地方可以去吗？"他耸耸肩："我有朋友住在附近的罗施大道。""来，我开车带您过去。"

格鲁吉亚老兄说的那栋房子，窗户空空的，不过好像还有人住。他跑进去打听，我在外面等他，几分钟后他高兴地跑出来："太好了！他们要去马里昂巴德[1]，我跟他们一道走。您要进来喝一杯吗？"我礼貌婉拒，但是他很坚持。"来吧！祝我一路顺风嘛！"

我觉得整个人好像被掏空了似的，全身虚弱无力。我祝他幸运，不待他回答，随即转身离开。回到国安警察署，一名三级突击队中队长跟我说托马斯搬到施伦堡家暂住。我随便吃了一点东西，在临时开放的宿舍打开折叠床，躺下睡觉。

第二天，星期四，我继续为伯朗特搜集灾情数据。华尔瑟还是没来，我并不怎么担心。因为电话线路不足，有人向戈培尔借调了几个小组的希特勒青年团团员过来帮忙。我们派青年团的团员到各地收发信息和邮件，他们有的骑脚踏车，有的步行。

市政府各单位不眠不休地日夜抢救，市区建设修复已略见成效，某些区已经恢复供水跟供电了，几条主要的电车路线已恢复行驶，而地铁和火车还能通

1. 捷克著名的水疗都市。

车的区间也已恢复通车。我们知道戈培尔计划撤离市区部分的老百姓，正在评估可行性。仅存的残垣断壁处处可见白色粉笔写的寻人启事，有人要找失踪的父母，有人要找朋友，还有邻居。

快中午的时候，我调了一台警用小型有篷货车到普鲁泽湖公墓，协助阿斯巴赫办理岳母的丧礼，她的墓地紧邻四年前因癌症过世的丈夫的。阿斯巴赫看起来精神好多了，他妻子已经恢复神志，也认得他了，但是他什么都不敢告诉她，包括她的母亲，还有她未出世的宝宝。普拉克莎小姐陪我们一道来，不知从哪儿弄了一束花来，阿斯巴赫由衷感激。

除了我们这几个人，只有他岳母的三位朋友到场，其中两人是夫妇，另一个是牧师。棺材看起来像是随便拿几块烂木板钉起来的，粗制滥造，阿斯巴赫不断说等局势稍稳，他一定会立刻要求重新开棺，为岳母办一场风风光光的丧礼。他说，虽然他们两人处得并不融洽，她向来不隐瞒她对党卫队的不屑，但是再怎么说，她都是他妻子的母亲，而他非常爱另一半。我不羡慕他，孤家寡人独立人世有时是一大优势，尤其在战争期间。我送阿斯巴赫到陆军医院看他妻子，自己回党卫队大楼。

当晚没有空袭，向晚的时候，警报铃声的确一度大作，引发一阵慌乱，后来才发现原来是自家飞机空拍受灾的情形。我躲在国安警察署的地下防空洞度过这场虚惊，出来时，托马斯带我到一家重新开门做生意的小餐馆。

托马斯心情很好，施伦堡为他安排了一切，在靠近格鲁尼沃尔德的高级小区达赫兰区，找到一间小房子借给他住，而他计划向一位一级突击队中队长的遗孀买辆小型奔驰敞篷跑车，前车主很不幸在第一次空袭时丧生，她急需用钱。“还好我的银行没倒，这才是最要紧的。”我不以为然地说：“要紧的事还有很多。”

“譬如说？”“我们的牺牲，而人民就在这里煎熬，在我们四周，还有在前线。”俄国战线的战局极为吃紧，基辅陷落后，我军勉强夺回了日托米尔，然而就在我陪斯佩尔猎大松鸡的那天，我们失去了切尔卡瑟，罗夫诺的情势也岌岌可危，乌克兰叛军反布尔什维克党，同样也反对德国入侵，他们看见我军落单的兄弟，立刻像追捕兔子一样予以射杀。

“我不知道说过几次了，马克斯，”托马斯接口道，“你把事情都看得太严重了。”“这是观念问题。”我举起酒杯。

托马斯嘲讽地干笑两声：“这是观念问题，那也是观念问题，瞧你一副辛尼兹勒[1]的口气。这阵子，每个人都有自己的观念，连面包师傅、修水管工人都自有一套观念，还有那个替我修车的修车厂老板，跟我浮报三成的修理费，人家也有一套属于自己的观念，我也是，我也有……”他暂时住口，喝了一口酒，我也喝了一口。

这瓶廉价葡萄酒口感稍感酸涩，不过眼下世况艰辛，物资匮乏，实在没有什么可抱怨的。

“我跟你说什么才最要紧，”托马斯激动地接下去，“为国家奉献，如果需要，牺牲生命也在所不辞，但是在你为国捐躯之前，尽量享受自己的人生。等你死后，获颁的骑士十字勋章或许可以让你的老母亲骄傲欣慰，但是对你来说，那只是冰冷的安慰奖。”“我母亲已经死了。”我轻声说。“我知道，我失言了。”某天晚上几杯酒下肚后，我跟他说了母亲过世的事，只是说个梗概，此后我们没再提起这件事。

托马斯又喝了一口酒，再度慷慨激昂：“你知道大家为什么讨厌犹太人吗？我告诉你。他们讨厌犹太人，是因为犹太民族吝啬小气，行事谨慎，不仅对金钱，对自身的身家安全如此，他们的传统、他们得来的历史教训和书上教的，在在让他们不知施舍与花钱为何物，他们是没有经历过战争洗礼的民族，只知道积攒金钱，从来不懂挥霍。在基辅的时候，你说过屠杀犹太人等于浪费资源。没错，正是要通过随意浪费他们的生命这样的手段，好比婚礼上撒米的仪式，要他们懂得如何花钱，让他们懂得什么叫作战争。事实证明这一招的确有效，犹太人终于开窍了，也从中得到了教训，你看华沙、特雷布林卡、索比布尔和比亚韦斯托克[2]，犹太人一跃成为战士，变得残酷，也开始杀戮。我觉得很棒，我们终于把他们训练成能与我们匹敌的对手。对犹太人来说，”他拍拍

1. 辛尼兹勒（Arthur Schnitzler，1862—1931）：犹太籍奥地利剧作家，剧作中性爱场面描写大胆，常引发争议，也被希特勒引用为犹太人堕落腐败的例子。

2. 波兰东北部最大的城市，邻近白俄罗斯。

胸口心脏的位置，也就是衣服缝上星星记号的地方，“不亦获得重生。如果德国人不能像犹太人一样起而振作，反而一天到晚怨天尤人，最后只能说我们是自作自受。败者为寇。”

他仰脖一口喝干杯里的酒，眼神迷蒙。我知道他喝醉了。“我要回去了。”我提议开车送他回去，他说不用，他已经拿了一辆公务车。走到户外，路面的瓦砾石堆还没完全清理干净，他漫不经心地握了一下我的手，砰地关上车门，发动引擎，高速急转绝尘而去。我回国安警察署过夜，起码那里暖气恢复了，淋浴间也开放了。

隔天晚上，空袭警报再度震天响起，是这一系列轰炸的最后一次。损失和伤亡非常惨重，市中心几乎被炸成了废墟，威丁区几乎被夷平，我们估计至少有 4000 人死亡、40 万名受灾户，众多工厂和好几栋政府部会的办公室被炸平，大众运输和电话通信全数中断，得花好几个礼拜才能修复。

老百姓住的公寓，窗子没有玻璃，屋内没有暖气，存放在院子里准备过冬用的木炭几乎都被大火烧光。面包一片难寻，商店货架空荡荡的，纳粹人民福利会在受创严重的街道上设立野战厨房，发放包心菜汤。

大元帅幕僚和国家中央安全局那里的办公室大楼，情况稍微好一些，吃的东西、睡的地方都还有。我们还提供衣服和制服给一无所有的灾民。伯朗特接见我的时候，我向他建议，把我底下的部分小组成员转到奥拉宁堡，借集中营巡察厅的地方办公，柏林只要保留一小部分的人随时联络。他觉得这个建议很好，但是他想先问问大元帅的意思。

此外，伯朗特通知我，大元帅同意让斯佩尔参观“中央建设”，行程由我全权负责规划。“请务必让大元帅……”他补上一句，“满意。”

他还带了另一个惊喜给我：我升级了，成为一级突击队大队长。我很高兴，也有点惊讶：“是什么原因呢？”“这是大元帅的决定。您负责的职务开始具有一定程度的重要性，重要性也与日俱增。说到这里，您对奥斯威辛的改组有什么看法？”

这个月初，格吕克旅队长决定让他在集中营巡察厅的副手，利艾伯亨舍尔一级突击队大队长，跟霍斯交换职位。今后，奥斯威辛将划分为三个独立分治的集中营，包括营总区、比尔克瑙营区以及莫诺维兹，外加所有的附属小型集中营。

利艾伯亨舍尔是奥斯威辛一号营的指挥官，另兼三座集中营的驻地总指挥官，换言之，他有权插手其他两座营区新派的指挥官哈特詹斯坦和史瓦兹一级突击队中队长的工作，他们两位之前一直跟着霍斯，一路从劳动人口计划小组组长做到集中营营长。

“旗队长，我认为这次的管理阶层重整是非常明智之举，集中营的组织范围实在太大了，以至于难以管理。至于利艾伯亨舍尔一级突击队大队长，就我观察所得，是绝佳人选，他非常清楚事情的优先级。不过，我必须坦白跟您说，当我得知霍斯一级突击队大队长获任命回到集中营巡察厅时，我真的无法理解该单位的人事任用政策。我对霍斯一级突击队大队长个人极为推崇，我认为他是英勇的战士，如果您愿意听听我的想法，他应该带领党卫队武装军上前线，他没有管理专才。集中营巡察厅之前的日常大小公事都是利艾伯亨舍尔一级突击队大队长一手打理的，霍斯一级突击队大队长对行政庶务恐怕不会有兴趣。”

伯朗特锐利的眼神穿透猫头鹰般的镜片瞪着我：“非常感激您坦白分享宝贵意见，不过，大元帅的想法恐怕跟您不同。就算霍斯没有管理专长，无法跟利艾伯亨舍尔相提并论，别忘了毛莱尔旗队长还在那儿。”

我点点头，伯朗特对格吕克的看法显然和大家一样。接下来的那个礼拜，伊森贝克从奥拉宁堡回来，向我报告当地盛传的说法：所有人都知道霍斯在奥斯威辛气数已尽，只有霍斯自己茫然不知。显然是大元帅趁着巡视集中营之便，亲自告诉他这起人事调派令，拿 BBC 放出的处决名单当借口——这是霍斯自己在奥拉宁堡放出来的风声——他晋升 D 局第一处处长的消息让这个说法更具说服力。

为什么我们要这么小心翼翼地处理他的人事问题呢？我问托马斯，只有一种可能。20 世纪 20 年代时期，霍斯因为一起残酷的谋杀案[1]，曾经跟鲍尔曼一

1. 1924 年霍斯和鲍尔曼合谋杀死了一名学校老师，被害者也是共产党员。两人指称他投效法军、通敌卖国，所以只被轻判了一年徒刑。

起在狱中服刑，他们的关系应该相当亲密，霍斯背后有鲍尔曼撑腰。

大元帅批准我的建议后，我立即展开作业，重整办公室。以阿斯巴赫为首，负责研究的小组全员迁至奥拉宁堡。阿斯巴赫听到能够离开柏林，明显松了一口气。我带着普拉克莎小姐和两名助理先回到原先在党卫队大楼的旧办公室。

华尔瑟始终没有出现，我终于按捺不住，差皮雍泰克去他家打听消息，皮雍泰克回报说他家那栋公寓楼房星期二晚上被爆弹击中，估计死亡人数高达123人，公寓居民无一幸免，挖出来的尸体面目全非，难以辨认身份。为了让自己的良心好过一点，我将他报成失踪人口，让警察走遍大小医院协寻华尔瑟，其实心知肚明，他活着的机会渺茫。

皮雍泰克似乎非常哀痛。托马斯的忧郁日子已经完全过去，再度生龙活虎，神采奕奕，我们工作的地点又在同一处了，所以经常见面。

我没有立刻告诉他我升级的消息，我耐心等候，等收到正式公文，制服的新肩章和新领徽绣好，再给他一个惊喜。

等我准备就绪，出现在他面前时，他哈哈大笑着在办公桌上翻找一阵，抽出一张纸，高举在空中挥舞，大声嚷着说："哈！可怜的家伙。你以为你超过我了吗？！"他把那张公文折成纸飞机，朝我丢过来，机鼻恰好撞上我胸前的铁十字勋章。

我展开公文，原来穆勒举荐托马斯晋升旗队长。"你大可放心，绝对不会被打回票。"他慷慨加了一句，"虽然正式公告还没下来，晚餐还是由我请客。"

我升级的消息发布了，普拉克莎小姐镇静如常地工作，丝毫不受影响，反倒是接到了斯佩尔亲自打来的电话时，她着实吓了一跳。"部长找您。"说着把话筒递到我前面，声音里掩饰不住激动。最后一次空袭后，我派人捎了信过去，把我最新的联络方式留给他。

"二级突击队大队长吗？"电话那头传来坚定悦耳的声音，"您好吗？希望损失不会太惨重。""部长，除了我的档案管理助理没能逃过，此外都还好。您呢？""我在临时办公室安置妥当，把家人送到乡下去了。怎么样，有什么消息吗？"

"部长，关于您希望参观'中央建设'一事，刚刚批下来了，由我负责安排。等联络妥当之后，我会尽快通知您的秘书确定参观日期。”斯佩尔请我以后举凡碰到重要的事，直接打电话找他的私人秘书，不必再通过助理。“很好。”他说，“希望很快能见面。”我发文给“中央建设”，通知他们部长要过去参观，并请他们安排行程。我也打电话给多拉的指挥官佛施纳一级突击队大队长，确认所有的行程。

“听着，”电话那头传来疲倦厌烦的抱怨，“我们会尽全力，好吗？”“我没有要求您尽一切力量来安排，一级突击队大队长，我只是希望部长参观的时候，那里的设施能够像样一点，看得过去。大元帅特别强调这一点，您清楚了吗？”“好，我会再叫人去办。”

我的公寓整修后还算过得去。我终于找到两块玻璃，补好了两扇窗，其他的只好拿防水帆布盖住。邻居太太不仅叫人修好了我家的门，还不知从哪儿找来一盏油灯，电力恢复前暂时凑合着用。我叫人送了木炭过来，陶瓷大暖炉生起火，屋里寒气一扫而光。我本来还在嘀咕，选顶楼公寓来住真是够笨的，能够逃过上礼拜的空袭，只能说上天保佑，傻人有傻福，如果敌人再发动空袭，肯定在劫难逃，运气不可能永远那么好。

内心深处，我其实很不愿意去瞎操心，反正公寓不是我的，家当也不多，我应该效法托马斯，乐观从容地看待一切。我只买了一台新的留声机和几张唱片，有钢琴演奏的巴赫《组曲》，和蒙特威尔第[1]的歌剧。当天晚上，在充满浓浓怀旧气息的淡淡油灯灯光下，手上一杯干邑，香烟唾手可及，我懒懒躺在沙发上，静静聆听音符流泻，暂时忘却其他。

另一个念头开始不时出现于脑海，而且频率越来越高。空袭结束后的那个礼拜天，接近中午的时候，我到车库拿车，直驱海伦·安德斯家。

天气很冷，而且潮湿，天空阴阴的愁眉不展，但没有下雨。在路上，我绕来绕去想买一束花，终于在离高架地铁不远的一条小路上找到一位卖花的老婆婆。我车停在海伦家那栋公寓楼房前，才发觉我不知道她住哪一间，信箱上找

1. 蒙特威尔第（Claudio Monteverdi，1576—1643）：意大利音乐家，兼小提琴手与歌唱家。

不到她的名字。

一名身材颇为壮硕的妇人从里面走出来，停住脚步，望着我从头打量到脚，操着腔调浓重的柏林地方口音说："您要找谁？""安德斯小姐。""安德斯？这里没有叫安德斯的人。"我描述了安德斯小姐的样貌。"您是说温费尔德家的小女儿啊，可是她已经不是小姐了。"她告诉我他们住在哪一间，我上楼去找。

一位满头银发的老太太开了门，眉头深锁地望着我。"温费尔德太太吗？""我是。"我立正站好，深深一鞠躬："很高兴认识您，夫人，我是来找您女儿的。"我拿出那束花，开始自我介绍。海伦出现在走廊，肩上披着大围巾，脸颊微微飞红。

"哦！"她微微一笑，"是您。""我来问您今天是否有计划去游泳。""游泳池还开吗？"她说。"可惜没有了。"我来之前，已经先绕去游泳池确认情况，燃烧弹打中了泳池的圆顶，巡守残破泳池的门房对我说，按照各单位整修的优先次序来看，这座游泳池可能要等到战争结束后才再度对外开放。"不过，我知道还有一座游泳池开放。""那太好了，我去拿东西。"到了楼下，我开门让她上车，然后发动引擎。

"我不知道您已经是太太了。"过了一会儿，我才开口。她若有所思地望着我："我是寡妇，外子去年在南斯拉夫被游击队杀死，我们结婚还不到一年。""我很遗憾。"她望着窗外："我也是。"她转头看着我，"日子还是得过下去啊，不是吗？"

我没有回答。

"我的先生汉斯，"她接着说，"他非常喜欢达尔马提亚海岸，他在信上说，战争结束后想搬到那里住。您到过达尔马提亚海岸吗？""没有。我待过乌克兰和俄罗斯，不过我一点都不想在那里定居。"

"您想去哪个地方定居呢？""说真的，我不知道，我想不会是柏林。"我简短提到童年时期在法国住过。她是道地道地的柏林人，而且家世渊源，从她的祖父母辈开始，一直定居莫阿比区。车子转进阿尔布雷希特王子大道，我把车子停在八号门口。"这不是盖世太保吗？"她神色慌张地问。我笑着回答："是啊，他们的地下室有一个小型的温水游泳池。"她瞪大眼睛望着我，"您是警察？”“不是。”

我隔着窗户，指着隔壁那栋古旧的阿尔布雷希特王子城堡。

“我工作的地方在那里，在大元帅的办公室。我是学法律的，现在负责的是经济相关的问题。”她好像吃了定心丸似的，稍稍放松。“不用担心，常去游泳池的多半是速记员跟秘书，警察反而很少见，他们有很多事要忙。”

游泳池空间非常狭窄，所以必须预先登记。我们在泳池里看见托马斯，他已经换上了泳衣。“啊，我认得您！”他夸张地惊叫，故作优雅地亲吻海伦白皙的手。“您是莉泽萝特，还有米娜·沃莱德的朋友。”

我为海伦指出女子更衣室的地点，自己也去换衣服，托马斯在一旁笑得暧昧。我换好衣服出来时，托马斯在泳池跟一位女孩讲话，海伦还没出来。

我一跃入池，来回游了几趟。海伦走出更衣室，她的泳衣式样新颖，玲珑有致的苗条身材曲线毕露，我可以轻易想象出底下的胴体线条。

虽然头上套着泳帽，丝毫不减她的清丽，她神情愉悦地说："淋浴间有热水！好奢侈！”说完跟着跃入池内，潜水穿过大半个泳池，冒出水面来回地游。

我已经累了，爬出泳池，套上浴袍坐在周围的椅子上，边抽烟边看她在水中矫健的身影。托马斯全身湿淋淋地坐在我旁边："你早该这样打起精神来了。”“你喜欢她吗？”打水的声音在圆弧的天花板上回荡。海伦一口气来回游了四十趟，一公里长，中间完全没有休息。她挨着池边休息，模样跟我第一次注意到她那时候一模一样。

她对着我笑："您游得不多。”“都是香烟害的，我气不足。”“真可惜。”她再度举起双手，跟上次一样，随着水流载浮载沉，这次她回到刚才暂停的池边，敏捷地跳上岸。她拿起毛巾擦擦脸，坐到我们身边，摘掉泳帽，摇摇湿漉漉的头发。

“您呢，”她问托马斯，“您也是搞经济的吗？”“不是，”他答道，“我把经济交给马克斯去管，他比我聪明多了。”“他是警察。”我插嘴。托马斯不悦地撇撇嘴："这么说吧，我隶属国安单位。”“哦……”海伦说，“应该不是很愉快的工作。”“没那么糟。”我抽完香烟，回水里又游了一会儿。

海伦又来回游了二十趟，托马斯和一名速记员打情骂俏。我进入澡间淋浴、换衣服，托马斯留在那里，我带海伦去喝茶。

“去哪儿喝茶？”“问得好。菩提树大街被炸平了，不过一定有地方。”

我带她到景观路上的“空场”饭店，饭店门面略为损坏，不过还在那里，午茶厅除了窗框上装的是木板，不是玻璃之外，整体看起来跟在战前没有两样，还有锦缎窗帘遮住。

“这地方真漂亮。”海伦低声惊呼，“我从没来过这里。”“据说这里的点心很好吃，而且他们的茶是真正的茶。”我点了一杯咖啡，她要了一杯茶，我们另外点了一小盘的点心拼盘。点心的确名不虚传。我点燃一根烟，她开口向我要一根。

“您抽烟？”“偶尔。”

过了不久，她幽幽地说：“发生战争真的很不幸，人生大可如此美好。”“或许吧，不过坦白说，我从来没有这样想过。”她望着我，“请老实告诉我，我们会输，对不对？”“不会！”我大吃一惊，“当然不会。”

她的眼神再度飘向不知名的远方，呼出一口烟。“我们会输。”她说。我送她回家，在她家门口，她神情严肃地握了我的手。“谢谢。”她说，“我真的很快乐。”“希望这不是最后一次。”“我也是，希望很快能再见面。”我看着她穿过人行道，消失在公寓大楼内。我回家，放上蒙特威尔第的唱片。

我不知道我想从这名年轻女子身上得到什么，我根本不愿多想。我喜欢她的温柔，那种我以为只有在费美尔的画作上才看得到的温柔，却又可以清楚地感受到如利刃般的刚毅力量。今天下午我真的非常快乐，现阶段我没有进一步的打算，我也不愿想太多。

我的直觉告诉我，想太多只会带来痛苦的期望。终于有这么一次，我不觉得有必要多想，我很满足现状，就让事情自由发展，一如蒙特威尔第的音乐旋律，庄严清明又感人肺腑，以后的事以后再说。接下来的一周，在工作空当之余，或者晚上在家的时候，她端庄从容的脸庞每每浮现脑海，带着一丝热情，一种朋友的思念，甜蜜，没有半点阴影。

然而，往事犹如鬼魅，一旦咬住了你，永远不会松口。连续轰炸过后一个礼拜，某天普拉克莎小姐敲我办公室的门。“一级突击队大队长？有两位来自联邦刑事警察署的先生想要见您。”

我全副心力放在一份极端复杂又毫无头绪的档案上，我略显不耐地回答：“嗯，跟其他人一样，叫他们约好了时间再来。”“好的，一级突击队大队长。”她关上门，一分钟后又传来敲门声。“很抱歉，一级突击队大队长，他们坚持一定要见到您。他们要我转告您，是关于个人的私事，说事关您的母亲。”我深深吸了一口气，合上档案。“叫他们进来好了。”

踏进办公室那两位是百分之百的警察，不是托马斯那种虚有警察名号的干员。他们穿着灰色长大衣，帽子拿在手上，迟疑了一下，高举起手朗声说：“希特勒万岁！”我向他们还礼，请他们到沙发上坐。他们一一自我介绍，是“重案”组（VB1）刑事警察队长克莱门斯和魏塞尔。一位率先开口，大概是克莱门斯，先来一段礼节性的场面话。

“其实，我们是受VA1，也就是国际合作处的委托，侦办一件案子。他们收到法国警方的一封公函，请求我方给予司法协助……”“恕我冒昧，”我不客气地打断他，“我可以看看您的证件吗？”他们掏出身份证，以及一张有加尔佐夫地方政府顾问签名的委任状，上面写着阿尔卑斯山沿海地区德国司法机关授权他们全权负责侦办阿里斯蒂德和爱洛漪丝·莫罗夫妇命案，爱洛漪丝·莫罗的前任夫婿姓奥厄，本姓C。

“您在调查我母亲的死因。”我把证件还给他们，“可是这关德国警方什么事呢？他们在法国被杀。”“确实如此。”第二个人说，他应该是魏塞尔。先前说话的那一个从口袋里掏出记事本翻阅。“很明显，这是件极其血腥残暴的谋杀案件，”他说，“简直是疯子，也许是变态虐待狂的作为。您一定非常难过。”

我的声音僵硬严厉：“警察队长，这件事我已经知道了，我有什么感受是我个人的事。您想见我到底是为了什么？”“想问您几个问题而已。”魏塞尔说。“以可能是目击证人的身份。”克莱门斯补充说明。

“什么目击证人？”我问。他紧盯着我的双眼：“那时您回去探望他们了，不是吗？”我也紧盯着他的双眼不放：“没错，您打听得很清楚，我是去探望他们了，可是我不知道他们被杀的确切时间，应该是我离开之后不久。”

克莱门斯低头看了一下记事本，然后拿给魏塞尔看。魏塞尔接着说：“马赛地区的盖世太保表示，他们在 4 月 26 日发了一张自由进出意大利管辖区的通行证给您。您在您母亲家待了多久呢？”“一天。”

“您确定？”克莱门斯问。“我想是的，有什么不对吗？”魏塞尔又看看手上那本克莱门斯给他的记事本：“根据法国警方的调查，有个警员在 4 月 29 日早上看见一名党卫队军官搭巴士离开昂蒂布，那地方不会经常看到党卫队的军官，就算有，也很少搭巴士。”

“我有可能待了两晚，当时我四处旅行，去了很多地方。这很重要吗？”“说不定。被害者的尸体是在 5 月 1 日被送牛奶的人发现的，尸体已经放了很多天。法医估计死者断气的时间大约是 60 到 84 小时之前，换句话说，就是 4 月 28 日晚上到 29 日晚上这段时间。”

“就我这边来说，我可以告诉您，我离开的时候，他们还活得好好的。”克莱门斯说：“如果您是在 29 日一大早离开的，被害者应该是在那一天被杀了。”“是有可能，我没想过这个问题。”“您是怎么知道他们的死讯的？”“是我姐姐通知我的。”

“的确，”魏塞尔说，他的眼睛一直没离开过那本记事本，“她很快就到达现场，精确来说，是 5 月 2 号。您知道她如何得知这项噩耗的吗？”“不知道。”

“事发之后，您有见过面吗？”克莱门斯问。“没有。”

“她人现在在哪里？”魏塞尔问。“她和她先生住在波美拉尼亚。我可以给您她的地址，但是我不确定他们是否还在那里，他们常去瑞士。”魏塞尔在克莱门斯的记事本上写了一些东西。

克莱门斯问：“您跟她没有联络吗？”“不常联络。”我回答。“您的母亲呢，您常去看她吗？”魏塞尔问。他们好像约定好轮流提问似的，搞得我非常不耐烦。“也不常。”我尽可能简短回答。“也就是说，”克莱门斯说，“您和家人的关系不是很密切。”

“两位先生，我已经说得很清楚了，我个人的感受不需要向两位报告，而且我看不出来，我和家人的关系密不密切，跟两位有什么关系。”

“一级突击队大队长，这是谋杀案，任何蛛丝马迹我们警察都不能放过。”魏塞尔郑重其事地说。他们两个活像是从美国电影里走出来的警察，也许他们是故意这么做的。

“莫罗先生是您的继父，对吧？”魏塞尔继续问。“是的。他跟我母亲在……我想是1929年结婚，还是1928。”“是1929年没错。”魏塞尔看着记事本回答。

“您清楚他遗嘱的内容吗？”克莱门斯冷不防冒出这个问题。我摇摇头：“不知道，怎么样？”“莫罗先生身价不菲，”魏塞尔说，“也许您会继承一大笔钱。”“这倒新鲜，我和继父的关系一直很糟。”“是有可能，”他接口道，“但是他没有孩子，也没有兄弟姐妹。如果他没有留下任何遗嘱，他的财产将由您和您姐姐共同继承。”

“这我连想都没想过。”我发自内心地说，“不过，与其在这里随意猜测，请告诉我，您找到遗嘱了吗？”魏塞尔翻翻手中的记事本：“坦白说，我们还没得到消息。”“我这边也没有人因为遗嘱的事找过我。”魏塞尔在记事本上飞快写下几行字。

“还有一个问题，一级突击队大队长，莫罗先生家收留了两个小孩。是一对双胞胎，侥幸逃过一劫。”“我见过那两个小孩，我母亲说他们是朋友的小孩。您知道他们的身份了吗？”“不知道。”克莱门斯嘟囔道，“显然法国警方也不知他们的身份。”

“他们是命案的目击证人吗？”“他们什么都不肯说。”魏塞尔说，“他们可能看见了什么。”克莱门斯加上一句。“但是他们不愿意说出来。”魏塞尔强调。“也许是受到了惊吓。”克莱门斯试图给个解释。“他们现在怎么样了？”我问。

“说到这里就奇怪了，”魏塞尔回答，“您姐姐把他们带走了。”“我们不太清楚其中的缘由，”克莱门斯说，“也搞不懂她是怎么办到的。”“非常非常奇怪。”魏塞尔发表看法。

“非常奇怪。”克莱门斯重复了一次，“不过，当时该地隶属意大利管辖，跟意大利人打交道，什么怪事都有可能发生。”“对，真的什么都可能发生。”魏塞尔再度强调，“除了依法按部就班地侦查案件之外。”“法国人也好不到哪里去。”克莱门斯说，“他们是半斤八两。”魏塞尔附和着说：“跟他们共事，一点都不轻松。”

“两位先生，”我终于忍不住出声打断他们，“您们说得很有道理，但是这到底干我什么事？”魏塞尔和克莱门斯两两相望。“您可以看到我现在非常忙，除非有较具意义的问题要问，我想我们就此打住。”

克莱门斯点点头，魏塞尔快速浏览完那本记事本还给克莱门斯，然后起身。

“很抱歉耽误您的时间，一级突击队大队长。”克莱门斯也跟着站起来，“非常抱歉，目前就先这样。”“是，”魏塞尔接口道，“我们问完了，谢谢您的配合。”我朝他们伸出手：“不客气，如果还有其他问题，欢迎随时与我联络。”我从名片盒里拿出名片，一人一张。“谢谢您。”

魏塞尔边把名片放进口袋边说，克莱门斯细看了名片上的头衔，念道：“党卫队大元帅办公室，劳动人口任务特派代表。这是什么样的职务？”“这是国家机密，警察先生。”我回答。“哦，请原谅。”

两人告辞后往门口走。克莱门斯比魏塞尔足足高出一个头，他伸手开门走出去，魏塞尔停在门槛边，突然转身：“很抱歉，一级突击队大队长，我刚刚忘了一个小细节。”他随即回过头大喊：“克莱门斯！记事本。”他拿着本子再度翻阅。“哦，对了，在这里。您去看您母亲的时候，穿的是制服还是便服？”

“我不记得了。有什么问题吗？这很重要吗？”“应该不会吧。马赛的那位二级突击队中队长，也就是发通行证给您的那位，认为您当时穿的是便服。”“有可能，我当时在休假。”他点点头：“谢谢。如果有其他事需要您的帮忙，我们会打电话联络您，请原谅我们临时匆匆忙忙跑过来，下次，我们会先跟您预约时间。”

这次访谈让我非常不舒服。这两个漫画似的可笑人物到底想怎样？我觉得他们话中有话，而且咄咄逼人。没错，我没有跟他们说实话，如果我老实跟他们说我看到了母亲他们的尸体，一定会招来各式各样的后遗症。我觉得他们没有怀疑我，顶多是合理的怀疑，职业病罢了。有关莫罗遗产的问题让我非常不悦，言下之意好像在暗示我有杀人的动机，有金钱上的利益，太过分了。难道他们怀疑人是我杀的吗？我努力回想刚才的对话，我必须承认有此可能。我惶恐不安，但是阅人无数的警察自然会有这样的想法。

还有一个更让我心慌的问题：姐姐为什么要带走那对双胞胎？她和双胞胎

之间有什么关系？坦白说，这些深深困扰着我。我觉得上天好不公平，正当我的人生终于找到一个均衡的形式，一种平凡的感觉，慢慢融入一般人的平凡生活之际，这两个该死的刑警却来问东问西，搅乱一池春水，无端惹出一堆找不到答案的疑问。

说真的，最合理的做法应该是立刻打电话或写信给姐姐，问她那对双胞胎现在怎么样了，同时为了保险起见，万一那两个警察找到她进行侦讯，我得确保某些我觉得有必要隐瞒的事实，她的说法不会与我的相去太远。不知道为什么，我没有立刻去做，与其说是被其他事情绊住而无暇顾及，倒不如说是我并不急着进行。打电话很简单，我随时都可以打，没有必要急于一时。

此外，我工作真的也忙。奥拉宁堡的组员在阿斯巴赫的带领下，不断有生力军加入，他们定期呈送关于外籍劳工的研究重点报告给我。这些外籍劳工依据不同民族，划分为许多等级，获得的待遇也各不相同，其中包括西方国家的战俘(不含苏联战俘，他们另有专属的待遇，交由国防军最高指挥部全权处理)。

两名警察来访后，隔天大元帅就召见我，想了解整件事的来龙去脉。我做了相当长的说明，因为问题很复杂，还好已经告一段落。大元帅从头听到尾，几乎没有说话，圆形钢丝眼镜底下的脸看不出任何表情。

与此同时，我还必须准备斯佩尔参观“中央建设”的事宜，我亲自跑了一趟利希特菲尔德——自从柏林遭到轰炸，柏林市民尖酸刻薄地戏称这区是“弹坑区”——听取中央经济暨行政总署C局，也就是建设局的主管卡姆勒旅队长针对该项计划的简报。

卡姆勒是个容易激动，喜怒形于色，做事一板一眼的人，说话连珠炮似的滔滔不绝，还比手画脚，常给人一种意志不够坚定的错觉。这是我第一次得以一窥A-4火箭研发计划的真实面貌，而不是大街小巷人云亦云的不实谣传。

根据卡姆勒的说法，神奇的A-4火箭一旦开始量产，战争局势将立即翻转。英国人早就听说了这项计划，8月时派机轰炸了仍在建设当中的秘密设施，地点位于乌瑟多姆岛北方，就是我之前养伤的地方。三个星期之后，大元帅向元首和斯佩尔提议，将所有设施地下化，为了确保地点不外泄，建设期间所需的人力一律只调用集中营的囚犯。地点是卡姆勒亲自挑选的，他选定了哈尔兹山底下，原本国防军用来储存燃料的地下坑道，接着成立了中央建设公司，管理这项计划，隶属斯佩尔的部会管辖，不过党卫队仍一手揽下工厂的整地建设和保全的重责大任。

“虽然工厂的建设还不完备，但我们已经开始组装火箭，大元帅应该会满意进度。”“我只希望囚犯们的工作条件和环境符合规定，旅队长。”我回答，“我知道大元帅一直非常关心这一点。”

“工作条件还不是那个样子，一级突击队大队长。我们在打仗，我可以拍胸脯向您保证，关于生产力这方面，部长保证满意。我亲自控管工厂运作，亲自挑选指挥官，是个非常有效率的人。国家中央安全局也没来找过茬儿，我安排了我的亲信比朔夫博士负责监控生产的安全维护，同时防止任何可能的破坏。截至目前，没有发生过任何意外。总之，”他加上一句，“4 月和 5 月的时候，我和斯佩尔部长的几位属下巡视过几座集中营，他们到那边，一句指责都没有，‘中央建设’绝对不比奥斯威辛差。”

参观日期定在 12 月的一个星期五，天气冷得刺骨。斯佩尔带了部里的专家同行，我们搭乘他的亨克尔专机直达诺德豪森[1]，福尔施奈指挥官带领的集中营代表团在那边等候欢迎贵客，一行人随即赶往工厂。哈尔兹山南坡沿途到处是党卫队的检查哨，福尔施奈对来客说明，整个山区都划入禁区管理，北边有一座“中央建设”的附属集中营，那里还有其他计划在进行；至于多拉本厂，有两条地底坑道的北区目前挪作制造容克斯机引擎之用。斯佩尔静静听着，什么都没说。

山路通往一片辽阔的泥土空地，空地的一侧是成排木屋，是在指挥部工作的党卫队警卫的住所。正前方是一堆堆的建筑材料，上面盖着掩护网，第一条坑道的入口深入山壁之中，山上杉木林立。我们跟在福尔施奈和中央建设公司的几名工程师后头走进坑道，石膏粉尘和工业用炸药的呛鼻灰烟直窜我的喉咙，此外还混杂了几种无法辨识的味道，令人恶心欲吐的淡淡甜腻，不禁勾起先前几次参观集中营的记忆。

1. 哈尔兹山南麓城市。

我们沿着坑道慢慢前进，走在代表团前头开路的士兵一路吆喝，只见沿线的营囚一个个接连扯下帽子，立正站好。大多数的营囚瘦得不成人形，他们的头连在细细的脖子上面，摇摇欲坠，活像颗恐怖的圆球，插上用纸箱裁剪的大鼻子和招风耳，最后敲出两个大黑洞权充眼睛，迷惘无神，不愿抬头看我们一眼。

走到他们身边，先前进来时迎面扑来的气味即刻变成一股恶臭，臭味从他们褴褛的衣衫、身上的烂疮，甚至从他们体内散发出来。斯佩尔的人有好几个脸色发青，连忙拿出手帕捂住口鼻，斯佩尔本人则双手摆在背后，神色凝重紧绷地巡视着这一切。

每隔 25 米，就有一条横向的小隧道连接着工厂的两大主要坑道，A 坑和 B 坑。我们看见的第一条隧道内有几排简陋的木板床，上下层叠共四层，党卫队士官猛力敲了几下木梯，一大群衣衫破烂的囚犯，有的衣不蔽体，有的甚至全身赤裸，腿上还沾着粪便，慌慌张张地下床立正站好。隧道上面水泥粗砌的挡泥圆顶湿淋淋的异常潮湿。睡铺前方，也就是小隧道和主坑道连接的交叉口，边上摆了几个切割成两半的汽油桶权充厕所，桶子里满满的黏稠液体，有黄有绿有棕，臭气熏天。

斯佩尔的某个助理一见大惊失色："这简直是但丁笔下的地狱！"另一名站在比较后面的助理，忍不住对着墙壁大吐特吐。我也觉得反胃的老毛病好像又要犯了，我努力克制，咬紧牙关大声吸气。斯佩尔转身对福尔施奈说："囚犯住在这里面吗？""是的，部长。""他们不曾出去过？""不曾，部长。"

参观行程继续，福尔施奈边走边向斯佩尔解释，他这里什么都缺，因此无法负担规定的卫生条件，囚犯深受传染病之苦。他甚至带我去看层层堆栈在外层环状隧道口的囚犯尸体，有的身无寸缕，有的随便用一块油布盖住，个个瘦得像骷髅，皮肤溃烂。

另一条宿舍用小隧道刚好有人在分派热汤，斯佩尔要求尝尝。他舀了一汤匙送进嘴里，要我也尝尝看，我费了好大的功夫才勉强吞下去，没有吐出来。羹汤又苦又臭，像是用杂草煮出来的，就算捞到锅底，也找不到固体食材。

我们就这样，踩着脚底的烂泥和稀粪，大口大口喘着气，沿着隧道走到容克斯战斗机制造厂，数千名营囚面无表情，不停重复着机械化的动作。我仔细看他们身上的标志，除了德国籍人犯，里面多半是“绿囚”，还有来自欧洲各国的“红囚”，包括法国、比利时、意大利、荷兰、捷克、波兰、俄国，甚至西班牙的共和派，他们起义失败后逃进法国（这里当然看不到犹太人，当时法律规定德国境内禁止使用犹太籍劳工）。

我们深入横向隧道，穿过劳工宿舍，映入眼帘的是在平民工程师的监督下，分别圈在各区的囚犯，他们忙着制造火箭的零件和组装零件，更往下走，只见大群工人在震耳欲聋的噪声中，半透明粉尘的笼罩下，宛如成群结队的蚂蚁雄兵，开挖新的隧道，搬出土石放进矿车，再由其他囚犯顺着仓促铺设的铁轨吃力地推出去。

往回走出坑道的时候，斯佩尔要求参观营区医疗所，设备简陋到不行，内部空间仅能容纳四十几个人。主任医生拿出死亡率和发病率的统计数据，痢疾、伤寒和结核病危害尤剧。

走到户外，斯佩尔当着所有代表的面强忍怒气，口气严厉地说：“福尔施奈一级突击队大队长！这座厂是不折不扣的人间炼狱！我从来没有看过这种地方。您要这些人在这样的情况下如何正常工作？”

福尔施奈突然受到长官斥责，本能地立正站好。

“部长，”他回答，“我很愿意改善这里的环境，但是我得不到资源，这不能算是我的责任。”斯佩尔气得脸色发白。“很好，”他咆哮着说，“我命令您立刻在这里建造营区，在户外，要有淋浴设备和应有的卫生设施。立刻给我准备好材料配发的文件，我要在离开这里之前签好字。”福尔施奈带我们到指挥本部所在的木屋，发出所有后续指令。

斯佩尔怒气冲冲地和助手及工程师交换意见时，我把福尔施奈拉到一边。“我不是以大元帅的名义明白告诉您，想办法把工厂弄得像样点吗？这样简直乱七八糟。”福尔施奈态度丝毫不见软化：“一级突击队大队长，您也知道，就算命令下来，要是手边没有资源去执行，再发令也起不了什么作用。很抱歉，我没有点石成金的魔法棒。今天早上我已经叫人清洗了每座坑道，除此之外，我想不出我还能做什么。如果部长愿意分配建材给我们，那就最好了。”

斯佩尔来到我们身边：“我会想办法提高这里的伙食配给量。”接着转头对着身旁的平民工程师说：“萨瓦茨基，不用说您也该知道，您底下的囚犯享有优先权，组装火箭的工作不能交给一群生病和奄奄一息的人去做。”工程师点点头：“这是当然的，部长，人员流动才是管理上最困难的一环。员工汰换的速率太快，根本无法有效予以教育训练。”

斯佩尔转身对福尔施奈说：“话虽如此，这不代表您可以略过挖建隧道的工人，他们的伙食也必须在现有的条件下改善增量。我会找时间和卡姆勒旅队长谈这个问题。”“遵命，部长。”福尔施奈嘴里答应，脸上看不出任何表情，稳如泰山，萨瓦茨基则是喜悦之情溢于言表。几个斯佩尔的属下已经走到外面等我们，他们不停地在笔记本上做记录，贪婪地大口呼吸着冷冽的空气。我忍不住全身寒战，冬天真的来了。

回到柏林，我又一头钻进大元帅要求的工作事项，忙得不可开交。我向他报告了斯佩尔参观“中央建设”的经过，他只说了一句话：“斯佩尔部长应该先搞清楚他要的是什么。”

我现在定期与大元帅见面，讨论人力资源方面的问题，他不计一切成本，一心想提升集中营劳工的素质，以因应党卫队所属企业及民间企业的人力需求，尤其是福尔施奈鼓吹推动的新阶段地底建设扩张计划。

盖世太保逮捕的人数日益增加，另一方面，随着时序由秋入冬，夏季明显下滑的囚犯死亡率再度攀升，大元帅非常不悦。尽管如此，我和小组共同策划建议的一系列在我看来比较务实的措施，却得不到他的响应。波尔和集中营巡察厅推动的单一具体措施，经常是突发奇想，既没有相关配套，更让人摸不着头脑，明显没有经过整体考虑。

有一次借着大元帅的话尾，我抓住机会批评那些在我看来彼此毫无连贯，各自为政的专断措施，他厉声回了我一句：“波尔很清楚他在干什么。”

事后没多久，伯朗特找我过去训了一顿，语气虽然客气，意思却很明白。“一级突击队大队长，您听着，您的工作表现非常优秀，但是我现在要跟您说的，也是我跟奥伦多夫旅队长说了不下百遍的老话：与其拿没有意义的负面批评和复杂问题来烦大元帅，反正他永远也搞不懂，还不如好好经营您和他的关系。给他一份，我随便举例，中世纪的药草宝典好了，装订精美，坐下来跟他好好交换意见，他会很高兴，这样一来，您就可以与他建立良好的互动关系，进而让他深入了解您的看法，您也比较好办事。再说，恕我直言，您在做报告的时候，看起来是如此冷漠高傲，这只会让他更不高兴。您这样是无法推动事情的。”

他继续苦口婆心劝我，我不发一语，默默思索他说的话，他说的不是没有道理。“还有一个良心的建议，您最好赶快结婚。您对婚姻抱持的态度，大元帅始终耿耿于怀。”我全身僵直：“旗队长，我已经向大元帅解释过我的苦衷了。如果这样他还无法接受，他应该跟我提啊。”一个诡异的念头在我脑海一闪而过，让我顿时笑不出来。伯朗特脸上一点笑意都没有，猫头鹰般锐利的眼神穿透圆圆的大眼镜，紧紧盯着我。镜片映照出我的身影，镜片的反光让我无法看清我的眼神。“您错了，一级突击队大队长，您错了。不过，这是您的自由。”

伯朗特的态度让我愤愤不平，我认为他没有立场说这些话，他没有权力介入我的私生活，还恰巧挑在我的私生活出现愉快的转机之际，我已经好久好久不曾这么放松了。星期天我跟海伦一起游泳，有时候和托马斯，还有海伦的女性朋友相约同去。游完泳，我们一起喝茶或热巧克力，如果刚好有值得一看的片子上演，我们会一起去看电影，或者听音乐会，欣赏卡拉扬或富特文格勒的精湛演出，一起吃饭，最后送她回家。

平常的日子，我们偶尔也会约见面。我去“中央建设”参观回来几天后，我邀请她到阿尔布雷希特王子城堡看我们练剑比试，她在一旁猛拍手叫好。剑术课结束后，我们还有她的朋友莉泽萝特以及托马斯一起去吃意大利菜，这两个人在餐厅打得火热。

12 月 19 日，英军发动大规模空袭，我们刚好在一起，双双躲进公共防空洞，她一句话也没说，挨着我坐，肩膀靠着肩膀，落点较近的巨响震得大地为之震动，她也跟着轻轻颤抖。空袭解除后，我带她去爱斯普朗纳饭店，我们找了很久，这是唯一还开门营业的餐厅，她和我面对面坐着，修长白皙的纤纤玉手放在桌上，深邃乌黑的眸子默默凝视着我，仿佛想要看穿我，感觉奇特又安详。

我心想，如果情况不是现在这样，我很可能会娶这名女子为妻，生出属于我俩的小孩，一如后来我和另一名女子生养小孩一样，而我妻子根本无法和她相比。绝对不是因为想要讨好大元帅或是伯朗特，为了尽义务，为了符合传统才这么做，这应该是所有人日常生活的一部分，就是这么单纯，这么自然。

但是我的人生已经选择了另一条岔路，太迟了。她也一样，每当她凝视我的时候，脑海里一定也转着类似的想法，也许女人想的跟男人想的不一样，她们的遐想无疑不论是色彩或音调，肯定比内容更多彩多姿，是男人无法想象的，连我也不能。

我设身处地想，这个男人，假设我上了他的床，假设我准备献身给他，会是什么情况？献身，我国文字果然奥妙。但是那个男人，似乎不太明白我的意思，反而等着我插入，想必会让她瞠目结舌，不知所以。

整体而言，这种想法并未给我带来遗憾，反而是一种近乎甜蜜的苦涩。不过偶尔走在路上，她会出于反射，极其自然地伸手勾住我的手臂，此时一股懊悔之情油然而生，如果我内心的某种东西没有那么早就被撕裂，或许可以拥有另一种人生。我指的不仅是姐姐，整个问题涵盖的范围广大，是接二连三发展的零星事件所聚集的一股洪流，是肉体和欲望交缠的悲剧，是我们当下的抉择，等到时过境迁，想要反悔却再也回不到从前，更是在这条我们称之为人生的路途上，我们决定要赋予它何种意义，说不定因为一步错而全盘皆错。

下雪了，宛如鹅毛，没多久就融化了。倘若积雪耐得住一两夜，市区的残垣断壁仿佛扑上雪白粉扑，呈现短暂诡异的美，积雪融化后，雪水加入毁坏市容的烂泥行列。我穿着厚马靴，可以毫不在意地踏过烂泥，反正勤务兵隔天会擦干净再送上来，但海伦脚上是寻常的皮鞋，走到一半碰上积雪融化成的大片灰黑污泥滩时，我必须四下寻找木板铺在泥地上，牵着她的小手带她慢慢走过去。如果连块木板都找不到，我只好抱着她走，她在我的怀里好轻好轻。

圣诞夜，托马斯在他达勒姆区的新居举办小型庆祝派对，那是一栋豪华的小别墅，他真的很有办法，向来如此。施伦堡跟他妻子也来了，还有几名军官，我这边邀请了霍恩埃格，可惜没联络上奥斯纳布鲁格，他人大概还在波兰。

托马斯似乎已经掳获了海伦朋友莉泽萝特的芳心，一踏进门，她立刻热情地拥吻托马斯。海伦穿上新衣服——天知道这衣料是从哪儿弄来的，必需品的配给规定越来越严苛——脸上洋溢迷人的笑容，看起来很快乐。总算有这么一回，男士们全都穿便服。

大伙刚到不久，警报铃声大作，托马斯拍胸脯向大家保证，飞机从意大利来，在飞到舒能舍内贝格和滕珀尔霍夫之前不会投炸弹，而从英国本岛飞来的轰炸机通常会从达勒姆区的北边通过。话虽如此，我们还是关了一些灯，拉起厚重的窗帘盖住窗子。88 炮的炮声轰轰隐约传来，托马斯放了一张唱片，是快节奏的美国爵士乐，他拉着莉泽萝特跳舞，海伦啜饮白酒，看他们跳舞。之后，托马斯换上轻柔的慢板乐曲，海伦邀我一起跳舞。战机中队在空中成群飞过，引擎轰隆，88 炮不停地投掷炸弹，爆炸声不绝于耳，窗户震动，唱片的音乐几乎全被盖住，但是海伦的舞步没有丝毫停顿，好像舞池里只有我俩，她微微贴着我，紧握住我的手。

一曲之后，我找霍恩埃格干一杯，海伦则跟托马斯跳舞。托马斯说得对，是北边没错，我们这里是心理预期的成分居多，以为四周强烈震动，其实爆炸声响并不大，周遭没有东西落下。我望着施伦堡，他发福了，事业成功显然让他更无法节制饮食。他愉快地跟底下的专家学者高谈阔论，谈我们在意大利的挫败。

我终于明白托马斯偶尔谈及他时语多保留的原因，施伦堡自认手上握有掌握德国未来关键的钥匙，他坚信，如果有人愿意听他的，听他所做的不容置疑的分析，要抢救这些动产还来得及。光是听他讲到这些动产这几个字，就足以让我头皮发麻，大元帅好像还蛮听他的，我不禁纳闷他那些伎俩能让他飞黄腾达到何时。

空袭警报解除，托马斯试着打电话联络国家中央安全局，可是电话不通。

“这些浑球故意来破坏圣诞佳节，”他说，“我们绝对不会让他们的诡计得逞。”我望着海伦，她和莉泽萝特坐在一起聊得起劲。“这个女孩很不错。”托马斯顺着我的眼光看过去，开口说：“你怎么还不把她娶进门？”我笑了：“托马斯，少管闲事。”他耸耸肩：“最起码把风声放出去，说你订婚了，伯朗特就不会再找你麻烦了。”我和他说了伯朗特那番话。

“那你呢？”我反唇相讥，“你比我大一岁，他们怎么不找你麻烦？”他笑了：“我？我不一样。我花名在外，大家都知道我跟一个女人的关系向来维持不了一个月，更重要的是……”他压低声音，“你可千万不要说出去，我已经送两个女人到生命泉源中心啦，据说大元帅非常满意。”他走开，又放了一张爵士乐唱片，我想他大概拿了盖世太保没收的唱片。我走过去，再度邀请海伦共舞。

午夜，托马斯关掉所有的灯，我听见女孩欢乐的叫喊与哧哧的笑声。海伦就站在我身边，在那短暂的时刻，我感受到她呼出的暖暖气息喷上我的脸，她的双唇掠过我的唇。我的心跳得飞快。

等灯光大亮，她神情平静，却深不可测地对我说：“我得回家了，我没告诉爸妈我来这里，加上刚刚的空袭，他们一定很担心。”

我是开皮雍泰克的车来的。我们开车穿过库否斯坦街往市区奔驰，我们的右手边有一片红红的火光。天空开始飘雪。动物园和阿尔托莫阿比区都遭到轰炸，不过比起上个月的大规模轰炸，损坏程度算是轻微。

车子停在海伦家门口，她牵起我的手，在我脸颊上飞快印了一个吻。“圣诞快乐！希望很快能再见面。”我回到达勒姆区喝到酩酊大醉，缩在地毯上过了一夜，沙发让给了一位心碎的秘书，她在男主人卧房的位置已经被莉泽萝特抢走了。

过没几天，克莱门斯和魏塞尔再度在我的办公室出现，这回他们按照规定，事先联络了普拉克莎小姐约好见面时间。普拉克莎小姐领他们进入我的办公室时，眼睛来回转啊转的。

“我们尝试联络您姐姐。”高个子的克莱门斯开门见山，直接切入主题。

“但是她不在家。”“我不意外，”我说，“她先生行动不便，她常陪他去瑞士治疗。”“我们已经商请伯恩特的大使馆协助，寻找她的下落。”魏塞尔口气不佳地说，不停扭动他窄小的肩膀，“我们希望能够跟她谈谈。”

“这事有这么重要吗？”我问。“还不是因为那对双胞胎，真他妈的烦。”克莱门斯一口柏林人的粗嘎嗓音冲口说道。“我们真搞不懂。”魏塞尔一副包打听的模样。克莱门斯拿出记事本，照本宣科地念：“法国警方事后调查发现……”“时间稍微晚了一点。”魏塞尔补充说。“的确，不过迟到总比没到好。根据各种证据显示，双胞胎早在1938年就住进您母亲家，也就是开始上学的时候。您母亲逢人便说他们是侄孙，父母双亡。有些邻居觉得他们来的时间更早，大概是 1936 年或 1937 年，还是小婴儿的时候。”

“说起来还真奇怪，”魏塞尔尖酸地说，“您以前没见过他们？”“没有。”我不耐地回答，“没什么好奇怪的，我一直没回我母亲家。”

“一直没回去？”克莱门斯嘟囔着问，“从来没有？”“从来没有。”“除了这一次，还真巧。”魏塞尔油滑地说，“刚好是在发生血腥谋杀案的几个小时前，您现在知道哪里奇怪了吧？”

“两位先生，”我气愤地反驳，“您的指控根本就是子虚乌有。我不知道您的警政专业是在哪里学的，但是我觉得两位的态度真的非常可笑。再说，没有党卫队内部法庭的授权，两位没有权力侦讯我。”

“您说得没错，”克莱门斯承认，“但是我们不是在进行侦讯，现阶段您是以证人的身份说明案情。”“是啊，”魏塞尔在旁边帮腔，“证人而已。”“我们只是想说，”克莱门斯接口道，“有很多地方我们搞不懂，希望能够加以厘清。”

“例如那对双胞胎的事，”魏塞尔补充说明，“就算他们是您母亲的侄孙……”“没有任何数据显示您母亲有兄弟姐妹，您得承认这一点。”克莱门斯打岔说。

“啊，对了，您知不知道呢？”魏塞尔问。“什么？”“您母亲有兄弟姐妹吗？”“我听说她有个兄弟，但是我从来没见过。我们 1918 年就离开阿尔萨斯，就我所知，从那个时候起，我母亲不曾跟留在法国的家人联络过。”

魏塞尔接口：“假设他们真的是所谓的侄孙，我们却找不到任何足以证明他们身份的文件，比如出生证明，什么都没有。”“还有您姐姐，”克莱门斯一字一字加重地说，“她带走双胞胎的时候，也没有出示任何文件。”

魏塞尔脸上出现狡猾的笑容：“对我们来说，他们是非常重要的可能目击证人，结果人却不见了。”“不知道人在哪儿，”克莱门斯低声抱怨，“法国警方竟然让他们就这样跑了，简直让人无法接受。”“对，”魏塞尔看着他说，“不过事已如此，没必要多费口舌。”

克莱门斯不受干扰地继续往下说：“话虽如此，到最后收拾残局的还不是我们。”

“总之，”魏塞尔对我说，“如果您找到她，请转告她，尽快与我们联络，我是说您的姐姐。”

我点点头。他们该说的好像都说完了，我礼貌地结束了这次会面。我始终没有认真想过和姐姐联络，事态似乎变得紧急，假如他们早一步找到她，而她的说法与我的不符，将加深他们对我的怀疑，甚至正式起诉我，想到这里，我不禁担心起来。

她人在哪儿呢？我想托马斯在瑞士应该有一些人脉，或者他可以向施伦堡请求协助。我得赶紧想个办法，情况变得有些荒唐了。那对双胞胎的确令人费解。

元旦的前三天接连下了几场大雪，这回积雪挺住了。有鉴于圣诞派对的成功，托马斯决定邀集所有人再来一次。

“趁着这房子还没倒，好好利用一下。”我请海伦事先告知她父母，这次她会晚点回家。大伙度过了欢乐佳节，接近午夜时，大伙拿着香槟，拎着一篮一篮来自波罗的海的生蚝，慢慢晃到格鲁尼沃尔德。大树底下积雪未遭践踏，纯白洁净，天空万里无云，清朗明月几近盈满，为雪白大地洒下泛蓝月光。我们来到一处空地，托马斯拿刀开香槟——那是一把真的骑兵弯刀，从兵器室墙上取下来的——手脚比较利落的人则卖力剥生蚝，身手要是不够灵活，剥生蚝可是件危险棘手的苦差事。午夜，空军炮台的探照灯取代了烟火，发射了照明弹和几排 88 高射炮。

这一次，海伦深深吻了我，虽然时间不长，却是充满喜乐和力量，带给我全身一股交杂着惊惧和欢愉的触电感觉。我连忙拿起酒杯喝酒掩饰内心的激动，我心想，真是奇怪，我以为再也没有感觉能够震撼我的心了，现在一个女人的吻却推翻了一切。

其他人笑声不断，互掷雪球，拿着壳一口吞下鲜美的生蚝。霍恩埃格光秃秃的椭圆脑袋上一直戴着一顶破了个洞的护耳皮帽，他剥生蚝的技巧无人能敌。

“这跟人的胸腔差不多。”他笑着说。

施伦堡的大拇指划出了一道口子，鲜血静静滴落在雪地上，他还像个没事人似的喝着香槟，竟然也没人想到去替他包扎。受到大伙欢乐气氛的感染，我也跟着奔跑、掷雪球。

我们喝得越多，闹得也越过火，我们抓住别人的脚，像在打橄榄球般将伙伴绊倒，或抓起一把雪塞进别人的领子里，搞得身上的大衣都湿了，不过一点都不觉得冷。

我把海伦推倒在松软的雪地上，我一个踉跄也跌在她旁边，海伦仰卧在雪地上，双手横抱胸前，笑不可抑。她摔倒时裙子掀了起来，我的手反射性地滑上她裸露的膝盖，我和她只隔了一层裤袜。她转头望着我，笑脸依旧。

我缩回手，拉她站起来。喝完了最后一瓶酒之后，一群人才打道回府。施伦堡突然想对空鸣枪，大伙一阵忙乱，好不容易制止了他。海伦牵着我的手，踏雪前进。回到屋里，托马斯大方殷勤地让出主卧室和客房给疲倦的女客，她们和衣躺下，三个人挤一张床。

我和洗了冷水脸又喝过茶的霍恩埃格下了几盘国际象棋，讨论圣奥屈斯蒂纳的三一论，度过了剩下的夜晚。

1944 年开始了。

“中央建设”参观行程结束后，斯佩尔没有再跟我联络。1 月初，他打电话向我贺年，同时请我帮一个忙。他的办公室发文给国家中央安全局请求特赦几位居住在阿姆斯特丹的犹太人，免遭撤离，这几个犹太人做的是金属采购，在中立国家有非常珍贵的联络窗口，国家中央安全局回绝了他们的要求，宣称荷兰情势危急，因此政令必须从严执行。

“荒唐至极，”斯佩尔沉重疲惫地对我说，“三个犹太籍的金属走私商能对德国造成什么危害？这个时候，他们的协助对我们弥足珍贵。”我请他寄一份公文副本给我，表示会尽力帮忙。国家中央安全局的拒绝信函签署人是穆勒，不过字里行间处处是第四处 B 4 a 小组授意的影子。

我打电话找艾希曼，先客套一番，祝他新年快乐。

“谢谢，一级突击队大队长。”他以夹杂奥地利和柏林口音的特有腔调回答，“哦，对了，恭喜您升官了。”我提到了斯佩尔的那档子事。“不是我经手的，”艾希曼说，“应该是莫艾斯一级突击队中队长处理的，单一个案由他负责，他做得很对。您知道我们收过多少这种要求吗？如果每次都应允的话，我们根本不用玩了，连一个犹太人都碰不得。”“这我很清楚，一级突击队大队长，不过这次可是军备暨战时生产部部长亲自发文请您帮忙呀。”

“对啦，应该是他们在荷兰的部属一头热，慢慢传染到部长身上，又是各部会互相竞争的老套戏码。不行，您知道的，恕难从命，再说荷兰的情况真的很糟，各种小团体横行，根本是无法无天。”我据理力争，但是艾希曼完全不听。“不行。您知道，如果我们同意了，又有人要大放厥词，说什么除了元首，全德国没有一个人坚定反犹太，这我们绝不容许。”

他这话在暗示什么呢？总之，艾希曼无法做主，他自己也很清楚。

“听我说，那就麻烦贵单位发一封书面公函给我们。”他无可奈何地说。我决定直接找穆勒，不过穆勒给我的答复跟艾希曼的一模一样，恕难破例。我思索着是否该去找大元帅，心下踌躇难定，我决定再探探斯佩尔的口气，看看他到底多在意这几个犹太人。他部里的职员告诉我，他人不舒服请了病假。我问了详情，他现在人在霍恩利申的党卫队附属医院治疗，也就是我从斯大林格勒回来后住的那间医院。我买了一束花到医院探望他。

医院保留了独立的病房给他，让他的私人秘书和几位助理也能在此办公。他的秘书跟我说，圣诞节假期他去了一趟拉布兰，膝盖发炎的旧疾复发。病情有恶化的趋势，著名的膝盖权威医师杰布哈特博士认为是类风湿性发炎。

我看到斯佩尔时，他心情非常差。“一级突击队大队长，是您啊，新年快乐。事情联络得怎么样？”我跟他解释，国家中央安全局非常坚持立场，建议如果他有机会碰到大元帅，或许可以顺便跟他提一下。“我想大元帅有更重要的事情要办。”他直截了当地回答，“我也是，您可以看到，我得在这里管理我的部会。如果您真的使不上力，那就算了吧。”我待了几分钟才告辞，我觉得自己在那里无用又多余。

斯佩尔的病情急速恶化，几天后我打电话探询他的状况，他的秘书告诉我，他无法接听。之后我又打了几通电话，他们说部长陷入昏迷，离死亡只有几步之遥。我觉得非常离奇，就算是类风湿性发炎好了，膝盖发炎也不至于严重到这种地步。我找霍恩埃格想深入了解病因，他却没什么看法。“万一他真的归天了，”他加上一句，“上面命我进行解剖的话，我再告诉您他生的是什么病。”其实我也一样，有更重要的事要办。

1 月 30 日晚上，英国对我们进行了 11 月以来最猛烈的轰炸，我的玻璃窗再度不保，阳台垮了一部分。第二天，伯朗特召见我，亲切地通知我，党卫队法庭已经向大元帅提出申请，要求准许对我进行侦讯，以厘清我母亲遭人谋杀的案情。

我脸色飞红，气得从椅子上跳起来。“旗队长！这件事完全是野心勃勃的病态警察一厢情愿地抹黑污蔑。我愿意接受侦讯，洗刷所有的嫌疑，还我清白名誉。在这个情况下，我要求休假，直到我证明了自己的清白为止。元首的私人幕僚被控涉嫌谋杀，必然遭人非议。”

“一级突击队大队长，您先冷静一下，此事元首还没有做出决定。不如您先把事情的始末说给我听听。”

我重新坐下，叙述了事件的经过，一口咬定我先前对那两个警察说的版本：“他们抓到了我回昂蒂布这件事，紧咬着我不放，说真的，我母亲和我的关系一直非常冷淡。您知道我从斯大林格勒回来后伤势有多严重，从鬼门关前捡了一条命回来，我想了很久，该是把一切了结的时候了。唉，没想到死的人是她，而且死状那么凄惨，令人难以置信。”

“您觉得应该是怎么一回事呢？”“我毫无头绪，旗队长，没多久我就被调到这里为大元帅工作，我也没有再回去那里。我姐姐回去参加了丧礼，她提到了恐怖分子，还有算账之类的。我的继父曾经卖过许多东西给国防军。”

“很不幸，这非常可能，法国这种事发生的频率似乎越来越高。”他抿着嘴唇，头微微歪到一边，灯光在眼镜镜片上打转，“听我说，我想大元帅在做出决定之前会先找您谈谈。在此之前，容我给您一个中肯的建议，您大可先拜会发出申请的法官，是党卫队法庭兼柏林警察法庭的鲍曼法官。他是非常令人尊敬的人，如果您真的是一连串不幸巧合的受害者，说不定您亲自向他说明，可以说服他。”

我立刻跟鲍曼法官约好时间见面。他在法庭的个人工作室接见我，他是个稍有年纪的法学家，穿着旗队长的制服，国字脸，鼻梁稍稍歪斜，颇有斗士的架势。

我穿上最好的一套制服，戴上所有的勋章。我向他敬礼后，他请我坐下。“感谢您抽空接见我，法官大人。”我选择以平常百姓的习惯称呼，而不用党卫队的官阶来称呼他。

“不用客气，一级突击队大队长，这是应该的。”他打开桌上的公文夹，“我请人送了您的私人档案过来，希望您不会不高兴。”“一点都不会，法官大人。请允许我在这儿向您说我打算当面跟大元帅说的话，我认为这些针对我个人问题的指控完全是蓄意污蔑。我愿意尽全力配合您，洗刷所有的不实指控。”

鲍曼清了清喉咙：“您很清楚我还没有下令侦办此案，我必须先得到大元帅的首肯。我手边有的资料少得可怜，是按照联邦刑事警察署送来的公文发文申请，他们宣称握有确实的证据，负责侦办的侦察员希望能深入调查。”

“法官大人，我和那两位侦察员已经谈过两次，他们所谓的重要证据都是没有根据的暗示，只是狂妄变态的推测——请原谅我的用词。”“的确有可能。”他半开玩笑地说，“您的档案显示您受过良好教育，如果您继续走法律这条路，我们很可能会成为同事。我跟您以前的教授耶森博士很熟，他是非常优秀的法学学者。”

鲍曼又翻了翻桌上的档案：“恕我冒昧，您父亲是否曾跟随罗斯巴赫民兵团在库尔兰[1]征讨？我记得有一名军官也姓奥厄。”他说了那位军官的全名，我心脏狂跳。

“法官大人，我父亲的确叫这个名字，但是您刚刚问的问题我一无所知。我父亲在 1921 年失踪后音信全无。您说的很可能是同一个人。您知道他现在怎么样了吗？”

“很可惜，我不知道。1919 年 12 月撤兵后，我没再见过他，那个时候他还活着。我听说后来他参与了卡普政变[2]，很多波罗的海沿海国家的人民都加入了。”他想了一会儿，“您可以去找找看，现在还有许多民兵团的老兵团体。”“是，法官大人，这是个好主意。”

---

1. 拉脱维亚东部濒波罗的海地区。
2. 卡普政变（Putsch de Kapp）：1920 年企图推翻魏玛政权的军事政变，起因是《凡尔赛和约》的裁军条款。政变失败后，卡普和另一首脑吕特维兹逃到瑞典。

鲍曼又清了清喉咙，扳起身子正襟危坐。

“好了，言归正传，回到您此次来的正题。您对这件事有什么要说的吗？”我把先前跟伯朗特说的那一套依样搬过来。“真是悲惨的事件，”听完后他说，“您一定大受打击。”

“那是当然，法官大人，不过那两位维持公共秩序的执法人员对我的指控才教我难以置信，我相信他们一定没有上过一天战场，竟敢大言不惭地污蔑党卫队军官。”

鲍曼摸摸下巴：“一级突击队大队长，我可以理解这项指控对您造成了多大的伤害，但是反过来说，解决这件事最好的办法，正是让案情真相大白。”

“我没什么好怕的，法官大人，我静候大元帅裁示。”

“您说得对。”他起身送我到门口，“我这边还有几张在库尔兰拍的旧照片，如果您想要，我可以翻翻看，看能不能找到这位奥厄先生的照片。”“非常感激，法官大人。”他在走廊上使劲握了我的手：“不要担心，一级突击队大队长。希特勒万岁！”

第二天，大元帅就召见我了，我们会谈的时间非常短，但得出了明确的结论。

“这起荒唐的事件到底是怎么一回事，一级突击队大队长？”

“禀告大元帅，有人指控我是杀人犯。如果这事不是那么悲惨的话，简直就是一出闹剧。”我简短叙述了当时的情景，希姆莱当下做出决定。

“一级突击队大队长，我想我对您的为人有一定的了解了，您的确有缺点。请恕我直言，您这个人顽固不知变通，有时候爱掉书袋。但是我在您身上看不到任何道德沦丧的痕迹。以种族的角度来说，您是完美的北方民族典型，或许混了一点阿尔卑斯人种的血统。只有下流败坏的人种，好比波兰人、吉卜赛人，才会犯下这样的滔天大罪。当然，混血的意大利人在与人争吵斗殴时也许会一时失手干下这种事，不过他们绝对不会是冷血的杀手。整件事荒唐至极，联邦刑事警察署怎么连这么一点判断力都没有。我看我得传令给奈比地区总队长，要他好好给底下的人上人种分析课，免得浪费大家的时间。他们的要求我当然不会批准，真是没事找事。”

几天后鲍曼打电话给我，那时应该是2月中旬，我记得柏林刚好经历了一次大规模的轰炸，布里斯托饭店不幸被击中，那里正在举办正式宴会，六十几个人被压在碎石瓦砾底下惨遭活埋，包含许多知名将领。

鲍曼心情似乎很好，热情地向我道贺。“就我个人而言，”他的声音从电话线另一头传来，“我觉得整件事荒唐可笑。我很替您高兴，大元帅裁定站在您这边，省下了不少麻烦。”至于他答应的照片，他找到了一张有那位姓奥厄的军官在上面的照片，但是影像模糊，几乎无法辨认，连他都无法确定那个人是不是他，尽管如此，他答应要翻拍一张寄给我。

不满大元帅决定的人，当然只有克莱门斯和魏塞尔。一天晚上，我在党卫队大楼前的路上遇见他们，他们将手插在长大衣口袋里，肩头和帽子都积了一层薄薄的雪。

“咦，”我开他们玩笑，“是劳莱与哈台。什么风把您吹过来啦？”这一次，他们没有向我敬礼。魏塞尔回答：“一级突击队大队长，我们只是想跟您问声好，可是您的秘书不肯替我们约时间。”我没有指出他漏掉了先生的敬语。

“她做得很好。”我倨傲地说，“我想我们之间已经没什么好说的了。”“嗯，您知道的，一级突击队大队长，”克莱门斯嘟囔着，“我们的看法正好相反。”“这样的话，两位先生，我建议您去找鲍曼法官申请许可。”魏塞尔摇摇头：“我心知肚明，一级突击队大队长，鲍曼法官一定会驳回我们的申请。我们已经了解，可以说您是碰不得的。”

“尽管如此，”克莱门斯接口，口中吹出的白色雾气模糊了他骆驼似的胖脸，“这是不对的，一级突击队大队长，正义永远有伸张的一天。”“我百分之百同意您的话，然而，两位信口开河，对我个人的无理污蔑根本非关正义。”

“一级突击队大队长，您说污蔑？”魏塞尔两道眉毛吊得老高，“您说污蔑？您真的这么确定？我认为，如果鲍曼法官仔细看过报告，他肯定不敢表现得像您这样义正词严。”“对，”克莱门斯说，“比如说，他应该问问衣服的事情。”

“衣服？什么衣服？”魏塞尔代替他回答：“法国警方在楼上浴室的浴缸里发现的衣服。便服……”他转头对克莱门斯说：“记事本。”

克莱门斯从大衣暗袋掏出记事本拿给他，魏塞尔翻了翻：“啊，有了，在这儿：衣服上血迹斑斑。血迹斑斑，就是这个词，我一时想不起来。”“也就是沾满血的意思。”克莱门斯在旁边唱和。“一级突击队大队长知道那是什么意思，克莱门斯。”

魏塞尔皮笑肉不笑地说：“一级突击队大队长可是受过高等教育的，他认得的词汇才多呢。”他的目光再度回到记事本上。

“对了，便服血迹斑斑地扔在浴缸里。地砖上也有血，此外墙上、洗手台、毛巾上通通都有。楼下的客厅和大门口，因为地上有血，足迹随处可见，也有鞋印。我们找到了鞋子和衣服，值得注意的是，有靴子的鞋印，是粗厚的大头靴。”

“这么说，”我耸耸肩，“凶手应该是换了衣服才离开，避免引起注意。”

“你瞧，克莱门斯，我就跟你说，一级突击队大队长是个聪明人，你该听我的才对。”他转头对着我，帽檐底下的两只眼睛紧盯着我：“这些衣服全都是德国牌子，一级突击队大队长。”

他再度翻阅手中的记事本：“两件式褐色西装一套，羊毛料，质量极佳，附德国裁缝店标签。白色衬衫一件，德国制；棉袜一双，德国制；内裤一件，德国制。一双做客时穿的高级棕色皮鞋，尺码 42 号，德国制。”他再度抬头望着我：“请问您鞋子穿几号，一级突击队大队长？如果您不介意我这么问，您西装尺寸几号？”

我微微一笑：“两位先生，我不知道您是打哪儿钻出来的，但是我建议您赶快卷铺盖回老家去，德国可没有地方给寄生虫住。”

克莱门斯蹙起眉头：“喂，魏塞尔，他在骂我们，不是吗？”“对，他在骂我们，还威胁我们呢。也许你说得对，一级突击队大队长也许不像表面看起来那么聪明。”魏塞尔伸出一根手指贴上帽檐，“晚安，一级突击队大队长，说不定很快就会再见面。”

雪花纷飞，我目送他们的身影消失在锦姆大道中。和我约好一起走的托马斯刚好走过来。“谁啊？”他朝两道人影的方向歪下头。

“来找碴儿的疯子。你不能想想办法，把他们送到集中营，让他们安静一下吗？”他耸耸肩：“假如你找得到合理的借口，倒也不难办。要吃饭了吗？”托马斯对我的问题根本没兴趣，对斯佩尔的问题倒是兴趣浓厚，“那边的人蠢蠢欲动。”

在餐厅里他告诉我：“托德组织也一样，情势诡谲难测。但是，显然有人认为部长住院是一大良机。”“良机？”“取代他的良机啊，斯佩尔得罪了很多人。鲍尔曼向来看他不顺眼，绍克尔也是，还有所有的地方党代表，除了高夫曼之外，也许再加一个汉克。”

“大元帅呢？”“大元帅到目前为止，多少算是站在他那边，但是情势可能会改变。”

“老实说，我不太明白权谋斗争到底有什么意义，”我缓缓地说，“数字会说话，若不是斯佩尔，我们可能早就输了。现在局势正处于关键时刻，德国上下应该团结一心，共同面对危难才对。”

托马斯笑了：“你啊，真是江山易改本性难移，不折不扣的理想主义分子。这么想很好！不过地方党代表多数短视功利，他们只看到眼前的个人利益，或是他们省区的利益。”

“说真的，与其扯斯佩尔的后腿，抹杀他提高生产能力的努力，他们应该好好想想，万一我们打输了，他们一个个还不是都得站上绞刑架。这才是他们的个人利益所系，不是吗？”“这当然，但是你应该看得到里面还有别的东西，掺杂了政治愿景的问题，并不是每个人都接受施伦堡的分析，接受他鼓吹的解决方法。”

我心想，终于说到重点了。我点燃一根烟：“你的朋友施伦堡分析出了什么高明的见解？他提出的解决方法又是什么？”

托马斯四下瞄了几眼。就我记忆所及，这还是我头一回看见他脸上出现淡淡的忧虑神色：“施伦堡认为我们如果继续搞下去，战争非输不可，不管斯佩尔怎么努力推动产能提升都没用。他认为唯一可行的办法就是和西方国家分别谈和。”

“你呢？你有什么看法？”他想了想，“他的分析没有错。再说，因为这件事，国安警察署里的某些小派系已经开始看我不顺眼了。施伦堡说的话，大元帅多少还是听得下去，只是还没有完全信服。很多人则是摆明了完全反对，例如穆勒和卡尔滕布伦纳。卡尔滕布伦纳于是转而找机会向鲍尔曼靠拢，如果他成功了，将来肯定会给部长带来许多困扰，到时斯佩尔就只能算是次要角色了。”“我的意思不是说施伦堡一定正确，但是其他人呢，他们提出过任何办法吗？看看美国工业潜力之无穷，无论斯佩尔再怎么努力，时间都是站在对手那一边。”

“我不知道，”托马斯心不在焉地说，“我想他们好像把希望寄托在一些梦幻武器上。你不是去参观了吗，觉得怎么样？”我耸耸肩：“我不知道，我看不出它们有什么价值。”菜上来了，话题转到其他方面。上甜点时，托马斯又谈到了鲍尔曼，脸上挂着高深莫测的笑容：“你知道，卡尔滕布伦纳搜集了鲍尔曼的一切资料做成档案，有一小部分是我替他弄的。”

“鲍尔曼？你刚才不是说他想找机会向鲍尔曼靠拢吗？”“是又怎么样？鲍尔曼手上握有每个人的档案，大元帅、斯佩尔、卡尔滕布伦纳，也许连你的都有。”他拿根牙签摆在舌头上滚着玩，“我想跟你说的是……这话只有天知地知你知我知，懂吗？而且都是真的……卡尔滕布伦纳为此拦截了不少鲍尔曼的信，还有他老婆的信。从这些信中，我们找到了珍宝，值得收藏的精彩片段。”

他俯身向前，笑得诡异。

“鲍尔曼，”他继续说，“在追求一个小明星。你知道他这个人性欲很强，帝国秘书处的种马，施伦堡还叫他女速记员之狼。总之，那个小明星他追到手了。更精彩的在后头，他把这件事一五一十写在信里告诉他老婆，你知道他老婆是布赫的女儿吧？她可是党内法庭总长的女儿，替他生下了九个还是十个小孩，我都搞不清楚了。而她的回信大意是：非常好，我没有生气，也不忌妒。她还建议他把那个女孩带回家。临了，她写道：因为战争的缘故，生育率严重下滑，有鉴于此，我们将来应该实行一套轮值生育制度，这样一来，你随时随地都找到能够为国服务奉献的女孩。”

托马斯特意暂停，嘴角带笑望着我，我忍俊不禁。

“开玩笑的吧！她真的这么写？”“我发誓。能够为国服务奉献的女孩。你能想象吗？”他也忍不住笑出声。

“你知道鲍尔曼怎么回答吗？”我问。“哦，当然是大大赞扬她一番，接着是长篇大论，意识形态的老套。我想他把她比喻为纳粹主义的纯洁赤子。明眼人一看就知道他只是随便说说让她高兴而已。鲍尔曼这个人根本什么都不信，他只信奉一件事：任何可能横亘在他和元首之间的人和事物都必须彻底歼灭。”

我望着他调侃地说：“你呢？你相信什么？”他的回答我一点都不意外。他挺直背脊，端坐在沙发上，故作庄重地宣布：“借用我们英明的宣传部长年轻时候写的一句话：相信什么其实没那么重要，重要的是要去相信。”

我微微一笑，托马斯啊，有时候你的确令我刮目相看。我也老实告诉他：“托马斯，你的确令我刮目相看。”“你能怎么样呢？我蹲在办公室里，简直快发霉了。你的斯佩尔我不敢说，他有才干，但是我认为连他所属的执政内阁都不看好他。”我再度扬起嘴角，脑中闪过施伦堡。

托马斯往下说：“情况越是凶险，真正靠得住的只有那几个纳粹主义的忠贞信徒，剩下的鼠辈很快就要四下窜逃了，你等着瞧吧。”

的确，帝国这条大船上鼠辈横行，令人担忧的局势引得他们惶惶不安，四处叫嚣，举措失常。意大利投诚后，我们和其他盟军悬如发丝的紧绷关系逐渐浮上台面。每个盟国以自己的方式寻找解套的出路，而这条出路当然不是德国。根据托马斯的说法，施伦堡认为罗马尼亚已经在斯德哥尔摩和苏联秘密和谈。然而，我们谈得最多的还是匈牙利。俄军夺下了卢茨克和罗夫诺，万一加利西亚也落入他们手中，他们等于打到了匈牙利的大门口。

这一年来，卡拉伊[1]总理在国际外交圈刻意营造匈牙利是德国蹩脚盟友的形象，而且匈牙利政府处理犹太人问题的态度也常和我们不同调。首先，他们不愿意通过种族歧视法，因为此举极端不符该国当前情势——匈牙利的犹太人在企业界影响力极大，而混血犹太人，或者与犹太人联姻者在政府的地位更是不容小觑——再则，他们还拥有大量的犹太劳动人口，而且大部分都是有专才的劳工，他们已经多次回绝了德国请他们转调部分人力支持战争的请求。

早在2月初，在多场邀集各部会专家学者的会议中，这些问题都引发了热烈的讨论，这种会议我有时会亲自出席，有时则派手下的专家与会。国家中央

1. 卡拉伊（Miklos Kallay，1887—1967）：1942—1944年担任匈牙利总理，任总理期间秘密与同盟军议和，拒绝将境内犹太人交给德国，1944年德军入侵匈牙利，另立傀儡政府，卡拉伊遭罢黜。

安全局倡议换一个匈牙利政府，我的职责仅限于研究假设匈牙利政情发展有利于我们，匈牙利籍犹太劳动人口可以担任什么工作。在这个大方向下，我多次向斯佩尔的团队请益，交换意见。

然而，他们的立场经常互相矛盾，而且各有坚持，毫无妥协的余地。斯佩尔仍旧与外界隔绝，有人说他情况恶化。真伤脑筋，我觉得所有计划都像是空中楼阁，各方汇集的研究报告无异于科幻小说。我的办公室已经快要挤爆了，现在我底下有三名学有专精的军官，伯朗特还答应我会派第四个过来帮我，然而，职位岌岌不保的不安全感却越来越真实。当我推动建议时，获得的支持少得可怜，虽然我和国家安全局过去有段渊源，但是无论是国家中央安全局，抑或是中央经济暨行政总署对我建议的反应均极为冷淡，只有毛莱尔偶尔会表态支持——当我的建议与他的立场不谋而合时。

3 月初，事情进展的脚步加快，但是情势并未因此明朗。2 月底，托马斯打电话给我，告诉我斯佩尔脱离险境了，虽然还留在霍恩利申住院观察，但他慢慢取回了部里的主导权。在米尔赫上将的支持下，他决定设立特派工作小组，专门协调战斗机的生产事宜。

从某个角度来看，这是团结战时生产力的一大步，因为战斗机生产部门是他迟迟无法取得主导权的最后领域，但从另一方面来看，情况却越来越诡谲，有人说戈林坚决反对成立这个特派工作小组，因为该单位的指挥官索尔是斯佩尔的得力助手，不是他内定的人选，还有许多别的因素。此外，斯佩尔的部会人员现在公开谈论一项超级夸张的点子：把飞机生产一律地下化，以避免英美联军的空袭轰炸。这等于是要在地底下开挖出面积广达数十万平方米的坑道。

据说卡姆勒大力支持这项计划，他底下的单位也快完成评估研究了，现实摆在眼前，大家都心知肚明，眼下只有党卫队有能力执行这项疯狂的计划。然而，此举所需的人力大幅超过现有的劳动人力供给水平，因此找到新的人力资源是当务之急；再说，斯佩尔和比什洛纳部长达成协议，禁止再榨取法国劳动力，当前局势在在显示只剩匈牙利一途。于是，匈牙利问题突然跃升为优先解决之首。

斯佩尔和卡姆勒手下的工程师在不知不觉中，已经把匈牙利的犹太人纳入计算和进度规划之中，然而实际上，我们和卡拉伊政府没有达成任何协议。国家中央安全局现正紧急研拟备用方案，这方面的细节我不清楚，托马斯偶尔会告诉我一些计划的进展，好让我能适时调整我们这边的方案。施伦堡也秘密参与这些计划。

进入 2 月则爆发一宗外币走私瑞士的丑闻，海军上将卡纳里斯[1]因此下台，军事情报局被纳入国家中央安全局的编制底下，与第六局合并成为新的军情局，由施伦堡统辖，他一跃成为帝国对外情报事务的总头头。他没有多少时间可以利用新职务壮大势力，军事情报局的资深军官根本不把党卫队放在心上，施伦堡对他们也是鞭长莫及。在这种状态下，匈牙利是他测试新取得的工具有多少能耐的最佳舞台。

至于人力资源，一项政策大转弯让事情出现了重大转机——乐观派人士夸口，表示 40 万的充裕劳动人口很快就能动员投入，绝大多数还是具有专才或经验丰富的劳工。鉴于我方需求之殷切，这些劳动人口将带来巨大的帮助。但是我可以断言，劳动人口的工作分派势必引发激烈的争执，我听过许多专家针对卡姆勒和索尔鼓吹的工厂地下化概念发表看法。

这些专家都是有分寸、务实的人，他们说听起来虽然很吸引人，却完全不切实际，因为计划绝对无法及时完成，达到逆转战争局势的目的。换言之，等于是虚掷大量人力，这些人力若能有效训练，组成小队，负责维修被破坏的工厂设施，或者替我们的工人和灾民建造新的住所，或者帮忙将某些关键产业外移分散，功效将更大。斯佩尔本人很同意他们的看法，我呢，到目前为止一直无法见到斯佩尔。我个人觉得，他们的看法比较合乎逻辑，但是说真的，全都不干我的事。

说真的，政府高层那套权谋把戏，我看得越清楚，越是没有兴趣，一点都不想涉入。在爬到我现在的位子之前，我还天真地以为，重要决策的拟定，都是以正确公正的论据和合理的分析为前提，现在我知道了，就算有一部分是这

1. 卡纳里斯（Wilhelm Canaris，1887—1945）：二次大战时担任海军司令，也是军事情报局的头子，私底下反对希特勒种族屠杀政策，与当时的红人希姆莱、海德里契等人不合。

样，里面还掺杂了许多因素：官僚体系下各部门的争权斗争、某些人的私人野心、个人的利益。

元首日理万机，自然无法一一裁示，少了他居中斡旋，为了达成各部会共识而妥协设立的机制几乎都走岔了路，甚至变了样。在这种局面下，托马斯如鱼得水，我却深感不安，原因不只是我不擅长政治游戏。

我一直觉得我应该亲身去体会巴特摩尔[1]诗句的内涵：真相是伟大的，当没有人在意真相是否浮出之日，真相终将胜出。而纳粹主义的本质，正是这种全民的追寻，善的追寻，真相的追寻。对我来说，这些是我生命中不可或缺的元素，尤其是我这样的人，内心混乱不安，人生分属两个国家，经常自绝于外界的一切。但是，我也想要为纳粹奉献绵薄之力，也想要有一份归属感。

唉，在我们这个奉行纳粹主义的国度里，尤其是在国家安全局圈子以外的地方，我竟找不到几个志同道合之人。从这层面来看，我相当欣赏艾希曼毫不掩饰的直率态度，他对纳粹主义，对自己的立场，对他应尽的义务，都有属于自己的一套看法，而且坚定不移，工作上不遗余力，勇往直前，只要上司肯定他的看法，认为正确，他便觉得受到肯定，快乐自信，更加卖力而坚定地付出。

我却不然。或许，这正是我的悲哀，上面嘱托的任务与我的天性南辕北辙。早在俄国那个时候开始，我已经隐隐发觉自己和现实格格不入，我虽然可以完成交付的任务，却缺乏自发的热情，先是警察维安，接着是经济研究的任务，尽管我能读通报告，也能掌握重点，我却迟迟无法说服自己，为这些任务找出正当性，也无法引申出这些任务的迫切必要性，因此无法像梦游者一样精准而确定地踏上该走的路，坚定追随元首，以及众多比我聪明百倍的伙伴和同志。

有什么更适合我，让我能够感觉像在家一样舒适安心的领域吗？有可能，不过很难说，因为我没有碰到过。说穿了，最重要的还是我们真正做了什么，不是我可以做到什么。打从一开始，事情的发展就背离我的期盼，针对这一

1. 巴特摩尔（Coventry Patmore，1823—1896）：英国诗人，小品文作家。

点，我很久以前就找到了合理的解释（在那段时间里，我觉得好像从未接受过事情的真相，真相是那么虚伪丑陋，最起码我已经深刻体认到，我无力改变现状）。另外，说真的我也变了。

年轻的我思想澄明通透，对于这个世界，对于人类社会该是何种理想样貌、现实中真实的样貌，还有我在这个世界该占有的位置，通通有明确的想法。仗着年少轻狂，我以为一辈子都会是这样，通过分析推理，进而引导出应有的处世态度，永远都不会变。然而，我忘了，应该说我当时还没有领悟到，时间的力量和长期疲乏的力量，加上我变得畏缩迟疑，思想论据混乱，更让我无法在我经手的问题上摆出明确的姿态，并坚持到底，这才是我的致命伤，唯有生命走到终点才能摆脱。时至今日，这份畏缩依旧存在，对我来说，它将一直存在。

这些话我没有跟海伦说过。我和海伦约出去的时候，有时候是晚上，有时候是星期天，我们会聊时局，聊日常生活的艰辛，聊空袭警报，或是艺术、文学、电影。有些时候，我会说一点小时候的事，跟我的经历，但是我没有全盘托出，我删掉了那些难以启齿的痛苦往事。有时内心突如其来一股冲动，敦促我更坦诚地面对她，然而话到嘴边总是说不出口。

怎么会这样呢？我不知道。

有人可能会猜我怕吓到她，怕她对我产生反感。其实不是这样。虽然我对她的了解不是很深，却也足够让我判断，她是知道如何倾听而不妄下断语的人（走笔至此，我不禁想起我的这一生，和我个性的怪癖。当她得知我的工作性质，其规模和牵连之广时，她会有什么反应，当时的我完全无法预料。何况这些事属于国家机密，无论如何，我得先考虑到保密法规的约束，再来就是我们之间某种心照不宣的默契，我想，算是一种“分际的拿捏”吧）。

那么，每当用完晚餐，我俩沉浸在淡淡的疲惫和愁绪之中，到底是什么堵住了我的喉咙，不让话语出口呢？不是怕她的反应，而是怕把自己赤裸裸地摊在阳光下？还是单纯地害怕让她更靠近，怕被迫接受比现在这一步，还有我无意识让她走到的这一步，更深入的关系？现在情况非常清楚，如果我们继续维持这种介乎好朋友和新朋友的关系，关系将慢慢产生质变，最后一定会发生事情，或许是上床，也有可能是别的。

有时想到这里，我会变得非常感伤，我无法给她任何东西，甚至连她要给我的东西我都不能接受，深深的无力感如潮水卷来将我淹没。她凝视着我，静静等待，沉着容忍的目光总让我心惊，我一想到这里，总是突然一团怒火轰然爆开。

当她夜里躺下，脑海里浮现我的影像，或许会情不自禁地伸手抚摩自己的身躯、乳房，一只手摆在两腿中间想着我，全心全意只想着我，而我，只爱一个人，一个全世界的人当中我最不该去爱的人，我对她的思念永远无法割舍，就算她暂时离开了我的脑海，也只是转而蚀入我的骨髓，她将永远挡在我和这个世界之间，也就是我和海伦之间。她的吻将永远嘲笑海伦的吻，她的婚姻成了我娶海伦的唯一理由，为了体验她在婚姻生活的感受，她的存在使得海伦在我心里永远不会完整。至于其他，因为生命中确实有其他东西存在，我宁可让陌生男孩插入我的屁眼，必要时花钱也没关系，可以让我觉得更贴近她，用我自己的方式贴近她，与其变得软弱，我宁可选择害怕、空虚和思想贫乏。

我们对匈牙利的规划逐渐明朗。3 月初，大元帅召见我。前一天晚上，美国对柏林进行了首次的日间轰炸，空袭规模不大，只来了三十几架轰炸机，戈培尔底下的媒体公开嘲弄敌军轰炸造成的损失微不足道。

然而，这次轰炸首度出现了长程战斗机护航，这是全新的武器，后续发展让人忧心，因为我们的战斗机队遭到严重挫败，只有白痴才看不出来这次轰炸只是一个小测试，而且测试结果非常成功，从今以后，我们再也没有喘息的时候，无论是白天，还是满月的夜晚，现在无处不是战场，无时不在作战。我军空军大挫败，无力给予敌人有效反击，已经是无可抵赖的事实。这些都一一从大元帅冷酷精确的口中得到验证，他约略告知我，没有多做说明。

“匈牙利的局势很快会有进展，元首已经决定，必要时亲自出马。即将有新的契机出现，我们必须牢牢抓住，其中一项契机涉及犹太人问题。需要的时候，卡尔滕布伦纳副总指挥长会派人手过去，他们知道要做什么，您不必多管。不过，我要您跟他们一起去，去实地评估劳动人口计划在那边有多大的潜在利益。卡姆勒副总指挥长（他 1 月底刚升上副总指挥长）亟须劳动力，大量的劳动力。英美联军的武器推陈出新，”他伸出一根手指，指指天空，“我们必须加快脚步，国家中央安全局也必须考虑到这一点。这方面，我已经下了指示给卡尔滕布伦纳副总指挥长，但是我要您亲自监督，确认他底下那批专家切实遵照我的指示行事。此时此刻，犹太人更应该贡献他们的劳动力。听清楚了吗？”

“是，很清楚。”

走出大元帅办公室，伯朗特一如以往予以补充说明，这次特派小组由艾希曼领军，针对此行的任务，上面几乎可说授权他全权处理，只要匈牙利接受了这个大原则，保证与我们合作，犹太人将立刻被送到奥斯威辛集中营进行筛选，被认定有工作能力者一律从那里分派到各个需要他们的岗位。分送筛选的任何阶段，都必须尽可能汲取最大的潜藏劳动力。

国家中央安全局再度召开一连串会议，会议的讨论事项比上个月要明确许多，很快只剩下敲定出发日期了。大伙情绪高昂，负责此事的军官终于感受到事情动起来了，这是长久以来的第一次。我跟艾希曼见了好几次面，有时是在会议中，有时是私底下。

他向我保证，他们完全了解大元帅的指示。“我很高兴是由您负责处理。”他对我说，左脸脸颊内好像在嚼什么东西般抽动，“恕我冒昧直言，由您出面，事情才做得下去，并不是和所有人都能合作愉快。”空战的问题占据了大家的思绪。

美军发动第一次空袭之后过了两天，午餐时再度派出超过800架的轰炸机轰炸柏林，更以650架左右的新型战斗机护航。幸好天候不佳，炸弹的命中率不高，造成的破坏有限，我方的战斗机和高射炮更击落了80架敌机，创下历史新高。但是，我方战斗机和新型的P-51战斗机缠斗，不但显得笨重，而且几乎毫无还手之力，我方机队被打下66架飞机，损失惨重，损失的驾驶员比飞机更难替补。美军一点都不气馁，接连几天，天天来报到，每次老百姓都被迫躲进防空洞，一待就是几个小时，工作被迫停摆。

夜里，英国则派蚊式战机来问候，虽说造成的损失不大，却逼得老百姓再度往避难所跑，觉也睡不成，搞得所有人筋疲力尽。还好，人员的伤亡比11月要少，戈培尔终于下定决心撤离一部分的市区民众，和大多数的办公室职员。

现在，公务员每天从邻近城镇赶来上班，必须花上好几个小时赶车换车，人挤人，工作效率和质量明显降低。我们小组驻守在柏林办公室的专家，每天睡眼惺忪，经手的往来书信公文谬误百出，有时我得叫他们重做三次，甚至五次才能发出去。

一天晚上，穆勒地区总队长邀我到他家做客。邀请函是艾希曼转交给我的，空袭警报刚刚解除，我们在办公室开一场非常重要的筹备会议。他对我说："每星期四，局长喜欢邀几位他手下的专家学者到家里交换意见。如果您赏脸愿意加入，他会非常高兴。"

如果要去，我必须错过一次击剑，但我还是接受了，我和穆勒不熟，有机会近距离观察他，当然机不可失。穆勒的公寓是公家宿舍，不在市中心，得以逃过轰炸。

开门的是一位面貌平庸的妇人，她头发扎成髻，一双眼睛靠得很近，我以为她是女佣，没想到竟是穆勒太太。她是今晚在场唯一的女性。穆勒穿着便服，我向他敬礼，他不回军礼，反而跟我握手，他的手指粗短，手劲十足。除了亲切的招呼方式，聚会的气氛也比艾希曼家那次来得更无拘无束。

艾希曼也穿便服，其他的军官跟我一样，多半穿着制服前来。穆勒身材相当矮小，体格粗壮，农夫般的方头大耳，身上的衣服却相当讲究，讲究得似乎有些过了头，他穿着钩针织的长袖羊毛开襟外套，搭配丝质衬衫，领口敞开。

穆勒倒了一杯干邑给我，介绍其他宾客给我认识，几乎都是第四处的单位主管或小组领导人。我记得其中两位隶属第四处 D 组，负责占领国家区的盖世太保任务，和一位主管保安拘留的伯恩多尔夫顾问。还有一名隶属联邦刑事警察署的警官利岑贝格，他是托马斯的同事。托马斯姗姗来迟，大方秀出旗队长新徽章，穆勒热烈地欢迎他。席间话题多半绕着匈牙利的问题打转，国家中央安全局已经找出几位愿意和德国合作的马尔扎[1]重量级人士，最大的问题就是元首打算用什么方法让卡拉伊政府垮台。

穆勒不加入讨论时，犀利的小眼睛骨碌碌地转来转去，观察每一位在场宾客，偶尔插几句短短冷冷的评论，浓重的巴伐利亚腔调拖得老长，一心想表现

1. 马尔扎（Magyars）：即匈牙利人。

出热情好客的样子，却掩盖不住冰冷的天性。话虽如此，他偶尔也有真情流露的时候。我跟托马斯，以及一位弗雷伊博士聊到了纳粹主义的哲学起源。

弗雷伊原本隶属国家安全局，现在跟托马斯一样转调到国安警察署，他认为纳粹主义这个名称根本就选得不对，在他看来，“国家”一词容易引发联想到1789年的传统，而该传统正是纳粹主义唾弃的糟糠。

“您认为应该怎么称呼才对呢？”我问他。“我认为应该正名为民族社会主义，才不容易产生混淆。”联邦刑事警官加入我们：“如果采用莫勒·梵·登·布鲁克[1]的理论，应该说是帝国社会主义。”

“是没错，不过这样听起来反而近似斯特拉瑟[2]的修正主义，不是吗？”弗雷伊板起面孔反驳。此时我瞥见穆勒，他站在我们身后，大手握着一杯酒，在听我们说话，眼睛眨个不停。“我们真该把知识分子全部送进煤坑，一把火烧个干净……”他不假修饰，恨恨地爆出这么一句。

“地区总队长说得一点都没错。”托马斯接口道，“各位先生，您比犹太人还要糟糕。大家要做出榜样，少说话，多做事。”他眼里闪着狡狯的笑意。

穆勒点点头，弗雷伊还没搞清楚状况。

“我们大家都非常清楚，主动出击永远是站在架构理论的前面……”联邦刑事警官结结巴巴地说。

我走开，到餐桌旁为自己弄了一大盘沙拉和熏肉。穆勒跟了过来。“斯佩尔部长身体还好吗？”他问我。“地区总队长，说真的，我不知道，自从他生病住院后，我们就断了消息。听说他好多了。”“有人说他很快就能出院了。”

“有可能，这是个好消息。如果我们能顺利从匈牙利进口劳工，我国的军火工业将迅速恢复生机。”“也许吧，”穆勒嘟囔着说，“可是，他们都是犹太人，而旧帝国疆域境内严禁聘雇犹太人。”

我吞下一根小香肠，然后回答：“这样的话，这条法规必须修正。我们现

---

1. 布鲁克（Arthur Moller van der Bruck，1876—1925）：德国历史学家、文学家，坚决反西方国家、反帝国主义，纳粹采用了许多他的观点。

2. 斯特拉瑟（Otto Strasser，1897—1974）：德国政治人物，纳粹党的左翼人士。

有的产能到了极限，没有这批犹太人，产能不可能再提升。”

艾希曼刚好啜饮着干邑走过来，听到了我说的最后那句话，立刻断然插嘴驳斥，剥夺了穆勒反驳我的乐趣。“您真的认为胜利和失败，全系在那几千名犹太劳工的身上吗？果真如此，您希望德国的胜利靠犹太人得来吗？”

艾希曼喝多了，脸颊通红，眼睛散发精光，能在顶头上司面前，大义凛然地发表这番谈话，他一定感到非常骄傲。我一边静静听他说，一边用叉子叉盘子里的香肠切片。我面不改色，但是他出言不逊的态度让我按捺不住。

“您知道的，一级突击队大队长，”我以不在乎的语气回答，“1941 年的时候，我国拥有全世界最精良的军队，现在我们落后他国大约半世纪之久。我军在前线的运输工具靠的居然是马，俄国人却开着美国制的斯蒂庞克汽车一路挺进。在美国，数百万男女夜以继日地制造卡车和战舰供他们运输之用。我国的专家断言，他们每天可以制造出一艘货轮。以这样的速度，我国的潜艇再怎么打也打不完，当然，前提是我们的潜艇还敢再出动。我们现在面临的是一场消耗战，我们的敌人并未因为这样的消耗而受苦。我们破坏的一切，他们都有办法立刻获得补充，这个礼拜我们击落的上百架飞机，已经快要补充完毕了。我们呢？我们的物资损失无法获得后援补足，也许坦克还可以。”

艾希曼不快地嘟囔着：“今天晚上您心情似乎不怎么好，满口失败主义论调！”

穆勒闷不吭声看着我们，脸上的笑容消失了，骨碌碌转的眼睛在我们之间飘来飘去。“这不是失败主义论调，而是务实，我们得看清楚我们的利益在哪里。”

艾希曼已经有点醉了，他不想讲道理：“您的推论跟资本主义、唯物主义没有两样……这场战争的目的不是追求利益。如果只是单纯追求利益，我们根本不会去打俄罗斯。”

我听不懂他在说什么，他整个人好像神经错乱了，却还不肯住口，不连贯的跳跃式思绪连珠炮般冲出口：“我们发动战争的目的，不是让德国人人有电冰箱，有收音机。我们发动战争的目的在于净化德国，建立一个我们能够生存的德国。您以为我弟弟赫尔穆特是为了一台冰箱而丧生？您在斯大林格勒出生入死，为的是一台冰箱吗？”

我耸耸肩，微微一笑，看他这个情形，没必要和他夹缠不清。

穆勒把手放在他肩上："艾希曼老友，您说得有理。"他转头对我说，"正因如此，我们亲爱的艾希曼才有这么优良的工作表现，他一眼便能看清事情的关键，这正是他出类拔萃之处。也因为这样，我决定派他到匈牙利，说到犹太人问题，他是我们当中的大师。"

艾希曼听见恭维，高兴得红了脸。至于我，在那当下，我觉得他有点短视，不过穆勒说得对，他的工作效率的确一流，短视近利的人做事通常是比较有效率的。

穆勒继续宣布："艾希曼，您唯一需要时时警惕的地方是，不要满脑子只想到犹太人问题。虽说犹太人是我们的大仇敌，但是在欧洲，犹太人的问题已经大致获得解决。除了匈牙利之外，其他地区所剩无几。我们必须往前看，我们还有很多敌人。"

穆勒说话慢条斯理，带着乡野腔的单调嗓音，仿佛是从他那两片绷得紧紧的薄唇中间流出来似的："我们必须想想该怎么对付波兰人，消灭了犹太人，却留下波兰人，毫无道理可言。还有在德国，我们已经踏出了第一步，但是我们一定要持续走到终点。我们还需要一个社会问题的最终解决方案，这里有太多罪犯、社会边缘人、盗匪、酒鬼、吉卜赛人、妓女和同性恋。也该想想办法解决结核病患，他们会把病菌传染给健康的人。想想心脏病患者，会繁衍有缺陷的后代，浪费国家巨额的医疗资源，最起码应该叫这些人们结扎。这些问题，应该按部就班逐类解决。我们善良的德国老百姓反对这样的做法，嘴里总是那一大套仁义道德。这方面斯大林非常强，他知道如何教老百姓听话，他知道事情一定要有始有终，不达目的绝不罢手。"

穆勒望着我："我非常了解布尔什维克党那些人，打从革命时期，在慕尼黑处决人质那时候开始，一直到他们获得政权，我和他们缠斗至今已经 14 年了，而战斗还在持续。可是您知道吗？我很佩服他们。那些人深谙组织之道，有纪律，而且绝不退缩。我们可以从他们身上得到不少教训。您不认为吗？"

穆勒没有期待任何人回答，他拉起艾希曼的手，两人走到一张矮桌旁，桌上放着国际象棋盘。我远远望着他们对弈，静静吃完盘中的食物。

艾希曼国际象棋下得很好，但在穆勒面前显然不是他的对手。我心想，穆勒下棋跟他工作一样，有条不紊，深思熟虑，冷静果敢，下手毫不留情。他们连下了几盘，我在旁边观战，乐在其中。艾希曼精心布下诱敌的陷阱，企图扳回一城，但是穆勒十分从容，完全不上当，攻击和防御永远无懈可击，布局井然有序，攻无不克。所以，穆勒永远是赢家。

接下来的那个礼拜，为了艾希曼的匈牙利任务，我成立了一个项目小组，指派我手下的专家，埃利亚斯二级突击队中队长、几名职员、勤务兵和行政助理为成员，当然少不了皮雍泰克。我请阿斯巴赫在我出差这段时间代理职务，同时给了他详尽的指示。

奉伯朗特之命，我在3月17日出发前往毛特豪森集中营，与国家安全局和国安警察署共同成立的临时特遣部队会合。临时特遣部队的指挥官是皮法德博士，官拜党卫队区队长，兼任东部占领区的国安警察署和国家安全局联合大队长。艾希曼带着他的临时特派小组先到，我则带领我的项目小组拜会了负责安排会议的军官杰斯契科博士区队长，他将我们安置在一栋临时营房。

离开柏林的时候，我听说匈牙利的领导人霍尔蒂[1]，在邻近萨尔斯堡的克莱斯罕宫与元首会面。战争爆发后，克莱斯罕宫不知见证了多少历史事件。据说希特勒和冯·里宾特洛甫给了他两条路选择：建立亲德的新政府，或者眼睁睁看着自己的国家被德国占领，霍尔蒂——一个内陆国家的海军司令，一个没有君主的王国摄政王——在他们的威吓下，心脏暂时停止跳动了一下，最后决定避免最坏的状况。这件事我们当然毫无所悉，盖施克和皮夫拉德在18号那天晚上召集了高级军官，会中只简单宣布，明天即刻出发前往布达佩斯。

当时各种谣言甚嚣尘上，许多人以为到了边界，我们可能会遭到匈牙利反抗军的攻击，所以要求我们一律换上野战制服，还每人分了一把冲锋枪。大伙情绪沸腾，这些来自国家安全局和国安警察署的公职人员，有很多是第一次碰

1. 霍尔蒂（Miklos Horthy，1868—1957）：匈牙利海军将领，政治人物，二次大战时为了夺取捷克和罗马尼亚匈牙利人的居住地，与希特勒结盟，1944年有意退出战争与德国断交，遭德国挟持，另立傀儡政府。

上实战经验。就连我，窝在柏林一年多，日复一日的沉闷官僚作息、权谋斗争的紧张对立和只能默默忍受的轰炸日子过久了，我也跟着大伙兴奋紧张。

晚上，我去找艾希曼喝几杯，他被一群军官围在中间，春风得意，炫耀身上簇新的野战制服，衣服式样高贵合身，宛如阅兵时的全套大礼服。他身旁的那些同事，我只认得几个。他跟我说，为了这项任务，他把最优秀的干部从欧洲各地叫回来，像是意大利、克罗地亚、利兹曼斯塔兹、特莱西恩施塔特[1]。他介绍我认识他的朋友，维斯利策尼一级突击队中队长，也是他幺子的教父。维斯利策尼非常胖，个性平和沉着，来自斯洛伐克。气氛融洽，酒虽喝得不多，但是每个人都是迫不及待、跃跃欲试的样子。

我回到营房，试图想睡一下，因为会在子夜出发，我却辗转难眠。我想起了海伦，前天晚上和她分手的时候，我对她说不知道何时才能回柏林，我的态度相当冷淡，只约略说了个梗概，也没有许下任何承诺。她庄重而柔顺地接受了现实，脸上没有明显的担忧，尽管如此，我认为我们已经明显建立起一层关系，或许淡，却够坚韧，断也断不了，可以算一段恋曲了。

想着想着，我大概昏昏沉沉睡着了，接近午夜的时候，皮雍泰克过来摇醒我。我和衣而睡，行李也打包好了。我走出营房呼吸新鲜空气，其他人忙着确认车辆。勤务兵费舍尔为我准备了三明治和咖啡。残冬时节，严寒刺骨，我愉快地呼吸着来自高山的纯净空气。引擎轰隆的声响从稍远处传来，艾希曼副官带领的先遣小组率先上路。

我决定跟着临时特遣部队的队伍走，里面除了艾希曼和他底下的军官，还有大约 150 人，多数是绿衣警察以及国家安全局和国安警察署的代表，外加几名党卫队武装军。盖施克跟皮夫拉德带领的队伍殿后。我们项目小组的两辆车准备妥当后，我叫他们到出发区跟其他人会合，我则自己走过去找艾希曼。艾希曼戴着头盔，头盔上面还夹了一副坦克兵的护目镜，腋下一把斯泰尔冲锋枪，加上马裤，整个人看起来有点滑稽，好像要去参加化装舞会。

“一级突击队大队长，”他看见我，高声问，“您的人准备好了吗？”我点

---

1. 现属捷克境内，有一座纳粹集中营。

头表示准备就绪，随即过去与他们会合。

集合区在出发前总是一片吵嚷混乱，吼叫夹杂指令，终于车辆一一发动，有秩序地准备上路。艾希曼终于出现在集合区，他底下的军官紧紧跟在他旁边，其中有我在柏林就认识的亨斯契顾问。艾希曼又下了几个互相矛盾的指令，最后坐上由党卫队武装兵驾驶的水陆两栖越野车。我开玩笑地想，难不成他怕桥被炸毁，所以打算坐这艘竹筏，带着他的斯泰尔冲锋枪和司机，一马当先冲进马尔扎大军，杀他个片甲不留吗？皮雍泰克手握我的座车方向盘，一本正经，安静低调。

营区的探照灯啪嗒放射出刺眼强光，汽车引擎轰隆怒吼，卷起层层烟尘，大队人马终于开始移动。我让埃利亚斯和费舍尔拿着他们分配到的武器，一起钻进后座，我则坐在前座，皮雍泰克的旁边。皮雍泰克发动引擎，天空万里无云，星光闪烁，不见月亮。

我们沿着多瑙河蜿蜒而下，可以清楚地看见水光潋滟的多瑙河，宽广的河面在我脚下延伸。队伍沿着右岸直走，朝维也纳的方向前进。队伍排成一列，只开雾灯，免得让敌军的战斗机发现。不一会儿我就在车上睡着了，警报铃声时不时响起，我也跟着惊醒，车队被迫停驶，关掉车灯，没有人下车，大伙在黑暗中静静等待。我们没有遭遇攻击。

在一路上半睡半醒，又不时被警报惊醒的混沌状态下，我做了非常奇怪的梦，梦中的感觉如此鲜明又模糊，只要一个颠簸或警报将我惊醒，立刻如肥皂泡泡般，刹那间消失无踪。快 3 点的时候，我们从南边绕过维也纳，此时我已经完全清醒，拿起费舍尔事先为我准备好装在保温瓶里的咖啡喝了几口。月亮升空，如钩新月洒落点点光辉，照亮左手边的多瑙河，河水泛着银光。

空袭警报迫使我们车队行进一再中断，在月光的照耀下，漫长的车队五颜六色，车种不一，清晰可见。东方的地平线慢慢染出一片粉红，小喀尔巴阡山脉山峦起伏，轮廓逐渐鲜明。我们在新锡德尔湖的一处山峰底下暂停，此地距离匈牙利边界只有几公里。

胖嘟嘟的维斯利策尼走到我的座车旁轻敲车窗："带上朗姆酒过来。"我们每个人都分到几杯朗姆酒在路上喝，我还没碰。

我跟着维斯利策尼一路走，他每经过一辆车就敲敲车窗，示意车上的军官下车。正前方，红色旭日沉沉压着山岭，天空一片鱼肚白，浅浅的蓝带点晕黄，万里无云。我们这群人走到艾希曼的水陆两栖越野车旁边，差不多是车队的最前端，我们围住越野车，维斯利策尼去请艾希曼出来。

一行人包括了第四处 B 4 的军官，以及各小组的指挥官。维斯利策尼高举酒瓶，祝艾希曼身体健康：那天是艾希曼 38 岁的生日。

他高兴得语带哽咽："各位，我非常感动，真的非常感动。今天也是我加入党卫队七周年的纪念，有您这群伙伴的陪伴，我想再也没有比这更好的礼物了。"他兴奋得满脸通红，向每一个人微笑致意，在众人的欢呼声中小口喝着朗姆酒。

穿越边界畅行无阻，无论是海关人员，还是匈牙利军都只是站在路旁，看着我们车队开过去，有的脸色难看，有的毫不在乎，丝毫没有阻挡的意图。阳光灿烂的早晨，车队在一处小村庄暂停，大伙歇脚吃午餐，有咖啡、朗姆酒、白面包和在当地买的匈牙利葡萄酒，吃完随即上路。

现在车队的行进速度慢了许多，路上到处是德军车辆的残骸，军用卡车、装甲车都有，我们只好慢慢绕行，就这样走了好几公里。这一点都不像是要进攻，事情进展得既平顺又有秩序，路旁的老百姓排排站着看我们通过，有些甚至还比出友好的手势。

下午我们抵达布达佩斯，随即被安顿在史瓦班堡区，党卫队征了许多该区的气派饭店，大多在多瑙河右岸、城堡后面，并在此设立总部。我在阿斯多利亚饭店找到豪华套房暂时栖身，两张床、三张沙发，挤八个人。

第二天早上，我出门打听消息。城里到处是德国人，有国防军将领、党卫队武装军军官、驻外单位的外交官、警察、托德组织的工程师，中央经济暨行政总署的经济专家和名字变来变去的军事情报局干员。眼下局面混乱，我连自己隶属哪个单位都无法确定。

我去找盖施克，他告诉我，大元帅指派他担任国安警察署和国家安全局的联合大队长，同时也任命了温克尔曼副总指挥长出任党卫队兼警察署最高总长，温克尔曼会给我详细的任务说明。然而，这位职业警察出身，身材略显发福，理个小平头，有个小酒斗的温克尔曼根本不知道有我这号人物存在。他说，虽然看起来很像，但实际上我们并未占领匈牙利，我们是应霍尔蒂之邀，来到这里支持并协助匈牙利的。

尽管这里有一位党卫队兼警察署最高总长、一位国安警察署和国家安全局联合大队长、一名中央警察署大队长，架构看似完整紧密，我们却没有执法的权力，匈牙利政府保有国家主权赋予它的一切权力。

遇到纷争时，一律交由新任大使维森玛耶尔博士，也是党卫队荣誉旅队长裁决，或者交由他在驻外使馆的同事处理。

温克尔曼告诉我，卡尔滕布伦纳也在布达佩斯，他搭乘维森玛耶尔的专用车厢，挂在霍尔蒂的回程火车上一起从克莱斯罕宫过来的。他正在跟斯托尧伊·德迈中将，也就是前匈牙利驻柏林大使馆大使，讨论成立新政府事宜（被罢黜的卡拉伊总理仓皇逃进土耳其公使馆，寻求庇护）。

我没有理由找卡尔滕布伦纳，所以我前往大使馆拜会德国公使团。维森玛耶尔有事在忙，由他底下的范因参事代为接见，他听取了我的任务简报，答应代为转达，他建议我暂时先等一下，等情势更明朗再说，同时也建议我跟他们保持联络。现在状况混沌未明。

我回阿斯多利亚饭店，遇见艾希曼的得力助手克鲁梅一级突击队大队长。他已经找来一批犹太族群的领导人物开过会了，对会谈的结果非常满意。

“他们连大皮箱都带来了，”他笑得开怀，“我向他们保证，不会有人遭到逮捕，他们简直被那些极右派的疯狂举动吓坏了。我承诺只要他们乖乖合作，什么事都不会发生，让他们大大松了一口气。”他还是笑个不停，“他们大概在想，我们会保护他们，不让他们受匈牙利人的迫害。”

犹太人将成立一个委员会，为了避免打草惊蛇——犹太委员会这个在波兰无人不知无人不晓的字眼，在这里知道的人也不少，足以引发社群的担忧——将改名为“核心委员会”。

接下来的几天，新成立的委员会的委员们忙着搬床垫、床单给临时特遣部队，我征用了几件给我的小组人员。接着，部队内部成员想出了一些特别的花样，搬来的东西慢慢变成了打字机、镜子、古龙水、女用内衣、几幅美丽的华托小幅画作，就算不是真品，最起码也是该画派大师的作品。

我和那些委员，尤其是犹太族群的族长萨缪尔·施泰因博士，曾经多次针对他们所能提供的人力资源交换意见，获得了初步的梗概认识。有许多犹太人在匈牙利的军火工厂工作，男女皆有，所以施泰因可以提供粗略的数字。但是随即出现一个重大的问题——这几年来，身体健全，没有稳定工作，仍值壮年的犹太人，大多数被征召加入匈牙利军队工兵团，负责后勤工作。这是真的，我还记得听人说过这类的犹太兵团，我当时在临时小组4a的同事因此震惊不已。“这些工兵团我们动不了，”施泰因说，“您得跟政府谈。”

斯托尧伊宣布成立新政府几天后，新内阁在历经了长达11个小时，也是该政府唯一召开的立法会议上，通过并颁布了一系列的反犹太人法案，匈牙利警方即刻执行。我跟艾希曼很少碰面，他身边总是跟着一大群军官，要不然就是跑去找犹太人。根据克鲁梅的说法，艾希曼对犹太人的文化很感兴趣，常去参观他们的藏书、博物馆还有犹太教堂。

到了月底，他亲自和核心委员会对话。他的临时特派小组全数搬进皇家饭店，我继续留在阿斯多利亚饭店，不过我多要了两个房间当办公室。我没有接到会议通知，我在他走出会场时碰到他，他似乎对自己的表现非常满意，向我保证犹太人一定会乖乖配合，遵照德国的吩咐去做。

我们谈了一会儿劳动力的问题，新的立法容许匈牙利增设平民工兵团——他们将动员所有丢了工作的犹太籍公职人员、记者、代书、律师、会计师。

艾希曼听了不停冷笑：“您想想看，亲爱的一级突击队大队长，犹太律师跑去挖防装甲车战壕！”他们愿意分多少人给我们，我毫无头绪。艾希曼跟我一样，担心匈牙利把最好的人留给自己。不过，艾希曼找到了一个盟友，布达佩斯郡的一名官员拉斯洛·安德烈博士，他是根深蒂固的反犹太主义信徒，艾希曼希望能拱他当内政部长。

“绝对要记取丹麦的教训，不能重蹈覆辙，您看，”他用一只青筋暴露的大手撑住头，一边轻咬另一只手的小指头，一边向我说明，“我要叫匈牙利人负责所有的行前事项，要他们把犹太人端到我们面前。”临时特派小组集合了匈牙利警方、国安警察署和国家安全局联合大队长的武力，开始逮捕违反新法规的犹太人，位于小陶尔乔，邻近市区的临时拘留营已经扣留了3000多名犹太人，由匈牙利警方负责巡守。

我们这边也没闲着。经由公使团的居中介绍，我们和农业暨工业部部长取得联系，打探他们的口风。我和公使团的专家冯·阿达莫维奇先生，一起研究匈牙利的新法规。

冯·阿达莫维奇是个亲切聪明的人，可惜深受坐骨神经痛和关节炎之苦。与此同时，我和驻守柏林的小组成员也保持联系。斯佩尔很巧地去休养了，我叫人发了电报给他，恭喜他病愈出院，还附上一束花，但没有收到回复。

我受邀到西里西亚出席关于犹太人问题的会议，由弗朗茨·西克斯主持，他是我在国家安全局工作时的首位部门主管，现在在外交部，偶尔也会到国家中央安全局给予协助。托马斯也在受邀之列，还有艾希曼和几位他底下的专家。

我尽量安排跟他们同行。我的项目小组搭乘火车，经过普雷斯堡，然后在布雷斯劳换搭往希尔施贝格的列车。开会的地点在克拉姆于贝尔，是西里西亚和苏台德地区知名的滑雪胜地，外交部为了躲避轰炸从柏林迁移到此。

现在大半的设施被外交部征用，成了西克斯的办公室。我们被塞进一座人满为患的招待所，外交部需要的新办公设施尚未兴建完成。我很高兴能和托马斯见面，他比我们早一步到达，哪可能放过大好良机，早就跟年轻貌美的秘书和助理滑雪去了。他介绍我认识其中一位，她有俄罗斯血统，而且似乎没什么公事要办。艾希曼在这里遇见了来自全欧洲的同事，一个劲儿自吹自擂。

大伙到达的第二天，会议正式开始。

西克斯上台开场，以“国外反犹太行动的使命和目标”为题发表演说，他谈到了全球犹太主义的政治架构，坚定表示小犹太在欧洲的政治和生物学上的角色已经结束。他还稍稍离题，讲了他对犹太复国主义的看法，相当有意思。

犹太复国主义对我们这个圈子的人来说，在当时仍是陌生议题，根据西克斯的说法，让浩劫余生的犹太人重返巴勒斯坦的问题，应该划归在阿拉伯世界的问题，其重要性在战后将更加突显，尤其是当大英帝国的势力版图消退之时。紧接在他之后发言的是外交部的专家冯·塔登博士，他针对“犹太人在欧洲的政治地位，以及反犹太措施施行后的情况”发表看法。托马斯提到了去年犹太人暴动时引发的安全问题，其他专家或顾问分别就其派驻地区或国家，报告当前的状况。

当天的重头戏非艾希曼莫属。匈牙利任务似乎给了他许多启示，他为与会人士娓娓道尽，反犹太任务从开始到现在一路走来的点点滴滴。他飞快点出贫民窟政策的失败，批评机动性单一行动的混乱和低效率。

“不管过去的行动记录了多少成绩，都只是零星的成就，因为我们让太多犹太人逃走，躲进树林，因而壮大了游击队的声势，也磨灭了自家人的志气。”在国外，行动要成功端靠两大因素：当地执政机关的动员能力和合作，还有跟犹太族群的领导人合作。

“在那些我们没有足够资源的国家里，想要知道强行逮捕犹太人会有什么结果，只要看看丹麦的例子，就能一目了然，丹麦是彻底地失败。法国南部呢，就算在我们占领了原先属于意大利的区域，获致的成效也非常有限，意大利老百姓和教堂私藏数千名犹太人，我们却无从找起……至于犹太委员会这个组织，替我节省了大量的人力，等于让犹太人自己亲手捆绑同胞，把他们送上毁灭之路。

“这些犹太人各自怀抱着目标与梦想，他们的梦想帮了我们一个大忙。他们梦想用大规模的贿赂来买收我们，自动送上他们的金钱，他们的财产，我们大方收下他们的钱，他们的财产，一方面继续完成我们的使命。他们梦想着做国防军的生意，拿到工作证的保障，而我们利用这些梦想，为我们的军火厂找资源，为我们的地下设施建设找人力，也为我们送上那些老的、弱的、没用的米虫。不过，各位一定要了解，消灭首批10万名犹太人比肃清最后的5000人要容易许多。华沙就是一个活生生的例子，还有豪泽旗队长刚刚提到的那些暴动。

“大元帅把华沙战役的相关报告送来给我的时候，他特别强调，他怎么都想不到，贫民窟的犹太人竟然有此能耐。然而，我们深深怀念的总长，海德里希副总指挥长很早就看清了这个道理。他知道最强悍，最壮硕，最机智，最狡猾的犹太人一定能逃过各种筛选，他们才是最难消灭的。这些人正是犹太主义复兴，犹太血脉存亡之所系，正如已故副总指挥长所言，是犹太人毒菌繁衍再生的细胞。我们的战斗是科赫[1]和巴斯德[2]战斗的延伸，我们一定要坚持到底……”

语毕，现场爆出如雷掌声。

艾希曼真的相信他所说的这番话吗？这是我第一次看到他如此慷慨激昂，我觉得他表现得太激动了，完全被他的新角色牵着走，难不成他喜欢玩这种游戏，喜欢到连自己都迷失其中？

尽管如此，他举出的几项务实做法确实很有道理，看得出来他仔细研究了过去所有的经验，并从中汲取了可贵的教训。

西克斯基于礼貌和过去的情谊，邀请我和托马斯，三人私下小聚一番。我对艾希曼的演讲内容表示推崇，但是西克斯带着一贯的阴沉丧气表情，认为他讲得不好。“没有任何学理上的价值，他是个相当单纯的人，没什么特殊天赋。他的确有些架势，在他专业的小领域里有那么一点才干。”

“正因如此，”我说，“他是优秀的军官，有企图心，而且有属于他自己的一套，我认为他未来大有可为。”

“我可不敢说，”托马斯冷淡地说，“他太死脑筋了。他不是好惹的獒犬，执行能力强，却毫无想象力可言。遇到超出他专业领域的事件，就不知如何因应，也不知道跟着时代改变。他毕生的生涯等于奠基在犹太问题上头，他在这方面非常强，但是一旦犹太人的问题解决了——或者说政治风向改了，假设歼灭犹太人突然不再是头号目标了——他一定无法适应，终将被时代淘汰。”

第二天会议持续进行，但与会人士的层级比较低。艾希曼没有留下，他有别的事要做。“回布达佩斯之前，我得先到奥斯威辛集中营巡察，那边情况有变。”

我留到 4 月 5 日才离开。回到匈牙利，我得知元首刚刚解除了帝国境内不得聘雇犹太籍劳工的禁令，政治上的暧昧顾忌完全消除，斯佩尔和特派工作小

---

1. 科赫（Robert Koch，1843—1910）：德国微生物学家，1905 年获得诺贝尔医学奖，被视为细菌学之父。
2. 巴斯德（Louis Pasteur，1822—1895）：法国微生物学家，发明了防治疾病的预防接种法，闻名全球。

组的人时不时跑来找我，询问第一批犹太劳工何时进来。我请他们少安毋躁，规划的步骤尚未安排妥善。

艾希曼从奥斯威辛回来时气得七窍生烟，大肆抨击集中营的司令部："粗鲁没用的家伙，容纳新囚犯该采取的配套措施一样都没做。"

4 月 9 日……啊，按日描述这些寻常琐事有什么意义呢？我累了，也烦了，各位想必也是。我花了多少篇幅，逐一叙述这些不起眼的无聊官场游戏？还要这样继续下去吗？不，我不行了，笔已秃，应该说圆珠笔写干了才对。我也许可以另找时间详述，不过重提匈牙利这段肮脏的历史，又有什么用呢？何况，针对这段历史写就的专业书籍汗牛充栋，比起我的说法，历史学家想必能给各位更全面、更合理的看法。

我在那股历史洪潮里，只扮演了一个微不足道的角色，虽说我亲身遇见过某些历史上的大人物，然而，他们对这段历史的回顾，我没有立场置喙。接下来发生的大事件，特别是和艾希曼、贝歇尔以及犹太人协商的过程，像是以金钱、卡车交换犹太劳工等等，这一切我的确多少知情，我也加入讨论协商，甚至还跟几位相关的犹太籍人士见了面。

贝歇尔也一样，他是个让人猜不透的人，说是到匈牙利来为党卫队武装军买马，没多久，竟替大元帅接收了匈牙利最大的军火工厂曼弗莱德—魏斯，神不知鬼不觉，没有人知道，维森玛耶尔、温克尔曼还有我通通被蒙在鼓里，连后来大元帅派来的人，无论他们肩负的任务是否与我的，或者与艾希曼的任务重叠或冲突，他们也完全不知情。

一直到很后来，我才明白这是大元帅一贯的典型作风，而这样的做法在行动区域内，只会造成混乱和内部不和。温克尔曼管不到艾希曼和贝歇尔，因为他们不需要向他报告，我必须承认，比起他们，我也好不到哪里去，我径自找匈牙利人磋商，多半是他们国防部的官员，从未知会温克尔曼。

经由维森玛耶尔的军事参议葛雷芬堡将军的牵线，我直接找上匈牙利军队，探询他们是否可以释放几个犹太工兵团给我们，我虽然有非常政府给予的特别保证，军方还是悍然拒绝，他们只愿意释放出本月初新收编的老百姓，还有我们自己从工厂和民宅拉出来的犹太人，总而言之是劳动价值微薄的一群人。

我之所以认定此次任务彻头彻尾失败，这是一大原因，但并非唯一的原因，后面我会再讲到，也许也顺便说说我和犹太人协商的过程，因为这些或多或少都是我的职责范围。更精确的说法是，我企图借由协商达成心里默认的目标，只是成效不彰，我愿意坦承失败，失败的理由有一大箩筐，不仅仅是我刚刚提到的那个因素，艾希曼的态度也是关键，他变得越来越难沟通，还有贝歇尔也是，再加上中央经济暨行政总署跟匈牙利警方，大伙搞得一团乱，您明白了吗？——无论如何，我可以更明白地指出，如果我们想要分析匈牙利行动，在劳动人口规划层面的成果一塌糊涂的原因，就必须将这些人、这些单位全部纳入考虑。

他们在这次行动中各自担负不同的角色，互相推卸责任，也有人把过错推到我身上，反正这场卸责大战几乎无人幸免，这一点您可以相信我，总之是场混战，闹得鸡飞狗跳。

究竟谁才是导致大多数犹太劳工死亡的罪魁祸首，我提过犹太人还没开始工作，就直接被送进毒气室，是因为匈牙利输出的犹太人被送到奥斯威辛筛选时，绝大多数被认定为没有能力工作，比率高达七成，但没人有确切的数字。

当时伤亡非常惨重，战后外界一度以为这才是匈牙利行动的真正目的——杀光所有犹太人，女人、老人、玩具娃娃似的小孩，还有身强体健的壮汉，一个都不留。因此，外界猜不透为什么德国人在战场失利的关键时刻（当时战败的阴影也许还不是那么显而易见，至少从德国的角度来看是如此），还是一意孤行，继续屠杀犹太人，不惜动员巨大的资源、人力和火车，持续屠杀，尤其是妇女和小孩。大家不了解其中的错综复杂，把这一切归咎于德国人盲目疯狂地反犹太，毫无理性地屠杀，这远远背离了当时多数与事者的想法。

事实上，对我还有许多的公职人员和专家来说，这次行动的赌注非常关键，也很基本，就是要为我们的工厂寻找劳动人力资源，数万名的劳工也许就足以反转战争局势，我们要的犹太人不是死的，是活的，而且要身体健康，最好是男性。

然而，匈牙利想要保留男性，就算不是全部，也要抓住一大把，所以一开始，情势对我们就非常不利，接着又出现运输的不利条件，简直糟到不行，天晓得我为了这事跟艾希曼吵了多少回，他每次都拿同样的话堵我。“这不是我的问题，负责安排火车班次和粮食的是匈牙利警察，不是我们。”

再来还有霍斯的专断独行。与此同时，也许是艾希曼那份报告的关系，霍斯重回奥斯威辛，担任驻地总指挥官，取代了被踢回柏林遭到冷冻的利艾伯亨舍尔，所以还得加上霍斯的顽固无能、不知变通，这一点后面也许会再详加说明。

当时我们几乎没有人希望发生这种事，然而各位一定会说，事情还是发生啦，没错，我的确把所有犹太人送进了奥斯威辛，不仅是那些有工作能力的人，而是所有的人，就算明知老人和小孩将被送进毒气室。

说到这里，又回到原先的问题点了，为什么坚持一定要清光匈牙利的所有犹太人，何况当时的战况不利于德国，这一点我只能提出一些假设，因为这不是我们的初衷，这话好像说岔了，我的意思是，我当然知道为什么我们要引进（当时我们用的是撤离这个词）匈牙利境内的所有犹太人，而且没有工作能力的，二话不说立刻杀掉，是因为我们的领导当局，元首跟大元帅决意杀光欧洲的犹太人，这我们都知道，就像我们都知道那些有工作能力的人迟早也要死一样。

为什么一定非得杀光犹太人不可呢？这个问题我之前深入探讨过了，始终找不出答案。当时，我们对犹太人有各式各样的说法，好比大元帅和海德里希的毒菌说，也就是艾希曼在克拉姆于贝尔会议上援引的理论，然而我认为，这对他来说，应该纯粹只是一种理论上的借口，用来解释犹太人暴动的成因，跟犹太人替敌军以及第五纵队搜集情报的说法类似，这些论述纠缠着国家中央安全局大部分的成员，甚至连我的朋友托马斯都为此不安，生怕犹太人威胁扩张，无所不在。有些人还认为他们的势力仍旧稳若泰山，也因此产生诸多荒唐可笑的误会，像是 4 月初在布达佩斯时，我们撤离了许多犹太家庭，空出他们的公寓。

国安警察署要求匈牙利政府建立贫民窟，集中管理犹太人，匈牙利政府拒绝了，因为他们害怕同盟国轰炸贫民窟周围地区，只保住贫民窟（我在克拉姆于贝尔开会时，美军已经开始轰炸布达佩斯），因此反而把犹太人分散安置在各个军事标的或工业战略位置上。此举让我们的长官深感不安，如果美军照常轰炸这些标的，岂不是证明犹太人在全球的势力并不如他们想象的强大，我必须在此补充，美国人确实轰炸了这些标的，连带杀死了许多犹太平民，使得我很早就不再相信国际犹太主义那一套，否则 1937、1938、1939 年的时候，我国当时只要求犹太人一件事，就是全数离开德国，这其实是解决犹太人问题最合理的办法。

可是，为什么每个国家都拒绝收留犹太人？我好像扯得太远了，回到我刚刚提出的问题，我想要说的是，虽然最后得到的灭绝结果从表面上看似乎毋庸置疑，但是客观而言，多数的与事者并非为了灭绝犹太人而来，也不是灭绝的行动激发了他们拼命工作，四处奔走，他们心里自有一整套的完整想法。我敢说就算是艾希曼，虽然他态度强硬，但他的内心深处根本不在乎杀不杀犹太人，他在乎的是让大家看到他的能耐，要让大家看出他的价值，尽全力表现他累积习得的才干，至于其他，他完全不在乎，管他什么工业产能，什么毒气室，他最在乎的一件事，也是他在乎的唯一一件事，就是没人在乎他，因此他才大为反对跟犹太人妥协。

这个我以后再说，最有意思的，莫过于与事者各有各的理由，各怀鬼胎：协助我们的匈牙利政府机器，目的是想要犹太人离开匈牙利，至于犹太人的死活，他们毫不在意；斯佩尔、卡姆勒和特派工作小组的人要的是劳工，他们用尽一切手段，催促党卫队交出他们需要的劳工，至于没有劳动能力的犹太人会落到什么下场，他们也毫不关心；此外，还有各式各样的个人功利动机。

拿我来说吧，我专司劳动人口计划，实际上，劳动力不是经济的唯一动力。

我后来认识了一位粮食农业部的专家，某天晚上，这位工作热忱、聪明绝顶的年轻人在布达佩斯市区一家历史悠久的咖啡馆里，向我解释了这次行动的粮食层面问题。德国自从失去了乌克兰这个大谷仓，粮食短缺的问题日益加剧，尤其是小麦短缺尤为严重，我们于是转而觊觎匈牙利这个农业大国，他认为这才是我们入侵匈牙利的主因。

为了确保小麦供应无虞，1944 年的时候，我们向匈牙利要了 45 万吨的小麦，比 1942 年时多出了 36 万吨，换言之，遽增了八成。然而，这些小麦不可能凭空变出来，匈牙利也得养活自己的人民，不过事情就是这么凑巧，这多出来的 36 万吨小麦，恰好等于 100 万人的口粮，与匈牙利境内的犹太人总数不谋而合，所以粮食部的专家认为国家中央安全局大举撤离犹太人，是为了让匈牙利能有多余的小麦输往德国，以因应我们的需要。

至于遭到撤离的犹太人命运如何，基本上，如果不杀他们的话，我们就得到别处张罗他们的食物，这可不是这位满脑子数字、极为友善的年轻专家要去伤脑筋的问题，粮食部里有其他专家，专门处理囚犯的口粮和德国境内外籍劳工的粮食配给问题。

那些数字不是他的职责，对他来说，匈牙利撤离犹太人解决了他的难题，尽管此举衍生了让别人伤脑筋的问题，不过已经不是他的问题了。有这种想法的人，绝对不止他一个，所有人都跟他一样，我也跟他一样，各位也是，易地而处，您也会跟他一样。

也许，您对这些一点兴趣都没有。也许您偏好奇文逸事，稗官野史，亟欲跳过这番艰涩庞芜的无病呻吟。我有些犹疑。我很想谈谈那些历史事件，但是像这样略微随兴地挖掘记忆和搜寻笔记，我坦白告诉各位，我累了，该是结束的时候了。再说，倘若我要像这样继续叙述1944年间发生的大小事，沿用本书从开始到现在的描写手法，我永远也写不完。您看，我不是只想到自己，我也替各位着想，多少想一点，当然是有一定的限度。

我承认，我翻出伤痛的往事，绝对不是只为了想讨各位欢喜，最终的目的还是为了自己，为了自己的心理健康，就像人有时吃得太撑了，总要排泄才会好过一些，而排出来的东西是香是臭，就由不得我们了。

再者，各位还有最后一招可用，干脆合上书扔进垃圾桶，碰上这个终极绝招，我也只能干瞪眼。所以，我真的想不出来为什么我要在意各位的看法。正因如此，如果我在这里改变了叙事的手法，都是为了我自己，不论您喜欢与否。这里再度突显了我这个人有多自私，多缺乏教养。

您也许会说，或许我应该从事其他工作，是啊，或许我应该去试试别的志愿，如果我能搞懂两排音符和中央So的话，我会非常高兴徜徉于音乐天地，不过也罢，我已经说过我没有音乐天分；要不然绘画也行，我觉得当画家是非常愉快的事，画画是份安详宁静的工作，静静沉浸在形状和色彩之中，不过木已成舟，也许下辈子吧，因为这辈子我没得选择，也许有那么一点点的选择余地，某些可以使力转圜的空间，但是坦白说相当有限。沉重的命运锁链逼得我们转了一大圈，又回到了原点。我们还是回到匈牙利吧。

环绕在艾希曼身边的军官没什么好说的，他们大多是性情平和、恪尽本分的好公民，以能穿上党卫队的制服为荣，但往往胆小怕事，缺乏冲劲，总是想着“对……可是……”，而且将上司视为伟大的天才。

这一大群人当中，只有维斯利策尼略显与众不同，他与我同年，来自普鲁士，英文说得非常好，历史知识渊博，我很喜欢和他彻夜长谈，畅谈三十年战争、1848 年的转折、威廉时代的道德沦丧。他并非常有独到见解，却有扎实的历史根据，而且能准确适时地插入合理的论述，这是推测历史发展的首要必备天赋。

维斯利策尼过去曾是艾希曼的上司，我想是 1936 年在国家安全局总局的时候，当时犹太人事务还属于第二局一一二处的业务，由于他散漫的态度和过重的身材，事业很快就被自己的门生超过，他对此非但没有感到不快，和艾希曼还一直保持着友好的情谊，维斯利策尼和艾希曼一家人都很熟，甚至在公开场合也以“你”互称（后来他们好像闹得不太愉快，我不太清楚其中的因由，维斯利策尼在纽伦堡大审判时以证人的身份出庭，做出对老同志不利的指控，致使后来历史学家和文学家长期以来对艾希曼抱持着错误的观点，有些甚至人言不惭指称，这位可悲的一级突击队大队长可以下令指挥阿道夫·希特勒。这不能怪维斯利策尼，他要保命啊，艾希曼反正下落不明，把一切罪过推给缺席者，是当时很常见的脱罪法。只是他终究没能逃过制裁，可怜的维斯利策尼最后还是在普雷斯堡，也就是现在斯洛伐克的首都布拉迪斯拉发的绞刑架上了却残生，那根绞索一定非常坚韧，才能支撑得住他一身的肥肉)。

我欣赏维斯利策尼的另一个原因是他头脑非常清醒，跟其他人有云泥之别，尤其是那批来自柏林的公务员，他们多半是这辈子第一次被派到外地出任务，站在那些年纪甚至比他们大上一倍的犹太乡绅面前，突然发觉自己有这么大的权力，一时忘了应该把持的分际。他们有些人用最卑鄙下流的字眼和手段羞辱犹太人，有些则被权力冲昏头了，滥用职权，个个显出不可一世的样子，傲慢得离谱。

举例来说，我还记得一个叫洪舍的顾问，说穿了就是个公务员，美其名曰法学专家，其实脑袋跟代书差不多，就像是坐在银行办公桌后面，耐心抄写文书，安静等待退休的那种平凡小男人，穿着老婆替他织的背心，细心栽育荷兰郁金香，或者拿着炭笔，素描架上一整排他小心呵护、排列整齐的拿破仑铅质士兵玩偶，又或者是面对勃兰登堡门的石膏塑像缅怀年少美好时光，认为社会井然不复得的类型，天知道这种人日思夜想在梦想什么。

在布达佩斯，他们穿着滑稽可笑的超宽松制服马裤，抽着高级香烟，大模大样地双脚一抬，脏兮兮的靴子架上丝绒扶手椅，对着上门求见的犹太乡绅，厚颜无耻地提出各种光怪陆离的要求。

我们刚到布达佩斯那几天，他要犹太人找一架钢琴给他，您瞧他一副满不在乎的神情，淡淡地说："我一直梦想拥有一架钢琴。"

胆小怕事的犹太人一股脑儿搬了八架过来，而洪舍直挺挺地蹬着脚下的高筒靴，当着我的面尖酸地训斥他们："先生们！我并不想开店，我只是想弹琴。"

钢琴！德国在炸弹底下呻吟，我们的士兵手脚冻伤，十指不全，在前线英勇奋战，而这位没离开过柏林的洪舍一级突击队中队长，我们的顾问先生，竟然要钢琴，大概是为了抚慰他不安的心灵吧。

当我看着他签发公文，将这些犹太人送往暂时收容营时——那时撤离行动已经开始——我不禁纳闷，在文件上签上名字的当下，他是否会兴奋得暗自勃起。我承认，这种人是统治民族的害群之马，如果各位以这种人的所作所为来评断德国——唉，这种人还真不少——那么，我无法否认我们的确罪有应得，对于历史对我们的评判，也无话可说。

至于艾希曼一级突击队大队长，我该说什么呢？

打从认识他的那一天起，我从没见过他如此卖命地投入工作。他和犹太人开会的时候，语气严厉，斩钉截铁，但一定会礼貌地先请对方坐下，以"各位先生"称呼他们，更客气地称施泰因博士为"顾问先生"，然后突然改爆粗口，蓄意威吓，最后回到冷冰冰的礼貌态度，好像要将他们催眠似的。

他和匈牙利政府机关打交道时，手腕灵活高明，恩威并用，虽然把他们压得死死的，却也和几位官员建立了坚固的情谊，尤其是拉斯洛·安德尔，他引领艾希曼走进当时他全然陌生，最后却深深着迷的匈牙利社交圈。

安德尔邀请艾希曼到城堡做客，为他引见伯爵夫人。包含了犹太人和匈牙利人的所有人，都恣意放任自己浮沉浮华世界，这种行为可以解释艾希曼为什么也落入权力的傲慢中（不过，他绝没有像洪舍那样无理取闹），自以为是一切的主宰。他确实自以为是个佣兵队长，自比为冯·丹·巴赫－赛勒斯基[1]，忘记了自己的本质，忘记了他只是一名有才干的军官，虽说在他统领的狭小专业领域里，可说是能力出众。然而，当我们和他独处时，有时在他的办公室，有时候是晚上闲暇之余，几杯黄汤下肚，他又会变成原先的那个艾希曼，那个在国安警察署办公室跑来跑去，一看见官阶比他高的上司就毕恭毕敬，战战兢兢，却野心勃勃的他。

艾希曼每次出任务都会要求上面出具公文，以为将来脱罪之用，无论是穆勒、海德里希还是卡尔滕布伦纳发下的命令，他全都一一收好，仔细分类归档，如果艾希曼被赋予的工作是采购马匹或卡车，他也会同样尽力完成任务，展现出相同的效率，跟赶数万人赴黄泉路的撤离任务一样卖命。

每当我私下去找他，讨论劳动人口的问题时，他总是坐在皇家饭店豪华套房的气派书桌后面静静地听，满脸厌烦，一边擦弄眼镜，一边好像罹患了强迫症似的，猛按手上的圆珠笔，咔里——咔，咔里——咔的响声不断，或者整理办公桌上贴满小纸条的文件和笔迹潦草的备忘录，吹吹桌上的灰尘，抓抓微秃的额头，开始长篇大论地大打太极拳，有时候扯得太远，连他自己都不知道说到哪儿去了。

4 月底，我们终于获得匈牙利政府的首肯，撤离的任务得以正式展开。一开始，艾希曼简直是乐昏了，没日没夜地拼命，随着遭遇的困难越来越多，他也变得越来越难以相处跟专断，就算是对我（他还蛮欣赏我的），也一样不假辞色，于是四处树敌。

温克尔曼算是他形式上的长官，却一点都不喜欢他，话虽如此，这位警察出身，粗暴严厉的执法者，以其奥地利庄稼汉特有的天赋与见地，替艾希曼做

1. 赛勒斯基（Erich von dem Bach-Zelewski，1899—1972）：党卫队副总指挥长，负责波兰地区战犯和罪犯的处决行动。

了最佳的评断。艾希曼不可一世的态度，还有他放肆无礼的举措，常让温克尔曼气得火冒三丈，不过他深知艾希曼有多少斤两。

有一天我去找温克尔曼，想请他帮忙居中斡旋，最起码施些压力好改善犹太人的运输条件，他对我说："他只有下级军官的格局，他毫无保留地运用手边权力，没有任何道德或心理的顾忌。只要他以为所作所为符合上层命令的精神，觉得自己有靠山，便恬不知耻地滥用职权，跟穆勒地区总队长还有卡尔滕布伦纳副总指挥长完全一个样。"他说得应该没错，更何况，他并没有全盘否定艾希曼的能力。

那时艾希曼已搬离饭店，进驻罗森堡区阿波斯多路上的一栋豪华别墅，别墅前屋主是犹太人。别墅共两层楼，还有一座高塔，可以眺望多瑙河河景，四周是一片翠绿的果园，可惜因为挖掘防空壕而变得残破不堪。大部分的时间，他都跟新交的匈牙利朋友在一起，乐此不疲。撤离行动如火如荼地展开，规划的时程极为紧迫，犹太人一区一区地撤离，抱怨也跟着如雪片般飞来，各处室都有，特派工作小组、斯佩尔的部门还有索尔本人，而且到处乱发，发给希姆莱、波尔、卡尔滕布伦纳通通都有，最后全都转到我手上。

情况一团糟，终于引起轩然大波，工厂满心期待，准备迎接大量拥入的健康壮汉，没想到来到工地的不是瘦弱的少女，就是只剩半条命的男人，工程被迫中断，难怪他们暴跳如雷。到底发生了什么问题，没有人知道。我之前说明过，这当中有一部分的责任归属，要摊到匈牙利军方的头上，无论我们怎么抗议，他们就是死咬住工兵团不肯放。话虽如此，剩下的犹太人还是有不少男人，而且之前一直过着正常的生活，衣食无缺，那些人总该健健康康的吧。

后来才发现，撤离集合地点的居住环境非常差，犹太人有时得在这里等上好几天，甚至几个星期才能坐上车，这些日子里连吃的都没有，上了车，又像牲畜般挤在没水没食物的车厢里，每节车厢只放了一个排泄桶。在这种情况下，他们身体渐渐虚弱，疾病开始蔓延，病死的人不在少数，侥幸存活到终点的人，个个面黄肌瘦，虚弱无力，想当然耳，没有多少人能通过筛检，就算通过筛检，多半也会被工厂和工地打回票，尤其是特派工作小组的人，个个气得张牙舞爪，指责我们净送些连铲子都举不起来的娘娘腔给他们。

我把这些抱怨转给艾希曼看，我之前也说过了，他冷冷卸责，只说不属于他的权责范围，只有匈牙利人有办法改变现状。所以我跑去找巴基少校，他是负责警察业务的政府秘书，他只说了一句话打发我：“您快点送他们上车不就成了。”

叫我去找实际打点撤离行动大小事项的佛伦兹中校，他是一个尖酸刻薄、难以沟通的人，我们谈了一个多小时，他告诉我，只要有人提供粮食，他很愿意分派更多的食物给犹太人，只要有人派更多班火车过来，他也很愿意在每节车厢里少塞几个人。总之，他的主要任务是把他们送上车，不是呵护他们饮食起居。

我跟维斯利策尼一起前往察看其中的一处犹太人“集散处”，我不太记得确切的位置了，好像是在卡绍地区。眼前的景象令人心酸，露天的制砖窑厂，犹太人一家一家缩在一起，淋着春雨，穿短裤的小孩踩着地面的积水玩，大人麻木不仁地坐在大皮箱上，要不就是来回踱步。

我很惊讶地发现，这批犹太人和我之前在加利西亚或乌克兰碰见的少数犹太人，两者有着几近对比的写照，以前碰到的都是受过良好教育的，多半属于中产阶级，虽然也有不少工匠或农夫，但是外表永远干干净净，保有一定的尊严，孩子们也都是洗得清新舒爽，头发梳理整齐，情况再恶劣也会穿戴整齐，有时候还可以看见他们穿着民俗服装，绿色外套绣着黑色肋形花纹，头戴橄榄帽。

这一切让眼前的一幕更加不堪入目，虽然他们胸前挂着黄色星星，但是看起来跟德国乡村村民，最起码跟捷克村民没两样。

我脑中自然浮现阴森恐怖的画面，想到这些干干净净的小男孩，或淳朴可爱的小女孩被送进毒气室，不禁肠胃一阵翻搅。

但是，我又能怎么样呢？我望着怀孕的妇女，想象她们在毒气室的样子，双手抱着圆圆的肚子，恐怖地想到这些妇女腹中的胎儿，他们是跟着母亲同时断气呢，还是受到包覆其外的死亡躯壳的庇佑，在气闷的天堂中多活些时候？乌克兰的记忆如潮水般涌来，我好想吐，我已经好久好久没有这种恶心的感觉了，我想吐尽自己的无能，吐尽我的悲伤，我无用的人生。

我在那里碰巧遇见了一名参事格雷尔博士，他是费恩参事派来分辨遭匈牙利警方误逮的外国籍犹太人，尤其是那些持有中立国或结盟国家护照的犹太人，把他们拉出临时集中地，最后再看是否该遣送回国籍国。

可怜的格雷尔“五官吓人”，他的脸因为严重烧烫伤而毁容，他那张可怕的脸总吓得小孩惨叫惊逃。他踩着脚下烂泥，一群一群地询问，礼貌地问他们是否持有外国护照，请他们拿出来，再请匈牙利警察将某些人带到另一边。艾希曼和他那批军官很讨厌他，常指责他检查太宽松，缺乏辨识能力。

说真的，匈牙利犹太人只要花几千块匈牙利币就能买到一本外国护照，尤以罗马尼亚护照最容易取得，不过，格雷尔只是在做他应该做的罢了，至于护照是不是合法取得，不在他的职责之内。再说，如果罗马尼亚代表处收贿，那也是布加勒斯特当局的事，不干我们的事，如果他们愿意接受容忍这些犹太人，算他们倒霉。

我跟格雷尔还算熟，在布达佩斯的时候，两人偶尔会一起喝一杯或共进晚餐。德国军官圈子里，人人尽可能不与他接触，甚至敬而远之，连他同部门的同事也一样，大概是他外表吓人的缘故。此外，他突如其来的情绪发泄，也常让人手足无措。

至于我，这些我都不在乎，也许因为他的伤在本质上跟我的很相似，他的脑袋也挨了一枪，带来的后遗症远比我的要严重，基于某种默契，我们没有聊过彼此受伤的情况，不过当他多喝了几杯后，总是叨念着我运气好，他说得很对，真的是上天保佑，我面孔完全无缺，脑袋也还完整。他如果喝得太多（他经常喝过量），紧接着就像火山爆发般乱发酒疯，情况几近癫痫发作，整张脸仿佛变了颜色，大吼大叫。

有一次在咖啡馆，我和服务生两个人合力才勉强拉住他，没让他摔掉店内所有的碗盘，第二天他特地登门致歉，整个人沮丧懊悔至极，我试着安慰他，我能理解他的痛苦。

他过来临时集散中心找我，双眼瞪着他也认识的维斯利策尼，只短短说了一句：“烂差事，嗯？”他说得对，但还有更糟的。

为了搞清楚进行筛检时哪个环节出错，我前往奥斯威辛。我搭乘维也纳—克拉科夫线列车，到那里已经是半夜了，列车远远还未进站，就可以看到一排白色的光点，那是比尔克瑙营区周围铁丝网木墩上挂的探照灯，光点后面是无垠的黑暗，恍如一张漆黑的大嘴，吐出人肉烧焦的可怕气味，阵阵拂过列车厢。列车乘客以返回营区的军人和官员居多，而且多半带着妻子，大伙脸贴着车窗，对眼前的景象看法不一。有个老百姓对他老婆说：“烧得真旺。”列车进站，一名三级突击队中队长前来接我，安排我住进党卫队武装军总部。

第二天早上，我再度见到了霍斯。5 月初艾希曼得到消息，我在前面也讲过，中央经济暨行政总署对奥斯威辛集中营的组织再度进行大规模的重整。

奥斯威辛集中营有史以来最优秀的指挥官利艾伯亨舍尔，竟然被换掉，来了个一无是处的窝囊废贝尔二级突击队大队长。贝尔原本是蛋糕师傅，担任过波尔的副官，比尔克瑙营区的哈特詹斯坦则由纳兹维勒集中营[1]的指挥官，克拉玛一级突击队中队长取代。在匈牙利行动进行期间，由霍斯统合监督其他营区。

跟他见面时，我觉得他话说得很明白，他认为他的任务很单纯，就是灭绝犹太人。犹太人拥入的速度逐渐加快，有时候一天四班车，每趟 3000 人次，他没有扩建新营房以容纳大量拥入的人潮，却把重心全放在整修焚化炉上，还在比尔克瑙营区内增建了一段铁路，好让列车可以直接开到毒气室前，为此他还深感自豪。

当日的第一批犹太人抵达时，他特地带我去看筛检和其他步骤进行的情况。新坡道一路通过比尔克瑙大门的瞭望塔底下，往营区内延伸，接着分为三条，直通营区深处的焚化场。大批嘈杂的人群在泥地月台上攒动，比我在临时集散中心看到的那些人形容更憔悴，脸色更苍白，这些犹太人大概是从德兰西瓦尼亚[2]过来的，妇女和女孩扎着五彩缤纷的头巾，男人身上还穿着大衣，蓄着浓密的大胡子，胡须在整张脸上蔓延。

整体秩序相当良好，我一直站在旁边观察医师进行筛检（没看见沃斯），每个人只花两三秒时间，稍有疑虑立刻判不合格，他们否决了许多在我看来相当强健的妇女。

1. 位于阿尔萨斯省，是法国境内唯一的集中营。
2. 现属罗马尼亚中西部地区。

我把观察心得告诉霍斯，他表示那是他下的指示，营房人满为患，没有多余空间收容这些人，工厂又不配合，不肯快点来领人，里面人挤人，传染病开始蔓延，匈牙利又持续每天送人过来，他被迫必须腾出空间来容纳新来的人，最后只好命医生筛检原本的营囚，都筛检过了好几回。此外，他也曾试图关闭吉卜赛人集中营，但里面问题重重，只好往后推延，他转而要求上面批准清空特莱西恩施塔特的“家庭集中营”，但是迟迟未接到回复，现阶段他只能挑身体最好的犹太人，反正如果筛选过关的人一多，病死的人也会跟着多。

他一派轻松地说完这一大段，空洞的蓝色眼睛望着斜坡和人群，心不在焉。我绝望到了谷底，跟这个人讲道理比跟艾希曼还要难。他坚持要带我参观灭绝设施，并且逐一解说：他把各临时行动小组的编制员额从 220 人扩大到 860 人，不过他们高估了焚化场的容纳量。毒气室的问题不大，反而是焚化炉不敷所需，为了解决这个问题，他挖了一些焚化坑，每天催促临时行动小组，事情也就解决了，平均一天可以解决 6000 人次，如果那一天人来得特别多，还有些人得等到第二天。

太恐怖了，烟雾和火焰从坑洞里冒出来，泼上汽油，再加上人体的脂肪助燃，方圆几公里约莫都看得见火光，我问他是否觉得不妥?“哦，各区地方政府是会担心，不过那不是我的问题。”听他这么说，这一切全都不是他的问题。我身心俱疲，要求去看看营房。计划多时，准备容纳匈牙利籍犹太人临时收容所的新营区始终未能完工。

数千名骨瘦如柴的妇女，其实她们才刚到这里不久，挤在几座臭气冲天的狭长营房里，外头还有许多人挤不进来，只能在户外躺在烂泥地上睡觉。因为条纹囚衣不够，我们又不准她们保有自己的衣裳，丢了一些从“加拿大”那边拿来的破烂衣服给她们随便穿上。

我看见有妇女全身赤裸，也有单穿一件衬衫，露出两条枯黄无力的腿，有些还沾有粪便。难怪特派工作小组抱怨成那样！霍斯一语带过，把责任都推给其他地方的集中营，据他的说法是，因为缺乏空间，所以拒绝接收人犯。

一整天下来，我踏遍了整座营区，一区接着一区，一栋又一栋的营房，男人的生活环境比女人好不到哪里去。我翻阅进出记录簿，当然没人有余暇想到应该遵循仓储的最基本原则：先进，先出，所以有人进入营区不到 24 小时，随即被送出，有些人却在这里蹲了好几个礼拜，形容逐渐枯槁，终于走向死亡，这种人不在少数，等于又是一层损失。

然而，每次我向他提出问题点时，霍斯总是把过错推到别人身上，屡试不爽。霍斯深受战前时代思想熏陶的死脑筋，完全无法符合现阶段任务所需，明眼人一看便知。然而，他不是唯一需要负责的人，任命他到这边取代利艾伯亨舍尔的人也有责任，虽然我和利艾伯亨舍尔不熟，但我敢确定他的做法一定不同。

我就这样到处跑，直到夜幕低垂。白天下了几阵雨，短暂的清凉春雨洗去大地尘埃，也间接加剧了那些待在户外的囚犯的悲惨，虽说他们的头一个念头是仰头接几滴水润润喉。营区深处的烟雾和火光始终不散，甚至蔓延到平静的比尔肯森林。

向晚，一排排不见尾的妇女、小孩和老人沿着铁丝网圈住的围篱缓缓步上斜坡，往三号和四号焚化场前进，在桦树底下耐心等候，等着轮到他们。美丽的夕阳余晖扫过比尔肯森林的树梢，营房的影子被拉得无限延长，灰黑的烟雾映照出类似荷兰画派的半透明黄光，从而投射到地面的积水或水塘，水面荡漾柔和的水光，更在司令部的砖墙上抹上跳跃鲜艳的橘黄。霎时，我觉得够了，我抛下霍斯，径自回党卫队武装军总部。

当晚，我奋笔写就一篇措辞强烈的报告，列出集中营的各项缺失，接着一鼓作气，又写了一篇批判匈牙利行动的报告，我在盛怒之下，毫不犹豫地用蓄意阻挠来形容艾希曼的态度（与匈牙利籍犹太人的协商持续进行了两个多月，以卡车交换的提议大约是一个月前的事，我此行到奥斯威辛，时间大约是诺曼底登陆的前几天。贝歇尔很早就开始抱怨艾希曼的不合作态度，我和他都觉得，他主导的这些协商都只是做做样子给人看）。我这么写着：艾希曼满脑子塞满了军备后防安全的思考模式。他没有能力去理解复杂的终极目标，并付诸实践。

我把这些报告送给伯朗特，请他转呈大元帅，副本同时直接呈送波尔。

之后，根据可靠的消息来源得知，波尔立刻将艾希曼召回中央经济暨行政总署，当面声色俱厉地质问他，为什么犹太人送抵工厂时，死亡和罹病人数高得难以令人接受？艾希曼顽固地一律以匈牙利政府的职权为由撇清责任。面对如此消极怠工的反应，我束手无策，陷入深深的沮丧，连带我的身体机能也受到了影响。我睡得很糟，惊悚噩梦连连，每天晚上总因为喉咙发干醒来三四次，要不然就是半夜想上厕所，最后慢慢转为失眠；早上醒来时头痛得要命，整天无法专心，甚至被逼得停下手边工作，拿个冰袋放在额头上，躺在沙发上休息个把小时。

尽管我白天疲惫不堪，我却更怕黑夜降临，失眠的夜晚，我反复思索我的问题，却苦无解答，梦中情境让人越来越惊慌，我无法分辨到底是梦境，还是现实的问题折磨我最甚。这是我做过的梦当中最让我心惊的一个：不来梅的犹太教士移民到巴勒斯坦，当他得知德国屠杀犹太人的消息时，他拒绝相信。他前往德国领事馆申请签证，想亲自跑一趟确认谣言是否属实，他的结局当然非常悲惨。

此时，梦里场景变换，我摇身一变成为犹太事务专家，正在等大元帅接见，他想向我请教一些问题。我有点紧张，如果大元帅不满意我的解说，我必死无疑。

这一幕的场景在雄伟的黑暗城堡，我走进某个大厅看见希姆莱，这个外表不甚引人注目的矮小男子，镇静平和地和我握手，他穿着长大衣，戴着永不离身的圆框夹鼻眼镜。接着，我领着他通过一条长廊，走廊两侧的墙上摆满了书。这些书应该是我的，因为藏书丰富，大元帅似乎颇为吃惊，并开口赞叹了两句。我们到了另一个厅，在那里讨论他想知道的事情。过了一会儿，我觉得我们好像走出户外，四周是大火延烧的城市。我内心对海因里希·希姆莱的敬畏已经退去，在他身旁，我觉得非常安全，但是现在，我好怕炸弹和大火。我们以跑百米的速度冲过一栋建筑冒着熊熊大火的中庭。

大元帅抓着我的手：“相信我，不管发生什么事，我绝对不会放手。我们一起冲出去，要不然就一起死。”我不懂他为什么要保护像我这样的犹太小子，但是我相信他，我知道他是出自真心，我甚至可以感受到这个奇怪的男人对我的爱。

我还是来说说那些著名的协商会议吧。我没有直接参与，有一次，我遇见了卡斯特纳和贝歇尔两个人，当时贝歇尔在进行某个暗盘交易，艾希曼知道后非常火大。我对这项交易也非常感兴趣，因为其中一条协议保证保留一定数量的犹太人交付“冷藏”，也就是说不经过奥斯威辛集中营的筛检，直接送交工厂工作，恰好可以解决我的问题。

贝歇尔出身汉堡上流社会的工商家族，由小骑兵一路窜升，成为党卫队骑兵团军官，他在东部战线多次表现杰出，特别是在1943年年初在顿河战线战功彪炳，获颁德意志金十字勋章。此后，他转调党卫队行政管理总处，也就是综管党卫队武装军一切行政事务的管理处，负责重要的后勤补给任务。

后来，他抢走了曼弗莱德-魏斯公司——他从来没有提过此事，我之所以会知道事情的始末，完全是从书上读来的，不过也是机缘凑巧所致——大元帅命他继续和犹太人进行协商，当然也给了艾希曼类似的指示，多半是蓄意让他们互相竞争。

贝歇尔可以大胆地做出许多承诺，因为他可以直通大元帅，但是原则上，他并不负责犹太人事务，对这方面的问题没有决定权，他的权限甚至比我还小。此外，还有各个单位的军官插上一脚，有施伦堡派来的一队年轻军官，那些小伙子们说话大声又不守纪律，隶属原先的第六局。

比如赫特尔，后来他改名叫克拉格斯，又用其他化名出版了一本书，另外还有卡纳里斯，他是军事情报局的干员，还有格弗罗莱纳（化名施密特博士），杜斯特（化名维尼格），劳费尔（化名施勒德），说不定我搞混了他们的真名和化名。

再来就是恶名昭彰的保罗·卡尔·施密特，也就是后来的保罗·卡雷尔，我在前面曾经提过他，我想我应该没有把他和化名施密特博士的格弗罗莱纳搞混，但也不敢确定。犹太人送钱，送珠宝给这些军官，这些人都大方收下，是放进了自己的口袋呢，还是上缴各自的服务单位，这一点无从查证。格弗罗莱纳和同僚在3月时，以“保护”他免受艾希曼迫害为由，逮捕了裘尔·伯朗德。艾希曼向他索讨数千元，然后把他介绍给维斯利策尼，维斯利策尼之后轮到克鲁梅和洪舍，每个人都向他拿了许多钱，最后才跟他谈卡车交换的条件。

我没有见过伯朗德，都是艾希曼跟他接触，没多久伯朗德逃亡到伊斯坦堡，再也没回来。我在皇家饭店见过他的妻子，当时在场的还有卡斯特纳，她拥有犹太人典型的深邃五官，称不上美丽，但颇有个性，是卡斯特纳介绍她给我认识的。卡车的想法，我们已经不知道最早是谁先提出来的了，贝歇尔说是他想出来的点子，但是我认为应该是施伦堡向大元帅进的建议，要不然，就是贝歇尔先有想法，再由施伦堡加以研拟定案。

大约 4 月初的时候，大元帅召贝歇尔回柏林（这事是贝歇尔亲口对我说的，不是艾希曼），命令艾希曼负责党卫队骑兵第八团和第二十二团的机动化，利用他们从犹太人那边取得的大约一万辆的卡车，衍生出这段我们称为“鲜血换物资”的惨痛历史，以预计投入冬季战场的一万辆配备齐全的卡车，换 100 万名犹太人，这段历史不知用掉了多少墨水，至今论战仍然不歇。

对于那些白纸黑字，我没有什么好说的：主要的角色艾希曼、贝歇尔、伯朗德夫妇和卡斯特纳在战后全都侥幸存活，也说出了整起事件的始末（可怜的卡斯特纳在艾希曼被捕的三年前遭人暗杀，艾希曼则于 1957 年在特拉维夫——因涉嫌与我们“合谋不轨”——遭到犹太极端分子的逮捕，真是可悲又讽刺）。

犹太人研拟的协议条文中，有一条明确的规定，该批卡车必须全数用在东部战场，以对抗苏联，而非对抗西方强权。这批卡车的资助者只可能是美国籍犹太人，我敢说艾希曼相信了书面上的官方说法，以为他的任务真的是要将骑兵团机动化，更何况第二十二团的指挥官奥古斯特・泽汉德旅队长是他的好朋友，虽然要他“放走”那么多犹太人，让他老大不高兴，但他愿意帮助好友，好像几辆卡车就可以扭转战局似的。

假设我们的集中营里有 100 万犹太人，这 100 万人能造出多少架飞机，多少辆坦克车呢？我怀疑那帮以卡斯特纳为首的犹太复国主义激进分子，马上就看出这项条件只是个圈套，尽管如此，却相当符合他们的利益，为他们争取了更多的时间。

那帮激进分子都是头脑清楚又务实的人，他们大概跟大元帅一样清楚，没有敌国会愿意送 10 万辆卡车给德国，而且就算在那个时候，也没有任何敌国有能力一下子收容 100 万名犹太人。就我而言，是那一条注明这批卡车不得用在西方战场的备注，让我看到了施伦堡介入的影子。对他来说，正如托马斯之前隐约暗示的，只有一个解套的方法，打破资本民主制度和斯大林集权制度两者之间那一层违反本质的同盟关系，好好利用这张阻挡布尔什维克主义红流的欧洲堡垒牌。战后的发展局势多少证明了他看得很准，可惜他早生了几年。

卡车的交换条件可以从几个层面来解释。当然，谁也说不准，也许天降奇迹，同盟国和犹太人愿意接受这个条件也不一定，果真如此，要在英美联军和苏联之中制造不合轻而易举，也可以从中搞鬼扩大嫌隙，甚至导致他们断绝联盟关系。

希姆莱也许就是打着这样的如意算盘。不过，施伦堡深知现实条件，绝不可能将希望寄托在这样的剧本上。在他眼里，事情应该更简单，通过那些仍保有某些影响力的犹太人士，在外交圈放出试探性的风声，表明德国愿意协商，愿意跟各国分别谈和，谈终止灭绝计划，先看看英国和美国作何反应，再计划下一步该怎么走。总的来说，是一个试探的风向球。而且，英美立刻从这个方面来阐释，可由他们的反应获得证明：以卡车交换犹太人的消息曝光后，荣登各大报纸头版。

希姆莱心底可能也盘算着，如果联军否决这项交易，恰好证明他们根本不把犹太人的死活放在心上，甚至可以说私底下同意我们的灭绝，如此一来，就可以把部分责任推给他们，将他们拖下水，就像希姆莱把地方党代表和政府高官全都拖下水一样。

无论如何，施伦堡和希姆莱还没有放弃，协商持续进行，一直到大战结束之前都没有中辍，而且我们都知道，协商的筹码始终不脱犹太人议题。

贝歇尔通过犹太人居中斡旋，甚至成功到瑞士和罗斯福的心腹麦克莱伦见了面，此举违反了他们签订的《德黑兰协议》，但此次会谈没有给我们带来任何结果。我呢，我很长一段时间不碰这些事了，只是偶尔会听到一些谣传，有的是托马斯告诉我的，有的则来自艾希曼，仅此而已。虽然我人在匈牙利，但就像我所说的，我的角色无足轻重。

我到奥斯威辛巡察结束后，当时大约 6 月初，也就是英美联军强行登陆之际，我对这些协商特别感兴趣。维也纳市长，也是党卫队荣誉旅队长的布拉施克，要求卡尔滕布伦纳送犹太劳工到他那边的工厂，那里急需人手。我因此看到了一箭双雕的大好机会，不仅可以帮助艾希曼推动协商——我们可以把这批要送到维也纳的犹太人划入“冷藏”类——又可以得到我们亟须的人力。我于是想办法将协商推到这个方向进行。

就在此时，贝歇尔介绍我认识了卡斯特纳，一个令人刮目相看的人物，他总是一身高雅的打扮亮相，一视同仁平等地对待我们，完全不顾自己的死活，也因此他在我们面前显得格外有分量，没有什么能吓得了他（他遇过好几次暗杀阴谋，也被国安警察署和匈牙利逮捕了好几次）。

贝歇尔还没招呼他坐下，他已经大模大样地坐在那里了，从银烟匣抽出一根添加了香料的香烟，也没问我们是否介意，或者向我们敬烟，径自点燃吞云吐雾起来。他的冷酷态度和对意识形态的极度坚持让艾希曼印象深刻，他还说如果卡斯特纳是德国人，他一定会是个优秀的国安警察署警官，这种说法应该是艾希曼给人的最高评价了。

“他的想法跟我们一样，”有一天，他对我说，“他满脑子想的也是开发民族繁衍潜力，他愿意牺牲所有的老人来挽救年轻人、强壮的人，以及能够延续后代的女人。他在为自己民族的未来思考。我对他说：‘如果我是犹太人的话，我一定是个笃信犹太复国主义的疯狂信徒，跟您一样。’”

维也纳的交易让卡斯特纳相当心动，他甚至愿意掏腰包赞助，只要我们保证那批犹太人生命无忧。我把交易转给艾希曼，因为伯朗德下落不明，卡车这项交换条件迟迟无法定案，他急得像热锅上的蚂蚁。

这个时候，贝歇尔也在跟犹太人协商他的安排，他计划分批撤离犹太人，尤以罗马尼亚的居多，为的当然是钱，还有黄金、货物。艾希曼简直快要气炸了，他甚至命令卡斯特纳以后不得再与贝歇尔打交道，卡斯特纳当然不会听他的，而贝歇尔也顺利地把家人带出国了。

艾希曼怒气冲冲地对我说，贝歇尔曾经拿一条金项链给他看，说是打算要送给大元帅，转送给他的情妇，也就是那个替他生下一个小孩的秘书。

“贝歇尔把大元帅抓得死死的，我已经不知道该怎么办了。”他痛苦地哀号。最后，他的运作终于获得些许成果，艾希曼获得65000马克和一些劣质咖啡，他认为这些是他最后要求的500万瑞士法郎的订金，18000名犹太人得以出发前往维也纳工作。

我得意扬扬地向大元帅报告任务圆满成功，却没有得到任何响应。霍尔蒂显然是被 BBC 的广播和国内军事情报局拦截的美国外交线报吓得六神无主了，他居然召见温克尔曼，询问遭撤离的犹太人最后怎么样了，再怎么说，那些都是匈牙利公民啊。温克尔曼一时情急不知如何回答，只好转而找艾希曼商议。艾希曼亲口向我们转述了这段经过，他觉得非常好笑。

一天晚上，在皇家饭店的酒吧里，在场的还有维斯利策尼、克鲁梅和特兰克，他是布达佩斯的国安警察署和国家安全局联合大队长，一位待人非常和气的奥地利人，也是赫特尔的朋友。“我回答他，我们送他们去工作。”艾希曼边笑边说：“他没敢再继续多问。”

霍尔蒂当然不满意这种敷衍了事的回答。6 月 30 日，他下令延后隔天即将展开的布达佩斯撤离行动，几天后下令完全停止撤离。虽然如此，艾希曼还是成功清空了小陶尔乔和索尔沃什两地的犹太人，纯粹只是为了保住颜面。撤离行动完全停摆。

接下来波折不断，霍尔蒂免去了安德烈和巴基的职务，但是没多久就在德国的压力下让他们恢复原职。8 月底，他解除了斯托尧伊的职务，启用保守派将领拉卡托斯。那时候，我已经离开那里很久了，又累又厌烦的我回到柏林，终于病倒。

艾希曼和同僚成功地撤离了 40 万名犹太人，只有区区不到 5 万人真的到了工厂工作（外加去维也纳的 18000 人那批）。

这一路看尽了无能、掣肘和虚与委蛇，我感到深切的悲哀和震惊。其实，艾希曼比我好不到哪里去。我最后一次看到他，是 7 月初在他的办公室，他正要离开，他既激昂兴奋，但也充满了疑虑。

“一级突击队大队长，匈牙利是我毕生的杰作，虽说我们只能走到这么远，但您知道我肃清了多少国家的犹太人吗？法国、荷兰、比利时、希腊、一部分的意大利和克罗地亚，当然还有德国。这些国家做起来都很轻松，关键在于技巧和运输。唯一失败的例子是丹麦。不过，在匈牙利，我交给卡斯特纳的犹太人远比在丹麦逃走的人要多。1000 个犹太人算什么？终将化作一堆尘土。现在我敢肯定犹太人再也无法恢复昔日的兴盛。这里好极了，匈牙利人把犹太人当作酸啤酒一样，纷纷双手奉上，只可惜我们的配合动作不够快。真可惜，行动到此结束了，也许以后还有机会继续完成。”

我默默听他说，看着他摸摸鼻子，转转脖子，脸颊肌肉的抽搐比平常更明显。

话虽说得冠冕堂皇，艾希曼看起来却像战败的公鸡。他突然问："我呢？这一切之后，我会怎么样？我的家人会怎么样？"

几天前，国家中央安全局拦截到纽约电台的一个广播节目，节目中公布了在奥斯威辛集中营死亡的犹太人数，数字相当接近真实数据。艾希曼想必也知道了这件事，就像他一定也知道他的名字被列在敌方公布的所有黑名单一样。"您真的要我坦白说吗？"我慢慢地说。"是的，"艾希曼回答，"您应该很清楚，虽然我们意见常常相左，但是我一直非常尊重您的意见。""好吧。如果我们战败了，您就完蛋了。"

他抬起头："这我心里很清楚，我也不打算赖着一条命。如果我们战败了，我会朝自己的脑袋开一枪，为自己能够尽到党卫队一员的义务而骄傲。如果我们赢了呢？""如果我们赢了，"我更缓慢地说，"您应该随时代改变，您不能一直这样下去。战后的德国将是个不一样的德国，许多事情都会改变，也会有新的使命。您一定要改变自己适应新时代。"艾希曼默不作声，我道了再见，回阿斯多利亚饭店。

连夜失眠加上强烈的头痛，我开始觉得自己断断续续发烧，来了又退，退了又来。而真正压死骆驼的最后一根稻草是那两只獒犬，克莱门斯和魏塞尔，他们无预警地突然在饭店出现。"两位在这里干什么？"我惊叫出声。

"嗨，一级突击队大队长，"魏塞尔说，说不定是克莱门斯先开口的，我不记得了，"我们想找您谈一谈。"

"您到底要找我谈什么？"我生气地说，"案子已经结了。"

"啊，我正要告诉您，案子还没结。"克莱门斯说，我想应该是他吧。他们都脱下帽子，不等我开口请他们坐下，克莱门斯已经坐在那张洛可可式的椅子上，那张椅子对他的肥屁股来说显然太小了，魏塞尔则斜倚在长沙发上。"您没有嫌疑，好，我们认了，我们百分百接受这个事实，但是命案还没有侦结。比如说，我们还在找您的姐姐和那对双胞胎。"

"您知道吗，一级突击队大队长，法国已经把他们找到的衣服牌子告诉我们了，您还记得那些衣服吗？在浴缸里找到的。多亏这些衣服，我们终于找出了缝制衣服的裁缝，是一位非常有名气的师傅普法卜先生。一级突击队大队长，您向普法卜先生定做过衣服吗？”

我微微一笑：“当然有，他是柏林数一数二的裁缝师傅。不过我必须先警告两位，如果两位继续侦讯我，我一定会请大元帅依违抗命令罪，撤销您的职务。”

“哇！”魏塞尔故作惊讶，“没有必要威胁我们，一级突击队大队长。我们并没有要侦讯您，只是想请您以证人的身份协助调查。”

“没错，”克莱门斯粗嘎着声音说，“以证人的身份。”他把记事本交给魏塞尔，魏塞尔翻了翻，还指了一页叫他看。

克莱门斯看完那一页，再度把记事本拿给魏塞尔。“法国警方找到已故莫罗先生的遗嘱。”魏塞尔低声说，“您可以放心了，您的名字没有出现在遗嘱上，您姐姐也没有。莫罗先生把所有的财产、公司、房子通通留给了双胞胎。”

“我们觉得非常奇怪。”克莱门斯嘟囔着说。

“一点都没错。”魏塞尔接口道，“再怎么说，根据我们的了解，双胞胎只是寄养在那里，也许是您母亲亲戚家的孩子，也许不是，总之不是她的孩子。”

我耸耸肩：“我已经跟两位说过了，我和莫罗的关系一直不好，他什么都没留给我，老实说我一点都不惊讶。他没有孩子，没有家庭，大概把那对双胞胎当成自己的亲人看待了。”

“假设是这样，”克莱门斯说，“假设您说得都对好了，可是他们说不定目睹了命案发生的过程，而且是被害者的财产继承人，现在下落不明，这都得感谢您的姐姐。看来她还没回德国。就算您跟这个案子一点关系都没有，您这边不能提供一点线索吗？”

“两位先生，”我清清喉咙，“我已经把我知道的通通告诉您了，如果两位大老远来到布达佩斯就是要问这个，可真是白白浪费时间。”

“哦，您知道的，”魏塞尔恨恨地说，“我们从来不会白白浪费时间，我们总是可以从中找到有用的东西。再说，我们很喜欢跟您闲聊。”

“是啊，”克莱门斯气得冲口而出，“非常愉快。而且，我们也打算继续这么做。”魏塞尔说：“因为，一旦我们开始调查，我们一定会坚持到底。”“对，”克莱门斯在一旁唱和，“否则一切都白费了。”

我没再多说，只是冷冷看着他们。其实我心里充满了惊慌，我看得出来，这两个怪胎认定我有罪，不会轻易放过我，我得想想办法。什么办法呢？我没有精神跟他们耗。他们又问了几个关于姐姐和她丈夫的问题，我漫不经心地回答。

他们起身准备告辞。“一级突击队大队长，”克莱门斯说，他的帽子已经戴在头上，“跟您谈话真的非常愉快。您是个明理的人。”“希望这不是最后一次，”魏塞尔说，“您快回柏林了吗？您可能会大吃一惊，柏林已经完全变了样。”

魏塞尔说得没错。7 月的第二个礼拜，我回到了柏林，报告我的工作状况，并等待新的指示。大元帅以及国家中央安全局的办公室没能逃过三四月间的轰炸，严重受损。阿尔布雷希特王子城堡难敌浓缩炸药炮弹的威力，已经全毁，党卫队大楼还站在那儿，但是只剩下一部分，我的办公室再度搬到内政部另外一栋附属建筑内。

国安警察署总部侧翼整排办公室付之一炬，墙壁上留下了烟熏的黑白条纹痕迹，窗子钉满木板。多数的部会和局处已经分散安置到邻近的城镇，甚至更远的村落。营囚忙着重新油漆走道和楼梯，清理倾圮办公室的瓦石，也有好几个营囚在 5 月初空袭时被炸死。

留在城里的居民生活非常艰苦，自来水几乎全停，军队每天送水，每个受灾户一天可以分到两桶水，没电，也没瓦斯。每天费劲赶来这里上班的公务员，脸上围着围巾，避免吸入过多的黑烟，城里的火一直没停过。

在戈培尔的大力宣传下，妇女出门不再戴帽子，也不穿花哨的衣裳，化妆上街的女子更是经常遭人唾骂。这阵子，动辄数百架次的大规模轰炸不复多见，不过小规模的轰炸不断，蚊式战机常常出其不意出现在柏林上空，大伙被搞得筋疲力尽。

我们终于成功朝伦敦发射了第一批火箭，不是斯佩尔和卡姆勒制造的那一型，是空军自行研发的小型火箭，戈培尔名之为 V-1，有“复仇武器”

(Vergeltungswaffen）之意。这对英国的士气影响不大，对我们本国人民的士气提振更是徒劳无功，德国中部惨遭轰炸，战场失利，诺曼底登陆，瑟堡[1]投降，卡西诺丘陵[2]陷落，5月底塞瓦斯托波尔大溃败，连串的坏消息让人民彻底失去信心。

国防军迟迟不肯公开苏联突破白俄罗斯防线的消息，知道的人很少，不过谣言已经满天飞，而且谣传的内容比事实更惨，我什么都知道，尤其是俄军只花了短短三个星期就打到了海岸线，北区集团军被孤立在波罗的海地区，中央集团军早已名存实亡。

在士气低迷的气氛下，伯朗特的助理格罗特曼接待我时神情冷漠，甚至带着些不屑，好像把匈牙利行动成果不彰的责任都算在我头上了，我任由他说，我沮丧到无心为自己辩驳。

伯朗特陪大元帅去拉斯滕堡[3]。我的小组成员个个惶恐不安，没有人知道该去哪儿，该做什么。斯佩尔生病后，至今没有想跟我联系的迹象，不过他发给大元帅的强烈抗议信函仍然会转一份副本给我。

从今年年初到现在，盖世太保以违法为理由逮捕了30多万人，其中10万人是外籍劳工，这些人全都加入了集中营营囚的行列，斯佩尔指控希姆莱暗中使诈，威胁着要向元首揭发他的阴谋。我们的联络窗口每个人都收到成堆的抱怨和批评，尤以来自特派工作小组的最多，他们觉得自己被耍了。我们发出去的要求或信函，得到的都是无关痛痒的回答。不过，我都不在乎了，我心不在焉地翻阅信件，囫囵吞枣地瞎混过去。

在桌上小山似的等着我处理的信件当中，我发现了一封来自鲍曼法官的信，我急忙撕开信封，抽出简短的信笺和一张照片。那是一张老旧底片加洗的照片，画面点点颗粒状，有点模糊，颜色对比强烈，照片上可以看见一些人在雪地里，跨坐在马上，他们穿着古怪的制服，头戴钢盔、海军帽或卷毛皮帽。

---

1. 法国诺曼底地区城市。

2. 离罗马南方约130公里的丘陵，有著名的修道院，二次大战时在此发生激烈战斗。

3. 波兰城市，在华沙北方约250公里处。

鲍曼用墨水笔在其中一个人的上方打了一个叉，那个人穿着长大衣，大衣上面还挂着军官的徽章，小小的椭圆脸，五官模糊，几乎无法辨识。照片背后鲍曼写了：库尔兰，沃尔玛海岸，1919。他的短笺除了礼貌性问候外，什么都没有。

我运气不错，公寓还在。不过窗户又破了，只剩下一扇玻璃窗，邻居太太用木板和防水帆布拼拼凑凑，勉强遮盖了窗口，客厅餐具橱的玻璃没有一片完好，天花板到处是烟熏的痕迹，灯也掉了。房间里浓浓的烧焦味久久不散，因为一颗燃烧弹破窗击中隔壁栋公寓，整栋楼起火燃烧。

房子还是可以住，而且还相当干净，我的邻居岑普克太太打扫了房子，而且重新粉刷了墙面，遮掉乌黑的烟渍，清洗后擦得亮晶晶的油灯整齐地摆在碗橱内，浴室里还有好几桶水。我打开落地窗，以及所有窗棂还来不及钉回去的窗子，让黄昏的余晖洒遍屋内，然后下楼向岑普克太太致谢，也付给她一点酬劳——她可能比较喜欢我给她带匈牙利熏肉，可惜这次我又没有想到——还有一些粮票，请她帮我准备吃的。她跟我说，这些粮票已经没有用了，收粮票的商店多数惨遭摧毁，如果我可以多给她一点钱，她倒是可以想办法弄到一些。

我上楼回房，拉了张椅子到外面阳台，这是一个安静美好的夏日傍晚，邻近的公寓被削去大半，残破无声的孤墙，倾圮的瓦砾堆，我望着恍如世界末日的景象好久好久，公寓脚下的公园安静无声，小孩应该已经被送到乡下避难了。我没有放音乐，打算好好享受这份安逸和宁静。

岑普克太太拿了香肠、面包和一点汤给我，为只能找到这些而连声抱歉，有这些东西已经很好了。另外，我从国安警察署的柜台拿了一些啤酒回来，我愉快地吃着，喝着，想象自己在一座孤岛上，哀鸿遍野中的一小块安静港湾。

我把餐具收拾好，倒了一大杯劣质杜松子酒，点了根香烟，惬意地坐下，手指在口袋里摸索鲍曼来的那封信。

我没有立刻掏出来，我望着落日余晖在废墟上演出的光影戏，长长倾斜的光染黄了焦黑的外墙，穿透敞开的窗口，照亮屋内的凌乱、垮下来的梁柱、崩塌的隔墙。某些屋子里还隐约看得见屋主的生活痕迹：镶框照片、还挂在墙上的复制画、撕破的壁纸、吊在半空中的桌子，上面还铺着红白格纹桌巾，每一层楼的厨房瓷砖墙面挂着一排平底锅，而地板早就不见了。偶尔可看到屋里还有人，窗口或阳台也看得到晾晒的衣服、盆花、冒着炊烟的烟囱。夕阳很快沉入支离破碎的楼房后方，在大地投射出鬼魅般的阴影。

看，我心里想，我们这千年古国的首都变成什么样了。不管它最后会变成什么样子，就算终我们一生奉献重建，也无法还它昔日风华。

我拿了几盏油灯放在身旁，下定决心拿出口袋里的照片。坦白说，这张照片看得我心惊肉跳，不管我多努力盯着看，就是认不出照片里的这个男人，他的脸在帽子的遮掩下只剩下一个白点，不是完全变形，可以约略看出鼻口眼，却抓不出五官，抓不出清晰的线条，这张脸有可能是任何人的脸。我啜饮着酒，目光紧紧黏在这张粗糙的加洗照片上，还是没有用。

我不明白怎么可能，我怎么没办法立刻而且是毫不犹豫地对自己说：对，这是我父亲，或者否认，这不是我父亲，内心的疑惑越来越沉重，我喝干杯里的酒，又去倒了一杯，视线始终盯着照片，脑海搜寻记忆里关于父亲的残破片段，以及他的容貌。

然而，记忆中的细节一个接一个闪躲，逃出我伸手可及的范围，记忆和照片中那颗白点仿佛变成磁铁的两极，互相排斥，互相驱逐。

我没有父亲的照片，他离家不久，母亲便把父亲的照片通通销毁了。现在，这张模糊不清、暧昧不明的照片摧毁了我仅存的残破记忆，他活生生存在过的记忆瞬间变成了一张模糊的脸，一件制服。我突然怒火中烧，把照片撕得稀巴烂，一把扔出阳台。

我喝干杯里的酒，立即又倒了一杯。我汗流浃背，很想跳脱这副臭皮囊的束缚，这身皮囊太紧太窄，盛不下我的愤怒，我的焦躁。我索性脱掉身上的衣服，光溜溜地坐在阳台上，连灯都懒得吹熄。

我一只手握住阴茎和阴囊，就像捧住从田野间拾来的小麻雀，酒一杯接一杯地灌，烟一根接一根地抽。酒瓶空了，我握住瓶口将瓶子丢得远远的，落入公园里，不在乎砸到底下的行人。我很想继续扔东西，丢光公寓的东西、摔家具。

我走进屋里，用水泼了几下身体，举起油灯望着镜中的自己。我形容憔悴，脸色苍白，那张脸在丑陋和怨恨的怒火中燃烧，宛如蜡烛般慢慢融化，滴落变形，我的眼睛像是两颗黑色的石块，嵌在这片扭曲怪异的形体上，径自发着亮光，最后全都散了。我的手猛地向后一甩，油灯撞上镜面，玻璃纷纷碎落，一小部分的热油飞溅，烫伤了我的肩膀和脖子。

我回到客厅，躺在沙发上蜷成一团。我全身发抖，牙齿不停打战。也不知道从哪里来的力气，我走进房间倒在床上，我想一定是因为我觉得自己快要冷死了的缘故，我拉了被子往身上盖，还是觉得冷得要命，我的皮肤像有蚂蚁啮咬，阵阵寒战深入骨髓，脖子因为抽搐而出现皱纹，全身酸痛，痛苦呻吟，而且痛苦的感觉如汹涌的波涛，一下子全涌上来，将我卷进青绿色的恶水中。每一次，每当我心想最坏的情况已经过去时，却又再度被卷进更痛苦的境地，之前的酸苦和痛楚相形之下只能算是小儿科，像是小孩无来由的哭闹。

我口干舌燥，舌头被口腔周围的混浊黏液绊住，伸不出来，我勉强从床上起来，想要找水喝。我本来以为我爬不起来，在阵阵来来去去的高烧凌虐下，我在屋内晃了好久，过去的噩梦再度袭击我的身躯。我四肢发颤抽搐，类似性欲的愤怒冲动在萎靡不振的身体里流窜，我感觉肛门麻痒，我痛苦扭动，却无力抬起手缓解肉体的不适，好像我被迫托着层层堆栈的玻璃杯，无法腾出手，只能不住地扭动身躯，任自己被这一切摆布，就像我之前随波逐流一样。

不知什么时候，阵阵急遽纷乱的潮水竟将我推入梦乡，恐怖不安的影像萦绕脑海，我变成一个小男孩，全身光溜溜地蹲在雪地上大便，我抬起头看见周围的骑士，一个个岩石般面无表情的脸庞，他们穿着大战时的军服，手上拿的却是长矛，而不是步枪，他们静静望着我，看着我这没教养的行径，我很想跑，但是没办法，我被他们团团围住，一时惊慌竟踩到了自己的粪便，弄得一身脏。

一名轮廓模糊的骑士从队伍里走出来，直直走到我面前，画面突然消失。我大概睡了又醒，醒了又模模糊糊睡着了，我进进出出可怕的梦境，像一个游泳的人在大海中载浮载沉，在两边来回，浮沉于水和空气的界限之间。

有时候，我稍微能够感觉到自己这副虚弱无力的身体，我好希望能够摆脱这副臭皮囊，就像脱掉湿漉漉的大衣一样，没多久我又开始梦呓，喃喃说些杂乱而无法理解的话，好像是有个外国警察在追我，将我强行押上小货车，车子驶过一段悬崖，我也记不清了，那里有一个小村落，石造的房子坐落于山坡上，四周围绕蓊郁松柏，可能是普罗旺斯内地的一个偏僻村落，我渴望拥有这一切，渴望有一栋房子，还有家带来的安全感。

经过了漫长的波折，我的情况出现了生机，凶恶的警察不见了，我买了村里山脚下的一间房子，有院子和露天庭园，周遭还有松林环绕，哦，多么美好的田园风光。

天黑了，流星雨划过漆黑天际，燃烧的陨石散发出粉红和鲜红的光芒，慢慢垂直下坠，宛如逐渐减弱的烟火，泼洒满天绚烂花火，而我望着眼前的第一批从天而降的光点撞上大地，那个地方开始冒出奇怪的植物，五彩斑斓的有机物体，红的、白的，有的上面还有斑点，有的叶片肥厚跟海带差不多，它们逐渐长大，以惊人的速度冲上天空，高达数百米，往四周喷出一股股烟雾般的种子，种子落地，随即冒出类似的枝芽，逐步占据田野，也垂直向上生长，生长力之强韧，无坚不摧，周围的一切，树木、房子、车辆惨遭压毁，无一幸免，我惊魂未定地望着这一切，这些植物交织缠结形成巨大的围篱，布满地平线，阻断我的视野，而且还不断往四周蔓延滋生。

我明白了，原本微不足道的小事最后竟能酿成巨大的灾害，这些来自外层空间的有机物发现我们的大地和大气非常适合生长，于是以惊人的速度繁衍，占据所有的空间，盲目地，不带恶意地，捣碎了它们枝叶底下的一切，它们只是单纯地释放生命，尽情成长，没有东西能够阻挡得了它们，不消几天，大地将消失在它们的枝叶底下，创造了我们人类生命、历史和文化的一切，眼看着就要被这片贪婪的植物吞噬了，真是愚蠢又悲惨的意外。但是，要对付它们已经来不及了，人类即将灭绝。陨石不断从天而降，划出璀璨火花，这些植物以不受控制的惊人生命力，持续往天际冲高，企图完全占据它们垂涎欲滴的大气，占满每一个角落。

我恍然大悟，它们的做法没有错，也许是后来我走出梦境之后，才领悟到的也不一定。这是万物求生的法则，每个有机体的最终目标都是求生存，延续后代，它们没有恶意，虽说科赫发现的有毒细菌，吞噬了意大利作曲家佩尔戈来希、英国音乐家普赛尔、卡夫卡和契诃夫的肺，但是它们不恨宿主，更无意伤害他们，这只是它们生存扩张的法则，一如人类用我们所研究日新月异的药来消灭它们，这场战斗无关仇恨，完全是为了求生存。

我们人类的生命也一样，完全建构在对其他生物的杀戮上，我们人类吃的动物、植物，甚至我们一心想要消灭的昆虫，这些虫有些对我们构成危害，像是蝎子、虱子，有些只是扰人，好比苍蝇，它们没有恶意，只是很努力地想活下去，并不想伤害人类。我们不会因为苍蝇嗡嗡盘旋，烦得我们念不下书而杀死苍蝇，杀戮并非出于残酷的本性，而是出于人类求生的法则，人比其他生物强，因而可以随意决定它们的生死，母牛、母鸡、麦穗之所以在大地上成长，为的是服务人类，推而广之，人与人之间互相残杀也是一样的道理。

一群人想要消灭另一群，与对方争地、争水、争空气。如果我们有能力，凭什么我们不能比照对付一头母牛，一只母鸡，或像对付科赫发现的有毒细菌一样，去杀死一个犹太人呢？如果换成是犹太人有此能力，他们也一定会用同样的手段对付我们，或者其他人，以确保自身的生命得以延续，这是万物的法则，导致干戈四起，战争未歇。

我知道这番话有点陈腔滥调，可说是套用了血统繁衍和社会达尔文主义的基本论调，但是那天晚上，在高烧的轮番猛攻之下，现实的残酷真相比任何时候都要让我震惊。我受到梦境的刺激，看到人类臣服在生命力远高于自己的有机生物底下，无力反抗，我看得一清二楚。原来这项法则万物通用，如果有比人类生命力还强的其他物种出现，他们将把人类之前加诸在其他生物身上的种种，还治在人类身上，而人类为了规范群体生活秩序所立下的脆弱藩篱，诸如法律、公平正义、道德伦理等等终将沦为次要，只要人类稍感恐惧或稍显冲动，这些规范其实都跟茅草围篱一样不堪一击。万一风水轮流转，先发制人发动战争的那群人，当然不会天真到以为对手会遵守公平正义的法则和法律。我很害怕，因为我们要输了。

我窗子没关，晨曦曙光逐渐渗透进公寓。高烧反复来回，我忽而清醒忽而昏睡，却也慢慢重新感受到肉体的存在，以及汗湿的床单。一股想上厕所的强烈欲望将我完全摇醒。我也不知道是怎么办到的，我拖着沉重的身子走到浴室，坐上马桶，稀稀的水便噼里啪啦一泻千里，好像永远泻不干净。泻完之后，我勉强擦干净，拿起有点脏的漱口杯，里面还摆着我的牙刷，直接从桶里舀水大口大口灌，这水味道怪怪的，但我觉得它是全世界最甜美的甘泉。然而，举起水桶冲那满是粪便的马桶（抽水马桶水箱早就没水了），却远远超过我的体力所能负荷。

我回到床上，拉起被单紧紧裹住身体，我抖得非常厉害，而且抖了好久好久，内心充满了绝望和不安。过了一会儿，我听见有人敲门，大概是皮雍泰克，平常我会在楼下的马路等他，但是我已经没有力气爬起来了。高烧来了又去，去了又来，一会儿觉得干燥，暖暖的还蛮舒服的，一会儿却好像被大火炉烧着似的全身发烫。

电话响了好几回，每次铃声一响，就像震天价响的锣鼓，回音恰似连环尖刀，但是我一点办法都没有，没力气去接，更没力气去切断。口干舌燥的感觉很快又来了，而且占据了我大半的注意力，现在我的注意力好像摆脱了我一切的痛苦，宛如局外人般，兴味索然地研究我身体出现的症状。

我知道如果我不想想办法，如果没有人来找我，我会死在这里，死在这张床上，泡在一堆粪便和尿液中，我要是再不爬起来，很快就要拉在床上了。然而，我一点都不担心，不害怕，更不自怜自艾，对于自己即将面临的下场，我只有轻蔑，既不祈求它结束，也不盼望它发生。

就在我病恹恹胡思乱想之际，白昼的骄阳破门而入，门开了，是皮雍泰克。我原本以为又是自己的幻想在作怪，所以他跟我说话的时候，我只是一个劲儿地傻笑。他走到床旁边，摸摸我的额头，我清楚听见他说了“妈的”两个字，叠声呼喊岑普克太太，大概是她开门让皮雍泰克进屋的。

“去找点喝的东西，”他对她说，随即走回来看我，“一级突击队大队长，您听得见吗？”我点头表示听得见。“我已经打电话回办公室了，他们会派医生过来。还是您想要我开车带您去医院？”我摇头表示不用。

岑普克太太拿了一罐水回来，皮雍泰克倒了一杯，轻轻抬起我的头，喂我喝一点。杯中的水洒了一半，流上我的胸口，弄湿了床单。

“还要。”我说。我一连喝了好几杯，意识总算稍微清醒了些。“谢谢。”我说。岑普克太太想要关窗。“让它开着。”我以命令的口吻说。

“您想吃点东西吗？”皮雍泰克问。“不想。”我回答，软软地躺回湿透的枕头。皮雍泰克打开衣橱找出干净的床单，开始铺床换被单。干燥的床单对因病而变得敏感的皮肤来说，显得有些冰凉粗糙，我歪来扭去，始终找不到舒适的姿势。过了一会儿，党卫队军医来了，是一个我不认识的一级突击队中队长，他从头到脚仔细检查，摸摸这里，听听那里——冰冷的金属听诊器如烙铁炙痛了我的肌肤——量体温，敲敲胸口。

“您应该立刻住院治疗。”他最后宣布。“我不要。”我说。他撇撇嘴：“这里有人可以照顾您吗？我先替您打一针，另外吃点药，多喝些果汁和浓汤。”岑普克太太回家了，皮雍泰克于是下楼找她商量，没多久他回来说她可以照顾我。

医生说明了我的病情，但是我几乎不记得他下了哪些诊断，不是我根本没听懂他的话，就是他一说完，我马上就忘记了。他替我打了一针，痛彻心扉的一针。“我明天再来。”他说，“如果温度没有降下来，一定得住院。”“我不要住院。”我喃喃地说。“您要怎样都不关我的事。”他严厉地对我说，随即离开。

皮雍泰克有点不知如何是好：“嗯，一级突击队大队长，我去看看能不能找到什么东西给岑普克太太弄给您吃。”我点点头，他也走了。

过了一会儿，岑普克太太拿了一碗热汤上来，强迫我吞了几汤匙。温温的汤汁溢出我的嘴巴，沿着下巴钻进新长出来的胡子里。岑普克太太耐心地替我擦干净，又喂我。她喂我喝了一点水。医生已经帮我上过一次厕所了，但是我又开始腹泻了。

在霍恩利申的那段日子，对这方面我已经不再矜持，我带着歉意请求岑普克太太协助，这位年迈的老太太丝毫没有嫌恶的表情，好像把我当成小孩看待。终于，我又是一个人了，整个人轻飘飘地躺在床上。我觉得轻松又平静，那一针减缓了我的症状，然而我用尽了最后一点气力，现在叫我翻开床单，抬起手臂都是不可能的任务。

我丝毫不以为意，任自己安静地沉浸在体内的高烧和夏日温暖的阳光中，蓝天占据了敞开的窗口，晴朗祥和。我运用想象力，把床单和被单都拉过来，最后连整间公寓都拉了过来，团团裹在自己身上，好温暖，好安心，宛如安睡在母亲的子宫里，只想永远待在这个幽暗、无声，又富有弹性的乐园，只听得到心跳和血液流动的节奏，那节奏恍若巨大的器官交响乐团的演奏，我需要的不是岑普克太太，而是胎盘，我浮游在宛如羊水的汗水中，好希望世间没有出生这件事。

将我赶出伊甸园的火之剑，是托马斯的声音：“哎呀！你看起来真糟。”

他也扶我起来，喂我喝了点东西。“你应该住院的。”他的看法和其他人一样。“我不要去医院。”我顽固又愚蠢地回答。他环视四周，走到阳台上又走回来。

“万一发生警报你怎么办？你不可能走得到地下室。”“我不管。”“这样的话，不如到我家来。我现在住在万湖，你可以安静休养，有女管家可以照顾你。”“不要。”

他耸耸肩：“随你便。”我又想上厕所了，他在这里刚好派上用场。他还想跟我聊聊，但我不想回腔。后来，他走了。过了一会儿，岑普克太太进来，在我身边忙碌，我沉着脸随便她弄。

傍晚，海伦出现在我的房间，她提着一只小皮箱，放在门边，然后拉下固定帽子的针，甩甩头松开波浪般浓密的金发，眼睛始终没有离开过我。“您来这里干吗？”我粗声粗气地问。“是托马斯通知我的，我来这里照顾您。”

“我不要人照顾。”我气冲冲反驳，“有岑普克太太就够了。”“岑普克太太有自己的家庭要照顾，不可能一直留在这里。我会陪着您，直到您身体好转为止。”

我恶狠狠瞪着她：“快走！”她走过来坐在我床边，拉住我的手，我很想把手抽回来，只是没有力气。“您好烫。”她站起来，脱下外套挂在椅背上，拿了一条毛巾弄湿，回来将毛巾放在我的额头上。我默不作声地让她做。她说：“反正办公室也没事可做，我有的是时间。您需要有人在旁边照顾。”我什么都没说。

阳光慢慢转暗。她喂我喝水，试着让我吞下几口冷掉的汤，然后她坐在窗边，翻开一本书。夏日的天空变得灰白，夜来了。我望着她，她仿佛是个陌生人。自从我离开柏林去了匈牙利，一眨眼已经三个月过去了，我和她断了音信，我没写过一封信给她，而且我觉得自己好像快要忘掉她了。我望着她柔和认真的侧影，心想，好美的侧影，但是这份美对我来说既没有意义，也没有用处。我将眼神拉回到天花板，什么都不想，过了好一阵子，我真的好累。

大概过了一个钟头，我开口了，眼睛仍然没有看她那边。“请帮我叫岑普克太太上来。”“有什么事吗？”她合上书问。

“我需要一些东西。”我说。“什么东西？我在这里，我可以帮您。”我盯着她，棕色眼眸闪耀的从容像是对我的挑战，令我顿时怒从中来。“我要大便。”我气愤地说。但是，不论我怎么挑衅好像都是徒然。“请跟我说我该怎么做。”她平静回答，“我来帮您。”我语气平和，不带任何情绪向她说明步骤，她照着我的话做了。

我苦涩地想到，这是她第一次看见我全身赤裸的样子，我没穿睡衣，我再怎么想也想不到，会是在这种情况下让她看见我的裸体。我并未感到羞愧，只是觉得厌恶，厌恶自己，也波及她，连带厌恶她的温柔，她的耐心。我想让她难堪，想当着她的面手淫，开口提非分的要求，不过都只是想想而已，我根本无法勃起，任何需要一丁点儿气力的动作我都做不来。体温又开始攀升了，我再度冷得发抖，发汗。“您很冷吗？”她替我擦干净之后问。“等一下。”她走出公寓，几分钟后带回一条毯子，盖在我身上。

我全身蜷成一团，牙齿打战，全身的骨头好像扎成一把互相敲击。夜迟迟不来，漫长的夏日白昼流连不去，我好怕，但是同样我也知道，就算夜降临大地，也不能带给我任何休息，任何平静。海伦再次无限温柔地强迫我喝东西。这样的温柔只会让我怒火中烧，愤恨难消：这个女人，她到底想要从我这里得到什么？那么善良，那么亲切，她在想什么啊？难道她以为这样就能让我相信什么吗？她对待我的样子，好像我是她的哥哥、她的情人，还是她的丈夫。可是，她不是我姐姐，也不是我的妻子。我不住发抖，一拨拨的高烧持续摧残着我，而她替我擦拭额头的汗珠。当她的手碰到我的唇时，我不知道该咬她还是该吻她。

后来，我的意识开始变得混乱，脑海里出现各种影像，我无法分辨是梦还是我真实的想法，那些影像脱不了今年头几个月不断烦扰我的画面，我看见自己跟一个女人一起住，我离开党卫队了，这些年来不断包围着我的恐怖经历，还有我的性格缺憾，恍如蛇皮似的一截一截全蜕下来，连年的纠缠逐渐消散，像夏日晴空的白云，我重回寻常人的生活主流。

但是这些思绪，非但没能让我感到安心，反而更让我惊跳如雷。什么！切断我的梦，好让她把我的阴茎插进她金黄的阴道，亲吻她怀着健康漂亮的婴儿而逐渐隆起的肚子？

我脑海里浮现出那些怀孕的年轻妇女，踩着卡肖或蒙卡克[1]的粪泥，坐在她们的大皮箱上，我想象着隐藏在两条大腿之间，圆圆肚子底下的阴部，这些性器官和肚子就像是她们带进毒气室的荣誉勋章。只有女人的肚子可以怀孩子，这正是这些画面如此恐怖的地方。为什么她们能有如此残忍的特权？为什么男人和女人的关系最终总是以孕育小生命的方式作结？一袋种子，一只呵护孵育的母鸡，一头乳牛，这就是女人，受婚姻神圣誓约约束的女人。虽然我的道德品行不可取，还好我不用忍受这女性专属的堕落。

听起来好像有点矛盾，走笔至此，我慢慢认清了其中的矛盾，然而在当时，我发热的脑筋恍如巨大的旋涡翻腾，我只觉得自己的想法非常合乎逻辑，而且前后一致。我很想从床上爬起来，摇醒海伦向她说明这一切，也许我只是渴望这么做，因为我当时真的没有气力做出任何举动。

天亮了，体温下降了一点。我不知道海伦躺在哪里过夜，大概是沙发上，我知道她每隔一小时就过来看我一下，擦擦我的脸，或喂我喝一点东西。我全身虚弱无力，难受得要命，仿佛四肢被打断，瘫软无力，哦，美好的求学时光。惊慌的念头终于散尽，只留下浓浓的苦涩余味，以及只求速死，一了百了的冲动。

清晨时，皮雍泰克带了一篮柳橙过来，在当时的德国，简直是无法想象的宝藏。“是曼德尔布罗德先生送来的，他送到办公室。”他说。

海伦拿了两颗下楼，找岑普克太太帮忙榨汁。在皮雍泰克的协助下，她将我扶起靠着枕头，小口小口地喂我喝果汁，果汁味道很怪，含在嘴里有点金属味。皮雍泰克和她压低声音秘密谈了一会儿，然后才离开，可惜我听不见他们说些什么。岑普克太太拿着洗干净晒干的床单上楼，她和海伦两人合力帮我换下昨夜再度汗湿的床单。“您这样出汗非常好，”她说，“闷汗可以帮助退烧。”

---

1. 现属乌克兰，二次大战时先后划属捷克，然后匈牙利，是匈牙利境内进行犹太人撤离行动的最后一个城市。

我根本不在乎烧退不退，我只希望能够好好休息，因为从刚刚到现在我一直不得闲。

昨天来看过我的一级突击队中队长来了，沉着脸又帮我检查了一遍："您还是不愿意去医院吗？""不要，不要，不要。"

他到客厅和海伦讨论了一会儿，回到我身旁对我说："您的体温下降了一点，我已经告诉您的朋友，要按时替您量体温。如果体温超过 41 摄氏度，一定要去医院。懂了吗？"

我屁股又挨了一针，而且跟昨天一样痛。"我留了一剂针在这里，今天晚上您的朋友会替您注射，夜里您不至于烧得太过厉害。试着吃点东西。"他走后，海伦端了浓汤过来，她还拿了一块面包，撕成小块泡在汤里，试着让我吞下去，我摇摇头，我做不到，勉强吞了一些汤。

跟第一次打完针之后一样，我感觉头脑清晰许多，但是全身仍旧像是被吸干、掏空了一般。海伦拿着海绵和温水耐心替我清洗身子，末了还替我穿上向岑普克太太借来的睡衣，我没有抗拒，一直等到她帮我把床上的被褥整理好，准备坐下看书时，我才爆发怒气。

"您干吗这么做？"我不客气地问，"您想要从我身上得到什么？"她合上书，清澈的眼睛静静盯着我："我没有想过要从您身上得到东西，我只是想帮您。"

"为什么？您有什么企图？""我没有任何企图。"她微微耸肩，"我只是出于朋友的情谊，来这里帮您而已。"

她转身背对着窗口，阴影笼上她的脸庞，我拼命想看清楚她的脸，但看不出任何情绪。

"朋友的情谊？"我大声咆哮，"什么朋友？您对我的了解有多少？我们一起出去玩了几次，就这样而已，您自作主张跑到我家，还大大方方住下，好像这是您家。"

她微微笑了："不要这么激动，等会儿又要累了。"

她脸上的微笑让我怒不可遏。"你到底知不知道累是什么滋味？嗯！你知道什么？"我激动得整个人坐起来，一个瘫软，瞬间往后翻倒，一头撞上了墙壁。"你根本什么都不知道，不知道累是什么感觉，你过着寻常德国女孩的平静日子，两眼一闭，什么都看不见，上你的班，寻找下一任老公，根本看不见周遭发生了什么事！”

她脸上平静如常，我不客气地叫她“你”，似乎没有对她造成任何情绪波动。

我口沫横飞，暴跳如雷。

“你根本不了解我，不知道我做了什么，不知道我有多累，三年来，我们杀吉卜赛人、俄国人、乌克兰人、波兰人、病人、老人、妇女、像你这样的年轻女孩，还有小孩！”

她咬紧牙关，坚持不开口，我整个人豁出去了。

“留下的活口送到我们的工厂，像奴隶一样工作，你懂了吗？所谓的经济问题就是这个。不要装作一副无辜的样子！你身上的衣服，你以为是从哪里来的？还有保护你免于遭受敌机轰炸的高射炮、发射的炮弹又是怎么来的？在东部战线，阻挡布尔什维克党的那些坦克车呢？这些东西，是用多少条奴隶的命换来的，你知道吗？你从来没有想过吗？”

她依旧没有动静，她越是沉默镇静，我越是恼火。

“还是不知道，对吧？跟所有善良的德国老百姓一样。没有人知道，除了双手沾满血腥的我们之外。你在臬阿比区的犹太籍邻居呢，他们到哪儿去了？你从来没有这样的疑问吗？到东部占领区去了啊！被我们送到东部占领区去做工了？在哪儿啊！如果六七百万个犹太人全到东部占领区去了，早就该建立好几座大城市了！你难道没听过 BBC 吗？他们都知道！全世界都知道，只有不想知道的善良德国老百姓不知道。”

我气得脸色发白，她好像听得非常专注，一动也不动。

“还有你老公，你以为他在南斯拉夫干什么？跟着党卫队武装军？对抗游击分子吗？你知道那是什么意思吗，消灭游击分子？游击分子，我们根本连个影子都没见着，我们只是摧毁了他们出没的周遭村落。你知道这是什么意思吗？你可以想象你的汉斯屠杀妇女，在她们面前杀掉她们的小孩，放火烧掉她们的房子，还有她们的尸体吗？”

她终于开口了：“不要说了！您没有权利这么说！”

“我为什么没有权利？”我冷笑着，“你以为我比他们好吗？你跑来照顾我，你以为我是个好好先生，一个法律博士，一个百分百的绅士，一个好对象？我们是刽子手，你听明白了吗？我们的工作就是杀人，没有例外，你的老公是杀人犯，我是杀人犯，而你，你是共犯，你身上穿的，嘴里吃的，哪一样不是我们劳动的成果？”

她不为所动，但脸上隐隐透着淡淡的哀伤：“您是个不幸的人。”

“怎么会？我很喜欢我这个样子。步步高升，前程似锦。当然了，好景不长，我们杀光了所有的人，还是没用，他们人实在太多了。我们就要输了。与其浪费时间玩护士和病患的游戏，不如好好想想该怎么抽身。如果我是你，我会往西走。美国佬的那根比伊凡大叔的干净，起码他们会戴套，这些勇敢的可怕染病死了。还是你对脏臭的蒙古人情有独钟？说不定你半夜梦里想的都是这个？”

她脸色惨白依旧，但是听见我说的最后一句话时，忍不住笑了起来：“您神志不清了，一定是发烧的缘故，您应该听听自己说了些什么。”“我很清楚自己在说什么。”我大口喘气，用尽了所有的气力。

她拿冷敷纱布弄湿，然后替我擦额头。“如果我叫你脱光衣服，你会脱吗？算是为了我，在我面前搔首弄姿，吸吮我的老二，你干不干？”“冷静点。”她说，“等会儿又要烧起来了。”说什么都没用，这个女人顽固得不得了。我闭上眼睛不再多想，只感觉额头一股冰凉。她调整一下枕头的位置，盖上毛毯。我呼哧呼哧大声呼吸，我想再次给她痛击，想直接拿脚踹她肚子，谁教她善良得让人恶心，让人难以接受。

夜里，她替我打针。我辛苦地转身，腹部朝下。脱裤子的时候，某些意气风发的年少记忆在我脑海一闪而过，随即崩裂四散，我真的太累了。她迟疑了一会儿，她没替人打过针，但是她把针刺下去的时候，那只手却是坚定而充满自信的。打完针，她拿沾了酒精的棉花球擦拭我的屁股，这个举动让我感动莫名，她大概是想到了护士都这么做吧。

我侧躺着，自己把体温计塞进肛门量体温，没有特别在意她在一旁观看，也没有再故意找她麻烦。体温比 40 摄氏度高一点。这是第三晚了，身体沉得像石块，难挨的夜里，我的意识再度陷入混乱，在荒烟蔓草和崩塌的山崖间飘移。

半夜，我不停出汗，汗湿的睡衣黏着我的肌肤，我隐约感觉湿黏，但是我记得海伦的手滑过我的前额和脸颊，把汗湿的头发往后拨，轻抚我的胡子。事后她告诉我，我当时昏昏沉沉的，竟然大声说起话来，将她惊醒，她才跑到我身边察看，我说的都是些断断续续、前后不连贯的话，但始终不肯说她到底听到了什么。我也不坚持，我隐约觉得这样比较好。

第二天早上，体温降到 39 摄氏度以下。皮雍泰克过来打听我的病情，我叫他回办公室把我特意保留下来的货真价实的咖啡，拿来给海伦。

医生看到我，首先恭贺我："我想您度过危险期了，不过您还没有完全好，还是得好好休息恢复体力。"我觉得自己像是落海的难民，与大海激烈搏斗，筋疲力尽被冲上沙滩，我大概死不了了。不过，这个比喻打得不好，因为落水的灾民死命地游，是为了自己的生命而拼命，而我什么都没做，任凭命运摆布，我没死，只是因为死神不要我。

海伦拿了柳橙汁给我，我急急喝光。接近中午的时候，我稍微能抬起身子了，海伦站在客厅和房间之间的门口，斜倚门框，肩上披着夏日粗毛线衫，她漫不经心望着我，手上一杯热腾腾的咖啡。"我好羡慕您，可以喝咖啡。"我说。"哦！等一下，我来帮您。""不用了。"我勉强坐正，成功塞了枕头到背后。"我想请您原谅我昨天的胡言乱语。真的很失礼。"她微微摇了一下头，低头喝咖啡，别过脸望着阳台的落地窗。

过了一会儿，她转过头，再度看着我："您昨天说……有关杀人的事。是真的吗？""您真的想知道？""是的。"她美丽的眼睛直视着我，隐隐看得出一丝焦虑，但是她脸上依旧平静无波，贞静端庄。"通通都是真的。""那些妇女，还有小孩，也是真的？""是的。"她转过头，咬住上唇，当她的眼神再度转到我身上时，泪已盈眶。"真可怜。"她说，"是的，非常可怜。"

她想了想，再度开口："您知道，总有一天我们要为此付出代价的。""没错，如果我们输了，敌人的报复肯定不会手软。""不，我不是这个意思。就算我们没有输，我们也要付出代价。"她显得欲言又止，最后她说："我替您感到难过。"

之后，我们再也没有提起这件事，她如常照顾我，不畏脏污，但是她的态度似乎有了转变，变得比较冷淡，比较制式。我能下床走动时，随即开口请她回家。她请求再多留一会儿，但我心意坚定。“您应该也累了，回去休息吧，我有岑普克太太就够了。”她只好答应，收拾东西装进小皮箱。

我打电话叫皮雍泰克过来送她回家。“我再打电话给您。”我对她说。皮雍泰克到了，我送她到公寓门口。“非常谢谢您这段时间的照顾。”我与她握手道别。她点点头，一句话也没说。我冷冷加了一句：“希望很快能再见面。”

接下来几天，我几乎是没日没夜地睡。我的烧还没全退，体温一直在 38 摄氏度上下打转，有时候还冲破 39 摄氏度。还好我已经吃得下东西，我喝了柳橙汁和肉汤，吃了面包，还有一点鸡肉。

夜里常有空袭警报，但我不太在意（我意识混沌，疯言疯语的那三天夜里可能也有警报，不过我不清楚），都是些小规模的轰炸，几架蚊式战斗机随意扔个几颗炸弹，瞄准的多半是行政中心。然而，一天晚上，岑普克太太和她先生强迫我下楼到地下室避难。他们为我套上睡袍，我全身无力，空袭结束上楼时，等于是被人抬上来的。

海伦走后过了几天，傍晚时分，岑普克太太气急败坏闯进来，她满脸通红，穿着浴袍，头发上还夹着发卷。

“一级突击队大队长！一级突击队大队长！”

我被她吵醒，一肚子火：“岑普克太太，什么事？”

“有人企图要杀元首！”她断断续续转述她从广播中听来的消息：今天下午，元首在东普鲁士的元首办公大楼接见墨索里尼，之后遇刺，幸好他安然无恙，已经继续办公了。“然后呢？”我问。“这太可怕了！”

“的确很可怕，”我不留情面地回答，“您不是说元首还活着，这才是重点。谢谢您。”我倒头继续睡觉。她愣在那里，有点不知所措等了一会儿，然后颓然离开。

坦白说，我没有好好思考这起新闻事件，我已经不再思考任何事了。几天后，托马斯过来看我：“你看起来好多了。”“好一点了。”我回答。我终于刮了胡子，多少恢复了人样，但仍无法做连贯性的思考，我只要一努力去想，所有思绪就像断了线似的，只剩片段，找不出之间的联结关系，海伦、元首、我的工作、曼德尔布罗德、克莱门斯和魏塞尔，全纠结在一起，乱成一团。

“你听说了吗？”托马斯问，他靠着窗口的椅子坐下抽烟。“听说了。元首人怎么样了？”“元首很好。不过，事情没有企图暗杀那么简单，是国防军，至少有一部分的国防军将领阴谋发动政变。”

我吃惊地暗呼一声，托马斯详细告诉我事情的经过。

“一开始，我们以为只有一小撮军官阴谋作乱，结果他们的党羽遍及各方，军事情报局那帮人、外交部、以前的贵族都涉及在内。听说连奈比也参与其中。他逮捕了一些阴谋叛乱分子，试图掩饰自己的罪行，可是昨天他不见了。佛洛姆也是。总之局势有点混乱，大元帅接替了佛洛姆的职务，接掌后备军。很明显，现在党卫队的角色变得非常关键。”他的声音紧绷，却充满自信和决心。

“外交部怎么样了？”我问。“你在想你女朋友吗？我们逮捕了不少人，其中几个官衔还挺高的，冯·特罗特·佐·索尔兹（von Trott zu Solz）迟早也会被捕。不过，我想你应该不用太担心她。”“我不是担心，我只是问问而已。这次的逮捕行动由你负责吗？”

托马斯点点头：“卡尔滕布伦纳设立了一个特别委员会，负责调查这起事件是否还有共犯，由哈朋－科腾（Huppen-kothen）负责领导，我是他的助理。奈比在联邦刑事警察署的职务大概会由潘辛格接手。总之，我们着手重组国安警察署，情势变化更难预测了。”

“你的阴谋叛乱分子目的是什么？”

“他们不是我的阴谋叛乱分子，”他抗议道，“目的各有不同。多数人认为只要除掉元首和大元帅，西方国家会愿意跟我们个别和谈。他们想消灭党卫队，似乎不明白这摆明了是1891年那次被人从背后砍了一刀的历史，是刀背在刺[1]的重演。他们好像以为德国会跟着他们的脚步走似的，这些叛贼。我觉得他们有许多人完全搞不清楚状况，有些甚至以为只要自动缴械投降，我们会让他们继续在阿尔萨斯和洛林拥兵自重，还有那些尚未划入本国疆域的占领

1. 又名匕首传说，是一次大战后在德国广为流传的传言，非常具有政治宣传作用，常用来谴责外国人，或出卖德国的非民族主义者。

区。做白日梦嘛。不过，等着看好了，他们真的很蠢，尤其是那些平民老百姓，所有阴谋通通都留下了记录，我们搜到了成堆的计划，还有新内阁的部长名单。你的朋友斯佩尔也榜上有名，我可以告诉你，斯佩尔现在也是火烧屁股，情况危急。”

“上面列的新任内阁总理是谁？”“贝克。不过他已经死了，是自杀。佛洛姆大刀阔斧地逮了不少人，企图撇清嫌疑。”接着，他详尽描述了企图刺杀元首的情形，以及失败的政变经过。“这次真的是不幸中的大幸，只差这么一点点。你得赶快好起来，事情多得很。”

但是我一点都不想赶快好起来，反倒很高兴能够躺着什么都不用做。我又开始听音乐了。我的体力逐渐恢复，动作也流畅了许多。

党卫队医生准我休假一个月，不管怎么样，我打算好好利用这段时间。8月初，海伦到家里来看我，我当时还很虚弱，但是已经可以行走了，我穿着睡衣和睡袍，泡茶招待她。天气热得不得了，窗口整个打开，还是一点风都没有。

海伦脸色非常苍白，神情略显惊慌，我从来没见过她这个样子。她问了我的身体状况，我这才看清楚她哭了。“好可怕，”她说，“真可怕。”

我手足无措，不知道该说些什么。她有好几位同事遭到逮捕，都是跟她一起共事了好多年的老同事：“不可能，一定是搞错了……我听说您的朋友托马斯负责调查这件事，您不能找他谈谈吗？”

“没有用的。”我缓缓地说，“托马斯只是在尽他的职责。不要太担心您的朋友，他们很可能只是被抓去问一些问题，如果他们是无辜的，一定会被释放。”

她停止哭泣，擦干眼泪，神情依旧紧张。“很抱歉。”她说，“可是，还是得想办法帮帮他们啊，您不认为吗？”虽然我觉得很累，还是很有耐心地解释：“海伦，您应该很明白目前的政治情势。有人企图刺杀元首，那些人想要背叛德国啊！如果您硬要介入，连您也会惹得一身腥。眼下您帮不了任何忙，一切端看天意了。”

“您的意思是，端看盖世太保吧。”她气恼地呛了我一句，随即克制住情绪，“很抱歉，我……我……”我摸摸她的手：“会过去的。”

她喝了茶，我静静望着她。“您呢？”她问，“您会重新投入……工作吗？”我望着窗外，无声的废墟，浅蓝色的天空，四下不断冒出的黑烟模糊了一切：“没那么快，我得先休养一阵子，恢复体力。”

她双手捧着茶杯：“接下来会发生什么事呢？”我耸耸肩：“整体而言吗？我们会继续奋勇抗敌，死亡人数会不断增加，然后有一天，战争结束，侥幸存活的人努力想忘掉这一切。”

她低下头。“我好怀念一起游泳的那段日子。”她幽幽地说。“如果您想游泳，”我说，“等我身体好一些，我们再一起去。”现在轮到她别过脸，望着窗外了。“柏林已经没有游泳池了。”她平静地说。

临去之际，她走到门口停下，抬起头凝望着我。我本想开口说些什么，她伸出手指摆在我嘴上。“什么都不要说。”这根手指，放在我的唇上好像过了一辈子那么久。她转身快步走下楼。

我不明白她想要什么，她似乎有事想对我说，却迟迟不敢提起，一直在兜圈子，不想远离更不敢靠近。这种暧昧的情怀令我感到不快，我希望她能够干脆点，把想说的全说出来，这样我也无从逃避，要还是不要，一定要有个答案。可是，她自己大概也怕知道答案。再说，我生病时的胡说八道只会让她更难启齿，冲再多澡、游再多泳都无法洗尽这些胡说八道带来的阴影。

我开始阅读，专挑我还无法消化的严肃书籍和文学作品，往往一个句子念了十遍，才明白原来我没看懂。于是，我在书架上重新抽出我从莫罗家阁楼上带回来的巴勒斯火星探险系列，那些书一直整整齐齐摆在那里没动过。

我一口气读完三本书，结果大失所望，年少时偷偷躲在厕所或棉被底下，偷读这本书时内心的热血澎湃、浑然忘我，整个人沉浸在书中野蛮世界的奇幻国度中，令人迷惑的异国风情，全身上下只戴着珠宝和武器的战士和公主，奇形怪状的妖怪和机器，拼凑出五花八门的绚丽幻境，让我完全忘了外面的现实世界，现在全都不见了。

相反地，我在书中发现了一些当时那个啧啧称奇的大男孩从未怀疑过的惊人事情——从这些奇幻小说的某些章节里，我看出这位美国散文作家的的确确是民族思想的伟大先驱。在我闲来无事的闲散阅读形态下，他在书中透露的想法有了全新的不同意义，也让我想起伯朗特的忠告，我一直忙得没空去多想。

我搬来了一台打字机，动手写一篇简短的论文，打算呈送大元帅，拿巴勒斯当范例，主题是战后党卫队应该面对的大规模社会改革。

换言之，为了提高战后国人的生育率，得强迫年轻人提早结婚，我拿书中的红皮肤火星人为例，说明他们不仅把罪犯和战犯当作强制劳动力的来源，还把脑筋动到无力支付红火星人政府制定的高额单身税，却打死不结婚的单身汉身上。

我针对单身税制逐步延伸出一套论述，且不管万一该税制实施后，会对我个人的财务情况造成多沉重的负担。我还针对党卫队的精英提出更严苛的建议，这些精英应该效法绿火星人，也就是书中所描写的高三米，长了四只手和巨大獠牙的怪物：

> 绿火星人的财产皆属于群体共有，除了个人使用的武器、身上的装饰和个人床上的丝绸被单和毛皮外……一个男人背后的妇女和小孩可比作一个军队单位，该名男性必须负责他们的训练、纪律、粮食补给……他的女人不是法定配偶……他们单纯是为了群体的利益而结合，无关自然天择。每个群体由各自成立的长老议会管理，他们的角色就像是肯塔基赛马夺冠种马的马主，以科学的方法繁衍后代，提升种族全体的质量。

我从这段文字获得启示，提出了逐步改良生命泉源计划的建议步骤。

此举对我来说，无异于自掘坟墓，我在写的时候，一部分的我甚至在一旁冷笑。然而，这一切申论是如此水到渠成，像是直接从我们的世界观自然得出，而且我知道大元帅看到这份报告一定会非常高兴，巴勒斯的文字隐约勾起大元帅 1941 年在基辅对我们说的话，关于未来的乌托邦。

果然，报告呈交上去十天后，我收到他亲笔签名的回复（他的指示多半是由伯朗特，甚至格罗特曼代为签名）：

> 我最亲爱的奥厄博士！
>
> 您的论文我非常感兴趣。很高兴知道您身体恢复良好，在静养期间仍

旧孜孜不倦进行有用的研究，我竟不知道您如此关注攸关我民族未来的重大议题。

我不禁要想，德国上下是否已经准备好，就算是在战后，能够接受如此深入且必要的观念。观念的改变需要长时间的努力。无论如何，等您病好了，我会很高兴跟您针对这些计划，还有那位理想远大的作者，进一步深入交换意见。

希特勒万岁！
敬祝安康

海因里希·希姆莱

我受宠若惊，托马斯来看我的时候，我迫不及待地把这封信和我写的论文给他看。

出乎我意料的是，他大发雷霆："你真的以为现在是搞这些无聊把戏的时候吗？"他好像突然失去了幽默感。

他一一列举了最近的逮捕名单，我开始了解个中原因了，就连我们平常的交游圈也受到了牵连，包括我的两名大学同学，还有基尔的老教授耶森，近几年来，他和高尔德勒明显走得很近。

"我们还找到了对奈比不利的证据，他人也失踪了，就这样凭空消失了。你说说看，如果真有人知道怎么做，一定非他莫属。他脑筋大概有点变态，我们在他东部占领区的家里找到了一部施放毒气的影片，想想看，晚上看这样的东西？"

我很少看见托马斯这么紧张。我倒了杯喝的给他，请他抽烟，不过他不肯再多透露，我只约略知道施伦堡在暗杀事件发生前，曾和某些反对阵营的人士有接触。

托马斯不断地强烈抨击阴谋分子。

"刺杀元首！真亏他们想得出来，这能解决问题吗？卸除他的军事指挥权，好，我同意，反正他也病了。或者想办法施压，我不知道，逼他退休，如果情况真的坏到这种地步，也可让他继续当总统，把权力下放给大元帅……施伦堡说英国人愿意和大元帅谈判，可是要元首死？简直愚蠢至极，他们难道不懂……他们曾经宣示效忠他，现在却要杀他。”

他好像真的为此大感苦恼，就我而言，光是想到施伦堡或者大元帅有过逼元首让位的念头，就够让我震惊了。我看不出这么做跟杀了他有何差别，我没有把心里的话告诉托马斯，他已经够沮丧了。

奥伦多夫的想法似乎与我颇为一致。我终于可以出门了，月底时我和他见了面，原本已经够阴郁的他，比托马斯还要丧气。他坦白告诉我，耶森被处决的前一晚，他整晚没合眼，尽管发生了这么多事，他和耶森的情谊也不是轻易就能被抹杀掉的。

“我整晚都在想他的妻小，我会尽量想办法帮他们，我打算把部分薪饷给他们。”话虽如此，他还是认为耶森罪有应得。他跟我说，这几年我们的教授背弃了纳粹主义的理想。他们还是常常见面，交换看法，耶森甚至还想把这位以前的学生拉过去。

奥伦多夫在许多方面与他意见相左。

“没错，党内贪渎日益严重普及，法律规范败坏瓦解，领导多头马车取代了元首专政，这些我们都看不下去。还有反犹太人的措施，最终解决方案彻头彻尾是个错误。

“然而，这样就要推翻元首，推翻纳粹主义德意志劳工党，简直是异想天开。当前首要任务是进行党内自清，把上过战场的那批老将领推上台，他们对于局势的看法比较务实，希特勒青年团的干部也许是我们党内硕果仅存的理想主义者，这些年轻人应该是战后本党的生力军。我们总不能走回头路，回到以职业军人和普鲁士贵族为代表的资产阶级保守主义，这样只会让他们遗臭万年。再说，人民看得一清二楚。”

的确，国家安全局的每一份报告都显示，老百姓和普通士兵尽管内心担忧，身体疲惫，焦躁不安，士气低迷，甚至认定我们赢不了了，对于阴谋叛乱者的叛国行为还是非常愤慨。

呼吁全民投入战争和勒紧裤带的宣传登上另一波高峰，戈培尔终于获得授权，正式宣布他念念不忘的“全面战争”开始，四处奔走炒热气氛。

其实大可不必这么做，情势每况愈下，俄军夺回加利西亚，穿越了1939年的边界，卢布林陷落，华沙邻近城镇终于被红潮淹没，布尔什维克党指挥部明显在旁守株待兔，等我们敉平本月初揭竿而起的波兰人民反抗暴动。

“我们等于在那里替斯大林出生入死。”奥伦多夫说，“最好找人跟华沙起义军说明，布尔什维克党比我们更危险。如果波兰人肯站在我们这边，我们还有机会挡住俄军的攻势。但是，元首不想听。巴尔干地区很快就会像纸牌城堡一样垮掉。”

弗莱特-皮科统辖下重新整合后的第六军团，在比萨拉比亚[1]、被打得落花流水，罗马尼亚的门户洞开。法国基本上已经完全丢掉了，英美联军在普罗旺斯另辟战场，拿下巴黎，蓄势待发准备一举收复其他疆土，而伤亡惨重的我军只能往莱茵河撤退。

奥伦多夫显得非常消极：“据卡姆勒说，新型火箭差不多快完成了，他坚信这项武器可以逆转战争情势。不过，我真的看不出来他要如何逆转。火箭携带的火药比美国B-17少，而且不能重复使用。”

他从来不愿提起施伦堡，他们两个最大的差异，在于他没有计划，没有具体的解决办法，所以只能空洞地一直重复“纳粹主义信徒的最后一搏，绝地大反攻”之类的话，听在我耳里，有时感觉跟戈培尔的宣传标语差不多。

我觉得他的内心早已接受我军到了强弩之末的事实，只是还不愿意亲口承认。

7月20日的事件还衍生出另一个与大局无关，却对我不利的后续发展。

8月中，盖世太保逮捕了柏林党卫队法庭的鲍曼法官，托马斯很快就把消息告诉了我，当时我没预料到会有接下来的后续发展。

9月初伯朗特找我，他正陪同大元帅巡察什列斯威-荷尔斯泰因[2]，我在吕

1. 德涅斯特河、多瑙河和黑海之间的三角形地区，现在分属摩尔多瓦共和国和乌克兰。

2. 德国境内十六个州中最大的一个，毗邻丹麦。

贝克附近上了特派列车。伯朗特首先宣布大元帅决定要颁发一等十字勋章给我，表彰我对战争的贡献。

“且不管您是否认同，您在匈牙利的行动成绩卓著，大元帅很满意。此外，您最近主动提出的建言也让他印象深刻。”他告诉我联邦刑事警察署向鲍曼的继任者提出了申请，请求重新检视我涉嫌重大的案子，接任的法官发文给大元帅，他认为案子有重新调查的必要。

“大元帅对您的看法没有变，对您的清白深具信心。但是，他认为如果他反对重新调查本案，对您的名誉反而有损，已经有人乱讲话了。您应该知道，最好的方法是让您为自己辩护，证明您的清白，这样一来，这件事也可以一次彻底解决。”

这个想法完全不合我意，克莱门斯和魏塞尔两人冥顽不灵、绝不善罢甘休的疯狂怪癖，我太清楚了，但是我没得选择。

回到柏林，我出席冯·拉宾根法官主持的庭讯，当庭陈述我的说法。他是个狂热的纳粹主义信徒，他驳斥我的说法，说联邦刑事警察署呈送的档案包含了许多令人不解的证物，尤其是那些德国制、染有血迹，尺码与我完全相符的衣服，也猜不透那对双胞胎是怎么回事，他坚持这些疑点一定要获得澄清。

联邦刑事警察署终于联络到了我姐姐，她已经回到波美拉尼亚，双胞胎目前安置在瑞士的一间私人机构。她强调他们是我们的小外甥，他们在法国出生，父母双亡，出生证明在 1940 年法国大溃败时遗失。“她说的也许是实情，”冯·拉宾根倨傲地说，“但是目前还无法证实。”

杀人嫌疑如影随形。

连续几天下来，我差点旧疾复发，我把自己锁在黑暗中，意志消沉，连海伦上门看我，我也让她吃了闭门羹。

夜里，克莱门斯和魏塞尔化身为粗制滥造、上色粗劣的人偶，并着脚一蹬一蹬跳进我的梦里，咿呀穿梭在我的梦境中，像惹人厌的小虫子在我身边绕啊绕的不肯离去。有时候，我母亲也会加入这烦人的队伍，在深深的焦虑笼罩下，我竟开始怀疑起自己，认为这两个小丑或许说得没错，是我疯了，是我杀了他们。但是，我没有疯，这起事件只是一场恐怖的误会。

我稍稍振作，突然想到可以找摩根谈谈，就是我在卢布林认识的那名刚正不阿的法官。他的办公室在奥拉宁堡，他立刻请我过去详谈，并亲切接待了我。他先说了他目前的工作情况，离开卢布林之后，他在奥斯威辛成立了一个委员会，起诉政治局领导葛拉伯纳，罪名是非法屠杀两千人。卡尔滕布伦纳下令释放葛拉伯纳，摩根于是再度逮捕他，并予以审判，除此之外，许多同伙和贪污的下级军官也陆续被叫上法庭。

然而，1 月发生一场人为纵火案，一把火烧掉了委员会存放起诉证据和部分文件的营房，事情无法如预期般顺利展开。他私底下告诉我，他现在的目标是霍斯。

“我敢打包票，他涉及侵吞国家财产和多起谋杀案件，只是苦于找不到证据，霍斯有高层罩他。您呢？我听说您好像碰到了难题。”我跟他说明了我的情况。

“光只有这样，他们无法起诉。”他略带沉思地说，“他们必须提出证据。就我个人而言，我完全相信您的清白，党卫队里该死的烂人我见得多了，我知道您不是那种人。不管怎么样，如果他们想要起诉您，他们必须找出具体证据，例如案发当时您在现场、那批关键衣物真的属于您。这些衣服放在哪里？如果还留在法国，我觉得他们的指控会更缺乏根据。再说，当初发函请求司法协助的法国当局，已经被敌国控制了，您应该找精通国际法的学者研究有关这方面的司法管辖原则。”

和他谈过之后，我稍微放下心来，这两个警察病态的偏执态度，也让我跟着变得钻牛角尖，分不清何者为对，何者是错，摩根有条不紊的司法分析让我重新站稳了脚跟。

再怎么说，事情一旦跟司法扯上关系，少说也要拖上好几个月，琐碎的细节就不再赘述。我和冯・拉宾根，还有那两个警察当面对质了好几次，姐姐大概在波美拉尼亚做了笔录，她本能地提高警觉，没有供出是我打电话通知她发生命案，她推说是莫罗的一位生意伙伴从昂蒂布发了电报给她。

克莱门斯和魏塞尔终于不得不承认，他们没有亲眼看过那批重要的衣物，线索都是法国警方在信中提供的，而现在，尤其是现在这个时候，他们对此案几乎可说没有司法管辖权。

此外，因为命案发生在法国，就算我被起诉了，顶多只能引渡回法国，在现在当然不可能——虽说有个律师讨厌至极地暗示，我若被传唤上党卫队法庭，仍然有可能以玷污党卫队荣誉而被判死刑，不需依循平民百姓的刑法规定。

凡此种种指控，丝毫不减大元帅对我的评价。

有一次他短暂路经柏林，还在火车上召见我，在十几位军官的见证下（以党卫队武装军的将领居多），举办我的受勋仪式。接着他请我到他的私人办公室，针对我的论述交换意见，他觉得我的建议非常正确，但是需要深入地详细规划。

“拿天主教教堂来说好了，如果我们强行征收单身税，他们一定会要求神职人员免税。倘若我们答应他们，等于教会又赢得一次胜利，再次显现教会势力的强大。我认为战后若要进行任何改革，先决条件就是得解决两大教会的纷争，必要时可以采取激烈的手段，您不认为这些僧侣修士几乎和犹太人一样可恶吗？在这个议题上，我完全服膺元首的看法：基督教就是犹太教，基督教是一个犹太教教士扫罗创立的，目的只是要把犹太教提升到另一种层次，跟布尔什维克主义同样危险。歼灭犹太人，却放过基督徒，无异于半途而废。”

我表情凝重地一边听他说，一边记下重点。

谈话接近尾声，大元帅才轻描淡写提到我的案件：“他们没有提出任何证据，对吧？”“报告大元帅，没有任何证据。”“很好。我一眼就看出其中的荒唐可笑，不过，让他们心服口服才是上策，对吧？”他送我到门口，我向他行礼告辞，他与我握手，“我对您的工作表现非常满意，一级突击队大队长，您的前途不可限量。”

前途不可限量？我反而觉得前途一片暗淡，无论是我个人，还是德国全体。

我回到家后，惊恐万分地瞪着从过去那一端延伸到眼下这一刻的灰暗长廊。我们脱离童稚，满怀雄心壮志，准备踏上光明未来的时候，眼前是宽广的康庄大道，现在那条大道跑到哪儿去了？所有的热情壮志，到头来竟然只是给自己建了一座牢笼，甚至是绞刑台。

我大病一场之后，又开始离群索居，不出门，运动也放弃了。大部分的时候，我总是一个人在家吃饭，打开落地窗，尽情享受夏末的温暖，看着最后几片绿叶，慢慢在城中心的废墟中飘摇，准备燃尽最后一片火红。

我偶尔会和海伦约出去，但是气氛总显别扭。我们经过前几个月强烈的不确定感之后，应该要更进一步为感情加温才对，然而这份感情已经消失了，找不回来了。

我们努力假装一切如常，刻意表现出什么都没变的样子，感觉好奇怪。我不明白她为什么迟迟不肯离开柏林，她父母已经离开，投靠巴登地区的表亲，每当我诚心诚意——不带半点生病时连自己也说不清楚哪来的残酷——催促她快点去跟父母会合时，她总是拿一些无关紧要的借口，工作、看家等等来搪塞。

我脑筋清楚的时候，偶尔会想她是为了我才留下来的。我不禁纳闷，我在病中的辱骂言语是否意外造成了反效果，非但没有让她死心，反而给了她更多的想象空间，说不定她希望拯救我，让我获得释放。这个想法虽然荒唐，但有谁能猜得透女人的小脑袋瓜到底在想什么呢？应该还有其他因素，我偶尔会有点感慨。

有一天，我们在街上漫步，车碾过我们身旁的水滩，水花喷进海伦的裙子底下，大腿湿了一大片。她突然莫名其妙地狂笑，而且笑得有点诡异。“有什么好笑的，笑成这样？”“是您好笑，”她边笑边说，“您从来没有摸到这么高的地方。”

我没有搭腔，该说什么呢？我应该让她看看我写给大元帅的那篇报告，让她安分些。不过这么做，甚至坦白地告诉她我的性向，还是无法让她打退堂鼓的，她就是这么顽固，她接受了命运的安排，做出了选择，所以现在她一意孤行，无论如何都要守着这个选择，好像这个选择本身比选择的内容还重要。

为什么我不干脆甩了她？我不知道。

我已经找不到人可以听我倾诉了。托马斯每天工作 14 甚至 16 个小时，我根本见不到他。我的同事多半跟着办公室迁到了市外，另外，我打电话到国防军最高指挥部，得知霍恩埃格 7 月间奉命转调前线，现在还在柯尼斯堡跟中央集团军参谋部的部分人员在一起。

在工作方面，我虽然得到了大元帅的亲口赞赏，却恍如走到了死胡同，斯佩尔已经将我画上叉，我只能跟他的下属接头，而我的办公室那边，上面几乎没有分派任何任务下来。办公室形同一个邮箱，专门接收来自企业、政府机关和各部会如雪片般飞来的抱怨信。偶尔，阿斯巴赫和项目小组的成员会研拟出一套企划，由我转呈到这里或那里，对方会很有礼貌地接下，然后石沉大海。

一直到我和勒蓝先生见面那天，我才恍然大悟，我是一步错，步步错。

勒蓝先生邀我到阿德龙饭店的酒吧喝茶，那是硕果仅存，少数还在营业的高级餐厅之一，也是不折不扣的巴别塔，里面可以听到十几种不同的外语，外交使节团似乎不约而同齐聚一堂。我看见勒蓝先生坐在偏靠角落的位子。餐厅经理过来利落地为我斟茶，勒蓝等他走远了才开口。

“身体好多了吗？”他问。“好多了，先生，已经完全康复了。”“工作呢？”“还好，先生，大元帅好像没有不满意的地方，最近还获得了勋章。”

他没再多说什么，喝了一口茶。“不过，我好几个月没见到斯佩尔部长了。”他猛地一挥手：“不重要了，斯佩尔让我们失望透顶，现在得想别的办法。”“是什么呢，先生？”“正在详细研拟中。”他一字一字缓缓说，透着特有的腔调。

“曼德尔布罗德博士好吗，先生？”他严峻的眼神冷冷盯着我。我始终无法分辨出哪一只眼睛是玻璃假眼。“曼德尔布罗德身体还不错。不过，我必须说你让他失望了。”我静静地不说话。

勒蓝先生又喝了一口茶，接着说：“坦白说，您的表现不如我们的期望。您这阵子不够积极主动，在匈牙利的任务，也让人大失所望。”

“先生……我尽了全力，而且大元帅对我的表现也多有赞赏。那边各单位只知道明争暗斗，处处阻挠……”

勒蓝似乎一点都不想听。“我们觉得，”他终于开口，“你好像不明白我们对你的期望。”

“您对我有什么期望，先生？”“更充沛的活力，更丰富的创造力。你应该提出解决问题的方案，而不是制造阻碍。请容许我直言不逊，你走岔了路。大元帅转了你最近的一篇论文给我们，与其浪费时间搞这些孩子气的把戏，不如想想该如何拯救德国。”我觉得双颊发烫，费了好大的力气才稳住声调：“先生，我无时无刻不在想如何拯救德国，但是想必您也知道，我生了一场大病。

我还有……其他的困扰。”

两天前，我才跟冯·拉宾根见过面，进行了一场艰巨的言语攻防战。勒蓝不再多说，他招招手，饭店经理立刻走过来替他斟茶。吧台边有个一头鬈发的年轻人，穿着格纹西装，打着蝴蝶领结，朗朗的笑声引人侧目。

短短一瞥，便足以看穿这个人，我已经好久好久没有这样的念头了。勒蓝再度开口：“你的困扰我们也知道，事情演变成这样，简直让人无法接受。如果你觉得有必要杀死那个女人，好，可是你应该做得更干净利落。”

我的脸血色尽失。“先生……”我颤抖着说，“我没有杀她，不是我干的。”他平静如常地望着我：“就算是这样好了，你要知道，我们根本不在乎是不是你干的。如果你干了，那也是你的权利，你的自主权。站在你父亲生前朋友的立场，我完全可以理解。但是你没有权利把自己也拖下水，如此一来，将大大降低了你对我们的利用价值。”

我开口想要反驳，他大手一挥打断了我的话头：“我们先等着看事情怎么演变，希望你能尽快振作。”我闷不作声，他伸出一根手指。饭店经理再度过来，勒蓝在他耳边轻声叮嘱几句，然后起身。我也跟着站起来。

“希望很快能再见面。”声音单调，不带情感，“有任何需要，跟我们联络。”他没跟我握手就转身离去，饭店经理亦步亦趋地跟在后面。我没碰桌上的茶，反而在吧台点了一杯干邑，一口干掉。

我身旁突然扬起一个愉快的声音，尾音拖得老长，带着浓浓的外国腔：“现在就这样喝，您不嫌早了一点。再来一杯吗？”是那个打蝴蝶领结的年轻人。我接受了，他点了两杯干邑，然后自我介绍，他是米哈伊·I，罗马尼亚大使馆三等秘书。

“党卫队内部的情况怎么样？”我俩举杯互碰后他问。“党卫队？还好啊。外交圈呢？”他耸耸肩：“气氛低迷。”他大手朝大厅的方向一挥，“只剩下这几个最后的莫希干人。又有粮食配给限制，连个鸡尾酒派对都办不成，我们每天来这里报到一次。反正，我连代表的政府都没了。”

8月底，罗马尼亚正式对德国宣战后，已经举白旗向苏联投降了。

“说得也是。您的公使团现在代表谁呢？”“原则上是霍里亚·希玛[1]，不过都是空话。希玛先生自己一个人就足以代表自己了。总之，”他又举手指了几个人，“我们这几个的情况都差不多，尤其是法国和保加利亚友人。芬兰使节差不多都走光了。这里真正的外交代表团只剩下瑞士和瑞典公使团。”他满脸微笑望着我，“跟我们一起用晚餐吧，我跟您介绍几位游魂似的失根朋友。”

或许我前面说过了，我选择交往对象时，始终小心翼翼地剔除知识分子和同一个社会阶层的人士，这些人总是说个不停，而且一不小心就爱得死去活来。

跟米哈伊在一起算是破了例，还好风险不高，他是个厚颜无耻、轻浮不知道德是何物的家伙。他在夏洛滕堡西边有小洋房，我们初识的那一晚，我放任自己接受他的邀请，饭后借口一起再喝一杯，到他家里过夜。他古怪的外表下，有着运动员般刚硬虬结的身体线条，大概是从务农的祖先那里承继来的，鬈曲茂密的棕色毛发，散发着粗犷的男性味道。诱骗一名党卫队成员上床，他好像觉得很新鲜有趣。

“国防军跟驻外单位太容易了。”后来，我们偶尔会约见面，有时候还是先和海伦吃过晚饭再去找他，我粗鲁地利用他的身体发泄，像是为了洗尽脑中对女友的潜藏欲望，以及我个人深藏内心的暧昧情愫。

10月，我刚过完生日，旋即被派往匈牙利。冯·登·巴赫和斯科尔兹内连手推翻了霍尔蒂政府，萨拉希[2]领导的箭十字党[3]当政。卡姆勒成天大呼小叫，嚷嚷着他的地底工厂和他的V-2需要劳工，V-2第一代产品9月已经发射成功。

苏联军队从南部突围，进攻匈牙利领土，甚至攻占了德意志帝国疆域与东

1. 希玛（Horia Sima，1907—1993）：罗马尼亚铁卫队政府最后一任首领，1941年罗马尼亚爆发军事政变，内战长达三年，铁卫队政府溃败，希玛逃到德国寻求庇护。
2. 萨拉希（Ferenc Szálasi，1897—1946）：二次大战末期匈牙利法西斯政府领导人。
3. 箭十字党（Arrow Cross Party）：匈牙利的极右派组织，意识形态与纳粹相近，二次大战时被霍尔蒂查禁，1944年德国入侵匈牙利扶植该党组织政府。

普鲁士地区。布达佩斯的临时特派小组 9 月即已解散，维斯利策尼仍然留驻当地，艾希曼很快又开始耀武扬威。

历史重演，结果当然惨不忍睹，匈牙利同意送交五万名住在布达佩斯的犹太人给我们（到了 11 月，萨拉希就改口坚称只是“出借”给我们），但是最要紧的，是想办法把这些人送到维也纳，交给卡姆勒以及投入西部防御战线[1]的建设工程，此时已经找不到任何运输工具了。

艾希曼大概得到了维森玛耶尔的首肯，决定让犹太人走路过去。这段历史无人不知无人不晓，半路上死了许多人，辛苦跋涉抵达目的地的人又泰半遭到负责点收的军官，霍斯一级突击队大队长拒收，因为地底的建设工程仍旧禁用女工。

我束手无策，艾希曼、维森玛耶尔、温克尔曼、匈牙利政府，没有一个愿意听我的建议。当党卫队作战总部的大老板，裘特纳副总指挥长在贝歇尔的陪同下来到布达佩斯时，我试图找他协调。尤特纳在来的路上看到了那些犹太人，他们像苍蝇一样大片大片地倒卧在烂泥、雨水、积雪中，他深感震惊，也确实向温克尔曼表达了不满。

温克尔曼请他找艾希曼商议，而艾希曼不属于他的管辖范围，所以艾希曼不理他，直言拒绝与他会面，他于是派了下属，言辞猛烈地向艾希曼抗议。很明显，艾希曼丝毫不为所动，他不再听任何人的命令，也许穆勒和卡尔滕布伦纳还有点办法，而卡尔滕布伦纳似乎也不怎么理大元帅了。我找贝歇尔商量这个问题，他回去后应该会求见希姆莱，我请他帮忙协调斡旋，他答应会尽全力帮忙。萨拉希没多久就开始怕了，俄军不断挺进。

10 月中，他下令停止犹太人长途行军跋涉，所以真正上路跋涉的犹太人不到 3 万人，又是一次毫无意义的人力虚耗，白白葬送了我们的最后一次机会。此时，好像没有人知道该怎么做，或者更该说人人专断独行，想做什么就做什么。

在这种情况下，事情根本无法有进展。我找了斯佩尔尝试最后一次，斯佩

---

1. 波兰西部的军事防御战线。

尔10月时综揽了劳动人口规划计划局的一切权力，其中包括中央经济暨行政总署的囚犯利用计划。他终于答应接见我，会谈草草结束，他看不出能有什么结果。的确，我没有具体的东西可以给他。至于大元帅，他的立场越来越让人搞不懂了。

10月底，他下令奥斯威辛集中营暂时停止送犹太人进毒气室，11月底，他宣布犹太人问题已经彻底解决，下令摧毁集中营内的灭绝设施。然而与此同时，国家中央安全局和希姆莱的私人幕僚团却又开始积极筹设在邻近毛特豪森的阿尔泰斯特—哈特尔建造新的集中营。还有人说大元帅私底下跟在瑞士和瑞典的犹太人进行磋商，贝歇尔好像知道这件事，但是当我问他传言的真伪时，他却避重就轻，不愿正面答复。我还知道他总算说动了大元帅，召回艾希曼（这是稍晚的事，大约在12月），不过他们谈话的内容却迟至17年后，我们这位一级突击队大队长在耶路撒冷接受审判时才昭告天下。

后来在不来梅从商，成为百万富翁的贝歇尔，在笔录中说，这次会面在大元帅的特派列车上进行，列车驶过黑森林，停靠在崔姆堡附近，大元帅对艾希曼既友善又气愤。

打从那时候起，某些书经常可见大元帅在当时对那位不知变通的下属说的一句话，这话当然是贝歇尔转述的："从以前到现在，您的使命是歼灭犹太人，从今尔后，正如我现在下令要您做的，我命令你成为犹太小孩的女仆。我要提醒您，1933年的时候，是我一手建立了国家中央安全局，不是穆勒地区总队长，更不是您。如果您不肯听命于我，现在就告诉我！"

他说的这番证词可能是真的。但是贝歇尔的证词在明眼人看来，确有值得商榷的地方，例如他声称布达佩斯强制犹太人长途跋涉之举之所以喊停，是因为他影响了希姆莱的缘故——事实上，禁止长途跋涉的命令来自仓皇失措的匈牙利政府——还有更夸张的，他还说中止最终解决方案的建议是出自他手。如果真有人说得动大元帅，那个人也绝对不会是这个狡猾的投机分子（若是施伦堡的话，也许可能）。

我的司法案件持续进行，每隔一段时间，冯·拉宾根法官总会传唤我厘清某个疑点。我和米哈伊偶尔见面，至于海伦，她似乎变得越来越捉摸不定，不是因为害怕，而是因为情绪压抑所致。

我从匈牙利回来后，跟她提到了尼赖吉哈佐的凄惨遭遇（10 月底，第三装甲师从苏联的手中抢回该城，发现城中所有妇女，无论老少全惨遭强暴，父母活生生被钉在门板上，眼睁睁地看着孩子们惨遭分尸。死者都是匈牙利人，不是德国人）。

她怔怔地望着我，然后幽幽地说："在俄国，他们的遭遇会比较好吗？"我没有回答。我盯着她露出衣袖外的一截手腕，如此纤细，心想只要大拇指和食指就能轻易圈住。"我知道他们的报复行为会非常残酷，"那个时候她说，"但我们罪有应得。"

11 月初，我那间如奇迹般挺立到现在的公寓，终于在一次轰炸中崩塌，一颗炮弹击中屋顶，卷走了最高的两层楼，可怜的岑普克太太走出被轰得只剩一半的地下室时心脏病发。幸好我习惯在办公室放一些衣服和干净内衣。

米哈伊建议我干脆搬到他家去住，我宁可去万湖投靠托马斯。托马斯原先那栋达勒姆区的小洋房，5 月时被一把大火烧得精光，从此每天过着醉生梦死的生活，家里总是有第四局的激进分子、一两个托马斯的同事，要不就是施伦堡，当然还少不了女孩。

施伦堡经常和托马斯私下讨论事情，而且处处提防我。

有一天，我回家的时间比往常早了一些，我听见客厅有激烈的辩论声音，夹杂着吼叫，施伦堡尖锐凌厉地说："如果那个贝纳多同意……"他一看见我踏进门槛，立刻改以愉悦的声调跟我打招呼："奥厄，很高兴看到您。"没再继续刚才的话题。

当我对好朋友的家庭小派对感到厌烦时，偶尔也让米哈伊拖着去别的地方。他经常出席克罗地亚大使科沙克博士日日举办的欢送会，地点有时是在公使馆，有时在达勒姆区的别墅，外交圈的上流人士，还有外交部的高官，全聚集到这里狂吃买醉，或借机亲近德国影视公司里最美的小明星，像是玛丽亚·米尔德、伊尔莎·维尔讷、玛丽卡·罗克。接近午夜时全体大合唱，唱一些达尔马提亚海沿岸地区的民谣。大家习以为常的蚊式战机轰炸结束后，驻防旁边高射炮炮台的克罗地亚炮兵也加入狂欢，随着爵士乐的节奏跳舞，喝酒到天明。其中有一名是斯大林格勒劫后余生的军官，但是我绝口不提我也是那里的幸存者，否则他一定会缠着我不放。

纵酒狂欢偶尔会演变成纵欲轰趴，一对对四肢交缠的男女躲进公使馆的房间，也有沮丧泄气的怪胎跑到院子里对空鸣枪。有天晚上我醉了，和米哈伊闪进公使馆的某个房间里做爱，大使则躺在楼下的沙发上鼾声大作。没多久，米哈伊突然又亢奋起来，拉着一个小明星上楼，当着我的面翻云覆雨，我好整以暇地喝光手中那瓶李子酒，一边思索肉欲的束缚极限。这样的狂欢放浪没能维持多久。12 月，俄军围攻布达佩斯，我军最后的兵力深陷阿登战场，无暇他顾，大元帅派我前往奥斯威辛监督集中营的撤离行动。

夏天时，卢布林集中营迟至最后一刻才仓促撤离，给我们带来许多困扰，让苏联拿下完好的设备，满满的仓库，更给了他们宣扬德军暴行的文宣材料。8 月底，他们的军队便集结维斯瓦河沿岸，他们当然不会永远停在那儿，他们一定拟好了攻防步骤。

在紧要关头时，整个奥斯威辛的集中营和附属营区，撤离的重责大任落在恩斯特施毛瑟尔副总指挥长的肩上，他也是包含上西里西亚地区的第八军事区党卫队兼警察署最高总长。伯朗特对我说，这次行动全部交由集中营的工作人员负责，我的职责是确保撤离行动开始后，能贯彻行动的最高原则，保留最大量的可用人力，而且是要状况良好，能够立即投入帝国境内建设工程的人力。

匈牙利的连串挫败让我心生警惕，我问伯朗特：“我有多少权限？必要时，我可以直接下令吗？”他没有直接回答。“这次行动由施毛瑟尔副总指挥长全权处理，如果您发现营区的工作人员不愿秉持同样的宗旨配合行动，请向他报告，必要时他会下达命令。”“万一我跟副总指挥长起了争执呢？”“您不会跟副总指挥长起争执，他是优秀的纳粹主义中坚分子。再说，您必须时时和大元帅或我保持联系。”从经验得知，口头保证作用不大，可是我没有选择。

1944 年 6 月 17 日，大元帅在名为“A 案”（Fall-A）的训令中指出敌军持续挺进可能危及集中营的风险，更进一步授权各地区党卫队兼警察署最高总长，在紧要关头，可以直接对营区各工作人员下达命令。假设施毛瑟尔能理解保有最大劳动力这个宗旨的重要性，事情也许可以顺利进行，我于是前往布雷斯劳的总部找他。

他是上个世代的人，年龄在 50 到 55 岁之间，严肃，一板一眼，但非常专业。他跟我说，营区的撤离计划属于总体撤退策略的范畴，也就是在 1943 年定案的“拆除—撤离—动员—摧毁”ARLZ 四大步骤（Auflockerung-Raumung-Lahmung-Zerstirung），这个策略“在乌克兰和白俄罗斯获得空前胜利，俄军不仅找不到地方吃睡，甚至在某些地区，比如诺夫哥罗德，连可用的人都找不到”。

第八区在 9 月 18 日宣布进行 ARLZ 计划。在这个大前提下，我们已经撤离了 65000 人，他们正朝旧帝国疆域移动，这批人包含了所有的波兰籍和苏联囚犯，因为若将他们留下，一旦敌军逼近，很可能造成我军后方的大隐忧。留下的 67000 名囚犯，其中有 35000 人还在上西里西亚地区以及邻近地区的工厂工作。

10 月初，施毛瑟尔将这里的行动交由联络官波兹南堡警察少校负责，由他拟定最后的撤离计划，以及 ARLZ 最后的两步骤；细节的部分，施毛瑟尔请我找他磋商。我深知这里的地方党代表布拉彻身兼地方督察厅总督的职务，手上拥有此职务赋予的军权，只有他有权做决定，并且落实撤离行动。

“您必须了解，”施毛瑟尔最后下结论说，“我们都晓得保留劳动力投入生产的宗旨很重要，但是对我们来说，还要站在大元帅的立场来看，安全的顾虑才是最高的准则。让敌视我们的大批人力留在我军战线内，绝对是一大风险，虽说他们手无寸铁，但是 67000 个囚犯，等于将近七个师的员额，想想看，前线战火猛烈的时候，我军后防区域里有七个师的敌对势力在流窜！

“您也许知道，10 月时比尔克瑙临时行动小组里的犹太人发起了一次暴动，幸好及时镇压下来，可是我们折损了不少人员，还炸毁了一座焚化场。想想看，如果让他们和在集中营外徘徊的波兰游击分子联合在一起，很可能造成无法估计的损害，让数千名囚犯逃走！而且从 8 月开始，美国瞄准法本公司的工厂进行轰炸，每次轰炸总有囚犯乘乱逃跑。最后大撤退行动期间，如果发生空袭，我们必须严防类似事情再度发生，不能再有漏网之鱼。”

这个观点我非常清楚，我只怕从中衍生出各单位便宜行事的后遗症。波兹南堡呈上来的报告无法完全平息我的疑虑。他的报告非常详尽，还附上了精准的地图，标示出各个撤退路线。

另外，波兹南堡强烈抨击贝尔二级突击队大队长拒绝配合计划（11 月底，集中营最后一次行政重组，前糕点师傅获得留任，继续肩负第一和第二合并营区的管理重任，另外三个营区还有附属营区的驻地指挥官也都继续留任），贝尔推说党卫队兼警察署最高总长无权过问集中营的事，技术上来说，除非当局宣布实施“A 案”，否则他说得一点都没错，目前他只受 D 局的管辖。

由此可见，撤退时领导阶层紧密流畅合作的前景堪虑。此外，波兹南堡计划让囚犯步行撤退——在领教过 10 月和 11 月的挫折之后，看在我眼里，更让我忧心不已——他计划让囚犯走到格利维采或罗斯劳，再转搭火车，换言之，他们得先走上 55 公里或 63 公里的路途。

整个计划看起来非常合理，在战火随时可能逼近的假设下，前线的铁路无法保证正常全线通车，再说，车厢极度短缺（德国上上下下只剩下大约 20 多万节车厢，等于两个月内损失了七成的铁路器材），还得考虑优先撤离德国外侨、有先行权的重要人物、外籍劳工和战犯。12 月 21 日，地方党代表布拉宣布了一项涵盖全区的 U 计划／完整的迁移方案，里面纳入了波兹南堡的计划，根据他的规划，基于安全的理由，集中营的囚犯将率先通过奥得河[1]主要军事隘口，再沿规划好的撤退路线前进。

书面规划非常详尽，但是我看得很清楚，其中暗藏着危机：强制营囚在寒冬步行跋涉，却没有任何行前准备。再说，当时布达佩斯的犹太人刚踏上路途时个个身体健康，而现在，我们谈的是筋疲力尽、体弱多病、长期吃不饱穿不暖的营囚，一旦发生恐慌，就算计划再完备，也很可能擦枪走火导致混乱。我针对几个关键事项和波兹南堡讨论了很久，他向我保证，囚犯在离营前一定会分配好保暖衣物和多余的毯子，现存的食粮也会根据行进的速度按比例发放。他强调，他们已经做了最好的安排，我必须承认他说得很有道理。

我在奥斯威辛司令部认识了克罗斯二级突击队大队长，他是施毛瑟尔派来的联络官，跟着国家安全局的临时行动小组进驻这里，并在营区设立了所谓的“联络和过渡时期事务局”。克罗斯二级突击队大队长是个精力充沛、有才

1. 位于中欧的河流，源于捷克，构成波兰和德国之间长达 180 多公里的国界，注入波罗的海。

干的年轻人，脖子和左耳留有被火文身的疤痕，他告诉我，他的主要任务是“动员”和“摧毁”这两个阶段，尤其是保住灭绝设施和仓库，绝对不能完好如初地落入俄军手中。至于撤离命令颁布后，实地的行动管理权则属于贝尔的职责。

贝尔老大不高兴地跟我见面，我在他眼中不过是另一个来找他麻烦，什么都不懂的官僚。他锐利疑惧的眼神让我印象深刻，蒜头鼻，薄薄的嘴唇却出奇地让人觉得猥亵淫荡，如波浪般的浓密鬈发抹上发胶，梳理得整整齐齐，活像是柏林的纨绔子弟。

在我眼里，他阴沉专断得让人啧啧称奇，比霍斯有过之而无不及，霍斯最起码还保有先前义勇军的敏锐嗅觉。我仗着官阶较高的优势，严厉斥责他不配合的态度，拒绝和党卫队兼警察署最高总长底下的机关开诚布公地合作。他不假傲慢地反驳，说波尔百分百支持他的立场。

“等宣布实施‘A 案’后，我会听施毛瑟尔副总指挥长的指挥，但是目前，我不属于奥拉宁堡的管辖范围。您没有权力对我下令。”

我怒不可抑，大声反呛：“等宣布实施‘A 案’的时候，就已经太迟了，因为您的无能所导致的错误将无法弥补。我警告您，在我呈送给大元帅的报告上头，大量的人力损失，我会全都记在您个人头上。”我的威胁似乎没起任何作用，他一声不响听我讲完，毫不掩饰脸上的不屑。

贝尔在比尔克瑙的司令部里拨出一间办公室给我，我把埃利亚斯二级突击队中队长，以及新部属达里乌斯三级突击队中队长，从柏林叫过来。我把办公室设在党卫队武装军总部，他们安排我住在我第一次到这里出差时住的那个房间，出差已经是一年半前的事了。

天气恶劣，又湿又冷，阴晴不定，全区覆盖在白雪下，积雪深厚，雪花飘落微微盖住炸药粉末和工厂烟囱，形成一条灰色的蕾丝带。营区里面的雪地，每天经过数千名囚犯的踩踏，又掺杂了冻结的烂泥巴，几乎变成黑色。强烈的冷风从贝斯基德山无预警直驱而下，笼罩整座营区，集中营裹在白色飞舞的雪花面纱下，一片悄然，20 分钟后，冷风扬长而去，来得急去得也快，营区得以保有几分钟的雪白琉璃面貌。

比尔克瑙只剩下一根烟囱还断断续续地冒着烟，第四焚化场还在运转，火化死亡囚犯的遗体，第三焚化场在10月暴动时炸成了废墟，另外两座则奉希姆莱之命拆掉了一部分。新营区的建设工程老早喊停，大部分的营房也已经移走，广大的空地成为雪花的新舞台；营区囚犯人数膨胀的大问题，因为预先撤离了一些囚犯而得以缓解。

偶尔云层散去，贝斯基山脉泛蓝的棱线浮现在几何排列的营房后面，白雪覆盖的营区看起来好安静，好祥和。我几乎每天都到邻近的附属营区巡视，像是贡特格鲁伯、菲斯特格鲁伯、切霍维采、诺伊达赫和格利维采等小型营区，了解各地行前准备的进度。

绵长的平坦马路上几乎不见人迹，只有零星的国防军卡车轰隆搅乱这片清虚。巡察结束的回程上，向晚的昏暗苍穹仿佛一团沉重灰暗的庞然大物，暗灰的尽头雪花纷飞，远方的村落仿佛裹着雪白被单，极目眺望远方，隐约可见一抹柔和的天空，淡淡的黄、蓝，外加几片静悄悄的紫色云朵，夕阳余晖印染，云朵绲上金边，也在辽阔的波兰冰封沼泽地上泛射淡蓝光芒。

12月31日，我们假党卫队武装军总部为出差在外的军官和集中营的指挥官举办了惨淡的新年晚会。大伙合唱曲调悲凉的圣歌，慢慢喝着酒，低声交谈，众人心知肚明，这是这次战争的最后一个新年了，帝国能撑到下次新年的机会微乎其微。

我在晚会上遇见了维尔特斯博士，身心俱疲的他已经把家人送回德国，另外我还认识了舒尔兹三级突击队中队长，他是此地政治局的新局长，他对我的态度比他的长官尊敬多了。

我和克罗斯谈了很久，他在俄罗斯待过好几年，一直到他身受重伤才回国。库尔斯克一役，他在千钧一发之际逃离着火的装甲车，养好伤后，他被派到布雷斯劳的党卫队东南区总部，担任施毛瑟尔的参谋。他跟一位也姓克罗斯的军官同名同姓，名字也叫弗朗茨·克萨维尔，该军官是上个世纪非常知名的天主教神学家。

我觉得他是个很认真的人，也愿意接纳别人的意见，但是在工作上略带偏执，满脑子只想着如何顺利完成任务，尽管他再三强调能够理解我这次任务的目标，却依旧坚持绝不能让任何囚犯活着落入俄国人手中，他认为这两项目标是鱼与熊掌不可兼得。

基本上他说得没有错，但是我心里非常担心——我的担忧不是庸人自扰，从后续的发展就可以得到见证——上面下的命令如果措辞太过严苛，将导致集中营警卫演出更血腥暴力的行径，集中营的那些警卫都是些年纪过大，或者身体弱得无法上前线的人。

战争进入了第六个年头，党卫队人才几乎耗尽，再来就是一些连德语都不太会讲的德裔侨民，或是老兵，他们从战场退下来，心理创伤未愈，勉强可以担任警卫的工作。

最后就是那些机灵逃过部队征召和刑罚的狡猾酒鬼、嗑药和变态。许多高阶将领并不比他们的手下好多少，最近几年来，随着集中营系统的过度扩张，中央经济暨行政总署的人才招募被迫见人就收，造成下级军士普遍不适任的情况，甚至重新聘雇因为犯下严重过错而遭到免职的军官，或是没有单位想要的人。

当天晚上我还认识了德雷谢尔一级突击队中队长，他的说法印证了我这番消极负面的看法。德雷谢尔是摩根领导的委员会底下某分支单位的组长，现在还驻守在集中营区，他曾经在卢布林看过我和他的长官在一起。

那天晚上，在餐厅的一个僻静角落里，他毫无保留地说出了日前贪渎调查进行的情形。针对霍斯的调查在 10 月就逼近起诉阶段，然而到了 11 月，突然间什么都没了，虽然有一名女囚出面做证，她原是奥地利籍的妓女，被霍斯引诱发生奸情，事后霍斯将她监禁在禁闭室，并企图杀她灭口。

1943 年年底，霍斯被调回奥拉宁堡，他的家人还是继续住在司令部旁的房子，逼得他的继任者只好找别的地方落脚，一个月前才叫他们搬走，大概是怕俄国人逼近有危险。

营区里大家都知道，霍斯太太走的时候，找了四部卡车搬运家当，德雷谢尔看了简直快要吐血，偏偏摩根那边也碰到了霍斯强烈的抗议。调查虽然持续进行，可是指控的多是些鸡毛蒜皮的小事。维尔特斯走过来，德雷谢尔还是畅所欲言，并没有因为医生在场而稍加修饰言辞。

很明显，医生不明白德雷谢尔在说些什么。维尔特斯担心的是撤离行动，虽然波兹南堡计划周详，但是营总区和比尔克瑙却一点动静也没有，没有人安排长途跋涉所需的食粮和保暖衣物。我也一样，我也很担心。

然而，俄军持续按兵不动。我军在西线战场奋力一搏，企图突出重围（美军死守比利时小城巴斯妥），同一时间，东线的布达佩斯也发动反击，我们重新燃起了一线希望。喧嚷一时的 V-2 火箭终于上阵，但是对知道如何从报道的字里行间透析真相的民众来说，作用不大。我们在阿尔萨斯北部进行了小规模的反击行动，立刻被敌军压制，大家心知肚明，只是时间早晚的问题了。

1 月初，我放皮雍泰克一天假，让他回塔尔诺维兹安置老小，最起码把他们带到布雷斯劳，我不希望他在重要关头还要忧心家人的安危。雪下个不停，当天空稍微开阔晴朗时，炼钢厂黑压压的大片浓烟立刻接手，遮住了西里西亚的地貌，见证了坦克、大炮、弹药的生产持续到最后一刻。

在风雨前的宁静氛围下，十几天过去了，这段时间只有各处室的官僚争执点缀。我终于说服贝尔多准备了一些粮食，在出发那一刻发给囚犯。至于保暖衣物，他对我说他们可以到“加拿大”拿，因为没有运输工具的关系，仓库里的东西堆得满满的。

此时传来一个好消息，暂时冲淡了凝重的气氛。一天傍晚，我在党卫队武装军总部，德雷谢尔端着两杯干邑，笑容满面走到我桌前。“恭喜您，一级突击队大队长。”说着，把一杯酒递到我面前，同时高举另一杯。

“我是很想喝一杯，不过有什么事值得庆祝吗？”“今天我和摩根二级突击队大队长联系时，他要我转告您，您的案子已经结案了。”虽说德雷谢尔因此获悉我涉嫌命案，但我毫不在意，这项好消息解除了我心头的大石。

德雷谢尔接着说：“由于没有任何实体的证据，冯·拉宾根法官裁定停止对您的侦查。冯·拉宾根对二级突击队大队长说，他从没碰到过这么牵强附会、物证如此缺乏的案件，还说联邦刑事警察办案手法拙劣，他几乎要认定整起事件是为了抹黑您。”

我深表同感：“我一直都是这么强调，幸好大元帅对我信心满满。如果您说的都是真的，那我的名誉终于得以洗清。”

“是啊，”德雷谢尔点头表示赞同，“摩根二级突击队大队长还透露，冯·拉宾根有意对这两个死缠着您不放的警员提出纪律惩戒。”“果真如此，才叫大快人心。”三天后，伯朗特来信证实了这项消息，里面还附了冯·拉宾根给大元帅的信，信中表示他完全相信我的清白。两封信里都没提到克莱门斯和魏塞尔，不过我已经很满足了。

经过短暂休兵，俄军终于从维斯瓦河的桥头堡展开让我们日夜提心吊胆的攻势，我们薄弱的掩护火力很快就被扫平。俄军在这段喘息的时间里调集了惊人的火力，他们的 T-34 坦克一队队涌入波兰平原，冲散我军部署，巧妙借用了我军在 1941 年的行进战略，我们以为他们的大军还远在百里之外，没想到各处均遭遇俄军坦克突袭。

1 月 17 日，法兰克总督和行政团队从克拉科夫撤退，我军最后几团兵力退守华沙废墟。施毛瑟尔宣布实施“A 案”，俄军已经进入西里西亚地区。我这边做好了我认为最万全的准备，在我们拥有的两辆汽车里摆了几桶汽油、三明治还有朗姆酒，我也摧毁了所有归档的报告。

1 月 17 日傍晚，贝尔邀请我和所有军官宣布，根据施毛瑟尔的指示，身体健康的囚犯一律以步行的方式撤离，明天早上出发。那天晚上的集会是集中营的最后一次会议。撤离行动将按照之前的计划进行，每支队伍的指挥官必须严密监督，不得让任何囚犯逃跑或在路上逗留，一旦发现有人有此企图，一律严加惩戒，不得留情。

尽管如此，贝尔建议大家行经村落时，最好不要枪毙囚犯，免得吓着老百姓。一名暂任撤离队伍指挥官的二级突击队中队长接着发言：“报告二级突击队大队长，这个命令会不会太严苛了一点？如果营囚企图逃跑，当然是格杀勿论，可万一他只是太累了走不动呢？”“要撤离的营囚都是我们认定还有劳动能力的人，走个 50 公里应该没问题。”贝尔反驳，“生病跟没有劳动能力的人通通留在集中营。如果队伍里有人生病，必须立刻予以歼灭。这是命令。”

那天晚上，集中营的党卫队成员睡得很少。我在邻近火车站的党卫队大楼里看着一批一批的德国外侨避走他乡，此时俄军横扫城市，强渡索拉河大桥，突击火车站，艰辛地朝西跋涉挺进。党卫队保留了一辆火车，专门运载集中营工作人员的家眷，车厢挤满了人，丈夫忙着将行李往妻子和小孩身上推。晚饭后，我开始巡视营总区和比尔克瑙营区，察看了几座营房，囚犯们努力试图多少睡一会儿，有囚警跟我反映，说没有发保暖衣物，我暗自希望明天出发前能分派完毕。营区走道上，成堆的档案熊熊燃烧，焚化炉已经无法容纳。

我发现比尔克瑙的“加拿大”旁边人声鼎沸，囚犯们在探照灯的灯火下，忙着把各式各样的物品搬上卡车，负责监督装载行动的三级突击队中队长告诉我，这些东西将运往格罗斯劳森集中营。我看得一清二楚，党卫队的驻卫警各自拿了一些货品往身上塞，甚至不避旁人眼光。

四处吼叫声不断，无头苍蝇似的忙乱，我可以感受到这些人慌了手脚，分寸和纪律荡然无存。一如往常，事情总是挤在最后一刻才动手，因为做得早了，怕被扣上失败主义的大帽子，而现在俄军兵临城下，奥斯威辛集中营的驻卫警想到卢布林集中营的党卫队员被俄军俘虏的下场，怕得失去了办事条理秩序，一心只想快逃。

我像泄了气的皮球，跑到德雷谢尔在营总区的办公室找他。他也忙着烧档案。“您看到那些人的掠夺行径了吧？”他笑着对我说，下巴上的小胡子跟着抖动，从抽屉拿出一瓶高级法国烧酒，“您想怎么样？这四个月来，我夜以继日地追查一名三级突击队中队长苦无结果，这倒好了，他送我这个当作临别的礼物。那个浑蛋一定是偷来的。要陪我喝一杯吗？”

他在普通的水杯里倒了酒：“很抱歉，只有这个杯子。”他举起杯子，我也跟着做。“来啊，”他说，“说一个值得干杯的理由。”我的脑筋一片空白。他耸耸肩：“我也想不出来，就这么喝吧。”法国烧酒果然香醇，酒到喉咙，散发出一股浓郁的酒香和热腾腾的感觉。

“您要去哪儿？”我问德雷谢尔。“回奥拉宁堡写报告，我手边的资料足够再起诉十一个人。然后，就看上面派我上哪儿了。”我起身准备离开的时候，他拿起那瓶酒送到我面前。“拿去吧，您可能比我更需要。”我把酒塞进大衣口袋，跟他握手，然后离开。回程经过营区总医院，维尔特斯还在那里监督医疗设备药物装箱。我跟他提了保暖衣物的事。“仓库是满的，”他向我保证，“分毯子、靴子和大衣应该没什么困难。”

凌晨两点，我在比尔克瑙的司令部找到贝尔，他正在规划各个队伍的出发顺序。听我说完，他不以为然地说：“仓库里的物资是帝国的财产，我没有接到命令，要我把东西分给囚犯。我想等我们有能力的时候，再把这些物资装上卡车或火车撤离此地。”外头的气温大概是零下10摄氏度，走道结冻，冰冷湿滑。“穿得这么少，您的囚犯根本活不下去，很多人连像样的鞋子都没有。”“身强体壮的人可以撑得住，”他说，“其他的不要也罢。”

我气得冲下楼到联络中心，叫人马上给我接布雷斯劳，但是我一直联络不上施毛瑟尔，连波兹南堡都不在。接线生拿了一张国防军送来的快报给我看，茨申图车刚刚陷落，俄军已经逼近克拉科夫。“情况危急。”他疲弱地说出这句话。

我本想发电报给大元帅，转念一想，根本缓不济急，还是等明天先找到施毛瑟尔再说，只希望他比贝尔这头死硬驴子讲道理。我突然觉得好累，回党卫队武装军总部睡觉。路上，一列列的老百姓中间夹杂国防军士兵，到处挤得水泄不通，累极的农夫们全身包得紧紧的，吆喝着催赶拉车的牲畜赶路，牛车上堆满了家当和小孩。

皮雍泰克没来叫我，我索性睡到8点。厨房照常开伙，我请人帮我弄了香肠煎蛋，吃完后出门。营总区和比尔克瑙营区的漫长队伍已经拖到营区外面，营囚们脚上裹着他们所能找到的任何东西，拖着沉重的步伐慢慢往前走，旁边围着党卫队驻卫警，走在最前头的是吃得好穿得暖的囚警。有毛毯的囚犯一律把自己从头到脚包得紧紧的，看起来有点像贝督因人，他们全身上下也只有毛毯了。我询问得悉发下了三天份的面包和香肠给囚犯，但是没有收到任何分发衣物的命令。

第一天，虽然天寒地冻，雨雪湿黏，行进的情况尚称顺利。我仔细观察离开集中营的队伍，与克罗斯不时交换意见，有时候则驱车赶在队伍前头探路。到处都看得到暴力行径，驻卫警要囚犯们推牛车，可是上面堆的都是驻卫警的家当，要不然就是叫囚犯替他们扛行李。

道路两旁随处可见倒卧雪地的尸体，面孔多半血肉模糊，驻卫警严格贯彻贝尔的命令，不过队伍持续前进，没有人企图反抗或有制造混乱的迹象。

中午左右，我终于联络上施毛瑟尔，讨论保暖衣物的问题，他听了几句，随即否决我的建议：“我们不能给他们穿一般百姓的衣服，会增加他们逃跑的风险。”“起码鞋子总可以吧。”他迟疑了一会儿，终于说：“您自个儿去跟贝尔协调。”我听得出来他大概有别的顾虑，但我比较希望能够得到明确的一纸命令。我回营总区找贝尔："施毛瑟尔副总指挥长刚刚下令分派鞋子给光脚的囚犯。"贝尔耸耸肩："这里什么都没了，东西已经装箱运走了，您自己去比尔克瑙找施瓦兹胡柏想办法。"我又花了两个钟头找比尔克瑙集中营营长，他离开办公室巡视队伍集合的情形。我将命令传达给他，他答应道："好的，我来处理。"

向晚的时候，我和埃利亚斯以及达里乌斯会合，稍早我派他们分头巡察莫诺维兹跟所有附属小型集中营撤离的情形。整体来说，撤离行动秩序良好，然而到了傍晚，筋疲力尽的囚犯越来越多，走不动的人站在原地任凭驻卫警射杀。我和皮雍泰克先行前往勘查预定过夜的休息站。尽管施毛瑟尔三令五申，因为怕囚犯趁着夜色逃跑，某些队伍依然摸黑继续跋涉。

我怒斥领队的军官，他们以还没到达指定的休息点，不能让他们的队伍露宿野外，睡在冰上或雪地上为由反驳。我勘查过休息站，发现空间不够大，有时两千多人要挤一座谷仓或一间学校，许多人被迫露宿，紧紧靠在一起取暖。

我命人生火，但是没有木柴，树枝太潮湿，再说我们手边也缺乏砍树工具，只好在找得到木板或旧木箱的地方，勉强生起小小的营火，但是维持不到天明。

没有人想到要准备热汤，囚犯只有出发前分配的食粮果腹，有人向我保证，远一点的休息站有伙食供应。大多数的队伍只走了不到 5 公里的路程，许多队伍还停留在集中营外围人烟罕至的危险地带，以这样的行进速度，至少得走上 10 到 12 天。

我一身烂泥，全身湿透，疲惫不堪地回到党卫队武装军总部。克罗斯在那儿，他跟几个国家安全局的同事一起喝酒。他走过来坐在我旁边问："进行得怎么样？""不太好，肯定会有无谓的伤亡。贝尔应该更用点心的。"

"贝尔才不在乎。他接到命令了，即将转任'中央建设'的指挥官，您不知道吗？"我眉毛挑得老高："不知道，我完全没听说。由谁负责关闭集中营呢？""我。我已经接到命令，在集中营营囚撤离完毕后设立办公室，管理集中营解散的行政事宜。""恭喜您。"我说。"哦，"他回答，"没什么好高兴的，老实说我宁愿做别的。"

"即刻开始吗？""先等集中营的人走光了之后，才轮到我们上场。"

“那些留在营区的囚犯呢？您打算怎么处理？”他耸耸肩，淡淡地苦笑：“您以为呢？副总指挥长下了格杀令。不能留下任何活口，让他们落入布尔什维克党手中。”“我懂了。”我喝干杯中的酒。“加油了，我一点都不羡慕您。”

情况变得越来越恶劣。第二天清晨，后边的长长队伍持续步出营区大门，驻卫警依旧驻守瞭望塔岗位维持秩序。走不到几公里，体弱者逐渐跟不上整体的脚步，队伍于是开始拉长松散。路旁的尸体越来越多。雪下得很大，但不是特别冷，至少我不觉得冷，我在俄罗斯尝过更惨的，但是我在俄罗斯的时候，身上的衣服足够御寒。

我坐在开着暖气的车里来回巡逻，而驻卫警个个穿着毛衣，裹着大衣，脚下还有靴子，营囚们大概都冷到骨子里了。驻卫警越来越害怕，不停大声吆喝、殴打囚犯。我亲眼看见一名驻卫警痛殴一个蹲下来大便的囚犯，我出声斥责该名驻卫警，要求带领该队的三级突击队中队长将他收押，中队长回称人手不足，恕难从命。

行经村庄时，满心期盼俄军到来的波兰农民，多半静静地看着队伍走过去，偶尔会对着我们用当地的方言叫嚷一阵。有些人好心拿了面包或食物想要分给囚犯，驻卫警立刻咆哮着叫他们走开。驻卫警很紧张，因为我们都知道游击分子常在这里出没，大家都怕他们从中拦截。到了傍晚，我再度前往勘查休息站，还是没看到热汤，连面包都没有，许多囚犯已经吃光了预先发放的食粮。

我在心里估算了一下，这样持续下去，还没到达目的地，二分之一甚至三分之二的队伍都将化为乌有。

我命皮雍泰克载我到布雷斯劳，由于气候恶劣，路上又挤满了逃难的百姓，我们迟至午夜才抵达。施毛瑟尔已经睡了，而总部的人告诉我，波兹南堡已经北上前往邻近前线的卡托维兹。一名满脸胡楂儿的军官指着军事行进图向我说明苏军目前所在的位置，他说的是理论上的推估，实际上苏军行进的速度快到无法逐日画出路线。

至于我军各师部的位置，虽然还标在地图上，其实有些已被消灭，其他的，根据回传的零星线报，应该被抛在苏军防线后面，以机动阵队的方式移动，企图联结被苏军冲散的军部。塔尔诺维兹和克拉科夫今天下午陷落了。苏联军力已经渗入东普鲁士，据说苏军在那里烧杀掳掠，行径比在匈牙利更血腥，惨绝人寰。

第二天早上，我终于见着施毛瑟尔，他显得相当镇静而且自信满满。我向他描述了当前营囚的行进状况，同时提出要求，希望在休息站提供伙食和取暖的柴火，分派牛车给累得走不动的囚犯，让他们获得照料，以便日后可以投入劳动，不要动不动就杀掉他们。

“我说的不是那些罹患伤寒和结核病的病人，副总指挥长，他们只是挡不住严寒和饥饿而已。”“我们的士兵也在挨饿受冻。”他铁青着脸反驳，“老百姓也是又冷又饿，您似乎搞不太清楚眼前的局势，一级突击队大队长。我们有150万名老百姓流离失所，他们比您的囚犯重要。”

“报告副总指挥长，这些囚犯代表着劳动力，也就是帝国的重要资源。眼下，我们不能容许这样轻易损失两万或三万个劳工。”“我没有物资可以分配给您。”“那么，最起码给我一个正式的命令，好让我叫得动那些带队的军官。”

我请人打了一纸命令，还多打了几份以便给埃利亚斯和达里乌斯，下午施毛瑟尔在命令上签了字，我随即离开。道路拥挤不堪，绵延无尽的难民队伍，或步行，或赶着牛车，其中还夹杂着落单的国防军卡车和走散的士兵。

在村庄里，有纳粹人民福利会的机动厨房在分发热汤。我很晚才抵达奥斯威辛，同事都回住处睡觉了。有人告诉我，贝尔已经离开集中营，看样子是不会再回来了。我跑去找克罗斯，他跟政治局的局长舒尔兹在一起。我拿出德雷谢尔送我的法国烧酒，大家一起喝。克罗斯说早上他炸掉了第一和第二焚化场，第四焚化场则保留到最后一刻。

另外，他开始执行肃清命令，枪杀了比尔克瑙妇女集中营里的两百名犹太妇女。不过，卡托维兹省的省长施普林格鲁姆说他那边有紧急任务，抽掉了他底下的临时行动小组，他手边没有足够的人手继续工作。

身体健康的囚犯已经走了，根据他的估计，留下来那些生病或身体虚弱无法长途跋涉的人，整个营区有8000多个。以目前的情势来看，我认为屠杀这些人是没有意义的愚蠢行为，但是克罗斯有军令在身，不得不为。再说，这事不在我的职权范围，光是处理撤离队伍的事就够我头大了。

接下来的四天，我追赶前面的队伍。我觉得自己好像在跟土石狂流奋战，先是车子无法行进，常常一堵就是几个钟头，等我终于赶上前头的队伍，找到负责带队的军官时，我把施毛瑟尔的命令拿给他们看，他们却端出最难看的后母脸色，心不甘情不愿地照我的吩咐做。就这样，偶尔这里或那里，终于有人分派食粮给囚犯（有些地方不需要我开口，会自动分派）。

我叫人收集路边尸体身上的毛毯，分给活着的人，也差人征收波兰农民的牛车，让筋疲力尽的囚犯上车。然而，第二天，当我回到昨天巡视过的队伍旁边时，却看见驻卫警射杀爬不起来的囚犯，牛车上只剩小猫两三只。我几乎不看营囚的脸，我担忧的不是他们个人的命运，而是全体队伍的命运，反正他们都长得一个样，灰扑扑的，肮脏，没有个体差异。

尽管天寒地冻，臭气依旧熏天，在这么一大群人中，吸引目光的不是个人，反倒是一些零星的细节，像是徽章、没有遮掩的头、光溜溜的脚、与别人不同的外套，是男是女几乎无法分辨。偶尔，我瞥见他们露在毛毯外面的眼睛，眼中不见任何光彩，空洞无神，已经被满脑子走啊、向前走的意念所吞噬。

我们离维斯瓦河越远，天气越冷，损失的人也越多。有时候，为了让路给国防军优先通行，队伍必须停在路边，一等就是几个小时，要不就是被迫绕路，走上结冰的田野，挣扎着通过一条又一条的运河，好不容易才重新回到马路上。

队伍暂停休息时，饥渴的囚犯立刻跪倒在地上，伸出舌头舔雪。每个队伍，就连我安排了牛车的那一队，后面都跟着一小队驻卫警，一看见囚犯倒地，甚至只是停下脚步，立刻毫不留情地开枪，或拿枪托重击，结果囚犯的生命，尸体就留给当地市府去埋葬。在这样的情况下，总是会激起某些人暴戾的天性，杀人的快感引发逾越命令的举动，这些人的年轻上司跟他们一样害怕，根本管不动他们。

行为失控的不仅是这群队伍里的人。队伍上路的第三天还是第四天，我到埃利亚斯和达里乌斯负责的路线找他们，他们负责巡察一批来自劳拉胡特的队伍，因为俄军攻势凌厉，他们被迫变更行进路线，俄军不仅从东边打过来，北边也有，根据线报，俄军已经接近大施特雷赫利兹，离布莱舍梅不远了。

埃利亚斯跟带队的军官在一起，他是个紧张又容易激动的二级小队长，我问他达里乌斯在哪儿，他说他在队伍后面照料生病的人。我和埃利亚斯过去找他，看他在做什么，竟发现他拿着手枪，一枪一个解决囚犯。

“您这是在干什么？”他向我行礼，丝毫不以为忤地回答：“报告一级突击队大队长，我在执行您的命令。我仔细筛选出生病和虚弱的营囚，把可以复原的安置在牛车上，剩下没有复原希望的这些，则予以枪毙。”我冷冷地说：“三级突击队中队长，枪毙人犯不是您职责范围内的事，您接收的命令是要尽可能减少囚犯伤亡，而不是加入处决行动。了解吗？”我也痛斥了埃利亚斯一顿，毕竟达里乌斯归他管。

我有时也会碰见一些比较通情达理的带队军官，愿意听我解释，接受我一再重申保留人力的必要性和合理性。但是，他们拥有的物资真的太有限了，而且他们的手下多半是在集中营打滚多年，既顽固又懦弱的强硬派，根本无法改变习以为常的做法，随着撤离队伍的暴力行为越来越失控，纪律跟着荡然无存，这批人露出了原本的恶习与丑陋的冲动本性。

我想，他们每个人都有一套理由，好解释自己行为粗暴的根由，所以达里乌斯才会想在那批比他资深许多的人面前，展现他的决心和坚定态度。事情多得很，我没有多余的闲工夫去深入分析每个人的暴力动机，我只是想竭尽所能，让大家听我的命令。大部分的带队军官听完我的解释后，反应是单纯的满不在乎，他们脑子里只想着一件事——带着我们征收来的牲畜，尽可能离俄军越远越好，没必要把日子搞得太复杂。

这四天，我走到哪儿就睡哪儿，有时候是小旅店，有时候是小镇的镇公所，甚至民宅。1 月 25 日，阵阵清风吹散天上的云层，天蓝得干净澄明，我回奥斯威辛了解那边的情形。我在火车站看见一团反空袭炮兵连，大队志愿投效空军的希特勒青年团成员，还有小孩，大伙引颈期盼等待撤离。

他们的中士眼睛转个不停，面无表情地告诉我，俄国已经抵达维斯瓦河对岸，与我军在法本公司的工厂内鏖战。我开上通往比尔克瑙的道路，随即碰上大批往山丘爬的囚犯，在两旁监督的党卫队驻卫警看似随兴，不时朝囚犯开枪，这批队伍的后头，一直到营区的这段路上，路面尸体横陈。

我停下车，呼叫他们的领队，是克罗斯的一个手下。

“这是做什么？”“二级突击队大队长下令清空Ⅲ e 区和Ⅲ f 区，把里面的囚犯带到营总区。”“为什么随便乱开枪？”他撇撇嘴：“不开枪他们不肯走。”“克罗斯二级突击队大队长在哪里？”“在营总区。”我想了一下：“我看最好算了，再过几个小时，俄国人就要打来这里了。”他犹豫了一会儿，终于下定决心，朝手下挥挥手，一群人小跑步奔回奥斯威辛一号营，丢下这批营囚。

我望着他们，他们没有移动，有些人抬头看着我，其他人则干脆坐下。我站在山丘上眺望比尔克瑙，这里地势较高，比尔克瑙营区一览无余，最里面的“加拿大”冒着熊熊火焰，阵阵黑烟直窜天际，附近的第四火化厂还在运转，烟囱冒出屡屡烟丝，跟“加拿大”那边相较，简直是小巫见大巫。营房屋顶积雪反射金光，营区空荡荡的不见人影，走道上零散的小黑点星罗棋布，大概是尸体吧，瞭望塔依旧挺立，上面也是空荡荡的，没有动静。

我回到车上掉头，这批囚犯只能听天由命了。到了营总区，我刚刚碰到的那名指挥官还没回来，只见国家安全局的其余军官和卡托维兹的盖世太保们无头苍蝇似的乱转，神色惊慌。营区的通道上随处可见成堆死尸，上面已经覆盖了一层白雪，还有成堆的垃圾和脏污的衣服。我远远瞥见一名营囚在尸体间翻捡，也有人鬼鬼祟祟地快速躲到营房后头，看着我大步走过他眼前，我什么都没问。我在司令部里找到克罗斯，空荡的走廊上文件四散，档案成堆，他喝光了一瓶杜松子酒，嘴里叼着烟。我坐下，学他喝酒又抽烟。

“您听见了吗？”克罗斯语气平和地说。北边、东边回荡着俄国炮火遥远、飘忽又单调的声响。“您的手下都慌了手脚，不知道该怎么办了。”说着，我为自己倒了一杯杜松子酒。“无所谓了。”他说，“我待会儿就走。您呢？”“我大概也一样。党卫队武装军总部还有人吗？”

“没了，他们昨天就走光了。”“您的手下呢？”“我会留下一些人，在今天晚上或者明天把炸药埋好，我军应该可以抵挡到那个时候。其他人跟我一起退到卡托维兹。您听说了吗，大元帅接获任命，亲自统御集团军？”

“没听说，”我惊讶地回答，“我不知道。”

“就在昨天，叫作维斯瓦集团军。虽然战场已经退到奥得河，甚至到了河对岸，红军打到波罗的海，硬生生将东普鲁士从帝国切开。”

我说：“都是些坏消息，说不定大元帅能够扭转乾坤。”“我不太相信。依我看，我们已经完了，算了，反正我们都坚持到最后一刻了。”他把瓶中剩下的酒全部倒进杯子里。“很遗憾，法国烧酒已经被我喝光了。”我说。“没关系。”

他喝了一口酒，望着我说：“您为什么还这么卖命呢？我是指那些劳工。您真的以为几个营囚能够改变战况吗？”我耸耸肩，喝光杯中的酒：“奉命行事而已。您呢？您又为什么这么卖命要杀光这些人？”“我也是奉命行事。他们都是帝国的敌人，没有理由白白放过他们，让我们的人民受苦受难。话虽如此，我也不干了。没时间了。”“反正，”我盯着手中的杯子说，“这些人绝大部分都撑不了几天，您也看到他们现在是什么样子。”他干掉杯中的酒，站起来。“走吧。”走到外面，他吩咐了手下几件事，转身向我敬礼。“一级突击队大队长，再见了，祝您好运。”“您也一样。”我坐上车，吩咐皮雍泰克一路往格列维采奔去。

1 月 19 日以来，火车每天从格列维采出发，带走邻近各个集中营分批撤离的囚犯。据我所知，最早的火车一律开往格罗斯劳森，贝尔就是到那里安排囚犯安置事宜，但是容纳量很快达到饱和，无法再收容囚犯。

现在列车均先开往保护区，视情况分送维也纳（毛特豪森集中营）或布拉格，再分散送回旧帝国疆域内的其他集中营。我经过格列维采火车站时，刚好有一列车等在那里让囚犯上车。我大吃一惊，因为所有车厢都是少了屋顶的开放式车厢，车厢里早已冰雪盈尺，疲惫不堪的囚犯在驻卫警的枪托吆喝下被赶上车厢，车上没有水，没有食物，没有厕所。

我问了一些囚犯，他们是从诺伊达赫过来的，离开营区后，一路上什么都没有，有些人甚至连续四天没吃东西。我瞪大眼睛，惊恐地望着这些骨瘦如柴、鬼魂似的躯壳，他们紧紧拉住身上湿透结冻的毛毯，颤颤巍巍的，一个挨着一个挤着站在积满雪的车厢内。

我怒不可遏，大声责问一名驻卫警：“谁是这里的负责人？”他恼火地耸耸肩："报告一级突击队大队长，我不知道，上面只叫我们把人弄上车。"

我走进火车站要求见站长，一个瘦男人走出来，他脸上留着鬃刷似的胡子，戴着老学究的圆框眼镜。我问："这些车厢是谁负责弄来的？"他举起手上卷好的小红旗，指着我衣服上的徽章："不是您吗，军官大人？我想一定是党卫队。"

"到底是谁？是谁安排这些列车班次？分派车厢的是谁？""原则上，"他一边把旗子夹在腋下，一边回答，"车厢嘛，是卡托维兹的国家铁路办公室找的，至于这些临时加班车，他们派了一名专员过来。"他拉着我走出车站，指着稍远一栋铁轨旁的木屋，"他就在那里办公。"我走过去，门也不敲直接进屋，有个满脸胡楂儿的胖男人穿着便服，懒洋洋地坐在堆满文件的办公桌后面，旁边有两名铁路工人围着暖炉取暖。

"您就是从卡托维兹来的专员？"我大声咆哮。他抬起头："卡托维兹来的专员就是我，鄙人科赫林，有什么可以效劳的地方？"说着，一股难闻的杜松子酒酒臭从他嘴里冒出来。我指着外面的铁路："外面那些乱七八糟的东西是您负责的吗？""请问您说的乱七八糟的东西指的是哪一件？目前所有东西都是乱七八糟的。"我强压怒火："那些列车，装载集中营营囚的开放式车厢。""啊，是这个乱七八糟的东西啊！这个由您的同事负责，我只负责协调各方调来的车厢，装配连接成列车，仅此而已。"

"这么说，这些车厢是您调来的了。"他翻翻桌上的文件："容我向您说明，请坐，老兄。找到了。这些临时加班车是柏林的东部占领区总局调派过来的，至于车厢，我们只能在这里搜寻，从还能用的破烂东西里面找。我想您大概已经注意到它们有多破烂了。"他愤愤地伸手指着外面，"这阵子乱得简直不像样，开放式车厢是仅剩可用的运载工具。地方党代表征用了所有的密闭式车厢，用来撤离老百姓和国防军。如果您还不满意，您大可找人拿帆布遮盖。""您要我上哪儿找帆布？""这不是我的问题。"

"最起码您可以叫人清洗一下车厢！"他深深叹了一口气："听着，老兄，眼下我每天必须装配好 20，甚至 25 列临时加班车。我的手下只要能及时装配好，我就谢天谢地啦。""伙食配给呢？""这不是我的职责。如果您有兴趣，是有一个二级突击队中队长，这事是他处理的。"

我用力甩上门，大步走出去。我在列车附近找到一个下士阶级的警察：“啊，有，我看过一名二级突击队中队长在这里下命令，他应该是国安警察署的吧。”我来到国安警察署办公室，他们告诉我，的确有一位来自奥斯威辛的二级突击队中队长负责协调囚犯撤离事宜，他现在吃饭去了。我派人去找他回来。

他回来时，脸色明显不快，我拿出施毛瑟尔的那纸命令给他看，怒气冲冲地斥责他，一一指出运输的缺失。他立正站好静静听我骂，一张脸红得不得了，我骂完之后，他结结巴巴辩白：“报告一级突击队大队长，这不是我的错。我手边什么都没有，国家铁路局不肯给我封闭式车厢，连粮食也没有，什么都没有。他们只会不断打电话来催，问火车怎么不早点走，我已经尽力了。”

“什么，全格列维采难道找不到可以征用粮食的地方吗？帆布呢？还有清洁车厢的铲子？这些营囚是帝国的重要人力资源啊，二级突击队中队长！难道党卫队的军官都不晓得该主动张罗，想办法解决问题了吗？”“报告一级突击队大队长，我不知道，我会去打听打听。”

我挑高眉毛：“那就快去打听，明天我要看到像样的列车。明白了吗？”“遵命！一级突击队大队长。”他对我敬完礼，夺门而出。

我坐下，叫勤务兵端杯茶给我。我端着茶吹凉的时候，一名士兵跑来找我：“打搅了，一级突击队大队长，您是大元帅的参谋吗？”“我是。”“有两位联邦刑事警察署的先生要找担任大元帅私人幕僚的一级突击队大队长，应该是您没错了。”

我跟着他走进一间办公室，克莱门斯两只手肘撑着桌面，魏塞尔坐在椅子上，双手插在口袋里，连人带椅往后斜靠墙壁。我面露微笑，斜倚门框，手上还拿着那杯热腾腾的茶。“真是稀客，”我率先开口，“原来是老朋友。什么风把您吹来啦？”

克莱门斯伸出粗短的手指指着我：“您啊，奥厄先生，我们找您。”我笑容依旧，手指来回轻敲肩章：您忘了，我可是有官阶的，警察队长！”“官阶，我们不吃这一套！”克莱门斯咕哝着，“您根本不配。”

魏塞尔开口了：“接到冯·拉宾根法官的信时，您大概得意地想，好了，终于结束了，对吧？”“我的确这么想。如果我没看错的话，他们认为您的报告证据薄弱，动机可疑。”克莱门斯耸耸肩：“我真的搞不懂那些法官心里想些什么，不过这不表示他们是对的。”

“对一心奉献司法正义的两位来说，这真是太不幸了。”我开玩笑地说。“没错，”克莱门斯嘟囔着说，“伸张正义是我们的使命，而且是孤军奋斗。”“两位大老远跑到西里西亚，就是为了跟我说这些？我可真是受宠若惊呢。”“不完全是，”魏塞尔将椅子弄正，“我们有一个想法。”“那可真是大新闻。”我边说边将杯子送到嘴边。

“请听我说，奥厄先生，您的姐姐告诉我们，在命案发生前不久，她曾在柏林停留，在柏林跟您见了面。她说她住在凯塞霍夫饭店，所以我们到凯塞霍夫查证，饭店的人都认识冯·于克斯屈尔先生，他是老顾客，而且他有些特殊习惯令人印象深刻。柜台的一位职员记得他离开饭店几天后，有一位党卫队军官过来，要求送电报给冯·于克斯屈尔夫人。而您知道，从饭店发出的电报都必须留下记录，每封电报都有一组编码，而邮局留有电报的底稿，法律规定保存三年。”他从大衣暗袋里抽出一张纸展开，“您还认得这个吧，奥厄先生？”

我脸上笑容不变地说：“两位，案子已经侦结。”“您说谎，奥厄！”克莱门斯大吼。“对警察说谎是非常不明智的做法。”魏塞尔说。我从容喝完茶，礼貌地对他们点点头，祝他们有个愉快的下午，随即关上门离去。

外面又开始下雪了，而且越下越大。我回到火车站，黑压压一大群囚犯在空地上等待，顶着强风坐在雪地和烂泥上。我本想让他们进站，但是候车室被国防军的士兵占据了。我和皮雍泰克一起睡在车上，累得无法动弹。

第二天早上，空地上除了数十具被冰雪覆盖的尸体之外，空荡荡的，不见人影。我四处寻找昨天那个二级突击队中队长，想确认他是否有照我的吩咐去做，然而这一切显得如此无用。深深的无力感掐住了我，瘫痪了我，我提不起劲采取任何行动。中午，我终于下定决心。我吩咐皮雍泰克找汽油，通过国安警察署联络了埃利亚斯和达里乌斯，下午上路直奔柏林。

烽火连天，我们被迫绕一大圈远路，穿过俄斯特拉、布拉格和德累斯顿。我和皮雍泰克两人轮流开车，就这样一连走了两天。从柏林市外大约十几公里远开始，车子与从东部占领区逃难的灾民争路，戈培尔禁止难民进入市区，强迫他们绕过城区。

市中心只剩内政部旁的附属建筑还站着，我在内政部的办公室也只剩下空壳。天空下着冰冷的雨，融化了覆盖废墟的冰雪，路面脏污，泥泞不堪。我花了一番功夫，终于找到格罗特曼，他告诉我大元帅和伯朗特在波美拉尼亚的瓦乌奇。

我于是回到奥拉宁堡，我的办公室依旧正常运作，只是有点与世隔绝。阿斯巴赫告诉我，普拉克莎小姐在一次轰炸中手臂和胸部烧伤，撤离到德国中部法兰科尼亚的一家医院休养。卡托维兹沦陷，埃利亚斯和达里乌斯退到布雷斯劳等候进一步指示，我下令叫他们回来。

我翻阅堆积的信件，自从普拉克莎小姐意外受伤，这堆信就没人动过。在众多公文中有一封私人信件，我认出了海伦的笔迹。

亲爱的马克斯，她写着，我的房子毁了，只好离开柏林。我觉得好绝望，我不知道您在哪里，您的同事不肯透露只字片言。我走了，到巴登找我父母。写信给我，如果您希望，我可以回柏林，还有挽回的余地。您的海伦。

这封信的内容几近告白，但是我不明白她说还有挽回的余地是什么意思。我按照上面的地址，飞快地回了一封短信给她，告诉她我回来了，但她最好留在巴登等一阵子。

我花了两天的时间，针对这次撤离行动写了份措辞强烈的报告。我甚至当着波尔的面提出质疑，他一语撇开我的指责。“反正，”他说，“我们已经找不到地方安置他们了，每个集中营都人满为患。”

我在柏林巧遇托马斯，施伦堡已经走了，聚会派对也没了，他看起来心情很差。据他说，大元帅领兵上战场后，统御能力不如人意，他甚至认为大元帅接任军职，完全是鲍尔曼一手策划的阴谋，意图削弱大元帅的威望。在关键时刻还搞这些无聊游戏，我一点都不想听。恶心的不适感再度上身，我又开始呕吐，连坐在打字机前都觉得反胃难受。

我获悉摩根也在奥拉宁堡，我去找他，跟他说那两个联邦刑事警察不可思议的偏执举动。“的确很奇怪，”他沉吟道，“他们好像是特别针对您个人来的。我看过档案，里面完全没有确切的证据。若是低下阶层的无赖、没有受过教育的人，警察当然可以发挥想象力模拟案发情况，但是我知道您的为人，我觉得非常荒谬。”

“难道是出于阶级的仇视？”我提出看法，“他们想尽一切办法，为的好像就是要贬抑我。”“嗯，有可能。您是有教养的人，党内有许多人对知识分子存有偏见。听着，我会再找冯·拉宾根谈谈，要求他给他们正式的纪律惩戒，他们不能违反法官的裁决继续追查案子。”

接近中午的时候，广播播放欢庆元首执政十二周年的纪念节目（历史证明这是最后一年）。我坐在奥拉宁堡的食堂里，漫不经心听着，我不记得他说了哪些东西，大概又是亚洲布尔什维克主义狂潮之类的论调。

最让我吃惊的是在场党卫队军官的反应，演奏国歌时，只有部分军官起立高举手臂，这种事若是发生在几个月前，简直是大逆不道、不可饶恕的举动。同一天，一艘苏联潜艇在但泽外海炸沉了威廉－古斯特罗夫号[1]，这艘船舰之珠，莱伊口中“喜悦的经典”，载满8000多名离乡背井的难民，其中一半是小孩，船上几乎无人生还。第二天我回柏林的时候，俄军已经抵达奥得河，不费吹灰之力抢下库斯特林和法兰克福之间的一大片滩头堡。我几乎每餐必吐，害怕又发高烧。

2月初，美国飞机再度在光天化日下，大模大样地在柏林上空盘旋。虽然政府严令禁止掠夺，市区里到处是暴力凶狠的难民，他们躲在残破的屋子里，抢劫仓库和商店，警方却视若无睹。空袭来时，我刚好在前往国安警察署的路上，时间大概是快11点的时候，还留在国安警察署的军官寥寥可数，我被带到庭园底下的防空避难所，位于阿尔布雷希特王子宫荒芜的庭园边上，阿尔布雷希特王子宫现在只剩空壳，连屋顶都没了。

这个避难所不在地底，更近似水泥长廊，我觉得不太安全，但是我没有其他选择。除了盖世太保那边的几名军官，他们把犯人也赶进来避难，他们个个满脸胡楂儿，绑着脚链，大概是从附近的看守所拉过来的，我认出有几个人是

---

1. 威廉－古斯特罗夫号（Wilhelm-Gustloff）：纳粹德国游轮，二次大战末期，此船被征用来撤离东普鲁士地区的德国人，1945年1月30日遭苏联鱼雷击沉，死亡的人数是泰坦尼克号的三倍之多，是史上罹难人数最多的一次船难，巧的是那天也是希特勒上台十二周年纪念日。

7月暗杀的叛乱分子，我曾在报纸和电视新闻里看过他们的照片。

这次轰炸威力惊人，连墙壁厚达一米的避难所都为之剧烈摇晃，宛如风中飘摇的椴树。我觉得自己好像被卷入暴风雨的中心眼，一个没有实体，只闻风雨响彻云霄，拔山扯树的暴风雨。

爆炸的压力压得耳膜发疼，四周突然静默无声，我害怕耳膜被震破了，好痛。我真想干脆被震飞，被压死算了。我再也无法忍受了。严令不得坐下的犯人一律趴在地上，大多数人身体蜷成一团。好像有一只大手一把将我拉起来，整个往后抛，等我张开眼睛，映入眼帘的是好几张脸，他们好像在尖声狂叫，我不明白他们想要干什么。我摇摇头，一双手按住了我的头，强迫我躺着不要动。

警报结束后他们把我弄出来，托马斯搀扶我。正午的天空烟尘满布，一片灰暗，国安警察署大楼窗户窜出火焰，庭院里的树如火把般熊熊燃烧，王子宫背后那面墙整片倒塌。托马斯扶着我坐在被炮火轰散的残破长椅上。我伸手摸脸，鲜血沿着脸颊滑落，双耳嗡嗡鸣叫，还好我还听得见声音。

托马斯走到我面前："你听得见吗？"我点头表示可以，耳朵虽然痛得厉害，但他说的话我听得一清二楚。"不要乱动，你刚刚撞了一下，很厉害。"过了一会儿，他们扶我上了一辆欧宝。阿斯卡尼舍广场上到处是起火的汽车和车身扭曲变形的卡车，安哈特火车站整栋建筑仿佛往里面缩进去，还不断喷出呛人浓烟，欧洲学苑和邻近的大楼也起火燃烧。被烟熏得满脸乌黑的士兵和后备部队忙着救火，然而火势实在太大了。

他们载我到库否斯坦街，艾希曼的办公室所在地，那栋大楼还没倒。我躺在桌子上，旁边还有许多伤员。

有个一级突击队中队长走过来，是替我看过病的那位医生，我还是记不起来他叫什么名字。"又见到您了。"他亲切地对我说。

托马斯跟他说我的头狠狠地撞上了避难室的墙，昏迷了二十几分钟。医生叫我伸出舌头，拿刺眼的小手电筒照我的眼睛。

"您有脑震荡的迹象。"他对我说，接着又转身对托马斯说："先让他照一下脑部X光，如果头骨没有骨折，休养个三周就行了。"他在纸上快速写了一些字，拿给托马斯就离开了。

托马斯对我说："我去找间医院给你做头部X光检查，如果医院不肯收你，你就来我家休养，格罗特曼那边我去跟他说。"

我笑着回答："如果连你家都没了呢？"他耸耸肩说："那就回来这里啊。"

我的头骨没有骨折，托马斯的家也还在。

傍晚，他回家时拿了一张签了名、盖了钢印的纸给我。"你的病假许可，你最好不要待在柏林。"我头好痛，我慢慢喝着加了矿泉水的干邑。

"去哪儿呢？""我怎么知道，去巴登找你女朋友怎么样？""我看等我到了那里，美国人也在那里等我了。""说得对。要不带她一起去巴伐利亚，或是奥地利，找间小旅馆享受浪漫假期。换作是我，我一定不会白白浪费这个机会，可遇不可求啊。"

托马斯还提到了这次空袭的损害情况：国安警察署办公室不堪使用，旧总理府倒了，新大楼，也就是斯佩尔办公室的所在地，受到严重毁损，连元首的私人公寓都烧掉了。一颗炸弹打中人民法院，当时正在审判冯·施拉伯伦道夫将军，集团军参谋总部的一名密谋叛乱分子。

空袭之后，我们在现场找到了弗雷斯勒法官的尸体，他手上还拿着施拉伯伦道夫的档案，据说当他声色俱厉讯问犯人之际，他身后那尊元首的半身铜像轰然倒下，正巧打在他的脑袋上，血肉模糊。

离开似乎是个好主意，但是要去哪儿？巴登，浪漫假期，不可能。托马斯想接父母离开维也纳，带他们到一位乡下表亲家避难，于是提议我代替他去。

"你有父母？"他惊愕地瞪着我。"当然有，谁没有父母。怎么这样问？"然而，到维也纳的这趟旅程，对一个需要休养的病人来说，实在太复杂困难了，托马斯也不得不承认。"别担心，我安排好了，没问题的。你去别的地方好好休息。"

我依然想不出来该去哪里好，话虽如此，我已经叫皮雍泰克明天早上开车来接我，也叫他多准备几桶汽油。

那天夜里我睡得很少，头和耳朵都痛得要命，剧烈的疼痛让我无法成眠，还吐了两次，除此之外，我心里还有别的事。皮雍泰克来的时候，我拿了休假单——通过检查哨的必备文件——一瓶干邑和托马斯慷慨馈赠的四包香烟，拎着装了几件私人用品和换洗衣物的行李袋，连请皮雍泰克进来喝杯咖啡的客套都省了，直接叫他开车出发。

“一级突击队大队长，要去哪儿呢？”“斯德丁。”

我敢说，我说这话时完全没有经过考虑，直接冲口而出，话一出口，我反倒觉得就是这样没错。要上高速公路得先绕个大圈子，皮雍泰克昨夜在车库过夜，他告诉我阿尔托莫阿比区和威丁区已经被夷平，路上出现了大批来自柏林的难民潮，加入了东部占领区的难民行列。

高速公路上成排的马车，车上多半立着临时搭建的白色帐篷，抵挡强风雨雪，逃难的队伍一望无际，每匹马的鼻子都黏上了前一辆车的车尾，队伍的右边有联邦警察和国防军战地警察维持秩序，替开往前线的军用车队开道。

偶尔，一架苏联伊尔 -2 战机出现上空，人群登时惊慌四散，人们从马车上跳下来，往积雪的田野奔逃。战斗机沿着队伍一路抛下炸弹，狂射来不及闪躲的人群，马儿饱受惊吓，头和腹部被打烂，床垫和马车纷纷起火。

在一次突袭中，我的车挨了好几颗子弹，车门被打出几个洞，后车窗玻璃碎裂，幸好引擎没坏，那瓶干邑也幸运地逃过一劫。外面哀鸿遍野，伤者哀号，生者惨叫。皮雍泰克重新发动引擎，我把酒拿给他，自己也就着瓶口喝了一大口。到了斯德丁，我们越过奥得河，在海军炸药的破坏和破冰器的催化下，提早融化的河面冰层消融得更快。

之后，我们从北边绕过玛努湖，穿过党卫队的红黑标章武装军，也就是德格勒尔人马驻守的史塔格，沿着东部占领区的大马路继续前进，我按照地图指示的路线替皮雍泰克指引方向，这些地方我从来没来过。壅塞的道路两旁是一畦畦整齐的田野，上面覆盖了一层干净晶亮又温柔的白雪，更远的地方则是蓊郁幽暗的桦树和松树林。几座零星的农舍孤零零独立大地，狭长低矮的房舍瑟缩在积满白雪的茅草屋顶下。

镇上一栋栋红砖灰瓦民房，屋顶又尖又斜，还有路德教会朴实的教堂，一切显得如此宁静，小镇居民各自忙着自己的活儿。过了旺格林之后，一路眺望串联的湖水，冰冷灰蒙，大片湖面只有沿湖地带结冰。

我们穿过德拉姆堡、法尔肯堡，然后车子到了德拉齐格湖南岸的一个小村庄腾佩尔堡，我叫皮雍泰克下高速公路，往巴特波尔岑方向朝北走。

开上横贯无垠田野间的笔直道路，两旁的杉树林遮断了视线，望不见湖水，走了一大段之后，道路蜿蜒于杉木参天的陡峭地峡间，就像一把利刃把比较小的沙伦本湖从德拉齐格湖边上切割下来，自成一家。山峡下方介于两湖之间的圆弧湖岸边有个小村镇艾特—得拉罕，被包围在方形的石头堡垒中间，是一座古老的城堡废墟。

过了小镇，可以看到萨雷本湖北面一片茂密的松林，我在这里暂停，向一位老农民问路，老先生静静地没有任何手势，口头向我们说明了该走的路线，还得再往里面开两公里，然后向右转。“您不会错过路口的，”他说，“那条车道很大，而且两旁种了桦树。”

话虽如此，皮雍泰克还是差点错过了。

车道先穿过一座小树林，眼前景象豁然开朗，长长的笔直车道，两旁高耸的桦树叶子落尽，在一片雪白纯净的大地中显得特别静谧。房子就在车道的尽头。

# 小曲

*AIR*

房子大门深锁。我叫皮雍泰克把车停在院子门口，下车踏着厚厚的纯净积雪往屋子走过去，天气出奇地温暖。

屋子前面的木头百叶窗关得紧紧的。我沿着房子四周绕了一圈，屋后有一大片露台，弧形雕花扶手楼梯往下直通白雪皑皑的花园，花园先是平坦，然后出现坡度。花园之后是一座树林，高耸直挺的松树中偶尔可见几棵榉树。后面也是门窗紧闭，安静无声。

我回头找皮雍泰克，要他载我到小镇上，我在那里向人打听，他们要我去找一位凯蒂。凯蒂是庄园的厨娘，屋主不在的时候，房子由她打理。

凯蒂是典型的农妇，50多岁，身材壮硕，一头金发依旧耀眼，皮肤白皙，她一看见我身上的制服，也没敢多问，顺从地把钥匙交给我。她告诉我，姐姐和她丈夫在圣诞节前就出门了，之后一直没有消息。

我和皮雍泰克回到屋子前，冯·于克斯屈尔的宅邸是一座18世纪的美丽小庄园，外墙透着铁锈和赭石的朱红色泽，在这雪白琉璃世界里特别显眼。虽是巴洛克式风格的建筑，看起来却出奇地简单清爽，隐约透出对称之美，颇有奇趣，在这个冰冷朴素的地区相当罕见。

大门口和一楼窗户横梁上的装饰雕像奇形怪状，神态不一，从正面看，这些人物好像在咧嘴大笑，露出满口牙齿，从侧面换个角度看，却看见它们用手强拉两边的嘴角。

厚重的木头大门门楣上有块滚动条展开状的额匾，四周刻有花卉、火枪和乐器的雕刻装饰，上面还刻了年份：1713 年。

冯・于克斯屈尔先生和我在柏林见面时，曾经提过这栋建筑风格颇具法国风情的房子原本是他母亲，冯・雷克纳格尔家族的财产。南特敕令[1]遭到废止后，虔信胡格诺教派[2]的先祖于是来到德国，建造了这座宅邸。

那位先祖是个大富豪，顺利保住了绝大部分的财产。他在垂暮之年娶了个孤女，女孩出身于普鲁士地方的小贵族，是这片土地的继承人。然而，他一点都不喜欢新妻子的旧房子，于是拆掉重建，才有了现在的样貌。

他的年轻妻子是虔诚的教徒，认为建造如此豪华的庄园是罪恶，在庄园后面加盖了一间小屋，附设小礼拜堂，在此度过余生。她死后，男主人立刻叫人拆掉小屋，礼拜堂倒是还在，离本屋有段距离，旁边有几棵老橡树。

礼拜堂建筑朴实低调，外墙毫无装饰，红砖灰瓦，屋顶高耸尖斜。我慢慢绕着礼拜堂走一圈，没有进去一探究竟的意思。皮雍泰克站在车子旁边等候，静静地没有多问。

我回到他身边，打开后车门拿出旅行袋，然后对他说："我要在这里待几天，你先回柏林。我会打电话，或者发电报联络你，你再过来载我。你找得到这里吗？如果有人问起，你就说不知道我人在哪儿。"

他上车掉头，车子颠颠簸簸，重新驶入来时的长长桦树幽径。我把旅行袋放在门边，凝视雪白晶莹的庭院，望着皮雍泰克逐渐远离。除了车轮刚刚碾过留下的痕迹，雪地洁白无瑕，可见没有人来这里。我看着皮雍泰克的车子转

---

1. 1598 年法王亨利四世颁布的宗教宽容法令。
2. 16 至 18 世纪法国天主教徒对加尔文派教徒的称呼。

弯，朝腾佩尔堡方向前进，消失在车道尽头，才拿钥匙开门。

凯蒂交给我的铁铸钥匙又大又重，还好锁孔上过润滑油，门轻易就开了，显然铰链也上了油，打开时静悄悄的，一点声响都没有。

我推开几扇木头百叶窗，阳光流泻大厅，我仔细欣赏雕工精细的木头楼梯跟墙上整片的书柜。地板因为长时间的摩擦而变得光滑，墙面的线角装饰和一些小巧的雕刻依旧可见当时金碧辉煌的痕迹。我扭开电灯开关，大厅正中央挂着的水晶吊灯顿时亮起。

我关了灯上楼，也不管大门没关，身上的大衣、手套、帽子也都好端端地穿戴在身上。一上楼，映入眼帘的是一条横贯整栋房子的长廊，墙上一排玻璃窗。我一一打开窗户，推开外面的木头百叶窗，然后再关上玻璃窗。

接着，我打开每一扇门，楼梯边上有类似储藏室的房间，是女仆的卧室，此处另有一条通道通往仆役用楼梯，而窗户正对面共有两间冰冷的小卧室和一个盥洗间。

长廊走到底，有一扇挂着壁毡的门，里面是占据了二楼所有空间的宽敞主卧室。我打开灯，房里有一张流苏垂摆的四柱大床，没有帘帐，也没有华盖，一张古老的皮沙发，皮面龟裂闪亮，此外还有衣橱、写字台、大面镜子的梳妆台，和正对大床的全身立镜。衣橱旁边有一扇门，门后是浴室，一看便知道这是我姐姐的卧室。冰冷，没有半点气味。

我静静凝视好一会儿，关上门离开，里面的木头百叶窗依旧深锁。我回到楼下，大厅隔壁也是个宽敞的客厅，摆着一张长长的古老木头饭桌和一架钢琴，接着是附属的车库和厨房等等。我打开所有门窗，走到外面望着眼前的露台和稍远的树林。

天气湿湿暖暖的，天空一片灰蒙，积雪消融，雪水自屋顶滴滴答答滴落，打上露台的石板地面，清脆悦耳，更远一点的墙角边上，积雪被水滴凿出了深深的小井。我心想，要是天气不转冷，再过几天这里就会变得泥泞不堪，这样一来，多少可以减缓俄军的行进速度。一只乌鸦“啊啊啊”地叫着，笨拙地在松树梢头乱窜，最后终于停在稍远的地方栖息。我关上落地窗，走进大厅，大门还是开着的，我拎起旅行袋进屋，关上大门。我在楼梯后面找到一道双扇门，上漆的木头门扉饰有圆形浮雕，这里应该是冯·于克斯屈尔的起居室。

我迟疑了一会儿，决定回到客厅。我仔细端详着客厅的摆设，精挑细选的稀有装饰品、石砌的大壁炉和演奏用钢琴。钢琴后面角落的墙上挂着一幅冯·于克斯屈尔的立身画像，画中的冯·于克斯屈尔还很年轻，身体微微侧立，眼睛斜睨欣赏者，头上没有戴帽，穿着大战的军服。我细细端详，特别留意他身上的勋章、家徽戒指，以及随意拿在手上的麂皮手套。这张画像对我造成相当程度的震撼，我觉得小腹痉挛紧缩，我必须承认他年轻时的确是个英挺俊俏的男人。

我走到大钢琴旁边，打开琴盖。我的眼神从画像转到象牙键盘，又回到画像。我的手套还戴在手上，我伸出一根手指按下一个琴键。我连发出的是什么音都听不出来，我对音乐一无所知。我站在冯·于克斯屈尔的肖像前，昔日的懊悔再度袭上心头。我心想，我真的好想会弹钢琴，在死之前，真希望能再听一次巴赫。然而，懊悔又有什么用？我“砰”地合上琴盖，转身走出屋外露台。

我在屋子旁边的柴房找到许多柴火，我来回走了好几趟，抱了好些大木块放进壁炉，还有一些劈好的小木块，我将这些全放进皮质柴架上。我也抱了一些柴薪上楼，扔进客房的暖炉里，再拿堆栈在书橱里的过期《人民观察家》生火。

回到大厅，我终于脱了衣服，踢掉脚上的军靴，换上找到的大拖鞋，拿起旅行袋上楼，我把袋子放在黄铜质的狭窄床面上打开，拿出换洗衣物放进衣橱。这间客房陈设简单，只有实用性强的家具、一个水罐和一个洗手台，壁纸的图案也很低调。陶瓷火炉很快就热起来了。我拿着干邑下楼，在客厅的壁炉动手生火。这个壁炉比楼上的火炉要麻烦许多，费了许多力气，最后还是点燃了。我为自己倒了杯干邑，找出烟灰缸，选了壁炉旁边的扶手椅，舒舒服服地坐下，什么都不想。

我在这栋美丽的宅邸做了什么事，连自己也不知道能否说得清。我老早就记录下一些事件之间的连带关系，因此叙述时，我觉得这些事似乎再真实不过，而且完全切合现实，但是转念一想，却又觉得不尽然都是事实。为什么会这样？我很难解释清楚。不是因为记忆模糊，恰好相反，有些事我记得非常精确翔实，只是它们发生的时间点略为交叠重复，甚至内容矛盾，无法自圆其说，导致记忆的真实性也相对受到考验。

有好长一段时间，我一直认为我到那里的时候，姐姐在家，她站在门边等我，她穿着深色长裙，浓密的黑色长发跟她肩上围的墨色针织围巾融为一体。我们站在雪地上交谈，我希望她能跟我一起走，但是她不愿意，就算我告诉她，红军眼看着就在这几个星期，甚至几天内就要打到这里了，她还是不肯走。

她说她丈夫在工作，忙着作曲，他好久没有这样的灵感了，现在，他们不能走。所以我决定留下来，打发皮雍泰克先回去。当天下午，我们边喝茶边谈天，我提到了我的工作情形，还有海伦。她问我是否跟她发生过关系，还问我为什么不娶她，我不知该如何回答。

最后她问我："是因为我，你才不跟她上床、不娶她吗？"我羞愧地低下头，窘得想融入地毯的几何图案里。我记得的就是这些，或者该说我觉得当时的经过理应如此。

然而现在，我必须承认我姐姐和她丈夫当时应该不在家，我只好从头开始，重写这一段，试图描绘出最贴近事实的经过。黄昏将近，凯蒂赶着一头驴车带了食物过来，还到厨房替我张罗晚餐。

她在做菜的时候，我下楼到地下室找酒，那是一个长方形的圆顶酒窖，灰尘密布，空气中弥漫着宜人的潮湿泥土芳香，摆着数百瓶葡萄酒，有些年份非常久远，我得先吹掉瓶上的灰尘才看得见卷标，有些卷标已经霉烂了。

我毫不客气地挑了几瓶好酒，何必留下这些珍宝让伊凡老兄糟蹋呢，他们只懂伏特加而已。我找到了一瓶1900年的玛尔戈古堡葡萄酒，还拿了同一年份的奥索纳葡萄酒，另外随手拎了一瓶格拉夫、一瓶1923年的布里翁。后来我发现我选错了，1923年不是好年份，我应该选1921年的，好喝多了。

凯蒂把晚餐端上桌时，我打开那瓶玛尔戈古堡，同时跟她说好，在她逃难离开这里之前，每天过来替我准备晚餐，其他的时候我需要一个人安静。晚餐菜色很简单，却很丰盛，有热汤、肉和油烤马铃薯，搭配葡萄酒，我吃得非常尽兴。

我坐在长餐桌的一头，不是主人的位置，而是主人旁边的位置，背对着炉火噼啪的壁炉，桌上摆着烛台，我关掉了电灯，就着金黄烛光，大口咀嚼鲜嫩的带血肉排和马铃薯，大口喝酒，好像姐姐就坐在我对面，脸上带着飘忽的笑容，跟我一起安静用餐。

她的丈夫坐着轮椅，安稳地占据了男主人的位置，插在我俩中间，我们融洽地交谈，姐姐的声音温柔清亮，冯·于克斯屈尔发自内心地真诚接待，浑身散发着仿佛印刻在他身上永远挥不去的严肃和刚正。

虽然他举手投足处处显露出古老贵族家族的殷勤关照，却不会让我不自在，在温暖摇曳的灯光下，我一边吃饭，一边喝浓郁顺口、质量绝佳的波尔多葡萄酒，同时也清楚看到、听见我脑海中想象的对话。

我向冯·于克斯屈尔描述了柏林的凄惨景况，说了许久后，我终于发现："您好像一点都不惊讶。""这是天大的灾祸，"他反驳道，"但一点都不令人意外。我们的敌人是在学我们，以其人之道还治其人之身，有什么值得大惊小怪的呢？事情还没结束，德国还有苦头吃呢。"

从这里话题一转，转到 7 月 20 日事件。我从托马斯那里得知，好几个冯·于克斯屈尔的朋友都直接涉入。

"事件发生后，波美拉尼亚的贵族有大半遭到贵国的盖世太保屠杀。"他冷冷地说，"我和冯·特雷斯克的父亲认识多年，他是一个极富道德正义感的人，跟他的儿子一样。当然还有冯·施陶芬贝格，他是我的亲戚。"

"怎么说？""他的母亲卡罗琳，出身于冯·于克斯屈尔—吉伦班德世家，算是我的二等表亲。"乌娜静静听着不插话。

"您这话听起来好像赞同他们的做法。"他的回答在我的脑海自然成形，"这些人当中，有一些是我个人非常推崇的人物，但是，他们的企图我无法苟同。原因有二，首先是太迟了，如果要做，早在 1938 年苏台德危机爆发时就该进行。他们也想过要做，贝克也有此意，然而英国和法国竟然屈服于这位滑稽可笑的下士之下，让他们的计划顿时失去了助力。

"之后，希特勒一路平步青云，声势如日中天，更让他们心生畏怯，最后还是全被卷入风暴里，连像哈尔德那样聪明绝顶的人都没有料到，不过，他实在是算计得过了头。贝克有荣誉感又有智慧，他早该明白现在已经太迟了，但是他没有退却，他挺身支持其他人。

“然而，真正的原因是德国做出了抉择，它决定追随这个男人。他呢，他不计任何代价一心只想完成《诸神的黄昏神话》[1]，德国现在只能继续跟着这个男人走下去。这个时候杀了他，希望能降低损害，无异于作弊耍老千。我跟您说过了，德国还有苦头吃呢，这是唯一的出路，绝处重生。”

“荣格也这么认为。”乌娜开口了，“他写了一封信给伯恩特。”“对，字里行间隐藏的深意让我豁然开朗。他还针对这个议题写了一篇论文，到处流传。”

“我在高加索的时候见到了荣格，”我说，“可惜没有机会和他深谈。总而言之，企图刺杀元首是无意义的犯罪行为。我们也许没有生路了，但是我认为背叛的行为更不可取，无论是在今天还是1938年都一样。也正好反映出您这个阶级未来注定要消失，在布尔什维克党统治下，您这个阶层的命运绝不会好到哪里去。”

“或许吧，”冯·于克斯屈尔平静地说，“我已经说过了，大家选择了跟随希特勒，连普鲁士的贵族地主都甘愿臣服。哈尔德以为我们能够击败俄国人，只有鲁登道夫先知先觉，可惜一切都太迟了，他还大骂兴登堡拱手将政权让给了希特勒。我个人一直非常讨厌这个人，但是我不会将此当成我可以置身事外、脱离德国苦难的护身符。”

“请原谅我这么说，您和您那帮人已经玩完了，您的时代过去了。”“因此您将开创属于您的时代，只怕这个时代维持不了多久。”他目不转睛地盯着我，好像在他面前的是只蟑螂还是蜘蛛似的，眼中没有嫌恶，有的只是昆虫学家的残酷观察兴致。

这个场景在我的脑海里清清楚楚。玛尔戈古堡见底，我也有点醉了，我打开圣爱米伦，换了酒杯，请冯·于克斯屈尔品尝。

他望着瓶身的标签：“我记得这瓶酒，是罗马的一位红衣主教寄来送我的。

1. 瓦格纳的歌剧，以北欧神话为本，描述了一场可能导致世界毁灭的诸神大战，歌剧最后以神国灭亡，人类的新时代继起作结。

我们曾针对犹太人的角色问题进行了非常长的辩论。他强力支持天主教的看法，认为压迫犹太人势在必行，但是应该留他们活口，当作基督确有其人的活见证，这种立场我一直觉得非常荒谬可笑。我认为他之所以赞同，完全是为了享受辩论的乐趣，他隶属耶稣会。”

他面露微笑，问了我一个问题，八成是想惹恼我。

“据说教会知道您想撤离罗马的犹太人时，给您制造了许多麻烦？”“据说，我不在那儿。”“不只是教会，”乌娜说，“你还记得吗？你的朋友卡尔－弗里德里希告诉我们，意大利人无法理解犹太人的问题。”

“对，这是真的。”冯·于克斯屈尔回答，“他说意大利通过了种族法，却完全没有落实，还说他们背着德国保护外国籍的犹太人。”“的确，”我不太自在地说，“我们跟意大利在这个问题上的确存有歧见。”

我姐姐接着说：“这正好证明他们头脑健全，他们懂得欣赏生命该有的价值。我能理解他们的想法：他们有美丽的国家，阳光，美食，漂亮女孩。”

“跟德国不一样。”冯·于克斯屈尔简单抛出这句话。我终于尝到了新开的酒，闻起来有烘焙过的丁子花香和淡淡的咖啡香，我觉得这酒比 margaux 更顺口，更圆润，更香醇。冯·于克斯屈尔望着我：“您知道您为什么要杀犹太人吗？您知不知道？”这段诡异的谈话进行中间，冯·于克斯屈尔不断出言挑衅，我不回答，专心品尝手中的酒。

“为什么德国人这么坚持，费尽心思，非要杀光犹太人不可？”

“如果您以为我们只针对犹太人，那您就大错特错了。”我平静地说，“犹太人不过是我们众多敌人中的一类。我们要摧毁每个敌人，无论他是谁，不管他在何处。”“好，但是您必须承认，您对犹太人似乎特别情有独钟。”

“我不这么认为。的确，也许元首因为某些个人因素，特别痛恨犹太人，但是国家安全局对任何人都不具好恶，我们秉持公正客观的态度追杀敌人，我们的选择都经过理性的衡量。”“没那么理性吧，为什么您一定要消灭住院的精神病患和残障人士呢？这些可怜的人能给国家带来什么危险？”“浪费米粮。您知道消灭他们之后，我们替国家省下了几百万马克的经费吗？更别提我们挪出了多少空床位，供前线伤兵养伤。”

“我知道我们为什么要杀犹太人。”笼罩在金黄温暖灯光下，一直在旁边安静听我们言语交锋的乌娜开口了，她的声音清亮坚定，我竖起耳朵，一边喝酒，一边听她说，我的饭已经吃完了。

乌娜说：“我们借由杀死犹太人来杀死自己，杀死存在我们内心属于犹太人的那一面，杀死我们脑海里所塑造的对犹太人的偏见，杀死我们内心那个锱铢必较、脑满肠肥、汲汲营求、梦想权力的资产阶级，那是一种以拿破仑三世或银行家为原型的权力体系，摧毁资产阶级的狭隘道德观和自满，摧毁经济，摧毁服从，摧毁仆役阶级的忠心奉主，摧毁这一切善良的德国美德。

“因为我们始终不明白，这些我们加在犹太人头上，丑化诋毁为卑鄙、懦弱、吝啬、贪婪、权力饥渴、损人不利己的行为，基本上都是德国人的优势。如果犹太人努力想拥有这些优势，是因为他们想变得跟德国人一样，梦想成为德国人，是因为他们模仿我们那些自命不凡的资产阶级摆出来的美好和善良形象，犹如逃过沙漠劫难和十诫律法的金牛犊，这一切只因为他们模仿得太像了。

“其实，说不定他们只是在假装，说不定他们只是基于礼貌，或者是出于同情，不想显得过于自命清高，于是接受并融入这样的形象。而我们德国人刚好相反，我们梦想变成犹太人，纯洁、不可侵犯、虔诚信守一个律法，是与众不同的上帝选民。然而，无论是德国人还是犹太人，他们都错了。如果今天的犹太人还代表什么意义的话，他们代表的是另一种意义，大相径庭的意义，却是必要的意义。”

乌娜一口喝干杯中的酒。

“伯恩特的朋友根本不明白。他们说反正屠杀犹太人也不是什么大不了的事，只要希特勒一死，一切罪过都能往他身上推，或者往希姆莱、党卫队、几个变态杀人魔，甚至你的身上推。但是，他们跟你一样都要负责，因为他们也是德国人，他也加入了这场战争，也在为这个德国的胜利而奋斗，为的是同样的一个德国。最糟的是，如果犹太人逃过这场浩劫，如果德国溃败，犹太人存活下来了，犹太人仍然会忘记犹太这个字眼所代表的意义，他们将比任何时刻更想变成德国人。”

她清亮快速地发表长篇大论之际，我静静喝酒，酒精开始展现威力了。旧军火厂那时的幻象倏地再度浮现眼前，我在元首身上看见了一个犹太人，他身披犹太法学士诵念经文时的大围巾，许多皮质礼拜用品，广大的群众里好像没有人发现异状，除了我，而乌娜，她丈夫和我们的对话，这一切在瞬间消失无踪，屋里只剩下我，还有饭桌上的剩菜醇酒，一个人醉醺醺打着饱嗝，略有不甘，一个不请自来的客人。

那天夜里，我躺在狭小的床上辗转反侧。我喝得太多了，头晕目眩，前晚撞击后的脑震荡后遗症还没有完全消失。

我忘了关木头百叶窗，柔和的月光洒落一地，我心想，同样的月光想必也钻进了走廊尽头的那间卧室，滑过我姐姐沉睡的身躯，我想象她一丝不挂地裹在床单底下，我好像变成那道月光，领略无法触及的温柔。此刻，我的思绪变得沸腾，晚餐时你来我往、强词夺理的谈话在脑海里回荡，宛如复活节东正教堂传来的狂乱钟声，破坏了我满心寄望的宁静。

最后，我昏昏沉沉睡着了，但不舒服的感觉仍在，在我的梦境中涂上恐怖的色彩。我在幽暗的房间看见了一个身材窈窕的美丽女子，她穿着白色的长礼服，说不定是新娘礼服，我看不清楚她的五官，心里却非常肯定是姐姐。

她虚弱地躺着，倒在地毯上，痛苦地忍受抽搐和腹泻的折磨。黑色秽物渗透白色礼服，裙子内衬黏满了粪便。冯・于克斯屈尔看见她这个样子，走出房间（他自己走出去的）威严地喊电梯小弟或楼层服务员进来帮忙（所以他们是在饭店，我想那天应该是他们的新婚之夜）。

冯・于克斯屈尔回到房间，立刻命令服务生拉起她的双手，他自己则抓住她的双脚，合力将她抬进浴室，脱掉衣服清洗身体。冯・于克斯屈尔头脑冷静，不慌不忙，按部就班。她身上冒出的臭气呛得我差点不能呼吸，但他好像一点都不在意，我费了好大力气才勉强压制住恶心想吐的感觉（可是，梦中的我，人到底在哪儿？）。

我起得很早，在空荡荡静悄悄的房子里来回走了一趟。我在厨房找到面包、奶油、蜂蜜和咖啡，我坐下吃早餐。

接着，我走进客厅，浏览书架上的书，有很多德文书，也有英文、意大利文跟俄文，我大喜过望，从书架上取下法文原文的《情感教育》，坐在窗边，一读就是几个小时，其间只偶尔抬头望望窗外的树林和灰蒙蒙的天空。快中午的时候，我自己下厨做了熏肉炒蛋，随即坐在厨房角落的古老木头桌上吃起来，还大口大口喝着啤酒。

饭后，我煮了咖啡，抽了根烟，决定出门散步。我穿上制服大衣，没有扣纽扣，外面还是相当冷，积雪没融，因为层层累积挤压反而变得更硬。我穿过花园走进树林，松树高耸入云，树与树之间距离整齐划一，直挺的树干往上攀升，树梢枝叶联结，宛如列柱支撑的宽广拱顶。地面偶尔可见块状积雪，没有被雪覆盖的土地坚硬赭红，铺满干枯的松针，踩下去窸窣有声。我走啊走，踏上一条沙土小径，直直穿越松林。

沙石路上还留着手推车的轮印，往里面走，小径的两旁出现锯好的树干整齐堆栈。小径走到底出现一条灰色的河，河面有十几米宽，河的对岸是一块斜坡，翻好土的田地上条条整齐的黑色沟痕，切割雪白大地。

沿着缓缓的斜坡往上，极目所见是一片榉树林。我往右拐之后踏进树林，沿着河道走，水流淙淙悠扬。

我一边走，一边想象乌娜就在我身边。她穿着羊毛裙、靴子、男用皮外套，最后裹上针织大披肩。她走在我前面，踩着从容安稳的步伐，我望着她，想象她大腿和臀部的肌肉伸缩，挺直自信的脊梁。我想这是我这辈子所能想象出来的，最美最真最善的画面了。

再往里面走，树种出现了变化，除了松树，还夹杂了榉树和橡树，脚下的土地也开始变得泥泞，覆盖枯黄的树叶，脚一踩下去，树叶底下冰封的坚硬泥土随即渗出水。再远一点，地势慢慢变高，泥土也变得干燥，比较容易走了。

这里触目可见，几乎都是松树，纤细直立，一棵棵仿佛倒插的箭，大概是砍伐后重栽的新林木。我终于走出树林，眼前是一片杂乱的草原，很冷，但几乎不见积雪，边上的悬崖底下环绕着平静无波的湖水。右手边有几间小屋、马路和一片山峡，上面长满了松树和桦树。

我知道这条河是德拉格河，河流先绕经这座湖，然后经过德拉齐格湖，再继续往克罗森湖迈进，邻近的法尔肯堡有党卫队学校。我眺望朦胧的灰色湖面，四周的景色是整齐划一的黑土加树林。

我顺着河岸走进村庄，有个农夫在自家院子里，双手圈住嘴巴叫我，我停下和他说了几句话。他很担心，他怕俄国人打过来，我无法给他确切的新消息，但是我知道他的担心不是杞人忧天。我接着左转，慢慢穿越两座湖中间的长堤，斜坡很陡，而且非常潮湿。

我走到山峡顶端，爬上小山岗，钻进林子里，伸手拨开横生的树枝一直走，走到地势够高的地方，底下的峡湾尽收眼底。

我眺望远方，峡湾豁然开朗，形成不规则的崎岖地貌。湖水平静无波，对岸森林幽暗，给这片湖光山色增添了一丝庄严神秘的味道，像是生命之外的另一个国度，当然，还没到死亡国度的恐怖境界，应该说是介乎生与死之间的另一个天地。我点燃香烟，凝视湖面，突然想起一段忘了是少年时期，还是童年时期的对话。

有一天，姐姐跟我说了一则古老的波美拉尼亚神话故事，维纳塔的传说。

维纳塔是一个被波罗的海海水吞没的美丽傲慢之都，那里的渔夫每到中午，至今还能听到在海面来回萦绕的钟声，有人说那座城就在科尔堡附近。姐姐童稚的脸庞摆出一副严肃的模样，老气横秋地对我说，那座大城非常富裕，却因为一个女人无止境的欲望而沉沦，她是国王的女儿。许多水手和骑士来这里喝酒狂欢，他们都是英俊强壮、充满活力的年轻人。每天晚上，国王的女儿总会改装溜出去，跑到最下流低俗的旅店和小酒店找男人，然后带回王宫，彻夜不眠与他做爱，第二天清晨，男人总被发现筋疲力尽地死在床上。

不管看起来有多强壮，没有男人能够满足她需索无度的需求。她叫人把尸体丢进一处暴风雨打出来的海湾里。需求不满的她变本加厉，变得更兴奋，更渴望。有人看到她在海岸漫步，对着大海高唱，她想要跟大海做爱。她唱着，唯有无边的大海够强大，够有力，能够满足她。终于有一天夜里，欲火焚身的她再也受不了了，她全身赤裸，抛下最后一个情人的尸体离开王宫。那是个狂风暴雨的黑夜，大海呼啸着鞭打护城堤岸，她走上堤防，打开她父亲建造的铜铸水门。大海席卷了整座城市，公主被带走，成为他的妻子，城于是沉入海中，成了她的嫁妆。

乌娜说完后，我说这个传说跟在法国流传的Y城神话一模一样。

“没错，”她反驳，神情不可一世，“但是我说的这个故事美得多。”“如果我没听错，这个故事的寓意是在说，城市的秩序和女人需索无度的欲望无法共存。”“我比较喜欢女人超乎寻常的渴望这样的说法，你刚刚的言论是纯男性的道德观点。我认为所谓的节制、品德都是男人发明的，目的是在掩饰自己有限的欲望，因为男人很早就知道，他们的欲望根本无法和我们受到压抑的欲望相比，而我们感受到的欲望属于另一种层次。”

回家的路上，我觉得自己像是一个空壳，一个自动人偶。我想到夜里做的恐怖噩梦，我试图想象姐姐两只脚沾满稀便，黏答答、臭气逼人的模样。奥斯威辛集中营里那些骨瘦如柴、准备撤离的女囚，裹在毯子底下，跟棒子没两样的两根脚想必也是沾满了粪便；那些停下脚步歇息，却惨遭射杀的女囚被迫边走边拉，跟牲畜一样。

全身沾满秽物的乌娜出污泥而不染，更美，更明艳，更纯洁，沾不上任何污泥。我愿意钻进她脏污的双腿间，全身缩成一团，像饿极了哇哇大哭的新生儿，需要母乳与关爱。纷乱的思绪在我脑中四处流窜，赶也赶不走。我呼吸困难，极度迷惘，好像突然被什么附身似的。

回到屋里，我像个游魂般，徘徊于走廊和房间之间，随手开关经过的门。我想打开冯·于克斯屈尔的房间一探究竟，手已经握住门把，却在最后一刻打了退堂鼓，内心涌出一股无法言喻的不安，就像我很小的时候，趁父亲不在偷溜进他的书房，摸摸他的书，玩玩他的蝴蝶标本一样的感觉。

我回到楼上，踏进乌娜的卧室，我迅速推开木头百叶窗，木头发出嘎嘎的噪声。窗外可以看到院子的一边、露台的另一边，以及花园和森林，甚至看得见树林后头湖水的一角。

我坐在靠着床脚的木柜上，正对那面大镜子。我望着镜中的男人，萎靡不振，疲惫不堪，郁郁寡欢，肿胀的脸颊怨恨不平。我竟认不出这个人，这家伙不可能是我，然而事实摆在眼前。我站起来，抬头挺胸，好像也没好到哪里去。

我想象乌娜站在镜子前，不管是赤裸还是穿着衣服，她永远都是那么美，能够站在镜子前欣赏自己是多么大的福分啊，细细打量曼妙的身材，说不定我说得不对，说不定她的眼睛无法看出自己的美，她的美在她的眼里是隐形的，又或许她根本没有察觉出她身上所拥有的令人心慌意乱的奇特东西，她的乳房、她的私处，还有藏在大腿内侧的坏东西，跟暗藏其中的美好光彩，别人看不到，却让人瘙痒难耐，或许她觉得这些东西累赘，或许她只看到青春的脚步慢慢溜走，空留淡淡惆怅，又或者顶多觉得这副身体很熟悉很温柔很亲密，但绝对看不到尖锐欲望缠身的仓皇恐惧：看，那里没有什么好看的。

我大口喘气，走到窗边望着森林。走了大段路程，原本热乎乎的身子慢慢凉下来，房间变得好冷，我觉得好冷。

我转身走到靠墙的写字台旁边，写字台的两边各有一扇十字窗面向花园，我随手想要打开写字台，上锁了。我下楼到厨房找了把刀子想要撬开，顺便从柴架上拿了几根木柴，还有一瓶干邑和一只高脚杯才上楼。

到了乌娜房里，我先倒了一杯干邑，喝了一口，开始在砌在墙角的大暖炉生火。火生着了，我起身拿刀撬写字台的锁，锁应声打开。我坐下，把酒杯摆在旁边，打开抽屉一一翻检。抽屉里放了各式各样的物品、文件、珠宝、几颗颇具异国情调的贝壳、化石、生意上的往来信件，我大致浏览翻过，还有从瑞士寄来给乌娜的信，内容谈的多半是些无关紧要的争吵，和心理情绪方面的问题等等。

在一个抽屉里，我找到一个小皮夹，里面塞着一沓信，信上是她的笔迹——都是她写给我的信的草稿，从来没有寄出去。我心跳加速，把桌上的东西一股脑儿全塞回抽屉，空出一方净土，将这些草稿像扑克牌一样展开成扇形。

我伸出手在上面随意乱点，随机抽出一张，或许也不是纯粹随机抽出，总之手上的这封信的日期是 1944 年 4 月 28 日：

亲爱的马克斯，妈妈过世到今天刚好满一周年，你始终没有寄只字片言给我，始终不肯告诉我到底发生了什么事，始终不跟我说……

这封信写到这里就断了，我又快速浏览其他几封，每封信似乎都没写完。我暂时打住，喝了一点酒，然后把我知道的一切告诉姐姐，就像我在本书前面描述的一样，没有任何遗漏。我花了一些时间才写完，卧室已变得灰暗。

我抽出另一封信，走到窗边读。这封信谈的是我们的父亲。我口干舌燥，全身紧绷，一口气念完这封信。乌娜在信中写着，我因为父亲而怨恨母亲，这是不公平的，她说因为他，因为他的冷淡，经常不在家还有最后的不告而别，让母亲吃足了苦头。她还问我是否还记得他。

老实说，我记得的东西少之又少，我记得他的味道、他的汗水，还有我们一拥而上和他玩打架游戏，他坐在沙发上读书，大笑着将我们抱在怀里。有一次我咳嗽个不停，他喂我吃药，药还没吞进去就吐出来了，吐得地毯上到处都是，我很惭愧，也好怕他会大发雷霆，但他却慈祥地安慰我，然后把地毯清理干净。

这封信还没完，乌娜说她丈夫曾在库尔兰见过我们的父亲，他带领一队民兵团，这一点印证了鲍曼法官所言。冯·于克斯屈尔带领另一个军团，但是他们交情不深。伯恩特告诉我，他像一头疯狂的野兽，她这么写道：

目无法纪，不知分寸。他叫人把惨遭强暴的妇女钉在树上，亲手把小孩扔进着火的谷仓活活烧死，还将抓来的敌人交给他手下那些发狂的禽兽发落，在一旁笑着看他们凌辱折磨俘虏。他指挥部属，既专断又顽固，从来不听别人的意见。他受命驻守米托，防卫该侧翼军团，因为他的骄傲自大，整个侧翼四散崩溃，迫使我军紧急提前撤退。我知道你一定不会相信我说的这些话，末了，她加上一句，但是，这都是事实，你要怎么想，也只能由你了。

我又惊又气，信纸在我掌心被揉成一团，盛怒之下，我本想撕碎信纸，但强忍住了冲动。我把信扔到桌面，绕着房间踱步，我想离开这个房间，走到门口又折了回来，踌躇着不知该如何是好，汩汩的激动情绪如海浪从各方汹涌而至，将我钉在原地。我喝了一点干邑，稍稍平复了翻腾的心绪，最后我拿起那瓶酒，下楼到客厅继续喝。

凯蒂来了，她为我准备餐点，在厨房进进出出，想要不注意她也难。我走到门口大厅，打开冯·于克斯屈尔的套房，里面有两间非常漂亮的房间，分别是书房和卧房，装潢得很有品位，古老厚重的暗色木头家具，东方情调的地毯，线条简单的金属用具，设有特殊器材的改装浴室，当然是为了他行动不便而特别设计的。看着这一切，我内心的极度不安再度涌现，我只能咬牙忍受。

我走进书房，宽大厚重的书桌上空无一物，连椅子也没有，架子上有乐谱，各种类型的音乐家都有，全按照国家和年代的顺序整齐排列，只有一小沓另外装订的乐谱例外，那是他的作品。

我翻开一本，望着上面跳跃的音符，就像是一幅我看不出所以然的抽象画。我们在柏林见面的时候，冯·于克斯屈尔曾告诉我，他计划写一首赋格曲，或者套用他自己的说法，应该是以赋格曲的曲式改编的一系列变奏曲。

“我还无法确定这个计划是否真的可行。”他说。我问他乐曲的主题是什么，他撇了撇嘴：“这不是浪漫派音乐，没有主题，只是一种尝试。”“您做这个尝试有什么目的呢？”“没有。您知道，我的作品不能在德国演奏，我可能永远无缘听到它们被演奏出来。”“既然这样，您为什么还要写？”他笑了，开心地咧嘴大笑：“免得死后空留遗憾。”

这些乐谱里头，当然也有拉莫、福格雷、库普兰、巴尔巴斯特的乐曲。我从架上抽出几本翻阅，看着那些我熟悉的曲目。

我找到了拉莫的第66号《嘉禾舞曲》，我看着纸上的五线谱，乐曲自然在我脑中流泻，清楚，悠扬，如水晶般清澈，宛如骏马呼啸飞过俄罗斯冬季大草原，马蹄轻巧触碰雪地，几乎没有留下蹄印。我紧紧盯着乐谱，怎么样也无法把在线中跳跃的魔幻颤音连接起来。我们在柏林一起吃饭，快要吃完的时候，冯·于克斯屈尔再次提起拉莫。

“您很有眼光，喜欢他的音乐。”他对我说，“那是平和崇高的音乐，永远那么优雅，却处处充满出人意料的惊喜，甚至陷阱，一如《欢愉的科学》[1]般游戏人间，乐天无忧，数理科学和享乐并重。”

他还为莫扎特辩驳，用的字眼耐人寻味：“有很长一段时间，我一直觉得他名不副实，我年轻时觉得他是一个空有才华、欠缺内涵的享乐主义者。不过会有这样的评价，大概是因为我个人的信仰，我是清教徒。随着年龄增长，我开始觉得他也许跟尼采一样，怀抱着一股强烈的生命力，而他的音乐在我看来会如此简单，原因在于生命基本上并不复杂。但是，我还无法肯定，我还得再多听一阵子。”

凯蒂走了，我开始吃饭，郑重其事地又喝光了冯·于克斯屈尔的一瓶典藏好酒。我慢慢熟悉这间屋子，而且觉得温暖，凯蒂在壁炉重新生了火，房间里

1.《欢愉的科学》（*The Gay Science*）：尼采的哲学作品，由简短的格言集结而成，包含了著名的上帝已死、永世轮回等篇章。

暖暖的，舒服极了，我觉得好安心，好像跟这一切都产生了一层情谊，炉火，美酒，甚至我姐姐丈夫的画像，那张挂在我不会弹的钢琴后面墙上的画像。不过，这样的感觉没能维持多久。

饭后我收拾碗盘，给自己倒了杯干邑，安稳地躺在壁炉前，想好好拜读福楼拜，精神却无法集中。我的脑子里有太多无声的东西盘旋。我的阴茎变硬，脑里突然闪过脱光衣服在屋里探险的念头，这栋黑暗冰冷、悄然无声的大宅院，既是宽广自由的空间，也是充满秘密的私人国度，跟我们小时候对莫罗那间房子的印象一模一样。

这个想法闪过之后，紧接着又一个想法一闪而过，是前一个画面的晦暗反面，出现的是被铁丝网圈住，驻卫警严密监控的集中营——混乱的营房，集体共享的茅厕，没有地方是个人或两人的私密空间，也没有半点属于人性的时刻。

我跟霍斯讨论过这件事，他告诉我，虽然我们严禁再三，也采取了各种预防措施，囚犯之间的性行为还是无法根绝，这种情形不仅出现在囚警和他们的小白脸之间，或是女囚彼此满足需求，连男女之间的性爱也从没有断过。男人收买驻卫警让他们带情妇进来，或者跟工作小组的组长一起混进妇女集中营，甘冒被杀头的危险，也要换取片刻的战栗，在两片干枯的屁股之间来回地短暂摩擦，以及怀抱虱子猖獗、毛发剃得一干二净的躯体的片刻温暖。

这种注定终将被踩在驻卫警的铁钉靴底，却依然无惧威胁的性爱深深撼动了我，这无疑是对自由的性爱，为光明正大的性爱，为不被富裕阶层接受的性爱感到绝望的激烈反应。然而，说不定是隐藏其中的真相才让我感到震撼。

这种行为隐约却顽强暗示着，一切真爱都无可避免地终将走上死亡，而且一味沉溺欲望，全然不顾悲惨的肉体有其极限。人类未经思索，单凭眼见为凭，一味将其套用在每种有性生殖生物身上，更在这个偏见的基础上建造了一个全凭想象，混乱幽暗的假想理论：性爱主义。

因为有了性爱主义，人类才与其他兽类不同，更进而将同一套逻辑套在死亡的概念上。然而，这套假想却没有名字，很奇怪吧（说不定我们可称其为死亡主义），而驱动我们对生命，对知识，对自我的解构，进行激进盲目探索的不是具体的性爱行为，而是这些假想，这些日夜萦绕纠缠的幻想欲望。我手上还捧着那本《情感教育》，我的手贴着大腿，几乎可以触及被我遗忘在那儿的阳具，我任由无聊凌乱的念头占据心思，任由焦躁不安的心跳声盘踞耳膜。

早上，我心情平静许多。吃了面包，喝了咖啡，我到客厅试着专心阅读，没多久，思绪又飘远了，远离了弗雷德里克和阿尔努夫人[1]的痛苦折磨，越飘越远。我不禁自问：你来这里干吗？你到底想要什么？等乌娜回来？等俄国大兵冲进来一刀割了你的喉咙？自杀？

我想到了海伦。我对自己说，她和姐姐是唯独两个见过我全身赤裸的女人，当然那几个护士小姐不算在内。她们看见了什么？她们看到我的身体时，是怎么想的？她在我身上看见了哪些我自己看不到的东西？那个姐姐好久好久以前就不愿意再多看一眼的躯体？我想到海伦的身体，我经常看她穿泳装，她的身材线条比我姐姐的更精致更紧实，胸部也比较小。她们都有一身雪白的肌肤，相较之下，姐姐浓密粗黑的毛发比较亮眼，在海伦身上却是一系列金黄发色的延续。她的私处应该也是金黄柔细的，但是我不愿意多想。

我突然觉得恶心。我心想，爱情已死，我唯一的爱已死。我根本不该来，该走了，回柏林去。然而，我不想回柏林，我想留在这里。过了一会儿，我站起来走到屋外，再次往森林的方向走，我在德拉格河岸发现了一座年代久远的木造桥，我走到对岸，这边的树林枝叶更加茂密，林子显得更幽暗，只有伐木工人和森林看守员会走这条山路。

山路崎岖，枝叶横生，刮过我身上的衣服，再往里走一小段，前面出现一座孤立的小山。站在山顶上，想必附近区域都能尽收眼底，可是我走不到那么远。我漫无目的地走着，说不定一直原地打转而不自知，最后我终于走到河边，找到了回家的路。

凯蒂在屋里等我，她从厨房走出来对我说："布斯先生在这儿，还有加斯特先生跟几个人。他们在院子等您，我请他们喝了一点杜松子酒。"布斯是冯·于克斯屈尔家的佃农。"他们找我干吗？"我问。"他们想跟您谈谈。"

---

1. 福楼拜小说《情感教育》中的人物。

我走进屋，再从屋内走到院子。几个农夫坐在马车上，拉车的马看起来稍嫌瘦弱，正低头啃食从雪地里冒出来的草。他们看见我，立刻从车上跳下来。其中一个人走上前，他的脸红彤彤的，头发灰白，嘴巴上的八字胡倒还乌黑，他在我面前微微鞠个躬。

"一级突击队大队长您好，凯蒂说您是夫人的弟弟？"他的口气很礼貌，但有点支支吾吾，好像不知该怎么开口似的。"是的。"我说。

"您知道男爵和夫人在哪里吗？您知道他们有什么打算吗？""不知道，我还以为他们人在这里。我不知道他们现在在哪里，大概在瑞士吧。"

"问题是我们必须赶快离开这里，一级突击队大队长，我们等不了太久了，红军已经打到斯德丁旧城，包围了阿恩斯瓦尔德。大家都很担心，镇长虽然说他们绝对打不到这里来，但我们不相信。"说完，他局促不安地扯弄着手上的帽子。

"布斯先生，"我说，"我很明白您的担忧，您必须为家人着想。如果您认为必须离开，您就走吧，没有人会怪您。"他的脸稍稍亮了起来："谢谢您，一级突击队大队长，只是，留下这屋子没人，我们也会担心啊。"他欲言又止，最后终于开口，"如果您愿意，我们可以为您找辆车和马。我们可以帮您把家具搬上车，带着一起走，放到安全的地方。""谢谢您，布斯先生，我会考虑的。如果我有需要，我会叫凯蒂去找您。"

这些人坐上马车，步上桦树车道，身影越变越小。布斯的话对我完全没有造成影响，我根本没把俄国人想成具体且逼近的东西。我待在那里，斜靠着大门门框抽烟，看着马车消失在林荫中。

下午的时候，又有两个人登门求见。他们穿着蓝色的粗布外套跟厚重的铆钉靴，手上拿着帽子，我立刻想到凯蒂提过的两个来自 STO 的法国人，他们替冯·于克斯屈尔干些农活或做些宅院维修的零工。他们和凯蒂是目前还留在庄园里的人手，所有人都被征召走了，园丁编入人民突击队[1]，女仆们回家跟父母前往梅克伦堡逃难。

---

1. 二次大战最后的几个月里，希特勒亲自下令征召的士兵，包括德国 16 到 60 岁的男子。

我不知道这两个人住在哪里，也许就在布斯家。我直接用法文和他们沟通。

比较年长的那个叫亨利，年过五十，是个虎背熊腰、身材壮硕的庄稼汉，原籍卢贝隆，他去过昂蒂布；另一个应该来自外省城镇，看起来还很年轻。他们也很担心，他们来这里就是想告诉我，如果大家都走了，他们也要走。

“您一定能够了解，军官大人，那些布尔什维克党人跟贵国是半斤八两，我们都不喜欢。他们作风野蛮，不知道有怎样悲惨的命运在等着我们。”“如果布斯先生决定要走，”我说，“您可以跟他一起离开，我不会横加阻拦。”他们脸上出现如释重负的表情：“谢谢您，军官大人，您若见到男爵和夫人，请代我们致上敬意。”

我若见到他们？我觉得这个想法很好笑，不过我也无法接受可能再也见不到姐姐的念头，这根本是无法想象的事。傍晚，我早早打发凯蒂回去，自己打理一切，第三度独自坐在大饭厅，就着烛火，郑重其事地品酒用餐。与此同时，我的脑中悄然上演着一出刺激的魔幻秀，一个以自身排泄物自给自足的完美鬼蜮。

我看见我和乌娜两个人被监禁在这座庄园里，一辈子与世隔绝。每天傍晚，我们各自穿上最美的衣服，我穿的是真丝衬衫和西装，她则是露背紧身晚礼服，挂戴沉重的民族风银质珠宝，我们俩坐着享用大餐，餐桌上铺着蕾丝桌巾，摆着水晶玻璃杯、镌刻家徽的银质餐具、赛佛尔的陶瓷餐盘，纯银烛台上插着雪白的蜡烛；玻璃杯装的是我们自己的尿液，盘子上摆的是粪便，干湿都有，我们拿着银汤匙慢慢品尝。之后，我们用绣有名字大写字母的麻布餐巾擦嘴，也拿起杯子喝尿。

用完餐后，我们一起到厨房清洗碗盘。我们就这样自给自足，不浪费，没有一丁点儿残余，干干净净。诡异的幻觉让我的精神处于一种淫秽不安的状态，我草草扒完剩下的饭菜。之后，我上楼到乌娜的卧室，边喝干邑边抽烟。

那瓶干邑快见底了。我望着重新锁上的写字台，内心那股不安和纷扰仍然不停聒噪，我不知道该怎么办，尤其不想打开那张写字台。我转而打开衣橱，翻看姐姐的衣服，深深地呼吸，希望能够汲取衣服上残留的体味。我挑了一件质料精细的高雅晚礼服，灰黑色调，加缀银线，我站在全身立镜前，把晚礼服往自己身上比，故作正经摆几个娇媚的姿势。我随即被自己的行径吓了一大跳，又羞又恨地把衣服放回衣橱。

我到底在搞什么？这是我的身体，不是她的，我永远无法变成她。我无法克制那股冲动，我必须立刻离开这栋房子，但是我办不到，只好颓然倒在沙发上，喝光那瓶干邑，强迫自己回想读过的那些信件草稿的片段，将心神专注在那些永远解不开的谜团上：父亲的不告而别，母亲被杀。

我从沙发上站起来，找出那些信，坐下又读了几封。有好多的疑问她想问我。她很纳闷，母亲被杀的时候，我怎么没被吵醒；我看见母亲的尸体时有什么感觉；前一天我们母子俩谈了些什么。这些问题，我几乎一题都答不出来。

另一封信里，她提到克莱门斯和魏塞尔来找她，基于本能，她没有告诉他们实话，她没有告诉他们，我目睹莫罗他们横尸在血泊中。但是，她想知道我为什么要说谎，我到底还记得哪些？我还记得什么？我甚至不敢确定那是真实的记忆。

我很小的时候，时至今日，当我在写这一段时，我还记得清清楚楚，有一天我爬上了一座塔，那是一座隐没在森林里的陵墓，或是纪念碑之类的，我爬上灰黑的阶梯，四周林木一片火红，应该是秋末时节，枝叶浓密，我看不见天空。

阶梯上到处是厚厚的层层落叶，红、橙、棕、金黄，我脚一踏上去，落叶几乎淹到我的大腿处，阶梯很高，我必须手脚并用才爬得上去。在我的记忆中，这个场景充满了恐怖的气氛，树叶火红的艳丽色泽重重压在我身上，我使尽吃奶的力气，努力拨开恍如巨人专用的阶梯上层层堆积的枯叶，我很害怕，我觉得我好像快要被枯叶吞噬，永远消失不见了。

多年来，我一直以为这是我童年时留下的片段残梦，直到我回基尔念书，某天偶然走到一座古巴比伦式星象塔，一座小小的花岗岩纪念碑，我绕着它走一圈，四周的阶梯跟平常的阶梯高度相当，才发现原来就是这里，这个地方真实存在着。

当然，我来这里的时候真的很小，才会觉得阶梯高得吓人，但是令我心绪翻腾的不是这个，而是这么多年过去了，我竟在现实的世界里亲眼看到它，始终被我界定在梦里的幻象，竟然是有实体、实际存在的东西。

乌娜这些未完成、未寄出的信中试图提出的问题，对我来说，同样介乎虚幻与真实之间。如梦似真的画面无穷无尽，仿佛插满尖角，蛮横地将我紧紧钉住，这座冰冷迫人的宅院长廊里，满是从我感情伤痕汩汩涌出的鲜血，亟须一位年轻乐天的女仆用大量的清水冲洗干净，可惜女仆都走光了。

我把信件收好放回写字台，空酒瓶和空杯子留在这里，径自回到隔壁房间睡觉。但是，我一躺到床上，淫秽下流的念头又开始在我体内奔流。我倏然坐起，就着一根蜡烛微弱摇曳的火光，凝视着衣橱镜子里面我赤裸的身体。我伸手抚摩平坦的小腹、坚挺的阳具和屁股，指尖撩拨脖子上的细毛。我吹熄蜡烛，再度躺下。

然而，那些欲望拒绝离开，它们从房间的各个角落冲出来，像发狂的野狗冲过来咬我，体内欲火益发不可收拾，乌娜和我，我们脱下衣服，交换衣服穿，两人袒裎相对，全身上下只剩丝袜，我套上她的长洋装，她则忙着扎紧我的军装，拢起头发塞进军帽。

她叫我坐在化妆台前，仔细帮我化妆，先把我的头发往后梳，接着涂唇膏，再来上睫毛膏，在我的双颊扑粉，脖子上滴香水，擦指甲油，等一切装扮妥当，我们变换了彼此的角色，她戴上一只乌木雕刻的阳具，像个男人般占据了我，她的那面大镜子，一五一十地反映了如蛇般四肢交缠的两副胴体。

她身上擦了乳霜，刺鼻的味道搔痒我的鼻孔，她把我当成女人般插入，此时我们的性别界限完全泯灭，我对她说："我是你姐姐，你是我弟弟。"而她，她说："你是我姐姐，我是你弟弟。"

如此恐怖的画面像兴奋过头的小狗不停啮咬着我，持续了好几天。我和这些念头好像建立起某种联结，像两块磁铁，被一股神秘的力量拉扯着，持续在两极之间变换。

如果我们互相吸引，那股力量立刻变成将我们拉开的排斥力。然而，拉开的动作才开始没多久，这股力量又转换成吸引力，再度拉近我们的距离，变换的速度非常快，以至于我们彼此不停拉扯摇晃。这些想法和我于是始终保持稳定的距离，无法缩短也无法拉长。外头的积雪逐渐融化，土地变得泥泞。

有一天，凯蒂告诉我，说她得走了，虽说目前上面禁止这区的人民撤离，但她有个表姐住在下萨克斯区，她想去她家避避风头。布斯也回来请示过我是否做出决定，他刚刚加入人民突击队，不过他想先安顿好家人，带他们离开这里，再晚就来不及了。

他要求我代替冯・于克斯屈尔结清他的工资，我拒绝了，但我叫他带那两个法国人一道走。我有时候会走到马路上，路上往来人车极少，老德拉海姆一些比较小心的居民已开始悄悄打包准备离开，他们一心想赶快卖掉储存的食粮变现，所以愿意以贱价卖给我。

乡村一片祥和，偶尔隐约听得到飞机呼啸穿过高空。然而，有一天，我听见汽车开进林荫车道，当时我人在二楼。我躲在窗帘后头，搜寻那辆车的踪影，等车子靠得够近，我认出了车身上面联邦刑事警察署的标志。

我跑回自己的房间，拿出放在旅行袋里的配枪，没多想便顺着仆从用的楼梯溜下去，从厨房的后门出去，躲到露台后的树林里。我紧张地握紧手枪，沿着花园外围绕了一会儿，然后躲进一排树后面，又从树后面走出来，钻到一丛浓密的灌木后头，观察大门口的动静。我看见一道人影从客厅的落地窗走出来，穿过露台，在栏杆附近站定，他双手插在大衣口袋里，目视整座花园。

"奥厄！"他连续呼喊两声，"奥厄！"那是魏塞尔，我看得很清楚。克莱门斯的高大身影跟着出现在门框。魏塞尔三度大吼我的名字，听起来像是最后一搏，转身跟着克莱门斯进屋。

我静静等待，等了好久，看见他们的身影出现在姐姐的卧房窗口。魔鬼的怒火突然涌现，烧红了我的脸，我紧握手枪，想冲进屋里，毫不留情地毙了那两个变态人渣。我花了九牛二虎之力，好不容易克制住这股冲动，让自己待在原地，我抓住枪托的手指，因为用力过猛都泛白了，而且还不停地发抖。终于，一阵引擎轰隆传来，我留在原地等了一阵子才进屋，一路上小心翼翼，提高警戒，免得落入他们设下的埋伏。

车子走了，屋子是空的。我房里的东西好像没被动过，乌娜卧房写字台的锁完好如初，但是那沓信不翼而飞。我惊慌失措，坐上椅子，随手把枪扔在膝盖上。

这两头冥顽不灵、不愿意听任何解释的疯狂畜生到底想找什么？我试图回想信中的内容，但是我的头脑混乱至极，无法有系统地思考。我知道那些信可以证明案发当时我人在昂蒂布。不过，这已经不重要了。

双胞胎呢？信里有提到双胞胎的事吗？我集中精神回想，好像没有，信中没有提到任何关于双胞胎的事，不过那对双胞胎在我姐姐心里显然占有非常重要的地位，甚至比我母亲的命更重要。这两个小毛头到底是她的什么人？

我站起来，把手枪放在桌面上，再次仔细搜索写字台，慢慢地，有条不紊地，一如克莱门斯和魏塞尔。就这样，我发现了一个我至今都没发现的小抽屉，里面有一张照片，照片上两个小孩全身光溜溜的，笑得好开心，他们背对海洋，背景应该是昂蒂布。

是了，我一边心里想，一边仔细打量照片，双胞胎的确可能是她的孩子。那孩子的父亲又是谁呢？当然不会是冯·于克斯屈尔。我试图想象我姐姐怀孕的画面，双手捧着圆滚滚的肚子，分娩时被五花大绑，扯着喉咙大叫。不可能。不，如果真是她的孩子，一定是开刀剖腹拿出来的，不可能有其他的分娩方法。我想到她发现肚子一天一天胀大时内心的惶恐。

“我一直好害怕。”有一天她对我说。那是很久很久以前的事了。当时我们在什么地方呢？我不记得了。

她跟我说了身为女人的永恒恐惧，与女人终老一生的朋友。每个月定期流血，接收来自体外，不属于自己的东西，被男人的器官插入，而男人总是自私又粗暴，地心引力让肌肤松弛、乳房下垂，这一切她都好怕。同样，怀孕一定也让她感到害怕。小东西在她的肚子里成长，一个来自陌生躯体，不属于她体内的东西，那东西用尽全身的力量奋力吸吮，手舞足蹈，而且我们知道这东西总有一天要出世，就算要牺牲您的性命，他也要出来，多可怕啊。

就算跟那么多的男人来过，我还是无法理解女人这些毫无来由的恐惧本质。照理说，小孩出生后，情况应该会变得更糟才对，因为是无穷无尽的恐惧的开始，日夜纠缠不休，除非自我了结，或者带着孩子一起了结。

然而，我却看见这些母亲步上刑场时，紧紧搂住自己的孩子，我看到这些匈牙利籍的犹太妇女坐在行李箱上，有怀孕的少妇，也有少女，等着火车来载她们奔向旅程尽头的毒气室，我在她们身上看见的应该是这份恐惧，这份我永远无法摆脱、无法解释清楚的恐惧，她们不是害怕德国人，害怕警察，害怕我们，这种恐惧清楚明白，任谁一眼便能看出。她们的恐惧活在她们心底，活在那副被我们盲目摧毁的脆弱躯壳底下，隐藏在大腿私处，一份悄然无声的恐惧。

天气逐渐回暖，我搬了一张椅子到露台上，一坐就是几小时，有时看书，有时聆听花园斜坡积雪融化的流水声，凝视突破冰封重见天日、修剪得整整齐齐的灌木篱笆。

我读福楼拜的小说，突然厌倦他宛如大型自动输送带的流畅散文时，也会找一些翻自古法文的诗歌来读，那些诗偶尔会教我拍案惊奇得大笑起来：我有另一个女友，我不知道她是谁／毫无疑问，我没见过她。

我仿佛流落孤岛，与世隔绝，惬意随兴。如果我能像童话故事里的女巫一样，在这个国度四周围起一道看不见的藩篱，我想我会一直留在这里，快快乐乐地等姐姐回来，管他什么妖魔鬼怪，还是布尔什维克党，就让他们在附近作怪好了。我跟那些中世纪后叶的诗人王子一样，只要对被囚禁在遥远城堡（或是瑞士的疗养院也行）里的女孩，保有一份爱和悬念，就已足够。

带着满心崇敬与欢乐，我想象她跟我一样坐在露台上，望着和我眼前不同的树林，她眼前是一片峰峦叠翠，但是她跟我一样，一个人独坐看书（她丈夫正在接受治疗），手上的书跟我从她的书柜偷拿出来的差不多。高山的冷风使她的嘴唇干裂，或许她裹着毛毯坐在那里看书，毛毯底下的身体是有实体有重量的真实存在。

小时候，我们撑着瘦小的身躯互相追赶，生气时互相捶打，但我们就像两只由肌肤和骨架构成的笼子，隔断彼此袒裎相见的欲望，两人的接触仅限于表面。我们当时还不明了存在于我们体内的那份爱有多炽热，它躲在身体最隐秘的角落，也躲在身体的疲惫和迟滞之中。

我可以非常精确地想象出乌娜看书时，还有调整坐姿时的身体线条，我可以猜出她脊柱和脖子弯曲的弧度，还有双腿交叠的重量，依稀可闻的均匀呼吸声，就连想到她腋下的汗渍，都能让我兴奋不已，整个人仿佛被某个东西托着飞了起来，肉体逐渐消融，最后只剩单纯的魂魄欲望，随时可以冲上九霄之外，断绝尘世的一切。

可惜，这样的时刻瞬间即逝，遥远的瑞士那边，水缓缓从树上滴落，她抬起头，脱下身上的毛毯，走进屋内大厅，只留下我和我的幻象，幽冥晦暗的幻象。幻象趁我走进屋时渗入建筑钢骨，按照我内心想住那个房间的渴望，以及避开那个房间的意念，往我想去的地方蔓延，像是她的卧房，我虽然极力想要避开这幻象，却徒劳无功。我终于推开她浴室的门。那是属于女性的空间，有个长方形的陶瓷浴缸、一个小型座浴盆，浴室的最里面是马桶。

我以手指轻敲洗手台上一瓶瓶的香水，酸苦地望着镜中的自己。浴室跟她的卧房一样，闻不到任何味道，我张大鼻孔四下搜寻，仍然毫无所获，不是她离开太久，就是凯蒂打扫得太彻底。如果我把鼻子凑近香皂，或打开香水瓶，立刻会有一股纯女性的芳香气息窜入鼻腔，却不是她的气味，连她睡的床单都没有任何味道。

我走出浴室，走到床边，掀开床单凑上前闻，还是一无所获，凯蒂已经换了干净雪白、清新且上了浆的床单，甚至连她的内裤也没有气味，衣橱抽屉仅有的几件黑色蕾丝内裤一点味道都没有，全都被细心浆洗过了，唯有把头整个埋进衣橱挂着的衣服中间时，我才感应到了某种气息，淡淡的，无法捉摸，这股淡淡的气息却让我太阳穴血管偾张，耳膜血管激烈跳动。

傍晚，我就着烛盘的烛光（供电几天前中断了），我利用火炉的火烧了两大桶热水，提上楼，将水倒进浴缸。热水在桶里冒着气泡，我得戴上隔热手套才能抓住烫手的水桶把手，我往浴缸加了几勺冷水，伸手进去试试水温，一口气倒了好几罐芳香泡泡浴精。我现在喝的是当地盛产的梅子酒，我在厨房找到了一大坛，分装了一瓶带上楼，还带了杯子跟烟灰缸。我还找了一个银托盘横摆在座浴盆上，再把这些东西全放在托盘上。踏进浴缸之前，我低头望着自己的身体，在浴缸脚边烛台上摇曳的烛火映照下，惨白的肌肤笼上一层淡淡的黄。

我不怎么喜欢这副身体，然而，我又怎么能够不爱它呢？我踏进浴缸躺在水里，脑中净是姐姐柔滑的肌肤，一丝不挂地躺在瑞士疗养院铺着瓷砖的浴池里，浴池里只有她一个人，身上的蓝色粗大血管在雪白肌肤底下蜿蜒环绕。离开童年后，我就没再看过她的身体，苏黎世那一次，因为我突然心生恐惧，所以把灯给关了。尽管如此，我仍能分毫不差地描绘出她身体的每一个部分，成熟、丰满而坚挺的乳房，结实的臀部，美丽浑圆的小腹，往下是慢慢隐没在墨黑浓密的鬈曲毛发底下的三角地带，说不定还有一条从肚脐眼一路纵切到阴部的垂直疤痕。

我喝了一口梅子酒，任由热水包裹全身，头靠在烛台旁边的搁板上，水面漂浮的层层泡泡几乎碰到下巴，一如姐姐宁静的脸庞漂浮于水面，一头长发往后扎成大大的发髻，用一根银簪固定。想到她躺在水里的身体，微微张开的双脚，我不禁联想到希腊神话瑞索斯的诞生。他的母亲是一位缪斯女神，可是我忘了是哪一个，好像是卡利俄珀[1]，当时她还是处女之身，前往参加一场音乐擂台赛，响应塔米里斯[2]的挑战。要到那里，得先经过斯特里蒙河，河水清凉的涡流钻入她两腿之间，她于是怀孕。

我的姐姐，我恨恨地想，难道也是这样，是浴缸浮着泡泡的洗澡水让她孕育出这对双胞胎吗？继我之后，她一定认识了不少男人，很多的男人。既然她背叛了我，我恨恨地希望她跟数不清的男人搞，跟一整个军队搞，每天都背着她无能的丈夫，跟每一个打从她眼前经过的男人搞。我想象她叫男人上楼进她浴室的模样，那男人也许是在农场打杂的男孩、园丁、STO 来的那两个法国人当中的一个。搞到这附近人尽皆知，只是基于对冯·于克斯屈尔的尊敬，嘴上不敢讲而已。而冯·于克斯屈尔根本不在乎，他躲在自己的套房，像只黏在自己网上的蜘蛛，满脑子想的都是他的抽象派音乐，借着乐音超越身体的残障。

我的姐姐也一样，一点都不在乎邻居的闲言闲语，也不在乎别人怎么想，她还是我行我素，每天叫不同的男人上楼。她要那些男人提水上来，要他们帮她宽衣，而那些男人，一个个笨手笨脚，满脸通红，长期从事劳动的粗糙手指不听使唤，她大概还得帮他们一下。他们多半一进浴室就硬了，裤子不脱也看得出来，站在那里，手脚不知该往哪儿放，还得由她来教他们怎么做。

他们替她搓背、擦洗乳房，洗完澡后，她带他们到卧房做爱。他们身上散发着泥土、油污、汗水、廉价烟草的味道，她疯狂爱上了这些味道。她吸吮

---

1. 希腊神话中九位缪斯女神中最年长的，名字的字面意义是声音悦耳。
2. 希腊神话人物，色雷斯著名的歌手，他自称歌唱技巧远超过缪斯女神。

他们的那话儿，来回搓揉，露出的龟头还闻得到尿臊味。事后，她脸上没有笑容，但语气和蔼地叫他们回去。她没有冲澡净身，直接躺下，像个孩子似的沉浸在他们的味道里。

所以，我不在她身边的这些时日，她过的日子跟我差不多，两个人在缺少对方的日子里，只知道沉溺于肉体的性爱，探索肉体看似无穷，其实局限狭隘得可怜的各种情欲可能。水慢慢变冷了，但我不想出去，我用猥亵的想法来温暖我的身子，我在这些穷极无聊、极尽下流的遐想中找到安慰，我想在我的幻想中寻找避风港，犹如小男孩躲在棉被下，就算这些遐想再残忍、再沦丧，总好过外面现实世界中令人无法忍受的酸楚。

最后，我还是踏出了浴缸，还没擦干身体，就先灌了一大口梅子酒，随手拿了整齐折好放在浴室里的大浴巾裹住身体。我点了根烟，不忙着穿衣，走到窗边，欣赏窗外的院子景色。院子的最深处，一条淡色的线晕染天际，慢慢转成粉红、白、灰、深蓝，最后融入黑暗的夜空。抽完烟，我又喝了一杯酒，倒在宽敞的四柱床上，盖着上了浆的被单和厚重的被子。我伸展四肢，腹部朝下俯卧，整张脸埋进柔软的枕头，就这样躺着，就像她长年在洗完澡后，睡在这儿一样。

我可以清楚地看见她，我的心湖仿佛有什么激动矛盾的东西在翻搅，翻腾的恶水直扑胸口，又像尖锐的呼喊，威胁着要湮灭内心其他的声音，盖过我的理智和谨慎，还有被压抑的欲望。我把手放在大腿内侧，我心想，如果我像这样把手放在她身上，她一定无法抗拒。

这个念头却也引起了我的愤慨，我不想让她觉得跟我在一起，或随便跟哪个农场男孩在一起，是一样只为了满足欲望。我要她发自内心地渴望我，一如我发自内心地想要她，我要她爱我，一如我这样爱她。我终于昏昏沉沉进入梦乡，不连贯的恐怖噩梦接连而来，内容我完全忘了，只记得乌娜平静地说了一句话，那句话的阴影残存至今。

“你是一个非常沉重的男人，重得超过女人所能负荷。”

我没有意识到，这些杂乱无章的思绪已经超出我理智所能压抑的范围，各种矛盾对立的想法纷沓，占据了我的心智。我漫无目的地在屋里晃荡，有时站在冯·于克斯屈尔的套房门口，抚摩门口的木头雕刻装饰，一站就是一小时；有时我拿着一根蜡烛，走下地窖，毫无来由地躺在潮湿冰冷的泥土地上，细细品味地窖黑暗、密闭、古老的气味；有时，我走进仆人住的那两间简陋的房间，扮演警察进行地毯式的搜索，翻查他们的柜子，还有蹲式厕所，两边的陶瓷脚踏板洗得光亮洁白，相隔的距离拿捏得恰到好处，恰好能让这样的女人蹲着排泄秽物。在我的想象中，她们应该是强壮、白皙、结实的女孩，就像凯蒂那样。

我已经不再回想过去了。现在的我一点都不想回到从前，不想再看欧律狄刻[1]一眼。我把眼光放在前面，盯着不断稀释消融的当下，盯着当下数不清的事物。我领悟到了，只要有坚定的信心，她会变成我的影子，跟随我的脚步，亦步亦趋地跟着我。

我打开她衣橱的抽屉，翻找她的内衣时，我可以感受到她的手在我的手底下，张开五指，轻抚质地精细的黑色蕾丝性感内衣，我不需要回头，便能确定她人就坐在沙发上，正在穿丝袜，大腿束着蕾丝袜带，光滑白皙的肌肤春光无限，松紧带箍住的地方微微往内绷；或者她刚好双手反搭在背上，摸索着扣紧背后的胸罩扣子，然后快速调整乳房，先是这一边，然后换一边。

她毫不避讳地当着我的面做这些事，这些日常生活寻常至极的事，丝毫不觉羞赧，也没有小女孩儿的矫揉作态，更不需故作性感。这些举止一如她私下更衣，略带机械化，却不失专注，同时也能享受其中的乐趣，她选穿了蕾丝内衣，并不是要穿给她丈夫看的，更不是为了那些一夜情的男人，也不是为了我，纯粹是为了她自己，为了让自己高兴，为了感受蕾丝和真丝摩擦肌肤的触感，为了凝视镜中反射出来的美丽倩影，为了欣赏自己，一如我现在看着镜中的自己一样，应该说我希望有勇气能够正眼凝望自己，不是自恋赞叹的注目，也不是挑剔批判的眼光，而是极度渴望抓住眼前瞬息万变捉摸不定的现实——

1. 希腊神话人物，是著名的竖琴乐师俄耳甫斯的妻子，她死后，俄耳甫斯非常思念她，于是到阴间寻找妻子，他的音乐感动了冥王，答应让他带回妻子，但是在抵达人间之前，绝不能回头望她。途中俄耳甫斯忐忑不安，害怕冥王不遵守约定，偷偷回头看了一眼，欧律狄刻顿时消失。

类似画家的锐利眼神，如果这样说各位能比较了解的话。

可惜我不会画画，我绘画的天分跟我弹琴的才华差不多。然而，假如她真的几近全裸地站在我面前，我一定会以近似画家的眼光欣赏她，我眼神散发的强烈渴望只会让我的观察更敏锐，更能细细欣赏她肌肤的纹理、毛细孔的脉络，宛如新发现尚待命名的星座般星罗棋布的褐色小痣，蜿蜒手肘部位的血管，血液蜿流一路延伸到前臂，最后在手腕上形成一个小突起，然后再分散至各个指关节，消失在指尖，跟我身上的男性手臂一模一样。

我们的身体同出一源，我想对她说：男人不也是女人的一支吗？因为所有的胚胎都是女性，性别的差异是后来慢慢生成的，男人的身体保留了残余的证据，像是毫无作用的乳头、没有继续发育的乳房，还有在阴囊中间画一条线分别延伸到会阴部和肛门所形成的三角地带，原本应该是外阴部的，却开始密合压抑子宫的生长空间，慢慢发育形成睾丸，与此同时，小小的阴蒂也逐渐茁壮变大成为阴茎。

事实上，我只要再加一样东西，就能变成女人，成为像她一样的真正的女人，那就是法文阴性字尾常见的无声 e，无论是说或写，只要加上 e，一切都会变成可能。

“我全身赤裸（nue），我被深爱着（aimée），我被渴望着（desirée）。”就是这个字母 e，让女人变得出奇有女人味。眼睁睁看着机会被上天剥夺，我痛苦得无法自拔，对我来说，这是莫大的损失，远比母亲孕育我初始，就被我永远抛弃的阴道更难以弥补。

偶尔，我内心狂飙的狂风暴雨稍稍缓和，出现空当的时候，面对低矮灰暗的地平线和森林，我会翻开书，安静悠游于福楼拜的文字，最后却总是忘了膝上的书，脸颊开始发热发红。为了不浪费时间，我决定重读一位境遇与我相去不远的法国古诗人的诗：不知我何时睡去／亦不知何时老去，若非经人点醒。我姐姐有一部古本的《特里斯坦伊索尔特》，我拿出来信手翻阅，瞥见她特别圈出了几句诗，一读之下大惊失色，惊惶不亚于噩梦带来的震撼：

当人做他不愿意做的事

因为他得不到想要的

便在强迫自己的意愿

她修长鬼魅般的纤手突然再度出现，轻轻从我的手臂底下滑过去，从她在瑞士的栖身之所，又或许根本就从我身后，伸出一根手指，慢慢放在这些字句下面，我无论如何也无法接受三审定谳的最终判决，我用全身仅有，却卑微得可以的力气挣扎抗拒。

就这样，我恍恍惚惚来回于无止境的问与答之间，往往问题还没问完，答案却已揭晓，只是时而以倒叙，时而以插叙的样貌显示。在这栋宅子待的最后几天，我发生了什么事，只剩前后不连贯，不见意义的零星画面混乱交叠，完全符合梦境的荒谬逻辑，连说出来的话，其实应该说是发泄欲望时的笨拙鬼叫，也不例外。

现在，我每天晚上都睡在她那张嗅不到任何味道的床上，伸展四肢呈大字形俯卧，有时候也蜷成一团侧睡，脑筋却始终空白一片。这张床上找不到任何能够让我联想到她的东西，连根头发都没有，我掀开床单，检查了底下的床垫，希望多少能够找到一点血迹，但是床垫跟床单一样一尘不染。

所以，我决定自己弄脏它，我尽可能张开双腿蹲着，我姐姐鬼魅似的身体在底下迎接我，她头微微侧向一边，散落的头发拨到耳后，露出我深爱的那对小巧的圆耳朵，我整个人垮下，压在我的精液上头，就这样瞬间睡着了，肚子黏答答的也不管。我很想占有这张床，其实，是床占有了我，抓住我就再也不肯松手。

各式各样的奇情幻想纷沓而至，侵犯我的梦乡，我很努力想驱赶它们，因为我想在梦里和姐姐相会，但是它们一个一个倔强得很，往往出其不意地在我最没有防备的地方出现，就像我在斯大林格勒遇见的那批放浪女孩般恬不知耻，我张开眼睛，看见一个女孩偷溜过来压在我身上……我们四肢交缠，上下相叠地睡着了。

等我们睡醒时，她把手伸进她的大腿中间，揉搓我的阴囊，有点痛，阴茎却再度昂然挺胸，我一只手抓住她紧绷的骨盆髋骨，一把将她拉下，她再度贴上我的肚子，无声地来回抽动，床单底下的纤巧小手兴奋得紧握拳头。她不让我有喘气的余暇。然而，我突然有种异样的感觉，一种无来由的温柔和不安。对了，就是这种感觉，现在又回来了，那女孩有一头金发，充满了温柔与不安。

我不知道我们的关系走到了哪里。接着还有另一个影像……她睡着了，不过，这个女孩不是她。我很肯定不是海伦，因为我意识模糊地依稀想起幻想中那女孩的父亲是警察，位阶相当高的警官，他反对女儿的选择，对我极不友善，再说，我和海伦最亲密的接触仅止于她的膝盖，并未更进一步，而这里的情况却不太一样。

金发女孩也在大床上占了个位置，这里不该有她的位置，让我伤透了脑筋。我好不容易把她们全赶下床，她们抱住床边的四根螺旋立柱不肯走，我费了九牛二虎之力才把她们通通拉走，然后伸手抓住姐姐，将她带回床中央，我躺在她身上，以全身的重量压着她，赤裸的肚子紧贴着那道阻隔我俩融为一体的伤痕，我在她身上磨啊蹭的，却怎么样也钻不进去，胸中怒火延烧，她身上终于出现了一个大开口，而我的身体好像也被外科手术刀划开似的裂开，我的内脏倾泻而出，进入她的体内，孕育生命的殿堂，大门自动打开，就在我的底下，所有一切回归原点。我躺在她身上，仿佛躺在雪地中，我身上还套着这具臭皮囊，我扒下皮肤，抛下骨骼，任由冰冷的白雪包覆禁锢，殿堂大门在我身后咿呀合上。

一道夕阳余晖穿透云层，下凡探索卧房的墙、写字台、衣橱、床脚。我起身进到浴室尿尿，然后下楼去厨房。四下安静无声。我拿了一块香喷喷的棕灰色乡村面包，切了几块涂上奶油，又铺上几片厚厚的火腿。我还找到了腌黄瓜、一罐肉酱、几颗水煮蛋，全都整齐摆在一个大托盘里，另有刀叉碗盘、两只杯子、一瓶勃艮第美酒，如果我记得没错，应该是一瓶沃恩－罗玛内。我把托盘端上楼，放在床上。

我盘腿而坐，注视前方，托盘后头是空荡荡的床。我看见姐姐的身体在那里慢慢成形，那么真实，那么具体。她弓着身子侧躺，地心引力将她的乳房往下拉，连她的小腹也被拉着垂向一边，往上翘的突出髋骨皮肤紧绷。

睡在那里的不是她的身体，而是她，安稳地，缩在自己的身体里面睡觉。殷红的鲜血从大腿中间渗出，却没弄脏床单，沉重的人性仿佛在我眼睛钉上木桩，我非但没有瞎，反而打开了我的第三只眼，那只俄国狙击手在我脑袋上打穿的“第三只眼”。

我打开酒瓶，深深吸了一口醉人的酒香，然后倒了两杯酒。我喝了口酒，开始大快朵颐，我饿极了，狼吞虎咽扫光托盘上的东西，喝光一整瓶酒。

外头，白昼的最后一道光没入天际，房间变得昏暗。我把托盘移开，点燃几根蜡烛，拿出香烟，躺在床上吞云吐雾，烟灰缸就摆在我的肚子上。头顶上传来狂乱的嗡嗡虫鸣，我躺着没动，目光搜寻着声音的来源。我看见天花板上有一只苍蝇，一只蜘蛛快步离开，躲进墙角边。苍蝇被蜘蛛网黏住了，它嗡嗡叫着猛力挣扎，想要挣脱蜘蛛网的纠缠，却徒劳无功。

此时，一阵风掠过我的阳具，仿佛鬼魅的手指，又似舌尖，阴茎立即肿胀挺直。我拿开烟灰缸，想象她的身体慢慢压到我身上，坐直，将我插进她的身体里，丰满的乳房在我的掌心，沉甸甸的，乌黑浓密的秀发垂直披挂，犹如一道帘幕，框起笑容灿烂的脸庞，她容光焕发地对我说：“你来到这世上的理由只有一个，就是为了跟我做爱。”苍蝇不住嗡嗡叫，但间隔的时间越拉越长，最后戛然而止。

我的双手环抱她的脊椎末端，就在腰身上方，她的嘴在我嘴上，低声喊叫：“哦，天啊，哦，天啊。”我又朝那只苍蝇看了一眼。它不叫也不动，蜘蛛的毒素终于制伏了它。我静静等待，等蜘蛛出现。

后来我大概睡着了，一阵狂乱的嗡嗡鸣响将我惊醒了，我睁开眼睛，看到蜘蛛就在死命挣扎的苍蝇旁边。蜘蛛显然有些迟疑，前进又后退，最后决定躲回墙角。

苍蝇再度停止挣扎。我努力想象苍蝇无声的惊骇，在它那双复眼的多重画面底下隐藏的恐惧。蜘蛛时不时走出巢穴，伸出一只脚轻触猎物，在猎物身上多吐几圈丝后再躲回墙角：我，我注视着这幅反复上演的濒死画面，一直到几个钟头过去，蜘蛛费力地把死掉，或者只是昏死的苍蝇拉到墙角，好整以暇地慢慢享用。

天亮了，我仍然没穿衣服，但是穿上了皮鞋，免得弄脏脚，开始探索这座冰冷幽暗的大宅。我的身体兴奋异常，屋子在我冷得汗毛竖立的白皙肌肤四周环绕，它的每一寸表面仿佛通上了电似的极度敏感……这无疑是邀请我尽情放浪形骸，纵情最猥亵、最有悖道德伦常的欲望游戏，既然我渴望拥抱温润柔滑的胴体而不可得，何不干脆拿这栋房子来充数，利用这栋房子，跟她的房子做爱。

我踏遍屋里的每一个房间，躺过每一张床，连桌面和地毯也不放过，我用屁股摩擦家具突出的尖角，在椅子上或紧闭的衣橱里抽送摇晃，闻着衣服散发的尘埃和樟脑气味。就这样，我闯进了冯・于克斯屈尔的套房，起先我像个孩子般满是胜利的喜悦，没多久羞愧感接踵而至。这股羞愧紧紧跟着我，如影随形，又像是对自己放浪行为的狂妄虚荣，然而羞愧和虚荣也跟着加入任我差遣的行列，机不可失，我尽情加以利用，恣意放纵，坠落无尽的肉欲深渊。

毫无逻辑的异想，疯狂尝遍所有可能的肉体快感换来的深沉疲惫，泯灭了时间的概念。日出，日落，仿佛只是一定的节拍，就像饿和渴，以身体自然排泄，还有睡眠，这些自然生理反应不问时间，往往突然出现，一口将我吞噬，体力于是得以回复，再将恢复的我交给我可悲的肉体。有时我会穿点衣服出门走走，天气变暖，甚至可说是热了，德拉格河对岸的大片荒废农田变得泥泞黏滑，烂泥黏脚，逼得我不得不绕道而行。

每次出门，路上总不见半个人影，走在森林里，随便一阵风吹来就能让我踉跄摇晃。我脱下长裤，掀开衬衫，就这样躺在坚硬冰冷铺满松针的泥土地上，尖尖的松针刺痛我的屁股。穿过德拉格河上那座桥，钻进枝叶茂密的林子后，我脱光衣服，只剩脚上的鞋子，没命地奔跑，好像还是个孩子似的，横生的枝条打得我好痛。我停下脚步，靠在一根树干上，转身两只手放在背后，环抱起树干……

然而，这样还是无法满足我。有一天，我发现一棵树被暴风拔起躺在地上，一根折断的枝丫朝天而立，我拿出小刀把这节枝丫削得短一些，剥掉外层树皮，把它磨得光滑，再仔细将枝头的部分弄圆，最后用口水润滑削好磨光的树枝，我张开两脚朝着树枝坐下去……

一阵触电似的巨大快感流窜全身，我紧闭双眼……我想象姐姐跟我一样做着同样的事，就在我面前，仿佛淫荡的山林女神和她钟爱的森林林木做爱……比我更疯狂。……我抽离沾满精液的树枝，整个人倒栽葱似的往旁边摔倒，正好撞上一根枯枝，刺伤了我的背，伤口颇深，我感到剧烈的痛楚，却无限眷恋地维持这样的姿势，几近昏迷的状态，躺了好一阵子。

我侧转蜷起身子，鲜血从伤口汩汩流出，几片枯叶和松针还黏在我的指头上。我奋力站起来，双脚因为刚才的过度兴奋而颤抖不已，我拔腿狂奔，穿梭于树林间。稍远的地方，林子变得潮湿，泥土地面铺着细细的软泥巴，比较干的地方则覆盖着一层青绿苔藓，我脚底一个踉跄，撞上旁边的树，倒在地上气喘如牛。

一只鸳啾啾鸣叫，叫声回荡在森林灌木间。我起身走到德拉格河畔，脱掉鞋子，跳进冰冷的河水，清洗身上的烂泥和背后一直渗出的鲜血，冰冷的河水让我的肺感到一阵紧缩，差点无法呼吸，我走出水面，背后的鲜血混着冰冷的河水簌簌往下淌。

身体干了之后，我觉得全身是劲，温暖轻柔的空气包覆肌肤。我真希望能砍下树枝，在这里建一座小木屋，在地上铺一层青苔，全身赤裸在这里过夜。不过天气还不够暖，再说这里也找不到伊索尔特和我共度良宵，连将我们赶出城堡的马克王[1]都没有。我干脆在林子乱晃，找不到路回家算了，就这样，我像个孩子般兴奋探险，然而事与愿违，想迷路是不可能的，走来走去总会碰到一条小路或是一片农田，无论走哪个方向，每条路总能带我走到我认识的标的物旁边。

外界的一切，局势的演变，我毫无所悉。我没有收音机，这里没有人来。我隐约好像知道，在我沉溺疯狂放浪的欲海载沉载浮之际，南边有很多人的生命走到了尽头，一如早先许多人，对此我毫无感觉。

我不知道俄国人到底是打到离这里 20 公里外呢，还是 100 公里开外，我通通都不在乎，更糟的是，我从来没有想过这些事，这一切在我眼里，好像是跟我所处的时空平行存在的另一个时空内发生的事，如果他们的时空恰巧和我的时空相叠，没办法，只好看哪个时空能够擅出胜场了。

尽管处在完全放任纵欲的状态下，尖锐的焦虑却依然从我体内源源不断冒

1. 在特里斯坦与伊索尔特的传说中，马克王是特里斯坦的舅舅。

出来，席卷全身，宛如一根树枝碰撞其他树枝时，针叶上的积雪融化，雪水串串滴落。这股焦虑无声侵蚀着我，仿佛野兽不断往身上的皮毛翻找，发狂地想找出痛楚的源头，又仿佛倔强的小孩对着脆弱的玩具生气，我绞尽脑汁，却苦寻不到确切的字眼来形容这份痛。我不停喝酒，我已经喝光了好几瓶葡萄酒，也许只是好几杯烧酒。我无力地躺在床上任由风吹，冰冷潮湿的穿堂风在屋内盘旋。

我颓废地望着镜中的自己，我不禁想，就算她现在出现在我面前，也不可能变回从前的样子了。十一二岁的时候，阴茎还很小，黄昏余晖中，两个人影摇晃，有点像是两副骨架互撞。现在，骨架上多了一层血肉，当然还有各自历经的悲惨伤痛，她无疑动过一次剖腹产手术，而我的脑袋被打穿了一个长长的洞，手术伤口结痂愈合，坏死组织留下一条隧道。阴道、直肠都是身体的一个洞，然而洞里的血肉是活生生的血肉，洞口周围是平滑的表面，就这些平滑的表面来说，这里没有所谓的洞。

那么，洞又是什么呢？虚无？是空空的脑壳，思绪逃脱，剥离肉体独立，当作肉体根本不存在，好像没有肉体，大脑也能思考，仿佛最抽象的思绪、所谓的伦理道德早已飘出她的脑壳，如遥远的星空般缥缈，听不见肉体的呼吸气息、血管血液的脉动、软骨嘎啦伸展。这是真的，当我和乌娜一起玩的时候，无论是小时候，或者是到后来我学到如何善用并驱策我男孩的珍贵青春肉体时，我都太年轻了，还不明白肉体会带来哪些沉重的负荷，而这正是爱情交易注定，而且是被迫付出的巨额代价。

就算在苏黎世那一次，我也还不明白年龄带来的意义。现在，我渐渐看清也感受到，圈在一个躯壳里的生命，甚至在一个胸部丰满，上厕所被迫或坐或蹲，还得拿刀切开肚子才能让胎儿出世的女性躯体里，年龄有什么样的意义？我好希望能拥有一副这样的女性躯体，躺在沙发上，双腿张开，就像翻开的书页，薄薄的白色蕾丝掩不住私处的浓密毛发，往上则是生命诞生留下的明显疤痕……深深吸引我的目光。

“看，看看这里，雪白无瑕。想，想想里面，黑暗幽深。”我发疯似的想看深藏在这两片白皙隆起底下的私处……我还要她的嘴、她的唇……

我发狂地想在床上找一具这样的胴体，张开她的腿，就像母猪伸长鼻子，在一丛野生黑松露当中钻来钻去，然后将她整个人翻过来，腹部朝下，双手扳开两片丰满的屁股……

我梦想着将脸埋进她鬈曲的腋毛中安静入眠，她的乳房自然垂在我的脸颊上，我的两只脚圈住她的一只脚，一只手轻轻摆上她的肩。睡醒时，我身体底下的那具胴体已经完全融入我体内，她脸上带着缥缈的微笑注视我，再次张开双腿，随着一种类似若斯坎·德普雷[1]的古老弥撒曲的缓慢节奏规律抽送，我们慢慢漂离海岸，仿佛被海潮带进一片饱含盐分、温暖宽广的大海，她在我耳边低声私语，声音却出奇地清晰响亮。

“上天造我，唯爱而已。”

天气又变冷了，天空飘了点雪，院子、花园，净是一片琉璃世界。屋里没有多少可吃的东西，面包吃完了，我想用凯蒂拿来的面粉自己动手做面包，我不太清楚做法，还好找到了一本食谱，照着上面的步骤烤了好几条。

面包一出炉，还热腾腾地冒着烟，我已经迫不及待地撕下一块狼吞虎咽吃起来，配着生洋葱啃，结果嘴里的口气臭得不得了。蛋没了，火腿也没了，不过我在地窖找到一箱今年夏天留下来的青苹果，颗粒小，吃起来粉粉的，不过很甜，我不分昼夜，想到就拿一颗来啃，再配上几口烧酒。

至于酒窖里的酒，简直是取之不尽。此外，还有肉酱罐头。晚餐的餐桌上多半是肉酱、暖炉烘烤的熏肉和生洋葱，当然还有顶尖的法国葡萄酒。

夜里天空再度飘雪，刮起强劲的阵风，从北方下来的强风阴森森地敲打屋子，没固定好的木头百叶窗被吹得震天价响，雪花则随着风敲打十字玻璃窗。还好柴火多的是，房里的暖炉热烘烘地吼叫，温暖舒适，我全身赤裸着躺在地上，屋内一片黑暗，只有雪地的反光，我静静躺着，想象暴风雨鞭打我的身体。

第二天，雪未歇，风倒是停了，鹅毛似的雪花为大地和树林铺上厚厚的一

---

1. 若斯坎·德普雷（Josquin，约1450—1521）：法国作曲家，复调音乐大师，文艺复兴时期最杰出的音乐家之一。

层粉霜。花园里躺着一个人影，让我想起斯大林格勒覆盖在白雪底下的那些尸体，我可以清楚看到他们发紫的嘴唇、棕黑色的肌肤，一簇簇胡须突兀地、出乎意料地，从这些平静安详的死者脸上伸出。

那么平静的画面，跟躺在地毯血泊中的莫罗，还有倒在床上、脖子被扭断的母亲身躯恰成强烈的对比。画面如此血腥，我虽强自镇静，还是无法不逃，为了驱走这些血腥画面，我想象着自己爬上莫罗家阁楼的楼梯，整个人蜷缩成一团，躲在角落里等姐姐过来安慰我，我，这个脑袋被子弹穿过的悲伤骑士。

那天晚上，我躺在浴缸泡了很久很久。我举起双脚，交叠架在浴室的搁板上，就着浴缸的热水清洗刮胡刀，小心翼翼刮两只脚的脚毛，接着刮腋毛。刀刃滑过浓密的毛发，鬈鬈的毛发黏附着冷霜，一块一块掉进浴缸的泡泡水里。

我从浴缸站起来更换刀片，一只脚抬高踩在浴缸边缘，开始刮阴毛。

我全神贯注，刮到特别难刮的角落时更是战战兢兢，好比大腿内侧和臀部等地方，尽管如此，我还是不小心失手割伤了阴囊后面，也就是皮肤最敏感细致的地方。三滴血依序落入浴缸白色的泡沫中。我擦了一点古龙水，感到伤口些微刺痛，霎时全身肌肤放松。水里到处漂着刮下来的毛发和刮胡泡沫，我拿了一桶冷水冲洗全身，皮肤冷得起鸡皮疙瘩，阴囊缩小。

我踏出浴缸，望着镜中的自己，光溜溜的身体感觉好陌生，看起来比较像我在巴黎看到的弹齐特拉琴的阿波罗雕像，不像是我的。我靠近镜子，整个人贴上镜面，闭上眼睛，想象我在替姐姐刮阴毛，轻轻地，慢慢地，用两根手指拉平肌肤皱褶，小心翼翼不弄伤她，接着将她的背翻转向我，让她弯腰往前……

剃完之后，她的脸颊贴上我因为寒冷而变得干燥的赤裸肌肤，逗弄我小男生般蜷缩的睾丸，令人气结地说："我反而比较喜欢这样小小的。"她边说边笑着拿拇指和食指比出几公分高的距离，而我一把将她拉起，瞪着她双腿间隆起的裸露私处，我想象中一直在那儿的长长疤痕，原来并没有一路划到阴部，只是朝阴部的方向延伸而已，那是我孪生姐姐的私处，我对着那里，开始落泪。

我躺在床上，伸手摸我那小孩似的私处，它在我的手指底下感觉却如此陌生……我专注心力，努力把这个臀部想象成是姐姐的，任我揉捏拍打，她则发出银铃般的笑声。

我继续用手心拍打她的屁股，极富弹性的臀部肌肉在我掌心下颤动，她跟我一样，胸部和脸庞都贴着床单，但她只是一个劲儿发狂似的笑。

我停手，发现她的屁股一片通红，我不知道在现实世界中的我，屁股是否真的也发红了，因为以这样的姿势，我不太可能使得出劲用力打，但是在我的脑海里，在我想象的画面里，她的屁股的确被打红了，阴毛剃光了，我可以清楚看见她的外阴部，在两片白里透红的蜜桃中间高高突起，我转过她的身子，让她的臀部正对着全身立镜，然后对她说："你看。"

她一边笑得花枝乱颤，一边转头看，镜中的影像突然锁住了她的笑声，她的呼吸，就像我瞬间停住了呼吸，变了笑颜一样。

我的思绪悬浮在半空中，在这个只有我的身躯，别无他物的幽暗虚无现实中飘摇，我慢慢朝她伸出手，伸出食指，插进恍如愈合不完全的伤疤似的微微张开的开口。

我溜到她身后，以半蹲半跪的姿势，好让我看见，也让她看见她两腿中间的地带。我侧着脸看，清楚看见位于镜子下方，我那上下颠倒的脸。我将她往前推，好让她能平躺在床上，腹部朝下，双手放在她纤长的脖子上，她大声喘息，我则恍如狂风直上青云，急速达到高潮。事后，我从她身上抽开，滚落床上，她哭得像个小女孩。

"这样不对。"听她这么说，我也哭了，我摸摸她的脸颊："那要怎样才对？"她突然扑到我身上，亲吻我的脸，我的眼睛，我的头发。"不要哭，不要哭，我教你。"

她安静下来，我也停止哭泣，她跨坐在我身上，光滑的腹部和私处摩擦我的肚子，她抬起身子，采取半蹲的姿势，慢慢坐在我的腰上……

"要像这样，"又重复了一次，"像这样。"

她紧闭双眼前后摆动，一阵一阵的，而我紧盯着她的身体，要在乳房和圆润的骨盆线条中搜寻昔日小巧平坦、迟钝、几近瘫滞的身影。一阵剧烈紧绷，但没有喷出多少精液，这次的高潮恍如一把鱼刀将我开膛破肚，她还压在我身上，外阴宛如开口的贝壳，从那道长长的纵向伤疤一路延伸，划过整个腹部。现在，这道疤和阴部连在一块儿了，形成长长的一条裂缝，而我的私处则往外扩张，一直蔓延到肚脐。

夜里，雪还是下个不停，我也还在这片由我思绪主导的，漫无边际的想象世界中幽游，场景一幕接着一幕，想象天马行空，却始终无法突破肉体的限制。正因她的肉体是想象的创作，所以毫无局限，我真实的肉体在幽魂似的一来一往后，每一回我只感到更空虚，更无力，更绝望。

我赤裸着坐在床上，筋疲力尽，我边喝酒边抽烟，视线飘向窗外，接着回到我发红的膝盖、青筋毕露的双手、瑟缩在微微突起的肚子底下的私处。她则在里面，在我沉睡的躯壳上漫步，大模大样地躺在我的肚子上，侧转着头正面对着我，伸长双脚像个小女孩。我伸手拨开她的发丝，露出一截脖子，强韧有力的美丽脖子，我的思绪再度回到我的脑壳，跟下午的时候一样，我想到了母亲被勒断的脖子，那个腹中同时怀了我们两个的母亲。

我轻抚姐姐的脖子，认真而且努力想象我扭断母亲脖子的画面，但是没办法，我想不出来，我脑中没有任何类似的影像记忆，影像顽固地拒绝出现在我内心的明镜，那面镜子上什么都没有，是空的，甚至连我伸手插入姐姐的发丝，然后对自己说：哦，我的手握住了姐姐的脖子。哦，我的手握住了母亲的脖子，那面镜子上还是什么都没有，还是空的。我全身一阵惊悚，像猎犬般缩在床尾。

过了好一会儿，我张开眼睛，看见她直着身子侧躺着，一只手放在肚子上，两腿张开，阴部仿佛瞪着我看，监视着我，像是蛇发女妖的头，又像是独眼巨人脸上那只从不眨眼的独眼。那道目光慢慢穿透我的骨髓，我的呼吸变得急促，我想伸出手阻挡——我虽然看不见那道目光，但是它死死盯着我，好像能把我身上的衣服一件件脱光（虽然我当时已经全身赤裸）。

如果我还能硬得起来就好了，我心想，这样一来，我就可以拿阴茎当成火烤后变硬的木桩，刺瞎视我如无物的独眼巨人。但是我的阴茎软趴趴的，我则像是被魔法镇住般呆若木鸡。我的手臂开始变长，我伸出中指插入那只巨大的独眼。髋骨微微摇晃，仅此而已。我非但没有弄瞎那只眼睛，反而让它睁得更大，释放出躲在后面的另一只眼睛。

我心生一计：我抽回中指，双手抱头，将前额推到那个恍如独眼的阴唇里，将脑袋上的弹孔对准阴道口。现在，轮到我可以清楚看见了，我的第三只眼闪烁金光，深入探索这具肉体，她的那只独眼同样闪烁着金光对准我，我们被彼此眼睛放射出来的强光弄得睁不开眼。

我一动也不动，在强烈的金光中达到了高潮，而她连声大叫："你在干什么，你在干什么？"我纵声狂笑，精液如喷泉不断涌出，我兴奋忘我，想一口将她吞下，我的眼睛终于张开，一切变得异常清晰，我全明白了。

早上，大地升起一片浓雾，覆盖万物，从卧房的窗口看出去，桦树小径、森林通通不见了，连露台都看不清。

我打开窗，听见雪水从屋顶滴落，滴滴答答作响，远处森林中传来鸳啾啾鸣叫。我光脚下楼，走到露台，脚底踩着积雪的冰冷石板地面，皮肤因为冷风而汗毛竖立，我靠着石砌围篱站了一会儿。进屋的时候，连屋子的外墙都被浓雾裹住，围墙的另一端也隐没于茫茫白雾中。我觉得自己好像飘浮在半空中，遗世独立。

花园积雪地面上一抹影子吸引了我的注意，也许是我昨晚瞥见的那个人影。我往前倾，想看得更清楚一些。

浓雾覆盖了一半的影子再度让我想起死尸，例如哈尔科夫那个被吊死的年轻人，尸体被扔在工联公园的雪地任野狗啃食。我全身发抖，皮肤刺痛，冷风让我的皮肤变得极度敏感，阴毛剃光，私处暴露在外，冷空气与笼罩我全身的浓雾，这一切在在给我一种赤裸裸无牵无挂的感觉，完完全全坦荡，直接了然。

那抹影子消失了，那里现在只剩突出的高地，我将这个小插曲抛诸脑后，我靠着围墙，任由手指在我身上游走。我模模糊糊地隐约意识到我的手开始搓揉阴茎，逐渐兴奋的高潮感觉大同小异，慢慢撕下我的肌肤，撩拨我的肌肉，然后拆散我的骨架，只为了让某种无以名状的东西占据我，接着愈合复原，这个几乎和我长得一模一样的东西感到一阵快感，只是快感来的时候出现了一些时间差，但这个东西没有和它互相抗衡之意，反而在拉锯中合而为一。

在这份快感如火炮般将我轰上积雪的石板地面上，我就在露台上恍惚失神，全身发抖。我觉得身旁的浓雾中，好像有一抹人影悠悠晃晃，一道女性的身影，我还听见了尖叫声，来自遥远的地方，不过，那应该是我自己的尖叫。

我心里很清楚，这一切都是在悄然无声的状态下发生的，事实上，我的嘴里没有发出半点声音，也没有任何声响扰乱这灰蒙蒙的早晨。那抹身影渐渐走出浓雾，朝我走过来，躺在我身旁。冰冷的雪啮咬我的骨头。

“是我们，”我附在她那恍如迷宫般的圆圆小耳朵上低声私语，“是我们。”那个人影不说话，我知道那其实是我自己，这里只有我一个人。我起身进屋，我全身湿透，呼吸沉重，我在地毯上翻滚着擦干身体。

我走到地窖，随手抽出几瓶酒，吹掉瓶身的灰尘，看了看上面的标签，灰尘飞扬形成大片烟尘，我忍不住打了几个喷嚏。地窖里冰冷潮湿的味道呛入鼻腔，我脚底可以感觉到冰冷、潮湿、滑溜的泥土地。

我走到一瓶酒前方，拿用绳子挂在墙上的开瓶器打开，就着瓶口猛灌，酒从我的嘴唇流出，一路往下滑过下巴与胸膛。

此时，我的阴茎再度昂起，那抹人影现在跑到架子的后面轻柔摇晃着，我把酒递给她，可是她纹丝不动，我只好躺下，她跟着在我旁边蹲下，我继续喝酒，她攫住了我。

我朝她的脸吐了一大口酒，她毫不在意。新冒出头的细小毛须刺痛我的肌肤和私处，她红色起皱的肌肤底下立刻浮出粗大的青绿血管，青紫色的静脉网络清晰可见。

然而，我停不了了，我踩着沉重的脚步，在偌大的宅子里奔跑，进出各个房间、浴室，用尽各种方法让自己兴奋勃起，却始终达不到高潮，因为我已经力不从心了。

我于是变个花样玩，我躲起来，虽然明知屋里没人，没有人会来找我，我自己也搞不清楚我在干什么，我只是跟着没了知觉的身体涌出的冲动，漫无目的地移动。

尽管如此，我的头脑还是非常清晰，只是我的身体执意要躲在混沌和脆弱中不肯出来，大脑越是硬要叫它出来听我使唤，它越是不肯顺我的意，越是东撞西碰，大脑诅咒它，和这具粗重的躯体斗智，用言语激它，让它陷入歇斯底里，这种亢奋的状态不存有热情，几乎不带性欲。

我开始尝试各式各样幼稚的猥亵行径……我一边大笑，一边看着木头扶手上的粪便痕迹，到一间客房拿了上好的蕾丝餐巾仔细把秽物擦干净。我牙齿咬得咔吱作响，也无法忍受自己的手触摸自己的身体，我发狂地笑。最后，我瘫软倒在走廊的地板上睡着了。

我醒来时饥肠辘辘，把所能找到的食物全吞下肚，又开了一瓶酒。外头浓雾依旧密布，现在应该还是白天，但是我没有办法确定现在几点。

我打开阁楼的门，阁楼里阴暗无光，到处是灰，空气中弥漫着一股麝香的味道，布满灰尘的地板上只有一行我的足迹。我拿了一些皮带挂在横梁上，想让一直鬼鬼祟祟跟在我后头的那个人影瞧瞧我小时候是怎么在林子里玩绞刑游戏的。

脖子承受的压力再度让我兴奋勃起，生理反应一时让我慌了手脚，为了不让自己窒息，我踮高脚尖站在地板上。我就这样站着，用口水润滑了一下龟头，很快就射精了，精液喷出，飞得很远，穿过整座阁楼，量不多，只有几滴而已，但是喷出的力道却出奇地强劲。

我放任自己尽情享受这次高潮带来的快感，如果那个人影没有在下面支撑着我，我很可能已经做了吊死鬼了。

我解开皮带，整个人瘫倒在灰尘中。那抹身影在地上爬，凑着鼻子闻我松软无力的四肢，活像贪婪的小动物，还故意抬高脚，好让我能清楚看见它的私处，不过当我想靠近它的时候，它却避开我手掌能及的范围。我阴茎变硬的速度在它看来似乎还不够快，于是它拿了一条皮带，勒住我的脖子，等我的阴茎终于硬挺时，它松开皮带的束缚，转而用皮带绑住我的双脚，然后压到我身上。

“轮到你了，”它说，“勒我的脖子。”我双手抓住它的脖子，大拇指使劲用力，而它双脚着地，大腿抬高，往前坐上我酸痛的阴茎。

它嘴里喷出的气息带出哨音似的尖锐声响，我双手加倍使劲，它的脸开始肿胀泛红，惨不忍睹，但身体依旧白皙。

它的脸红得像生肉，舌头从两排牙齿中间冒出来，连嘶哑的喘气声都发不出来，最后它达到了高潮，指甲在我的手腕留下戳印，下体流出各种秽物，我放声大叫、哀号，拿头猛撞地板，我已经无法控制自己，我打自己的头，低声啜泣，不是因为恶心害怕，不是因为这个不愿意永远幻化成我姐姐模样的女性身影在我身上尿尿，不是因为这个。

当我眼看着它兴奋地达到高潮，脖子被勒得紧紧的、肛门失禁时，我在它身上看到了哈尔科夫那些被吊死的人，他们垂死挣扎时害怕得粪尿失禁，洒到过往行人身上，我在它身上看见了我们在某个冬日吊死的那个女孩，就在谢甫琴科雕像后头，一个健康的年轻女孩，正值青春年华，我们吊死她的时候，她是否也在自己的内裤底下体验到了高潮的快感？

当她挣扎乱踢，即将窒息的当下，她尝到高潮的快感了吗？或者她根本不知道什么是高潮，她那么年轻，在我们吊死她之前，她是否有过性爱经验？我们又有什么权利可以吊死她？我们怎么可以吊死这个女孩？

我不断哭泣，关于这个女孩，白雪圣母般女孩的记忆腐蚀着我的心，但是，我不是因为感到后悔才哭，我没有后悔，也不觉得自己有罪，我不认为事情应该要怎么样，或者不应该怎么样，只是我依稀懂得一个女孩被吊死的感觉，以及所代表的意义。

我们吊死了那个女孩，像屠夫割开牛的喉咙，我们身上没有热情，只因为这是我们的工作，因为那个女孩犯了某个愚蠢的过错，而赔上了性命，这就是游戏的规则，是我们制定的游戏规则。

然而，我们吊死的那个女孩不是猪，也不是牛，我们可以不经思考把猪和牛送去屠宰，因为我们要吃它们的肉，可是一个年轻女孩，她曾经是个小女孩，说不定是个快乐的小女孩，她来到了这个世界，这个充满杀人凶手的世界，未经世事的她还不懂得如何自保。

从某些层面来说，这个女孩有点像我姐姐，她也可能是某个人的姐姐，我也一样，我是某个人的弟弟，无论以何种公正客观的角度来衡量，也不管这样的暴行在当时有多必要，一旦我们能做出没有言语足以形容的暴行，一切终将毁灭。

如果我们可以放手蛮干，吊死一个年轻女孩，那还有什么干不出来的呢？世上再也没有安全可言，说不定，我姐姐前一天还高高兴兴地坐在马桶上上厕所，第二天却被送上绞刑台，因为窒息害怕而粪尿失禁，这世界还有什么道理可言？这才是我哭泣的原因，我完全想不通，所以，我只想一个人，安安静静，什么都不要再想。

我醒来时，人躺在乌娜的床上。我还是没穿衣服，但是身体很干净，双腿也可以自由移动。我怎么会沦落到这个地步？我什么都记不得了。暖炉的火熄灭了，我觉得好冷。

虽然明知愚不可及，我仍轻声呼唤姐姐的名字：“乌娜，乌娜。”静悄悄的鸦雀无声，我全身一阵寒意，不禁四肢颤抖，不过，也许单纯是因为天气冷的关系。

我从床上爬起来，外头天光大亮，灰蒙蒙的多云天空，光线依旧耀眼，浓雾已经散去，我远眺森林，树梢枝丫仍旧粉白一片。

几句荒唐可笑的诗句浮现脑海，是法国西南部阿基坦地区那个有点疯疯癫癫的公爵，纪尧姆九世统治时期流行的古老歌谣：

来一首没有任何意义的诗：
无关乎我，也无关其他人，
无关爱情，也无关青春，
无关任何事。

我站起来走到房间角落，我的衣服凌乱地扔在那里，我套上长裤，吊带拉上光溜溜的肩膀。经过房间的镜子时，我站定望着镜中的自己，脖子上有一圈红色的痕迹。

我下楼踏进厨房，拿了个苹果直接啃，还有一瓶打开的葡萄酒，我喝了几口。面包已经吃光了。我走到屋外的露台，气温还是相当低，我不停地摩擦手臂。阴茎部位敏感刺痛，弄得我很难受，套上羊毛长裤更是雪上加霜。

我仔细打量手指与前臂，无意义地用指甲尖端压平手腕上浮出的粗大青紫血管。指甲很脏，左手大拇指的指甲还裂开了。

屋子另一头的院子传来禽鸟的呱叫声。冰冷的空气刺骨，地面的积雪开始消融，不过表面仍然坚硬，我在露台留下的足印和躺过的痕迹依旧清晰。

我走到围墙边，探身往前，花园的雪地上躺着一具女性的尸体，她衣衫不整，身上的睡衣半开，全身僵硬，头往前弯，睁开的眼睛望着天空，舌尖轻巧地瘫在发紫的双唇间。

我无法呼吸，雪地上的尸体简直是哈尔科夫那个女孩的写照。

我于是恍然大悟，这个脖子被扭断、下巴孤悬、乳房冰冻且被啃食的女孩尸体，并不是如我所想的，单纯只是一个影像的盲目投射，而是两个影像，时而合而为一，时而一分为二，一个站在露台上，另一个则在底下，倒在雪地上。

各位一定在想，啊，故事终于讲完了。还没呢，欲知后事，下回分晓。

# 吉格舞曲[1]

## *GIGUE*

1. 源自英国的一种急速轻快的舞蹈。

托马斯发现我坐在露台边的椅子上。我双眼直视树林、天空，就着瓶口小口小口啜饮烧酒。挑高的围栏阻断了花园的视野，然而，我先前看见的那幅景象始终盘踞脑海，慢慢蚕食我的理智，就这样过了一两天，不要问我是怎么过的。

托马斯绕到屋子侧面，我什么都没听见，车子引擎声、呼喊声，什么都没有。我把手上的酒递给他："好久不见，好兄弟，请喝。"我八成醉了。

托马斯环顾四周，喝了一点酒，似乎不打算把酒瓶还给我。"你在搞什么？"他终于开口，我傻傻对着他笑，他抬头仰望屋子。

"就你一个人？""我想应该是吧。"他走到我身边，盯着我又问了一句："你在搞什么？你的休假上礼拜就结束了，格罗特曼气得不得了，还威胁要以逃兵的罪名办你，送你上战时军事法庭。这个时候军事法庭的案子，不用五分钟就结案。"

我耸耸肩，伸手指着还在他手上的那瓶酒。他把酒瓶拿开了。

“那你呢？”我问他，“你来这里干吗？”“皮雍泰克告诉我你在这里，是他载我来的，我来这里就是要找你。”“这么说，我们得离开了？”我不舍地说。“对，去穿衣服。”我从椅子上站起来走上楼，进了乌娜的卧房后，我没有马上穿衣服，反而躺在真皮沙发上点了根烟。我集中精神开始想她，绞尽脑汁，脑袋却出奇地一片空白、空洞。

托马斯的声音从楼梯传来，将我拉回现实：“快一点！妈的！”

我动手穿衣，有点信手乱套，天气冷，我还是很理性地在制服底下套了长卫生衣、毛袜和套头毛衣。《情感教育》被扔在写字台上，我拿起书，顺手放进外套口袋。接着，我一一打开玻璃窗户，关上外面的木头百叶窗。托马斯出现在门口：“你到底在干什么？”“嗯，我在关窗，总不能任由这里门户大开吧。”

他终于按捺不住，瞬间爆发。

“你好像完全搞不清楚状况，这个礼拜俄国对准前线所有战场全面进攻，他们随时会打到这里。”他粗鲁地抓住我的手，“快，走啦。”到了楼下大厅，我用力甩开他的手，径自走开去找大门的粗重钥匙。我套上大衣，戴上军帽，离开时细心锁上大门。

皮雍泰克在院子里擦拭欧宝的车灯，他一看见我，立刻立正站好向我敬礼，我们一一上车，托马斯坐在皮雍泰克旁边，我则坐在后座。

车子驶入桦树车道，路面颠簸，托马斯问皮雍泰克：“您想我们还能从腾佩尔堡走吗？”“我不知道，旗队长，看起来好像还很平静，我们可以试试。”

车子转入主要干道，皮雍泰克接着左转，到了老德拉海姆，只见几户人家忙着将家当搬上套好波美拉尼亚小型马的马车。

车子绕过古堡，开始往山峡的长坡上爬，山顶突然出现一辆低矮粗壮的坦克车。“该死！”托马斯骂道，“是 T-34 ！”皮雍泰克随即打倒退挡往后退，坦克的大炮炮管慢慢往下降，瞄准我们发射，还好炮管无法瞄准到这么低的地方，炮弹从我们头顶呼啸而过，就在小镇边上的路旁爆炸。

坦克转动轮轴履带往前，以便能朝更低的目标射击，皮雍泰克迅速在路上倒车掉头，全速急奔回小镇。

第二颗炮弹落点离我们很近，震碎了左边一扇车窗玻璃，车子再度绕过古堡，我们终于躲掉攻击，而镇民听见了爆炸声，惊慌地四下逃窜。我们头也不回地往前冲，朝北方急驰。

“难不成他们已经攻下腾佩尔堡！”托马斯愤愤吼道，“我们两小时前才从那里经过！”“他们可能是沿着田野绕过来的。”皮雍泰克猜想。

托马斯摊开地图研究：“好，我们先到巴特波尔岑，到那里再打听消息。就算斯德丁旧城被攻陷了，我们还可以走希维尔本—瑙加德，再上斯德丁。”他们讨论他们的，我却是一副事不关己的模样。我把卡在车窗上的碎玻璃清掉，望着窗外飞逝的乡村景色。

笔直的马路旁，是两排整齐的柳树，再过去则是雪白寂静的田野，灰色的天空上只见稀落鸟雀盘旋飞舞，孤零零的农舍门扉紧闭，悄然无声。车子又往下走了几公里，来到坐落于小湖泊和森林之间的克劳沙镇，一个干净、肃穆、凄凉的小村落，路上出现一团身穿便服、挂着臂章的人民突击队队员阻挡去路，这些由当地农民组成的队员满心焦虑，向我们打听前线消息。

托马斯建议他们赶快带着家人逃到波尔岑，他们卷弄胡须，抚摩手中的古董步枪以及上面分派给他们的两架火箭筒，似乎下不了决心。有些人的胸前还挂上了一战时获颁的勋章。穿着酒瓶绿色制服的联邦警察在他们四周巡逻，看起来跟他们一样不安，这些人在跟我们交涉时，一口镇代表会开会似的发言口吻，虽然焦虑却不失庄重。

来到巴特波尔岑，此地的防御体系似乎比较有组织，也比较坚强。党卫队武装军驻守进出道路，另一队重型武装军则埋伏在高处，监看敌人行踪。托马斯下车，和这一带的指挥官——一名三级突击队中队长咨商，但是这位指挥官什么都不知道。他请我们找他的上司，他的上司在城里，指挥所就设在古堡。路上到处是车辆和马车，气氛紧张，母亲追着孩子跑，一路喊叫，男人粗暴地拉扯牲畜的缰绳，吆喝一旁扛着床垫和行李包袱的法国农工。

我跟着托马斯一起走进指挥所，一直待在他身后静静聆听。那位二级突击队中队长也没有接获任何消息，他手下的部队隶属党卫队第十军团，上面派他带领一连弟兄到这里，死守轴心防线。他推测俄军将从南面或东面进攻，驻守但泽和哥腾哈芬的第二军团彻底被阻绝，和祖国断了联系，俄军已经突破斯德丁—科斯林轴心防线，直达波罗的海，这一点几乎已经确定——但是，他认为往西的铁路干线应该还有通车。我们于是决定往希维尔本走，那是一条路面坚硬的行道，逃难的马车沿着路面一路蔓延，长长的队伍占据了半边道路，看不到尽头。

一个月前，从斯德丁到柏林的高速公路上，也上演过同样悲凉凄恻的画面。就这样，随着马匹的步伐，德国东部占领区沦为空城。路上几乎看不见任何军方的车辆，但是有很多士兵，有的持有武器，有的手无寸铁，这些迷途的落难弟兄孤独地混在难民中间，急着回到队上或是加入新部队。天气很冷，阵阵强风从破掉的车窗灌进来，带来湿润的雪花。皮雍泰克猛按喇叭，超过旁边的马车、步行的人群、马匹及堵在路上的牛羊，在喇叭的催促下，他们慢吞吞地移动让路。道路先是沿着田野，之后钻进一座松树林。

我们前面的马车队伍突然停止不动，好像有骚动，我听见巨大的声响，但听不出是什么，人们开始尖叫，同时往林子里奔逃。

"是俄国人！"皮雍泰克大叫。"下车！快出去！"托马斯喝令。我跟皮雍泰克从左边下车，正前方两百米处，一辆坦克朝我们这边全速前进，一路上碾过篷车、马匹和来不及逃的灾民。我吓得目瞪口呆，赶紧跟着皮雍泰克还有一些老百姓往树林里躲，托马斯已经穿过车马队伍，溜到道路对面。那些马车在坦克车的履带下，就像火柴棒似的应声折断，垂死的马匹嘶嘶哀鸣，旋即被震耳欲聋的钢铁轰隆巨响盖住。

坦克迎面撞上我们的车子，车子推着往后走随即翻覆，出现一阵铁皮被碾过的刺耳吱嘎噪声，最后被扫到沟底。我可以清楚看到坦克车上的士兵，一张亚裔的面孔，沾满黑色引擎机油，就从我的眼前通过，装甲兵皮帽底下架着六角形的仕女眼镜，镜片还是粉红色的，他一手拿着一把圆形弹匣的重型冲锋枪，另一只手则拿着一把镶着镂空花边的夏季女用阳伞，伞柄还挂在肩头上，他双脚张开，背倚炮台，把炮管当坐骑跨坐其上，坦克颠簸震动，他不动如山，镇静媲美驾驭受惊小马的斯基泰骑士。

这辆坦克后头还跟着两辆，车身绑着床垫或床板，无情碾过在残骸中挣扎的伤者。三辆坦克依序通过，朝巴特波尔岑的方向挥进，整段过程历时顶多十几秒钟。现场留下一条大大的血痕，碎裂的木头夹杂着肚破肠流的马尸，血肉模糊。受伤的难民千辛万苦爬着找地方躲避，身后留下了长长的血迹，染红了道路两旁的积雪，放眼看去，到处是缺腿少胳臂的伤者，痛苦地扭曲哀号，路上躺着缺了脑袋的胸膛，或被碾成肉酱的手臂，惨不忍睹。

我全身发抖，靠着皮雍泰克的搀扶，才勉强站起来走到马路中央。四下哀鸿遍野，哭天抢地，有些人惊吓过度，呆若木鸡，小孩惊声哭喊，哭声震天。托马斯立刻走出来与我们会合，合力从被碾成一堆烂铁的车子里拉出地图和一只小背袋。

“我们只能走了。”他说。我瞪大眼睛，朝着灾民的方向指：“这些人……怎么办？”“他们得自己想办法，”他冷冷回答，“我们帮不上忙，走吧。”他迈开大步横越道路，皮雍泰克跟在他后头。我小心翼翼注意脚下，尽可能避开路上的尸体残骸，不过，想要不踩到鲜血是不可能的，靴底沾染的鲜血在雪地上留下鲜红的足迹。

走进树林，托马斯摊开地图。“皮雍泰克，”他吩咐道，“到那些马车上面找找，看看有没有吃的东西。”说着，他便低头研究地图。等皮雍泰克拿着找来的枕头套装了食物回来时，托马斯指着地图向我们解说。那是一张大比例的波美拉尼亚地图，上面只标示了公路路线和村镇。

“俄国人从这里过来，表示他们已经攻下希维尔本，他们很可能也在赶往科尔堡的路上。我们往北边走，想办法进入贝尔加德，如果我们的人还守在那里，那最好，如果不是，我们再看着办。只要不走大路应该就没事，他们来得这么快，照理说，步兵应该跟不上这个速度，可能还远得很。”他指着地图上的一个小镇大兰宾，“这里是铁路通过的据点，如果俄国人还没打过去，我们也许可以在那里找到支持。”

我们很快穿过树林，踏上了农田。融化的雪水渗入翻好的土壤，脚一踩，烂泥深达小腿肚，农田边缘围着一圈铁丝，灌溉犁沟沿着铁丝网环绕，同时切割每一畦田，犁沟里的水虽不深，但不易跨越。我们走上比较坚硬的黄土小路，路面同样泥泞，不过走起来轻松许多。接近小镇时，我们再度放弃小路，这样的长途跋涉很累人，幸好冷空气清新，乡野静谧不见人踪，没人打搅。

走上马路后，我们立刻加快脚步，托马斯和我身上的黑色制服，小腿以下覆盖了一层烂泥，模样的确有些好笑。

皮雍泰克背着食物，我们身上的两管鲁格手枪是仅有的防身武器。夕阳即将西下，我们抵达拉姆宾，右手边是一条小河，我们暂时躲进橡木和梣木林。天空再度降下雪花，湿冷黏人的鹅毛雪随着风打上我们的脸。左边稍远一点的地方，可以看见铁路和几间屋舍。

“等天黑再行动。”托马斯说。我靠着一棵树坐下，将大衣衣摆塞在屁股底下。皮雍泰克发水煮蛋和香肠给我们。“我没找到面包。”他期期艾艾地说。

托马斯从背包拿出那瓶他从我手中夺去的烧酒，给每个人喝一口。天色开始变暗，强烈的阵风呼啸而过。托马斯摇醒我的时候，我的大衣沾满了雪花，四肢冷得僵硬。

今晚没有月亮，镇上也没有亮光。

我们沿着树林边缘一直走到铁轨边，一个接一个爬上铁轨斜坡，摸黑走进镇上。托马斯掏出手枪，我跟着照做，但根本不知道万一遭到伏击时，我该拿它做什么。

枕木间的石块在我们脚底下吱嘎作响。铁路右边出现第一栋屋舍，屋子旁边有座大池塘，阴森，无声，小镇边上的火车站大门深锁，我们沿着铁轨穿过小镇市区。我们终于可以把手枪收起来，稍微放松心情往前走。铁轨上的石块湿滑，在我们脚下不住滚动，然而枕木的间隔距离太大，我们无法一步一步踩在枕木上前进，终于，我们一个接一个走下斜坡，重新踏上积雪。

走了一会儿，铁轨再度钻进一片辽阔的松林。我觉得好累，我们连续走了好几个钟头，我脑子里一片空白，空荡荡的没有想法，没有画面，我全副的心力都放在脚上。

我沉重的呼吸声，还有靴子踏上湿黏雪地的窸窣声，是我仅能听到的声响，挥之不去的声响。又过了几个小时，月亮爬上松树梢头，柠檬般的月亮散放清朗光辉，穿透枝丫，洒落雪白大地。又走了一会儿，我们终于穿过松林，眼前是大片辽阔平原，绵延好几公里，远远的天际线在黄色强光下忽隐忽现，依稀可以听见低沉空洞的噼啪和轰隆声。月光映照平原积雪，我可以清楚看见铁路的黑色轮廓，以及星罗棋布的小树林和灌木丛。

“两军大概在贝尔加德周围碰上了。”托马斯说，“睡一会儿好了，现在过去很可能被自己人误杀。”想到要睡在雪地上，虽然心中百般不愿意，却也无可奈何。我和皮雍泰克捡了一些树枝，铺了简陋的地铺，和衣蜷成一团睡了。

我的靴子猛地被人踢了一下，我从睡梦中惊醒。天色仍暗，我们四周出现了好几道人影，冲锋枪的金属冷光刺眼，突然有个冷冷的嗓音低吼：“德国人？德国人吗？”我坐起来，人影顿时往后退。“对不起，军官大人。”这句话带着浓浓的腔调。

我站起来，发现托马斯早已起来。“您是德国士兵吗？”他也压低嗓门问。“是的，军官大人。”我的眼睛适应了黑暗，我看见他们身上的大衣挂着党卫队的标志和蓝白红的三色徽章。

“我是党卫队一级突击队大队长。”我用法文说。一个声音响起：“您瞧，罗歇，他会讲法文！”先前的那个士兵回答：“请原谅，一级突击队大队长，黑暗中看不清楚，我们以为您是逃兵。”

“我们隶属国家安全局。”托马斯说，他也用法文说，只是带着一点奥地利口音，“被俄国人打散了，正想办法回到我们的部队。您是？”“报告旗队长，第三连第一排二等兵朗格诺报到，我们隶属‘查理曼’武装师[1]，战斗中与部队失去联系。”

他们一行十几个人，朗格诺似乎是他们的头头。他们简单报告了他们那边的情况：几个小时前，上面下令他们撤守，转往南方集结，他们队上的大部分人马目前应该往东边走，也就是佩尔桑河[2]的方向，他们想赶过去跟部队会合。“我们的指挥官是普奥德[3]区队长。贝尔加德那边还有国防军的人，不过那里打得很凶。”

“您为什么不往北走去科尔堡？”托马斯厉声问。“报告旗队长，我们不知道。”朗格诺说，“我们不清楚现在的状况，到处都是俄国佬。”“路大概被截

1. 组成人员为法国的纳粹分子，是二次大战末期最为顽抗的党卫队武装师，在法国维希政府垮台后，退至德国境内，参与了最后的柏林战役，伤亡非常惨重。

2. 流经波兰西北方的河流，注入波罗的海。

3. 普奥德（Edgar Puaud，1888—1945）：法国军人，曾参与一次大战，二次大战先加入德国国防军后加入党卫队，维希政府时期被任命为查理曼武装师指挥官，1945 年在波美拉尼亚失踪，生死未明。

断了。”另一个人说。“我们的军队还在柯尔林坚守吗？”托马斯问。“我们不知道。”朗格诺说。“科尔堡还在我们手上吗？”“报告旗队长，我们不知道。我们什么都不知道。”

托马斯要了一支手电筒，让朗格诺和另一名士兵在地图上标示出战场的区域。

“我想要绕道北边进入柯尔林，万一不成，就转进科尔堡。”最后，托马斯说，“您愿意跟我们一道走吗？万一有需要，我们可以分成几个小组，突破苏联防线。他们应该只控制了主要的马路干道，顶多占据几个小村落。”“报告旗队长，不是我们不愿意，我们都非常愿意，但是我一定要找到伙伴。”“随您决定。”

托马斯向他们要了一把手枪和一些弹药，交给皮雍泰克。

天空慢慢出现一片鱼肚白，浓雾升起，笼罩平原低地直到河畔。法国士兵向我们敬礼，钻进树林逐渐远离。托马斯对我说：“趁现在有浓雾掩护，我们赶快绕过贝尔加德，快。佩尔桑河对岸，在河道曲折处和大马路中间有一片树林，我们可以穿过那片树林进入柯尔林，到那边再看着办。”我没有说话，我一点劲都提不起来。

我们回到铁轨旁，前方和右方不断传来爆炸声，在浓雾中回荡，伴着我们一路前行。遇到铁路与马路交会的平交道时，我们会先躲起来等几分钟，若不见任何动静，随即奔跑穿越马路。有时候也听得见鞍辔、铁饭盒和水壶撞击的金属声响，也遇过身怀武器的人在浓雾中从我们旁边经过，我们蹲得低低的，保持高度警戒，静静等他们走远，无法确认他们是自己人还是敌人。我们的后面，也就是南方，开始传来连续的炮击轰隆，而我们的前方，原本低沉闷雷似的声响慢慢变得清晰，是子弹和零星的扫射，偶尔也会爆出几声巨响，战斗已经接近尾声。

我们快到佩尔桑河的时候起了风，吹散了浓雾，我们只得离开铁轨，躲进荆棘丛，留意四周动静。横跨河流的铁桥被炸断，扭曲的铁条倒卧灰黑浓稠的河水湍流中。

我们躲在那里等了大概 15 分钟，浓雾完全散尽，灰蒙蒙的天空洒下冰冷的阳光，后方，还有右边贝尔加德的方向火焰冲天。断掉的铁桥好像没人看守。

“小心一点的话，我们可以从底下的横梁走过去。”托马斯低声说，他站起来，皮雍泰克也跟着起身，手上紧紧握住那把法国人给我们的冲锋枪。

从岸边远眺，从下面走过去好像不是什么难事，一跨上去，才发觉铁梁摇摇晃晃，又湿又滑。我们必须抓牢跟水面差不多高的桥面围栏。托马斯和皮雍泰克没费多大功夫就走过去了，我在离河岸几米远的水面看见了自己的倒影，轮廓模糊，因为水流的关系，影像显得有些扭曲。

我弯腰想要看得清楚一点，冷不防脚下一滑，直直摔进了自己的倒影中。在厚重的大衣牵引下，我一度整个人没入冰冷的河底，我挥舞双手，碰到一根铁条立刻紧抓不放，用力将自己带出水面。

皮雍泰克已经走回铁梁上，伸手助我一臂之力将我拉上岸，我躺在岸边，全身淌着水不断咳嗽，胸中却是一股无名火。

托马斯放声大笑，他的笑声无异于火上加油，我更是怒不可遏。过河之前，我把军帽绑在皮带上，所幸没有被水冲走，我脱掉靴子倒光鞋里的水，皮雍泰克帮我一起拧干大衣的水。

“快一点，”托马斯小声催促，笑声没有断过，“我们不能待在这里。”我摸摸口袋，手指碰到那本被我塞进口袋后就遭到遗忘的书，看着泡水浮肿的书页，不禁又恨又恼。但是，托马斯不停催促，我没办法只好把书放回口袋，把大衣往后披挂在肩上，继续上路。

寒意穿透浸湿的衣服，冷得我全身发抖，还好我们走得很快，身体产生的热能稍稍舒缓了寒意。我们身后的贝尔加德城持续延烧，浓浓的黑烟遮蔽了天空，阻断了阳光。此时，突然跑出十几只受到惊吓、骨瘦如柴的狗，它们一直跟着我们，龇牙咧嘴扑咬我们的后脚跟，皮雍泰克只好砍下一根木棒，对着它们痛打一阵，才把它们赶走。

河岸附近的土地近似泥淖，积雪已融，只有几块比较坚硬的冰层，是附近唯一不会打湿脚的干燥地方，靴子一踩下去，烂泥往往爬至足踝。终于，一条长河堤出现在眼前，河堤随着佩尔桑河的河道蜿蜒延伸，堤上长满杂草，草上还覆盖着残雪，右边是一片浓重的烂泥斜坡，再来就是树林，林子里的泥土地同样泥泞不堪。

河堤挡住我们的去路，四周不见人影，没有德国人，也没有俄国人。不过，显然有人比我们早经过这里，树林的枝丫上挂着一只脚或一只手悠悠晃晃，河堤斜坡底下躺着一颗头，还有一个人，可能是士兵，也可能是老百姓，他躺在那里奄奄一息等死。

天色逐渐清朗，冬末冷冷的阳光慢慢驱散朦胧水汽。

在河堤上走轻松许多，行进的速度也加快许多，贝尔加德已经离开我们的视线范围。佩尔桑河黑褐色的水面上有几只野鸭随波逐流，有些脖子是绿色的，有些则是黑色和白色的，它们一听见我的脚步声，立即发出粗嘎惊吓的叫声，拍打翅膀飞到更远一点的地方。

河对岸是一片广袤的松林，林木高耸参天，枝叶茂密，右手边沿着堤岸底下的细小河道往前望，树种有了变化，改以桦树为主，橡树为辅。

我听见远远传来嗡嗡的鸣响，我头上亮青色的高空中，有一架飞机孤独盘旋。一看见这架飞机，托马斯立刻机警地拉我们往小运河走，一棵倒下来的树恰好横亘运河两岸，我们迅速穿越河道溜进树林，然而树林里的泥土泥泞不堪。接着我们穿过一小片草原，杂草又高又茂密，草叶上全是水，有的甚至倒卧水中，走过草原，放眼望去，还是一片水乡泽国，那里有间狩猎小木屋，门上了锁，屋子其实也泡在水中。

积雪完全融化，就算我们紧贴着树干走，靴子落地后，还是整个陷入水洼和烂泥，泡水的泥地上铺满腐败的落叶，更教人无法拿捏落脚处。偶尔见到一处结实的硬土地，我们不禁舒一口气，然而再往前走，就发现地面更泥泞更湿滑，简直无法前进。有些树长在比较高的土丘上，有些则像是从水里冒出来似的，就算我们在畦畦水洼中间找到了一条泥土小径，上面的泥土也是水分充足。

我们艰苦万分地拖着脚前进，最后还是不得不放弃，重新回到河堤上。我们终于走到一处开阔的农田，湿软的土壤虽然同样吸饱了融化的雪水，但比起先前的林沼总算比较好走，没多久我们又钻进一片松林，红褐色的树干笔直参天，枝叶筛落的阳光洒落林地，黑色的土壤上几乎寸草不生，只有几块残余的积雪和冰冷青绿的苔藓。被砍倒随意丢弃的树干、断裂的枝叶凌乱横亘，堵住了树与树之间的回旋空间，不过最痛苦的，还是顺着伐木工人的泥泞小路，踩踏马车车轮翻起的烂泥。

我的呼吸变得急促，肚子也咕咕叫。托马斯终于同意暂停休息。幸好这一路不停地走，身体不断散发热气，我的内衣干得差不多了，我脱下外套、靴子、长裤和大衣，全部摊开，放在小路边上一堆整齐堆栈的横剖松树干上暴晒。我把福楼拜的大作也放上去，摊开书本，晒干肿胀的书页。我靠着邻近的树墩坐下，身上只穿着长衬衣，模样滑稽可笑。

就这样过了几分钟，我又开始觉得冷了，托马斯笑着把大衣借我。皮雍泰克分发食物，我默默地吃，吃完倦意席卷全身，我好想躺在大衣上，以微弱的阳光为被，好好睡一觉，但是托马斯坚持我们一定要赶快赶到柯尔林，他希望今天就能到达科尔堡。我穿上湿衣服，把福楼拜塞进口袋，乖乖跟着他走。穿过树林没多久，我们在河道的曲折处发现了一个小村庄。

我们远远观察了一阵子，如果要绕过这个村庄走，我们得多走上一大段路，我听见狗吠马嘶，还有母牛哀号，好像是牛奶没挤出来，乳头胀得难受得痛苦尖叫，除此之外，别无其他。

托马斯决定往前穿过村庄，那里的房子都是高大的砖造老旧农舍，大片屋顶罩着宽敞阁楼，但是已经倒塌，门被破开，路上到处是翻倒的推车、毁坏的家具、撕破的床单。再往里面走，偶尔会看到倒卧路面，脑门近距离中弹、当场死亡的农夫或老太太，我们跨过尸体继续往前，小巷中刮起一阵怪异的小暴风雪，狂风卷起从撕破的床垫或是鸭绒被中散落的羽绒。

托马斯叫皮雍泰克到屋里找找看有没有吃的，在等待之际，他走到一个被绑在橡树树干上的农夫身旁，那个人的肚子被剖开，肠子暴露在外，已经有一半进了野狗的胃。托马斯上前看挂在他脖子上的一张告示，上面的俄文潦草，应该是仓促中写的，他翻译上面的文字给我听：您有房子，有牛，有罐头。干吗还跑到我们这里来？腐烂的肠子气味让我一阵反胃，我喉咙发干，连忙跑到井边，幸好水泵还能用，我大口灌水。

皮雍泰克正好从屋里出来，他找到了一条腊肉、洋葱、苹果和几罐罐头，分别塞进三个人的口袋。但是，他脸色惨白，下巴不停抽搐，他不肯告诉我们他在屋里看见了什么，他疑惧地盯着那个肠子被狗啃掉一半的男人，转头望向满天羽毛底下，低声怒吼着朝我们逼近的野狗。我们飞快离开农舍，过了几间农舍之后，是波浪起伏的田野，仍然坚硬的雪块底下透着淡黄和乳白的色泽。

小路沿着小溪蜿蜒，爬过一座山头，又从一座背后紧贴树林的偌大荒废农场底下经过，下坡直通佩尔桑河。我们沿着地势较高的河岸一路走，放眼望去，河的对岸还是一片林木。

支流挡住我们的去路，我们只好脱下靴子跟袜子，准备涉水过河，河水冰冷，我喝了几口，还捧了一些水拍拍脖子，然后再前进。过了河之后，又是一片白雪覆盖的农田，远远的右手边地势较高，可以清楚看见山林的边界，正中央的空旷地带矗立着灰色的木质塔楼，应该是在收成季节时，猎人猎捕野鸭或者小乌鸦的藏匿据点。

托马斯想直接横越田地，穿过我们正前方的树林直直走到河边，穿越田地备极艰辛，泥土湿滑不说，还得通过农田周边的铁丝网围篱。之后，我们转往河流的方向前进，没多久就到了河岸，河面上有两只天鹅怡然自得，完全不受我们这行人的干扰，它们停在一方沙洲旁，摇摇摆摆走上岸，神态优雅地伸长脖子，开始清洁羽翼。

走了没多久，又见一片树林，这里的林木以松树为主，而且树龄很轻，树与树之间的间隔开阔，而且空气流通良好，应该是精心管理培育的人造林场。

走在小路上，速度自然快了许多，我们的脚步声吓跑了小山鹿，总共两次，我只瞥见它们在林间跳跃的轻盈身影。在茂密枝叶底下的小径迂回穿梭，托马斯带着我们走了许多冤枉路，幸好，每隔一段时间总发现佩尔桑河就在旁边，它反而成了我们的路标。

一条小路岔入橡树林，橡树不是很高，枝丫横生，叶片落尽，露出灰灰的新芽，积雪掩埋的土壤上铺了一层棕黄色的干枯落叶。渴的时候，我们直接走到佩尔桑河边喝水，不过岸边的水通常不太流动。眼看着离柯尔林越来越近，我的腿如铅块般越来越沉重，背也很痛，还好这段路我们沿着小路走，不太费力。

柯尔林战况激烈，我们蹲伏在树林边上，看见俄国坦克占据了一条地势稍高的马路，散开部署，朝德国守军发炮，炮声不绝于耳。俄国步兵在坦克周围奔跑，或潜伏在壕沟中。死伤人数众多，血流成河，染红了雪地和黑土。小心为上，我们慢慢退回树林，顺着来时路回头又走了一会儿，结果发现一座小石桥横跨佩尔桑河，奇迹似的没有遭到摧毁。

我踏上石桥过河，躲进一片榉树林，静悄悄朝往普拉特的大马路方向走。林中同样尸横遍野，有俄国人，也有德国人，这里一定发生过激烈的战斗，大多数的德国士兵身上挂着法国徽章，而现在，四下悄然。我们翻了他们的口袋，搜出几件有用的东西，有几把小刀、一只罗盘，一个俄国步兵的背包里还有鱼干。上头的马路上，只见苏联装甲部队全速朝柯尔林挺进。

托马斯决定在这里等到天黑，入夜后再渡河，到对岸远一点的地方看看，到底是俄国人还是我军掌握了科尔堡的进出要道。我选了一丛灌木，背对着马路坐下，开始啃洋葱，灌了几口烧酒把生洋葱送进胃里。

吃完后，我把《情感教育》拿出来，书本的真皮封面浮肿扭曲，我小心翼翼地撕开沾黏的书页，开始阅读。优美的散文如缓缓波浪推送，我很快便沉浸其中，忘却周遭坦克车履带的金属叽嘎、引擎运转轰隆、听起来很怪的俄语叫嚷“冲啊！冲啊！”，和远远的炮弹爆炸，烦人的只剩发泡黏住的书页。

夜色渐暗，我不得不合上书收起来，稍微睡了一会儿。皮雍泰克也睡着了，托马斯坐着盯着树林。我醒来的时候，身上积了一层厚厚的白雪，雪下得很大，大片大片的雪花在林子里飞舞盘旋，缓缓落地。偶尔会有坦克车从旁边的马路开过去，车灯大亮，光束穿透飞舞的雪花，除此之外，四下悄然无声。

我们走到马路边，停下来等了片刻，柯尔林那边枪声未歇。两辆坦克摇摇摆摆开过来，后面跟着一辆卡车，是一辆斯蒂庞克，车身印着红色星星标志。他们一走远，我们立刻快跑穿越马路，钻进对面的林子。我们又继续走了几公里，之后又得故伎重施，快跑横越通往邻近小镇格罗斯—杰斯丁的小马路，那条路上，坦克和军用车同样随处可见。

我们穿越田地，大片雪花成了掩护我们的天然屏障，没有风，雪花几乎以铅直的线条直直落下，消淡了四周的声响、爆炸、引擎、尖叫。偶尔，也会传来金属噪声或者俄文的只字片言，此时我们会立刻找地方掩蔽，平躺在壕沟内或者躲进灌木丛，一组巡逻队从我们旁边经过，但没发现我们。佩尔桑河再度出现，横亘我们眼前，往科尔堡的路在对岸，我们沿着河岸往北走，托马斯在芦苇丛里发现了一艘小船。船上没有桨，皮雍泰克砍了两根长树枝充当，没费多大力气就顺利渡了河。

往科尔堡的马路上，无论是来或往，双向交通繁忙，苏联装甲车和卡车灯火全开，繁忙的路况和高速公路不相上下。

一长排的坦克车依序朝着科尔堡的方向全速前进，景象如梦似幻，每辆车的车身披挂着各种蕾丝，炮台和炮管上系着大匹白布，随风飘扬，在车灯强光打亮的大片鹅毛白雪衬托下，这些鼓噪阴森的金属器械竟离奇地变得轻盈，仿佛就要飘起来，飞舞着穿梭于雪花和蕾丝布料之间。

我们慢慢退回树林里。

"我们得回到河对岸。"托马斯紧张地低声说，在漆黑大雪的树林里，他的嗓音听起来特别飘忽幽长，"科尔堡不能去了，我们大概得一路走到奥得河。"小船不见了，我们沿着河边走了好一会儿，找寻可以涉水过河的地方。我们发现了一道小木桩，上面绑着类似绳梯的东西，有一部分已经没入水中，上面还挂着一只脚，脚的主人是一名法国籍党卫队武装兵，他的尸体腹部朝上，随着水流载浮载沉。冰冷的河水深及大腿，我把书拿在手上，免得又要泡水。

大片雪花落下，一碰到水面瞬间消失踪影。我们下水前已经脱掉靴子，可是湿透的长裤跟了我们一整夜，甚至到第二天早上还不见干。

我们三人躲进树林深处伐木工人歇息的小木屋，一进屋累得倒地便睡，顾不得谁该守卫。我们连续走了将近36个小时，早已筋疲力尽，接下来，还有更长的路要走。

我们天黑才赶路，白天躲在林子里，多半的时间，我不是睡觉，就是读福楼拜，和同伴很少交谈。一股愤怒在我心里闷烧，我不明白我为什么要离开老德拉海姆乡间的宅子，被强拉着像个野人般在各个树林间游荡，我很不高兴，我喜欢安安静静待在那里。刚冒出来的胡须搔痒我的脸颊，风干的烂泥巴弄得制服硬邦邦的很不舒服，被粗糙衣料团团包围的双脚更是不时痉挛抽痛。

我们吃得很差，只能溜进废弃的农场或是被压烂的难民马车里找食物。我不是想抱怨，但是我觉得生腊肉腥得难以下咽，肥油好像卡在喉咙里，始终吞不下去，而我们找不到面包把黏在嘴里的肥油带下去。

我们很冷，但不能生火。尽管如此，我还是挺喜欢这片阴郁安静的乡下，笼罩桦树或乔木林的宜人宁静，几乎从未起风的灰蒙天空，还有今年最后的一场大雪缤纷。田野空荡荡的，农舍空无一人，只剩战火遗留的悲惨痕迹。

稍有规模的村镇都被俄国人占领，我们一律趁着夜色远远绕过去，黑暗中，从森林边缘可以听见喝醉的士兵们大声唱歌、对空鸣枪。有时一些德国人来不及逃，他们惊恐但坚毅的声音，夹杂在俄文的大声咒骂和斥呵之间清晰可闻。尖叫更是家常便饭，尤其是女人的尖叫。不过，再怎么不忍卒听，也好过那些被大火吞噬的村庄，因为饥饿难耐，我们不得不冒险一探。

死掉的牲畜尸臭弥漫街道，屋子也散发出阵阵恶臭，加上烧焦的气味、腐气逼人，可是我们必须进屋找寻可吃的东西，无可避免都会看见惨遭肢解的妇女，多半衣衫不整，从老态龙钟的老妪到六岁的小女童都有，双腿间血迹斑斑。

如果以为一直躲在树林里就不会撞见死尸，那您就大错特错了，林间小路路口的百年老橡树，粗大的枝干上挂着一串被吊死的人，基本上都是人民突击队的成员，他们是失去理智的激进战地警察手下的牺牲品。

林间空地死尸横陈，就拿这个全身被脱光的年轻人来说吧，他躺在雪地上，一只脚弯曲，模样跟第十二张塔罗牌上的图案一样安详，却怪异得令人胆寒。再远一点的林子里有水塘，水里七横八竖挤满死尸，我们只好忍住口渴绕过去。

我们跋涉了一座又一座的森林和树林，当然也遇见过活人——惊慌失措的老百姓，从他们口中根本打听不到任何消息；落单的士兵，或者小队人马，他们跟我们一样试图突破苏联军队防线，回到所属单位。无论是国防军还是党卫队武装军，没有一个士兵愿意和我们同行，他们大概有点怕，怕万一被俘，同行的人竟是党卫队高阶军官。

托马斯开始思索这个问题，他强迫我跟他一样销毁薪饷手册跟证件，还扯掉了我们身上的徽章，万一落入俄国人之手，下场将难以设想。

为了预防战地警察的盘查，他决定，这个决定其实有点不合逻辑，不换掉身上的黑色制服，因为要在这片雪白田野间跋涉，这身制服并不是非常恰当的装扮。所有决定都是他一个人自作主张，我想都没想全盘接受，我封闭自己，只专注眼前漫长的跋涉。

万一真的发生什么事，激起我采取行动，情况肯定比我逆来顺受更糟。我们绕过柯尔林后的第二个晚上，天将破晓之际，我们摸进一间农庄，中央是一幢大宅，四周围绕着畜牧场。

稍远的角落有一座砖砌教堂，灰瓦屋顶，还有高耸的钟楼，教堂的门开着，流泻出管风琴的悠扬乐音。皮雍泰克已经进屋，到厨房找食物，托马斯跟着他一道进去，我则走进教堂。祭坛旁边有一位老先生正在弹奏《赋格的艺术》第三对位曲，我想应该是这曲子。他轻踩管风琴踏板，优美的低音滚滚翻转。

我走上前，坐在长椅上专心聆听。老先生弹完一曲，转身看着我，他戴单片眼镜，白色的八字胡修剪得很整齐，身上是前一次大战时的中校制服，领子上别着十字徽章。“他们可以摧毁一切，”他平和地对我说，“但摧毁不了这个，别痴心妄想了，它将流传万世，就算我不弹了，音乐还是会流传下去。”我不发一语，他接着弹下一首对位曲。

托马斯一直站着，我也跟着站起来细细聆听。音乐优美极了，管风琴的音效虽略为变弱，但产生的回音共鸣足够弥漫在这间小型家族式教堂的每个角落，对位曲音符飞扬，互相戏耍共舞。然而，不知怎的，这音乐非但没有让我平静，反而加剧了我原本压抑的愤怒，再也无法忍受，怒火中烧的我无法思考。脑筋一片空白，只有音乐跟被压抑的尖锐愤怒。

我很想大喊，叫他不要再弹了，但是我强自按捺着，等这个乐章终了，老先生没有丝毫停歇，继续展开下一个乐章第五对位曲。贵族般白皙纤细的手指在键盘上跳跃飞舞，拉放音栓，当他弹完赋格曲的最后一节，重重敲下最后一个音符时，我掏出手枪，朝他脑袋开了一枪，他的身子软软瘫倒，压上琴键，打开一半的风琴管发出不协调的悲伤嘶吼。

我把手枪收好，走到他身边，一把抓住他的衣领往后拉，琴音戛然而止，只剩鲜血从他脑门滴落石板地面的滴答声。

“你疯了！”托马斯气急败坏地怒吼，“你是哪根筋不对？！”我冷冷看着他，脸色惨白，声音虽然断断续续，但没有丝毫颤抖。“就是因为这些腐败的贵族地主，德国才会输。眼看着纳粹主义就要覆灭了，他还在弹巴赫，巴赫应该也要被禁止才对。”

托马斯目不转睛瞪着我，不晓得该说什么。末了，他耸耸肩：“说不定你说得对，不过，绝对不要再这么做了。我们走吧。”

皮雍泰克站在院子里，听见枪响而紧张地举着冲锋枪四下张望。我建议我们在这座庄园过夜，躺在温暖干净的床上睡觉，我想托马斯大概在生我的气，他专断地决定今晚还是睡在树林，他大概是故意想气我。不过，我已经不想再生气了，再说，他是我的朋友。我乖乖听话，跟着他走进林子。

天气阴晴不定，气候突然变得暖和许多，刺骨寒意褪去，立时变得热起来，我穿着大衣汗流浃背，两只脚黏满田野肥沃的土壤。我们的方位始终维持在往普拉特马路的北方，为了避免在开阔空间暴露过久，想借树林掩护行踪，竟不知不觉越走越往北。当我们满心想着差不多该穿越格莱芬堡的雷加河时，我们竟然已经快走到特雷普托夫，离海岸不到10公里。

特雷普托夫和河流出海口之间的地形，根据托马斯的地图显示，雷加河左岸都是沼泽区，相反地，海岸的边缘是一片宽广的树林，沿着这片林子，我们可以安全无虞一路走到霍斯特或雷瓦赫尔。只要这两处海滩旅游胜地还在德国手上，我们就能够冲破俄国防线，否则只好回头往内陆走。当天夜里，我们穿越连接特雷普托夫和科尔堡的铁路，横越通往狄普的马路，在此暂停等了大约一个钟头，等苏联车队走远。

过了这条马路后，我们几乎没有掩护，视线所及也丝毫没有村落人烟。我们循着雷加河河口的僻静小路逐渐接近河岸，对面的森林在夜色中依稀可见，仿佛是在清朗月色中突起的一堵阴森高墙。到了这里，清楚感受得到海的气息，但是我们想不出有什么办法可以过河，而且越接近出海口，河面变得越宽。

我们宁可继续朝代普的方向走，也不愿走回头路，于是悄悄绕过村庄，从那些睡着的、手舞足蹈的、酩酊大醉的俄国人旁边溜过去，直奔海滨胜地。有个苏联卫兵躺在躺椅上呼呼大睡，托马斯拿遮阳伞的伞柄把他敲昏，浪涛拍打海岸，吞噬一切声响。

皮瘫泰克撬开圈住脚踏浮艇的铁链，波罗的海刮着冰冷海风，从西到东呼呼地吹。岸边海水漆黑，水流湍急，我们拉着浮艇走下海滩，推进河流入海口，相较之下河水平静许多。我兴高采烈地踩着浮艇下水，昂蒂布和松林璜镇的夏日海滩回忆自然浮现脑海，我和姐姐齐声恳求莫罗让我们玩脚踏船，两个人踩着船出海，用尽我们瘦小双脚的力量远离海岸，怡然地随波逐流，享受温暖的阳光。我和托马斯使尽全力拼命地踩，皮瘫泰克蹲在我们两人中间，持枪观察对岸的动静，我们很快便横渡雷加河抵达对岸，上了岸，我们把脚踏浮艇扔在那儿，我怅然若失。

走没多久，树林就在眼前，这片森林的树种五花八门，都是低矮的小树。阴郁的海岸绵长，海风强劲，一棵棵树全弯了腰。

要穿过这些树林并不容易，林中找不到路，到处是杂生的小树，尤以桦树为大宗，盘踞了树和树之间的空地，我们费力推开枝丫勉强通过。树林一直延伸到沙滩边际，紧接着就是陡峭海岸，海风不断卷起巨大沙丘的沙土灌进树林，沙土堆积至树身的一半高度。我们躲在这片防风林里，耳边依旧传来离开我们视线范围的海浪拍打巨响。

我们一直走，走到天际发白，随后发现树种变成松树为大宗，我们前进的速度加快。当天空大亮时，托马斯趴在一弯沙丘后头观察海滩情势，我跟着扑倒。冰冷惨白的沙滩上，尸体残骸、扭曲的车辆、弃置的炮台、翻覆肢解的马车星罗棋布，绵延不绝。

有人中弹摔落沙滩，也有人脑袋落水，半个身子随白色波浪起落，更有人随着波浪漂流浮沉海上。海水扑上乳白灿烂的沙滩，铅绿色泽益发显得晦暗沉重，甚至脏污。大大的海鸥或沿着起伏沙丘，间或轻点怒涛低空盘旋，仿佛悬在天地海之间，随即高举羽翼，振翅迎风远扬。

我们大步爬过沙丘，急急搜索尸骸翻找食物。这些尸体士兵、妇女、小孩都有，却没找到什么可以吃的，只得空手飞奔回树林。我们远离海岸，摆脱了狂风怒涛，取而代之的是深林的寂静，只是风呼海啸的余音依旧萦绕脑海深处。

我很想靠着沙丘的斜坡好好睡一觉，冰冷坚硬的沙滩非常吸引人，但是托马斯怕有巡逻队，硬拉着我往树林深处走。我躺在落地的针叶上短短睡了几小时，然后拿出几乎变形的书，一直读到天光变暗，借着书中描写王公贵族豪华宴会的文字聊以果腹。

托马斯挥手示意出发，两小时后，我们已经走出森林，林边是一方峭壁，底下是一湾小湖，湖岸与波罗的海的灰色沙滩之间只有一道堤防相隔，堤防上方是一排废弃的漂亮海滩别墅，紧邻大片和缓的沙滩斜坡，这里的沙滩同样也是碎片残骸四布。我们以别墅做掩护，提高警戒，一边注意小路和沙滩的动静，一边悄悄往前进。

霍斯特就在前面不远处，这个名噪一时的海滨度假胜地风光过一阵子，近几年来专门让伤兵患者休养。沙滩上的尸体和残骸碎片越来越多，这里一定发生过激烈的战斗。再往前走，我们看见灯光，听见引擎轰隆，应该是俄国人。我们绕过小湖，从地图上来看，我们离沃林岛只有 20 到 22 公里的距离。

我们在一间屋子里发现一个德国伤兵，他受到榴霰弹爆炸波及，腹部受了重伤，奄奄一息。他听见我们低声交谈，于是发声叫我们。他蜷缩着躲在楼梯底下，托马斯和皮雍泰克合力将他抬到撕裂的沙发上，盖住他的嘴，免得他哀叫出声引人注意。他想喝水，托马斯弄湿手帕，放在他嘴上滴给他喝，如此反复数次。

他躺在那里已经好几天了，他重重喘着气，口齿不清，结结巴巴：我军数个师的残存兵部和一万多名老百姓在霍斯特、雷瓦赫尔和霍夫被敌军包围，他跟着部队的残余人马一路从德拉姆堡来到这里。后来他们试图冲出重围，往沃林撤退。俄军重兵部署，居高临下控制海滩的山崖，有条不紊地对任何意图冲过他们脚下仓皇逃窜的人群开枪。

“简直是人肉靶场。”他很快就中弹，同伴自身难保，顾不得他。那一天，沙滩来了黑压压一大群俄国人，纷纷抢夺死人的东西。据他的说法，俄国人已经拿下喀明，可能控制了哈夫河沿岸。“这个地区应该到处都是巡逻队。”托马斯说，“红军一定会继续追捕侥幸突围的生存者。”

士兵一边呻吟，一边喃喃自语，语意含混不清，还不断冒冷汗。他一直嚷着要喝水，但我们没有给他，怕他喝了水，叫声会更大，而且我们也没有香烟可以给他。

我们离开之前，他请我们给他一把枪，我把我那把留给他，还把仅剩的烧酒也留给他。他答应我们，等我们走远了才开枪。

我们继续上路往南走，过了大贾斯廷、兹茨玛尔，又钻进了树林。马路上交通繁忙，吉普车、印着红色星星的美国制斯蒂庞克、摩托车和装甲车川流不息，小路多见五至六人组成的巡逻队步行深入搜索，我们必须非常小心地避开他们。

离海岸大约 10 公里的地方，又见大片积雪农地和树林。我们先朝位于格莱芬堡西方的古尔佐夫前进，之后托马斯计划往前走一点，在戈尔诺夫附近找机会横渡奥得河。天将破晓之际，我们在树林里发现了一间小木屋，但是附近有杂乱的足迹，我们立刻偏离这条小径，跑到远一点的林中空地，我们躺在空地边上的松树之间，裹着大衣躺在雪地上睡着了。

醒来的时候，我发现四周都是小孩，他们围成一个大圆圈，将我们团团围住。他们有数十人，站在那里静静盯着我们。

他们衣衫褴褛，全身脏兮兮的，头发纠结黏成一团，许多人身上穿着破烂的单件德国军服，有的只有上衣，有的戴着帽子，或披着剪裁粗劣的大衣。有些人手上紧握着农具，像是锄头、钉耙、铁铲，其他人则拿着用铁丝、木头或纸箱裁剪成的步枪跟冲锋枪。他们的目光凶狠坚定，多数看起来只有 10 到 13 岁，某些甚至只有 6 岁，他们后方站着挤成一团的女孩子。

我们站起来，托马斯礼貌地跟他们打招呼，他们当中最高大的男孩往前走了一步，大声斥问："您是谁？"他有一头金发，细瘦的身上穿着坦克兵的黑色外套，外罩一件缝着红色丝绒内里的参谋官军用大衣。他的德文带着浓浓的德裔侨民腔调，可能来自罗塞尼亚甚至巴纳特地区（Banat）。

"我们是德国军官。"托马斯从容不迫地回答，"您呢？""亚当战斗团。我是亚当参谋总长，他们是我的部队。"皮雍泰克扑哧笑出声。

"我们隶属党卫队。"托马斯说。"您的徽章呢？"那男孩不屑地质问，"您是逃兵！"皮雍泰克脸上笑容尽失。

托马斯镇静如常，双手始终摆在背后。"我们不是逃兵，因为怕落入布尔什维克党人手中，我们只好拿掉徽章。""旗队长！"皮雍泰克大叫，"您为什么要跟一群毛头小子浪费唇舌？您难道没看见他们的脑子有问题吗？他们需要好好管教！”

“闭嘴，皮雍泰克。”托马斯说。我静静不敢作声，这群小孩疯狂迫人的眼神让我不寒而栗。

“什么，我叫他们好看，我！”皮雍泰克一边怒吼，一边伸手到背后拉冲锋枪，披着军官大衣的男孩一挥手，五六个小孩一拥而上，挥舞手中的农具往皮雍泰克身上就是一阵乱打，还将他压倒在地。一个男孩高举锄头，用力往他的脸颊砸下，牙齿迸裂，眼珠弹出眼眶。

皮雍泰克痛苦地尖叫，有个男孩抡起粗大的木棍朝他脑门重重敲下，尖叫立时停止。这群小孩还不肯就此罢休，猛烈痛击他的脑袋，最后雪地上只剩血肉模糊的肉块。

我吓得魂飞魄散，全身颤抖，无法动弹。这群小孩打够之后，最大的男孩再度叫嚣：“您是逃兵，我们要用对付叛徒的方式对付您！”

“我们不是逃兵，”托马斯冷静地说，“我们肩负元首特派的任务，深入俄军后方工作，而您刚刚杀了我们的司机。”

“您有什么文件可以证明您说的是真的？”男孩紧迫盯人。“我们销毁了所有的文件，万一我们落入红军手中，身份曝光，他们一定会用酷刑折磨我们，要我们提供情报。”

“拿出证据来，证明给我看！”“您可以跟我们到德国守军那里，到时您就能明白。”“我们才没时间跟逃兵混。”

一个小孩鬼叫：“我要跟上面的领导联络。”“悉听尊便。”托马斯镇定地说。

一个大约八岁的小男孩穿过人群，他肩上背着一个盒子，是木质弹药箱，箱面上有俄文记号，箱子底部固定了好几枚螺丝钉，还钉着数圈用彩色纸箱裁剪出来的纸圈。

箱子上有条铁丝连接着一个空罐头，垂挂一侧，另外还用绳索牢牢绑住一根长长的金属杆，男孩把箱子挂在脖子上，他自己头上倒是戴着一副货真价实的无线电通信兵耳机。他调整耳朵上的耳机，把木箱放在膝盖上，开始摇纸箱裁成的圆圈，摸摸弄弄那些螺丝钉，把罐头放在嘴边开始呼叫：“亚当战斗团呼叫总部！亚当战斗团呼叫总部！请回答！”他重复了好几次，拿掉戴在他头上显得过大的耳机，露出一边的耳朵。

“报告参谋总长，我已经和他们取得联系了。”他对金发大男孩说，“我该跟他们说什么？”大男孩转身对托马斯说：“报上您的名字和官阶！”“党卫队旗队长豪泽，隶属国安警察署。”

大男孩转身对负责无线通信的小男孩说：“请他们确认国安署豪泽旗队长的任务。”小男孩对着罐头复述他的话，静静等了一会儿，接着他说：“报告参谋总长，他们不知道有什么任务。”

“这是当然的。”托马斯出奇地镇静，“我们的任务小组直接向元首报告，请让我跟柏林联络，他可以亲口向您确认。”

“元首本人？”指挥的大男孩问，眼中透着异样的光芒。

“元首本人。”托马斯肯定地回答。我呆在那里，吓得动都不敢动，托马斯的大胆让我脊梁发麻。金发男孩挥了一下手，小男孩摘下帽子，把帽子和罐头递给托马斯。“给您，每说完一句话，句尾一定要加上‘收到请回答’。”

托马斯将耳机贴上一只耳朵，拿起罐头，对着罐头说：“柏林，柏林，豪泽呼叫柏林，请回答。”他一连反复了好几遍，然后说，“特派任务小组的豪泽旗队长报告，我必须跟元首说话，收到请回答……是，我等。收到请回答。”

包围在我们四周的孩子一个个眼睛全盯在他身上，叫亚当的大男孩下巴微微颤抖。

接着，托马斯立正站直，双脚并拢，对着罐头高喊：“希特勒万岁！国家秘密警察豪泽旗队长向您报告，亲爱的元首！收到请回答。”他停了一下，才继续说，“报告元首，奥厄一级突击队大队长和我结束了特派任务，正要返回柏林，我们在途中遇见了亚当战斗团，他们要求确认我们的任务和身份。收到请回答。”他又停了一下，然后说，“是的，亲爱的元首！胜利万岁！”

他把耳机和罐头拿到穿军官大衣的男孩面前：“他想跟您说话，参谋总长。”

“元首吗？”大男孩低哑着声音说。“是的，不用怕，他非常亲切。”男孩慢慢接过耳机贴上耳朵，立正挺直，高举一只手臂，对着罐头高呼：“希特勒万岁！这是亚当参谋总长，听候差遣！收到请回答！”接着听见他说：“是的，亲爱的元首！是，是！胜利万岁！”他摘下耳机，交还给小男孩时，眼中闪着水光。

“是元首。”他庄严肃穆地宣布，“他确认了您的身份和任务，很抱歉误杀了您的司机，但是他出言不逊，而且我们当时并不知情。本战斗团听候您的差遣，您有什么需要？”

“我们必须平安返回我军防守区，将我们搜集到的秘密情资呈报给上级，此事关系重大，攸关帝国存亡。您能助我们一臂之力吗？”

大男孩跟几名男孩走到一边私下讨论，随后走回来说：“我们来这里的目的是消灭布尔什维克党的重大武力，不过我们可以护送您到奥得河。南边有一片树林，我们可以从那些坏蛋的鼻子底下溜过去，我们愿意助您一臂之力。”

就这样，我们扔下可怜的皮雍泰克，和这群衣衫褴褛的孩子一起上路。

托马斯拿下皮雍泰克身上的冲锋枪，我则背起行李。这群小孩人数大约70人，其中有十几个小女孩，我们旁敲侧击，慢慢了解这些孩子大多数是德裔侨民的孤儿，有些来自扎莫希奇，有的家乡甚至远在加利西亚或奥德萨地区，他们在俄国守军后方流浪出没已经好几个月了，找到什么就吃什么，随时欢迎其他孩子加入，冷酷地狙杀俄国士兵和落单的德国士兵，凡是落单的德国兵，他们一律视为逃兵。

他们跟我们一样，在夜晚行动，白天躲在树林里休息。他们以军队的行军秩序行进，先派侦察兵到前头探看，大队人马随后跟进，女孩安排在队伍中间。我们目睹他们两次突袭睡梦中的小队俄国士兵，第一次比较轻松，那些士兵在农庄猛灌伏特加，个个醉得不省人事，结果不是喉头一刀毙命，就是被砸得稀巴烂；第二次，一个男孩用石头敲碎了卫兵的脑袋，其他孩子一拥而上，攻击围着营火鼾声大作的俄国士兵，故障的卡车就停在旁边。

奇怪的是，这些孩子从来不拿被杀士兵的武器。“我们德国制造的武器比他们的好。”自称亚当的孩子王这么告诉我们。我们还看过他们狡猾野蛮地攻击一支巡逻队伍。走在前面的侦察兵发现了巡逻队，孩子们大半退入森林，只剩二十几个男孩追到路上，大声喊叫：“俄国！冲啊！面包，面包！”

俄国士兵对他们毫无戒心，任他们靠近，有些俄国大兵甚至笑着从背包里掏出面包。等这群孩子包围住他们时，立刻高举农具和刀子攻击他们，手法之血腥残暴，实在没有必要。我亲眼看到一个七岁的小男孩爬到士兵背后，用刀把士兵的眼睛戳出一个大窟窿。两名士兵在倒下去之前拿起枪连番扫射，三个小孩当场死亡，五个受了伤。惨烈战斗后侥幸逃过一劫的小孩，全身是血地把一把鼻涕一把泪哭着喊痛的受伤孩子拉回来。

亚当先向他们敬礼，一刀结果了那些腹部和大腿中弹的孩子，剩下两名受了轻伤的孩子则交给女孩们照料，托马斯和我尽可能清洗他们的伤口，用破烂的衬衫替他们包扎。他们彼此的关系跟成人世界一样粗暴残酷。

暂停休息的时候，我们兴味盎然地观察他们的行为：亚当叫一个年纪较大的女孩过来服侍他，然后拖着她进树林，其他人则为了面包和香肠互相斗殴，年纪小的只能跑过去偷吃，较大的小孩老实不客气地赏他们几个耳刮子，甚至有人用铁铲互敲。

两三个男孩一把抓着一个小女孩的头发，将她摔倒在地上，当着其他孩子的面强暴她，还像猫一样咬她脖子，有些男孩在一旁鼓噪呐喊，有些殴打骑在小女孩身上的那个男孩，推开他，取代他的位置，小女孩想要逃走，又被抓了回来，肚子挨了一脚，这一切都在喧闹的叫嚣声中上演，好几个看似刚刚发育的女孩似乎已经怀孕。

此情此景让我神经紧绷，我简直无法忍受这群无法无天的恶童。有些小孩，尤其是比较大的几个，几乎不懂德文，这样年纪的孩子，最起码在去年之前应该都还在上学，然而现在，他们身上根本找不出一丝受过教育的痕迹，除了他们坚信自己是高等民族的后裔，他们的生活方式跟原始部落和暴民没两样，先是为了找寻食物合力杀死敌人，之后为了瓜分战利品又打得你死我活。

身材最高大的亚当，他的权威也不是不容置疑，我亲眼看见他抓着一个不听从命令的男孩，拿他的头猛撞树干，直到鲜血淋漓为止。我想，他攻击他们遇见的每一个成年人，目的或许就是确保他在这一群孩子中，永远是最年长的一个。

跟这群孩子的旅程持续了好几个晚上，我觉得自己正一点一滴丧失自制力，必须集中极大的意志力，才能勉强克制想要好好教训他们一顿的冲动。托马斯始终保持着超人的镇静，他拿地图和罗盘标出我们每日行进的路线，然后和亚当讨论接下来该走的方向。要去戈尔诺夫，我们必须穿越喀明铁路，再分成几个小组分别横越大马路。

过了马路后是一大片浓密森林，林内似乎渺无人烟，不过风险仍高，因为有巡逻队往来巡察，幸好巡逻队从来不敢远离林间小径。我们开始遇见德国士兵，有落单的，也有小队人马，他们跟我们一样都想穿越奥得河。

托马斯阻止亚当狙杀落单的德国士兵，有两名士兵加入我们的队伍，其中一位是比利时党卫队武装兵，其他人则各有盘算，宁可单独试试自己的运气。我们穿过另一条马路，森林换成了沼泽，到了这里，奥得河已经不远了。

根据地图，沿着沼泽地往南走，可以到奥得河的支流伊赫纳河岸。沼泽地行进困难，泥淖深及膝盖，有时甚至高达腰部，孩子们差点淹死在沼泽地里。现在天气相当暖和，森林里不见白雪，我终于可以摆脱身上这件始终干不了的沉甸甸的大衣。

亚当决定带几个人护送我们到奥得河，其他人，大半是女孩和年纪比较小的男孩，则在两名受伤大男孩的保护下，留在干燥的狭长半岛上等候。光穿越这片荒凉的沼泽地就花了大半夜的时间，有时还得绕个大远路，幸好有托马斯的罗盘指点方向，才不致迷路。终于，奥得河出现在眼前，墨黑的河水在月光下闪闪发亮。

对岸就是德军驻守的地区，河中间似乎有一座狭长的小岛。

我们四下找不到小船。

“没法子了，”托马斯说，“只好游泳过去。”“我不会游泳。”比利时人说。他是“瓦隆军团”的一员，在高加索时跟利佩尔走得很近，还把利佩尔战死新布达的情形告诉了我。“我帮你。”我对他说。托马斯转身对亚当说：“您不想跟我们一起过去吗？不回德国吗？”“不。”男孩回答，“我们有自己的任务要完成。”

我们脱下靴子绑在皮带上，我摘下军帽塞进外套底下，托马斯和另一个叫弗朗茨的德国士兵背着冲锋枪，以防小岛上有人。

此处河面宽约 300 米，春天雪融，河面可能更宽，水流也较急。比利时人仰躺在河面上，我握住他的下巴带他过河，因为他的缘故，我游得很慢，还差点被水流带走，偏离了小岛的位置。等我的双脚终于接触到地面，我放开比利时人，改拉他的衣领，直到他能单独在水中行走。

一上小岛，我突然累得双腿发软，坐着休息了好一会儿。对岸的沼泽地几乎没有声响，孩子们已然消失踪影，这座小岛林木茂盛，无声无息，四周只听得到水声潺潺。比利时人去找托马斯和另一名德国士兵，他们上岸的地点离我们有一段距离，没多久，他回来告诉我，岛上好像没有人。他等我养足力气站起来，跟他一起穿过树林。

河的另一边漆黑安静，水边竖着一根漆着红白颜色的木桩，表示这里装有野战电话，我们在一块防水油布底下找到电话，电话线没入水中。托马斯拿起话筒，电话铃声响起。“您好。”他说，“是，我们是德军。”他报上姓名和军阶，最后说，“很好。”他挂上电话站起来，看着我咧嘴大笑：“他叫我们排成一排，两手张开。”

我们才刚排好，德国驻守的河岸立即打开强力探照灯，灯光打上了我们的脸，我们就这样站着等了几分钟。“他们的联络系统设想得非常周到。”托马斯赞叹。

黑夜里传来一阵引擎声，橡皮艇逐渐靠近，在我们附近靠岸，三名士兵上岸静静盯着我们，枪口对准我们，直到确认我们的确是德国人才放下枪杆。他们默默带我们上船，橡皮艇摇摇晃晃急驰过黑色水面。

漆黑的河岸上，战地警察在那里等候，硕大的金属标志牌在月光下闪闪发亮。我们被带到地下碉堡，一名警察队长要求看我们的证件，我们四人全都拿不出来。

“既然如此，”警察队长说，“我只好叫人护送您到斯德丁，我很抱歉，但是常有各式各样的人试图渗透进来。”

我们等候车辆安排的时候，他给我们一些香烟，托马斯轻松地跟他聊天。“这里常有人过来吗？”“每个晚上要跑十到十五趟，如果整个地区加在一起，数十次更是家常便饭。前几天，一下子竟然来了两百多人，而且都带着武器。因为沼泽地的关系，大多数人都选择到这里来，俄国巡逻队不常来这边，想必您已经注意到了。”

“电话这一招非常高明。”“谢谢。水位升高，好几个人强渡过河不幸溺毙，装了电话也可以省掉一些意料之外的麻烦……至少，我们希望如此。”他微笑着加上一句，“据说俄军抓到了一些叛徒。”天将破晓，我们和三名迷途的落难弟兄在武装战地警察的戒护下被带上卡车。

我们从波利兹城南过河，由于该城正蒙受俄军猛烈的炮火攻击，卡车被迫绕了个大圈才抵达斯德丁。

斯德丁也是炮声隆隆，屋舍处处冒出熊熊火焰，我从卡车的侧栏望出去，街道上几乎只有士兵。我们被带到国防军的指挥所，一到那里，我们立即与其他士兵分开，由一名严厉的少校负责盘问，没多久又有一名穿便服的盖世太保加入讯问。我让托马斯代表发言，他仔细叙述了我们的经历，我只有在他们指名要我回答时才开口。

盖世太保终于接受托马斯的建议，打电话到柏林。托马斯的上司胡蓬科腾不在，不过我们总算联络上了他的助理，确认了我们的身份。至此，少校和盖世太保的态度出现了一百八十度大转变，开始以长官称呼我们，还请我们喝杜松子酒。盖世太保离开时向我们保证，一定会想办法找交通工具送我们回柏林，等候的空当，少校请我们抽烟，还请我们坐在走廊的长凳上休息。

我和托马斯静静抽烟，没有交谈，打从我们长途跋涉起，一路上几乎没有碰过烟，烟雾袅绕，我们觉得醺然。

少校办公室挂着的日历说明了今天是 3 月 21 日。换言之，我们身上的衣物整整 17 天没换过了，这一点单凭我们的外观就不难猜出：我们身上散发出熏人的臭气，脸上爬满胡须，扯破的制服上处处是干燥结块的泥巴。不过，来到这里的人几乎都是一副惨兮兮的模样，这里的人早已见怪不怪。

托马斯坐得直挺，跷起二郎腿，似乎对这身打扮感到非常自豪。我显得有些颓丧，双脚打开，坐姿看不到丝毫军人英挺的模样。

有个上校神色匆忙地从我们面前经过，手上拿着公文包，对我们抛来轻蔑的眼神，我立刻认出他，跳着站起来热切跟他打招呼——他是拆桥工程师奥斯纳布鲁格。他花了一会儿工夫才认出我，瞪大双眼：“一级突击队大队长！您怎么会搞成这个样子？”

我简短叙述了遭遇。“您呢？您开始炸德国桥了吗？”他拉长了脸：“唉，被您说中了。两天前我军撤离老达姆和芬肯瓦尔德，我就毁掉斯德丁大桥了。真可怕，桥上挂满了被吊死的人，都是战地警察逮到的逃兵。爆炸后，还有三个人挂在那里，就在桥头，每一个都面色青紫。不过，”他稍稍振作之后继续说，“我们没有全炸光，奥得河在斯德丁之前有五条支流，我们决定只炸毁最后一座桥，将来重建的机会有的是。”

“这样很好。”我说，“您在为未来设想，表示您对未来有信心。”说完我们就此告别，南方的几座桥头还没有失守，奥斯纳布鲁格必须赶过去视察炸桥的准备工作。

稍后，当地的盖世太保回来找我们，安排我们与另一名必须赶回柏林的党卫队军官同车，他对我们身上的味道置若罔闻。

车子一上高速公路，入目的景象比 2 月更加凄惨：一拨拨神色惊慌的难民、身心俱创的伤兵、运载伤员的卡车，溃败的种种残破景象蔓延到天边。没多久我睡着了，半途遭遇苏联战机伊尔 -2 袭击，醒来了一次，再坐上车后，不一会儿又睡着了。

回到柏林，我们烦恼着不知该如何解释我们的迟归，底下的士兵一旦被怀疑有叛逃的意图，一律立即处以绞刑或枪决，没什么好说的。

结果事情比我们预期的好解决。托马斯一回到柏林，还没来得及洗澡、刮胡子，立刻求见卡尔滕布伦纳，他的办公室现在迁到库否斯坦街，也就是艾希曼以前的办公室所在地，是国家中央安全局底下仅存的几栋侥幸尚未被完全摧毁的大楼之一。因为我不知道该找谁报到——连格罗特曼都离开柏林了——于是我跟他一同前往报到。

我们商量好了一套勉强站得住脚的说辞：我利用休假想把姐姐和她丈夫送到安全的地方，不料俄军打来，我和前来帮我的托马斯一时间慌了手脚，而托马斯在启程来找我之前，颇有先见之明地向胡蓬科腾要了张派令。

卡尔滕布伦纳闷不吭声听我们说完，没有任何指示便打发我们离开，只淡淡告诉我，大元帅昨天已经卸下维斯瓦集团军总司令的职务，现在人在霍恩利申。

皮雍泰克殉职的手续很快就办妥了，反倒是为了证明座车毁损报废，必须填写五花八门的表格。夜色降临大地，我们一起回万湖的托马斯家，房子还在，但是没水没电，我们将就着用冷水随便洗了个澡，痛苦地刮完胡子才去睡觉。

第二天早上，我换上干净的制服，前往霍恩利申找伯朗特报告。他一看到我，立刻命令我去冲澡理发，整理好仪容再去找他。医院有热水，我在莲蓬头底下待了将近一小时，尽情地挥霍热水，接着去理发院理发，顺便也让人用热水刮了胡子，刮完还拍了一点古龙水。

仪容比较像样了，我回头找伯朗特。他面色凝重地听完我的叙述，严厉斥责我，因为我行事鲁莽，害祖国损失了我数周的劳动力，接着又告诉我，因为我逾假未归，他们已经把我列为失踪人口；我的项目小组解散了，小组成员他调，文件也都归档，目前大元帅不需要我。

伯朗特命我返回柏林，听候卡尔滕布伦纳差遣。会谈结束后，伯朗特的秘书请我到他的办公室，将我的私人信件转交给我，是阿斯巴赫关闭奥拉宁堡办公室时送来的，里面多半是账单，还有奥伦多夫得悉我 2 月受伤后寄来的慰问短函，以及一封海伦的信，我拆都没拆就直接塞进口袋。

我直接回柏林。库否斯坦街一片混乱，一栋大楼里挤了好几个单位，国家中央安全局、国防军参谋部、国安警察署和众多国家安全局的代表，大家空间都不足，多数人不知道自己该做什么，镇日在走廊无所事事闲晃，装模作样掩饰窘态。卡尔滕布伦纳最快也要到傍晚才有空接见我，我于是在角落里找了张椅子，继续读《情感教育》，这本书在我泳渡奥得河时又泡了一次水，不过我坚持看完。

正当弗雷德里克要和奥荷弩夫人见最后一面时，卡尔滕布伦纳差人来叫我了，真是扫兴。他难道不能再多等一会儿吗？反正他也不知道该交派什么工作给我。

最后，他好像随口敷衍似的命我负责联系国防军最高指挥部，我的主要工作是到本德勒街拿回最新的前线战报，一天三次，其余的时间，我可以安安静静地做白日梦。我很快就看完了福楼拜，我还看了许多书。

当然也可以四处走走逛逛，不过我不建议这么做，城里满目疮痍，四处都是缺了玻璃的窗户，每隔一段时间就能听见残破的大楼骨架轰然崩塌。清洁小组不分昼夜，不断在街上清运碎瓦砖块，扫成一堆，清出路面让汽车蜿蜒勉强通行，然而成堆的屋瓦也经常滑落倒塌，于是又得从头扫起。

春天来了，空气辛辣呛鼻，充满了黑烟和砖灰，连嘴巴都无法幸免。最后一次大规模的空袭发生在我们回来的三天前，当时，我方空军派出新武器——一种反击出奇迅速的飞行器——重创敌机，敌军从此改变策略，只派蚊式战机前来骚扰。

我们回柏林后的第一个星期天，是1945年春天的第一个晴朗好天，动物园里树叶冒出嫩芽，青草爬上残破的瓦堆，园内一片新绿。

不过，我们没有多少机会享受这美好的天气。自从东部占领区沦陷后，食物配给管制益发严峻，就算到最高级的餐馆，也没什么好东西可吃。我们收编各部会的员工支持国防军，然而，因为多数名册档案遭到烧毁，再加上职务重编费时，有时得等上好几周才接到征召令。

我们在库否斯坦街设立办公室，专门发伪造的国防军或其他单位的证件给那些被认定在战后可能会遭受迫害的国家中央安全局的领导人。托马斯就申请了好几份，五花八门各不相同，他笑着拿给我看，有克鲁伯钢铁厂工程师、国防军上尉、农业部公务员。他叫我赶快去办一份，我总是一拖再拖，相反地，我倒是重新申请了薪饷单和国家安全局员工证，替补我在波美拉尼亚销毁的证件。

我偶尔会遇见艾希曼，他像战败公鸡般惶惶不安。他很紧张，他知道自己万一落入敌人手中，绝对难逃一死，彷徨的他只能无语问苍天。他已经把家人送到安全的地方，他很想过去跟他们团圆。有一天，我在走廊看见他和布洛贝尔激烈争执，大概就是为了这件事。布洛贝尔也是一天到晚无所事事闲晃，每次见到他几乎都是酒气逼人，暴躁，不给人好脸色看。

几天前，艾希曼到霍恩利申参见大元帅，回来后更是形容枯槁、一蹶不振，他请我到办公室喝一杯杜松子酒，听他发牢骚，他对我的评价似乎颇高，好像把我当成知心好友，对此我相当错愕。我默默喝酒，让他发泄。

“我真不明白，”他一边伸手推推鼻梁上的眼镜，一边大吐苦水，“大元帅说：‘艾希曼，如果可以重来一次，我一定要借鉴英国人的做法来管理集中营。’他这么对我说，接着又加上一句，‘这里我犯了个错误。’他这话到底是什么意思？我不懂。您懂吗？或许他的意思是，集中营应该办得，呃，我不知道，更高雅，更有美感，更文明。”

我也听不出来大元帅话中的意思，老实说，我对这一点兴趣都没有。托马斯一回来立刻投入政治角力游戏，我从他那里得知，希姆莱在施伦堡和他的芬兰籍按摩师凯尔斯滕的穿针引线下，继续向英美联军示好——不过说真的，他说的前后不太连贯——“施伦堡终于成功让他亲口说出：‘我捍卫元首大位。但这并不表示，我捍卫的是坐在大位上的那个人。’这是一大进展。”托马斯这么跟我说。

“说真的，托马斯，你干吗留在柏林？”俄国人目前虽然驻扎奥得河畔按兵不动，但大家都知道他们随时会打过来。托马斯微笑道：“施伦堡请我留下来监视卡尔滕布伦纳，尤其是穆勒。他们有点不受控制，总是胡搞瞎搞。”

其实，每个人多少都在胡搞瞎搞，希姆莱就是头一个，还有施伦堡，另外就是现在可以直接向元首报告，不再甩大元帅的卡姆勒；据说，斯佩尔不顾美军逼近，跑到鲁尔试图扳回元首下达的坚壁清野命令。

老百姓信心尽失，戈培尔的宣传已经无法奏效，聊感安慰的是，文宣上宣称，英明睿智的元首准备好了毒气，万一战败，将让德国人民死得安详，不会有任何痛苦。真是激励人心啊！就像坊间流传的尖酸讽刺：“什么是懦夫？受征召该上前线，却一直留在柏林的人。”

4月的第二个礼拜，爱乐交响乐团演出最后一场演奏会，演出曲目可恶至极，竟然完全符合当时的气氛——布琳希德[1]的最后咏叹、《诸神的黄昏》，最后还以布鲁克纳的《浪漫交响乐》压轴——我还是去听了。

冰冷的音乐厅毫发无伤，水晶大吊灯光芒耀眼，我远远看见斯佩尔跟海军总司令邓尼茨将军坐在贵宾包厢，出口处，有希特勒青年团的团员提着篮子发送氰化物胶囊。我拿了一颗，突然一股怒意往上冲，差点当场吞下。我敢说福

1. Brunnhilde，瓦格纳歌剧《尼伯龙根的指环》第二部女武神中的女高音角色。

楼拜要是看见如此明目张胆的愚蠢行为，一定气得喘不过气来。

消极失志的公开举措跟乐观狂喜的奔放行径在柏林交替上演，这场著名的演奏会开演的那一天，罗斯福正好过世，戈培尔竟然错把杜鲁门当成彼得三世，隔天随即大声呼出女沙皇死了的口号。士兵们言之凿凿，还说在云端瞥见“弗里兹大叔”的脸，上天保证我们将发动绝地大反攻，要为4月20日的元首寿诞献上胜利的寿礼。

虽然托马斯还在搞他的政治伎俩，最起码他头脑始终很清楚，他顺利将父母亲送到因斯布鲁克附近的堤洛，那个地区最后一定会落入美军手里。“是卡尔滕布伦纳叫维也纳的盖世太保护送的。”我脸上出现诧异的神色，他补上一句，“卡尔滕布伦纳很通人情。他也有家人，他能理解这种事。”托马斯再度投入疯狂的社交生活，拉着我四处参加各种聚会狂欢，他装腔作势比手画脚，对着满脸兴奋的女孩描述我们在波美拉尼亚的森林冒险，我则黄汤不停下肚。

几乎每天晚上，每个地方，都有狂欢派对，没有人理会蚊式战机的轰炸，更不理宣传部的大声呼吁。威廉广场底下的防空碉堡改成了夜总会，里面笑声洋溢，葡萄酒、烈酒、名牌香烟、豪华开胃小菜应有尽有，国防军最高指挥部、党卫队和国家中央安全局的军官是这里的常客。

除此之外，有钱的老百姓、贵族子弟跟打扮得花枝招展的女明星和妙龄女郎也都是座上宾。我们几乎每天晚上都到阿德龙饭店，饭店经理穿着燕尾服，庄重肃穆，喜怒不形于色，带我们走进灯火通明的餐厅，吩咐穿礼服的服务生为我们端上只摆着几片紫色甘蓝叶的银盘。地下室的酒吧依旧座无虚席，可以看见硕果仅存的外交使节，意大利、日本、匈牙利、法国各国皆有。

一天晚上，我在那里和米哈伊不期而遇，他一身白色西装，搭配丝质金丝雀黄色衬衫。“还在柏林啊？”他微笑着说，“好久没见到你了。”说着，还当着几个人的面大模大样挑逗我。我抓住他的手臂，紧紧扣住将他拉到边上。

“住手。”我声严色厉地说。“住什么手啊？”他嬉皮笑脸地说，那抹玩世不恭、精于算计的奸笑让我怒不可抑。“来。”我边说边小心低调地推他进洗手间。

洗手间非常宽敞，墙面漆成白色，地上铺着地砖，洗手台、小便池一应俱全，闪闪发亮。我检查了每间厕所，都是空的，我拉上洗手间的门闩。

米哈伊手插在白色外套的口袋，站在装着黄铜水龙头的洗手台边，笑意盎然地看着我。他朝我走过来，脸上净是垂涎的笑容，当他抬起头想要吻我时，我摘下军帽，使尽全力用额头撞他的脸。他的鼻子应声碎裂，鲜血汩汩流出，他痛得大叫，摔倒在地上。我跨过他的身体，手上还拿着军帽，对着洗手台的镜子仔细端详，我的额头沾了一点血，还好衣领和制服都很干净。我仔细把脸洗干净，戴上军帽。

躺在地上的米哈伊痛苦得蜷成一团，他一只手护住鼻子，可怜兮兮地呻吟："你为什么要这么做？"

他伸手拉我的长裤下摆，我抽回裤管，环视四周，墙角有一支拖把插在白铁水桶里。我拿起拖把，把木柄横放在米哈伊的脖子上，两脚张开，一左一右踩在木柄上，轻轻摇晃施压。

米哈伊的脸在我脚底下慢慢变红，先是艳红，然后转为青紫，他的下巴痉挛性地颤动，突出的双眼惊恐地盯着我，指甲在我的靴子上乱抓，他的双脚在我背后拼命敲打地砖。他开口想讲话，却发不出声音，反倒从嘴里冒出了一截肿胀恶心的舌头。

他发出软软的声音，咽下了最后一口气，洗手间弥漫着浓浓的粪便臭味，原本死命捶打的双脚重重落地。我走下拖把，将拖把放回原处，用鞋尖轻轻碰触米哈伊的脸颊，他的脸晃了一下又回到原来的位置。我抓住他的腋下，把他拉进一间厕所里，放在马桶上坐好，把腿摆正。

厕所门上装有门闩可以转动，我用小刀尖端顶住门闩，不让它掉下来，然后慢慢拉上门，抽回小刀，门闩瞬间落下，就像是从里面上锁。地砖留了一些血迹，我用拖把将血迹清理干净，再用水冲洗拖把，最后拿出手帕擦干拖把上面的水，把拖把放回原先的水桶。

我走出洗手间，直接到吧台点了杯酒，人们进出洗手间，好像没有人发现异状。一个朋友走过来问我："你看到米哈伊了吗？"我四下望望："没有，他应该在这附近吧。"我喝光杯中的酒，走到托马斯身边和他聊天。快到凌晨1点时，酒吧出现了骚动：有人发现尸体了。外交使节们惊恐地尖叫，警察没多久就来了，一一盘问在座人士，我跟其他人一样，声称什么都没看到。之后，没再听说有人提起这档事。

俄军终于展开攻势，在4月16日半夜猛攻塞洛高地，那里正是柏林的门户。天空云层密布，飘着毛毛细雨，整个白天加上半夜，我来回于本德勒街和库否斯坦街之间，传递紧急军情，两条街距离不远，却因为苏联战机伊尔-2的突击轰炸而变得惊险万分。

午夜时分，我在本德勒街再度碰到奥斯纳布鲁格，他满脸疲惫，神情激动。“他们要炸毁城里所有的桥。”说着，他眼泪都快掉下来了。“是啊，”我说，“敌军已经兵临城下，这样做也没错，不是吗？”

“您不了解这代表着什么！柏林市总共有950座桥，炸得一条不剩，柏林等于成了一座死城！永远死了。补给送不进来，工业无法运转，更糟的是，所有的电缆、水管都设在桥下。您想想看？传染病滋生，老百姓活活饿死在废墟中？”

我耸耸肩：“我们总不能双手奉上整座城给俄国人。”

“就算这样，也不用炸得一条都不剩！我们可以选，只要破坏连接主要干道的几座就行了。”他伸手擦擦额头，“总之，我还是要说，就算被抓到要枪毙，我也要说。这是最后一次了，等这些乱七八糟的事结束后，我不管替谁工作都行，我一定要建设。这些桥总要重建的，不是吗？”“当然。您还知道如何造桥吗？”“当然，当然。”他连连点头，慢慢离去。

当夜稍晚的时候，我回到万湖，发现托马斯还没睡，他孤单地坐在客厅，身上只穿着衬衫，一个人喝闷酒。

“怎么样了？”他问我。“我军死守塞洛棱堡，不过南边，敌军的装甲部队已经挺进尼斯河了。”他苦笑：“是啊，反正是该滚了！”

我摘下帽子，脱下淋湿的大衣，也给自己倒了一杯。“真的结束了？”“结束了。”托马斯肯定地回答。

“战败，二度。”“对，二度战败。”“然后呢？”“然后？再说吧。就算摩根索[1]先生再怎么不愿意见到，德国也不会就此从地图上消失吧。再说，敌军

1. 摩根索（Hans Morgenthau，1904—1980）：著名的德国国际关系理论学家，纳粹掌权后，他在政治上与纳粹不同调，因此辗转流亡到美国。

联盟各国理念本来就不同，结盟关系顶多只能维持到战争胜利，不可能再走下去了。西方强权国家将来一定会需要一座强而有力的反布尔什维克主义堡垒，我认为他们的关系能再维持个三年就很了不起了。”

我喝我的酒，静静地听着。

“我指的不是这个。”我终于再度开口。“啊，你是说我们吗？”“对，我们。秋后算账总免不了。”“你为什么不去弄几份证件？”“我不知道，我觉得没什么用，这些证明文件能用来干什么呢？他们迟早会抓到我们，到时不是走上绞刑台，就是流放西伯利亚。”

托马斯摇晃着杯中的酒：“先离开一阵子总没错，到乡下躲一阵子，等风声过了，我们可以再回来。崭新的德国，不管是什么样的德国，一定需要有志之士的加入。”

“离开？去哪儿？怎么去？”他微笑看着我，“你以为我们都没想过吗？我们在荷兰、匈牙利、瑞士都有管道，有人愿意接纳我们，不管他们是出于信念还是基于利益。最好的管道在意大利，在罗马。教堂绝不会放弃迷失的羔羊。”

他举起酒杯，像是要举杯互祝，然后喝了一口：“施伦堡，还有沃尔菲也一样，都得到相当程度的保证。当然，事情也可能不会那么顺利，党的精英总是棘手一点。”

“然后呢？”“再看吧。南美，阳光，大草原，你不觉得心动吗？不然，你想看金字塔也行。英国人迟早会走，他们那里需要一些专门人才。”

我又倒了一杯，喝了一口：“万一柏林被包围了呢？你打算怎么走？你会留下吗？”

“对，我会留下，卡尔滕布伦纳和穆勒总教人无法放心，他们真的很不可理喻。不过，这一点我也想到了，过来看。”

他带我到他的卧房，打开衣橱，拿出一些衣服摊在床上：“你看。”都是些劳动工人的粗布衣裳，蓝色帆布，沾满了油渍和污渍。“看看上面的标签。”我仔细一看，那些是法国衣服。“我连鞋子都准备好了，还有贝雷帽、臂章，应有尽有。还有身份证件，在这儿。”

他把证件拿给我看，是 STO 法籍劳工的证件。“当然了，如果在法国，可能没这么容易蒙混过关，但要骗过俄国人绰绰有余，就算碰上会讲法文的军官，能听出我腔调的也是少之又少。何况，我还可以谎称来自阿尔萨斯。”

“这主意不坏。”我说，“这些东西你在哪里找来的？”他手指轻敲杯缘，微笑着回答：“你以为我们还会记录柏林有多少法籍劳工吗？多一个，少一个都无所谓……”他喝了口酒，“你应该也计划一下，以你的法文，到巴黎都没问题。”

我们下楼回到客厅。他又替我倒了一杯，举杯与我互碰。“这当然还是有风险的。”他笑着说，“不过话说回来，又有什么是万无一失的呢？我们不是好端端逃出斯大林格勒了。重点是要懂得动脑筋，你知道盖世太保那些人，现在都忙着找犹太人的星星标志和身份证明文件呢。”说着，他又笑了，“他们找得可辛苦了，现在市面上，犹太人才真是奇货可居。”

我睡得很少，一大早又回到本德勒街，天空云层散去，苏联战机伊尔-2随处可见。第二天，天气更加晴朗，花园里、废墟上一片花红。我没看见托马斯，他被卷入卡尔滕布伦纳和沃尔夫的恩怨，详细情形我不太清楚，沃尔夫从意大利回来，讨论投降的可能性，卡尔滕布伦纳一怒之下，下令逮捕他，或是说要吊死他，跟以前一样，这种事最后总是闹到元首那边，元首让沃尔夫走了。

塞洛高地陷落那天，我终于看到托马斯，他怒气冲冲，气卡尔滕布伦纳，气他的愚蠢，气他的眼光狭隘。我一点都不懂卡尔滕布伦纳到底在玩什么把戏，他处处与大元帅作对，和鲍尔曼沆瀣一气，耍尽心机想要成为元首眼前的红人，这些能给他带来什么好处。

卡尔滕布伦纳不是笨蛋，他应该很清楚，而且比任何人都清楚，游戏结束了，然而他的所作所为非但没有在为未来打算，反而浪费精力在无谓烦琐的争执上，拿拼到最后一兵一卒做幌子，认识他的人都知道，他根本没有勇气合理冷静地思考，接受最后结论。

其实，行为失控的不止卡尔滕布伦纳一个。柏林的每个角落突然出现许多封锁队，成员来自国家安全局、警察单位、战地警察和党底下的一些机构，这些人有权径自逮捕与草率审判头脑比较清楚，想要活下去的人。

被他们逮捕的人里面，有些甚至只是很不巧地刚好出现在那里。禁卫队那些狂热崇拜元首的小伙子把伤兵从地下室拖出来枪毙。街上到处都是疲惫的国防军老兵、新近征召入伍的老百姓、别着勋章的16岁孩子，以及一张张酱紫色的脸，悬吊在路灯、树、桥、高架铁轨，任何可以吊死人的地方，他们的脖子上清一色挂着一张牌子：私自擅离职守。

柏林市民对此敢怒不敢言："与其被吊死，不如假装相信胜利终将来到。"我也常得跟这些狂热分子打交道，因为我必须来回两地跑，时不时就得掏出证件接受盘查，我甚至想找个配有武器的护卫保护我的安全。

与此同时，我也蛮同情这群被愤怒和酸苦冲昏头的人，他们内心充满了愤恨，却无法将这股愤恨发泄在敌人身上，只好转而发泄在同胞身上，就像发怒的野狼一样自相残杀。

国安警察署底下的一位年轻二级突击队中队长格斯巴赫，一天早上没来上班，其实，他也没什么班可上。总之，有人发现他没来，警察到他家搜索，发现他在家醉得不省人事。穆勒耐心等他清醒，然后叫所有军官到大楼中庭集合，在众目睽睽之下，命人对准他的脖子，一枪毙了他。事后，他的尸体被丢在马路上，一个新进的党卫队成员几近歇斯底里，对这具可怜的尸体扫射，一直到冲锋枪的弹匣空了才罢手。

我来回传送战报，一整天下来，拿到的几乎全是坏消息。苏联一天天逼近，攻占利希滕贝格和潘科夫，拿下威森湖。一拨拨的难民穿梭在市区街道，我们吊死了许多人，把他们当逃兵看待，有些人只是运气不好而已。牺牲在俄军炮火底下的人也不在少数，元首欢庆寿诞之后，柏林市已经落入他们的大炮射程范围内了。

那是一个晴空万里的好日子，温暖的星期五，阳光灿烂，荒芜的花园紫罗兰芬芳阵阵扑鼻。废墟、瓦砾堆上，"卐"字旗海飘扬，大大的广告牌上写着讽刺意味十足的口号，我真心希望这样的讽刺效果完全是无心的：我们真诚感谢元首带给我们的一切。戈培尔博士敬贺。

老实说，完全看不出真诚的心。那天早上，英美联军再度发动大规模空袭，短短两小时内派出一千多架飞机，然后是蚊式战机，空袭结束后，换俄军的大炮接手。烟火壮观，不过大概没多少人懂得欣赏，至少在我们这边是如此。戈培尔费尽心思想借着元首生日的机会，给大家加菜同庆，可惜人算不如天算，俄军炮火猛烈，排队领寿诞加菜的老百姓死伤惨重。

第二天，天空下起倾盆大雨，情况更加凄惨，一颗炮弹落在卡尔施泰特百货公司门前，伤及排队等候的民众。赫尔曼广场血流成河，炸碎的身体残骸四散，小孩呼喊着摇晃躺在地上一动也不动的母亲，这些都是我亲眼所见。

星期天，又是艳阳高照，温暖的阳光打在湿透的碎瓦砾和废墟上。众鸟齐鸣，随处可见郁金香、紫罗兰、苹果树、樱桃树和李树形成一片花海，动物园满园都是杜鹃花，宜人的花香却盖不过街道上潮湿砖块散发的霉烂气味和腐尸臭气。浓烟滞留上空，下雨时，厚厚的烟层益发沉重，仿佛要紧紧掐住人的喉咙。

虽然炮火不断，街道上人声依旧可闻，小孩戴着纸糊的帽子，穿梭嬉闹于防装甲车路障之中，蹲伏在障碍物上面，挥舞着手中的木剑。我碰见许多老太太使劲推着装满砖块的手推车穿过动物园，慢慢朝动物园底下的防空洞走，还有几名士兵驱赶一群哞哞大叫的母牛。傍晚又下雨了，现在轮到红军庆祝列宁生辰，又是一阵炮声轰轰，盛大的花火。

政府机关一个接一个关闭，撤离人员。柏林市指挥官莱纳曼将军，在被撤职的前一天发出了两千多份通行证，给纳粹党武装军的军官，让他们可以离开柏林。运气差没有拿到的人还是可以花钱买到出城的票，有盖世太保在库否斯坦街跟我解释完整的合法证件要价大约八万马克。

地铁持续通车，直到 4 月 23 日才停摆，高架则到 25 日才关闭，市区电话 26 日全面不通（当时盛传一个俄国人从西门施塔特打电话给戈培尔，居然接通了）。卡尔滕布伦纳庆祝完元首寿诞后，立即逃往奥地利，穆勒仍然坚守岗位，我继续为他传递战报。

我最常走的路线是穿过动物园，因为本德勒街南方，靠近后备军运河的道路，碎砖瓦砾堵塞无法通行，新凯旋路上的普鲁士国王雕像及勃兰登堡的塑像早已被连番炮火粉碎，霍亨索伦王朝王公贵族的脑袋和四肢散落路面，白色大理石碎片在夜里月光下闪闪发亮。现在，柏林市指挥中心也迁到国防军最高指挥部了（由一个叫卡特尔的军官接替莱纳曼，两天后，卡特尔被卸除职务，改由魏德林接手），我经常得等上好几个钟头才能拿到消息，而且是零散的消息。

为了不妨碍他们办公，我和司机总是坐在车上等，车子停在中庭的水泥遮雨棚下方，我看着往来中庭、行色匆匆的军官，有的兴奋激动，有的惊慌失措，还有满脸疲惫的士兵，慢吞吞拖着脚步，想尽可能晚点重返战场，当然也有来这里乞求配置火箭筒，一心争取荣耀的希特勒青年团团员，以及不知何去何从，到这里等候命令的人民突击队的成员。

一天晚上，我伸手往口袋掏想找烟，却意外掏出了海伦的信，这封信先是堆在霍恩利申办公室，之后便被我遗忘在口袋里。我拆开信封，一边抽烟一边看信。那是一封告白信，简单直接：我的态度反复，把她搞糊涂了，她信中写道，她不想追根究底，她只想知道一件事，我是否愿意跟她在一起，我是否想娶她。信中坦白直接的字眼让我心情大乱，不过一切都太迟了，我摇下车窗，把信揉成一团扔进水坑。

大伙裤带勒得更紧了。阿德龙饭店歇业，留在库否斯坦街喝杜松子酒成了我唯一的消遣，有时则在万湖跟托马斯一起，听他开玩笑似的讲一些最近发生的逸闻。现在，穆勒正在找内奸，是一名敌方特务，他特别针对党卫队高级将领身边的人清查。施伦堡认为此举是为了拉下希姆莱所设计的阴谋，所以托马斯严密监视着事情的发展。

政局的发展荒腔走板，犹如滑稽荒诞的闹剧，原本失去元首信任的斯佩尔回来了，他乘坐一架老式飞机闪过苏联战机伊尔 -2 的炮火，平安降落在轴心防线上，也赢回了上面的宠幸。

戈林把大老板和主子往生的日期预估得稍稍早了点，被免除了一切职务，发放巴伐利亚监禁。头脑比较清楚的官员，好比冯・里宾特洛甫和一些军事将领，不是一动不如一静，静观其变，就是朝美军方向撤退。最后压轴上场的是不计其数的自杀人士，为这出戏画下最终的句点。我军明知大势已去，还是争先奋勇战死沙场。

24 日，一营“查理曼”武装师的法籍士兵不知想出了什么办法，突破重围冲入柏林，与“北方”武装师的弟兄会合，帝国的行政中心全靠芬兰人、爱沙尼亚人、荷兰人和几个小队的巴黎人来防卫了。幸好其他地方的人没有被混乱冲昏头，有人说一团强大的军队已经上路，赶来替柏林解围，把俄军逼回奥得河对岸，但是，我在本德勒街的联系窗口却始终不愿正面回答有关我军防御阵地和军队推进方面的问题，温克宣称的大反攻也迟迟不见踪影。

同样地，几天前大伙盛传施泰纳带领的党卫队武装军即将发动反击，终究只是泡影。至于我，这些类似《诸神的黄昏》的戏码，我一点兴趣都没有，我好想找个地方安静思索我的下一步。不是因为我怕死，各位可以相信我，反正我活在这个世界上的理由也不多，但是一想到这样的死法，心不甘情不愿跟着时局变化跑，被炮弹爆炸波及或者被流弹误伤，我厌恶这种死法，我宁可安静坐着，旁观局势演变，也不愿被情势的狂流带着走。

可是，我没得选择，我必须为国家奉献，跟所有的人一样，既然如此，我宁可做得有光荣有尊严。我继续搜集、转呈无用的军事信息，这个工作在我看来只有一个目的——将我继续绑在柏林。我们的敌人无视这些持续不断的茶壶里的风暴，他们昂然大步挺进。

没多久，库否斯坦街的人员也必须撤离了。留下的军官分散各处，穆勒撤退到位于城墙街三一教堂地下墓穴的紧急应变总部。本德勒街几乎沦为前线，两边往来变得非常困难，要到本德勒街的大楼，我必须快速蜿蜒通过积满土砾的街道，冲到动物园边上，然后改用步行，在地底孤儿的指引下，借道连栋公寓的地下室或残垣断瓦。这些全身脏兮兮躲在地底下的小孤儿对这里的环境熟得不得了。

震耳欲聋的炮火就像活生生的生物，不断以各种不同的形式来试炼听觉的极限，然而，战火稍歇时的死寂才是最大的折磨。大火延烧蔓延整座城，闪闪发光的巨大火舌大口吸吞空气，引发剧烈的暴风，阵阵强风更助长了火势。偶尔，滂沱阵雨急下，浇熄几户人家，却又加重了空气中霉烂的气味。仍然有几架飞机试图降落东西轴线，12 架载着党卫队学校学生的 Ju 52 在柏林上空逐一被击落。根据军方愿意出示给我的数据显示，温克的部队平白无故在波茨坦消失了踪影。

4 月 27 日，天气很冷，俄军猛烈攻击波茨坦广场，“阿道夫·希特勒禁卫队”顽强抵抗，不让他们越雷池一步。之后，是短暂几个小时的宁静。

我回到城墙街的教堂，向穆勒汇报最新战况，有人告诉我，他现在在内政部，叫我过去那里找他。他在一个很大的房间，空荡荡的没摆什么家具，墙壁到处是水渍，里面聚集了国家安全局和国安警察署的军官，共30多人，托马斯也在其中。

穆勒让大家苦等了30多分钟，这段时间，陆续只来了五名军官（他召集了大约50名军官到这里来）。我们列队站好，稍息，接下来是简短的谈话。昨晚，元首通过电话跟卡尔滕布伦纳副总指挥长磋商，决定特别表彰国家中央安全局的贡献和不贰的忠心。他下令颁发德意志金十字勋章给10位固守柏林、在战争期间表现特别优异的军官。名单是卡尔滕布伦纳拟的，名字没有被叫到的人也不要气馁，同样与有荣焉。

穆勒开始唱名，榜上的第一名就是他自己，听见托马斯的名字时，我一点都不意外，让我瞪大眼睛的是，穆勒念出了我的名字，排在第九位。我到底做了哪些事，让上面如此看重？再说，我又不讨卡尔滕布伦纳的欢心，差得远了。托马斯远在房间的另一头，对着我眨了一下眼睛。大伙开始排队准备前往总理府。

到了车上，托马斯说明了事情的原委，在这群仍然留在柏林的军官里，我跟他是少数几个真正上过战场的人，这一点让我们占尽优势。车子沿着威廉大道开往总理府，一路上行进困难重重，水管破裂，路面积水成灾，死尸漂浮水面，车子开过激起涟漪，尸体也跟着晃荡，没办法只好下车涉水过去，水深及膝。

穆勒带我们钻进外交部倾圮的碎瓦石堆，那里有一条地道通往元首的地下碉堡。地道里也积水，水深淹到足踝。入口由“禁卫队”驻守，他们收走了我们的配枪才让我们进去。我们被带着穿过第一层碉堡，踏着湿淋淋淌着水的螺旋梯，进入更深入地底的第二层碉堡。

我们踩着从外交部渗进来的水往下走，积水弄湿了走廊上铺着的红地毯，我们依序坐在靠着走廊墙壁的学生木头椅子上。

一名国防军的将军当着我们的面，对站在他面前挂着中将肩章的将领大吼：“我们全都要淹死在这里了！”中将婉言向他保证马上会找一台抽水机过来。地下碉堡弥漫着刺鼻的尿臊味，混杂着潮湿不通风的霉味、汗臭、泡水羊毛等气味，就算喷了杀虫剂也盖不住。

我们在这里枯等了好久。军官来来往往，靴子踩在吸饱水分的地毯上噗噗作响，有的人直直走到走廊底端，消失在另一个房间的门后，有的则踏上螺旋阶梯，满室萦绕着柴油发电机闹哄哄的鸣响。两个打扮高尚的年轻军官打从我们前面经过，一边比手画脚热烈讨论事情，紧跟在他们后方的竟是我的老朋友霍恩埃格医生。

我从椅子上跳起来，抓住他的手，欣喜若狂，能在这里与他相逢真是太好了。他也抓住我的手，带我走进一个小房间，里面有几个党卫队武装兵在玩牌，另外一些则躺在双层床上睡觉。“我被派来这里担任元首的助理医官。”他唉声叹气地跟我解释他在这里的原因，他光秃秃的头顶冒着汗珠，反射着灯泡的晕黄灯光。

“他人怎么样了？”“哦，不太好。我不是他的御医，我负责照顾我们亲爱的宣传部长的孩子。他们都待在第一层地下碉堡里。”他边说边伸手指指天花板。

他四下张望，然后压低声音：“其实有点浪费时间：每次我跟这些孩子的母亲独处时，她总是对天发誓，她要先毒死他们再自杀。可怜的小孩什么都不懂，他们很可爱，想到这里就觉得心酸，这话我只跟您说。我们的那位跛足魔鬼[1]却一心一意只想着组织荣誉卫队，誓死永远追随主子，上刀山下油锅在所不辞，他想去就自己去好了。”

“我们已经沦落到了这个地步？”“错不了。胖子鲍尔曼可不想下地狱，他试图劝他离开，可是他拒绝了。依我个人浅见，要不了多久了。”

“您呢，亲爱的医生？”我微笑着问。我真的非常高兴能够再次遇见他。“我？就像英国名校的男孩常说的，人生在世须尽欢。我们今晚有一个小派对，在上面的总理府，免得惊扰了他。如果您方便，也一起来，会有数不清的年轻处女，热情火辣，她们宁可把童贞献给德国人，不管他有多丑怪，也不愿教又臭又脏的卡尔梅克草原野人给夺去。”说着还在自己圆圆的肚皮上敲了好几下，“就我这个年纪来说，这种好事当然来者不拒，以后的事，”他眉毛挑高，加上圆秃秃的光头，模样看起来煞是滑稽，“以后再说。”

1. 歌德《浮士德》中的魔鬼。

“医生，”我以严肃的口吻说，“您比我聪明多了。”“这一点，我从来没有怀疑过，一级突击队大队长，不过我就是没有您的好狗运。”“总之，相信我，我真的很高兴能再见到您。”“我也是，我也是！”说着，我们走出房间回到走廊。“如果您可以，一定要过来哦！”说完，他迈开粗粗的短腿快步离去。

没多久，我们被叫进走廊尽头的房间，动手把房里堆满地图的桌子搬到墙边，靠墙摆好。脚下地毯湿气逼人。刚刚那两位大声讨论漏水问题的将领，现在人就站在我们前面的门口，另有一名副官正在整理桌子上一盒盒的勋章。

门打开，元首走进来，所有人本能地立刻挺直胸膛，手臂高举向前，拉着嗓门大声致敬。那两名将领也立正站好。元首本想举手回礼，但手抖得实在太厉害了。接着，他缓缓迈出步伐，摇摇晃晃，走走停停。鲍尔曼肥胖的身躯出现在他身后，身上的褐色制服绷得紧紧的。

我从来没有在这么近的距离下看过元首，他穿着式样简单的灰色制服，戴着军帽，脸色泛黄，脸颊肿胀，神色不安，两眼直视前方，空洞无神，却不时猛烈眨眼，嘴角挂着一滴唾液。每当他脚步稍显踉跄时，鲍尔曼立刻伸出毛茸茸的大手，扶住他的手肘。他靠着一方桌角站立，发表一篇简短但条理不清的谈话，谈到了腓特烈大帝、万古流芳还有犹太人的问题，语毕，他走向穆勒。

鲍尔曼影子似的跟着元首，副官也跟在他身边，捧着盒盖打开的勋章。元首慢慢拿起勋章，直接放进穆勒的右口袋，而不是替他别上，然后握住穆勒的手说：“我亲爱的穆勒，忠心耿耿的穆勒。”手指轻敲他的手臂。

我直视前方，只以眼角余光观察元首的一举一动。下一位的受勋仪式步骤完全一样，只是改由穆勒大声念出军官的名字、军阶和职务，元首随后才颁发勋章。下一个是托马斯。随着元首越来越靠近——我站在队伍的尾端——我的注意力开始集中在他的鼻子上。

我以前没注意过他的鼻子有这么大，大到简直不成比例，从侧面看过去，嘴巴上的胡须显得较不引人注目，焦点反而更集中到鼻子上。元首鼻头丰厚，两翼扁平，鼻尖部分的鼻梁骨扭曲隆起朝天，是斯拉夫民族或波希米亚民族的典型鼻子，几近蒙古族。我不知道我为什么如此在意这个小地方，我觉得自己的行为很可耻。

元首越来越靠近，我的眼角余光始终盯着他不放。终于，他来到我面前。

我惊讶地发现他头上的军帽才到我眼睛的高度，而我个子并不算高。他含混不清地说了些恭喜的话，伸手到旁边摸索着拿勋章。呛人的口臭让我再也按捺不住，太过分了，我受不了了。我嘴角扬起一丝冷笑，弯起两根手指，捏住那个大鼻子左右摇晃，就像在惩罚顽皮的小孩一样。

直到今日，我仍旧无法清楚告诉各位，当时我为什么会有这种举动，我就是克制不住冲动。元首尖声惊叫往后跳开，倒在鲍尔曼怀里，顿时大伙呆若木鸡，不知该怎么办。好几个人一拥而上，用力将我扳倒在地。我挨了好几拳，躺在潮湿的地毯上缩成一团，大伙换用脚踢，我用双手护住自己，尽可能抵挡攻击。

叫嚷声四起，元首怒吼，最后我被人拉起来，军帽掉在地上，我想整整领带，可是我的手被人牢牢握住。鲍尔曼一边催促元首回房，一边大叫：“毙了他！”

托马斯在人群后头静静望着我，脸上半是失望，半是责难。我被人拖着往房间后头的一扇门走去。此时，穆勒厉声说：“等一下！我要先盘问他，把他带到地下墓穴。”

我很清楚，特雷弗-罗普[1]的书上完全没有提到这一段，勃洛克[2]也没有，没有历史学家深入探讨过元首生前最后几天的遭遇。尽管如此，我可以向各位保证，这是真实发生的事件。史学家对此事三缄其口，理由其实不难理解。

穆勒下落不明，是死，还是在几天后落入俄国人手中，没有人知道。鲍尔曼试图逃离柏林，结果被杀。那两位国防军将领应该是克莱贝尔斯和伯格朵夫，他们最后自尽殉国。那名副官大概也凶多吉少。

至于其他目睹意外发生的国家中央安全局军官，我不知道他们的下落，不难猜想得到，他们因为职务之故，就算侥幸不死，也没有人会沾沾自喜地炫耀，自己在元首过世前三天接过他亲手颁发的勋章，因此调查员很可能忽略了这个小插曲（苏联那边的档案也许留有只字片言也说不定？）。

---

1. 罗普（Hugh Trevor-Roper，1914—2003）：英国著名的历史学家，专精现代英国历史以及纳粹德国史。
2. 勃洛克（Alan Bullock，1914—2004）：英国历史学家，著有《希特勒传》等书。

我被推着走上长长的楼梯，从总理府的花园出来回到地面。庄严气派的总理府经过多次炮轰，早已化成倾圮石堆，户外清新空气中弥漫着茉莉和风信子的芬芳。他们粗鲁地将我推上车，开往不远的教堂，一到教堂，他们带我走到地下碉堡，将我用力扔进一处由水泥砌成的房间，里面空荡荡的，湿气很重。

地面到处是水，墙壁也湿淋淋的，厚重的铁门咿呀关上，四周立刻一片漆黑，完全密闭。我睁大眼睛，没有用，丝毫没有光线渗透进来。就这样，我待在黑暗中，好几个小时过去了，我又湿又冷。后来，有人来带我出去，他们将我绑在椅子上，我不停眨眼，光线弄得我眼睛难受极了。

穆勒亲自审问我，他们用警棍敲我的肋骨、肩膀和手臂，穆勒也抡起媲美庄稼汉的大拳头给了我几拳。我试图解释我的举动是毫无自觉、反射性的行为，不具意义，也没有事先预谋，只是一时恍惚的举动。

穆勒不相信，他认定这是经过长期策划的阴谋，他要我供出同伙。我大声喊冤，但没有用，他就是不肯相信——穆勒一旦出手，绝对不会轻易放过对方。最后，他们把我丢回牢里，我躺在水坑中，静静等着身上的痛楚逐渐平息。

我大概就这样，半边脸泡在水里，迷迷糊糊睡着了。醒来时，我全身冻僵，伴随着不由自主的抽搐，门打开了，大批人一边对着一个人饱以老拳，一边将他往我这里推。我只看到他穿着党卫队的制服，上面既没勋章，也没标志。

黑暗中，我听见他用巴伐利亚方言连声咒骂："这里难道就没有一块干燥的地方吗？""到墙边试试看。"我以礼貌的口吻低声说。

"你是谁啊？"虽然他嘴里迸出的话字字粗鄙，音调却相当有修养。

"我吗？我是奥厄一级突击队大队长，隶属国家安全局。您呢？"他的声音听起来似乎平静许多。"很抱歉，一级突击队大队长，我是地区总队长菲格莱因[1]。前地区总队长菲格莱因。"他特意加上一句，讽刺意味浓厚。

---

1. 菲格莱因（Hermann Fegelein，1906—1945）：德国纳粹党将领。曾任希姆莱副官。1945 年 4 月在柏林战役中与情妇潜逃，被盖世太保逮捕，同月被枪毙。

我听过他的名字，他曾经取代沃尔夫，在元首身边负责与大元帅联系。在此之前，他曾统御过一团党卫队骑兵远征俄国，征讨游击队和搜捕逃到普里佩特河沼泽区的犹太人。我担任大元帅幕僚期间，听人形容他是个野心勃勃、爱玩、爱说大话的俊俏小子。

我用手肘支撑着起来："前地区总队长，您怎么会到这里呢？"

"这个啊，误会一场。我窝在家里，跟一个女孩多喝了几杯，地下碉堡的那些激进派硬说我计划叛逃。我敢说，一定又是鲍尔曼搞的鬼。那边的人都疯了，这套狗屁倒灶对我没用。谢了，反正等会儿就没事了，我姐姐会出面帮我摆平。"

我不知道他说的是谁，我没有多问，一直等到多年后，我读了特雷弗 - 罗普的书才恍然大悟，原来菲格莱因娶的是艾娃·伯劳恩的姐姐，当时我跟大多数的人一样，根本不知道有这个女人存在。可惜，这段政治婚姻没能帮上什么忙，尽管有这一层姻亲关系，尽管魅力无穷、辩才无碍，菲格莱因还是在第二天傍晚被带到总理府的花园就地正法了（这也是我后来才知道的）。

"那您呢，一级突击队大队长？"菲格莱因问。我说了我的鲁莽行为。"啊！"他惊叹，"真是不乖。原来是这样，他们才一个个愁眉苦脸。我还以为穆勒那个大老粗非要打断我脖子不可呢。"

"啊，他们也动手打了您？""是啊。他一口咬定，跟我在一起那个女的是英国派来的间谍，我不知道他是怎么了，突然变成这样。"

"的确。"我想起托马斯之前说的话，"穆勒地区总队长正在找一名内奸，一名敌方特务。""她有可能是间谍，"他喃喃地说，"但这跟我一点关系都没有啊。"

"很抱歉，"我打断他的话，"您知道现在几点吗？""不是很清楚，大概是半夜，或凌晨 1 点吧。"

"这样的话，我们最好还是睡一会儿。"我半开玩笑地说。"我比较喜欢睡在自己的床上。"菲格莱因嘟囔着说。"我能理解您的感受。"我贴着墙躺在地上，臀部还泡在水里，但比起头泡水，这样已经好很多了。

我睡得相当安稳，还做了许多好梦，醒来时意犹未尽，不过肋骨猛挨了几记靴子，不得不起来。“站起来。”黑暗中传来一个声音。

我艰难地爬起来。菲格莱因坐在门边，双手环抱膝盖，我踏出门的时候，他羞怯地朝我挥一下手，微微一笑。我被带到教堂，有两个穿便服的男人在等我，他们是警察，其中一个手上拿着左轮枪，他们身边还有几个穿制服的党卫队队员。拿着左轮枪的刑警抓住我的手臂，拖着我走到外面街上，押着我坐上欧宝汽车，其他人也跟着依序上车。

“我们要去哪里？”我问拿枪抵住我肋骨的警察。“闭嘴！”他怒喝。汽车引擎发动，开上城墙街，大约走了 100 米，我听见一阵尖锐的呼啸，紧跟着出现砰然巨响，整辆车被抛到半空中，侧翻落地。被我压在下面的警察开了枪，我想，我记得子弹穿过椅背，杀死了前座的人。另一名警察全身僵硬倒在我身上，满身是血。

我双脚乱踢，手肘乱撞，终于从后车窗逃出来，爬出来时被碎玻璃割到，受了点伤。炮弹旋即一颗一颗落在附近，碎石和瓦砾如倾盆大雨纷纷打落，我的耳朵好像被震聋了，耳鸣嗡嗡。我趴在人行道上，静静不敢动弹，脑袋昏昏沉沉的。

过了一会儿，那名警察连跑带爬过来，重重摔在我腿上，我伸手抓起一块砖头，用力往他头上敲。我们两人滚进瓦砾堆，红色的砖灰和烂泥巴沾满全身，我用尽全身的力量死命地敲，但是想用砖块敲昏一个人并不简单，特别是一块烧过的砖头。我不过敲了三四下，砖头便在我手中化成了灰泥。我想再找一块砖或石头，但是对方已经反身将我压倒，掐住我的脖子，企图勒死我。疯狂的眼珠在我头上乱转，鲜血从额头流出，在沾满红色砖灰和烂泥的脸上画出纵横交错的线条。

我的手终于摸到一块铺路石，我高举石块，重重往他头上敲，手臂画出一道大大的圆弧线，他整个人瘫倒压在我身上。

我推开他，抓住他的头猛烈往地上一阵乱敲，一直敲到头盖骨破裂，脑浆四溢到跟灰尘和头发纠结成块，我才住手。我惊魂未定站起来，四下搜寻那把左轮手枪，手枪可能留在车里。翻覆的车子，车轮还不停转动，车里的三个人好像都死了。轰炸停止了，我强忍痛苦往城墙街上跑。

我得找个地方藏身。环顾四周，都是政府部会大楼和公家机关办公室，几乎尽成废墟。我转身往利普泽路跑，钻进一栋民宅公寓的前厅，首先映入眼帘的，是一双双穿着袜子或光溜溜的脚，慢慢地旋转晃荡。

我抬起头，看到好几个人，有小孩，有妇女，全都挂在楼梯栏杆上吊，双手摆啊摆的。我找到了通往地下室的入口，打开门，一股混杂了尸体腐烂、粪便和呕吐秽物的臭气迎面扑来，地下室满满的都是水，还有泡水肿胀的尸体。我关上门改上楼，才走到一楼，眼前就是一片空。我绕过那些上吊的人，快步下楼走出公寓。

天空飘起毛毛雨丝，四处炮声轰隆，地铁站出入口出现在眼前，是C线的市中心站。我连忙跑过去，大步下楼，我穿过大门，一手扶着墙壁，摸索着往底下的黑暗世界迈进。地砖湿滑，天花板上水流潺潺，水沿着横梁蔓延圆拱屋顶。

月台传来隐约模糊的呻吟，月台上满满的人影晃动，我看不清那些人是死了，还是睡着了，或者只是单纯躺着休息。

我脚下不稳，压到了一些人，尖叫声四起，小孩哭号抽噎。月台旁停着一节地铁车厢，车窗全都破了，只靠着几支摇曳的烛光照明。车厢内有一团佩挂法国徽章的党卫队武装军，他们整齐立正排列站好，有个穿黑色皮大衣的高大旅队长背对着我，庄重地为他们颁发勋章。我不想惊扰他们，静静从他们身边经过，然后跳下铁轨，底下积水盈尺，冰冷的水深及小腿。

我想往北方走，但是我搞不清楚方向，我努力回想以前我搭地铁上下班时，列车行进的方向，却连自己刚刚是在月台的正向还是反向都搞不清楚，一切全乱成了一团。旁边的隧道透着一点灯光，我决定往那里走。

我费力踩踏淹过铁轨的积水前进，脚下不时踢到看不见的障碍物，差点失去平衡。隧道的尽头有好几节车厢整齐排列，车厢里也点了几根蜡烛，原来是临时医疗站，满满的伤员，有的痛苦哀号，有的大声咒骂，有的低声呻吟。

亏得墙壁的指引，我沿着车厢摸索着慢慢前进，几乎没有人注意到我。水位不断上升，现在已经快要到达小腿肚了。我停下脚步，伸手往水里探，水好像是慢慢朝我这个方向流。我继续涉水往前，一具随波漂流的尸体撞上了我的脚，泡在冷水里的双脚几乎快要失去知觉。前面好像有亮光，除了流水汩汩，隐约也传来其他声响。我终于走到了停靠站，那里也点了一根蜡烛。

现在积水高达膝盖，这里的月台上也有人。我高声呼喊："麻烦您，这里是哪一站？""厨师街。"有人亲切回答。我弄反方向了，我正往苏联军队的方向前进，随即掉头往回走，再度没入黑暗的隧道，朝市中心站前进。

我可以看见前方临时地铁医疗站里昏暗的烛火。最后一节车厢旁边的铁轨上站着两个直立的人影，一个相当高大，另一个比较矮小。

手电筒灯光大亮，强光逼得我睁不开眼，我伸手阻挡强光的时候，一个熟悉的声音缓缓扬起："嗨，奥厄，近来可好？""真巧，在这里碰到你，"另一个声音说，明显比较细弱，"我们正在找你。"是克莱门斯和魏塞尔。第二支手电筒亮了，他们朝我走过来，我踉踉跄跄往后退。

"我们想跟你谈一谈。"克莱门斯说，"关于你母亲的事。""哦，拜托，两位先生！"我大叫，"现在都什么时候了？""重要的事任何时刻都可以谈。"魏塞尔用略微尖锐粗鲁的声音回答。我又往后退，却碰上了隧道的圆弧墙壁，冰冷的水渗透水泥墙面，冻僵了我的肩膀。

"你们又想干吗？"我急得尖声斥问，"我的案子早就结了！"

"那是贪渎虚伪的法官做出的决定。"克莱门斯说。"到目前为止，你靠着诡计，狡猾地逃过法律制裁。"魏塞尔说，"现在，这些诡计都没有用了。"

"你们不认为这应该由大元帅，或者是布莱特霍普副总指挥长来决定吗？"布莱特霍普是党卫队法庭的大法官。

"布莱特霍普几天前车祸死了，"克莱门斯冷冷回答，"至于大元帅嘛，他远得很。""不对，"魏塞尔说，"现在，只有你跟我们。"

"你们到底想干吗？""我们要伸张正义。"克莱门斯沉着地说。他们慢慢往前靠近，包围住我，手电筒强光打在我脸上，我看到他们手上握着自动手枪。"听我说，"我结结巴巴地说，"这是天大的误会，我是无辜的。"

"无辜？"魏塞尔老是不客气地打断我，"我们来回顾一下好了。""让我们来告诉你事情发生的经过。"克莱门斯说。

手电筒的耀眼强光刺得我睁不开眼，他的声音仿佛从白光中放射出来："你搭乘夜车从巴黎南下马赛，4 月 26 日你抵达马赛，办了一张进出意大利管辖区的通行证，第二天即奔往昂蒂布。到了那里，你回到家，家人热烈欢迎你，把你当成儿子看待，你也的确是这家人的儿子。当晚，一家人在家里吃晚餐，你到楼上双胞胎隔壁的房间过夜，正对门就是你母亲和莫罗先生的卧房。隔天，4月28日……”“欸，”魏塞尔插嘴道，“今天正好也是4月28日，真的好巧。”

“两位，”我大着胆子反驳，“你们胡言乱语说些什么？”“你给我闭嘴。”克莱门斯大声叫嚣，“听我说，我们不清楚你白天干了什么。我们知道你劈了柴，你把斧头留在厨房，没有带回柴房。之后，你到镇上逛了一会儿，还买了回程的车票，当时你穿的是便服，比较不引人注目。然后，你回到家。”魏塞尔接口：“这以后发生的事情，我们比较难以确定，也许你和莫罗先生还有你母亲一起讨论事情。也许你们之间发生了争执，这一点我们无法肯定，我们也无法确定事发时间。但是，我们可以肯定当时你和莫罗先生单独在一起，你在厨房找到了你故意留在那里的斧头，回到客厅杀了他。”

“我们甚至很愿意相信，你把斧头留在家里的时候，还没有杀人的意图。”克莱门斯说，“斧头会留在家里纯粹是意外，你没有预谋要杀任何人，但事情就是这么发生了。一旦起了个头，情势一发不可收拾，你杀红了眼。”

魏塞尔接着说：“可以肯定的是，当你高举斧头朝他胸膛劈过去时，他一定非常吃惊。就跟劈柴火一样，木头裂开，‘啪’的一声，他嘴里发出含混不清的声音，砰地倒地，口中满满的血，斧头还插在身上。你伸出一只脚踏在他的肩膀上当成支撑点，使劲把斧头拔出来，又对他砍了一下，不过你没有算准角度，斧头反弹回来，只砍断了他的几根肋骨。于是，你往后退了几步，这次仔细瞄准了，啪嗒，人头落地。斧头命中喉结，你听见脊椎断裂发出的清脆声。他全身一阵剧烈抽搐，最后的一次，他吐出大量的暗色鲜血，喷得你全身都是，脖子也喷出大量的鲜血，总之，你全身都是血，他的双眼逐渐变得迷蒙，鲜血从几乎快被砍断的脖子里不断涌出，你看着他眼中的光芒变暗消失，就像被我们在草地上宰杀的羊一样，瞪着无辜的大眼。”

“两位先生，”我大声说，“你们精神错乱，完全不知道自己在讲什么。”克莱门斯说：“我们无法肯定双胞胎是否目睹了这一幕，不过他们看见你上楼。你丢下尸体和斧头，全身是血走上楼。”

“我们不知道为什么你放过了他们。”魏塞尔说，“你大可以轻松杀掉他们，但你没这么做。也许你根本不想杀他们，又或许你原本想，但是来不及，他们已经逃走了。或许你原本想，后来改变了心意，也或许你早就知道他们是你姐姐的儿子。”

“我们又去了一趟她在波美拉尼亚的家。”克莱门斯低声冷冷地说，“我们找到了一些信件，还有文件，结果发现非常有意思的事——小孩的身份文件。不过，在此之前，我们早就知道他们的身份了。”

我发出歇斯底里的短暂笑声：“你们知道吗？我当时也在那里。我在树林里，我看见了你们。”

“老实说，”魏塞尔从容接着说，“我们是怀疑过，不过我们不想把你逼急了。我们心想，反正迟早会抓住你。你瞧，这不是抓到了吗？”“让我们继续回到案发当时，”克莱门斯说，“你全身是血走上楼，你母亲站在那里等你，她可能站在楼梯顶端，也可能在她的房门口。你的老母亲穿着睡衣。她直视你的双眼，跟你说话。我们不知道她说了什么，双胞胎在隔壁听得一清二楚，可惜他们打死都不肯透露。她大概说了一些怀胎十月，含辛茹苦抚养你长大，为你把屎把尿，而你父亲却在外面乱搞女人，天知道他在哪里之类的话。也许她还露出了乳房让你看。”

“不可能，”我阴狠地笑，恨恨地说，“我对母乳过敏，我从来没有喝过她一口奶。”“真可惜，”克莱门斯眼睛眨都不眨地继续说，“或许她伸手摸了你的下巴、脸颊，轻声叫你：我的孩子。不过，这些都没能软化你的心，你欠她一份爱，但是你的内心只有恨。你闭上眼睛，避开她的目光，双手圈住她的脖子使劲勒。”

“你们真的疯了！”我放声大叫，“连这样的话也编得出来！”“这不是我们编出来的，”魏塞尔阴狠地说，“我们是在重建案发的经过，不过都有事实根据。”

克莱门斯以他贝斯般的低沉嗓音平静地说：“之后，你走到浴室，脱下衣服，把衣服扔进浴缸，你冲了个澡，洗掉身上的血迹，赤身裸体回到自己的房间。”

“回到房间后，接下来的部分，我们只是猜测。”魏塞尔补充道，“也许你关门做了些下流的事，也许直接睡觉。清晨你醒来，穿上制服从容离开。你先搭乘巴士，然后换搭火车回巴黎，再转柏林。4 月 30 日，你发了一封电报给你姐姐，她急忙赶到昂蒂布，安排了你母亲和她丈夫的后事，之后立刻离开，一刻也不停留。或许，她早就猜到了事情的真相。”

“听着，”我结结巴巴地说，“你们脑壳坏了，法官都说了，你们提不出证据。而且，我为什么要这么做？有什么动机？杀人总有个动机吧。”

“我们不知道你的动机是什么。”魏塞尔镇静如常地说，“说真的，我们不在乎你的动机是什么，也许你觊觎莫罗的钱，也许你是性病态，又或许是你脑袋的伤让你一时失去理智。说不定是长期累积对家庭的不满，这种事我们看多了，所以你想趁着战争的大好时机，神不知鬼不觉地找他们算这笔账，你心里一定这样盘算着：死了这么多人，多一两个，谁会注意呢？说不定，你根本就是个疯子。”

“你们这样穷追不舍，为的到底是什么？”“我们说过了，”克莱门斯低声说，“我们要伸张正义。”

“整座城都笼罩在火线底下！”我大叫，“法庭早就没了！法官死的死、逃的逃，你们要怎么审判我？”“我们已经审判了。”魏塞尔的声音压得极低，我几乎只听到流水潺潺，“我们判定你有罪。”

“你们？”我冷笑，“你们充其量不过是警察，无权审判我。”“鉴于目前情况特殊，”克莱门斯粗嘎的声音响起，“我们依法取得非常审判权。”“就算你们说得都对，”我悲伤地说，“你们又能好到哪里去。”

此时，我听见一阵喧闹从厨师街那边传来，有人一边尖叫，一边踩着水慌乱地朝这边跑过来。一个男人从我们身边经过，对着我们大喊：“俄国人！俄国人打进隧道了！”

“妈的！”克莱门斯破口大骂。

他和魏塞尔拿着手电筒朝地铁站的方向照去，德国士兵往这边蜂拥而入，同时朝后面乱枪扫射，远远可瞥见机关枪枪口冒出的火焰，子弹空中呼啸，有的飞快撞上隧道壁，有的噗噗落进水里，水面泛起阵阵涟漪。

人群尖叫，纷纷倒入水中。克莱门斯和魏塞尔借着手电筒的亮光，慢慢拿起手枪瞄准敌人，一枪接着一枪。隧道内充斥着民众的喊叫、子弹发射和水花四溅的声音。对方用机关枪猛烈反击，克莱门斯和魏塞尔想关掉手电筒，就在此时，灯光一闪，我看见魏塞尔下巴中弹，血流如注，整个人直直往后翻倒，溅起大片水花。

克莱门斯哭喊："魏塞尔！妈的！"他已经关掉手电筒。

我憋住气潜进水底，我没有游泳，只是伸手抓着铁轨，跟着地铁的路线往医疗站的车厢方向前进。我头伸出水面呼吸，子弹在头上呼啸穿梭，医疗站的病患惊慌失措闹成一团，我听见有人用法文交谈，发布简短命令。"各位，不要开枪！"我用法文大声说。

突然有一只手抓住我的衣领，将湿淋淋的我拖到月台边。"你是我们的同胞啊？"一个人略带戏谑地问。我大口喘气，连声咳嗽，我吞了不少水。"不，不是，我是德国人。"我说。

那家伙突然朝我的脑袋旁边开火，一阵狂扫，几乎震破了我的耳膜，就在这时候，我听见远远传来克莱门斯的怒吼："你这个浑蛋！我不会放过你的！"

我爬上月台，手和手肘并用，推开惊慌失措的难民，艰难往出口的方向挤，到了楼梯，随即三步并作两步往上冲。

街上空无一人，只有三名外籍党卫队武装军背着重型机关枪和火箭筒往齐默尔大街的方向飞奔，根本没有注意到我，也没理会从地铁站口奔逃出来的老百姓。我朝相反的方向跑，奔上腓特烈大道，然后往北，一路上穿过燃烧的公寓，绕过横陈的尸体、毁坏的车辆，最后来到菩提树大街。

炸破的水管喷出高耸的水柱，淋上邻近的废墟和尸体。街角转出两位老先生，他们满脸胡楂儿，对周遭纷如雨下的迫击炮和重型炮弹的轰隆巨响似乎视而不见、听而不闻。一位老先生手上挂着盲人臂章，另一位则扶着他小心前进。

"您要上哪儿去？"我一边喘气一边问。"我们不知道。"眼盲的老先生说。"您从哪里来？"我又问。"我们也不清楚。"他们在废墟和瓦砾堆里找到一些木条箱，摆正坐下。眼盲的先生拄着手杖，另一位环视四周，惊恐地瞪大双眼，不住拉扯朋友的衣袖。

我转身离开，继续往下走，放眼望去，路上空荡荡的不见人影。正对面是曼德尔布罗德博士和勒蓝先生的办公大楼，大楼虽然看起来千疮百孔，但还好端端地在那里。大门口的一扇门铰链歪斜，我用肩膀使劲撞开，走进大厅，里面到处都是从墙上落下的线脚装饰和大理石块，可能有部队在此扎营过夜，营火的痕迹清晰可见，四处都是空罐头跟干掉的粪便，但是，一个人都没有。

我推开逃生楼梯门，跑着上楼，一口气跑到顶楼，踏上一条走廊，走廊的底端就是曼德尔布罗德博士办公室前的接待室。

两位巾帼英豪坐在那里，一个坐在沙发上，另一个坐在扶手椅上，脸庞歪向一边或往后仰，她们杏眼圆睁，细细的血痕从太阳穴和唇缝间往下蔓延，她们手上各自握了一把精致小巧的自动手枪，枪柄闪耀珍珠光泽。第三位女秘书横卧在门扇加装软垫的双扇门中央。

我吓得全身冰冷，仍大着胆子走过去瞧个究竟，我把脸凑上前，不敢伸手碰。她们脸上的妆完美无瑕，头发往后梳理得一丝不苟，丰润的双唇在透明润泽唇膏的衬托下闪闪发亮，空洞无神的双眼周围浓密的睫毛在睫毛膏的修饰下更显纤长，握着枪柄的手指，指甲经过仔细修剪，也涂上了指甲油。烫得笔挺的套装，胸膛却毫无起伏。

我睁大眼仔细端详她们的脸，没有用，怎么样都分辨不出哪个是希尔蒂，哪个是海德薇格，哪个又是海尔嘉，她们又不是双胞胎！

我跨过横卧门口的女孩走进办公室，另有三个女孩躺在沙发上或地毯上，全都断了气。曼德尔布罗德和勒蓝人在办公室的最里面，面对玻璃早已碎裂的大片落地窗，身旁是堆积如山的行李和皮箱。外面熊熊大火火光冲天，他们对大股大股窜入的浓烟似乎毫不在意。

我走到他们身旁，望着那些行李开口问："您要出远门吗？"曼德尔布罗德膝盖上抱着一只猫，不停轻抚它，脂肪堆积泯灭了五官线条的胖脸上露出浅浅的笑容："一点都没错。"他说，嗓音优美至极，"您愿不愿意跟我们一起走呢？"

我高声数着堆积如山的行李和皮箱："19 件。不少啊，您打算要去很远的地方吗？""我们会先到莫斯科，"曼德尔布罗德说，"之后再看情况。"勒蓝一身水手蓝长风衣，坐在曼德尔布罗德身旁的一张小椅子上，他在抽烟，膝上摆着玻璃烟灰缸。他看了我一眼，什么也没说。

“原来如此。”我说，“您真的认为可以带得了这些东西吗？”“哦，当然。”曼德尔布罗德微笑着回答，“通通都安排好了，只等他们过来接我们。”

“俄国人吗？容我向您报告，我军仍然坚守这一区。”“这我们知道。”勒蓝说，慢慢吐出一口烟，“俄国人跟我们说大概明天会到这里。”“是一位非常有教养的上校，”曼德尔布罗德补充说明，“他告诉我们不用操心，还说明天他会亲自过来接我们。你明白吗？我们还有许多事情要做。”

“那些女孩呢？”我伸手指着那些尸体质问。“啊，可怜的小东西，不愿意跟我们一道走。她们对祖国这块土地的情感太深。她们不愿意接受这世上还有许多比爱国心更重要的价值。”“元首失败了，”勒蓝冷冷说，“但是，他呼吁鼓吹的本体论战还没有结束。放眼当世，除了斯大林，还有谁能继续完成这项大业？”

“当我们向他提出我们的协助时，他立刻非常感兴趣。”曼德尔布罗德一边抚摩怀里的猫，一边幽幽地说，“他知道战争结束后需要我们这样的人，他绝不容许西方强权抢走所有的好处。如果你跟我们一起走，我可以保证你会有很好的职位，荣华富贵享用不尽。”“你可以继续做你拿手的事。”勒蓝说。

“您疯了！”我大声叫喊，“你们一个个全都疯了！这座城里的每个人都疯了。”说着，我退到门边，走过那些女孩优雅的身躯。

我放声尖叫：“只有我没疯！”拔腿就往外跑。我刚跨出门，勒蓝说的最后一句话飘到耳边：“一旦你改变心意，记得回来找我们！”

菩提树大街仍旧空荡荡的，轰炸声此起彼落，建筑物外墙应声倒塌，或是瓦砾堆被炸开，石块碎片四处弹跳。法国人的机枪在我耳朵旁扫射后，耳鸣一直纠缠我不放。

我拔腿朝勃兰登堡门跑，我一定要离开这里，这座城成了恐怖的陷阱。虽然我获得的情报已经是昨天的过去式，但是我知道，穿过动物园，沿着东西轴线一直到阿道夫・希特勒广场，这是唯一的出路，到了那里再看情况。

昨天，柏林市的这一边还没有封锁，希特勒青年团还固守哈韦尔河大桥，万湖还在我们手中。我心想，如果我到得了托马斯家，我就得救了。相较之下，勃兰登堡门前的巴黎广场损害似乎比较轻微，广场上七横八竖倒着翻覆的车辆，有的支离破碎，有的烧得焦黑。救护车里，焦黑的尸体仍残留着固定石膏绷带的不可燃护腕。突然一声轰然巨响，一辆俄国装甲车出现在我身后，冲撞前面挡路的残骸土砾，车上站了好几个党卫队武装兵，装甲车大概是他们的战利品。

装甲车在我身边停了一下，叽叽嘎嘎转着履带走了，其中一名武装兵眼神始终定在我身上，神情冷漠。装甲车右转驶上威廉大道，慢慢消失踪影。

菩提树大街稍远的地方，在一排路灯和被打得七零八落的灌木丛当中，我瞥见一道人影，烟雾弥漫，只隐约看到那人穿便服、戴帽子。我再度拔腿狂奔，绕过散落路面的各种障碍物，穿过已被浓烟熏黑、满是弹孔炮痕的勃兰登堡门。

过了门就是动物园，我离开路面闪进树林。除了半空中呼啸飞舞的迫击炮炮火，和远远传来的大炮轰隆之外，公园静得出奇。公园里，乌鸦振翅狂飞，试图逃离不绝于耳的轰炸，寻找安全的庇护，嘎嘎低哑的叫声缭绕，久久不散。空中没有封锁队，也没有针对叛逃禽鸟设立的空中军事法庭。它们真是幸运啊！但是，它们不知道自己有多幸运。

树林里尸体星罗棋布，幽暗林中小径两边的树枝上，被吊死的人随风飘荡。天空又开始飘雨，毛毛细雨挡不住春日阳光，花圃中丛丛花朵绽放，蔷薇的馨香混杂着腐败尸体的恶臭。我不时回头张望，总觉得有人躲在树后方跟踪我。一名士兵断气多时，手上还紧握着突击步枪，我拿了那把步枪，对准人影扣下扳机，枪卡住了，我气得扔进灌木丛里。我盘算着不可进入树林深处，离大马路太远，可是马路那边有了动静，我看见车辆驶过来，只好往公园里面走。

我的右手边是比树还高的胜利纪念碑[1]，在保护沉箱的防护下，依旧顽强地耸立天地之间。前面的路面被数条水道切断，我不愿接近大马路，选择绕过水道朝运河的方向继续走，那里就是以前，很久很久以前，我半夜出门游荡寻

1. 柏林市著名观光景点，纪念普鲁士在19世纪后半期相继击败丹麦、奥地利和法国。

找乐子的场所。到了那里，我心中盘算，立刻穿越动物园，躲进夏洛滕堡的小街道。

我走上桥，越过运河，就是这座桥，一天夜里，在这座桥上，我和汉斯·P起了那场怪诞的争执。过了桥，我看见动物园的外墙有好几处坍塌，我爬上垒垒石瓦。地下碉堡那边传来密集而猛烈的子弹呼啸、机关枪扫射和轻型炮弹的轰隆声。

动物园的这一边几乎全泡在水里，炮弹击中了海洋馆，震碎了水族箱，成吨洪水冲泻而出，水流一地，参观步道上到处是死鱼、龙虾、鳄鱼、水母。奄奄一息的海豚横卧在水泊中，受惊瞪大的眸子凝视着我。我费力涉水前进，绕过狒狒岛，小狒狒细细的手紧紧抓住惊慌失措的母亲肚子。

我迂回前进，一路上看见了鹦鹉、死掉的猴子、长颈鹿，它长长的脖子软软地挂在围墙上，还有满身是血的黑熊。

我走进半毁的建筑物，一只巨大的黑猩猩静静地坐在大铁笼里，死了，一柄刺刀正中前胸，暗褐色的血水流过栏杆，汇入外面的水坑。大猩猩脸上写满惊讶，一脸难以置信，皱纹镂刻的脸庞上，一双眼睛睁得大大的，巨大的双掌在我看来，简直跟人类的手掌没两样，它坐在那里，好像有话要告诉我。

这栋建筑物的后面是一片栅栏围住的水塘，有只河马在水面漂浮着，它已经死了，背上插着迫击炮炮弹的稳定器，另一只躺在平台上，全身都是炮弹碎片，奄奄一息。水溢出水塘，两名倒卧在那里的党卫队武装兵衣服湿透，另一个武装兵靠着铁栏杆坐着，双眼无神，冲锋枪夹在两腿之间。

我继续往前赶，突然响起一阵俄语夹杂着受惊大象的咆哮，我赶忙躲进一丛灌木林往回走，试图走小桥绕过这些栅栏。

克莱门斯突然现身，挡住了我的去路，他两脚踩在桥那端的水塘里，头上的软帽还淌着雨水，那把自动手枪也还在手上。我举起双手，就像电影演的一样。

“你还真会跑。”克莱门斯上气不接下气地说，“魏塞尔死了，不过，我总算逮到你了。”

“克莱门斯警察大队长，”我气喘吁吁地说，“请不要再胡闹了。俄国人近在咫尺，您要是开枪，他们一定会发现我们。”

“我应该把你丢进水池淹死。”他低声怒道，“把你放进袋子里扔进水里淹死，可惜我没有时间。”

“克莱门斯大队长，您连胡子都没刮干净。”我怪声大吼，“还说什么要审判我！”

他纵声冷笑。突然，“砰”的一声，只见他的帽子从头上掉下来，整个人像块大石头般砰然倒卧在桥面上，头泡在水里。

托马斯从一个笼子后面走出来，手上握着卡宾枪，脸上挂着得意的微笑。“一如往常，我及时赶到。”他开心地对我说，一边朝克莱门斯壮硕的身体看了一眼，“这家伙想干吗，找你麻烦吗？”“他就是那两名警察当中的一个，他想杀我。”

“这家伙还真死心眼，还是那件老案子吗？”“对。我真的搞不懂，他们都疯了。”

“你还是一样，不够机灵。”他严肃地对我说，“大家到处找你，穆勒简直气炸了。”

我耸耸肩，环视四周。雨已经停了，阳光冲破云层，雨水冲刷后的树叶和处处水洼的步道泛着水光。我断断续续听见有人用俄语交谈，他们大概走远了，跑到猴子园后面。大象又开始嘶吼了。

托马斯把卡宾枪靠着小桥的栏杆放好，蹲下查看克莱门斯的尸体，拿走他的自动手枪塞进口袋，然后伸手搜他的口袋。

我走到托马斯身后四下张望，没看见任何人影。

托马斯转头，手上拿着一沓厚厚的马克对我说：“你看看这个。”他笑着说，“你的警察身怀巨款。”他把钞票放进口袋，继续翻找。

我看见他身边躺着一根铁条，看样子是附近某个铁笼被炸弹炸得飞到这儿来的。我拾起铁条，掂了掂重量，用尽全身的力气，对准托马斯的脖子敲下去。

我听见他的脊椎骨啪嗒断裂，他当场死亡。他身子一晃，慢慢往前倒，横压在克莱门斯身上。我松开手上的铁条，望着这两具尸体。接着，我将托马斯的身体翻转过来，他的眼睛还睁得大大的，我解开他外套的纽扣，脱下我身上的外套快速交换，又将他的身子翻回原来腹部朝下的姿势。

我检查他的外套口袋，除了那把自动手枪和克莱门斯的那沓钞票，还有托马斯事先准备的证件——STO 法国劳工的身份证明文件——跟香烟。我在他的裤袋里找出他家的钥匙，我自己的证件则留在我的外套里。

俄国人走得更远了。步道上有一只小象朝我急奔过来，后面还跟着三只黑猩猩和一只豹猫，动物们绕过桥面的尸体，急急往前冲，留下我一个人。

我全身发热，焦躁不安，思绪纷乱。但是，我记得很清楚，桥面上交叉相叠、半身泡在水塘里的两具尸体，还有逐渐跑远的动物。我心下悲凉，说不上是什么缘故。刹那间，所有往事的重担、生命的痛苦和永远无法磨灭的记忆一股脑儿全涌上心头。

我一个人，在那里，还有那只奄奄一息的河马、几只鸵鸟和满地的尸体。我一个人，继续承受岁月、哀伤和过往的痛苦，继续承受生命的残酷，面对进逼的死神。复仇女神终于找到我了。

# 附录
# *APPENDICES*

## 名词注译

***AA***：外交部，Auswärtiges Amt 的缩写，当时的部长为冯·里宾特洛普（Joachim von Ribbentrop）。

***Abwehr***：军事情报局，全名为 Amt Ausland ／Abwehr im Oberkommado der Wehrmacht，国防军高级司令对外／防御局。

***Amt***：局、处。

***Arbeitseinsatz***：劳动人口计划局，负责安排集中营囚犯强制劳动的单位。

***AOK***：军团参谋部，全名为 Armeeoberkommando，管辖一定数量的师。无论哪种层级（军、师、团等等）的参谋部，组织大致不出有一名参谋长、一名行动专员（Ia），专责行动，一名军需专员（Ib〔Eins-b〕），勉强可以比为军需后勤官，以及一名情报专员（Ic/AO〔Eins-c/AO〕），负责军事情报搜集，又称为 Abwehroffizier。

***Berück***：军团的后防指挥官。

***Einsatz***：军用术语，意指“行动”、“进攻”。

***Einsatzgruppe***：隶属于国家安全局或国安警察署的“特遣部队”。1938 年首次在德奥合并和德军占领捷克时出现，这些隶属党卫队的特遣部队，在正规的警察单位成立运作之前，专门负责解决最具急迫性的安全问题。这个行动系统在 1939 年 9 月，因应波兰局势发展，正式改为正规单位。德国入侵苏联时，国家中央安全局和国防军达成协议，将这些特遣部队全部纳入各军区军团（第四小队，也就是 D 特遣部队，直接隶属于克里米亚地区和罗马尼亚占领区的第十一军团）。每支特遣部队编有一行动参谋部或参谋部，外加几支特派小组（Ek）或临时行动小组（Sk）。而每一支特派小组底下又各自有司令部，以及其他的后勤支持兵（司机、通译等等）和数支分区行动支队。各军团的司令部组织，编制仿效国家中央安全局，有第一组，又称人事行政组（Verwaltungsführer）、第二组（负责军需配给）、第三组（国安小组）、第四组（盖世太保）和第五组（联邦刑事警察）。由其中一个小组的组长，通常是第三或第四组的组长，兼任司令官。

***Gauleiter***：地方党代表。纳粹德国的行政地域划分以省区为单位，每一省由一位出自纳粹党的党领导管辖，人选由希特勒亲自任命，直接向他汇报。

***Gestapo***：国家秘密警察，又称盖世太保，全名 Geheime Staatspolizei。从 1939 年一直到战争结束，均由党卫队的地区总队长，亨力克・穆勒指挥。参见国家中央安全局。

***Goldfasanen***：金雉鸡，对东部领土管理部官员的轻蔑说法，因为他们穿黄棕色的制服，纳粹的其他官员也穿着同样的制服。

***GFP***：军事秘密警察，全名为 Geheime Feldpolizei，国防军的附属单位，专责战区的军事安全，尤其侧重于在打击游击分子的这个区块。军事秘密警察大多数的军官都是从德国正规警察中招募，因此就算不隶属于国安警察署，也多隶属于党卫队。总之，这个军事安全体系和国家中央安全局的安全单位分属不同系统。

***Häftling***：集中营营囚。

***Hiwi***：志愿军，全名 Hilfswillige，附属国防军的地方军队，成员多半从集中营内的囚犯招募而来，主要部署在第二防线，任务包含运输、勤务、体力劳动等。

***Honvéd***：匈牙利军队。

***HSSPF***：党卫队兼警察署最高总长，Höhere SS - und Polizeiführer 的缩写。负责各区党卫队正规分处和秘密分处的工作分配协调，1937 年，希姆莱在

各地区分派总长，原则上，所属区域内的所有党卫队武装军都受其指挥。在德国，每一个“防御区域”（Wehrkreis，区域由国防军定义划分）均有一位由党卫队大元帅任命的总长，后来被德国占领的国家亦以国家为单位任命一位总长。总长底下设有数名地方队长（SSPF），好比波兰的“总督府”底下即有数名。1941 年德国入侵苏联，希姆莱分别在三大集团军：北方集团军、中央集团军和南部集团军，各派驻一位总长。

***IKL***：集中营巡察厅，Inspektion der Konzentrationslager 的缩写。1933 年 3 月 20 日集中营制度正式启用，第一座集中营位于达豪，后来分别在各地设立了好几座。1934 年 6 月，罗姆[1]暴动平息之后，突击队群龙无首，集中营遂划归党卫队管辖，党卫队于是设立“集中营巡察厅”，总部设在奥拉宁堡，由党卫队副总指挥长，也是当时达豪集中营的司令官希奥多·艾克（Theodore Eicke）指挥。希姆莱把所有集中营的重整任务交托给他，“艾克系统”于是诞生。该系统于 1934 年启动后，一直运作到大战结束，主要目的在于摧残政治异议者的心灵，有时也施以肉体的折磨，所谓的强制体力劳动，在当时等于凌虐的代名词。但是到了 1942 年初，因为苏联战场迟迟无法有所进展，德国开始加强对苏联的攻势，希姆莱觉得这项系统不适用于新的战况，决定压榨囚犯，发挥他们的体力极限。1942 年，集中营巡察厅改属中央经济暨行政总署之下，改称 D 部门，其下有四大处：D Ⅰ第一处，中央处；D Ⅱ第二处，劳动人口计划局，专责强制劳动；D Ⅲ第三处，医疗卫生处；D Ⅳ第四处，行政财务处。此次改组成效不彰，中央行政暨经济总署的大头头波尔，一直无法有效改革集中营巡察厅，更叫不动下面的干部，于是政治警察单位和管理集中营劳动资源的经济机构之间的冲突不断升高，紧张的情势因为中央行政暨经济总署下令两大集中营执行灭绝杀戮行动而更加恶化（即奥斯威辛集中营和卢布林集中营），卢布林集中营正是一般人较为熟知的玛德尼克集中营）。剑拔弩张的状态一直持续到纳粹政权垮台。

---

1. Putsch de Röhm，罗姆是纳粹早期的高层人士，也是党突击队的总长，1934 年希特勒上台后，因为怕罗姆势力过大，于是在 6 月 30 日，策动党卫队百名敢死队员发动攻击，杀死突击队成员，史称“长刀之夜”，希特勒捏造罗姆有发动政变的意图，史称“罗姆暴动”。

***KGF***：战俘，全名为 Kriegsgefangener。

***KL***：集中营，Konzentrationslager 的简称，集中营的犯人经常被错指为 KZ。集中营的日常管理一般交由集中营指挥官底下的第三局负责，第三局的首长称为 Schutzhaftlagerführer，亦称 Lagerführer（预防性罪犯集中营营长），集中营的日常运作由他和他底下的副官负责管理。劳动人口计划局负责囚犯的劳动分配规划，附属于第三局之下，一般简称为 IIIa。其他各局介绍如下：第一局，司令部；第二局，政治局（Politische Abteilung），换言之，就是派驻集中营内的国安警察；第四局，行政局；第五局，医疗卫生局（负责在集中营工作的党卫队成员以及囚犯的健康）；第六局，负责驻卫警的训练和戍军；第七局，党卫队驻卫警队。以上各局的主管均来自党卫队军官或下级军官，不过，大多的例行性工作都是由从囚犯当中挑选出一些人来负责完成，这些囚犯通常被称为“囚警”（特权分子）。

***Kripo***：联邦刑事警察，1937 年到 1944 年 7 月，由党卫队地区总队长阿瑟·奈比（Arthur Nebe）指挥。参见国家中央安全局。

***Lebensborn***：生命之源计划。党卫队的附属机构，成立于 1936 年，直接由党卫队大元帅个人幕僚团管辖，专门负责照顾党卫队成员的遗孤、怀孕的妻子或同居女友，协助她们生产育儿。为了鼓励党卫队成员增产报国，对于非婚生子女的培育完全保密。

***Leiter***：行动小队队长。

***Mischlinge***：杂种、混血、异族混血。这个字是纳粹主义种族法中的法律字眼，混血的判定端视个人上几代有没有雅利安血统而定。

***NKVD***：内政部人民公安局，Narodnyi Komissariat Vnutrennikh Del 的简称。二次大战期间取代契卡[1]和 OGPU[2]的单位，是苏联境内主要的国安机关，也是 KGB 的前身。

***NSV***：纳粹人民福利会，Nationalsozialistische Volkswohlfahrt 的简称，纳粹党底下的慈善机构。

***OKH***：陆军总指挥部，全名为 Oberkommando des Heeres。虽说陆军总指挥部隶属国防军最高指挥部（OKW），他们却有权指挥东部战线的所有进

---

1. Tcheka，苏联秘密警察组织。

2. 1922 年后取代契卡的秘密警察组织，1934 年解散。

攻行动，国防军最高指挥部仅负责其他战线的行动。1941 年 12 月，陆军元帅瓦尔特沃尔特·冯·布洛施堤契（Walter von Brauchitsch）遭到免职，希特勒亲自担任陆军总指挥部的总司令。

***OKHG***：集团军参谋部，全名为 Oberkommandi der Heeresgruppe，综管数个军团。

***OKW***：国防军最高指挥部，全名为 Oberkommando der Wehrmacht，1938 年由希特勒一手设立，借以取代政府的正规战事部，直接向他报告。原则上，国防军最高指挥部掌管陆军、空军（由赫尔曼·戈林元帅指挥的飞航队），以及海军（由海军元帅卡尔·邓尼兹指挥）。国防军最高指挥部的参谋总长是陆军元帅威廉·凯特尔（Whilhelm Keitel ）。

***ORPO***：中央警察署，全名为 Hauptamt Ordnungspolizei，德国正规警察系统。1936 年 6 月纳编入党卫队旗下，由党卫队总指挥长库尔特·达鲁埃格指挥，将地方警察系统和所有穿制服值勤的各种警察部队（地方警察〔 Gemeindepolizei 〕、维安警察〔 Schutzpolizei 〕和普通警察〔 Schupo 〕等等）进行重组。编入中央警察署旗下的各警察队伍，后来多次被派到各地进行名为“最终解决方案”的大屠杀行动。

***Ostministerium***：东部占领区管理部，Reichsministerium für die besetzten Ostgebiete 的简称，由提倡纳粹主义的思想家阿尔弗雷德·罗楚姆佩格（Alfred Rosenberg）管辖，他著有《20 世纪的迷思》一书。

***OUN***：乌克兰国家主义组织，Organizatsiya Ukrainskikh Natsionalistiv 的缩写。

***Persönlicher stab des reichsführer-SS***：党卫队大元帅希姆莱的个人幕僚团。

***Revier***：医院或保健室。某些集中营称为囚犯病院（HKB，Häftlingskrankenbau）。

***RKF***：日耳曼民族化促进处，全名为 Reichskommissariat für die Festigung deutschen Volkstums，1939 年年底在波兰执行的毁灭性任务，均由特遣部队负责，由党卫队大元帅直接指挥。德国进攻苏联后，该处的任务大致转为“正面”的行动——撤离德国侨民（定居苏联境内和罗马尼亚巴纳特地区的德裔侨民），并在东部占领区进行日耳曼化行动。为了成功达成任务，希姆莱在党卫队的组织架构下，新创了日耳曼民族化促进处，由他兼任处长。日耳曼民族化促进处有两大目标，一为歼灭犹太人，一为推动日耳曼化运动，两者无论是在思想上，还是在组织行动上都密不可分，因此，当扎莫希奇被选为日耳曼化行动的优先进行区时，

希姆莱把这项任务交托给卢布林的党卫队兼警察署首脑，也就是地区总队长奥罗迪·格罗波克尼克，他当时兼任“莱因哈德行动”指挥官，这项行动的最高目标是统合三大集中营的灭绝计划。所谓三大集中营，指的是特雷布林卡、索比布尔和贝尔赛克。奥罗迪·格罗波克尼克同时也是该地正规警察的头头，可以随时拨用警力进行人种大灭绝的行动。

***Rollbahn***：军用物资运输处，隶属于国防军底下的单位，负责军队配给物资的运输（这个字亦指在东部战线的供给干道）。

***RSHA***：国家中央安全局，全名为 Reichsicherheitsdiensthauptamt。党卫队在 1933 年 1 月 30 日取得政权以来，一直以国家安全为理由，不断扩张权限。经过长时间的内部斗争，诞生了这样的一个单位，基本上，国家中央安全局是为了削弱戈林的势力而设立的。希姆莱在 1936 年 6 月，终于掌握了德国所有的警察势力，除了新创立的安全警察外，还包含了刑事警察，和重编后的中央警察署的正规警察。

这些警察单位仍然是政府辖下的机构，享有国家预算，里面的成员身份也仍是公职人员，人员的招募和升迁均受国家行政体系的规范。为了将这个党政不分的体系合法化，大元帅被任命为德国警察总长，隶属内政部。联邦刑事警察纳入盖世太保系统，综合成立了国安警察署，体制上，国安警察署仍旧是隶属国家的正规单位。另一个情报单位，国家安全署则持续在党卫队的组织底下运作。国安警察署和国家安全署等于是拐了个弯后，结合成为“个人的势力团体”，党卫队副总指挥长莱因哈德·海德里希正式被任命为国家安全署兼国安警察署总长，这个职位让他跟他的顶头上司希姆莱一样，跨足国家和党机器。

1939 年德国占领波兰后，为了解决这种四不像的局面，正式将其组织化，设立了一个党政不分的机构：国家中央安全局。这次重组进行得非常顺利，两个不同机构的行政部门全部熔于一炉，分别是第一局（处理人事事务）、第二局（负责预算、行政和组织规划），国家安全署一分为二，分别成为第三局（国家安全署 —— 对内），以及第六局（国家安全署 —— 对外）。盖世太保则编入第四局，改了一个夸张的名字“查缉并压制异议分子局”（Gegnererfosrchung und -bekämpfung）；联邦刑事警察则成了第五局，改名为“打击犯罪局”（Verbrechens-bekämpfung）。另外增设了第七局，专司“意识形态理论研究和评估”（Weltanschauliche Forschung und Auswertung）。但是，整个组织从来没有经过立法单位通过，政府部会官僚反对将国家行政部门和党的组织搅在一起的大杂烩体制，不容许政府编列国家安全署的预算支出，就算国家中央安全局的存在是有目共睹的既成事实，最终仍没有专属的部门公文封，而政府单位的公文往来也禁止使用这个名称，因此海德里希始终挂名“联邦刑事警察兼国家安全局总长”。

国家中央安全局的组织在各个地域的各个层级都可以看到，名称不一，有 Oberabschnitt、Abschnitt 等等。每一区均设有第三局、第四局和第五局，指挥权均握在称为国安警察署和国家安全署督察的领导人（Inspekteur der SP und des SD，〔Ids〕）手上。战争爆发后，被德国占领的区域也开始设立类似的组织，只是督察的名称改为“联合大队长”（Befehlshaber der SP und des SD〔BdS〕），每个最高指挥官底下通常有数个国安警察署和国家安全署联合小队长（kdS）。中央警察署方面，同样依此类推，底下有中央警察署督察（IdO），中央警察署大队长（BdO）和中央警察署小队长（KdO）。

*SA*：突击队，全名为 Sturmabteilung。纳粹党（NSDAP）的武装军队，这支武力在党初露头角以及在 1933 年 1 月刚获得政权之际，扮演极为重要的角色。1934 年 6 月，在党卫队和国防军的支持下，希特勒清除了突击队的领导人物，其中包括突击队的总长厄斯特·罗姆。突击队的编制到纳粹政权垮台前都一直存在，只是不再具有政治影响力。

*SD*：国家安全局，全名为 Hauptamt Sicherheitsdienst，隶属党卫队的单位，创于 1931 年秋，归莱因哈德·海德里希管辖。

*SP*：国安警察署，全名为 Hauptamt Sicherheitspolizei，也有人称其为国安署（Sipo）。参见国家中央安全局。

*Spiess*：口语化的军事字眼，指连上的下级军官，多半是士官阶级。

*SS*：党卫队，全名为 Schutzstaffel, 1925 年夏天，在纳粹党党内出现了第一个党卫队组织，最早的构想很单纯，希望成立保护元首希特勒的贴身卫队，但实际上希特勒当时已在计划成立一支能与突击队抗衡的队伍。1929 年 1 月 26 日，希姆莱被任命为党卫队大元帅。1930 年秋，党卫队从突击队中独立出来，并在 1934 年 6 月发动的肃清突击队首脑罗姆的任务中扮演重要角色。

*Volksdeutschen*：德裔侨民。相对于德意志祖国同胞（Reichsdeutschen）而生的字眼，意指定居海外数代之久的德意志民族移民，他们多数人世代居住在文化习俗相近的德国侨民区。

*WVHA*：中央行政暨经济总署，Wirtschafts-Verwaltungshauptamt 的缩写。这

个隶属于党卫队的单位于1942年年初设立，宗旨在于整合党卫队的行政和经济资源，专责后勤补给和建设，党卫队旗下的所有企业公司，集中营的巡察厅亦归它管辖。由党卫队副总指挥长奥斯瓦尔德·波尔出任总长，他是希姆莱的经济谋士。该组织底下共分五个局：A局，军事行政（Truppenverwaltung）；B局，军事经济（Truppenwirtschaft），负责管理党卫队武装军（党卫队的战斗部队）的行政和后勤补给，以及集中营的警卫保全；C局，建设（Bauweisen），整合党卫队的所有建筑相关技术单位；至于W局，经济企业（Wirtschaftliche Unternehmungen），则涵盖党卫队的巨大经济帝国，党卫队旗下的企业深入各经济领域，包含营造、军火、矿泉水、纺织和出版事业。

## 军阶对照表

| 党卫队 | 国防军 | 警察单位 | 法国军队 |
| --- | --- | --- | --- |
| 大元帅（Reichsführer-SS） | 无 | 无 | 无 |
| 无 | 上将（Generalfeldmarschall） | 无 | 上将（Maréchal） |
| 总指挥长（SS-Oberstgruppenführer） | 中将（Generaloberst） | 警队中将（Generaloberst der Polizei） | 中将（Général de corps d' armée） |
| 副总指挥长（SS-Obergruppenführer | 少将（General der...） | 警队少将（General d.P.） | 少将（Général de division） |
| 地区总队长（SS-Gruppenführer） | 少准将（Generalleutnant） | 警队少准将（Generalleutnant d. P.） | 无 |
| 旅队长（SS-Brigadeführer） | 准将（Generalmajor） | 警队准将（Generalmajor d.P.） | 准将（Général de brigade） |
| 区队长（SS-Oberführer） | 无 | 无 | 无 |
| 旗队长（SS-Standartenführer） | 上校（Oberst） | 警队上校（Oberst d. P.） | 上校（Colonel） |
| 一级突击队大队长（SS-Obersturm-bannführer） | 中校（Oberstleutnant） | 警察中校（Oberstleutnant d. P.） | 中校（Lieutenant-colonel） |
| 二级突击队大队长（SS-Sturmbannführer） | 少校（Major） | 警察少校（Major d. P.） | 少校（Commandant） |
| 一级突击队中队长（SS-Hauptsturmführer） | 上尉（Hauptmann） | 警察上尉（Hauptmann d. P.） | 上尉（Capitaine） |

续表

| 二级突击队中队长（SS-Obersturmführer） | 中尉（Oberleutnant） | 警察中尉（Oberleutnant d. P.） | 中尉（Lieutenant） |
|---|---|---|---|
| 三级突击队中队长（SS-Untersturmführer） | 少尉（Leutnant） | 警察少尉（Leutnant d. P.） | 少尉（Sous-lieutenant） |
| 突击队小队长（SS-Sturmscharführer） | 军士长（Hauptfeldwebel） | 警察士官长（Meister） | 军士长（Adjudant-chef） |
| 突击队小队副（SS-Stabsscharführer） | 上士（Stabsfeldwebel） | 无 | 无 |
| 一级小队长（SS-Hauptscharführer） | 一级中士（Oberfeldwebel） | 无 | 无 |
| 二级小队长（SS-Obersharführer） | 二级中士（Feldwebel） | 无 | 军士（Adjudant） |
| 三级小队长（SS-Scharführer） | 三级中士（Unterfeldwebel） | 中下士（Hauptwach tmeister） | 无 |
| 三级小队副（SS-Unterscharführer） | 一级下士（Unteroffizier） | 下士长（Rev. O. Wachtmeister） | 下士长（Caporal-chef） |
| 代理三级小队副（SS-Rottenführer） | 二级下士（Stabsgefreiter） | 下士（Oberwach tmeister） | 下士（Caporal） |
| 无 | 三级下士（Obergefreiter） | 无 | 无 |
| 无 | 一等兵（Gefreiter） | （Wachtmeister） | 无 |
| 一等兵（SS-Sturmmann） | 二等兵（Oberschütze） | （Rottwach tmeister） | 无 |
| 二等兵（SS-Oberschütze） | 普通兵（Schütze） | （Unterwach tmeister） | 士兵（Simple soldat） |
| 普通兵（SS-Schütze） | 炮兵（Gemeiner, Landser） | （Anwärter） | 炮兵（tiralleur） |

※ 表格中标示原文者，无中文对应名词。